WZGÓRZE PSÓW

JAKUB ŻULCZYK

WZGÓRZE PSÓW

Świat Książki
wydawnictwo

Wydawca
Joanna Laprus-Mikulska

Redaktor prowadzący
Katarzyna Krawczyk

Redakcja
Roman Honet

Korekta
Ewa Grabowska
Marianna Filipkowska

Wydanie po poprawkach autorskich i redakcyjnych

Świat Książki
Warszawa 2017

Świat Książki Sp. z o.o.
02-103 Warszawa, ul. Hankiewicza 2

Księgarnia internetowa: swiatksiazki.pl

Łamanie
Joanna Duchnowska

Druk i oprawa
Druk-Intro S.A.

Dystrybucja
Firma Księgarska Olesiejuk Sp. z o.o., Sp. j.
05-850 Ożarów Mazowiecki, ul. Poznańska 91
e-mail: hurt@olesiejuk.pl, tel. 22 733 50 10
www.olesiejuk.pl

ISBN 978-83-8031-861-8
Nr 90090266

Otoż nowo przybyły z głębi Niemiec starosta gorszył się tymi makabrycznymi tanami. – Jak mogliście tańczyć, czyż wam to nie przeszkadzało, że trup był w tej samej izbie? – pytał przy swoim objeździe w jednej ze wsi. – A toć zrazu rychtycnie nie sło – odpowiedzieli dobrodusznie Mazurzy – ale potem to my postawili na śtorc, to tam wiela nie wadził.

Melchior Wańkowicz, *Na tropach Smętka*

Ojciec pochylił się, ale nie upadł. A ponieważ Georg nie zbliżył się, jak tego oczekiwał, podniósł się znowu.

– Zostań, gdzie jesteś, nie potrzebuję cię! Myślisz sobie, że masz jeszcze dość siły, aby tu przyjść, a tylko trzymasz się z tyłu, bo tak chcesz. Żebyś się tylko nie pomylił! Ja wciąż jestem od ciebie o wiele silniejszy.

Franz Kafka, *Wyrok*, przeł. Juliusz Kydryński

CZĘŚĆ PIERWSZA

Wrzesień / Od powietrza

Znaleziony

Wy, młodzi, myślicie, że każdy z was jest pępkiem świata, że każdy wasz problem to wojna światowa. Że wszystko się kręci dookoła tych waszych problemów. Jesteście jak zabawki na korbkę. Nakręcane samochodziki. Takie samochodziki zasuwają, ile wlezie, przed siebie, ale wystarczy jedno małe wybrzuszenie w podłodze, jedna mała nierówność, aby się wywaliły. I po zabawie. I cześć. I tak sobie myślę, że gdybyście wzięli całą tę siłę, którą zużywacie na to zapieprzanie, na to przejmowanie się, na pierdolenie o tym przejmowaniu się na lewo i prawo, na to całe hałasowanie, to może nawet byście coś stworzyli, może nawet byście coś wymyślili. Nie wiem co. Nie pytajcie mnie co. Ale coś innego niż to, co jest teraz. Co jest teraz? No? Gówno. To samo gówno od kilkuset lat. Oczywiście, wiecie, że teraz są różne bajery, są ekrany na dotyk, internet, niewidzialne myśliwce i jeszcze parę rzeczy, które są niby inne, nie wiem, elektroniczne, ale tak naprawdę od kilkuset lat to wciąż jest to samo gówno.

No co? Co się pytacie „co"? Ja mam wiedzieć co? Coś nowego. Coś zupełnie nowego. Tak jak czymś nowym było to, że najpierw byli, proszę ja was, cesarzowie i królowie, którzy władzę dziedziczyli, a potem nagle zrobiło się tak, że już nikt władzy nie dziedziczył, tylko wszyscy wybierali tego, co rządzi, w głosowaniu. To było coś nowego, ja tam nie wiem, czy na pewno lepszego, ale na pewno coś nowego.

(nie pamięta, do kogo to powiedział, chyba do swojego syna i jego żony)

(tak, teraz to pamięta, powiedział to do swojego syna i jego kolegi, i żona kolegi też chyba tam była, to było chyba lato, lato rok temu, byli na werandzie, a on upiekł sarnę, chyba sarnę, ciemne mięso, winne, pamięta, pili śliwowicę, pili ją jak wódkę, szybko i pod sok pomarańczowy, i to był błąd, i dlatego tak gadał)

Myślicie, że wasze sprawy to jest jakiś pępek świata. Wmówiono wam, Marek, nie patrz tak na mnie, nie – że wam, w sensie, nie – że tobie wmówiono, ty akurat jesteś rozsądny.

(wie, że mówił to wszystko do syna)

Wy akurat jesteście rozsądni, ale chodzi mi o ludzi w waszym wieku, waszych rówieśników, dwadzieścia pięć lat, trzydzieści, trzydzieści pięć lat, ludziom w waszym wieku wmówiono, młodym koniom, kurwa, zdrowym bykom, że są wolnymi ludźmi. I w tej wolności budują swoją bezpieczną przyszłość, dzielnie, codziennie. I co więcej, że są panami tej przyszłości. Gówno, a nie prawda. Ci wszyscy ludzie zapierdalają jak niewolnicy. Popatrz na nich. Jak niewolnicy. Muszą zapierdalać i spłacać przez trzydzieści lat, jeśli w ogóle przeżyją te trzydzieści lat. Jeśli nie odwalą na serce przez te trzydzieści lat. W tym chomącie, normalnie jak konie, jak bydło. Rzygać się chce, Marek. Nie patrz tak na mnie. I wciąż są w tych problemach, połykają te problemy, jak karasie połykają haczyki, nie wiem, czy mnie rozumiesz, Marek, mogę jaśniej.

Rozumiesz. To dobrze, że rozumiesz. Bo ty jesteś łebski, synku. Masz łeb jak sklep. Tylko półki puste. Ha, ha, ha. No nie patrz tak na mnie.

(wie, że Marek to jego jedyny syn)

(wie, że Marek wciąż jest tam, skąd on uciekł, pamięta, że się nie ruszał i nie odzywał)

Marek, synku, jeśli myślisz, że coś jest dla ciebie absolutnie najważniejsze, jeśli tak czujesz, że dla jakiejś sprawy zrobisz wszystko, to bardzo łatwo cię wykorzystać. Jeśli chcesz pieniędzy, aut, bab, synek, to naprawdę łatwo cię użyć. Wydymać. Wtedy jesteś jak karaś. Myślisz, że walczysz. Myślisz, że może nawet i wygrasz, skoro tak walczysz. Ale ty tylko rzucasz się i wierzgasz, i połykasz powietrze, dopóki nie zdechniesz. To akurat nie jest nic nowego. To jest stare jak świat. Pomyśl o piramidach. O tych biednych chujkach, którzy je budowali. Wmówiono im, że za dzielne budowanie piramid będą przez wieczność siedzieć w pięknych burdelach z palmami. A wam wmówiono, że na starość te klitki z dykty, które kupujecie, klitki z widokiem na parking, że one już będą wasze własne, że już się na nie naharowaliście. Że już bank wam ich nie zajebie. Że nawet coś tam wam odda, gdy, na ten przykład, proszę ja ciebie, ta cała dykta, te pustaki, te parkingi, windy, to wszystko się spali w pizdu. No śmieję się, śmieję, bo to jest, kurwa, zabawne. Nie, synek, nie robię z ciebie debila.

(niewiele widzi i wie, że może już niczego więcej nie zobaczyć)

(przez chwilę nie pamięta, czy wspina się, czy czołga, czy jest w pionie, czy w poziomie, czy gdy puści mech, który tak kurczowo trzyma w dłoniach, to czy poleci w dół)

Jeszcze raz, nie mówię o was, tylko o waszych rówieśnikach.

I to naprawdę nie jest nic nowego.

A wy moglibyście wymyślić coś nowego, jakbyście nie tracili tyle energii.

(puszcza się i nic się nie dzieje, nigdzie nie spada)

(teraz wie, że się czołga)

(wie, że jest nagi)

(wie też, że teraz jest w lesie, na zimnej ziemi, zimnej i śmierdzącej, a może to on tak śmierdzi)

Ja jestem panem. Popatrzcie.

(pamięta, że wtedy, rok temu, na werandzie wstał specjalnie, aby im pokazać, o co mu chodzi, gdy mówi, że jest panem)

Ja jestem panem, popatrzcie. To jest moje, to należy do mnie, wydarłem to, wydarłem to i wybudowałem, wzniosłem, było ściernisko, jest San Francisco, Marek, popatrz, rozumiesz, ty też jesteś panem. Nie, cicho bądź, co mam cicho być, cicho mam być we własnym domu, w moim własnym ogrodzie, kurwa? Marek, ta twoja matka naprawdę mogłaby trochę odpuścić. Polej, Marek. Zobacz. Ty też jesteś panem. Ty też masz swoje.

(widzi tylko światło, światło jak zjełczałe masło, matowe i mdłe)

(wie, że nie może teraz wstać, rok temu to rok temu, a teraz to teraz, próbuje, ale nie podnosi się nawet o centymetr, a ciało, na kolanach i łokciach, porusza się samo, czołga do przodu jak zaprogramowane, jak nakręcany samochodzik)

(wie, że człowiek jest automatem, jak wszystko, co istnieje)

Człowiek, który ma swoje, inaczej chodzi, inaczej się porusza, Marek. Popatrz. Człowiek, który rzeczywiście ma swoje, który nie pożyczył na trzydzieści lat klitki, kurwa, w segmencie z dykty, tylko ma swoje, przede wszystkim się nie garbi. Chodzi prosto. Ramiona rozstawione szeroko, o tak. Oczy szeroko otwarte. Głowa, kurwa, do góry. I zawsze na sztywno. Poczekaj. Polej.

Marek, cieszę się, że tak myślisz. To wszystko tutaj na was czeka. Ten dom obok, ta posesja, to wszystko jest dla was. Ale ja ciebie nie zmuszam, ja ciebie na siłę tu nie ściągam. Róbcie swoje. Zarabiajcie swoje. Tylko wnuka mi zróbcie. Przydałby się.

(wie, że jego ciało jest zupełnie inne niż miesiąc temu, niż dwa miesiące temu, niż trzy)

(wie, że jego ciało jest wychudzone, połamane, całe w zakrzepłej krwi, całe w brudzie, całe w gównie)

(wie, że zamiast paznokci ma krwawe, zakażone bulwy)

(wie, że stracił większość zębów)

Polej, Marek. Poczekaj, pójdę się odlać. Tak, do ogrodu. No i co? To moje. To mój ogród. Mogę tu się na środku, za przeproszeniem, zesrać. Mogę tu zrobić, co chcę. Jak czegoś nie chcę robić, to nie robię.

Żebym już skończył z tymi mądrościami? Marek, Mareczku, a kto ci powie mądrości? Kto? Te mordy z telewizora i z internetu? Oni w tej Warszawie spędzają całe życie w taksówkach. Co oni wiedzą?

(pamięta, że wtedy, rok temu, na werandzie przestał na chwilę mówić i wstał, podszedł do płotu, schował się między żywopłotem a siatką i odlewając się, podziwiał swój strumień, wysoki, silny, wciąż jak u małolata, pomyślał, to dobrze, jak to dobrze być zdrowym, myślał o tym, a oni czekali na werandzie i o czymś cicho rozmawiali, nie słyszał ich)

(teraz wie, że potrzebuje lekarza)

(czuje, że jest coraz zimniej, ale uczucie tego zimna jest jednak głęboko pod bólem)

(jedyne, co może zrobić, to cicho piszczeć, więc cicho piszczy)

Już jestem. Już wróciłem. Marek, naprawdę, synku, żebyś sobie nie pomyślał. Daj pyska. No, daj. Bardzo cię kocham.

Co cicho bądź, to mój dom, Marek, powiedz swojej matce, że to mój dom i jak chcę drzeć mordę, to drę mordę.

Marek, polej. Polej, synku.

(musiał sobie przypomnieć, że na to, co czuje, mówi się „ból")

(wie, że czołga się po lesie)

(wie, że przedtem był pod ziemią, w ciemności, długo, a teraz się wydostał i czołga się po lesie)

(to wszystko musiało być niedawno)

(jaka jest pora roku)

(wie, że wszystko jest bólem pod różnymi bólami, których już nie odróżnia, nie odróżnia bólu dolnej części ciała, brzucha, ud i kutasa od bólu zdartej całymi płatami skóry z pleców)

(od bólu nóg, które były złamane, a potem źle się zrosły)

(od bólu połamanej szczęki, skruszonych zębów, gryzł kość, pamięta, chciał przegryźć kość albo kamień, nie pamięta)

(od bólu oczu, które spędziły tyle czasu w ciemności, tyle czasu, nie widząc zupełnie nic)

Urodziłem się tutaj, synku. Urodziłem się tutaj i tutaj umrę. Twój pradziadek powiedział podobno do twojego dziadka, gdy ich tu rzucili po wojnie, powiedział, przywieźli nas tutaj, kazali nam tu przyjechać, ale teraz już tu jesteśmy, teraz już jesteśmy stąd.

(nie wie, kto mu to zrobił, kto zrobił to jego synowi)

(nigdy się nie dowie)

To my. To miasto to my. Ten las to, kurwa, my. Jezioro, jedno, drugie, trzecie, te jeziora to my. Nie zamknę się.

Nie zamknę się, sama się zamkniesz zaraz. Ta twoja matka, Jezus Maria, naprawdę, coś trzeba z nią zrobić, synek, po prostu ją dupsko swędzi, jak się do czegoś nie przypierdoli.

(nigdy się nie dowie, światło i ziemia bolą, on już przestał się czołgać, nie ma siły, teraz pełznie)

(pełznie i wyje)

(nigdy nie czuł się tak dobrze, jak czuł się tamtego lata)

(teraz wie, chciałby się napić wody)
(może tylko wyć, cicho, nie ma siły głośniej)
(musi jeszcze chwilę, jeszcze trochę)
(może jeszcze napije się wody)

Marek, kocham cię, synku. Jestem szczęśliwy. To szczęście czyni mnie panem. Popatrz, zobacz dookoła. Moje życie jest spełnione. Nie mam problemów. A nawet jak mam, to one nie są najważniejsze, nie są całym światem. To przychodzi z wiekiem, to poczucie. Mam coś, co bardzo wielu ludzi chciałoby mieć, mam to coś, mam siłę, mam syna, mam dom, mam ziemię, Marek, mam siłę, kurwa, i prawie wszyscy chcieliby to mieć, zaraz, za nic, za frajer, na raty, na kredyt, i dlatego dają się dymać.

Polej, Marek. Tego nikt nie daje na raty. To wszystko trzeba sobie zbudować. Tymi rękami.

No już, synku, nie krzyw się. Kocham cię, synku.

(zatrzymuje się, nie ma już siły, nie widzi już światła, leży na ziemi, w lesie, między drzewami, i ostatnie, co czuje, to, że ziemia go zjada, i słyszy jakiś dźwięk, gdzieś z tyłu, buczenie, głuche jak wiatr w długiej rurze, może to nadjeżdża samochód, a może po prostu tak to brzmi, gdy zaczyna się śmierć)

(to chyba jednak samochód, myśli, ale wszystko gaśnie)

Mikołaj / Zwierzę

Uparłem się, aby wyjechać z samego rana, jeszcze przed świtem. Portugalczycy mieli się wprowadzić dopiero za tydzień, ale przedłużanie tego wszystkiego nie miało już sensu. Każda następna spędzona w tym mieszkaniu minuta groziła czymś brutalnym i niepotrzebnym. Wszystko, co mieliśmy, było już spakowane, zniesione do piwnicy, wywiezione do rodziców Justyny, upchane do samochodu. Noc spędziliśmy na gołym materacu, przykryci brązowym kocem w koty, wyciągniętym z dna szafy. Nie mogłem spać, było mi sucho w ustach, co godzinę wstawałem, aby się odlać. Dostałem uczulenia od koca.

– Obiecałem ci coś i podtrzymuję to – odezwałem się do Justyny. To było jedyne zdanie, które powiedziałem do niej przez całą noc.

Zamierzałem wyjechać przed świtem również dlatego, że chciałem zobaczyć, jak nad Warszawą rozlewają się krwawe łuny – róże, fiolety i czerwienie, wyglądające jak blask zatrzymanego wybuchu; chciałem przez chwilę wyobrazić sobie, że to życie – To Konkretne Życie – kończy się dla wszystkich, nie tylko dla nas. Chciałem się jakoś pocieszyć.

Wszystkie fantazje o apokalipsie wzięły się z tego, że człowiek nie chce być sam na sam ze śmiercią. Pragnie przeżyć ją zbiorowo, w gromadzie, epicko, jak koncert na wielkim festiwalu muzycznym.

Tak w ogóle to najweselej dla wszystkich byłoby, gdyby na końcu świata śpiewał Bono. Niby nikt już nie lubi U2, ale koniec końców wszyscy się wzruszają, zwłaszcza przy tej piosence, co niby jest o Wałęsie. Więc zaśpiewałby Bono, wszyscy by się wzruszyli, a potem zdechli.

A tak naprawdę jedyne, co można zrobić, to odpuścić. Fantazje to zbrodnia. Ja właśnie odpuszczałem. Pusty materac, suche powietrze, białe ściany – to już nie był żaden dom.

Świt wybuchał w najlepsze tuż nad kartonami, torbami, plecakami i siatkami, które zajmowały cały tył samochodu.

Na drodze nie było nikogo.

– Potrzebuję kawy – powiedziała Justyna i było to jej pierwsze zdanie od momentu, gdy wyjechaliśmy z Warszawy.

– Na pewno takiej kawy? – Przed nami był zjazd na stację benzynową.

– Wjedź tam – potwierdziła.

– To nie kawa, to woda z gównem i grzybami – przypomniałem jej.

– Wjedź – powtórzyła.

Chudy chłopak na stacji miał może dwadzieścia parę lat, zaciśnięte usta i wytrzeszczone oczy. Wyobraziłem sobie, jak przechyla się przez blat i mówi do mnie szeptem:

– Oni widzą wszystko z zaplecza, wyjdźcie teraz, w tym momencie, zanim będzie za późno.

Ale nic takiego nie powiedział. Zapłaciłem za paliwo, zamówiłem dwie duże czarne kawy, dwie zapiekanki, wziąłem jeszcze paczkę papierosów i paczkę gum do żucia. Czekając, aż terminal połączy się z moim bankiem, patrzyłem na okładkę przecenionej płyty DVD na stojaku. Russell Crowe jako Noe wpatrywał się na niej w zbliżający się biblijny potop. Jego pochylona głowa, wysunięte czoło wskazywały na to, że jest, owszem, zdenerwowany, ale już gotowy na to, aby wpierdolić nadchodzącej apokalipsie.

Zazdrościłem Russellowi Crowe. Nigdy w życiu nie byłem gotowy na nic.

Gdy chłopak z wytrzeszczonymi oczyma znienacka zapytał, czy zbieram punkty, jego głos mnie spoliczkował. Przez chwilę nie wiedziałem, co mu odpowiedzieć.

– Nie, nic nie zbieramy – wyręczyła mnie Justyna.

Wyszliśmy na zewnątrz. Było zimno, ale podobało mi się to zimno, zdjąłem bluzę, stałem w samej koszulce i pozwalałem, aby powietrze szczypało mnie w ręce. Justyna trzymała oburącz kawę i chuchała w nią tak mocno, jakby chciała w ten sposób zmienić jej smak.

Nie wiedziałem, co jej powiedzieć. Bez makijażu, z czerwoną wysypką na policzkach wyglądała, jakby była chora. Włosy miała spięte w kok, który przypominał bulwę. Być może była chora, ale o tym nie mówiła.

– Tam są bardzo ładne jeziora dookoła – przypomniałem. Mówiłem jej to już wiele razy. Za każdym razem błędnie zakładałem, że jeziora to coś, co podoba się absolutnie wszystkim, tak jak morze.

– Brzydzę się jeziorami. To już zdarzyło się jakieś piętnaście razy. Ta sytuacja, ty mówisz „ładne jeziora dookoła", ja odpowiadam „brzydzę się jeziorami" – powiedziała, siorbiąc kawę.

– Ty nienawidzisz przyrody, ty skrycie marzysz o wielkiej katastrofie ekologicznej – odparłem.

Justyna nienawidziła chodzić do lasu. Bała się to robić nawet w dzień. Nigdy nie spała pod namiotem. Na wakacje z Warszawy zawsze wyjeżdżała do innych miast, najlepiej jeszcze większych.

– Boję się ich. Boję się twojego ojca i twojego brata – odezwała się po chwili.

– To zdarzyło się jakieś piętnaście razy. Ta sytuacja, ja zawsze odpowiadam „nie ma się czego bać" – powiedziałem, a ona parsknęła, nie uśmiechając się.

Traktowała to wszystko jako wielką porażkę. Zastanawiałem się dlaczego, przecież tak naprawdę nie musiała nikomu nic udowadniać. Jej matka nawet się ucieszyła, że wyprowadzamy się na Mazury. Wyobrażała sobie, że będziemy mieszkać w jakiejś klimatycznej szopie nad Śniardwami i organizować tam wspólnie weekendy z jogą albo hodować lawendę.

Przez chwilę było mi jej szkoda, chciałem powiedzieć coś w rodzaju – zawróćmy, spróbujmy, odwołajmy to wszystko, rozwiążmy umowę z najemcami mieszkania, ale wiedziałem, że już nie ma odwrotu, że powódź rozlała się na dobre.

Żeby było jasne, ja też tego nie chciałem. Nie chciałem tego tak bardzo, że od myślenia o tym bolały mnie wszystkie zęby jednocześnie.

– Jedźmy dalej – stwierdziła. – Nie ma sensu tu stać.

Jeden ze stale popełnianych przeze mnie błędów polega na tym, że zawsze chcę, aby wszystko było w porządku. Już, teraz, natychmiast. Gdy coś się psuje, chcę to zaraz naprawić. Odrzucam myśl, że naprawa to długi, czasochłonny proces. Wykonuję desperackie i gwałtowne ruchy. W efekcie to, co jest uszkodzone, staje się rozpieprzone do końca.

Najczęściej samopoczucie Justyny.

– Będzie dobrze. Naprawdę. Raz jest gorzej, a potem jest dobrze. To naturalne – mówiąc to, wypuściłem mnóstwo powietrza. Położyłem jej dłoń na kolanie. Zabrała ją z powrotem tak gwałtownie, że na ułamek sekundy straciłem kontrolę nad kierownicą.

– Po prostu jedź – powtórzyła.

– To nie jest jeszcze najgorsze nieszczęście, jakie może się wydarzyć – przypomniałem jej, bo rzeczywiście nie było to jeszcze najgorsze nieszczęście, jakie mogło się wydarzyć. Moglibyśmy mieć na przykład śmiertelnie chore dziecko. Moglibyśmy mieć setki tysięcy długów. Moglibyśmy być sami śmiertelnie chorzy.

A tak po prostu nie mieliśmy pieniędzy na życie. Zdarza się. Nic strasznego. Wcale nie trzeba od tego umrzeć, tylko trzeba uważać.

– Odbywaliśmy tę rozmowę... – Chciała mi przypomnieć, ile razy odbywaliśmy tę rozmowę.

– Nigdy to do ciebie nie dociera – przerwałem jej.

– Zachowujmy się godnie, Mikołaj – powiedziała płasko i cicho; doskonale znałem ten ton, mówi tak, gdy jest na sekundę przed eksplozją i próbuje być saperem samej siebie.

– Jak tylko zorganizuję jakieś pieniądze – za każdym razem, gdy to mówiłem, przez chwilę naprawdę w to wierzyłem – jak tylko zorganizuję jakieś pieniądze, wrócimy do Warszawy, wynajmiemy kawalerkę, mieszkanie niech się spłaca samo, może tam mieszkać ktokolwiek, studenci, Chińczycy, ktokolwiek. Potem się najwyżej pomaluje czy coś. Wszystko się ułoży. Napiszę książkę i wszystko się ułoży.

– Skąd zorganizujesz jakieś pieniądze, Mikołaj? – zapytała, a ja nie odpowiedziałem.

Zaczęło się – kiedy to się zaczęło? Ten dzień, kiedy wróciła z pracy znacznie wcześniej niż zwykle, chociaż gdy weszła do mieszkania, człapała jak staruszka. Wydaje mi się, że ten dzień był dawno temu, wcześniej niż nasz ślub, wcześniej niż wszystko. Wcześniej niż dzień, gdy po raz pierwszy zobaczyłem jej cycki i na ich widok wytrzeźwiałem ze szczęścia.

Moja żona ma wspaniałe cycki. Gdy je zobaczyłem, zapytałem jej, czy wyjdzie za mnie. Każdy by tak zrobił.

On też pewnie tak zrobił. Też pewnie rozpłakał się na ich widok. Nie, nie myśl o tym, stop, wróć, nie myśl o tym, zmiana taśmy, zmiana taśmy. Nie myśl o tym, bo jeszcze kogoś zabijesz.

Wróćmy do naszego ślubu. Ślub był pod Lublinem, w ogromnej stodole, która należała do stryja Justyny. Zaprosiliśmy całą rodzinę i wszystkich przyjaciół. Wszędzie było mnóstwo żółtych balonów. Kazaliśmy zespołowi grać piosenki The Cure. Facet zapominał tekstu, w refrenie zamiast śpiewać *Friday, I'm In Love,* śpiewał „la, la, la, la, la, la". Pamiętam, że miała wpięty we włosy wielki, czerwony kwiat i że jej dziadek zamiast zapijać wódkę wąchał chleb.

Ożeniłem się z nią, a dwa lata później, czyli miesiąc temu, był ten dzień, kiedy wróciła wcześniej z pracy, człapiąc jak staruszka. Weszła do salonu i momentalnie usiadła na kanapie. Przez chwilę myślałem, że wykryli u niej jakąś śmiertelną chorobę, tak źle i blado wyglądała.

– Mówią, że likwidują cały dodatek reportażowy, że nie chodzi tylko o mnie, że Tomek też leci i Beata, wszyscy mamy rozwiązane umowy o współpracę – oznajmiła wtedy. – Nie mamy z czego spłacać kredytu – dodała.

Pamiętam, że z wrażenia zacząłem bredzić, jakbym lunatykował.

– No ale... ale nie wzięliśmy we frankach, przecież wzięliśmy w złotówkach – powiedziałem chyba dlatego, że podświadomie byłem przekonany, że problemy mają wyłącznie ci od franków. Ci od złotówek to mądrzy ludzie i nic im się nigdy nie stanie.

– No i co z tego, nie mamy ani franków, ani złotówek – stwierdziła Justyna.

– Na szosie jest jakieś zwierzę, kurwa, hamuj! – krzyknęła teraz.

Na szosie leżała młoda, martwa sarna. Zajmowała prawie cały prawy pas. Zauważyłem ją dopiero w ostatnim momencie. Na jezdni oprócz nas wciąż nie było nikogo.

– A te pieniądze za biografię tej, jak jej tam, Sośnickiej? Przecież to miało być dużo forsy – zainteresowała się wtedy i pamiętam dobrze, że ostatnie zdanie, „przecież to miało być dużo forsy", powtórzyła dwa razy.

– Maryli Rodowicz – poprawiłem ją. – To był wywiad rzeka z Marylą Rodowicz.

Włączyłem awaryjne. Wyszliśmy z samochodu. Niebo było wciąż różowomleczne, przypominało budyń, śmietanę z dodatkiem krwi. Sarna była niewielka, miała futro koloru kawy z mlekiem. Musiało uderzyć w nią spore auto, które mogło jechać dalej po wypadku, i w ułamku sekundy złamało jej kręgosłup i zmiażdżyło organy wewnętrzne. Kierowca uciekł, pewnie był pijany.

– Tak, w końcu mi zapłacili – powiedziałem wtedy, odkładając szklankę i ścierkę na stół.

– No dobrze, i co zrobiłeś z pieniędzmi? – chciała wiedzieć. – Miałeś zapłacić trzy raty z góry.

– Przecież było takie ubezpieczenie kredytu. Dali nam to w banku. Ubezpieczenie na wypadek straty pracy. – Mój mózg zaczął podsuwać mi brzytwy, których mógłbym się chwycić.

– Myślisz, kurwa, że tam nie zadzwoniłam i nie dowiedziałam się, że to ubezpieczenie jest gówno warte? – zapytała; jej głos brzmiał, jakby coś ją opętało.

Chodziło o to, że byłem spalony. Nikt już nie wierzył, że po *Czarnej, zimnej wodzie* napiszę następną książkę. Minęło w końcu piętnaście lat. W międzyczasie już od wszystkich możliwych wydawnictw wziąłem zaliczki, które oczywiście przejadłem, nie oddając w zamian ani kartki tekstu. Mój agent, który opiekował się mną w dziwnym, nie do końca dla mnie zrozumiałym odruchu miłosierdzia, próbował załatwiać mi różne drobne fuchy. Szło mu ciężko, bo wszyscy wiedzieli, że nic nie robię, jestem złodziejem i mam wszystkich w dupie. W końcu udało mu się zorganizować mi anonimową „redakcję" wywiadu rzeki z Marylą Rodowicz. W praktyce musiałem napisać połowę tekstu od nowa. Pieniądze były tak naprawdę żadne jak za taką robotę, ale mój agent wytłumaczył mi, że powinienem w końcu uwierzyć w Boga i bardzo mocno mu podziękować.

Jakimś cudem udało mi się to skończyć, i to nawet w terminie. Gdy wreszcie dostałem przelew, pięć minut później zadzwonił Maks, żeby oddać mu pieniądze, które pożyczyłem od niego w wakacje, gdy byliśmy w Dębkach. No tak, głupia sprawa, pojechaliśmy na wakacje bez forsy. To, co pożyczyłem od Maksa, wydaliśmy od razu, część na MDMA, bo Justyna miała trzydzieste trzecie urodziny i bardzo chciała naćpać się z tej okazji na plaży; następną część na taksówkę do szpitala do Wejherowa. Justyna, naćpana po uszy, potknęła się i złamała nogę, a karetka odmówiła przyjazdu.

Gdy skończyłem rozmawiać z Maksem, zadzwonili Paweł, Grzesiek, Jarek, pani z banku, przedstawiająca się jako opiekunka moich kart kredytowych, które zaraz po spłacie anulowano, pani z urzędu skarbowego oraz Julka, od której kupiłem kanapę do salonu, właśnie tę, na której siedziała Justyna, opowiadając mi o stracie pracy, ale nigdy Julce nie zapłaciłem. Dla niej już nie wystarczyło.

– Następnym razem, Julka, przepraszam – powiedziałem jej przez telefon.

– Ty chuju pierdolony – odparła Julka.

– O Boże, ona żyje! – krzyknęła Justyna, odskakując do tyłu.

Miała rację. Sarna delikatnie ruszała kopytami, jakby biegła przez sen w zwolnionym tempie. Łypała wystawionym do nieba okiem, szybko; to łypanie było najgwałtowniejszym ruchem jej ciała. Jakby na niebie zobaczyła coś, co próbowała złapać powiekami; coś, co mogłoby utrzymać ją na powierzchni, przyciągnąć z powrotem do życia. Krew sączyła się jej z pyska i chrap, rozlewając się dookoła głowy w czarną aureolę. Drżała. Wszystko w środku musiała mieć zmiażdżone, ale serce i mózg zwierzęcia wciąż pracowały.

– Dlaczego kłamałeś, Mikołaj? – zapytała Justyna, gdy opowiedziałem jej już o wszystkich pożyczkach.

– Nie kłamałem, po prostu nic nie powiedziałem. Nic nie powiedzieć to nie kłamstwo – odparłem, rozkładając ręce.

Milczała.

– Nie spodziewałem się tego. Nie spodziewałem się, że cię wyleją – mówiłem dalej, jak zwykle rozkładając ręce jak dziecko.

– Ja pracowałam w gazecie, kurwa, Mikołaj, gazety się zamykają, gazety są jak telegrafy! – Wstała z kanapy, aby wywrzeszczeć to wszystko, po czym usiadła z powrotem.

Tak się złożyło, że wzięliśmy wspólny kredyt. I dlatego między innymi nie mieliśmy kasy w Dębkach. Dlatego dzwoniłem czasami do Pawła, Grześka, Jarka, a oni potem dzwonili do mnie. Osiemdziesiąt metrów na Ochocie. Białe, jasne i przestronne. Trzy pokoje z osobną kuchnią.

Wiadomo, dlaczego się to robi i dlaczego my to zrobiliśmy, chociaż całe nasze życie było jedną wielką niepewnością, comiesięcznym upominaniem się o przelewy, minimalnym spłacaniem kart kredytowych. Jest dostępnych tylko kilka scenariuszy dorosłości. Wybiera się któryś z nich na przekór własnej intuicji, przeciwko własnym lękom. W końcu robią to wszyscy. Nie ma alternatywy. Są jedynie bajki ludowe. Historyjki o ludziach, którzy wyjechali gdzieś do Nowej Zelandii i zostali barmanami, i są szczęśliwi, i robią o tym profil na Facebooku. Ludzie, którzy otworzyli alternatywną ekokawiarnię w Skaryszewie i teraz cały nagle oświecony Skaryszew zapierdala do tej ekokawiarni, a ci nie umieją przeliczyć stosów swoich ekopieniędzy. Takie fikcje wymyślają redakcje portali internetowych, aby ludzie wierzyli w istnienie jakiejś alternatywy, mieli jakąkolwiek nadzieję, nie wyskakiwali z okien, nie wjeżdżali w drzewa przy pełnej prędkości.

Jest moment, gdy chce się na poważnie, gdy chce się, by sytuacja, w której się jest, do czegoś prowadziła. Pragnie się mieć przynajmniej złudzenie kontroli; czuć, że zaciśnięte pięści są czegoś pełne, nawet żwiru.

Nie miałem pretensji do nikogo poza samym sobą. Byłem przyzwyczajony, bo odkąd żyję, mam do siebie mnóstwo pretensji.

Inni mieli gorzej. Jeden z naszych przyjaciół po zmianie kursu wylądował z ósemką miesięcznie. Dwa tygodnie później nie przedłużyli mu umowy. Ciął w poprzek nadgarstka, jak każdy, kto oglądał to w filmach. W końcu wylądował w szpitalu psychiatrycznym. Gdy go odwiedziłem, był nawet zadowolony, grał ciągle w tysiąca z facetem bez zębów, który podobno zabił swoją żonę łyżką do butów, oraz kobietą, która mówiła tylko w esperanto. Cały czas przegrywał, ale był zachwycony, że w końcu może odpocząć.

– Zrób coś, Mikołaj, ona wciąż żyje – odezwała się ponownie Justyna, tym razem ciszej.

Nachyliłem się nad zwierzęciem. Wyciągnąłem dłoń w jego stronę.

– Nie dotykaj jej – powiedziała.

Sarna się męczyła. Przynajmniej wyobrażałem sobie, że potwornie się męczy, bo być może miała przerwany rdzeń kręgowy i nie czuła już zupełnie nic poza zapadaniem się w ciepłej ciemności. Mój ojciec dobiłby ją i wrzucił do bagażnika. Gdy dojedziemy na miejsce i powiem mu o tym, o ile w ogóle to zrobię, zniesmaczy się, że jego własny syn nie potrafi dobić sarny, przywieźć jej do domu i oprawić.

– Zrób coś – poleciła Justyna. Byłem pewny, że nie ma na myśli dobijania zwierzęcia i wrzucania go do bagażnika auta, że chodzi jej bardziej o coś w rodzaju zadzwonienia po karetkę lub policję.

– Można tylko odpuścić – odparłem i cofnąłem się do auta.

– Nic z nią nie zrobisz? Nic? Ona ma tak leżeć?! – krzyknęła.

– Mogę wziąć klucz do kół i ją zabić – zaproponowałem cicho i spokojnie.

– Co? – zapytała.

– Mogę wziąć klucz do kół i ją zabić, Justyna, to jedyne, co mogę zrobić – powtórzyłem.

– Możesz zadzwonić po policję, możesz...

– Chcę jechać dalej. Po prostu chcę jechać dalej – odpowiedziałem i otworzyłem drzwi.

– To nie ma sensu, kurwa mać – zirytowała się Justyna i zaczęła płakać, stojąc na drodze.

– To ma sens. Chodź do auta. To ma sens – odparłem.

Niebo zaczęło się zmieniać w jasnoniebieskie. Krwawy róż mijał, cofał się, rozpuszczał. Koniec świata się nie odbył. Warszawa była za nami. Dzwoniły w niej pierwsze budziki. Sarna podskoczyła, jakby przez jej ciało przeszedł prąd.

– To nie ma sensu – powtórzyła Justyna. – To idiotyzm.

– Możemy jechać z powrotem do Warszawy. Możemy wszystko odwołać – powiedziałem. – Ale nie wiem, co dalej. A tak przynajmniej mamy plan.

– Mamy plan? – zapytała. – Mamy jakiś plan?

– Rozmawialiśmy o tym dziesiątki razy – przypomniałem.

– Jaki mamy plan? – dopytywała. – Powiedz mi, jaki mamy plan.

– U ojca przeczekamy najgorsze. Kredyt będzie się spłacał. Za dwa, trzy miesiące, jak tylko coś zorganizuję, wracamy do Warszawy. Obiecuję ci to. – Te zdania były tak zużyte, że zostawiały w ustach smak starej ścierki.

– Obiecujesz. Obiecujesz to sobie, Mikołaj – powiedziała.

– Trzeba było zostać. Trzeba było...

– Przestań mi to ciągle, kurwa, wypominać – warknęła, przerywając mi.

Nic nie miało sensu. Ja, ona i sarna byliśmy w tej samej sytuacji. Wierzgaliśmy nogami, leżąc na jezdni, znienacka uderzeni przez jadący samochód. Próbowaliśmy się uratować, desperacko mrugając oczyma.

Obszedłem auto dookoła. Otworzyłem jej drzwi. Wsiadła do środka.

– Obiecuję ci, że za dwa, trzy miesiące będziemy z powrotem w Warszawie – powiedziałem.

Zacząłem wycofywać auto.

– Nie możemy nic zrobić – westchnęła.

– Właśnie coś robimy. To jest plan, Justyna – powiedziałem.

Włączyłem radio. Prezenter rozdawał bony na zakupy słuchaczom, którzy zgadną, jak nazywał się złowrogi przeciwnik Hansa Klossa. Chciałem, aby ktoś mówił cokolwiek, aby cokolwiek poza nami wypełniało wnętrze auta.

Być może sarna już zdechła; właśnie przestała się ruszać. Wyminąłem ją powoli, a gdy zniknęła w lusterku wstecznym, dodałem gazu, bardzo mocno.

– Tak, robimy – stwierdziła Justyna. – Przegrywamy.

Zaczęła się piosenka, wokalistka śpiewała do swojego chłopaka, aby był dużym chłopcem, całość przypominała bicie niewinnego człowieka po głowie czymś ciężkim i gumowym.

– Zawsze coś – odparłem.

Mikołaj / Tylne wejście

Na Szmatach zawsze najpierw słychać psy.

Zaczyna jeden, za chwilę dołącza się drugi, trzeci, po paru następnych sekundach szczekają już wszystkie. Szczekanie rozlewa się po całym osiedlu, jakby właśnie zaczynał się wielki, rewolucyjny psi wiec przeciwko całości znanego im świata; przeciwko płotom, przeciwko łańcuchom, przeciwko niebu i budynkom. A być może nie protestują, ale po prostu witają się ze sobą, nie pamiętając, że zrobiły to przed sekundą, i nie wiedząc, że za sekundę zrobią to znowu. Psy nie umieją liczyć i nie mają zbyt dobrej pamięci, więc krzyczą i śpiewają do nieba i do siebie nawzajem, dopóki jakiś widoczny tylko dla nich znak albo wspólna, podjęta telepatycznie decyzja nie przetnie tego hałasu gwałtownie, w pół szczeknięcia.

Za każdym razem, gdy tu jestem, od razu o sobie przypominają. Każdy, kto mieszka na Szmatach, ma przynajmniej jednego psa. Lubię psy, ale czasami rozumiem ludzi, którzy je trują.

Justyna za to nie lubi psów. Nie lubi psów tak samo, jak nie lubi przyrody. Czasami robię sobie w głowie listę naszych wspólnych zainteresowań. Podliczam, ile ich tak naprawdę jest. Mięso. Wino. Powiedzmy, że wino. Ja lubię wódkę, lecz może być wino. Do niedawna papierosy, ale rzuciłem.

No i seks. Jeszcze do niedawna. Do momentu, w którym się dowiedziałem o tym, że Justyna –

Taśma stop. Taśma wstecz. Psy są wstrętne, cuchną, no i są głupie, to koty są mądre, mówi Justyna. Ja z kolei nienawidzę kotów. Takich różnic między nami są tysiące. Koty są idiotami, to płazy w ładnej oprawie. Jej (nasz?) kot parę miesięcy temu wyskoczył przez okno z czwartego piętra. Justyna twierdzi, że miał depresję. Depresję i nerwicę. Ja jestem pewien, że ktoś w bloku naprzeciwko zapalił i zgasił światło, a kot chciał je upolować. Upadając na goły beton, połamał się w czterdziestu miejscach. Gdy weterynarz obwieścił nam, że go uśpił, Justyna rzuciła się na niego, chciała go bić. Musiałem ją mocno trzymać.

– Tutaj wciąż nie ma asfaltu – zauważa Justyna.

– Nie rozumiem. – Przez chwilę rzeczywiście jej nie rozumiem.

– Mówiłeś, że to osiedle nazywało się Szmaty, gdy nie było tutaj asfaltu. Wciąż go nie ma. Na tej ulicy. – Przez chwilę patrzy na mnie, jakbym zmienił się w kogoś zupełnie innego.

– Ta ulica nazywa się Wapienna – informuję ją.

Zatrzymuję samochód pod domem mojego ojca. Na tle nieba, szarego jak płachta stali, wszystko – budynki, drzewa, ogrodzenia – zlewa się w jeden płaski, pozbawiony kontrastu pejzaż. Jedyne, co wybija się z tej szarości, to pierwsze żółte i czerwone liście, kolorowe śmieci, butelki i papierki po chipsach rozsypane pod drzewami w bezładnych kupkach.

Patrzę po sąsiednich domach, próbuję wyłapać cokolwiek, jakąś obecność, ślad ruchu w oknie, cokolwiek. Do każdego z domów mam w głowie przypisane nazwisko. Malinowscy. Rudziakowie. Starszy Rudziak był moim kumplem, dopóki nie został skinheadem. Chodziłem do niego grać na Amidze w *Cannon Fooder* i *Street Fighter II*. Fałatowiczowie. Niscy. Gumerscy. Nowakowie. Gumerscy chyba się wyprowadzili. Albo część Gumerskich już się wyprowadziła, a część umarła. Nie pamiętam. Jeden Gumerski rzucał kiedyś kamieniami w Yansa, więc razem z Grześkiem i innymi chłopakami zaciągnęliśmy go do lasu i przywiązaliśmy sznurem do drzewa. Gdy przyszliśmy po niego kilka godzin później, miał zaszczane całe spodnie.

– Masz kwadrat dróg i na obu prostopadłych, i na równoległej jest asfalt, a tutaj nie ma. – Justyna zakreśla ręką obszar, po którym się poruszamy.

Koncert psów wciąż trwa. Pies mojego ojca uczestniczy w nim dosyć niemrawo. Mój pies, który nazywał się Yans, już dawno nie żyje. Ja i mój brat pochowaliśmy go na pagórku w lesie, który nazwaliśmy potem Wzgórzem Psów. Ale Wzgórze Psów, gdzie pochowaliśmy nie tylko Yansa, które stało się cmentarzem psów z całej okolicy, to zupełnie inna historia.

Yans był bohaterem komiksu, blondynem, który z kiepskim skutkiem przenosił się w czasie i miał z tego powodu różne, średnio miłe perypetie, no ale w konsekwencji tych perypetii poznał niejaką Orchideę, ciemnoskórą dziewczynę z krótkimi włosami i niebieskim kółkiem na środku czoła. Kochałem się w niej, gdy byłem mały – na tyle, na ile można kochać się w narysowanej postaci. Justyna, gdy ją poznałem, wyglądała dokładnie jak ona. Nie miała tylko niebieskiego kółka na środku czoła.

Wracając – na Wapiennej rzeczywiście wciąż nie ma asfaltu. Główna ulica, Kamienna (pół kilometra później zamieniająca się w drogę, którą gdy będzie się jechać odpowiednio długo, w końcu dojedzie się do Ostrołęki), była wyasfaltowana od zawsze. Od Kamiennej do równoległej Wapiennej prowadzą dwie boczne uliczki, Węglowa i Cementowa, obie pokryte asfaltem, chociaż siedemnaście lat temu, gdy tu mieszkałem, pokryte były mieszanką brudu, piasku i szutru.

Inne ulice na Szmatach również mają nazwy surowców i budulców. Piaskowa. Marmurowa. Ceglana. Szklana. Wszystkie, oprócz Wapiennej, z biegiem czasu wyasfaltowano.

– Jest pewien, że robią mu to na złość – mówię do niej.

– Na pewno. Twój ojciec jest sam przeciwko całemu światu. – Ziewa i odwraca się w kierunku zamurowanego kartonami tylnego siedzenia, z którego widać jeden wylot Wapiennej, zakończony torami. Idąc wzdłuż torów jakieś pół kilometra, dojdzie się do dworca. Na drugim końcu ulicy, około czterystu metrów za naszymi plecami, zaczyna się las.

Dom mojego ojca wygląda jak kanciasta, lekko zdziwiona twarz zbudowana z ogromnych pikseli. Szeroki, dwupiętrowy prostopadłościan z drzwiami i małymi oknami, przypominającymi oczy, zwieńczony ostrym, trójkątnym dachem. Otoczony ogrodzeniem zespawanym z metalowych prętów, pomalowanym wiele lat temu na bury kolor. Spod odłażącej farby widać rdzawy metal. Z lewej strony domu jest wjazd do garażu, przed którym stoją beczki, foliowe worki, plastikowe wiadra. Nieskoszoną trawę pokrywa kremowa warstwa wiórów i drewnianego pyłu. Z boku domu leży elektryczna piła i niewielki stos opałowego drewna.

Dom obok należy do mojego brata Grześka. Mniejszy, pomalowany na szaro, jednopiętrowy kubik, nieoddzielony od domu ojca jakimkolwiek ogrodzeniem. Przy domu stoi zaparkowany samochód, brudny, ciemnozielony golf. Nie wiem, czy to jego auto. Prawdopodobnie tak. Często je zmienia. Twierdzi, że tylko tanie, bite auta mają sens. Ma jeździć; wzrusza ramionami, gdy ktoś się z niego nabija.

– Boję się ich – mówi cicho Justyna, jakby do siebie.

Mówi, że się boi, ale patrzy domowi mojego ojca prosto w oczy. Nie odwraca głowy.

– Jesteś odważna – odpowiadam.

– Bardziej niż ty, to na pewno – mówi, otwierając bagażnik i patrząc na drugą połowę ułożonego z kartonów i toreb Tetrisa.

– Muszę się przyzwyczaić – mówię.

– To ja się muszę przyzwyczaić – stwierdza i ma rację.

– Będziemy mieszkać na samej górze. – Wskazuję jej palcem gdzie.

– Bez okien? – pyta.

– Są z tyłu – zapewniam.

– Zajebiście – odpowiada.

Zapala cienkiego papierosa i pokazuje palcem na rzeczy w samochodzie.

– Poczekaj – mówię i zamykam bagażnik.

Otwieram furtkę, wchodzę na podwórko. Pies podnosi się na mój widok. Obserwuje mnie uważnie. Już nie szczeka. Przez chwilę patrzymy sobie w oczy. To chudy owczarek o kolorze przypalonej kawy z mlekiem. Teraz sobie przypominam: każdego swojego psa mój ojciec nazywał Rocky. Gdy jeden Rocky zdychał, zawsze po jakimś czasie pojawiał się następny.

Drzwi są zamknięte. Rozglądam się za kluczem, ale nigdzie go nie ma. Dzwonek nie działa, a przynajmniej go nie słychać. Pukam. Raz, drugi, trzeci, bezskutecznie.

– Mówiłeś im, o której będziemy? – pyta Justyna.

– Jakoś o trzynastej – potwierdzam.

– Jest piętnasta – analizuje. – Więc po to tam pojechaliśmy. Aby nikogo nie było w domu.

Justyna czasami mówi rzeczy, które brzmią, jakby przed chwilą miała ciężki wypadek. Gdy je wypowiada, dostaję gorączki, więc odruchowo chcę się z nią bić. Po czasie nauczyłem się jednak, że to nie ma sensu, bo zawsze ma w zanadrzu gotowy dalszy ciąg swojej wypowiedzi.

– Ja wstałam o czwartej rano. Jestem chora. Chcę iść spać. Naprawdę tylko tyle – mówi.

– Zaraz pójdziesz spać – odpowiadam.

– Gdzie mam zgasić? – pyta, pokazując końcówkę papierosa.

Macham ręką, niech zrobi to gdziekolwiek.

Mogliśmy być wcześniej, nawet mieliśmy być wcześniej – powiedziałem mojemu ojcu, że będziemy koło południa. Ale najpierw musiałem coś sprawdzić. Od jakichś dwóch tygodni myślałem tylko o tym, aby odwiedzić to miejsce, zobaczyć, czy ono jeszcze istnieje. Niby nic, kilka bloków, miejsce, gdzie robiliśmy ogniska, jedno okno w prawym górnym rogu.

Wiedziałem, że wcale nie muszę robić tego teraz. Że mam cały nadchodzący rok, aby tam pójść. Że mogę robić to codziennie. Wiedziałem, ale i tak musiałem.

– Wiesz, gdzie oni mogą być? Możemy podjechać, wziąć klucze – proponuje.

– Nie mam pojęcia. Ojciec ma wyłączony telefon – odpowiadam.

– I co teraz? Jest zimno.

– Możemy spróbować wejść tylnym wejściem. Przez piwnicę – mówię. – Albo możemy poczekać.

– Nie, nie ma mowy. Nie będę się włamywać – stwierdza Justyna.

– To nie jest włamywanie się. To mój dom – odpowiadam.

– To dom twojego ojca, ty aktualnie nie masz domu – przypomina mi.

– Czego ty się tak właściwie boisz? – pytam.

Nie odpowiada, lecz zapala kolejnego papierosa. Od rana wypaliła już chyba całą paczkę.

– Naprawdę nie wiesz? – dopytuje.

I zanim zdążę coś jej powiedzieć, dodaje:

– I po co w ogóle tam jechaliśmy, poza tym że dostałeś kolejnej durnej nerwicy?

Jak już mówiłem, do Zyborka wjeżdżaliśmy koło południa. Aby dojechać na Wapienną, trzeba było skręcić w prawo, w ogóle ominąć centrum. Ja skręciłem w lewo.

Gdy muszę coś zrobić, gdy naprawdę muszę coś zrobić, zaczyna mnie bardzo boleć brzuch. Przestaje dopiero, gdy to zrobię. Nie od razu, organizm potrzebuje kilkunastu minut, aby odpuścić. To rodzaj nerwicy. Ona dotyczy różnych rzeczy. Czasami po prostu muszę sprawdzić, czy zamknąłem drzwi. Czy nie zostawiłem włączonego żelazka. Zobaczyć, czy elewacja bloku, w którym mieszkała Daria, jest wciąż w tym samym kolorze mokrego popiołu, starego, nadpsutego chleba. Gdy muszę coś zrobić, mój świat zwęża się w ciasny, ciemny tunel.

Rynek Zyborka w południe był zupełnie pusty. „Może dlatego, że to poniedziałek" – pomyślałem. „A może dlatego, że nikt już tutaj nie mieszka". Na rynku było to, co zawsze – dwa długie rzędy kamienic, czteropiętrowy blok, wieże dwóch kościołów. Kamienice z roku na rok pokrywały się coraz większą liczbą landrynkowych, wyblakłych od słońca i deszczu szyldów, bannerów, naklejek. Cały rynek wyglądał teraz jak wielka, spłowiała, trójwymiarowa ulotka z hipermarketu.

„Nagrywanie ślubów / komunii DVD". „Chemia z Niemiec". „Suknie ślubne". „AGD I RTV". „Artykuły papiernicze". „Foto". „Kebab Alibaba". „Promocja dyskont ręczniki kuchenne 40 sztuk za 30 złotych". „Pierścionki". „Lombard". „Lombard". „Alkohole 24 h". „Lombard". „Casino Vegas 24". „Lombard".

Najwięcej przestrzeni pokrywały zgliwiałe i lekko naddarte plakaty wyborcze, zapewne z niedawnych wyborów samorządowych. Zwielokrotniona w nieskończoność twarz kobiety około pięćdziesiątki, z fryzurą na pazia, o ostrych rysach i małych oczach, podobnych do amstaffa, z uśmiechem, który wyglądał jak wycięty w tej zgliwiałej, rozmazanej twarzy zardzewiałym gwoździem.

Podpis pod zdjęciem głosił: „Krystyna Bulińska – sprawdzony człowiek na sprawdzonym miejscu".

Kiedy ostatnio widziałem to miejsce za dnia? Czy zawsze tak wyglądało? Czy te kolory ziemi, papy i tanich pistacjowych lodów były kiedyś bardziej żywe, pełne? Nie mam pojęcia. Przez ostatnie lata, gdy przyjeżdżałem do Zyborka, przemykałem przez niego nocą, ukradkiem, często pędząc na czerwonym, starając się dojechać jak najszybciej pod dom ojca, wysiąść z samochodu, jak najszybciej wbiec do środka. Nie chciałem, aby Zybork mnie zauważył, bo miał prawo mieć pretensje, miał prawo dać mi w mordę. Gdy dojeżdżałem do domu, prosiłem ojca, aby postawił swoje auto na zewnątrz i pozwolił mi wjechać do garażu, bo Zybork miał prawo, by porysować mi gwoździem karoserię, urwać lusterka, przebić mi opony.

Tak naprawdę tego Zyborka, który miał największą ochotę istnieć, w Zyborku już nie ma. Jest w Warszawie, w Trójmieście, na Wyspach. Jest daleko stąd i już zapomniał. Mam nadzieję, że zapomniał. Ile można pamiętać o jednej książce, która ukazała się piętnaście lat temu. Książki przecież nie są aż tak ważne.

Niby wszystko wygląda tak samo. Pomalowane na zgniłą zieleń ławki w parku, mosiężna tablica ogłoszeń przy domu kultury, latarnie, dwie wieże: wieża opuszczonego kościoła ewangelickiego i trochę dalej wieża zamku krzyżackiego. Mała, brukowana wysepka przystanku autobusowego nieopodal ratusza z jego przypominającą spalone ciasto elewacją.

Niby wszystko jest takie same, ale lekko przestawione. Jakby coś, co było istotą tego miejsca, cofnęło się, zrobiło pięć kroków w tył. Jakby miasto próbowało odwrócić się od samego siebie, jak pijak w depresji.

– Gdzie są wszyscy? – pyta Justyna.

– W Anglii – odpowiadam. Myślałem, że Justyna się zaśmieje, ale tak się nie stało.

Zrobiłem kółko po rynku i skręciłem w prawo, w stronę Zatorza. Na Zatorze, czyli część miasta położoną za torami, mówiło się kiedyś Bronks. Nazwa wzięła się od Bronks Baru, dyskoteki, którą zamknięto gdzieś mniej więcej w czasie wejścia Polski do Unii Europejskiej. Była to piekielna i obskurna mordownia; podobno nawet kiedyś kogoś tam zabito, jakiegoś dziennikarza z Olsztyna – ale ja i moi kumple, i Daria nigdy tam nie chodziliśmy. Naszym miejscem była Brama, klub na zamku. Ale Brama to zupełnie inna historia. Teraz w płaskim, długim pawilonie, który zajmował Bronks Bar, mieściła się hurtownia artykułów metalurgicznych. Minęliśmy ją, a następnie Tesco, przytwierdzone do podłoża przez tę samą ogromną rękę, która oblepiła rynek kolorowymi szyldami lombardów, i w końcu dojechaliśmy na sam koniec Zatorza, pod położoną pod lasem kolonię kilku małych, pegeerowskich, trzypiętrowych bloków. Kilkaset metrów dalej Zybork kończył się komunalnym cmentarzem, na którym pochowano moją mamę.

– Nie jesteśmy tam, gdzie mamy być – mówi Justyna.

– Nie jesteśmy. – Kiwam głową.

– A gdzie jesteśmy? – pyta.

– Ja mieszkam na Szmatach, po drugiej stronie miasta – mówię.

– Na Szmatach? – Nie rozumie.

– Tak mówili kiedyś, gdy nigdzie na Szmatach nie było asfaltu – odpowiadam.

– A co jest tutaj? – pyta.

– Bronks – rzucam.

– Bronks. – Rozgląda się. – Tu gdzieś jest cmentarz. – Przypomina się jej, zaczyna kojarzyć. – Chcesz iść na grób mamy?

– Nie, nie teraz. Pójdę z ojcem. Może jutro – mówię.

Na razie nie chciałem iść na grób mamy. Musiałbym jej powiedzieć, że dałem dupy.

Wysiadłem z samochodu. Głęboko odetchnąłem. Zrobiłem kilka skłonów. Przestawał boleć mnie brzuch.

Nie odmalowali tych bloków, łącznie dziewięciu, ustawionych w nierówny prostokąt dwa na trzy. Rozdzielone żywopłotami, sklejone z azbestowych płyt szare kostki wyglądały, jakby upuściła je na ziemię wielka, bezwładna dłoń. Zbutwiały płot. Trzepak. Wkopane do połowy w ziemię opony, służące jako ozdoba i ochrona dla rachitycznych klombów. Wszystko tak samo. Wszystko niezmienione. „Być może dlatego, że tego miejsca, tej ziemi, tej rzeczywistości, nikt nie chce, pomyślałem, nawet po to, aby ją zdemolować, pobić, potłuc, napisać coś na ścianie. Zburzyć".

Pamiętam, że przy ostatnim z bloków, tuż pod lasem, było miejsce, gdzie robiliśmy ogniska.

Zastanawiałem się, czy klatki schodowe tych bloków pachną tak samo, starą skórą znoszonych butów, drewnem, molami, tysiącami ugotowanych obiadów.

– Nie chciałeś iść na grób swojej mamy, ale chciałeś zabrać mnie tutaj? Po co? – Justyna się zastanawia.

– Tu nie chodzi o ciebie – odpowiadam.

– W takim razie nie przeszkadzaj sobie – mówi.

Podchodzę do środkowej klatki ostatniego bloku. Drewniane, pomalowane na bordowy kolor drzwi są otwarte. Uchylam je, wkładam głowę do środka, wciągam powietrze. Zapach jest ten sam, przez chwilę. Potem już go nie ma, potem klatka pachnie już tylko zbutwiałym niczym.

– Daria tu mieszkała. – Odwracam się do Justyny, która rozgląda się dookoła, oparta o samochód.

– Kto to Daria? – pyta.

– Moja pierwsza dziewczyna – tłumaczę.

– Może zapukaj? Może wprosimy się na herbatę? – proponuje.

Nie odpowiadam.

– Z chęcią ją poznam, Dorotę, tak? – pyta.

– Darię – poprawiam.

– Pierdol się! – krzyczy.

– Sama się pierdol, Justyna. Nie masz prawa rzucać takich uwag – odpowiadam i odchodzę.

Bo nie ma prawa rzucać takich uwag. Jako osoba, która, mając męża, poszła do łóżka ze swoim szefem.

Justyna coś odpowiada, ale już tego nie słyszę.

Okno Darii znajduje się w prawym górnym rogu budynku.

Teraz jest ciemne i puste, jak wszystko dookoła, ale być może ktoś zaraz wyrośnie z tej pustki, z lasu nieopodal, być może nawet ktoś, kogo znam. Być może ten ktoś zapyta, czego tutaj szukamy. Na pewno była tu taka postać, jakiś samozwańczy leśnik, mieszkający w altankach działkowych pijak, wegetujący na rencie wariat. Ktoś, kto zawsze się nas pytał, czego tu szukamy. Na pewno się pojawiał, ale teraz nie potrafię sobie przypomnieć, kim był i jak wyglądał.

Nic takiego się nie dzieje. Ci, którzy zostali i przeżyli, albo są w pracy, albo chowają się w środku. Z perspektywy tych paru bloków pewnie jest przed czym.

Pamiętam, że jakieś dwa budynki dalej jeszcze w podstawówce dostałem w ryj od niejakiego Żaby, wysokiego, grubego chłopaka z zawodówki. Żaba chciał ode mnie fajek. Ja nie miałem fajek. Żaba dał mi w ryj, a potem kopnął mnie dla pewności w brzuch, ale fajki się nie pojawiły. Parę miesięcy później przyszło lato i Żaba skoczył na główkę do jeziora. Na dnie jeziora leżały betonowe płyty z wystającymi, przerdzewiałymi prętami. Od tamtej chwili Żaba mógł ruszać wyłącznie głową, co było w pewien sposób zabawne, bo przecież uderzył się właśnie w głowę. Jego matka co tydzień wykupywała mszę w jego intencji, aby Żaba mógł znów ruszać wszystkim i dać komuś w ryj. Niestety, Żaba fruwał Panu Bogu serdecznie koło dupy.

W oknie poniżej okna pokoju Darii zapaliło się światło, by zaraz po chwili zgasnąć. Czyli jednak wciąż ktoś tutaj żył. Jej matka? Biedna i szalona kobieta, która paliła cztery paczki rosyjskich papierosów dziennie?

Daria, moja pierwsza dziewczyna, nie żyje już od siedemnastu lat. Leży blisko mojej matki, raptem dwa rzędy grobów. Aby przejść z jednego grobu na drugi, wystarczy pół minuty powolnego spaceru.

– Popatrz – mówi nagle Justyna, pokazując palcem na słup nieopodal.

Na słupie wisi kartka w foliowej koszulce, wydrukowana na domowej drukarce. Na kartce jest zdjęcie, na zdjęciu widnieje mężczyzna około czterdziestki, nalany, śniady, lekko wyłysiały, w czarnym garniturze. Błyszcząca skóra i czerwone lampki oczu faceta wskazują, że zdjęcie zrobiono najprawdopodobniej na weselu, na którym zdążył przyjąć już na twarz litr wódki, wiadro kotletów i chóralnie odśpiewać, że wszyscy Polacy to jedna rodzina, miała matka syna i niech żyje Zybork, wolność i swoboda. Zdjęcie jest chamsko wykadrowane; z boku widać wąski fragment jeszcze jednej twarzy. Musiało być wspólne, upozowane – mężczyzna ewidentnie nachylał się do kogoś po prawej.

Nad zdjęciem widnieje napis: ZAGINĄŁ.

– Znasz go? – zapytała Justyna.

Tak, znałem go.

– Maciuś. – Uśmiechnąłem się do zdjęcia. Oczywiście, że znałem Maciusia. Wszyscy znali Maciusia. Maciuś swego czasu pełnił godność księcia Zyborka, chociaż był głupi jak kubeł na śmieci; żałosny typ człowieka, który kopnie psa dla zabawy.

Maciuś był szefem zyborskich bandziorków, którzy kradli samochody. Prał potem forsę z tych samochodów w różnych interesach typu wypożyczalnia wideo, osiedlowa knajpa Trefl, maszyny do gier owocówek czy klub bilardowy.

Dawno temu często chodziliśmy do klubu Maciusia pograć. Byliśmy mali, szło nam kiepsko, nie umieliśmy nawet dobrze trzymać kijów, często po prostu popychaliśmy nimi bile w kierunku łuz. Sam stół, który kupił Maciuś, nierówny, pocięty, nadpalony papierosami, zupełnie uniemożliwiał porządną, uczciwą grę. Graliśmy zawsze znacznie dłużej, niż było to opłacalne dla Maciusia, więc za którymś razem Maciuś powiedział, że mamy już przestać i wpuścić starszych chłopaków, którzy czekają na swoją kolej, i w ogóle stąd spierdalać. Mój brat zaczął się z nim kłócić, chociaż miał wówczas jakieś dziesięć lat. Maciuś powiedział, aby mój brat zamknął mordę i poszedł do domu, a Grzesiek wziął wtedy kij, którym grał, i z całej siły trzasnął nim o ścianę. Kij pękł na pół.

– Maciej Gwóźdź? – pyta.

– Maciuś – powtarzam i dopiero wtedy dotarło do mnie, że Maciuś zaginął.

– On był chyba w twojej książce, nie? Miał klub bilardowy? – pyta Justyna już pod domem mojego ojca, jeszcze raz wpatrując się w kartkę, którą zdjęła ze słupa i wsadziła do kieszeni, i wtedy usłyszałem silnik wjeżdżającego na Wapienną auta, na którego powitanie z powrotem rozbrzmiewał chór psów.

– Nie pamiętam, kto w niej był – odpowiadam jej, chociaż pamiętam to doskonale. O Maciusiu był w niej cały rozdział.

Samochód jedzie dalej, nie zatrzymuje się obok domu. Czarne, zużyte już trochę bmw z dziwnie lśniącymi, srebrnymi felgami, będącymi zdecydowanie najczystszą częścią auta. Nie znam tego auta, nie znam kierowcy.

Otwieram furtkę i daję znak ręką, aby poszła za mną.

Obchodzimy dom, drewno, drepczemy po wiórach,

omijamy kolejne plastikowe wiadra, beczki i deski i dochodzimy na tył domu, małe i wąskie zaplecze, prawie w całości zatkane poustawianym w wysokie sterty drewnem. Trzy tarasy – parterowy i oba piętrowe – są również wyładowane przedmiotami.

Stara mikrofalówka, zepsuta lodówka, doniczki, plastikowe suszarki do ubrań, górski rower, który dostałem na bierzmowanie.

Kucam przy oknie do piwnicy. Jest zamknięte, ale można otworzyć je scyzorykiem, pamiętam nawet jak.

– Nasz będzie ten najwyżej? – pyta Justyna, patrząc na balkony. Kiwam głową.

– Nie wchodzę przez to do środka. Nie będę włamywać się do domu mojego teścia, Mikołaj – mówi.

– Co jest, kurwa?! – woła ktoś z daleka.

Na początku nie poznaję tego głosu, może dlatego, że zbyt gwałtownie wali mnie w ucho. Justyna podskakuje.

– Co jest, czego tam szukasz, cwaniaku? – głos woła jeszcze raz i dopiero wtedy odwracam się, i widzę krępego faceta w spranej koszuli, dresie, znoszonych butach, w spłaszczonej, przypominającej naleśnik czapce z daszkiem. Facet pali papierosa i patrzy na nas, stojąc pod domem obok. Po chwili rusza w naszym kierunku.

Gdy idzie, widać, że się uśmiecha.

– To Grzesiek? – pyta Justyna.

– W Warszawie nie dają wam żreć? Ludzi musicie okradać? – pyta i podchodzi jeszcze bliżej.

– Nikogo nie ma, Grzesiek – mówię.

Brat wita się ze mną. Grzesiek ma ciemne, żylaste ręce, jest zarośnięty i umięśniony, z roku na rok coraz bardziej, ale to nie są mięśnie wyrobione na siłowni. Skóra opina mu mięśnie i kości jak twarda guma. Wygląda na dziesięć lat więcej, niż ma. Dresowe spodnie są całe brudne od czegoś białego, farby, wapna. Pachnie tynkiem i wygazowanym piwem z puszki.

– No ojca nie ma – potwierdza. – Nie wiem, gdzie jest.

– A Agata? – pytam.

– Cześć, Grzesiek. – Wita się Justyna.

Grzesiek ostrożnie bierze jej dłoń w swoją rękę. Uśmiecha się do niej.

– Cześć, bratowa – mówi. – Widzę, że nie ma połowy przedniego zęba, który jeszcze rok temu był cały. – Cześć, Blady. – Zwraca się do mnie.

Przez chwilę stoimy w milczeniu. Mój brat się uśmiecha, patrzy na nas, w uśmiechu ma pewną przebiegłość, jakbyśmy byli w trakcie jeszcze jednego z jego dowcipów, który nie dotarł do puenty.

Mój brat jest wrednym sadystą. Odziedziczył to po dziadku. Jego życiowa pasja to dezorientowanie ludzi. Potrafi ciągnąć zgrywę całymi tygodniami i nigdy się przy tym nie gotuje. Gdy byliśmy mali, wmówił wszystkim na Szmatach, że za dwa miesiące cała nasza rodzina przeprowadza się do Ameryki, będziemy mieszkać u naszego wujka, który ma na imię Janusz, żonę Elżbietę, nadwagę i sieć sklepów z wędlinami. Po paru dniach nagle wszyscy na osiedlu zaczęli nas odwiedzać, pomagać mojemu ojcu w drobnych sprawach, nosić mojej matce zakupy, licząc na to, że gdy już będziemy królami Greenpointu, będzie można prosić nas o pożyczenie jakiejś forsy. Najlepszy numer jednak udał się Grześkowi, gdy był już dorosły. Przez trzy lata okłamywał mojego ojca, że studiuje, i to był chyba jedyny raz, kiedy mój ojciec dał się okłamać.

Grzesiek kuca przed oknem do piwnicy, puka w szybę.

– Nie otworzyłbyś, zmieniłem rygle – mówi. – Teraz nikt nie otworzy. Musiałbyś zbić. – Puka jeszcze raz. – Szyba nowa. Ojciec by ci łeb ujebał, jakbyś zbił.

– Czyli już nie ma tylnego wejścia – stwierdzam.

– W domu nie może być tylnych wejść. Musi być jedno z przodu – mówi mój brat. Otrzepuje ręce. – Możemy iść do mnie. – Grzesiek wstaje, ociera ręce o spodnie. – Tylko u mnie bałagan jest. Dzieciaki.

– Są u ciebie? – pytam. Uśmiech schodzi mu z ust, oczy robią się bardziej mętne, znowu spluwa.

– Były do wczoraj. Teraz znowu w Niemczech. U matki – opowiada. Wyciąga z kieszeni paczkę papierosów. – Ale za miesiąc przyjeżdżają znowu.

– Fajnie – mówi Justyna, aby powiedzieć cokolwiek.

– Mógłbym mieć je cały czas – odpowiada jej, szczerząc się. – To najbardziej zajebista zabawa, mówię ci. Zobaczysz.

Grzesiek rozwiódł się rok temu. Słabo znałem Kamilę, jego żonę. Rozmawialiśmy ze sobą dłużej raz w życiu, w któreś święta. Grzesiek ma dwóch synów, czteroletniego Borysa i młodszego Kajtka. Kajtek przyszedł na świat już chyba po rozwodzie. Gdy powiedział mi, że się rozwiedli, nawet nie wiedziałem, co mam o tym myśleć. Zadzwoniłem do niego, aby go pocieszyć, i zapytałem, dlaczego w ogóle to się stało, a on rzucił coś w rodzaju, że po prostu nie podobało jej się w Zyborku.

Jemu, jak twierdził, podobało się bardzo. Mówił, że w Zyborku zostali już tylko ci, którym się podoba, i super.

Spod podwiniętej koszuli wystaje tatuaż przedstawiający chyba tego koszmarka z okładek płyt Iron Maiden. Grzesiek lubił metal, fantastykę, gry role playing. Rysował, dużo i pewnie źle, głównie postaci brodatych, umięśnionych wojowników oraz ich cycate konkubiny. Kiedyś w kółko oglądał stare horrory typu *Powrót z piekieł* i *Halloween*.

Grzesiek przez trzydzieści lat swojego dotychczasowego życia szarpał się i boksował ze wszystkim, co istniało w jego zasięgu. Tak dalece nie wiedział, kim chce być, że teraz jego ciało i rysy, jakby niezależnie od jego woli, podjęły autonomiczną decyzję o ostatecznej, dożywotniej przemianie. Grzesiek zamieniał się w dorosłego mężczyznę z Zyborka, w pewien konkretny typ.

– Nawet nie wiem, czy mam kawę i herbatę. – Myśli i drapie się po głowie. – Na pewno mam piwo. Burdziaki znowu wszyscy pozdychali. – Uśmiecha się, patrząc na dom Burdziaków. Ja też się uśmiecham. Stary żart z podwórka. Widzę, jak podnosi dłoń na przywitanie kogoś. Nie widzę kogo.

Justyna wyciąga z kieszeni kartkę odczepioną ze słupa, podtyka Grześkowi pod nos.

– Chyba z ruskimi się nie dogadał – mówi zamyślony Grzesiek, wciąż patrząc na dom Gumerskich.

– Też tak myślałem – stwierdzam.

– Poliglotą to on nigdy nie był. – Uśmiecha się.

– Renta, spokój, to i spacery! – krzyczy do kogoś, kogo nie widzę i kto mu nie odpowiada.

Kiedy Grzesiek złamał o ścianę kij w klubie bilardowym Maciusia, ten był tak wściekły, że przewrócił go na podłogę i zaczął kopać. Dziesięcioletniego chłopaka, z całej siły, po plecach i żebrach, skórzanymi butami w szpic, kopał go i kopał, a my nic nie mogliśmy zrobić, tylko przerażeni podpieraliśmy ścianę.

Mężczyzna w puchatej kurtce powoli sunie wzdłuż naszego ogrodzenia. Nie jest starcem, ale człapie jak starzec. Na nogach ma kapcie. Na widok Grześka robi dziwny grymas, jakby próbował się uśmiechnąć.

– To Niski? – pytam go, gdy facet mija nasze ogrodzenie.

– Niski, Niski. Młody Niski. – Grzesiek kiwa głową.

– Strasznie szybko jeździł furą. – Przypominam sobie parę lat starszego ode mnie chłopaka, który kręcił bączki granatowym golfem po niewyasfaltowanych jeszcze drogach, wznosząc dookoła chmury czarnego, gryzącego żwiru.

– Teraz już mu się nie śpieszy, jak wylewu dostał. – Grzesiek się uśmiecha.

– Mów ciszej, przecież on wszystko słyszy. – Wskazuję go głową, bo facet jest wciąż niedaleko siatki.

– Nawet jak słyszy, to i tak nic nie mówi – odpowiada Grzesiek.

Wtedy w klubie Maciuś kopał Grześka długo, jakby mój brat był czymś nieożywionym, miękką piłką, zwojem szmat, kupką ziemi. Grzesiek zasłaniał się, gdzie się dało, a Maciuś go kopał; trwało to długie sekundy, ale nagle Grzesiek z całej siły ugryzł go w gołą kostkę, do krwi. Maciuś wrzasnął, Grzesiek wybiegł. Wybiegliśmy za nim. Miał złamane trzy żebra i krew Maciusia na zębach, ale okazało się to dopiero wieczorem w szpitalu. Grzesiek nawet nie zapłakał. Przynajmniej nie przy wszystkich.

– Chodźcie, no, chodźcie. – Macha ręką, abyśmy szli za nim. Wdeptuje papierosa w ziemię. Wióry z drewna przyklejają mu się do butów.

– A rzeczy? – pyta Justyna. – Musimy się rozpakować.

– Spokojnie. Rok na to macie. – Grzesiek się uśmiecha i znowu spluwa, ślina ląduje mu zaraz obok buta. – Cały rok na to macie, aby się rozwarszawić.

Justyna

– Mam dla ciebie prezent – powiedział. Jego głos był komicznie niski i przez to nie dało się brać w pełni na poważnie niczego, co mówi. Przyniósł mi coś niewielkiego, zawiniętego w papier – notatnik albo małą książkę. Trzymał to w wyciągniętej dłoni. Wciąż myślałam o nim „On". „On" trzymał, „On" zadzwonił, „On" napisał.

Ja tylko siedziałam, On tylko stał, ale razem robiliśmy coś złego. Dlaczego wszyscy myślą, że złe rzeczy robi się po ciemku? Złe rzeczy robi się przede wszystkim w biały dzień.

W końcu na niego popatrzyłam. Jak zwykle stał wyprężony, zasłaniał sobą słońce. Widziałam go niewyraźnie, jak przez mgłę. Cieszyło mnie to. Nie chciałam widzieć go wyraźnie. Nie chciałam, aby on widział mnie wyraźnie. Bardzo chciałam mu się nie podobać. Nie pomalowałam się, nie uczesałam, nie zmyłam starego lakieru. Wyglądałam jak wielki pęcherz z namalowaną mazakiem twarzą.

– Wyjeżdżamy – stwierdziłam.

– Na pewno? – zapytał.

– Dziś wieczorem albo jutro z samego rana.

– Na te Mazury? – dopytywał.

– Na pewno na rok. Może na dłużej – powiedziałam.

– Przecież ty nienawidzisz lasu. Panikujesz na widok drzewa – przypomniał mi.

– Przyzwyczaję się – zadeklarowałam.

– To niedobrze – odpowiedział.

Oczywiście, że miał rację. To wszystko, co robiliśmy, wszystko, co było, okazało się bardzo niedobre.

Ławka, na której siedziałam, była na skwerze Broniewskiego, obok budki z hamburgerami, z której dolatywał słodki, mdlący zapach. Na ławce obok siedziała starsza pani w różowym dresie z kreszu i męskich przeciwsłonecznych okularach. Nieporuszona, patrzyła wciąż w jeden punkt i tylko odpalała jednego papierosa od drugiego. Zanim przyszedł, miałam pomysł, że może urządzimy sobie zawody, ja i ta pani, która wypali więcej w ciągu piętnastu minut. Potem zdałam sobie sprawę, że mam cienkie, a ona grube czerwone marlboro setki, i to są zupełnie różne kategorie sportowe. Zresztą ona poza papierosami nie miała nic, a ja miałam zimną kawę w papierowym kubku i kanapkę, którą ugryzłam dwa razy, nie docierając jeszcze do szynki.

On w końcu opuścił rękę z prezentem wzdłuż ciała, położył moją kanapkę na moich kolanach, zwolnił sobie w ten sposób miejsce i usiadł obok; oparł łokcie na kolanach, splótł ręce i się uśmiechnął, nie otwierając ust. Ten uśmiech był wstrętny. Gdybym zobaczyła go na twarzy jakiegoś innego mężczyzny, zabiłabym go. Jego uśmiech mówił: no jasne, mogłaś nie wiedzieć, chociaż jakbyś się zapytała, to dowiedziałabyś się wszystkiego.

– Nie żartuj sobie – powiedział.

– Podjęliśmy taką decyzję – odparłam.

– Podjęliśmy – powtórzył pierwszy wyraz.

– Ja i mój mąż – wytłumaczyłam.

– To jego pomysł? – zapytał.

– To nasz pomysł – przyznałam.

Patrzę na niego i myślę o tym, co to znaczy, że ktoś

wygląda na ileś tam lat. Mówi się: ktoś wygląda na czterdzieści pięć, a tak naprawdę ma czterdzieści osiem. On wygląda, jakby miał czterdzieści pięć, a ma pięćdziesiąt osiem. Może dlatego, że jest chorobliwie zadbany. Ktoś mógłby powiedzieć, że jest nonszalancki, że jest w nim coś z abnegata. Nie, właśnie nie, to, co jest w nim abneckie, jest chorobliwie zadbane. Wystarczy popatrzeć na jego spodnie. Niby jego spodnie są stare, ale właśnie są niby-stare, są z drogiego, sprowadzanego płótna, które wygląda na niby-stare, i potem krawiec Macaroni czy inny Błoński szyje mu te spodnie na niby-stare. Wystarczy popatrzeć na jego paznokcie, jakby narysowane cyrklem.

To zaczęło się na bankiecie. Bankiet był z okazji premiery tej gry komputerowej, w którą grupa wydawnicza zainwestowała milion dolarów, co przyniosło dziesięć milionów dolarów zysku. Wszystkim zrobiło się miło, więc zrobili miły bankiet, a ja zjawiłam się na bankiecie, bo byłam jeszcze dzielnym niewolnikiem grupy, który pracował w dziale reportażowym i pisał te wszystkie nominowane i nagradzane reportaże o ludzkim nieszczęściu.

Już zbliżał się koniec bankietu, staliśmy w jednej kolejce do toalety, a wtedy On spróbował mnie poderwać. Powiedział coś nieśmiesznego, a ja się zaśmiałam, do dziś nie wiem czemu. Wiedziałam, kim jest, nie pamiętałam, jak ma na nazwisko, ale wiedziałam, że to On wydał polecenie, aby zainwestować ten milion w grę.

Zapamiętałam je parę godzin później, gdy wstał do łazienki. Na szafce nocnej miał wizytownik. Potwornie mnie to rozbawiło. Wzięłam dwie wizytówki.

Nienawidziłam go, ale robiłam to, co chciał. Jego geniusz polega na tym, że wszyscy ludzie dookoła robią dokładnie to, co on chce.

Dlatego miał tyle pieniędzy.

– No tak, nie macie forsy. Mikołaj nie ma forsy. – Za każdym razem, gdy wymawiał słowo „forsa", czułam na języku smak, jakbym przez pół godziny mocno ssała pięciogroszówkę.

– Zostaw go z tym. To nie twoja sprawa. To jego problem. Zostaw go z tym samego i chodź – powiedział i wyciągnął do mnie rękę, której nie dotknęłam. Schował ją z powrotem do kieszeni. Wciąż się uśmiechał. – Nie, to nie dla niego. Nie robisz tego dla niego – stwierdził po chwili.

– Dla nas. – Nie wiedziałam do końca, których „nas" mam właściwie na myśli.

Powiedziałabym mu, że nie mogę przestać się czuć odpowiedzialna za Mikołaja. Że poznałam Mikołaja, podnosząc go z ziemi, dosłownie.

– Gówno cię to obchodzi – dodałam.

Że gdy zostawię Mikołaja, to on znowu będzie leżał na ziemi, ale tym razem nikt go nie podniesie.

Więc czemu to zrobiłaś, Justynko? Może to ten głos. Głęboki jak dzwon, najpierw zabawny, potem hipnotyzujący. Trochę jak Fronczewski w *Panu Kleksie.*

– Nawet nie macie dzieci – powiedział.

– Mikołaj o wszystkim wie – odrzekłam. – Powiedziałam mu. Powiedziałam mu o wszystkim.

Na ułamek sekundy przybrał wyraz twarzy kogoś, kto nagle zorientował się, że ma w ustach żywą glistę. Gdybym go nie znała, nawet nie zwróciłabym na to uwagi.

– Po co? – zapytał.

– Bo dostałam od tego wrzodów – odparłam.

– Kiedy?

– Tydzień temu.

– I teraz wyjeżdżacie? – zapytał retorycznie.

– Tak, i teraz wyjeżdżamy – potwierdziłam.

Ojej. On wybaczy ci wszystko. Nic innego niż ty już go nie spotka. Biło od niego kpiące, udawane zmartwienie.

– Całe twoje zainteresowanie mną, Justyna – powiedział cicho – bierze się z tego, że tobie wydaje się, że ja ciebie nie potrzebuję.

Uderzyłam go w ramię. Raz, drugi, trzeci. Tak mocno, jak tylko potrafiłam. Napiął rękę, więc poczułam, jakbym waliła pięścią w ścianę. Mimo to biłam dalej, czwarty, piąty raz.

– Idę – powiedział, wstał. Zasłaniał sobą słońce.

– Poczekaj.

– Na co?

– Jak jesteś taki mądry, to powiedz mi, po co tam jadę. Powiedz, co naprawdę myślisz. Ty chuju – wyrzuciłam z siebie.

Coś tam jest. Jakaś historia, temat. Jeszcze nie wiesz co, ale czujesz to w brzuchu. Wzruszył ramionami, a ja, jakbym chciała go zapytać, czy chodzi mu właśnie o to miejsce, położyłam sobie dłoń na brzuchu.

– Nie chcesz przyjąć do wiadomości, że to wszystko, co było, to był błąd – stwierdziłam.

– Może.

– To jest brak szacunku.

– Brak szacunku do czego? – zapytał.

Był bezczelny jak ktoś, kto nigdy w życiu nie usłyszał, że jest w błędzie.

Starsza pani w różowym dresie gdzieś odeszła. Widziałam, jak rozstąpiły się przed nią gołębie.

Tyle razy mu mówiłam: ja mam męża. Mówiłam to też sobie. Ani on, ani ja nie przyjmowaliśmy tego do wiadomości. Mieliśmy na ten temat różne fantazje. Miraże. Fatamorgany. On myślał, że ja się rozwiodę. Ja myślałam, że On się znudzi i znajdzie młodszą, a ja trochę pocierpię i w końcu się ogarnę. Oczywiście to wszystko nie ma teraz żadnego znaczenia.

– Jak nazywa się ta miejscowość? – zapytał.

– Zybork – odpowiedziałam.

– Będziesz musiała przyjeżdżać do Warszawy, żeby nie zwariować – planował.

Tam, gdzie siedziała babcia, teraz zajął miejsce zasapany facet w swetrze na guziki. Pod jego stopami gołąb uważnie dziobał psie gówno.

Odwrócił się. Widziałam, jak hipnotyzuje ludzi, stojąc do nich tyłem. Wystarczyło, że się odezwał.

– Przecież wystarczy jedno moje słowo. Boliński leci, a ty zostajesz szefową działu – powiedział cicho.

– Boliński to twój przyjaciel z liceum – przypomniałam mu.

– Leci, a ty zostajesz szefową działu – powtórzył.

Znakomicie panował nad mową ciała. Ludzie, którzy nas mijali albo stali nieopodal, mogli pomyśleć, że pyta mnie o drogę.

– Jedno moje słowo. Ale ty też musisz coś zrobić – mówiąc to, patrzył na swoje paznokcie.

Poczułam się, jakbym wystąpiła w wyjątkowo obrzydliwym filmie porno, za który potem mi nie zapłacono.

– Muszę iść – oznajmiłam.

– Pojedziesz do tego Zyborka, ale po paru dniach zadzwonisz i powiesz, że nie możesz już tam wytrzymać i że twój mąż zostaje w Zyborku, ale ty wieczorem będziesz w Warszawie. Przyjedziesz do Warszawy i pójdziesz ze mną na kolację, a potem pójdziesz do mnie. A następnego dnia będziesz szefową działu – powiedział.

– Jesteś aż tak zdesperowany? – zapytałam.

– Tak – przytaknął.

– Dlaczego?

– Bo cię kocham, chyba – powiedział, stojąc do mnie tyłem, i zaraz odszedł, a ja w końcu zostałam na ławce sama.

Gdy odchodził, wyrzucił coś do kosza: ten prezent, o którym mówił.

Notatnik albo małą książkę.

Ja też musiałam wyrzucić coś do kosza, więc wyrzuciłam kawę i kanapkę.

Słońce rozlewało się teraz po całym placu, skapywało z drzew, przesycało wszystko, a ja jedyne, co mogłam zrobić, to iść do kiosku po nowe papierosy i czekać na tę starszą kobietę, aż wróci, i będę mogła palić z nią razem, jednego od drugiego, patrzeć w ten sam punkt, co ona, i być może po jakimś czasie, gdy się uspokoję, wszystko jej powiedzieć.

– Kurwa jesteś, i tyle – pewnie by mi powiedziała.

– Dziękuję pani bardzo – odpowiedziałabym jej na pewno.

Mikołaj / 2000 / Kraina tysiąca wyrzutów

– Chodź – mówię do niej.

Po chwili ona mówi to do mnie, i tak mówimy do siebie nawzajem w kółko. Chodź. Nie, to ty chodź. Nie, to właśnie ty chodź. Krok do przodu, krok do tyłu, koniec końców nikt nie rusza się z miejsca. Jakbyśmy się sprawdzali, grali w pomidora, kto nie wytrzyma pierwszy.

Trupol i Bylu, czyli Dawid i Kamil, moi najlepsi kumple, stoją parę kroków obok, piją browary z puszek i mają ze mnie polew życia. Trupol śmieje się tak, że zdążył się zasmarkać. Razem z Trupolem i Bylem przy nas stoi jeszcze kilka innych osób, które też się śmieją: albo z nas, albo z czegoś zupełnie innego.

(Trupol wyjedzie do Szkocji i otworzy tam zakład renowacji mebli. Lekko wyłysieje i trochę przytyje. Dorobi się trójki zdrowych i grubych dzieci. Bylu zostanie tak samo upiornie chudy, jak jest teraz, przynajmniej tak będzie wyglądał na zdjęciach na Facebooku. Seria drobnych, nieudanych interesów rzuci go do niemieckiej fabryki i w parę innych ciemnych i zimnych miejsc).

Teraz jest im wesoło, ale to mnie i Darii jest najweselej. Tylko parę razy było mi w życiu równie wesoło i wiem, że już nigdy tak nie będzie.

Stoimy na dziedzińcu zamku w piątek lub w sobotę wieczorem. O dwudziestej drugiej lub dwudziestej trzeciej, a może już o północy. Na dziedzińcu zamku jest klub, którego już niedługo nie będzie, za rok, może za dwa. Ale teraz jest. Jest całym swoim istnieniem, które jest głośne, ciemnożółte, trochę śmierdzące, lekko zamglone, lecz nie ulega najmniejszej wątpliwości.

Ten dziedziniec, ten zamek – jestem pewien – ktoś delikatnie podniósł go dłonią z ziemi i zawiesił na czarnym niebie jak bombkę. Aby stąd wyjść, trzeba skoczyć w dół, nie wiadomo do końca, z jakiej wysokości. Tak więc wszyscy się boją i nikt nie ucieka. Klub nazywa się Brama. W klubie Brama głośno leci piosenka Oasis, głośniej, niż życzyliby sobie nawet najwięksi fani Oasis. Trzeszczący bas piosenki podskakuje w moim żołądku wraz z trzema piwami z plastikowych kubków i paroma łykami spirytusowanego wina o nazwie Cavalier. Kto je wymyślił? Kto komu rozkazał pierwszy to pić? Po paru łykach wydaje się, że ten smak zostanie już pod spodem języka na zawsze – smak spleśniałych owoców, mydła i rdzy.

Mówiąc szczerze, niespecjalnie lubię Oasis. Ale tańczę do Oasis, do piosenki *Wonderwall*, bo Daria też tańczy.

Poznałem się z Darią przez naszą wspólną koleżankę Aśkę. Na imprezie u Aśki w domu. Ale poznanie się w Zyborku, mieście, gdzie wszyscy nawzajem wiedzą o swoim istnieniu, nie jest niczym nadzwyczajnym.

Jest problem, bo Aśka jest we mnie bardzo zakochana. Właśnie ten wieczór wybrała na to, aby mi to oznajmić. W tym celu zaprowadziła mnie na schody wiodące na górną balustradę dziedzińca, usiadła na podłodze i oparła się o drewnianą poręcz. Zapaliła papierosa i połknęła trochę dymu. Resztę wypuściła powoli; w powietrzu zawisnął ślad, na ułamek sekundy, jak po miniaturowym samolocie. Być może myślała, że ta odrobina inscenizacji ocali jej godność. Nie patrzyła na mnie, ale gdzieś obok mojej głowy, w róg zakratowanego okna, starając się wyglądać jak ktoś, kto występuje w filmie, a ja z kolei nie patrzyłem na nią, bo obserwowałem z góry brukowany placek dziedzińca i widziałem Darię, Byla, Trupola, a także Kafla z jego kumplem Porczykiem, którzy właśnie przyszli na zamek. Kafel kręcił się w kółko, obmacywał palcami swoją łysą czaszkę, drapał się po brodzie, co chwila strzykał śliną spomiędzy zębów. Miał diastemę, więc to strzykanie wychodziło mu świetnie. Gdy był trzeźwy, prawie nie otwierał ust, bo wstydził się tej diastemy. Kafel poruszał się w przyśpieszonym tempie, jakby coś nim szarpało, próbując się z niego wydostać. Kafel pracował na budowie, a ponadto był skinem, bez przerwy wciągał fukę i dzisiaj też musiał ją wciągać. Szukał swojej dziewczyny Olki. Pytał o nią. Miał jej coś do powiedzenia. Nie mówił co. Porczyk, tak samo łysy i głupi jak Kafel, ale wolniejszy, bardziej obliczalny i bez diastemy, we włożonej pod fleka koszulce nazistowskiego zespołu Lincz 88 stał obok w ramach cichej asysty.

– Wiesz, jesteś super... – zaczynam, ale ona mi przerywa. W powietrzu zawisa kolejny ślad dymu. Kafel szarpie jakiegoś swojego kumpla, by po sekundzie go za to przeprosić, wygładzić na nim ubranie, które jeszcze chwilę temu zaciskał w pięści.

– Dobra, Blady. Wszystko wiem. Jestem zajebistą przyjaciółką, mam zajebistą osobowość, słucham zajebistej muzyki, pożyczam ci kasety i nie gniewam się, że wracają w obtłuczonych pudełkach, no ale... Popatrz na mnie. Wszystko wiadomo – odpowiedziała, tylko na krótką chwilę dotykając oczu rękawem koszuli w kratę.

– To nie tak – powiedziałem. Też zapaliłem papierosa. Zakrztusiłem się. Paliłem od niedawna. – Jest mi bardzo głupio. – Rzeczywiście było mi bardzo głupio.

– I tak jesteś w lepszej sytuacji. – Połknęła jeszcze trochę dymu.

– Będę na dole, jak coś – powiedziałem i zrobiło mi się jeszcze bardziej głupio. To była prawda, Aśka słuchała naprawdę fajnej muzyki. Toola, Ministry, Smashing Pumpkins. Type O Negative i PJ Harvey. Cocteau Twins i The Cure.

Często leżeliśmy u niej w pokoju, paląc trawę i słuchając *Treasure* Cocteau Twins z płyty, którą odziedziczyła po starszej siostrze. Ta muzyka była jak słodka mgła, jak tysiąc ściśniętych na pastę zachodów słońca, i można było się zakochać w każdym, z kim jej się słuchało.

Aśka zakochała się we mnie właśnie wtedy i miała rację, pewnie ja też bym się w niej zakochał, gdyby nie wyglądała jak sześcian.

Zszedłem na dół, zostawiając ją tam, z każdym krokiem czując coraz większą ulgę, i zacząłem przeciskać się przez tłum w stronę Darii, która stała niedaleko głośnika, obok innej koleżanki.

Daria jest fajna. Naprawdę fajna. Jest niska, ale ma wielkie piersi, które muszą być trochę obwisłe, lecz przede wszystkim są wielkie i na pewno chociaż odrobinę piękne, do tego ma trochę krzywe i trochę krótkie nogi, ale nie za wiele. Ma ładne, duże, czarne oczy w kształcie migdałów i długie rzęsy.

Gdy już byłem jakieś pół metra od Darii, Bylu szarpnął mnie za bluzę i pociągnął w bok. Pokazał mi fifkę nabitą skunem, następnie ruchem głowy drzwi do kibla. Pokręciłem głową.

– No kurwa, nie pierdol. – Bylu się zdziwił.

Pokazałem mu głową Darię.

– Nie ma szans. No co ty? – skwitował i poszedł w stronę Trupola i paru innych łebków, którzy czekali na niego na zewnątrz.

Myślałem, że Daria zacznie się dopytywać, gdzie jest Aśka, rozglądać się za nią, ale ona po prostu uśmiechnęła się i wzięła mnie za rękę. Jej dłoń była chłodna i trochę spocona. Pamiętam, że się zdziwiłem, gdy przytrzymała moją rękę trochę dłużej, mocniej, jakby na coś czekała i właśnie straciła cierpliwość. Pamiętam, że też miała koszulę w drobną kratę i coś na rzemyku zawieszone na szyi, i dużo rzemyków na nadgarstku.

Przede wszystkim pamiętam jej włosy. Długie, czarne, lekko kręcone, gęste. Sięgały jej do połowy pleców. Przez te włosy można było ją rozpoznać z dwustu metrów.

– Zatańczysz? – wyciągnąłem to słowo z gardła jak długą, splątaną nitkę.

– Jasne. – Pokiwała głową.

Może Daria i Aśka po prostu nie były aż tak dobrymi koleżankami, jak mi się wydawało. Może. Może Aśka wciąż siedzi na schodach.

Dopiero teraz zrobiło mi się jej tak naprawdę szkoda.

Na parkiecie było już kilka par, między innymi Jarecki i Karolina, dookoła których orbitował cały klub Brama z całą swoją piwną mgłą, brudną żółcią i trzeszczącą muzyką. Jarecki był trochę starszy, miał długie blond włosy i śpiewał w zespole, który nazywał się 17 Sekund, od płyty The Cure, i nagrał piosenkę *Samochód*, którą umiał zawyć cały Zybork. Karolina nie śpiewała i w sumie nie robiła nic poza byciem nieprawdopodobnie piękną dziewczyną. Kiwała się na boki, leniwie, z zamkniętymi oczyma, obok rytmu piosenki, z rękami wyciągniętymi do góry, jej półotwarte usta zdawały się całować kogoś niewidzialnego, kto stał pomiędzy nią a Jareckim. Jarecki powoli ruszał biodrami w tył i w przód, z ust zwisał mu niezapalony papieros; starał się sprawiać wrażenie, że tak naprawdę ma Karolinę w głębokim poważaniu i że równie dobrze mógłby stać sobie tutaj sam, posuwając powietrze. Nawet mu to wychodziło.

„Samochód wszedł w zakręt pomimo wyłączonych świateł" – jakoś tak to szło, ta ich piosenka.

Daria jest bardzo fajna, ale Karolina jest wspaniała. Gdy waliłem konia, wyobrażałem sobie Karolinę w trójkątach z różnymi dziewczynami z filmów porno. Miała długie nogi, proste blond włosy, kolczyk w nosie i w pępku, i jakiś tatuaż, podobno z tyłu, na plecach, nie widziałem, ale dziewczyny mówiły, że wytatuowała tam sobie skrzydła anioła. Każdy chłopak w Zyborku fantazjował o Karolinie, ale to Jarecki miał dwadzieścia trzy lata i śpiewał w zespole piosenkę o samochodzie, który wchodził w zakręt, co chyba wyczerpywało temat.

Wszyscy mieliśmy koszule w kratę. Albo bluzy fruit of the loom, albo erefenowskie góry od dresów adidasa na suwak.

– No weź, rusz się trochę, wstydzisz się? – Daria się uśmiechnęła i przycisnęła do mnie, abym od jej ruchów sam zaczął intensywniej się ruszać.

(Tak zupełnie szczerze, to czasami, gdy waliłem konia, wyobrażałem sobie, jak Daria i Karolina liżą się nawzajem po cipach. Wiedziałem też, że od tego momentu już nie mogę tego robić. Gdy zaczynałem częściej rozmawiać z jakąś dziewczyną, nie mogłem już dalej bić konia z myślą o niej).

– Chodźmy stąd – powiedziałem jej, gdy piosenka dobiegała końca. Nie wiedziałem do końca, co mam myśleć i gdzie tak naprawdę chcę pójść. Wyobrażałem sobie wiele różnych możliwości, nie wierząc tak naprawdę w żadną z nich.

(Popatrzyłem jeszcze raz na Karolinę, która właśnie wybudzała się z tańca jak z długiego snu i rozglądała się za swoim piwem; pomyślałem, że ani ona, ani ja nie mamy najmniejszego powodu, aby kiedykolwiek się do siebie odezwać).

– No dobra. – Daria uśmiechnęła się szerzej i w końcu

poszła za mną do wyjścia, i stanęliśmy na dziedzińcu, który zdążył pod naszą nieobecność wypełnić się ludźmi.

Kafel, ubrany w czarnego flyersa i spodnie lenary, wciąż pluł dookoła i obmacywał palcami ogoloną na milimetr głowę. Co chwila wycierał nos. Ktoś go zawołał, a wtedy Kafel, w ogóle nie patrząc w jego stronę, zaboksował w powietrze.

To było przed chwilą, a teraz jest teraz. Teraz stoimy na dziedzińcu, ja i Daria, jakieś dwa metry od siebie. Wyciągam w jej stronę rękę, jakbym chciał pomóc jej przeskoczyć przez kałużę.

(Kątem oka widzę, jak do Trupola i Byla podchodzi więcej moich kumpli. Kwadrat, który wyjedzie do Gdańska i zostanie barmanem, ale najpierw zaaresztują go na dziesięć miesięcy za drukowanie banknotów na domowej drukarce; Maras, którego parę miesięcy później zabije jego własny ojciec, uznając go w delirium za włamywacza i pchając nożem w brzuch; Flegma, którego firma budowlana wybuduje połowę deweloperskich osiedli w Olsztynie, chociaż teraz wygląda, jakby nie zdołał podnieść pojedynczej cegły).

– No chodź, Daria, chodź ze mną – mówię i w końcu ktoś zaczyna się z nas śmiać, ktoś inny, ktoś stary mówi do Darii: „No idź z nim, zobacz, jak chłopakowi się chce, idź z nim".

– Olka! Olka, kurwa! – głos Kafla wybucha tuż obok mnie w momencie, gdy jego dziewczyna wyrasta jak blady upiór z prowadzącej na dziedziniec bramy; Kafel idzie w jej kierunku, szybko, przemierza pół dziedzińca kilkoma wielkimi krokami.

Olka weszła, a właściwie coś ją przywiało, jak rzucaną przez wiatr papierową torebkę. Była tak blada, tak sucha i cienka, że czarne odrosty na małej, utlenionej głowie wydają się najcięższą częścią jej ciała.

– Gdzieś ty była, do chuja jebanego? Gdzieś ty była,

kurwa? Czekam tu na ciebie, szukam cię, kurwa, po melinach cię szukam, a ty co odpierdalasz? Co odpierdalasz?! – pyta głośno Kafel Olkę.

– Jeb się, ty chuju jebany – odpowiada mu Olka.

I tak sobie rozmawiają, i nikt już nie patrzy na nas, bo wszyscy patrzą na Kafla i Olkę i czekają, kiedy się zacznie, kiedy jedno uderzy albo szarpnie drugie i kiedy trzeba będzie odciągać Kafla od Olki, żeby nie chwycił jej za włosy i nie zaczął walić jej głową o najbliższą płaską, pionową powierzchnię, co podobno kiedyś zrobił. Dopiero gdy już będziemy wychodzić z zamku na dziedziniec, wąskim i krótkim gardłem bramy, gdy muzyka będzie już za nami, przytłumiona i cichsza, Daria zadaje mi pytanie, na które wciąż nie znam odpowiedzi:

– A tak właściwie to gdzie ty chcesz iść?

– Na Psychozę? – odpowiadam po chwili.

– Może być – mówi po krótkim namyśle.

Gdy już wyjdzie się z dziedzińca zamku, a następnie tuż za nim skręci się w prawo, w głąb okalającego zamek parku, po kilku minutach spaceru dojdzie się do małej polany z wysokim na trzy metry, murowanym, otynkowanym na szaro pomnikiem i kilkoma ławkami, ustawionymi przodem do niego w półokręgu. Na murze pomnika, na tablicy pamiątkowej, widać spory, nabazgrany czarnym sprayem napis: PSYCHOZA. Ten napis zniknie za kilka lat, ktoś w końcu wywabi go chemikaliami do usuwania graffiti, aby odsłonić znajdującą się pod nim pamiątkową tablicę. Ale teraz napis tam jest, wielki, czarny, kulfoniasty, niezgrabny, pisany dłonią, dla której pisanie czegokolwiek było dość rzadką przygodą. Psychoza jeszcze żyje.

– Ktoś może tam być – mówię.

– I co z tego? – odpowiada.

– No dobrze. – Kiwam głową.

– To kto kogo tam prowadzi? – pyta i się uśmiecha.

Napis namalował niejaki Gizmo, chłopak, który tak się przećpał, że to przećpanie stało się jedyną treścią jego osoby. Słabo go znałem.

(Gizmo, który potem zakończy to wszystko w straszny sposób. Nie mam mu już tego za złe. Trudno mieć mu to za złe, gdy Gizma nie ma i już nigdy nie będzie).

Trupol znał go lepiej, twierdził, że pierwszy raz zapalił jointy właśnie z Gizmem. Gizmo podobno pewnego dnia podszedł do pomnika i po prostu go ochrzcił, w biały dzień, bez słowa i zbędnych ceregieli, na oczach siedzących tam, popijających piwo żuli. Napisał swoje i poszedł do domu. Nikt nigdy nie dowiedział się, o co naprawdę mu chodziło: czy Gizmo chciał jakoś oddać swój stan ducha, czy po prostu namalował pierwszy wyraz, który przyszedł mu do głowy. Od tamtej pory nie chodziło się na pomnik, ale na Psychozę.

Daria łapie moją dłoń i już jej nie puszcza, a gdy to robi, czuję jedno mocniejsze, gwałtowne uderzenie serca i krztuszę się, jakby nagle ktoś wepchnął mi dwa palce w gardło.

Na Psychozie tym razem nie ma nikogo, pod stopami chrzęszczą nam kawałki potłuczonych butelek, kapsle, foliowe siatki. Pomimo tego syfiastego dywanu noc jest tak rześka, że aż cierpka. Siadamy na ławce, najpierw obok siebie, ale już po paru sekundach ona siada na mnie okrakiem i wtedy czuję, że cała składa się z ciepła, że jest jak gruby plik wełnianych koców.

(Już zawsze miała kojarzyć mi się z czymś rozgrzewającym i ciepłym).

Wpycha mi język do ust i pamiętam do dzisiaj, jak pachnie i smakuje. Trochę potem, trochę mlekiem w proszku, a trochę kremem nivea, trochę dezodorantem, a trochę papierosami i piwem. Całując ją, gwałtownie próbuję rozpoznać jej ciało, które jest miękkie i białe. Moje dłonie lekko się w nią zapadają, jest jej trochę więcej, niż myśłałem, jest trochę jak surowe ciasto. Jej włosy przykrywają mnie w całości, wchodzą mi do nosa, oczu, ust. Całuje tak, jakby chciała mnie zjeść. Nie przeszkadza jej to, że ja chyba nie umiem tego robić.

Daria rusza się na tyle gwałtownie i oddycha na tyle szybko, że zaczynam myśleć, że jeszcze nie spałem z dziewczyną. Przez chwilę nawet chcę jej o tym powiedzieć. Wiesz, Daria, ja jeszcze z nikim nie spałem. Ale natychmiast sam się poprawiam – to tragiczny pomysł, jej to przecież w ogóle nie obchodzi, na pewno nie będzie chciała robić tego teraz i tutaj, na Psychozie, wśród kapsli, petów, kałuży szczyn, odłamków szkła.

– Mam na ciebie ochotę – mówi i patrzy mi w oczy.

I już mam jej powiedzieć: okej, dobra, pewnie, czemu nie, Daria, przecież to największe z moich marzeń, zrobić to w ogóle, a zrobić to z tobą to jakby korona wszystkich marzeń, ale wtedy Daria nagle podskakuje na dźwięk własnych słów.

– Kurde, Aśka! – wykrzykuje i od razu przykłada dłoń do ust.

– Co Aśka? – próbuję udawać, że nie wiem, o co jej chodzi. W zaroślach za nami słychać kroki i głosy. Słyszę je mimochodem, nie myślę o nich.

– Ja nie mogę jej tego zrobić, to jakaś perwa, ona się w tobie kocha – mówi.

– Mam z nią chodzić dlatego, żeby nie było jej przykro? – pytam, a wtedy Daria schodzi ze mnie i siada obok, i widzę w ciemności, jak patrzy wprost przed siebie, prosto na napis PSYCHOZA, widoczny nawet w najgłębszej ciemności, a może gdzieś poza ten napis, w nieokreśloną, ale bliską przyszłość.

Zapaliła papierosa. Ja też. Zakrztusiłem się, wciąż jeszcze nie umiałem tego robić.

– To zajebista dziewczyna – mówi do mnie, odwracając się. – Nikt nie chce z nią nawet dłużej pogadać. A to jest naprawdę super dziewczyna. To bardzo niesprawiedliwe – mówi to takim tonem, że naprawdę staram się nie dopuścić do siebie myśli, że może ona, chociaż niezmiernie ładna i mlecznobiała, jednak jest też trochę niemądra.

– Wszystko jest bardzo niesprawiedliwe. – To pierwsza rzecz, jaka przychodzi mi do głowy.

Znowu słyszę kroki, szurnięcia, ciche splunięcia, szelest, jakby ktoś pływał w basenie pełnym foliowych torebek, coraz bliższe, coraz wyraźniejsze; ktoś idzie w stronę Psychozy. Z tego, co mówi, można wyróżnić tylko wyrazy „kurwa". I czknięcia. Daria jeszcze tego nie słyszy, nie zwraca uwagi, ale ja już tak; i wiem, że te szelesty, splunięcia i czknięcia nie zwiastują niczego dobrego; chcę wziąć ją za rękę, powiedzieć „chodźmy" albo nawet nic nie mówić, tylko po prostu wstać, ale jestem pewien, że pomyśli, że jestem tchórzem.

– Jeśli my, no wiesz, to ona się naprawdę załamie – mówi trochę ciszej. Pali zupełnie inaczej niż ja i zupełnie inaczej niż Aśka. Nie połyka dymu, lecz zaciąga się płytko, wypuszcza w powietrze wielkie, białe chmury jak kwiaty.

I wtedy rozumiem, że muszę zatrzymać ją przy sobie, że mam na to dosłownie kilka sekund, zanim Daria zupełnie zapadnie się w myślach o Aśce, zanim będzie zadowolona, że jednak zachowała się w porządku w stosunku do swojej super najlepszej koleżanki; oczywiście, potrzebuje jeszcze chwili, aby do tego dojść, ale ta chwila okaże się bardzo krótka.

(Czuję, jak okropnie i boleśnie mi stoi).

I rozumiem też, że jeszcze kilkanaście minut temu jej nie było (białej i ciepłej), ale teraz jest i z nią jest mi dużo lepiej niż przedtem, a gdy znowu jej zabraknie, wtedy będzie gorzej, dużo gorzej niż przedtem. Będzie gorzej już jutro rano. Jeszcze gorzej będzie w poniedziałek na szkolnym korytarzu. Jeśli teraz zniknie, wtedy będzie wszędzie tam, gdzie ja, jak w tej potwornej piosence z radia w samochodzie mojego ojca, będzie we wszystkim, o czym będę myślał, a tak naprawdę nie będzie jej wcale. Rozumiem, że spędzę miesiące na wymyślaniu setek innych scenariuszy o mnie i o Darii, podkładając pod te scenariusze wszystkie piosenki Smashing Pumpkins i Cocteau Twins, i to wymyślanie, to zastanawianie się będzie jak trawienie papieru ściernego.

– Daria – mówię cicho, a ona odwraca głowę, zdziwiona, jakbym przypomniał jej, jak naprawdę ma na imię. – Wiesz co, ja zawsze się w tobie kochałem – mówię, kładę dłoń na jej plecach i czuję, jak lekko sztywnieje.

I wtedy tuż zza drzew, zza napisu PSYCHOZA, słychać wrzask, krótki i głośny, rwany, jak gdyby ktoś zaledwie na chwilę włączył radio, które nadaje wrzask nieprzerwanie przez całą dobę; ten krótki wrzask wybucha tuż przed nami na moment, by wybuchnąć jeszcze raz i jeszcze raz, uformować się w słowa:

– Przestań, Kafel, przestań, kurwa! – krzyczy dziewczyna Kafla.

– Złożę cię w ofierze, kurwo jebana. Złożę cię w ofierze. – Kafel ciągnie po ziemi swoją dziewczynę za włosy i rzuca ją tuż obok Psychozy. W swoim bazarowym uniformie wygląda jak przebrany za człowieka, oszalały jaskiniowiec. Ma naddarty rękaw od flyersa, który na dziedzińcu zamku był jeszcze cały. Kafel dyszy. Jest naćpany po uszy. W kącikach ust ma małe, jasne kreski piany. Są dużo bielsze niż jego zęby. – Kurwo, w ofierze cię złożę za to wszystko. Zobaczysz. Wytnę ci serce – charczy, a trochę piany z ust pada na twarz dziewczyny, która kuli się pod jego nogami.

Kafel jeszcze nas nie widzi, ale ja widzę go całkiem wyraźnie i bardzo się go boję. Wyświetla się przede mną jak film. Myślę o tym, że strach ma swój smak, to smak rdzy, starej krwi, kiedy Daria łapie mnie znowu za rękę. Chcę powiedzieć, abyśmy stąd poszli. Wstaję, przyciągam ją do siebie, a wtedy Kafel odwraca się w naszym kierunku i patrzy na nas wzrokiem kogoś, kogo przed chwilą cholernie mocno uderzono w głowę.

– Czego, kurwa?! – krzyczy. Jego dziewczyna płacze, pociąga nosem. Kafel sięga do kieszeni spodni i coś wyjmuje. Nóż motylkowy błyska w ciemności jak mały flesz.

Przyciskam do siebie Darię, która jest jeszcze cieplejsza i cała mocno drży.

– Czego, kurwa, brudasie? – pyta mnie Kafel.

Nie odpowiadam.

– Włożyć ci kosę? – pyta, jakby proponował mi łyk piwa.

Podchodzi kilka kroków do przodu. Jego dziewczyna wstaje z ziemi. Trzyma się za głowę, lekko się chybocze, wygląda, jakby próbowała wstać na zwodowanej łódce.

– Włożyć ci kosę, brudasie? – powtarza Kafel.

Zastanawiam się, czy Kafel chce teraz komuś udowodnić, że zdoła kogoś pociąć. Nóż znowu błyska w ciemności, jakby puszczał do mnie oko.

– Nic – odpowiadam po chwili.

– Nic. – Kafel kiwa głową i dodaje: – Złożę cię w ofierze, kurwa, Szatanowi. Ciebie też. Złożę was wszystkich.

Daria chyba zaczyna płakać. Chyba, bo w miejscu, gdzie wciska twarz, oprócz ciepła czuję też coś mokrego.

– Obetnę jej cipę. Spalę jej mordę. – Pokazuje na Darię.

Ze strachu zaczyna boleć mnie całe ciało.

– Daj nam spokój, idziemy stąd – mówię, a właściwie mówi to ktoś inny, ktoś, kogo kiedyś połknąłem i o kim dawno zapomniałem.

Jestem przygotowany na to, że zaraz będzie po wszystkim, że zostaniemy zapamiętani jako pierwsze ofiary rozszalałego Kafla, który gdy już nas potnie, wróci na zamek, wmiesza się w stojący pod Bramą tłum i będzie tak ciął, i krzyczał, i się pienił, aż w końcu wytnie pół Zyborka, wywrzeszczy wszystkie swoje bluzgi i klątwy, i w końcu zastrzeli go oddział przysłanej z Olsztyna policji.

I wtedy za nami słychać głos, kolejny głos, który mógłbym przypisać nawet do jakiejś twarzy:

– Kafel, kurwa! Gdzie polazłeś?

– Tutaj! Uspokójcie go! Uspokójcie go, bo odpierdala! Porczyk! Porczyk, chodź tu, uspokój go! – krzyczy dziewczyna Kafla, a ja wtedy chwytam Darię za rękę, mocno, śliską od potu, zimną rękę, i idziemy razem w mrok, przez park, przed siebie, szybko, bardzo, Daria się potyka, ale zaraz odzyskuje równowagę; w ostatniej chwili mijamy kolejne drzewa i w końcu wychodzimy na ulicę nieopodal opuszczonego kościoła ewangelickiego, niedaleko rynku.

– Wszystko w porządku – mówię do Darii.

Jesteśmy obok drugiego zyborskiego miejsca spotkań, czyli Jeziorka w parku. Wciąż możemy tam iść, usiąść na ławce, zacząć się znowu całować. Patrzę na nią. Oddychamy wciąż ciężko, szybko. Ona na mnie patrzy, ale już się nie uśmiecha; patrzy na mnie, jakby żądała jakiejś odpowiedzi.

– Odprowadzę cię do domu – odzywam się do niej, a ona przyciska się do mnie jeszcze mocniej.

– Nie chcę iść do domu – szepcze.

– Okej – odpowiadam.

– Chodźmy gdziekolwiek – dodaje.

– Okej – mówię. Byłem wtedy szczęśliwy. Wszystko robi się zamglone, pożółkłe jak oglądane przez szybę, głuche, zamazane, ale mimo to niepodważalnie istniejące.

Zdanie z tej piosenki, którą wszyscy znamy – „Samochód wchodzi w zakręt pomimo wyłączonych świateł" – pulsuje mi z tyłu głowy.

– Tam, na ławce, żartowałeś czy nie? – pyta Daria,

a w jej pytaniu jest pewien rodzaj stanowczości, z którą mam do czynienia pierwszy raz w życiu.

Czuję się w samym środku życia i w samym środku snu jednocześnie.

W ciągu następnych lat będę brał mnóstwo narkotyków wyłącznie po to, aby to uczucie odzyskać, chociaż na chwilę.

Zamykam oczy, na ustach mam mydło, mleko, sól, rdzę.

Mikołaj / Przednie wejście

W moich wspomnieniach mama jest przed czterdziestką.

Gdy odeszła, była starsza. Gdy odchodziła, wyglądała na jeszcze starszą, niż była. Ale w mojej pamięci wygląda zdrowo, ma błyszczącą skórę, skarży się, że przytyła. To fakt, mama robi się coraz większa. Ale ani ja, ani Grzesiek jej tego nie mówimy. Długie ciemnoblond włosy spina w okrągły kok. Nosi kolorowe ubrania, często brzydkie i z bazaru, lubi podrabiane indyjskie chusty i lejące się spódnice. W konsekwencji wygląda jak spłowiała tęcza. Nic do niczego nie pasuje, a ona jeszcze wzmacnia ten efekt setkami łańcuszków, korali, pierścionków. Nie lubi opowiadać dowcipów i nie lubi, gdy ktoś je opowiada. Na wideo ma nagrane odcinki *Hotelu Zacisze* i *Kabaretu Olgi Lipińskiej*, ogląda je i wtedy śmieje się do rozpuku. Czasami płacze, ale zawsze wtedy się odwraca.

Mój ojciec często drze mordę. Wtedy moja mama mówi do niego cicho, tak aby wyłącznie on to usłyszał. Ojciec wtedy nic nie odpowiada. Przez chwilę na nią patrzy. Potem zaczyna znowu wrzeszczeć, wrzeszczy minutę, dwie, trzy, w końcu przestaje. Mama hipnotyzuje go jak kobra, jego gniew wchłania się w mamę, zatrzymuje się w niej. Ojciec pozbawiony gniewu wygląda dziwnie, jest trochę zdezorientowany, jak ten kulawy facet z dowcipu, który dostał garb w prezencie od upiora na cmentarzu.

Gdy mama wchłonie gniew ojca, przyjmie go w siebie, przez jakiś czas inaczej się porusza, chodzi wolniej. Czasami musi na chwilę usiąść. Stawia wtedy przed sobą herbatę i pije ją powoli małymi łykami, zanim dojdzie do połowy kubka, herbata jest już zupełnie zimna; ojciec hałasuje gdzieś w domu, w piwnicy, na strychu, stuka, wyrzuca, uderza, kopie; mama stara się go nie słyszeć, włącza *Hotel Zacisze* albo *Kabaret Olgi Lipińskiej*, zwiększa głośność.

Mama jest surowa i silna. Nigdy nie krzyczy, mówi, że duże psy nie szczekają. Nie pije alkoholu i nie pali papierosów, nienawidzi ich, czasami, gdy ojciec pali jednego za drugim, wychodzi z domu.

Mama jest higienistką w zyborskich szkołach, również w tej, do której chodzimy. Codziennie rano sprawdza naszą czystość. Patrzy nam do uszu i na paznokcie. Mówi, że brud to najgorszy wstyd. A potem robi to jeszcze raz w szkole, sprawdzając wszystkie dzieci.

Najgorsze są wieczory, gdy mama zamyka nas obu w pokoju Grześka. W drzwiach pokoju jest brązowa, wzorzysta, gruba szyba. Widać przez nią tylko światło albo ciemność. Ewentualnie sylwetkę kogoś, kto stoi za drzwiami. Ale dopiero wtedy, gdy ten ktoś stanie bezpośrednio przed nimi. Grzesiek chce wybiec, ale ja go trzymam za rękę, mocno, mówię, aby tego nie robił. Nic nie widać, ale wszystko słychać. Ojciec mówi głośno, mama nie mówi nic. Hałas, rumor, ojciec czymś rzuca, zabiję go, mówi Grzesiek, nikogo nie zabijesz, masz dziesięć lat, chwytam go za rękę i przyciskam siłą, aby został w pokoju. Mama sobie poradzi. Wiem to. Ufam jej.

Spocony i zdyszany Grzesiek wije się pode mną, jakby ktoś raził go prądem.

W nocy, gdy się przebudzę, mama będzie siedzieć

przy włączonym telewizorze, cicho, nawet nie odwróci się w moją stronę, będzie pić herbatę małymi łykami i powie tylko, że wszystko jest w porządku i że mam iść do swojego pokoju. W całym domu będzie słodki i mdlący zapach zaszczanych pieluch, wymiocin, spirytusu.

Teraz dom mojego brata pachnie świeżą farbą.

– To Aleks i Bolek – mówi Grzesiek, patrząc na mnie, zauważając, że pociągam nosem, że czuję ten zapach.

Justyna patrzy na niego pytająco.

– Szczury. Szczury moich dzieciaków. Szczają we wszystkie wnęki, jak tylko wyjdą z klatek. No ale co, kochają te szczury. – Wzrusza ramionami.

Dom mojego brata wygląda, jakby rano odwiedziło go CBŚ. Plastikowe chińskie zabawki leżą porozrzucane po całej podłodze połączonego z kuchnią salonu, podrabiana konsola PlayStation z wejściem na kartridże tam, gdzie powinien być otwór na płytę CD, podrabiany tablet, który wygląda jak tablet, ale jedyne, co może robić, to wygrywać irytujące melodyjki, grzechotki, plastikowe i kolorowe akcesoria do gotowania, plastikowe patelnie, garnki i grabki, klocki i kolorowanki. Do tego ubrania, robocze i codzienne, uprane zmieszane razem z brudnymi, dziecięce z tymi dla dorosłych, letnie z zimowymi.

Nie jestem dobrym wujkiem. Nie umiałem bawić się z tymi dzieciakami, w ogóle nie umiem bawić się z dziećmi, denerwuje mnie, że nigdy nie wiadomo, co zrobią, co odpowiedzą. Nie zostałem ojcem chrzestnym starszego, Borysa, nawet chciałem, ale nie potrafiłem załatwić kościelnych formalności, na myśl o spowiedzi wszystko mnie paraliżowało. Nie wiem, czy Grzesiek ma mi to za złe. Ojciec na pewno.

W każdym razie to fajne dzieciaki. Z tego, co pamiętam, wyglądają jak dwa małe Grześki. Tak jak on kopią i popychają wszystko dookoła, jeszcze się z tego śmiejąc.

– Jakby kochały węże i tarantule, to miałbym węże i tarantule. Co zrobić? Będziesz miał swoje, to zobaczysz. Ręce byś sobie dla nich odrąbał – mówi, bezładnie chodząc wzdłuż i wszerz po całym bałaganie, jakby próbując go zaczarować samym chodzeniem.

W kuchni piętrzą się opakowania po mleku, płatkach, środkach czystości, chlebie, serze, oleju, wędlinach – wszystko wyjęte i rozłożone na drewnianym blacie, jakby mój brat właśnie rozmrażał lodówkę. Obok ustawionego w kącie pokoju telewizora leżą pryzmy filmów na DVD. Dużo westernów i sensacji z lat 80., *Cobra, Rocky, Klatka, Commando,* plus mnóstwo bajek. Kilka książek, Sergiusz Piasecki, Henryk Sienkiewicz, biografia Guns N'Roses. „Guns N'Roses to była banda kmiotów – myślę – ale kiedyś bardzo nam imponowali i zastanawialiśmy się, co by było, gdyby nagle przyjechali do Zyborka. Czy ktoś by ich rozpoznał, czy po prostu dostaliby wpierdol, na przykład od Maciusia i jego kolegów".

– Ładny blat – mówi Justyna. – Sam go wycinałeś?

– Wszystko robiłem sam. – Grzesiek się uśmiecha. – Wybudowałem to sam.

– A kto projektował? – pyta.

– Projektował... no ja. – Wzrusza ramionami. – Jak zobaczyłem, co ten architekt nabazgrolił, to palnąłem go w kaszkiet i narysowałem sobie sam.

– Sam? – pyta trochę kpiąco, trochę podejrzliwie Justyna.

– Są rzeczy, które może robić każdy, gdy tylko trochę się skupi – odpowiada Grzesiek.

Pomiędzy rzeczami i zabawkami na podłodze leżało oprawione zdjęcie moje, Grześka i mamy. Mama wygląda mniej więcej tak, jak ją pamiętam, tylko jej włosy są – wyjątkowo – rozpuszczone. Grzesiek uśmiecha się, jest szczerbaty, ma na sobie koszulkę z Batmanem. Ja patrzę gdzieś w bok, nie wiem do końca na co, mam półotwarte usta i wyglądam jak cofnięty w rozwoju. Mama patrzy w obiektyw bez słowa. Uśmiecha się, ale wiem, że była wtedy smutna.

– Dzieciaki musiały zrzucić – mówi Grzesiek, gdy widzi, że trzymam je w ręku. – Noż kurwa, do świąt tego nie posprzątam.

Justyna pije wodę i pali papierosa, strzepując popiół do postawionego na krześle słoika. Słoik jest pełen popiołu i niedopałków.

Przez duże szklane okno werandy widzę, jak pod bramą zatrzymuje się samochód ojca. Niebieski pickup Nissana z 1986 roku, 4x4. Kupił go niedawno, ale nie pamiętam kiedy. Za nim parkuje jeszcze jedno, równie spore, zielone auto.

– Przyjechał generał. – Grzesiek się uśmiecha.

– Musi dużo palić – mówię, aby powiedzieć cokolwiek na temat samochodu.

– Jak F-16 – odpowiada Grzesiek.

Szyby samochodu są przyciemniane. Przez dłuższą chwilę nikt z niego nie wychodzi. Oba auta wyglądają, jakby przyjechały tu same.

W mojej pamięci moja mama najczęściej nie ma wyrazu twarzy. To, co naprawdę czuje, widać tylko w jej oczach. Pamiętam, jak ojciec siedzi przy stole zastawionym na jakieś trzydzieści parę osób. Na blacie mnóstwo pustych butelek, brudnych talerzy, półmisków, brytfanek, tortownic i salaterek. To chyba Wielkanoc albo bierzmowanie Grześka.

Pamiętam, jak ojciec śpi, siedząc, i jedynie coś nim delikatnie porusza w przód i w tył, jakby ktoś, stojąc za nim, lekko napierał biodrami na krzesło. Przy stole siedzi kilkanaście osób; wszyscy udają, że nie zwracają uwagi. Pamiętam, że ojciec w końcu wstaje, by zatrzymać się w bezruchu jak brzydka rzeźba, przez chwilę śpi na stojąco, a następnie pociąga za obrus, leżący pod tymi wszystkimi naczyniami, talerzami, półmiskami, brytfankami, tortownicami i salaterkami, pociąga za niego mocno i przewraca się razem z obrusem i tym, co na obrusie, na podłogę, robiąc nieprawdopodobny hałas, jak wybicie stu szyb naraz; szkło, naczynia i resztki jedzenia lądują na nim, obok niego, na całej powierzchni dywanu, wszyscy podnoszą się, odskakują, moja mama również, nie zmieniając wyrazu twarzy, a mój ojciec przykrywa się tym brudnym obrusem jak kołdrą i idzie spać wśród rozbitego szkła, plam po wsiąkniętej w dywan wódce, oranżadzie i kawie, resztek kaczki, kurczaka, sałatki, śladów tłustego sosu. Pamiętam, jak mama stoi nad nim i patrzy na niego przez krótką chwilę spojrzeniem, którym obrzuca się śpiących w tramwaju bezdomnych.

– Skurwysyn – syczy przez zęby moja matka i jest to jedyny raz, kiedy słyszę, że przeklina.

Ojciec będzie spał długo i twardo jak dziecko; po sześciu godzinach, gdy mama z pomocą dwóch ciotek w końcu posprząta i pozmywa, będzie spał dalej.

Odkładam zdjęcie z powrotem tam, gdzie było.

– Mnie też mógłbyś dać coś do picia – mówię do Grześka.

– Nalej sobie. – Pokazuje nieokreślony punkt na blacie w kuchni. Nieopodal punktu stoi prawie pusta butelka mineralnej.

W skrócie – wszystko skończyło się tak, że gdy już było wiadomo, że mama nie wyzdrowieje, ojciec przestał pić, sprzedał samochód i wstawił sobie zęby. Nie pije do dzisiaj.

– Kurwa, Aleks! – krzyczy mój brat i podskakuje w miejscu, gdy czarne, małe zwierzątko przebiega mu pod nogami.

Widzę, jak ojciec wysiada z samochodu i idzie w stronę wejścia do domu, rzucając okiem na mój samochód bez żadnego zdziwienia, jakby sprawdzał, czy nie mam przebitych opon. Z samochodu za nim wychodzi facet w kurtce moro. Rozmawiają przez chwilę. Facet słucha tego, co mówi mój ojciec, kiwa głową, podaje mu rękę. Trwają w tym geście przez dwie, trzy sekundy. W końcu facet wsiada do swojego samochodu i odjeżdża. Ojciec zostaje sam, idzie w kierunku furtki.

– To Braciak. Leśniczy. Rewolucjoniści, psia ich mać. – Mój brat się śmieje.

– Rewolucjoniści? – pytam.

– No rewolucjoniści zyborscy. Bernat był trzeci, tylko do kochanki spierdolił – mówi Grzesiek.

Sposób chodzenia ojca – idzie jak zwykle, lekko kołysząc barkami, powoli i uważnie, jakby próbował utrzymać równowagę na kolejowej szynie, ale też mocno, jakby każdym krokiem chciał coś rozdeptać. Ma skórzaną kurtkę, wojskowe spodnie, czarne trampki. Zawsze ubiera się w ten sposób. Na nosie okulary korekcyjne, które nosi od kilku lat. Jego ogolona na gładko czaszka wygląda jak wyciągnięty z rzeki, wygładzony przez wodę kamień. W ręku trzyma płócienną torbę, z której wystaje chleb.

– Tutaj! Tutaj są! – woła Grzesiek i wychodzi przed dom, a ojciec odwraca się w jego stronę.

– Tutaj są! – powtarza Grzesiek. Ojciec kiwa głową.

– To jak są, to niech przyjdą – mówi i otwiera drzwi, i dopiero gdy to robi, jak gdyby na sygnał, z samochodu wysiada Agata, druga żona mojego ojca, a ja wychodzę przed dom Grześka i podnoszę rękę, trochę jakbym się witał, a trochę jakbym się poddawał.

Justyna staje za mną. Nie podnosi ręki. Agata również. Nikt się nie odzywa. Pies wstaje. Szczeka raz, ojciec wyciąga do niego palec, pies przestaje szczekać.

– Chodźcie – mówi mój ojciec, stawia torbę z chlebem na ziemi, otwiera drzwi.

– Ja zostaję – odpowiada Grzesiek. – Ja zaraz przyjdę.

– Ty też chodź – mówi mój ojciec.

– Muszę posprzątać – tłumaczy Grzesiek.

Justyna wchodzi do środka pierwsza. Ojciec stoi w drzwiach, zdejmuje buty. Justyna wyciąga do niego rękę.

– Nie przez próg, bo się pogniewamy – zwraca się do Justyny mój ojciec.

W środku domu pachnie czystością, ale też czymś miękkim, słodkim i starym. Ściany są świeżo pomalowane, na ciemnożółty kolor. Ostatnio, gdy tu przyjechałem, były ciemnozielone.

Justyna przekracza próg, wchodzi do środka, do przedpokoju; na wprost, za podwójnymi, przeszklonymi drzwiami, jest wejście do salonu; na prawo jest wejście do kuchni. Na lewo – schody na górę, a obok, wciąż białe i wciąż trochę odrapane, drzwi, za którymi jest wejście do piwnicy. Wszystko jak zwykle, ale jednak zupełnie inaczej. Na piętrze – pokoje, sypialnia, kiedyś rodziców, teraz ojca i Agaty, kiedyś mój, teraz Joasi, mojej przyrodniej siostry, kiedyś Grześka, teraz Janka, brata bliźniaka Joasi.

W domu, w którym się wychowałem, mieszka zupełnie nowa rodzina, tyle że tą nową rodziną również rządzi mój ojciec. „To całkiem śmieszne" – myślę. „Jak arabski sitcom".

Przez chwilę stoimy w tym korytarzu, bez słów, jakbyśmy byli tu zatrzaśnięci.

– No cześć, Justyna. Cześć, kochani. Dobrze, że przyjechaliście – mówi Agata.

Druga żona mojego ojca ma ciemnoblond włosy koloru ciepłego siana, podobne do włosów mojej matki, tyle że spięte w kucyk. Dużo gestów przejęła od mojego ojca, na przykład sztywne wyciągnięcie ręki na powitanie, jakby zamiast stawów miała w niej stare sprężyny; nieprzerwane patrzenie prosto w oczy; ciągłe, delikatne kiwanie głową na znak, że słucha swojego rozmówcy.

Mój ojciec jest jak ściana, o którą bez przerwy uderza się głową. Gdy patrzę na niego, wszystko już mnie boli. Stoi w rogu, w ciemności, ale ma cztery metry wzrostu.

– Źle wyglądasz – mówi mój ojciec do Justyny. Jest pierwszy, aby powiedzieć komuś, że źle wygląda. Patrzy na nią bez słowa. Żuje gumę. Od czasu, gdy wraz z piciem rzucił palenie, bez przerwy żuje gumę. Stoi przy tym prosto jak na apelu. Nie pamiętam, aby kiedykolwiek się zgarbił.

– Wiem – odpowiada.

– Źle wyglądasz, trzeba cię wyleczyć – dodaje mój ojciec.

– Jakoś się wyleczę – odpowiada Justyna.

– No to idź się leczyć. Wszystko macie na górze przygotowane – mówi mój ojciec.

– Trzeba przenieść rzeczy – zauważam.

– Grzesiek wam pomoże, Grzesiek przeniesie – deklaruje ojciec.

– Zaraz zjemy razem obiad – wtrąca Agata. – Będzie zupa, jakieś placki, nic szykownego.

– Jesteśmy bardzo zmęczeni. Chyba pójdziemy odpocząć – odzywa się Justyna.

– No przecież mówię, idźcie odpocząć – mówi mój ojciec.

– Wszystko jest przygotowane – dodaje Agata.

Wszyscy są skrępowani poza moim ojcem. On jest zirytowany, że nie reagujemy od razu na jego rozkazy.

– Ja zaraz jadę do piekarni, będę za dwie godziny – mówi ojciec.

– Byłeś już dzisiaj – zauważa Agata.

– Coś z piecem jest nie tak. Oni sami serwisanta nawet nie umieją zamówić, mongoły – mówi mój ojciec.

– Nikt nigdy nic bez ciebie nie zrobi – odpowiada Agata, ale ojciec chyba tego nie słyszy, bo jej słowa brzmią cicho.

Gdy tu mieszkałem, na samej górze był po prostu strych. Brudny, zagracony, pełen ubrań w kartonach, przywożonych z Niemiec przez przyszywanych wujków, zepsutych zabawek, starych urządzeń, które wprowadzały się na górę wraz z kolejnymi wyjazdami mojego ojca do fabryki pod Frankfurtem. Nie wiem, co fabryka produkowała, ale gdy ojciec wytrzeźwiał, otworzył piekarnię i wyjazdy już nie były potrzebne. Pralka wiatka, lodówka szron, telewizor rubin po kolei meldowały się na strychu, gdy mój ojciec przywoził do domu ich nowe, obłożone styropianem, polskie lub japońskie zamienniki. Gdy byłem dzieciakiem, siedzieliśmy często na strychu z Grześkiem albo w większej grupie, z naszymi kuzynami, i wyobrażaliśmy sobie, że to jest nasz właściwy dom, nasz właściwy pokój, że na zewnątrz jest wojna, świat po wojnie atomowej, rodem z *Fallouta*, w którego graliśmy wtedy cały czas na komputerze. Na zewnątrz jest wyłącznie pył i piasek, trzygłowe krowy i zombie-kurwy z odłażącą skórą, okolicę patrolują wojska uzbrojonych w lasery mutantów, a my możemy najwyżej czekać na to, co nastąpi, usadzeni pomiędzy przerdzewiałą lodówką, zawilgłymi kartonami pełnymi ciuchów i skórzaną walizką, w której były niewiadomego pochodzenia niemieckie i radzieckie książki. Pewnego razu wyjęliśmy je i znaleźliśmy pod spodem plik „Catsów", z których dowiedzieliśmy się, jak wygląda cipa, włożony do niej kutas oraz wytrysk na zdziwionej, kobiecej twarzy.

Potem ojciec wyremontował strych i wyniósł gdzieś wszystkie pralki, ciuchy i pisma z wytryskami. Ten wyremontowany strych chciał wynajmować ludziom, którzy mieli przyjechać do wielkiej zagranicznej fabryki produkującej elementy drewniane do mebli. Ale zakład w końcu nie powstał, a ojciec został ze strychem, będącym teraz po prostu kolejnym piętrem domu, z dwoma pokojami i małą łazienką.

W pewnym sensie, przyjeżdżając tutaj, wybawiliśmy go z opresji.

Teraz strych ma w sobie coś z taniej agroturystyki. Ściany są bladomorelowe. W oknach wiszą pistacjowe zasłony. Łóżko jest równo zasłane, przykryte narzutą w brązowe kwiaty. Wnętrze jest zupełnie bezosobowe oprócz tego, że w pojedynczym, stojącym na stoliku szklanym wazonie tkwi przewiązana kolorową nitką kompozycja z zasuszonych badyli. Na parapecie stoi jeszcze jedno zdjęcie, podobne do tego, które Grzesiek ma w domu; Grzesiek uśmiechnięty, ja z miną zdziwionego światem przygłupa, i tylko zamiast matki jest ojciec, patrzący w obiektyw tak, jakby chciał siłą woli go zepsuć lub naprawić.

Siadam na brzegu łóżka, zmęczony, sflaczały, obolały, z kwasem w mięśniach. Czuję, że wszystko mnie boli: mięśnie, kości, kręgosłup, krtań. Czuję, jakbym przejechał trzy tysiące kilometrów, chociaż przejechałem niewiele ponad dwieście. Mam zakwasy w mięśniach, które pewnie nawet nie istnieją.

Justyna, sapiąc, z trudem zdejmuje kurtkę i sweter, jak zbroję po walce. Rzuca je w kąt. Bez słowa wyłącza telefon. Staje na środku pokoju. Rozgląda się dookoła, jakby czegoś szukała. Na przykład drogi ucieczki.

– Jak twój ojciec ją poznał? Agatę? – pyta.

– Była córką koleżanki matki – odpowiadam po chwili.

– Naprawdę?

– Nie, nie naprawdę, Justyna, na niby. – Kręcę głową.

– Posłuchaj, nie bądź dla mnie teraz chamski – mówi i w końcu przysuwa sobie stojące przy biurku krzesło. – Popatrz na to wszystko, zobacz, gdzie jesteśmy. Popatrz na to i nie bądź dla mnie chamski, bo to nie fair.

– Często bywała u nas w domu, dawno temu, jak byliśmy dzieciakami – mówię. – Moja matka wydobyła ją z jakichś kłopotów. Próbowała się zabić, ćpała jakieś leki, nie wiem dokładnie, o co chodziło.

– I twój ojciec potem się z nią ożenił?

– Dwa lata po śmierci mamy – odpowiadam zgodnie z prawdą. To były chyba moje dwudzieste trzecie albo czwarte urodziny.

Wstaję z łóżka, podchodzę do niej. Biorę ją za ramiona. Podnoszę do pionu.

– Obiecałem ci, że niedługo. Obiecałem ci, że to chwilę potrwa. Że coś zrobię. Że to naprawimy. – Patrzę jej w oczy.

– Co zrobisz? – pyta.

– Dwa, góra trzy miesiące. Dwa, góra trzy miesiące i spadamy stąd. Gdziekolwiek. Ale robimy to – zapewniam.

– Nie ufam ci – mówi.

– Ja tobie też nie – odpowiadam.

Przytula się do mnie i zaczyna cicho płakać. Gładzę ją po włosach. Kocham ją. Nie wiem, czy ona kocha mnie. Ja ją kocham. Na pewno. Nie umiem przestać, nieważne, co zrobi.

– Kocham cię – mówię jej w końcu.

– Przepraszam – odpowiada.

– Ja też cię przepraszam.

– Nie daliśmy rady.

– Damy radę.

– Ale nie dajemy – przypomina.

– Ale damy – powtarzam.

– Za co ty mnie kochasz?

– A ty mnie? – odpowiadam pytaniem.

– Za to, że jesteś dobry jak dziecko – odpowiada, pociąga nosem, jest cała we łzach. Znajdujemy się w obcym miejscu. Zupełnie sami.

– Nie płacz, Sabina. Nie lubię, gdy moje świnie płaczą. – Czasami udaję różne postaci, na przykład dresiarzy albo policjantów, albo księży. Ona udaje, że ją to bawi. Wiem, że nie umiem tego robić. – Sabina, do chuja, wdziano mi zasmarkasz! – huczę na nią.

Śmieje się cicho, nie słyszę tego, ale czuję, jej śmiech mnie łaskocze.

– Musisz dać mi na paznokcie. Jakie ja mam paznokcie? – Pokazuje paznokcie pokryte odrapanym, czerwonym lakierem.

– No. Dam ci. Dam ci, tylko się uspokój. Idź, zrób mi filet z kurczaka. Z ryżem. Z ryżem i z białkiem jajka. Zapierdalaj, Andżela – mówię głośno i łapię ją za tyłek.

– Nawet nie pamiętasz, jak mam na imię. Obiecaj mi coś jeszcze. – Całuje mnie przy okazji w szyję.

– Obiecuję – odpowiadam.

– Obiecaj mi, że się nie rozwiedziemy – mówi i przyciska się do mnie, i siłą przyciąga mnie, abym położył się obok.

– Gdybyśmy mieli się rozwieść, już byśmy się rozwiedli – odpowiadam.

Kładziemy się na łóżku, znowu przyciąga mnie do siebie. Przytula mnie mocno, jakbym planował gdzieś uciec. Czuję, jak się boi.

– Przez to wszystko – dodaje.

Czuję, jak bije jakieś serce, nie wiem, czy moje, czy jej.

Przez chwilę widzę jeszcze uśmiechniętego faceta z Portugalii, który obserwuje, jak inni faceci wnoszą do naszego mieszkania jego pianino. Myślałem wtedy, po co przywiózł pianino aż z Portugalii, i myślałem o tym, że pianino byłoby ładnym początkiem listy przedmiotów, o których posiadaniu nigdy bym nie pomyślał.

Pamiętam, jak ojciec wybija pięścią szybę w drzwiach do salonu, wszędzie jest krew, i ojciec głośno krzyczy, i przychodzą Malinowski i stary Niski, też pijani, ale nie tak jak on, i zabierają go na pogotowie.

Te wszystkie zakrwawione ubrania, którymi matka tamowała krwotok, były w bębnie pralki wiatka na strychu. Nikt ich nigdy stamtąd nie wyjął. Aż do likwidacji strychu, do czasu remontu. Ojciec wyrzucił je razem z tą pralką.

I pamiętam, jak Justyna przyszła dwa tygodnie temu do domu. Usiadła na kanapie, tej samej, za którą wciąż wiszę pieniądze mojej koleżance Julii, popatrzyła przed siebie na białą ścianę, potem zamknęła oczy, głęboko wciągając powietrze, i nie musiała mówić tego, co zaraz powiedziała, bo i tak wiedziałem, co zaraz powie:

– Zdradziłam cię, Mikołaj. – I zapytała po chwili: – Co teraz?

Teraz o nic nie pyta, lecz przyciska się do mnie. Odwraca mnie na plecy. Wkłada mi rękę w spodnie.

– Zrobić ci laskę? – pyta. Patrzę jej w oczy. Nie wiem, co w nich jest. Przestałem wiedzieć dwa tygodnie temu.

Mam potrzebę powiedzieć to wszystko jeszcze raz, jeszcze raz odegrać tę rozmowę. Tak jak wypowiada się zaklęcia, w kółko, dopóki nie zadziałają. Ale i tak będę milczał, licząc na to, że kiedyś w końcu o tym wszystkim zapomnę. A przynajmniej że przestanę sobie to wyobrażać co kilka minut.

– No właśnie – mówi, jakby czytała mi w myślach, rozpina mi rozporek.

– Jedz – mówi mój ojciec.

– Co, nie smakuje ci? – pyta Agata.

– Jedz – powtarza mój ojciec.

– Dajcie jej już spokój – wtrąca się Grzesiek.

– Jedz – mówi ojciec.

– Nie jestem głodna – odpowiada Joasia.

– Bardzo smaczne, naprawdę – mówi Justyna.

– Naprawdę fajna z niej dziewczyna. Tylko nie chce nic jeść – narzeka ojciec.

Moja przyrodnia siostra Joasia ma trzynaście lat, długie, słomiane i proste włosy jak jej matka, bladą cerę, nogi i ręce jak kijki. Co chwila spogląda w kierunku kominka, na którym leży jej telefon. Ojciec kazał jej go tam odłożyć na czas posiłku. Na telefon raz po raz przychodzą wiadomości, z każdą z nich ekran rozbłyskuje bladym światłem, a z każdym rozbłyskiem Joasia delikatnie podskakuje na krześle, jakby ktoś stał za nią i nakłuwał jej plecy igłą. Ojciec, zanim jej go odda, sprawdzi, kto do niej pisze.

– To robi z ludzi małpy. – Mój ojciec kiwa głową w stronę rozbłyskującego telefonu. – Wydaje ci się, że robisz jakieś niebywale ważne rzeczy, ale tak naprawdę pukasz w to palcem jak małpa w klocek.

Obok Joasi siedzi jej brat bliźniak Janek. Wygląda trochę jak jego matka, a trochę jak jego siostra. Puszczam do niego oko, a chłopak odwraca głowę, jakby robił unik. Z ustami pełnymi filetu odwraca się w stronę wyłączonego telewizora, jakby chciał sprawdzić, czy nikt tam nie stoi. Gdy jego siostra podskakuje wraz z rozbłyskami telefonu, Janek za każdym razem odrobinę się od niej odsuwa.

– Jesteś chora? Źle się czujesz? – martwi się Agata.

– Nie jestem na nic chora – odpowiada Joasia.

– Nie odzywaj się, tylko jedz – mówi mój ojciec.

– Kobiece sprawy? – pyta Agata.

– Dziewczyńskie chyba, do kobiecych to jeszcze trochę daleko – stwierdza ojciec.

– Żebyś się nie zdziwił – mówi Agata.

– Żebyś ty się nie zdziwiła – odpowiada mój ojciec.

Stół jest masywny, mogłoby przy nim usiąść kilkanaście osób; oprócz stołu w salonie znajduje się jeszcze masywny kominek, duży plazmowy telewizor z dekoderem cyfrowego Polsatu, solidny, drewniany kredens ze zdobieniami. Inna nowość to wielka, oprawiona w ramę reprodukcja mapy Zyborka z siedemnastego wieku. Ślubne zdjęcie mojego ojca i Agaty stoi na kominku, oprawione w zwykłą, plastikową ramkę.

W salonie panuje półmrok, górne światło jest wyłączone, zapalona jest tylko duża lampa z czerwonym kloszem w rogu pokoju i przytwierdzone do ścian dwa mniejsze, żeliwne kinkiety. Pokój wygląda jak zbrojownia. Jest pełen cieni, które przy każdym ruchu rozlewają się po ścianach, krzyżują się ze sobą, tańczą.

Za oknami panuje ciemność, niby jest dziewiętnasta, ale ja mam wrażenie, że to środek nocy.

Wszystko mnie boli. Zamiast kręgosłupa przez całe moje ciało idzie sztywny, metalowy pręt. Moje mięśnie są zbite, twarde, jakby ktoś mnie zasolił i uwędził. Kochaliśmy się szybko i po cichu, kneblując się nawzajem dłońmi, sekundę później głęboko zasnąłem na jakąś godzinę, a gdy się obudziłem, przez chwilę myślałem, że jesteśmy z powrotem w naszym mieszkaniu w Warszawie i że wszystko jest w porządku. I dopiero potem usłyszałem odgłosy z dołu, obcy głos, głuche stuknięcia butów o podłogę, skrzypienie schodów.

Siedzę obok Justyny, naprzeciwko ojca. Przede mną na stole leży jedzenie: zupa, kotlety, sałatki, dzbanki z kompotem. Trzy-, czterodaniowy obiad. Nie wyobrażam sobie, abyśmy kiedykolwiek z Justyną ugotowali tyle jedzenia.

Ojciec je powoli, regularnymi ruchami jak maszyna.

– Co jest? – pyta go Agata, chociaż, jak na moje oko, ojciec wcale nie robi wrażenia zmartwionego. Wygląda jak zwykle. Ma surową, pozbawioną wyrazu twarz. Małe, zmrużone oczy. Gładka skóra na jego czaszce błyszczy się jak natłuszczona.

– Ojciec myśli pewnie o Bernacie. Martwi się – odpowiada za niego Grzesiek.

– Bernat? Co z nim? – pytam.

– Mówiłem ci. Uciekł do baby – odpowiada po paru sekundach ciszy Grzesiek.

Słysząc „Bernat", najpierw widzę jego syna Marka, typa w moim wieku.

Gdy byliśmy w liceum, nienawidziłem go. Był głupią, grubą, utuczoną na pieniądzach ojca mendą. Teraz nie wiem, kim jest. Chyba mieszka w Anglii.

Ale rozumiem, że chodzi nie o Marka, tylko o starego Bernata.

– Ale jak to zwiał, nie ma go w Zyborku? – pytam trochę z ciekawości, a trochę po to, aby zabić ciszę, która wypełnia kolejne przerwy między naszymi wypowiedziami i robi się tak gęsta, że zaczyna bzyczeć.

– Ewa jest załamana – mówi Agata. – Zostawił jej dom, wszystko, wziął jakieś pieniądze z oszczędności i wyjechał z sekretarką. Nie wiadomo gdzie. Nigdy nie można wygrać z młodszą, to naprawdę smutne, ale tacy są faceci, co nie? – dodaje, nie wiedzieć czemu patrząc na Justynę, która trochę nie wie, co zrobić z jej spojrzeniem; najchętniej odwróciłaby się, ale wie, tak jej nie wypada.

– To jakiś pana znajomy? – pyta Justyna.

– To najlepszy przyjaciel ojca – odpowiadam jej.

– Kiedyś nawet mój wspólnik – dopowiada mój ojciec.

Bernat był jego kumplem jeszcze z czasów technikum. Zażywny facet z lekką nadwagą, który lubił rozpięte na klatce piersiowej koszule, wyeksponowane medaliki z Matką Boską na srebrnym łańcuchu, niemieckie samochody, meble z ciężkiego drewna, podróbki ikon i szlacheckich szabli. Pamiętam, że to u niego w domu po raz pierwszy zobaczyłem na własne oczy magnetowid i kasety wideo. Na jednej miał *Niekończącą się opowieść*. Pamiętam jak dziś, że lekko pijany opowiadał fabułę tego filmu mojemu ojcu, stojąc w kuchni, oparty o nową kuchenkę z piekarnikiem, nalewając sobie do szklanki arcoroc winiak metaxa z przywiezionej z Niemiec butelki. Chyba właśnie zrobili dobry interes, bo mój ojciec też wtedy pił jakiś dobry alkohol, tyle że prosto z gwinta. Bernat, mówiąc o wielkim, białym, futrzanym smoku, ekscytował się jak dziecko. Gestykulował tak mocno, że wylał winiak ze szklanki na podłogę i nawet tego nie zauważył. Pamiętam, jak jego żona weszła do kuchni i powiedziała, żeby już przestał bredzić, na co on do niej powiedział, żeby zamknęła mordę, a moja mama zabrała mnie na zewnątrz i powiedziała, że lepiej, abym tego nie słuchał. Poszedłem bawić się z Markiem, który już wtedy, w wieku dziewięciu lat, był grubawym idiotą. A właściwie patrzyłem, jak on się bawi, bo Marek, mieszkający w magazynie kolorowego, niemieckiego plastiku, nie pozwalał mi niczego dotknąć. Raz dał mi z łaski stary resorak z wgniecionymi drzwiami. A potem, parę dni później, kazał mi go oddać.

Niekończącą się opowieść zobaczyłem dopiero jako dorosły.

– Bernat nigdzie nie zwiał – oświadcza głośno ojciec.

Nikt się nie odzywa.

– O co chodzi? – pytam.

– Powtarza to wszystkim od tygodnia – mówi Agata.

– Nigdzie nie zwiał. On by tego nie zrobił – powtarza.

– Daj spokój, ojciec. Przestań Z *Archiwum X* kręcić – rzuca Grzesiek.

– To co się stało? – pytam ojca.

– Coś niedobrego – odpowiada trochę ciszej ojciec, po czym odkłada łyżkę i sięga po drugie danie.

Gdy byłem młodszy, siedząc z rodzicami przy stole, mówiłem strasznie dużo, bo miałem wrażenie, że jeśli przestanę, oni wstaną i pozabijają się po pięciu sekundach. To znowu ten idiotyczny, samobójczy odruch. Zawsze chcę, żeby wszystko było w porządku. Ale tak naprawdę nie mam zielonego pojęcia, o czym teraz rozmawiać już wyłącznie z ojcem.

Nie jest tak, że ja i mój ojciec dzwonimy do siebie po prostu, aby pogadać. Nie spotykamy się na grillu, nie wyjeżdżamy razem nad jezioro, nie naprawiamy razem aut w garażu, nie oglądamy meczów piłki nożnej, ręcznej ani lekarskiej, nie pijemy razem whisky, razem nie pijemy nawet herbaty i nie dyskutujemy o tym, czy największą kurwą w Polsce był Kwaśniewski, Czarzasty czy Marian Dziurowicz. Mamy długą historię nierozmawiania. Lata pieczołowicie hodowanych, dorodnych urazów. Być może pilnujemy się razem w tym milczeniu, aby jeden nie zabił drugiego.

A może zwyczajnie się go boję, bo wciąż jestem frajerem, a on karmi się tym strachem jak chlebem.

Tak czy siak, muszę coś powiedzieć, bo inaczej pęknie mi w ciele jakieś naczynie krwionośne.

– Łowisz? – pytam po chwili i aż chcę się zaśmiać.

– Nie – odpowiada ojciec, nawet na mnie nie patrząc.

– Ojciec nie ma czasu. W politykę się bawi. Robi komitety jak Kuroń – mówi Grzesiek.

– Kuroń – powtarza mój ojciec, wycierając usta serwetką. – Kuroń był przynajmniej uczciwy, nie jak te wszystkie łajzy.

– Jaką politykę? – Dziwię się.

– Oj zobaczysz. Poważną. Ojciec będzie prezydentem – mówi Grzesiek i wstaje z krzesła.

– Prezydentem? – pytam.

– Polski – mówi Grzesiek.

– Świata – rzuca Joasia.

– Gdzie idziesz? – Ojciec zwraca się do Grześka.

– Po piwo.

– Wystarczy ci – odpowiada ojciec.

– Stresująca sytuacja, to trzeba się napić. – Grzesiek pokazuje ręką stół, nas, cienie.

Nie chcę awantury. Nie chcę, aby Justyna pierwszego

wieczoru tutaj widziała awanturę. Mój stres skupia się na niej. Ona jest jego dnem. Bez niej byłoby mi łatwiej. Czuje to, na pewno. Wierci się na krześle, je niezmiernie powoli, dyskretnie ociera czoło.

– Musimy odwołać Bulińską – oświadcza ojciec. – Organizujemy referendum. Zbieramy głosy.

– Jak odwołacie, to będą musiały być wybory – mówi Justyna.

– No to będą – odpowiada.

– Będzie pan startował? – pyta.

– Ja chcę ją tylko odwołać. Wywieźć ją na taczce gnoju – odpowiada mój ojciec.

– Zrobię kawy – mówi Agata, wstaje, idzie do kuchni. Cienie zagęszczają się. Ojciec przez chwilę patrzy w górę, na wyłączone górne światło.

– Trzeba ją odwołać, bo to bandycka ziemia – stwierdza po chwili i rzuca w stronę kuchni: – Dla mnie czarną.

– Co dokładnie się dzieje? – pytam.

– No jak to, co się dzieje? – prycha. – Jak to, co się dzieje?!

Grzesiek wraca z kuchni z dwoma piwami. Siada przy stole, otwiera jedno, daje mi drugie. Za nim wchodzi Agata, wnosi tackę z kawami, stawia ją na stole.

– Pokażę ci, jak będziesz chciał. Ludzie są biedni. Nie mają co żreć. Nie mają roboty. Albo mają złą robotę. Albo są okradani. A ktoś się bogaci. Bogaci się na przestępstwie – opowiada.

– Mówiłem ci. – Grzesiek się śmieje. – Kuroń. Albo i Lenin.

– Bandyci się bogacą – mówi ojciec.

– Bandyci? Tacy jak Maciuś? – Próbuję za nim nadążyć. Gdy mówi o bandytach i okradanych biednych ludziach, nie patrzy na nikogo, ale wpatruje się gdzieś w powietrze za moją głową.

– Maciuś to już wziął swoje i uciekł. Bandyci tacy jak Kalt – odpowiada. Nigdy nie mówi po to, aby komuś coś wytłumaczyć.

– Kto to Kalt? – pytam. Nikt mi nie odpowiada. Momentalnie robię się zmęczony. Mam wrażenie, jakby ojciec i Grzesiek odpytywali mnie z tych wszystkich zyborskich postaci, które mam niby święty obowiązek pamiętać.

– Raczej wziął cudze i dlatego go nie ma. – Grzesiek znowu się śmieje. Już wypił swoje piwo. Wstaje, jeszcze raz idzie do kuchni, chyba po następne.

Nagle ojciec spogląda na mnie. Jego oczy robią się mniejsze, jeszcze zimniejsze. Gdy na mnie patrzy, drut w moich plecach skręca się w supeł.

– Więc komu wynajęliście to mieszkanie? – pyta.

– Hiszpanom – odpowiadam.

– Nie Hiszpanom, tylko Portugalczykom – poprawia Justyna.

– Pracują dla Biedronki, chyba – dodaję. – Potrzebowali na trzy miesiące. To mają.

– A ty nie chciałaś szukać pracy? Przecież znalazłabyś coś? – pyta się Justyny.

– W Warszawie nie ma pracy. Nie dla mnie. Nie od zaraz – odpowiada Justyna.

– Młoda wciąż jesteś i niegłupia, Justyna, więc co? Tyle rzeczy mogłabyś robić – stwierdza mój ojciec.

– Co innego mogłabym robić? – W głosie Justyny jest autentyczna ciekawość.

– Twoja sprawa. – Ojciec wzrusza ramionami. Odwraca się w stronę Joasi, patrzy na nią bez słowa, ona od tego patrzenia się garbi, nabiera na widelec trochę kurczaka, wkłada sobie do ust.

– To nie jest tak, że ja was tu nie chcę. Że ja mam jakiś problem, sam przecież powiedziałem, przyjeżdżajcie. Ale po prostu chcę wiedzieć, co planujecie – mówi mój ojciec.

Justyna zaciska szczękę tak, że słyszę lekki zgrzyt zębów, wypuszcza powietrze, podnosi głowę i uśmiecha się do mojego ojca tak naturalnie, jakby ktoś wsadził jej drut w usta.

– Ma pan prawo wiedzieć, w końcu to pański dom – mówi Justyna.

– Jaki pan, Justyna? Mów tato – informuje mój ojciec.

Justyna odpowiada paroma słowami, których nie da się zrozumieć.

– A ty? – Ojciec patrzy na mnie.

– Co ja?

– Co ty planujesz?

Odkładam widelec. Przestałem być głodny. Zaczyna się.

– W jakim sensie? – pytam.

– Z czego teraz żyjesz? – odpowiada.

– Z drobnych fuch. – Chrząkam.

– Tę książkę napisałeś o tej Beacie Kozidrak? – Grzesiek się śmieje.

– Maryli Rodowicz – poprawiam go.

– Fajna babka? Mi się wydaje, że to fajna babka. Trochę Hogata, ale w porządku.

– Nie wiem. Nie poznałem jej. – Kręcę głową.

– To tak jak Jasiek. Kosi trawniki warszawiakom i myje auta nad Szuwarkiem. W lecie zarobił trzy tysiące. – Ojciec dumnym, aprobującym ruchem głowy wskazuje mojego trzynastoletniego przyrodniego brata jako przykład. Ten się pochyla, jakby chciał schować się pod stół.

– No to gratulacje – odpowiadam.

– Komu gratulujesz? Sobie czy jemu? – pyta mój ojciec.

– Nie rozumiem.

– Żyjesz z drobnych fuch. Jak Jasiek. Ile Jasiek ma lat? – Ojciec pokazuje widelcem Jaśka.

– Przestań – mówi Agata.

– Nie, nie przestań. – Ojciec kręci głową. – Jasiek ma trzynaście lat. Gratulujesz sobie czy jemu? – pyta jeszcze raz.

– Daj mi spokój – mówię cicho.

Zaczynam się pocić, na zimno, pot spływa mi z karku w dół pleców. Uspokajam się, powtarzając sobie w myślach, że przecież wiedziałem, że tak będzie. Zbieram ręką włosy, związuję je gumką w rachityczny kucyk. Powinienem je ściąć. Może ojciec częściowo ma rację. Wyglądam jak zużyty, stary chłopiec.

– Więc mówisz, że za trzy miesiące wyprowadzają się ci Hiszpanie – odzywa się mój ojciec.

– Portugalczycy – poprawia go Justyna.

– I co chcesz zrobić za trzy miesiące? – pyta.

Patrzę na Grześka, który obserwuje to wszystko z wyraźnym rozbawieniem.

– Za trzy miesiące nas już tu nie będzie – odpowiadam.

– A gdzie będziesz? Na dworcu? – pyta mój ojciec.

– Możemy pojechać już dzisiaj – informuję.

Patrzę tylko na ojca. Ma te same oczy co zawsze. Czytałem gdzieś, że gałka oczna to jedyna część ciała, która przez całe życie człowieka jest taka sama, nie rośnie ani się nie kurczy. Nie starzeje się. Oczy ojca to małe, brudne bryłki lodu, zakroplone gniewem wymieszanym z czymś, co na początku, jeśli się go nie zna, można uznać za tępotę.

– Może już przestańcie – mówi Agata.

– Po prostu chcę z nim porozmawiać. To mój syn. – Ojciec pokazuje na mnie.

– No nie wiem. Może pierwszego dnia dałbyś mu spokój. Nie dowalał mu przy jego własnej żonie. – Agata pokazuje na Justynę. Mówi matowym, na wpół uśpionym głosem.

Niech spierdala. Nie potrzebuję jej wstawiennictwa.

– Po prostu popatrz na siebie – mówi mój ojciec, pokazuje na moje włosy, moją koszulę, moje spodnie. – Popatrz na siebie i się zastanów. Ja chcę ci pomóc.

– Nie potrzebuję – syczę przez zaciśnięte gardło.

– Musisz się ogarnąć, Mikołaj. To ostatni moment. Masz trzydzieści dwa lata, trzydzieści trzy – mówi mój ojciec.

On w wieku trzydziestu trzech lat srał pod siebie, schlany, na brudnym tapczanie w piwnicy, bo matka zabraniała mu wchodzić w takim stanie do domu. I chcę mu to powiedzieć, ale jakoś wypada mi z ust coś zupełnie innego, pytam go po prostu:

– Co ci do tego?

– No, od dzisiaj coś mi do tego. – Splata ręce na klatce piersiowej.

– Dobra, kurwa, już się uspokój. – Grzesiek znowu wstaje i idzie do kuchni.

– Nie mówię do ciebie. Mówię do niego. Z tobą porozmawiam kiedy indziej – rzuca w jego stronę ojciec.

– Wracamy. – Wstaję z krzesła, odsuwając je tak gwałtownie, że o mało co się nie przewraca. Serce bije mi tak, jakby chciało wyrwać się na zewnątrz przez mostek. Spadamy. Tyle dobrego. Nawet do kanałów. Przecież wiedziałem, że tak się stanie. Przecież to było oczywiste.

Justyna udaje spokój. Patrzy to na mnie, to na ojca. Brała to pod uwagę. Mam mądrą żonę.

– Mówiłem, mi nie przeszkadzacie – mówi ojciec.

Agata też wstaje.

– Wracamy. Justyna, chodź. Jedziemy stąd. – Mam głos, jakbym dostał cios pięścią w krtań, połknął papier ścierny.

– Może się uspokójmy. Może się wszyscy uspokójmy, co? Już żeśmy zrobili wstęp, wywalili i można... – zaczyna mówić, ale nagle słychać pukanie do drzwi wejściowych. Gwałtowne i szybkie, i głośne. Agata spogląda to na nas, to na drzwi.

– Czekasz na kogoś? – pyta ojca Agata, stojąc w korytarzu.

Jeszcze raz pukanie, gwałtowne.

– Przecież mamy dzwonek – odpowiada ojciec i w końcu odwraca się do drzwi. Gdy wstaje z krzesła, w pokoju coś się przesuwa, robi się małe zawirowanie, cienie na moment zamieniają się miejscami.

Janek odsuwa krzesło, wstaje, Joasia też chce wstać, odsuwa od siebie talerz, z którego zniknęło bardzo niewiele.

– Ty będziesz siedzieć, aż zjesz – mówi mój ojciec. Joasia wzdycha i wsadza z powrotem widelec w rozpaćkane ziemniaki.

– Czego tak wali? – pyta ojciec i podchodzi do drzwi.

– Siadaj, Mikołaj. Weź usiądź, no. Spokojnie – zwraca się do mnie Agata. W końcu siadam. Dotykam pleców Justyny, wsuwam rękę pod koszulkę i sweter. Są mokre i zimne jak mój kark.

– Przepraszam – mówię do niej. Kręci głową na znak, że nie ma za co.

Grzesiek wraca z kuchni. Trzyma w ręku butelkę wódki i dwa kieliszki. Siada.

Ojciec pozwala jeszcze raz zapukać komuś, kto stoi za drzwiami, po czym je otwiera. Za drzwiami stoi kobieta, której nie poznaję. Ma około pięćdziesięciu lat, ufarbowane blond włosy, sięgające szyi, długi płaszcz, ostry makijaż; widzę, jak się trzęsie, trzyma się drewnianej poręczy, na widok mojego ojca cofa się o krok, ale mój ojciec robi jej miejsce, daje jej znać ręką, by weszła do środka. Agata wybiega z kuchni i doskakuje do kobiety, zaczyna ściągać jej płaszcz.

– Nie, poradzę sobie – mówi kobieta. – Poradzę sobie, Agatko.

Justyna patrzy na nią uważnie i wstaje gwałtownie,

drucie w moim kręgosłupie wyrastają kolce. Kieliszek, który podsunął mi Grzesiek, mówi do mnie „cześć". Biorę go do ręki i też mówię mu „cześć". Ma logo wyborowej i ślady proszku do zmywarki.

Justyna wpatruje się w Bernatową w pełnym skupieniu, każde słowo tej kobiety totalnie ją angażuje, wszystko inne przestaje dla niej istnieć. Jak zawsze, gdy ktoś zaczyna opowiadać coś, czego wcześniej nie słyszała.

– Przyszła, przyszła, i już przez okno widzę, że to ona, widzę, jak podchodzi do drzwi, i mówię, czego ona chce, kurwa jedna, bździągwa, i myślę, pogodzić się przyszłaś, pogodzić się przyszłaś, szmato, zgody szukasz, dzwoni do drzwi i mówię, nie otworzę jej, nie otworzę jej, jak Boga kocham, siedziałam na górze i tylko myślałam, od razu musiałam jakieś leki na uspokojenie wziąć, żeby jej młotkiem nie utłuc. Ale w końcu podeszłam do drzwi.

– Bezczelna – przytakuje jej Agata, zapewne po to, aby Bernatowa mogła wziąć oddech.

– Otworzyłam jej drzwi – mówi dalej – otworzyłam jej i od razu widzę, że coś jest nie tak, że ona zawsze wypindrzona, cyc na wierzchu, a tutaj stoi byle jaka, szary sweter, nieumalowana, głowa w dół, buty brudne, trampki jakieś, otwieram te drzwi, a ona nawet na mnie nie patrzy, tylko buty sobie ogląda, no to myślę, kajać się żeś przyszła, jęczeć, mówię, cholero, męża mi zabrałaś i jeszcze przychodzisz mi tu się wypłakiwać, być może dla jeszcze młodszej cię pogonił, bo trzydzieści dwa czy ile ty tam masz to już nie taka młodość, może poszedł i dwudziestkę sobie znalazł, i myślę, i dobrze ci tak, łajzo, widzisz, jak to jest, po cudze wyciągnąć rękę, zaufać w oszustwie, myśleć, że można być szczęśliwym za ukradzione.

Wybucha płaczem.

Widzę, jak ojciec zaciska na chwilę dłoń w pięść, by gwałtownie ją rozprostować. Jest poirytowany. Mój ojciec nienawidzi cudzych emocji, chociaż doskonale umie je wywoływać. Ledwo znosi swoje własne. Ten drut, który jest w moim kręgosłupie – ktoś porusza nim w górę i w dół, rozrywając tkankę, wydłubując szpik. Zaraz pęknę z bólu. Nikt nie potrafi tak mnie wykończyć. Nikt nie potrafi doprowadzić mnie do takiego szału. Nikt nie ma takiej sklerozy jak ja. Nikt nie jest takim idiotą. Pokazuję Grześkowi kieliszek. Macha ręką, abym mu go podał.

– Naprawdę pani współczuję – odzywa się Justyna. – To musi być okropne.

– Drogie dziecko – mówi Bernatowa – to w ogóle nie o to chodzi. To w ogóle nie o to chodzi. Czy mogę wejść, ona się pyta – mówi dalej. – Czy mogę wejść? A ja jej pytam, a po co? Po co ty chcesz wejść do mnie do domu? Jaki masz w tym interes? Po co tu przyszłaś? Stoję i się pilnuję, żeby jej nie uderzyć, żeby jej nic nie zrobić, nie zepchnąć jej z tych schodów. A ona mówi, zupełnie znikąd, czy pani wie może, gdzie jest Filip. Ja nic nie powiedziałam. Mnie się biało przed oczyma zrobiło. A ona mówi jeszcze raz, jak jest w domu, to ja nie chcę się z nim widzieć, ja wszystko rozumiem, że on do domu wrócił, do pani wrócił, mówi do mnie. Ja chcę tylko wiedzieć, że nic mu nie jest, i już się więcej nie pojawię, mówi. O czym ty mówisz, pytam ją. O co ci w ogóle chodzi? Ale już wiem, o co jej chodzi, tylko czuję się, jakby mnie coś uderzyło w głowę, mocno. Ja mówię, wejdź. Wejdź, wpuściłam ją.

Grzesiek przytrzymuje kieliszek, słucha tego, co mówi Bernatowa. Zaraz eksplodują mi wszystkie kręgi. Wstaję, syczę, siadam z powrotem, nikt nie zwraca na to uwagi. Cienie podrygują w pokoju jak ćpuny na wiejskiej dyskotece.

– Dwa tygodnie temu zniknął, mówi ona, miał pojechać do Olsztyna jakiś dopiąć interes, powiedział, że autobusem pojedzie i wróci, bo przy wódce będzie dobijał targu, więc nie będzie pijany wracał. Ale w końcu powiedział, że auto weźmie, mówi ona. Rano wyszedł, jak jeszcze spałam, mówi. Dwa tygodnie temu to było i dalej go nie ma. Jak to nie ma, pytam jej jeszcze raz. Nie ma, mówi ona, telefonu nie odbiera, mówi ona, nikt nic nie wie, mówi ona, nie wiem, z kim on ten interes pojechał załatwiać, mówi, weszłam na konto, miałam upoważnienie, mówi, nic na koncie, zero ruchu, żadnych pieniędzy nie wybrał, nic. Czy nikt w takim razie go nie szukał, pyta mnie, a ja mówię, kto miał go szukać, jak on rok bezpłatnego urlopu wziął w zakładzie, Kulszowskiego pełniącym obowiązki zrobił. Czy ja wiem, z kim on mógł ten interes załatwić, pyta mnie, a skąd ja mogę wiedzieć, mówię jej, że on cię dyma, pokrako, w każdy weekend, to ja nie wiedziałam, a co ja mogę wiedzieć. To już nie jest mój mąż, mówię. To jest pani mąż, ona mówi, i w takim razie to pani musi zaginięcie zgłosić na policję. Jakie zaginięcie, na jaką policję, pytam, a ona mówi, nie ma go tutaj, nie ma go u mnie, to on gdzie może być, mówi? Gdzie on może być? Uciekł od ciebie, mówię. Od ciebie też uciekł, łajzo, mówię do niej, a gdzie on jest teraz, co mi do tego. A ona mówi, tyle do tego, że auto się okazało, że stoi w centrum Zyborka, tutaj, że z policji zadzwonili, że stoi od dwóch tygodni niedaleko rynku, więc ja wzięłam kluczyki i pojechałam, mówi, otworzyłam, a tam portfel jego, dokumenty, pieniądze, wszystko, telefon wyłączony. Wszystko, mówi mi, pani Ewo, wszystko było w tym samochodzie. Tylko jego nie było.

Bernatowa już nie wydaje żadnych dźwięków, tylko bezgłośnie się trzęsie. Przyciska dłonie do twarzy. Wszyscy milczą. Grzesiek w końcu przypomina sobie o mnie, bierze butelkę, znowu polewa. Ojciec patrzy na to z miną, jakby połknął gówno, ale nic nie mówi.

Słyszę, jak pies ojca zaczyna szczekać. Wiem, że zaraz zaczną szczekać wszystkie.

– Co ty w ogóle, Ewka, opowiadasz? – pyta mój ojciec. Ma szeroko otwarte oczy. Ostatni raz widziałem go z tym wyrazem twarzy, gdy Kwaśniewski wygrał wybory w dziewięćdziesiątym piątym. Przy kolejnym kieliszku drut w kręgosłupie momentalnie zamienia się w miękką gumową linkę. Wypuszczam sporo powietrza, wyobrażam sobie, że to powietrze ma kolor, że jest szare jak pył z otwartego odkurzacza. Ulga jest potężna. Ciało robi się miękkie jak chleb. Cienie na chwilę się zatrzymują. Wszystkie psy szczekają.

– To była pani w końcu na tej policji? – pyta Justyna.

– Teraz chcę jechać, sama nie dam rady – odpowiada Bernatowa. – Po to przyszłam, aby ktoś pojechał. Bo ja nie dam rady.

– Ja mogę z panią pojechać – mówi Justyna. – To żaden problem.

– Justynka, spokojnie. Spokojnie – odzywa się Agata.

– No to zbieraj się, Ewka. – Decyduje mój ojciec.

– Jeszcze jeden? – pyta Grzesiek. Kiwam głową.

Bernatowa zabiera dłonie z twarzy. Wygląda, jakby gotowała się od środka. Powoli podnosi się z krzesła.

Nagle traci równowagę, łapie ojca za bark.

– Czemuś ty od razu nie pojechała? – powtarza mój ojciec, bierze ją za rękę i prowadzi w stronę korytarza.

Wypijam jeszcze kieliszek. Jest lepiej. Kręgosłup odpuszcza, staje się z powrotem zwykłą kością. Już dobrze. Już okej. Lepiej, że to stało się teraz niż za tydzień lub dwa. Może jakoś damy radę. Może ojciec powiedział już wszystko, co miał do powiedzenia.

– I co, interesuje cię to? Ciekawe to jest? – pyta mnie Grzesiek. Polewa po trzecim.

Kręcę głową. Nie wiem, o co mu chodzi.

Mój ojciec wkłada Bernatowej płaszcz. Ta próbuje wsadzić bezwładne ręce w rękawy, udaje jej się dopiero po chwili.

– Na ryby mieliśmy rano jechać! – krzyczy do ojca Grzesiek.

– Jak się obudzisz. – Ojciec wzrusza ramionami.

– Trzymaj się, Ewa! – krzyczy Agata w stronę korytarza, gdy ojciec otwiera drzwi i puszcza Bernatową przodem, ale nikt jej nie odpowiada.

– Ciekawe to jest? Interesujące? Podoba ci się? W Warszawie są takie historie? Wchodzą ci do domów? – pyta Grzesiek.

– W Warszawie inne rzeczy wchodzą ci do domów – mówię. Wypijam trzeci.

O Jezus. Jak dobrze.

– Tutaj wszystkie domy to jeden dom – odpowiada i dopiero teraz widzę, że w ciągu paru ostatnich minut zdążył kompletnie się schlać.

Maleństwo

Zamknął za sobą drzwi. Zdjął kurtkę, powiesił na wieszaku. W przedpokoju było lustro. Popatrzył na siebie z profilu. Przytył, to widać nawet, gdy jest w sutannie, pomyślał. Ona za tłusto go karmi. Nie umie inaczej. Można jej mówić, żeby chudziej, bez omasty, nie na maśle, ale ona i tak dorzuci swoje. Z dzieciństwa pamiętała wojnę. Tacy ludzie zawsze uważają chude za niezdrowe.

Noce są długie i złe, pomyślał. Noce to ćwiczenia dla ducha. Noce są o tym, co za dnia chowa się w cieniu, pomyślał. Tak naprawdę każdy dzień należy traktować jako dobry, pomyślał. Każdy dzień coś daje, coś pokazuje. Nawet jeśli jest taki, jak dzisiaj. Zwłaszcza jeśli jest taki, jak dzisiaj.

Wszedł do salonu. Zapalił górne światło, ale jedynie po to, aby dojść do lampy i ją włączyć. Gdy już ją włączył, zgasił górne z powrotem. Ilekroć było to możliwe, przebywał w półmroku. W półmroku czytał, pisał, modlił się, a czasami po prostu siedział, pozwalał myślom i wyobrażeniom bezwładnie obijać się o siebie w głowie. Uważał to za wstęp do modlitwy, rodzaj sprawdzianu. Okulista powiedział mu, że z tym półmrokiem to bardzo zgubny nawyk, że to wszystko może skończyć się jaskrą. Ale on wolał gorzej widzieć, niż czuć niepokój, który w pełnym świetle właził mu okrakiem na duszę i chwytał ją mocno silną pięścią.

Telefon zabzyczał. „Dziekuje ci, Darek". Przeczytał to zdanie kilka razy, po czym wyłączył urządzenie. Był zdziwiony, bo myślał, że jego bratowa w ogóle nie zna tego słowa. Uznawał ją za kobietę wyłupaną z betonu, głośną, fałszywą i gnuśną. Była jedną z tych osób, które uważają, że cały świat ma wobec nich dług wdzięczności.

Gdy jego brat przyszedł się wyspowiadać i gdy powiedział mu, że ma romans z inną kobietą, w duchu rozgrzeszył go od razu. Rozumiał.

Nienawidził chodzić na komendę policji; nie lubił nawet jej mijać, nie mówiąc już o wchodzeniu do środka. Wewnątrz wszędzie pachniało starym potem, który ściany wchłonęły już na stałe. Jak w każdym miejscu, do którego ludzie przychodzą po to, aby się bać. Gdy nikt nie widział, zatykał nos; gdy w lipcu święcił komendę na Święto Policji, dyskretnie poprosił komendanta, aby ten otworzył wszystkie okna.

Tym razem nic nie święcił, tym razem odpowiadał na pytania rzeczowo i zgodnie z prawdą. Nie widział brata od czasu, gdy ten w końcu uciekł z kochanką. Od tamtej pory rozmawiali zaledwie raz, krótko i przez telefon. Obaj starali się poruszać obok tego tematu. Jedynie raz Filip powiedział coś w rodzaju: „Może kiedyś mnie odwiedzisz tu, gdzie teraz jestem".

Kobieta, z którą uciekł Filip – nie znał jej, nawet nie mógł sobie przypomnieć, jak wygląda, widział ją może raz czy dwa u niego w biurze, gdy robiła mu kawę lub przynosiła słodycze i przekąski. Na pewno nie przychodziła do kościoła, nie przyjmowała sakramentów. Może była kiedyś na jakichś chrzcinach czy weselu.

Bóg to jedno, a życie to drugie, myślał. Nad wszystkim trzeba się pochylić. Gdyby każdy tak sądził, świat byłby lepszy, pomyślał. Bóg nie jest płaski. Jego stworzenie nie jest płaskie. Bóg tworzy bryły, a bryły ogląda się z każdej strony, aby wiedzieć, jaki mają kształt.

Napiłby się herbaty, pomyślał, ale Jadwiga już spała, nie było sensu jej budzić. Otworzył sekretarzyk, wyjął butelkę brandy, nalał sobie trochę do szklanki, wypił. Zapiekło go gardło. Wypuścił z płuc powietrze. To było głupie, teraz dopiero napiłby się herbaty, pomyślał. Będzie musiał iść sobie zrobić sam. Narobi hałasu. Ona się przestraszy i wstanie. Niepotrzebnie, pomyślał.

Odezwij się do syna, powiedział do bratowej, gdy wychodzili z komendy razem z Tomkiem, o którego ramię się opierała, i tą dziewczyną z Warszawy, synową Tomka. Bądźcie w tym razem, powiedział, ona pokiwała głową, ma nadzieję, że syn w końcu odbierze, chociaż byli z nim pokłóceni, mocno, od lat, a być może właśnie on do syna pojechał, pogodzić się z nim, zaczęła mówić, szybko i głośno.

Pamiętał o tamtej kłótni. Tam był ciężki grzech. Nie chciał się wypowiadać, angażować. I tak Bóg się wypowie. Żona Marka zaszła w ciążę. Filip się ucieszył, mówił, wracajcie do Polski, już im zaczął najwyższe piętro w domu szykować. Odremontował, urządził pokój dla wnuczka. Będziecie siedzieć sobie, ty tu, Marek, będziesz u mnie w zakładzie, ona pod ciągłą opieką, wszystko będzie dobrze. Szeroki gest. Wielkie szczęście. A oni zrobili badania prenatalne, na badaniach wyszło, że dziecko z zespołem. Zabiła. Filip dzwonił do niego, mówił, porozmawiaj z nią. Nie chciała rozmawiać. Dzwonił parę razy, widocznie numer dodała do blokowanych. Marek też nie chciał rozmawiać. Jej brzuch, jej wola, mówił. Potem wykrzyczał na ojca, co ty na mnie klechę nasyłasz. Moje życie, powtarzał w kółko. Głupi ci ludzie, co myślą i mówią „moje życie", pomyślał.

Rozwiedli się zaraz później, nie wytrzymali, śmierć

obciąża, grzech przerywa wszystko. Kładzie cień trwały jak tatuaż. Filip nie wybaczył. Wnuka mi zabiłeś, i następne tak samo, mówił. I Ewka tak samo. Od słowa do słowa. Wyklęli go, on ich wyklął. Puste krzesło na święta. Cichy płacz. Głupie słowa. Filip był twardy. Nie wiedział sam, czego chce od syna. Przyznał mu się potem, jeszcze zanim uciekł z tą kobietą, że wchodzi czasami na to puste piętro i tam pije.

Ale z kwadratu koła nawet Jezus nie zrobił, pomyślał po chwili.

Gdy siedzieli już w samochodzie Tomka, dostała esemesa. „Ojca nie ma w Anglii, mamo". Zaproponował, że może ją wyspowiadać.

– Ja już nie mam siły – powiedziała.

– Kiedy tylko chcesz, Ewo – powiedział do niej.

– Ty nie mów do mnie jak na kazaniu, Darek. – Nie panowała nad sobą, zaczęła płakać, on spokojnie pokiwał głową.

Spokojnie znosić, pomyślał. Nieść krzyż cudzych pych, pomyślał. Nie skreślać, pomagać, lekko, milimetr po milimetrze popychać ku zbawieniu, pomyślał.

Z kwadratu koła nawet Jezus nie zrobił, pomyślał jeszcze raz.

Już dość, już koniec.

Pomyśli o czymś innym, pozwoli myślom poobijać się o siebie nawzajem w głowie, a potem zacznie się modlić, pomyślał. Umiał odwracać się od tego, co stało przed nim i było złe, i patrzyło mu prosto w oczy. Zrobić tak, aby to złe coś zostało w miejscu, a nie przemieszczało się wszędzie tam, gdzie odwracał głowę.

Poszedł do kuchni i najciszej, jak umiał, zaczął nastawiać wodę na herbatę.

Można już zakończyć zbiórkę na remont organów. Chociaż organmistrz strasznie się ceni, a do tego nie jest człowiekiem przyjemnym, przed czym go ostrzegano;

widać, że nadużywa wódki, ma czerwoną twarz, kwaśno pachnie mu z ust, ponadto ma złe oczy, małe, skośne i ciemne. Ale najważniejsze jest to, co zrobi. Fach często jest w rękach ludzi pogubionych, pomyślał.

Udało mu się zdjąć gwizdek z czajnika w idealnym momencie i wtedy rozległ się łomot, z zewnątrz, z podwórka, nagły łoskot uderzającej o ziemię blachy przewalił się po całej plebanii, po korytarzu przebiegł przestraszony kot, a potem usłyszał szelest, kroki, i to, jak ktoś mówi, głośno i odruchowo: „noż kurwa jebana".

Brandy podniosła się w jego ciele jak rtęć w przystawionym do pieca termometrze, wskoczyła mu z powrotem do przełyku. Połknął ją ponownie. Nasłuchiwał przez chwilę, po czym znowu włożył kurtkę i wyszedł na zewnątrz. Z tego, że pies nawet nie zaszczekał, zdał sobie sprawę dopiero wtedy, gdy go zobaczył.

– Kulek, Matko Boska – powiedział, nie wiedząc do końca, czy nadaremno; zwierzę było jeszcze ciepłe, ale sztywne, naprężone jak struna, z kącika pyska ściekała piana zmieszana z treścią żołądka.

– Kto ci to zrobił, kto ci to zrobił? – zapytał cicho. Ten ktoś, kto zaklął, i czyje kroki były coraz cichsze, już na końcu ulicy, ten ktoś chciał, aby on się przeraził. Chciał, żeby zobaczył coś złego.

– Co się dzieje? Co się narobiło? – Pani Jadwiga stała na schodach, opatulona w szlafrok, obejmowała się krótkimi ramionami, półprzytomna i rozespana. Jednak się obudziła. Niepotrzebnie, niepotrzebnie to wszystko, pomyślał. Bardzo niepotrzebnie.

– Kulka otruli – rzucił, nie patrząc na nią.

– Maleństwo moje! – zawołała Jadwiga i podbiegła do zwierzęcia, a on podniósł głowę i dopiero wtedy zobaczył to, co tak naprawdę miał zobaczyć, przez chwilę zaćmiło mu się w oczach i poczuł małą kroplę wielkiego zimna na karku.

Swastyka była spora, metr szerokości na metr wysokości. Kreski sprayu były czarne, grube, tłuste jak brudne palce. Wstał. Jadwiga płakała nad ciałem psa, jeszcze nie zwracała uwagi.

DO GAZU ZDRAJCO KURWO – napis obok swastyki był koślawy, szybki, litery przepływały jedna w drugą. Przewrócony metalowy kosz na śmieci obok wyglądał jak kropka. Odwrócił się w stronę ulicy, ale już dawno nikogo na niej nie było.

– Co to? Jezus Maria, co to? – zawodziła Jadwiga.

– Nie krzycz tak. – Chciał ją poprosić, ale wyszło tak, że na nią warknął. Przestraszyła się jeszcze bardziej.

Podszedł do ściany. Dotknął farby. Była świeża, pobrudziła mu koniuszki palców.

– Kto to zrobił? – zapytała. – Kto to mógł zrobić, co za bandyta jakiś, wandal jeden?

Noce są o tym, co chowa się w dzień, pomyślał. Mało który dzień jest dobry, pomyślał. Dobre dni w ciągu całego życia można policzyć, nazbiera się ich kilkadziesiąt, może sto. Jak się modlić, to tylko o dobre dni, pomyślał. Niedługo nie będzie ich w ogóle, poczuł.

– Po policję trzeba zadzwonić. Już idę, już dzwonię. Co za bydlaki – powiedziała Jadwiga i podreptała w stronę plebanii.

Modlić się o dobre dni, chociaż modlitwa niewiele tu załatwi, pomyślał.

Popatrzył w lewo, w prawo, odwrócił się, aby zobaczyć, co jest za nim, i widział, że złe, czarne coś było wszędzie, wędrowało razem z jego wzrokiem, z każdą jego myślą.

Justyna

Jest czwarta nad ranem. Zastanawiam się, czy mogę zejść na dół i zrobić sobie herbatę. Zastanawiam się, w której szafce jest herbata. Gdzie trzymają kubki. Czy nie są przypadkiem zastawione baterią innych naczyń, które trzeba będzie pozdejmować, aby się do nich dostać. Czy nie wezmę czyjegoś specjalnego kubka, którego nie ma prawa dotykać nikt inny.

Być może spałabym dalej, ale kołdra jest ciężka i gorąca jak nagrzana słońcem płachta papy. Wyobrażam sobie kogoś, kto czeka pod drzwiami i nasłuchuje każdego naszego słowa, każdego ruchu.

Najlepiej byłoby wziąć xanax. Jak cudownie byłoby wziąć xanax, pomyślała Justynka. Ale już nie ma xanaksu. Pożegnaj się z xanaksem, Justynko. Powiedz pa, pa. Pa, pa! Do widzenia, xanaksie! Po ostatnim spotkaniu z Nim dopadło mnie małe olśnienie: to dobry moment, aby przestać brać xanax. Odrobinę się ogarnąć. Wrócić do świata, przetrzeć szybę. Szukanie doktora, który ci go przepisze tutaj, na tym bagnisku, będzie trudne. Na pewno będzie trudne i skomplikowane. Tak, na pewno będzie prawie niemożliwe.

Ale bycie w nocy w tym domu, na tapczanie, też jest trudne. Wszystko przekrzykuje mi się nawzajem w głowie. Ojciec Mikołaja, Mikołaj, dom, jego brat, łóżko, zwolnienie, On, Portugalczycy. Jakby ktoś włączył mi w głowie dziesięć black metalowych płyt naraz. Skupiam się na Mikołaju. Dotykam kołdry, pod którą śpi. Wizualizuję sobie jego twarz najostrzej, jak się da. Myślę o tym, jak u mnie zamieszkał. Zrobił to szybko. Najpierw przyjeżdżał na przepustki z ośrodka. Potem został na stałe. Po prostu się rozsiadł, a ja nie miałam serca go wyrzucić. Bałam się, że stracę to serce bardzo szybko. Ale zamiast tego go pokochałam, przez zaprzeczenie. To chyba zdarza się dość często. Kochamy nieobecność pewnych cech. Kochamy kogoś po prostu dlatego, że jest kimś innym niż ten ktoś, kto był przedtem. Mikołaj był zupełnie inny niż facet, z którym byłam przez ostatnie dziesięć lat. A On, ten zasrany On, jest zupełnie inny niż Mikołaj.

Kanapa, na której siedzę, podczas seksu wydaje dźwięki jak złomowana ciężarówka. Przez tę kanapę, przez to, że muszę siedzieć na niej absolutnie nieruchomo, bo przy najmniejszym ruchu zacznie wydawać zgrzytliwy pisk, zaczynam myśleć o krzywdach. Tych doznanych i tych zadanych. Krzywda to wąż, który zjada swoją dupę. Robimy ludziom krzywdy, oni w odpowiedzi robią je nam, a my w odpowiedzi wyrządzamy je jeszcze komuś innemu. I tak w kółko. Pasmo zemsty bez końca. Najłatwiej skrzywdzić dobrego, mówiła moja babcia. Mikołaj ma dobre serce. Potrafił i potrafi się przyznać, że zrobił coś źle, że był w błędzie. To bardzo dużo. To prawie wszystko. Do tego potrafi powiedzieć coś śmiesznego. Potrafi być czuły i dobry. Nie wymaga. Można się przy nim nie pilnować, nie grać. Tacy ludzie często denerwują, ale tak naprawdę leczą z nerwicy. Są dobrzy jak chleb.

Ale Mikołaj ma też inne cechy. Za wszystko przeprasza. Chowa się w kąt. Ucieka od własnych słów. Problemy odbierają mu mowę. Zachowuje się jak struś. Tak, struś to jego znak zodiaku. Nie potrafi się kłócić. Parę razy tylko wpadał w szał, gdy coś w nim puszczało, gdy mówiłam coś okrutnego, a ja potrafię mówić okrutne rzeczy, mam z tego habilitację. Ale to nie było trwanie przy swoim za wszelką cenę, tylko reakcja przeciążonego organizmu.

Zrozumiałam to wszystko, gdy poznałam jego ojca.

Więc Mikołaj u mnie mieszkał już na dobre, miał swoją półkę w łazience i wydzieloną część szafy, i swój kubek do kawy. To było ładne, dwupokojowe mieszkanie na Muranowie. Bardzo je lubiłam. Nie straszyło w nim, a na Muranowie straszy przecież w co drugim mieszkaniu. Było małe, czyste i białe, wyposażone w meble, które znalazłam na śmietniku i sama odnowiłam. Wynajmowałam je skandalicznie tanio. Chciałam nawet je kupić. Ojciec Mikołaja akurat był w Warszawie, bo miał jakieś szkolenie w ramach grantu z Unii Europejskiej.

Usiadł przy stole, przy którym jedliśmy, i powiedział, abym zrobiła mu herbatę. Nie poprosił, ale powiedział, a gdy trochę mnie zamurowało, popatrzył na mnie bez wyrazu, jakby miał zapytać, na co jeszcze czekam. Co miałam zrobić? Wstałam i zrobiłam mu tę herbatę, przysięgając sobie, że za chwilę coś mu odpowiem. W końcu nie odpowiedziałam, ale za to nie wyciągnęłam torebki i nie dałam mu łyżeczki, cukru ani talerzyka. Nie zareagował, ale wdał się w cichy, powolny monolog o tym, na jaki kolor najlepiej pomalować ściany, jak ustawić meble, a tak w ogóle to po co wynajmować, skoro najlepiej wziąć kredyt.

– To nie moje mieszkanie – powiedział mu wtedy Mikołaj.

– No przecież o tym mówię – odpowiedział.

– Jest moje – wtrąciłam się.

– Skoro pani wynajmuje, to chyba nie jest pani – odparł. Wciąż był w butach. Nie pofatygował się nawet sprawdzić, czy są czyste, popatrzeć sobie na podeszwy. – Głupoty robicie – dodał.

– Oj, to chyba moja sprawa – odparłam.

– Dlaczego? To nas wszystkich sprawa – odrzekł i po chwili dodał: – Podałabyś cukier.

– Nie wierzę w to – powiedziałam Mikołajowi, gdy wyszedł. – To niemożliwe.

– On taki jest – odpowiedział Mikołaj. – Nic z tym nie zrobisz. Jest jak ośmiotysięcznik.

Przytaknęłam mu, uspokoiłam się, a potem wzięliśmy kredyt i ślub.

Powoli widzę kształt swoich stóp. Chyba niebo zaczyna zmieniać kolor. Bardzo chce mi się pić. Nikt mnie nie zabije. Nikt cię nie zabije, Justynko. Na pewno? Na pewno. W której szafce są kubki?

Pojechałam do tej komendy głównie po to, aby poczuć, że z tego domu można w ogóle wyjść, gdy już raz się do niego weszło.

Ojciec Mikołaja prowadził, ja siedziałam obok, a ta kobieta, której mi było bardzo szkoda, i ten ksiądz (z rozmowy wynikało, że to jej szwagier), siedzieli z tyłu. Ksiądz zapytał jej, czy nie chce się wyspowiadać. „Księża są jednak niesamowici" – pomyślałam. Oni naprawdę wierzą w to, że mogą komuś pomóc.

– To wszystko się wyjaśni, zobaczy pani. Nie takie sprawy się wyjaśniały – rzuciłam do niej, odwracając się na siedzeniu.

– Co się wyjaśni? Co się wyjaśni? – zapytała płaczliwie. – Że co, że do trzeciej baby uciekł? W to już nie wierzę. On nie jest aż taki atrakcyjny Kazimierz – rzuciła po chwili, a ja parsknęłam śmiechem, nie mogłam się powstrzymać. I ojciec Mikołaja też się uśmiechnął, chyba. „Ma uśmiech Stalina" – pomyślałam.

W komendzie, pachnącej papierosami, lamperią i czymś miętowym, czego nie potrafiłam zidentyfikować, zmusił dyżurnego, siedzącego przy przedpotopowym komputerze, aby wezwał komendanta. Dyżurny zaczął się wykręcać. Komendant był zajęty, potem chory, a w końcu w ogóle go nie było.

– Zadzwoń i powiedz, że Głowacki Tomasz chce z nim rozmawiać – powiedział ojciec Mikołaja.

– No, ale nie mogę tak zrobić – powiedział dyżurny.

– Możesz, i powiedz, że to ja – powtórzył ojciec Mikołaja.

Dyżurny popatrzył na niego przez chwilę, następnie zadzwonił. Komendant zjawił się po pięciu minutach, zabrał kobietę na przesłuchanie.

– Tylko nie odwalaj mi tutaj – rzucił, odprowadzając ją do sali.

Zostaliśmy we trójkę w poczekalni: ja, ojciec Mikołaja i ksiądz.

Przez chwilę chciałam powiedzieć temu księdzu, aby to mnie wyspowiadał. To nie miał być żart. Bardzo chciałam być oceniona. Skazana. Bez ułaskawienia.

Ale zamiast tego w milczeniu studiowaliśmy wybrane detale pomieszczenia. Ja skupiłam się na różowych plastikowych doniczkach, w które powtykano rachityczne paprotki.

W końcu kobieta wyszła, kompletnie rozhisteryzowana. Policjant, krępy, mały facet, podszedł do ojca Mikołaja i klepnął go w ramię, a ten się odsunął.

– Przyjęliśmy zaginięcie. Powinienem od tamtej, bo ona go widziała ostatnia. No, ale wiesz, Tomek, dobrze, że przyjechaliście. – Starał się mówić cicho, ale głos niósł się po całym korytarzu.

– Mówiłem, kurwa, już wcześniej – odparł ojciec Mikołaja.

– Nie było podstaw, Tomek, zawieź ją do domu. – Facet drapał się po głowie. Był wyraźnie zakłopotany.

W drodze powrotnej ojciec Mikołaja wciąż milczał. Jego twarz była jak maska, jakby pozował do zdjęcia paszportowego. Przypomniało mi się, że miał ten wyraz twarzy przez całe nasze wesele. Może poza momentem, gdy przysięgałam Mikołajowi przed urzędniczką, że uczynię wszystko, żeby nasze małżeństwo było zgodne, szczęśliwe i trwałe. Wtedy przez chwilę popatrzył na mnie, jakby chciał zapytać, co ja w ogóle robię.

– Jak zwykle, po jaką cholerę z nimi rozmawiać w ogóle, darmozjadami jebanymi. Nic nie robią. Nic. Krzyżówki sobie rozwiązują, patałachy – wycedził ojciec Mikołaja.

Nagle kobieta podskoczyła, dostała esemesa od syna.

– Nie ma go – powiedziała z tylnego siedzenia. – Pisze, że nie ma go w Anglii.

Chciałam zapytać, dlaczego pisze, a nie dzwoni, i czemu właściwie go tu nie ma, czemu nie wsiadł w takiej sytuacji do pierwszego lepszego samolotu. No, ale nie zapytałam. To byli obcy ludzie.

Gdy wróciłam do domu, Mikołaj spał, ale obudził się, gdy położyłam się obok. Śmierdział wódą. Nie zapaliłam światła, wymacał moją twarz w ciemności.

– Nie martw się – powiedziałam. Byłam zła, że się schlał. Ale sama też miałam na to ochotę.

– Nie martwię się – odparł.

– Ale jesteś wściekły – powiedziałam i pogłaskałam go po włosach. Były ciepłe i brudne. Nie miałam nikogo poza nim.

– Jebać ich oboje – wykaszlał po chwili.

– Spokojnie. Spokojnie. – Uspokajając jego, uspokajałam siebie.

– I co z tą kobietą? – zapytał.

– Nic. Zgłosiła zaginięcie. – Pokręciłam głową.

– Możemy jechać. Już jutro – powiedział, podnosząc się z łóżka.

– Chodźmy na razie spać – odpowiedziałam; nagle poczułam, że jestem tak padnięta, że zaraz zemdleję. I przypomniałam sobie, że jestem chora.

– Justyna, możemy jechać już jutro, naprawdę – powiedział. – Pierdolę go. To moja wina. Przepraszam. To moja wina, że to tak wyszło.

– Chodź już spać. Spokojnie – powtórzyłam.

Mikołaj zasnął, ale ja już wiem, że nie zasnę. Teraz próbuję zejść na dół. Schody chrzęszczą, jakby zbito je ze sprasowanych bloków suchych liści. Zaraz ktoś wstanie i aresztuje mnie za zakłócanie miru domowego. Wyśle mnie karnie, abym przespała się w budzie dla psa. To nie byłoby wcale złe. Może tam przynajmniej się wyśpię.

Dobrze zapamiętałam, gdzie jest przełącznik. Dopiero po paru sekundach oślepienia widzę, że kuchnia Głowackich, oprócz bycia kuchnią, stanowi kolekcję porozstawianych i powciskanych wszędzie bibelotów, zaschłych badyli w doniczkach, dzwoneczków, naklejek na lodówkę z Zyborkiem i okolicami, wydłubanych w drewnie Matek Boskich, śmiesznych koreczków, guziczków, kubeczków. Wszystko jest jasnozielone, jedynie zasłony w oknie są w kolorze bladego różu.

Gaszę światło, da się to zrobić bez niego, byle spokojnie i pomału. Za oknem coraz bardziej się rozjaśnia. Najpierw lokalizuję podstawowe przedmioty, elektryczny czajnik, łyżeczki na suszarce przy zlewie, kran.

On jest uczciwy. On zrobiłby wszystko, co powiedział, że zrobi. A poza tym On nie ma zobowiązań, bo jego dzieci są dorosłe, a żona gdzieś daleko, zabezpieczona, spokojna swoim smutkiem, który możesz sobie tylko wyobrazić. A Mikołaj? Mikołaj śpi. Nigdy nie miał problemów ze snem.

Otwieram szafkę. Bateria kubków to pierwsze, co widzę, ale potem wzrok kieruję na dolną półkę, gdzie dostrzegam opakowania herbat.

– Melisa jest po prawej. – Słyszę za sobą, ogromna pięść ściska mnie za serce, na chwilę tracę oddech.

Ojciec Mikołaja stoi w drzwiach, gotowy do wyjścia, ubrany w wojskową kamizelkę i wysokie gumowe buty.

– Jezu Chryste – mówię na jego widok.

– Bez przesady – odpowiada i pokazuje mi krzesło przy stoliku, abym usiadła.

– Zaraz idę, chciałam się tylko czegoś napić.

– Już ci robię. Siadaj. Zrobię ci też śniadanie – odpowiada, podchodzi do lodówki, wyjmuje z niej masło, jajka, ser.

Nastawia wodę powolnymi i precyzyjnymi ruchami, jakby był w laboratorium chemicznym.

– Ja mówiłem, że tak będzie. Że od innej baby to już by wrócił – mówi po chwili. Jest przejęty, słychać to w jego słowach, ale nie w głosie, nie w ciele. To niesamowite, jak jego ciało nie potrafi wyrażać emocji.

– Skąd pan miał to przeczucie? – pytam.

– Zaciekawiło cię to, co? – Odwraca się.

– Ja nie jestem ciekawska – bronię się. Nie wiem zupełnie, w którą stronę ma iść ta rozmowa. Jest krępująca. W tym szlafroku, bez makijażu, czuję się przed nim goła. – Chciałam jakoś ją wesprzeć. Żeby była przy tym jakaś inna kobieta. – Patrzę na niego, gdy stawia przede mną kubek.

– Przestań mi kit wciskać, Justyna. Jesteś dziennikarką, no – mówi.

– Jestem – przytakuję.

– No to masz temat – odpowiada. – Dobry temat.

Na chwilę zastyga, jakby naszła go jakaś myśl, po czym zaczyna rozbijać jajka na patelni. Robię się głodna. Gdy zjem i się napiję, to być może zasnę.

– Nie chciałam nikogo obudzić.

– Nie, ja zawsze tak wstaję. Ja też nie mogę spać w nowych miejscach. Zwłaszcza na wakacjach. Jak pojadę na jakieś wakacje, to pierwsza noc zawsze zarwana – opowiada.

– No ale ja tu nie jestem na wakacjach – mówię to głośno, chociaż wolałam to pomyśleć.

– Może i jesteś. Ścięta czy rzadka? – pyta.

– Pomiędzy – odpowiadam po chwili.

– To będzie pomiędzy – stwierdza i przykręca gaz pod patelnią.

– Jak pan myśli, co się stało z tym człowiekiem? – pytam.

Kręci głową. Stawia przede mną talerz. Wypijam łyk melisy. Jest gorzka, lekko zwietrzała.

– Dostał za swoje. Za to, co robimy. Że się bandytom, skurwysynom postawił – odpowiada.

– Jakim bandytom?

Ma rację. Jestem ciekawa.

– Książkę można o tym napisać – odpowiada po chwili wymijająco, jakby chciał dać mi znać, że za słabo się znamy, aby o tym mówić.

– Mikołaj napisał – przypominam.

– Mikołaj po prostu chciał zrobić ze wszystkich idiotów – mówi i zwala parującą, żółtą breję na talerze, po czym bierze swój do ręki i siada obok mnie, po przekątnej stołu. Zjada jajecznicę w niecałą minutę. Zapija ją wielkimi łykami wrzątku, wypuszczając głośno powietrze z płuc. – Ale przykro mi, że słuchałaś tego, co przy obiedzie było. Nie chciałem tak. To nerwy – dodaje po chwili.

– Mikołajowi pewnie też jest przykro – wyrzucam to z siebie, zanim ugryzę się w język. Czekam, aż się zaczerwieni i wrzaśnie, ale nic takiego się nie dzieje.

– Mikołaj to mój najstarszy syn – odpowiada po pewnym czasie i zaraz pyta: – Ty jakiś reportaż teraz do gazety kończysz, tak?

– Tak. To prawda. Próbuję skończyć – mówię.

– O tych pedofilach? No ale przecież cię wywalili? – pyta.

– Wywalili mnie z etatu. Powiedzieli, że będą publikować mi teksty na zasadzie współpracy. Ale to za mało, aby spłacić ten kredyt – wytłumaczyłam.

– I myślisz, że ci to opublikują? Czy tylko tak gadali, żeby ci przykro nie było? – pyta jeszcze raz tonem, jakby wiedział lepiej, co się stanie.

Nie wiem, co mu odpowiedzieć.

– Mnie się wydaje, że oni nie dopuszczą do tego. Nie gazeta w sensie, ale tamte skurwysyny – mówi ojciec Mikołaja. – Zatkają cię procesami. Albo forsą.

– Już próbowali. – Kiwam głową.

– Ile ten chłopak miał lat? – pyta, czyszcząc talerz kawałkiem chleba.

– Piętnaście – odpowiadam. – Chłopak miał piętnaście lat.

Mój informator, to paskudne słowo, informator, chłopak o imieniu Cyryl, którego zapraszaliśmy do domu, któremu dawaliśmy książki, jedzenie i ubrania – znaleziono go dwa miesiące temu na pasku w kuchni w mieszkaniu na Pradze. We krwi miał tablicę Mendelejewa. Koroner powiedział, że to wyglądało, jakby włamał się na zaplecze hurtowni dopalaczy i zjadł cały asortyment. Wśród ludzi, którzy do dwunastego roku życia zapłacili mu za seks, wymienił znanego polskiego reżysera, wieloletniego dyrektora różnych spółek skarbu państwa, byłego ministra rolnictwa i jednego z bardziej medialnie krewkich biskupów. Mówił, że tworzyli coś w rodzaju klubu. Że na swój użytek nazywali to Klubem Puchatka. Że chłopców i dziewczynek były dziesiątki. Z Gocławia, Tarchomina, Pragi Północ. Od ósmego do czternastego roku życia.

– No ale nawet jak wydasz, w książce można napisać sobie wszystko, ja widziałem raz książkę, która się nazywała *Hitler założycielem Izraela*, no i jest książka, facet napisał, i co z tego? Takie rzeczy muszą być najpierw w gazecie, aby ktoś potraktował to poważnie – mówi ojciec Mikołaja. W pewnym sensie ma rację.

– Będę próbować – odpowiadam, myśląc o tym, że

w samochodzie jest jeden karton, który spakowałam jako pierwszy, karton pełen wydruków, artykułów, kserówek, pendrive'ów, kart pamięci, twardych dysków i taśm; myśląc o tym, że w sumie byłaby to najprostsza rzecz na świecie: wziąć ten karton, zanieść go do śmieci, otrzepać dłonie i zapomnieć.

– Ja rozumiem, że to trudne jest – mówi, wstając z krzesła.

– Co niby jest trudne? – pytam.

– Żyć z powinnością, z poczuciem, że się coś musi. A potem sobie to samemu zabrać. – Przemywa talerz i chowa go do szafki. Patrzy jeszcze chwilę przez okno, jakby kogoś wypatrywał, a potem bez słowa otwiera jedną z szuflad i czegoś w niej szuka. Podchodzi do mnie i kładzie przede mną opakowanie różowych tabletek. Poznaję je od razu. To jedynki. Życie jest kruche i głupie. Parskam śmiechem. Ojciec Mikołaja nie reaguje.

– Jakbyś dalej nie mogła zasnąć, weź ze dwie. To Agaty – mówi.

Wychodzi z kuchni, słyszę jego kroki, słyszę, jak otwiera drzwi, a potem je zamyka, słyszę, jak odpala samochód, i dopiero wtedy zjadam jajecznicę, a następnie wkładam do ust tabletkę, jakbym ją ukradła. Zapijam melisą. Może znowu zasnę. Gdy człowiek śpi, nie może krzywdzić ani doznawać krzywd. Nie może się mścić. Również na sobie samym.

Herbata jest w ostatniej szafce przy ścianie, nad okapem, zapamiętaj.

Mikołaj

Trzydzieści trzy lata. Podobno tyle miał Chrystus, gdy go zabito. No cóż, Chrystus akurat zdążył coś zrobić w swoim życiu.

Trzydzieści trzy lata są straszne, bo to początek końca. Wchodzisz w sztucznie wydłużony wiek. W okres podtrzymywania życia przez medycynę. Gdy jej nie było, ludzie akurat tyle żyli. Trzydzieści trzy lata. Tak więc jeśli do trzydziestego trzeciego roku życia nie zrobiłeś niczego, co mogłoby cię przeżyć, chociażby nie spłodziłeś dziecka, chociażby nie wybudowałeś domu, to nie licz, że potem cokolwiek się uda. Nie wierz w medycynę. Medycyna kłamie. Popatrz na Beatlesów. Gdy się rozpadali, najstarszy miał dwadzieścia dziewięć lat. Powtarzam: gdy Beatlesi się rozpadali.

Gdy w wieku trzydziestu trzech lat wraca się do punktu wyjścia, to znaczy, że zmarnowało się życie. Że jest się trupem. Miałeś tyle, kurwa, czasu. Dziesięć tysięcy lat temu człowiek umierał w wieku trzydziestu trzech lat z powodu gangreny całego organizmu i uśmiechał się, wpatrzony w czarną, niezrozumiałą nieskończoność, że miał dobre życie, bo raz zjadł gruszkę.

Tak więc możesz żyć jeszcze dwadzieścia, trzydzieści, a jak będziesz miał fart, czterdzieści albo pięćdziesiąt lat.

Ale to tyle. Będziesz przejadał surowce, zatruwał powietrze, generował środki na emeryturę, której i tak nie dostaniesz. Już nic nie zrobisz.

Żeby nie było, przegrałem całkiem niezłe życie. Było mi dane trochę jak ostatnia szansa. Jak wysoki spadek znikąd, który przegrałem w ruletkę tego samego wieczoru. Wyszło, jak wyszło. Jak w tej bajce o skorpionie. Taka natura. Każdy ma jakąś. Moja natura to bycie zjebem.

Nasze życie z Justyną było niezłe. Może nie wspaniałe i cudowne, ale niezłe, a niezłe to dużo. Chronicznie nie mieliśmy kasy, ale mieliśmy fajne mieszkanie. W fajnym mieszkaniu wiedliśmy nawet fajne życie. Mieliśmy półki pełne książek, w tym niezłą kolekcję pierwodruków z lat trzydziestych. Jasną kuchnię, słoiki z przyprawami, grafiki przyjaciół na ścianach, doniczki z ziołami, książki, winyle, gry planszowe, w które graliśmy ze znajomymi w weekendy przy winie, karnety na festiwale filmowe i muzyczne, małą lodówkę do wina i chemex, który dostaliśmy jako prezenty ślubne. Mieliśmy znalezioną na śmietniku piękną drewnianą toaletkę z forniru i krzesła ze Spółdzielni „Ład". Mieliśmy dywan, mały, ale turecki. Mieliśmy wolny pokój na wypadek urodzenia się dziecka. Mieliśmy filtr do wody i dwa zestawione ze sobą, obudowane książkami biurka do pracy. Mieliśmy łóżko z IKEA z materacem futon. Mieliśmy vouchery na taksówkę z pracy Justyny. Mieliśmy przywiezioną z Nowego Jorku wielką walizkę w kolorowe palmy, kupioną w GAP-ie, która miała wystarczyć nam na całe życie.

Mieliśmy, mieliśmy, mieliśmy. Mieliśmy coś, co wydzielało się z całości tych rzeczy. Te rzeczy są już tylko rzeczami w czyimś garażu. My nie mamy nic.

Jak miało być inaczej? Jestem żulem. Trupem. Ułomem. I gdy patrzę na siebie, to ją rozumiem. Też poszedłbym do kogoś innego. Też chciałbym, aby przydarzyło mi się w życiu coś innego niż ja sam.

Nawet nadal noszę te same spodnie, które miałem, gdy pakowałem ostatnie kartony. Te spodnie śmierdzą, ale w samochodzie Grześka tego nie czuć, jego wnętrze jest przesiąknięte zapachem fajek, który wdarł się we wszystkie elementy tapicerki, w głąb foteli, nieusuwalny, wżarty aż do samej konstrukcji.

– Gdzie jedziemy? – pytam.

W odpowiedzi zapala kolejnego papierosa i minimalnie opuszcza szybę. To opuszczenie szyby nic nie da. W samochodzie leci muzyka, natchniony polski metal o żołnierzach wyklętych, od którego mam ochotę zdrapać sobie twarz.

– Tu i tam. – Żeby odpowiedzieć, musi wypalić pół papierosa.

– Do tego i tamtego?

– Zybork musi wiedzieć, że wróciłeś. – Śmieje się.

– Czemu słuchasz takiego gówna? – pytam.

Wyciąga kasetę, grzebie w stosie, znajduje jakąś nową. Wkłada do magnetofonu. Black Sabbath, Ozzy Osbourne zaczyna śpiewać *Sweet Leaf*.

– Okej? – pyta.

– Okej – odpowiadam.

Nie wiem, czy Zybork wie, a nawet jeśli wie, to czy mój powrót w ogóle go obchodzi; na pewno nie sprawia takiego wrażenia, gdy przesuwa się właśnie za szybą, przykryty zachodem słońca, przypominający swoje własne ogromne, niewyraźne zdjęcie. Ciemne kontury budynków, rozświetlone neony supermarketów, majaczący w blasku latarni budynek szkoły, na którego dach być może wciąż można wejść po zamocowanej z tyłu drabinie, tak jak robiliśmy to kiedyś, po prostu: zapalić jointa, wypić piwo, popatrzeć w niebo.

Przez chwilę wydaje mi się, że Zybork przestał istnieć już lata temu, wtedy gdy się z niego wyprowadziłem; że zapadł się pod ziemię, a na jego miejscu szybko sklecono jakąś ulotną kopię, miraż, makietę z papieru, mroku i dymu.

Zastanawiam się, co tak naprawdę mamy sobie do powiedzenia. Pewnie coś mamy. Ale pytanie co. Pewnie nie to, co naprawdę mamy sobie za złe, bo prawda potrzebuje treningu. Codziennej rozmowy. My byliśmy w tym bardzo kiepscy. Głupi i dumni. Zawsze głupi, zawsze dumni, Niepokonani Głowaccy. Diabeł się nas boi, Bóg nas nienawidzi.

Widzę, jak wypija łyk napoju energetycznego o nazwie SuperSpeed. Na srebrnej puszce widać kontury cycatej dziewczyny i rozpędzającego się w tle lamborghini. Napój wydziela delikatny zapach sfermentowanej benzyny z cukrem. Pyta mnie gestem, czy chcę łyk. Kręcę głową.

Parkuje samochód. Jesteśmy za jeziorkiem, przy jednym z najdalej położonych od głównej arterii miasta bloków. Grzesiek przeciąga się, patrzy w oświetlone okno. Odpala następnego papierosa od poprzedniego.

– Nie przejmuj się starym. On tak zawsze. Zawsze się przypierdala. Mam to na co dzień – mówi.

– I wciąż tu jesteś, skoro masz to na co dzień? – pytam.

– Przyzwyczaisz się, kurwa. Nie wkręcaj sobie – odpowiada po chwili.

– Czego?

– Że ma rację. Że coś przegrałeś. – Wychodzi z auta. Rozgląda się dookoła.

– Ja po prostu nie mam gdzie jechać.

– To tak jak ja. – Wzrusza ramionami.

Powietrze jest wilgotne, ale rześkie, czuć w nim bliskość lasu, mech, kołdrę nadgniłych liści pokrywającą ziemię.

– Chodź, jeszcze się gdzieś karniemy – mówi.

Kiwam głową, wsiadamy z powrotem do auta.

Dojeżdżamy do lasu szybciej, niż mogę o tym pomyśleć. Coraz bardziej ma się ku zmrokowi, drzewa dookoła zaczynają wyglądać jak jednolita ściana.

– Mnie na przykład co chwila wrzuca na łeb, że nie upilnowałem małżeństwa. Nie upilnowałeś, nie upilnowałeś, i w koło, kurwa, Macieju. Jakby małżeństwo to było coś, czego się pilnuje – mówi po chwili.

– A co się robi, jeśli się nie pilnuje?

Patrzy na mnie przez chwilę. Mruży oczy.

– Przyjechała z tobą tutaj – mówi. – Pomyśl, jak bardzo miałbyś przejebane, gdybyś przyjechał tutaj sam.

Nie spodziewałem się po nim takiej wyobraźni. Ale mamy słaby trening w rozmawianiu.

– Mieliśmy ostatnio problemy – odzywam się. Zapalam jeszcze papierosa. Daję znak, aby jednak podał mi ten napój. Smakuje tak, jak pachnie – jak benzyna z cukrem.

– Czyli też nie upilnowałeś – stwierdza.

– W pewnym sensie – odpowiadam.

Wjeżdża w leśną drogę, samochód zaczyna podskakiwać na wybojach, zastanawiam się, czy zawieszenie to wytrzyma. Zatrzymuje. Wyłącza światła. Gdy to robi, od razu znajdujemy się w ciemności. Wychodzimy na zewnątrz. Las jest zimny, wilgotny, wielki. Ziemia jest miękka i mokra. Czuję, jak delikatnie grzęzną mi w niej buty.

– Był inny facet – mówię po pewnym czasie, nie dlatego, że chcę się podzielić tym właśnie z bratem, ale dlatego, że znowu w moim gardle wyrosła pestka, coś, co trzeba odpluć, bo inaczej się zadławię.

– Przejebane. W sensie, smutne.

– Powiedziałem, żeby została – opowiadam, streszczając mu wszystko w jednym zdaniu.

– My z Kamilą się po prostu nie dogadaliśmy – mówi cicho Grzesiek, jakby do siebie.

Nie czuję ulgi. Mam sobie to za złe. Ostatnie, czego teraz potrzebuję, to aby brat i ojciec mieli o Justynie złe zdanie, żeby patrzyli na nią jak na kurwę, dawali jej to cicho do zrozumienia.

– Nie wiem. Mnie się wydaje, że ważne jest teraz. Teraz ona jest tu z tobą. Ty, jak rozumiem, to zjadłeś. Jak zjadłeś, to wysraj i już nie przeżuwaj powietrza – mówi.

– To trudne – odpowiadam.

– Pewnie tak – głośno myśli. – Ja mam dzieciaki. To co innego. Są ze mną, kiedy tylko można. Problem będzie, jak pójdą do szkoły. Ale może pójdą tutaj. Może Kamila wróci z Niemiec. Może.

– Chcesz mi powiedzieć, żebym zrobił dziecko? Że to coś naprawi? – pytam.

Do tej pory o tym nie myśleliśmy. Nie wzbranialiśmy się, nie używaliśmy gum, nie używaliśmy tabletek, będzie, to będzie, nie będzie, to nie będzie. Byłem za stary, by stresować się testem ciążowym, ale jak do tej pory pasowało nam to, że jesteśmy we dwójkę, możemy robić – niby – co chcemy, gdzie chcemy i jak chcemy. Oczywiście to nieprawda.

To durne marzenie, że niby możesz robić, co chcesz. Małe dziecko może robić, co chce. Może się zarzygać i wytarzać w błocie. Może wkładać sobie przy obiedzie makaron do nosa. Może się zatruć i wszyscy będą je wtedy ratować.

– Nie, nie można tak myśleć – odpowiada Grzesiek. – To głupie. Ale wiesz, jak masz dzieciaka, już nigdy nie będzie tak, że nie będziesz miał nic. Wydaje mi się, że to bardzo ważne.

– Myślisz, że ja nie mam nic?

– Nie wiem. Nie wiem, stary. Skąd mam wiedzieć? – odpowiada pytaniem.

Coś pohukuje w lesie, daleko. Nie wiem nawet, czy to ptak, czy to czyjś głos, kogoś, kto nas zauważył, kto chce nam coś powiedzieć. Ciemność jest gęsta jak syrop, zaczyna mi przeszkadzać, drapie mnie pod ubraniem.

Niepotrzebnie podnosi ciśnienie. Miasto i światło za głęboko we mnie wrosły.

– Nie wiesz. Nie powiedziałem ci – mówię po chwili.

– O czym? – pyta.

– No wiesz o czym. O tym facecie – odpowiadam.

– O czym? – powtarza.

Wracamy w stronę jeziorka, idziemy w kierunku ostatniego bloku po lewej od rynku. Jest tak samo nieforemny i brzydki jak kilkanaście lat temu, ma ten sam ciemnozielony kolor kostki do kibla. Znam parę osób, które w nim mieszkały, ale sam nigdy nie byłem w środku. Niedaleko, dwa bloki dalej, mieszkał Trupol. Spędzałem u niego całe dnie i wieczory, bo jego matki często nie było, wyjeżdżała do Niemiec, by sprzątać mieszkania. Ojciec wyprowadził się na drugi koniec Polski, a starsza siostra siedziała we Francji z mężem, więc Trupol miał ciągle wolną chatę. Godzinami graliśmy na jego komputerze w *Duke Nukem*, paliliśmy trawę i słuchaliśmy z rozklekotanego magnetofonu ścieżki dźwiękowej *Z Archiwum X*.

Grzesiek zatrzymuje się przy domofonie, naciska przycisk.

– Właź – mówi męski głos.

Przez chwilę myślę o Punisherze. Był moim idolem. Nawet nie idolem. Był dla mnie kimś w rodzaju opiekuna. Co miesiąc czekałem z zapartym tchem na kolejny zeszyt jego przygód. Gdy w końcu się ukazywał, czytałem go od deski do deski po kilkanaście razy. W przeciwieństwie do Supermana czy Spidermana Punisher był poważnym człowiekiem. Mścił się za swoją rodzinę, którą zabito przypadkiem podczas strzelaniny w Central Parku. Od tamtej pory nic innego nie miało już znaczenia, tylko wojna. Podchodził do sprawy metodycznie i sprawiedliwie. Zabijał hurtowo. Nie okazywał litości. Wiedział, że jego walka nie ma sensu, że nigdy się nie skończy, bo nigdy przecież nie uda mu się wybić wszystkich bandziorów na świecie, a i tak ją toczył każdego dnia. Był mędrcem. Wiedział, że to droga jest sensem, a nie cel. Przypominał w tym buddyjskiego mnicha. Za każdym razem, gdy czytałem te komiksy, czułem się bezpieczniej.

Zawsze gdy jestem tam, gdzie nie chcę być, zawsze gdy mam wrażenie, że będę musiał się przed czymś bronić, zawsze gdy wchodzę do miejsca, gdzie mogą być ludzie traktujący mnie z gruntu jak wroga albo tacy, których sam mam za wrogów – wtedy myślę o Punisherze. I zawsze, gdy o nim myślę, od razu zadaję sobie pytania: czy trzeba przeżyć wielką tragedię, aby nabrać w ogóle umiejętności samoobrony? Aby stać się odpornym? Sprawnym? Groźnym? Czy nie lepiej przeżyć dobrego życia jako frajer? A czy nie byłoby najlepiej – tak myślałem – być miękkim frajerem, którego Punisher wyjątkowo by polubił? Być w jego cieniu? Czy to nie byłby najlepszy wariant? Być takim słabym, miękkim kumplem Punishera, którego on po prostu toleruje?

Po wydaniu książki Punisher śnił mi się codziennie. W jednym ze snów stał przede mną bez swojego wyjściowego stroju z czaszką: był w białym podkoszulku, palił papierosa i mówił mi, abym odpuścił, że te gnidy i tak mnie pokonają, że jedyne, co mogę zrobić, to szybko wyjść, i wychodząc, nasrać im na wycieraczkę. Innym razem w milczeniu podał mi swój pistolet.

Ale to było dawno temu. Teraz już mi się nie śni. Moje sny są wyblakłe i puste jak stare slajdy. Punisher mnie opuścił i nic dziwnego. Jego charakter polegał na tym, że robił to, co robił, chociaż i tak w ostatecznym rozrachunku nic to nie zmieniało. Ja nie mogłem, nie umiałem robić nawet tych rzeczy, które by coś zmieniły. Spoko. Na jego miejscu też bym siebie opuścił.

Mieszkanie jest na pierwszym piętrze. Od wejścia czuć

zapach gotowanego jedzenia i środka do konserwowania ubrań. W korytarzu stoją, bezładnie porozrzucane, pary butów. Na ścianie jest drewniana okleina, kalendarz turystyczny, obrazek z kwiatkiem. Słychać telewizor. Grzesiek bez pytania przechodzi do pomieszczenia, w którym na skajowej, wielkiej, nieproporcjonalnej do pokoju kanapie, przed wielkim, płaskim telewizorem siedzi kilka osób. Na stoliku leżą chipsy, stoi piwo i wódka. Pokój jest zapchany tanimi meblami, na których piętrzą się dziesiątki dupereli, butelki po whisky i perfumach, pluszowe misie, zdjęcia z wakacji w ramkach w kształcie serduszek. „To tutaj robią wszystkie zdjęcia na nasza-klasa.pl, właśnie w tym mieszkaniu" – myślę; dopiero po chwili uświadamiam sobie, że tak wyglądała większość mieszkań w Zyborku, gdy jeszcze tu mieszkałem.

– Gregory, chory na wory – mówi lekko otyły, wygolony na rondel chłopak w pastelowym swetrze i szarym dresie. Ten sam chłopak jest na jednym ze zdjęć z wakacji, stoi w samych slipach obok lekko otyłej, spieczonej na ciemny brąz dziewczyny opartej o sportowy motor. Teraz wstaje i wita się z moim bratem.

– To mój brat, Mikołaj – mówi Grzesiek.

– Siema – odpowiada chłopak, nawet na mnie nie patrząc.

W pokoju są jeszcze dwie młode, mocno umalowane dziewczyny w obcisłych spódnicach i koronkowych bluzkach. Jedna z nich cały czas monologuje do drugiej, obie jeszcze nie zauważyły, że weszliśmy do środka.

– Więc, mówię jej, wyjdź z tego pokoju, wyjdź, kurwa, sama chcę być, wiesz, pooglądać telewizję, ona pyta, a co będziesz oglądać, no i ja już wtedy nie wyrobiłam, kurwa, mówię do niej, nie wiem, kurwa, po prostu chcę posiedzieć sama, nie musisz mi tu włazić cały czas, weźże wypierdalaj, ona do mnie, że chce gadać, chce gadać o mnie i o Łukaszu, ja jej mówię, co cię to obchodzi, co ty masz do niego? Co ty masz za problem z nim? Co on ci przeszkadza?

Ale po chwili przerywa, obie się odwracają w naszą stronę i obrzucają nas tym samym beznamiętnym spojrzeniem, którym obrzucają prawdopodobnie całość znanego sobie stworzenia.

Po pewnym czasie wracają do trzymanych w ręku telefonów w różowych nakładkach. Obok nich na fotelu siedzi jeszcze jeden chłopak, chudy i rozedrgany, w dresowej bluzie, brudnej, czerwonej czapeczce z daszkiem i workowatych dżinsach. Chłopakowi bez przerwy pracuje noga, wybija nią szybki, synkopowany, znany tylko jemu rytm. W telewizji leci discopolowy teledysk, młody Cygan w pozłacanym kaszkiecie śpiewa o wolności, jaką daje mu motoryzacja, chłopak wpatruje się w niego z szeroko otwartymi oczyma, jakby w tekście piosenki był zawarty ukryty szyfr, którego istnienia jest już pewien, ale jeszcze nie umie go odczytać.

Siadam na jednym z wolnych pufów, wyjmuję piwo z plecaka.

– Przyjechał w gości? – pyta chłopak w swetrze, wskazując na mnie głową.

– Nie, na stałe – odpowiada Grzesiek.

– Na stałe? – Parska śmiechem, tym razem odzywając się do mnie: – Pojebało cię?

– Chyba tak – odpowiadam, jedna z umalowanych dziewczyn przewraca oczyma. Jakbym miał sześćdziesiąt lat i strugę śliny spływającą na brodzie. A może to jedyny gest, jaki zna.

– Gdzie jest Wariat? Od dwóch dni go szukam – pyta Grzesiek. Puszka piwa w jego dłoni wydaje cichy psyk. Gruby pokazuje mu palcem stojącą na stoliku flaszkę. Grzesiek kręci głową.

– Pewnie jest z chłopakami. Z Porczykiem – mówi chudy.

– I co? Broją? – pyta Grzesiek.

– I Łukasz. Łukasz też na stówę z nimi jest – rzuca ta druga.

– Już dajże spokój. Może on też chce być sam? – pyta pierwsza.

– Dlaczego chciałby być, kurwa, sam? – nie rozumie druga.

– Bo mu brata ruscy porwali? On to przeżywa. To ciężka sprawa – mówi pierwsza.

– Chuja przeżywa. Wcale tego nie przeżywa – odpowiada druga, zakładając nogę na nogę. Jest brzydka, prawie nie ma brwi, ostre rysy, nos jak ptasi dziób, cienki i piskliwy głos, który ugina się pod wypowiadanymi przez nią słowami.

– Co chcesz od Wariata? – pyta gruby.

– Miał tu być, powiedział, że tu przyjdzie – odpowiada Grzesiek. – Muszę z nim pogadać. Po prostu mam do niego interes.

Chudy chłopak wali otwartą dłonią w stół, podskakują puste kieliszki, gruby patrzy na niego karcącym spojrzeniem.

– Zajaraj se, kurwa, zioła – mówi do niego.

– Właśnie, dajta coś pokurzyć – mówi Grzesiek i się uśmiecha. Odwraca się i puszcza do mnie oko.

– Kurwa, on nawet mi nie odpisuje – mówi ta druga.

– Ty jesteś z bratem Maciusia? – pyta Grzesiek.

– A co, kurwa? – odpowiada dziewczyna.

– Sabina, tak? – pyta znowu, szczerzy się do niej.

– Ej, co chcesz ode mnie, kurwa? Co ty ode mnie chcesz? – Dziewczyna przechyla się do przodu, podskakuje z wściekłości, jakby chciała wstać i go uderzyć.

– Wyluzuj. Chyba coś cię piecze. Chyba powinnaś iść do lekarza – mówi Grzesiek, wstając i biorąc chipsa z paczki.

Nie jestem mieszkańcem tej rzeczywistości. Pomiędzy

mną a tym miejscem jest przezroczysta, chociaż gdzieniegdzie zmatowiała szyba. To właśnie chciał zrobić Grzesiek, chciał mi to pokazać. Jestem tu kompletnie obcy. Jestem tutaj, bo nie mam nic lepszego do roboty, bo nie mam zupełnie dokąd pójść. Niech i tak będzie.

Chudy chłopak wyjmuje z kieszeni zawiniątko z folii aluminiowej oraz tanią, kolorową, szklaną fajkę do palenia zioła. Ostatni raz paliłem z takiej w ogólniaku.

– Ale czy Wariat będzie chciał z tobą gadać, Gregory chory na wory? – pyta gruby. Chudy nabija fajkę trawą z zawiniątka. W pokoju roznosi się ostry zapach, trochę chemiczny, jakby udrażniacza do rur.

– Nie mów tak do mnie – mówi Grzesiek. – Nie polecam.

– Jesteś moim gościem – przypomina mu grubas.

– No to, Rymek, szanuj mnie, ugość mnie jakoś, kurwa mać – mówi mój brat, wciąż się śmiejąc. W jego oczach coś miga, słaba, dziwna gwiazda.

– Dać ci bigosu? – pyta Rymek. – Bigosu ci dam. – Odwraca się do obu dziewczyn. – Przynieś mu bigosu – mówi do tej po lewej, ładniejszej, mniej skwaszonej, pokazując ręką na mojego brata.

– Sam mu, kurwa, przynieś – odpowiada dziewczyna.

– Pamiętasz go? – pyta mój brat, wskazując mnie palcem.

– Chyba tak – mówi bez żadnego przejęcia gruby.

– Wariat jest z Kaflem, musicie jechać do Undergroundu. – Chudy podaje mi szklaną fajkę, zaciągam się, dym jest cierpki i chemiczny, niedobry, wypuszczam go nosem i podaję fajkę dalej.

Szyba między mną a resztą robi się zaparowana. Mam sucho w ustach. Cała ta czwórka obrasta w szklany pancerz. Spoglądają na mnie jak na dziwne zwierzę, które miało przerwać ich nudę, ale tak naprawdę po jego przyjściu znudzili się jeszcze bardziej. Teraz zastanawiają się, czy może mnie nie poddać torturom. Ten gruby ma w sobie coś z Nerona. To działa natychmiastowo, ten dym, to palenie. Przecież nie powinieneś brać żadnych narkotyków, Mikołaj.

Ludzie czują, kiedy nimi gardzisz. Łapią to w moment, tak jak łapie się w garść dryfujący w powietrzu paproch. I wiedzą. Musisz przestać. Musisz ich zaakceptować, polubić, być ciepły i serdeczny, może nie jak Jezus, bo to niemożliwe, ale po prostu ciepły i serdeczny.

Rozglądam się dookoła. Na segmencie, pomiędzy butelką po chivas regal a oprawionym w ramkę zdjęciem czerwonego ferrari testarossa, leży kilka książek, które zauważam dopiero teraz. Płuczę usta piwem. Smakuje jak pasza dla świń wybełtana z wodą.

Biografia Messiego, drugi tom *Potopu*, pierwszy *Millenium*, „Masa" i jego *Samochody polskiej mafii*, przewodnik po Tunezji z oderwaną połową grzbietu. I jest. Na samym dole. Jak bardzo zły dowcip. Pomarańczowy grzbiet, czarne, bezszeryfowe litery.

Mikołaj Głowacki, *Czarna, zimna woda*.

– Jak twój stary? – pyta Rymek.

Grzesiek wzrusza ramionami. Odwraca się, widzi, że przypatruję się książkom.

– Po co pytasz? – odpowiada pytaniem.

– Bo, kurwa, chudy roboty szuka. – Wskazuje ręką na chłopaka, który teraz ubija podłogę obiema nogami.

– Wyjebali mnie ze sklepu – mówi chudy.

– A co robiłeś? – pyta Grzesiek.

– Na ochronie stałem – mówi chudy, a Grzesiek taksuje jeszcze raz jego sylwetkę i wybucha śmiechem.

– Ale co robiłeś, że cię wyjebali z roboty? – pyta.

– Z magazynu jebalim papierosy i wódkę na handel – odpowiada. – Policzyli, zobaczyli na kamerze, i wyjebali.

Chciałbym wziąć książkę do rąk i obejrzeć. Ale wtedy oni zorientują się, że to ja. Może nie kojarzą, że to ja.

– Mój ojciec ma raczej komplet. – Grzesiek kręci głową, wciąż rozbawiony, po czym dopiero dostrzega, czemu tak naprawdę się przyglądam.

Ktoś puka do drzwi. A może to któreś z nich puknęło w ścianę, w stół. Nie, ktoś puka do drzwi.

– Twoja książka – mówi Grzesiek, jakby trochę wolniej.

– To jakieś dopalacze? – pytam. Dotykam swoich ust. Jakbym nie pił od kilku dni. Wypijam jeszcze łyk piwa. Nie działa. Jakby było z pary. Nikt mi nie odpowiada.

– Co to jest?

– Palenie – odpowiada chudy.

– Jego książka. – Grzesiek pokazuje kciukiem na półkę z książkami.

– A, to ty napisałeś? – pyta mnie Rymek. Na jego twarzy maluje się zamglone zaciekawienie. Ostrożnie kiwam głową.

Ktoś znowu puka do drzwi, potem jeszcze raz.

To ja to napisałem. To wymaga pewnych wytłumaczeń; podobno tylko winni się tłumaczą, więc spróbujmy. Każdy chce wyrównać rachunki krzywd. Każdy chce, aby mu zapłacono to, co mu się należy. „Są w ojczyźnie rachunki krzywd", kurwa, moja głowa, boli, z prawej strony. Kładę na niej dłoń. W tym miejscu, które boli. Nie pomaga. Dłoń jest ciepła, jeszcze cieplejsza od głowy. Do rzeczy. Jeszcze piwo. Zbić odrobinę ciśnienie, chociaż trochę. Ta dziewczyna po prawej żuje teraz gumę tak mocno, że zaraz zacznie żuć swoją twarz. Do meritum. Książka. Gdy nie jesteś Punisherem, gdy starzy robili cię przez telefon i żetonów zabrakło, wtedy musisz radzić sobie jakoś inaczej. A przecież każdy chciałby się zemścić za wszystkie straszne rzeczy, które go spotkały. Ty też. Ty też chciałbyś się zemścić.

– Idź, kurwa, otwórz – mówi Rymek do dziewczyny, która siedzi po prawej.

Gdy mieszkałem w Zyborku, nienawidziłem Zyborka. To znaczy nie od samego początku. Gdy byłem mniejszy, a Zybork większy, Zybork mi wystarczył i nawet mi się podobał. Może dlatego, że trudno było mi porównać go z czymkolwiek innym. Zresztą i tak żyłem w swojej własnej głowie. Ale mniej więcej od czternastego roku życia, mniej więcej od momentu, gdy mój ojciec nie zgodził się, abym wyjechał do liceum do Olsztyna, zacząłem nienawidzić tej skurwiałej dziury, jak niczego innego na tym świecie. Chciałem ją spalić. Chciałem, aby najechali ją hitlerowcy. Chciałem, aby połknęło ją trzęsienie ziemi. Paliłem zioło i fantazjowałem o samolotach, które zrzucają grad bomb na rynek w Zyborku, na urząd miasta, na zamek, na bazar, na szpital, liceum i kościoły.

Na początku nie chodziło wcale o nic konkretnego. To, że istniały inne miejsca niż Zybork, miejsca, w których życie było lepsze i ciekawsze, ludzie bardziej godni miłości i zrozumienia – to były fakty. Ja i paru moich kolegów i koleżanek nie zadręczaliśmy się tymi faktami na co dzień, przez większość czasu byliśmy kompletnie bezrefleksyjni, chodziło nam głównie o to, aby zabić czymś czas, napić się, naćpać, zapalić, pobić, wylizać, zrzygać, powiedzieć lub zrobić coś idiotycznego. Zaryzykować życiem, a przynajmniej średnim wykształceniem.

Ale były też momenty, długie, zwłaszcza w nocy, późnymi wiosnami i wczesnymi jesieniami, gdy spotykaliśmy się gdzieś w plenerze, bo nikt nie miał pieniędzy, by iść do Bramy, siadaliśmy na zajezdni kolejowej albo na dachu szkoły, albo gdziekolwiek, na krawężniku, na garażach, wśród petów i szkła, i gdziekolwiek się obejrzeliśmy, widać było tylko światła latarni, czasami parę gwiazd. W tych momentach fakty ustępowały miejsca wyobraźni. Trawa rozpalała lęki jak benzyna wylana na ognisko. Pamiętam go świetnie, ten strach, który dopadał mnie znienacka i ściskał mi krtań dłonią tak mocno, że milczałem, bo bałem się, że będę brzmiał jak Kaczor Donald; strach, że poza Zyborkiem nic już nie istnieje.

Że pomiędzy szkołą, szpitalem, garażami, zamkiem, naszymi domami, łóżkami spędzimy nawet nie całe życie, ale całą wieczność.

Wieczność w Zyborku. Wyobraź to sobie.

A potem, przez krótką chwilę, byłem w Zyborku szczęśliwy. I nawet nie bałem się za specjalnie tego, że poza Zyborkiem nic tak naprawdę nie ma, bo przez krótki moment wszystko było w nim i we mnie na swoim miejscu.

A potem – Zybork mi to zabrał. Zybork zabrał Darię. W wieku dziewiętnastu lat dusza nie jest jeszcze niczym obudowana, nie jest pokryta żadną tkanką. Bardzo łatwo jest się do niej dostać i zupełnie ją zniszczyć.

Dopiero wtedy zacząłem nienawidzić Zyborka. Cholernie mocno. Z całych sił. Tak mocno, że postanowiłem rzeczywiście go zniszczyć, w ramach zemsty. Spalić, zrównać z ziemią. W przeciwieństwie do Punishera nie miałem jednak nawet jednej bomby, jednego granatu, jednej małej spluwy.

Piwo zaczęło w końcu walczyć z tym, co zapaliłem, usypiać to, obniżać mi ciśnienie. To dobrze. Patrzę na Grześka. Szczerzy się do mnie, symuluje śmiech. Myśli, że po prostu się denerwuję. Grześka niezmiernie to bawi, gdy ktoś się denerwuje. Ma to po ojcu. Przy czym ojciec nie umie się śmiać, cieszy się wewnętrznie.

Dziewczyna wstaje, idzie otworzyć drzwi.

Od razu słychać, że zaczyna kłócić się z kimś, kto jest na zewnątrz.

– Siema. – Gość, który wchodzi do środka, jest jeszcze grubszy niż gospodarz. Ma ciemną karnację, krótko zgolone włosy. Przypomina mi kogoś.

– No i gdzie byłeś? Gdzie byłeś, kurwa?! – drze się na niego ta dziewczyna.

– Siemasz, Łukasz – mówi Grzesiek.

– Co z twoim bratem?

– Chuj z moim bratem – odpowiada chłopak.

– Znajdą go, nie bój. To twardy skurwiel, ten twój brat – mówi Grzesiek.

– Sam wiesz, jaki twardy, jakżeś go za małolata pogryzł – przypomina Rymek.

– Chuj. Nie ma o czym gadać – mówi jeszcze raz Łukasz, wciąż stojąc w drzwiach; słowa, które wypowiada, są tępe, obłe, głębokie, przypominają brudne kamienie.

– Napisać chociaż mogłeś. Czemu nie napisałeś? No, powiedz?! – krzyczy dziewczyna. Trzyma rękę na chudym biodrze, moduluje głos. Zwyczajnie się popisuje.

Łukasz przez chwilę nie zdradza żadnych emocji. Ma szeroko otwarte oczy, twarz pokrywa mu warstwa potu, ale sprawia wrażenie, jakby zatrzymano go w tej pozycji kilka lat temu, w momencie gdy szedł na egzamin gimnazjalny. Dopiero po chwili popycha krzyczącą dziewczynę na ścianę, mocno. Głuche uderzenie przerywa jej monolog. Od tej pory zaczyna cicho szlochać.

– Zamknij, kurwa, tę jebaną mordę – mówi Łukasz.

– Ty, pisarz, no i co? Dobra afera była z tego, nie? Ja przyznam się, że nie czytałem – mówi Rymek.

– Była. – Kiwam głową.

Napisałem tę książkę na studiach. W Warszawie. O samych studiach nie ma co zbytnio opowiadać. Międzywydziałowe studia humanistyczne, na nich, razem ze mną, grupa malarzy, pisarzy, antropologów kultury, dramaturgów, filmoznawców i innych młodych geniuszy, na których tle czułem się jak stojące na bramce grube, niedorozwinięte dziecko w gumiakach. Oczywiście oni wszyscy byli tak naprawdę bandą pretensjonalnych baranów. Ale nie zmieniało to faktu, że ja, świeży uciekinier z Zyborka, czułem się od nich jeszcze gorszy.

Swoją drogą, nie wiem nawet, jak dostałem się na tak dobre studia. Zawsze lubiłem czytać, zawsze pamiętałem więcej, niż wydawało mi się, że pamiętam. Zawsze lubiłem pisać i rysować komiksy. Miałem dobrą pamięć do nazwisk. Jakoś poszło.

Wszystkim opowiadałem o Zyborku. To był mój sposób na bycie zauważonym. Opowiadałem o tym niesamowitym miejscu, z którego pochodzę. Dziwnym mazurskim pierdolniku, w którym wszyscy młodzi ludzie z braku lepszego zajęcia przedawkowują narkotyki, bo wiedzą, że czeka ich najwyżej wyjazd na zmywak albo praca w fabryce mebli. O szalonych złodziejach samochodów, snajperach na dachach, nawiedzonych barach z piwem, czołgach utopionych w jeziorze. O tym, jak brutalnie zamordowano moją – zasadniczo rzecz biorąc, już wtedy byłą – dziewczynę.

I ci wszyscy ludzie, ci przyszli ministrowie kultury i dyrektorzy teatrów, i nagradzani pisarze, w dziewięćdziesięciu procentach rodowici warszawiacy, z którymi coraz śmielej się upijałem, coraz częściej uśmiechałem się do kręcących tam dziewczyn, przy których coraz głośniej wyrażałem swoje różne opinie (wtedy mi się wydawało, że miały zasadnicze znaczenie), ci wszyscy ludzie mówili mi – stary, napisz o tym książkę.

To, co dzieje się w tym mieście, jest nieprawdopodobne.

Więc napisałem książkę. W dwutygodniowym, pozbawionym snu ciągu, na starym komputerze, w wynajmowanym pokoju na Pradze, w mieszkaniu, które oprócz mnie zajmowała dziewczyna pracująca w banku i jakiś socjopata z pierwszego roku polibudy. Mieszkanie należało do jakiegoś kolegi ojca, którego w życiu nie widziałem na oczy. Wyprowadziłem się stamtąd, gdy zarobiłem pierwsze pieniądze. Z perspektywy czasu to było bardzo dużo pieniędzy.

Dałem ją potem do czytania kilku osobom, które znowu mówiły to samo. To niemożliwe. To straszne. Jak tak można. No co ty. To niebywałe. Musisz to wydać. Musisz to wydać, powtórzyła dziewczyna, która miała już wydane dwie książki, a którą desperacko próbowałem przelecieć, więc zaniosłem ją do wydawnictwa. Wydawnictwo nazywało się „Peryskop" i znajdowało się w mieszkaniu w bloku. Prowadziła je samotna krytyczka literacka około pięćdziesiątki. Przedtem wydawała eseje o Flaubercie oraz tomiki wierszy swojego ojca, emerytowanego profesora Uniwersytetu Warszawskiego. Pamiętam, że zostawiłem jej wydrukowaną książkę w kopercie, na wycieraczce, a ona oddzwoniła do mnie dwa dni później.

– To jest wściekłe, to ma jakość Wojaczka, to pluje – powiedziała i zapytała: – Czy możemy mówić sobie po imieniu? –

Tak, proszę pani – wydukałem w odpowiedzi.

Nie wiem, jaką jakość miała moja książka. Ale na pewno pluła. Oczywiście wiele rzeczy było w *Czarnej, zimnej wodzie* mocno przesadzonych. Niektóre były nawet wymyślone od zera. Z tego, co wiem, akurat w Zyborku nie było rozpasanego księdza pedofila. Żydowski cmentarz był, odkąd pamiętam, zbiorem ziejących w ziemi, zarośniętych dziur, gdzie nie zostało nawet pół macewy, więc nawet jeśli piliśmy tam tanie wina, to nie było właściwie czego profanować ani gdzie malować swastyk.

Śmierć Darii była potwornym incydentem, ale Daria nie umarła przy milczącej aprobacie całej społeczności, jak cygańska dziewczynka w mojej książce. Mój brat na pewno nie palił heroiny, którą sam dopiero później zacząłem palić. Mój ojciec nie katował mnie dla zabawy stalowym prętem i nie kazał mojemu młodszemu bratu własnoręcznie zabić kotki ze świeżym miotem. I tak dalej, i tak dalej.

Wiele rzeczy w mojej książce się nie zgadzało, ale bez wątpienia zgadzały się: nazwa miejscowości, położenie geograficzne, moje imię i nazwisko.

W krótkich chwilach zwątpienia mówiłem sobie –

okej, Kosiński odwalił podobny numer z *Malowanym ptakiem*, i to też była zemsta, nie miało znaczenia, że tak naprawdę ta rodzina go chroniła, że potem przyszli na jego spotkanie autorskie, a on nawet nie popatrzył im w oczy.

Nie przewidziałem tego, że *Ciemna, zimna woda*, pomimo braku jakiejkolwiek promocji, za sprawą samej poczty pantoflowej, sprzeda się prawie w stu tysiącach egzemplarzy. Że dostanie kilka nagród. Że na pniu zostaną sprzedane prawa do ekranizacji, że parę lat później powstanie film, w którym główną rolę, czyli mnie, zagra niezmiernie popularny, młody aktor, z wyglądu przypominający brzydką dziewczynę.

Nie przewidziałem też, że przeczyta ją cały Zybork. Moja matka, moje ciotki, moja babcia, mój ojciec, mój brat, moi kumple, dziewczyny moich kumpli, moi nauczyciele.

Że każdy będzie miał na ten temat coś do powiedzenia, że każdy się po prostu wkurwi.

Ówczesny burmistrz, który wyda specjalne oświadczenie w prasie o tym, jak bardzo znieważyłem małe, piękne miasto, które wydało mnie na świat.

Reporter „Rzeczpospolitej", który przyjedzie do moich rodziców, by naprostować „przekłamania w oszczerczej powieści syna", i w którego mój ojciec rzuci szklaną butelką po mleku, zaraz gdy ten wysiądzie z samochodu.

Nie przewidziałem, że mój ojciec przestanie się zupełnie do mnie odzywać, co więcej, że napisze mi nieskładnego esemesa, w którym poinformuje mnie, że nie ma potrzeby, abym już więcej przyjeżdżał do domu.

Nie przewidziałem, że zacznę dostawać mejle i telefony z groźbami śmierci.

Nie przewidziałem, że trzy miesiące później moja mama w sklepie pod domem zapomni, gdzie jest i jak ma na imię, a potem lekarze zajrzą jej do mózgu i znajdą tam coś bardzo niedobrego.

Nie przewidziałem tego wszystkiego, bo nawet za

specjalnie się nad tym nie zastanawiałem, bo zaraz po wydaniu książki zacząłem żyć zupełnie nowym życiem, jasnym, lekko zamglonym i lśniącym; życiem, w które nie do końca mogłem uwierzyć, życiem, w którym bankomaty bez przerwy wypluwały pieniądze, obce dziewczyny w knajpach łapały mnie za ręce i ciągnęły w kierunku toalet; życiem, w którym nie było niczym ekstrawaganckim zamówić sobie o czwartej nad ranem skrzynkę szampana taksówką na most Poniatowskiego.

A potem wpadłem w kłopoty, ale to już zupełnie inna historia.

– Oj, pamiętam tę aferę – mówi Rymek. – Wszyscy chcieli ci wpierdolić, jak jeden mąż. Mój ojciec chciał ci wpierdolić. Strasznie się unosił, że gnój od Głowackich... Matka kazała mu leki na uspokojenie brać.

– No ale przeczytał – mówi Grzesiek.

– Przeczytał. – Rymek kiwa głową. – On tylko dwie książki w życiu chyba przeczytał, to i *Alfabet Urbana* – dodaje.

– To ten? – pyta Łukasz.

Jestem zbyt zmęczony, zbyt upity i zbyt zjarany, aby się niepokoić. Dziewczyna siedzi pod ścianą, wciska twarz w kolana. Nikt nie zwraca na nią uwagi.

– Zależy, o co ci chodzi – mówi Rymek.

– Nieważne – odpowiada Łukasz.

– Tu chodzi o książki, to dla ciebie trudne sprawy, Łukasz – odzywa się Grzesiek.

– Chuj z tą książką. Film był lepszy. A ty po chuj w ogóle tu jesteś? – pyta mojego brata.

– Myślałem, że Wariat tu będzie. Mam do niego sprawę – odpowiada.

– Wariat jest w Undergroundzie. – Łukasz się przeciąga. – I chyba na ciebie czeka.

– Mieliśmy dostać bigos. Jesteśmy głodni. – Mój brat się szczerzy.

– Kurwa, rusz się i przynieś mu tego bigosu – mówi Rymek do dziewczyny, która siedzi obok, przestraszona i wpatrzona w swój telefon.

Dziewczyna wstaje, idzie do kuchni. Jej siedząca pod ścianą koleżanka po chwili również wstaje i wkłada kurtkę.

– Gdzie leziesz, kurwa? – pyta Łukasz.

Dziewczyna nie odpowiada, jedynie cicho posmarkuje. Robi coś jeszcze przez chwilę w przedpokoju, po czym wychodzi na zewnątrz i zamyka za sobą drzwi.

– Myślisz, że dalej są tacy, co chcieliby ci wpierdolić? – pyta Rymek.

Grzesiek zapala jeszcze jednego papierosa. Nigdzie mu się nie śpieszy.

– Nie wiem – odpowiadam. – To ty wiesz.

To zabawne, nie wiem, czy to ten browar, czy trawa, ale w ogóle się go nie boję, mimo że jeszcze dwa lata temu, przyjeżdżając do Zyborka, nie wychodziłem z domu ojca na zewnątrz w obawie przed spotkaniem z kimkolwiek. Na samo wyobrażenie takiej sytuacji temperatura ciała spadała mi o dwa stopnie.

Chcę wyjść na świeże powietrze, chcę się przejść do domu. Nie chcę, aby Grzesiek wciągał mnie dalej w swoje sprawy. Nie chcę jego spraw. Nie chcę spraw Zyborka.

– Pewnie paru by się znalazło. Naprawdę ludzie się wtedy wkurwili na ciebie, mówię ci – odzywa się Rymek.

– To zawołaj ich tutaj – odpowiadam mu po chwili, a właściwie robi to ktoś za mnie. – To ich zawołaj, przecież tu jestem.

Patrzą na mnie przez chwilę, jakby nie rozumieli, co powiedziałem.

– Kogo zawołać? – pyta Łukasz.

Dziewczyna wraca z kuchni. Siada tam, gdzie siedziała.

– Nic nie ma – odpowiada. – Nie wiem, gdzie jest.

– Spokojnie – mówi Rymek. – Spokojnie. Jaja sobie robię.

– No to jedziemy do Undergroundu, jak nie ma bigosu – mówi Grzesiek i wstaje. Ja też. Podchodzę w stronę korytarza.

– Ja mam z tym luz, ja tego nawet nie czytałem, film też widziałem, jak Łukasz, no ale ktoś to pewnie pamięta – mówi jeszcze Rymek i też wstaje.

– Jak zobaczysz tę kretynkę, to jej powiedz, że ma tu wracać. – Łukasz bez przerwy tępo wpatruje się w miejsce, w którym przed chwilą siedziałem.

– Nie możesz zadzwonić? – pyta Grzesiek.

– Co ja będę do tej pizdy dzwonił? – odpowiada Łukasz.

– Ktoś na pewno pamięta – powtarza Rymek. Jego ton wskazuje na to, że powtarza zdanie dla samego powiedzenia czegokolwiek, że już zupełnie zapomniał, o co mu chodzi.

Wychodzimy na zewnątrz. Powietrze jest rześkie, ale mimo to jakby z kleju, poruszam się wolno i ciężko, mam wrażenie, jakbym brodził po kolana w wodzie.

– Co oni palą? – pytam Grześka.

– On tylko świrował. Jedziemy do Undergroundu – mówi.

– Ja idę do domu.

– Kurwa, kiedy ostatnio spędzaliśmy razem czas? – pyta mnie. – Tak po prostu?

Opieram się o samochód. Patrzę na niego. Czuję, jak zrywa się wiatr. To dobrze. Wywieje ze mnie to świństwo.

– Dawno temu – odpowiadam.

– Dawno temu – powtarza i dodaje: – Chodź. Nie pierdol.

Nie mam siły mu odmówić. Nie mam siły leżeć obok mojej żony w obcym miejscu i wyobrażać sobie, jak posuwa ją stary, bogaty facet, który, nie wiedzieć czemu, w mojej wyobraźni ma twarz Kosińskiego. Wsiadam do samochodu. Wiem, że nie mam nic lepszego do roboty. Wiem, że nie mam wyjścia.

– A ty byś mi wpierdolił? – pytam. – Za tę książkę?

– Nie pamiętam jej – odpowiada i odpala samochód.

– Nie pamiętasz?

Grzesiek zatrzymuje samochód nieopodal piętrowego budynku, pięć kroków od rynku. Pod budynkiem kłębią się jacyś ludzie, na piętrze widać światła, na ulicę wydostaje się głuche dudnienie muzyki dance. Gdy się zatrzymujemy, zaraz ktoś parkuje obok nas, dając z piskiem po heblach. Grzesiek odwraca się, sprawdzając, kto to. Gdy rozpoznaje samochód, kiwa głową. Daję mu łyk piwa.

– Wiesz, dlaczego to zrobiłem. Wiesz, co się stało – mówię i na chwilę dosiada mnie cień tamtej czerni, ślad tamtej emocji, jakby ktoś włożył mi głowę w imadło.

Czeka chwilę, zapala papierosa, patrzy na mnie, nie wiedząc do końca, jaki przybrać wyraz twarzy, i mówi:

– To już nie ma znaczenia, Mikołaj. Tylko jutro ma znaczenie.

– Lepsze jutro było wczoraj – odpowiadam mimochodem.

– Jebać kurwy i policję! – Parska śmiechem, i w końcu wysiada z samochodu.

Z auta obok – granatowego bmw – wysiada dwóch gości w dżinsowych kurtkach i zaczesanych na bok włosach. Wyglądają jak bliźniacy. Mają szybkie, nerwowe ruchy, rozglądają się dookoła za kimś, kto być może za nimi jechał. Podają Grześkowi ręce na powitanie.

– Do Undergroundu? – pyta jednego z nich Grzesiek.

– Nie, do kościoła – odpowiada.

– Chodź. – Grzesiek macha ręką, abym poszedł za nim.

– Małolatki są w środku. – Jeden z gości z bmw się uśmiecha.

– On ma żonę. – Grzesiek pokazuje na mnie.

– Co tam żona – odpowiada tamten.

W końcu, jakby odruchowo, ruszam za nimi do środka, wymijam stojących pod wejściem, sączących piwo z butelek łebków, pokazujących sobie na telefonie coś, co kątem oka wygląda jak kręcący bączki samochód. Nawet na mnie nie patrzą.

Klatka schodowa pomalowana jest na ciemny brąz. Gdy mieszkałem w Zyborku, to miejsce nazywało się Kawiarnia Prezent i było czymś w rodzaju Horteksu, gdzie podawano krem sułtański i lody w brudnych pucharkach, oranżadę i kawę zalewajkę. Potem stało się jednym z interesów Maciusia, który skrócił nazwę do Prezent i zamienił lodziarnię w dyskotekę. Nie przychodziłem tu zbyt często – ryzyko kopa w mordę na powitanie było zbyt wysokie. Pamiętam, jak raz ochroniarze zrzucili Trupola ze schodów jedynie dlatego, że poprosił jakąś dziewczynę, by z nim zatańczyła.

Na schodach, niczym niema eskorta, stoją głównie młode chłopaki w swetrach w serek i koszulach z Zary, i z fryzurami typu „młody powstaniec", paru grubasków po trzydziestce, dziewczyny podobne do tych, które widziałem w mieszkaniu Rymka, lub ich jeszcze młodsze wersje, popijające kolorowe drinki ze szklanek ze słomką. Są mniej lub bardziej pijani. Nudzi im się. Ich spojrzenia są podejrzliwe i puste. Są jak małe zwierzęta zamknięte w piwnicy. Mają w niej swój dom, ale słyszą odgłosy z zewnątrz. Te odgłosy ich drażnią. Są nasączeni nudą i gniewem, które kapią na podłogę z ich ciał.

Te ładniejsze dziewczyny są od razu pilnowane, z miejsca obstawione ścisłym kordonem – są już „klepnięte"; przy ograniczonej puli genów ich dobry zestaw jest na wagę złota. Nie rozpoznaję nikogo. Nikogo, kogo mógłbym znać, już tu nie ma.

Przypomina mi się, jak na studiach pojechałem do Albanii i piłem w nocy na jakimś zdezelowanym dworcu spirytus ze słoika z facetem, który pytał, czy znam osobiście Lecha Wałęsę, bo on napisał do niego list, aby przyjechał do Albanii i zrobił to, co w Polsce, czyli porządek.

Tam, na dworcu w Albanii, czułem się trochę tak jak teraz. Nieproszony gość w cudzym śnie.

Wchodzimy na piętro. Przed wejściem do środka zauważam stojący w kącie pod ścianą stary, odrapany, żelazny wieszak na ubrania.

Słynny wieszak, na którym powieszono za koszulę byłego burmistrza Zyborka, Kudniewskiego, gdy nawalony jak szpada próbował zmusić DJ-a, aby ten dał mu mikrofon. Kudniewski chciał wygłosić przemowę do alkoholizującej się młodzieży, aby poszła do domu.

– Pamiątka? – pytam.

– Mało kto za nim tęskni – odpowiada Grzesiek.

– Ojciec nie tęskni? – pytam znowu.

– Już nie gadajmy o tej polityce, kurwa – odpowiada i znika w tłumie.

Ciemna zieleń, róż i fiolet tańczą w powietrzu; zamiast lady z deserami połowę pomieszczenia zajmuje teraz długi aluminiowy bar z elementami z białej gumy, podświetlony fluorescencyjnym światłem. Na ścianie portrety harleyowców i zdjęcia modelek z kalendarza Pirelli – pamiętam, gdy za czasów Maciusia wisiał tam plakat z drugiej części *Terminatora.* W rogu stały piłkarzyki i automat do *Mortal Kombat* – zastąpiły je kolejne maszyny do gier owocówek. Nad parkietem nie kręci się już dyskotekowa kula, lecz bezładnie bryzgają po nim kolorowe światła. Z rogu maszyna do dymu co jakiś czas wyrzuca z siebie biały, gęsty obłok. Kilka jeszcze zbyt trzeźwych, niezgrabnych młodych lasek podryguje do technoidalnej łupaniny; podryguje przy nich, osaczając je łukami, kilku jeszcze bardziej niezgrabnych chłopaków w koszulach w kraty i okularach.

W głębi sali jest szereg długich drewnianych ław, nad

którymi wisi biała kołdra papierosowego dymu. Siedzi tam kilkoro ludzi prędzej w wieku moim i Grześka albo starszych; większość z nich wpatruje się w milczeniu w swoje piwa, paru żywo o czymś dyskutuje. Ogniki papierosów w ich dłoniach przypominają świetliki. Nie pamiętam, kiedy ostatnio odwiedziłem knajpę, w której można było palić w środku.

I dopiero po chwili zauważam tego gościa z przydługimi, przerzedzonymi włosami, który z boku, przy ścianie, lekko się kiwa na piętach, jakby do muzyki, a jakby obok niej, ubranego w strasznie starą sztruksową kurtkę, gościa, który teleportował się tutaj z tysiąc dziewięćset dziewięćdziesiątego siódmego roku. Gościa, którego doskonale znam.

– To Kola? – pytam Grześka.

– No, znowu jest z nim trochę gorzej – odpowiada.

Kola był punkowcem i dziwakiem. Pamiętam go, jak przesiadywał godzinami bez ruchu na ławce nieopodal ratusza, trzymając w dłoniach stare książki science fiction. Pamiętam też, jak stał w milczeniu pod ścianą w Bramie, sącząc w nieskończoność jedno piwo. Mówił niewiele, często niezrozumiałe rzeczy, ale go lubiłem. Był dobrym człowiekiem. Sprawiał wrażenie, jakby miał ciepłe serce. Podobno raz uratował dziecko sprzed nadjeżdżającego samochodu i od tamtej pory lekko kuśtykał.

Pewnego dnia Kola po prostu zniknął z Zyborka. Trafił nawet do rejestru osób zaginionych. I gdy wszyscy już myśleli, że Kola nie żyje, że wyparował, że może za rok, za dwa jego ciało objawi się zamarznięte na obcym dworcu na drugim końcu Polski, gdy jego matka była już bliska tego, aby go pochować, on nagle zjawił się na zyborskim rynku w środku mroźnego stycznia w bluzie i trampkach i jak gdyby nigdy nic wszedł do mieszkania swojej matki, akurat na niedzielny obiad. Ta na jego widok dostała – dosłownie – zawału serca.

Kola wrócił jednak inny, niekompletny. Dopiero po miesiącu od powrotu udało się wyciągnąć z niego, gdzie właściwie był. Twierdził, że chciał jechać do Katowic na koncert Nomeansno, ale pomylił pociągi i w konsekwencji wylądował w Beskidzie Niskim. Przez ponad rok siedział razem z tamtejszymi w chałupie bez prądu i bieżącej wody. Codziennie pili napar z psylocybów. Po roku połowa Koli była już na stałe wrośnięta w las, ziemię i trawę, zatrzymana w tej samej wieczności, w której tańczą duchy zwierząt i pamięć drzew, i tylko ta druga połowa, ubrana w trampki i koszulę, wróciła jednak do Zyborka.

Kola tu jest, ale go nie ma. Nie wygląda, jakby był gdziekolwiek.

Grześka absorbuje bar, przy którym siedzi paru szerszych, łysych bysiorów, leniwie rozlanych na stołkach, opartych łokciami o aluminiowy blat. Rozpoznaję wśród nich Wariata, który dyskutuje z kimś odwróconym do nas przypominającymi bramę wjazdową plecami, opiętymi czarną koszulką. Widać, że Wariat posunął się w latach. Alkohol poszerzył mu twarz, zaczerwienił. Włosy, kiedyś półdługie, ma wygolone na zero. Pod flanelową koszulą nosi koszulkę AC/DC, ma też skórzaną bransoletkę. Grzesiek macha do niego ręką. Widzę, jak na jego widok Wariat kiwa głową. Za barem stoi młoda dziewczyna z czarnymi, kręconymi włosami upiętymi w kok, w szarej bluzie i spodniach joggerach, obserwująca całą salę z czujnością małego, przyczajonego ssaka. Wygląda znajomo, ale w sumie wszyscy wyglądają tutaj znajomo.

Idę za Grześkiem. Moje buty znikają na moment w produkowanym przez maszynę dymie. Nikt już za nami się nie ogląda. Chłopcy na parkiecie są zanadto zajęci patrzeniem dziewczynom pod nogi. Piosenka zmienia się w polski rap albo coś w rodzaju polskiego rapu; w refrenie tej tandetnej piosenki jakiś obłąkany facet zaczyna wydzierać się o klubie go-go i piździe nad głową. Wyobrażenie jakiejś nieokreślonej, zawieszonej nad głowami pizdy ośmiela chłopaków, którzy szybko zbliżają się do dziewczyn i próbują, przy ich znudzonej aprobacie, objąć je ramionami, symulować ruchy frykcyjne. Kilka innych dziewczyn w kusych bluzkach i długich skórzanych kozakach zaciągniętych na dżinsy zaczyna podskakiwać w kółku i wywrzaskiwać refren.

– Gregory – mówi Wariat.

– Siema – odpowiada Grzesiek i pokazuje na mnie palcem.

– O, kopę lat. – Wariat ściska mi dłoń. – Się, kurwa, zmieniłeś, młody.

– Utył – stwierdza potężny, kwadratowy, poorany bruzdami facet w nieokreślonym wieku, ten z plecami jak brama wjazdowa. Na obcisłej czarnej koszulce ma jakiś napis gotykiem, podkreślony szlaczkiem celtyckich motywów. Jego też skądś znam. Ale dopiero gdy przez chwilę wyszczerza zęby w czymś w rodzaju krzywego uśmiechu i widzę tę znajomą przerwę między jedynkami, orientuję się, kto to jest.

Od czasu, gdy widziałem go po raz ostatni, Kafel musiał przeżyć chyba z piętnaście żyć. Obok niego siedzi niewiele mniejszy, zbity i bryłowaty facet w motocyklowej kurtce i nażelowanymi, krótkimi włosami. Jego też poznaję, ale jedynie przez dedukcję, bo również nie przypomina siebie samego – to jego prawa ręka, Porczyk.

Ciekawe, czy Kafel dalej wali Porczyka pięściami po głowie dla zabicia czasu, gdy nie ma nic innego do roboty.

– Właśnie rozmawialiśmy o tobie z Kaflem, Grzesiu – mówi Wariat, po czym przechyla się za bar do dziewczyny o przestraszonych i czujnych czarnych oczach i pokazuje jej palcem butelkę wódki.

Dziewczyna bierze wódkę, stawia przed nami cztery kieliszki, napełnia alkoholem.

– Daj coś jeszcze na sprzęgło – mówi Wariat.

Gdy mieszkałem w Zyborku, Wariat był właścicielem Bramy. Zarządzał knajpą, w której spędziłem całą swoją młodość, co więcej, okazał się jednym z bohaterów tej młodości. Obietnicą, że Zybork może być jednak czymś innym, niż był w istocie. Wariat studiował rzeźbę na ASP w Gdańsku, ale rzucił studia na rok przed dyplomem, aby wrócić do Zyborka i otworzyć knajpę, która miała być frontem walki z dresiarstwem, w której były rockowe koncerty, indyjskie wzory na ścianach, w której leciała Nirvana i Blur, i Radiohead, w której przymykano oko – po dwudziestej drugiej – na palenie jointów. Przynajmniej do czasu, gdy burmistrz nie zaczął organizować na Bramę nalotów policji.

Wariat był wtedy romantykiem. Naprawdę chciał zmienić to miasto – poszerzyć je, rozepchać, przewietrzyć, przemalować na inny kolor. Sam grał na perkusji w 17 Sekundach, jedynym zespole, który powstał w Zyborku i który zagrał koncert poza Zyborkiem – zespole, który nagrał piosenkę o samochodzie bez włączonych świateł i w którym śpiewał Jarecki. Zastanawiam się, gdzie teraz jest Jarecki. Czy w ogóle odwiedza Zybork. Czy w ogóle żyje. Ale Jarecki to zupełnie inna historia.

Wariat miał wtedy więcej włosów, był chudszy, smuklejszy, jakiś szlachetniejszy. Teraz jest napuchnięty, zeświniały, nalany. Oczy cofnęły mu się w głąb czaszki, nabrały chytrości. Tak jak mój brat, Wariat wtopił się w Zybork. Zaczął mówić po zyborsku, z cwaniackim wszystkowiedzeniem; patrzeć ludziom w oczy z lekką tępotą, stuporem kogoś, kto z własnego wyboru od lat stoi w tym samym miejscu; miejscu, które doskonale zna i które doskonale zna jego samego.

A przede wszystkim stał tutaj i gadał z Kaflem, którego kiedyś, wraz z jego naziolskimi kumplami, wywalił z Bramy sam za pomocą rozbitej butelki i noża motylkowego, krzycząc „gegen nazis!" i dopełniając w ten sposób, na naszych oczach, transformację w superbohatera.

Coś się zmieniło, ale może to coś tak naprawdę nigdy nie istniało.

– I jak ci się podoba? – pyta Wariat, zataczając ręką po kolorowym, zadymionym wnętrzu.

– Zmienia się – zauważam.

– Świnie się częściej myją – parska Kafel.

– Ja akurat nie miałem tego typu problemów – mówi Wariat.

– W innych kobietach gustowałeś widocznie, Kafel – wtrąca Grzesiek.

– Może. Może, te tematy tutaj to nie dla mnie. Ja nie jestem majciarzem – mówi Kafel.

– Ogólnie coś się pozmieniało. Wszystko. Sam nie wiem co – oceniam.

– Może głównie ty się zmieniłeś – odzywa się Wariat i łypie do mnie okiem. – Ile ty masz teraz lat, trzydzieści trzy?

Kiwam głową.

– To całe życie przeżyłeś od czasu, gdy stałeś pod Bramą, małolat – mówi.

– Oby nie – odpowiadam.

– Oj tak. To już całe życie. – Śmieje się. – Na długo przyjechałeś? – pyta.

– Na długo – potwierdzam.

– Oj, bracie – szczerzy się – to witaj z powrotem. Tu jest wspaniale.

– Wspaniale – powtarzam.

– Najlepiej na świecie. – Pokazuje głową jakiś nieokreślony punkt w przestrzeni. – To nasze miasto.

„Gdy nie możesz wytrzymać w miejscu, w którym się znajdujesz, zaczynasz być z tego miejsca dumnym" – myślę. „Gdy pojawia się obcy, zabijasz go. Wyłącznie po to, aby wyraźniej narysować granice. Jeśli ty nie możesz wyjść, to inni nie mogą wejść. Znaczysz drzwi do mieszkań krwią i gównem. Smarujesz mordę błotem. Nosisz codzienne ubrania jak zbroję. Każde możliwe narzędzie ważysz w dłoni jak nóż. Śpiewasz głośne, głupie piosenki o mocy i jedności, dodajesz sobie animuszu. Pijesz wódę, wybijasz szyby, wybijasz zęby, dymasz młode i brzydkie dziewczyny. Jesteś barbarzyńcą. Jesteś zwycięzcą. Wrzeszczysz. Biegasz w kółko, musisz patrolować granice. Każdy może być przeciwko tobie, i to dodaje ci wielkiej siły. Nikt cię nie uspokoi, nie złagodzi, nie sprawi, że zaczniesz patrzeć na innego jak na człowieka. Tacy są prawie wszyscy, prawie wszędzie. Tacy są ludzie, ta ich kudłata kurwia mać, która nigdy nie powinna wychodzić z jaskiń".

Stop, nie myśl. Nie myśl o głupotach. Słuchaj go, patrz na niego. Bo się obrazi.

Dziewczyna stawia na blacie cztery małe butelki coli. Jest niesamowicie do kogoś podobna. Kogoś, kto już odrobinę zatarł się w pamięci, wyblakł, zdrapał się sam ze slajdu. Do kogo? Nie mam siły teraz szukać, ale ta twarz, ładna, naprawdę ładna twarz w kształcie migdału i wielkie oczy, i spięte gumką czarne włosy pulsują mi w głowie, naciskają jakiś przycisk w mózgu, pod którym nie ma jeszcze przyporządkowanego nazwiska, obrazu, wspomnienia. Kafel kiwa na nią głową.

– To jest fajna dziewucha na przykład, nie, Wariat? Ona jest fajna. – Szczerzy się. Poza przednimi dwoma zębami niewiele mu już zostało. Bierze kieliszek, przechyla. Jego dłoń przypomina wielki, stary bochenek chleba.

Przechylam swój kieliszek. Wypijam łyk coli. Odstawiam butelkę na bar. Pokazuję dziewczynie, aby nalała jeszcze jedną kolejkę. Wszyscy ustawiamy butelki w równym szeregu, w każdej jest trochę inny poziom płynu.

– Słuchaj, tak więc sprawa jest – mówi Grzesiek do Wariata.

– Ja cię słucham, Gregory. Ja cię zawsze słucham. – Uśmiecha się, bierze do ręki kolejną wódkę, po czym mówi do mnie:

– Twój brat to ciekawy człowiek. Naprawdę. Często z nim rozmawiam, te rozmowy to czasami najciekawsze momenty w ciągu dnia. – Klepie Grześka w plecy.

– Nie wątpię – odpowiadam.

– Sam powinieneś z nim więcej rozmawiać. Ma naprawdę ciekawe podejście do wielu spraw. Kupę rzeczy widzi kompletnie na odwrót. – Wariat dalej klepie Grześka w plecy, jakby ten czymś się zakrztusił.

– Ciekawy, ale świr – stęka Kafel, przesuwając się na barowym stołku.

– A ty nie jesteś, kurwa, świr? Ty, wikingu, kurwa, partyzancie! – Klepie Kafla w ramię. Ten się uśmiecha.

– No co, ja po prostu pierdolę pedałów, kurwa, jebię ich w dupę – mówi i wypija jeszcze łyk coli.

– Tu nikt nie jest pedałem, Kafel, ja nie jestem pedałem – mówi Grzesiek.

– No ja też nie. A ty, Porczyk? – Kafel szturcha swojego nieruchomego jak bryła kumpla w bok. – Ty jesteś pedałem?

– Spierdalaj – odpowiada po dłuższej chwili Porczyk.

– Ty za dużo pijesz, Grzesiek. To jest twój jedyny problem – odzywa się Wariat.

– Pijesz za cudze i się nie odstawiasz – dodaje Kafel i wtedy zaczynam rozumieć, o co chodzi.

– No właśnie. O to chodzi. Mówiłem, że jest sprawa – mówi Grzesiek i znowu z jego twarzy schodzi uśmiech, a pojawia się coś innego, lekkie zafalowanie, drobny obłęd, coś, co widywałem często, gdy był młodszy. Zawsze po tej zmianie w oczach ruszał z pięściami na kogoś lub na coś i nie przestawał, dopóki ten ktoś lub to coś nie padło zgruchotane na ziemię.

– No jaka jest sprawa, Grzesiu? Powiedz. Powiedz jak

na spowiedzi. Nie bój się. Tu są sami swoi – mówi Wariat i kładzie mojemu bratu dłoń na ramieniu.

Kątem oka widzę, jak Kola przesuwa się powolnymi, trupimi krokami, a właściwie lewituje nad parkietem, wpadając po drodze na jakąś tańczącą dziewczynę; widzę, że zmierza w stronę baru.

Grzesiek szpera przez chwilę w kieszeni. Wyciąga z niej garść zmiętych, luźnych stów. Na oko jakieś półtora tysiąca. Spokojnie je układa, patrząc Wariatowi w oczy, tasuje je jak karty.

Wariat się uśmiecha. Spluwa w bok.

W środku robi się duszno i ciasno; meble, kolory, ludzie przysuwają się do nas, jakby przyciągał ich wielki, niewidoczny magnes. Czuję, jak skraca mi się oddech. Reszta kolesi przy barze patrzy uważnie w naszą stronę.

– Na razie tyle. Potrzebuję jeszcze miesiąca – mówi mój brat.

– Miesiąca – powtarza Wariat i uśmiecha się do Kafla. Bierze od Grześka pieniądze, przelicza je szybko. Chowa do kieszeni. Grzesiek patrzy na niego wciąż z tym samym drgnięciem w spojrzeniu.

– Miesiąc to, kurwa, trzydzieści jeden dni – mówi Kafel.

– Oto słowa mędrca – dodaje Wariat.

– Na pewno będzie, wszystko będzie, nadgodziny wezmę w piekarni i będzie dobrze – mówi Grzesiek.

– Nadgodziny – powtarza Kafel, wtedy Wariat puszcza ramię mojego brata, a Kafel wstaje i z całej siły popycha Grześka, który upadłby na podłogę, gdybym w ostatniej chwili nie złapał go za koszulę.

Drugi ogr, który siedział za Kaflem – teraz go widzę: wielki, łysy i młody byk, wyglądający jak rzeźba z zamrożonej słoniny – wstaje, ale Kafel powstrzymuje go ręką.

– Waruj, kurwa – mówi.

– Ej, spokojnie. Spokojnie. To mój brat. – Podnoszę Grześka do pionu.

– A myślałem, że to twoja siostra. – Porczyk się odwraca i pluje na podłogę, prosto pod moje nogi.

– Dowcip ci się wyostrzył – informuję go.

– Pizdę stul, bo ci jebnę – informuje mnie.

Ktoś przy mnie stoi i dopiero po chwili widzę, że jest to Kola, który gapi się na stojące na barze butelki.

– Mówiłem ci, że mogą być problemy, nie mówiłem, że wszystko na bank do końca miesiąca – mówi do Wariata Grzesiek.

Cofam się o krok. Wszystko się psuje w ekspresowym tempie. Twarze zebranych tutaj wyglądają jak spiżowe, stężałe maski. Czuć od nich potem, tanimi perfumami, butwieniem, grzybem. Kręci mi się w głowie. Płynna, gorzka piłka wódki podskakuje mi w przełyku. Opieram się o bar jedynie po to, aby lepiej zobaczyć, jak Kafel wali mojego brata pięścią w twarz, jak mój brat przewraca się na podłogę, jak się po chwili podnosi, znowu stoi przed nimi, przestraszony i przygarbiony.

– Co mi mówiłeś? Co mi mówiłeś, Gregory? Jest tak od pół roku. Mówisz swoje od pół roku. Najbardziej szkodzisz sobie, wiesz? – pyta go Wariat.

– Kurwa, człowieku, ja muszę alimenty płacić – mówi Grzesiek; czuję fizycznie, jak głęboko jest mu wstyd, a mnie jest wstyd dlatego, że jemu jest wstyd, ze wstydu piecze mnie cała twarz, jakbym nagle włożył głowę do zamrażarki.

– Jak przy maszynie stoisz i wrzucasz stówy, też to sobie powtarzasz? Że musisz alimenty płacić? – Wariat wzrusza ramionami.

– Potrzebuję jeszcze miesiąca, Wariat – mówi Grzesiek.

– Miesiąc. Za miesiąc cię, kurwa, dziki w lesie opierdolą. – Kafel się otrząsa.

– Dobra, dobra, uspokój się. Przecież cię nie zabiję – mówi Wariat.

Najgorsze, najsmutniejsze jest to, że Grzesiek, którego znam, ruszyłby ze wszystkim, co ma w rękach, jak i pod nimi, przed siebie i na oślep i nie zatrzymałby się, dopóki Kafel nie leżałby na podłodze, rozpłaszczony i ze zgniecioną żuchwą.

– Masz ten miesiąc – mówi i klepie Grześka w twarz, a mój brat nie reaguje, tylko patrzy na niego.

Dziewczyna zza baru stoi w kącie, znowu ma wzrok wbity w telefon. W ogóle nie zwraca na nas uwagi. Dla niej to normalne. To pewnie ma różną treść i różne przyczyny – zazdrość, długi, wódka, nuda – ale tak naprawdę jest spędzaniem czasu, niezdarnym grzebaniem przy maszynie, która wprawia to życie w jakikolwiek ruch do przodu.

I wtedy Kola, który wciąż stoi przy nas z oczami jak dwa puste, brudne kieliszki, szybkim ruchem ręki przestawia butelki, każdą w inne miejsce. Teraz stoją w zupełnie innej konfiguracji. Ten ruch trwa może ułamek sekundy i jakby zatrzymuje wszystko dookoła.

– Jak chcesz się pobawić butelkami, to pomożesz mi posprzątać, Kola – mówi dziewczyna i wszystko rusza z powrotem.

– Idziemy! – krzyczę do Grześka, który stoi jak zamurowany. – Chodź.

– Przepraszam cię za to. Czasami dyskusje tak się kończą – mówi Wariat.

– Pamiętam, jak byłeś w porządku – odpowiadam.

– Jestem w porządku. To on nie jest w porządku. – Wariat wzrusza ramionami i się uśmiecha, i jego cofnięte w głąb czaszki oczy kurczą się jeszcze bardziej.

Grzesiek rusza pierwszy. Idę za nim. Idzie szybko, nie rozglądając się na boki; gdy się odwraca w moją stronę, jego twarz jest zaciśnięta jak w chorobliwym skurczu.

Mam wrażenie, że jeśli za moment się nie rozluźni, pękną mu wszystkie zęby.

Wychodzimy na powietrze. Jest świeże i zimne.

– Chodźmy jeszcze na wódkę – mówi Grzesiek. – Zadzwonię po paru kumpli.

– Ile tego jest?

– Czego? – Udaje durnia.

– Tego, co im wisisz? Za hazard, tak? Za maszyny do gry? – pytam.

– Nieważne – mówi.

– Ważne – odpowiadam.

– Nieważne – powtarza.

– Gadaj, bo sam ci przypierdolę – mówię tak głośno, że parę osób odwraca się w naszym kierunku. On parska śmiechem. Cofa się o krok. Zbiera resztki krwi z ust i wyciera dłoń o spodnie.

– Pięćdziesiąt tysięcy – cedzi przez zęby.

Pięćdziesiąt tysięcy. Gdybym miał pięćdziesiąt tysięcy, nie stałbym teraz naprzeciwko niego pod zyborską speluną o dwunastej w nocy, patrząc, jak pijany chodzi w miejscu, rozciera sobie rozbitą wargę, bezgłośnie ruszając ustami.

– To maszyny? – pytam jeszcze raz. Pamiętam, że Grzesiek uwielbiał się zakładać, grać w karty na forsę, wrzucać monety w maszyny owocówki, gdy jeszcze był małym dzieciakiem. Nie odpowiada, więc mam rację.

– Dlatego ona się z tobą rozwiodła? – pytam ponownie, a on znowu nie odpowiada.

– Chodźmy na wódkę – powtarza po chwili. – Wypijemy pod wieżą ciśnień. Będzie jak kiedyś. Pójdziemy do lasu w nocy. Tak, poszedłbym na spacer. Poszedłbym do lasu.

– Dlatego się z tobą rozwiodła? – powtarzam pytanie.

Przez chwilę patrzy gdzieś w dal, przeze mnie, wykonuje drobny ruch szczęką, rozgryza powietrze.

– Nie tylko dlatego – mówi. – Ale również dlatego.

Łapie w pięść coś małego, co przelatuje obok.

– A ty co? Ty masz takie dobre, poukładane życie? – pyta po pewnym czasie.

– Ojciec wie?

– Kurwa, ja jestem dorosły i ty jesteś dorosły – warczy i łapie mnie za rękę.

– I co teraz? Co zamierzasz zrobić? – pytam.

Podnosi ręce i bezwładnie opuszcza je wzdłuż ciała. Podnosi dłoń, zatacza nią koło, obejmując Zybork, jego klocki odmalowanych w blade pastele budynków, nieme, główne skrzyżowanie nieopodal, przez które raz na minutę przejeżdża rozpędzone auto na lokalnych rejestracjach ze znudzonymi dzieciakami w środku, zakratowany kiosk Ruchu, blade światła w oknach bloku naprzeciwko, słup z ogłoszeniami i szyld hurtowni butów, pastelowe elewacje, chodniki wyrównane za kasę z Unii, paliki, słupki i drzewa, jakby to wszystko, ten zepsuty świat przedstawiony, miało być odpowiedzią.

– Jakoś to będzie? To chcesz mi powiedzieć, że jakoś to będzie? – pytam.

– Mikołaj, co tu można zrobić? Przyjeżdżasz tutaj i pytasz, co tu można zrobić. Popatrz. Przypatrz się, kurwa, może w końcu się przypatrzysz, bo wcześniej, zamiast patrzeć, chodziłeś i rozpaczałeś nad tym, jaka ci się tu przydarzyła straszna, kurwa, krzywda. Nie stała się tobie. Jej się stała. Jej rodzinie.

– Patrzę – mówię.

– No to dobrze. Jak patrzysz, to zobacz, że i ty, i ja jesteśmy w dupie. I jesteśmy dorośli. Dorośli, czyli sami. – Wzrusza ramionami.

– O czymś jeszcze powinienem wiedzieć?

– Powinieneś – mówi, parskając śmiechem. – Powinieneś to ty nam, kurwa, podziękować.

„Mógł tyle zrobić" – myślę. „Mógł zrobić więcej ode

mnie, bo oprócz myślenia umiał jeszcze stanąć naprzeciwko świata i bić się z nim".

Grzesiek zapala papierosa, gwałtownie i z lekkim zaskoczeniem, jakby mu się nagle przypomniało, że przecież pali. Patrzy na mnie, a potem idzie w stronę auta. Wsiada do środka.

Dzwoni mi telefon, to mój agent. Przez chwilę jestem zdziwiony, przestraszony, jakby zadzwonił duch – jakbym myślał, że wszyscy, których zostawiłem w Warszawie, umarli wraz z tym miastem, wraz z moim poprzednim życiem. Odchodzę w bok, patrzę na Grześka, który siedzi w samochodzie i otwiera puszkę piwa. Przechodzę na drugą stronę jezdni.

– Żyjesz, Blady? – To pytanie to jego nawyk. Mój agent to miły, chrystusowy człowiek. Tylko ja potrafię go rozwścieczyć tak, że zaczyna wrzeszczeć. Za każdym razem, gdy rozmawiamy, przypomina mi, że jestem jego najgorszym klientem. Ma rację.

– Żyję – odpowiadam.

– Blady, jakimś cudem jest wydawnictwo, które chce od ciebie książkę, i co więcej, chce podpisać z tobą umowę, więc, kurwa nasza wszystkich mać, chociaż jest dziewięćdziesiąt procent szans, że to spierdolisz, proszę cię, skup się i pomyśl o tych dziesięciu procentach, że tego nie spierdolisz – wyrzuca z siebie słowa w tempie karabinu maszynowego, na jednym oddechu.

– I? – pytam. To nawet mnie bawi, ta rozmowa. W tym miejscu, w tym momencie.

– I tyle, podpiszę z nimi umowę, chcą ci dać parę tysięcy złotych, nie wiem dlaczego, chciałem powiedzieć im, że są jebnięci, chciałem naprawdę powiedzieć im, że nie wiedzą, co czynią, ale tego nie powiedziałem – mówi mój agent.

– To całkiem zabawne – mówię. Wnętrze samochodu wchłania Grześka. Teraz już zupełnie go nie widzę.

– I jak oddasz książkę, to dostaniesz drugie tyle. Oczywiście chcieli dać wszystko po oddaniu książki. Ale ja jestem mądry, Blady, posłuchaj, jaki jestem mądry – moja mądrość jest pradawną mądrością pierdolonych przedwiecznych – i wiem, że ty zaraz będziesz musiał zawijać się z Warszawy, bo cię nie stać na ratę kredytu – mówi.

– To prawda – odpowiadam. Wyprowadzenie go z błędu sprawiłoby, że przestałbym się tak dobrze bawić.

– Więc? – pyta.

– Więc? – odpowiadam.

– Nienawidzę cię – mówi. – Kurwa, jak ja cię nienawidzę, gdybym był tam, gdzie teraz jesteś, odgryzłbym ci twarz i naszczał do rany.

– Nie wiesz, gdzie jestem – odpowiadam.

Widzę, jak z Undergroundu, zataczając się, wychodzi Porczyk i kopie w kosz na śmieci.

– Dasz dupy? – pyta po chwili.

– Matko Boska, Paweł, czy to ma znaczenie?

– Dasz dupy czy nie? – ponawia pytanie jeszcze głośniej.

Justyna

– Poprowadź – mówi Agata.

– Dlaczego nie ty? – pytam.

„To ciekawy obrazek – myślę – dwie kobiety, tak naprawdę nic o sobie niewiedzące, w środku nocy stoją obok wielkiego, granatowego samochodu i kłócą się o to, która będzie go prowadzić".

– Brałam xanax – mówię.

– A ja piłam – odpowiada.

Dwie kobiety, jedna pijana, druga naćpana.

– Ile wypiłaś? – pytam.

– Tobie nie zabiorą prawa jazdy – stwierdza.

Ma rację. Nie zabiorą mi prawa jazdy. Zwłaszcza gdy zawinę się na drzewie i zabiję nas obie. Czuję się, jakby ktoś wdmuchał jej przez ucho do czaszki pełno nasączonej olejem waty.

– Tomek jest już na miejscu – mówi Agata. – On tam z nimi siedzi. A gdzie jest Mikołaj?

Kręcę głową. Wzruszam ramionami. Nie wiem, gdzie jest Mikołaj, i nie wiem, gdzie jest jego brat.

Ja i Agata chcemy jechać do szpitala. Agata czuje, że powinna tam jechać, ale nie chce jechać sama. Oczywiście, że z nią pojadę. Byłam już w komendzie, więc muszę jechać dalej. Historii nie zostawia się w połowie.

Minął nas samochód sąsiadów. Nie pamiętałam ich nazwiska, ale już rozpoznawałam to auto. Golf trójka, strasznie hałaśliwy, z zepsutym kierunkowskazem.

– Bo muszę jej pomóc. – Patrzy na mnie, jakbym zapytała ją o to, dlaczego ludzie jedzą i kładą się spać.

– Ta pani Bernat to twoja przyjaciółka? – pytam.

– Nie – zaprzecza.

– Mogę zapalić?

Przytaknęła. Zapaliłam, wyciągnęłam paczkę w jej kierunku. Pokręciła głową.

– To głupia krowa i zły człowiek – mówi.

– To czemu musisz?

– Bo pomagam kobietom – odpowiada po chwili. – Zybork to piekło kobiet.

Bernatowa zadzwoniła do Agaty jakieś pół godziny wcześniej. Powiedziała tylko:

– Znaleźli go. W szpitalu jest.

– Jak to się stało? – zapytała Agata, ale Bernatowa się rozłączyła. Agata powiedziała potem, że brzmiała, jakby już leżała w trumnie.

– Daj tego papierosa – mówi, a ja wyciągam paczkę w jej kierunku. – Zabije nas za palenie w tym aucie – dodaje, kaszląc na znak, że pali rzadko i w ukryciu.

– W sensie, że będzie gadał? – pytam, domyślając się, że chodzi o jej męża.

– Pogada, a potem zabije – odpowiada i nagle się śmieje po raz pierwszy, odkąd ją znam.

Gdy Agata weszła na nasze piętro i zapukała do drzwi, ja próbowałam jeszcze pracować. Próbowałam, to znaczy chaotycznie klepałam w klawiaturę, wystukując z siebie losowe wyrazy, mając nadzieję, że przez ten proces coś się uruchomi, zaskoczy, że coś zacznie się dziać.

Przez pracę próbowałam się zadomowić. Zadomowienie zaczęło się od tego, że w końcu przynieśliśmy do domu wszystkie kartony z samochodu. W tym mój karton, opisany słowem WAŻNE, w którym były papiery, twarde dyski, kasety do dyktafonu, zahasłowane pendrive'y.

Wszystko zaczęło się piętrzyć na pojedynczym biurowym regale, który wstawił nam do pokoju Tomasz. Regał był porządny i stabilny, ale nie spełniał nawet jednej piątej moich potrzeb. Mikołaja to nie obchodziło. Nie wziął ze sobą żadnej książki. Wyjeżdżając, powiedział, że od pisania jeszcze bardziej nienawidzi czytać.

Siedziałam całymi dniami przed otwartym komputerem. Piłam dużo melisy na zmianę z kawą. „Najważniejsza jest zawsze równowaga" – myślałam, biorąc łyk jednego, a potem drugiego. Jedna różowa tabletka czekała grzecznie w szufladzie na swój moment. Pracowałam po czternaście godzin dziennie. Czytałam stare notatki, robiłam nowe notatki, czytałam wycinki, słuchałam nagrań.

Największym problemem było zepsucie materiału. Wydaje mi się, że książki, teksty pisze się na raz. Nie można ich zostawiać, aby sobie poleżały. Tekst nie dojrzewa, tylko gnije. Jego sens paruje, ucieka w powietrze. Po miesiącu leżenia pokrywa go gruba kołdra pleśni. Gdy siada się do niego z powrotem, zaczyna się od czasochłonnych prac ratunkowych.

W moim przypadku zepsuł się nie tylko tekst. Zepsuły się również jego surowce. Leżąc na tapczanie, słuchając na słuchawkach godzin rozmów z ofiarami, wychowawcami z domu dziecka, policjantami, rodzicami, zrozumiałam, że ja z tych rozmów nic nie zrobię. Ci ludzie nie chcą o niczym mówić. Uciekają od tematu. Boją się. Kluczą. Opowiadają historie pozbawione danych, imion, miejsc, podparcia. Znalazłam *Notes Ostatniej Szansy*, czyli zeszyt z telefonami i mejlami, które były niezweryfikowane, kiepskiego pochodzenia. Przez parę dni dzwoniłam i pisałam, ale nikt nie chciał ze mną rozmawiać, nie mówiąc już o spotkaniu, chociaż byłam gotowa w każdej chwili wsiąść do samochodu i pojechać gdziekolwiek w Polskę. W końcu jeden facet, który badał tę sprawę z ramienia CBŚ, zgodził się porozmawiać ze mną przez telefon. Zadzwonił z karty prepaid. Powiedział, że nie mam co oddzwaniać, bo po rozmowie ją zniszczy. Nie przedstawił się. Zgodził się, aby nazwać go anonimowym źródłem w organach ścigania.

Powiedział między innymi o imprezach w Milanówku, w domu tak zwanego Senatora, na których przynoszono Senatorowi (kiedyś prawdziwemu senatorowi, teraz dyrektorowi spółki skarbu państwa) do jacuzzi jedenastoletnich chłopców na złotych tackach. Powiedział, kto tam przychodził. „Wymyśla" – pomyślałam. Opowiadał o biskupie, rektorze katolickiej wyższej uczelni, bliskim przyjacielu senatora, jego spowiedniku. Biskup lubi młode dziewczynki, trzy, cztery latka, mówił facet. Jego głos był obły, niski i ciężki, jakby miał głowę owiniętą kocem albo trzymał coś w ustach.

Następnym razem powiedział, abym zadzwoniła do niego przez Skype'a. Podał obcy, składający się z cyfr i przypadkowych liter profil. Podczas połączenia widziałam jedynie sam kontur jego głowy, miałam wrażenie, że coś na niej ma, jakby worek albo reklamówkę. Zaczął przystawiać do kamery wydruki zdjęć. Nie, nie może w żadnym wypadku wysłać mi plików, powiedział. Patrzyłam na zdjęcia i czułam, jak drętwieją mi dziąsła. Posadzą mnie za to do więzienia, zniszczą mnie, ale muszę to napisać, czułam.

Nie ma innej możliwości. To uczucie powinności, które przypomina ból zepsutego aż do miazgi zęba, ból, którego nie sposób ignorować.

Trzy dni później zadzwonił ostatni raz. Z innego numeru oczywiście, również prepaid. Powiedział, że wycofuje się ze wszystkiego. Że nigdy nie rozmawialiśmy.

Odpisałam, że chyba żartuje, że wszystko, co powiedział, zamierzam wykorzystać w książce, że zamierzam spróbować porozmawiać z każdą osobą, którą wymienił. Zadzwonił po pięciu sekundach, chociaż nigdy nie dawałam mu mojego numeru.

Odparł, że owszem, mogę spróbować to zrobić. A potem podał datę urodzenia mojej matki i numer rejestracyjny naszego samochodu. Zapytał, kiedy ostatnio zmieniałam w nim opony. Czy dobrze mi się mieszka w Zyborku. I że nawet mój kochaś z zarządu może nie zdążyć tu dojechać, gdy będzie trzeba.

– Nie grozisz mi w swoim imieniu – powiedziałam.

Nie odpowiedział.

– Czemu w ogóle mi to powiedziałeś? – zapytałam.

– Bo mam dzieci – odparł.

– Więc czemu dopiero teraz, do kurwy nędzy, to robisz?

– Bo mam dzieci – powtórzył.

– Rozumiem, ale...

– W dupie mam, co rozumiesz, a czego nie rozumiesz. Odzwyczaj się od tego. To się nie skończy – powiedział i się rozłączył, kimkolwiek był.

Zadzwoniłam do Jacka, redaktora naczelnego, i opowiedziałam mu o wszystkim. Powiedziałam, że wyślę im wszystko, co mam do tej pory. Wstępne wersje artykułu, notatki. Odparł, że tak, owszem, ale oni i tak tego nie opublikują, dopóki nie będę miała źródła, które to wszystko potwierdzi, bo inaczej mogę z tym iść do „Faktu". Poprosiłam, czy mógłby chociaż na to rzucić okiem. Bał się. W końcu mu ich nie wysłałam.

Oprócz mnie materiały o Klubie Puchatka miał tylko On. Wysłałam mu je jakiś miesiąc temu; poprosiłam, aby się temu przyjrzał. Powiedział wyłącznie, że się za mną wstawi, ale powiedział to samo, co redaktor – że muszę mieć twarde dowody. Zresztą cokolwiek wtedy by powiedział, teraz nie chciałam i nie mogłam się do niego odezwać.

Otworzyłam szufladę. Wyciągnęłam tabletkę. Popiłam melisą, a potem kawą. Otworzyłam komputer, zaczęłam pisać bezładne zdania, które były czymś pomiędzy epilogiem, złym wierszem a listem pożegnalnym.

Po jakimś czasie przestałam. Tabletka posłodziła krew, wyrównała oddech. Po chwili wpatrywałam się już tylko w bezwładne wyrazy w edytorze tekstu, w poupychane w pojedynczy regał stosy papierów.

I wtedy do pokoju wszedł Mikołaj. Był podpity, ale nie urżnięty. Chciałam go ochrzanić, ale nawet nie wiedziałam, która jest godzina. Przez krótki moment były otwarte drzwi i wtedy do pokoju wtargnęły krzyki jego ojca. Zamknął je i oparł się o nie. Popatrzył na mnie.

– Czemu on tak krzyczy? – zapytał.

– Na Joasię. Że miała przyjść o dwudziestej drugiej, a jest jedenasta.

Wzruszył ramionami. Otworzył drzwi i posłuchał jeszcze przez chwilę.

– Okej. Wracamy. Za tydzień, dwa – powiedział.

– Nie rozumiem. Czemu akurat wtedy? – zapytałam.

– Bo będę miał kasę – odpowiedział.

– Jaką kasę?

– Kasę za książkę. Zaliczkę.

– Nie rób już tego. Nie bierz już pieniędzy od wydawnictw. Nie rób już tego więcej, proszę cię. To więcej szkody niż pożytku – odezwałam się.

Podszedł do mnie i złapał mnie w talii, próbując podnieść. Zabolało. Walnęłam go lekko w głowę. Posłuchał, odskoczył.

– Chcesz wracać. Strasznie cierpisz. Miotasz się. Widzę to – powiedział, wymacał dłonią krawędź krzesła, przysunął je, usiadł.

– No chcę, Mikołaj, ale musimy być realistami, ja nie mam żadnej pracy, nie mam gdzie jej znaleźć, wszystko jest pozatykane, mam teraz wrócić i pracować w Rossmannie, proszę cię – powiedziałam.

– To ja pójdę pracować w Rossmannie. Na ochronę. Będę wszystkich napierdalał. Do krwi. I będziemy mieli papier toaletowy za darmo – wybełkotał i położył się obok, jakby krzesło kazało mu z siebie zejść. – Tym razem nie dam dupy – dopowiedział jeszcze.

– Mikołaj, tu nie chodzi o dawanie dupy – skłamałam.

Coś wyjęczał, nie zrozumiałam co.

– Tylko nie pij jutro z Grześkiem, proszę – powiedziałam, ale już tego nie usłyszał, bo momentalnie zasnął, jakby ktoś go znieczulił.

– Czemu mówisz, że to piekło kobiet? – pytam Agaty.

Stoimy już pod szpitalem. Jeszcze nie wchodzimy do środka. Paląc papierosy, obserwujemy budynek, betonowy prostopadłościan dobudowany do starszego o kilkadziesiąt lat, powojennego, trzypiętrowego budynku z czerwonej cegły. Każde z okien się świeci, dając trochę inny kolor, od ciepłego, moczowatego żółtego po blady, sterylny biały. Jakby każdy rodzaj choroby i śmierci miał swój świetlny kod, swoje oznaczenie. Gdy odwracam głowę, po drugiej stronie ulicy, na szczycie wzgórza, widzę ciemny kontur zamku. Jego wieże wyglądają jak wielkie, wybite zęby martwego potwora.

– Wszędzie jest piekło kobiet. – Uśmiecha się i wydmuchuje dym.

– To święta prawda – odpowiadam.

Gdy Agata się uśmiecha, jej twarz rozszerza się i ociepla, zamienia się w małe, popielate słońce. Jest w niej mnóstwo spraw, których jeszcze nie potrafię nawet sobie wyobrazić. Zawsze wydawało mi się, że jest po prostu zmęczoną, twardą, mało sympatyczną kobietą, która wygląda jak siostra szwedzkiego rolnika i nie ma ochoty ze mną rozmawiać, bo jestem z Warszawy.

Ludzie z Warszawy są przekonani, że wszędzie nienawidzi się ludzi z Warszawy. Żyją z syndromem oblężonej twierdzy.

– Ale Zybork jest specyficzny – mówi po chwili Agata, wpatrując się w różnokolorowe okna.

– Czemu specyficzny?

– Nie wiem, może tak naprawdę nie jest specyficzny, może ja się po prostu tu urodziłam i od zawsze tu mieszkam, a tak naprawdę wszędzie jest tak samo – odpowiada.

– Każde miejsce jest specyficzne – mówię.

– Skoro każde jest specyficzne, to każde jest takie samo – odpowiada i teraz ja się śmieję.

– Jest paru facetów, którzy od zawsze rządzili Zyborkiem. Ich ojcowie rządzili Zyborkiem. Ich synowie będą rządzić Zyborkiem. I zawsze robili tu, co chcieli. Raz jeden jest burmistrzem, drugi radnym, a trzeci dyrektorem. A potem się zamieniają. Bernat był jednym z nich, ale jako jedyny nie bał się Kalta.

– Kalta?

– Bandziora takiego. Najgorszego z nich wszystkich. – Agata wzrusza ramionami. – Ale to nieważne. Oni wszyscy zawsze się dogadywali. A jak się nie dogadywali, całe miasto wiedziało. Ich sprawy zawsze były najważniejsze.

– A ich żony miały stać obok i się nie odzywać? – pytam.

– Ich żony są pośmiewiskiem. Całe miasto wie, które młode bździągwy dorabiają im rogi. Całe miasto patrzy im na pieniądze, ciągle pisze bajki o tej forsie. Komentuje, jak się ubrały do kościoła. Śmieje się, gdy znowu utyją lub się postarzeją. Chciałabyś być pośmiewiskiem, Justyna? – pyta.

– Bernatowa to jedna z nich? – odpowiadam pytaniem na pytanie.

– Wcale nie ta najgorsza – mówi.

– No ale to są żony prominentów, jeśli dobrze cię rozumiem. – Patrzę na nią, a ona unika mojego wzroku, tylko wysyła zagadkowy uśmiech w kierunku czarnych zębów zamku.

– Każda kobieta w Zyborku chodzi pod swoim chłopem jak pod krzyżem – stwierdza.

– Ty też? – Nie mogę się powstrzymać, moje zęby się spóźniają, nie trafiają na język, lecz uderzają o siebie nawzajem.

– A ty? – odpowiada.

Widzi moją minę i zaczyna się śmiać.

– Powinnam się zapytać, czy ci się u nas podoba, a nie takie głupoty pieprzyć. – Podstawia mi pod nos wyciągniętą z kieszeni małą butelkę. Kręcę głową. Butelka ma na oko dwieście mililitrów, jest w niej coś oleistego i pomarańczowego.

– Nie wiem jeszcze, czy mi się podoba – mówię, a ona, wpatrując się w moje oczy, mruży swoje, jakby chciała wyczytać u mnie jakąś chorobę.

– Wiesz, my się słabo znamy na razie, nie miałyśmy okazji – odpowiada. – Ale wiem, że Tomek robi na ludziach takie wrażenie, jakie robi. I na tobie też może. To normalne.

– Ja się go boję – mówię szczerze i czuję, jak coś zsuwa mi się z serca, coś je odciąża, idzie w dół ciała, aby wypaść gdzieś bokiem, dołem, przez łydkę, przez stopę.

– To sprawiedliwy człowiek. – Agata wypija łyk z butelki i chowa ją do kieszeni. – To tutaj bardzo rzadkie. Naprawdę.

Słowo „sprawiedliwy" sprawia, że boję się jeszcze bardziej. Ale tego już nie mówię głośno; zamiast mówić, patrzę na zaparkowane pod szpitalem samochody. Ponad połowa z nich to samochody policyjne. Jest ich siedem.

– Mikołaj też jest sprawiedliwy – mówię po chwili.

– Jest biedny – odpowiada Agata.

– Tak, jest biedny. – Kiwam głową.

– Oni mnie nienawidzą. – Wpatruje się we mnie. Nie wiem zupełnie, co jej odpowiedzieć.

– Może już chodźmy – mówię, a ona potakuje i rusza w stronę drzwi wejściowych, szybko i prosto.

W sumie nie wiem, dlaczego nie weszłyśmy od razu, może dlatego, że jedna jest trochę naćpana, a druga trochę pijana, Agata zaś jakby czyta w moich myślach, tuż przed drzwiami odwraca się i mówi:

– Przed wejściem do szpitala zawsze trzeba się uspokoić.

„To ona jest biedna, to ona jest najbiedniejsza ze wszystkich" – myślałam, gdy szłam za nią przez białe, puste, pokryte lamperią korytarze, wdychając lizol, siki, spirytus i rdzę. Na moich oczach w kilkanaście sekund zmieniła się w zupełnie inną osobę.

Mija nas młoda pielęgniarka, Agata się zatrzymuje, łapie ją za ramię, pielęgniarka podskakuje ze strachu.

– Podobno znaleźli Bernata – mówi do niej Agata.

– Pani jest z rodziny? – pyta.

– Dziecko, przecież tutaj wszyscy to rodzina – odpowiada Agata.

Nagle myślę, że przecież każdy dziennikarz marzy o tym, że pewnego dnia zadzwoni do niego ktoś groźny, groźny i anonimowy, i ten ktoś będzie wiedział o nim wszystko, i powie, że dziennikarz ma przestać, bo inaczej coś się stanie, coś złego, cały świat dziennikarza runie. I ten telefon, poza wszystkim innym, będzie dowodem na to, że miało się rację i intuicję, że na rozstajach skręciło się w dobrą drogę, tę w stronę skarbu i smoka.

– W takim razie ja nie mogę – mówi pielęgniarka. Przestraszona, cofa się o krok.

– Dziecko – przekonuje Agata – to moja przyjaciółka.

– Ja nic nie wiem, ja naprawdę nie mogę – odpowiada pielęgniarka.

Agata po prostu wzrusza ramionami, przez chwilę patrzy na pielęgniarkę, a następnie idzie dalej, posłusznie podążam za nią, pielęgniarka krzyczy coś za nami, chyba nawet przez chwilę za nami biegnie, ale my jesteśmy zaskakująco szybkie jak na jedną naćpaną, a drugą pijaną, idziemy po schodach, wciąż nikogo tu nie ma, tak jakby szpital nagle opustoszał w wyniku jakiegoś alarmu.

Każdy dziennikarz o tym fantazjuje, a gdy w końcu mu się to przytrafia, nigdy nie wie, co tak naprawdę ma zrobić. Tylko dziennikarze z filmów wiedzą od razu, z miejsca ruszają do roboty – inaczej film nie miałby fabuły. Mój przyjaciel z pracy miał taki telefon przy sprawie Olewnika. Jego żona właśnie urodziła bliźniaki. Ciąża była zagrożona, ale dzieciaki przyszły na świat zdrowe. Opowiadał mi później, że właśnie wtedy zdał sobie sprawę, że to wszystko nie jest tak naprawdę istotne, że to są obcy ludzie, to nie są jego sprawy. Że źle ulokował poczucie obowiązku. Jeszcze tego samego dnia, gdy dostał telefon, wsadził ich i siebie samego do samolotu i poleciał do Wielkiej Brytanii, aby pracować w sklepie z polską żywnością. Teraz z tego, co widzę, ma już swój własny sklep. Dużo się uśmiecha, utył jakieś dwadzieścia kilogramów.

Ja nie wiem, co mam zrobić. Nie mam bliźniaków. Nie mam nawet jednego dziecka. Ale mam męża, mąż ma ojca i brata, ojciec i brat mają niepełnoletnie dzieci. Myślę o nich w tym kontekście po raz pierwszy.

Wychodzimy na korytarz intensywnej terapii i wtedy wpadamy na wielkiego, grubego faceta w policyjnym mundurze, który wyrasta przed nami jak wielka, gumowa ściana.

– Nie ma przejścia – mówi Gumowa Ściana.

– Ja jestem rodziną – mówi Agata.

W głębi korytarza, bardziej zatęchłego i brudnego niż poprzedni, za plecami grubego faceta widzę więcej policjantów. Widzę też Bernatową, która siedzi pod ścianą, ma twarz jakby wykonaną z pokruszonego gipsu. I widzę ojca Mikołaja, który trzyma dłoń na jej ramieniu i po tym zupełnie niepasującym do niego geście wnoszę, że z Bernatem dzieje się coś złego.

– Nie ma przejścia – powtarza Gumowa Ściana.

Bernatowa nas nie zauważa, jest tępo wpatrzona w jeden punkt. Ale widzi nas ojciec Mikołaja; wstaje i powoli idzie w naszym kierunku. Zatrzymuje się tuż za plecami policjanta.

– Przepraszam, ja jestem z nimi. – Słyszę za sobą głos mojego męża, odwracam się i widzę go, zasapanego, rozchełstanego i rozsznurowanego, ale zaskakująco trzeźwego.

– No dobrze, niech sobie pan będzie z nimi, co mi do tego, razem sobie postoicie – mówi Gumowa Ściana.

– Co tu robisz? – pytam Mikołaja.

– Ojciec dzwonił na telefon Grześka, chciał, aby tu przyjechał – mówi, łapiąc oddech. To wprawdzie jedno piętro, ale Mikołaj nigdy nie miał jakiejkolwiek kondycji.

– Oni są ze mną, Radek – mówi mój teść do pleców Gumowej Ściany.

– To dlaczego Grzesiek nie przyjechał? – pytam.

– A gdzie jest Grzesiek? – pyta Agata.

– Nie wiem, poczekaj, zaraz, sekunda – odpowiada Mikołaj.

– Panie Głowacki, ja rozumiem, no ale... – Gumowa Ściana drapie się po głowie i w końcu się odsuwa, wyglądając przy tym, jakby jego ogromna głowa dokonywała niebywale skomplikowanych obliczeń.

– Chodźcie, chodźcie. – Ojciec Mikołaja macha do nas ręką, abyśmy przeszli dalej korytarzem.

Policjantów jest siedmiu. Siedzą po lewej stronie korytarza. Niektórzy są nawet uzbrojeni. Większość wygląda, jakby kompletnie nie wiedziała, co zrobić. Gumowa Ściana siada obok nich, ciężko wzdychając.

– Gdzie jest Grzesiek? – pyta Mikołaja ojciec, nie patrząc na niego, idąc w stronę Bernatowej.

– Nie wiem, byliśmy w knajpie nad rzeką i rozstaliśmy się nagle, on powiedział, że musi gdzieś pójść, nagle zostawił telefon... – odpowiada Mikołaj, próbując nadążyć za swoim ojcem. Ten tylko macha ręką, jakby już wszystko wiedział.

– Co się stało? – pyta Bernatowej Agata, ale ta nie odpowiada, lecz podnosi na nią wzrok i patrzy, nie odzywając się, próbując sobie przypomnieć, kim ona właściwie jest.

– Zabierzcie ją do domu, Tomek – mówi jeszcze inny kobiecy głos, zimny i zmęczony. To zadbana kobieta około pięćdziesiątki, drobna i zgrabna, w białym kitlu, z czymś ptasim w twarzy. Kobieta świeci zmęczeniem. Gdyby nie w miarę trzeźwe spojrzenie, wyglądałaby, jakby lewitowała.

– A ciebie kto zabierze do domu? – pyta ojciec Mikołaja.

– My czekamy na helikopter, muszą go do Olsztyna zabrać, tu nie ma sprzętu, tu zaraz umrze, wdała się sepsa – odpowiada kobieta.

– Helikopter – powtarza Bernatowa głosem, jakby uczyła się mówić.

– Zabierzcie ją do domu – powtarza kobieta.

– To mój syn i synowa. – Ojciec Mikołaja pokazuje nas ręką.

– Dobocińska. – Kobieta wyciąga do mnie dłoń.

– Głowacka. – Ściskam jej dłoń i wtedy zdaję sobie sprawę, że to nazwisko noszą jeszcze cztery inne osoby na tym korytarzu. Że czyni mnie to ich immanentną częścią. Po raz pierwszy myślę o tym, że jestem w coś wbita, wrośnięta na stałe.

– Pani jest ordynatorem? – pytam po chwili.

– Dyrektorką. Tomek, weź zajedź i zobacz, czy tam

u mnie w domu jest wszystko w porządku, i napisz – mówi do Tomasza, a ten kiwa głową. Bez wyrazu.

Przez chwilę zapada cisza, pusta, ale ciężka, jakby lizol i spirytus zatkały wszystkim usta i uszy, stoimy bez ruchu, jedynie Bernatowa zaczyna wydawać dźwięk, cicho kwilić jak małe, głodne zwierzę.

– Żyje? – przerywa ciszę Agata.

Dyrektorka szpitala patrzy na Bernatową, potem na nas, i kiwa głową.

– Muszę iść – mówi.

– Idź – pozwala jej Tomasz.

Daje mi znać ręką, abym usiadła obok niego. Siadam.

Rodzina Głowackich. Pięść zaciśnięta tak długo, że wszystkie palce wrosły na stałe w wewnętrzną część dłoni. Nieważne, że trafiliśmy tu z powodu zupełnie obcego mi faceta i obcej kobiety, którą widziałam zaledwie przez chwilę. Nieważne, że przywiodła mnie tu, jak wszędzie, moja ciekawość, którą chętnie bym na coś wymieniła, na przykład na umiejętność spania przez osiem zdrowych godzin w ciągu doby.

Rodzina to zatrzaśnięcie się w windzie z zupełnie obcymi ludźmi na całe życie.

– Znaleźli go w lesie, jak na Kupałki się jedzie, to ze dwanaście kilometrów stąd – mówi Tomasz. – Dwóch chłopaków go znalazło, młodych takich narkusów, naćpanych czymś.

– Z czterdzieści kilo waży – mówi nagle Bernatowa. Jej głos to cichy, szklany skrzek.

Bernatowa mówi dalej. Z trudem. Jej głos sprawia, że czas spowalnia jeszcze bardziej. Słowa skapują z niej jak krople z topiącej się bryły lodu. Z najwyższym wysiłkiem tłumaczy, że jej mąż, którego przywiózł tutaj do szpitala zaalarmowany przez chłopaków leśniczy, miał anemię, sepsę oraz był po rozległym wylewie. Na całym ciele nosił ślady głębokich, zakażonych ran, najprawdopodobniej po głębokich zadrapaniach, miał pokruszone i połamane wszystkie zęby, jakby z całych sił próbował gryźć kamienie. Że te pokruszone zęby są całe we krwi i w mięsie. Że jest tu od popołudnia. Że helikopter przylatuje z Olsztyna, bo stan się pogorszył.

– On wciąż jęczy – mówi na końcu. – Jęczy, tak zawodzi cicho, i nie może przestać.

– Jezus Maria! – wyrywa się Agacie.

– Ktoś go porwał – wtrąca Mikołaj. – Porwał i przetrzymywał.

– To jeszcze zbada policja – mówi Tomasz, pokazując głową na siedmiu chłopaków po drugiej stronie korytarza, którzy jak na razie są bardziej zajęci grami na telefonach i oglądaniem pod światło swoich paznokci. Nagle Gumowa Ściana wstaje i odwraca się w stronę wlotu korytarza, znowu tarasując przejście.

– On skądś uciekł – mówi Mikołaj. – Kolejna – dodaje, widząc szczupłą kobietę około trzydziestki, w spiętych gumką, dawno temu ufarbowanych na blond włosach i w szarym swetrze, idącą szybko środkiem korytarza.

– Na to wygląda – odpowiada po chwili jego ojciec.

– O Jezus Maria – powtarza jeszcze raz Agata i wstaje, i rusza w kierunku kobiety, zanim zdąży zauważyć ją Bernatowa i zanim ja mam okazję uświadomić sobie, kto to naprawdę jest.

– Nie można – mówi do kobiety Gumowa Ściana, a wtedy ta wyhamowuje na jego ciele, z całej siły wbijając pięści w jego klatkę piersiową.

– Co tu robisz, ty kurwiszonie – to zdanie Bernatowa wypowiada tak, jak wszystkie poprzednie, zimno, łagodnie i cicho. Po wyrazie „kurwiszon" wstaje.

Agata podbiega do niej i próbuje złapać Bernatową za łokieć, ale ta się wyrywa i rusza w stronę kobiety, która, pomimo skręcenia w przetłuszczony kołtun z włosów, swetrów i bólu, wciąż wygląda na niebrzydką i młodą.

– Po coś tu przyszła?! – wrzeszczy Bernatowa zza pleców Gumowej Ściany. – Po coś tu przyszła, kalapyto pierdolona?

– Pani się uspokoi! – krzyczy Gumowa Ściana, międląc coś nerwowo w palcach, chyba paczkę gum do żucia.

– Co mu jest? Powie pani tylko, co mu jest? – wykrzykuje młoda przez łzy.

– Wynoś się stąd. To przez ciebie to wszystko. Przez ciebie to wszystko, kurwo. – Bernatowa próbuje ominąć policjanta, tamta wrzeszczy tylko w kółko swoje pytanie, co mu jest.

W końcu Bernatowa sprytnie wymija policjanta, przyskakuje do kobiety i całą siłą swojego ciała popycha ją na podłogę. Gumowa Ściana zupełnie nie wie, co ma zrobić, w końcu wraca pod ścianę z uniesionymi rękami. Bernatowa siada na niej okrakiem i okłada jej głowę i ramiona bezładnymi uderzeniami otwartych dłoni. Gdy dwie kobiety zaczynają się bić, wtedy wszyscy stają się bezradni. Kobieta nie jest dla drugiej kobiety przeszkodą, którą trzeba pokonać, aby iść dalej. Kobieta nie bije drugiej kobiety po to, aby ją znokautować, ale po to, aby jak najbardziej ją upokorzyć, zadać jej jak największy ból. Dla kobiety ta walka jest sensem, celem samym w sobie.

– Ja pierdolę, komedia. – Jeden z policjantów kręci głową.

– Co tu się dzieje? Uspokójcie się wszyscy, bo pójdziecie zaraz do aresztu, do cholery jasnej! – Dyrektorka szpitala stoi w drzwiach, opierając się o framugę.

Bernatowa w końcu przestaje. Schodzi z leżącej kobiety. Podchodzi pod ścianę. Oddycha ciężko. Wygląda jak wielka, dziurawa, stara piłka.

Za dyrektorką w drzwiach stoi człowiek w stroju laboranta. Mówi jej coś na ucho. Ona kiwa głową. Po chwili laborant chowa się w drzwiach.

– Niech pani stąd idzie – mówi dyrektorka do kochanki

Bernata, która z trudem, powoli, podnosi się z podłogi. Podchodzą jej pomóc.

– Nie dotykaj jej – mówi Bernatowa. – Nie dotykaj tego kurwiska.

– Ja tylko chciałam... ja tylko chciałam... – sapie kochanka Bernata. Czarne, długie krople tuszu spływają na czerwone ślady po umalowanych pazurach Bernatowej. Już stojąc, na moment traci równowagę, o mało na mnie nie wpada. Gdy jej twarz przysuwa się do mojej, w czerwonych wgłębieniach pod rozerwaną skórą widzę drobinki lakieru.

– Na Boga, idźcie już stąd – prosi dyrektorka.

– Idziemy – odpowiada ojciec Mikołaja.

– Ale pozwól na moment – mówi dyrektorka, a ojciec Mikołaja kiwa głową.

Odchodzi na chwilę, a my stajemy na korytarzu, tworząc luźną grupę. Gumowa Ściana siada w końcu na krześle, ciężko wzdychając. Mikołaj zajmuje jego miejsce. Zupełnie nie wie, co ze sobą zrobić. Agata bierze Bernatową pod rękę.

– Chodź do łazienki, Ewa. Chodź – odzywa się głosem i tonem sanitariuszki Agata. Bernatowa kiwa głową.

– Jest w bardzo ciężkim stanie – mówię do biedaczki w swetrze, która stara się nie patrzeć na znikający w dole schodów kontur Bernatowej.

– Będzie żyć? – pyta.

Słyszę, jak Mikołaj ciężko wzdycha. Mikołaj zawsze w krytycznych sytuacjach ma dość i nigdy nie interesuje go fakt, że inni też mają dość tak samo, a nawet jeszcze bardziej niż on.

Widzę, jak ojciec Mikołaja kiwa głową, odwrócony tyłem do nas przypomina monolit z *Odysei Kosmicznej*, na który ktoś dla żartu naciągnął skórzaną kurtkę i wojskowe spodnie.

Widzę, jak na ptasiej twarzy dyrektorki pojawiają się

lęk i odraza, jak coraz wyraźniej przebijają się przez irytację i wyczerpanie.

– Nie wiem. Ale trzeba być gotowym na wszystko – mówię do kochanki Bernata. Biorę ją na bok. Ona chowa twarz w dłoniach.

– Już pójdę. Już pójdę sama – mówi, po czym robi trzy kroki w stronę ściany i osuwa się po niej na podłogę.

Dyrektorka znika w drzwiach, ojciec Mikołaja zawraca, podchodzi do mnie, bierze mnie za rękę, i jest to tak dziwne i nagłe, że w żaden sposób nie reaguję. Jego ręka jest ciepła i twarda. Przypomina trzymany w piecu kamień.

– Chodź – mówi ojciec Mikołaja – zostaw ją.

Kiwam głową. Puszcza moją rękę. Pokazuje schody ruchem głowy.

– To się wplątałaś w kabałę – mówi, gdy schodzimy po schodach.

– Agata chciała, abym ją tu przywiozła – odpowiadam.

– Bo piła – stwierdza.

– Nie wiem – kłamię.

– Nie broń jej – odpowiada.

– Chyba ma prawo? – pytam.

Zatrzymuje się. Patrzy mi w oczy.

– Takie teksty może będziesz rzucać, jak będziesz lepiej poinformowana! – Jego ton jest jak uderzenie w twarz.

Kulę się. On to widzi. Wzdycha. Kręci głową, zaciska i rozprostowuje pięści, następnie ogląda paznokcie pod światło. Ma paznokcie jak grube łuski. Nieforemne, nierówne, żółte, ale wyszorowane do czysta tak, że z opuszków palców obłazi mu skóra.

– Coś jeszcze. Coś się stało – mówię.

– A nie wiem, kurwa, nie wiem, mogą tylko tak gadać – odpowiada za moment, macha ręką, odwraca się tyłem.

– Co gadać? – pytam.

– Albo nie wiem, pomylili się, noż cholera, przecież to niemożliwe – powtarza, wciąż stojąc do mnie plecami.

– W czym się pomylili, Tomasz? – pytam głośno.

Odwraca się. Mruży oczy. Rozgląda się, czy nikt nas nie słyszy.

– Znaleźli mu w gębie pełno krwi i mięsa.

– Pewnie jadł jakąś padlinę. Był głodny – mówię.

Ojciec Mikołaja ociera oko. Cicho gwiżdże. Teraz go widzę. Teraz go rozumiem. Jest sarkofagiem. Pokrywa go azbest. Gdy w środku ciśnienie dochodzi do krytycznego poziomu, na zewnątrz robi się tylko mała szczelina, pęknięcie, przez które wydostaje się cichy gwizd.

– Pod mikroskop to wzięli już tutaj. Mówią, że to ludzkie. Ale nie mają pojęcia czyje i jak, i co. Dopiero testy DNA będą robić. – Właśnie teraz zaczyna docierać do mnie to, co powiedział.

– Czy ja cię dobrze rozumiem? – pytam.

– Dobrze mnie rozumiesz – potwierdza ojciec Mikołaja. – Próbował kogoś zeżreć – dodaje.

Trochę tracę równowagę i widzę, że on to zauważa, sekundę później już nic nie widzę, ale czuję, że łapie mnie za rękę. Trzyma mnie mocno, aż boli.

– Uważaj – mówi. – Spokojnie.

– Spokojnie? – Słyszę, jak pytam.

– Nie takie rzeczy się tutaj działy – mówi po chwili. – Uwierz mi, że nie takie.

Maleństwo 2

Na mszę o szóstej rano przyszło kilkanaście osób. Poszło szybko, tylko ogłoszenia parafialne trwały trochę dłużej. No ale musiał jak zwykle poprosić o wsparcie dla referendum, które organizuje Głowacki. Pozbyć się tej wiedźmy, to teraz najważniejsze dla Zyborka, pomyślał. Oczywiście nie ujął tego w ten sposób, ołtarz nie jest po to, by rzucać nożami. Powiedział coś o judaszowych srebrnikach. Że miasta, ziemi, małej ojczyzny nie można sprzedać i rozdrapać za psie pieniądze. Że ludzi nie można z ich domów wyrzucać, dlatego że tak się komuś podoba.

Ale nawet to mówił pośpiesznie, bo chciał jak najszybciej wyjść. Ucieszył się, że spowiedzi było niewiele, raptem dwie, trzy osoby. Malarz pewnie już na niego czeka. Zaraz włączy telefon, zadzwoni i przeprosi go, i powie, żeby poczekał jeszcze kilka minut albo wszedł do środka, gdzie Jadwiga zrobi mu coś do jedzenia albo chociaż herbatę.

Malarz to dobry człowiek. Zrobi to po kosztach. Przecież nie może tak być, że wandale i hołota wygrywają. Wygrywa prawda i dobro. Gorzej z psem. Psa nic nie wróci. Weźmie następnego, szybko. Prawda i dobro.

Domyślał się, o co w tym wszystkim chodziło. Domyślał się, ale bał się tylko w nocy. W dzień Bóg wszystko widział, w dzień był bezpieczny, tak przynajmniej myślał. W nocy jakby Bóg odwracał głowę w drugą stronę. A może to nie Bóg odwraca głowę, ale w nocy modlitwy są słabsze, bo mówi się je cichym głosem, aby nikogo nie obudzić, pomyślał.

Kulek może będzie pętał mu się pod nogami, gdy będzie stał przed Alfą i Omegą i ze wszystkiego się rozliczał. Oby. Kulek na to zasłużył. Był dzielny. Pamiętał, jak znalazł go przywiązanego drutem do drzewa, wygłodzonego, szczekającego na wszystkich. To szczekanie mu zostało. Jak tak można robić zwierzęciu?

Siedział w konfesjonale, ale chciał za moment wyjść, już się cieszył, że za chwilę ulży plecom, które bolały go od siedzenia w drewnianym pudełku. Cieszył się krótko, bo zaraz usłyszał to nieśmiałe szuranie i stukanie. Znał te odgłosy doskonale. Powolne, oddzielone długimi pauzami. To stukanie i szuranie ludzi, którzy odwykli, którzy się boją, którzy nie potrafią sobie przypomnieć, kiedy ostatnio wyznawali grzechy.

Denerwowali go. Nie dlatego, że nie chodzili do spowiedzi, i nie dlatego, że w końcu do niej przyszli, ale że odstawiali cały ten teatrzyk. Człowiek winny powinien być silny w swojej winie. Stanowczy w swoim żalu za grzechy. Ludzie niepotrzebnie mylą skruchę z nieśmiałością, pomyślał.

Zza kraty doszły go zapachy – perfumy, papierosy, ziemia. Nie widział, kto jest po drugiej stronie. Ten ktoś miał kaptur na głowie, zauważył to, gdy dyskretnie odwrócił głowę. Pod kapturem dostrzegł oczy, małe i skośne. Jeszcze niedawno te oczy, lśniące blaskiem zadowolenia, tonęły w otulającym twarz tłuszczu. W gardle pojawiło mu się coś zimnego. Przełknął to szybko.

– Mów, synu – powiedział.

Ale ten syn nic mu nie odpowiedział, a zimna w gardle było coraz więcej. Mógł otworzyć konfesjonał i wyjść. Ale wtedy ten człowiek w kapturze mógł go szybko dopaść i wymknąć się przez zakrystię.

Nikt by go nie zauważył. Kościół był pusty. Znaleźliby go rano.

– Mów, synu – powtórzył.

Mógł modlić się głośniej.

– Proszę księdza, szukają mnie – powiedział tamten.

Dopiero gdy go rozpoznał, poczuł, jak szybko bije mu serce.

– Maciuś – wyszeptał. – Co ty tu robisz? Gdzieś ty był?

Nie odpowiedział. Oprócz ziemi, perfum, papierosów czuł jeszcze pot, ostry zapach strachu. Maciuś nie był złym człowiekiem. Był zagubiony, rozpustny i pazerny, szybko wprawiał w ruch pięści, również w stosunku do kobiet. Ale Bóg nigdy nie ma dość przebaczania.

– Znajdą mnie – powiedział po chwili mężczyzna. – Znajdą mnie zaraz.

– Kto cię znajdzie?

– Wszystkich znajdą.

Ta chmura zbiera się nad całym Zyborkiem, pomyślał nagle. Chmura strachu. Popełnił grzech, modlił się tylko o siebie. Trzeba modlić się o całe miasto. O całą tę ziemię.

– Kto cię znajdzie? – zapytał. – Pieniądze komuś jesteś dłużny? Przecież masz pieniądze. Uspokój się, synu.

– Wiesz, cośmy zrobili. Cośmy nawywijali. Ksiądz wie – odparł po chwili Maciuś.

– Wiem – odpowiedział zgodnie z prawdą.

– No właśnie. I to wystarczy, że ksiądz wie – powiedział Maciuś.

Ale on nie odpowiadał za cudze sprawy, pomyślał. Przekazywał je dalej Bogu. Kierował je do góry.

– Chcesz się wyspowiadać?

– Co mi to da? – prychnął Maciuś. Często tak prychał. W tym prychaniu była schowana jego bezwzględność.

– Spokój duszy – odpowiedział.

– Ksiądz ma spokój duszy?

Nie odpowiedział.

– To dobrze, że masz, bo po ciebie też przyjdą – powiedział i zaczął kaszleć.

– Kto? – zapytał i było to szczere pytanie. Bo domyślał się, o co chodzi, ale nie wiedział właściwie kto. Teraz zimno było mu w całym ciele, zwłaszcza w stawach. Bolały go plecy, jakby ktoś zbił go kijem. – Kto? – powtórzył pytanie, ale za kratką nie było już kształtu kaptura ani zapachów, były tylko ciche kroki w oddali, a po paru sekundach skrzypnięcie otwieranych drzwi.

A może Ty po prostu chcesz, Boże, aby tak było, pomyślał. Może takie są Twoje plany. Może nie ma sensu prosić Cię w modlitwie, abyś powstrzymał swoją wolę.

Może trzeba Ci zaufać, nawet jeśli bolesne jest to zaufanie.

– Kto? – powtórzył jeszcze raz cicho, do siebie.

Wyjął z kieszeni telefon. Włączył go po raz pierwszy od wczorajszego wieczoru. Musi zadzwonić do malarza. Ale już po chwili nie myślał o malarzu.

Takie są Twoje plany, Boże, myślał, wpatrując się w spływający deszcz wiadomości i sygnałów o nieodebranych połączeniach. Wszystkie były od jego bratowej.

Wystarczyło przeczytać ostatnią. Jego brat zmarł w drodze do szpitala w Olsztynie.

CZĘŚĆ DRUGA

Październik / Od głodu

Co widział Gizmo?

Wszyscy wiedzą, co się stało z Gizmem. Wszyscy wiedzą, co Gizmo zrobił. To jedna z rzeczy, które każdy z Zyborka nosi przy sobie jak portfel. Ma ją na stałe w pamięci jak własną datę urodzenia. Gizmo. Każdy z Zyborka pamięta jego ksywę. Może ci starsi zamiast ksywy używają imienia.

Tę historię znają nie tylko w Zyborku. Znają ją wszędzie tam, gdzie wyjechali ludzie z Zyborka – na studia, do pracy. W dużych miastach przyjezdni się wstydzą. Wkupują się w łaski miejscowych. Tłumaczą, kim tak naprawdę są. Często przez pryzmat anegdot, bajek z tysiąca i jednej słomy. Niby prawdziwego życia, ale ze śmieszną czapką na głowie i z muzyczką z Benny Hilla w tle. To, co zrobił Gizmo, na pewno nieraz było przerabiane na taką historyjkę. Nie mam tego nikomu za złe. Wszystko, co cię nie dotyczy emocjonalnie, jest po prostu anegdotą.

A w moim mieście był pewien gość, i słuchajcie. Naprawdę? No co ty pieprzysz? I nie pisano o tym w gazetach? A jego rodzice? Jego rodzina? Dalej tam mieszkają?

Nie, rodzice Gizma nie mieszkają już w Zyborku. Ale oczywiście kiedyś mieszkali. Jego matka pracowała w sklepie. Miała problemy z pracą, bo miała problemy ze wszystkim. Matka Gizma, Bożena Masłowska, często robiła manko na kasie, z obrotu co rusz wyciekały drobne sumy, które z kolei łączyły się w większe sumy. Matka Gizma spowiadała się z tego w kościele. Liczyła, że Bóg jej wybaczy. Gizmo chciał jeść, jego dwie siostry też, nie tylko chleb i konserwę. Gdy właściciele sklepu, Jastrzębowscy, dowiedzieli się o manku, chcieli wywalić Masłowską, ale ta zaczęła płakać i lamentować, że chyba się zabije, bo inaczej zabije ją ojciec Gizma.

Waldek Masłowski głównie siedział na ławce ze swoimi kumplami Dzikiem, Paszczakiem i Niemenem. Ten ostatni zawdzięczał swoją ksywę podobieństwu do znanego piosenkarza połączonemu z faktem, że był niemową. Waldek, oprócz siedzenia na ławce z Niemenem i Paszczakiem, którym objaśniał świat za pomocą coraz bardziej bełkotliwych koanów, przebywał w domu i gdy nie spał na kanapie przed telewizorem, bił, ile wlezie, Masłowską i jej córki. Do bicia używał głównie pięści, czasami kabla, kija od szczotki, deski. Gizma nie bił, może dlatego, że się go bał – Gizmo był chudy jak patyk, ale, jak to się mówi, wystrzelony w górę, miał prawie dwa metry wzrostu, łapy długie jak małpa. Ojciec się bał, ale Gizmo tak samo. Gdy ojciec napierdalał i krzyczał, Gizmo siedział w pokoju i trzymał głowę w ramionach, słuchając głośno Kalibra 44, swojego ulubionego zespołu. „Czemu oczywiste dla mnie jest, że Ciebie nie ma. Bądź, a klęknę!" – zawodził Ś.P. Brat Joka, gdy stary Masłowski wyzywał matkę Gizma od ostatnich kurew, bo nie chciała mu dać dwudziestu złotych z manka zrobionego w sklepie Jastrzębowskich.

Dwadzieścia złotych to cztery nalewki na spirytusie, ale też produkty na dwa obiady dla Gizma i jego sióstr. Gizmo już co prawda urósł wystarczająco, lecz nie mógł zostać tak chudy. „Wysoki i chudy to łamliwy" – myślała matka.

„Zabije mnie, ale mu nie dam skurwysynowi żadnych pieniędzy" – myślała matka Gizma.

Los sióstr Gizma jest mniej więcej znany. Młodsza dzielnie zaszła w ciążę w wieku szesnastu lat, nie wiadomo z kim, by z dzieckiem i matką przeprowadzić się do babci do Chorzeli. Żyły tam z renty po babci, a matka Gizma dorabiała, sprzątając u ludzi. Starsza wyjechała do Olsztyna i znalazła tam robotę w salonie kosmetycznym przy maseczkach, brwiach i paznokciach, zrywając jednak kontakty z matką.

Jednak gdy Gizmo zrobił to, co zrobił, wszyscy jeszcze mieszkali w Zyborku. To był rok dwutysięczny, przełom wiosny i lata, koniec czerwca. Jeszcze nie byliśmy w Unii Europejskiej, ale już należeliśmy do NATO. W telewizji kończyła się pierwsza edycja programu *Big Brother*. Wiele osób miało już internet i słuchało muzyki z kompaktów, nagrywanych na domowych wypalarkach. Wszyscy cieszyli się, że w Sylwestra nie nastąpiła zapowiadana apokalipsa z powodu błędu komputerowego. Właśnie dogasał rząd Jerzego Buzka, premiera, który wyglądał w telewizji jak przesiadujący codziennie w parku, emerytowany, zadbany wdowiec.

Gdyby zapytać Gizma o to wszystko, wzruszyłby ramionami i powiedział, że to pierdoli. Nie interesowały go ani telewizja, ani polityka, ani koniec świata. Interesowały go kwasy. Papiery. Panoramy. LSD. Skuna palił już od dawna, ale kwasy były dla niego nowością. Przy nich trawa stawała się powszednia i nudna. Owszem, podobało mu się to uczucie, gdy jarał, czuł się wtedy, jakby ktoś brał jego mózg w dwie ciepłe dłonie i ściskał, wyduszając z niego złe myśli, które bez skuna fruwały bezładnie po głowie Gizma, trzepocząc i sycząc jak czarne ćmy. Ale kwas to było coś, to była zupełnie nowa jakość. Ten klucz otwierał drzwi.

Ojciec Gizma umarł jeszcze w kwietniu, i nie była to widowiskowa śmierć. Znaleźli go nieopodal stawu miejskiego, na ziemi, w żywopłocie, brudnego i skulonego.

Lekarze stwierdzili zawał serca. Dwie paczki fajek i dwie butelki bełta dziennie zrobiły swoje. Mówili, że stara Masłowska płakała w sklepie, ale z radości. Potem opowiadano, że miał szczęście, że nie dożył tego, co zmalował jego syn.

Gizmo nawet nie poszedł na pogrzeb. Zamiast tego znalazł leki psychotropowe matki. Działały tak, że Gizmo momentalnie zasnął i zrzygał się przez sen. Gdy się ocknął i włożył zarzyganą pościel do pralki, doszedł do wniosku, że kwasy są lepsze niż jakiekolwiek leki. Trzeźwa rzeczywistość była książką, otwartą wciąż w tym samym miejscu, a każdy kwas przewracał kolejną kartkę.

Gizmo brał kwasy ze swoim kumplem Dzięciołem. Dzięcioł wiedział, skąd je załatwić. Jeździł po nie do Olsztyna, część sprzedawał, najlepsze obrazki chował dla siebie. Wkładał je do klasera i trzymał w lodówce. Dzięcioł miał pieniądze, bo jego ojciec pracował w Niemczech przy układaniu bruku i wysyłał je do domu. Dzięcioł lubił Gizma, uważał, że jest, jak to się mówi, dobrze jebnięty, zwłaszcza gdy się sfazuje. Gdy Gizmo się sfazował, wszystko, co widział, zawijało się w trójwymiarowy supeł, a to, czego nie widział, było nagle widoczne i proste, lśniło mu przed oczyma na rozwieszonych w powietrzu, ogromnych płachtach. Dookoła nowych obrazów, nowych prawd tańczyły złote refleksy, układały się wzory. Gizmo widział w tych wzorach wskazówki, zaproszenia, tajemnice.

Z niecierpliwością wyczekiwał, kiedy z wzorów utworzą się otwarte drzwi, przez które będzie mógł przejść. Wiedział, że to kwestia czasu. Że ten czas jest odmierzony i zaplanowany. Gdy wejdzie przez drzwi, znajdzie się w świetle, i chociaż nie wiedział dokładnie, co go tam czeka, był pewien, że wszystko będzie w porządku. Gdy tak czekał, jego mózg automatycznie wyrzucał przez usta to, co było w nim zapisane. Czyścił się ze swojej bezładnej treści. Dzięcioł siedział obok, podczas gdy Gizmo, wpatrzony w powietrze jak krowa w słup, siedząc na polanie w lesie, przy rzece, wyrzucał z siebie fragmenty komentarzy do wczorajszego meczu, telewizyjnych reklam, zadanych w szkole wierszy, z których zawsze dostawał lufy, a teraz czysto i dźwięcznie recytował całe strofy, by nagle urwać w połowie i przejść do tego, że „Czemu oczywiste dla mnie jest, że ciebie nie ma. Bądź, a klęknę!".

Zanim Gizmo zrobił to, co zrobił, coś zobaczył. Przynajmniej tak twierdził i nikt nie wie, czy Gizmo miał rację. O tym, co zobaczył, mówił do samego końca. Mówił o tym, zanim to zrobił, i mówił to potem. Mówił o tym, gdy zakuwano jego zakrwawione ręce w kajdanki, mówił, gdy przesłuchiwano go przez dwadzieścia cztery godziny w komendzie w Olsztynie, mówił o tym w sądzie i mówił na oddziale zamkniętym szpitala psychiatrycznego. Czasami podawano mu tyle lekarstw, że przestawał wymawiać spółgłoski. Ale wciąż próbował o tym mówić.

Gizmo twierdził, że zobaczył to, co zobaczył, na Papierni.

Papiernia była zakątkiem w lesie, położonym dwa kilometry na południe od Zyborka. Przez Papiernię przepływała mętna, zarośnięta rzeka, na zielonej powierzchni wody spokojnie dryfowały przezroczyste, olejowe plamy. Las był cichy, w słoneczne dni jasny i wietrzny, w ciemne – zatruty, przygnieciony pochmurnym niebem jak ciężką kołdrą. Biegła przez niego droga, która przecinała rzekę łukowatą, zbitą z desek kładką. I tuż przy tej kładce, w zmurszałym zagajniku, znajdowały się ruiny starej papierni – fundamenty i fragmenty ścian, pokryte mchem i bluszczem, tkwiące tu na przekór pogodzie, ludziom i wojnom. Jak informowała wbita w ziemię tabliczka – papiernię zamknięto w latach dwudziestych, ale jej początki sięgały roku 942, tak przynajmniej twierdziła kronika podróżnika Ibrahima Ibn Jakuba, piszącego, że Prusowie, czyli Prutones, zajmowali się wytopem żelaza, którym handlowali potem z Mazowszem. Po upadku zakonu krzyżackiego zakład metalurgiczny przekształcono w papiernię, jedną z największych w Prusach Wschodnich. Budynek zamykano, otwierano z powrotem, przebudowywano, a spalony w osiemnastym wieku postawiono od nowa. Papiernię zamknięto definitywnie dopiero w latach dwudziestych na fali światowego kryzysu.

Oczywiście, gdyby zapytać o to Gizma, odpowiedziałby, że to pierdoli.

Papiernia była martwa, ale wciąż nie dawała się połknąć przez ziemię, przewalić przez wiatr. Ludzie mówili, że nawet gdy w Zybork pieprznie ruska bomba atomowa, pozostałości papierni będą stać, jak stoją. Mówili tak od wielu, wielu lat.

Historię o Krzyżakach i podróżniku Ibrahimie opowiadała wbita przez władze miasta tablica, której treści Dzięcioł i Gizmo, chociaż przychodzili tam regularnie, nie przeczytali ani razu. Mijali ją jak drzewo. Przechodzili przez kładkę, siadali trochę dalej, przy zakolu rzeki, na trawie, zjadali papiery, otwierali z psykiem puszki piwa i patrzyli godzinami w powietrze, jakby byli w kinie. Po drugiej stronie wody, w zaroślach, widać było obrośnięte bluszczem, omszałe, pojedyncze ściany papierni.

Było wesoło, bo Gizmo gadał, a Dzięcioł się śmiał. Tego dnia, gdy Gizmo coś zobaczył, również czuli się wesoło. To był czerwiec. Jakoś zaraz przed Bożym Ciałem. Mimo ciepła Gizmo miał na sobie kupioną na bazarze kurtkę z podszewką w paski, z wielkim logo firmy Cherokee na plecach. Chodził w niej bez względu na temperaturę i porę roku.

– Po co właściwie napisałeś tę psychozę, Gizmo? – zapytał Dzięcioł.

– Jaką psychozę? – spytał Gizmo.

– Kurwa, jaką psychozę, psychozę na Psychozie, do chuja – tłumaczył zawile Dzięcioł, a kwas powoli im wchodził, rozpuszczał to, co rzeczywiste, nasycał to innym kolorem, który pojawia się w głowie dopiero po stripowaniu.

– To nie ja, to ty – powiedział Gizmo.

Dzięcioł wybuchnął śmiechem.

– To nie ja, to ty – powtórzył Gizmo.

Gizmo upił łyk warki strong. Była wygazowana i ciepła, taką lubił.

Tamtego dnia drzwi i wzory się nie pojawiały. Dzięcioł również był rozczarowany. Czekali już godzinę, a w rzeczywistości nic nie chciało się zmienić, pstryknąć, jakby schowana w niej maszyna odmówiła posłuszeństwa jak stary komputer.

– Kurwa mać, może się naświetliły czy co? – powiedział Dzięcioł, wiercąc się niecierpliwie.

– No to chodźmy – powiedział Gizmo. Był cierpliwy jak buddyjski mnich. Wiedział, że skarby nie zawsze są widoczne. Że byłoby wielką pychą wymagać, aby pojawiały się za każdym razem.

– Jak chodźmy, kurwa, a jak ci wejdzie za godzinę, z matką będziesz siedział i cię wyrwie jak Kwadrata.

Dzięcioł splunął ciepłą warką w wodę rzeki. Na jej powierzchni pojawiło się małe kółko.

– Kwadrata wyrwało po bieluniu – przypomniał mu Gizmo.

Coś się ruszyło w ruinach papierni. Delikatnie mignęło, przezroczyste, ślad powiewu. „Może dzisiaj jednak też” – pomyślał Dzięcioł. „Może po prostu chwilę się spóźniło”.

– No i chuj, no ale co się działo, przyszedł na chatę, wchodzi do kuchni, a tam babcia robi obiad, pyta się go, jak tam w szkole, wnusiu, nagle patrzy, a babcia jeb na glebę, palpitacje, piana z ust, przerażony, próbuje ratować, ale nie wie, co się dzieje, leci na pomoc do starych, a starzy...

– Że babcia nie żyje od dwóch lat – Gizmo skończył za Dzięcioła historię, którą znali w Zyborku wszyscy. W kurtce miał papierosy, ruskie monte carlo. Wyciągnął jednego, urwał filtr, zapalił.

Ruch w zaroślach nie miał swojej kontynuacji. „Może to jakieś zwierzę" – pomyślał Dzięcioł. Ale myślał tak ledwie przez chwilę.

– Dzisiaj tylko patrzy, jak trawa rośnie... – Dzięcioł chciał skomentować kondycję Kwadrata, ale nie skończył. Zobaczyli to, co zobaczyli. Najpierw niewyraźnie. Po paru sekundach zbyt wyraźnie.

Chmury przykryły gwałtownie słońce, tak jakby próbowały obronić ich przed tym, co widzieli. Gizmo zobaczył to trochę później niż Dzięcioł, bo zanim zrozumiał, na co patrzy, Dzięcioł już zdążył podskoczyć, coś nim szarpnęło, jakby do wilgotnej trawy, na której siedział, ktoś na moment przyłożył podpięty do prądu kabel bez izolacji.

– Co do chuja? – krzyknął Dzięcioł.

Potem, gdy przesłuchiwano Dzięcioła, zarzekał się, że widzieli to samo. Policjant, który przesłuchiwał Dzięcioła, wzruszył ramionami.

– Ćpali to samo, więc widzieli to samo – oświadczył.

Kobieta stała na zboczu, dwa kroki od wody. Prawą rękę trzymała wyciągniętą w bok pod kątem dziewięćdziesięciu stopni od ciała. Była ubrana na czarno. W czarną szatę, długą do samej ziemi. Ta szata ginęła w ziemi, jakby kobieta z niej wyrastała jak roślina. Na głowie miała czarny kornet jak zakonnica. Czarny był też jej uśmiech, czarny i szeroki uśmiech bezzębnych ust. Czarne były oczodoły, czarne jak dwie bezdenne, małe jamy. Biała była wyłącznie jej skóra. Biała jak gips. Coś trzymała w ściśniętej pięści wyciągniętej ręki. Jakby piłkę w siatce.

– Co do chuja?! – krzyknął jeszcze raz Dzięcioł. – Czego chcesz?

Tak twierdził Dzięcioł. „Zapytałem jej tylko, czego, do chuja, chce" – opowiadał swoim kumplom w Prezencie jeszcze tego samego wieczoru.

Z każdym mrugnięciem oczu Gizma kobieta była trochę bliżej.

Z każdym mrugnięciem oczu Gizmo coraz wyraźniej widział, co ma w ręku.

I słyszał odgłos, który wydawała, stojąc na wodzie, na środku zielonkawej, oleistej, wciąż spokojnej rzeki, jak Jezus. „Czemu dla mnie oczywiste jest, że Ciebie nie ma". Odgłos jak charczenie podduszonego psa.

Gizmo zrozumiał, że to właśnie ta kobieta rozwieszała mu przed oczyma jasne płachty, wiązała supły z powietrza, rysowała znaki na chmurach nieznanym jeszcze ludzkości, lśniącym na złoto alfabetem. Że ta kobieta go oszukała. Że wszystkie zaproszenia, znaki i supły były pułapką.

Gdy kobieta zdjęła tkaninę, którą miała na głowie, zobaczył dziury, strupy, liszaje toczone przez robaki. Wiedział, że kobieta teraz zabierze go przez drzwi, które tak naprawdę są czarne i połykają każde światło. Drzwi, za którymi nic nie będzie w porządku.

Gdy następnym razem mrugnął oczyma, kobieta stała tuż przed nim, i Gizmo poczuł zapach, ten sam zapach, który przedtem poczuł jedynie raz w życiu, gdy w innym miejscu, też nad rzeką, znalazł martwą, ciężarną krowę, wzdętą od gazów. Kobieta była jakby wygotowana w brudnej wodzie, odłaziła z niej skóra, pod którą poruszał się żywy brud.

W dłoni trzymała uciętą głowę Darii Burczyk, tak twierdził Gizmo do samego końca.

Gizmo patrzył na kobietę i na głowę, które były rzeczywiste jak nic innego, i zrozumiał, że to, co ciemne, i to, co jasne, to dwie strony tej samej monety. A Dzięcioł już nic nie rozumiał, ale ile sił w nogach biegł przez las w stronę Zyborka i wrzeszczał.

Kobieta upuściła głowę na kolana Gizma, z głowy wypełzły pijawki. A potem podała mu dłoń i Gizmo za nią poszedł, i nie potrafił powiedzieć, co było dalej.

Oczywiście wszyscy wiedzieli, co było dalej. Jedynie Gizmo nic nie pamiętał. Nic oprócz kobiety.

Wieczorem Dzięcioł wszedł do Prezentu. Podszedł do baru, zamówił wódkę, zaczął mówić. Nikt nie chciał mu uwierzyć. Dzięcioł zarzekał się, zaklinał, w pewnym momencie nawet próbował rozedrzeć na sobie koszulkę. Ale kto uwierzy ćpunowi, że coś widział? Kto posłucha narkusa? Potem Dzięcioł już tylko cicho płakał, coraz bardziej przybliżając czoło do barowego blatu. Kwas to nie bieluń, nie widać po nim ludzi, których nie ma, ale kto uwierzy Dzięciołowi, który brał i jedno, i drugie? Do Prezentu zaczęli przychodzić ludzie, opowieść witała w progu każdego wchodzącego, wszyscy patrzyli na Dzięcioła coraz dziwniej. Dzięcioł pił wódkę za wódką, ale się nie upijał. Siedział na stoliku ze zwieszoną głową.

Potem poszedł do pokoju, gdzie siedział i wpatrywał się w zawiązany na haku na suficie pasek, wyciągnęła go dopiero policja.

Dzięcioł poszedł do Prezentu, a Gizmo do Bramy. Jakby się umówili, że się rozdzielą, aby szybciej przekazać wieści całemu miastu. W Bramie siedziała Daria Burczyk ze swoim chłopakiem Mikołajem Głowackim. Gizmo podszedł do niej i powiedział jej wszystko. Czuł taki obowiązek. Wiedział, że robi dobrze. Nie potrafił jednak tego wytłumaczyć, a nikt w Bramie tego nie zrozumiał. Z Bramy wyrzucił go barman razem z właścicielem, Wariatem. Na zewnątrz trochę go pobili. Gizmo nie wiedział, czy robią to mocno, czy słabo. Nie czuł uderzeń. Był już za drzwiami. Kartki przewracały się szybko. Książka dochodziła do końca.

Wrócił do domu dopiero nad ranem, bez kurtki, podrapany, brudny, z wybitym zębem. Jego matka powiedziała potem, że spokojnie wszedł do środka, jakby nic się nie stało. Włączył głośno swój Kaliber 44. Muzyka rozległa się w mieszkaniu, budząc matkę i córki. Gizmo wziął nóż. Nic nie powiedział. Złapał młodszą siostrę za włosy, przyciągnął do siebie, nie mogła się ruszyć. Był chudy, ale silny. Matka i druga siostra wbiegły do pokoju, zaczęły krzyczeć, Gizmo przystawił tej młodszej ostrze do szyi.

– Jezus Maria – powiedziała matka. Nawet jego ojciec nie robił czegoś takiego.

Gizmo nic nie mówił. W ogóle się nie ruszał.

– Niech zabiorą mnie do szpitala, bo ją zabiję – bredził. – Niech zabiorą mnie do psychiatryka.

Tak zeznała jego matka. Nie przypuszczała, że może chodzić o kogoś innego.

Gizmo trzymał siostrę mocno i sztywno, nie ruszając się ani o milimetr przez dwie minuty, które były jak dwie godziny. Potem zrozumiał, że matka nigdzie nie zadzwoni. Że obie już nic nie zrobią. Matka powiedziała, że rzucił nóż i wybiegł z domu. Nie wiadomo, gdzie był przez cały dzień.

Potem na zamkowym wzgórzu, niedaleko Psychozy, znaleziono Darię Burczyk. Była martwa. Zgwałcona, podrapana, pogryziona, duszona, ze złamaną lewą ręką, krwawą miazgą zamiast twarzy.

Podobno zerwała tego wieczoru ze swoim chłopakiem, powiedziała mu: „Nie chcesz iść tam, gdzie to wszystko zmierza". Jakby już przeczuwała, a może to wszystko ludzie sobie po prostu wymyślili.

Znaleziono ją około pierwszej w nocy. Na miejsce przyjechało kilka radiowozów. Policjanci zaczęli przeczesywać pobliski teren.

Znaleźli Gizma dziesięć minut później. Siedział na zboczu zamku, trząsł się i cicho szlochał. Miał na sobie kurtkę, a w okrwawionych rękach trzymał płytę chodnikową. Jeszcze tego wieczoru przewieziono go do aresztu. Zarzuty postawiono mu w ciągu dwudziestu czterech godzin.

Gizmo wciąż, bez przerwy, mówił o kobiecie z głową Darii w ręku. Mówił, że chciał jej uciec, że próbował ją powstrzymać.

Prokurator żądał dwudziestu pięciu lat. Przydzielony z urzędu adwokat jedynie wzruszał ramionami. Dowody były ewidentne. Gizmo spędził w areszcie dwie doby, skąd odwieziono go do szpitala psychiatrycznego w ataku ciężkiej psychozy. Prokurator zaczął przebąkiwać o zamianie dwudziestu pięciu lat więzienia na dożywotni szpital psychiatryczny.

Na pogrzeb Darii przyszło całe miasto. Prawie całe. Nie było jej matki, która również przebywała wtedy w szpitalu psychiatrycznym. I nie było jej chłopaka, Mikołaja Głowackiego. Ludzie mają mu to za złe do dzisiaj, i nie tylko to.

Psycholog, która badała Gizma, wstępnie stwierdziła ciężką schizofrenię paranoidalną z trwałymi epizodami psychotycznymi, wywołaną nadużywaniem leków i narkotyków. Stwierdziła, że Gizmo nie ma żadnego kontaktu z rzeczywistością, nie jest zdolny ocenić, kim jest i gdzie się znajduje, a jego stan wymaga wieloletniej terapii, o ile nie jest nieuleczalny. Pytany o morderstwo Darii za każdym razem stwierdzał, że nie pamięta tego wydarzenia, albo w ogóle puszczał pytanie mimo uszu.

Gizmo czekał na proces w psychiatryku. Jeśli coś mówił, to wyłącznie o kobiecie z głową w ręku.

Tydzień później popełnił samobójstwo, podcinając sobie żyły kawałkiem szkła. Do dzisiaj nikt nie wie, jak Gizmo, skrępowany kaftanem bezpieczeństwa, mógł to zrobić.

Nie było winnego, więc nie było odpowiedzialności. Została tylko dziura, czarna i bezdenna, w sercu miasta. Nikt o niej nie mówił, wszyscy wiedzieli, gdzie jest, omijali ją z daleka.

Gizma nie ma i już nigdy nie będzie. Nie ma i nie będzie też Darii. Na pewno ktoś w Olsztynie, w Warszawie, w Londynie, w akademikach, w knajpach, na domówkach, na ulicach, nad ranem, na podryw, dla dowcipu, dla przestrachu opowiada historię o ćpunach nad rzeką, którzy zobaczyli kobietę z głową dziewczyny w ręku, i o dziewczynie, której później stało się to, co się stało. Może dzisiaj ludzie zmieniają tę historię, dodają do niej różne szczegóły, mówią, że Gizmo uciekł z psychiatryka, mówią, że Daria też widziała tę kobietę na Papierni. Ale to już są wymysły, to już wszystko nieprawda.

Po tym wszystkim nikt już nie chodził do starej papierni.

Dzięcioł wyjechał, jak prawie wszyscy. Nie wiadomo gdzie. Podobno pracuje na budowie w Anglii.

Rodzina Gizma również wyjechała.

Na grobie Darii ktoś położył zdjęcie w ramce, jak stoi z Mikołajem przed Psychozą, trzymając go za rękę. Napis, nabazgrany czarnym sprayem przez Gizma na ciemnoszarym murze, widnieje za nimi, czarne kulfony jakby odklejają się od muru, zdają się zawieszone w powietrzu, rozcinają je na ostre fragmenty jak płaty rozbitej szyby.

Mikołaj

– Trzeba umyć – mówi mój ojciec, rozdeptując coś niewidocznego. Jest zasapany, próbuje to ukryć. Godzinę temu pochowaliśmy Bernata. Ojciec był jednym z tych, którzy nieśli trumnę. Ja przyszedłem na ten pogrzeb tylko dlatego, aby pójść na grób mamy.

– Chyba nie jest tak źle – odpowiadam po chwili.

– Trzeba umyć. W przyszłym tygodniu przyjadę – mówi, po czym jeszcze raz klęka.

Bernata pochowano dwie alejki dalej. „Za blisko mamy" – myślę. „Nigdy go nie lubiła. Zawsze mówiła, że to cham".

Ludzie powoli rozchodzą się, znikają między grobami. Jest ich coraz mniej, chociaż jeszcze chwilę temu cały cmentarz zdawał się wypełniony. Gdzieś z daleka dochodzi jeszcze echo spazmatycznego, krótkiego łkania. „To pewnie Bernatowa" – myślę. Łkała tak cały pogrzeb.

– Pomogę ci tu posprzątać – mówię dopiero po dłuższej chwili.

Nic nie odpowiada, kiwa głową, wykonuje znak krzyża, wstaje.

Tak naprawdę grób mamy wcale nie jest brudny. Na powierzchni marmurowej płyty, pomiędzy zniczami, osadziło się trochę igieł, zgniłych liści. Płyta jest czysta, być może najczystsza, jaką widziałem na całym cmentarzu. Jakby szorowana przez kilka dni szczoteczką do zębów. Stoi na niej kilkanaście ułożonych w równy krzyż, zapalonych zniczy.

– Pamiętasz? – pyta mój ojciec.

– Nie rozumiem twojego pytania. – Nie rozumiem jego pytania.

– No czy pamiętasz? – powtarza.

– Nie miałem wtedy pięciu lat – odpowiadam.

– Codziennie myślę, jak to by było – mówi po chwili. Wzdycha ciężko. Rozgląda się dookoła, wypatruje kogoś, może ma jeszcze nadzieję, że dojedzie tu Grzesiek. Ale Grześka nie ma, Grzesiek jeszcze śpi w domu.

– Pewnie nie miałbyś nowej rodziny – odpowiadam.

– Pewnie nie – przytakuje.

– I co? Zamieniłbyś się? Gdybyś mógł? – pytam, nie wiedzieć czemu. Pytania wychodzą ze mnie dziwnie łatwo, jak para z ust.

– Co to w ogóle jest za pytanie, kurwa, Mikołaj? – mówi z oburzeniem.

– Nieważne – odpowiadam.

W gorszych momentach oczywiście obwiniałem go o wszystko. Miałem ochotę przyjechać do Zyborka, stanąć naprzeciwko niego z kamieniem, schowanym dla dociążenia w zaciśniętej pięści, trzasnąć go w ryj tak, żeby momentalnie wypadła mu połowa zębów, i krzyknąć:

– To twoja wina, skurwysynu. To przez ciebie dostała tego guza, bo całe to gówno, które w nią wlewałeś, odkładało się w jej ciele jak złóg!

A potem odganiałem tę fantazję, bo równie dobrze mogłem krzyczeć to do samego siebie. Wszyscy trzej dołożyliśmy jej po tyle samo.

– Wiem jedno – mówi po chwili ojciec. – Gdyby była tu ze mną, powiedziałaby, że mam już odpuścić.

– Że co właściwie masz odpuścić?

– Powiedziałaby, że tłumów na moim pogrzebie to ona nie chce oglądać – mówi po chwili.

Na pogrzebie Bernata, idąc w tłumie, nie rozpoznałem nikogo. Nerwowo wypatrywałem młodego Bernata, ale nie przyjechał – podobno wysłał esemesa do swojej matki, że przyleci dopiero za tydzień. Nie dali mu zwolnienia z pracy, zawodziła Bernatowa. Powtórzyła to chyba kilkanaście razy pewnie dlatego, aby powtarzać cokolwiek. Ucieszyło mnie, że go nie spotkam. Nie chciałem spotykać żadnego starego znajomego. Takie spotkania są jeszcze gorsze od pogrzebów. To największa tortura – próba znalezienia kogoś, kogo kiedyś się znało, w obcej, nagle pojawiającej się zupełnie znikąd twarzy, następnie opowiadanie o sobie w prostych, uśmiechniętych zdaniach, udawanie kogoś, kim było się kilkanaście lat temu, wyłącznie po to, aby osiągnąć jakikolwiek pułap porozumienia. Ludzie znikają nawzajem ze swojego życia. Tak ma być. To naturalne. Z jakiegoś powodu się skasowaliśmy, więc teraz nie udawajmy, że się znamy, rozumiemy i mieszkamy na tym samym świecie, że mówimy tym samym językiem.

Oczywiście ja musiałbym jeszcze, oprócz tego wszystkiego, wytłumaczyć, co ja tu w ogóle robię. Bo przecież nie przyjechałem specjalnie na pogrzeb zupełnie obcego faceta. Nikt by w to nie uwierzył, nawet taki idiota, jak młody Bernat.

Nad grobem Bernata przemawiała burmistrz Zyborka. Po raz pierwszy widziałem tę kobietę na żywo. Przypominała obitą beżowym skajem kukłę. Była jeszcze bardziej sztuczna niż swój własny plakat; krępa i obła, gdyby ją rozebrać, zamiast korpusu mógłby objawić się pieniek z doczepionymi kończynami i głową. Małe oczy bez przerwy miała wycelowane we własne buty, jakby się czegoś wstydziła. Mówiła nieskładnie i brzydko, starała się przedstawić śmierć Bernata, człowieka, który był filarem lokalnej społeczności, jako ogromną stratę. Połykała całe wyrazy, brała głębokie wdechy, oddzielała od siebie wyrazy długim „yyyy". Sprawiała wrażenie osoby tyle głupiej, co zagubionej. Jej głos chrypiał, ale nie tyle ze wzruszenia, ile z przepalenia cienkimi papierosami, których pełną paczkę przez krótką chwilę nieuwagi międliła w ręku.

Gdy mówiła, ojciec bez przerwy na nią patrzył. Usiłował ją zmusić, aby popatrzyła mu w oczy, ale ona wciąż uparcie i tępo wpatrywała się w swoje buty. Obok niej stało kilku smutnych facetów, mających na oko po kilkadziesiąt lat, wąsatych, wbitych w identyczne garnitury z Wólczanki, z czarnymi, wypastowanymi butami na nogach. Obserwowali trumnę z wyraźnym zakłopotaniem, podobni do dzieci wpatrujących się w pudełko po wyjedzonych słodyczach. W pewnym momencie jeden z nich bardzo głośno się wysmarkał. Gdy popatrzyłem na ojca, zobaczyłem, że wciąż stoi nieruchomo, ale z całych sił zaciska pięści.

W końcu uciekłem stamtąd, poszedłem na grób mamy najszybciej, jak się dało. Od razu się zgubiłem; cmentarz się zmienił, chociażby dlatego, że z jakiegoś powodu wycięto większość drzew i poprzestawiano śmietniki; przez chwilę kluczyłem, nie mogłem trafić, w pewnym momencie zacząłem zwyczajnie biec, nie myśląc o tym, czy ktoś zwraca na mnie uwagę, i w końcu zatrzymałem się na chwilę, aby złapać oddech, i zorientowałem się, że stoję przy grobie Darii. Przy prostym, białym krzyżu leżała kępa suchych kwiatów. Obok tłoczyły się puste, popękane skorupy po wypalonych zniczach. Nikogo od dawna tu nie było. Być może pod tą kępą badyli, położoną tu w Zaduszki, a może wcześniej, było to nasze wspólne zdjęcie na Psychozie, które ktoś kiedyś tutaj postawił. Miałem nadzieję, że nie. Nie chciałem sprawdzać. Dotknąłem tylko dwoma palcami krzyża, który był zimny, brudny, mokry w dotyku. I zaraz pobiegłem dalej, zanim zdążyłem poczuć coś więcej niż małe kłucie w żołądku.

Odwracam się w lewo. Ktoś idzie w naszym kierunku. To chyba facet, którego widziałem przed domem. Ale wtedy nosił kurtkę moro i gumowe buty, a teraz idzie do nas ubrany w zgrzebny, czarny płaszcz.

– Braciak – mówi mój ojciec.

– Tomek – odpowiada facet głośno, z oddali.

– To leśniczy – wyjaśnia ojciec.

– A Grzesiek gdzie? – Uścisk dłoni Braciaka jest silny, krzepki. On sam jest niski i krępy, roześmiany, śniady, rzadkie, krótkie włosy naturalnie mu się kręcą. Z wyglądu trochę przypomina Włocha albo Greka.

– Nie wiem. – Mój ojciec wzrusza ramionami.

– Grzesiek śpi – odpowiadam. – Jeszcze śpi.

Wrócił z miasta nad ranem, kompletnie pijany. Widziałem go, jak wysiadał z samochodu i zataczał się w stronę furtki, a następnie drzwi do swojego domu. Sam siedziałem na schodach wejściowych. Nie mogłem spać. Piłem tanie puszkowe piwo z Biedronki, które znalazłem w piwnicy w hurtowej ilości. Chciałem go zawołać, ale wolałem nikogo nie obudzić.

– No i jak, widzimy się? – pyta Braciak.

– Widzimy się, ale ja jutro jadę w teren, do Popielowego Sadu, i będę wiedział, jak to wygląda – mówi mój ojciec.

– Wszyscy musimy się spotkać – odpowiada Braciak.

– Będą następni – mówi ojciec, patrząc przed siebie i kręcąc głową.

Braciak chce coś powiedzieć, ale nic nie mówi, tylko klepie mojego ojca w ramię. On podryguje.

– U mnie najlepiej, w leśniczówce. Dyskretnie – proponuje Braciak. – Wszystko omówimy. Przecież już podpisy są zebrane, wniosek złożony w gminie. Wszystko gra.

– Będą następni. Nie dopuszczą do tego – ojciec powtarza to jak zaklęcie.

Ojciec nawet nie patrzy na Braciaka, spogląda w jakieś miejsce za grobem mamy. Braciak stoi i wpatruje się w jego profil, jakby próbował zmusić ojca, aby ten w końcu odwrócił się w jego stronę.

– Ty jesteś pewien, że to robota Kalta? A nie jak z Maciusiem? Ruscy? Cyganie? – pyta Braciak.

– Ruscy, Cyganie, wilki i kosmici – odpowiada mój ojciec.

Braciak milczy.

– Nie oddaje się tego, co się ma, za frajer – dorzuca ojciec.

– Nie damy się, kurwa, Tomek. Spokojnie – odpowiada Braciak.

Ta rozmowa brzmi niczym z trudem ćwiczone kwestie do złego filmu. Teraz ojciec nic nie mówi, a Braciak jeszcze raz klepie go w ramię i pokazuje palcem w stronę wyjścia z cmentarza.

– On chce tutaj sam zostać. Chodź, Tomek. Chodź do auta, to pogadamy – mówi, jakby przeczytał coś w moim spojrzeniu.

Ojciec rusza się dopiero po chwili.

– Przyjdę za chwilę – mówię mu, ale nie odpowiada.

Zostaję sam. Ja i grób mamy. Jest mi ciężko. To trudna wizyta. Nie uznaję mówienia do grobów. Nie wierzę, że są tam skrzynki pocztowe, przenoszące jakimiś tajnymi kanałami grypsy do innego wymiaru, który przypomina luksusowy dom dla emerytów, gdzie zmarli siedzą na skórzanych sofach, popijają martini i słuchają występów Franka Sinatry i Mietka Fogga. Mamo, przepraszam, ja naprawdę nie jestem w tym dobry. Gdy ludzie mówią do siebie, to są wariatami. Po prostu. W ogóle, tak naprawdę, to nie uznaję grobów. Ludzi powinno się chować bezpośrednio w ziemi. Powinni ją użyźniać, karmić drzewa i robaki. Większość z nich dopiero wtedy na coś by się przydała.

Gdybym umiał mówić do nagrobków, powiedziałbym pewnie coś takiego – to nasza wspólna wina, mamo. A gdy umarłaś, ja byłem jeszcze gorszy, i chyba dobrze, że nawet tego nie widziałaś.

Może ci to jednak opowiem, ale cicho, w myślach. Może jakimś cudem te grypsy jednak dochodzą do adresata.

Opowiem ci, jak wpadłem w kłopoty. Po wydaniu książki i jej szybkim, przedziwnym sukcesie wynająłem wielkie mieszkanie w Śródmieściu, na które wszyscy przyjezdni mówili „Mordor", gdzie bez przerwy przewalali się ludzie i trwała niekończąca się impreza, podlewana przez moją forsę. Teraz Mordor mówi się na dystrykt biurowców na Mokotowie. Ale kiedyś mówiło się tak na moje mieszkanie. Dookoła wszyscy pili i się dymali, nie znałem połowy z tych ludzi, mamo. Dookoła było ich pełno. W tym takich, którzy na początku studiów traktowali mnie z dosyć dużą rezerwą i wyższością. Dziewczyny, które mi się podobały, ale spotkane w Aurorze lub Jadłodajni Filozoficznej nie odpowiadały na moje powitanie, po wydaniu książki znajdowałem rano obok siebie, na własnym materacu. Niewiele myślałem, bo w sumie chciałem niewiele myśleć. Oglądałem telewizję, piłem, ćpałem, ćpałem, piłem, odżywiałem się skondensowanym mlekiem z tubek, mrożoną pizzą i serkami wiejskimi.

Tata napisał esemesa, że mam nie przyjeżdżać do domu. Więc nie przyjeżdżałem przez kilka ładnych lat. Ale nie przeszkadzało mi to. Żyłem w poczuciu, że załatwiłem wszystkie swoje sprawy. Miałem raptem dwadzieścia dwa lata, a moje życie już wybrzmiało, nabrało pewnej powieściowej logiki, czegoś w rodzaju sensu. Cieszyłem się, że to stało się tak szybko. Uważałem, że miałem szczęście. Z książki zrobiono film. To przedłużyło życie całej tej afery. Do Zyborka wciąż przyjeżdżali dziennikarze, szukali księży pedofilów, nazistów, sprofanowanych macew, kompromitowali ludzi, włazili im w życie i do domów. Wygarnęli na wierzch prawie każdą lokalną sprawę i rozdmuchali ją do ogólnopolskich rozmiarów. Jakiś czas później odbyła się w Zyborku obława na gang złodziei samochodów, i to obława, co się zowie, ze snajperami na dachach i zasadzkami CBŚ. Podczas obławy zastrzelono dwóch policjantów i jakąś Bogu ducha winną kobietę, która właśnie szła do sklepu. Swoją drogą, to chyba wtedy ludzie w Polsce już zmęczyli się Zyborkiem, powiedzieli sobie, ile można gadać o jednym i tym samym mieście. Pewnie dobrze, że nie było wtedy memów, bo te o Zyborku przetrwałyby na wieczność, jak te o Kwaśniewskim.

Spaliłem to miasto – przed całą Polską. Dlaczego, mogłabyś zapytać? Oczywiście, aby się zemścić. Za ciebie, za Darię, za siebie samego. Za wszystkich dobrych ludzi. I dlatego, że to była naprawdę niezła zabawa. Nie samo pisanie, ale oglądanie tego wszystkiego w telewizji, czytanie o wszystkim w gazetach.

Potem już poszło w diabły, mamo, przestałem wiedzieć, która jest godzina, po prostu zasypiałem i się budziłem, nie wiedziałem nawet kiedy, ugotowałem swój telefon w garnku, raz nie jadłem tydzień, ogólnie jadłem mało, schudłem ze trzydzieści kilo, a wiesz, że nie byłem nigdy grubasem, mamo, spałem z dwoma lub trzema dziewczynami naraz i nawet nie wiem, czy wkładałem im cokolwiek gdziekolwiek, po prostu leżały w moim łóżku, czasami leżeli tam również jacyś kolesie; mam nadzieję, że nie, ale nie pamiętam, czy wkładałem im cokolwiek. Dużo chodziłem do knajp. Krzyczałem tam: „Cała sala śpiewa z nami!". Były dni, gdy bankomat nic nie wypluwał. Potem znowu coś wypluwał. A wszystko to było sto tysięcy egzemplarzy plus prawa do ekranizacji, plus wydania zagraniczne, plus coś tam. Gdybym chciał, mógłbym zostać świetnym i powszechnie znanym pisarzem. Nie chciałem. Chciałem umrzeć, chyba. Umrzeć albo coś w tym stylu.

I, jak zwykle, świat spełniał moje życzenia, bo pewnego dnia ktoś przyniósł do „Mordoru" coś. To coś było małe i ciekawe. To coś mieściło się w dłoni. To był zestaw. Folia, łyżka, rurka, zapalniczka, trochę proszku. Co to jest? – zapytałem tego kogoś. Nie pamiętam nawet, jak ten ktoś wyglądał ani jak się nazywał. Pamiętam tylko, co odpowiedział, mamo. Powiedział: nie bój się. Powiedział: wszystko będzie dobrze. Powiedział: to najlepsza rzecz, jaką, kurwa, wymyślono.

Miał rację.

Nie chcę wchodzić w szczegóły. Może następnym razem. Powiem tylko tyle: byłoby ci strasznie wstyd. Pewnie przestałabyś mnie kochać. Ludzie mówią, że istnieje bezwarunkowa miłość, ale ja w to nie wierzę, to nieprawda. Gdybyś wtedy żyła, przestałabyś mnie kochać.

Pieniądze wyparowały, mamo, chociaż mówiłaś mi, że pieniędzy trzeba pilnować tak samo jak nadjeżdżających samochodów na przejściu dla pieszych i kazałaś mi chuchać na każdy banknot.

Pieniądze wyparowały, mamo, i ja wyparowałem.

Skropliłem się z powrotem dopiero wtedy, gdy pojawiła się Justyna.

– Już? – pyta ojciec. Stoi kilka metrów za mną. Na horyzoncie nie ma już Bernatowej, nie słychać jej łkania.

Ale to zupełnie inna historia, mamo. Ciąg dalszy nastąpi. Jeśli cię to interesuje. Na pewno jest ci wstyd.

Tam gdzie jesteś, na scenie występuje właśnie Violetta Villas, i to w swojej najlepszej wersji, gdy była naprawdę niezłą dupą, kelner przynosi drinki, a ja zawracam ci głowę całym tym brudem. O Justynie opowiem ci następnym razem. To ci się bardziej spodoba. To jedyna sensowna rzecz, jaka mi się przydarzyła. Jedyna sensowna sprawa, jaką mam.

– Już – odpowiadam i odwracam się, idę w stronę ojca.

Justyna

Drzewa, związane ze sobą żółtymi pasami policyjnej taśmy, tworzą wydzielony pierścień, w kilku miejscach poprzerywany, być może przez ludzi, być może przez zwierzęta.

Stoimy we dwie, paląc papierosy, na dywanie z wielokolorowych liści. Las jest mieszany, częściowo zielony, bo porośnięty też świerkami i sosnami. Stoimy blisko, chociaż na tyle daleko, aby wyglądać na przypadkowe, idące przez las grzybiarki. Agata wzięła nawet słoik z domu. Trzymała go teraz przez cały czas w dłoni, nie wiedzieć czemu, strzepywała do niego popiół. Ja strzepuję na ziemię. Agata udaje, że tego nie widzi. Muszę się przyzwyczaić do lasu. Do tego, że gdziekolwiek pójdę, jest trzy kroki ode mnie.

„Nie takie rzeczy się tutaj działy" – powiedział w szpitalu ojciec Mikołaja.

Ciekawość, o jakie rzeczy mu chodziło, jest silniejsza ode mnie.

Nie jesteśmy jedyne, na przeciwległym brzegu stoi Rudziak, sąsiad. Obgryza paznokcie i popluwa na ziemię. Jego kumpel trzyma w dłoni wyłączony wykrywacz metalu i spokojnie popija piwo z puszki. To Rudziak nas tutaj przyprowadził i to Rudziak powiedział, abyśmy nie stali razem, bo gdy będziemy w większej grupie, to wtedy nas rozgonią.

Facet w białym kombinezonie i maseczce drepcze w kółko małymi krokami, nachyla się nad ziemią i rozgarnia palcami trawę. Drugi, w mundurze policyjnym, stoi obok, trzyma na smyczy owczarka niemieckiego. Szukają tropu. Skąd mógł przyczołgać się Bernat? Trafili kilometr dalej od miejsca, w którym go znaleźli, po czym stanęli w martwym punkcie. I są w tym martwym punkcie od samego rana.

Nieopodal, na leśnej drodze, stoją dwa radiowozy oraz nieoznakowany, czarny lanos z wyłączonym kogutem. Z tego auta właśnie wychodzi ubrany po cywilnemu facet. Jest krępy, spieczony na czerwony kolor, sprawia wrażenie, jakby wrócił właśnie z last minute z Egiptu. Z grymasu na twarzy można wywnioskować, że boli go głowa. Przeciąga się, ziewa, zapala papierosa i zaczyna patrzeć w naszym kierunku.

– Chodź – mówi Agata. Omijamy ich łukiem, idziemy kilkaset metrów przez las, aby wyjść po drugiej stronie pierścienia z taśmy. Stajemy nieopodal Rudziaka, ten na nasz widok chrząka, pociera wąsy, puszcza konfidencjonalnie oko, chociaż może to tylko alkoholowy tik.

Facet w kombinezonie wciąż kuca nad ziemią. Wygląda na zrezygnowanego.

– Można jeszcze raz spuścić psy – stwierdza policjant. To pierwsze zdanie, które ktoś wypowiada od kilkunastu minut. Wybrzmiewa jak dzwon.

– Można, ale to bez sensu – odpowiada facet w kombinezonie.

– Zawsze jest jakiś sens – mówi policjant.

– Noż kurwa, jakby spadł tutaj z nieba – odpowiada facet. – Może szedł, a dopiero potem się przewrócił? – przypuszcza policjant.

– Psy by znalazły. Nie ma śladów – mówi facet w białym kombinezonie.

Znowu nachyla się nad ziemią. Jest jasno, policjanci i gość w białym kombinezonie znowu przechodzą w tryb milczący, po lesie przetacza się jedynie ćwierkanie ptaków.

– Co z tym mięsem? – pytam Agaty.

– Wciąż badają na DNA – odpowiada.

Zybork wie wszystko o śledztwie. Wystarczy jeden zmęczony krawężnik, przychodzący z pracy, w której usłyszał coś od swojego przełożonego, i bąka o tym do swojej żony, jedząc kanapki na kolację. Żona wychodzi na zewnątrz, spotyka sąsiadkę, wszystko jej opowiada. I tak dalej. Zybork wie wszystko o wszystkim. Tak twierdzi Agata.

Dopiero przy dziennikarzach wszyscy o wszystkim zapominają.

– To złodziejskie miasto, nikt nie puszcza farby. Tutaj za komuny, podobno, nie wiem, bo nie pamiętam, ale za komuny nikt podobno żadnej lojalki nie podpisał – mówi Agata.

– Złodziejskie?

– Przemytnicze. Jeszcze przed wojną. Ale to Tomek się na tym zna. Na historii – odpowiada.

Ten ubrany po cywilnemu idzie w stronę Rudziaka, staje obok niego, a Rudziak z kolegą, przestraszeni, robią parę kroków w bok. Ale facet wykonuje gest ręką, aby się nie bali, pokazuje koledze Rudziaka, aby dał mu puszkę z piwem. Kolega Rudziaka robi to niepewnym ruchem. Facet wypija łyk, przez chwilę przytrzymuje płyn w ustach, na jego twarzy pojawia się jakby wyraz ulgi.

– No ale teraz chronią mordercę – mówię do Agaty.

– Nikogo nie chronią. Po prostu najlepiej jest nie mówić. Tak myślą wszyscy.

– Boją się?

– Tylko twój teść się nie boi – odpowiada Agata.

Facet w białym kombinezonie idzie parę kroków do przodu. Jest najwyraźniej wściekły. Nie patrzy pod nogi, ma już gdzieś, że może zatrzeć nieprzebadane ślady. Wygląda jak ktoś, kto wyszedł gwałtownie z domu po ciężkiej kłótni.

– No ale zobacz – mówię do niej – skoro on kogoś, nie wiem, pogryzł, w każdym razie miał nie swoją tkankę na zębach...

– Nie wiadomo, po prostu miał na zębach mięso, a na jego ciele nie było tak głębokich obrażeń, tak mówiła Dobocińska. Ze szpitala, dyrektorka – dodaje po chwili, gdy widzi, że jak zwykle, gdy ona wypowiada jakieś nazwisko, nie wiem, o kogo chodzi.

– Mam na myśli to, że musiał zostać porwany ktoś jeszcze – mówię. – Ten cały Maciuś. On jeszcze zaginął. Widziałam ogłoszenie.

– Daj spokój. Prędzej to właśnie Maciuś go zabił, Bernata w sensie. Kto by tam Maciusia porywał. – Wzrusza ramionami.

– Oni porywali ludzi? Ci złodzieje samochodów? To zdarzało się już wcześniej?

– Nie wiem, Justyna, ja nie wiem wszystkiego, tak jak twój teść – odpowiada Agata.

– Nie gadaj ze mną jak z dziennikarzem.

– A kim jesteś? – pyta.

Przestaję, bo widzę, że zaczyna ją to drażnić. Już nie myśli o tym, co widzi. Ma coś do zrobienia. Nie wiem co, obiad albo sprzątanie. W każdym razie myśli już tylko o tym. Patrzę na nią i zastanawiam się, co jest jej własną, prywatną sprawą, co jest jej przyjemnością. Do czego ona może się uśmiechać, ta kobieta, gdy rano wstaje z łóżka? Jaka myśl pozwala jej przetrwać dzień? Ma podkrążone oczy, popękaną skórę na policzkach. Długie, proste włosy koloru słomy, których nie ufarbowała chyba nigdy w życiu, opadają jej na ramiona; wyglądają, jakby sama podcinała sobie końcówki. Jest nieumalowana. Ma nadniszczone, nieumalowane paznokcie. Zero biżuterii, tylko ledwo widoczne ślady przekłuć w uszach. Silne ręce, jak stare, twarde drewno. Dłonie ze skórą jak pumeks. Za duża wojskowa kurtka z wielkimi kieszeniami, w których chowają się małpki, małe kolorowe butelki.

Może, aby się poznać, powinnyśmy iść na spacer, na kawę, do fryzjera, a nie oglądać sceny zbrodni?

– Chodź, trzeba przygotować obiad – mówi. – Musimy jeszcze zrobić zakupy.

Kiwam głową. Facet w białym kombinezonie zniknął już na dobre i teraz wszyscy, łącznie z policjantami, Rudziakiem i jego kolegą, wyglądają na zupełnie zdezorientowanych.

– Oni powinni o tym wszystkim porozmawiać z Wiedźminem. – Kiwam głową, wskazując na policjantów, żółtą taśmę, ten spowolniony, zatrzymany, do niczego nieprowadzący obrazek.

– Z Wiedźminem? – Parskam śmiechem, odruchowo. Wiedźmin. Jakie jeszcze pseudonimy wymyślają tu ludziom?

– Taki człowiek. Dziwny trochę. Inny. Mieszka z dwa, trzy kilometry stąd. W lesie. W domu bez prądu. Wie o wszystkim, co tu się dzieje.

– To czemu im tego nie powiesz? – pytam, a ona tylko wzrusza ramionami.

– A co ja będę policji mówić, co mają robić? Co oni niby zrobią? Złapią kogoś? Aresztują? No powiedz sama. Ukarzą kogoś? Policja? – odpowiada rozdrażniona.

Coś we mnie rośnie. To coś jest jak nagły głód papierosa, nagle wybucha w żołądku po paru miesiącach niepalenia, kiedy już się myślało, że jest święty spokój. To niebezpieczne uczucie. W najlepszym przypadku powstają z niego artykuły i książki, w najgorszym człowiek zostaje z ciężkim urazem, pęknięciem czaszki spowodowanym nagłym przywaleniem w mur.

Agata nagle odwraca się w stronę, w którą pobiegł facet w białym kombinezonie. Krzaki poruszają się lekko, gwałtownie.

– Tutaj! – krzyczy facet w białym kombinezonie.

Znowu robimy łuk, Agata porusza się szybko i zwinnie, mogłaby to robić w nocy, zresztą wiem, że czasami robi to w nocy, słyszę, jak wychodzi, próbując nikogo nie obudzić.

Zatrzymujemy się za krzakami, nieopodal widzimy ich, ale oni nas nie: facet w białym kombinezonie i dwóch policjantów, nagle ożywieni. Facet w kombinezonie podnosi coś z ziemi, chowa do plastikowej torebki. Mrużę oczy, z całych sił próbując dostrzec, co to jest.

– Nóż – mówi Agata, odpowiadając szeptem na pytanie, które zadałam w myślach.

Motylkowy nóż, błyszczący w słońcu jak nagły prezent. Wszyscy mu się przypatrują, jakby był czymś wyjątkowo cennym jak hostia.

– Krew – oświadcza facet w białym kombinezonie.

– Wygoń ich wszystkich – mówi policjant do drugiego.

– Chodź – odzywa się Agata.

Idziemy szybko przez las, starając się poruszać jak najciszej, nie nadążam za nią, w pewnym momencie potykam się o coś wystającego z ziemi, konar, ale w ostatniej chwili odzyskuję równowagę.

– Co o tym wszystkim myślisz? – pytam, ale Agata dalej nic nie mówi, lecz wychodzi z lasu, przecina Wapienną i idzie w kierunku głównej ulicy, w stronę sklepu. W końcu się z nią zrównuję. Zatrzymuje się, patrzy na mnie.

– Myślę o tym, że mam dwójkę głodnych dzieci w domu – mówi do mnie, na chwilę podnosząc ręce, by znowu opuścić je wzdłuż ciała. – Naprawdę nie chcę się w tym babrać. Ja mogę pomóc Bernatowej, zrobić jej zakupy, zmusić ją, żeby się umyła, bo potrafi nie myć się całymi dniami. Iść do tej drugiej, powiedzieć jej, żeby przestała się nad sobą użalać, żeby coś zrobiła.

„Jest zbyt jasno" – myślę. Jest jasno i zimno, asfalt błyszczy w niektórych miejscach, we wgłębieniach zebrała się woda z wczorajszego deszczu, a wzdłuż asfaltu stoją domy jak pudełka tajemnic i przekleństw.

Może cały świat składa się z takich pudełek. Może Zybork powtarza się, replikuje w nieskończoność. Za zakrętem jest następny, a potem jeszcze następny, i tak bez końca.

– Idziesz ze mną do sklepu czy wracasz do domu? – pyta Agata.

– Takie rzeczy nie dzieją się w oderwaniu. Ja pracowałam latami w gazecie, Agata, ja słyszałam o podobnych sprawach – mówię.

– Jakich sprawach?

– Morderstwach. Zemstach. Bo ktoś wyłudzał VAT i wkopał w to swojego kumpla, który poszedł siedzieć, i znaleźli go powieszonego na gałęzi. Bo ktoś zaczął szantażować lokalnego szejka, że nakabluje na niego do urzędu skarbowego i nagle wyłowiono go z rzeki, że niby to nieszczęśliwy wypadek. To się zdarza. Takich spraw są dziesiątki. – Zapalam papierosa. Może Agata o tym wszystkim doskonale wie. Może myśli, że nie można z tym nic zrobić, tak jak z pogodą.

– Ty się dziwisz, że nas to nie dziwi – mówi i zaczyna iść w stronę sklepu, znajdującego się na parterze bliźniaka z płaskim dachem i pastelową elewacją.

– Ja się dziwię, że ty się nie boisz – odzywam się.

– A co chcesz zrobić? Co byś chciała zrobić?

– Iść na policję? – pytam.

Zatrzymuje się w połowie drogi. Pokazuje mi palcem las.

– To idź, Justyna, przecież tam stoi policja – mówi.

Ona, jej mąż i ci wszyscy ludzie zachowują się, jakby przeżyli jakąś niewiadomą wojnę. Mają spuchnięte oczy od tajemnic, ręce umięśnione od zaciskania. Reagują na śmierć tak, jakby codziennie rano chodzili na pogrzeby.

– Tomaszowi nic się nie stanie – mówi Agata. – Jeśli o to ci chodzi. Nic mu się nie stanie.

Myślę, że żona Bernata musiała uważać podobnie. Ale nie mówię tego na głos.

Pod sklepem stoi kolejnych dwóch wąsatych i zaczerwienionych gości, wyglądających jak klony Rudziaka. Na widok Agaty kiwają głowami i podnoszą delikatnie trzymane w dłoniach puszki ciepłego piwa.

Czuję pieczenie w środku. Jest silne i trudno mi jest je powstrzymać, i mam wrażenie, jakby obłaziły mnie mrówki, od góry do dołu, zaczynam się drapać, patrząc, jak Agata recytuje listę zakupów do grubawej dziewczyny z ufarbowanymi na krwistą czerwień włosami.

To uczucie jest straszne. Jest jak sejsmograf, jak licznik Geigera. Jestem jak ta dziewczyna, która czuła w swoim prawym łokciu wszystkie trzęsienia ziemi na świecie.

Pod spodem Zyborka, pod klockami domków, pod dziurawym asfaltem, pod pieńkami drzew, które rosły jeszcze niedawno wzdłuż jezdni, pod brudną wodą rzeki i pod fundamentami zamku coś jest. To coś jest zbutwiałe, pachnie gazem. Nie oddycha, ale wciąż żyje.

To pieczenie w żołądku, ostatni raz czułam, gdy poznałam Cyryla, chudego i pięknego Cyryla z pokłutymi rękoma, który opowiedział mi o Klubie Puchatka.

Aby zająć się czymkolwiek, zaczynam przeglądać gazety. Na stojaku są pisma dla nastolatek, wyklejanki z pokemonami, jeden smętny numer gazety z gołymi babami, krzyżówki, żadnych tygodników ani miesięczników. Zaraz, pomiędzy „Kurierem Zyborskim" a sklepową gazetką ogłoszeniową, leży jeden numer „Gazety Krajowej". Biorę go do rąk. Zaraz, zaraz.

Słyszę, jak Agacie dzwoni telefon, ale nie zwracam na to uwagi, bo pieczenie w żołądku nagle zamienia się w lodowate zimno, które zalewa mnie od stóp do głów.

Pierdolony skurwysyn.

– Halo? – mówi gdzieś w tle Agata i po chwili dodaje: – O Jezus Maria!

Czasami jest tak, że o czymś pomyślisz nagle, jakaś myśl przychodzi znikąd i nie jest żadnym skojarzeniem, asocjacją, po prostu nagle wybucha jak fajerwerk, i co jest najstraszniejsze – ta myśl po chwili się materializuje, zawsze jest sprawdzoną przepowiednią, trafioną wróżbą.

Czasami ta myśl poprzedza to, co sama zapowiada o ułamki sekund, więc trudno tak naprawdę oddzielić ją od swojej reakcji. Ale można to zrobić. Można to zrobić, gdy wytrwale obserwuje się własne myśli.

– Chodź, Justyna, idziemy – mówi Agata i klepie mnie w ramię.

– Poczekaj – odpowiadam. – Poczekaj chwilę.

Na okładce widać napis: „Piekło «Klubu Puchatka». Strona dwadzieścia trzy. Tylko u nas".

Cztery strony drobnego druku. Obrazek z misiem z wydłubanymi oczyma, któremu z oczu leci czarna krew. „Zapowiadamy pierwszy z cyklu wstrząsających reportaży dotyczących podziemia pedofilskiego w Polsce. Autor: Artur Kolarek".

Nie wiem, kim jest Artur Kolarek, ale napisał mój artykuł. Z moich materiałów. Tych, które miał On. Które dostał na przechowanie i miał ich nikomu nie pokazywać.

– Chodź, idziemy już. Chodź, bo muszę obiad im ugotować – ponagla Agata.

– Rok mojej pracy – mówię głośno do siebie, patrząc w gazetę. Zimno przelatuje mi przez całe ciało, zaraz wycieknie mi przez oczy. Nic gorszego, nic bardziej upokarzającego niż publicznie się popłakać.

– Siatki pani weźmie – mówi dziewczyna z ufarbowanymi na czerwony kolor włosami, nie wiadomo, czy do mnie, czy do Agaty.

Mikołaj

Transportowy peugeot podskakuje na dziurach w asfalcie, które zajmują więcej powierzchni niż jezdnia, a właściwie to jezdnia jest wielką, pofałdowaną dziurą z niewielkimi, nieregularnymi obszarami wzniesień. Justyna boi się o podwozie samochodu, ale ojciec macha na to ręką. Za stan nawierzchni odpowiedzialność ponoszą oczywiście ludzie burmistrzowej. Robią to szybko i źle, po pijaku i na odpierdol, zalewają dziury gorącym żużlem, który kruszy się przy pierwszym mrozie. Za każdym razem, gdy samochód podskakuje, moją obwiązaną bandażem głowę przeszywa długa, cienka igła. Ten ból jest trochę jak dźwięk. Justyna nawet nie odwraca się w moim kierunku.

Za oknem wykluwa się świt. Jest przymglony i spatynowany, teraz nie wybucha, ale powoli przesącza się w niebo, jakby ktoś napuszczał strzykawką czerwieni w czerń. Ten świt nie zapowiada słońca. W radiu zapalczywie bredzi dwóch polityków, coś o nagłym zaostrzeniu sytuacji międzynarodowej. Mój ojciec po chwili ścisza radio.

– Oni tak plują, jak mówią, że nawet ja się muszę wycierać, jak tego słucham – mówi.

*

Siedzę pośrodku na dwuosobowym pasażerskim siedzeniu, między ojcem, który prowadzi, a Justyną, która patrzy przez szybę, nic nie mówiąc i paląc papierosa. Ojciec pozwolił jej palić, dlatego że, jak twierdzi, ma elementarne poczucie sprawiedliwości. Olczak i Odys, pracownicy mojego ojca, którzy na co dzień jeżdżą tym autem, również w nim palą.

– Jak jarają, to przynajmniej na chwilę zamykają mordy – mówi ojciec.

Jest piąta rano, w samochodzie pachnie benzyną, zepsutym jedzeniem oraz świeżym chlebem; ten ostatni zapach jest tak wszechobecny, że aż wydaje się sztuczny, jakbyśmy nie wieźli z tyłu kilkudziesięciu skrzynek pełnych świeżego chleba, ale kanistry skoncentrowanego zapachu do rozpylenia w hipermarketach.

– Do jakiej wioski jedziemy najpierw? – pytam ojca.

– Do takiej, żebyście zobaczyli, co tu się naprawdę dzieje – odpowiada.

– Czyli do jakiej? – pyta Justyna.

– Najpierw do Pustek. A potem do Popielowego Sadu – odpowiada jeszcze raz.

Te nazwy coś mi mówią, wiem, że te miejscowości istnieją, ale nigdy w nich nie byłem.

– Tak wcześnie nas zerwałeś, że myślałem najpierw, że jedziemy na ryby – mówię chyba po to, aby powiedzieć cokolwiek.

– Wy się nie nadajecie na ryby. Nie potraficie cicho siedzieć – stwierdza ojciec.

– Ja nic nie mówię – odzywa się Justyna.

– Ale się wiercisz – odpowiada. Jedziemy tam, gdzie jedziemy, bo ojciec rozwozi chleb. Codziennie rano po połowie sklepów w Zyborku, a potem po wszystkich okolicznych wsiach. Mógłby tego nie robić, ale nikomu nie ufa. Bez niego nikt nic nie zrobi dobrze, twierdzi. Zatrudnia trzech piekarzy oraz Olczaka i Odysa, którzy są w piekarni od wszystkiego oprócz pieczenia – sprzątają, wożą, ładują na pakę, rozładowują.

Ojciec rozwozi chleb również tym, których na niego nie stać. Jego chleb jest zwykły, ani dobry, ani zły. Bułki tak samo – poznańskie bułki z dupką, które dawano nam na przerwie w szkole podstawowej, z serkiem homogenizowanym i szklanką kakao.

Gdy dojeżdżamy do wsi, trochę się przejaśnia. Ojciec zatrzymuje auto na poboczu. Wieś leży wzdłuż drogi, to kilkanaście domów, niektóre stare, z czerwonej cegły, jeszcze przedwojenne, inne zbudowane po wojnie, płaskie i zapuszczone.

Zatrzymujemy się pod sklepem, burym, szarym domkiem, jakby ulepionym z gliny i kurzu. Kolorowa, metalowa tabliczka ogłasza po prostu: SKLEP. Na ścianie budynku jest tablica ogłoszeń, na niej informacja o discopolowym koncercie grupy Aneks, ogłoszenie: „Nie podpisuj ugody, tracisz prawo do odszkodowania, kontakt", następne ogłoszenie: „Nie masz skąd pożyczyć, wyczerpałeś możliwości, kredyt na dobrym oprocentowaniu, bez dokumentów, telefon", wyblakły, żółty plakat reklamujący nadchodzący festyn Święto Kłosu, nekrolog faceta, który nazywał się Edmund Magiera i żył 85 lat. Drzwi do sklepu tarasuje przerdzewiała krata.

Ojciec otwiera przyczepę, patrzy przez chwilę na skrzynki z chlebem, odwraca się w kierunku drogi i wtedy, jakby na jego życzenie, właśnie na jego życzenie, pojawia się nadjeżdżający samochód, rozklekotany, szarobrudny golf. Ojciec obserwuje go przez chwilę, następnie podchodzi do kraty i zaczyna nią łomotać, skobel metalowej kłódki uderza o przerdzewiałe pręty.

Z samochodu wysiadają Olczak i Odys. Zdążyłem ich poznać wczoraj, po pogrzebie. To czerstwi i prawdomówni ludzie. Sprawiają poważniejsze wrażenie, niż chciałby je odmalować mój ojciec. Olczak jest wysoki, dobrze zbudowany, przed czterdziestką, ma modną fryzurę z przedziałkiem z boku, krzywe zęby i jakby początek obłędu w oczach. Jest rozbiegany, podryguje w miejscu do piosenki, którą tylko on słyszy, rozgląda się co chwila na boki i wciska but w ziemię, jakby już trenował rozgniecenie papierosa, który jest jeszcze w jego ustach.

– Ty, a tobie co się stało? – pyta, patrząc na mój bandaż. Widać, że jest człowiekiem, którego interesują wszelkie możliwe urazy.

– Przewróciłem się na schodach – odpowiadam.

Wzrusza ramionami.

– Głową w mur waliłeś? – pyta Odys, jego kolega. To starszy facet, po pięćdziesiątce, o rozwianych, rzadkich, dawno niestrzyżonych włosach i zgniecionej życiem i wódą twarzy, która ma w sobie jednak jakąś delikatność, refleksję, może przez jej ostry, ptasi rysunek.

Nie pamiętam ich obu. Olczaka nie znałem, bo chodził do zawodówki, a ja nieszczególnie znałem gości z zawodówki, to znaczy znałem ich o tyle, że czasami nas gonili, zabierali drobne i spuszczali wpierdol. Być może Olczak był wśród nich. Dzisiaj chyba jednak nie okrada nikogo z drobnych, za to regularnie chodzi do Panamy, dyskoteki znajdującej się w piwnicach nieczynnego browaru, położonego nieopodal zamku. To konkurencyjny lokal wobec Undergroundu. Podobno lepszy – ma więcej świateł, głośniejszą muzykę, właściciel, niejaki Alf, kumpel Maciusia ze starych czasów, nie chrzci wódki na barze, tak jak Wariat w Undergroundzie. Wiem to wszystko od Grześka. Od ojca wiem, że Olczak upłynnia w Panamie całą wypłatę, a potem jeszcze się zapożycza; jego popisowym numerem jest rozebranie się do naga i tańczenie macareny z gołą dupą, a następnie chodzenie na rękach. Mój ojciec ma Olczaka za człowieka, któremu nie pomoże nawet oddział zamknięty w szpitalu psychiatrycznym.

– Jego żona to porządna dziewczyna. Nie chcę, aby ciągnęła to sama, i dlatego on u mnie robi – powiedział, gdy zobaczyłem Olczaka po raz pierwszy. Wyciągając do mnie rękę, splunął pod nogi.

Teraz Olczak bez pytania trąca Justynę barkiem i chociaż zardzewiała krata wciąż jest zamknięta, chwyta skrzynkę i z cichym sapnięciem stawia ją pod kratą.

– Ile potrzebuje? – pyta ojca.

– Przyjdzie, to powie – odpowiada mój ojciec i jeszcze raz potrząsa kratą.

– No, i już idzie. – Z podwórka za sklepem wyłania się kobieta, krępa, w nieokreślonym wieku, w swetrze, dresie z czterema paskami i klapkach, otwierająca furtkę, wściekła na cały świat, oganiająca się co chwila od niewidocznego, ale namolnego owada.

– Już, już, moment, pospać byście dali – rzuca. Ma niski i gorzki głos, jakby przeżarty przez sypaną kawę z rdzawą wodą i tanimi fajkami.

– Ty, patrz – umarł Magiera – mówi Odys, patrząc na nekrolog.

– To ten od miłości? – pyta mój ojciec.

– Od miłości? – Justyna jest zdziwiona.

– To smutna historia była. – Śmieje się. – Bardzo smutna, romantyczna wręcz.

– Szkoda go – mówi Odys.

– Jaka historia? – pytam.

– Ech, ten Magiera to pracował na kolei. I zakochał się w babie, dziewczynie, Elce Powierskiej z Zyborka. To było jeszcze w latach sześćdziesiątych. Kochał ją szaleńczo, rozumiesz. Zobaczył ją na zabawie, na motorze, z innym chłopem. No i honorem musiał się wykazać, jako i męskością, tego chłopa pogonił i ją pogonił, i potem wyjechał, rozumiesz, do Niemiec, no bo on był Mazur. A potem wrócił, po trzydziestu latach, nagle. Chałupę odzyskał, tę tam. – Odys pokazuje zdewastowany budynek na końcu drogi. – No i jak wrócił, to pierwsze, co zrobił, to do tej Elki. Ona już wdową była wtedy. Z bukietem kwiatów do niej przyjechał, serenady jej pod oknem wył. Oż kurwa jedna, jak on wył. Aż stary Galewski, co mieszkał obok, pierdolnął w niego garnkiem. No ale po trzydziestu latach, wyobraź sobie.

– No i co dalej? – pyta Justyna. Patrzę na nią, ona nie patrzy na mnie, ale po raz pierwszy od wczoraj się uśmiecha. To dobrze. Jeszcze parę godzin temu było tak ciężko, że wciąż wszystko mnie boli. Zwłaszcza głowa.

– No i ona poszła do niego i ze trzy lata ze sobą byli, ale potem wywaliła go nagle z domu na ulicę, do sądu polazła, że on się nad nią znęca, a on za nią wciąż z kwiatami łaził. Powiedziała, że ma na muniu, próbowała go ubezwłasnowolnić, tak naprawdę to jej o tę chałupę chodziło i o forsę, on trzydzieści lat w Niemczech robił, kierownikiem pociągu był, forsy miał dużo, a w jej wyobraźni to sto razy więcej. Awanturę zrobiła, że ją gwałcił, lał. Przekabaciła sąsiadki, żeby zeznawały na jej korzyść. Bzdura wszystko.

– A on?

– On przyszedł z kwiatami i pierścionkiem. I *Romea i Julii* fragmenty mówił. W sali w sądzie, przy ludziach, przy wszystkich. On był naprawdę chłop romantyczny – stwierdza Odys i wypija łyk kawy, a Justyna znowu zaczyna się śmiać. To dobrze, że się śmieje.

Wieczorem płakała. Ja trochę wypiłem. Najpierw z Grześkiem, potem jeszcze trochę sam, pod domem. To przez wizytę u mamy. Piwo, potem drugie i trzecie, i tak dalej. Grzesiek znalazł jakiś bimber. Smakował jak ropa, raził prądem; wypiliśmy go trochę, ale jednak. Słuchaliśmy Black Sabbath. Ja mówiłem o grobie mamy, że nie wiem, czemu ojciec uważa, że jest brudny; Grzesiek mówił o tym, że Ozzy Osbourne powinien już dawno umrzeć, chociaż jakby zagrali w Zyborku w oryginalnym składzie, to może by i poszedł na ten koncert. I tak dalej, i tak dalej.

Potem Grzesiek poszedł gdzieś do miasta, a ja wróciłem do domu. Wturlałem się po schodach. Po drodze wpadłem na Agatę. Zaczęła coś do mnie mówić, coś o Justynie, powiedziałem, aby dała mi spokój. Ten bimber był straszny na tyle, że zanim porozmawiałem z Justyną, wszedłem do łazienki i oblałem sobie głowę zimną wodą.

Justyna nienawidzi mojego picia. Uważa, że zamieniam się wtedy w ożywioną szmatę do podłogi. Że nie dotknęłaby mnie nawet przez inną szmatę.

Gdy wszedłem do pokoju, starając się iść prosto, zobaczyłem, że leży na łóżku i płacze. Paliła się jedynie mała, nocna, cepeliowa lampka z kryształu soli, którą przywiozła z domu. W wątłym, złotawym świetle nasz pokój upodabniał się do tego, czym był kiedyś – do strychu.

Zareagowała chyba przy trzynastym pytaniu, o co chodzi. Pokazała palcem gazetę, która leżała na biurku. Zacząłem czytać.

– Opublikowali ci artykuł? – zapytałem.

– Jesteś głupszy od dziecka, tak się upiłeś – odpowiedziała.

– Nie jestem pijany – skłamałem jak idiota.

– Nie rozumiesz, opublikowali wszystko pod jakimś obcym nazwiskiem – powiedziała, naprawdę płacząc, zalewając się łzami, czerwona i opuchnięta, jakby ogromna pszczoła ukąsiła ją w sam środek twarzy.

Usiadłem na krześle.

– Wszystko rozumiem. Ten twój... chłopak, twój chłopak, pan prezes zarządu trochę cię wyrolował – powiedziałem. Byłem pijany i zadowolony z siebie, bo przecież nie powiedziałbym tego na trzeźwo.

– Co ty pierdolisz, Mikołaj? – odrzekła. Wstała z łóżka.

– Wydymał cię. I dosłownie, i w przenośni. Wydymał cię, że tak powiem, w semantycznej pełni wydymania –

mówiłem i czułem, że zaraz zacznę się śmiać z własnych słów.

– Słuchaj, idź do Grześka, zanim będzie za późno – powiedziała.

– Bo na co będzie za późno, Justyna? Już jest za późno – odpowiedziałem, wstałem również, już nie przejmowałem się staniem prosto, wziąłem gazetę, rzuciłem ją na podłogę. Krzyknęła coś, abym się wynosił.

– Nigdy o tym w sumie nie gadaliśmy – odparłem, bo to była prawda, nigdy w sumie o tym nie gadaliśmy. – A powinniśmy pogadać. Gadajmy, Justyna. Ja nie wiem, co się stało. Ile razy się z nim dymałaś? Od kiedy się z nim dymałaś? Powiedz mi. Powiedz mi, chyba mam prawo wiedzieć – mówi mi się tak lekko, że mam wrażenie, że śpiewam.

Lubię być pijany. Każdy lubi być pijany, ale ja lubię to podwójnie. Po około pięciu lufach przestaję się przejmować. Mam gdzieś, czy wszystko będzie dobrze, czy źle. Zupełnie przestaję się starać, bać się, myśleć o konsekwencjach. Obłożony kompresem mózg uwalnia ciało, znikają powbijane w nie druty, pojawiają się z powrotem kości i mięśnie.

– Teraz? – zapytała i odpowiedziała za mnie: – Nie, nie teraz.

Czułem się strasznie lekki. Pomyślałem, nie wiedzieć czemu, że tak muszą czuć się ludzie, którzy są opętani.

– Lepiej cię dymał?

– Przestań – powiedziała cicho.

– Miał dłuższego chuja? Ja to zrozumiem. Naprawdę. Nie mam jakiegoś, nie wiem... – I chyba żeby pokazać jej dokładniej, o czym mówię, rozpiąłem rozporek.

– Nie teraz – powiedziała jeszcze ciszej.

– Jeśli jestem gównem, zerem, Justyna, to chciałbym wiedzieć, z jakiego powodu, chyba że jestem po prostu gównem, po prostu, tak zwyczajnie, bo śmierdzę i jestem brązowy i wyleciałem z czyjejś dupy, nieważne, bo z każdej dupy wylatuje to samo, prawda? – Byłem przekonany, że to, co mówię, jest trafne i zabawne, zwłaszcza ze spodniami opuszczonymi do połowy.

– Co ty robisz? – zapytała.

– Pomagam ci – odpowiedziałem, śmiejąc się. – Zmniejszam twoje wyrzuty sumienia.

– Idź do Grześka, proszę cię – powtórzyła.

– Wszystko dla ciebie. Aby tylko ci pomóc. Zobacz. Pomagam ci. – Wziąłem coś z biurka, chyba kubek, i rzuciłem nim o ścianę.

Stało się to, co się stało, takie rzeczy się dzieją i nie można ich cofnąć, takie rzeczy zostawiają niespieralne plamy, podeszła i mnie popchnęła, a ja popchnąłem ją, wtedy wylądowała na łóżku i wydała głuchy krzyk, a ja stałem przez chwilę, a potem podbiegłem do niej i wsiadłem na nią, i to coś (byłem przekonany o koleżeństwie, o wspólnocie z tym czymś) sprawiło, że położyłem się na niej i położyłem na jej twarzy dłoń. Poczułem, że coś boli mnie w dole brzucha.

Wiedziałem, że gdy zdejmę dłoń z jej twarzy, ona zacznie się strasznie drzeć.

– No i co, panie Głowacki? Burdel, nie? – pyta kobieta.

– No co pani opowiada, Zybork to jak *Przystanek Alaska*, oaza spokoju. – Olczak się śmieje.

– Temu Bernatowi to się po prostu makówa przegrzała, jak na mój rozum, polazł i się zgubił – mówi Odys, stojąc obok. Łakomie patrzy na lodówkę z piwami. Na siwych wąsach zostały mu brązowe ślady po papierosach. Ma połamane czarne paznokcie, do połowy wyżarte przez brud.

– Tobie się makówa przegrzała, Odys – mówi mój ojciec.

– Tak jak Wiedźminowi – mówi kobieta, zalewając wrzątkiem szklankę sypanej kawy.

Justyna parska śmiechem, po raz pierwszy od dwóch tygodni.

– Wiedźminowi? – pyta.

– A, takiemu jednemu – odpowiada ojciec i pokazuje palcem na szklankę kawy. – Tereso, prezydentowo, ja też bym się napił.

– No był u nas taki jeden, młody Blaszka, co się uczył na leśnika w Rucianem Nidzie – mówi pani Teresa, szykując kawę dla mojego ojca.

– Na jakiego leśnika on się uczył, on kosze w ohapie wyplatał – mówi Olczak, biorąc lizaka z plastikowego pojemnika. – To półgłówek jest przecież.

– A ty to jesteś, cholero, profesor – odpowiada Teresa i wszyscy wybuchają śmiechem.

– Nadzwyczajny. – Olczak się uśmiecha.

– No Wiedźmin, tam gdzie jest opuszczony dom po Niemcach w lesie, niedaleko rzeki, on się tam wprowadził, bez prądu mieszkał. Biblii na pamięć się uczył, sam się próbował ukrzyżować, rękę sobie gwoździem do deski przybił, ale drugiej się nie dało. Antosiaka młodego wziął, żeby ten mu pomógł z drugą ręką. No ale Antosiak wziął pieniądze i uciekł.

– I co, i niby Bernat tak samo zrobił? – pyta Olczak. – Niby tak samo? Cyganie z Mławy się na wszystkich wkurwili, i tyle. Na niego, na Maciusia, na Maciejaka. Przestali się im opłacać, Bernat to w ogóle dług miał u tego Cygana, Gawola starego, jak mu tam, Tobka...

– Olczak, weź ty już zamknij mordę – mówi mój ojciec.

Teresa kręci głową, wyciera nos w materiałową chusteczkę. Jest chuda, żylasta i twarda, gdy otwiera usta, w jej górnej szczęce widać srebrną jedynkę. Mój ojciec odstawia szklankę z fusami na blat i ociera usta.

– Musimy jechać.

– No i co, kiedy robicie kolejną pikietę? Bo my tu

z Pustek przyjedziemy – mówi Teresa, wychodząc zza lady. Mój ojciec patrzy na tę małą, żylastą, suchą kobietę z powagą i szacunkiem.

– Teraz to już referendum – odpowiada ojciec.

– Sołtys przyjedzie, wszyscy przyjadą. Przecież to nie może być tak, że ta kurwa sobie wymyśliła, że ludziom domy poburzy. – Teresa przy słowie „kurwa" odruchowo spluwa na czystą podłogę swojego sklepu.

– Nie może być – powtarza mój ojciec i ona dopiero wtedy puszcza jego rękę, wcierając butem plamę śliny w podłogę.

Zabrałem dłoń z jej ust. Wiedziałem, że nie krzyknie, ale bałem się, że mnie ugryzie. Chciałem ją wyruchać. Chciałem, aby z niej wypadł. W ten sposób próbowałem go zabić. Wyruchać ją tak, jak on ją ruchał. Po prostu. On nawet się nad tym nie zastanawiał. Byłem tego pewien. Byłem pewien, że gdzieś ją zobaczył i wpadł na pomysł, że ją sobie weźmie. Tak jak człowiek wpada na pomysł, że zrobi sobie kanapkę albo wypije piwo. Nieważne, że miała obrączkę na palcu. Nieważne, że na początku (być może) mu odmówiła. To nie miało znaczenia. Są tacy ludzie, którzy coś widzą i od razu chowają to coś do kieszeni. Nigdy nie przestaną mnie zadziwiać. Tacy ludzie są czarnoksiężnikami. Nie można z nimi wygrać, bo nie uznają zasad, działają w poprzek rzeczywistości. W porównaniu do nich zawsze jest się gównem.

– Opowiedz mi, jak to robił. – Próbowałem ściągnąć jej spodnie. Na początku nie reagowała.

– To gwałt małżeński – odpowiedziała głosem zimnym jak chirurgiczna stal.

– Lizał ci cipę? – Naprawdę mnie to interesowało. Po chwili sama zasłoniła sobie usta.

– Jak to robiliście? Powiedz mi, Justyna – zapytałem.

– Szybko – odpowiedziała.

– Szybko? – Zaśmiałem się. Ściągnąłem jej spodnie do

kolan, zdarłem majtki. Jej ciało było chłodne, wszystkie mięśnie napięte i skurczone.

Przycisnąłem usta do dłoni, którą trzymała na twarzy.

– To gwałt, Mikołaj – powiedziała jeszcze raz. Bardzo cicho. Usłyszałem, jak ktoś chodzi po pierwszym piętrze. To pewnie Jasiek szedł do łazienki. Uśmiechnąłem się do niej. Tym bardziej nie mogła krzyknąć. Pomyślałem nagle, nie wiedzieć czemu, że nienawiść to taka mocno pobrudzona miłość. Miłość pełna tłustych plam, miłość, którą wytarło się podłogę. Wbiłem kolano mocno pomiędzy jej nogi, próbując je rozszerzyć.

– Będziesz tego żałował, Mikołaj. – W jej oczach pojawiły się łzy.

– Wtedy też płakałaś? – zapytałem, próbując wepchnąć w nią kutasa.

Odkąd o tym powiedziała, w Warszawie ani razu nie poszliśmy do łóżka. Tak naprawdę nawet mnie nie pocałowała. Dotykała mnie najwyżej przez przypadek, wpadała na mnie, gdy nie mieściliśmy się w jednej przestrzeni, w przedpokojach, w drzwiach. To chyba normalne. Chyba tak zachowują się ludzie, którzy się zdradzili. Do pewnego momentu. Zdradzili. Myślę, że wiele słów jest nietrafionych, mijających się ze swoim prawdziwym znaczeniem; wiele, ale nie to.

– Będziesz żałował, Mikołaj – powtórzyła.

– Jak ty w ogóle mogłaś, kurwa, to zrobić? – zapytałem.

Najpierw straciłem wzrok, a dopiero potem mnie zabolało, wszystko naraz, i wtedy zrozumiałem, że spadłem z łóżka. Ból rozlał mi się po głowie jak ciepła parafina. Gdy otworzyłem oczy, zobaczyłem, jak stoi nade mną z solną lampą w ręku.

– Zrób to jeszcze raz, a cię zabiję – zagroziła.

Poczułem, że we włosach mam coś mokrego i ciepłego.

– Musisz wezwać pogotowie – powiedziałem.

– Zostań na podłodze – odparła.

Chciałem, aby zobaczyła, co zrobiła. Schowałem fiuta do spodni. Spróbowałem się podnieść. Nie wyszło mi. Opadłem z powrotem na podłogę.

– Wyjeżdżam stąd. Za kilka dni – powiedziała cicho i spokojnie jak zawsze, gdy mówiła na poważnie, a ja osunąłem się w ołowiany i ciężki sen, przez ostatnią sekundę świadomości myślałem, że umieram.

A potem obudził mnie głos mojego ojca, pytający ją, co mi się stało.

– Przewrócił się na schodach – usłyszałem, jak mówi, i muszę przyznać, że nawet mnie to rozbawiło. Mniej rozbawiła mnie głupota, którą zrobiłem mojej własnej żonie. Do teraz ściska mi czaszkę. Jakby ktoś przywiązał mi do głowy kawał szyny, aby ją dociążyć.

Auto już nie podskakuje, głowa boli mnie mniej, droga jest w miarę gładka, wzdłuż niej rozciągają się pola poprzecinane wąskimi tunelami rzeczek i śluz. Jest już jaśniej, słońce wygląda nieśmiało zza ściany chmur i przegląda się w wodzie, zamieniając rzeczki na ułamki sekund w lśniące, świetlne węże, spadając na pojedyncze drzewa, paliki, słupy elektryczne, które bezładnie pokrywają ten niby zamieszkany, ale jednak dziki teren. Droga kluczy, wije się, prowadzi do sosnowego lasu, aby gwałtownie go opuścić. Jest siatką, która łączy porozrzucane obok siebie pojedyncze domy kolonii wsi Popielowy Sad. Gdzieś w tle, za drzewami, za słupami, widać kontury budynków, zaczynam je sobie przypominać, jeździliśmy tutaj rowerami z Trupolem i Bylem palić trawę, tam jest stara cegielnia, tam gorzelnia, a tam, jeszcze dalej, dwa kilometry za lasem, była fabryka mebli.

„Ktoś, kto opowiada ten świat, opowiada go z premedytacją źle i na wspak" – myślę. „Ten ktoś jest podejrzany, że ma nieczyste intencje; że ten świat jest jak ze złej bajki, że potrafi oszukiwać, maskować się; potrafi to zwłaszcza w słońcu, słońce jest jego najlepszym kamuflażem; czyni go migotliwym i drżącym, nadaje mu zdradziecki połysk".

Droga gwałtownie skręca, ojciec zwalnia i wjeżdża na most, na którym jest kolejna śluza, jedzie jeszcze przez chwilę przez niewielki leśny zagajnik, po czym nagle wypada we wsi, tuż przy małej, pomalowanej na seledynowy kolor kapliczce. Skręca w prawo, nawet nie wrzucając kierunkowskazu. Przejeżdżamy obok szkoły, prostokątnego, pomalowanego na pomarańczowy kolor budynku, przed którym widnieje nowy orlik z szatniami, a obok, jakby skrępowana, wciąż stoi zbutwiała, drewniana stodoła, i dojeżdżamy do sporego gospodarstwa, składającego się z budynku z czerwonej cegły i dwóch prostopadle ustawionych do niego stodół.

Olczak i Odys wysiadają ze swojego samochodu. Na ich powitanie wybiega sfora psów. Nie gryzą ich, ale ujadają; słyszę ze środka, jak Olczak krzyczy:

– Noż kurwa, i co, znowu mamy petardami w nie rzucać?!

– Sio! Sio, kocmołuchy! – wrzeszczy ojciec, wysiadając z auta, i kilkanaście psów posłusznie, jedną falą, ucieka w kierunku zagrody.

– Oj, do Walinowskich to więcej trzeba przywieźć, jak do sklepu – dowcipkuje Odys.

– A u ciebie to mało było, siódemkę dzieciaków narobiłeś – odpowiada mu Olczak.

– Nie trzeba mi tego zawsze wypominać. – Odys wzrusza ramionami, wtykając papierosa w usta.

– Powinienem to zrobić, jak tę książkę pisałeś. – Ojciec odwraca się do mnie.

– Co zrobić? – pytam.

Ojciec zatacza ręką po wsi, obejmując jednym gestem niebo, słońce, szkołę, zagrodę, domy i psy.

– Zawieźć cię tutaj. Przewieźć. Pokazać to wszystko – mówi. – To może byś takich, kurwa, głupot nie pisał.

– Inne rzeczy wtedy cię interesowały – przypominam mu.

Na krótką chwilę przybiera ten sam wyraz twarzy, który miał zawsze, gdy próbowałem mu cokolwiek odpyskować. Twarz mu tężała, zmieniała się w maskę, skóra naciągała się na policzkach i skroniach, jakby odrobinę rosła mu czaszka; jego oczy się zwężały, a ja nie mogłem nic poradzić, lecz natychmiast się kuliłem, wtedy on uśmiechał się kącikiem ust i na moment podnosił dłoń, jakby chciał mnie uderzyć, ale po prostu drapał się nią po głowie albo pocierał twarz.

– Wchodzimy? – pyta Olczak.

– Oni jeszcze cali w kołdrach, to szlachta jest, przed dziesiątą toto nie wstaje – odpowiada cicho Odys.

Przez podwórko, przez ciżbę spacyfikowanych przez mojego ojca psów, idzie kobieta, szczupła, ze spiętymi w kok włosami, w kolorowym swetrze, legginsach i zużytych trampkach. Ma specyficzną urodę, wielkie, czarne oczy i ciemną cerę, idzie prosto i energicznie, mocno uderza stopami o ziemię.

– Witam panów szanownych. – Otwiera furtkę, mój ojciec wchodzi do środka i macha nam, abyśmy poszli za nim.

Olczak i Odys ściągają z paki dwie skrzynki chleba. Justyna pytająco pokazuje kobiecie niedopałek, ta wskazuje jej leżącą na ziemi plastikową miskę z dnem pokrytym warstewką błota.

– Gdzie zanieść? – pyta Olczak.

– Do domu. Jedziemy? – pyta kobieta mojego ojca.

Ojciec kiwa głową.

– Nie chcecie wejść do środka?

Ojciec macha ręką.

Odys i Olczak znikają we wnętrzu domu, by po chwili wyjść z powrotem i znowu stanąć pod furtką, zmęczeni i skrępowani.

– Mamy rodzinny dom dziecka. Z mężem jest nas dziewięcioro – mówi kobieta, jakby rzeczywiście czuła się w obowiązku wytłumaczyć, po co jej tyle chleba. Zarazem intensywnie wpatruje się we mnie z promiennym uśmiechem. Ta kobieta dożyje kiedyś osiemdziesięciu lat, ale jej uśmiech wciąż będzie miał dwadzieścia.

– Mikołaj, no do cholery jasnej. Przecież ja uczyłam cię plastyki w czwartej klasie. Dziesięć lat miałeś. Musisz mnie pamiętać – mówi.

– Pojedziesz z nimi? – pyta ją mój ojciec, wskazując palcem Olczaka i Odysa.

– Ja pojadę z nimi – mówi Justyna, nawet na mnie nie patrząc. Wsiada do auta Olczaka. Razem z kobietą wchodzimy do samochodu ojca. Teraz ją pamiętam. Rzeczywiście. W szkole wołali na nią Murzynka. Pamiętam, że potem wyprowadziła się z Zyborka na wieś razem z mężem, wąsatym olbrzymem o dobrym uśmiechu, który przyjeżdżał po nią pod szkołę dużym fiatem, chociaż wszyscy już wtedy wstydzili się dużych fiatów. Byli nawet kiedyś u nas w domu. Moja mama pożyczała im jakieś pieniądze. Jej mąż zabawnie mówił, dukał, jego polski był sztywny, kanciasty, nie mieścił mu się w ustach, i mama powiedziała mi wtedy, że to Mazur, jeden z ostatnich, którzy tu zostali.

Ruszamy dalej. Jedziemy przez szutrowe i żwirowe drogi, porozrzucane po zagajnikach kilkudomowe wioski, ojciec robi koła, kluczy, zostawia chleb jeszcze w dwóch sklepach spożywczych. Kobieta milczy, ale wciąż się uśmiecha.

– Nie byłam na pogrzebie, nie mogłam, Kajtek chory – zwraca się do mojego ojca.

– Trzecią apelację do Sądu Najwyższego złożyli. Ale

ci mówią, że to jest wiążące, że referendum musi być. Tysiąc osób to jest dziesięć procent osób uprawnionych do głosowania – odpowiada ojciec.

– Myślałam, że będzie więcej – odpowiada kobieta i wtedy po raz pierwszy przestaje się uśmiechać.

Wjeżdżamy do kolejnej wsi. Z daleka widok jest piękny. Świeżo pomalowane płoty, nowe elewacje, ogródki, przystrzyżona trawa, kwiaty. Na ulicy nie ma prawie nikogo. Odwracam się, w brudnej, tylnej szybie widzę kontur samochodu Olczaka i Odysa.

– Pamiętasz, jak się nazywam? – pyta mnie kobieta.

– Ela Walinowska – mówi mój ojciec, zanim zdążyłem sobie przypomnieć.

Ale po chwili płoty, elewacje i ogródki znikają i zjeżdżamy z asfaltu w kolejną nieutwardzoną drogę, gdzie po obu stronach pleni się gęste zielsko; po chwili na jej końcu wyłaniają się szare, azbestowe, niskie i prostokątne zabudowania. Są puste, zdewastowane jak stare schrony przeciwatomowe. Mijamy górujący nad szarymi, płaskimi zabudowaniami główny budynek PGR-u, zdemolowany, szary prostopadłościan pokryty eternitowym dachem, upstrzony czarnymi jamami okien, w których dawno już wybito wszystkie szyby, i jedziemy w kierunku drobnych konturów kilku sześcianików, z tej odległości wyglądających jak małe i brzydkie kostki mydła – to popegeerowskie bloki, dwupiętrowe domki ze spadzistymi dachami i odłażącą elewacją. Nie pamiętam, abym kiedykolwiek tu był.

– Ona ma już wszędzie przerzuty – mówi Walinowska, gdy mój ojciec podjeżdża pod zniszczone, brudne, pokryte pękającym eternitem bloki, postawione przy granicy jałowego pola i ciemnego, gęstego lasu, namazanego na horyzoncie tłustą, czarną kreską. Gdy wychodzę z auta, pierwsze, co widzę, to oparty o budynek stary dziecięcy rower, następnie kwiaty rozstawione pod wyblakłymi firankami, otwarte okna, przez które widać brudne ściany, kontury mebli.

– Kto? – pyta mój ojciec.

– Malczewska. Do szpitala ją zabrali, a teraz przywieźli do domu na chwilę. – Walinowska sama otwiera tylne drzwi auta i bierze skrzynkę chleba.

– I co?

Mój ojciec robi to samo.

– Nic. Leży i umiera – odpowiada Walinowska.

– Leży i umiera – powtarza ojciec.

– To jej syn był w Legii Cudzoziemskiej – mówi Walinowska.

– Ten, co w Afryce umarł – odpowiada mój ojciec.

Walinowska kiwa głową.

– To dobry chłopak był – dodaje ojciec.

Olczak i Odys dojeżdżają za nami, wychodzą z auta, zaczynają wypakowywać następne skrzynki. Rozglądam się, ale nie widzę tutaj żadnego sklepu. Ostatni był we wsi, lecz nie zatrzymaliśmy się przed nim nawet na moment.

Ojciec stawia skrzynkę na ziemi i głośno gwiżdże. Jego gwizd uderza niczym bicz w powietrze, które zaczyna drżeć, jakby gdzieś obok płonął wielki ogień.

– Będzie więcej zniknięć. Musisz na siebie uważać. Ona nie żartuje – mówi mój ojciec do Walinowskiej.

– Co jakiś czas zawsze ktoś znika – odpowiada kobieta.

– Tak jak Paprocki – wtrąca Odys.

– No, Paprocki to były jaja. – Olczak się śmieje.

– To nie były żadne jaja – karci go Walinowska.

Odys odwraca się do Justyny, jakby już wiedział, że ona chce usłyszeć wszystko.

– Paprocki to kolejna ballada tragiczna, że tak powiem. On szambowozem jeździł. Dbał o to auto, bo z tej roboty całą rodzinę żywił. No i pewnego wieczoru zniknął. Szukali go trzy dni, wszędzie, zgłosili zaginięcie na policji, u znajomych. Po tych trzech dniach żonę tknęło, poszła do szopy, gdzie on garażował ten szambowóz. Zajrzała do cysterny, no i był tam.

– Utopił się w szambie? – pyta Justyna.

– To dziesięć sekund trwa. Tak to jest toksyczne. Prędzej od toksyn człowiek umiera niż od utopienia. – Odys kręci głową. Olczak zaczyna się śmiać, ewidentnie rozbawiony historią o szambowozie, ojciec podchodzi i wali go w łeb, wtedy zdziwiony milknie, a ojciec gwiżdże jeszcze raz. Na podwórku pojawia się mężczyzna, ciemnobrązowy i zgnieciony jak zasuszone jabłko, w brudnym, wyciągniętym swetrze, z ciemnymi wąsami. Człapie, chociaż stara się człapać jak najszybciej. Podchodzi do nas. Gdzieś w oddali przebiega chudy, brzydki pies.

– Pan Głowacki – mówi mężczyzna.

– Zawołaj wszystkich – odpowiada ojciec.

– Tam niektórzy to jeszcze śpią – mówi. Podchodzi do mojego ojca, ściska mu rękę. Na widok mnie i Justyny kuli się, jakby się bał.

– To ich, kurwa, niektórych obudź! – mówi głośno ojciec.

Facet kiwa głową, odczłapuje w kierunku bloku. Z pewnością ma coś ze stawem biodrowym. Ojciec odwraca się do Olczaka.

– Bierzemy wszystko – mówi.

Olczak kiwa głową. Każdy z nas bierze po skrzynce chleba. Jest ciężka, ale zaciskam zęby, napinam ręce, już po paru krokach bolą, jakby ktoś wbijał w nie gorące druty; wciąż nie wiem, co tak naprawdę będziemy robić. Podchodzimy z drugiej strony bloku pod odrapaną, nieodmalowaną klatkę, z której dobiega zapach starego tłuszczu, kurzu i pleśni. Na elewacji widać namazany sprayem napis PARTUCHOWO KURWY. Obok informacja o jakiejś Anecie, że jej śmierdzi z cipy, i powstańcza kotwica z brzuszkiem „P" skierowanym w złą stronę. Okno na parterze jest wybite, zaklejone foliowym workiem na śmieci. W drugim na szybie widać przyklejony obrazek z Matką Boską. Teren przed budynkiem przypomina wielki śmietnik, pokrywa go brudny, kolorowy dywan zgniecionych puszek, rozbitego szkła, opakowań po tanich papierosach, lodach, cukierkach. Słońce wychodzi zza małej chmury, rozlewa się po ziemi, sprawia, że wszystko widać. A wszystko, co widać, wygląda, jakby się wstydziło. Stawiam skrzynkę na ziemi. Olczak i Odys układają z pozostałych coś w rodzaju tetrisowego klocka.

Ten facet, na którego gwizdał mój ojciec, przystawia ręce do ust i krzyczy coś niewyraźnie w kierunku okien, coś, co może być nazwiskiem mojego ojca. Budynek najpierw nie reaguje, dopiero potem wydaje z siebie szereg dźwięków, skrzypnięć, trzaśnięć drzwiami, powoli na zewnątrz wychodzą mieszkający tu ludzie. Gruba, brzydka dziewczyna z dzieckiem na ręku, która wygląda na dwadzieścia kilka lat, ale równie dobrze może mieć piętnaście, w spranym różowym podkoszulku z logo makaronu malma. Kobieta, również potężna, non stop kaszląca, wyglądająca na ciężko chorą na wszystko, w rozciągniętej bluzce w kwiaty. Kilku małych chłopców w dresach, wygniecionych, niby z hiphopowych spotkań. Jeden z nich ma wyraźnie podrabianą bluzę z napisem „Jebać kurwy i policję", ale nikt na ten napis nie zwraca tu jakiejkolwiek uwagi. Mężczyzna, starzec bez zębów, w rozpadającej się, włożonej na żółtą od brudu koszulę, brązowej marynarce. Na widok tych ludzi cofam się o krok. Wszyscy, łącznie kilkanaście osób, tak samo biednych, chorych, zgniecionych, nieśmiało patrzy na postawione przed budynkiem skrzynki. Ściśnięci razem, jakby związani niewidocznym sznurem, jakby pozujący do obrazu, wyglądają jak mieszkańcy getta.

– No nie pchajcie się tak, bo się podepczecie. – Olczak się śmieje.

– No już, już, bo nie mamy czasu – mówi mój ojciec.

– Przecież karę pan za to dostał, panie Głowacki, co pan robisz najlepszego? Co pan robisz najlepszego, kłopoty pan tylko będziesz miał – mówi wielka, chora kobieta. Ufarbowane na lizolowy brąz włosy układają się na jej głowie w bezkształtne gniazdo.

– No i co z tego? – pyta mój ojciec, stojąc przed nimi. – Brać, nie gadać. Szybko, bo zmienimy zdanie i do Partuchowa zawieziemy.

– Oby nie do Partuchowa – wzdycha kobieta, podchodzi do koszy, bierze trzy bochenki, przyciska je do ogromnego ciała i robi miejsce innym ludziom.

– Wy taką bitwę powinniście zrobić, bitwę wsi, jedna wieś na drugą, na sztachety, na wszystko, kurwa, przyjechałbym to pooglądać, bez jaj. – Olczak spluwa.

– Tam połowa już zapita dynksem przecież. – Odys także spluwa.

– My nic do nikogo nie mamy – mówi facet, który nas przywitał. Bierze pod pachę bochenek. Chora, gruba kobieta wybucha płaczem. Dzieciak w za dużych, związanych parcianym paskiem spodniach i koszulce z pokemonami bierze chleb i odgryza kawałek. Jedna z kobiet łapie go za ucho, dzieciak piszczy jak małe zwierzątko.

– Kiedy to referendum robicie? – pyta przez łzy kobieta. – Kiedy to robicie, bo oni tu przyszli, mierzyli, robili zdjęcia znowu. Nikt nas o nic nie pytał. Nikt nawet nie powiedział „dzień dobry". Pod domami stali. Coś pokazywali palcami. A na nas to nawet nie jak na ludzi. Jak na psy. Kiedy robicie?

– Wyburzą raz-dwa, zaraz wszystko wyburzą, a nas do kontenerów ześlą czy cholera wie gdzie – mówi młodsza kobieta w różowej koszulce. Ma niski, tępy głos.

– To wszystko macie wziąć. Następnym razem nie będzie – mówi ojciec. Zestawia kolejne skrzynki z chlebem i bułkami na ziemię, ocierając ręce z brudu i mąki.

– Państwa ktoś chce stąd wyrzucić? Nie rozumiem – mówi Justyna. Wchodzi na chwilę do klatki schodowej i się rozgląda. Z okna na parterze, tego zaklejonego workiem na śmieci, dochodzi głuchy jęk.

– Burmistrzowa będzie tu ośrodek turystyczny budować. Na pięćset osób. Razem z Kaltem. Dogadali się już, nawet foldery podrukowali – mówi Odys.

– Tutaj? – Justyna pokazuje palcem ziemię, przy okazji po raz pierwszy na mnie patrzy.

– No tutaj, dwa jeziora są w lesie, piękne, dzikie, sto, dwieście metrów. – Olczak pokazuje palcem.

– A ryby jakie. Takie liny. Szczupaki – dodaje rozmarzonym głosem facet w brązowym swetrze.

– A nas do kontenerów. Już postawili. Za Kolonią Zybork. Już czekają na nas. Garaże takie – mówi gruba kobieta.

Jęk wybrzmiewa jeszcze raz, teraz znacznie głośniejszy.

– Malczewska? – pyta Walinowska.

– Morfina się kończy – mówi ktoś z tłumu.

– To gminne bloki. Bulińska już wszystkie paragrafy znalazła, żeby burzyć. Że bardzo złe warunki życia tu mają, że zagrożenie epidemiowe czy coś – tłumaczy Olczak.

Ludzie z chlebem powoli znikają we wnętrzu budynku.

– Wszystko będzie dobrze. Wypędzimy skurwysynów. Nie martwcie się. Wypędzimy skurwysynów i w końcu wam tu ładnie zrobimy – mówi mój ojciec.

– Pan jest anioł, pan jest anioł, panie Głowacki. – Gruba kobieta robi krok w stronę mojego ojca, jakby chciała go objąć, ale ten się cofa. Znowu słychać jęk, jeszcze głośniejszy, jeszcze wyższy, jakby ktoś przejeżdżał gwoździem po emaliowanej powierzchni. Nie pamiętam już o swoim kacu; Walinowska znika we wnętrzu budynku, Justyna rusza za nią i ja idę za nimi, wymijam puste skrzynki i wchodzę do środka.

Mieszkanie jest wąskie, ciasne, obite starą boazerią, cuchnie starym jedzeniem, mydlinami i gównem. Na różowych ścianach stare, wielkie, dewocyjne obrazy, Jezusy i Maryje z oczyma skierowanymi ku górze, ciemni i spłowiali, zatrzymani w agoniach. Na podłodze brudna wykładzina, której wzór przestał być czytelny dekady temu, zawalona butami, z których żaden, na pierwszy rzut oka, nie ma pary. Wylatujące z zawiasów drzwi do łazienki. Plamy, wszędzie plamy, na wszystkim, plamy i zacieki, jakby rozpanoszył się tu niewiadomy, silny grzyb, który zainfekował już wszystko. Gdzieniegdzie poprzyczepiane zapachowe drzewka. Na meblościance kilka starych książek, przymocowana do ściany mała lampa naftowa, a w pokoju po prawej, tym z wybitą szybą zaklejoną workiem na śmieci, na tapczanie pod oknem, okutana kołdrami i kocami, kobieta – a właściwie zasuszony cień kobiety z udręczoną, rozciągniętą bólem twarzą, czerwonymi oczyma. Obok stolik przykryty różową ceratą, pełen opakowań po lekach i świętych obrazków, i smród szczyn, gotowanych ziemniaków, lizolu.

– Jezus Maria. – Justyna cofa się o krok, wpada na mnie, łapię ją za ramiona. Nie wyrywa się.

– Więc Bulińska chce wyrzucić tę kobietę na bruk. Uważa, że to jest jej. Że cały teren, łącznie z lasem, jest jej. Gminny, czyli jej – mówi Walinowska.

Jej uśmiech gdzieś zniknął. Justyna zatyka nos przed smrodem, Walinowska jest przyzwyczajona, nachyla się nad żywym trupem kobiety, wyłuskuje ze zwałów kołder i pościeli dłoń, która wygląda jak cienki płat starej kory. Wstaje, gdzieś idzie, chyba do łazienki, przynosi brudną plastikową miskę z wodą i w miarę czystą ścierkę. Namacza ścierkę w wodzie, kładzie kobiecie na czole.

– Ma straszną gorączkę – tłumaczy.

– A ludzie w Zyborku? – pyta Justyna.

Czuję, że jest jej słabo.

– Otwórzcie okno – mówi Walinowska.

Podchodzę, otwieram ze skrzypnięciem okno, czuję, jak w ten potworny zaduch wpada ostrze świeżego powietrza, ale tylko po to, aby po chwili zniknąć w jego tłustym brzuchu. Wystawiam głowę na zewnątrz, aby się nie zrzygać.

– Ludzie w Zyborku mają w dupie – mówi Walinowska. – Ludzie w Zyborku chcą, aby był spokój, aby wszystko ładnie wyglądało, aby ci, co mają zarobić, zarobili.

– To rak? – pyta Justyna, słyszę, że już nie wie, o co zapytać.

– Rak wszystkiego – odpowiada Walinowska.

Widzę przez okno, jak mój ojciec stoi obok samochodu i patrzy przed siebie, daleko, gdzieś w las. Słyszę, jak dzwoni mu telefon.

– Co? Że co? – odzywa się głośno.

– Słyszałam, jak mówi, że jak wyburzą, to jeszcze trzeba zalać wapnem, żeby wypalić, żeby się zaraza nie rozniosła. Wstrzymuje zasiłki dla tych ludzi z powodu, jak to nazywa, relokacji środków. Gadają, że to insekty, karaluchy – mówi Walinowska.

– Co ty opowiadasz? Co ty pieprzysz? – pyta mój ojciec. Odwraca się i patrzy na mnie wystającego przez okno.

– Bernat był pierwszy, który się postawił. Powiedział, że on żadnego ośrodka na krzywdzie ludzi budował nie będzie – mówi Walinowska.

– Jak się postawił? – pyta Justyna.

W pokoju znowu rozlega się jęk kobiety. Jakby ktoś miażdżył nogą małe zwierzę, ssaka.

– Miał z nią robić inną inwestycję. Wycofał się. A potem przyszedł do waszego ojca i powiedział, że to trzeba aferę zrobić. No i zrobili. Matko Boska, ona chodziła normalnie dwa tygodnie temu. – Walinowska klęka przy łóżku.

– Jedziemy, Grześka zamknęli! – woła ojciec. I dopiero teraz widzę, że jest cały czerwony i drży mu szczęka i ręce, i że Olczak i Odys schowali się ze strachu do samochodu.

Czuję, jak Justyna staje przy mnie w oknie. Czuję, że powinienem jej dotknąć, i robię to, a ona się nie sprzeciwia. Jest zimna, jakby sparaliżowana. Na jej twarzy jest coś, co u kogoś innego byłoby strachem. Ale nie u niej, u niej to coś innego, na co nie ma słowa.

– No ruszcie się, kurwa! – wrzeszczy nagle mój ojciec, czerwony, wymachując rękoma. – Grześka aresztowali, Grześka zamknęli do więzienia!

I dopiero teraz dociera do mnie to, co powiedział, i przebiegam obok Walinowskiej i umierającej kobiety, i nie patrząc na Justynę, zbiegam na dół.

Mikołaj / 2000 / Dziś wieczorem ukrzyżujemy nieszczerych

To ona to zrobiła. Zainicjowała, w sensie. Gdyby nie ona, to pewnie nie wydarzyłoby się aż do teraz. To znaczy pewnie ktoś by się nade mną w końcu zlitował. Brzydka koleżanka ze studiów. Ktoś poznany przez internet. Dziwka z Odlotów, wysmarowana ciemnym samoopalaczem, z tępym i zblazowanym wyrazem twarzy. Ambicje paraliżują. Bałem się, że nie będę nic umiał. A skoro nic nie będę umiał, to ona – prędzej czy później – zacznie się śmiać.

– Rodzice Aśki mają domek w Jarzębowie – powiedziała pewnego wieczoru, gdy siedzieliśmy, a właściwie leżeliśmy na zboczu zamku, pijąc najtańsze piwo z puszki (nie pamiętam, jakie było wtedy najtańsze piwo z puszki, pamiętam za to, że były papierosy po trzy złote pięćdziesiąt groszy, wszyscy je paliliśmy, nazywały się wave, były lepsze od ruskich monte carlo, sprzedawali je w drewnianej budce niedaleko pralni, a do dwóch paczek dodawano ekstra karty do gry).

– No i co? – zapytałem.

– Aśka robi tam urodziny – powiedziała.

– No i pójdziemy na urodziny Aśki jako chłopak i dziewczyna?

Wzruszyła ramionami.

– Co, olewasz to? – zapytałem.

Nie odpowiedziała.

– I kiedy jedziemy?

– Na weekend. – Wzruszyła znowu ramionami. Często wzruszała ramionami. Twierdziła, że nie martwi się niczym, dlatego że martwienie się w ogóle nie pomaga. (Zazdroszczę jej tej cechy do dzisiaj, i będę zazdrościł aż do śmierci).

– Nie wiem, czy ojciec mnie puści. Przedtem nigdy mi nie pozwalał. – Coś w moim brzuchu zamieniło się w zimną igłę, gdy pomyślałem, że będę musiał stanąć przed ojcem i oznajmić mu, że jadę na weekend do domku.

– Teraz cię puści – powiedziała tonem tak pewnym, jakby już to z nim uzgodniła.

Przycisnęła się do mnie całym ciałem. Czułem się dobrze, i to było dziwne. Oczywiście wciąż się bałem. Ale coś przyciszyło ten strach. Być może było to piwo, które miałem w ręku, jeszcze w miarę zimne i nagazowane. Może to była Daria. A może był to fakt, że miałem szansę zdać do klasy maturalnej.

Sprawy przez moment nie wyglądały źle, naprawdę.

– Jak cię nie puści, to uciekniesz – powiedziała.

– No na pewno – odparłem.

– Nigdy nie uciekałeś z domu? – zapytała.

Daria robiła to często. Miała powody. Jej matka była żylastą, suchą i kompletnie szaloną kobietą, która spędzała życie na pracy na poczcie, a w wolnych chwilach zajmowała się płaczem, krzykami, rzucaniem przedmiotami po ciasnym mieszkaniu w kwadratowym bloku, robieniem bezustannych rewizji w pokojach swoich trzech córek (Daria miała dwie dużo młodsze siostry, które były jeszcze w pierwszych klasach podstawówki), przeglądaniem ich ubrań i plecaków, biciem ich po twarzy i wrzeszczeniem na swojego męża, magazyniera właśnie zwolnionego z pracy, który z kolei spędzał całe dnie na skrupulatnym dopracowywaniu swojego systemu totolotka w stukartkowym zeszycie w kratkę.

– Raz spaliła mu ten zeszyt, a on odwzorował to wszystko z pamięci – powiedziała mi kiedyś Daria.

Na ogół nie wpadałem do niej do domu Pierwszy raz byłem tam jakiś tydzień po tym, gdy zaczęliśmy się ze sobą spotykać, poszliśmy po lekcjach do jej ciasnego, obitego tapetą w kwiaty pokoju. Na ścianach wisiały plakaty z *Gwiezdnych wojen* i *Jeziora marzeń*, dużo dziecięcych bazgrołów, ale także duży plakat z koncertu Korna (Daria nigdy na nim nie była, ale dostała plakat od swojego kolegi za piwo). W pokoju był stacjonarny komputer, wspólny dla wszystkich trzech dziewczyn, mały, zepsuty telewizor i magnetofon z kolekcją kaset. Położyliśmy się na rozkładanym tapczanie i zaczęliśmy się powoli dotykać, macać i międlić, dużo mniej gwałtownie niż wtedy na Psychozie, raczej czule i delikatnie, i właśnie wtedy po raz pierwszy zobaczyłem jej piersi, wielkie i białe, wyswobodzone z ciężkiego, czarnego stanika, z brązowymi brodawkami, jakby zrobione z surowego ciasta, jak cała ona.

– No dotknij, na co czekasz – powiedziała uśmiechnięta i już prawie miałem to zrobić, po krótkiej chwili wahania z ręką zamrożoną w powietrzu, ale wówczas do mieszkania weszła jej matka. Daria ubrała się błyskawicznie, jej wprawa przez chwilę mnie zastanowiła, ale już nie miałem czasu dalej się zastanawiać, bo matka wpadła do pokoju i zaczęła krzyczeć.

– Kurwisz się, kurwo! – wrzasnęła jeszcze w przedpokoju, prawdopodobnie na widok moich butów.

– Odrabiamy lekcje, mamo – odpowiedziała Daria, stojąc przed nią spokojnie i prosto.

– Kurwisz się, kurwo, jeszcze szkoły nie skończyłaś,

a już się kurwisz, co to jest, co to w ogóle jest, jak ja mam żyć, jak ja mam żyć tutaj, zabiję się, przysięgam, pójdę i się zabiję, i tyle ze mnie będzie, powieszę się na drzewie z tego kurestwa, które ty robisz! – zaczęła lamentować jej matka, w połowie tego słowotoku się rozpłakała, aż w końcu, zakrztuszona własnymi słowami, schowała twarz w dłoniach, oparła się o ścianę i zsunęła po niej do pozycji siedzącej.

Daria cały czas stała prosto, z zaciśniętymi ustami, nie reagując, aż w końcu, gdy spazmatyczny szloch jej matki zamienił się w ciche pojękiwanie, dała mi głową znać, abyśmy wyszli na zewnątrz. Matka została zwinięta na podłodze, cicho podrygując. Wychodząc z pokoju, Daria zamknęła drzwi na klucz i wsunęła go do kieszeni.

– I tak potrafi wybić szybę, ale ostatnio szyli ją na pogotowiu, więc może tym razem się powstrzyma – powiedziała.

Tak więc Daria uciekała z domu, w wakacje była sama na Przystanku Woodstock oraz autostopem nad morzem, a w najbliższe wakacje chciała pojechać stopem do Czech, a może i jeszcze dalej, i chciała, żebym pojechał z nią.

A ja powiedziałem, że okej, chociaż wiedziałem, że będę musiał stanąć przed moim ojcem i o wszystkim mu opowiedzieć.

Tak czy siak, odwiedzałem Darię w domu dosyć rzadko. Za to ona bywała często u mnie. Mój ojciec zaskakująco ją lubił, to znaczy, wydawało mi się, że ją lubił, bo nie zwracał na nią uwagi, jedynie czasami pytał ją, czy nie chce herbaty ani kanapki. Raz podsłuchałem, jak rozmawia z matką, mówiąc jej, że Daria „to chyba córka tej wariatki z poczty", a moja matka odpowiada „biedna dziewczyna, no trudno". „Tylko żeby dziecka nie zrobił" – powiedział mój ojciec, a matka odparła: „No to idź i mu powiedz, jak nie zrobić". Mój ojciec oczywiście prędzej zjadłby drut kolczasty, niż porozmawiał ze mną o seksie. A nawet gdyby to zrobił, zapewne po pijaku, chyba nie pomogłoby to w moim paraliżu, lęku, który sprawiał, że moje dłonie, schodząc poniżej pasa Darii, dziwnie wiotczały, zachowywały się, jakby natrafiały na opór, którego tak naprawdę wcale tam nie było.

Może to wszystko się działo, bo nie potrafiłem przy niej do końca się wyluzować. Nie potrafiłem tego zagadać, zupełnie się przed nią otworzyć, bo, mówiąc szczerze, nie miałem z nią nie wiadomo ilu tematów do rozmowy. Poza lekturami nie czytała zbyt wiele, a ja czytałem dużo. Słuchała tej samej muzyki, co prawie wszyscy: Korna, The Cranberries, Hey czy Limp Bizkit, którzy wtedy zaczynali robić się popularni, a których ja z kolei miałem za kompletnych wieśniaków. Do tego zupełnie nie wiedziała, co chce robić. Nikt z nas nie wiedział, ale przynajmniej mieliśmy jakieś marzenia, przeczucia, a Daria nie miała żadnych. Chciała robić cokolwiek, pracować w sklepie, być kelnerką, cokolwiek, byle nie siedzieć w Zyborku i nie mieszkać ze swoją matką. Chciała iść na jakieś studia, ale podczas któregoś z napadów szału jej matka wywrzeszczała, że na pewno nie da jej na to pieniędzy, ale jeśli tak tego chce, to w większym mieście spokojnie może zarobić na to dupą. Jej matka w ogóle miała jakąś obsesję na punkcie prostytucji i wszelakich usług seksualnych za pieniądze. W jej mniemaniu zajmowali się tym praktycznie wszyscy poza nią samą. Nawet ojciec Darii był w jej mniemaniu żigolakiem.

Co do wyjazdu, w szkole mówili o nim wszyscy. Wyjeżdżanie do domku samo w sobie nie było jakąś szczególną atrakcją. To znaczy, nie było nią dla nikogo oprócz mnie, bo ojciec nigdy nie pozwolił mi jechać na wyjazd tego typu, a ja zawsze fantazjowałem o tym, że pewnego dnia pojadę tam po prostu, bez pozwolenia, tak jak bez pozwolenia wymykałem się w nocy z domu, chociaż zawsze w ostatnim momencie zdejmował mnie strach.

Wszyscy jednak oprócz mnie jeździli, zaczynali zaraz, gdy robiło się ciepło: albo do Nataci, albo do Jabłonny, albo do Jarzębowa, do jednej z tych położonych nad jeziorami wiosek. W każdej czyiś rodzice mieli drewniany domek bez ogrzewania, w którym spędzało się weekendy, a w wakacje całe tygodnie, pływając w jeziorze, kradnąc łódki, pijąc piwa i wina, ćpając, paląc ogniska, wdając się w burdy z miejscowymi.

Lubiłem być z nią sam, gdzie tylko było to możliwe, w swoim pokoju, na dworze, w mieszkaniu u Trupola, który czasami zostawiał nam klucze, gdy jechał na weekend do swojego ojca do Szczytna. Najlepiej, gdy po prostu była obok. Gdy nagrzewała mnie swoim ciałem tak, że dostawałem od tego gorączki. Gdy luzowały mi się mięśnie, wyrównywał się oddech, gdy wszystko robiło się zamglone, oglądane przez ciemne szkiełko. Potem coś takiego dało mi tylko palenie brauna.

Wspomnienia z biegiem czasu cukrzeją jak miód. Nikt nie oszuka cię bardziej niż one.

Tak czy inaczej, pewnego dnia po szkole powiedziała, abyśmy pojechali do tego domku dzień wcześniej. Bo wszyscy – nie do końca wiedziałem, kogo ma na myśli, mówiąc „wszyscy" – umawiają się, że pojadą tam dzień wcześniej, urwą się z lekcji i zrobią Aśce niespodziankę.

Zgodziłem się. Powiedziała, abym był u niej pod blokiem o osiemnastej, no ale najpierw musiałem porozmawiać z ojcem.

– Jaki domek, gdzie, z kim, kurwa?! – Słyszałem przez drzwi do kuchni, jak krzyczał do matki, bo oczywiście ją poinformowałem najpierw. Poprosiłem, aby napisała mi zwolnienie ze szkoły. Matka oczywiście zgadzała się i rozumiała wszystko. Powiedziała, że porozmawia z ojcem, opuści jedynie fragment z niepójściem w piątek do szkoły.

– Co, źle mu tutaj, nie podoba mu się tutaj?! – krzyczał, ewidentnie już po trzech piwach.

– Nie o to chodzi, po prostu wszyscy jego koledzy to robią – odpowiadała matka.

– Jak wszyscy jego koledzy zaczną ćpać, to też tak powiesz? – zapytał mój ojciec.

– Przecież nikt tam nie będzie ćpał – odpowiedziała matka i nawet mnie to rozbawiło.

Schowałem się w swoim pokoju, gdzie Grzesiek grał na komputerze w *Heroes of Might and Magic*. Krzyki z dołu były coraz głośniejsze.

– Jedziecie do domku do Jarzębowa? – zapytał, nie odwracając głowy od monitora.

– Tak, ale ty nie jedziesz. – Szukałem w ubraniach pieniędzy i papierosów.

– Przecież wiem, że nie jadę. Ja nigdzie nie jeżdżę – powiedział, wzruszając ramionami. Na głowie miał opaskę z bandażu elastycznego. Bił się z jakimś chłopakiem, który rozciął mu kijem skórę na czaszce, ale w zamian ten chłopak dostał od Grześka kamieniem w twarz i stracił podobno dwa zęby. Grzesiek był zawieszony w prawach ucznia, i bardzo mu się to podobało, bo mógł grać w *Heroes of Might and Magic,* ile tylko chciał.

Ojciec krzyknął coś jeszcze z dołu, głośno i niewyraźnie, a po chwili do pokoju weszła matka, popatrzyła na mnie i powiedziała:

– Uważaj na siebie. Masz być w niedzielę na obiad.

– Co mu powiedziałaś? – zapytałem.

Nic nie odpowiedziała, wyszła z pokoju. Do dziś nie wiem, jakiego użyła wtedy argumentu.

– Masz wszystko? – zapytała Daria, gdy stałem pod jej blokiem.

– Wszystko, mam jakąś kasę, mam fajki, mam ciuchy – powiedziałem, pokazując plecak.

Uśmiechnęła się.

– To chodź. – Wzięła mnie za rękę. Jej dłoń była ciepła jak słońce.

Pojechaliśmy do Jarzębowa stopem. Nie pamiętam, kto nas tam wiózł, ale pamiętam, że prowadził kabriolet i że był to pierwszy raz w moim życiu, gdy jechałem kabrioletem, do tego w oślepiającym słońcu i z dziewczyną, na którą – wciąż w części nie byłem o tym przekonany – nie zasługiwałem. Byłem na nią za brzydki, zbyt dziwny, po prostu się pomyliła, wzięła mnie za kogoś innego, może ma jakąś wadę wzroku, może śni na jawie. I pamiętam, że jadąc tamtym kabrioletem, trzymając dłoń na plecaku, który zdążył się już wypełnić puszkami piwa, myślałem, że gdy dojedziemy na miejsce, zaraz wszystko się wyda. Będą tam moi kumple, ale zjawią się też jej kumple i koleżanki; część oczywiście kojarzyłem, ale z niektórymi w ogóle nie rozmawiałem; i to w ich towarzystwie w końcu otworzy oczy. Popatrzy na mnie, mnie w mojej prawdziwej postaci, niezdeformowanego przez jej wadę wzroku, ale na mnie – mnie chudego, sflaczałego, wciąż lekko pryszczatego mnie, przystawi dłoń do ust, aby się nie zrzygać, i powie:

– Wiesz co, Mikołaj, przepraszam cię, ale nie wiem, co tu robisz, nikt nie chce, abyś tu był.

A potem, krzycząc wniebogłosy, pobiegnie się umyć i będzie szorować się godzinami pumeksem do krwi.

Ale na razie Daria siedziała na tylnym siedzeniu, wtulona we mnie, i pomijając już wszystkie obawy, była to jedna z najfajniejszych chwil w moim życiu.

Do Jabłonny zjeżdżało się z głównej drogi w krętą, żwirową dróżkę, domek rodziców Aśki był położony na samym końcu drogi. Pamiętam, że facet z kabrioletu wysadził nas przy tym skręcie i szliśmy dalej na piechotę, pamiętam, że zdjęliśmy bluzy i obwiązaliśmy je sobie wokół bioder, bo było naprawdę ciepło, jak na wczesną wiosnę, i piliśmy na spółę jedno piwo z puszki. Pamiętam, że czułem się bezpieczny i wolny. Że już wiedziałem, że mam szczęście, bo ludzie potrafią przeżyć całe życie bez takich momentów.

Domek był drewniany, piętrowy, miał spadzisty, trójkątny dach. Był otoczony wysokimi drzewami, głównie świerkami, w jednym kącie ogrodzenia było widać studnię, w innym – wydzielone miejsce do palenia ognisk, otoczone pokrytymi czarną sadzą kamieniami. Furtka była zamknięta.

– Może do nich zadzwoń – powiedziałem, szukając w plecaku komórki, ciężkiej nokii, której nie lubiłem, bo uważałem ją za niepotrzebną smycz i szpan. Daria nie miała komórki. Łatwo zgadnąć, jaki sposób zdobycia komórki podpowiedziała jej matka.

I pamiętam jak dziś, tego nigdy nie zapomnę, jak Daria sięgnęła do kieszeni spodni i wyjęła klucze, i otworzyła furtkę, i weszliśmy na zupełnie puste podwórko.

– Chodź – powiedziała – pokażę ci coś.

– Gdzie są wszyscy? – zapytałem.

– Przyjadą później. Chodź, pokażę ci coś – powtórzyła.

Gdy poszliśmy na drugą stronę domku, okazało się, że jest tam bezpośredni dostęp do jeziora. Woda była zielona, mętna, opalizująca, w słońcu wyglądała jak ogromny kamień szlachetny. Wejście do wody prawie w całości zatarasowały całe kępy sitowia, w których ginął rozpadający się pomost z wybitymi deskami. Spośród raz złotego, raz zgniłobrązowego tataraku wystawał fragment przerdzewiałego, przycumowanego tu roweru wodnego. Podszedłem bliżej do pomostu. Im bliżej brzegu, tym ziemia stawała się bardziej grząska i błotnista. Po naciśnięciu butem lekko syczała. Pod powierzchnią wody coś poruszyło się szybko, ryba lub mały płaz.

– Byłaś tu kiedyś? – zapytałem.

– Wiele razy. Uważaj, bo tam jest pełno pijawek – powiedziała.

– Co teraz?

– Nie wiem. – Uśmiechnęła się.

– O której oni będą? – spytałem, nagle czując napięcie tak nieznośne i krępujące, że nawet nie zdołałem odwrócić się w jej stronę.

– Tęsknisz za Trupolem? Siedziałeś z nim dzisiaj w ławce. – Zaśmiała się.

– Nie, nie tęsknię – odpowiedziałem. – Wprost przeciwnie.

– No to o co ci chodzi, głupku? – zapytała.

Pamiętam, że potem w środku domku leżeliśmy na tapczanie w małym, obitym boazerią salonie, w którym pachniało drewnem, bejcą i kurzem, i piliśmy piwo z mojego plecaka, i paliliśmy trawę z jej plecaka, wpatrując się w ogień, który ku mojej wielkiej dumie udało mi się rozpalić bez większych katastrof i obrażeń. Znowu się międliliśmy, a potem wzięła mnie za rękę i poszliśmy na piętro domu do jednego z kilku pokojów, w którym również były boazeria i tapczan, i jeszcze bardziej niż na dole pachniało drewnem i bejcą, i kurzem i wszystko skrzypiało, pamiętam, że gdy stawiało się stopę na podłodze, od trzasku rezonował cały dom.

– Oni w ogóle dzisiaj przyjadą? – zapytałem, ale nie odpowiedziała, lecz wzięła swój plecak i wyszła na chwilę z pokoju.

„Pewnie przyjadą już najebani – myślałem – w środku nocy samochodem Kwadrata". Kwadrat jeździł podkradanym ojcu fiatem punto. Nie miał prawka, ale zawoził wszystkich wszędzie, a im bardziej był pijany, tym chętniej to robił.

Pamiętam, jak siedziałem na tapczanie, rozglądałem się po ścianach domku, pamiętam, jak coś stuknęło za ścianą, cicho, jak podskoczyłem ze strachu i popatrzyłem w tamtym kierunku, a gdy odwróciłem się w stronę drzwi, Daria stała przy drzwiach, zupełnie naga.

Pamiętam to jak dziś. Oparła się o framugę łokciem, drugą rękę opuściła wzdłuż ciała. Oczywiście najpierw były jej piersi, białe i ciężkie, a potem lekko wypukły brzuch i małe fałdki na biodrach, i pieprzyk nad pępkiem, w którym tkwił mały złoty kolczyk wyglądający, jakby zainstalowała go sobie tam sama, i na końcu to, czyli mała, czarna kępka włosów między nogami.

– I co? – zapytała, a ja odparłem:

– O matko.

– Co o matko? – Uśmiechnęła się.

– A jeśli oni przyjadą? – zapytałem jak ostatni idiota, bo tak naprawdę nie wiedziałem, o co właściwie mam zapytać.

– Oni dzisiaj nie przyjadą. Aśka dała mi klucze – odparła i podeszła do mnie, i usiadła obok na tapczanie. – Nie myśl sobie – powiedziała. – Po raz pierwszy ktoś ogląda mnie tak całą w świetle.

– Dziękuję – powiedziałem.

– Nie dziękuj, nie wolno. – Położyła mi dłoń na twarzy.

– Robiłaś to już kiedyś?

– Robiłam – powiedziała, po czym zaczęła mnie całować, jakby na znak tego, że nie chce mi powiedzieć już nic więcej. A potem popchnęła mnie do pozycji leżącej i dodała: – No, już.

Nie było sensu jej powstrzymywać. Wzięła moje dłonie i położyła je sobie najpierw na piersiach, potem na plecach, a na końcu na pupie. Jej włosy właziły mi do nosa i do oczu. Pachniała jak zwykle, jak słodkie mleko z mydłem, ale teraz miałem wrażenie, że tak już będzie pachniało wszystko i zawsze. Była tak ciepła, że przez chwilę myślałem, że mnie poparzy. Ale podobało mi się to. „Niech mnie parzy" – pomyślałem. „Niech robi, co chce. Niech mnie połknie, przeżuje i strawi, niech mnie zabije, jeśli ma taką ochotę".

Podniosła się na chwilę. Popatrzyła na mnie. Jej twarz wyłaniała się spod włosów jak odnaleziony skarb.

– Założysz sobie gumkę? – zapytała, po czym wstała i wyjęła ze swojego plecaka paczkę prezerwatyw. Naprawdę z kimś to robiła, zdałem sobie sprawę, naprawdę już z kimś to robiła, a ten ktoś zaraz pojawił się w mojej wyobraźni, potem pojawił się za nią i szybko rósł, po paru sekundach był już trzymetrowym, czarnym konturem, który stał za nią bez ruchu, gdy podchodziła do mnie, bezbronnego, leżącego na kanapie z boleśnie wzwiedzionym kutasem.

– Założysz? Czy ja mam to zrobić? – zapytała i zanim odpowiedziałem, zrobiła to szybko z wdziękiem pielęgniarki wykonującej zastrzyk w tyłek. Trzymetrowa czarna postać znikła.

Byłem na niej i w niej, opierałem się dłońmi o materac i wchodziłem w nią, i wychodziłem z niej, i uważałem na to, aby nigdzie jej nie przygnieść, nigdzie nie wbić jej łokcia ani kolana, ani niczego innego, co mogło wystawać z mojego patykowatego ciała, a ona patrzyła na mnie szeroko otwartymi oczyma, jakby również nie mogła uwierzyć w to, co się dzieje (chociaż zapewne doskonale umiała uwierzyć w to, co się dzieje). Jej rozpuszczone, czarne włosy tworzyły dookoła głowy czarną koronę, mówiła coś bezgłośnie, a może to poruszanie ustami to był po prostu nierówny oddech, ale w końcu powiedziała coś głośno, pamiętam:

– Nic więcej nie będzie.

I wtedy, w tamtym momencie, zrozumiałem wszystko: ktoś zrobił zdjęcie w środku mojej głowy i flesz oświetlił wszystkie jej zakamarki, i zrozumiałem, że każdy tak naprawdę wie wszystko, że każdy zna swoją przyszłość i wszyscy znają przyszłość wszystkich, i ja również; patrzyłem na Darię i rozumiałem, że to wszystko się kiedyś skończy, że to, co trwa teraz, jest najważniejszym wydarzeniem w moim życiu.

Zrozumiałem, że miłość jest czymś, co nie istnieje samo z siebie, co trzeba zawsze wywoływać z nicości, jak życie albo muzykę, że miłość albo to coś, co ludzie uznają za miłość, jest zawsze zagrane, wypowiedziane, że najbliższy miłości jest właśnie ten zapach, zapach kremu, mleka i cukru z domieszką potu i piwa, i jointów, i starej kanapy, za którą pewnie ktoś dziesięć lat temu wylał coś, co zdążyło się czterdzieści razy zepsuć; zrozumiałem, że jedyne, co możemy robić, to wytworzyć w sobie poczucie taktu i próbować ranić się jak najsłabiej. Zrozumiałem, że jedyne, co jest nam dane, to krzyknąć i posłuchać jeszcze przez chwilę echa po własnym krzyku, i tyle, i cześć, i koniec. Zrozumiałem, że wszystkie dziewczyny, które kochali wszyscy chłopcy we wszystkich Zyborkach świata, są tak naprawdę jedną dziewczyną, i ci wszyscy chłopcy i dziewczyny są jednym i tym samym chłopcem i jedną i tą samą dziewczyną pod jednym i tym samym zachodem słońca, który kiedyś zamieni się w łunę po wybuchu.

Zrozumiałem, że każdy, naprawdę każdy, ma na stałe wyryty w sercu cały świat. Zrozumiałem, że po tym, co wydarzy się dzisiaj, i mnie, i ją czeka już tylko ból, i tak ma być, i to jest naturalne.

Zrozumiałem, że niedługo wyjdę z domu i już nigdy nie wrócę.

(Zakładałem też, oczywiście, że cała ta myślowa sraczka była tylko zwykłym przejęciem z powodu, że w końcu UPRAWIAM SEKS Z DZIEWCZYNĄ).

A potem ona oplotła mnie nogami i przycisnęła nimi do siebie, naprawdę mocno, była silniejsza, niż myślałem, wszystko wypełniło środek, wezbrało i następnie eksplodowało, i położyłem się na niej, i oddychałem bardzo głęboko, jakbym właśnie wynurzył się z samego dna jeziora, z płucami pełnymi czarnej, zimnej wody.

– Było super – powiedziała po chwili, a mnie przypomniał się trzymetrowy czarny człowiek, który wciąż nie miał żadnej twarzy, bo żadnej nie potrafiłem do niego doczepić, bo nie pamiętam, aby Daria chodziła z jakimkolwiek chłopakiem.

– Chcesz się razem wykąpać? – zapytała, a ja pokiwałem głową. Po chwili nie pamiętałem już nic z tego, co zrozumiałem, ale świat stał się zupełnie innym miejscem. Wypiliśmy jeszcze po dwa piwa, przytuliła się do mnie i przez chwilę było mi niewygodnie, ale potem wszystko się wyłączyło, a gdy włączyło się z powrotem, Darii obok już nie było, za to nad łóżkiem stał Trupol z butelką taniego wina w ręku.

– No ładnie, ładnie, jakie tu się porno odpierdala. Poruchałeś w końcu? – zapytał.

– Spierdalaj – odparłem.

– Nie wyzywaj mnie, lepiej zjedz śniadanie – powiedział i podał mi nalewkę, której o mało co nie wyrzygałem.

Impreza w domku trwała cały piątek i całą sobotę aż do niedzieli po południu. Łącznie zjawiło się na niej jakieś trzydzieści osób. Jej największą gwiazdą był Bylu, który przy wszystkich gotował w wielkim garnku swój popisowy numer, makumbę, czyli mleko z jointami. Zachowywał się jak człowiek prowadzący program kulinarny; wbity w ciasną górę od dresu Adidasa, pił wódkę i wino, palił fajki, opowiadał dowcipy, zaczepiał po kolei każdego członka imprezy, głośno rechocząc i demonstrując aparat ortodontyczny, prawie w całości przykrywający mu zęby. W garnku znajdowało się jakieś dziesięć litrów zielonej, mlecznej zupy, w której pływały całe części roślin – liście, łodygi, kwiaty – i która cuchnęła tak, jakby pod oknem domku zaparkował tir pełen kompostu. Bylu wszystkich uspokajał, że nie muszą pić tego w takiej formie, że zrobi z tego budyń czekoladowy. Chyba jako jedyny nie miałem na to ochoty. Wolałem być w miarę przytomny.

Po makumbie Byla rzeczywistość zwijała się w trąbkę. Ja nie mogłem zbłaźnić się przy Darii. Nie mogłem zbłaźnić się przed nikim.

Daria trochę rozmawiała, trochę tańczyła, a trochę podchodziła do mnie i się przytulała, trochę paliła trawę w kiblu i czasami zachowywała się tak, jakby nic między nami się nie wydarzyło, przynajmniej miałem takie wrażenie, ale potem okazywało się, że to tylko mój lęk, który zawsze wyczuwała; łapała mnie wtedy za rękę albo całowała w policzek tak, aby wszyscy widzieli.

I tak to trwało, zlane w jeden ciąg, z sekundy na sekundę ten domek zamieniał się w coraz większą ruinę, szklanki i talerze eksplodowały po zderzeniu z podłogą, drewniane krzesła roztrzaskiwały się na kawałki, gdy ktoś próbował na nich tańczyć, drewniany żyrandol urwał się z sufitu, kiedy niejaki Małpa, kolega Kwadrata, próbował się na nim zawiesić. Aśkę, która była za domek odpowiedzialna, ogarniało coraz większe przerażenie, i w pewnym momencie (chyba wtedy, gdy wszyscy, pijani i upaleni, wrócili z zewnątrz, gdzie kąpali się nago w jeziorze, a właściwie brodzili nago w tataraku, wnosząc do środka pełno błota, ziemi i wody, i strącając ze ściany zegar z kukułką) zaczęła wrzeszczeć, aby natychmiast wypierdalali z powrotem na zewnątrz i wracali do Zyborka, bo ona ma już tego wszystkiego serdecznie dosyć.

Nikt jej nie słuchał, a Ulka, jej siostra, wzięła ją na bok i upiła wódką. Potem Aśka już tylko półprzytomnie kiwała się do głośno włączonego Alice in Chains, by w końcu osunąć się na podłogę i przez następne kilkanaście godzin spać w kącie przy piecu, przykryta narzutą z tapczanu.

Nie pamiętam również, w którym momencie do domku przyjechała następna partia gości i na placu pojawiło się kilka kolejnych, objuczonych butelkami osób, wśród których szczerze zdziwiony zauważyłem Jareckiego, Karolinę i młodego Bernata, który z grubego, wkurwiającego, piegowatego dzieciaka zamienił się w wielką, otłuszczoną świnię z rzadkimi, rudymi włosami, uklepanymi żelem w misternego irokeza.

Pamiętam, że gdy weszli, młody Bernat od progu krzyknął:

– Przyjechaliśmy tu moją furą, kurwa, widzę, że już zgonujecie, dawajcie nam tutaj coś dobrego! Szybko, szybko!

– Co mam ci dać dobrego? – zapytał Bylu, gdy Karolina z lekkim obrzydzeniem próbowała znaleźć miejsce do siedzenia. Patrzyła na wszystkich, jakby zrobiono nas z gówna.

– No to, co masz dobrego, Zielarz, kurwa, przecież wiesz, co masz, ja mam ci to mówić? – Bernat wyciągał z granatowej sportowej torby nike kolejne butelki wódki, whisky i wina, na które nie byłoby nas stać nawet wtedy, gdybyśmy zaczęli handlować organami, i ustawiał je na stoliku, tworząc coś w rodzaju luksusowego barku.

I chyba jakoś wtedy Trupol, który nienawidził młodego Bernata, i cały czas obwieszczał, że kiedyś „poprzebija temu jebanemu grubasowi opony", wziął mnie na bok i powiedział, abyśmy poszli się chwilę przejść, jak to mówił, pobajerzyć. Poszliśmy na tył domku, na pomost jeziora, zapaliliśmy tam po gorzkim rosyjskim papierosie monte carlo. (Trupol był kiedyś na wycieczce we Francji i miał zdjęcie w Monte Carlo, pod głównym kasynem, jak stoi z paczką papierosów monte carlo, i był z tego bardzo dumny). I wtedy, chyba po raz pierwszy w życiu, powiedział mi coś na poważnie:

– To zajebista dziewczyna, pilnuj jej. Pilnuj jej, mówię ci, bo takie łatwo się traci.

– Przecież ty nigdy nie miałeś dziewczyny, to skąd ty możesz o tym wiedzieć? – odpowiedziałem.

– No i co z tego?! – warknął obrażony, bo rzeczywiście, nie miał jeszcze dziewczyny, a te, na które liczył, dawały mu potwornie brzydkie kosze (chociaż niedługo później miał poznać niejaką Agnieszkę, która została matką trójki jego dzieci).

– No nie wiem, może nic z tego, może masz rację – odparłem.

– Mówisz, jakbyś miał ją w dupie – powiedział Trupol. – A gdybym ja miał taką dziewczynę, nie miałbym jej w dupie. Bym pilnował, żeby była ze mną do końca życia. Te wszystkie domki, które są tutaj, przysięgam, że ustawiłbym je w takie wielkie serce.

– Od kiedy ty jesteś taki romantyczny, Trupol? – zapytałem zdziwiony.

To znaczy Trupol poza swoim zamiłowaniem do pornosów, Fallouta i Iron Maiden, których całą dyskografię miał na pirackich kasetach, bywał całkiem romantyczny – zawsze się wzruszał, słuchając jakichś potwornych, aborcyjnych utworów typu *Autobiografia* lub *Hotel California*; kiedyś marzył, że stuninguje dużego fiata tak, aby dało się nim przejechać przez całe Stany Zjednoczone. W tym marzeniu uczestniczyłem również ja – w końcu byłem jego najlepszym kumplem.

– Po prostu to jest coś, co jest spoko – odparł. – Tak mi się wydaje, że to jest coś w porządku. Coś, co ma wartość.

Pamiętam, że potem jeszcze rozmawialiśmy, może to była chwila, ale sądząc po tym, co zastaliśmy po powrocie do domku, prędzej była to godzina albo półtorej; Trupol irytował mnie jak nikt, ale to z nim mogłem rozmawiać najdłużej i na największą liczbę tematów. Nie pamiętam, o czym gadaliśmy wtedy; może znowu wyobrażaliśmy sobie naszą wycieczkę do Stanów, a może, najpewniej, rozmawialiśmy o Darii, może opowiadałem mu, jak to było uprawiać seks, jak Daria wygląda nago, jakie to uczucie w nią wejść i tak dalej, na pewno jemu mogłem opowiadać takie rzeczy. Dopiero z perspektywy czasu myślę, że pewnie zrobiło mu się wtedy przykro, bo na bank był jeszcze wtedy prawiczkiem. (Rozprawiczyła go chyba Aśka jakieś dwa miesiące później).

Wchodząc z powrotem do domku, natknęliśmy się na Karolinę, która siedziała na schodach, paląc fajkę, patrząc przed siebie, i do dziś pamiętam, że nic nie mówiła, lecz cicho płakała i w tym płaczu cała była jak zaciśnięta pięść, jak wbity w te schody bardzo ostry przedmiot, i to jej piękno, nagłe, znikąd, sprawiło, że dostałem czkawki.

(Wiele lat później nudziło mi się, więc zacząłem szukać jej na Facebooku i, o dziwo, znalazłem ją, mieszkającą we Włoszech pod nazwiskiem Fabuccio, żonę i matkę dzieci tłustawego i smutnego Włocha, wciąż w jakiś sposób piękną, chociaż wyglądającą na czterdzieści parę lat. Dodaliśmy się do znajomych, ale nigdy nie wymieniliśmy żadnej wiadomości. Chociaż może powinniśmy, biorąc pod uwagę to, co stało się później).

– Co się, kurwa, gapisz? – zapytała, nawet na nas nie patrząc, i Trupol od razu schował się w domku, zamykając za sobą drzwi. Zostałem z nią sam.

– Sorry. Nie chciałem. Potrzebujesz czegoś? – zapytałem.

– Żebyś się odpierdolił? – odpowiedziała. Nie zdziwiło mnie to. Zawsze czułem, że ma mnie za gówno.

– No to na razie – odparłem i ruszyłem do domku, ale ona odwróciła się do mnie i powiedziała:

– Możesz dać mi łyk piwa.

Dałem jej całe, które trzymałem wtedy w ręku. Wypiła łyk. Popatrzyła na mnie, a gdy to zrobiła, wielka pięść ścisnęła wszystkie moje wnętrzności. Może to przez sam fakt, że pierwszy raz popatrzyła mi w oczy.

– Dzięki.

– Okej – odparłem przez gardło tak zduszone, jakbym połknął osę.

– I sorry – dodała.

Pokiwałem głową i zostawiłem ją tam, bo czułem, że nie powinienem dalej z nią rozmawiać, zwłaszcza w tak dziwnym, tak niepasującym do niej momencie; że nasza komunikacja była błędem, wypadkiem przy pracy, że ona, najpiękniejsza kobieta w Zyborku, po prostu nie powinna się odzywać do chudego, przetłuszczonego, pryszczatego mnie. Że to Daria była szczytem moich możliwości.

Gdy wszedłem do środka, Jarecki leżał na podłodze we własnych rzygowinach obok roztrzaskanego stolika, w aureoli z potłuczonego szkła. Ci, którzy byli jeszcze przytomni, obchodzili go ostrożnie, starając się nie wdepnąć ani w niego, ani w plamę zmieszanych rzygowin i alkoholu. Ktoś powiedział, że zanim przyjechał do domku, od trzech dni bez przerwy wciągał amfetaminę, i to dlatego Karolina tak płakała, bo miała tego serdecznie dosyć.

Darii nie było w salonie, nie było jej też w kuchni, gdzie za to kiwał się w ataku choroby sierocej Bylu. Ewidentnie przesadził ze swoim własnym wyrobem. Na blacie kuchni stało kilka brudnych od czekoladowego budyniu kubków.

– Ale to grzmoci, Marek – powiedział Bylu. – Chcesz jeszcze trochę?

– Nie jestem Marek – przypomniałem mu.

– Święty Marek, król pieczarek – powiedział Bylu i zaczął potwornie rechotać, rechotać tak, że aż się rozpłakał, i wiedziałem, że nie odpowie mi już na żadne pytanie.

Zapaliłem papierosa, wziąłem łyk nalewki komandos ze stojącej najbliżej, opróżnionej do połowy butelki.

Kątem oka zobaczyłem, jak Karolina wraca z powrotem do domku, jak siada w tym samym miejscu, gdzie usiadła, gdy weszła tu po raz pierwszy, i wpatruje się w Jareckiego niezmiennym, zrezygnowanym wzrokiem, którym moja matka wpatrywała się w obwiniętego obrusem wraz z całą zastawą ojca.

Znalazłem Darię na górze z jeszcze paroma osobami: Aśką, Ulką, Kwadratem i dwiema dziewczynami ze szkoły, których imion już dzisiaj nie przypomnę sobie nawet z bronią przystawioną do głowy. Pamiętam, że stałem w drzwiach i patrzyłem na nich wszystkich, i nikt nie zwracał na mnie jakiejkolwiek uwagi. Pamiętam, że czułem się jak duch. Pamiętam, że nagle dotarło do mnie, że oni wszyscy, w tym Daria, właśnie ona, właśnie Daria, jest zupełnie mi obcą osobą. Że ona należy do nich, a ja należę tylko do siebie.

Chyba grali we flirta, byli kompletnie upaleni i pijani. Daria wyciągnęła właśnie kartę z leżącej w środku okręgu kupki. Obracała ją w dłoni i mrużyła oczy, próbując rozczytać drobny druk.

– Musisz pocałować osobę, która siedzi po lewej, albo opowiedzieć, jak straciłaś dziewictwo – powiedziała, czytając z karty i wybuchając śmiechem. Obok niej, po lewej, siedział młody Bernat. Zanosił się charczącym, mokrym śmiechem tak samo jak ona.

– No to dawaj, Daria. Dawaj, pocałuj mnie. – Bernat się nachylił, na skroniach miał krople żelu zmieszanego z potem, a na policzkach czerwone, świńskie placki.

– Nie, nie ma mowy, odwal się. – Odepchnęła go lekko i żartobliwie.

Pamiętam, że nagle poczułem, jakby ktoś obwiązał mi żołądek drutem kolczastym i mocno ścisnął.

– No Daria, daj buziaka, kurwa, no co ty? – powiedział Bernat.

Pamiętam, że schowałem się za framugą.

– Nie, Bernat, nie pocałuję cię nawet przez szmatę – odparła.

– Daria ma chłopaka – powiedziała jedna z dziewczyn.

– Głowackiego? – zapytał Bernat.

I pamiętam, że chciałem powiedzieć: „tak, Głowackiego, ty kurwo" i wejść do środka pokoju, ale tego nie zrobiłem. Punisherem byłem wyłącznie w swojej wyobraźni. Chociaż naprawdę chciałem, aby za mną stał.

– Pies go gonił – powiedział Bernat i dodał: – Daria, jesteś zajebista. Mówiłem ci to już, że jesteś zajebista?

– Musisz opowiedzieć, jak straciłaś dziewictwo – powiedziała z wyraźnym przekąsem Aśka. A potem odwróciła się i jako jedyna zobaczyła mnie stojącego, opartego o framugę. I pamiętam, że w ogóle na to nie zareagowała i że odwróciła się z powrotem w kierunku Darii.

– A kto powiedział, że straciłam dziewictwo? – zapytała ze śmiechem.

– Daria, ja pierdolę – westchnęła Aśka.

– Nie, nie będę o tym mówić – powiedziała, a ja znowu go poczułem, jak stoi za mną ktoś, kto nie jest Punisherem, ktoś, kto jest trzymetrowy, ciemny, bez twarzy.

– To musisz pocałować Bernata – powiedział Kwadrat i pokazał go palcem.

– No dawaj. Daria. Zawsze mi się podobałaś. No chodź – powiedział Bernat i objął ją ramieniem, a ona (zamiast dać mu w twarz, zamiast gwałtownie zabrać tę rękę, zamiast wydrapać mu oczy) zaczęła się histerycznie śmiać.

– No dawaj, co się śmiejesz? – Bernat przysunął się jeszcze bliżej.

„Oni mnie nie widzą" – pomyślałem. „Jestem duchem. Jeśli mnie zobaczą, ona mnie wygoni. Przejrzy na oczy. Powie, że nie chce, abym tu był. Że mam iść bawić się gdzie indziej. Wracać do Zyborka. Że to nie ma sensu. Że nie chce mnie już nigdy więcej oglądać. Bo nawet Bernat, tłusty i durny Bernat, jest kimś lepszym ode mnie, może bystrzejszym, może silniejszym, na pewno mającym więcej forsy, umiejącym lepiej ją rozbawić".

– No Daria, dawaj – powiedział Bernat i przyciągnął ją do siebie, a ona tak się śmiała, była tak miękka, tak pijana i upalona, że wcale nie stawiała oporu.

I wtedy szybko pocałowała go w policzek i odrzuciła głowę w drugą stronę.

– A teraz z języczkiem, dawaj – próbował przysunąć do niej swój śmierdzący, świński ryj.

Stałem tam i byłem jak bomba.

– Nie, spierdalaj – powiedziała.

– No weź – powtórzył.

– Spierdalaj! – krzyknęła.

– No weź. – Przysunął się jeszcze bliżej.

I wtedy, ten jeden raz, na ułamek sekundy pojawił się Punisher. Stanął obok, zapalił papierosa, chociaż w komiksach nie palił. Popatrzył na młodego Bernata, popatrzył na mnie i pokazał na swój pistolet w skórzanej kaburze. I powiedział mi:

– To jest wcale niepotrzebne, stary. To jest naprawdę niepotrzebne.

– Tak? – zapytałem.

– Stary, najważniejszy jest ton głosu – powiedział Punisher.

– Co? – zapytałem lekko oszołomiony.

– Ton głosu – powtórzył głośno, po czym zniknął, zanim zdążyłem sobie uświadomić, że głos miał trochę podobny do Bogusława Lindy.

– Zostaw ją, ty świnio jebana! – krzyknąłem i wszyscy jednocześnie podskoczyli, i popatrzyli w moją stronę.

– Głowacki? – Bernat zmrużył oczy i wstał. Roztarł sobie kostki. Był jakieś dziesięć centymetrów wyższy i trzydzieści kilo cięższy ode mnie.

– Nie dotykaj jej – powtórzyłem.

Daria patrzyła na mnie, jakby próbowała sobie przypomnieć, jak się nazywam. A Bernat zaczął iść w moją stronę, niezgrabnie, chwiejąc się na boki, wdeptując w rozsypane na podłodze karty. Punishera już dawno nie było.

– Co ty powiedziałeś, kurwa, do mnie? Cwelu? – odezwał się Bernat i już był przy mnie, a ja stałem. Stałem i nie cofałem się ani o krok.

– To co usłyszałeś – powiedziałem. A Bernat wziął zamach, wolny i ciężki, i jego ręka zawisła w powietrzu, a wtedy między nami pojawiła się Daria.

– Chodź – powiedziała. – Chodź stąd.

– Zajebię cię – zapowiedział Bernat. I usiadł nagle na podłodze, nagle jak dziecko dopiero uczące się chodzić, i wszyscy, którzy siedzieli w kółku, zaczęli się gwałtownie śmiać.

I pamiętam, jak pociągnęła mnie za rękę, i poszliśmy na dół, pamiętam, że raz złapałem ją za rękę, gdy o mało co się nie wywróciła, i pamiętam, że wciąż odgarniała sobie włosy z twarzy, że przez to odgarnianie prawie nadepnęła na głowę Jareckiemu, wciąż leżącemu na podłodze w pozycji na rozgwiazdę.

– Może jednak wróć go pocałować?

– Przestań – powiedziała i jej głos zaczął się kruszyć, wilgotnieć. Otworzyła drzwi wejściowe. Wyszła na zewnątrz, a ja za nią.

– No co? Może to z nim się pierwszy raz dymałaś? Z młodym Bernatem? – zapytałem. Byłem ciężki, zaczadzony. Bolał mnie żołądek, jakby zamknięto w nim jakieś żywe, rozdrapujące go zwierzę. Pamiętam, że zapaliłem papierosa, zapominając, że jednego zapalonego już trzymam w ręku.

– Przestań, Mikołaj! – krzyknęła i zaczęła płakać, a ja pamiętam, że mi się to podobało, bo chciałem ją ukarać.

Pamiętam, że pomyślałem wtedy, że może jej matka ma rację. Może Daria rzeczywiście nie robi nic innego oprócz dawania dupy. Że spała już nie tylko z trzymetrowcem bez twarzy i młodym Bernatem. Może obsłużyła pół Zyborka, zrealizowała już każdą swoją fantazję, do niedawna nie robiła tego jedynie z taką chudą, pryszczatą, długowłosą pokraką jak ja.

– Nie było cię. Poszedłeś gdzieś. To tylko gra – powiedziała i rozpłakała się na dobre. – To tylko taka gra – powtórzyła głośno z pełnym nosem, po którym spływał makijaż.

– Jaka, kurwa, gra? – żachnąłem się. Miałem ochotę wrzeszczeć.

– Kocham cię – powiedziała przez łzy. Wyglądała jak siódme nieszczęście.

Ten domek, to wszystko, mój ojciec, piwo, makumba, której nie wypiłem, ten seks wczoraj, Trupol, Zybork – to wszystko to już było za dużo.

– Wracam do Zyborka – zdecydowałem. – Na piechotę, pierdolę to.

– Kocham cię, kocham cię, Mikołaj – powtórzyła, wciąż strasznie płacząc.

Może po prostu była beznadziejna, głupia i wcale nie taka ładna, a ja po prostu zachłysnąłem się faktem, że po raz pierwszy mam dziewczynę.

– Nie rób tego – powiedziała.

Zrobiło mi się jej szkoda. Tak, to było to uczucie. Zrobiło mi się jej szkoda. Byłem nieprzyzwyczajony do tego, że ktoś płacze z mojego powodu. Pamiętam, że podszedłem i ją przytuliłem. Że pachniała brzydko, papierosami i potem.

I wciąż chciałem zostawić to wszystko i wrócić do Zyborka, chociaż tak naprawdę nie miałem po co, bo to, teraz i tutaj, to było całe moje życie, cały mój świat na dobre i na złe, wyryty w sercu, więc przytuliłem ją mocniej, pozwalając, aby wysmarkała się w mój splot słoneczny, i powiedziałem:

– Ja też cię kocham, Daria.

Nie pamiętam, czemu tak naprawdę to powiedziałem.

O co mi chodziło. Co wtedy czułem. Czy po prostu chciałem, żeby przestała płakać. Czy w ogóle ją kochałem. Pamiętam, że tak, ale może mylę tę miłość z tym, co poczułem później, gdy już jej nie było.

I nigdy chyba nie przestanie mi się to mylić.

– Ja ciebie bardzo – powiedziała i przestała płakać, już tylko pociągała nosem.

Mikołaj

Policja o świcie znalazła Grześka przy drodze, podobno był wciąż pijany.

Jak twierdzą, palił papierosa za papierosem, pstrykał niedopałkami w przejeżdżające samochody, jakby na nich czekał. Gdy w końcu zobaczył policję, splunął. „Ten gruby komendant musiał być przy wszystkim osobiście i przy okazji trochę go poszarpać" – pomyślałem, bo Grzesiek patrzył na niego teraz tak, jakby chciał wgryźć mu się w tętnicę. Bezgłośnie ruszał ustami, a wypuszczane przez niego powietrze mogłoby układać się w słowa: „skurwysynu", „zajebię" i „pierdolony".

– Wy dobrze wiecie, kto załatwił Bernata, noż kurwa, nie musicie z mojego syna mordercy robić. – Mój ojciec stał oparty o ścianę, ręce miał opuszczone wzdłuż ciała, zaciśnięte pięści.

– Uspokój się, Tomek – mówił do niego komendant, gruby i łysy facet z narysowaną na twarzy chorobą wieńcową.

– Wy dobrze wiecie – powtórzył mój ojciec.

– My wiemy? – zapytał komendant. – Tomek, masz coś do powiedzenia? To chodź, zapraszam. Chodź, usiądziesz sobie i my wszystko zaprotokołujemy, może nawet pójdziesz na koronnego.

– Nie mam dowodów – głos mojego ojca był przytkany, jakby wydostawał się przez watę wepchniętą w gardło.

– Nie wkurwiaj mnie, Tomek – powiedział komendant. – Jak masz coś do powiedzenia, to chodź. Chodź i wszystko opowiedz. A ty tylko robisz gnój, chodzisz po ludziach, robisz rzeczy.

– Nie robię gnoju. Ja po prostu wiem, jaka jest prawda – odparł ojciec.

– Prawda jest taka, że już mamy bardzo silny trop, że tak powiem, zagraniczny, kto załatwił twojego kolegę – odparował komendant.

– To po co on tu jest?! – krzyknął ojciec, pokazując palcem na Grześka.

Grzesiek słuchał tego wszystkiego w milczeniu, stojąc w rozkroku, oparty o ścianę, z rękoma przed sobą, jakby pokazywał wszystkim, że nie jest skuty. Ale tak naprawdę ściskał jedną dłonią przegub drugiej dłoni, aby ukryć, że ta drży.

– Z paru powodów – powiedział komendant.

– Z jakich powodów? – zapytał mój ojciec.

– Z paru – powtórzył komendant.

– Jakich paru? – dociekał ojciec.

Komendant milczał przez chwilę.

– Znaleźliśmy nóż. Tam, gdzie znaleźli Bernata. Jego odciski palców tam są. – Pokazał palcem na Grześka.

– Mów do mnie! – krzyknął do niego Grzesiek.

– Jaki nóż? – zapytał ojciec.

– Motylkowy. Nóż. Rozkładany. Tomek. – Komendant westchnął.

– Zgubiłem go miesiąc temu – wysyczał Grzesiek.

– Po co tam polazłeś? – Ojciec odwrócił się do Grześka.

– Nigdzie nie polazłem. Po prostu zgubiłem ten nóż, nie mam pojęcia gdzie – powtarzał Grzesiek.

– Grzesiek, to się kupy nie trzyma. – Komendant mówił do niego, ale unikał jego spojrzenia.

– Zgubiłem, bo byłem pijany, kurwa twoja mać, ty chodzisz pijany co wieczór i gubisz, co się da, żonę, kurwa, po pijaku zgubiłeś – wysyczał Grzesiek.

Komendant westchnął jeszcze raz. Sprawiał wrażenie, jakby jego choroba postępowała z minuty na minutę.

– Uspokój się – powiedział mój ojciec do brata. Grzesiek może się nie uspokoił, ale się zamknął, zacisnął mocniej dłonie. Widziałem, że z całych sił stara się patrzeć w podłogę.

– Tomek, no musimy go potrzymać, ja rozumiem, że to błąd, ale to prokuratura naciska – powiedział policjant.

– Skąd mieliście jego odciski palców? – zapytałem.

– Czy na ciele rany kłute były? – zapytał nagle mój ojciec. Podszedł do komendanta, przysunął go do ściany i zapytał jeszcze raz: – Czy na ciele rany kłute były?

– Skąd mieliście te odciski palców? – zapytałem jeszcze raz, spoglądając na Grześka, ale on patrzył wyłącznie na komendanta jak wściekłe, przywiązane do słupa zwierzę, jak wtedy w klubie bilardowym na Maciusia. Czułem, że zaraz rzuci się na niego, odgryzie mu kawałek twarzy.

– Stara sprawa – powiedział komendant.

– Czy były rany, kurwa twoja mać?! – zawołał jeszcze raz ojciec.

– Nie, nie było – powiedział komendant tak cicho, że przeczytałem to praktycznie z ruchu jego ust.

Ojciec zrobił krok w tył. Napiął się, nabrał powietrza, jakby chciał krzyknąć, ale połknął ten krzyk, przeczekał go. I dopiero gdy przeczekał, powiedział:

– To jak nie było, to, kurwa, zwolnij mojego dzieciaka albo aresztuj pół Zyborka, a najpierw mnie.

Komendant cofnął się pod ścianę. Powiedział coś, czego nie usłyszałem.

– Co? – zapytał mój ojciec.

Widziałem, jak wyrasta nad tym małym, krągłym facetem jak wielka góra.

– Jest jeszcze jedna rzecz – powiedział komendant. – On narozrabiał wczoraj. U Wariata.

Ojciec spojrzał na Grześka, jakby chciał oderwać mu głowę. Grzesiek wytrzymał to spojrzenie. Uderzył jedynie lekko tyłem czaszki o ścianę, ale wyłącznie ja zwróciłem na to uwagę.

– Ile to będzie kosztować? – zapytał ojciec.

– Jakieś pięć tysięcy, nie wiem, może więcej – odpowiedział komendant.

Grzesiek splunął na podłogę komendy.

– Zróbże coś z nim – poprosił ojca komendant. – Trzymaj go w domu. To naprawdę nikomu nie pomaga, co on wyprawia.

Grzesiek splunął jeszcze raz na podłogę, a ja nie wytrzymałem.

– Grzesiek, kurwa, zachowuj się normalnie chociaż przez pięć minut, to naprawdę nie boli – powiedziałem w końcu, oparty o przeciwległą ścianę.

– Bo co? – zapytał, rozcierając butem ślinę po podłodze.

– Bo chcę iść do domu – powiedziałem.

– Pierdol się – odparł, nie wiadomo, czy do mnie, czy do ojca, czy do komendanta.

– Teraz nic na niego nie macie – powiedział ojciec.

– Wariat jeszcze nie złożył oficjalnego pozwu, skargi, nic – odpowiedział komendant. – Więc nic na niego nie mamy.

– A mnie aresztujesz? A mnie aresztujesz, Edek? – Ojciec odsunął się od komendanta. Widziałem, jak ten oddycha z ulgą.

Grzesiek ostatniej nocy jak zwykle pił w Undergroundzie. Ochroniarze zabronili mu podchodzić do maszyn, więc siedział przy barze i kazał polewać sobie kolejne wódki. Barmanka parę razy pytała go, czy ma dość. Kręcił głową. Pokazywał, aby wciąż mu dolewać. Chciał rozmawiać z Wariatem, Wariata nie było. W końcu wyprowadzili go stamtąd, wcześniej został tam sam, ostatni, a należało już zamykać knajpę. Grzesiek wyszedł w noc, gdzieś poszedł, wrócił po jakichś dwóch godzinach z płytą chodnikową, wybił szybę w drzwiach wejściowych do budynku, włożył do środka rękę, śrubokrętem wybił zamek. Potem wszedł do środka. Gdy już tam się znalazł, wszedł za bar i zaczął brać po kolei każdą z wystawionych na nim butelek, whisky, wyborową, koniak. Odkręcał każdą, wypijał łyk, po czym rozbijał ją z całej siły o ścianę. Gdy już cały parkiet pokrył się szkłem, zdemolował maszynę do gier i pociął scyzorykiem stół bilardowy.

Ochrona nie przyjechała tylko dlatego, że Wariat nie opłacał zbyt regularnie składek za Solid Security.

Zapytany, co zrobił potem, Grzesiek powiedział, że pojechał pod dom Wariata i zaczął krzyczeć do niego, aby ten zszedł na dół.

– Ty idioto w dupę jebany – powiedział mój ojciec, gdy siedzieliśmy już w aucie. Dopiero w środku Grzesiek się uspokoił, trochę zmiękł, jakby zeszło z niego powietrze. Rozcierał sobie nadgarstki, palił papierosa, bez słowa patrzył przez szybę.

– Zgubiłem ten nóż, po prostu. W mieście, miesiąc temu. Wkurwiony byłem, bo go lubiłem, ale zapomniałem – powtórzył, a ojciec zaczął wrzeszczeć. Nie słyszałem tego od dobrych paru lat. Wrzask ojca był jak wojna. Zawsze w końcu musiał się pojawić, nawet po wieloletniej przerwie.

– A jak przyjdzie po nas? Przyjdzie po nas, i kurwa, wrobi nas w to wszystko, to co? Że może to my zabiliśmy Bernata? I myślisz, że co? Że dla Kalta to nie jest najlepszy prezent, takie coś? Jednego udupić, resztę za to zamknąć? A te pieniądze? To ile im teraz wisisz? Pięćdziesiąt pięć tysięcy? Sto pięć tysięcy? Czyj jest ten nóż? Komu go ukradłeś?

– Ja nie kradnę – odpowiedział Grzesiek.

– Oni nas w to wrobią teraz. Mają na talerzu. Idiotę, co knajpy rozwala. Co z nożem na miejsce zbrodni chodzi. Będziesz siedział za Bernata, durniu! – wrzeszczał jeszcze przez chwilę ojciec. Gdy skończył, był czerwony jak sztandar. Bałem się, że zaraz dostanie wylewu, że pęknie mu w ciele jakiś ukryty tętniak, o którym nawet nie wie.

– Że takiego głąba zrobiłem, kurwa, to naprawdę musiałem mieć gorszy dzień – powiedział po chwili, wypuszczając mnóstwo powietrza.

– O czym wy mówicie? – zapytałem z tylnego siedzenia.

Odwrócili się obaj jednocześnie.

– O co w tym wszystkim chodzi?! – wrzasnąłem.

Czułem się jak bohater *Zamku*. Jak uchodźca. Mieszkałem w jednym domu z tymi ludźmi, moim ojcem i bratem, a oni mówili przede mną w zupełnie obcym narzeczu. Ściszali przy mnie głos. Traktowali jak szpiega. Jak konfidenta, przy którym trzeba używać szyfrów. Zebrałem włosy w kucyk, rozpiąłem koszulę, w samochodzie było strasznie gorąco. Nikt nic nie mówił. Przez szybę oblany słońcem Zybork wyglądał jak na starej PRL-owskiej pocztówce, znalezionej przypadkowo w książce z antykwariatu. Domy, zamek, sklepy przypominały kartonowe makiety. Wyobrażałem sobie, że gdyby je podnieść, spod spodu wydobyłby się czarny, cuchnący dym.

– Nieważne – powiedział po chwili Grzesiek. – Naprawdę zajmij się swoimi sprawami.

– To są moje sprawy. Mieszkam tu. O co wam chodzi? Że nie zrozumiem tego, co tu się dzieje, bo nie znam prawdziwego życia? Bo nie rąbałem drwa przez ostatnie dziesięć lat, nie hodowałem świń, nie piłem pod sklepem piwa Harnaś z puszki z facetami, którzy nie mają zębów i paznokci? To nie zrozumiem? – zapytałem.

– Mieszkasz tu, Mikołaj, jasne – powiedział mój ojciec, pocierając twarz. – Ale to są sprawy, którymi my zajmujemy się od lat.

– Od lat? Mówisz mi, że on ma odciski na policji, że ciebie ktoś będzie próbował zabić, bo ktoś porwał i zabił twojego najlepszego kumpla, i ja mam się tym nie interesować, chociaż wprowadziłem się do ciebie do domu? – zapytałem.

– Przecież zaraz masz dostać kasę. Zaraz się znowu wyprowadzasz. I już zaraz nie będziesz się tym wszystkim przejmował – parsknął Grzesiek.

Chciałem wyciągnąć go z samochodu, trzasnąć w mordę, uderzyć jego głową o auto. W ostatniej chwili ugryzłem się w rękę.

Chciałem wyjść z samochodu i pójść gdziekolwiek, ale nie miałem gdzie.

Miałem trzydzieści trzy lata i nie miałem gdzie iść. Nie zasługiwałem nawet na zły, niezależny polski film na swój temat.

Mogłem się tylko pogodzić. Z nimi, ze sobą i z tą sytuacją.

– Gdzie tu się pije kawę?

– Kawę? W domu – odparł Grzesiek, we wstecznym lusterku ujrzałem, jak mój ojciec się uśmiecha.

– Chodźmy gdzieś pogadać. Chodźmy pogadać gdziekolwiek, byle nie do domu. Chodźcie na górę – powiedziałem i pokazałem im palcem wieżę.

Za drzwiami, za którymi była kiedyś Brama, teraz mieściła się recepcja hotelu. Zajrzałem do środka. Znudzona dziewczyna w białej koszuli siedziała za ladą i z maksymalnym skupieniem wpatrywała się w ekran smartfona. Ale wszystko inne było takie samo jak wtedy – kocie łby, tablica z plakatami koncertów, wydarzenie roku, czyli Michał Bajor, a do tego festiwal disco polo i cover band Czerwonych Gitar, drewniane balustrady, repliki herbów rycerskich wyglądające, jakby namalowały je na warsztatach plastycznych dzieci ze szkoły specjalnej. Zamiast Bramy na zamku była teraz inna knajpa, przeznaczona ewidentnie dla niemieckich emerytów, którzy zjawiali się tutaj raz na jakiś czas w rachitycznych grupkach; ciężkie, drewniane krzesła z logo taniego piwa, związane na supeł parasole, brudne popielniczki, rośliny w doniczkach na żeliwnych stojakach. Usiedliśmy na zewnątrz, kelnerka, tęga kobieta około pięćdziesiątki, w kapciach, z włosami ufarbowanymi na kruczoczarny kolor, pojawiła się dopiero po jakichś piętnastu minutach.

– U was nic nie mam, co? – zapytał kelnerki Grzesiek. Uśmiechnął się. Kobieta nic mu nie odpowiedziała, nawet na niego nie popatrzyła. Poprosiłem o trzy kawy, wzięła menu i odeszła.

– Wiem, że chce wybudować ten ośrodek wypoczynkowy tam, gdzie mieszkają ci biedacy – powiedziałem. – Wiem, że z nią walczycie i próbujecie ją odwołać. Wiem, że twierdzicie, że zabiła Bernata, bo organizujecie to referendum.

– Po pierwsze, to nie drzyj się na całe miasto, a po drugie, to nie do końca – powiedział Grzesiek, chociaż dziedziniec już opustoszał, nie było słychać żadnych kroków, rozmów, żadnych głosów oprócz słabego ćwierkania ptaków.

– Trzeba zacząć od tego, że to wszystko jest jej. Jej i Kalta – powiedział po chwili mój ojciec.

– Jakie wszystko? – zapytałem.

– To wszystko – powtórzył, omiatając ręką dziedziniec zamku. – Hotel, knajpa, zamek. Ma to, co chce.

– Nie tylko to wszystko – powiedział Grzesiek, wiercąc się na krześle i znów oglądając uważnie otarte nadgarstki – tylko w ogóle wszystko, wszystko.

– Wszystkie zakłady, oba tartaki, zakład meblarski, fabrykę, to niby jest na jakieś firmy krzaki, ale tak naprawdę ma to do spółki z Kaltem. Wszystkie oprócz zakładu Bernata – zaczął wyliczać ojciec.

– No i? – zapytałem.

Odwracam się i widzę, jak na dziedziniec zamku wchodzi jakaś starsza para, powoli drepcząca, ze wszystkimi akcesoriami emerytowanych turystów, z rybackimi czapkami i piterkami na biodrach, podpierająca się kijkami do nordic walking.

– *Das ist alles unsere*. – Mój brat zaśmiał się na ich widok.

– Może lepiej, jakby to było *ihre* – odezwał się ojciec. – Może byłoby lepiej.

Kelnerka przyniosła trzy kawy na tacce. Były bladobrązowe, lurowate, ledwo ciepłe. Wypiłem swoją na jeden raz. Grzesiek nawet nie spojrzał na filiżankę, tylko zapalił papierosa.

– Wygrała wybory niedługo potem, jak wydałeś swoją książkę. Przez twoją książkę – dodał Grzesiek.

– Przez moją książkę – powtórzyłem. – Ty chyba jesteś głupi. Wygrała wybory przez książkę.

Ojciec wypił mały łyk kawy.

– Obrzydliwa kurwa. – Nie wiedziałem, czy ma na myśli burmistrzową, czy kawę.

– Rok po wydaniu. Całe miasto głosowało na burmistrzową. Poszła do wyborów z hasłem „Stop oczernianiu Zyborka" – mówiąc to, starał się nie patrzeć mi w oczy, jakby jednak było mu trochę głupio. – Mówiła o tym nawet w ogólnopolskiej telewizji, że skoro zła sława Zyborka rozniosła się po całej Polsce, to teraz będzie dobrze kojarzony w całej Polsce. Ludzie to połknęli jak młode pelikany. Że Zybork znowu będzie piękny. Że znowu będziemy z niego dumni.

Przez chwilę nikt nic nie mówi.

– Ja wiem, że ty nie chciałeś, żeby tak wyszło. Po prostu nie pomyślałeś – powiedział mój ojciec trochę ciszej, jakby innym głosem, innym gardłem.

– Generalnie to się starała, zdjęcie miała z tym, kurwa, jak mu tam, Tomaszem Lisem – dodał Grzesiek.

– Z jakim Lisem, z Gugałą – poprawił go ojciec.

Zrobiło mi się gorąco od kawy i upału, na wystawionym na słońce dziedzińcu nie było żadnego parasola, pod którym moglibyśmy usiąść.

– Słuchaj, ja wiem, że człowiek, który przestaje pić, musi sobie znaleźć jakieś nowe zajęcie, i ty je masz, walczysz z całym światem, w sensie światem, który znasz, tato, czyli z Zyborkiem. Ale gdy wychodziła moja książka, to ty byłeś zajęty piciem wódki u Bernata i podziwianiem jego fur i kredensów, i krzyczeniem w domu, że też będziesz miał takie. Więc przestań mi tu pierdolić – powiedziałem do niego głośno, aż para podstarzałych Niemców odwróciła się w naszym kierunku.

– Po prostu mogłeś zapytać. Mogłeś popatrzeć, co działo się naprawdę, i wtedy byś pomógł. A tak wymyślałeś bzdury i zaszkodziłeś – odpowiedział ojciec.

– Idę stąd – powiedziałem, ale zanim wstałem, Grzesiek złapał mnie za rękę.

– Chcesz wiedzieć, co się dzieje? Interesuje cię to? To słuchaj – rzekł.

Popatrzyłem mu w oczy. Puścił moją rękę. Zostałem. Kelnerka wychyliła się na dziedziniec, pokazałem jej filiżankę, nie wiedziałem, czy rozumiała, o co mi chodzi. Zniknęła w ciemnym wnętrzu restauracji. Wytarłem pot z czoła. Ojciec oglądał pod światło swoje paznokcie.

Zobaczyłem, jak na błękitnym, spranym niebie pojawiła się pojedyncza chmura. Była jeszcze daleko od słońca.

– Wiesz, co robili Kafel, Maciuś, Porczyk, cała ta banda, co robiło mnóstwo chłopaków w Zyborku – odezwał się Grzesiek.

– Kradli samochody – odpowiedziałem. – Wiadomo. Ta obława CBŚ była na nich.

– Obława była później – dodał Grzesiek. – No ale walili auta. Na potęgę. I robili na tym straszne pieniądze. Pamiętasz?

Kiwnąłem głową. Oczywiście, że pamiętałem. To wszystko zaczęło się w momencie, gdy wyprowadziłem się z Zyborka. Gdy Kafel i Porczyk, naziole i kretyni, przestali być nagle naziolami i kretynami, zrozumieli, że nikt im nie zapłaci za samo krzyczenie *sieg heil* i bicie ludzi za noszenie koralików i sztruksów. Pamiętam, że miejscowi mówili, że wytłumaczył im to Maciuś, najstarszy z nich – że nie ma co się bawić w ideologie, ale trzeba podnieść pieniądz z ziemi, bo on leży na ulicy. I okazało się, że po paru miesiącach już nie byli tępakami we flyersach, lecz obwieszoną złotem szlachtą w dresach.

– Potem zaczęli handlować amfetaminą. I wciąż walili auta. Zrobili sobie zakład niedaleko Kolonii. Próbowali się dogadywać, a to z Cyganami, a to z ruskimi. No ale interesów nikt robić z nimi w sumie nie chciał, bo byli strasznymi wariatami. Jak wpadali na burdel, to tapety w nim zrywali. Rozpędzali się samochodami, topili je w rzece. Jak walili sklepy, to robili sobie sesje zdjęciowe na ladach – powiedział Grzesiek.

– Między osiemnastym a dwudziestym czwartym rokiem życia nie było w Zyborku chłopaka, który by z nimi nie biegał. Może oprócz twojego brata – dodał ojciec.

– Wiesz, tu zawsze tak było – odezwał się Grzesiek. – W pewnym sensie. Zybork przed wojną to było miasto graniczne. Chlerzyce, pięć kilometrów stąd, to już była Polska, Kurpie. No i tutaj się dział zawsze cyrk. Przemytnicy, burdele, dziuple... Ale to, co się działo wtedy, przechodziło ludzkie pojęcie.

Teraz mój ojciec podniósł głowę, przechylił się przez stół, oparł łokciami o blat i zaczął mówić. Jakby mieli to zaplanowane, ten dwugłos.

– Byli tak bezczelni, że kradli w biały dzień. Było ich kilku, a po dwóch miesiącach pięćdziesięciu. Nazwiska mogę ci wymieniać przez godzinę. Każdego znam. Wiem, gdzie każdy teraz jest. Wchodzili do sklepów i brali, co chcieli. Popili się, to wybijali szyby, ludzi kopali na ulicy, i nic. Jak wchodzili na dyskotekę, to latały stoły. Albo zamykali drzwi od środka, brali panienki i dymali je po kolei na stole, czasami wszyscy naraz, a jak panienka była z chłopakiem, to chłopakowi przykładali pistolet do głowy. Policja, jak ich widziała, to przechodziła na drugą stronę ulicy. Śmiali się ze wszystkich. W twarz. Poprzedni burmistrz, Kudniewski, próbował z nimi walczyć, organizował śledztwa, to mu podpalili samochód, wybili szyby, na córkę czekali pod szkołą.

– A nowa z nimi nie walczyła – skończyłem za niego, chciałem, aby szybciej dotarł do meritum.

– Poczekaj. Spokojnie. Nie o to chodzi, że nie walczyła. Najpierw przyszedł do nich Kalt.

– Kto to w końcu? On jest z Zyborka? To Polak? Niemiec? – zapytałem.

– To Smętek. Kalt to Smętek. Kłobuk. Diabeł – powiedział ojciec i splunął.

– Nie rozumiem – przyznałem.

– Kalt mógłby tutaj stanąć, tu na parkingu przed komisariatem, i udusić małe dziecko, i nikt by mu nic nie zrobił – powiedział ojciec.

– Bo wszyscy się go boją?

– Bo znika, gdy chce. Bo gdy chce, to go nie ma – odpowiedział.

Już gdy byłem mały, rodzice mówili o jakimś Kalcie. Pamiętam to nazwisko, czasami migoczące w powietrzu, rzucane w rozmowach, których nigdy nie dosłuchiwałem do końca, bo wyganiano mnie z pokoju.

– Kalt zawsze tu był. Nie wiem, skąd się wziął. Nikt nie wie, każdy ma inny pomysł, ale nikt nie wie. Wiadomo, że pojawił się w osiemdziesiątym dziewiątym, a potem krążył. Olsztyn. Dobre Miasto. Lidzbark. Barczewo. Szczytno. Nawet Kaliningrad. Wszędzie jest coś, co należy do niego. Wszędzie są jego pieniądze. Robił je, bo przejmował interesy, bo skupował długi. Podporządkowywał sobie bandytów. Hipnotyzował ich. Rozkochiwał w sobie, był dla nich jak ojciec. Pojawiał się, potem znikał, ale zawsze był. Gdy był, to rządził. Gdy trzeba było, porywał i zabijał. Raz porwał syna faceta, który miał w Olsztynie restaurację nad jeziorem i pieczarkarnię koło Grydut. Facet nie zapłacił stu tysięcy dolarów, to kurier przywiózł mu dłoń syna w paczce. Zawsze, gdy w województwie ktoś coś zaczynał kręcić, to Kalt się wtrącał. I wtedy też się wtrącił. Zawołał tych chłopaków i powiedział im, że wszystko fajnie, ale jak tak dalej będą rozrabiać, to za pół roku, za rok, będą siedzieć po kryminałach, porozpierdalają się o siebie nawzajem, Cyganie przejmą interes, a pieniądze pójdą w pizdu. Że trzeba myśleć, a nie się wygłupiać. Przygarnął ich, zwłaszcza Maciusia. Mówił o nim „mój chłopiec". Obiecywał mu, że zostanie milionerem. Nauczył ich, że pieniądze trzeba inwestować. Prał im forsę. To przez Kalta Maciuś sprzedał małe interesy, bilard, wypożyczalnię wideo i otworzył duże: hotel, dom weselny, siłownię. Powiedział im, że aby rzeczywiście rządzić, trzeba rządzić legalnie. Mieć po swojej stronie władzę. Burmistrzów, radnych, prezydentów miast.

– No ale potem była ta cała obława i wszystkich zamknęli – powiedziałem i przypomniałem sobie jak przez mgłę ten moment, gdy leżąc w „Mordorze" i oglądając telewizję, przełączyłem na wiadomości i zobaczyłem kolejną relację z Zyborka – antyterrorystów z bronią, przyczajonych na dachach, policyjną blokadę dróg, biegających po rynku facetów w kominiarkach i rozemocjonowanego prezentera, który twierdził, że w Zyborku właśnie doszło do zatrzymania „bardzo niebezpiecznej, zorganizowanej grupy przestępczej". Pamiętam, że oglądałem to z dużym rozbawieniem i że w tej relacji wspomniano coś o mojej książce. „Kolejna z plag, która spadła na małe, urocze, mazurskie miasteczko" – powiedział prezenter.

– Tak, była dlatego, że oni się go nie słuchali. Najpierw zginął dziennikarz z „Gazety Olsztyńskiej". Facet przyjechał do Zyborka zrobić materiał, bo już po całym województwie się roznosiło, że bandyckie miasto. Ty wtedy w Warszawie byłeś. Poszedł na dyskotekę, na Bronks, skąd wyniesiono go już w czarnym worku. Widziałem na kamerze, ten z Bronksu mi pokazywał, jak jeden, chyba Guzioł, w łazience bierze chłopaka za głowę i wali o ścianę. Mocno walnął, śmierć na miejscu. Tylko nagranie potem gdzieś zginęło. A potem – Kalt im mówił, uważajcie, już pieniądze macie, nie wygłupiajcie się – oni napadli na McDonalda przy siódemce. To Porczyk wymyślił. Nie wiadomo po co, nudziło im się już chyba. Weszli przez dach, pół miliona utargu wzięli. Porczyk wesele wyprawił za to siostrze, jakbyś zobaczył to wesele, człowieku, tu w Rajborowie, pod dom weselny każdy inną limuzyną podjeżdżał. I na tym weselu jakaś awantura była o te pieniądze, i ten Guzioł, idiota zupełny, psychopata, wziął i się wkurwił, pojechał do domu po broń, tetetkę jakąś, i akurat u jego siostry jakieś chłopaki były. I był tak napity, i nawciągany amfetaminą, że wziął tetetkę i zaczął strzelać do tych chłopaków, bo sobie wkręcił, że oni mu będą siostrę we dwóch dymać. Jeden na miejscu padł, drugi wyskoczył przez okno, nogę złamał, ale przeżył. Guzioł poszedł siedzieć, mieli już na niego tego dziennikarza.

No i wydał wszystkich. Powiedział, gdzie w lesie są samochody. Gdzie jest zakład, w którym robili amfetaminę – barak taki mieli w lesie, za Papiernią. I wtedy zrobili obławę. Wszystkich zawinęli, razem z Maciusiem. Kalt zniknął, wyjechał gdzieś, mówili, że do Afryki, do Egiptu, do RPA. I miesiąc później Bulińska wygrała wybory. Powiedziała, że już żadnych obław nie będzie, nie będzie szkalowania Zyborka, nie będzie więcej książek o Zyborku, w których wypisują nieprawdę.

– No mów. Wygrała i co dalej? – Odwróciłem się, aby popatrzeć na emerytów z Niemiec, ale już dawno zniknęli. Siedzieliśmy na dziedzińcu zupełnie sami. Ojciec znowu zaczął mówić. Za każdym razem obniżał głos o jeden poziom, teraz mówił już tak cicho, że prawie musiałem przystawić ucho do jego ust.

– Kalt przyszedł do niej podobno dwa dni po zaprzysiężeniu. Wszedł na posiedzenie rady miasta, kazał wszystkim wyjść. Jak kazał, tak wstali i wyszli. Został sam z Bulińską, siedź, powiedział do niej. Kim pan jest, zapytała. Panem i władcą północy, odpowiedział. Rozglądał się po ratuszu, jakby to był jego dom, który sobie właśnie wybudował. Powiedział, że jego chłopcy wyjdą za rok, za dwa, i zrobią tu gnój, jakiego świat nie widział. Spalą ten Zybork. Zemszczą się. Są głodni i źli, powiedział, jak wilki, które związano łańcuchami. Wilków nie można wiązać, powiedział. Jak ona chce spokoju, ma im pozwolić działać, działać i jeść, bo są bardzo głodni. Inwestować pieniądze, które w większości cały czas leżały pochowane po lasach. Ona, co z tego będzie miała. Bogatą gminę, on jej na to. Oddaj nam zamek, oddaj nam tereny przy jeziorach, oddaj nam zakłady, a będziesz wspólniczką. Będziesz ustawiona do końca życia. Będziesz sobie rządzić tutaj, ile chcesz. I ona na to przystała. I wszyscy tutaj, którzy cokolwiek mieli i na coś przystali, też się na to zgodzili. I chłopaki wyszli, trzy, cztery lata posiedzieli, bo

Kalt ma też swoje kanały w prokuraturze. To cały czas trwa. To rośnie. Oni wbili w tę ziemię kły jak wampiry i piją krew. Na nic nie patrzą. Nie patrzą na ludzi. Ci, u których byliśmy, ten ośrodek, co tam chcą zbudować. To kolejny interes, jej i Kalta, jak prawie wszystko tutaj. Przepuszczony przez jakąś spółkę na czyjegoś szwagra, co mieszka na Pomorzu albo w Szwecji i go nikt nigdy na oczy nie widział. Jak ktoś się na to nie zgadza, to traci wszystko, na co pracował całe życie. Tu rządzą bandyci, Mikołaj. To miasto bandytów. Bulińska szybko stała się bandytką, szybko w tym posmakowała. Zakochała się w Kalcie, jak wszyscy. Zakochała się w Kalcie i w pieniądzach. Tutaj niby w małym domku mieszka, ale byś teraz jej chałupę zobaczył nad jeziorem w Rajborowie. Człowieku! Dwieście metrów dom z drewna, hektar działki, w lesie, strusie tam ma, nutrie, kurwa, żyrafy tylko tam nie ma. A Kalt przyjeżdża co drugi weekend. Na karty. Czasem zostaje na noc.

Grzesiek przez chwilę spoglądał w niebo, jakby czegoś tam szukał. Rozejrzał się dookoła. Popatrzył na wyświetlacz telefonu, schował go do kieszeni.

– Kamila dzwoniła.

– Kiedy? – zapytał ojciec.

– Jakieś siedemdziesiąt razy, kurwa mać – odpowiedział Grzesiek.

– Co, ona jest tutaj? – spytał ojciec.

– Chyba – odpowiedział Grzesiek.

– Lecimy. – Ojciec wstał, położyłem na stole należność za kawopodobny płyn, ale równocześnie zatrzymałem ojca ruchem ręki, popatrzyłem mu w oczy.

– Poczekaj chwilę. Bernat. A co Bernat miał z tym wszystkim wspólnego? – zapytałem.

– Bernat się na to nie zgadzał. On i parę innych osób. Bernat powiedział, że nie będzie żadnego dogadywania się z bandytami. Żadnego przejmowania zakładów, budowlanej samowolki. Zaczął gadać. Oficjalnie, w twarz jej powiedział na festynie, przy ludziach, że w żadne interesy to on z nią nie będzie wchodził. No to ta zrobiła mu kontrolę w zakładzie, Sanepid, skarbówka. Uwzięła się na niego. Zaczął płacić kary. Potem sama przyszła zrobić wizytację w zakładzie, to jej nie wpuścił. Poszedł do prasy. Jakieś tam artykuły się ukazały, oczywiście nikt nie zwrócił uwagi, bo kto teraz gazety czyta, no ale się ukazały. No i to on wpadł pierwszy na pomysł, aby zrobić referendum. On do mnie z tym przyszedł.

– I co? Też miałeś problemy? – zapytałem.

– Człowieku. Przecież ona, jak jeszcze nic nie zrobiłem, złożyła donos do skarbówki, że ja na lewo stary chleb sprzedaję do Caritasu. Że oddaję biednym. Czterysta tysięcy kary chcieli mi dowalić. Myślisz, że dlaczego Jasiek i Joaśka chodzą do szkoły w Szczytnie? Tu dyrektorka powiedziała, że oni się do gimnazjum nie dostaną. Godzinami ci mogę opowiadać – powiedział ojciec.

– A czemu zniknął Maciuś? Skoro ten cały Kalt traktuje ich jak synów?

– Co ty o tym Maciusiu? – odpowiedział pytaniem ojciec.

– Nie pasuje do tej układanki – stwierdziłem.

– Nie mam pojęcia. Maciuś nigdy nie był karny. Zawsze robił swoje i robił głupio. Podpadł komuś, kto się Kalta nie boi. Czyli albo Cyganom, albo ruskim – powiedział. – Ja po nim płakał nie będę. To bandzior, prymityw, półmózg.

Grzesiek też wstał. Ruszyłem za nimi. Szliśmy po oblanym słońcem bruku w dół, w stronę samochodu. Grubawa, zmęczona kelnerka stanęła w drzwiach restauracji, aby odprowadzić nas wzrokiem. I wtedy nagle ta pojedyncza chmura natrafiła na słońce, przysłoniła je, i w jednej sekundzie Zybork odzyskał swój naturalny kolor, barwę spękanego azbestu.

– U Bernata pojawili się zaraz po tym, jak on przyszedł do mnie – powiedział cicho ojciec, gdy weszliśmy w długą, niską bramę prowadzącą na zewnętrzny dziedziniec. Było w niej chłodno, ciemno. Ojciec podszedł do muru, patrząc na plakat przedstawiający śpiewaka z gitarą akustyczną. Zaczął zdrapywać paznokciem róg plakatu. Po chwili przestał.

– Kafel z Porczykiem. Przyszli normalnie do niego pod dom, w nocy. Stali pięć godzin aż do świtu, czekali, aż wyjdzie rano do sklepu. A jak wyszedł, Porczyk wyciągnął gazówkę i powiedział, że ma zamknąć mordę i być grzeczny. Bo się zadzieje – powiedział Grzesiek, rozciągając się.

– Nie boją się – odezwał się mój ojciec, wyciągnął z kieszeni paczkę gum do żucia, była pusta, więc cicho syknął i rzucił papierkiem przed siebie. – To ja powiedziałem Bernatowi, żeby wziął i uciekał do tej baby. Gdzieś, gdzie go nie znajdą. On się śmiał z tego. W ogóle nie traktował tego poważnie. A co mi zrobią, mówił.

W jego twarzy, jak zwykle, nic się nie poruszało. Słońce znowu wyszło zza chmury, oblewając nagle jego profil, ściętą na zero głowę, skórzaną kurtkę – to wszystko zaczynało wyglądać jak wycięte z tej rzeczywistości ostrym nożem. Każdy kontur sylwetki mojego ojca wyglądał jak ostrze. Zeszliśmy na dół zamkowego wzgórza, pod zaparkowany przy chodniku samochód.

– Ale w końcu pojechał – powiedziałem.

– Jak przyszli drugi raz i zabili mu psa, i podpalili auto, i swastykę namalowali na drzwiach, to w końcu pojechał – odpowiedział mój ojciec.

– Kaflowi to z dziesięć lat zajęło, zanim nauczył się te swastyki malować. – Grzesiek się uśmiechnął.

– Więc do ciebie też mogą przyjść – stwierdziłem, patrząc na mojego ojca.

– Niech przychodzą – odezwał się po chwili.

– Po dzieciaki też? To warto w ogóle? – zapytałem, myśląc o moim przyrodnim rodzeństwie.

– Zawsze warto – odpowiedział Grzesiek, wydmuchując dym. Jego telefon znowu zadzwonił. Odebrał. – Jestem za pięć minut. Co? – powiedział. – Co? Czy ciebie popierdoliło?

Grzesiek odszedł na chwilę od auta. Głośno krzyczał i przeklinał. Nie wiem dlaczego. Słońce oblewało go, jakby chciało go stopić. Ojciec nie zwracał na niego uwagi, ale otworzył drzwi, nie patrząc już na Zybork, wsiadł do środka i zamknął na chwilę oczy, jakby chciał dać im odpocząć.

Grzesiek wrócił do auta, siadł z przodu, trzaskając drzwiami tak mocno, że o mało co nie wybił szyby. Drżał, jakby zaraz miał pęknąć.

– Co się stało? – zapytałem.

– Noż kurwa jedna – odpowiedział. – Przyjechała sama, dzieciaki w Niemczech zostały.

– I gdzie ona jest? Tutaj? Pod domem jest? – zapytał mój ojciec.

– Pod domem – odrzekł Grzesiek. Obie jego dłonie się trzęsły. Odwrócił się w moim kierunku. – Daj jeszcze jednego papierosa, do skurwysyna – powiedział do mnie.

Twarz mojego ojca na chwilę złagodniała, ale wystarczyło, aby potarł ją dłońmi, i już nadawał jej poprzednią ostrość. Nie patrzył na Grześka. Patrzył przed siebie, na Zybork.

– Jedziemy. – Przekręcił kluczyk w stacyjce.

Justyna

Było późne popołudnie, gdy wróciliśmy z tej potwornej wsi. Od razu poszłam spać. Bałam się, że w połowie schodów stracę przytomność i osunę się na podłogę. W końcu doczołgałam się do łóżka. Czułam się jak coś zepsutego, jakbym miała pleśń w mięśniach. Nie spałam długo. Agata złapała mnie za nogę w kostce i delikatnie potrząsnęła. Wyrwałam się ze snu, jakby coś gwałtownie wypchnęło mnie na powierzchnię wody. Na chwilę straciłam oddech. Pokazała mi gestem, abym wstawała.

– Po co? O co chodzi? – zapytałam cicho.

– Chodź – powiedziała równie cicho i wyszła z pokoju.

Oczywiście zrobiłam to. Wczoraj w nocy, głupia idiotka. Co takiego jest w byciu żałosnym, że jest silniejsze od ciebie? Honor to coś, co wypada z kieszeni przy pierwszej lepszej okazji, jak klucz bez breloczka.

Zrobiłam to po tym, jak opatrzyłam Mikołajowi głowę.

Mikołaj nie zrobił tego pierwszy raz. Zrobił to już kiedyś, gdy wychodził z heroiny, byliśmy ze sobą raptem parę miesięcy. Ale wtedy tego nie pamiętał i uderzył mnie pięścią w twarz. Następnego dnia, gdy powiedziałam mu o wszystkim (nie miał pojęcia, skąd wziął się mój siniak), płakał chyba dwa dni. Powiedziałam mu, że już dość, żeby już przestał płakać i że wiem, że to nie był on.

Teraz oczywiście wiem, że to on. Gdy osoba, którą kochamy, używa w stosunku do nas przemocy, wmawiamy sobie, że to tak naprawdę nie ona, że coś ją zmieniło, opętało. Opętania nie istnieją.

Powinnam go wtedy zostawić, ale wiedziałam, że beze mnie umrze. Nie mogłam mieć go na sumieniu. Powinnam się spakować, ale zamiast tego zagroziłam mu, że jeśli zrobi to jeszcze raz, to go zabiję. No i teraz – prawie go zabiłam.

„Musimy się rozstać" – myślałam wczoraj w nocy, gdy już założyłam mu opatrunek, a on, nieprzytomny, zasnął obok. „Muszę go zostawić. Będzie jeszcze gorzej. On jednak musi być sam. Tylko to go ocali. Tylko wtedy stanie się samodzielny. Tylko wtedy się naprawi. To miejsce jest przeklęte, karmi wszystko, co jest w Mikołaju najgorsze. Z dnia na dzień staje się coraz bardziej zrezygnowany, coraz bardziej pijany, coraz bardziej przeżarty tym wszystkim, co tu się dzieje. Swoim ojcem, bratem". Myślałam chłodno i logicznie, a przynajmniej tak mi się wydawało. Nie płakałam.

Kurwa ich mać, pieniądze. Zapomniałam o pieniądzach. Forsa to upiór siedzący ci na klatce piersiowej, wciskający kolano w gardło. Gdyby nie ona, nie byłoby tego wszystkiego.

Była chyba druga w nocy, gdy wstałam i poszłam do łazienki.

Zamknęłam się od środka, usiadłam na opuszczonej desce sedesowej nie ściągając spodni. Wchodząc, starałam się nie patrzeć w lustro. Wiedziałam, że wyglądam jak dzieciobójczyni. Zamiast w lustro popatrzyłam na wannę i zorientowałam się, że nigdy nie położę się w tej wannie, nie zrobię sobie w niej kąpieli, nie nałożę sobie w niej maseczki i nie wyjdę z niej, i nie przewiążę się ręcznikiem, i nie pójdę tak do swojego łóżka, aby poczytać jakiś gówniany magazyn. Że najwyżej mogę brać w tej wannie szybki prysznic i jeszcze szybciej z niej uciekać. Jak w akademiku albo w więzieniu. Dopiero wtedy zaczęłam płakać. Aby być cicho, gryzłam ręcznik. Pod ręką miałam piwo. Otworzyłam je i wyciągnęłam telefon. Przez dłuższą chwilę patrzyłam w wyświetlacz, jakby miało się na nim objawić coś specjalnie dla mnie, jakaś odpowiedź, przepowiednia, rozwiązanie zagadki. Żeby uzyskać jego numer, wystarczył jeden ruch palca. Znalazłam go i napisałam:

„Ty chuju".

Wydawało mi się, że nie mam mu nic więcej do powiedzenia. Od razu wyświetlił się napis: „dostarczono". Wypiłam głęboki i długi łyk piwa, było ciepłe, ale mocno gazowane, szybko się we mnie zadomawiało, smarowało mnie od wewnątrz. Papierosy leżały pod ręką. Otworzyłam okno, zapaliłam. Były pyszne.

„Odczytano".

„Zrobiles to specjalnie", napisałam. „Dales im te materialy tylko po to, abym do ciebie teraz napisala".

Telefon zakomunikował: „odczytano", ale obok nie pojawiła się chmurka z trzema kropkami. Piwo było wciąż niezłe, a papierosy wciąż pyszne, więc pisałam dalej:

„Zrobiles to z zemsty za to ze wyjechalam".

„Dostarczono".

„No napisz cos, tchórzu".

„Dostarczono". Przestał nawet odczytywać.

Poszłam jeszcze po następne piwo i w sumie wysłałam do niego jeszcze jakieś piętnaście, a może nawet dwadzieścia wiadomości. Gdy wróciłam do łóżka, byłam już zupełnie pijana, więc rzuciłam telefon na podłogę. Nawet nie przełączyłam telefonu na tryb samolotowy, chociaż przecież mógł zadzwonić, mógł odpisać na każdą z moich piętnastu wiadomości, a Mikołaj mógł to wszystko zobaczyć.

Ale niezbyt mnie interesowało, co Mikołaj zobaczy, a czego nie.

A potem obudził mnie ojciec Mikołaja i pojechaliśmy do tej wsi. W samochodzie, telepiącym się na dziurawym asfalcie, zorientowałam się, że wszystkie wiadomości, które wysłałam, zostały odczytane. Wszystkie po kolei. Równie dobrze mogłam podrapać mu karoserię gwoździem, wybić szyby, wydzierać się nocą pod jego oknem. Z każdą kolejną czytaną wiadomością było coraz gorzej; nie pamiętam pisania połowy z nich; gdy doszłam do czegoś o małym i starym kutasie, schowałam telefon z powrotem do kieszeni. Żałowałam, że nie mogę oderwać sobie głowy i włożyć jej gdzieś pod ubranie.

A teraz znowu obudziła mnie Agata i miałam już wrażenie, że wpadłam w koszmar, bezustanny ciąg pobudek. Zapytałam ją, o co w ogóle chodzi.

– Chcesz wiedzieć, co się stało, co tu się dzieje? – pyta, odwracając się odruchowo w stronę domu Grześka.

– Chcę – przytakuję i siadam.

Siadam na krześle przy stoliku, patrzę na nią uważnie. Patrzę, jak mi się przygląda.

– Chcesz o tym napisać. Ukradli ci temat. Opublikowali jako nie twój w gazecie – mówi, pokazując zgnieciony egzemplarz leżący na szafce, który dopiero teraz zauważyłam. Patrzę na niego jak na obwieszczenie o mojej publicznej egzekucji.

– No tak – mówię, bo co innego mogłabym powiedzieć.

– Wzięłaś ją bez płacenia. Musiałam potem wrócić i oddać. – Agata rzuca gazetę na stół, odsuwam ją od siebie jak coś zgniłego, przeżartego gangreną.

– Przepraszam – mówię.

– Kosztowała dwa pięćdziesiąt. – Wzrusza ramionami i pokazuje, abym zeszła na dół. Gdy schodzę po schodach, kręci mi się w głowie. Na dole podsuwa mi pod nos talerz z obiadem, z którego daję radę zjeść jakieś dwa widelce.

Mniej więcej pół godziny później wysiadamy pod niskim, szerokim domem jednorodzinnym, całym z drewna, ze spadzistym dachem i przeszklonym ogrodem zimowym. To nie jest typowy dom z Zyborka, to bardziej wakacyjny dom bogatych warszawiaków. Po podwórku biega owczarek niemiecki, który sprawia wrażenie, jakby był ślepy – chce szczekać, ale nie do końca wie, w którą stronę. Być może szczeka na wiatr, który nagle się rozhulał, albo na szare niebo; nie potrafi objąć nas wzrokiem, stanąć przed nami prosto; wyraźnie coś mu przeszkadza, jakieś uszkodzenie, awaria błędnika.

– Dlaczego właśnie ja? – pytam Agaty.

– Bo powiedziałam jej, że jesteś dziennikarką. – Agata wzrusza ramionami.

– Jakiej jej? – pytam i wtedy w drzwiach staje ewidentnie niewyspana kobieta w szlafroku i kapciach.

– Cześć – mówi do niej Agata, a ona podchodzi do furtki, próbując się jak najszczelniej zakryć przed wiatrem, i dopiero wtedy ją poznaję – to dyrektorka szpitala, która wtedy w nocy kazała zawieźć Bernatową do domu. Dobroczyńska czy jakoś tak.

– Cześć, Agata – zwraca się do Agaty, po czym wyciąga do mnie rękę i mówi:

– Dobocińska. Maria.

– Justyna Głowacka. Już się poznawałyśmy – odpowiadam. Kiwa głową, jakby puszczała to mimo uszu. Najwyraźniej nie pamięta. Wygląda, jakby przespała ostatnie trzy doby, ale jeszcze nie odpoczęła. Ma bladą, zmęczoną skórę, a pod oczyma czarne obwódki. Jest mi głupio. To intymny moment. Ta kobieta w życiu nie wyszłaby tak na ulicę.

Dom w środku jest szeroki, głuchy i pusty. Ładnie urządzony, nowocześnie, mógłby być domem gdzieś pod

Warszawą. Widzę wielki, metalowy okap nad kuchnią, telewizor zawieszony na celowo nieotynkowanej ścianie, drewnianą, świeżo wycyklinowaną podłogę. W kącie pokoju stoi nowy, biały piec kaflowy. Maria szybkimi ruchami, jakby gdzieś się potwornie śpieszyła, nalewa wody do dzbanka, wkłada torebki z herbatą do kubków.

– Gdzie córki? – pyta Agata.

– W szkole, a gdzie? – odpowiada, zalewając wrzątkiem herbatę.

– Jak się czujesz? – Agata nic sobie z tego nie robi.

– Nieprzytomna jestem – odpowiada Dobocińska. Mówi to trochę głośniej. Wyraz „nieprzytomna" jakby odbija się echem od metalowego okapu i spada na podłogę jak wyrzucona w powietrze moneta.

– To daj jeszcze cukier – mówi Agata, odwraca się do mnie, pokazuje Dobocińską palcem i dodaje: – Chodziłyśmy razem do liceum.

– To było trzysta lat temu. Nie było wtedy prądu. Żyły dinozaury – odpowiada Dobocińska, siada w końcu przy stole, bierze kubek w obie ręce.

Mam wrażenie, że w tym domu zawsze kogoś brakuje, nigdy nie ma tu wszystkich domowników jednocześnie, że wszyscy muszą się tutaj nieustannie nawoływać. Zauważam, że Dobocińska stara się mówić jak najciszej. Jakby nie cierpiała echa, które roznosi się po domu, gdy mówi się zbyt głośno.

– Pani mąż też jest lekarzem, tak? – pytam, wsypując do herbaty zaporową ilość cukru, jakby miał mnie zbawić.

– Jesteś dziennikarką, tak? – Dobocińska nie słyszy pytania.

– Tak jakby – odpowiadam.

Kiwa głową.

Wstaje, wyciąga coś z szafki, kładzie to na talerzu i stawia przed nami. Zaschnięte wafelki. Na ich widok momentalnie zasycha mi w ustach. Wypijam duży łyk herbaty, Dobocińska przypatruje mi się przez chwilę, jakby zastanawiała się, kim jestem i co w ogóle robię w jej mieszkaniu, po chwili macha ręką, jakby odganiając jakąś znaną tylko sobie myśl, otwiera lodówkę, wyciąga z niej otwartą butelkę białego wina. Z szafy wyjmuje trzy kieliszki, stawia je przed nami bez pytania. Nalewa do pełna. Swój wypija od razu, duszkiem.

– Mój mąż jest policjantem – mówi po chwili. – Prowadzi to śledztwo. W sprawie Bernata.

– O tym chciała pani rozmawiać? – pytam.

Dobocińska podnosi wzrok, patrzy przez chwilę na Agatę. Potem odwraca się do mnie.

– Pani jest żoną Mikołaja, tak?

Kiwam głową.

– Widzi pani, to śledztwo jest w martwym punkcie. Mój mąż przychodzi codziennie do domu i załamuje ręce. Nie wiedzą, co się stało. Zabrali się do tego ludzie z wojewódzkiej, ale nie potrafią nic znaleźć. Wciąż idą tropem, że to porwanie dla okupu, że to być może Rosjanie. Ale jacy Rosjanie? Mają jechać tam i wypytywać ludzi na ulicy? – mówi powoli, wzdychając co parę słów, jakby coś ją bolało.

Patrzę na Agatę, chcę, aby coś dopowiedziała, ale ona tylko daje mi znak głową, abym dalej słuchała Dobocińskiej.

Stawia kubek. Patrzy na mnie przez dłuższą chwilę. W jej oczach jest zmęczenie, nie tylko zmęczenie człowieka niewyspanego.

– Ja myślę, że pani teść ma rację w tym, co mówi – odzywa się po chwili. – Myślę, że sytuacja tutaj, w Zyborku, wymknęła się spod kontroli. Ja myślę, że to jest patologia. Ale ja, w przeciwieństwie do niego, myślę, że można to powstrzymać wyłącznie z zewnątrz. Dlatego chciałam z panią porozmawiać, bo może pani uda się coś zrobić. Tomasz uważa, że wszystko powinno zostać w Zyborku. Że to nasza sprawa, co tu się dzieje. I nie powinno to nikogo interesować – dodaje, widząc mój pytający wzrok.

Za moment znowu wstaje, otwiera szufladę, wyciąga tekturowe pudełko pełne leków. Wysypuje sobie na dłoń jakieś tabletki. Połyka ich dużo. Tyle, że musi je rozgryźć. Robiąc to, nawet się nie krzywi.

– Mój teść... jeśli mój teść mówi prawdę, to znaczy, że jest w dużym niebezpieczeństwie – odpowiadam, patrząc na Agatę.

– Jeszcze nam nic nie zrobili – mówi Agata – bo całe miasto wie, że my wiemy, że my mówimy o tym na głos. Nie można tak od razu.

– Nie bójcie się. Coś zrobią. – Dobocińska podchodzi do małego, wiklinowego, wciśniętego w kąt stolika, sięga do leżącego na blacie stosu gazet. Czegoś szuka, po czym wraca z tym czymś w ręku i kładzie na stole.

„Dyrektorka szpitala zarabia więcej niż premier" – napis czerwoną czcionką zdobi okładkę pomiętego egzemplarza „Kuriera Zyborskiego". Dobocińska na zdjęciu wygląda dużo młodziej. Jest umalowana, szeroko się uśmiecha, pokazując zęby białe jak u aktorki.

– Brat Bulińskiej jest redaktorem naczelnym. – Wskazuje palcem gazetę. – Teraz już oczywiście wszyscy chcą wywieźć mnie stąd na taczkach. W szpitalu mam non stop kontrole. Zaraz będę miała tam grzybicę, jakieś fikcyjne zakażenie. I tyle, odwołanie w trybie dyscyplinarnym, narażenie życia ludzi, wpis do akt, dziękuję.

– Wystarczy, że zaczęła mówić. – Agata znowu pokazuje Dobocińską palcem. Jej to zupełnie nie przeszkadza, to pokazywanie palcem i mówienie o niej w trzeciej osobie.

– Co więcej, ja się niedługo rozwiodę przez to wszystko – mówi dalej Dobocińska – bo mój Piotrek uważa, że oczywiście wy wszyscy jesteście lunatykami, że nie wiecie, co jest prawdą, a co kłamstwem, że głupoty gadacie. Że cały ten Kalt to jest jakaś fikcja, że nikt go na oczy nie widział. Bernata ruscy dorwali, bo nie chciał płacić haraczu. I tyle. I że to jest szukanie dziury w całym, szkalowanie człowieka.

– Ma jakieś dowody? – pytam.

Dobocińska przez chwilę bez wyrazu patrzy na kaflowy piec w rogu pokoju. Ogląda krótko spiłowane paznokcie.

– Ma dostać awans – mówi po pewnym czasie. – Komendant niedługo będzie przechodził na emeryturę.

Odwracam się za siebie. Przez szybę ogrodu zimowego widzę, jak oszołomiony pies coraz wolniej biega w kółko. Być może próbuje osaczyć leżącą nieopodal zabawkę.

– Musi pani wiedzieć, że ja działam na własną rękę, że zostałam zwolniona – odzywam się po chwili. – I nie mam już tak dobrych kontaktów z redakcjami.

– Widzisz, to mięso, ta krew, które Bernat miał w ustach, zostały zbadane, kryminalistyka zbadała je w laboratorium. Były testy DNA. Mąż mi o tym opowiedział, oczywiście mam nikomu nie mówić. Wymusiłam to na Piotrku dlatego, że Bernat to mój były pacjent – mówi Dobocińska.

– I co? – pytam cicho, czując, jak robi mi się trochę zimno w szyję.

– Rzeczywiście to ludzkie. Mogło być ewentualnie świńskie, ale na pewno jest ludzkie. I co więcej, wygląda, jakby było jego własne, prawie pełna zbieżność DNA – odpowiada. – Tak jakby zaczął zjadać siebie. Niemniej nigdzie na ciele nie miał głębokiej rany. Nie miał skąd tego mięsa, za przeproszeniem, nabrać sobie do gęby. Miał jakieś zadrapania, ukłucia, ale nigdzie nie było żadnego głębokiego urazu.

– Makabra. – Czuję, że zimno z mojej szyi spełza w dół pleców jedną długą kroplą jak ciekły azot.

– Tu wszystko to makabra. – Dobocińska kiwa głową. – Ale nikt nie wie, co z tym zrobić.

Ktoś dzwoni do drzwi, dźwięk dzwonka rozlega się w tym szerokim wnętrzu niczym alarm, wszystkie trzy jednocześnie podskakujemy ze strachu. Dobocińska łapie się za serce. Odruchowo bierze swój kieliszek i wylewa zawartość do zlewu, chowa butelkę z powrotem do lodówki. Ja w końcu wypijam łyk, wino jest zimne, tak zimne, że trudno tak naprawdę stwierdzić, jaki ma smak, poza tym, że jest cierpkie i na chwilę wypłukuje tę chlebowatą suchość z moich ust.

– Kto to? – pyta Agata.

Dobocińska podchodzi do drzwi. A mnie nagle coś się przypomina.

– Posłuchaj, a Bernatowa... – zaczynam.

– Poczekaj. Poczekaj chwilę – przerywa mi Agata, wstaje i sama się wychyla za róg, by zobaczyć, z kim rozmawia jej koleżanka.

Na podwórku już nie widać psa. Dobocińska zniknęła. Wypijam łyk herbaty, wstaję, biorę głęboki oddech.

– Cześć, Agata – mówi mężczyzna, podchodzi do niej i ściska jej dłoń. Potem podchodzi do mnie, wyciąga rękę i się przedstawia: – Dobociński.

Ma szeroki uśmiech, który podkreśla jego podwójny podbródek. Na pierwszy rzut oka jest typem wiecznie zadowolonego misia, kumpla całego świata, poklepującego po plecach obcych ludzi po kilku minutach znajomości. Kątem oka patrzę na Dobocińską. Jest inna, bardziej napięta, wykonuje dużo szybsze, nieskoordynowane gesty. Być może denerwuje ją wszystko, ale sprawia wrażenie, jakby jej własny mąż denerwował ją najbardziej.

– Nie wiedziałam, że tak wcześnie wrócisz – mówi, oparta o blat.

– Nie wiedziałem, że będziesz miała koleżanki – odpowiada wciąż ze swoim przyklejonym uśmiechem, otwierając lodówkę, wyciąga z niej kawałek kiełbasy i słoik musztardy, zaczyna jeść.

– Nie możesz tego jeść. Widziałam twoje wyniki – mówi Dobocińska.

– Oj, daj spokój, Marysiu. Mam wyniki jak małolat, po prostu świetne. – Dobociński stawia na blacie słoik z włożoną do środka kiełbasą i zaciera ręce.

– Jakbyś miał siedemdziesiąt lat, to może byłyby świetne – mówi Dobocińska.

Jej mąż znowu się uśmiecha, krąży po kuchni, jeszcze czegoś szukając, jak namolny owad, jak bąk. Dobocińska bierze słoik, wyjmuje z niego ostrożnie mięso, wyrzuca je do kosza, chowa słoik z powrotem do lodówki.

– Musimy iść. – Agata wstaje z miejsca.

– A co takiego ważnego omawiałyście? – pyta mąż Dobocińskiej, drapiąc się po szyi. Przez chwilę wydaje mi się, że sam otworzy kosz na śmieci i wyciągnie kiełbasę, którą wyrzuciła tam jego żona.

– Koleżanka Głowacka uprawia jogę i bardzo ciekawie o tym opowiada – mówiąc to, Dobocińska wpycha we mnie swój wzrok.

Przypomina mi się, że nie byłam na jodze gdzieś od roku. Mam mięśnie jak flaki i stawy jak stare supły.

– A proszę cię bardzo. Cokolwiek ci pomoże, kochanie. – Dobociński wyciąga z lodówki kolejny łup, tym razem opakowanie sera, i siada na kanapie.

– Co Bernatowa mówiła o swoim synu? – pytam Agaty, gdy już wyjeżdżamy spod domu Dobocińskich. Żegna nas pies z uszkodzonym błędnikiem, wypuszczając w niebo salwę bezładnego szczekania.

– Cholera, zapomniałam – odpowiada Agata.

– Jak zapomniałaś? – pytam.

– Nie, co innego zapomniałam. Zapomniałam się jej zapytać. O receptę dla ciebie. Od razu by przecież wypisała, na ten twój xanax, ile tylko chcesz. – Nie patrzy na mnie, gdy to mówi, wpatruje się w drogę. Za każdym razem, gdy ktoś o mnie pomyśli, jest mi bardzo głupio.

Przez chwilę chcę jej powiedzieć, aby od razu zawróciła, aby wydarła z niej wszystkie możliwe recepty na wszystkie xanaksy świata, ale zamiast tego mówię:

– Nie, wiesz, dzięki. Dzięki, Agata. I tak muszę na chwilę zrobić sobie przerwę.

I aby zapomnieć o własnym ściskającym się, przestraszonym gardle, wracam szybko do poprzedniego tematu.

– Młody Bernat jeszcze nie przyjechał do Polski, tak? Nie przyjechał na pogrzeb ojca?

W kieszeni bzyczy mi telefon. Staram się nie zwracać uwagi. To pewnie Mikołaj.

– Twierdził, że nie ma dobrych połączeń z Wielkiej Brytanii. Że przyjedzie jakoś niedługo. Nie wiem nawet, czy nie dzisiaj. No ale ona jest z nim cały czas w kontakcie – mówi Agata i jakby sama zaczyna coś rozumieć.

Zapalam jeszcze jednego papierosa, otwieram okno, próbuję wygonić dym na zewnątrz.

– On tam ma dobrą pracę, tak?

– Nie wiadomo w sumie, jaką ma pracę. Może tak tylko opowiadali. Może zasuwa w fabryce. Bernatowa by się raczej tym nie chwaliła – mówi Agata, wjeżdżając w Wapienną.

– Nawet jakby pracował w fabryce, bilet na Wizzair to trzysta złotych – odpowiadam.

Agata zatrzymuje samochód nieopodal domu. Wybucha zgiełkliwa, psia symfonia, do której już zaczynam się przyzwyczajać.

– O czym ty mówisz, Justyna? – pyta Agata.

– W jakim oni są kontakcie? Bernatowa i syn? Rozmawiali ze sobą? Przez Vibera, przez Skype'a? Czy tylko pisał do niej esemesy? – pytam.

„Nie, to nie oni" – myślę po chwili. „To nie oni są tutaj źli. To ktoś zupełnie inny".

Znowu brzęczy mi telefon, znów nie wyciągam go z kieszeni.

– Nie wiem. Nie pamiętam – odpowiada po chwili Agata.

– Tylko pisał. Pamiętam, co mówiła wtedy wieczorem, gdy wracaliśmy z komendy. Że nie może się do niego dodzwonić. Że od jakiegoś czasu w ogóle nie odbiera telefonu – mówię i czuję, jak zaczynam głęboko oddychać.

Mam wrażenie, jakbym nagle zobaczyła prawdę. Jakbym doszła do najdalej wysuniętego punktu Zyborka i uderzyła głową o pomalowaną tekturę. Powinnam domyślić się od razu. Cholera, przecież gdy człowiek założy, że ludzie są z gruntu źli, zacznie domyślać się wszystkiego, i to szybko.

– Przecież wy musicie się stąd wynieść, Agata. My wszyscy musimy stąd wyjechać – dodaję i znowu jest mi sucho w ustach, i mówię już ciszej, niż oddycham, skrzeczę ciszej niż szept.

– O co ci chodzi? – Agata patrzy na mnie, jakbym była ciężko chora.

– To mięso, mięso, które miał w ustach, to ciało jego syna – mówię cicho.

– Jezus Maria, Justyna, co ty opowiadasz?! – odpowiada jeszcze ciszej Agata.

Wysiadam z samochodu. Opieram się, o drzwi, patrząc na bladoszare klocki domów, pokryte barankiem bryłki. Zapalam papierosa. Wzbiera we mnie strach. Ten strach luzuje mi stawy, psuje chrząstki. Czuję, jakby zaraz miały mi odpaść ręce i nogi.

– Ten syn wciąż tam jest – stwierdzam.

– Poczekaj. Poczekaj. Spokojnie – mówi Agata. – Zadzwonię do niej. Zapytam, czy on rzeczywiście miał dzisiaj przylecieć. Tylko telefon chyba zostawiłam w domu.

Telefon znowu brzęczy. Wyciągam go z kieszeni.

– Idź i zrób to teraz – odpowiadam, patrząc na wyświetlacz. Strach zamienia się w potworne napięcie, w obrzydzenie, w refluks.

– Dobrze, już idę – mówi wyraźnie przestraszona Agata.

Znika w domu, a ja w końcu przesuwam palcem po ekranie telefonu, zaciskam mocno oczy, jakbym chciała obudzić się zupełnie gdzie indziej, i mówię:

– Słucham.

– Próbowaliśmy cię chronić. Tak jak ci to obiecałem. Wiesz, ja dotrzymuję obietnic – jego głos jest jak zwykle głęboki, miękki i czarny jak ciepła smoła. Od razu widzę jego cień nad sobą. Na ławce na skwerze na Mokotowie. Staruszkę z papierosami. Prezent w koszu.

– Chronić? – pytam. „Mów cicho, Justynka, mów cicho" – powtarzam sobie w myślach. „Ci wszyscy sąsiedzi, te wszystkie psy nie muszą słyszeć, jak wrzeszczysz".

Podświadomie zaczynam iść w kierunku lasu.

– Naczelny miał wizytę. Telefony. Oni by cię od razu uciszyli. Pewnie wypadek samochodowy, najprościej przeciąć przewody hamulcowe – mówi.

Słucham go. Każda spółgłoska, jaką wypowiada, jest jak pięść, która bije mnie w zęby.

– No i co? To byłby wasz problem? Taką bierzecie odpowiedzialność? – pytam.

– Tak, taką bierzemy odpowiedzialność – odpowiada.

Zanim cokolwiek mu odpowiem, jestem już pod ścianą lasu. Wyciągam kolejnego papierosa, ale jedynie na niego patrzę, mam tak płytki oddech, że jeśli zapalę, po prostu się uduszę.

– Pisały to trzy różne osoby z redakcji. Materiały udostępniłem im na ich wyraźną prośbę. Tak, i teraz powiem to paskudne zdanie: oni mieli do ciebie dzwonić – gdy mówi, słyszę jego najgorszą cechę: troskę.

– Pierdolcie się wszyscy – odpowiadam mu cicho i przez łzy. Jak bardzo można dać się wydymać i upokorzyć.

– Ale będą pierwsze zatrzymania. Już niedługo – mówi.

– Pierdol się ty i pierdolcie się wszyscy – powtarzam.

– Justyna, ja myślałem, że chodzi ci o dzieci. Że chodzi ci o to, aby to wszystko się skończyło, aby zamknąć tych skurwysynów w więzieniach. Aby tam pozdychali na raki i zawały – odzywa się powoli.

– Jak możesz tak mówić? – odpowiadam i wyobrażam sobie, że siedzę naprzeciwko niego przy stoliku w restauracji, stolik jest nakryty białym obrusem, przede mną i przed nim stoją jeszcze puste talerze, a obok leżą równo ułożone sztućce, noże i widelce, są też kieliszki napełnione do połowy wodą. Wyobrażam sobie, że ta restauracja jest gdzieś wysoko, bardzo wysoko nad miastem, którego nie znam; panorama miasta zatyka dech w piersiach. Przez te światła jego twarz zamienia się w skorupę owada. Nachyla się, chcąc mnie pocałować albo dotknąć mojej dłoni, jeszcze nie wiem, ale tak czy siak, na jego twarzy, która jest jak maska odlana ze stalowoszarej gumy, na jego twarzy widać całą jego zgniliznę, cały brud. Gdy poznajesz kogoś, istnieje zawsze pięćdziesiąt procent ryzyka, że będzie zły. On nachyla się do mnie, wyobrażam to sobie niezmiernie wyraźnie, w najwyższej z wysokich rozdzielczości, a wtedy ja biorę widelec i wpycham mu go w oko, i krew rozbryzguje się po obrusie, i na krótką chwilę on jakby robi się zdziwiony; po chwili jego głowa głucho, bezwładnie uderza o blat stołu.

– Halo? Jesteś tam? – pyta. Jest zniecierpliwiony i zły.

– Jestem – odpowiadam.

Mrugam oczyma, szybko, aby wrócić do rzeczywistości, do lasu, do ulicy Wapiennej, do pokrytej zeschłymi liśćmi piaszczystej drogi. Zaczynam iść z powrotem w kierunku domu; dopiero teraz zauważam stojące nieopodal czarne bmw na niemieckiej rejestracji i siedzącego w środku łysego, ubranego w sportową koszulkę faceta, który czyta coś na ekranie telefonu. Nie zwraca na mnie żadnej uwagi. Po chwili o nim zapominam.

– Właściwie czego nie mogę mówić? To po co wykonujesz ten zawód, Justyna? – zaczyna podnosić na mnie głos. Powinnam się rozłączyć. Naprawdę chciałabym teraz się rozłączyć. To moje największe marzenie. – Pogadajmy na spokojnie, jak ci tam, gdzie teraz jesteś? Jak się nazywa ta miejscowość? Zybork, tak? – pyta.

Nie odpowiadam. On i tak już wszystko sprawdził. Jak go znam, przeszedł cały Zybork tam i z powrotem na Google Street View.

– Odpoczywasz? Zbierasz siły? Jeździsz nad jezioro? Kąpiesz się? Opalasz? Co robisz? Czym się zajmujesz? Pogadajmy jak ludzie, jak cywilizowani ludzie, bardzo cię proszę – mówi, a ja czuję, że zaraz rozbiję ten telefon, to będzie łatwiejsze, niż się rozłączyć, jestem już pod furtką, więc po prostu rzucę telefonem o wylaną betonem drogę. – Dałbym naprawdę wiele, aby się z tobą spotkać. Naprawdę wiele – mówi po chwili i jego głos się zmienia, łamie, pęka, robi się odrobinę wyższy, coś zaczyna z niego wyciekać i wtedy drzwi do domu otwiera Mikołaj, patrzy na mnie, i teraz dopiero robię to, co powinnam zrobić od dawna – rozłączam się i chowam telefon do kieszeni.

Nie pyta, kto dzwonił.

– Chodź – mówi.

Idę za nim.

Agata stoi w przedpokoju, w ręku trzyma telefon. Obok stoją Mikołaj i jego ojciec. Wszyscy mają jednakowo blade, stężałe twarze. Nie muszą mi nic mówić. Już wiem wszystko.

– On miał dzisiaj przylecieć. Dobrze to pamiętałam. Miał przylecieć dzisiaj po południu. I Bernatowa była po niego na lotnisku w Szymanach, razem z bratem – mówi Agata na bezdechu, cicho i szybko, gdy kończy, nabiera do płuc mnóstwo powietrza.

– I nie wysiadł? – pytam.

– Czekała pięć godzin. Wszystkich pytała, dwadzieścia razy listę pasażerów kazała sobie pokazać. Nigdzie nie było jego nazwiska. Zwariowała zupełnie, mówiła, że dopóki jej syn nie wyjdzie z samolotu, ona nie ruszy się z lotniska – mówi ojciec Mikołaja.

– I przestał odpisywać cokolwiek – dopowiadam.

Agata kiwa głową.

– Nawet próbowałam z nią rozmawiać. Nie da się. Rozmawiałam z księdzem, w sensie z jej bratem – odpowiada.

– Jest coś jeszcze – mówi Mikołaj. – Chodź.

Idziemy na piętro, wchodzimy do pokoju Jaśka, zawalonego klockami lego i modelami do sklejania. Sam Jasiek stoi przy ścianie, ewidentnie oderwany od czegoś, co robił, z niecierpliwością patrzy na włączony ekran monitora.

– Co? – pytam.

– To z Facebooka, Mikołaj znalazł – mówi Agata.

– Zastanawiałem się po prostu, dlaczego nikt nie wszedł jeszcze na jego profil – odzywa się Mikołaj i klika stronę zapisaną w przeglądarce.

Jednak profil, który się pokazuje, to nie młody Bernat. To dziewczyna, która ma na imię Sandra. Nie jest piękna, ale bardzo się stara, oczywiście według swoich standardów, jest mocno i sztucznie opalona, na zdjęciu wystawia dzióbek do obiektywu telefonu tak mocno, jakby chciała wycałować cały świat. Ma 25 lat i pracuje w firmie Szef Wszystkich Szefów. Na przedramieniu ma tatuaż z chińskich liter, ktoś pisze jej w komentarzach, że litery oznaczają „zupa z kaczki pięciu smaków". Jej miejsce zamieszkania to Edynburg, Szkocja, Wielka Brytania.

– Zobacz ten wpis – mówi Mikołaj.

Przysuwam się do monitora. Wpis pochodzi sprzed dwóch tygodni:

„Tak to jest z polskimi cebulakami... kurwa jak to pol roku chodzenia, bylam nawet z toba jak twoja matka przyjechala do Polski, szmaciarzu, a teraz co, od miesiaca nie odbierasz telefonu, nie wie nikt, gdzie sie przeprowadziles, twoj wspollokator ciapaty mowi, ze wziales torbe i wyjechales do Polski czytasz to, kurwiarzu? Tak to jest z polskimi chujkami".

Obok oznaczony: Marek Bernat.

– Wejdź na jego profil – mówię.

Na zdjęciu w tle czerwone ferrari. Polubienia filmików z kręcenia bączkami, rekordy w facebookowych grach. Jakieś zdjęcia z wakacji w Sharm el-Sheikh z identycznie wyglądającymi, zaczerwienionymi, lekko otyłymi kumplami.

Ostatni wpis – dwa miesiące temu.

– Ktoś musiał mieć jego telefon i wysyłać esemesy do jego matki – mówię.

– Po co by to robił? – pyta ojciec Mikołaja.

– Mogę już pograć? – dopomina się Jasiek. Nikt nie zwraca uwagi na jego pytanie.

– Jak to po co? – Odwracam się. – Przecież to wymarzona sytuacja. Porywasz kogoś, potem zabijasz, robisz z ciałem, co chcesz, a przez długi, długi czas nikt go nie szuka. A nawet jak się zorientuje, że facet zniknął, to zupełnie nie wie, gdzie zacząć go szukać.

Ojciec Mikołaja kiwa głową na znak, że po prostu przyjmuje to do wiadomości. Cicho wzdycha, westchnięcie przypomina cichy świst czajnika. Patrzy na zegarek.

– Długo z nią tam debatuje – mówi jakby sam do siebie.

– Kto? Kto z kim debatuje? – pytam.

– Grzesiek z Kamilą. Już dwie godziny tam dyskutują, u niego w domu – mówi.

– Mogę już do komputera? – pyta Jasiek, z nudów uderzając tyłkiem o ścianę, niczym dużo młodsze dziecko.

– Tam, pod jego domem, to jej nowy facet. Grzesiek go nawet do środka nie wpuścił – ojciec Mikołaja odpowiada na pytanie, które chciałam zadać, ale zupełnie o nim zapomniałam.

– Ale zaraz, Justyna, poczekaj – dodaje po chwili Mikołaj. – Co ty właściwie mówisz, że ojciec pogryzł swojego syna? Dlaczego miałby to zrobić?

– Mogę? Bo mnie zaraz z serwera wywalą – powtarza Jasiek.

Wpatruję się jeszcze raz w twarz dziewczyny, w wymarzone ferrari młodego Bernata, patrzę na daty.

– Nie wiem. Może go do tego zmusili. A może sprawili, że oszalał – odpowiadam po chwili, która wydaje mi się nieskończenie długa.

– Jasiek, idź stąd – mówi Tomasz. – Idź stąd, do cholery, przyjdziesz zaraz.

– Bez jaj. – Mikołaj kręci głową. – Cholera, bez jaj.

Wybiegam z pokoju. Wyciągam z kieszeni telefon. Pies z godnością i pies z byciem żałosnym. Pies z honorem, który za każdym razem wypada człowiekowi z kieszeni jak portfel w taksówce.

Tak jak Klub Puchatka, trzeba to zamknąć jak najszybciej, wydobyć na wierzch, na światło słoneczne, i w ten sposób zabić, tak jak zabija się wampiry. Trzeba wypalić to zło jak chorą łąkę.

Wychodzę przed dom, idę szybko, aby nikt mnie nie słyszał. Wykręcam Jego numer. Odbiera od razu.

– Jesteś tam jeszcze?

– Jestem. Zawsze jestem – odpowiada.

Widzę, jak z domów odłazi tynk jak stara skóra, widzę

schowane czarne sześciany z jednolitego, czarnego światła. Widzę, jak złuszczona farba odpada z nieba, pokazując ogromną, płaską, metalową powierzchnię.

– Rozumiem, że porozmawiamy jak ludzie? – pyta.

Są tysiące Zyborków, rosną wzdłuż niekończącej się drogi, jeden za drugim, zapętlonej drogi, w której zawsze wraca się w to samo miejsce, i w każdym z tych Zyborków każdego wieczoru diabeł mówi dobranoc wszystkim domownikom.

– Tu gdzie jestem, dzieje się coś strasznego – mówię. – Słuchaj mnie uważnie.

I jakby na potwierdzenie moich słów słyszę wrzask, nieartykułowany, ciężki wrzask, który przeszywa powietrze, i widzę, jak z domu wybiegają Mikołaj i jego ojciec, i biegną w stronę podwórka Grześka, i widzę, że nagle wszyscy mieszkańcy osiedla stoją na ulicy, obserwując to, co się dzieje, i tylko siedzący w czarnym samochodzie facet wciąż tkwi nieruchomo, jakby przyspawany do fotela kierowcy, jeszcze przez chwilę, by nagle gwałtownie otworzyć drzwi.

Mikołaj

Grzesiek wrzeszczy. Wrzeszczy i mocno się szarpie. Musi trzymać go dwóch innych facetów; jeden to młody Fałatowicz, drugi to starszy Niski. Niski to ten wyższy, z fryzurą przypominającą położony na wygolonej głowie rondel z włosów. Fałatowicz jest grubszy, krępy, brudny od smaru, w roboczym ubraniu. To nie jedyni sąsiedzi, którzy uczestniczą w zajściu. Przed prawie każdym domem ktoś stoi. Psy szczekają na pełen regulator, ile tylko mają sił.

Grzesiek wrzeszczy, ten wrzask już kilka minut temu przestał się dzielić na poszczególne wyrazy. Jego była żona, Kamila, stoi naprzeciwko. Nieruchomo. Wrzask obija się od niej jak od ściany. Wygląda inaczej niż wtedy, gdy ją ostatnio widziałem. Ma dłuższe włosy, teraz ufarbowane na czarno, bledszą skórę, bardziej podkrążone oczy. Wygląda starzej i smutniej.

– Uspokój go – mówi do Tomasza. – Uspokój go, co to ma być!? Uspokój go, Tomasz.

Mój ojciec próbował uspokoić Grześka, ale on wciąż wrzeszczy.

Wrzeszczy na Kamilę, ale również na wielkiego, łysego faceta w dresie i klapkach, który wynosi z jego domu zabawki popakowane w wielkie foliowe worki.

– Ty się zastanów, Kamila – mówi mój ojciec. – Chodź

do domu, na spokojnie porozmawiać. Może tak wcale nie trzeba.

Grzesiek zaczyna charczeć, gardło odmawia mu posłuszeństwa.

– Ty kurwo jedna – głos ma jak papier ścierny.

– Wyzywaj mnie dalej. Ty jeszcze nie wiesz, co ja ci mogę zrobić – odpowiada jego żona głosem, który z kolei brzmi jak coś zamarzniętego, tępego, ołowianego.

– Puśćcie mnie – mówi nagle Grzesiek, już spokojnie. Ale ja wiem, że on jedynie udaje spokojnego.

– Nie trzeba tak, do cholery. Kamila. Niech ten twój narzeczony poczeka w samochodzie i pogadajmy jak ludzie – mówi ojciec. Powtarza to chyba czwarty raz od momentu, gdy tu przyjechaliśmy.

– O czym? Tutaj w ogóle nie ma o czym rozmawiać – odpowiada Kamila.

Z domu wychodzi Jasiek, schodzi po schodach, z ciekawością przypatruje się całej scenie. Obok staje jego siostra, która nagle w dziwnym, spowolnionym geście kosmity macha do Kamili. Ta, co najdziwniejsze, odmachuje jej kanciastym gestem zardzewiałej zabawki.

Gdy jakieś dwie godziny temu podjechaliśmy z ojcem i Grześkiem pod dom, Kamila czekała przed furtką. Łysy facet w dresowej bluzie i w klapkach siedział w aucie. Kamila trzymała w ręku kilka kartek w foliowej koszulce. Zamiast przywitać się z Grześkiem, po prostu mu je wręczyła.

Ojciec dał mi ręką znak, abyśmy ja i on weszli do domu i zostawili ich na razie samych.

– Dogadujcie się. Ja jestem neutralny jak Szwecja – rzucił do nich na odchodne.

Teraz te kartki leżą na ziemi, zgniecione i podarte, nieopodal Kamili.

– Jak ty możesz, jak możesz, kurwiszonie jeden – powtarza Grzesiek.

– Kamila – mówi Agata, która nagle staje obok mnie. Nawet nie zauważyłem, kiedy wyszła z domu. Kamila nie reaguje.

Widzę Justynę, jak idzie Wapienną, szybko, od strony lasu, trzymając w dłoni telefon, w końcu dochodzi pod furtkę i staje bez ruchu. Jest bardzo blada.

– Kurwa mać, jak ty możesz, jak ty możesz, ty szmato! – Grzesiek odzyskuje siły, jego wrzask robi się potworny – miękki, charkliwy i złamany, na czerwonej twarzy pojawiają się łzy, w ustach ma ślady białej piany, której przybywa z każdym słowem. Nagle wyrywa się do przodu i trzymający go kolesie muszą mocno się zaprzeć.

– Co tu się dzieje, do jasnej cholery? – pyta Agata i wtedy Grzesiek wyrywa się w końcu sąsiadom, ale zanim dobiegnie do swojej byłej żony, mój ojciec zastępuje mu drogę i jednym błyskawicznym strzałem daje mu w twarz, aż ten pada na kolana.

– Ej! Do cholery! – krzyczy Justyna.

– Co ty robisz, kurwa! – wrzeszczę.

Grzesiek próbuje się podnieść, podchodzę do niego, podaję mu rękę. Powoli podnosi się z kolan, wstaje. Otrzepuje ubranie. Ociera usta. Dyszy szybko, głęboko. Patrzy na ojca.

– Uspokój się w końcu, bo tylko nam zaszkodzisz – mówi mój ojciec.

Kamila wciąż jest niewzruszona, patrzy przed siebie w to miejsce, w którym przed chwilą stał Grzesiek. Wygląda jak zamrożona rzeźba.

– A ty chodź do domu – mówi do Kamili, i nie patrząc na jej reakcję, idzie w kierunku domu.

– Co się gapicie? – pyta stojących na schodach Joannę i Jaśka.

Grzesiek, zataczając się, idzie w kierunku swojego domu powolnym, człapiącym krokiem schorowanego osiemdziesięciolatka. Fałatowicz i Niski patrzą, jakby nie wiedząc, czy mają za nim iść, czy stać tam, gdzie stoją. W żonie mojego brata coś się włącza, rusza do przodu, stawiając szybkie, sprężyste kroki.

Kamila, dzieciaki i Agata znikają w drzwiach domu; mój ojciec puszcza ich przodem, a następnie z powrotem schodzi po schodach, mija furtkę, rozgląda się po ulicy. Na każdym sąsiadującym podwórku, na ulicy, stoją sąsiedzi wpatrzeni w to, co działo się na naszym podwórku, jak w wyjątkowe zjawisko atmosferyczne.

– Wy też chodźcie, nie róbcie afery – mówi ojciec do mnie i Justyny.

Kiwam głową. Popycham delikatnie Justynę do przodu. Ojciec rozgląda się po twarzach swoich sąsiadów. Spluwa na ziemię.

– Co jest?! – pyta ich głośno, hukliwie.

Nikt nie odpowiada.

– Co oglądacie ciekawego? – pyta jeszcze raz.

Dalej nikt nie odpowiada. Odwracam się, stojąc na schodach, i widzę, jak ojciec postępuje jeszcze parę kroków w ich stronę.

– Można się dołączyć? – pyta.

Robi się kompletnie cicho, nawet psy przestają szczekać. Z daleka słychać głuche bzyczenie kosiarki. Gdzieś daleko, w lesie, poćwierkują ptaki.

– Można się dołączyć, Boracka? Co oglądałaś? Powiedz mi? – pyta ojciec otyłej, zmęczonej kobiety z gniazdem sztywnych, szarych włosów na głowie.

– Twojego synalka oglądałam – warczy cicho Boracka.

– Swojego, kurwo stara, pooglądaj, czy ci perfum znowu nie wypił – odpowiada mój ojciec.

Obok Borackiej jest niska brunetka koło czterdziestki, która wciąż stoi na naszym trawniku, próbując skupić na czymś wzrok, przyglądając się trawie, rozsypanym wiórom. To chyba żona starszego Niskiego, ale nie jestem pewien.

– Obiad ci się nie przypala w domu? – pyta jej ojciec.

Kobieta zaciska usta.

– Dopiero mam robić – mówi.

– To po co ty tu jeszcze, kurwa, stoisz?! – odpowiada mój ojciec i znowu rozgląda się po wszystkich. – Do domów. Won do domów! – huczy.

Wystarcza kilka sekund, aby wszyscy zaczęli się rozchodzić, powoli i ociężale, szurając nogami o ziemię jak dzieci zapędzone z powrotem do klasy.

Gdy wchodzimy do domu, Kamila siedzi w kuchni. Powoli pije gorącą herbatę. Agata stoi nad nią z założonymi rękami i kręci głową. Mój ojciec, który wyrasta za mną w ułamku sekundy jak góra, ściągając buty, od razu mnie wymija, wchodzi do kuchni, staje obok Agaty i gestem każe jej usiąść.

– Kamilka, więc tak, ja wszystko rozumiem, ale do tej pory umieliście po ludzku, więc co się stało, że nagle jest nie po ludzku? – zaczyna mówić głośno, bezładnie.

Kamila nawet na niego nie patrzy. Justyna pokazuje gestem, że chce iść na górę, ale ojciec ją zatrzymuje.

– Po co idziesz? Pogadamy. Poznacie się – mówi.

– To chyba nie do końca moja sprawa – odpowiada Justyna.

– Jesteśmy rodziną – mówi mój ojciec. – To wszystko nasza wspólna sprawa.

Justyna zostaje. Ojciec opiera się o szafkę. Kamila stawia kubek na stoliku i bez pytania zapala papierosa.

– Kamilka, więc tak... – zaczyna mój ojciec, jakby jeszcze raz miał powiedzieć to samo, ale ta bezceremonialnie i nagle mu przerywa:

– Nie krzycz na mnie.

– Nie krzyczę na ciebie. Ty mnie chyba nie słyszałaś, kiedy ja krzyczę, Kamilka – odpowiada mój ojciec, przez krótką chwilę głęboko zdziwiony jej odpowiedzią.

– Co takiego się stało? – pyta Agata.

– Wiem o długach. To znaczy trudno, żebym nie wiedziała, skoro od pół roku alimentów nie dostałam – mówi po dłuższej chwili Kamila, patrząc w okno, na dom, w którym jeszcze niedawno mieszkała, przed którym, jak pamiętam, próbowała posadzić drzewka modrzewiowe, lecz w ogóle się nie przyjęły.

– To się da załatwić – obiecuje ojciec.

– Wiem o długach, wiem o piciu, wiem o tym, że tę dziewczynę próbował zgwałcić. I nie będą miały takiego ojca. Majciarza, chlora, hazardzisty. Taki ojciec jest niepotrzebny – mówi tak samo spokojnie jak przedtem.

Ojciec wysuwa palec wskazujący w jej stronę, ale po chwili go opuszcza. Robi się blady.

– Jaką dziewczynę próbował zgwałcić? O czym ty mówisz? – odzywam się, mój głos jest cichy, przeciska się przez gardło z wielkim trudem.

– Dziewczynę – mówi Kamila – z dyskoteki. Piętnastoletnią. Nie poszła na policję, ale napisała do mnie.

– Napisała? – pytam.

– Na Facebooku napisała – odpowiada, wzruszając ramionami.

– Kamilka, o własnym mężu mówisz. Co ty opowiadasz najlepszego? Co ty pieprzysz? – mówi mój ojciec, podchodząc do niej bliżej.

Ona nie odpowiada. Znowu patrzy na dom. Jeszcze raz się uśmiecha, niewyraźnie, jakby na jakieś ciepłe wspomnienie.

Być może przypomina sobie, jak w jedno Boże Narodzenie pomagałem jej wieszać lampki na zewnątrz domu. Nie umiałem ich nawet rozplątać, więc w końcu stwierdziła, że poradzi sobie sama, abym tylko potrzymał drabinę, na której stała. Może przypomina sobie, jak ich syn uczył się chodzić w mokrym, brejowatym śniegu, co chwila wywalając się na kolana, ale podtrzymując się czegokolwiek.

Nawet się lubiliśmy, jak na ludzi, tak mi się wtedy wydawało, jak na ludzi, którzy zamienili ze sobą raptem kilka zdań.

– Zobacz sobie. – Wyciąga po chwili z torebki telefon, stuka w niego parę razy palcem. Podaje mi do ręki.

Wiadomość na messengerze od jakiejś Magdy na niewyraźnym profilowym zdjęciu rzeczywiście wyglądającej na kilkanaście lat. Dziewczyna ma włosy ufarbowane na rudoczerwono, szczupłą twarz, wściekły makijaż, usta ściśnięte w tępy dzióbek. Trzymam telefon w dłoni, Justyna i mój ojciec podchodzą do mnie, patrząc mi przez ramię. Zaczynam czytać. Z każdym przeczytanym słowem telefon robi się cięższy. Pod koniec waży kilka kilogramów.

„Nie znasz mnie ale ja cie znam, twoj byly maz Grzesiek mnie probowal zgwalcic po dyskotece w Undergroundzie. Podszedl do mnie i proponowal mi drinki a gdy odmawialam zaczal mnie lapac za tlyek i mowic abym poszla z nim. Nie chcialam ale on czekal na mnie pod dyskoteka gdy wracalam do domu, wtedy zlapal mnie za rekeprobowal zaciagnac do auta. Mowil ze teraz pojedziemy sie zabawic. Na szczescie moi koledzy go odepchneli, ale zdazyl uderzyc mnie w twarz. Mowil, ze bedzie mnie ruchal caly dzien i bil drutem kolczastym i nikt mi nie pomoze. Inne dziewczyny tez mialy z nim takie przygody moga poswiadczyc".

– Wierzysz w to, Kamila? – pyta bez patrzenia w telefon Agata, jakby wiedziała, co jest tam napisane.

– Nie zobaczy dzieci. Nie ma takiej możliwości. Już nigdy – odpowiada Kamila.

– To moje wnuki – mówi mój ojciec.

– To moje dzieci – podkreśla Kamila.

Jest mi zimno. Zamykam na chwilę oczy i wtedy widzę mojego brata. I jest mi jeszcze zimniej. Widzę, jak grupka drabów popycha go jak szmacianą kukłę na podłogę i nikt nawet nie ma zamiaru zareagować. Widzę, jak zapożycza się na potworne pieniądze. Widzę, jak codziennie pije i wegetuje na stercie przedmiotów, w domu, który stał się duchem domu, oglądając po pijaku rockowe koncerty na DVD do momentu, aż urwie mu się film.

Patrzę w tę samą stronę co Kamila: na szarą elewację domu, czarne okna.

Co ty nam dałeś, kurwa, za geny? – chcę zapytać mojego ojca. Może rzeczywiście miałeś zły dzień, tak jak powiedziałeś to jeszcze dzisiaj w samochodzie?

Dwa wyjątkowo złe dni?

– Ty naprawdę jakiejś dziwce nieletniej wierzysz... – zaczyna ojciec, ale Kamila mu przerywa, w końcu na niego patrząc, a w jej spojrzeniu jest pragnienie, ciężkie i zmęczone, aby nie zobaczyć mojego ojca już nigdy, przenigdy w życiu.

– Następnego dnia jeszcze zadzwonił do mnie Porczyk – mówi.

– No i Porczyk, i co? – zaczyna znowu mój ojciec, a Kamila znowu mu przerywa, jej głos jest cichy, ale obciążony ołowiem, słowa od razu spadają na podłogę, ich ciche echo, cisza, którą wloką za sobą, są dziesięciokrotnie głośniejsze od nich samych.

– Zadzwonił i powiedział, że wszyscy o tym wiedzą. Że Grzesiek zapożyczał się u bandytów na potworne pieniądze. Że ćpa. Że wszystko przepija. Że dzieci, gdy są, siedzą u was albo chodzą same po podwórku, bo was nie ma, bo się bawicie bez przerwy w jakieś Powstanie Warszawskie.

Widzę, jak w moim ojcu zachodzą dziwne procesy, jak najpierw wypuszcza z siebie z ulgą dużo powietrza, a następnie znów się spina, zaciska całe ciało, momentalnie czerwienieje.

Coś miga, coś się pojawia w oknach domu Grześka.

Czuję, jak w kieszeni wibruje mi telefon.

– Porczyk zadzwonił. No to wszystko jasne. Kamila, to kłamstwa są, żeby nas zdyskredytować, Kamila, żeby zrobić z nas bandytów. Naprawdę. Dlaczego ty w to wierzysz, dziewczyno? – pyta ojciec.

Kamila nie odpowiada. Telefon wibruje mi jeszcze raz.

– Ale wiesz, że ja mogę cię pozwać? – dodaje. – Mogę cię pozwać za utrudnianie dostępu do wnuków. Ja nie chcę tego mówić, ale muszę, Kamila, dla porządku obrad. No niestety, no. My możemy przejąć nad nimi opiekę, Kamila.

Powietrze w kuchni zaczyna być gęste, jakby ktoś dosypał do niego mąki. Zapachy niepozmywanych naczyń, niewyrzuconych z lodówki resztek uderzają mnie ze zdwojoną siłą. Wyciągam w końcu telefon z kieszeni, patrzę na wyświetlacz. Pięć nieodebranych połączeń od mojego agenta.

– Nie strasz mnie – mówi Kamila.

– Ja ciebie nie straszę – odpowiada ojciec. – Ja ci mówię, jak jest.

Istnieje parę rodzajów ulgi. Jest płytka ulga, taka, która sprawia, że nie umiera się na zawał serca, ulga, która pozwala po prostu zrobić następny ruch. Ale jest też głęboka ulga, taka jak po zapaleniu heroiny, kiedy na krótki moment opuszcza się garda całego organizmu, kapituluje większość mięśni, całe stare, zleżałe, czarne powietrze w końcu wypada z płuc.

– Kim jest ten facet? – pyta mój ojciec Kamili.

– Co was to obchodzi? – odpowiada Kamila i wstaje.

– Kim on jest? Kamila, no? Kim? Skąd ja mam to wiedzieć, czy to jest człowiek, któremu ja mogę powierzyć opiekę nad swoimi wnukami? Powiedz mi?

– Nie będę z tobą tak rozmawiać – mówi Kamila.

Mój ojciec mocno uderza pięścią w stół, kubek z herbatą podskakuje, spada na podłogę, rozbija się, plama płynu wykwita na kafelkach, przywodząc na myśl nowo powstały, nieznany kontynent.

– Nie możesz zabrać mi wnuków! – krzyczy.

Jego krzyk jest zimny, zamraża całe pomieszczenie. Kamila stoi przez parę sekund zatrzymana w pół kroku. Potem rusza w kierunku drzwi.

– Poczekaj, Kamila – mówi Agata.

Ale Kamila nawet się nie odwraca, tylko wychodzi, mój ojciec chce iść za nią, lecz Agata zastawia mu drogę.

– Nie psuj. Nie psuj jeszcze bardziej – prosi Agata.

– Poczekajcie – mówię.

Słyszę, jak Kamila otwiera drzwi i wychodzi na zewnątrz. Biegnę za nią. Dobiegam do niej, gdy już stoi przy swoim samochodzie, zamierzając wsiadać.

– On tego nie zrobił – mówię.

Odwraca się, patrzy na mnie w dziwny sposób, jak zaciekawiony ptak, przekrzywiając głowę.

– On tego nie zrobił – powtarzam. – On w życiu by nie zrobił czegoś takiego.

– Skąd wiesz? – pyta. – Jak często tu jesteś? Co ty o nim wiesz?

– To mój brat – przypominam.

Widzę, jak łysawy facet w środku chce wyjść na zewnątrz, a ona klepie dłonią w samochód, jakby dając mu znak, aby został w środku.

– Po co tu przyjechałeś? Co ty o nich wiesz? – pyta.

– Nie rozumiem – mówię szczerze, bo jej nie rozumiem. Ona przez chwilę zbiera myśli. I potem zaczyna mówić:

– Wiesz, co ja robię?

Kręcę głową. Nie nadążam za nią. Wpija się we mnie spojrzeniem, jakby chciała, żeby ten wzrok zabolał mnie fizycznie.

– Ja pracowałam jako położna. Na patologii ciąży. I widziałam kiedyś dziecko, wiesz, miało już ze trzy miesiące, a wciąż leżało w szpitalu, dziecko z porażeniem mózgowym, które urodziło się z przykurczem wszystkich mięśni – mówi po chwili, prostuje głowę, otrzepuje się z niewidzialnego kurzu.

Coś rusza się w oknie Grześka. Mam wrażenie, że od czasu, gdy ostatni raz byłem na zewnątrz, niebo jest bliżej ziemi, że opuściło się o dobre kilkadziesiąt metrów.

Kamila podnosi zaciśniętą pięść na wysokość mojego nosa.

– Miało wszystko zaciśnięte, wiesz. Wszystkie mięśnie. Skulone, napięte. Sztywne. Biedne dziecko, naprawdę. I po jakimś czasie palce wrosły mu na stałe w dłoń. Nie można było już z tym nic zrobić – dodaje.

– I ? – Wciąż jej nie rozumiem.

Odwraca głowę w stronę domu. Patrzy w jego małe, prostokątne okna.

– Mówią, że rodzina jest jak dłoń. Wasza jest jak dłoń tego dzieciaka. Tylko ty jeszcze o tym nie wiesz – mówi, rozprostowując pięść. Jej palce są chude jak patyki. Na jednym widać blady ślad po obrączce.

– To go zabije, Kamila – odpowiadam. – Znam go.

– Oni sami się zabili. – Wsiada do samochodu. Łysy facet rusza. Mówi coś do niej, gwałtownie gestykulując, ale w ogóle tego nie słychać.

Patrzę za nią, jak odjeżdża, i wiem, że oni – i mój ojciec z okna swojej kuchni, i Grzesiek z okna swojej – też patrzą za tym samochodem, który wzbija mały obłok kurzu na drodze, skręca w lewo i znika mi z oczu.

Jeszcze raz dzwoni mój agent. Odbieram.

– Wszystko podpisane – mówi, nawet się nie witając, jest podniecony, jakby właśnie zjadł worek kokainy. – Posłuchaj mnie teraz, ja wiem, że ty wiesz, że ja wiem, że ty masz problemy...

– Nie mam żadnych problemów – przerywam mu.

– Masz problemy, więc doszedłem do wniosku, że przeleję ci wszystko na konto, bo potrzebujesz forsy, więc ją masz, prawie dwadzieścia tysięcy. Proszę cię bardzo, powiedz mi teraz „dzięki, stary, jesteś super, pamiętasz o mnie, jesteś moim przyjacielem, mów to, dziwko" – wyrzuca z siebie słowa tak szybko, jakby bił jakiś głupi rekord.

– Dzięki – rzucam.

– Tylko tyle? – pyta.

– Dzięki, dzięki – powtarzam jeszcze dwa razy, aby nie miał wrażenia niedosytu, i się rozłączam. Gdy to robię, drzwi do domu otwierają się z głośnym, niezmiennym od lat skrzypnięciem. Stoi w nich Justyna. Opiera się o framugę. Podchodzę do niej. Wchodzenie po schodach trwa długo. Dotykam jej twarzy. Odsuwa się. Wyglądam za nią, czy nikt nas nie słyszy. Chyba nie.

– Możemy jechać – mówię. – Mam kasę. Możemy jechać.

Milczy. Dopiero po chwili cicho odpowiada:

– Jak masz, to dobrze, to pisz książkę.

– Przepraszam za tamto i przepraszam za wszystko. – Przez krótką chwilę chce mi się płakać. Wyobrażam sobie siebie, który wali drugiego, takiego samego mnie z całej siły w mordę. – Możemy jechać. Za godzinę. Za pół. I już nigdy tu nie przyjedziemy. Obiecuję – mówię i pokazuję wyświetlacz telefonu, chyba aby jej udowodnić, że z tym czasem wcale nie żartuję.

Byłem pewien, że się uśmiechnie. Ale się nie uśmiecha. I teraz cała jej twarz wygląda jak zatrzymana klatka filmu na zawieszonym komputerze.

– Teraz? Gdy ktoś zabija przyjaciół twojego ojca i nikt nie chce mu pomóc? Gdy twój brat może nie zobaczyć nigdy swoich dzieci? Teraz chcesz ich zostawić? – pyta.

– My jesteśmy najważniejsi. My, a nie oni – mówię. Znowu próbuję jej dotknąć i znowu się uchyla.

– Nie, nie jesteśmy – odpowiada.

– Co ty chcesz tutaj robić? Pisać o tym reportaż? Co cię to w ogóle obchodzi? – pytam.

Jestem zmęczony. To mnie nie dotyczy. Dzieci Grześka, podarte kartki na ziemi, trupy ludzi, których widziałem ostatnio jako dziecko. Ratowanie Grześka, ratowanie ojca, ratowanie innych obcych ludzi. Pół tego miasta mogłoby wymrzeć i miałbym to najgłębiej w chuju, jak tylko się da. Były dwie, wyłącznie dwie osoby w tym mieście, które mnie obchodziły, które były dla mnie ważne, i obie nie żyją.

– Chcę pomóc – mówi po długiej chwili ciszy. – Skoro już tu jestem, to chcę pomóc.

– To absurd – parskam.

– To przyzwoitość – odpowiada.

I zanim pomyślę o tym, aby jeszcze raz spróbować jej dotknąć, Justyna znika w głębi domu.

I dopiero gdy mijają jakieś dwie minuty, ruszam się, schodzę po schodach, przechodzę przez podwórko, zbliżam się do domu Grześka i pukam do drzwi, najpierw raz, potem drugi, potem trzeci, potem zaczynam walić w te drzwi z całych sił, ale ze środka nic nie słychać poza tępym, miękkim szumem, wyciekającym przez uchylone okno; i dopiero gdy przystawiam ucho do tego uchylonego okna, przez które nie widać zupełnie nic, orientuję się, że ten szum to piosenka AC/DC, nagranie z koncertowego DVD *Highway to hell* wykonane razem z wiwatującą publicznością, kiedyś, daleko stąd.

Synalek

Pomyślał przez chwilę, że jest piękna. „Nie, no co ty" – od razu ochrzanił się w myślach. „To kurwa jak każda, kurwy nie są piękne, piękne to są żony, córki i matki, ale nie kurwy. Coś w niej jednak było, nie ma co gadać". Nie mógł się oprzeć. Miał kieszenie pełne pieniędzy. Wybrał z lokaty, auto puścił za gotówę. Musiał coś robić. Inaczej by oszalał. Miał po tych kieszeniach ze sto tysięcy.

Miała z siedemnaście lat, osiemnaście, może, pierdoliła coś, że dwadzieścia dwa, gdzie tam dwadzieścia dwa, on zawsze rozpozna, pomalowała się jak mała dziewczynka, dużo i pstrokato, żeby wyglądać na starszą. Pomazała się kosmetykami i szminkami. Teraz wygląda, jakby miała na twarzy maskę. Pod tą maską jest buzia dziewczynki. Duże oczy, duże usta. To zawsze robi, i to zawsze działa. Teraz leżała na tapczanie, patrzyła na niego. Uciekał od niej wzrokiem. Ciągnęło go do niej, aż się wiercił. Musiał uważać.

– Po chuj tak się gapisz? – zapytał.

– Nie mogę? – odpowiedziała.

– Dałem ci forsę, możesz już spierdalać. – Otarł usta, otworzył puszkę coli, jedną z kilkunastu, jakie kupił w sklepie. Wypił trochę, dodał pięćdziesiątkę wódki. Wypił na raz.

– Ty chyba nie chcesz, żebym już poszła – powiedziała i usiadła.

Dziwna, jebnięta jakaś. Pałę opierdala mistrzowsko, to trzeba jej przyznać. Przypomniał sobie tę pałę i znowu się rozluźnił, zrelaksował. Gdy się spuszczał, coś zelżało mu w łopatce, jakiś stary zastrzał. „To dobry znak" – pomyślał. Przemasowała go fest, po jajach, po dupie, wszędzie.

– Włóż majtki – rzucił do niej, bo zmieniła pozycję i teraz bezczelnie otwierała procę w jego kierunku.

– Jakby ci przeszkadzało – odpyskowała.

– Nie pyskuj, bo ci przypierdolę – skarcił ją.

– Lepiej mnie wydymaj jeszcze raz – powiedziała.

Może była z Zyborka? Może ją kojarzył? Widział na dyskotece? Zapalił papierosa nie dlatego, że mu się jakoś chciało, ale dopiero teraz poczuł, że w pokoju niemiłosiernie jebie, kurzem, gównem, martwym szczurem.

No ale wiedział, że nie jest w Hiltonie, że to przydrożny zajazd, po drodze na Lidzbark Warmiński, niedaleko; ktoś powiedziałby, że głupio, ale on zawsze uważał, że pod latarnią najciemniej. W nazwie miał napisane „America", jak każdy z zajazdów tego rodzaju. Na dole knajpa, obita drewnem, pierogi z wody lub smażone, piwo, wódka, herbata, kawa. Baba za barem, włosy natapirowane, dupsko grube, wyraz twarzy jakby właśnie gówno zjadła. W rogu maszyny, dwie, smutne, przekręcone najgorzej, do jednej wrzucił dwie dychy z braku laku, nic nie dała, zajebał jej kopa dla zasady. Coś musiał robić. Inaczej by go popierdoliło.

Siedział tak ze dwie godziny. Nie wiedział zanadto, co ma robić, ale był przyzwyczajony, nie wiedział tak od miesiąca. Rozwiązywał krzyżówkę panoramiczną. Wkurwiał się na siebie samego, bo wszystkie rozwiązywał do połowy, ale nie zgadł żadnego hasła. Zawsze czegoś nie wiedział. Z boku były podane, co prawda, trudniejsze wyrazy, odkrył to po paru próbach, ale i tak nie wiedział.

Siedział, rozwiązywał i wtedy weszły te dwie – jedna stara, tragedia, spieczone na solarium cielsko wylewało się z kabaretek jak zawilgły baleron, morda, jakby kto kijami ją obił, popatrzyła na niego i się oblizała, a on pomyślał, że się zrzyga. „Oż ty kurwiszonie, warcabiaro zatęchła" – pomyślał. Ale co innego ta druga, wymalowana jak dziecko, która teraz leżała w jego pokoju. Popatrzył jej w oczy, kiwnął ręką. Podeszły obie.

– Ty spierdalaj – powiedział do starej, ta prychnęła i odeszła. Z młodą poszedł na górę. Podymał ją trochę w gumie. Chuda, ale dupsko okrągłe. Kurwa, ale ładna. Te sprzeczności go rozbawiały.

– Jak się nazywasz? – zapytała.

– Słuchaj, kurewskich gadek to nie będziemy uprawiać – powiedział i otworzył kolejną puszkę coli. Pokazał jej palcem, czy chce. Kiwnęła głową.

– Ja jestem... – zaczęła.

– Wiem, Sandra – przerwał jej.

– Nie, tak naprawdę to Patrycja – powiedziała.

– Jebie mnie to – odparł zgodnie z prawdą.

– W trasie jesteś? W robocie? – zapytała.

Popatrzył na torbę, pełną brudnych rzeczy, pomyślał o dwóch innych, schowanych w samochodzie. O nowych blachach, gotowych do przykręcenia. O zapasowym rejestracyjnym, w razie czego o osobistym, na inne nazwisko. Już nieważny ten dowód, ale przy kontroli drogowej przejdzie; powiedzą, aby wyrobić nowy, i chuja, puszczą dalej.

– Tak, w robocie – powiedział po chwili.

– A co robisz? – zapytała. Naprawdę była jakaś dziwna albo po prostu głupia.

– Nic, co by cię interesowało – odpowiedział.

– Pewnie handel. Przedstawiciel handlowy – zaczęła zgadywać.

– Nie udawaj mądrej. Ty nie jesteś mądra. Jakbyś była mądra, tobyś nie dawała dupy po parkingach. – Popatrzył na nią tak, że aż przysunęła się do ściany.

„W sumie łatwo jest zaginąć" – pomyślał. W sumie to niezła komedia z tego jest. Na łyso się ojebać, ogolić, bluza z kapturem, okulary przeciwsłoneczne, inne ciuchy. W Zyborku by to nie przeszło, ale wszędzie indziej już przechodziło. Raz nawet wszedł do Żabki w Szczytnie, a przy kasie wisiała kartka z jego zdjęciem, tym z wesela, co wyglądał na nim jak ostatnia, spasła świnia. Specjalnie kazał Łukaszowi to zdjęcie dać do ogłoszenia – ważył wtedy dwadzieścia kilo więcej niż teraz. W każdym razie minął to zdjęcie, stanął przed babą, kupił fajki, żarcie, colę, wódkę, co tam potrzebował, a ona ni chuja się nie zorientowała, że ten gość, który stoi przed nią, to ten sam, co wisi w foliowej koszulce na drzwiach.

Zadzwonił jednak potem do Łukasza i go opierdolił. Tylko Łukasz wiedział, nikt inny nie miał pojęcia.

– No co ty malujesz, kurwa, w Szczytnie miało nie wisieć – powiedział.

– Ja nie mam na to wpływu. To policja też rozwiesza. Przypierdoliliby się – odparł.

– Matka zdrowa? – zapytał, zmienił temat, nie chciał się z nim kłócić.

– Od zmysłów odchodzi, kurwa, Maciuś, ja jej muszę powiedzieć jednak, co jest grane, bo inaczej umrze. Chodzi ciągle po mieszkaniu i zawodzi, gdzie jest mój synalek, gdzie jest mój synalek – powiedział jego brat, dobry chłopak.

– Jak jej powiesz, to ja umrę – odparł po chwili, a gdy wypowiadał te słowa, zaczęło go palić gardło, jak przy najgorszym wyrwaniu zęba.

W tym wszystkim najgorsze było wrócić do Zyborka.

Kiedy przejeżdżał obok domu rodziców – a musiał przejechać, bo przecież dom stał przy szosie – to ugryzł się w język aż do krwi. Łukasz miał rację. Matkę to zabije, wykończy. „On albo matka, matka albo on" – obracał to w głowie, najgorszy wybór z możliwych.

Musiał wrócić. Musiał pogadać z księdzem. Sprawdzić, czy ten się przestraszy. Oczywiście, że ksiądz się przestraszył. Wszystko było jasne. Będą znikać po kolei. Bez ostrzeżenia. Za to, co naprawdę zrobili.

Zawsze wiedział, że to wypłynie. Że to do nich wróci.

Robili złe rzeczy, ale to wszystko były wygłupy. A wtedy, wtedy naprawdę przegięli.

Ksiądz o tym wiedział. Ale nie powiedział, i nawet go straszyć nie trzeba było.

Gdy skończył rozmawiać z księdzem, od kopa pojechał do Cyganów. Ci mieli możliwości, zwłaszcza Tobek, król cygański. Tobek był kawał skurwysyna. Wszystko mógł, robił, co chciał. Pojechał najpierw do niego. Tobek mieszkał w pałacu, nie w domu, wieżyczki sobie porobił jak w meczecie jakimś. Jak kiedyś przyjeżdżali do niego z samochodami, to Maciuś się śmiał. Śmiał się, jak Tobek wypłacał mu pieniądze. No kretynem trzeba być, żeby tak się odstawiać. Są granice. Śmiał się, chociaż Tobek był zdrowo jebnięty.

Kiedyś Tobek nauczył jego, Kafla, Porczyka, Śliwę, całą ekipę, wszystkiego o waleniu aut. Jak, czym, gdzie, kiedy. Trzymali się z Tobkiem, dopóki nie pojawił się Kalt i nie wytłumaczył im tego, po co oni w ogóle te auta walą, i dopiero wtedy zaczęli zarabiać prawdziwe pieniądze. Wtedy Tobek trochę się obraził. Pokłócili się. Tobek nie lubił Kalta, nie lubił Niemców. Obrażony był, że Kalta słuchają, a jego nie, że zawsze na końcu wyjdzie, że Cygan głupi.

Tobek w ogóle był emocjonalny. Przypomniał sobie, jak pojechali kiedyś do klienta. Zajebistą dzidę urwali, niemiecką, igłę, audi A8. Jechali tą dzidą z Porczykiem z tyłu i Porczyk płakał, że takie auto to aż żal oddawać, dotykał tapicerki, jakby pierwszy raz w życiu babę macał. Pamiętał, że to auto było granatowe. Klient, grubas taki, rusek, miał upatrzone.

No i dojeżdżają, wysiadają, w lesie byli umówieni, tuż niedaleko granicy. Gruby rusek czekał na parkingu, już zdziwiony, że Cygan jedzie razem z Polakami. Tobek mówi: to są chłopaki z Zyborka. Ja idę w legalne, a ci są przyszłością. „Co prawda to prawda, byli wtedy przyszłością" – uśmiechnął się na tę myśl, nie było na nich chuja wtedy, a ta kurwa na tapczanie przestraszyła się jeszcze bardziej, tak się uśmiechnął. Tak czy siak, Tobek daje mu kluczyki, a rusek, że nie ten kolor. Że on czarne chciał, a nie granatowe, coś tam pierdoli po ichniemu, atmosfera napięta, Tobek wkurwiony. Rusek dalej pyszczy, a Tobek na spokojnie podchodzi do bagażnika, wyciąga szmatę, wyciąga benzynę, oblewa szmatę, odkręca bak paliwa. Szto ty dziełasz, pyta rusek, oczy jak talerze. Nie ten kolor, to nie ten, kurwa, kolor, Tobek wzruszył ramionami, dorzucił coś po cygańsku, wetknął szmatę do baku i podpalił. Zajęło się w trymiga, rusek zbaraniał, wsiadł w auto i zaraz spierdolił. Porczyk aż zaczął płakać, gdy zobaczył, jak się to auto hajcuje. Płakał jak małe dziecko. A on zaczął się śmiać. Śmiał się i śmiał, aż Porczyk też się uśmiechnął.

Wtedy też się śmiał, ale jak do niego pojechał i zobaczył te wieżyczki i te marmury, i te stawy z amorkami, to poczuł lęk i się przeżegnał. Może dlatego, że Tobek był ostatnim, który mógł mu pomóc. Że nikogo już więcej nie było.

Tobek wyszedł przed dom, gruby skurwysyn, wyłaził mu ten brzuch spod różowej koszulki polo, na szyi złoty łańcuch, na ręku zegarek, sześć złotych bransolet. Po jednej na każdego syna.

Nie zrozumiał, co się dzieje i o co mu chodzi. Zaczął tłumaczyć. To stara sprawa, powiedział, brudna i stara sprawa, chujowa. Jaka sprawa, zapytał Tobek. Taka, że on jest niewinny, on tylko stał obok i patrzył. Maciuś, mów, kurwa, po ludzku, Tobek powiedział zniecierpliwiony. Ja ciebie nie rozumiem. Przyjeżdżasz tutaj i mówisz, że coś się dzieje. Co się dzieje? Nie odpowiedział mu, ale stał przed nim i zaciskał zęby, i myślał. Najpierw, w nocy, pod domem, ze dwa miesiące temu, szyby mu wybili. Na siedzeniu, wśród szkieł, była biała róża. Z tej samej kwiaciarni, co się bierze na pogrzeby. I wtedy jeszcze myślał, że ktoś sobie jaja robi, że to głupia jazda jakaś. Ale potem dostał zdjęcie ememesem, z numeru na kartę, co go zaraz nie było, i już wszystko wiedział. A potem zniknął Bernat. Samochód w centrum zostawił i zniknął. Że niby z kochanką. Taa, kurwa, z kochanką. Bernat nie był durniem. Dymał na lewo i prawo, ale nie był durniem.

Dojadą mnie, powiedział. Kto, zapytał Tobek. Zamarł, nie powiedział. Kto, właśnie, no kto? Przez ten cały czas nie zadał sobie pytania kto. A potem zrozumiał, że za bardzo się boi, aby je zadać. Że boi się jak nigdy w życiu.

Co ty chcesz, pytał Tobek, drapiąc się po brzuchu, patrzył leniwie na chłopaka, Polaka, co mu kosił trawnik. Zapierdalaj, brudasie jebany, rzucił do niego, za co ci płacę, szmato. Chłopak odwrócił głowę, nawet nie mrugnął. Ja chcę do twojego syna jednego pojechać do Niemiec, niech mnie tam schowa, ja bruk mogę kłaść, wszystko mogę robić, ale niech mnie schowa, powiedział. Przed kim, powtórzył Tobek. Nie wiem, kurwa, przed kim, ale wiem, że mam przejebane, że to już koniec, czuję to w brzuchu, Tobek, a jak ja czuję coś w brzuchu, to tak jest, uwierzże mi, kurwa – stał tak przed Tobkiem, mówił, gestykulował i machał rękami.

Nie, powiedział po chwili Tobek. To nie moja sprawa.

Ja nie wiem, co się dzieje. Jak nie wiem, co się dzieje, to ja nic nie robię. Muszę wszystko wiedzieć i wtedy coś robię, zawsze tak robię. Rozumiesz? Nie rozumiesz. Jak wy byście, Polaki, to rozumieli, tobyście nie mieli tylu problemów.

Po prostu za granicę pojedź, jak ktoś za tobą łazi i wiesz, że nie masz siły na niego. Strefa Schengen jest, Maciuś. Wsiadaj w auto, jedź gdziekolwiek.

Syna Bernata w Londynie dorwali, odpowiedział. Mnie wszędzie dorwą.

Kto to jest, zapytał jeszcze raz Tobek. Kto to jest, ty powiedz mi. Jak mi nie powiesz, kto to jest, to ja ci powiem, że jesteś szalony. Że ciebie beng jakiś opętał.

Nie odpowiedział.

Idź do tego Niemca. Jak mu tam, Kalta. Czemu w ogóle mi głowę zawracasz. Idź do Niemca. Z Niemcem od lat robicie. Na mnie żeście się wypięli. Do niego idź, powiedział Tobek.

– Kalt też mnie dojedzie. Kalt zrobi to samo – odparł.

– Niemiec? On cię kocha. – Tobek wzruszył ramionami.

– Nikt mnie, kurwa, nie kocha – powiedział.

– To już nie moja sprawa. – Tobek splunął na ziemię, roztarł ślinę butem.

– To jak, jeszcze raz? – zapytała kurwa. W sumie czemu nie? Poczuł, że coś tam mu znowu szmerga, jak tak na nią patrzył. Te oczy, te usta. To jednak było coś, musiał przyznać.

– Jeszcze raz, drugie tyle dostajesz i spierdalasz – powiedział.

– Niezły jesteś. Wolę z tobą jeszcze raz niż iść do nowego – rzuciła i zaczęła szukać czegoś w torebce, pewnie kondoma.

– No dobra, tylko się przejdę, przewietrzę. Poczekasz tutaj piętnaście minut – powiedział i napił się jeszcze wódki, tym razem z gwinta. Ciągnęło go do niej tak, jak nigdy do nikogo. „Niedobrze" – pomyślał. „Bardzo niedobrze".

Prawda jest taka, że wszyscy pomyśleli, że zwariował. Dlatego w ogóle pojechał do Tobka.

U Kalta był dwa razy, za pierwszym razem powiedział mu, że za dużo wódki, że on mu od lat opowiada, aby wódkę przestał pić. Za drugim razem go pogonił, powiedział, nie chcesz mnie posłuchać, to spierdalaj, raz żeście się nie posłuchali, to poszliście siedzieć, Bogu dziękować, że na parę lat. Jakby się wszystkiego dowiedzieli, to każdy by dożywocie dostał. Karę śmierci by w Polsce przywrócili, specjalnie dla was. No ale ktoś wie wszystko, powiedział mu. Odstaw wódę, proszek i spierdalaj do rodziny, powiedział Kalt. Ja nie będę wariatów niańczył.

Ksiądz prawie go wygnał, tak się wkurwił, ręce tylko zacisnął w pięści, gdy słuchał. Wiedział, o co chodzi, ale się wyparł. W swoim mniemaniu był niewinny. Wszyscy, że wódka. Jaka wódka, kurwa, on od paru lat wódki prawie nie pił, jak raz w miesiącu się napił, to było dobrze.

Tylko Łukasz mu uwierzył. Młodszy brat, ukochany. Zawsze wpatrzony w niego jak w obrazek, i bardzo dobrze, bo gdy powiedział mu, nie bądź taki jak ja, nie wygłupiaj się, kurwa, siedź spokojnie, rób swoje, znajdź kobietę, która umie dochować tajemnicy, to posłuchał. Łukasz zawsze wierzył, że on wie, co robi.

Wyłącznie Łukaszowi mógł powiedzieć. Matce, ojcu nic. Chłopakom swoim nic, zresztą co to jest, jeden siedem, drugi pięć lat, co oni zrozumieją. Do chłopaków jeszcze się odezwie. Broń Panie Boże, nic Beacie, najdłuższy ozór w Zyborku wziął sobie za żonę. Tego samego dnia by go znaleźli, ona by nie odpuściła. No trudno, taką znalazł. Jego decyzja. Nie mógł narzekać. Z imprezowania się to wzięło, z imprezowania ją wyjął, a na imprezowaniu najlepszy i najciekawszy ten, co najwięcej i najgłośniej gada.

Na zewnątrz było zimno i ciemno, ale jemu się podobało, wódka i ciało dziwki prawie go uśpiły, lecz bał się zasnąć. Nie spał więcej niż po trzy godziny na dobę. Zastanawiał się, czy nie wykopać sobie dołu w ziemi. Naprawdę brał to pod uwagę. Że wykopie dół w ziemi w lesie, niedaleko dziupli, gdzie kitrali samochody. Zasypie się liśćmi, igliwiem, i tak będzie spał, prawie pogrzebany żywcem. Przynajmniej będzie miał pewność, że go nie znajdą podczas snu.

Blade światło latarni wydobywało z ciemności kształty zaparkowanych na postoju tirów. Wszyscy spali w kabinach albo w motelu, tu nie było nikogo. Mimo to nasunął mocniej kaptur na twarz. Złodziej jest zawsze ostrożny. On był ostrożny po pięciokroć. Nie powalił się w końcu przez nieostrożność, tylko przez kurwę jebaną, co poszła i się spruła.

Zresztą wobec społeczeństwa wszystko spłacone.

To, co idzie za nim, nie jest społeczeństwem.

Odlewał się długo. Mocz parował w bladym świetle lamp. Schował sprzęt do gaci, przeciągnął się. Tak, tak zrobi. Niech się uspokoi. Niech minie jego kolej. Tobek miał rację. Pojedzie do Niemiec, do Francji na jakieś winobranie czy coś. Jeszcze schudnie, włosy ufarbuje, brwi, kurwa, zgoli, jak będzie trzeba. Tak, właśnie tak zrobi.

I może kiedyś wróci, i wtedy wszyscy mu powiedzą, że jest pierdolnięty, zły, że matka umarła przez niego z nerwów, że dzieci nigdy nie widziały ojca.

Ale najważniejsze okaże się to, że przeżył, że oszukał przeznaczenie jak w tym filmie. Że będzie na jego. Wszystko będzie dobrze. Uśmiechnął się, przeciągnął, coś zelżało w drugiej łopatce.

– Maciuś. – Głos za nim był jak zamarznięte jezioro. Myślał, że już wszystko wyszczał, ale się mylił. Poczuł ciepło w gaciach. – Podnieś ręce do góry – powiedział głos, a on podniósł.

Lampa przed nim – to ostatnie, co zobaczę, betonową lampę, plandekę od tira, kawałek lasu, wyjęty przez światło z ciemności. Broń, beretta, przegwintowana gazówka, została w pokoju. Ale nawet jakby wziął, to i tak nie miałby szans.

Znał ten głos. Brał go pod uwagę.

– Nie próbuj się ruszyć. Nie odwracaj się. Jest nas dwóch – powiedział głos.

Nie odpowiedział. Oczy, ciało, ciepło kurwy. Mieli to zrobić jeszcze raz po jego powrocie do pokoju.

– Rozumiesz, co do ciebie mówię? – zapytał głos.

Poruszył głową.

– Powiedz, że rozumiesz – powiedział głos.

– Rozumiem – odpowiedział.

Ktoś zarzucił mu czarny materiał na głowę, przyłożył zimny metal do potylicy. Ktoś go odwrócił i delikatnie popchnął.

– Ręce – powiedział ktoś.

– Nie rozumiem – odparł.

– Daj do tyłu – usłyszał.

Ktoś założył mu plastikowe kajdanki, ktoś wciąż trzymał lufę przy jego głowie. Ktoś znowu go pchnął. Nie dało rady inaczej. Nie dało rady.

– Idź do przodu – powiedział ktoś.

Szedł do przodu. Nie, nie dało rady. „Nie dało rady inaczej" – pomyślał. „Nie dało rady, o Jezus Maria, niech to kurwa robią teraz, niech się nie opierdalają, niech zrobią to teraz, niech go nie męczą, już wie, już widzi, zresztą od początku widział i wiedział, że oni lubią męczyć". Dlatego uciekał, dlatego udał zaginionego, dlatego tak się bał.

– Idź do przodu – powtórzył ktoś.

– Jezus, zróbcie to teraz, cwele jebane – odezwał się, ale nikt mu nie odpowiedział. Wciąż go popychali. Nic nie widział, materiał był czarny, gruby, gęsty, śmierdział czyimś potem, kwaśnym potem, takim jak w chorobie, ten smród uświadomił mu, że ktoś przed nim miał to już na głowie. Nieważne. Ważne jest to, co zrobi. Może zacznie biec. Może zacznie biec, oni strzelą i na przykład trafią w dupę, w nogę, on będzie udawał martwego, zostawią go. A może w ogóle ucieknie, może oni będą bali się strzelić.

– Jeden gwałtowny ruch i kula w łeb – powiedział głos.

W pewnym momencie asfalt pod jego stopami zamienił się w ziemię. Oni nic nie mówili. Słyszał tylko ich oddechy, równe, głębokie, zrelaksowane. Oni byli wyspani, wiedzieli, co robili.

„Ten drugi to pies" – pomyślał. „Nie pies z Zyborka, psy z Zyborka to pedały. To musi być jakiś pies z Olsztyna, z kryminalnej, być może już emerytowany. Twardy skurwysyn. Zły. Car. Byle go nie męczyli. Byle załatwili go szybko. O Boże. O Boże jedyny". Szedł i szedł. A może oni tak tylko żartują. Może chcą go nastraszyć. Może Bernata też chcieli, ale po prostu tak wyszło. Dalej szedł. Przesunęli go lekko, popchnęli w innym kierunku, pewnie by wpadł na drzewo, pewnie dochodzi do lasu.

Kurwa w hotelu. Pewnie wzięła już pieniądze z torby i spierdoliła. Część miał wciąż przy sobie, zaszyte w dresie. Jakieś pięćdziesiąt tysięcy. Resztę wzięła i spierdoliła. Może po prostu chcą pieniędzy. Może się uda.

– Klękaj – powiedział głos.

– Mam forsę przy sobie.

Poczuł coś słonego w ustach. Zrozumiał, że płacze.

– Klękaj – powtórzył głos.

– Sto koła, kurwa, wasze – powiedział.

– Klękaj – powtórzył głos po raz trzeci i wtedy klęknął. Pod kolanami poczuł igły i szyszki.

Przez chwilę słyszał tylko swój własny oddech. Szybki i gwałtowny. Połykał zimne powietrze.

– Zabijemy cię. Może teraz, a może za pół godziny, a może za kilka dni – stwierdził głos.

Niech robią to teraz. Niech robią to szybko, do kurwy nędzy.

– Rozumiesz, co do ciebie mówimy? – zapytał jeszcze raz głos.

– Może teraz, może za kilka dni – powiedział drugi głos, przez coś zmodulowany, jakby gość miał coś na twarzy, szmatę, bluzę.

Matka. Tyle złego jej wyrządził. Gdy przyszedł pewnego dnia, miał piętnaście lat, chyba, i powiedział jej, że do zawodówki to on już nie pójdzie, bo to nie ma sensu. Bo co to za robota kafelki kłaść, zapierdalać jak głupi dla jakiegoś chama za żadne pieniądze. Załamała ręce. Po tych dłoniach było widać, że pęka jej serce, osuwały się bezwładnie, zwisały w nadgarstkach, jakby coś w nich puściło. Siadała na fotelu i splatała je jak do modlitwy. Wzywała Boga, Matkę Boską, tylko ojca nie wzywała, bo ojciec po prostu zajebałby mu w kły, a ona nigdy do tego nie dopuściła, aby ojciec na niego rękę podniósł.

Gdy pierwszy raz poszła fama po Zyborku, że walą auta, mieli po jakieś siedemnaście lat. Gdy ludzie zaczęli gadać, oni już dawno byli nieźli i chodzili z kieszeniami pełnymi forsy, i po pijaku krzyczeli w nocy, że w ogóle mogą to jebane miasto kupić w pizdu, i pili wódkę wiadrami w restauracji na zamku, i kazali kelnerowi chodzić na czworakach i udawać psa, jak ich wkurwił, a na burdelach w Olsztynie robili taką porutę, że ekipy z Jarot przyjeżdżały ich uspokajać. Matka się dowiedziała i po obiedzie, gdy ojciec wziął gazetę i poszedł do kibla, a Łukasz, jeszcze szczyl, pobiegł na podwórko, popatrzyła na niego. Wiedział, o co jej chodzi.

– To nieprawda – powiedział pierwszy.

– Wszystko możesz mi zrobić, synu kochany – odparła. – Ale kretynki to ty ze mnie nie rób.

W życiu od niego pieniędzy nie wzięła. Nawet pięćdziesięciu złotych. Zakupów sobie nie dała zrobić. To brudne pieniądze, na ludzkiej krzywdzie, mówiła. Dopiero gdy na legalne poszedł, gdy Kalt się za nimi wstawił, gdy ich przejął, gdy dzięki Kaltowi otworzył hotel, zajazd, zakład pogrzebowy, gdy zaczęło się to wszystko już legalnie kręcić, dopiero wtedy pozwoliła sobie kupić domek nad jeziorem niedaleko Bajek.

Dopiero wtedy.

– A jest jakaś, kurwa, różnica? – zapytał ich.

Znowu poczuł zimny metal z tyłu głowy. Miał już kiedyś broń przy głowie, ale to była psiarska broń podczas obławy w lesie. Wtedy wiedział, że kurwa nie strzeli.

Niech się pierdolą, cwele jebane. Niech go biorą do diabła. Niech wszystko zniknie. I tylko matka, tylko matki szkoda. Na weselu, jak się z Beatą żenił, powiedziała mu, że lepiej mógł trafić. I nie było to po złości czy że jej nie lubiła. Po prostu wiedziała i on też wiedział, i parę lat później, gdy już chłopaki się urodziły, a Beata całe tygodnie siedziała u kosmetyczki w Szczytnie, i to matka musiała się nimi opiekować, przyznał jej rację.

Zawsze miała rację.

Jak on umrze, to ona też umrze.

– Wy cwele pierdolone. Wy, kurwa, cwele jebane! – krzyknął.

– Jesteś winny. – Usłyszał głos.

– Wy kurwy pierdolone, zabijcie mnie teraz, co wam, wy jebane pedały, co wam szkodzi! – zawołał.

Wszystko już wiedział. Wszystko było jasne. Jak białą kredą na czarnej tablicy. Był winny, był niewinny, robił to czy stał obok, nieważne. To nie miało teraz znaczenia.

– To nie od ciebie zależy. – Usłyszał.

– Mam pieniądze w kieszeni, pięćdziesiąt tysięcy – powiedział jeszcze raz. Bo może to zwykłe chuje, które tylko chcą pieniędzy. Bo może poprzednim razem do nich nie dotarło.

Usłyszał odbezpieczenie broni.

Jedna sekunda.

„Przepraszam cię, mamusiu kochana, przepraszam cię" – pomyślał.

Druga sekunda.

„Przepraszam cię za wszystko, co zrobiłem złego. Że kradłem, że oszukiwałem, że patrzyłem na śmierć, że pracowałem na krzywdę twoją".

Nadal myślał.

Trzecia sekunda. Wciąż myślał, wciąż czuł pot.

Czwarta sekunda.

Piąta sekunda. Wciąż myślał.

Szósta sekunda. Strzelajcie, wy kurwy pierdolone!

Siódma sekunda.

Ósma sekunda.

Mamusiu.

Dziewiąta sekunda.

– Wstawaj – usłyszał – idziemy dalej.

A ten drugi się zaśmiał.

Mikołaj

Minęły dwadzieścia cztery godziny od czasu, gdy żona Grześka odjechała gdzieś przed siebie, być może do Niemiec, a być może zupełnie gdzie indziej, samochodem prowadzonym przez łysego faceta, któremu nawet nie miałem okazji dobrze się przyjrzeć. Przez te dwadzieścia cztery godziny Grzesiek nie wyszedł z domu, nie otwierał drzwi, nie odbierał telefonu.

– Dość – odezwał się ojciec, patrząc przez okno.

Podeszliśmy pod dom od tyłu, pod uchylone okno. Ojciec nic nie mówi, a jedynie podskakuje, wsuwa rękę w szczelinę i otwiera okno od środka. Wychodzi na kuchnię i już przez nie widać ten potworny syf, wszystkie przedmioty, jakie mogły znajdować się w tym domu kłębiące się na podłodze we wspólnym, brudnym tańcu. Mieszkanie wygląda jak po kilku nieudanych rewizjach.

– Mam nadzieję, że żyje – mówię.

– Żyje – odpowiada ojciec. Wskakuje do środka przez okno. Robię to samo.

Zawieszony na ścianie telewizor emituje niebieski obraz, i ta jego nieczynność, to zawieszenie są nieczynnością i zawieszeniem całego mieszkania. Ze śmieci bije smród. Talerze uformowały się w zlewie w potężną, zlepioną organicznym kitem pryzmę. Płyty DVD i kompakty, w części połamane, zaściełały całą podłogę, tak jakby Grzesiek, szukając jakiejś odpowiedniej, rzucał poprzednimi za siebie.

– O kurwa mać – przeklinam, gdy widzę przy telewizorze dwa martwe szczury. Kucam obok. To te, które uwielbiały jego dzieci. Aleks i ten drugi.

– Bolek – dodaje mój ojciec, szturchając truchło czubkiem buta, jakby czytał mi w myślach.

Znajdujemy go w łazience na górze domu. To jedyne pomieszczenie na piętrze, którego nie zostawiono w stanie surowym. Biała łazienka pewnie nawet wyglądałaby ładnie, gdyby białe kafelki i woskowana podłoga nie były pokryte zaciekami i lepkie od brudu. Grzesiek leży na podłodze. Cuchnie wódą. Usta ma zlepione od rzygowin, które jakimś cudem znajdują się też w jego włosach, zasklepione jak stwardniały kit. Oddycha. Jest nieprzytomny.

– Idiota – stwierdza ojciec.

– Wszyscy byliśmy tam, gdzie on jest teraz – mówię, gdy mój ojciec kuca nad nim, zatykając nos.

– Wstawaj – mówi ojciec, potrząsając nieruchomym Grześkiem.

– Ty też tam byłeś – mówię mu, a on się odwraca. Patrzy na mnie bez słowa. Wyciera odruchowo o kurtkę dłoń, którą dotknął koszulki Grześka. – Ty też tam byłeś, też leżałeś zarzygany na podłodze, i co, i byłeś idiotą? – pytam.

Ojciec milczy.

– Mam czwórkę dzieci, które wciąż są przy mnie – odpowiada dopiero po chwili. – Potrafiłem to wszystko utrzymać w kupie, Mikołaj.

– On też jest przy tobie? – pytam, pokazując na Grześka, z którego ciała zaczyna dobiegać głośne, gardłowe chrapanie, jakby zamiast żołądka miał stary, zatarty silnik.

Ojciec wychodzi z pomieszczenia, zaczyna się rozglądać. W końcu schodzi na dół do kuchni. Widzę, jak bez słowa wyjmuje z plastikowego kubła przepełniony worek na śmieci, ostrożnie, z obrzydzeniem stara się zawiązać jego cienkie końce na supeł.

– Jest przy tobie? – powtarzam. Stawia worek na podłodze. Wyciąga ze zlewu stos nadpleśniałych naczyń. Krztusi się, jakby zaraz miał się porzygać. Z głośnym trzaskiem kładzie talerze na blacie stołu, jakby w ostatniej chwili wypadły mu z rąk.

– Kurwa mać, noż jak można to wszystko tak poniszczyć – mówi, rozglądając się dookoła.

– Mieszkasz obok. Mogłeś coś zrobić – odpowiadam.

– Raz robię za mało, a raz za dużo. Mikołaj, zdecyduj się w końcu. To dorosły człowiek. Popatrz dookoła i powiedz mi jeszcze raz, jak dorosły człowiek może takiego gówna dookoła narobić, zobacz! – krzyczy, ale jego krzyk jest inny niż zwykle, jest w nim jakiś bulgot, powstrzymywany płacz, bezsilność. Po chwili się uspokaja. Bierze wiadro i zaczyna powoli nalewać do niego wody z kranu.

– Może dostać zawału, poczekaj – mówię do niego, ale już jest za późno, pięć litrów zimnej wody ląduje na twarzy Grześka, który momentalnie zrywa się do pozycji siedzącej, odgłos zatartego silnika nawet się nie urywa, ale płynnie przechodzi w bezładny wrzask, w którym gdzieś pod spodem tkwi ukryty wyraz „kurwa".

– Jak tak można, do cholery?! – powtarza mój ojciec.

Grzesiek oddycha ciężko, rozgląda się dookoła, ma spojrzenie przerażonego zwierzęcia, jeszcze nie zdaje sobie sprawy z tego, gdzie jest, kim jest, że siedzi dupą w kałuży brudnej wody zmieszanej z rzygami, które przed chwilą ściekły z jego ciała.

– No i co – mówi mój ojciec, stojąc nad nim; Grzesiek próbuje się podnieść, ale zaraz się ślizga i z głośnym plaskiem ląduje plecami na mokrej podłodze.

Po wypełnionej wielkim wysiłkiem chwili w końcu podnosi się z powrotem do pozycji siedzącej. Można byłoby z nim zrobić teraz wszystko. To straszne.

– Ubieraj się, umyj, posprzątaj to, zjedz coś, za godzinę jedziemy. – Mój ojciec dopiero teraz stawia krok do tyłu i wychodzi z rozlanej na podłodze kałuży. Wyciągam do Grześka rękę, ten łapie ją dopiero po pewnym czasie, strasznie mocno, powoli wstaje, ściska, jakby chciał wyrwać mi rękę ze stawu, w końcu opiera się o ścianę. Kręci mu się w głowie. Strach, który ma w oczach, jest strachem ogłuszonego kota lub psa.

– Nigdzie nie jadę – odzywa się po chwili. Spluwa na podłogę. Nie widziałem jeszcze, aby ktoś pluł na podłogę we własnym domu.

– Jest zebranie. W trybie pilnym – mówi ojciec.

Grzesiek wymija nas i chwiejnym krokiem wychodzi z łazienki. Powstrzymuje wymioty, przykładając dłoń do ust. Rozgląda się po pustych, wylanych betonem pomieszczeniach z jakąś dziwną niewiarą, co tu właściwie się wydarzyło.

– Sram na to. – Odwraca się do nas, wycierając twarz dłońmi.

– No brakuje jeszcze tego, żebyś tu się gdzieś zesrał – odpowiada ojciec. – Jeszcze tego brakuje w tym chlewie. Spójrz na siebie, coś narobił. Popatrz uważnie. I ty się dziwisz, że ona w końcu nie wytrzymała?

Grzesiek wygląda przez chwilę, jakby chciał się na niego rzucić, jego ciało zrywa się, aby zaatakować ojca, ale coś go przytrzymuje, niewidzialny łańcuch.

Grzesiek będzie jeszcze krzyczał i przeklinał, i jęczał, i nawet się rozpłacze, by po chwili przestać, ale mimo to jakieś dwie godziny później, około osiemnastej, bliżej zmierzchu, będziemy siedzieć w aucie ojca we czwórkę: mój ojciec, brat, ja i Justyna, wyjeżdżając z Zyborka, jadąc przez las, drogą na Ostrołękę. Niebo będzie różowoczerwone, jakby przesiąknięte krwią; wszystko na jego tle – linia drzew, słupy wysokiego napięcia, budynki, będzie po prostu tłustą linią, namazaną na tym różu grubym, czarnym palcem.

Grzesiek siedzi z tyłu, obok mnie; milczy, patrzy przed siebie szklanym i płaskim wzrokiem, który nie próbuje niczego wypatrywać, niczemu się nie przygląda, po prostu rejestruje czerń. Jedyny dźwięk, jaki wydaje, to cichy syk, gdy samochód podskakuje na jakimś wyboju – jakby wszystko go bolało.

Nie wiemy, gdzie jedziemy. Jedynie tyle, że jedziemy na jakieś zebranie – mój ojciec nie ma zwyczaju informowania o czymkolwiek.

– Jak się czujesz? – pyta Grześka Justyna.

Ojciec wyciąga gumę do żucia. Grzesiek nie odpowiada.

– Na pewno coś da się zrobić. Mam kolegę prawnika, który zajmuje się takimi sprawami – mówi Justyna.

Grzesiek kręci głową. Dopiero po chwili, gdy ojciec skręca w leśną wąską drogę i samochód zaczyna podskakiwać na wtopionych w nią kamieniach i konarach, odwraca się do Justyny i mówi:

– Ja nawet nie pamiętam tej dziewczyny.

– Nikt z nas w to nie wierzy. Ja w to nie wierzę – odpowiada Justyna. Kładzie mu rękę na ramieniu, Grzesiek momentalnie się odsuwa.

– Ale co mnie to, w co ty wierzysz, ja nie o tym mówię – dodaje po chwili. – Ja mówię, że tego nie pamiętam.

Reflektory samochodu ojca wyławiają z ciemności drewniane ogrodzenie i widniejący za nim, odcinający się na tle ciemnoczerwonego nieba kontur budynku.

Ojciec wysiada na chwilę z samochodu, zdejmuje haczyk z bramy wjazdowej, otwiera ją gestem tak naturalnym, jakby tu mieszkał. Wsiada do auta i wjeżdża na podwórko domu. Reflektory wyławiają z półmroku szczegóły – szopę na narzędzia, budę dla psa, studnię. Dom jest wysoki, pokryty barankiem, z drewnianą dobudówką zamiast drugiego piętra; w jego oknach migocze ciepłe, miękkie, miodowe światło. Gdzieś z głębi podwórka dobiega szczekanie małego, przestraszonego psa. Ojciec idzie w kierunku drzwi, które otwierają się przed nim same – bucha z nich jeszcze więcej tego miodowego światła, jakby z lampy naftowej, i dopiero po chwili widać kontur postaci, mężczyzny w kurtce moro. To leśniczy Braciak.

Ojciec i Justyna wchodzą po schodach, Grzesiek powoli człapie za nimi. Jest zgarbiony i złamany, porusza się powoli, jakby miał osiemdziesiąt lat. Mężczyzna uśmiecha się, macha ręką, abyśmy weszli do środka. Mały, ujadający kundel wynurza się z ciemności, wbiega po schodach, zaczyna kręcić się wokół jego nóg, ocierać o buty.

– Poczekaj chwilę – mówię do Grześka. Ten zatrzymuje się w pół kroku. Ojciec i Justyna się odwracają.

– Idźcie. My zaraz przyjdziemy – mówię. Justyna kiwa głową. Znikają w środku domu.

Grzesiek patrzy na mnie bez żadnego wyrazu.

– To twoje dzieci. Nie odpuszczaj – przypominam mu.

– Co ty się tak martwisz, zaraz ci jakaś żyłka w dupie pęknie od tego martwienia się – parska. Szuka po kieszeni papierosów, w końcu znajduje miękką paczkę z ostatnim. Zapala.

Gdzieś w lesie odzywa się ciche stukanie. Może to ptak. Na prowadzącej do podwórza drodze pojawiają się światła samochodu.

– Myślisz, że jak się tu nagle objawicie oboje i zaczniecie się wpierdalać, to zbawicie świat? Dostaniecie jakiś medal? – pyta.

– No tak, jak byłem w Monarze, to się nie wpierdalałeś – przypominam mu. – Nie miałeś nawet czasu zadzwonić.

Patrzy na mnie, nie widzi sensu, aby się bronić, albo nie ma siły.

Pod bramą zatrzymuje się samochód. Wychodzi z niego facet. Świeci dookoła siebie latarką, światło wyłania z ciemności fragmenty jego postaci. Jego też rozpoznaję. To policjant, był w komendzie, kiedy odbieraliśmy z niej Grześka. Stał w głębi korytarza, przysłuchiwał się bez słowa rozmowie ojca z komendantem.

– Ty tak chciałeś. Chciałeś, abyśmy mieli to w dupie – mówi.

Stoimy naprzeciwko siebie jak dwa duchy, kłócące się o nagrobek do nawiedzania.

– Ile lat nie gadaliśmy od czasu, jak zostałeś panem pisarzem z Warszawy? Wiesz przecież ile – mówi głośno i powoli, a gdy kończy, spluwa na ziemię.

– Czyli nie można tego naprawić. To była tak wielka zbrodnia, że się nie da – odpowiadam.

Facet przechodzi obok, kiwa do nas głową. Odpowiadam mu tym samym, Grzesiek udaje, że go nie widzi. Facet wchodzi po schodach, odwraca się jeszcze raz, puka do drzwi. Miodowozłote światło znowu wylewa się na zewnątrz.

– Myślisz, że ty miałeś ciężko. Ty jeden. Że ty jeden się tak strasznie nacierpiałeś – mówi.

– Nie życzę nikomu tego, co było. – Myślę o Darii, myślę o tym, co działo się, gdy ją znaleźli. Myślę o tym, jak poszedłem wtedy do domu z komendy, jak wszedłem do swojego pokoju i zacząłem pakować swój stary plecak.

– I co, była tragedia i jej nie ma. I życie składa się z tragedii, one leżą na życiu, przykrywają je jak gówna drogę, więc pozwól innym mieć swoje tragedie i daj mi święty spokój – mówi.

– Za to wy kochacie tragedie, ty i ojciec, wy nimi żyjecie. Żołnierze, kurwa, wyklęci, z tym wiecznie splamionym honorem. – Czuję, jak trzęsą mi się kolana, mam wrażenie, że ktoś wywiercił w nich małe dziury, przez które ucieka powietrze.

– Uważaj – odpowiada. Zaczyna lekko kiwać się na piętach. Wygląda, jakby przymierzał się, aby do mnie doskoczyć.

Noc jest cicha i zimna, i gdyby nie bladożółte kwadraty okien, miałbym wrażenie, że tutaj zostalibyśmy już tylko my dwaj.

– Może dlatego też się rozwiodłeś. Żeby coś się działo. Żeby być o coś obrażonym – powtarzam i nie kończę, bo Grzesiek najpierw wali mnie w gębę, a zanim poczuję ból i dojdzie do mnie, że to ciche chrupnięcie jest chrupnięciem mojej szczęki, z całej siły popycha mnie na ziemię, a potem wskakuje na mnie, ściska kolanami i nachyla się nade mną. Śmierdzi rzygowinami i mydłem. Próbuję go zepchnąć, kopnąć kolanem w plecy, ale jest dużo silniejszy, nie mam z nim żadnych szans, jego mięśnie są jak metalowe liny, ostatnie dziesięć lat pracował fizycznie.

– I co jeszcze masz, kurwa, mądrego do powiedzenia? – pyta.

– To samo – odpowiadam mu.

– Chuju pierdolony.

– Pomogę ci, Grzesiek. Dam ci tę forsę – mówię. On łapie mnie za twarz, mocno, abym nie mógł więcej nic powiedzieć.

– Nikt cię tu nie chce – stwierdza.

Próbuję zepchnąć jego dłoń z mojej twarzy, wczepiam się w nią paznokciami, próbuję zrobić mu cokolwiek wolną ręką, ale nie daję rady.

Więc swoją wolną ręką łapie mnie za moją wolną rękę, wciska mocniej kolano w moją klatkę piersiową, czuję, jak kończy mi się powietrze, i przez parę sekund mam wrażenie, że on naprawdę mnie tutaj, kurwa, udusi. I wtedy słychać dźwięk z lasu, zwierzę, chyba, chrapliwy, wysoki wrzask, jakby ktoś zabijał małe dziecko, Grzesiek podnosi głowę, na chwilę luzuje uścisk i wtedy udaje mi się, ogromnie szybko, aż sam się sobie dziwię, jak szybko, wyswobodzić rękę i z całej siły trzasnąć go pięścią w szczękę.

Nie wiem, czy go to boli, ale jest tak zdziwiony, że łapie się za twarz i wstaje. Podnoszę się z ziemi. Odruchowo się otrzepuję. Dopiero teraz czuję smak w ustach, słony, metalowy smak krwi i to, że coś w nich mam, wypluwam to coś na ziemię, patrzę pod nogi.

Wybił mi martwy ząb, chyba prawą, górną siódemkę.

Widzi to i zaczyna się śmiać. Śmieje się najpierw cicho, a potem już głośno, pełną parą, do rozpuku, jakbym opowiedział mu właśnie najśmieszniejszy ze wszystkich kawałów.

– Pójdziemy dzisiaj do Wariata i oddasz mu pieniądze, a przy okazji wyjaśnimy sprawę z tą dziewczyną – mówię.

– Mikołaj. – Kręci głową.

– Dziękuję. Wystarczy powiedzieć „dzięki" – mówię.

Przestaje się śmiać. Poważnieje. Wyciera oko, przez chwilę szybko mruga powieką, jakby coś pod nią wpadło. Z wnętrza domu słychać stukanie, coś rusza się za oknem, ktoś wychodzi do przedpokoju.

– Ja nie potrzebuję twojej pomocy – mówi.

W drzwiach stoi ojciec. Widać tylko jego cień, prostokątny jak robot ustawiony z kartonów przez małe dziecko.

– Czy was obu już do reszty popierdoliło? – pyta.

Odwracam się w jego stronę, chcę coś powiedzieć, ale znów znika w drzwiach.

Wchodzimy do kuchni, całej obitej drewnem. To złote, ciepłe światło bije z zawieszonego na suficie żyrandola wykonanego z ogromnego poroża, rozłażącego się po całym suficie jak dziwne, martwe drzewo. Następnie czuję zapach, słodki i lekko stęchły zapach nieremontowanego domu, i dopiero potem widzę całą resztę pomieszczenia obitego drewnem, drewniany stół, meble, krzesła, podłogę. W kuchni siedzi Justyna, Walinowska razem z mężem, Odys, Braciak, który jest tutaj gospodarzem. W samym rogu, w miejscu, gdzie pada najmniej światła, dostrzegam schowanego księdza Bernata, ubranego w szarą cywilną koszulę z włożoną pod nią koloratką. Obok księdza siedzi para, którą widzę pierwszy raz w życiu – facet jest potwornie gruby, bawełniane ubrania, które ma na sobie, opinają go jak przymały skafander. Kobieta również jest otyła, ale w porównaniu do niego – drobna jak dziesięcioletnie dziecko. A jeszcze obok ten policjant, młody chłopak, wbity w mundur, o maślanych oczach i aparycji discopolowego klawiszowca.

Nad nimi widnieje zawieszona na ścianie wielka, pokryta szarym futrem skóra, zapewne odpowiedzialna za część tego słodkiego, stęchłego zapachu. Przypomina pokrytą torfem wyspę.

Siadamy z Grześkiem na dwóch wolnych, postawionych pod ścianą krzesłach.

– Bracia Głowaccy – mówi grubas, wstaje, wyciąga rękę w powietrze, jakby czekając, aż podejdziemy po kolei i ją uściśniemy. W końcu podaję mu dłoń, Grzesiek nie.

– To Piotr Maciejak – przedstawia go Braciak.

Romek jest leśniczym w Zyborku – mówi mój ojciec, wskazując na Braciaka. – A Piotrek, Piotrka możesz nie pamiętać (oczywiście, że go nie pamiętam), sklep na Bronksie prowadzi.

– Pamiętam cię – mówi grubas – pamiętam cię, jak żeś z dziewięć lat miał. To on, nie, Tomek? To ten starszy? To ten pisarz?

– Tak, to ten – chrząkam cicho. Gruby uśmiecha się szeroko, jakby właśnie dobrze zgadł odpowiedź w *Familiadzie*.

Tak naprawdę ich twarze są podobne. Pokryte bruzdami, zmarszczkami, ciągłym zmęczeniem. Światło nakłada im na twarze złote maski, upodabniając je do mumii, kukieł. Mój ojciec zdecydowanie dyryguje całym przedstawieniem, jako jedyny stoi, ręce trzyma splecione na plecach, patrzy sobie pod nogi.

– No dobra, Tomek, przyprowadzasz tu ludzi, przestraszonych, kurczę, a nawet nie chcesz im powiedzieć, o co chodzi. – Braciak uśmiecha się, po czym odwraca się do mnie, wskazując palcem na mojego ojca. – Bo Tomek to jest mistrz suspensu. Naprawdę. On nic nie potrafi powiedzieć normalnie. Zawsze musi przedtem przez pięć minut milczeć. Jakby koniec świata chciał obwieszczać. Prawda, Tomek?

Zaczynam się śmiać, mimo że szczęka boli mnie coraz bardziej i wciąż muszę przełykać własną krew, aby nie wyleciała mi kącikiem ust. Ktoś jeszcze wchodzi po schodach, szybko i gwałtownie, po czym otwiera drzwi i wpada do środka. To jeszcze jedna kobieta, również koło pięćdziesiątki, zziajana, jakby przybiegła tutaj na piechotę z Zyborka.

– Przepraszam bardzo – mówi do wszystkich. Teraz, gdy się odzywa, poznaję ją. To dyrektorka szpitala.

– Nie bój się, chłopaki pojechali sobie na grilla dzisiaj, twój też – mówi policjant, dopiero teraz widzę, że facet cały czas trzyma w dłoni coś zawinięte w papier, leżące na stole, jakby to chronił.

– Nie boję się – odpowiada kobieta, zdejmując płaszcz i rozglądając się przez chwilę, gdzie może go powiesić.

– Justynka, może ty powiedz – mówi mój ojciec, kręcąc głową.

Justyna kilka razy chrząka, zbiera się w sobie. Co chwila na mnie spogląda, jakby oczekiwała, że mam dać jej jakiś znak. Odruchowo puszczam do niej oko, przez jej twarz przebiega wyraz zdziwienia.

– Ja i pan Głowacki... – zaczyna Justyna, ale mój ojciec jej przerywa:

– Justyna jest żoną Mikołaja. Pracuje dla „Krajowej". Jest dziennikarką.

Wszyscy zebrani kiwają głowami, najżywiej wciśnięty w ścianę pod zwierzęcą skórą grubas.

– Ja i pan Głowacki – mówi Justyna jeszcze raz, głośniej. – Ja i pan Głowacki mamy podejrzenia, że Marek Bernat został uprowadzony przez tych samych sprawców lub sprawcę co jego ojciec, że możliwe jest, że już nie żyje i że mięso, które znaleziono na zębach jego ojca... należy do niego.

Żona leśniczego, cicha kobieta w rogowych okularach i z przyspawanym do twarzy szerokim uśmiechem, stawia na stole tackę pełną szklanek z herbatą, powsadzanych w metalowe koszyczki z uszkami. Gruby bierze herbatę pierwszy, zaczyna głośno siorbać. Jego żona, gdy słyszy o mięsie na zębach, przykłada sobie dłoń do ust.

– Tak, fragmenty ciała mogłyby należeć do jego syna, to się zgadza. Ale musielibyśmy znaleźć teraz ciało syna, aby to potwierdzić. – Dobocińska kiwa głową. Gdy zapala papierosa, za jednym pociągnięciem wypala prawie połowę.

– Chłopak miał przylecieć przedwczoraj. Nawet nie wysiadł z samolotu. Miał jakąś dziewczynę, kiedy się rozwiódł, ale się z nią nie kontaktował. Z byłą żoną też.

Agata stawia na stole talerz z kanapkami. Nikt po nie nie sięga.

Wszyscy patrzą na mojego ojca przestraszeni, kulą się w sobie. Dopiero gdy się odezwie – wtedy delikatnie się prostują, podnoszą wyżej głowy, otwierają szerzej oczy.

– Na wszystko ją już stać, jędzę – przerywa ciszę Walinowska. Zapala papierosa. Agata od razu podaje jej popielniczkę.

– Prędzej do kogoś z nas by się dobrała, Eluniu. Po co miałaby tego chłopaka ruszać? – pyta retorycznie grubas, którego cielsko lekko faluje, jakby ktoś pod stołem delikatnie raził go prądem. Przerzucam wzrok na księdza, który wciąż siedzi schowany w najciemniejszym miejscu pomieszczenia, udając, że ogląda swoje paznokcie.

– Wiecie no, co innego te wszystkie machloje, a co innego o morderstwo oskarżać, tak mi się wydaje – mówi nieśmiało żona leśniczego, chowając się za moim ojcem.

– Podwójne morderstwo – nagle z rogu dobywa się ciężki, zaczadzony głos księdza. Księża prawie zawsze mają głosy jak kastraci, mówią wysoko, oleiście, jakby z ust wypływał im smar. Ten mówi ciężko, z żołądka, basowo, każdy wyraz przypomina walenie w stary dzwon.

– Tak, księże, podwójne morderstwo, w tym księdza brata i bratanka – przypomina ojciec.

– Jeszcze nic nie wiadomo – odpowiada ksiądz. – Jeszcze nic nie wiadomo, więc możemy tylko teoretyzować.

– A wy co? Nagle wszystko kwestionujecie? – odzywa się Walinowska, pani „Murzynka", tym samym tonem, którym wrzeszczała na mnie i na Trupola, gdy oglądaliśmy pod ławką na lekcji „Catsa", i na dźwięk tego głosu aż podskakuję na krześle. – Kto żonie Bernata podpalił sklep? Kto pod twoją szkołą wystawał, Marysia, kto twoje córki zaczepiał, jak nie te łyse chamy? Jak się dowiedzieli, że też podpisałaś się pod referendum? A księdzu kto teraz zabił psa, kto namalował swastykę na ścianie? Jak ktoś może zrobić takie rzeczy, to i co, czegoś takiego nie zdoła zrobić?! – krzyczy już teraz na całego, rozglądając się dookoła, jakby chciała ostrzelać wszystkich tym, co mówi.

– Ja nie jestem sądem, ja nie chcę wskazywać palcem. – Ksiądz chrząka.

– To niech ksiądz idzie rozgrzeszać. Przecież tu o brata księdza chodzi! – krzyczy wciąż Walinowska. Nie wiedzieć czemu, przypominam sobie, jak Flegma wstał na lekcji, zdjął spodnie i pokazał jej fiuta. Miała wtedy podobny wyraz twarzy.

– Po co my tu w ogóle siedzimy, Tomek, skoro ludzie nie wierzą w to, co się dzieje? – pyta mojego ojca.

Mój ojciec podnosi nagle dłoń i znowu wszyscy patrzą w jego stronę.

– Rozmawiałem z Kaltem u Bernata w domu, lata temu – odpowiada ojciec, na chwilę odwracając się do wszystkich tyłem. – Jak dopiero co przyjechał do Zyborka. Oferował Bernatowi pożyczkę. Bernat ostatecznie jej nie przyjął, pożyczył te pieniądze od ciebie, Piotrek. Powiedział wtedy, gdzieś nad ranem, gdy już byliśmy dobrze wypici. – Mój ojciec robi coś nieprawdopodobnego, zaczyna modulować głos, udawać kogoś innego, nigdy nie widziałem, aby to robił: – Ja uwielbiam czytać o Stalinie, Tomasz, powiedział. Stalin to naprawdę był facet, on wiedział, jak działać. On wiedział, że aby pozbyć się chwastu, Tomasz, nie można wyrwać jednej rośliny, trzeba spalić całą łąkę. Tak ci powiem. On był mądry, Tomasz. On był człowiekiem przewidującym. Wiedział, że jeśli ktoś wystąpi przeciwko niemu, trzeba go zabić, ale jeszcze zostanie jego rodzina. Jego synowie.

– Dobrze to pamiętasz. – Gruby patrzy na mojego ojca z czymś w rodzaju kwaśnego uśmiechu na twarzy.

– Dobrze to pamiętam – odpowiada ojciec.

– To czemu przedtem o tym nie mówiłeś? – pyta gruby.

I wtedy ten przestraszony, młody policjant, o którym zdążyłem już zupełnie zapomnieć, cicho chrząka.

– Poczekajcie – mówi cicho policjant. – Jeśli mogę. Dwie sprawy.

Widzę, że Justyna coś do mnie mówi, bezgłośnie, jakby chciała, abym coś odczytał z ruchu jej warg. Boję się przez chwilę, że od tej pory nigdy nie będzie już mówić do mnie głośno, że będzie tylko poruszać ustami.

– Dwie sprawy. Jeśli można – powtarza gliniarz, czuję, jak bardzo się stara obciążyć, upoważnić swój głos. – Ale dobrze, do rzeczy, po pierwsze, dziś do komendy przyszedł brat Maciusia i zaczął opowiadać coś bardzo dziwnego, na tyle dziwnego, że go w sumie z tej komendy pogonili. Ale ja potem popatrzyłem w te zeznania i... – Tutaj zawiesza się na chwilę, jeszcze raz przesuwa dłonią po papierowym pakunku, który leży przed nim na stole.

– Jakie zeznania, Winnicki? – pyta go mój ojciec.

Facet odsuwa od siebie pakunek i ciężko wzdycha. Sprawia wrażenie kogoś zmuszonego właśnie do zrobienia stu pompek. Przez chwilę patrzy w czerń za oknem.

– Chłopak był roztelepany, potwornie – mówi powoli. – Wiecie, on młody jest. Zapomniałem już, ile ma lat. Może siedemnaście. Mówił o Maciusiu. Że Maciuś przedtem jakby zaginął na niby. A teraz zaginął naprawdę.

– Jak to, kurwa, na niby? – odzywa się mój brat. Gdy mówi, słowa zlepiają mu się w chrzęszczącą magmę, brzmią jak charczenie.

– Mówił, że Maciuś się ukrywał, że bał się, że ktoś go dopadnie. Za coś, co zrobił kiedyś, chłopak nie wiedział dokładnie, o co chodziło. Chłopaki mówiły, że mu zaraz kupa po nodze popłynie, taki był przestraszony. Mówił, że nawet jego matka nic nie wiedziała, że on sam drukował i rozklejał te plakaty, że sam zgłosił zaginięcie dla niepoznaki. Mieli telefon do kontaktu. Maciuś podobno, tak twierdzi ten chłopak, miał do niego codziennie dzwonić, cokolwiek by się działo.

– To może gdzieś się na burdelu zasiedział. Co ma do tego wszystkiego Maciuś?! – krzyczy Grzesiek. – Ja to pierdolę, naprawdę.

– Jeszcze nie wiem, co ma do tego Maciuś i jego brat – odpowiada policjant. – Ale uwierz mi, że jestem jedyny, który w tym pierdolniku prowadzi jakiekolwiek dochodzenie, Grzesiek. I jedynym, dzięki któremu siedzisz teraz tutaj, a nie w śledczym w Olsztynie.

– W śledczym w Olsztynie nie musiałbym was, kurwa, wysłuchiwać – mówi Grzesiek.

– Marek Bernat też przecież kradł te auta – z ciemnego kąta znów dobiega głos księdza – razem z Maciusiem. Jak była ta obława, ojciec go zawiózł na lotnisko do Warszawy, z biletem w ręku. Dlatego w tej Anglii siedzi aż do teraz. I może dlatego do matki nie dzwoni, może dlatego nie przyleciał. Może tu nie chodzi o żadną politykę. Niech zło zajmuje się złem.

– Ej dobra. Wychodzę – mówi nagle Grzesiek. Wstaje z krzesła. Parska śmiechem, ale ten śmiech to tylko wyraz wyczerpania.

– Uspokój się – powtarza mój ojciec.

– Daj mi, kurwa, spokój, to się uspokoję – odpowiada.

Ojcu lekko odskakuje głowa, jakby dostał w twarz kamieniem. Otwiera szerzej oczy.

– Co ty powiedziałeś? – pyta mój ojciec.

– Nic nie powiedziałem. To znaczy coś powiedziałem. Powiem wam, co powiedziałem. Sracie się, jakby się miało bez was, kurwa, rozpaść to miasto. Jakby bez was mieli wyburzyć wszystkie te budynki. To miasto będzie takie samo, kurwa, z takim samym rondem w środku i takim samym zamkiem, i takim samym syfem, z jakim było, jeszcze długo po was. Uratujcie siebie, zanim wam do końca nie zryje mózgów. Wy się po prostu bawicie. Popatrzcie na siebie. Wyglądacie jak *Pamiętniki z wakacji*. Tylko grilla wam brakuje, kurwa. I mięsnego jeża. Rozpalić wam grilla? Pojechać po kiełbasę? Kaszanki też kupić?! – krzyczy Grzesiek i coraz bardziej rozumiem, że w pewnym sensie żartuje, że robi sobie jaja, w jego oczach coś błyszczy, coś, czego dawno nie widziałem, może wtedy, gdy wyszedł nas przywitać.

– Może rzeczywiście lepiej już idź, Grzesiek. Zmęczony jesteś. Odpocznij – odpowiada ojciec.

Przez chwilę patrzą na siebie, jakby chcieli się pozabijać. Z boku to wygląda zabawnie, jak konkurs na to, kto dłużej wytrzyma bez mrugnięcia, i przez chwilę jakbym widział u mojego ojca drobny tik, bezwładne opadnięcie lewej powieki, i w tym momencie Grzesiek odwraca się do mnie, jakby na znak, że turniej jest skończony, że ojciec przegrał.

– Idziesz? – pyta mnie jeszcze raz Grzesiek. Patrzę na Justynę, potem na niego. Ona mnie prosi przez pokój, nie zostawiaj mnie tu z tymi wszystkimi ludźmi. Nie powie tego na głos, ale doskonale wiem, o co jej chodzi.

– Przepraszam – mówię na głos, patrząc Justynie w oczy.

Wszyscy spoglądają na Grześka ze współczuciem. Tak jakby wiedzieli o papierach rozrzuconych na podwórku domu, o samochodzie z łysym facetem w środku.

– Grzesiek, poczekaj – mówi nagle policjant.

Grzesiek się odwraca.

Policjant odwija pakunek i podnosi foliową torebkę, która jest w środku. Wewnątrz jest nóż motylkowy. Jego ostrze jest w całości pokryte brązowym, zaschłym nalotem. To motylkowy nóż, na jego rękojeści są wygrawerowane dwie litery G. Jak Grzesiek Głowacki.

– Skąd wziął się tam twój nóż? – pyta policjant. – Powiedz szczerze.

Grzesiek nic nie odpowiada.

– Dla nich to jest teraz najważniejszy trop – mówi policjant i patrzy też na mojego ojca. – Mówią o jakichś Rosjanach, o jakichś przemytach paliwa, ale to nie ma znaczenia. To jest najważniejszy trop. Zaraz ta dziewczyna dojdzie, Grzesiek, jak twoja żona skieruje sprawę do sądu.

Grzesiek nadal nic nie odpowiada.

– Kafel – mówi w końcu. – Kafel zabrał mi ten nóż.

– Zabrał? – powtarza policjant.

– Przegrałem go w karty, kurwa, okej? – odpowiada po dłuższej chwili Grzesiek, jakby spowiadał się z czegoś autentycznie wstydliwego.

Policjant kiwa głową.

– Sprawdźcie jego, kurwa, odciski – dodaje.

– Kafelski Jarosław – upewnia się policjant.

– Tak, on, kurwa, nie miałem już pieniędzy, żeby dalej grać, ale miałem zegarek i nóż, więc przegrałem zegarek i nóż w pokera, miesiąc temu – mówi mój brat.

– Ten sam Kafelski, co zawsze chodzi, straszy i bije ludzi dla Kalta? Ty z nim w karty grasz, Grzesiek? – pyta Walinowska.

– Tak, ten sam Kafelski – odpowiada za niego mój ojciec.

– Kiedy graliście w te karty? – pyta policjant.

– To jest przesłuchanie? – pyta Grzesiek.

– Będziesz wezwany na przesłuchanie – mówi policjant.

– No to mnie wezwij. – Grzesiek odwraca się i kieruje w stronę wyjścia. Idę za nim. Chyba po to, aby niczego sobie nie zrobił. Aby nie wsiadł do auta i nie przypieprzył w drzewo. Aby nie rzucił się do rzeki. Aby znowu nie zrobił czegoś głupiego. Aby naprawdę nie podszedł do jakiejś dziewczyny i...

– Ale czym oni wrócą? – pytam go, gdy otwiera samochód.

– Autem Agaty – odpowiada i wsiada do środka. Zajmuję siedzenie z przodu i chcę powiedzieć Grześkowi, że ojciec go zabije za wsiadanie do jego samochodu, ale jedziemy już w noc, do Zyborka, a mój brat opuszcza szybę i mówi głośno, tak aby usłyszał to ktoś w głębi nocy:

– Chuj z nimi. Pierdolę to. Niech się wszyscy pozabijają. Niech spalą te budynki. Niech się to wszystko zapadnie pod ziemię – dodaje, wykrzykując końcowe sylaby trzech ostatnich wyrazów, po czym wciska pedał gazu, silnik wydaje głośny pomruk, gwałtownie przyśpieszamy, Grzesiek jedzie, jakby chciał zamknąć zegar.

– Ja się nauczyłem jednego – mówi po chwili. – Nauczyłem się jednej rzeczy, Mikołaj. I posłuchaj mnie teraz uważnie, bo ty masz, wiesz o tym dobrze, ty masz problemy ze słuchaniem. Nie chodzi o to, czy mi się tu podoba czy nie podoba. Po prostu nie ma różnicy.

– Jak to nie ma różnicy? – pytam, gdy mój brat z pełną prędkością wypada z lasu na główną drogę, nie włącza kierunkowskazu, po prostu skręca i jedzie, szybko, na chwilę jeszcze wyłącza światła i zaczyna się śmiać. A ja zaczynam się bać.

– Gdziekolwiek pojedziesz, bierzesz swoje gówno ze sobą – mówi. – Możesz chodzić z czernią w brzuchu na co dzień, ta czerń rozlewa się na całe ciało, zalewa łeb, wpływa w żyły. I tak chodzisz sobie z tą czernią i fantazjujesz. Fantazjujesz, że gdzieś tam jest magiczna kraina, w której się jej pozbędziesz, Mikołaj. W której się w końcu, kurwa, umyjesz.

Jedzie jeszcze szybciej i nagle z naprzeciwka nadjeżdża taki sam wariat jak on, być może jeszcze większy, bo z wyłączonymi światłami, i wtedy Grzesiek ostro zjeżdża na pobocze, ale się nie zatrzymuje, samochód gna w stronę Zyborka, przejeżdża bez zatrzymywania się przez tory niedaleko Kolonii.

– Myślisz, że ta kraina może być w wielu miejscach. Może być w Warszawie, a może być w Gdańsku, a może być w Szczecinie, może w Londynie, gdzie indziej, ta kraina generalnie leży w Gdzie Indziej, a na pewno leży w Miami, w willi z basenem, gdzie trzy aktorki porno robią ci pałę, gdy leżysz, kurwa, na leżaku i pijesz zimny browar.

– Kurwa, zwolnij – proszę.

– Gówno wiesz – odpowiada.

– Kurwa, Grzesiek, zwolnij, bo nas zaraz zabijesz! – powtarzam głośno, ale dopiero gdy wjeżdżamy do Zyborka, zwalnia odrobinę, lecz nie na tyle, abym przestał czuć w przełyku ostatni posiłek. Wymijamy pierwsze domy na Bronksie, bramę cmentarza, blok Darii. Znowu przyśpiesza.

– Gówno, Mikołaj, wiesz – mówi jeszcze raz.

Pisk opon. Podrywa mnie do przodu i dopiero teraz widzę, że się zatrzymał przed przejściem dla pieszych, przez które przechodzą dwie młode laski, jedna z nich patrzy mu w oczy przez szybę, stuka się w głowę, coś krzyczy.

– To całe Miami... – zaczyna.

– Też byłoby takie – kończę za niego.

– Dlatego nie ma sensu się gdzieś ruszać. Po co? – pyta, wpatrując się w wejście do Undergroundu po drugiej stronie ulicy.

Wysiadamy z auta. Grzesiek zapala papierosa. Przeciąga się.

I już ma iść do środka, i ma się odwrócić do mnie, i coś powiedzieć, i już otwiera usta, a ja wiem, o co on chce zapytać, i tylko klepię się po kieszeni.

– Mam przy sobie – mówię. Zaraz gdy się dowiedziałem, wybrałem wszystko z banku, w gotówce.

– Chodź. – Kiwa głową.

Zanim wejdę, odwracam się jeszcze na moment, patrzę na oświetlone okna w bloku naprzeciwko. Wyglądają jak puste pola nierozwiązanych krzyżówek. Rozwiązanie jest schowane gdzieś na dole, gdzieś pod ziemią, pod trawą, pod chodnikiem.

– Chodź – powtarza Grzesiek.

Wchodzę do środka.

Nawet nie wiedziałem, że w Zyborku mieszka tyle młodych osób. Korytarz dudni, śmierdzi, ściany pokrywa warstwa potu, taniego browaru. Kompletnie nasrany typ w kreszowym dresie i z fryzurą typu zemsta Honeckera w pewnym momencie potyka się i leci twarzą wprost na beton; w ostatniej chwili Grzesiek łapie go za koszulę i odpycha na ścianę.

– Kafel! Wariat! Toudi! – krzyczy w powietrze, zadzierając głowę; trzy stojące przy ścianie, przyciśnięte do siebie, lekko otyłe dziewczyny patrzą na niego z widocznym przestrachem.

– Kafel! Jestem! – powtarza i wbiega po schodach, ja biegnę za nim, przeciskając się przez tłum, szczerbaty chłopak na półpiętrze, otoczony grupą swoich kolegów, nie zauważa Grześka, który jest szybki jak sprinter, ale zauważa mnie, próbującego za nim nadążyć. Jego oczy wyglądają jak para pustych kartonów, gdy mówi:

– Dziesięć złotych wstęp.

W sali najpierw słychać muzykę, głośną i skrzeczącą łupaninę rodem z radia dla kierowców, jakaś dziewczyna śpiewa łamanym angielskim o tym, że dziś wieczorem chce być tylko dla swojego chłopca. Stroboskopy wyławiają z ciemności ściśniętych ze sobą niczym w ogromnej windzie ludzi, krótko ostrzyżonych chłopaków z nażelowanymi czubami, w koszulach, nieśmiało przyciskających do siebie dziewczyny w koronkowych bluzkach.

Grzesiek przeciska się przez okupowany przez stado ogrów bar, nachyla się do barmanki, czarnowłosej, ładnej dziewczyny, która znowu wydaje mi się znajoma.

– Jest Wariat? – przekrzykuje muzykę Grzesiek, opiera się o blat, bębni w niego dłońmi.

Dziewczyna kręci głową.

– Kiedy będzie? – pyta.

Dziewczyna jeszcze raz kręci głową, pokazuje na ścianę alkoholu, pyta, co mu podać.

Grzesiek szczerzy zęby, widzę, jak za jego plecami dziewczyna wpatruje się we mnie, patrzy prosto w moje oczy. Grzesiek przysuwa twarz do mojego ucha. Archeologia ostatnich miesięcy jego picia zostaje mi na policzku jak osad.

– Daj mi ten hajs, tak żeby nikt nie widział – mówi, a ja kiwam głową i spełniam jego prośbę. Wyciągam plik forsy, ma wagę grubej pajdy chleba, jest śliski, lekko brudny. To wszystkie pieniądze, jakie zorganizował mi mój agent. Najprawdopodobniej ostatnie. Grzesiek chowa je do kieszeni.

– Będzie dobrze. – Klepie mnie w ramię.

I widzę, jak paru gości, którzy stoją przy barze, zaczyna mu się przypatrywać. Jakby jeszcze nie wiedzieli, co zrobić. Dopiero teraz dostrzegam, że dziewczyna za barem ma kolegę, drugiego barmana, wysokiego i strasznie chudego chłopaka o twarzy dwunastolatka, i szepcze mu coś na ucho. Stoję tyłem do parkietu, przysuwam się bliżej do baru, tuż obok Grześka.

– Naprawdę będzie dobrze – powtarza Grzesiek.

I wtedy do pomieszczenia wchodzi mężczyzna, który lśni.

Najpierw widzę jego srebrny blask, a dopiero potem szczegóły jego postaci, tak wyraziste, jakby ktoś go na to wszystko nakleił.

Dziewczyna znowu się we mnie wpatruje. Mam wrażenie, że wykorzystuje każdą wolną chwilę, aby to robić.

Mężczyzna ma siwe włosy, idealnie zaczesane do tyłu. Ciemne okulary, dwurzędowy garnitur, wyjęty żywcem z lat osiemdziesiątych. Kamienną, sztywną twarz, nie okazującą emocji. Stoi w drzwiach, ktoś z tyłu próbuje go wyminąć, ale on jest nieporuszony, nie interesuje go to, co jest za nim, generuje sobą pole antygrawitacyjne. Widzę, że coś wisi przy jego marynarce, coś błyszczącego.

Grzesiek też odwraca się w jego stronę i na krótką chwilę jego twarz zupełnie się zmienia, na moment otwiera usta i oczy, wygląda jak małe dziecko, które zobaczyło kaplicę Sykstyńską.

I chcę coś powiedzieć, ale mężczyzna znika tak, jak się pojawił, wtapia się w ludzi za nim, wymyka się światu ze zwinnością ducha, i w tej samej chwili z tłumu wyłania się jeszcze jeden łysy chłopak w kurtce pilotce i patynowanych dżinsach, z małym, okrągłym kolczykiem w prawym uchu, łapie Grześka za kurtkę, przyciąga go do siebie i głośno mówi:

– Jakżeś ty tu wlazł?

I zanim Grzesiek zdąży cokolwiek powiedzieć, chłopak łapie go za bluzę i ciągnie w tłum, między ludzi, którzy przykrywają ich po chwili szczelną zasłoną, i próbuję go jeszcze wypatrzeć, ale nagle ktoś kładzie mi rękę na plecach i krzyczy:

– Mikołaj?!

Odwracam się i najpierw widzę jedynie światła i ludzkie kontury, i zarys twarzy, po paru sekundach widzę całego człowieka i dopiero po chwili udaje mi się go rozpoznać.

– No kurwa, mordo, ciebie to nie spodziewałem się tutaj zobaczyć – mówi.

Zmienił się, potwornie się zestarzał, wygląda jeszcze starzej niż na Facebooku, ma niby tę samą fryzurę, tę samą chudą, wysuszoną, kostyczną sylwetkę, ale coś przeorało jego twarz, pokryło ją siatką bruzd, mapą przeżyć i przykrości. Wygląda starzej niż jeszcze dziesięć lat temu jego własny ojciec.

Chcę mu powiedzieć, że zaraz pogadamy, chcę iść za Grześkiem, przecisnąć się przez tłum ludzi i go znaleźć, ale Bylu kładzie mi rękę na ramieniu i prowadzi mnie do baru.

– Co tak wyglądasz? Ja żyję. – Pokazuje swoje dłonie pod światło na dowód, że nie jest duchem.

– Może chodźmy zajarać na zewnątrz, bo tu się nie da gadać – odpowiadam, a on, szczerząc się jeszcze bardziej, pstryka na barmankę, przechyla się przez blat i coś do niej mówi. Nie muszę słyszeć co, bo dziewczyna bierze dwa kieliszki, stawia je przed nim i nalewa wódkę.

– Najpierw bania – mówi.

Muzyka na chwilę gaśnie. DJ zaczyna bredzić do mikrofonu coś o tym, że zaraz będzie numer ze specjalną dedykacją dla wszystkich fajnych lasek z Dolnej Limanowej, które tak tłumnie przyjechały na zajebistą dyskotekę do Zyborka.

Dopiero teraz zauważam, że ma na sobie skórzaną, za małą nawet jak na niego kurtkę, złoty zegarek, pod kurtką obcisłą koszulkę z palmą i napisem „Miami". Grzesiek, wciąż myślę o Grześku i czuję coś w gardle, to coś rozpycha mi przełyk, jest słone i ostre, jakbym połknął liść laurowy, jedząc zupę.

Biorę kieliszek, przechylam, wódka jest bardzo zimna. Gdyby była trochę cieplejsza, smakowałaby pewnie jak zmywacz do paznokci.

– Jeszcze jeden? – pyta Bylu. Podchodzi do niego bardzo młoda, brzydka i chuda dziewczyna o ostrych rysach i ufarbowanych na rdzawy kolor włosach, mówi mu coś do ucha, on się uśmiecha, obejmuje ją w pasie, potem puszcza. Przypominam sobie jakieś odpryski jego historii, zszywam je w głowie z tropów, statusów i zdjęć – dziecko? żona? – ale ta dziewczyna na pewno nie jest tą żoną. I też skądś ją kojarzę. Jak przez mgłę. Może po prostu wszystkich tu skądś kojarzę.

– Co, odwiedzasz staruszka? Ja przejazdem, za tydzień spadam – mówi Bylu.

– Nie, wróciłem na stałe – odpowiadam. Mija kilka sekund, zanim dochodzi do mnie, co tak naprawdę powiedziałem.

– Na stałe? Tu? Ty? Gwiazdor z Warszawki? – parska, ewidentnie rozbawiony. Wygląda, jakby usłyszał naprawdę dobrą wiadomość. Facet stojący obok, nalany dzik w obcisłej bluzie z kapturem, na słowo „warszawka" odwraca się w naszą stronę.

– Nie kumam, naprawdę, weź mnie oświeć – mówi Bylu, rozbawiony, ale po chwili zmienia wyraz twarzy, patrzy na mnie uważnie i pyta: – Coś z ojcem, z Tomkiem? Chory jest?

Kręcę głową, wypijam kolejną lufę i czuję się pijany, i wcale mi to nie pomaga. Muzyka robi się cichsza, tak jakby w jednej z kolumn ostatecznie pękł głośnik niskotonowy, zbyt obciążony nieustannym łomotaniem basu. Nikt jednak nie zwraca na to uwagi.

Muszę iść szukać Grześka.

– Ja się rozwiodłem. Straszne gówno było, ale w końcu urwałem kontakt z dzieciakiem, alimenty bulę niewielkie, więc jest git – mówi niepytany, patrząc na mnie, teraz uważnie sondując moją twarz. – No i nie jest źle, teraz siedzimy w Belgii na zakładzie, sadzonki, rozumiesz, domki mamy od firmy.

– Masz jakiś kontakt z Trupolem? – pytam i przypominam sobie jakiś wpis Byla sprzed roku czy dwóch, coś o tym, że już nie wytrzymuje, że jego długi idą w dziesiątki tysięcy euro, że w pokoju obok już zawiązał kabel przy suficie i postawił taboret. Widocznie teraz jest lepiej. Cieszę się.

– Coś ci powiem, Mikołaj, każdy cię wydyma – mówi. – Nie ma chuja na Mariolę. Każdy cię oleje. My byliśmy kumplami. My mogliśmy na siebie liczyć, Mikołaj.

Jego oczy zmieniają się w pęknięte, małe szybki. Może to wódka, a może to jego nabyte pęknięcie, którego nie potrafi ukryć na dłużej niż kilka minut. Wypija jeszcze jedną wódkę, podaje mi kieliszek.

– Zaraz wracam, co? – mówię do niego, patrząc w stronę drzwi. – Naprawdę zajebiście cię spotkać, bracie.

– Co ty dajesz, Mikołaj? – pyta. – Przecież dopiero zaczęliśmy.

– I zaraz skończymy – odpowiadam. – Tylko poczekaj, muszę wyjść.

I zanim cokolwiek mi odpowie, nurkuję w ludzi, siłą wciskam się w tłum, kogoś potrącam, ktoś w odpowiedzi mnie popycha, ale popycha mnie, dzięki Bogu, w stronę wyjścia, nie w stronę Byla, brzydkiej dziewczyny, barmanki, baru. Schodzę po schodach. Słyszę, jak chłopak na bramce krzyczy za mną, że nie dał mi pieczątki. Nie odpowiadam mu. Niżej, na jednym z ostatnich schodów, o mało co się nie wywracam na śliskiej kałuży nieokreślonego płynu.

Rozglądam się dookoła. Pod knajpą stoją ludzie, dziewczyny próbujące dodzwonić się do swoich chłopaków, uwieszeni na sobie, schlani koleżkowie. Ale Grześka nie ma.

Za rogiem biegnie wąska, ślepa uliczka, pamiętam. Kiedyś był tam sklep komputerowy, potem chyba splajtował i teraz jest hurtownia pasmanteryjna. Gdy Underground był jeszcze Prezentem, ci, którzy podczas picia wódki i browarów poczuli do siebie jakiś uraz, ujemny afekt, szli do tej ślepej uliczki rozwiązać problem na dyskretnej solówie.

To ledwie kilka kroków po chrupiących szkłach, rozgniatanych śmieciach. Jest tam dwóch gości stojących naprzeciwko trzeciego, przyciśniętego do muru. Nie widzę ich sylwetek.

– No i co teraz, kurwa? – mówi jeden z nich, a tamten kręci głową. Jest ich więc dwóch. Wystarczy, że podejdę do jednego i uderzę go z tyłu czymś trzymanym w ręku, kamieniem, butelką. Tak, wystarczy. Śmieję się sam z siebie. Takie rzeczy są najprostsze w wyobraźni.

– Taki rozbujany byłeś, pajacu, a teraz co? – pyta jeden z nich.

Dyskretnie się schylam i zaczynam macać ręką brudną ziemię w poszukiwaniu czegoś, co obciąży moje sflaczałe ramię.

– No powiedz, powiedz, co żeś tam pierdolił?! – sekunduje wyższym i cieńszym głosem drugi. To jakiś dzieciak, świeżo po mutacji.

– Co tu się wyrabia?! – Ten starszy nagle się odwraca i rozumiem, że mnie zauważył, a wtedy tamten gość spod muru krzyczy coś w rodzaju:

– Nara, kurwa! – I wybiega, bardzo szybko, lekkim krokiem bardzo szczupłej osoby, i gdy mnie mija, wtedy już wiem – jestem pewien, że to wcale nie Grzesiek, ale jakiś młody chłopak, który popatrzył trochę za długo na czyjąś dziewczynę albo rzucił kilka najebanych zdań w niewłaściwym kierunku.

Widzę ich teraz wyraźnie, nakręcone, łyse łebki z oczyma szerokimi jak talerze. Może znam ich starszych braci. Może nawet znam ich rodziców.

– Tam nie ma przejścia. – Pokazuje palcem.

– Wydawało mi się, że jest – odpowiadam i wstaję, i dopiero wtedy widzę, że obaj są ode mnie dużo niżsi.

– Aha, no dobra – rzuca bełkotliwie ten starszy i dodaje: – Czy ma pan może papierosa?

Kręcę głową. Wychodzą za róg, idą w lewo, przed siebie, w Zybork, a ja idę w prawo, z powrotem pod klub. Przed wejściem, na ulicy, dalej trwa kilka drobnych awantur, jakaś dziewczyna odpycha od siebie tyczkowatego chłopaka, który chyba chce ją pocałować, ale jest tak pijany, że trafia głową w powietrze, drugi gość mówi coś przez telefon, głośno i bełkotliwie. Zrywa się wiatr, ostry, przeszywający. Dopiero teraz w świetle latarni widzę, że po bójce z Grześkiem przed leśniczówką mam brudną koszulę od trawy i ziemi.

– Hej. – Słyszę za sobą znajomy damski głos, tak znajomy, że na moment zatrzymuje mi się serce.

To dziewczyna z baru. Oparta o ścianę, pali papierosa, patrzy na mnie teraz tak, jak patrzyła na wszystko: ze smutną, zmęczoną obojętnością.

– Teraz mnie poznajesz – stwierdza raczej, niż pyta.
– Teraz cię poznaję – odpowiadam.
Miała wtedy jakieś osiem lat i biegała nam pod nogami, chowała się pod biurkiem, grając ze swoją siostrą w chowanego, a Daria musiała wyganiać je na dwór, abyśmy mogli zostać sami chociaż przez krótką chwilę.
– Byłaś naprawdę mała – przepraszam ją.
– Kto się bardziej zmienił, ja czy ty? – pyta.
– Ty – odpowiadam bez wahania.
Jest tak podobna do swojej siostry, że to boli, boli jak dawno naderwany mięsień; robi taką samą zdziwioną minę, gdy wypuszcza dym z ust.
Chcę jej powiedzieć, że bardzo ją przepraszam. Że przepraszam, że tego nie przeżyłem. Że zostawiłem ich wszystkich samych. Że uciekłem. Że nie byłem nawet na pogrzebie. Chcę jej powiedzieć, że przepraszam ją za wszystko, za co tylko mógłbym ją przeprosić, ale zamiast tego mówię jedynie:
– Urosłaś.
– A ty zmalałeś – odpowiada.
Uśmiecham się.
– Po co przyjechałeś? – pyta.
Przez chwilę mam wrażenie, że zadaje to pytanie chórem, że przez nią mówią dziesiątki innych osób. Że każdy tutaj, każda mijana na ulicy osoba, chce mnie o to zapytać. Że ona występuje w ich imieniu, pytając, po co właściwie przyjechałem.
– Tak po prostu – odpowiadam.
– Po prostu. – Śmieje się z mojej odpowiedzi.
– Przypomnij mi, jak masz na imię – proszę ją.
Jest mi naprawdę, naprawdę głupio, że go nie pamiętam.
– Po prostu Kasia – mówi.
– Po prostu Mikołaj – odpowiadam i podaję jej rękę, i teraz ona się uśmiecha.

Próbuję sobie ją przypomnieć – ją, a nie Darię, bo nie ona, ale Daria wybucha mi w głowie setką swoich powielonych twarzy. Ona była dzieckiem. Gdyby Daria nie umarła, w ogóle bym o niej nie myślał. Nie byłbym z nią w żadnym kontakcie. Zapomniałbym, że ktoś taki w ogóle istnieje. Ale teraz już jej nie zapomnę. Nie zapomnę tego nagłego ochłodzenia, które poczułem, gdy zrozumiałem, kim ona jest.

Wciąż mi jest zimno.

Jej głos wciąż brzmi trochę jak chór.

– A ty? Jesteś tu na stałe? Czy wyjeżdżasz? – pytam. Wiem, że to brzydka i połamana rozmowa. Ale może zwracam na to większą uwagę niż ona.

– Pamiętasz naszą mamę? – odpowiada po chwili, zapalając jeszcze jednego papierosa.

Kiwam głową.

– Jest z nią naprawdę źle. No i Dorota, średnia, pojechała na studia, a ja musiałam zostać. Ktoś musiał – mówi.

– I pracujesz tutaj – dopowiadam.

– Jak widać – mówi i po chwili dodaje: – Możesz w to wierzyć albo nie, ja się dostałam do Gdańska na AWF, byłam w pierwszej piątce. Dobrze biegałam. Naprawdę. Miałam wicemistrzostwo Polski w swojej grupie wiekowej.

– I wtedy co? – pytam.

– I wtedy mama zjadła pół reklamówki leków i zapiła szklanką domestosu – odpowiada. – A potem była w szpitalu, a potem była w psychiatryku, a potem wypisali ją z psychiatryka, bo skończyło się zagrożenie życia.

Jest mi tak zimno, że przez chwilę obejmuję się własnymi ramionami.

– A teraz mama nie wie, kim jest, nie wie, jak się nazywa, na noc, kiedy wychodzę, zamykam ją w pokoju, gdzie nie ma żadnych ostrych przedmiotów – opowiada.

– A co się stanie, jak znów sobie coś zrobi? – pytam, nie wiedzieć dlaczego.

Uśmiecha się. Uśmiech jest zimny, wydrapany, wycięty.

– Jak jej się uda? Najebię się z radości – odpowiada.

Myślę o tym, że prawdziwa dorosłość to stan, w którym nikomu nie ufasz, mówisz tylko prawdę, czujesz bez przerwy na języku bardzo gorzki smak.

– Ej, co on ma na górze, kurwa, sam tak stać? – Wariat pojawia się na zewnątrz, zupełnie znikąd. Jest czerwony, spocony, zziajany, wygląda jak uciekająca świnia.

– Już, spokojnie, idę – odpowiada Kaśka. Patrzy na mnie jeszcze przez chwilę. – Do zobaczenia więc – mówi. – Miło się gadało.

– To zapierdalaj! – woła do niej Wariat.

– Ej – mówię do niego. Odwraca się. Patrzy na mnie z niezrozumieniem, dopiero po chwili dociera do niego, kogo widzi. Podchodzę bliżej.

– Gdzie jest mój brat? – pytam.

Kaśka wchodzi na górę, powoli, już się nie odwraca, znika w ciemności, w smrodzie piwa, w okrzykach, w muzyce, która brzmi jak puszczona przez dworcowy megafon.

– Wiem, gdzie powinien być, w kamieniołomach. – Śmieje się.

– To śmieszne – mówię.

– Wiem, ja jestem śmieszny, tak mówią – odpowiada.

– Podobno dostałeś pieniądze – przypominam mu.

– Chodź. – Zmienia się, opuszcza gardę, klepie mnie w ramię. – Chodź. Pogadamy i będzie fajnie. Chodź.

Idąc, wyrębuje swoim ciałem korytarz. Jest tutaj panem i władcą. Na plecach ma plamę potu, jakby czymś się ciężko zmachał. Mijamy wejście do klubu, które jest na piętrze, tak samo zatłoczone jak jeszcze parę minut temu, i jeszcze wyższe piętro. Stajemy przed kolejnymi odrapanymi drzwiami, na których widać kalendarz firmy uszczelniającej okna. Dziwnym trafem tłum tutaj nie dociera, ale zatrzymuje się na niższym piętrze klubu. Tak jakby wszyscy wiedzieli, że tu jest zakazany rewir.

– To ty mi powiedz, czy jest dobrze – mówię Wariatowi.

– Ty się tak nie spinaj, słuchaj, nie spinaj się tak, złap trochę luzu. – Chwyta mnie za ramię. – To nie jest Warszawa czy Londyn, tu nie trzeba zapierdalać w kółko, żeby samego siebie złapać za dupę.

Otwiera drzwi. W środku panuje półmrok, unosi się zapach kurzu, piwa, szczyn, gumolitu, PCV, lizolu. Niewietrzone, niemalowane od lat pomieszczenie. Od spodu, przez podłogę, głuchymi dudnięciami przebija się muzyka z dyskoteki. „To jest ukryte serce Zyborka" – myślę przez chwilę. „To jest komora w samym jego środku. To jest coś, co byłoby widać, gdyby obedrzeć to miasto ze skóry. Gdyby zdjąć z niego baranek, siding, akryl, azbest".

Przechodzimy przez korytarz do pomieszczenia po prawej. Pierwsze, co widać, to stojący w rogu stół do piłkarzyków, obok niezidentyfikowana, brązowa plama na podłodze. Na ścianie wycięty ze starego pornosa plakat z rozkładającą nogi, natapirowaną babą. Dopiero potem widzę stolik, zastawiony butelkami wódki, soku, popielniczkami, widać lusterko, na którym wysypane są białe kreski.

Dookoła stolika siedzi pięć osób. Toudi, obok niego trochę młodszy i ogorzały jego klon, który zaciągnął Grześka tu na górę, ponadto chłopak, którego kojarzę, chudzielec z nieprzerwanie ruszającą się nogą. Grzesiek, ciężko oddychający, siedzi na kanapie, z rozciętą wargą i siniejącym okiem. Z rozciętej wargi płynie mu strużka krwi.

Pomiędzy nimi, na krześle, siedzi ten sam lśniący, srebrny facet z nogą założoną na nogę. Ma ciemne okulary, przez gładko zaczesane do tyłu włosy na czaszce prześwitują placki łysiny. Stracił swoją poświatę, ale jego sylwetka wciąż ma ostre kontury, sprawia wrażenie, jakby ktoś paroma pozbawionymi finezji ruchami wyciął ją z gazety, a potem przyłożył do tego pomieszczenia tak samo, jak tę rozkraczoną babę na plakacie. Jego buty są tak wypastowane, że aż lśnią.

W ogóle nie zauważa, że wchodzę.

– Nie będę tego pił – mówi, pokazując na oszronioną butelkę wódki, stojącą na stole.

– W takim razie czego się pan napije, panie Kalt? – pyta głośno Wariat.

– Nie będę tego pił – powtarza, jego głos jest skrzeczący i niski, przypomina dźwięk wydawany przez samca ropuchy. Zapala cienkiego papierosa. Ujmuje dłoń chłopaka, tego, którego poznałem, stukającego nogą o podłogę. Ogląda ją, jakby wróżył mu z linii życia. Nie znajduje tam niczego ciekawego. Po chwili próbuje chwycić dłoń mojego brata. Ten wyszarpuje się, przyciska rękę do ciała.

– Grzesiu – mówi Wariat, pokazując go palcem. – Grzesiu, kurwa, bądź grzeczny.

– Czego on chce? – pyta mój brat.

– Co tu się dzieje? – pytam.

– To jego brat – mówi do srebrnego Wariat, wskazując na mnie palcem.

Dopiero teraz zdaję sobie sprawę, że wszystkie okna w pomieszczeniu są zamurowane. Że nie widać tego z zewnątrz, bo przykrywa to reklamujący zniżki w hipermarkecie billboard.

– Wiem – odpowiada Kalt, a Wariat przyciąga dłoń Grześka do siebie, naciska mocno na jego przedramię i jakby w przedramieniu był guzik, dłoń Grześka się otwiera.

– Trzymaj tak – mówi Kalt i zaczyna strzepywać popiół na otwartą dłoń mojego brata.

– Ja to nie wiem, ja lubię zimną wódę – mówi Toudi, przeciągając się. – Pan to pije jakieś wynalazki.

Wariat zachodzi od tyłu chłopaka z trzęsącą się nogą. Uderza go lekko w kark, chłopak podskakuje.

– Idź, weź z baru butelkę łychy – mówi.

– Jakiej? – pyta chłopak.

– Najlepszej – odpowiada Wariat.

Chłopak z trzęsącą się nogą wybiega z pomieszczenia. Żarówka na chwilę zaczyna migotać, w krótkich sekwencjach następują po sobie ułamki sekund ciemności. Mój brat patrzy na mnie, na jego dłoni jest coraz więcej popiołu.

– To on dał pieniądze – mówi Wariat.

– Ja ich obu znam – odpowiada Kalt.

– Dostaliście wszystko, więc idę – mówi Grzesiek. – Idę, co ja mam tutaj dłużej siedzieć.

– Nie podoba ci się moje towarzystwo? – pyta Kalt.

– Grzesiu, ja cię proszę – mówi Wariat.

– Nie – odpowiada mój brat.

– Mi twoje też nie podoba się – mówi Kalt.

– Dlaczego? – pyta Grzesiek.

– Bo majciarz jesteś. Majciarze to najgorsze kurwy są.

Kalt gasi papierosa na środku jego otwartej dłoni. Mój brat wydaje rwany, krótki krzyk, odruchowo wstaje, bierze zamach, jakby chcąc uderzyć Kalta w twarz, ale momentalnie dopada do niego Wariat, łapie go od tyłu za ręce, przyciska do siebie.

Widzę, jak Kalt rechocze. Jest mu naprawdę, z całego serca, wesoło.

– Ej, dość tego, kurwa – mówię. – Grzesiek, idziemy.

Grzesiek odpuszcza. Ciężko oddycha. Dopiero po chwili wyjmuje kostkę lodu z kubła i zaciska ją w oparzonej dłoni.

– Nie przedstawisz mi się? – pyta Kalt. Wstaje. Jest wysoki. Podchodzi do mnie.

– Podobno wiesz, kim jestem – odpowiadam.

– No i co, jak wejdziesz, rozumiesz, do ojca swojej dziewczyny po raz pierwszy, to też się nie przedstawisz, bo niby on wie, kim ty jesteś? – Kalt podchodzi do mnie blisko, na tyle blisko, że ostatnimi słowami, które wypowiada, chucha mi w twarz. Cuchnie mu z ust, jakby miał zepsute wszystkie zęby.

– Ale ty nim nie jesteś – odpowiadam.

Roztrzęsiony chłopak wbiega z powrotem do pomieszczenia. W dłoni trzyma butelkę whisky, stawia ją głośno na stole. Kalt nie zwraca na to uwagi, patrzy teraz na mnie, trzymając się pod biodra. Rozgląda się dookoła. Jakby czegoś szukał albo zastanawiał się nad zmianą dekoracji przestrzeni.

– Dał wam pieniądze? – pytam ich, wskazując na Grześka. Pocą mi się dłonie. Mam sucho w ustach. Widzę, kim oni są, kim się stali, że równie dobrze mogą powiedzieć mi teraz, że nic nie dostali, siedząc z moimi pieniędzmi w kieszeni.

– Ty sugerujesz, że ja robię moje interesy nieuczciwie – odpowiada po chwili Kalt. Wraca za stolik, bierze ostatnią czystą szklankę, nalewa sobie whisky.

– Nic nie sugeruję – mówię.

Wariat siada obok Grześka, również lata mu noga, jest nabuzowany tak, że zaraz coś mu pęknie, żyła, serce, głowa. Wyciąga papierosa z paczki. Zapala, łapczywie się zaciągając, prawie nie wypuszczając dymu.

– Dał tyle, żeby zniszczenia pokryć, które narobił. To jest niedobrze, co on zrobił, ty wiesz. Że ktoś wchodzi na cudze i niszczy – odpowiada Kalt. Dopiero teraz słyszę, że jego skrzeczeniem jest jeszcze akcent, jakaś kulawość języka, naleciałość.

– Wy w ogóle macie szczęście, że wy tu jesteście i rozmawiacie z nami jak równi z równymi, bo wy powinniście naprawdę wpierdol dostać – mówi po chwili Wariat. –

A rozmawiacie tylko dlatego, i pamiętajcie o tym, w ten sposób rozmawiacie tylko dlatego, że wasz ojciec to jest charakterny człowiek.

Grzesiek wciąż trzyma się za poparzoną dłoń. Kalt się uśmiecha. Kiwa głową.

– Powiedz mi. – Odwraca się w stronę Grześka. – Powiedz, i było te głupoty robić? Było do paszczy potworowi pieniądze wrzucać?

Grzesiek milczy. Chce coś odpowiedzieć, ale nie może albo nie chce, szczęka chodzi mu tak, jakby próbował zgnieść coś zębami. Toudi wyciąga broń, kładzie ją na stole. Gdy widzę broń, temperatura mojego ciała spada w ułamku sekundy o jakieś pięć stopni.

– To twój klub? Czy Wariata? – pytam Kalta.

– Wszystko tu jest moje. Wszystko, co widzisz. Jak nie wiedziałeś, to wiesz już. To jest moje i tamto, i tamto jeszcze. Całe miasto. Cała gmina. Jeszcze więcej – odpowiada Kalt. Przeciąga się. Bierze w dwa palce swój łańcuszek. Teraz widzę, co ma do niego przytwierdzone – odlaną ze srebra literę K. Przez chwilę pociera ją intensywnie dwoma palcami.

Muszę wyjść, gęste, śmierdzące powietrze wpływa mi nagłą, wielką falą do oczu i ust, zapach linoleum, grzybicy, starego lakieru nagle wypełnia całe płuca i żołądek. Muszę już wyjść. Dosyć tego.

– Idziemy – mówię do Grześka.

– To nie jest tak, że ja coś zabieram, ja pomagam, prawda, Kamilku? – Kalt odwraca się do Wariata, który kiwa głową.

– Tak, pan pomaga, panie Kalt. A jak – zapewnia.

– A tyle mówią o mnie nieprawdy – odpowiada Kalt. – Tyle o mnie ludzie różne kłamią.

– Idziemy – powtarzam, idę w kierunku wejścia i dopiero po chwili mój brat wstaje, jakby ich badał, czy rzeczywiście może to robić. Grzesiek podchodzi w moją stronę.

– Trzy dni czasu masz – mówi Kalt. – Trzy dni czasu masz, żebym ja się nie wkurwiał. Trzy dni czasu, żeby wszystko tu było Kamilkowi zapłacone.

– A jeśli nie? – to pytanie samo wylatuje mi z ust.

Toudi bierze broń do ręki. Wariat gasi papierosa, wypuszcza powietrze z płuc, całe mnóstwo. Gdy łapie moje spojrzenie, przenosi wzrok na własne buty.

– Co się gapisz?

– Miałeś kiedyś fajną knajpę – przypominam mu.

Przez chwilę nie odpowiada.

– Widzisz, tak to jest, jak się nie wie – mówi w końcu, patrząc na mnie. – Ty nie wiesz, co się dzieje, małolat, nigdy nie wiedziałeś, bo jak tu byłeś, to żeś latał odpalony dookoła zamku z innymi małolatami, takimi samymi jak ty; wiesz, jak masz osiemnaście lat, to patrzysz jak dziecko.

– Pamiętasz, co ci powiedziałem ostatnio? – pytam. – Pamiętasz, jak ci powiedziałem, że kiedyś byłeś w porządku? Pamiętasz to?

Wariat wzdycha. Kręci głową. Wypija jeszcze łyk z butelki, wyciąga ją w moim kierunku. Kręcę głową.

– Małolat... tak, miałem inną knajpę, która może była fajna, fajna w twoich wspomnieniach. Była fajna, bo ty byłeś młody i nie było innej. No ale załóżmy. Była, kurwa, fajna. I mi ją zabrali. I ten chuj, Kudniewski, w sensie, poprzedni burmistrz mi ją zabrał, chociaż miałem umowę jeszcze na dwa lata. I zostałem bez pieniędzy. I musiałem wszystko sprzedać i uciekać do Anglii.

– I co? – pytam.

– I to, że teraz mam drugą i nie dam jej sobie zabrać – mówi.

Grzesiek stoi obok, wciąż trzyma się za rękę. Dyszy.

– Gdyby nie przyniósł dzisiaj za te szkody, toby było już po zabawie – odpowiada Kalt.

– Po jakiej zabawie? – pytam.

– Mało tu dup przychodzi, co to nie mają nawet na szminkę w Sephorze? A mają po szesnaście lat? To problem jest taki wiadomość na Facebooku napisać? Nawet w sądzie zeznać? Rozumiesz, co do ciebie mówię? – wtrąca się Wariat.

Nawet nie patrząc się w stronę Grześka, łapię go za rękę, by go powstrzymać przed zrobieniem czegoś idiotycznego.

– A potem jeszcze inne rzeczy można robić – dopowiada cicho, jego głos przy tym poziomie głośności jest ledwo co słyszalny, przypomina miętoszenie w dłoni kawałka styropianu.

– Pierdol się – odpowiadam mu.

– Co pierdol się? – Rozkłada ręce.

– Słyszałeś – mówi coś innego niż ja, coś, co zalało mnie od środka, coś niepoczytalnego jak Punisher, trzymam Grześka mocno, całą siłą mojej starej, sflaczałej ręki. – Nic nie dostaniesz.

Chyba pierwszy raz w życiu jestem odważny, chyba nie byłem na to gotów, i dobrze, bo nie byłem nigdy w życiu na nic gotów. To odwaga to zagrzebany głęboko odruch; reakcje po wciśnięciu guzika, o którym nawet nie wiedziałem.

Ja wiem, że ten idiota ma broń, nie widzę nic poza tą bronią, ta broń jest największym przedmiotem w pomieszczeniu. Ale stoję przed nią, patrzę w wylot lufy. Być może cały się trzęsę, ale wcale tego nie czuję. Nikt nie będzie robił mojemu bratu takich rzeczy.

– Więc tak – mówi.

– Więc tak – odpowiadam.

– Jesteś pewien? – pyta, przeciąga się, patrzy na mnie,

na Grześka, myślałem, że się zdziwi, ale w jego spojrzeniu nie ma nawet ułamka zdziwienia.

– Jestem pewien – mówię i zanim odpowie mi coś jeszcze, popycham Grześka zdecydowanie w stronę drzwi, zanim ten troglodyta po lewej stronie kanapy podniesie broń i strzeli najpierw do niego, a potem do mnie, a następnie zamykam za sobą drzwi; Grzesiek jest gdzie indziej, sterujące nim urządzenie przeładowało się zupełnie i pozostał już wyłącznie tryb awaryjny, który odpowiada za poruszanie rękami i nogami, i chwilowo nic więcej tam nie ma. Gdy zbiegamy po schodach, idzie szybko, ale ma sztywne ruchy automatu; i dopiero gdy wybiegamy na zewnątrz, zaczyna iść tak, jak szedł wtedy w leśniczówce, z trudem starca, powłócząc nogami, jakby wiedząc, że tam, gdzie idzie, nie wydarzy się nic dobrego, ale już nie ma i nigdy nie będzie żadnego innego kierunku.

Justyna

Ostatnie, czego spodziewałaś się w tym domu, to śpiew. Był cichy i słaby, jak śpiew ducha. Przez chwilę myślałaś, że to telewizja albo radio, ale nie, ten śpiew był zbyt kruchy, niekształtny i słaby. Tak nie śpiewają w piosenkach, pomyślałaś. Siedziałaś przy komputerze i próbowałaś wpisywać niepowiązane ze sobą wyrazy w białe okno edytora. Ale śpiew sprawił, że nie mogłaś już dalej wpisywać, Justyna, Justynko, musiałaś wstać. Zanadto cię rozpraszał. Wołał cię.

Zeszłaś po schodach, jak zwykle po cichu, zdenerwowana i spocona, bo człowiek na odstawieniu od xanaksu jest zdenerwowany i spocony, i rozregulowany jak stara aparatura, a śpiew z każdym kolejnym stopniem robił się coraz głośniejszy, ale wciąż pozostawał tak samo słaby. A oprócz śpiewu było jeszcze ciche brzdąkanie na gitarze.

Poznałaś tę piosenkę. To Breakout, *Poszłabym za tobą*.

Agata nawet nie gra, lecz muska palcami struny gitary i cicho podśpiewuje, i te dźwięki, które wydaje, są słabe i misterne jak pajęczyna. Joasia siedzi na tapczanie i słucha mamy w ogromnym skupieniu. Jasiek nie słucha nikogo, wpatrzony w laptop gra w jakąś sieciową grę, ze słuchawkami na uszach. Jedyne światło w pokoju to złote światło lampy. Wszyscy we trójkę są skąpani w tym złocie, spokojni jak rzeźby, niewyraźni jak zjawy.

„Poszłabym za tobą, do samego nieba" – śpiewa Agata i gdyby śpiewała głośno, pewnie śpiewałaby źle. Pewnie śpiewałaby jak nauczycielka muzyki z wiejskiej podstawówki. Jej gitara jest stara i kiepska, ma nalepione na pudle serduszko Wielkiej Orkiestry Świątecznej Pomocy. Przeżyła niejeden oazowy zlot i harcerskie ognisko. „Poszłabym za tobą, do samego piekła, ale za gorąco, ale za gorąco, ale jeszcze bym się spiekła!" – śpiewa, a Joasia parska cichym śmiechem na ten tekst, jakby usłyszała dowcip. Pewnie śmieszy ją rym. Ty też się uśmiechasz. Nikt cię nie widzi. Chowasz się w cieniu.

To ostatnie, czego się spodziewałaś, pomyślałaś, a zimny pot przylepiał ci ubrania do skóry, byłaś tak zła, i tak bardzo chciałaś, aby cię nie zobaczyły.

– Pięknie grasz, mamo, naprawdę lubię, gdy mi grasz – usłyszałaś, gdy wychodziłaś na zewnątrz.

– Nieprawda, tylko tak rzępolę – dotarła do ciebie jeszcze jej odpowiedź.

Zrobiło ci się bardzo głupio.

Zanim usiadłaś z powrotem do pracy, stałaś przez dłuższą chwilę na ulicy. Znowu wydawało ci się, że coś widzisz. Czarny dym, obłok, czarny kształt. Wypełniający całą przestrzeń. Wylatujący z kwadratów poszczególnych domów. Z kominów, z okien, z rynien, z plakatów, witryn, znaków, billboardów, szyldów. Musisz przedrzeć się przez ten dym sama. Oni tylko cię w niego wepchną. Powiedzą, prawie nie będzie słychać tego, co powiedzą – że masz iść przed siebie.

Sama.

„Poszłabym za tobą, do samego piekła, ale za gorąco, ale za gorąco, ale jeszcze bym się spiekła!" – dźwięczy ci w głowie.

Ani Grześka, ani Mikołaja wciąż nie ma.

Oni są straceni, przychodzi ci do głowy. Wpisałaś się na listę straceńców, do straconej rodziny. To ludzie stojący nad przepaścią. Ludzie, którzy sturlają się w nią głucho jak stare kamienie.

– Tak – powiedział On przez telefon. – Tak, zrób to. Napisz o tym. Czekam na to. Czekamy na to.

– Nie zrobisz już więcej czegoś takiego – powiedziałaś.

– To zależy.

– Od czego, kurwa, zależy?

– Od tego, co tam się dzieje.

Nic nie powiedziałaś, a On jeszcze dodał:

– Zrób to i pamiętaj, nie pozwolę cię zranić. Jesteś najlepszą dziennikarką, jaką znam. Jesteś wspaniałą kobietą.

I wtedy się rozłączyłaś, Justynko, i wróciłaś z powrotem do pokoju. Musiałaś chwilę stać na zewnątrz, bo w pokoju dzieci już nie paliło się światło. Już nikt na niczym nie grał.

Skończ już mówić do siebie, Justynko. Skończ mówić do siebie, powtarzam w myślach, znów wpatrując się w biały ekran, z braku lepszej rzeczy, którą mogłabym wypełnić sobie głowę. I wtedy przychodzi zapach. Zapach, jakby ktoś rozgrzał piekarnik pełen brudnych naczyń. A potem słyszę bardzo głośne uderzenie w drzwi. Pięścią albo jakimś narzędziem. Jakby ktoś chciał wybić w nich dziurę.

– Otwórz, Justyna, do cholery! – krzyczy Agata.

Otwieram drzwi. Zapach przypalonych naczyń w piekarniku wdziera się do środka ze zdwojoną siłą. Agata kaszle. Zasłania twarz ręką.

– Chodź. – Pokazuje, macha do mnie drugą ręką. – Chodź.

– Co się stało?

– Chodź na zewnątrz – mówi.

Zbiegam za nią w dół po schodach, prosto w czarny, gęsty dym, wypełniający ściśle całe pierwsze piętro domu.

– Co się dzieje?! – krzyczę za Agatą. Dym wypływa z pokoju dzieci, Janka i Joasi. Nic nie widziałam, nic nie słyszałam, nie wiem, co się stało, okno mojego pokoju było zamknięte i wychodzi przecież na zagracone podwórko.

Dopiero gdy jestem w tym dymie, czuję, jak ktoś mnie wymija, człowiek, nie wiem kto, nie widzę go, ale wiem, że jest wysoki, porusza się bardzo powoli. Zatrzymuję się na chwilę, kaszlę, dym wypełnia mi płuca, ale staram się dostrzec, kto to jest, wyłonić z dymu jego sylwetkę.

– Chodź! Chodź, Justyna! – krzyczy za mną Agata.

Zbiegam na parter. Tutaj dymu jest mniej, smród jest za to nie do wytrzymania. To zapach spalenizny, zgnilizny i wilgoci. Dopiero po chwili zauważam, że stąpam po mokrej podłodze, że cała jest pokryta wilgotnym, czarnym szlamem.

– Włóż buty – mówi Agata, stojąc na zewnątrz otwartych drzwi.

Wkładam. Wychodzę z domu. Dopiero świeże powietrze, które wpada mi do nosa, przelatuje przez płuca, uświadamia mi, jak bardzo zaczadzone jest wnętrze domu.

Wóz straży pożarnej, na sygnale, zatrzymany przed domem. Zbiegowisko, rozświetlone okna na całej ulicy. Sylwetki, tym wyraźniejsze, im bliżej do nich podchodzę, strach, który coraz bardziej do mnie dociera.

Sąsiedzi, strażacy, Mikołaj i Grzesiek, Tomasz. Strażacy. I dwie zaczadzone bryły metalu. Jedna z tych brył, wyglądająca dużo lepiej, ma numery rejestracyjne naszego auta. Druga, większa, sczerniała, w dolnej części ma kolor samochodu Tomasza.

– Co się stało? – pytam ich.

(Od tego, co tam się dzieje – powiedział On przez telefon).

– Co tu się stało? Mikołaj?! – krzyczę.

Mikołaj przez chwilę stoi jak zamrożony, w przeciwieństwie do swojego brata, który cały się trzęsie i pali papierosa za papierosem.

– Mikołaj – wypowiadam jeszcze raz jego imię.

(Nie pozwolę cię zranić – powiedział On przez telefon).

Mikołaj dopiero po chwili do mnie podchodzi. Wyciąga do mnie rękę, chce mnie objąć. Jego ręka jest sztywna, jakby była w niej stara, zardzewiała sprężyna. Opada mi na bark. Przysuwam się do niego.

– Wrzucili do pokoju dzieciaków – mówi Tomasz. Jego głos dochodzi jakby ze studni. Jest o oktawę niższy niż zwykle.

– Co wrzucili? – pytam, jestem mistrzynią idiotycznych pytań.

– Już pogaszone. – Strażak w pełnym kombinezonie patrzy w stronę otwartych drzwi, z których wyłania się jego kolega w identycznym kombinezonie. To on był na piętrze.

– Tak zwanego Mołotowa – mówi strażak.

– Dzieciaki miały otwarte okno. Często mają – mówi cicho Agata.

Dopiero teraz widzę Jaśka i Joasię stojących za ojcem; Joasia wczepia się w niego jak dużo mniejsze dziecko, trzyma go za skórzaną kurtkę, nie chce puścić. Jasiek stoi obok. Nic nie robi, tylko mruga oczyma. Za nim widzę sylwetki w mroku, ustawione w tych samych miejscach, w których stały, gdy żona Grześka zabierała mu dzieci za pomocą jednego wydrukowanego papierka.

– Skurwysyny jebane – mówi Grzesiek.

– Nie przy dzieciach – upomina go Tomasz.

– Skurwysyny jebane, w dupę pierdolone cwele! – powtarza Grzesiek, głośno.

– A samochody? Co stało się z samochodami? – pytam, zdejmując z siebie sztywne ramię Mikołaja, wskazując palcem na czarne bryły.

– Podpalili. Auto Grześka też – mówi cicho Mikołaj.

– Co to znaczy? – pytam.

– Podpalili, nie wiesz, co to znaczy podpalenie? – pyta Grzesiek.

– Grzesiek, do cholery! – mówi Agata.

– Skurwysyny jebane – powtarza Grzesiek.

– Nic nikomu się nie stało. To najważniejsze. Nic nikomu się nie stało. – Tomasz wyciąga dłoń, sięga ramienia Jaśka, przyciąga go do siebie i przyciska z całej siły, aż chłopak krzywi się z bólu.

Mikołaj kręci głową, jakby zaprzeczał temu wszystkiemu, jakby to wszystko mu wmawiali. Idzie powoli przed siebie, człapie w stronę domu. Powoli i z trudem, jak stary człowiek.

– Nie może pan tam wejść – mówi strażak.

Mikołaj jakby go nie słyszy. Zatrzymuje się dopiero za furtką, niedaleko budy. Kuca na ziemi, wyciąga rękę, czegoś dotyka. Drapie się po głowie.

– I zabili też psa – mówi.

Słyszę, jak Joasia wybucha płaczem i zaraz cicho próbuje wepchnąć ten płacz w kurtkę ojca.

Chcę zapytać, kogo podejrzewają, co o tym myślą, ale to bez sensu, to pytanie jest nie na miejscu, oni wszyscy wiedzą swoje, a nie powiedzą mi nic. Nie ma sensu, aby cokolwiek mówili. Nie ma sensu wchodzić głębiej w to miejsce. Nie ma sensu dłużej w nim zostawać.

– Musieli go otruć. Jest cały w pianie – mówi Mikołaj, zbliżając się do mnie powoli.

Nikt nie idzie sprawdzić, czy ma rację, czy pies rzeczywiście nie żyje. Jeszcze jeden szczegół. Na elewacji. Po prawej stronie od drzwi. Na wysokości okna od piwnicy. Namazana sprayem swastyka. I napis: KURWY, koślawy, jakby na deser.

– Nie jest źle, ale remont będzie musiał pan zrobić – mówi strażak.

Tomasz nic nie odpowiada.

– Do pokoju, dzieci – mówi. Przyciska je do siebie jeszcze mocniej. – Do pokoju, dzieci, kurwa mać! – powtarza.

– To Kalt – mówi cicho Grzesiek.

– Co? – pyta ojciec.

– To Kalt – powtarza. – To Kalt z Wariatem. Miałeś rację.

– Z czym dokładnie miałem rację? – pyta Tomasz.

– Wszyscy mieliście rację. Że oni są zdolni do wszystkiego – mówi. Wpatruje się w swój dom i samochód. Dopiero teraz zauważam, że jego dom też został uszkodzony; z daleka w ciemności widać wielką, osmaloną plamę na elewacji. Ślady sprayu.

– To wszystko Kalt – mówi Grzesiek. – Kalt i ta kurwa.

Tomasz bierze dzieci za ręce, popycha je w stronę Agaty, po czym rusza, idzie przed siebie, biorąc się pod boki, trzymając ręce na biodrach. Wymija swój spalony samochód. Wchodzi na podwórko. Rozgląda się dookoła. Spluwa. Odwraca się frontem do nas, do sąsiadów, do strażaków.

– Tak to wygląda! – krzyczy, jego głos słychać w całym Zyborku.

Grzesiek i Mikołaj patrzą na siebie bez słowa. Tomasz krzyczy jeszcze raz, Agata wyrywa się, podchodzi go uspokoić. I dopiero teraz, jak w dowcipie, pod dom podjeżdża samochód policji na sygnale. Sunie powoli ulicą Wapienną, delikatnie falując na żwirowej drodze. Zatrzymuje się, ze środka wychodzi dwóch gliniarzy. Rozpoznaję jednego z nich. To ten, który przyniósł nóż na zebranie w leśniczówce.

– Tak to, kurwa, wygląda, gdy się walczy! – krzyczy Tomasz.

Trzeba ich stąd zabrać, bo inaczej się zabiją. Bo ten ktoś, nie wiadomo kto, ktoś, kto uwziął się na nich, kto poprzysiągł im śmierć i zniszczenie, nie przestanie. I ten dym spowije całe miasto, i udusi wszystkich, udusi również te dzieci.

Musisz znowu wyciągnąć rękę, Justynko, nikt za ciebie tego nie zrobi. Nikt nie wyciągnie jej do was.

Podchodzę do Mikołaja, on myśli, że chcę go przytulić, ale nie mam takiej potrzeby, delikatnie go odpycham, a następnie pokazuję mu, abyśmy odeszli na bok. Wymijamy sąsiadów, wchodzimy w krętą dróżkę, która prowadzi do lasu. Zatrzymujemy się dopiero wtedy, gdy dom z oddali wygląda jak plama koloru.

– Trzeba coś z tym zrobić. – Trzęsie mu się głos.

Ucieka przed moim wzrokiem, widzi go nawet w ciemności.

– Co? – pytam. – Co trzeba zrobić?

– Trzeba z nimi walczyć. Trzeba znaleźć tych ludzi, pokonać ich – mówi szybko, na bezdechu.

– Nikogo nie pokonasz, Mikołaj – odpowiadam.

– To mój rodzinny dom. To mój rodzinny dom – powtarza, wpatrując się w odległe kolory. Jego ojciec jeszcze coś wykrzykuje, ale już nie słychać co, słychać jedynie echo tego głosu, jego rumor i grzmot.

– Nie uratowałem mojej mamy. Nie uratowałem nikogo – powtarza coraz ciszej.

To nie tak. Zbliżam się do niego. Kładę mu dłoń na twarzy. Odgarniam mu włosy z czoła. Przytulam go po raz pierwszy od nie wiadomo kiedy.

– To nie tak, Mikołaj. Musimy wracać do Warszawy. Wszyscy. Ty, ja, twój ojciec, Agata, dzieciaki. Ich tu zabiją. Nas tu zabiją – mówię cicho i delikatnie kołyszę jego trzęsącym się ciałem.

Coś odpowiada, ale jego słowa wsiąkają wraz ze łzami i smarkami w moje włosy i szyję.

– Musimy wynająć im mieszkanie w Warszawie. Znaleźć im schronienie. I wtedy się tym zająć. Zacząć działać – mówię.

Chce coś powiedzieć, ale jakby nie miał siły. Tylko bezgłośnie porusza ustami.

– Musimy jechać. Musimy jechać, wszyscy. Za pięć minut musimy wsiąść do samochodów i jechać – mówię.

– Ojciec nigdzie nie pojedzie. Nigdzie – odpowiada cicho.

– Więc musimy jechać we dwójkę, Mikołaj. Jechać we dwójkę i zabrać te dzieciaki. Zanim stanie się jeszcze coś gorszego – powtarzam. I dopiero teraz do mnie dociera – jasno i ostro, jakby w głowie wybuchło mi białe światło – że ja nie chcę nikogo ratować. Nie chcę wyciągać do nikogo ręki. Że tak naprawdę chcę uratować siebie. Siebie i jego. Że to ostatnia szansa.

Że ci ludzie już spadli w przepaść. Jak kamienie.

Że nic tu po nas. Że to nie nasza sprawa.

Że nie można odwrócić złego. Że ofiary zła są już dawno naznaczone, wybrane.

Jak Cyryl. Cyryl na pasku w swoim mieszkaniu.

– Nie możemy – odpowiada, odrywając głowę do mojej szyi. – Nie mamy za co.

– Jak to nie mamy za co? Dostałeś pieniądze. Dostałeś zaliczkę. Kilkanaście tysięcy, jak nie więcej – mówię, patrząc na niego.

Wyciera łzy. Prostuje się. Przestaje się trząść. Odgarnia włosy.

– Nie mamy za co – powtarza spokojnie. – Dałem wszystkie pieniądze Grześkowi. Żeby zapłacił za zdemolowaną knajpę. Nie mamy za co – powtarza. – On tego potrzebował – dodaje po chwili.

Głos Tomasza, dochodzący z oddali, w końcu się urywa. W naszą stronę, przez drzewa, zbliża się kula niebiesko-żółtego światła. To wóz straży pożarnej.

Mój mąż stoi prosto. Już nie płacze. Rozkłada ręce. Jest spokojny. Czuję, jak wrastam w ziemię, obsypują mnie liście, jak korzenie obwiązują mi się wokół nóg.

Wyobrażam sobie, jak ten czarny dym, który wylatywał z domów, z okien, z framug, rozlewa się dookoła Zyborka, otacza go kołem, formuje się w mur wysoki na kilka metrów, mur nie do przejścia.

– Nie chciałaś jechać – mówi, rozkładając ręce.

– Ale nikt wtedy nie podpalił tego domu. – Pokazuję mu palcem. – Nikt wtedy nie próbował zabić dwójki dzieci, Mikołaj.

(Nie pozwolę cię zranić – powiedział On przez telefon).

– Nie chciałaś jechać – powtarza i dopiero wtedy rusza z powrotem w stronę domu. Nawet się nie ogląda, czy idę za nim. Przypomina mi się, że w kieszeni mam papierosy. I zapalniczkę.

Idzie. Znika mi z oczu. Zapalam papierosa.

Stoję tak, gdy Mikołaj roztapia się w świetle, w sadzy, w konturach domów, w sylwetkach ludzi, w czarnym dymie.

Maleństwo 3

Siedział u bratowej do świtu. Musiał. Nie miała nikogo.

Zamykały mu się oczy, to naprawdę nie była jego pora, ale bratowa była jak pod wpływem narkotyków, bez przerwy zaparzała kolejne herbaty, wpatrywała się w oba telefony, chodziła w kółko po pokoju, znowu siadała, włączała głośno radio, stare piosenki, aby nie myśleć.

Pojechał do niej od razu po spotkaniu u Braciaka. Chciał przebrać się po drodze w sutannę, no ale po co, bzdura, przecież to rodzina. Braciak to dobry człowiek. Głowacki jest zapalczywy, gryzie jak pies. To człowiek, który nigdy nie przestaje, nigdy się nie zatrzymuje, niczego się nie boi. Braciak trzyma go w ryzach, zakłada mu lejce, łagodzi go. Nie można niczego robić bez łagodności. Bez łagodności człowiek staje się hyclem.

Ale wiedział też, że Głowacki – czasami, gdy o nim myślał, zaczynał się go bać – wiedział, że Głowacki będzie taki już zawsze. Tacy ludzie się nie zmieniają, ale korodują jak stal. Jedynie Szawła, który też był hyclem, też był bezwzględny, odwiedził anioł. Ale Głowacki to nie Szaweł.

Była szósta rano i chciał już wyjść jakieś dziesięć razy, wiedział, że jej nie pomoże, że już za późno, że powinna iść spać. Ale nie chciała go wypuścić. Pomyślał przez chwilę, że może warto zadzwonić do kogoś innego, poprosić, aby go zmienił, ale kogo?

Próbował razem z nią się modlić, ale nie mogła się skupić.

– Różaniec – powiedział do niej. – Odmówmy koronkę różańca.

– Nie pamiętam – odpowiedziała. – Ty myślisz, że ja teraz pamiętam?

Oni wszyscy mieli rację. Ziemia była skażona i zła. Zło wsiąkło w nią głęboko, głębiej niż deszcz. Te domy, ci ludzie – to rośliny wyrosłe na złu. Zło teraz tańczy. Ma swoje święto, swój festiwal.

Diabeł w lesie ma scenę i na niej tańczy.

Braciak i Głowacki, gdyby oni znali prawdę. Gdyby oni wiedzieli. Uciekliby stąd, gdzie pieprz rośnie.

To też jego wina. On też tańczył z diabłem. Aby zatańczyć z diabłem, wystarczy stać w bezruchu.

Od kilku dni, od momentu, gdy okazało się, że Marek nie wysiadł z samolotu, ona nie zmrużyła oka. Cały czas działała. Wykonała ogromną pracę, aby czegokolwiek się o nim dowiedzieć, chociaż nie umiała ani w ząb po angielsku, nie umiała korzystać z internetu, nie umiała zbyt wiele, nie umiała nawet dobrze zaparzyć herbaty.

Ta moja żona, to ona niewiele umie, skarżył mu się nieraz brat.

Brat. Brat, z którym mieli na pieńku przez całe życie. Myślał o tym, jak wkładano go do ziemi. Kto inny odprawił mszę, on by nie zdołał. Obserwował ludzi, starał się zgadywać, kto płacze szczerze, a kto nie. Za dużo myśli, by mówić. Za dużo słów, które nie zostały wypowiedziane, a mogły. Sprawa chłopaka na chwilę przysłoniła w jego głowie myśli o śmierci brata. Nie wiedział, czy ma być wdzięczny za tę chwilową ulgę. Raczej nie. Raczej powinien się z niej wyspowiadać.

Co do chłopaka, bratowa dowiedziała się, że od dwóch miesięcy nie przychodził do pracy – tak twierdzili jego koledzy. Do jego mieszkania, klitki na Ealing, tydzień temu wszedł landlord razem ze ślusarzem, wyłamali drzwi z powodu niepłaconego czynszu. Dodzwoniła się do tego landlorda przez Skype'a. Był świadkiem tej dziwnej rozmowy. Facet był starszym Arabem albo Pakistańczykiem. Łysy, miał wąsy, koszulę w kratę, gdyby nie śniada skóra, wyglądałby jak prawie każdy mężczyzna w Zyborku. Obok siedział młody, szczupły, lekko przestraszony chłopak z Polski, chyba jego pracownik. Tłumaczył ich rozmowę.

– On mówi – powiedział chłopak, za każdym razem pokazując palcem na Pakistańczyka, jakby uściślając, o kogo chodzi – on mówi, że rzeczy syna były w tym mieszkaniu, ubrania, telewizor, ale on musiał to wynieść.

Gdy Bernatowa słuchała tego wszystkiego, krtań poruszała się jej jak u głodnego ptaka.

– On mówi, że w lodówce było zepsute jedzenie – mówił chłopak.

– Jakie jedzenie? – zapytała po polsku samą siebie, chudy chłopak przetłumaczył to pytanie Pakistańczykowi, ten popatrzył na Bernatową zdziwiony, zupełnie już nie wiedząc, o co jej chodzi.

Po rozmowie z Pakistańczykiem obdzwoniła całą rodzinę. Siostry, babcie, dziadków, kuzynostwo. Przysłuchiwał się cierpliwie każdej rozmowie. Podczas każdej mówiła to samo, tym samym, płaczliwym tonem.

Wszyscy jej mówili, aby pojechała na policję zgłosić zaginięcie. Obiecała, że zajmie się tym rano. Przeciągała to w nieskończoność, jakby wierzyła, że znajdzie go sama. A może – właściwie na pewno – nie ufała już policji.

Gdy tylko nie rozmawiała i nie chodziła w kółko, obsesyjnie przeglądała esemesy od syna. Czytał je razem z nią. Nie było w nich nic dziwnego, nie znał się. Ostatni był sprzed paru dni. Z błędami, niechlujny, ale wszyscy piszą tak na komórkach.

„Przyjade na pogrzeb mamo na pewno. Nie moge gadac kocham cie bardzo".

Wcześniej:

„Mamo niedlugo sie widzimy. Trzymaj sie badz dzielna".

Wcześniej:

„Mamo kocham Cie tato wydobedzie sie z tego znajde tego kto go zlapal".

Wcześniej:

„Mamo nie martw sie tata jest u tej kobiety. Ja z nim porozmawiam jak tylko przyjade do Polski. Kocham cie bardzo".

Zapytał, czy nie zastanawiało jej, że ani razu nie zadzwonił. Nawet w takich chwilach. Ale przecież on zawsze pisał, odpowiadała. On nigdy nie dzwonił, nie lubił gadać przez telefon, wkurzał się, rozłączał, łatwo było go obrazić, kłótliwy był. To znaczy, kłótliwy jest, mój synulek kochany.

Jezus Maria, żeby ona tylko wiedziała. Żeby oni wiedzieli.

Była szósta trzydzieści, gdy w końcu zasnęła, gdy coś w niej pękło. W jednej chwili, w połowie zdania, złamała się jak zapałka, położyła na kanapie i zaczęła spać. To było tak nagłe, że przez chwilę chciał zadzwonić po lekarza. Jednak wszystko było w porządku. Przykrył ją kocem. Przeżegnał się.

Zło tańczy jak na festynie.

Tylko to maleństwo, ta swastyka, kto namalował ją na ścianie?

Gdy odwracał się w stronę drzwi, zrobił to zbyt nagle, aż złapał się za serce. Postarzał się w ciągu ostatnich tygodni o jakieś kilka lat. Podreptał w stronę drzwi. Chciał wznieść wzrok do góry, ale bolał go kark.

Wyszedł na zewnątrz. Wciągnął powietrze do płuc.

Zimne, z zapachem jeziora. Jak zwykle. Dobre powietrze. Przeciągnął się. Teraz w karku puściło. Popatrzył do góry, gwiazd prawie nie było widać.

Matko Boska, Jezu Chryste, modlił się cicho, patrząc w niebo, żeby ten dzieciak się jednak znalazł. Inaczej do trumny trzeba będzie położyć całą rodzinę, całą poza nim. Gdzieś w środku czuł, że te modlitwy są z obowiązku. Że jest już po sprawie.

Wiedział, pamiętał, co powiedział Maciuś.

Dlaczego to wszystko się dzieje.

Co się tak naprawdę stało.

Ruszył w kierunku samochodu. Zaparkował niedaleko, nigdy nie parkował pod samymi domami, do których jeździł, zawsze chciał mieć pretekst, aby chociaż trochę się przejść.

Wystarczy stanąć bez ruchu. On po prostu nic nie zrobił, nic nie powiedział. Zawsze mógł się bronić, że to tajemnica spowiedzi. Ale oni tego nie kupią. Nie interesuje ich to. Wiedzą, że to nie było tak.

Wiedzą, że oni się dogadali, że to nie była żadna spowiedź.

Że we trzech zjedli obiad i wypili wódkę. I przysięgli sobie milczenie na groby swoich babek i dziadków.

Nacisnął przycisk pilota, aby otworzyć drzwi.

Nie usłyszał uderzenia, poczuł tylko tępy ból. Upadł od razu na kolana.

„Ojcze nasz, któryś jest w niebie" – pomyślał, a może nawet powiedział na głos, już nie wiedział.

Próbował wstać, ale ten ktoś, kto na niego czekał, schwycił go mocno za szyję i zaczął dusić.

– Nie – powiedział cicho, próbował krzyknąć. Ale nie zdołał.

Zaczął machać rękoma, lecz ciało nie dawało mu żadnych możliwości obrony. Czyjeś ramię miażdżyło mu gardło. Mógł skupiać się tylko na tym, aby się nie udusić.

– Nie – powtórzył.

A jednak. Nie było innego wyjścia. Zło tańczy. Jedno zło gryzie się z drugim, jak dwa wściekłe psy.

Uścisk trochę się poluzował, ale wtedy poczuł tępy, gwałtowny ból w plecach. Ktoś go kopnął.

– Zwiąż go tym. – Usłyszał. – Zwiąż go linką.

Głos był przez coś przytłumiony, jakby przez materiał założony na ustach.

– Nie, nie – powtórzył, ale to nic nie dało.

Zło tańczy na scenie, która jest w lesie.

Wie, jak wygląda. Też na niej był.

– No daj tę linkę. – Usłyszał.

Przez krótką chwilę tkwili w tej pozycji, ten ktoś, zapewne pochylony, przyciskający go do siebie, i on, podduszony, na kolanach, jak rzeźby.

– Nie – powtórzył po raz ostatni.

– Ty kurwo. – Usłyszał, głos był zniekształcony, ten człowiek musiał mieć coś na ustach, maskę, szmatę.

– Nie, nie trzeba – powiedział drugi głos – nie trzeba. To jednak ksiądz. Nie trzeba go wiązać.

Żałuję, że obraziłem sprawiedliwość Twoją, Panie, i zasłużyłem na słuszną karę. Ojcze, zgrzeszyłem przeciw niebu i przeciw Tobie. Nie jestem godzien zwać się dzieckiem Twoim.

Poczuł ukłucie, a potem nie czuł już zupełnie nic.

CZĘŚĆ TRZECIA

Listopad, grudzień / Od ognia

Korowód

Wszystko jest wspaniałe. Uwierz w to. Jeszcze raz: wszystko jest wspaniałe. Jesteś na najlepszej drodze do sukcesu. Wszystkie przeciwności, z jakimi się mierzysz, w twojej wyobraźni przypominają wielkie, ostre, kamienne góry, ale gdy się skupisz, zamieniają się w małe pagórki, potem jeszcze mniejsze, aż w końcu zostają same wybrzuszenia na drodze, małe kamyki. Skup się jeszcze, skup się mocniej, jedziesz samochodem, droga jest szeroka, oprócz ciebie nie ma nikogo innego na jezdni, skup się, wzdłuż jezdni wyrastają drzewa, nie masz limitu prędkości, masz piękny, nowy, sportowy wóz, i te wszystkie przeciwności, gdy jedziesz bez ograniczeń prędkości po szerokiej drodze nowym, pięknym, sportowym wozem, te wszystkie przeciwności są jak małe kamyki pod oponami tego wozu – wyobraź to sobie –

– Mamo (cicho) –

Wszystko jest dobrze. Wszystko jest wspaniałe. Jesteś zwyciężczynią. Dojeżdżasz na brzeg oceanu. Zatrzymujesz auto. Wychodzisz na zewnątrz.

– Mamo – powtórzyła, noż cholera, zdjęła słuchawki, zerwała się, nigdy nie wysłucha tej płyty do końca, jak ona ma skończyć cokolwiek, jak ona ma cokolwiek zrobić w tym burdelu.

– Co jest, do cholery? Która jest godzina!? – wrzasnęła.

Stała w drzwiach, gruba maciora, wszystko jej się wylewało ze wszystkiego, ubabrana w mazidłach, jakby ktoś ją w nich wytarzał, a dopiero co studniówkę toto miało, do tego jeszcze ufryzowana na kurę rażoną prądem, wszystko w cekinach, buty, bluzka, wszystko, dupa jak u świniaka, rok studiów i co się stało z tą dziewuchą.

– Mamo, ktoś do ciebie – powiedziała i zrobiła krok w tył.

– Która jest godzina? Która jest godzina, do cholery?! – Wstała, włożyła szlafrok, znalazła kapcie. – Kto? – zapytała, dziewczyna znowu cofnęła się o krok.

– Nie wiem.

– Jak to nie wiesz?! – wrzasnęła. Nie dość że tak tłuste, to jeszcze tak głupie.

– Ciemno – odparła dziewczyna.

– Nie wpuściłaś do środka? – zapytała.

– Mamo, to nie jest nikt do mnie, to ktoś do ciebie, czemu się na mnie drzesz, co ja? Ja tego kogoś nagoniłam pod drzwi?

– I jeszcze się rozbecz, krowo, rozbecz się, świnio spasiona. Matko jedyna. Niechże ktoś te dzieci ogarnie.

Zeszła szybko po schodach. Pies cicho warczał, głęboko, z brzucha. „Pół podwórka pewnie już zasrał" – pomyślała. „Już żadna karma się dla niego nie nadaje. Wszystko przelatuje jak przez rurę".

Zanim otworzyła drzwi, popatrzyła na niego. Leżał nieruchomo w korytarzu. Oddychał ciężko, patrzył, jakby za coś przepraszał. Sto kilo mięsa pod czarnym futrem i albo by srał, albo przepraszał.

– Puszek – powiedziała.

Nawet nie drgnęła mu głowa. „Może coś mu się dzieje?" – pomyślała. „Może trzeba do weterynarza pojechać?".

Nikt nie stał przy furtce. Żeby zobaczyć, kto stoi przy drodze, trzeba wyjść za furtkę, bo widok na ulicę jest zasłonięty przez wysokie świerki. Zdała sobie sprawę, że odruchowo tupie nogą o ziemię, chcąc zapalić światło na podwórku. Stefan miał naprawić fotokomórkę, oczywiście nic nie naprawił.

Tylko tyją i żrą. Babka im gotuje, oni siedzą, tyją i żrą, kiedy ona tyra od wieczora do rana, urabia ręce po same łokcie. Ruszyła w kierunku furtki. Śmieci chociaż mogli wyrzucić.

– Dobry wieczór – powiedział.

Jak zawsze najpierw go słyszała, a dopiero potem widziała. I zawsze gdy go słyszała, serce zamieniało jej się w rzuconą daleko przez jakiegoś szczyla piłkę.

– Chrystusie jedyny.

– Przejedziemy się – powiedział.

– Jutro nie możemy pogadać? Jest niedziela, na rany Chrystusa, jest wieczór. – Widziała tylko jego sylwetkę, czarną plamę na tle ulicy. W samochodzie siedział ktoś jeszcze, kształt jego głowy był widoczny przez tylną szybę, przypominał czarny kamień.

– Przejedziemy się – powtórzył. Niebo było miodowe. Przez zakład Bernata w Zyborku nigdy nie było tak naprawdę ciemno.

„Wszystko jest świetnie" – przypomniał jej się głos z płyty. Wyobraziła sobie, że stoi przed nią ktoś zupełnie inny, że ten ktoś zaczyna mówić do niej głosem z płyty, a w niej coś pęka i zaczyna wydzierać się na cały Zybork, dzwoni po policję, kopie w zderzak.

Ale on, on miał głos, jakby rdzę zamrozić. I nic nie dało się zrobić, gdy człowiek go słyszał.

W samochodzie pachniało strasznie ostro jakąś chemią, jakby zmywaczem do paznokci. Chciała się odwrócić, zobaczyć, kto jest na tylnym siedzeniu, ale zorientowała się, gdy usłyszała:

– Dobry wieczór, pani burmistrz.

Komendant mówił cicho, jakby w bagażniku wieźli śpiącego tygrysa i bał się go obudzić.

– Co się dzieje? – zapytała Kalta.

Ten patrzył przed siebie. „Jak on coś widzi przez te okulary?" – pomyślała. Nie odpowiedział nic.

Minęli plac zabaw, jakieś dzieciaki w kurtkach piły piwo na ławce, wpatrując się w przejeżdżające auta. Co innego mieliby do roboty? A tak w ogóle to gdzie są rodzice? Minęli kościół. „Ładną tę elewację zrobili" – myślała za każdym razem, gdy go mijali.

Wolała myśleć o takich rzeczach, a nie o Kalcie, który prowadził samochód, nie o tym, co miał w głowie.

Minęli zamek, minęli tablicę Zyborka, minęli skręt na Kolonię.

– Stefan zobaczy, że mnie nie ma – powiedziała.

– Ciebie w ogóle nie ma – odparł Kalt.

– Gdzie jedziemy? – zapytał z tyłu komendant.

„Wyrwał go z nocy, z łóżka, z rodziny tak samo jak mnie" – pomyślała.

Kalt, zamiast odpowiedzieć, skręcił w las. Przed światłami szybko przebiegło jakieś zwierzę, może lis. Zrozumiała, gdzie jadą, dopiero gdy dojeżdżali na miejsce. Nie była tu kilkanaście lat. Ostatnio na grzybach, kiedy jeszcze je zbierała.

W ciemności pomnik wyglądał jak czarne, chore, poskręcane drzewo. Wiedziała, że gdy poświecić latarką, przedstawia otwartą szeroko dłoń. Kalt zapalił papierosa, wyjął z kieszeni telefon, podszedł do tablicy, przyświecił.

– Popatrz – powiedział do niej, zamachał ręką. – Podejdź i popatrz. *Komm und sieh.*

Podeszła. Znowu głos z płyty. „Nic to nie daje, najwyżej zaśmieca głowę" – pomyślała. Zwycięstwo już za dziesięć kilometrów, powiedział głos. Tyle co do najbliższej stacji benzynowej.

– Na co mam patrzeć? – zapytała.

– Na ten syf. Na to, że nieposprzątane stoi. Że nic

z tym nie zrobione. Nieodnowione. W jakim to jest stanie, popatrzże się, kurwa, *scheisse* – warknął.

Tablica na pomniku rzeczywiście pamiętała lepsze czasy, litery zaśniedziały, wdała się rdza, ptaki obsrały to całkowicie. „Czy jego już do reszty pokręciło?" – pomyślała. „Nie może w dzień tego załatwić, zadzwonić, normalnie powiedzieć: Kryśka, to dla mnie ważna sprawa jest, weź to zrób. Piętnaście lat się nie interesował, a nagle się interesuje".

„Pamięci ludzi spoczywających na niemieckich cmentarzach, których ojczyzną były miasto i powiat Zeborde Ostpreussen. Oni są naszymi przodkami, którzy żyją w naszych sercach. Wspólnota Powiatu Zeborde Ostpreussen. E.V.".

– I teraz mam to wyczyścić? Ja sama? W nocy? – zapytała głośno. Żeby umiała się na niego wydrzeć, tak jak na wszystkich.

– Najlepiej byłoby – powiedział, wyciągnął papierosa z paczki, odgryzł filtr, odpluł – najlepiej byłoby, kurwa, jakbyś to do czystości wylizała.

Komendant stał obok, nic nie mówił, tylko przestępował w miejscu z nogi na nogę, jakby dopadła go sraczka. Był w cywilu, spodnie, sweter, szybko narzucony, pierwszy z brzegu, gdy wychodził.

– Ty się tak do mnie nie odzywaj, Kalt – powiedziała. – Ty się tak nie odzywaj, bo tu narzędzia są, żeby ciebie przywołać do porządku.

Chwycił ją za szyję tak szybko, ścisnął tak mocno, że zorientowała się dopiero wtedy, gdy puścił.

– Kto auto prowadzi, kurwo polska? – syczał. – I która jest godzina, kurwo polska?

Widocznie za mało się bała. Teraz przestraszyła się naprawdę. Podszedł do komendanta, jakby chciał mu coś powiedzieć, ale tylko patrzył na niego przez chwilę, nadstawił rękę, komendant się skulił, Kalt się zaśmiał, kucnął, złapał się za głowę, wrzasnął tak, że oboje podskoczyli, wrzasnął jeszcze raz, gdy wstał, stała dokładnie w tym samym miejscu, sparaliżowało ją. „Wielkie, ostre, kamienne góry, ale gdy się skupisz, zamieniają się w małe pagórki" – przypomniał jej się głos z płyty.

– Ja robię dla ciebie dużo, a ty dla mnie nic – powiedział.

– Jak to nic. Jak to nic? – Zaczerpnęła powietrza. Odbiło mu zupełnie. Teraz przyszło jej do głowy, że tak naprawdę zawsze się tego bała. Że więzy trzymające jego głowę w ryzach kompletnie popuszczą.

– Ja robię dla ciebie naprawdę dużo, daję ci władzę, referendum sobie wymyślili, i już po kłopocie, i już nie ma referendum, komendant to poświadczy. – Pokazał na komendanta, który jeszcze intensywniej przestępował z nogi na nogę. Gdyby się nie bała, gdyby nie czuła coraz większego zimna – w końcu było ledwie parę stopni, a ona wyszła z domu w szlafroku, nie cofnęła się nawet po kurtkę – gdyby się nie bała, to zaczęłaby się z niego śmiać.

– No, jak Głowacki teraz się nie ugnie, to jeszcze jest dużo różnych możliwości – odezwał się cicho komendant, głos latał mu na wszystkie strony, jakby miał huragan w gardle. – Tak więc spokojnie. Żadnego referendum nie będzie.

– A ty co dla mnie robisz? Co dla mnie robisz? – warknął.

– Wszystko, co chcesz – odparła cicho. – Wszystko, co chcesz.

– Moi ludzie znikają! Moi ludzie! Moi ludzie, co mieli bezpieczni być! *Meine leute!* Co obiecane było, że już nic się nie stanie! Że jest wszystko bezpiecznie! – wrzasnął.

– I nic się nie dzieje. Ja nie mam wpływu na wszystko, Kalt. Ja nie mam wpływu na wszystko, co się dzieje – powiedziała cicho.

Bo taka była prawda. Gdyby miała wpływ na wszystko, to wszystko wyglądałoby zupełnie inaczej.

– Ty masz z tego pieniądz, ty masz zysk z tego, a ja nie mam nic! Polska kurwo! Polska kurwo! – darł się i darł. „Ile by się nie darł, nikt by go tutaj nie usłyszał" – pomyślała. Nikt by nie usłyszał również jej, gdyby zaczęła się drzeć.

– Co właściwie chcesz? Czego właściwie chcesz? – zapytała znowu cicho.

Nie odpowiedział. Nie widziała go jeszcze tak wściekłego. Oddychał tak ciężko, że przy wdechu zdawał się widocznie poszerzać, powiększać. Przypominał ogromnego tętniaka.

– Ja nie mam wpływu na kryminalne sprawy. Mówisz do mnie, jakbym miała nad wszystkim kontrolę. Ja mam kontrolę nad tym, co oficjalne i na papierze. Pomyśl o tym przez chwilę, uspokój się i pomyśl – powiedziała, starając się celować wzrokiem gdzieś w jego czarne okulary.

– Szukamy, ile wlezie. Staramy się. Ale wiesz, że trudno nam tak nagle pomagać. Co, nagle mają z nami rozmawiać? Ja też bym chciał, aby to tak działało, ale to tak nie działa – powiedział komendant. Głos wciąż mu latał, ale brzmiał rozsądnie.

Stefan zaraz zadzwoni. Czuje to. Będzie dzwonił, a niech spróbuje stać w drzwiach i próbować robić awanturę. Niech spróbuje cokolwiek powiedzieć. Na strzępy go rozszarpie. Wszystkich ich rozszarpie. Psa oszczędzi tylko, pies w sumie niewinny.

– Czego ty chcesz? – pyta go.

– Gdzie Maciuś jest? – warknął. – Gdzie Maciuś jest?

– Szukamy. – Komendant pokiwał głową.

– Jutro macie być u tego Cygana w domu. Macie mu dom zniszczyć. Macie mu te meble złote porozbijać, ognisko z nich zrobić – mówi do komendanta, odwraca się, aby zdjąć na chwilę okulary.

„Nigdy nie pokazuje oczu" – myśli o nim, gdy ta śmieszna, zawieszona przy kieszeni litera błyszczy w ciemności.

– Czego chcesz ode mnie? – pyta.

Widzi, jak oddycha coraz wolniej, rozumie, że chociaż trochę się uspokaja.

– Czego chcesz ode mnie? – powtarza.

Wyciąga telefon. To Stefan. Miała rację. Zawsze ma.

– *Zuflucht und blut* – odpowiada po chwili Kalt głosem jak zamarznięte jezioro.

Synalek 2

Głuchy pisk klapy rozdarł powietrze, do środka wpadło parę kropel światła. Wstał, wyciągnął po nie głowę, chciał światła jeszcze bardziej niż wody.

Świeże powietrze przypomniało o smrodzie, przywiało go z powrotem w jego stronę. Był straszny, ale on nie miał już czym rzygać, poczuł tylko płomień w przełyku. Źródło smrodu było schowane w ciemności po drugiej stronie pomieszczenia. Najprawdopodobniej nie żyło. Nie czołgał się w jego stronę, starał się w miarę możliwości najdalej od niego odsunąć.

Po paru sekundach mógłby już rozpoznać kształty, ale zamiast tego przyszła biel, ból tak nagły, jakby ktoś chlasnął mu żyletką po mózgu. Pierdolone skurwysyny, to latarka, jeden świecił mu latarką w oczy, drugi wrzucił następnego do środka.

Klapa zamknęła się, trzasnęła głucho, ogromny metalowy but kopiący w ogromną metalową głowę.

Wrzuconego rozpoznał od razu. Nie wiedział czemu. Może wydał jakiś charakterystyczny dźwięk, sapnięcie. Po prostu wiedział, że to on.

Ciało uderzyło głucho o ziemię, pył i brud się podniosły, czuł to, bo wleciały mu do ust.

Oczy z powrotem przyzwyczaiły się do ciemności.

Ksiądz chrząknął, coś odpluł, potem cicho jęknął, przy upadku pewnie coś złamał.

– A nie mówiłem? – zarechotał, widząc, jak ksiądz szamocze się w ciemności.

Ten w odpowiedzi znowu jęknął.

– Tylko nie pij wody – powiedział.

– Co? – Ksiądz w końcu wydobył z siebie słowo.

– Jak spuszczą wodę, to jej nie pij – powtórzył.

Tak naprawdę to wiedział wszystko. Kim był smród w drugiej części pomieszczenia. Kto będzie teraz. Kto będzie następny i jeszcze następny. I po co, i dlaczego. Teraz już wiedział wszystko. Wszystko mu się przypomniało.

– Dlaczego? – zapytał ksiądz. Podniósł się na chwilę na łokciach, a potem z powrotem opadł na ubitą, twardą jak kamień ziemię.

– Bo w tej wodzie jest trucizna, która zabiera ci mózg – powiedział.

– Nie pytam o wodę – powiedział ksiądz.

– To co ty, kurwa, alzheimera masz?! – wrzasnął na niego w odpowiedzi.

Zapadło milczenie. „Ciemność jakby oddychała" – pomyślał. Coś było bliżej, potem dalej, a potem znowu bliżej. I widział to w tej ciemności. Ruch. Oddech. „Pomniejszyli mnie" – pomyślał. „Pomniejszyli mnie, a teraz siedzimy w jakimś zwierzęciu, w jego sierści, w jego płucu, w jego flakach i będziemy coraz mniejsi, jeszcze mniejsi i jeszcze mniejsi, będziemy tak maleć i maleć bez końca".

To właśnie myślał, myślał o tych wszystkich bzdurach, gdy napił się wody z wiadra.

Teraz nie może tak myśleć. Teraz woda przestała już działać. Kurwa mać, nawet nie można doskoczyć do tej kraty.

– Bardzo chce mi się pić – wyszeptał ksiądz.

– To naszczaj sobie na ręce – odparł.

– Maciuś? – Dopiero teraz go rozpoznał, stary idiota.

Gdy napił się wody z wiadra, wszystko zaczęło tańczyć, ciemność, smród, z ciemności i smrodu uformowały się małe psy, tysiące małych psów, i zaczęły mu skakać po głowie, skurwysyny, jak był mały, to z Porczykiem i z młodym Niskim, kurwa, to chyba wraca, trucizna, znowu wraca, młody Niski chodził normalnie, nic mu jeszcze nie pękło w mózgu, ale za to waliło mu z mordy, bił go za to, zrób coś, myj te zęby, a on nigdy ich nie mył, jeszcze się szczycił, mówił, zobacz, żółte to zdrowe, bił go, łapali psy, wtedy łapali psa i na przykład wkładali mu petardę w dupę, i gdy zaczęła działać ta woda, pewnie znowu działa, to chyba wraca, to chyba nie koniec, kurwa ich jebana mać, to pomyślał, że te małe psy to te, którym wkładali petardy w dupy i do pysków, one i ich wszystkie mioty, że teraz się za to mszczą.

– Myślałem, że cię nie znajdą. – Miał wrażenie, że nie mówi tego ksiądz, ale cały chór. Ksiądz stęknął, widać było w ciemności, że odwrócił się na plecy.

– Nie pij wody. – Pokręcił głową.

– Kto? – zapytał ksiądz.

Wiedział, ale woda sprawiła, że zapomniał. A teraz, w miejsce tego, co pamiętał, pojawiło się coś nowego i obcego.

– Kto to robi? – zapytał ksiądz.

Czy on naprawdę jest taki głupi, ten człowiek? Może naprawdę szybciej go starość dopadła, może mózg mu się kurczy? Zamiast odpowiedzieć, zadał mu pytanie:

– Pamiętasz, jak żeśmy do niego poszli? Wtedy? Wieczorem? We trzech z nim siedzieliśmy? U niego w domu? Ja, ty i on? Szesnaście lat temu? I ja wszystko wam opowiedziałem, i potem żeśmy przysięgli, że nikt nic nie powie. Nigdy nikomu. Na Boga Ojca przysięgliśmy. Jak kurwa mać. Ciasto jedliśmy. Pamiętam, jak to ciasto smakowało. Do dzisiaj. Jego żona zrobiła. Idiotka największa, ale ciasto umiała upiec. Cytrynowe. Pamiętasz?

Gdy powiedział wyraz „ciasto", jego ciało zareagowało, kurczący się żołądek zapłakał. Włożył sobie rękaw bluzy do ust, zassał. To pomagało na ułamek sekundy.

– Jakie ciasto? Co ty mówisz, Maciuś? – mówił z trudem ksiądz. Charczał. Coś bardzo go bolało.

„Niech go, kurwę, boli" – pomyślał.

– Czemu na policję wtedy nie poszedłeś? Powiedziałem ci wtedy, co zrobiliśmy, a ty nawet się nie skrzywiłeś. Nawet, kurwo, się nie skrzywiłeś na mnie. Tylko to ciasto żarłeś. I mówiłeś, że smaczne. Żyłbyś teraz, chuju głupi. Ja też bym żył. Na celi, ale bym żył. – Zaśmiał się.

– To nie jest moje zadanie. Moje zadanie to przekazywać Bogu prośbę o wybaczenie. – Sylaby wylatywały klesze z gardła, jakby rzygał kawałkami ostrego drutu, więc zanim wypowiedział to zdanie, minęła chyba godzina. Przynajmniej tak mu się wydawało, bo czas spływał po tej ciemności jak ciepła smoła.

– Pierdolisz. Po prostu zawsze robiłeś to, co ci kazali – odpowiedział mu.

Ksiądz milczał.

– Ja się powinienem zabić. To ja się powinienem zabić, wiem to – rzucił jeszcze. To była jego największa tajemnica, to, że chciał to zrobić, że przez ostatnie szesnaście lat wielokrotnie o tym myślał; myślał o tym, gdy patrzył na żyletkę albo pasek do spodni, albo broń; myślał o tym za każdym razem, gdy przypominał sobie, co zrobił; to była jego największa tajemnica, a teraz pstryknął nią jak petem tylko po to, aby zmusić księdza do gadania.

Smród z drugiej strony pomieszczenia stawał się nie do wytrzymania. Był jak stężony ekstrakt z szamba.

– O Jezus Maria, o Jezus! – Zobaczył, że ksiądz łapie się za brzuch.

– Pomódlmy się. – Zaśmiał się z jego bólu. – Może się pomodlimy.

– Coś nie tak jest, Jezus, zawołać ich trzeba, coś jest nie tak – zajęczał ksiądz.

– Módlmy się! – Podczołgał się do księdza.

Ksiądz miał swój zapach, śmierdział kościołem, starą babą, drewnem z rzeki, pieprzem.

– Módlmy się. Módlmy się, kurwa – powiedział. – Tylko to nam zostało. Nie wybaczą nam. Takich rzeczy się nie wybacza.

– Tylko prawda wyzwala – zaskrzeczał cicho ksiądz.

Te słowa podziałały na niego jak łyk zimnej wódki. Coś mu się jeszcze przypomniało. Aż zatarł ręce. Zaczął mówić, a z każdym słowem było mu lepiej, cieplej, zdrowiej.

– Chcesz więcej prawdy? Chcesz? Powiem ci. Tego pewnie nie wiesz. Ja byłem wtedy u tego chłopaka w psychiatryku. Ja dałem sanitariuszowi dwa tysiące w kopercie. Powiedziałem, że z jej rodziny jestem. I że to żadna sprawiedliwość, że on tam siedzi na lekach w ciepełku i nic mu się nie dzieje. Że wszyscy wiemy, jaka jest prawdziwa sprawiedliwość, jak ona, kurwa jej mać, wygląda. Tak mu mówiłem. Że to nic wielkiego, że wystarczy szybę zbić, kawałek wrzucić do środka. Rozwiązać go na noc z kaftanu, tego chłopaka. I trochę z nim porozmawiać. Wytłumaczyć mu, co powinien zrobić, i będzie po sprawie. Wszyscy tego chcą. Jej rodzina. Wszyscy. On sam tego chce, ten chłopak. Dalej go nie musiałem przekonywać, tego sanitariusza. Pogratulował mi, kurwa, słyszysz? Pogratulował mi. Żeby wszyscy tak myśleli, jak pan, to świat byłby lepszym miejscem. Raz w życiu coś takiego o sobie usłyszałem. Raz jeden.

Ksiądz milczał tak długo, że przez chwilę pomyślał,

że mu się zmarło, bo nawet oddechu nie było słychać. A gdy tak pomyślał, przestraszył się, że dopiero teraz zacznie śmierdzieć.

– Tu nie chodzi tylko o nas. To większy plan – wyjęczał w końcu ksiądz.

– Oczywiście, że tak, ty idioto pierdolony – sapnął, zostawił go, odczołgał się z powrotem pod ścianę. Przestał już mówić. Powiedział za dużo. Od mówienia robi się sucho w ustach. Przycisnął sobie dłoń do ust, aby być cicho, bo w tej ciemności słowa wylatywały same, nieproszone. Już dosyć się nagadał. Już wystarczy.

Znowu włożył sobie rękaw bluzy do ust. Pachniał jeszcze pokojem, w którym spędził ostatni swój czas. Ta kurwa, jego torba, jego pieniądze. Ciekawe, ile na niego poczekała. Zaśmiał się, gdy wyobraził sobie, jak wychodzi, rozgląda się szybko, następnie bierze torbę, wyjmuje forsę, liczy, ucieka do lasu. Naprawdę go to bawiło. Tak naprawdę bawiło go wszystko.

– A może to jedynie tak, aby nastraszyć – odezwał się po chwili ksiądz.

Parsknął śmiechem.

– Zapytaj tego tam w rogu – powiedział.

– Kogo w rogu? To człowiek? – zapytał ksiądz.

– Zwierzę tak nie śmierdzi – odpowiedział.

– Wypuszczą. Może jakiegoś okupu chcą. – Ksiądz nie ustępował w swojej głupocie.

– Kto za ciebie zapłaci? Watykan? Kurwa. Wiesz. Wiesz i teraz wmawiasz sobie, że nie wiesz – powiedział i splunął na ziemię.

– Za ciebie ktoś zapłaci. – Usłyszał.

Ta jego nadzieja, on ją naprawdę miał, nie tylko wsadzał ludziom głodne kawałki. Naprawdę ją miał, jebany. Doprowadzało go to do szału. Jeszcze trochę tego gadania, jeszcze trochę tej głupoty, a sam go udusi.

Tylko ten smród. Większego już nie zniesie.

Spróbował wstać. Lepiej jest stać, niż siedzieć. Było głęboko. Albo wysoko. Jeden chuj. Gdy wyciągał rękę, nie dotykał sufitu. Usiadł z powrotem.

– Mogę cię wyspowiadać, Maciuś – powiedział mu ksiądz.

– Ja się już przecież spowiadałem. I on też. Dlatego tu, kurwa, jesteśmy, żeśmy się spowiadali – przypomniał mu.

– Ten trzeci chłopak się nie spowiadał. On od razu wyjechał – powiedział ksiądz.

– To go wyspowiadasz, jak go tu w końcu zrzucą. A że zrzucą, to możesz być pewien – odparł.

Znowu zauważył, jak ksiądz wierzga w ciemności, jakby czegoś szukał.

– Telefon miałem – wysapał po chwili.

– Ja też, no i chuj?

– Ale ja zdążyłem zadzwonić. Z bagażnika. Zanim zabrali.

– Do kogo?

– Do twojego brata. Tak jak prosiłeś.

Coś się przez chwilę w nim pojawiło, jakby nadzieja, jakiś błysk, ale zdusił ją jak peta.

– Ty już majaczysz – odparł po chwili.

– Pomocy – powiedział cicho ksiądz, a on usiadł z powrotem.

Ciemność łopotała jak materiał. Smród przyszedł do niego kolejną falą. Jakby gdzieś był wlot powietrza.

– Pomocy – powtórzył jeszcze ciszej ksiądz, jakby innym głosem, chropowatym, bolesnym.

– Zamknij mordę. – Nie wytrzymał.

– Ale to nie ja – powiedział ksiądz.

Rzeczywiście jego głos był bliżej.

Ciemność załopotała gwałtowniej. Smród stał się nie do wytrzymania. Ropa z gównem i śmieciami. Posypana dzikunami.

To znowu ta trucizna jebana.

Trzymaj się, Maciuś. Ugryź się w pięść. Ugryzł się w pięść, a potem złapał się za spodnie, za kieszeń, w której wciąż było pięćdziesiąt tysięcy. Za każdym razem, gdy ich dotykał, gdy sobie o nich przypominał, parskał śmiechem.

– To nie ja powiedziałem – powtórzył ksiądz.

– Pomocy – zaskomlało coś z przeciwległego kąta, przez ciemność.

Mikołaj

Spadło trochę śniegu. Niewiele, przypominał rzuconą na wszystko garść soli. Pogoda była wilgotna i zimna, biomet – samobójczy. Wiatr wślizgiwał się pod ubranie jak zimne palce.

– Pamiętam zimę za dzieciaka – powiedziałem do ojca.

– Którą dokładnie? – zapytał.

– Nie wiem którą. Pamiętam, że było mnóstwo śniegu. Całe hałdy. Minus dziesięć stopni i bezchmurne niebo. To była najlepsza pogoda. Ten śnieg był twardy i zimny, można było z niego ulepić taką śnieżkę, że dałoby się kogoś nią zabić.

Ojciec nie odpowiedział. Wpatrywał się w okno pokoju Jaśka i Joasi. Nowe, wstawione, jeszcze z fabrycznymi nalepkami, sprawiało wrażenie wciśniętego na siłę w osmaloną, czarną framugę.

– Nie chcesz tego pomalować? – zapytałem.

Nie odpowiedział, tylko zdjął czapkę, podrapał się po głowie. Na głowie, którą regularnie golił brzytwą, zrobił mu się siwy nalot; z daleka wyglądała, jakby została pomazana ołówkiem. Widziałem, jak wpatruje się w kolejne ślady podpalenia, jak zaczyna patrzeć na osmalone drzwi.

– Chodź do środka – powiedział. – Czekają.

Ale jeszcze przez chwilę zostałem na zewnątrz.

Leżące na drodze większe kulki śniegu przypominały rozdrobniony styropian rozsypany przez kogoś na złość.

Nasz samochód stał przed wejściem do garażu. Też został uszkodzony w czasie pożaru, ale szybko udało się naprawić szkody. Ojciec jeździł nim teraz do pracy, rozwoził chleb, jego spalone auto odholowaliśmy na złom. Przyłapałem się, że kompletnie nie mogę przypisać tego auta z powrotem do Warszawy. Że myślę o Warszawie jak o cudzym śnie. To ktoś inny stał w korkach na Puławskiej lub Marszałkowskiej, objeżdżał pięć razy Filtrową, aby znaleźć jakiekolwiek miejsce do parkowania. To nie mogłem być ja. Ja tam nigdy nie mieszkałem. Ktoś mi to opowiedział, a ja sobie to wszystko wyobraziłem.

Zwłaszcza że Warszawa milczała. Nie odzywał się do nas nikt z ludzi, których uważaliśmy za przyjaciół. Nasze telefony milczały. Nie było żadnych wiadomości na Facebooku, zapytań, co u was, jak się macie, kiedy planujecie wrócić. Do Justyny odzywała się tylko jedna przyjaciółka głównie po to, aby histerycznie wypłakiwać się ze zdrad męża i chorób dzieci, ale znałem tę kobietę i wiedziałem, że spędzała ona całe noce na telefonie, obdzwaniając w kompanii dwóch butelek wina wszystkie swoje kontakty w komórce, pozostawiając swoje żale nawet na infoliniach banków. Wypadliśmy z bębna, staliśmy się niepotrzebni. Być może nigdy nie byliśmy potrzebni. Ci, którzy zauważyli naszą nieobecność, zaraz przestali zwracać na nią uwagę. Justynie było przykro. Mnie trochę mniej. Pewnie na to zasłużyłem. Ona na pewno nie.

– Chodź do środka – powiedział ojciec, stojąc w drzwiach domu.

Najbardziej nieuchronny ze wszystkiego jest proces wrastania. Niedługo zaczerwieni się mi twarz, już na stałe. Zacznę pluć, strzykając śliną przez zęby. Może już zacząłem.

Popatrzyłem na podeszwy butów, czy przypadkiem nie wdepnąłem w gówno. Dopiero po chwili przypomniałem sobie o psie – że przecież na razie na podwórku nie ma gówien, w które można by wdepnąć.

– Trzeba wziąć następnego – powiedział mój ojciec dwa tygodnie temu, gdy chowaliśmy go na Wzgórzu Psów. Nieśliśmy go przez las, zawiniętego w kolorowy obrus. Joasia tak chciała. Uparła się, że nie można go tak po prostu wrzucić do dołu.

– Jak go nazwiesz? – zapytałem.

– Rocky – odpowiedział mój ojciec, wzruszając ramionami.

– Można byłoby go nazwać inaczej, ale wtedy ojciec i tak zacząłby mówić na niego Rocky – powiedział Grzesiek.

– To po prostu dobre imię – odparł ojciec.

– Po prostu masz demencję – parsknął Grzesiek.

– Demencja jest starcza. Ja nie jestem starczy – odparł ojciec.

– Zawsze miałeś. Miałeś młodzieńczą, teraz masz zwykłą, a zaraz będziesz miał starczą – powiedział Grzesiek.

Tak wtedy staliśmy we trzech na przenikliwym wietrze na wzgórku w lesie, nad zwłokami zawiniętego w obrus skundlonego wilczura; na wzgórzu, na którym kiedyś, przysięgam, widziałem ducha Yansa tuż po tym, jak zdechł – i śmialiśmy się we trzech chyba po raz pierwszy od czasu, gdy Grzesiek był niemowlakiem, a być może jeszcze nigdy się tak nie śmialiśmy.

Wydawało mi się, że Wzgórze Psów jest dużo dalej. Lata temu, gdy sami szliśmy pochować psa, pchając taczkę z jego ciałem, wydawało się, że idziemy bardzo długo, powoli, że pokonujemy całe kilometry.

Wzgórze miało jakieś trzy metry wysokości. Na jego

szczycie stało pojedyncze, ogołocone z liści drzewo, u podnóża leżał samotny, wielki kamień, mający z półtora metra średnicy. Gdy przychodziliśmy tu z Grześkiem za małolata, wyobrażałem sobie, że całe wzgórze jest garbem wielkiego, pochowanego w ziemi dinozaura. Chowaliśmy tutaj wszystkie psy, nie tylko Yansa, ale też wszystkich poprzednich Rockych, a także inne bezpańskie psy, które nawiedzały osiedle, pojawiały się i znikały, dokarmiane albo obrzucane kamieniami i częstowane trucizną. Było ich tu może kilkanaście. Żadne miejsce pochówku nie zostało oznaczone.

Byłem pewien, że gdy zaczniemy kopać, natrafimy na jakieś inne kości. Ale nic takiego się nie stało. Na Wzgórzu zostało jeszcze dużo miejsca.

Ze Wzgórza Psów widziało się wieżę zakładu Bernata i stojący nieopodal, niższy i cieńszy komin elektrociepłowni, a przede wszystkim było widać zawieszone na nich czerwone światła, punkty ostrzegawcze dla samolotów. Widziało się je również wtedy, gdy byliśmy mali. Czerwone oczy, jakby wyznaczające granicę, gdzie zaczyna się ciemność. Biały śnieg pokrywał skostniałą ziemię. Grzesiek palił papierosa, dym zdawał się zawisać na stałe w powietrzu, nigdzie nie odlatywał, wypalając jeszcze kilka fajek, Grzesiek mógłby wybudować z niego ścianę.

– Tylko po cholerę ten obrus było marnować – rzucił ojciec, chyba tylko po to, aby po prostu coś powiedzieć.

Kiedy wróciłem do domu, w salonie, przy stole, siedziało jedenaście osób. Braciak, jego żona, Walinowska, Dobocińska. Bernatowa, Maciejakowie, po drugiej stronie stołu była żona młodego Bernata, kobieta w moim wieku, ale wyglądająca na czterdzieści pięć lat, potężna, z pasemkami na głowie w dziesięciu odcieniach miedzianego brązu. Ten młody policjant, Winnicki, który znalazł nóż, teraz w cywilnym ubraniu, podrabianej bluzie nike i spatynowanych dżinsach. Justyna i Agata w centralnym punkcie, nad rozłożonymi gazetami. Jedynie Łukasz, brat Maciusia, nie siedział przy stole, lecz na krześle dosuniętym pod ścianę. Nie patrzył na nikogo, nerwowo skubał słonecznik z trzymanej na kolanach miski.

Mój ojciec stał przed nimi i gdy zauważył, że wchodzę, wydał z siebie dźwięk, coś pomiędzy sylabą „no" a wypuszczonym powietrzem.

– Masz, przeczytaj. – Agata podała Walinowskiej gazetę. Ta wyciągnęła z futerału okulary, przykleiła się do tekstu.

Artykuł Justyny ukazał się w olsztyńskim wydaniu „Krajowej". Na czwartej stronie, obok krótkiego artykułu o wygranym meczu AZS. Zamazane, niewyraźne zdjęcie lasu mogło, ale nie musiało być miejscem, w którym znaleziono Bernata. Tytuł *Zyborska strefa mroku* bił po oczach czarną, wytłuszczoną czcionką. Czytałem go już jakieś trzy razy.

Pewnie w innym przypadku uznałaby to za degradację. Ale teraz była zbyt skupiona i zdeterminowana. Trwała w przekonaniu, że sprawę trzeba najpierw pokazać w mediach lokalnych, ugruntować jej obecność, odpowiednio ją nagłośnić, a dopiero później iść z tym do „Krajowej". Justyna, gdy pracowała, zamieniała się w niezawodną maszynę, działającą na najwyższych obrotach, precyzyjną jak medyczny laser. Wiedziałem, że trzeba jej ufać, chociaż ludzie z Zyborka tego nie wiedzieli, nie rozumieli Justyny, tutaj nie załatwia się problemów na zimno, metodycznymi cięciami, tu się o nich długo i gorąco deliberuje, godzinami, przy rzadkiej kawie, suchych ciastkach, wódce, włączonym w tle telewizorze.

Ojciec był niepocieszony, marszczył czoło, czytając tekst jeszcze w pierwotnej wersji z komputera, chociaż w artykule było wszystko, co się wydarzyło, oczywiście okraszone niezbędnymi „podobno" i „rzekomo" – podpalenie domu, śmierć Bernata, piekło ludzi z popegeerowskich bloków. Chciał od razu, aby tekst Justyny poszedł na czołówkę krajowego wydania. Aby do Zyborka znowu przyjechali reporterzy z całej Polski, jak wtedy, gdy była obława na samochodziarzy. Albo wtedy, gdy napisałem książkę. Nie dawał sobie wytłumaczyć, że Zybork wykorzystał już w tym stuleciu zainteresowanie mediów całego kraju.

– Ich nie interesuje nic poza nimi samymi, warszawiaków – powiedział. – Oni uważają, że wszystko, co się dzieje, dzieje się tam. Jak pokazują coś spoza, to najwyżej, kurwa, walkę o ogień. Małpiszony, co kiszą dzieci w beczkach. Że ludzie tylko w Warszawie żyją, może jeszcze w Krakowie i Poznaniu.

– Trochę tak jest – odparła Justyna. – Ale musimy więcej wiedzieć.

– Przecież wszyscy wiedzą wszystko – powiedział mój ojciec.

Miał rację, wszyscy wiedzieli wszystko, tyle że z Justyną nikt nie chciał rozmawiać. Nikt poza ludźmi siedzącymi teraz w tym salonie (z których oczywiście nikt poza moim ojcem nie chciał zrobić tego pod nazwiskiem). Justyna miała już gotowy następny artykuł, w który, jak twierdziła, miała tylko „powsadzać wypowiedzi". Jednak miejsca na wypowiedzi stały puste – ludzie z ratusza, właściciele sklepów, pracownicy z fabryki Bernata – wszyscy ci ludzie zamykali jej drzwi przed nosem.

– No dobrze. Dobrze, i co? – zapytała Walinowska.

– Jest duży oddźwięk na Facebooku, ludzie to szerują, komentują. – Justyna popukała palcem w gazetę, wypiła łyk herbaty. Przez chwilę popatrzyła mi w oczy, mrugnąłem do niej. W żaden sposób mi nie odpowiedziała. Moje próby okazały się słabe, ale wciąż trwały. Najważniejsze, że wciąż tu była i że wciąż działała. To podziwiałem w niej najbardziej. Nie potrafiła być załamana.

– Ten Facebook to nic nie daje. Nic się tym nie zrobi. To taki bazar, tylko w komputerze – westchnął ojciec. – Ludzie coś gadają, ale w ogóle nie słychać co, taki jest hałas od tego gadania.

– Co to znaczy: rzecznik burmistrzowej odmówił komentarza, co to znaczy, po co w ogóle pisać coś takiego? – zapytała Walinowska. – To nie jest takie lanie wody?

– To znaczy, że nie zaprzeczył, że ratusz ma coś z tym wspólnego – odpowiedziała Justyna.

– Dla mnie to właśnie brzmi, jakby zaprzeczył. – Walinowska pokręciła głową.

– Właśnie nie. Proszę mi uwierzyć, że nie.

Z drugiej strony czułem, że Justyna jest zmęczona; zmęczona udowadnianiem, że jest tu po coś, że to ma sens, że nie jest tu zakleszczona, że jest to w jakimś, choćby jednym procencie, jej własna decyzja.

Jej metodyczność, jej zawodowstwo stępiały się o Zybork jak nóż, którym przejeżdża się po ścianie.

Bałem się tego codziennie, że w jednej chwili wsiądzie do samochodu i wyjedzie stąd. Nawet mimo to, że nie miała grosza, że nie miała gdzie jechać – bo przecież nie do gnieżdżących się w jednym mieszkaniu na Grochowie chorej matki z ciotką.

W sumie raz to zrobiła. Albo próbowała zrobić. Po pożarze, o świcie, wsiadła do osmalonego samochodu i gdzieś pojechała. Obudziło mnie zamykanie drzwi, trzeszczenie schodów. Nie miałem siły zbiec i jej zatrzymać, stałem tylko, wpatrując się w okno, zawinięty w prześcieradło, patrząc, jak odjeżdża. Wróciła późnym wieczorem koło jedenastej. Gdy w końcu weszła do domu, do kuchni, otworzyła szafkę i pewną ręką wyjęła z niej kubek, a z chlebaka bochenek razowca, aby zrobić sobie kanapkę. Z pewnością w głosie, jakby w końcu była u siebie, odezwała się pierwsza:

– Nie byłam u niego. Obiecałam ci, że więcej się z nim nie spotkam.

– To gdzie byłaś?

– W lesie. Nad jeziorem – odparła.

– Nienawidzisz lasu i jezior – powiedziałem ze zdziwieniem.

– Nie było tak źle. Przynajmniej było cicho – odpowiedziała.

Tylko ona mnie ratowała.

Miałem dowód, że przeżyłem jakieś inne życie. Że to życie gdzie indziej, w mieście, wśród innych ludzi, na innej planecie, owszem, życie nieudolne, pozoranckie i puste jak kubek po hipsterskiej kawie, ale zdrowe, ciepłe, moje własne, jednak istniało i że mogło jeszcze kiedyś istnieć.

I wierzyłem w to, byłem dziwnie pewien, że gdy znowu do niego wrócimy, to wszystko będzie w porządku. Będziemy chodzić ze znajomymi do knajp, do teatru, oglądać do połowy sezony kiepskich seriali, może będziemy mieli kota, psa, a może nawet w końcu będziemy mieli dziecko.

Usiadła przy stole, postawiła przed sobą kanapki. Wyciągnęła telefon i zaczęła wpatrywać się w wyświetlacz, połykając małe kęsy chleba. Żuła i przeciągała palcem po ekranie bardzo, bardzo powoli. Robiła mi to na złość. Czułem to. To wszystko, ten palec, to wpatrywanie się w telefon, to były jej małe zemsty.

– Jesteś wściekła, że dałem Grześkowi te pieniądze? Że nie uciekliśmy od razu po pożarze? – zapytałem jak idiota, bo przecież to wiedziałem.

– Nie, nie jestem zła – odpowiedziała, wpatrując się w Facebooka, litanię zdjęć koleżanek z wakacji w Toskanii, Portugalii, z rowerowych przejażdżek po Powiślu, wizyt w knajpach roku, treningów jogi i pole dance.

– To co, chcesz tu zostać? Skoro już masz co robić? – zapytałem.

Podniosła wzrok. Patrzyła na mnie, jakbym był kasjerką w Biedronce i właśnie prosił ją o to, aby wpisała PIN.

– A ty czego chcesz? – odezwała się.

– Wrócić. Wrócić do Warszawy. Wyjechać stąd. Naprawdę. Przysięgam – powiedziałem głośno i pewnie.

– Wrócimy do Warszawy i co? – zapytała.

– Zróbmy sobie dziecko – podniosłem głos, a ona otworzyła oczy odrobinę szerzej niż zwykle.

– To ciekawe – parsknęła i pokręciła głową. Zabrałem jej kanapkę, a wtedy próbowała uderzyć mnie w rękę, ale nie trafiła i trzasnęła dłonią o stół. Syknęła z bólu.

– Dupek. Flet – powiedziała, ale teraz w jej spojrzeniu było coś więcej, małe światło, cień uśmiechu.

Bardzo ją kochałem. Była moją żoną i była kimś więcej. Była moim kumplem. Jedynym kumplem, który tak naprawdę mi pomógł. Jedynym prawdziwym.

Parę godzin później, w nocy, nie mogłem zasnąć. Myślałem, że Justyna już dawno śpi, ale nagle usłyszałem jej głos. Nie spodziewałem się go. Był cichy, niski, przytłumiony kołdrą.

– Pisz – powiedziała.

– Co? – zapytałem, bo nie wiedziałem, czy dobrze ją usłyszałem.

– Pisz, Mikołaj. Bądź facetem. Kurwa mać – wyszeptała.

Popatrzyłem w jej stronę. Leżała na boku. Jej oczy były w ciemności tak jasne, tak widoczne, jakby w białkach miała małe żarówki.

– Twój ojciec nie jest oszustem. Dlaczego ty masz być oszustem? Ja nie wyszłam za oszusta – powiedziała. Wygrzebała się spod kołdry, zrzuciła ją z siebie, usiadła. Też się podniosłem, nie chciałem, aby patrzyła na mnie z góry.

– Ty też byłaś oszustką, Justyna, i ja ci wybaczyłem – odparłem od razu.

– Tu chodzi o ciebie – odrzekła.

– Nigdy nie chodzi tylko o mnie albo tylko o ciebie – przypomniałem.

– Ja zrobiłam swoje. Jasne. Narobiłam gnoju. Ale jeszcze raz: tu chodzi o ciebie – odparła po chwili, dopiero teraz w jej głosie było coś innego niż mróz.

– Justyna, to jakiś absurd. Ja nie jestem pisarzem. Ja nie umiem pisać książek. Każdy człowiek mógłby napisać jedną książkę. Wystarczy, że napisałby o sobie. Ja właśnie to zrobiłem. Napisałem o sobie. Pisarz to ten, który ma w sobie więcej książek niż jedna. Ja nie mam.

– Wziąłeś zaliczkę.

– No to powiedz mi, o czym mam pisać? Bo nie wiem. Wiedziałbym, gdybym był pisarzem. Naprawdę. Wiedziałbym – powiedziałem.

– Nie wiem, czy jesteś pisarzem, czy nie. Po prostu nie bądź oszustem.

Odwróciła się na drugi bok, próbowałem się do niej przycisnąć, ale odepchnęła mnie łokciem. Potem, gdy już zasnęła, odwróciła się twarzą w stronę moich pleców i na chwilę położyła na mnie rękę, bezwładnie. Natychmiast ją zabrała, ale zawsze to było coś.

Zaraz zasnąłem. Gdybym był pisarzem, po tym, co powiedziała, wierciłbym się do rana w łóżku, próbując rzeczywiście wpaść na jakiś pomysł, anegdotę, dowcip. Jedno zdanie. Jakiś obraz. Cokolwiek, od czego można byłoby zacząć. Ale ja nie byłem pisarzem, więc po paru sekundach spałem jak dziecko, spokojnym snem idioty. Śniły mi się psy, wyjące do świateł na kominie zakładu Bernata.

– Co teraz? – pyta Grzesiek, pijąc herbatę. Wygląda lepiej, schludniej, czyściej, jest ogolony, był u fryzjera. Ma na sobie koszulkę z zespołem Iron Maiden, starą i spraną, ale czystą i wyprasowaną przez Agatę. Obiecał sobie, że nie napije się przez miesiąc. Dziś minął tydzień. Od razu ma zdrowszą twarz, mniej czerwoną, o ostrzejszych rysach, jakby coś przestało go uczulać.

– To, co przedtem, to, co zawsze – zaczyna mój ojciec, stojąc i trzymając ręce na klatce piersiowej. – Organizujemy referendum w terminie, który miał być za trzy tygodnie. Cokolwiek by się działo. Komu by jeszcze nie spalili domu, kogo by jeszcze nie porwali.

Wszyscy patrzą na niego, jakby stał przed nimi zmartwychwstały Piłsudski.

– Jeszcze raz, Tomek, dla pewności – mówiąc to, Maciejak odruchowo bierze do ręki kolejny kawałek ciasta, ale następnie kładzie go z powrotem na talerzyk, z ciężką i bolesną miną kogoś, kto zwalczył właśnie swoją naturę.

Wciąż patrzę na brata Maciusia, który coraz mocniej wciska się w ścianę, co chwila dotyka kaptura od bluzy, jakby nieświadomie sprawdzał, czy wciąż tam jest i czy w razie czego może go założyć sobie na głowę.

– Ostatni raz wrzucili ci benzynę zapaloną do pokoju dzieci. – Maciejak pokazuje głową na górę. – Jak następnym razem je porwą? Albo gorzej. Odpukać, oczywiście, odpluć. Ale co zrobisz?

– Nie zrobią tego. Nie dotkną dzieci. – Mój ojciec kręci głową.

– Dotknęli proboszcza – przypomina Dobocińska.

Ojciec na chwilę milknie, kiwa głową.

– Nie dotkną dzieciaków – powtarza, patrząc w stronę drzwi, jakby Joasia albo Jasiek właśnie mieli tu wejść. Są u koleżanki, parę domów dalej. Agata zaraz po nich pójdzie, nie pozwala im teraz przejść w samotności nawet dwustu metrów ze sklepu do domu.

– Ja tylko pytam. Dla pewności. To są decyzje – mówi Maciejak.

Walinowska, jakby widząc jego cierpienie, przysuwa talerz z ciastem do siebie.

Mój ojciec bierze głęboki wdech. Robi krok w ich stronę. Wszyscy odruchowo szurają krzesłami do tyłu o parę centymetrów.

– Referendum jest za trzy tygodnie w budynku szkoły, ma moc prawną, zatwierdziła je gmina, jeśli nie uznają, jeśli będą coś kręcić, będziemy się odwoływać, idziemy z tym, aż do Strasburga. Nic nie zrobią. Nie bójcie się. Nic nie zrobią głupiego, jestem pewien, bo po tym artykule, co go Justyna napisała, po następnych artykułach, które napisze, wiedzą, że cokolwiek teraz zrobią, to będzie na nich. Że już nie uda się więcej zastraszać – mówi powoli ojciec, podbija słowa, klaskając pięścią o otwartą dłoń.

Przez chwilę słychać wyłącznie siorbanie herbaty. Najbardziej zadziwia mnie to, że nikt z tych ludzi nie oznajmił, że wypisuje się z tego interesu. Nie dał do zrozumienia, że ma rodzinę, dzieci, rodziców, że chce przede wszystkim żyć bezpiecznie i mieć święty spokój. Tak jakby mimo wszystko bardziej niż czegokolwiek, co może ich spotkać ze strony burmistrzowej, Kalta i jego drabów, bali się sprzeciwić mojemu ojcu.

Siorbanie trwa jeszcze przez chwilę, aż w końcu Maciejak przerywa ciszę, wstaje, rozkłada szeroko ręce.

– No dobrze. Wszystko jasne. Ja ci ufam, Tomek. Podobasz mi się jak Wałęsa w osiemdziesiątym pierwszym. Tylko nie spierdol tego – mówi, a następnie śmieje się sam z własnego dowcipu.

– Teraz „Sylwester" – mówi Grzesiek.

– No właśnie – dopowiada Walinowska.

– Ile osób możemy zebrać? Sto? Dwieście? – pyta mój ojciec.

– Dla efektu wystarczy i pięćdziesiąt – odpowiada Grzesiek.

– Ile się da – mówi ojciec. – Wszystkich, którzy się podpisali na wniosku. Plus ich rodziny.

– Ja się przejdę – deklaruje Walinowska.

– Ja też – dodaje Dobocińska.

– Dobrze, nauczycieli mamy, lekarzy, kto jeszcze? – pyta mój ojciec.

– No pamiętaj przecież, że dużo ludzi przyjdzie po tym, jak zaginął ksiądz. Ja rozmawiałem z ludźmi po kościele. Wściekli są. Wiedzą, że to ona. Mówią już, że jak Popiełuszkę go ubili. – Maciejak nie wytrzymuje, w końcu sięga po ciasto. Żona próbuje uderzyć go w dłoń, ale Maciejak ma refleks. Odgryza spory kawałek. Na jego twarzy rozlewa się błogość.

– No tak, ludzie są wściekli. Ale ten drugi ksiądz, Warycki, mówi im w kościele, że nic głupiego mają nie robić i że Bernat był po jednym wylewie, i że cholera wie, co mu się stało, i żeby plotek nie powtarzali. I ludzie mu ufają. – Maciejakowa upija drobny łyk herbaty ze szklanki. W jej opuchniętych dłoniach kubek wygląda jak z serwisu dla lalek.

– Pójść do kościoła to jedno, a w nocy pod restaurację to drugie. – Ojciec drapie się po głowie. Denerwuje się. Swędzą go odrastające włosy.

– Ja się przejdę po chłopakach – mówi Grzesiek.

– Po jakich chłopakach? – pyta ojciec.

– Wiesz po jakich. Za pół litra każdy przyjdzie postać. – Grzesiek zgina prawą rękę w łokciu, podnosi ją, przeciąga lewą ręką, stawy głośno mu pstrykają, jak przebijane po kolei foliowe bąble.

– Ja nie potrzebuję takich za pół litra. – Ojciec kręci głową.

– A bo to będzie widać, kto w ciemności stoi? – Braciak uśmiecha się, bierze kawałek ciasta i pakuje sobie do ust, Maciejak patrzy na niego ze smutną, cichą zgrozą.

– A ty? Idziesz? – pyta Grzesiek brata Maciusia.

– Na co ja tam? – Chłopak odwraca wzrok.

– Przydasz się – odpowiada mój brat.

– Już jedno ci załatwiłem. – Łukasz patrzy w powietrze.

– To jak nie chcesz więcej załatwiać, to po cholerę tu siedzisz? – mówi ojciec, podchodząc do niego o krok.

Chłopak podnosi się na krześle. Odwraca się w stronę mojego ojca, patrzy mu w oczy, nie boi się. W końcu też wstaje.

– Przyszedłeś wczoraj do mnie, powiedziałem ci, możesz w każdej chwili pójść. Albo jesteś ze mną, albo nie. – Ojciec pokazuje mu drzwi.

– Jestem tu po to, aby wydrapać tej kurwie oczy – odpowiada chłopak, nagle coś w nim pstryka, zmienia się, ma zacietrzewienie nieletniego kibola na kwadrans przed derbami.

– Więc mnie nie denerwuj – mówi mój ojciec i z powrotem odwraca się do wszystkich. – Sto osób potrzebujemy co najmniej – dodaje. – Tak, aby był zajęty cały parking przed restauracją.

Bankiet, o którym wszyscy rozmawiają, odbywa się za tydzień, w restauracji Podzamcze. Restauracja Podzamcze, jak sama nazwa wskazuje, znajduje się pod zamkiem, po przeciwległej stronie od komendy. Byłem tam raz w życiu, gdy miałem osiemnaście lat i na koncert do Bramy przyjechał jakiś metalowy zespół z Warszawy, i nie mieli gdzie kupić wódki. Zostaliśmy z Trupolem oddelegowani, aby ich tam zaprowadzić; trafiliśmy w sam środek discopolowej potańcówki dla trzydziestolatków. Pamiętam, że perkusista tego zespołu miał długie włosy i nietoperze na przedramionach, wyglądające, jakby wytatuował je sobie w pierdlu długopisem podłączonym do silniczka od walkmana. Dzięki Bogu, wszyscy byli zbyt pijani, aby perkusista dostał w ryj; jeden facet wziął zamach pięścią w kierunku jego głowy, ale ostatecznie przewrócił mu się prosto pod nogi.

Bankiet burmistrzowej to jej urodziny. Są na nie, jak co roku, zaproszeni wszyscy dyrektorowie instytucji z Zyborka (poza Dobocińską), cała rada miasta, wszyscy „dobroczyńcy" i ważne osoby z gminy, szefowie policji, straży pożarnej, ZUS-u i oczywiście Kalt. W Zyborku nazywają te coroczne imprezy „Sylwestrami", chociaż odbywają się późną jesienią. Zawsze występuje na nich ktoś znany, rok temu puszczał tam piosenki Marek Sierocki.

Mój ojciec chce stanąć pod tym lokalem, asekurowany przez stojących przed wejściem ludzi, i wyprowadzić burmistrzową na zewnątrz. Mówi, że może być tak, że dostanie w mordę, że będzie nieprzyjemnie. Twierdzi, że chce, aby zobaczyli to ludzie czekający na niego na zewnątrz. Twierdzi też, że ci ludzie, patrzący na burmistrzową, mają być dla niej jak lustro. Że to będzie pierwszy raz w życiu, kiedy ta kobieta zobaczy, jak naprawdę wygląda.

Łukasz, brat Maciusia, przyszedł tu wczoraj. Koło jedenastej. Zadzwonił do drzwi, gdy siedziałem z Grześkiem w kuchni. Grzesiek ostatnio nocował na kanapie przed telewizorem w domu ojca. Nasz ojciec twierdził, że brat nie może już wytrzymać u siebie. Powiedział, że boi się, że jeśli będzie tam siedział całymi dniami, to w końcu obleje wszystko benzyną i podpali. „A jednak szkoda, to ładny dom" – kończył, puszczając oko.

I właśnie w tym momencie, gdy to powiedział, odezwał się dzwonek u drzwi. Grzesiek wstał i poszedł do przedpokoju.

– Czego, kurwa, chcesz? – rzucił pytanie w ciemność za otwartymi drzwiami. Stanąłem za nim, trzymając w ręku puszkę piwa. Na początku w ogóle nie widziałem, kto tam stoi.

– Pogadać z twoim ojcem – powiedział po chwili Łukasz i zrobił krok do przodu, stając w świetle przedpokoju. Na głowie miał ciasno naciągnięty kaptur, ten sam, który ma teraz.

– Bo? – zapytał Grzesiek.

– Bo to ważne. Dla was wszystkich ważne. Dla ciebie też – odparł.

– Słyszałem te bzdury, co pierdolisz na policji. Że twój brat najpierw zniknął na niby, a teraz zniknął naprawdę. – Grzesiek się zaśmiał. Na chwilę odwrócił głowę w kierunku piętra – nad nami coś się przewaliło, jakby ktoś z całej siły uderzył pięścią w ogromny worek grochu. To chrapał ojciec.

– To prawda. Bo to prawda, kurwa – powiedział Łukasz. Był przestraszony i zmarznięty. W rękach międlił paczkę papierosów. Wyglądał zupełnie inaczej niż wtedy, w tamtym mieszkaniu, z tamtymi dziewczynami. Musiał schudnąć dobre kilka kilo, bluza wisiała na nim luźno jak worek. Wtedy był pewnym siebie, chamskim byczkiem. Teraz zmienił się w roztrzęsiony, chudy flak. Wtedy mówił do chłopaka głośno, darł się na niego, ale tak naprawdę wyglądał jak odprężony kot. Cieszyło go, że może się nad nim popastwić.

– Może to i prawda, ale twój braciak to kawał ścierwa, tak samo jak Wariat i Kafel! – krzyczał do niego mój brat.

– Niech oni cię tylko spotkają. – Łukasz podniósł głos.

– I co zrobią? Znowu mi swastykę namalują na domu? Krzywą, bo to downy jebane? Co więcej mi zrobią? – Grzesiek też coraz bardziej podnosił głos. – Po jaki chuj kolorowy ty w ogóle tu przylazłaś, kalapyto?

Łukasz skulił się, opuścił głowę, wyjął ręce z kieszeni bluzy. Przypominał teraz tę dziewczynę, którą pchnął na szafę u nażelowanego grubasa w mieszkaniu. Mogłaby się na nim teraz zemścić. To byłby dobry moment.

– Bo ksiądz zdążył do mnie zadzwonić – poinformował – i powiedział, że go mają. Ci sami, co Maciusia i Bernata.

– Co? – zapytał Grzesiek.

– Może niech on wejdzie do środka – powiedziałem. Ktoś otworzył drzwi do sypialni ojca. Skrzypnęły w ciemności jak trumna z wampirem w starym horrorze. – Albo idźcie na dwór – dodałem.

Niemniej Agata już stała na dole, okutana w szlafrok.

– Idź spać. – Grzesiek odwrócił się do niej.

– Sam idź spać, do cholery. A ty nie masz lepszej pory na wizyty? – zapytała stojącego w drzwiach Łukasza. Ten odwrócił się, jakby miał się wycofać i uciec. Ale Grzesiek zatrzymał go i wciągnął do środka, łapiąc za bluzę. Chłopak nie zdążył nawet zareagować.

– Zadzwonił ksiądz. W sumie nic nie powiedziałem. Usłyszałem ze dwa zdania, może trzy. Potem zasięg mu się urwał – mówił, gdy stał już w kuchni, wciskając się w ścianę, jakby chciał się w niej schować tak samo jak wtedy.

– I co ci powiedział? – Agata postawiła przed nim herbatę. Wiedziała, kim on jest.

– Że go mają. Ci sami, którzy mają młodego Bernata. I mojego brata. Ksiądz powiedział, że go gdzieś wiozą w bagażniku. Że nie zabrali mu telefonu, bo trzyma go w kieszeni spodni – odparł.

– To więcej niż trzy zdania – przerwał mu Grzesiek.

– Ty myślisz, że ja zmyślam? – Chłopak podniósł głos, Agata zaś przerwała mu:

– Mów, co wiesz.

– Tyle wiem – odparł.

– To czego chcesz? – zapytał Grzesiek.

Chłopak usiadł na krześle. Dopiero w ostrym i białym świetle kuchni, gdy zdjął kaptur, widać było, jaki jest zmarnowany i zmęczony. Jego twarz była zapadła i matowa, sprawiała wrażenie, jakby miała zaraz spłynąć mu z czaszki.

– Jeśli to ta burmistrzowa, czy z Kaltem, czy bez Kalta, nieważne, tak czy siak, jeśli jest tak, jak gadacie, to wam pomogę – powiedział.

Agata stanęła przed chłopakiem. Zawiązała jeszcze mocniej sprany niebieski szlafrok, chociaż widać było tylko jej szyję i kostki. Kucnęła przed nim.

– Czemu niby Kalt miałby porwać swojego wspólnika? – zapytała.

– Wiele razy o tym gadał. Że jest na Kalta wkurwiony. Że Kalt się naliczał za plecy na policji, w samorządzie, w gminie. Brat się stawiał. A on i ta kurwa tego nie lubią. Kalt nazywał to „niewidzialnym podatkiem". – Chłopak nerwowo się rozglądał. Bał się, że ktoś go słyszy.

– Więc się boisz. Bo Bernatowi zabrali brata i syna. I ty też się boisz. – Agata wstała. Patrzyła na chłopaka z pewną surową czułością. Rzeczywiście się bał. Może wcale nie schudł, może po prostu pomniejszył go ten strach. Tacy goście, pewni siebie, szerocy, rozbujani jak wańki-wstańki – tacy goście, gdy się boją, nagle zmieniają się w sflaczałe balony.

– A co dajesz w zamian? – zapytałem Łukasza. Przeniósł na mnie wzrok, zdziwiony, jakby w ogóle zapomniał, że tu stoję. – Boisz się. Przyszedłeś tu, bo się boisz. Boisz się być sam. Masz coś w zamian? Chcesz coś nam dać w zamian? – powtórzyłem pytanie.

Grzesiek odwrócił się w moją stronę. Delikatnie się uśmiechnął.

– Wiem o tej dziewczynie. Co ją nakręcili, żeby do twojej żony napisała – powiedział, patrząc na Grześka. Grzesiek nie odpowiedział. Jego twarz stężała.

– Mogę zrobić tak, że ona to odszczeka. Że to w ogóle będzie odszczekane. Jutro pojedziemy tam wieczorem. Znajdę ją – rzekł.

– Odszczekane – powtórzył Grzesiek. – Nawet mnie nie wkurwiaj.

Kamila tydzień temu wniosła sprawę do sądu o rewizję wyroku alimentacyjnego. Grzesiek miał dostać zupełny zakaz widywania się ze swoimi dziećmi. Po prostu przysłała w tej sprawie pismo. Gdy Grzesiek je odebrał, splunął listonoszowi pod nogi. Dziewczyna, która napisała do Kamili na Facebooku, miała być jednym ze świadków na rozprawie. Podobno do zeznań szykowały się kolejne dziewczyny, najpewniej laski, którym Wariat kupił kilka darmowych, rzadkich drinków na dyskotece w Undergroundzie.

– Tak, odszczekane. Oficjalnie. Mogę to załatwić. Ja wszystkie te małe kurwy mam tu w małym palcu – powiedział chłopak.

Agata wyciągnęła w jego stronę paczkę papierosów. Wziął jednego i wsadził sobie za ucho. Założył z powrotem kaptur na głowę i wstał.

– Nie mów tak. Nie mów tak. To czyjeś córki i siostry – poprawiła go Agata.

– Kurwy to kurwy – odpowiedział i wstał.

Agata również wstała, aby odprowadzić go do drzwi, ale Grzesiek dał jej znać ręką, aby została. Wtedy sam wstał i wyszedł za chłopakiem do przedpokoju. Stał tam chwilę, przez którą wydawało mi się, że o czymś szepczą, ale może to był po prostu wiejący na zewnątrz wiatr. O czym w końcu mieliby szeptać? Wydusiliśmy z chłopaka wszystko, co miał do powiedzenia. Gdy wszyscy – Maciejak, Braciak, Walinowska – wyszli, pomogłem Agacie posprzątać kuchnię po kolacji, następnie otworzyłem drzwi facetowi, który przyniósł rolkę wykładziny do pokoju Jaśka i Joasi i ją tam zaniosłem. Wykładzina miała przykryć spaloną podłogę. Ściany pomalowaliśmy z Grześkiem na biały kolor – potrzebowaliśmy nałożyć jakieś sześć, siedem warstw farby, aby przykryć czarne plamy sadzy, rozlane po ścianie jak choroba. Postawiłem wykładzinę przy ścianie, popatrzyłem przez okno. Drobnego śniegu nie było już nawet widać. Świat zmienił się teraz w granatowoczarny mur. Światła w oknach domu naprzeciwko przypominały słabe refleksy, równie dobrze mogły być nadjeżdżającym powoli z naprzeciwka zepsutym samochodem.

Dzieciaki wciąż się bały. Sadza w postaci delikatnych, szarych smug wciąż wystawała spod białej farby. Trzeba byłoby położyć jeszcze jedną warstwę. Jasiek podobno raz czy dwa zmoczył się w nocy, tak przynajmniej twierdziła Agata. Ojciec wypisał im zwolnienie ze szkoły na trzy tygodnie, powiedział, że w razie czego będą się uczyć w domu.

Justyna była w swoim pokoju, jak zwykle wpatrzona w komputer. Nie chciałem jej przeszkadzać. Kucnąłem i zajrzałem do jednego ze stojących przy ścianie, wciąż nierozpakowanych, małych kartonów.

– Czego szukasz? – Odwróciła się.

– Mojego zeszytu – odpowiedziałem.

– Jakiego zeszytu?

– Mojego. Chcę popisać.

– Popisać? W zeszycie?

– Jak otworzę komputer, zacznę oglądać pornosy. I Facebooka. I nic nie zrobię – odpowiedziałem zgodnie z prawdą.

– Pornosy – powtórzyła, kręcąc głową, ale wiedziałem, że tak naprawdę nie interesuje jej, w jaki sposób spędzam wolny czas, że mógł to być jakikolwiek inny wyraz.

– Nie mam długopisu – dodałem. W końcu wyciągnąłem z kartonu zeszyt, o który mi chodziło. Miałem go od jakichś dziesięciu lat. Miał sto prawie pustych stron, był w linie, na okładce widniał Batman okładający z całych sił po pysku Jokera. Kupiłem go w jakimś sklepie komiksowym w Berlinie. Przez chwilę go kartkowałem, zastanawiając się, czy kiedykolwiek napisałem w nim cokolwiek, ale kilka stron pokrywały tylko zupełne bazgroły, splecione w orgiastycznych ściskach łyse ludziki, cyfry, czaszki Punishera, logotypy wymyślonych, metalowych zespołów.

Justyna odwróciła się i popatrzyła na mnie, jakbym był kimś zupełnie obcym, ale na pewno odrobinę przystojniejszym i bardziej interesującym niż Mikołaj Głowacki. Być może, aby podtrzymać ten efekt, zdjęła okulary.

– O co ci chodzi? – zapytałem.

– Chyba że robisz to wyłącznie po to, abym się zdziwiła – powiedziała.

Podszedłem do niej, na komputerze widać było skany starych roczników lokalnych gazet. Na biurku rozłożone książki z biblioteki, regionalne wydawnictwa w tandetnych okładkach, zbiory baśni i reportaży, numery „Borussi" oraz stare, pożółkłe wydanie *Na tropach Smętka*.

– Czego ty w tym wszystkim szukasz? – zapytałem.

– Klątwy – odparła. Położyła mi dłoń na brzuchu, na chwilę.

– Tu nie ma żadnej klątwy – odpowiedziałem.

– Na pewno? – zapytała.

Sięgnęła przez biurko, podała mi długopis. Schowałem go do kieszeni.

– Zostaw te klątwy. Chodźmy na spacer – powiedziałem i teraz to ja jej dotknąłem, położyłem jej dłoń na karku. Był ciepły.

– Może – odparła cicho. Zdjęła moją dłoń ze swojego karku, ale zanim to zrobiła, przytrzymała ją tam przez chwilę, przez dwie, trzy sekundy.

– Nad rzekę, na Papiernię. To raptem pięć kilometrów stąd przez las – powiedziałem.

– Może jutro – odparła. – Powodzenia – dodała po chwili.

Zszedłem na dół, usiadłem na kanapie w pustym salonie. Zamknąłem drzwi. Przez chwilę myślałem, czy nie zastawić ich krzesłem. Ktoś wszedł do domu i zapalił światło w przedpokoju. W telewizji leciał jakiś program publicystyczny. Prowadzący o nalanej, obwisłej twarzy tłumaczył zaaferowanej dzwoniącej, co właściwie dzieje się teraz w Polsce, i potwierdzał jej obawy, że to, co się dzieje, jest rzeczywiście straszne. Wyłączyłem dźwięk, ale nie obraz, chciałem, aby w pokoju był jakiś ruch, barwa, kolor, aby część mojego mózgu była czymkolwiek zajęta, abym nie musiał się rozglądać, szukając jakiegokolwiek punktu zaczepienia. Po chwili rozglądanie się stałoby się główną wykonywaną przeze mnie czynnością. Wściekły, że nie mogę nic zrobić, pewnie rzuciłbym zeszytem o ścianę albo wepchnął go pomiędzy leżące w kominku drwa. A nie chciałem zbyt łatwo się poddawać. Otworzyłem zeszyt, przez chwilę popatrzyłem w linie na kartce. Włożyłem do uszu słuchawki, nacisnąłem play na starym odtwarzaczu mp3. W uszach wybuchła mi piosenka The Cure. Po chwili ją wyłączyłem. „Jeśli zacznę szukać czegoś, przy czym mógłbym cokolwiek napisać, przez następne dwie godziny niczym innym się nie zajmę" – pomyślałem.

„Cokolwiek" – pomyślałem. Po chwili wstałem i zgasiłem górne światło, zapaliłem stojącą w rogu lampkę. Cienie od razu zaczęły tańczyć po pomieszczeniu.

Zdałem sobie sprawę, że robię to tylko po to, aby utwierdzić Justynę w przekonaniu, że nie potrafię. Aby zanieść jej zeszyt z kolejnym narysowanym Batmanem, kutasem albo łysym ludzikiem i powiedzieć: zobacz, nad tym właśnie siedziałem całą noc. Wybacz mi, kochanie, i daj mi już na zawsze spokój.

Owszem, ktoś mógłby powiedzieć że przez ostatnie parę lat również zajmowałem się pisaniem. Ale ghostwriting czy hasła reklamowe to nie jest pisanie. To klepanie w klawiaturę. Może to zrobić każdy, kto miał czwórkę z polskiego w szkole podstawowej.

Długopis sam zrobił kreskę na papierze.

W końcu długopis napisał sam, drukowanymi, koślawymi literami dwa wyrazy: DZIWNE MIASTO. A potem dopisał: DZIWNA CZĘŚĆ.

A potem napisał: „Śnieg przypominał rozsypaną po ziemi brudną sól".

I dopiero potem, jakby w nagrodę, narysował na marginesie małą czaszkę Punishera, topór, pentagram, spiralę i przerażonego tym wszystkim ludzika, łapiącego się za głowę.

„Może odrobiłem w ten sposób jakieś pięć groszy z zaliczki" – pomyślałem.

Zawsze coś.

„Chodziłem po niewyasfaltowanej jezdni i spoglądałem w okna sąsiadów".

„Dziesięć groszy" – pomyślałem, łapiąc się na tym, że naprawdę dobrze się bawię.

– Jedziemy! – krzyknął mi do ucha Grzesiek. Nawet nie usłyszałem, jak otworzył drzwi.

– Gdzie jedziemy? – Wyjąłem słuchawki z uszu.

Zrozumiałem gdzie, gdy zobaczyłem, że stoi za nim Łukasz, trzymając ręce w kieszeniach innej czarnej bluzy.

– Poradzimy sobie, przecież to małolatki są – powiedział Łukasz.

– Nie o to chodzi – odrzekł mu Grzesiek, po czym odwrócił się do mnie i powiedział:

– Będziesz mnie pilnował, żebym nic nie naodpierdalał.

Zamknąłem zeszyt. Położyłem go na półce stolika, pod blatem, razem z długopisem.

– A ty co robisz? Rysujesz? – zapytał Grzesiek.

– Tak – odpowiedziałem.

– Ja z wami pojadę – powiedziała Agata, schodząc po schodach.

– Po co? – zapytał Grzesiek.

Nie odpowiadając od razu, włożyła wiszący na wieszaku stary płaszcz. Poklepała się po kieszeniach.

– Właśnie po to, żebyś nie naodpierdalał – powiedziała.

– Mikołaj wystarczy – odparł, wskazując na mnie.

Ostatnie, czego chciałem, to znowu jechać do kolejnej obitej boazerią nory. Wolałem swój pusty zeszyt, bazgroły na marginesach i TVN z wyłączonym dźwiękiem.

– Nie wiem, czy wystarczy. Od czasu, jak tu przyjechali, odpierdalanie jeszcze lepiej ci wychodzi. – Agata odwróciła się w jego stronę.

– Pocałuj mnie w dupę, dobra? – odparł Grzesiek.

– Ja mówiłem, proszę pani, że tłum jest niepotrzebny... – zaczął Łukasz, ale ta odwróciła się do niego i rzuciła mu zimne i szybkie:

– Łukasz, nie mów mi, co mam robić w moim własnym domu.

– To jak chcesz, zostań sobie i porysuj. – Grzesiek wkładał buty. Gdy się schylił, widać było, jak z wściekłości drży mu szczęka.

– Ja prowadzę. – Agata zabrała mi kluczyki do mojego własnego samochodu, po czym odwróciła się i wyszła na zewnątrz.

Justyna

Uczucia kiedyś cię zabiją. Jak mają cię nie zabić, skoro poza nimi nic nie ma? Najwyżej jakaś ziemia, jakieś słońce. Generalnie coś, co tam sobie istnieje, coś poza tobą. Rośliny, zwierzęta. Niech sobie istnieje. I tak przestanie istnieć razem z tobą. Dla człowieka człowiek to wszystko, co ma. Człowiek to worek uczuć, ślepych jak ogień. Człowiek bez przerwy wpatruje się we własne uczucia tak jak w pożar.

Nienawidzisz tego samochodu. Nienawidzisz tego, jak pachnie, i tego, co jest w środku, i śmieci w schowku, i starej płyty z mp3 w odtwarzaczu, na której nagrane są jakieś zasłuchane płyty Björk sprzed kilkunastu lat, i jeszcze większej ilości śmieci pod siedzeniami. Jedziesz zbyt szybko i zaraz wpadniesz na rowerzystę bez świateł. Zwolnij trochę. Uczucia cię zjedzą. Nie będą nawet gryźć, po prostu cię połkną. Wszystko byś rozszarpała. Popielniczka wypełnia się błyskawicznie.

Jesteś tak wściekła, że aż pieką cię korzenie zębów.

Najpierw zatrzymujesz się na parkingu w lesie. Wysiadasz, trzaskasz drzwiami. Wąchasz palce. Pachniesz spalenizną. Wciągasz powietrze głęboko do płuc. Jest czyste i trochę cię uspokaja, i nie boisz się już tego, że któreś z drzew zaraz się na ciebie przewróci. Masz wrażenie, że za trzy kilometry będzie ściana. Albo wjazd do kolejnego Zyborka.

Potem patrzysz na telefon, masz jeszcze dwie godziny. Ten zajazd jest gdzieś tutaj, dziesięć kilometrów stąd. Najgorsze jest to, że nie miałaś na to żadnego wpływu. Nie chciałaś tego. Zostałaś tu zabrana. A teraz musisz w tym wszystkim być. Powiedziałaś Mikołajowi, wyraźnie dałaś mu to do zrozumienia: przywiozłeś mnie tutaj, to teraz mnie stąd zabierz. To twój obowiązek i twoja męska odpowiedzialność.

Tylko on wolał ulokować tę odpowiedzialność gdzieś indziej. Chciał, aby mu przebaczyli. Wciąż chce. Myśli, że to wszystko naprawi. Że ojciec i brat będą go akceptować, traktować jak dorosłego, silnego, takiego jak oni. Głupek, biedak, on zrobi wszystko, jak najszybciej i za każdą cenę, byle sprawy wróciły do tej jego urojonej normy, której sam nawet nie potrafi zdefiniować.

Nie daje się pieniędzy hazardziście. Komuś, kto demoluje knajpy dla zabawy. Nawet jeśli to rodzina, brat. Powinien to wiedzieć. Był na odwyku. Tam uczą takich rzeczy. Jest wciąż taki sam. Zabiłabyś go, nabiła go na pal. Jest taki sam jak wtedy, gdy leżał na ziemi, przy placu Zbawiciela.

Podobno relacja między ludźmi ustala się w ciągu pierwszych paru godzin. To, jaką kto zajmuje w niej rolę. Ludzie są jak psy.

Właśnie do ciebie dzwoni. Niech sobie dzwoni. Musiałaś go jednak obudzić, musiał cię zobaczyć, jak wychodzisz z domu. Wczoraj miał szansę. Wściekłość sprawia, że gotuje ci się krew. Wczoraj miał jeszcze szansę. Tyle człowiek dostaje za swoją dobrą wolę. Dobra wola to zbrodnia zadana samemu sobie. Tak, popłacz jeszcze, popłacz jak stara baba pod chałupą, z chustą na głowie, obierająca kamienie na obiad, te same kamienie od czasu wojny.

Ludzie są jak psy. Pierwsze parę godzin znajomości z Mikołajem spędziłaś na pierwszej pomocy. Pomaganiu mu, aby w ogóle doszedł do siebie. A teraz się dziwisz, że gdy oczekujesz od niego czegoś podobnego, ucieka przestraszony.

Czy jest jeszcze jakakolwiek szansa na to, aby w ogóle rzucić to wszystko, sprzedać, oddać do lombardu i zacząć całą tę historię zupełnie od nowa, z nowymi bohaterami, punktem wyjścia, perypetiami?

No cóż, Justynko, wystarczy wsiąść do samochodu i sprawdzić. Za kilka kilometrów zajazd wyłania się z lasu. Przypomina opuszczone wesołe miasteczko. Cztery wyblakłe, różowe romby dachówki tworzą dach. Wystawione na zewnątrz parasole reklamujące piwo i coca-colę. Jeden, dwa samochody na parkingu. Zawieszone na dachu odrapane litery układają się w napis: WARMIA I MAZURY WITAJĄ GOŚCI.

Zamykasz drzwi. Jeszcze raz wąchasz rękawy bluzy. Cuchniesz, jakbyś siedziała przez całą noc przy ognisku.

Drzwi są otwarte. W środku wypłowiała skóra zwierzęcia na ścianie. Drewniane ławy. Zapach piwa, petów i wosku do podłóg, który przeniknął wszystko na stałe. Nad barem kasetonowa reklama marlboro z lat 90. Na suficie zielona siatka maskująca, dokładnie taka, jaką pamiętasz ze studniówki. Jedna zmęczona kelnerka w pomiętej, białej bluzce wygląda jak duch, gdy uwija się pomiędzy barem a stołami, przy których siedzi kilku samotnych tirowców.

– Tu kiedyś był striptiz – ktoś mówi do ciebie, odwracasz się. To naczelny. W sensie pełniący obowiązki. Jacek. Siedzi przy stole, pije sypaną kawę w szklance z arcorocu. Obok jest druga taka sama szklanka, pełna.

– Siadaj – mówi.

Siadasz. Siadam.

– Pofatygowałeś się. Nie musiałeś – mówię, rozglądając się dookoła.

– Przepraszający się fatyguje – odpowiada Jacek.

– Można tu palić? – pytam.

– Nie wiem. – Kręci głową i też rozgląda się dookoła. Wygląda na mocno zaspanego, ale zawsze tak wygląda. Powinien kupić sobie nową koszulę w kratę, ta zanadto opina mu brzuch. Jego miła, okrągła twarz młodego księdza robi się jeszcze milsza i okrąglejsza. Gdy ją ostatnio widziałaś, tę miłą i okrągłą twarz, również cię przepraszała. Za to, że musi cię zwolnić.

– Można – mówi kelnerka i przynosi ci popielniczkę.

– Jesteś sam?

Kręci głową.

– Więc za co właściwie chcesz mnie przeprosić? – pytam.

– Chcesz coś zjeść? – odpowiada pytaniem na pytanie.

Z łazienki wychodzi On. Pierwsze, co widzę, to, że ma okropny garnitur. Zdarłabyś z niego ten garnitur i kazałabyś mu go zjeść. Sportowy, lniany, kremowy. W takich Jan Nowicki rwał Grażynę Szapołowską w SPATiF-ie w Sopocie w latach osiemdziesiątych. No ale on jest niewiele młodszy od Jana Nowickiego.

Łapiesz się na tym, że pożar pali się już zupełnie gdzie indziej. W innej części brzucha, bo uczucia przecież mieszkają w brzuchu, tam się palą. Nic już do niego nie mam. Cokolwiek by dzisiaj powiedział, w jakiś sposób zachował się honorowo.

Patrzę na nich przez chwilę. Odchylam się na krześle. „Jacek nie wie" – myślę. „Nie, Jacek nie wie. On jednak ma w sobie jakieś resztki dżentelmeństwa. Dlatego zresztą się zapomniałam, dlatego mi się spodobał. Przez swoją kindersztubę. Nie, na pewno, gdy jechali tu jednym samochodem, nie opowiadał mu po drodze, jak wyglądam nago, jak dobrym jestem, jak stwierdził kiedyś, bardzo pijany, kawałem dupy".

Zresztą dlaczego ja w ogóle o tym myślę? Dlaczego przywiązuję do tego jeszcze jakąkolwiek wagę?

– To bardzo interesująca sprawa. Marek też tak twierdzi. Marek jest członkiem naszego zarządu. Nie wiem, czy się znacie – mówi.

– Przelotnie – odpowiadam. – Tak, przelotnie. – On (czyli Marek, Marek to potworne imię, nie chcę go nawet pamiętać) jest jedyną osobą, jaka żyje na tym świecie, która umie się szczerzyć bez pokazywania zębów.

– Rozmawialiśmy ostatnio i Marek jest przekonany, że powinniśmy pisać więcej o prowincji, wyjść z Warszawy, jak to mówi Marek, zapracować na naszą nazwę. I dlatego chciał się dzisiaj z tobą spotkać. Interesuje go ta sprawa, o której mówisz. – Pokazuje go ręką.

– Ja nie jestem od roboty dziennikarskiej. Ja tylko wydaję pieniądze. – Uśmiecha się.

– Wczoraj podpalono im dom – mówię.

– Komu? – pyta Jacek.

– Mojemu teściowi. Ktoś wrzucił butelkę z benzyną. Do pokoju dzieci – wyjaśniam mu, znowu odruchowo wącham palce. Kelnerka stawia przed nimi jajecznicę, prawie białą, bladą, pewnie z proszku, chleb, sól, pieprz, anemicznego pomidora, pokrojonego na wilgotne, blade plastry.

– Ale nic nikomu się nie stało? – pyta Jacek.

– Nie wracam tam – informuję ich i siebie.

Widzisz, jak po jego twarzy coś się prześlizguje, powidok, odblask, jakby za tobą siedziało dziecko i puszczało na niego zajączki.

– Nie wiem, kto to zrobił. Nie interesuje mnie to. Chcę stamtąd uciec. Ktoś inny musi to napisać, ja chcę stamtąd uciec – mówię.

Jacek wzdycha, markotnieje. Wypuszcza nosem powietrze, dużo powietrza, jakby chciał zrobić miejsce dla tego, co zaraz mu powiem. Mikołaj. Znowu dzwoni. Chowam telefon do kieszeni. On obserwuje to z niesłabnącym zainteresowaniem, na jego twarzy wciąż jest ten odblask, grymas, którego za wszelką cenę stara się nie zamienić w uśmiech. Wyciera usta chusteczką. Woła kelnerkę.

– Ci ludzie. Czekaj. Ci, o których mówiłaś. Ci z tej wsi, która ma być wyburzona, tak? Oni naprawdę żyją w tak potwornych warunkach? – zadaje kolejne pytanie Jacek.

– Nie wiem, czy tam jest nawet bieżąca woda – odpowiadam.

– A skąd wiesz, że tam, gdzie ta burmistrzowa chce ich przenieść, nie będzie im lepiej? – pyta On.

– Skąd wiem? – odpowiadam pytaniem na pytanie.

– Wiesz tyle, ile mówi ci twoja rodzina. Znasz jedną stronę opowieści – mówi Jacek.

– Być może. Ale widziałam tych ludzi – stwierdzam.

– Zaraz, a ta burmistrzowa to z jakiej jest opcji? Kto tam w ogóle rządzi? – Jacek pakuje sobie do ust wielką porcję jajecznicy. Smakuje mu. Nie dziwię się. Od dwudziestu lat śniadania, obiady i kolacje je w stołówce w siedzibie „Krajowej". Smakowałoby mu wszystko, co ciepłe, nawet gówno.

– Oni są tam wszyscy bezpartyjni. To był komitet wyborczy. Jak jest potrzeba, to się gdzieś zapiszą. Co to ma do rzeczy? – pytam.

– Naprawdę? Wszyscy?

– Nie wiem. Tam to nie ma znaczenia.

– To zawsze ma znaczenie. – Wzrusza ramionami i zatyka sobie usta chlebem.

– No ale dlaczego nie zrobisz tego ty? – wtrąca się On. Jajecznica leży przed nim nietknięta, w końcu odsuwa ją od siebie z obrzydzeniem.

– To moja rodzina. Ja nie mogę tego robić. Nie mogę ich narażać. Zresztą nie można przecież pisać o ludziach, z którymi... Noż do cholery jasnej, przecież to są oczywiste rzeczy – mówię. Dopiero pod koniec zdania zdaję sobie sprawę, że podniosłam głos. Ktoś patrzy na mnie z drugiego końca sali, facet, najpewniej jest tirowcem; brudna, za mała czapka z daszkiem jest wciśnięta na jego głowę, spod czapki wystaje pomarszczona, okolona siwym zarostem twarz.

– Koleżanko, my tu zmęczeni jesteśmy, cichutko, co? – mówi.

– Przepraszam – odpowiadam.

– Będziemy już cicho, proszę pana. – On odwraca się w jego kierunku. Podnosi rękę na znak pokoju. Tirowiec nie reaguje.

– Po co wy tu w ogóle jesteście? Po co tu przyjechaliście? – pytam ciszej, nachylam się do nich.

– Bo chciałaś się spotkać? Justyna, no. Zachowujmy się jak zdrowi ludzie? – irytuje się Jacek.

– No i co z tego, że chciałam się spotkać, od kiedy to ma dla ciebie znaczenie, Jacek, że ja chcę się z tobą spotkać! – warczę na niego, a on kuli się w sobie, ściąga ramiona, wygląda teraz jak brzydka przytulanka, jak zawsze, gdy się na niego nakrzyczy.

– A ty? Czego chcesz, Justyna? Bo to ja wciąż trochę nie rozumiem – pyta On.

To pytanie jest potworne. Obija mi się po głowie jak dzwonek budzika.

– Przepraszam, gdzie tu jest toaleta? – Jacek rozgląda się i wstaje.

Gdy zostajemy we dwójkę, robi mi się zimno. On przysuwa się do mnie. Teraz widzę, że wtedy w parku, w Warszawie, tuż przed moim wyjazdem, wyglądał inaczej niż zwykle. Wtedy był słabszy, wątlejszy, pęknięty. Jedyny raz, gdy go widziałam, na jego twarzy widać było, że coś czuje. Teraz znowu jest sobą. Błyskawicznie się zregenerował. Ma znowu twarz z gumy, strzyka jadem z każdym swoim oddechem.

– Mówiłeś, że jedno twoje słowo i wracam do pracy – odpowiadam.

– Chcesz wrócić do pracy?

– Chcę wrócić do pracy, chcę wrócić do Warszawy i chcę, aby ktoś inny napisał o tym, co tam się dzieje, bo to jest sprawa na całą Polskę – mówię szybko i nieskładnie.

On się śmieje. Śmieje się bezgłośnie. Jego zęby przypominają starą porcelanę.

– Pamiętam, co mówiłem. Oczywiście, że pamiętam. Jedno moje słowo i on wylatuje dyscyplinarnie. – Pokazuje głową w kierunku łazienki.

– Co? – pytam.

– Słyszałaś. Zostaniesz naczelną tego pierdolnika, jak ci zależy – mówi.

– Co? – powtarzam pytanie. Jakby mnie bił po twarzy na odlew.

– Rozumiem, że się rozwodzisz. Że wyjeżdżasz stamtąd na zawsze i się rozwodzisz – mówi.

– To jest, kurwa, potworne. Powinnam cię nagrać. – Kręcę głową i chcę wstać, ale On chwyta mnie za dłoń, przygważdża ją do blatu stołu silnym uściskiem.

– Pamiętasz, co ci powiedziałem? – mówi.

– To jest wstrętne, kurwa mać, to jest wstrętne i ty jesteś wstrętny – odpowiadam.

– Pamiętasz, co ci powiedziałem? – powtarza.

Przysuwa się do mnie. Znikają mu usta, sznuruje je. W jego oczach pojawiają się małe brzytwy. Zaczynam się bać. Próbuję gdzieś uciec wzrokiem, na drugi koniec sali, popatrzeć znowu na tego kierowcę ciężarówki. Zasłania mi go.

– Boisz się zrobić to, co dla ciebie dobre. Jesteś w połowie drogi, to dobrze, ale jeszcze się boisz. W połowie drogi najczęściej się zawraca. A wystarczy jeden krok. Zrób go. Znam mnóstwo ludzi, którzy go nie zrobili. Powiem ci, co się z nimi teraz dzieje. Chodzą po świecie z kowadłami przywiązanymi do pleców i świat pluje im w mordę. Dali się ukrzyżować, bo myśleli, że to czemuś służy. Albo komuś. Ktoś im wmówił, że warto zdychać za życia, za coś, dla kogoś. Dla matki wariatki. Dla męża pijaka. Dla wyrodnych dzieci. Za mądra jesteś na to. Myślisz, że cię wypuszczę. Tak myślisz. Źle myślisz – mówi szybko i cicho. Jego wzrok przybija mnie do krzesła jak długie, zimne gwoździe.

– Nie jestem kurwą – informuję go.

– Nie jesteś i zabiłbym kogoś, kto by tak powiedział – mówi jeszcze szybciej i jeszcze ciszej. Wciąż trzyma mnie za rękę, bo wie, że jeśli zwolni uścisk, to wstanę i pójdę. – Gdy wróci, powie ci, że chce, abyś tam została. Że oczywiście jeszcze raz cię przeprasza. A ty powiesz wtedy, że nie, że wolisz być w Warszawie. I ja to podchwycę. Powiem, że masz rację. Potem pojedziesz za nami. Potem przyjedziesz do mojego mieszkania. Ktoś wróci po twoje rzeczy. Ja jutro go zwolnię. Albo przeniosę, jeśli ci go szkoda – mówiąc to, w końcu mnie puszcza i się odsuwa. I wtedy chcę wstać i wyjść, ale widzę, że Jacek wraca z łazienki, trzymając się za brzuch.

„Ten facet zawsze był jak z sitcomu" – myślę.

– Przepraszam, lepiej tam nie idź.

Jacek siada z powrotem przy stole. Nie udaje mu się bezgłośnie beknąć. Jeszcze raz przeprasza. On opiera się o krzesło, momentalnie odpręża. Wystarczy chwila, aby zupełnie się zmienił. To największa z jego potworności.

– Ja przede wszystkim chciałem cię przeprosić, Justyna. Dlatego tu przyjechałem. Jesteś dobrą dziennikarką. I to nie zależało ode mnie. Wciąż chcę twoich materiałów. Tylko tak jak mówiliśmy, niestety, wciąż na umowę o dzieło – gdy wymawia wyraz „umowa", zatyka sobie usta serwetką.

– Po to, aby podpisywał się pod nimi ktoś inny? – pytam.

– Słuchaj – mówi – ja nie widzę przeciwskazań, abyś ty to zrobiła. W sensie, ten materiał z... czekaj, jak się nazywa ta miejscowość?

Podchodzi kelnerka, nachyla się nade mną. Jest zmęczona, spocona, zła.

– Coś podać? – pyta.

– Herbatę. – Zamawiam herbatę, bo mam wrażenie, że jeśli tego nie zrobię, to kelnerka uderzy mnie z całej siły łokciem w czubek głowy.

Odchodzi.

– Ale to nie ma nic do rzeczy. I tak trzeba zmienić im nazwiska. – Jacek wyciera usta serwetką.

Do środka wpada trochę słońca. Wojskowa siatka na suficie, drewniane stoły, wystawka alkoholi za barem, zmęczone twarze gości i kelnerek – wszystko zalewa na moment złota łuna. Nie mam gdzie iść. Mogłabym tu zostać. Może to miejsce jest czyśćcem, którego mieszkańcy przez całą wieczność, przez całe eony siedzą przy stołach, lepkich od tłuszczu z kotletów, pijąc zyliardy piw, które tak naprawdę wcale na nich nie działają.

– To nie ma nic do rzeczy – powtarzam po nim bezwiednie.

– To może być naprawdę dobry materiał. I ten facet, który, jak mówisz, tym wszystkim kręci. Ten Mazur, tak? – mówi.

On patrzy na mnie. Świdruje mnie wzrokiem. Ma rację. Boję się. Najbardziej boję się własnych wyrzutów sumienia. Najbardziej boję się patrzeć na pożar.

– I co ty o tym myślisz, Justyna? – pyta On.

Jego oczy to zamarznięte drzwi.

Kelnerka w końcu podchodzi, stawia przede mną herbatę w brązowej szklance z arcorocu; reklamy w latach 90. udowadniały, że się nie tłuką i przetrwają wszystko.

Widocznie te reklamy miały rację.

Szklanka jest brudna.

Złota poświata cofa się, po chwili we wnętrzu znowu zapada półmrok. Przez chwilę boję się, że słońce, odchodząc, zabiera ze sobą drzwi.

– Chyba masz rację, Jacek – mówię, patrząc na zieloną siatkę pod sufitem, a gdy to robię, czuję się, jakbym wisiała głową w dół nad bagnem. – Chyba jednak masz rację, wrócę tam i napiszę ten materiał. Tylko ja mogę im pomóc.

Mikołaj

– Co tak naprawdę będziesz tam robił, Grzesiek? Powiedz – pyta Agata.

Tam, na strychu, to jedyne zapalone światło w całym budynku. Odrapany, dwupiętrowy budynek z lat sześćdziesiątych, z odłażącymi ze ściany płatami brudnego tynku, jest ledwo widoczny w bladym świetle ulicznej latarni. I na ulicy, na podwórku nie ma nikogo. To ulica Poznańska. Mój ojciec mówił na ten teren „zabudowa patologiczna".

– Co niby mam zrobić? Powiem, żeby to wszystko odszczekała – warczy Grzesiek.

Siedzę z tyłu w samochodzie, obok Łukasza, który gra w jakąś grę na telefonie, polegającą na zestrzeliwaniu kolorowych klocków. Nawet mnie to bawi, że siedzę z tyłu we własnym aucie.

Agata bębni palcami w kierownicę.

– Nie wiem. Ja cię tu tylko przywiozłam – mówi. Zapala papierosa i opuszcza szybę. – Przepraszam. – Odwraca się w moją stronę. – Można tu palić?

– Ja cię nie prosiłem, żebyś mnie tu przywiozła – mówi Grzesiek. – Nie było wcale takiej potrzeby. Dobrze, że w ogóle nas nie zawinęła policja. Ile wypiłaś już tych bombek dzisiaj? Z pięć?

– Co zamierzasz zrobić? To młoda dziewczyna. Chcesz ją pobić? Przekupić? Jeśli tak, to skąd weźmiesz kasę? Co? – Agata nadal nie podnosi głosu, ale mówi szybciej.

Grzesiek z całej siły uderza dłonią o schowek.

– Ej, rozpierdolicie mi ten samochód! – odzywam się i otwieram drzwi, chcę wysiąść. Agata daje mi znać ręką, abym poczekał.

– Bierz to auto i wracaj do domu – mówi do niej Grzesiek.

Ktoś otwiera drzwi do budynku, staje w ciemności. Widzę sylwetkę. Zamykam drzwi z powrotem. Po chwili postać robi kilka kroków do przodu. Grzesiek i Agata, zajęci darciem się na siebie, nie zwracają na nią żadnej uwagi.

Agata milczy przez chwilę. Coś w niej wzbiera, rośnie. Ma zaciśniętą szczękę. Odwraca się do Grześka tak wściekła, że w tej ciemności sprawia wrażenie swojego własnego negatywu, żywej, czarnej plamy, i jeszcze ciszej, chociaż dźwięk jej głosu zdaje się wpełzać pod tapicerkę, wślizgiwać się pod ubranie jak zimna mżawka, mówi:

– Ja ci matki nie zabiłam.

Grzesiek podrywa się w fotelu, jakby chciał wyrwać pasy bezpieczeństwa siłą własnego ciała.

– Bierz to auto, kurwa, i wracaj do domu! – wrzeszczy na nią.

– To moje auto, kurwa mać, więc to chyba ja decyduję, kto je bierze albo nie! – krzyczę. Mam ich już dość. Wyjdę stąd i sam wrócę na piechotę do domu. Będę chodził tam i z powrotem po Wapiennej albo wpatrywał się w pusty zeszyt, albo pokłócę się znowu z własną żoną, albo w ogóle nie będę się do niej odzywał, ale nie będę przynajmniej siedział z nimi w samochodzie.

Postać ze schodów w końcu pojawia się w świetle latarni, to mężczyzna, idzie chwiejnie, nie widzi auta, w ręku trzyma brzęczącą cicho torbę z Biedronki, zbliża się do ulicy, gdy wymija mój samochód, przez chwilę traci równowagę, opiera się o maskę i rusza dalej.

Kogoś mi przypomina. Gdy byliśmy mali, razem z Grześkiem i Trupolem rzucaliśmy w żuli petardami. Zaczajaliśmy się w krzakach i czekaliśmy na nich – wiedzieliśmy, gdzie mają swoje miejscówki, w których dusili jabole, albo, w momentach pilniejszych potrzeb, przepuszczali denaturat przez chleb. Odpalaliśmy małe petardy, najmniejsze, różowe bączki za pięćdziesiąt groszy sztuka, i rzucaliśmy im pod nogi. Przez chwilę śmialiśmy się z tego, jak zaczynają tańczyć w miejscu, przestraszeni wybuchem, a potem prędko uciekliśmy. Raz jeden mnie złapał i zawlókł do lasu. Pamiętam, że trzymał mnie mocno za szyję. Mówił, że zakopie mnie żywcem, że ma już dla mnie gotowy dół. Potwornie się bałem. Myślałem, że zleję się ze strachu.

Gdy w końcu mnie puścił, pobiegłem do domu i powiedziałem o tym mojemu ojcu. Popatrzył na mnie przez chwilę, po czym powiedział, że ten człowiek dobrze zrobił. I że mam szczęście, że zaraz nie dostanę po gołej dupie kablem od żelazka.

Może to on, ten człowiek z torbą z Biedronki, chciał zakopać mnie żywcem.

A może nie, może oni wszyscy wyglądają tak samo, może tamten facet już dawno nie żyje?

– To na pewno ta dziewczyna? – pytam Łukasza.

– Mordo, to nie jest Warszawa, że masz dwa miliony ludzi i się zastanawiasz, czy ktoś jest na pewno tym kimś, bo identycznych osób jest jeszcze ze sto tysięcy – odpowiada chłopak, nie przerywając gry.

– Ona tam mieszka? – pytam.

– Nie, mieszka na Bronksie gdzieś. Tutaj się kurwi. – Kosmiczny statek Łukasza zderza się z pędzącą w jego stronę kolorową kulką. Zderzenie jest fatalne w skutkach.

– Dlaczego nie pójdziemy do niej do domu? Nie porozmawiamy z rodzicami? – pyta Agata.

– Bo jej ojciec będzie was po kolei zrzucał ze schodów. To znaczy, ja nie wiem, kto tam jest w środku i czy też tego nie zrobi – odpowiada chłopak i chowa telefon do kieszeni.

– Żebym ja nikogo nie zrzucił ze schodów – mówi Grzesiek.

– Nikogo nie zrzucisz – odpowiada Agata i otwiera drzwi.

– Ja wracam do domu – informuję.

– Nigdzie nie wracasz. Będziesz pilnował swojego brata, aby znowu nie narobił syfu. – Agata odwraca się i celuje we mnie palcem.

– Ej, matki nie zabiłaś, ale jej nie udawaj, dobra? – proszę ją.

– Ktoś musi. – Wysiada z auta.

Klatka schodowa cuchnie szczynami, gównem, lizolem. Nie działa włącznik światła, więc oświetlam wszystkim drogę latarką z telefonu. Na parterze i na pierwszym piętrze panuje absolutna cisza. Pamiętam podobne klatki, śniły mi się w koszmarach w dzieciństwie, śniło mi się, że wbiegam po schodach do góry goniony przez coś, czego nie potrafię zidentyfikować ani nazwać, wiedząc, że uciekając przed tym czymś, biegnę w objęcia czegoś jeszcze gorszego.

Zza drzwi na strychu dobiega muzyka, kwadratowa, wycięta ze styropianu, łupanina dance. „Zabiorę nas tam na chwilę" – zawodzi wokalistka o głosie pokrzywdzonej kozy. Agata puka do drzwi. Zero reakcji. Agata puka jeszcze raz. Piosenka się zmienia, rapujący przygłup wyrzuca z siebie rymowankę o kokainie i przetrzymywanych w łazience prostytutkach. Nie trawię tego. Mój muzyczny wiek to siedemdziesiąt lat.

Drzwi się otwierają.

– Że co? – pyta wychudzona, półnaga postać z papierosem w ustach. Najpierw go nie widzę, widzę samo światło za jego plecami. Dopiero po chwili poznaję.

– Kurwa. Rodzina Głowackich. I to cała. Ojca też wzięliście? – Bylu się śmieje, szczerząc zęby i drapiąc się po klatce piersiowej. – Fajnie, fajnie, że w końcu mnie odwiedziliście, ale jestem trochę zajęty. Przepraszam. Rozumiecie – dodaje po chwili.

– Byliński. Przesuń się – mówi Agata.

Bylu wychodzi na klatkę. Zamyka za sobą drzwi. Na chwilę zapada ciemność, w której słychać tylko jakieś opukiwania, szmery, głośne oddechy – stoimy ściśnięci na samym szczycie schodów; w końcu Bylu znajduje za sobą włącznik światła, pstryka.

– Siemasz, Mikołaj. Nie mam żadnej flaszki. Skocz i kup, to się napijemy jak ludzie – proponuje.

– Następnym razem – odpowiadam.

– Magda jest w środku? – pyta Grzesiek.

Bylu parska śmiechem. Zawsze miał cienki, rachityczny śmiech, jakby nigdy nie przeszedł mutacji. Ma na sobie tylko wytarte na udach dżinsy z rozpiętym rozporkiem. Jest boso.

– Następnym razem, kurwa, Mikołaj, ostatnio też mówiłeś, że następnym razem, nabieram przeświadczenia, że mnie unikasz. – Kręci głową, patrzy mi w oczy prosto jak kiedyś; jego są wielkie, niebieskie i zimne.

– Ty tu mieszkasz? – pytam.

– Nie, to mieszkanie Wariata. Pożycza klucze kolegom – odpowiada Łukasz. Oparty o drewnianą poręcz, która wygląda, jakby zaraz miała runąć w dół, znowu gra w grę ze statkiem kosmicznym i kolorowymi klockami.

– Wariata? – Agata odwraca się do niego.

– Jak to się nazywa, chatka kopulatka? – Łukasz patrzy na Byla, który znowu parska śmiechem.

– Tak, chatka kopulatka, tak – rechocze Bylu. Odpala jednego od drugiego. Pali czerwone L&M-y, tak samo jak wtedy, gdy byliśmy w ogólniaku.

Ta sytuacja zaczyna zbliżać się powoli do *Pamiętników z wakacji* albo innego z programów, które ogląda teraz trzy czwarte Polski, paradokumentów o tacie Januszu, który na wakacjach all inclusive rozsypał robaki na deserze i teraz domaga się zwrotu za rachunek, a tymczasem córka Sandra zaszła w bliźniaczą ciążę z pięcioma instruktorami wodnego aerobiku. Być może cokolwiek wydarzy się w Zyborku, zawsze na końcu okaże się i tak *Pamiętnikami z wakacji*, mięsnym jeżem, Szekspirem z denaturatu.

W świetle widać, że Bylu ma na chudej klatce piersiowej dużo drobnych zadrapań. Gdy odwraca się na chwilę w stronę drzwi, okazuje się, że na plecach ma ich jeszcze więcej.

– Jest Magda? – pyta jeszcze raz Grzesiek. – Bo muszę z nią pogadać.

– O czym? – Iskra z papierosa Byla ląduje na podłodze.

– Otwieraj, Byliński. Otwieraj, bo zadzwonię na policję i pójdziesz siedzieć za majciarza, bo wszyscy wiemy, ile ona ma lat. – Gdy Agata na niego patrzy, ma w oczach zmęczenie emerytowanej nauczycielki. Widziała już tysiące takich głąbów jak on. Żaden z nich nie zrobi na niej wrażenia.

Bylu opiera się o framugę. Gasi tlący się niedopałek o framugę drzwi, rzuca go na wycieraczkę.

– Nie wiem, o co tutaj chodzi, ale ja ci nie chcę wchodzić w paradę, stary. Naprawdę. Ja nie tykam się cudzego. Nie wyciągam łap po cudze. Ale musisz mnie zrozumieć – mówi.

Mieszkanie wygląda jak burdel w nowym bloku. Jest półmrok, ściany są pomalowane na krwistą czerwień, na ścianie wisi plakat z młodą Monicą Bellucci. Za przepierzeniem aneks kuchenny, na ścianie włączony telewizor, tak wielki, że wypełnia praktycznie całe to mieszkanie; w rogu, pod skosem ściany, na podłodze, materac. Na materacu dziewczyna pod kołdrą, naciąga ją sobie głęboko na twarz. Ma ufarbowane na rdzawoczerwony kolor włosy, ostre, ptasie rysy, skórę koloru zepsutego mleka. To ona była wtedy w Undergroundzie, gdy mnie zaczepił. To również dziewczyna z telefonu Kamili.

– Włóż coś na dupę, Magda, państwo Głowaccy przyszli z tobą porozmawiać – mówi do dziewczyny Bylu. Pokazuje stojące na stole napoczęte butelki słodkiego, różowego carlo rossi i szereg zamkniętych puszek taniego piwa. Agata kręci głową. Stoi najbliżej niego, zagradzając Grześkowi i mnie drogę do dziewczyny. Pod stolikiem jest sterta „Playboyów", magazynów fitness, parę DVD z filmami porno ze stacji benzynowej, zapachowa świeczka. W kącie leżą ciśnięte ciuchy.

– Włóż coś – powtarza Bylu. Otwiera jedną z butelek wina, wypija łyk, wyciera usta.

– Mam wstać, kurwa, goła, przy wszystkich i włożyć coś na dupę? – pyta dziewczyna.

– Nie, masz czymś się obwinąć, kurwa, iść do sracza i tam włożyć coś na dupę – podnosi na nią głos. Dopiero teraz widać, że jest zdenerwowany, tak samo jak ona.

– Ja z nikim nie gadałam – głos dziewczyny przecina ciszę gęstą jak butapren. Jest przestraszona, ale próbuje to zagadać, zapyskować.

– Jak to, kurwa, nie gadałaś? Jak to, nie gadałaś, i może jeszcze o nic nikogo nie pytałaś? – Grzesiek podnosi głos.

– Nic nie wiem. Nic nie wiem i dajcie spokój – mówi.

– Dzieci mi zabrałaś. Dzieci mi zabrałaś, łachu zasrany – odpowiada Grzesiek, lecz Agata łapie go za ramię i zatrzymuje w miejscu. Podchodzi do dziewczyny, staje nad nią, pociągając ją delikatnie, ale stanowczo. Przez krótką chwilę widać ciało dziewczyny, chude, blade i chłopięce.

– Złotko, my nic złego ci nie zrobimy – mówi dziwnie ciepłym głosem Agata. – Nic złego ci nie zrobimy. Chcemy tylko porozmawiać.

– Zabrałaś mi dzieci, dziwko, za parę złotych. – Grzesiek starając się nie krzyczeć, charczy.

Dziewczyna przyciska do siebie mocniej kołdrę.

– Idź się ubierz, kotek. Włóż coś na siebie. Mogę z tobą iść, jak chcesz – mówi Agata. Dziewczyna kręci głową. Widać, że delikatnie się trzęsie.

W końcu obwija się kołdrą i powoli rusza w kierunku łazienki.

Bylu wygląda, jakby miał się zaraz rozpłakać. Ostatni raz tak wyglądał, kiedy ojciec zabrał mu po osiemnastych urodzinach samochód, gdy wypił trzy tanie wina, słoik swojej słynnej makumby, a następnie wjechał w ogrodzenie sąsiadów i zabił im kota.

– Ty nie mieszkasz na stałe w Holandii? – pytam go z braku czegokolwiek lepszego do powiedzenia. Mam wrażenie, że wszystko tu się lepi, że w powietrzu jest rozpylony słodki, smrodliwy smar, że moje buty, moje ubrania z każdą sekundą pokrywa jakaś cienka, coraz twardsza warstwa śmierdzącego kleju.

– Mam jeszcze urlop. Jeszcze przez parę dni.

Bylu w końcu sięga do leżącego pod ścianą stosu ubrań. Wyciąga z niego zużyty podkoszulek z wizerunkiem reprezentacji Polski w piłce nożnej. Zapala kolejnego szluga. Gdy się wyprostowuje, coś łapie go w plecach, przez twarz przelatuje mu bolesny grymas, jakby rozgryzł coś wstrętnego.

– To od noszenia kartonów – mówi.

– A wiesz, Byliński, słyszałam, że to nie urlop, że ciebie wyrzucili z tej fabryki. Za wcześnie włączyłeś maszynę i facet, Ukrainiec, stracił przez ciebie dłoń, co? A jak ci zrobili test, to wyszło, że na śniadanie były dwa piwa. Wszystko wiem od twojej matki, nie patrz się tak na mnie. – Agata odwraca się w jego stronę.

– Słuchajcie, co wy tu właściwie robicie? O co chodzi? Zostaliście Jehowymi? Chcecie z nią pogadać o końcu świata? – Bylu pokazuje w stronę łazienki, z której wciąż nikt nie wychodzi.

– To ile ona ma lat? – pyta Agata.

Bylu odpuszcza. Robi krok w tył.

– Ty, Łukasz, zawieziesz potem Wariatowi klucze? – Bylu spogląda jeszcze raz, jakby czegoś szukał.

– A ty nie możesz? – Łukasz nie odrywa wzroku od gry.

– Nie, nie mogę – odpowiada.

Rozgląda się jeszcze przez chwilę po mieszkaniu. W końcu odwraca się do Agaty.

– Tak na poważnie, bez żartów, słuchajcie, to moja dziewczyna. Jak chcecie od niej czegoś, musicie pogadać najpierw ze mną, nie ma innej opcji. – Bylu pokazuje palcem drzwi do łazienki, zza których nie słychać żadnego dźwięku.

Grzesiek przysuwa się w stronę rozstawionych na stoliku butelek i puszek. Bierze jedną z nich do ręki. Agata próbuje go zatrzymać, ale Grzesiek kręci głową. Otwiera puszkę, wypija długi łyk. Momentalnie zmienia mu się twarz, jakby rozprężają mu się rysy, pojawia się na niej ulga.

– Uważaj na nią – mówię do Byla – bo ona robi ludziom syf za pieniądze. Naprawdę. Po prostu uważaj, stary. Już nie chodzi o to, że jest nieletnia.

– Myślisz, że on tego nie wie? Że ona robi różne rzeczy za pieniądze? – pyta Grzesiek.

Gdy to mówię, w Bylu następuje małe przesilenie. Lekko podskakuje, jakby kopnął go prąd.

– Słuchaj, Mikołajek, warszawiaczku, nie za łatwo mówić ci takie rzeczy? Powiedz. Nie za łatwo? – Odwraca się do mnie. Skończyły mu się papierosy, a nie ma teraz co zrobić z rękoma, latają mu bezwładnie w powietrzu, jakby próbował łapać niewidzialne owady.

– Narobiła nam kłopotów. Chcemy, żeby je odkręciła, Byliński. Jeszcze raz, tu w ogóle nie chodzi o ciebie – mówi Agata.

– Jakich kłopotów? – pyta Bylu.

– Chuj go to obchodzi – wtrąca Grzesiek. Wypił już całe piwo. Teraz otwiera następne.

– Słuchaj, dymałeś ją? Powiedz szczerze. – Bylu pokazuje palcem na drzwi do łazienki.

– Ciebie zaraz wydymam – odpowiada Grzesiek.

– Naprawdę? Może na osobności pogadamy, skoro chcesz tak gadać? – pyta Bylu.

– Po prostu ją stamtąd wyciągnij, Byliński, i na chwilę wyjdź, nie chcemy robić awantury – mówi Agata.

Wszystko jest już w tym kleju, wchodzi mi do nosa i do płuc. Więc tak to wygląda: smutny paraburdel dla chłopaków z Zyborka. Rozglądam się i w końcu znajduję to, czego szukałem. Krzesło. Sytuacja jest oczywista i smutna, ale czy tak naprawdę lepsza od mojej? Bylu też pewnie nie może oglądać swojej córki. Pewnie też doprowadził wszystko do momentu, w którym żona go nienawidzi, tak jak Grzesiek doprowadził Kamilę, bo przecież całe to zamieszanie nie zaczęło się od donosu niepiśmiennej małolatki.

Bylu podchodzi do drzwi łazienki, puka.

– Wyłaź – mówi cicho, potem powtarza jeszcze raz, głośniej.

– Spokojnie – mówi do Grześka Agata.

– Jestem bardzo spokojny – odpowiada Grzesiek.

– Wyłaź! – krzyczy Bylu i wali w drzwi pięścią.

– Ej, Wariat się wkurwi, za drzwi mu chcesz płacić?! – pokrzykuje z drugiego końca pokoju Łukasz.

– Jestem naprawdę bardzo spokojny. Mówię ci. – Zgniata puszkę w garści i upuszcza ją na podłogę.

Agata podchodzi do drzwi, puka.

– Kotek, wpuść mnie. Pogadamy sobie we dwie – mówi znowu ciepłym i miękkim głosem. Ten głos w ogóle do niej nie pasuje. Brzmi, jakby połknęła kasetę, na której jest nagrany.

– Ty za to nie wiesz, jak to jest, Mikołaj. Ciężko zapierdalać. Codziennie ciężko zapierdalać i codziennie dostawać za to w łeb. Bo tak już jest. Bo jest się śmieciem. Wiesz? Czy ty, kurwa, pracowałeś jeden dzień w swoim życiu? Pracowałeś rękami? Plecami pracowałeś, które potem bolą tak, że nawet tramal ci nie pomoże? Powiedz? Na co ja mam niby uważać? Skąd wiesz, że mam na coś uważać? Wujku dobra, kurwa, rada? – Podchodzi do mnie.

– Uspokój się – odpowiadam mu.

– Tylko ja i ty – mówi do zamkniętych drzwi Agata.

– Taki z ciebie gość, kurwa, mądry po latach, a czy ty się odezwałeś przez ostatnie dziesięć lat? Wysłałeś życzenia na święta? Odpisałeś na Facebooku? No powiedz, Mikołaj, no powiedz! – teraz już krzyczy. Ma szeroko otwarte oczy, a jego ręce zataczają w powietrzu coraz większe kręgi.

– Po prostu wyobrażasz sobie jakieś rzeczy na mój temat, Bylu – odpowiadam, tak przez resztkę szacunku, bo przecież i tak nic już do niego nie dotrze.

– Kumple, tacy dobrzy kumple, kurwa, przyjaciele, na zawsze razem. – Spluwa na podłogę i odwraca się w stronę drzwi.

Agata wciąż stoi przy drzwiach. Delikatnie je drapie. W końcu odwraca się w stronę Byla.

– Myślę, że powinieneś je otworzyć – mówi.

– Jak, skoro cipa się zamknęła od środka? – Podnosi głos.

Grzesiek wzdycha. Podchodzi do drzwi ze sklejki,

z plastikowym zatrzaskiem od wewnątrz. Zagląda do środka przez karbowaną szybę, ale nic przez nią nie widać, jedynie światło. Przez krótką chwilę sonduje kuchenny blat, w końcu bierze z niego nóż. Zamek pstryka po kilku sekundach. Grzesiek otwiera drzwi, odruchowo robi krok w tył.

– Ja pierdolę – mówi. Całe ciało spina mu się w lekkim skurczu. Nóż wypada mu z ręki.

Dziewczyna ma na sobie koszulkę i majtki. Leży na podłodze, jest nieprzytomna. Obok jej dłoni widać puste opakowanie po tabletkach. Jest biała, nagle bielsza od brudnych kafelków w podłodze, bielsza od plastikowego obramowania lustra. Chcę przed nią kucnąć, lecz Grzesiek mnie odpycha. Potrząsa nią. Dziewczyna się nie rusza, jest bezwładna jak worek. Nachyla się. Przystawia ucho do jej ust.

– O matko przenajświętsza – mówi Agata.

Grzesiek bierze ją na ręce, wstaje, idzie w stronę drzwi.

– O kurwa, co wyście narobili. Co wyście narobili, jebane debile – szepcze Bylu. Szuka czegoś gorączkowo. Chyba butów.

Agata idzie za nim. Łukasz bez słowa otwiera drzwi. Grzesiek zatrzymuje się przed schodami. W świetle latarki z telefonu klatka schodowa to czarne, głębokie gardło.

– Kurwa, co wyście narobili! – mówi głośniej Bylu.

– Do szpitala – mówi Agata, gdy Grzesiek zbiega z dziewczyną na rękach po ciemnych, rozpadających się, zawilgłych schodach, tak pewnie, jakby spędził na zbieganiu z tej klatki całe swoje życie.

– Do szpitala, Jezus, szybko – powtarza Agata, biegnąc za nim.

Tęsknota zawsze się pojawia, gdy zbyt długo nic nie robię. Wystarczy, że spoglądam w ścianę, w jeden punkt, dłużej niż przez pięć minut. Tęsknota jest najgorsza. Pokazuje wszystko, co przeżyłem, w różowawym przebarwieniu, naciąga rajstopy na kamerę. Wmawia mi, że wszystko było tak naprawdę świetne. Wspomnienia układają się w pokaz slajdów, rozmytych i ciepłych jak stare zdjęcia z „Playboya". W tle cicho szemrają stare piosenki z kaset. Na slajdach jestem uśmiechnięty. Nie jestem sam. Ktoś mnie lubi. Ktoś mnie kocha. Jestem wśród ludzi. Gdzieś idziemy. Coś jest przed nami. Wspomnienia wmawiają mi, że tak kiedyś było, nawet jeśli co chwilę potykam się tutaj o dowód na to, że tak naprawdę było inaczej, że tak naprawdę cała moja młodość i cała moja dotychczasowa dorosłość były tak naprawdę jak nieudany odcinek *Z Archiwum X*.

W Warszawie chodziłem nafaszerowany tęsknotą, kwaśną i gorzką.

Jesteśmy w szpitalu, na korytarzu izby przyjęć. Zapach szpitala jest nie do zniesienia. Rozpycha nos niczym tampony tamujące krwotok. Pielęgniarki i lekarze, którzy powoli przepływają korytarzem, nie zwracając na nas żadnej uwagi, zdają się w nim lewitować.

– To nie ma znaczenia – mówi Grzesiek. Jego głos dochodzi do mnie z daleka, chociaż tak naprawdę siedzi obok.

Więc, gdzie skończyliśmy tę historię? Nie pamiętam tego aż tak dobrze. Niewiele pamiętam. Gdy zaczyna się palić heroinę na pełen etat, człowiek dokona cudów, aby ją zdobyć. Zdziwilibyście się, jak dalece przekraczano swoje ograniczenia, jak dokonywano niemożliwego, jak różnie się i upadlano, i wznoszono, aby zdobyć towar. Ludzie, aby mieć na heroinę, często zaczynali kraść, robić laskę po dworcach, porywać dzieci, może nawet zabijać, ale często też tworzyli wiekopomne dzieła. To w pewnym sensie jest jak sport. Każdy ćpun powinien mieć medal olimpijski. A przynajmniej olimpijską emeryturę.

– Co nie ma znaczenia? – pyta Agata.

– Czy ona się przestraszyła, czy po prostu miała jakąś fazę? – Grzesiek wydmuchuje nos.

– Co tu jeszcze robimy? – pytam. Na chwilę przenoszę wzrok na korytarz. Jest zupełnie pusty.

– Czekamy na jej rodziców – odpowiada Agata.

– I co teraz? – Grzesiek odwraca się w jej stronę.

– Nie wiem. Nie mam pojęcia – mówi Agata.

– Mam zadzwonić do ojca? – pytam.

– Nie – odpowiadają prawie jednocześnie.

– Noż kurwa, co jeszcze się tu wydarzy? Co jeszcze się tutaj stanie?! – Grzesiek wstaje tylko po to, aby z powrotem usiąść.

Ja może nie zasługiwałbym na aż tak poważne wyróżnienie. Ale robiłem swoje. Najpierw zwolniłem „Mordor", a właściwie zwolniono mnie z niego po czterech miesiącach niepłacenia czynszu. Zdążyłem zabrać ze środka najpotrzebniejsze rzeczy. Wszystkie sprzęty – wieżę, kuchnię, telewizor – właściciel zaanektował na poczet niezapłaconych kwot. Potem wynająłem jeszcze inne mieszkanie, udało mi się zorganizować jakieś pieniądze na kaucję. Po dwóch miesiącach mi podziękowano.

Nie miałem już ani mieszkania, ani pieniędzy. Pamiętam, że nawet mnie to bawiło. Miałem to gdzieś. Kochałem heroinę. Czasami myślę, że dobrze, że nie było wtedy mody na fentanyl, na pewno pokochałbym go jeszcze mocniej, tak mocno, że bym na niego umarł. Helena zabierała mi wszystko, czego nie chciałem. Zostawiała samo dobro. Słodki dym przykrywał Darię, Zybork, książkę, wszystko. Nie miałem domu, ale to wcale nie było istotne. Oprócz tego byli jeszcze ludzie, znajomi z niewykorzystanym jeszcze limitem dobrej woli. Były jeszcze dziewczyny. Poznane gdzieś, kiedyś. Jeszcze życzliwe. Na początku wprowadziłem się do takiej jednej, która miała swoje własne mieszkanie, kupione jej przez bogatego ojca. Pisała pracę magisterską o feminizmie w krajach islamskich albo czymś takim, generalnie siedziała przy laptopie, zawalona książkami, i odchodziła od niego tylko po to, aby poczytać Susan Sonntag, leżąc na macie do jogi na podłodze. Miała dobre serce, działała w jakiejś lewicowej organizacji i rozdawała wegańskie jedzenie bezdomnym. Zdołałem ją nawet przekonać do tego, aby kupiła mi ubrania. Znalazłem też nawet pracę. Czar mojej pierwszej książki wciąż działał, jakimiś zupełnymi resztkami. Zostałem redaktorem działu kulturalnego w kolorowym tygodniku. Popracowałem tam około trzech tygodni, nie pamiętam, do momentu otrzymania pierwszej wypłaty. Nawet roczna wypłata od razu nie pokryłaby mojego debetu na karcie kredytowej, ale zawsze to było coś. Swoją drogą, nie pamiętam pracowania tam. Przysięgam, nie pamiętam nawet jednej sekundy. Pamiętam, że wszędzie było czysto, a ja nie chciałem niczego ubrudzić, więc zdarzało mi się obsesyjnie całymi kwadransami szorować ręce w łazience.

Pamiętam, że całą tę wypłatę wydałem na heroinę. Całą, co do złotówki.

Pamiętam, była zima, że rozkręciłem w jej mieszkaniu na maksa farelkę, aby było mi ciepło, bo gdy grzałem heroinę, cały czas było mi zimno, zwłaszcza gdy przychodziła pora, aby sobie zajarać lub załadować. Podobno z farelki poszło jakieś spięcie. To prawda, że gdy jesteś naćpany, pożar ci nie przeszkadza nawet wtedy, gdy dym włazi ci do nosa. Weszła do mieszkania w ostatniej chwili. Udało się uratować mnie, ale sczerniałe książki i meble nadawały się tylko na śmietnik.

W każdym razie tak skończyło się moje mieszkanie i moje chodzenie do pracy, bo przez całą tę zabawę z odtruciem, z którego uciekłem po tygodniu, w ogóle zapomniałem, że mam jakąkolwiek pracę, i gdy tam przyszedłem, na moim miejscu siedziała już jakaś zupełnie inna osoba.

Ktoś nadbiega korytarzem. Facet, ma bródkę, jest wysoki, otyły, ma przerzedzone blond włosy, ochlapaną farbą koszulkę. Ciężko sapie.

– Co tu się dzieje. Co tu się dzieje?! – krzyczy na nas.

Agata wstaje.

– Chodźmy na bok – prosi go.

– Co tu się dzieje? Jakie chodźmy na bok? Jakie chodźmy? Co się dzieje? Gdzie jest moja córka? – pyta.

– Odtruwają ją. – Agata stoi naprzeciwko tego faceta prosto i sztywno jak drzewo.

– Kobieto, kim ty w ogóle jesteś, kurwa wasza wszystkich mać, ja dopiero z roboty przyjechałem – mówi ten facet.

Przychodzi mi na myśl, że to pierwszy raz w życiu, kiedy widzę, że w Zyborku ktoś kogoś nie rozpoznał.

– To Głowacka – mówi kobieta, która idzie za nim. Mała i wysuszona jak owoc. Podchodzi do niego szybkim krokiem i staje tuż za jego plecami, aby odgradzał ją od nas jak tarcza.

– Co wyście robili? Gdzie wyście ją znaleźli? – pyta facet. Grzesiek patrzy na Agatę z dużym wyczekiwaniem. Bębni nogami o podłogę. Czeka, co ona powie.

– Poznaję – mówi nagle facet, patrząc na Grześka. Drapie się palcem po brudnej twarzy, mały płat farby odkleja się od niej i sfruwa na podłogę.

– Co poznajesz? Ja cię nie poznaję – mówi Grzesiek.

Widzę jego twarz. Jest jakby cofnięta, zlana z otoczeniem. Widzę, że ma już tego wszystkiego dość.

– To ty ją próbowałeś zgwałcić, skurwysynie. – Facet rzuca się na Grześka z pięściami, podrywa go z krzesła jak szmacianą lalkę, Grzesiek upada na podłogę, lecz momentalnie wstaje, już jest zwarty, splątany, żylasty, trzyma gardę.

Facet właśnie ma się na niego rzucić, ale Agata po raz pierwszy, odkąd ją znam, wrzeszczy:

– Zostaw go!

Facet przystaje. Wypuszcza powietrze. Odwraca się. Ma błędny wzrok, jakby wypił duszkiem pół litra spirytusu. Agata podchodzi do niego.

– Nikt nikogo nie zgwałcił. Ale jeśli chcesz o tym rozmawiać, to dzwoń po policję. No, dzwoń. Z chęcią zajrzą też twojemu starszemu synowi do garażu, tam gdzie sadzi trawę w szafie i próbuje drukować stuzłotówki.

– Co ty bredzisz? – mówi kobieta.

– Proszę ciszej! Bo policję zawołam! Tu się ludzi leczy! – krzyczy otyła, niska pielęgniarka, która wygląda nagle z pokoju zabiegowego.

Facet się uspokaja, zaczyna dyszeć. „Dobrze, że jest w szpitalu" – myślę. Coś może w nim zaraz pęknąć.

– Może ja już nie pracuję w szkole, Plucińska, ale wciąż ich spotykam i wiem, co kto robi, naprawdę, wiem wszystko, co dzieje się w Zyborku, uwierz mi – mówi do tej kobiety Agata ostrym jak żyletka szeptem.

Jednak nie. Jednak zawsze ktoś tu kogoś rozpozna.

– Ja nic nie zrobiłem twojej córce. – Grzesiek dopiero teraz opuszcza ręce. – To ona zabrała mi dzieci. Moje dzieci. Skłamała za pieniądze.

Boże jedyny, niech oni wszyscy zamkną już mordy, bo inaczej zaraz wybuchnę, rozpadnę się na drobne kawałki.

– Weź się już zamknij, Grzesiek – mówię do niego. Staram się mówić jak najciszej. – Weź się już, kurwa, zamknij. – Patrzy na mnie, jakbym nagle zamienił się w Kaczora Donalda. – Zawsze trzeba załatwiać sprawy po zyborsku. Zawsze. Nie można iść do sądu, wynająć adwokata, bronić się. Nie, trzeba pojechać, przekonywać, pierdolić, zrobić najazd – mówię i może mówię za dużo, lecz ten ochlapany farbą ogr, ojciec tej biednej i głupiej dziewczyny, kompletnie nie wie, o co mi chodzi, ale się we mnie wgapia jeszcze bardziej tępym spojrzeniem niż Grzesiek.

– O co ci chodzi? – Nie rozumie Grzesiek.

– Jaki sąd, ludzie? – pyta chuda żona ogra. Ogr tylko łypie oczyma, jakby wierzył, że jeśli zrobi to wystarczającą liczbę razy, to zamiast korytarza w zyborskim szpitalu zobaczy tropikalne wyspy.

– Po prostu chciałem teraz posiedzieć w domu, a nie sprzątać twoje gówno. Raz jeden – mówię.

– No to się pierdol – oznajmia mi Grzesiek.

– Jaki sąd, pytam? – Chuda żona ogra nie odpuszcza.

– Mikołaj, może rzeczywiście idź do domu – mówi Agata.

– Może rzeczywiście – odpowiadam, odwracam się i odchodzę w głąb korytarza.

– Pierdol się – powtarza za mną Grzesiek, gdy ruszam w stronę wyjścia.

Noc w Zyborku jest pusta, głucha. To, co w niej jasne, przypomina kość na rentgenowskim zdjęciu. Jakby jeszcze wczoraj kręcono tu horror i przerwano nagle zdjęcia z jakiegoś niejasnego powodu.

Na piechotę do domu mam jakieś trzy kilometry. Powinienem znowu zacząć palić. Nie, inaczej, po prostu chcę znowu zacząć palić. Papierosy mi pomagają, jakby miały witaminy. Rzuciłem jakieś trzy lata temu. Gdy rzuci się heroinę, można rzucić wszystko. Ale to już nie robi żadnego wrażenia, najwyżej wzrusza się ramionami, bo ból przy rzucaniu heroiny zamienia człowieka w kukłę i chociaż ból w końcu mija, to pozostaje miękkość w ciele, wata zamiast duszy. Słowo „cokolwiek" jako paradygmat. Można istnieć albo nie istnieć. Można palić albo można nie palić. Jeden chuj. Jak powiedział mi kiedyś jakiś biskup spod sklepu, drżącą ręką zrywający folijkę z szyjki jabola: „Wszystko chuj prócz wieczności". Tak więc nie myślę o papierosach, to znaczy, nie myślę od paru lat, ale teraz przydałaby mi się paczka. Niestety, nawet nie wiem, czy mnie na nią stać, bo nie wiem, ile teraz kosztują. Papierosy dobrze odmierzają czas. Nabijają rytm. Podsumowują dane wydarzenie, stawiają po nim kropkę. Zamykają jeden podrozdział,

*

a zaczynają nowy. Może po drodze będzie otwarty jakiś sklep.

Przez wiele lat w Zyborku bałem się wyjść z samochodu. Bałem się przejść przez miasto, przez które przechodziłem tak wiele razy. Minąć ratusz, stary dom towarowy Społem, pawilony, w których kiedyś był bazar, pruski budynek poczty z czerwonej cegły, ruiny ewangelickiego kościoła. Bałem się, że ktoś do mnie podbiegnie, przewróci mnie, skatuje, zabije.

Ale teraz na ulicy nikogo nie ma. Moje nogi chcą, abym szedł bardzo szybko, odbijał się od chodnika, jakbym miał sprężyny w łydkach, ale zmuszam się do spaceru. Nikogo nie ma. W Zyborku nikt tak naprawdę nie istnieje. To czarna atrapa. Mógłbym włożyć pięść w każdą ścianę, wyciągnąć z niej pakuły, trociny i watę. Rozgnieść ją w palcach, rozmazać. Zatrzymuję się na chwilę przed kolejnym pawilonem, w którym teraz jest Żabka, a kiedyś, dawno temu, mieścił się salon gier, w którym można było pograć w bilard i *Mortal Kombat* na automatach.

Wróćmy na chwilę do heroiny. Daria, a następnie heroina są pod tym wszystkim jak ściana pod tynkiem. Dziewczyna, która pisała pracę magisterską o feminizmie w krajach islamskich, musiała wyrzucić mnie z mieszkania. Nie miała innej możliwości. Nawet gdyby chciała mi dalej pomagać, zabronił jej tego kosmos. Karma jest nieubłagalna. Inna dziewczyna, która pracowała w miesięczniku dla kobiet, polubiła mnie do tego stopnia, że napisała do mnie na Facebooku. Coś, że szkoda jej, że już nie pracuję, lub – że pracowałem tam tak krótko, bo jestem naprawdę bystry, dowcipny i w ogóle. Ona też była bystra i dowcipna, a poza tym wysoka i piękna. Ładnie pachniała, czymś świeżym i korzennym, nawet z daleka, dlatego zdziwiłem się, gdy wylądowałem w jej mieszkaniu. To było piętrowe mieszkanie w blokach na Solcu. Ogromne. Nie miała tam prądu, bo zapomniała zapłacić rachunków. Wszędzie cuchnęło spleśniałym jedzeniem w ogromnych ilościach, jakby w każdy zakamarek mieszkania były powpychane popsute ziemniaki i kanapki. Powiedziała, że to od tego, że gdy wyjechała kiedyś na wakacje na trzy tygodnie, robotnicy zrobili spięcie na klatce, i w konsekwencji lodówka wyłączyła się po jednym dniu. Miałam w niej dużo zamrożonego kurczaka, powiedziała. Musiałam zapłacić tysiąc złotych kobiecie, która to wyczyściła; mimo to w mieszkaniu wciąż cuchnęło, i chyba musiałabym skuć tynk, aby pozbyć się tego zapachu, dodała. Pieprzyliśmy się na wielkim łóżku, obok którego stała zepsuta bieżnia i świeżo kupiony, wielki zapakowany telewizor LCD w kartonie. Rano powiedziałem jej, że nie mam gdzie mieszkać. Wzruszyła ramionami, zostawiła klucze, powiedziała, że nie wie, czy wróci dzisiaj i żebym pamiętał, że lodówka nie działa.

Fajnie, tyle że nie miałem pieniędzy. Zostałem tam jeszcze na kilka dni. Nie było ciepłej wody, w łazience były prusaki, ale dopóki miałem jeszcze heroinę, wszystko było wspaniale. Heroina polaryzuje rzeczywistość, świat jest rajem albo piekłem, nie ma w nim żadnych stanów pośrednich. Wszystko było wspaniale, aż któregoś dnia rano obudziłem się obwiązany bólem, jakby ktoś zrobił ze mnie baleron, zaciskając wszędzie na moim ciele cienką nylonową linkę. Strasznie chciało mi się pić. Miałem sraczkę. Ledwo dowlokłem się do telefonu, znalazłem numer Ksawerego, bo tak nazywał się dziwny, śliski typek, od którego kupowałem towar. Wyglądał jak manager discopolowego zespołu, ale jeździł lexusem. Powiedziałem mu, że nie mam pieniędzy, na co on zapytał, po co w ogóle w takim razie dzwonię. Popatrzyłem w róg pokoju, w którym było olbrzymie, brudne łóżko. Nie miałem siły wstać do kibla. Zapytałem, ile mógłby mi dać towaru za nowy, pięćdziesięciocalowy telewizor firmy Samsung.

Strasznie go to rozbawiło.

Godzinę później przyjechało dwóch łysych chamów. Bez słowa wzięli telewizor i dali mi towar mniej więcej na cztery dni.

Tamtej nocy spałem w pustostanie na Służewiu. Obok mnie było tam jeszcze kilku bezdomnych. Z mieszkania tej dziewczyny wziąłem jeszcze kołdrę, zapakowałem ją do torby z IKEA, wiecie jakiej, takiej niebieskiej.

To było strasznie zabawne doświadczenie. Pamiętam, że zanim w końcu zasnąłem, wciśnięty w kąt na gołej podłodze, zamaskowany jakimś zawilgłym kartonem, świadomy, że obok mnie przez ten pustostan jak duchy przemykają inne kukły, podobne do mnie – pamiętam, że pomyślałem, że wolę to, niż przejść przez Zybork na piechotę w dzień i mijać wszystkich jego mieszkańców. Byli jeszcze kumple. Jacyś. Ale jednemu z tych kumpli, którego w sumie miałem w dupie, wydawało się wtedy, że jesteśmy najlepszymi przyjaciółmi i że on koniecznie musi mi pomóc. Dużo do mnie mówił przez telefon, gdy leżałem na podłodze tego pustostanu. Dużo i żarliwie. Musisz coś ze sobą zrobić. Musisz, stary. Na początek zatrzymasz się u mnie. Pomogę ci. Pracował jako dziennikarz, zajmował się eksmisjami i aferą reprywatyzacyjną. Był potwornie głupi. Słuchał koszmarnej muzyki, najgorszej na świecie, Coldplay, U2, Muse, The Killers. W swojej potwornej głupocie okazał się na tyle rozumny, że nie zostawił mi kluczy ani kodu do domofonu. To przez niego poznałem Justynę.

Idę Konstytucji, główną ulicą Zyborka, arterią biegnącą przez niego jak zapuchnięta żyła. W połowie drogi na Wapienną, na wysokości przedszkola, do którego chodził Grzesiek, jest sklep całodobowy. Ten sklep wygląda teraz jak ocalała wysepka życia. W jasnym okręgu światła stoi kilka samochodów oraz bezpański rower. Ktoś wychodzi ze sklepu z siatką piwa, wsiada do auta. Echo muzyki z radia, jakiejś discopolowej piosenki, dobiega jakby spod ziemi.

Naprawdę potrzebuję papierosów. Zresztą Justyna się ucieszy. Nie będę już pieprzył jej nad uchem, że śmierdzi i nie można nawet jej pocałować.

W sklepie muszę zmrużyć oczy. Zastanawiam się, czy na karcie mam jeszcze jakiekolwiek środki. Jestem jak dziecko. Nie mam nawet własnych pieniędzy. Co bym kupił, gdybym je miał? Może paczkę tanich chipsów ziemniaczanych. Może colę. Na pewno piwo. Na piwo może jeszcze mnie stać.

Gdy proszę o piwo i papierosy, ktoś z tyłu do mnie mówi:

– Wtedy byłeś duży, ale teraz jakby jesteś trochę mniejszy.

Odwracam się. Znowu to uczucie. Przecież wiesz, doskonale wiesz, że to nie ona, ale serce na moment zamienia się w mrożonkę.

– Cześć, Kaśka – mówię.

– Transakcja odrzucona. – Sklepowa pokazuje mi kartę.

– Mogę ci pożyczyć. – Ona pokazuje portfel.

– Nie trzeba – odpowiadam.

– Teraz już ktoś musi za to zapłacić – tłumaczy sklepowa.

– Dla mnie też dwa piwa – mówi Kaśka.

Teraz widzę ją bardzo wyraźnie. Widzę jej wszystkie szczegóły. Małą dziurę w zużytych vansach, które ma na nogach, obszarpane rękawy od bluzy z kapturem, pieprzyk na szyi, pomalowane, ale obgryzione paznokcie. Jest zmęczona i zgarbiona. Dwudziestoparoletnie dziewczyny nie powinny być tak zmęczone i zgarbione.

– Dzięki. Oddam ci jak najszybciej – mówię.

– Gdzie idziesz? – pyta.

Zaczynam się śmiać, chociaż wcale nie chciałem się śmiać; rozglądam się dookoła, omiatam wzrokiem szkołę, przedszkole, ulicę, przewrócony kosz na śmieci, nierówny żywopłot, wielki plakat reklamujący obniżkę na chemię z Niemiec.

– A ty? – pytam jej, gdy kończę.

– Do domu, na Bronks – odpowiada.

– Na piechotę?

Kiwa głową.

Może trzeba zadeptać to miasto raz a dobrze. Zadeptać cały ten głupi strach. Łazić po nim w kółko, rozsmarowywać podeszwami po ulicach, dopóki rzeczywiście ktoś nie wybije mi zębów.

– Odprowadzę cię – mówię.

– Strasznie się nałazisz – odpowiada.

– Mam piwo. – Pokazuję jej puszkę.

– Ja też. – Pokazuje mi swoje.

Ten kumpel trochę nie wiedział, na co mnie stać, zwłaszcza że na początku się pilnowałem. Obiecałem mu, że jestem czysty. „Przecież on nie zna nikogo, kto pali heroinę" – pomyślałem. „Po prostu będę udawał, że jestem zmęczony". Tak więc jarałem w jego łazience, siedząc na kiblu, zamykałem się od środka, oczywiście czasami przysypiałem, więc wtedy on pukał do drzwi. Raz otworzył je nożem. Po paru dniach wszystko było jasne, ale jeszcze mnie nie wyeksmitował.

Pewnego dnia odwiedziła go Justyna. Przedstawił ją jako swoją koleżankę. Stała w kuchni w czarnych ubraniach, spódnicy i bluzce. Wyglądała jak hiszpańska tancerka, w świetle jej oczy wyglądały jak pomalowane na czarno orzechy. Przyszła po prostu z nim porozmawiać, zapytać, jak się czuje, co słychać, ja wszedłem do kuchni, a ten kumpel pokazał mnie ręką i powiedział: „To mój chwilowy współlokator". Była niezwykle piękna, to było proste do zauważenia nawet przez kilka ścian dymu, za którymi się znajdowałem. Ciało rysowało się pod sukienką pewnymi, wyraźnymi liniami. Swoją drogą, dużo później, gdy już byliśmy razem, Justyna przez wiele miesięcy mówiła mi, że jest za gruba. Nie wiem, czy wybiłem jej to w końcu z głowy, czy może przestała o tym mówić, bo w końcu zrozumiała, że nie mogę tego wytrzymać.

W każdym razie wtedy, w kuchni u kumpla, wiedziałem, że jest bardzo piękna, a po paru zdaniach wiedziałem, że prawdopodobnie jest też mądra, ale ja byłem jedynie ćpunem na cudzej podłodze i mogłem sobie najwyżej na nią popatrzeć.

A potem ten kumpel też wykopał mnie ze swojego mieszkania, a nawet dał mi w mordę. To był mały przedmiot: sygnet po dziadku, złoty, z warszawską syrenką. I coś tam jeszcze, ładowarka do macintosha, przecież pomyśli, że zostawił w pracy albo w tramwaju, albo coś, tak sądziłem. Ten kumpel był człowiekiem dość egzaltowanym; gdy dał mi w mordę, dość lekko i nieporadnie, na klatce schodowej, krzyczał coś o zaufaniu zgubionym już na całe życie.

Chciałem zesrać mu się na wycieraczkę, ale on akurat mógłby to docenić. Bardzo lubił *Lokatora*.

I wtedy się poddałem. Wszystko było już zaledwie serią migoczących, kolorowych plansz i plam. Powietrze, ludzie, drzewa – w końcu byłem bezdomny i mogłem znajdować się już tylko na powietrzu. Nie wiem, jak reagują na to inni ludzie, ale ja w tamtym momencie – nieposiadania niczego – zacząłem się śmiać. Turlać się ze śmiechu. Pojechałem na daleki Imielin, metrem, bez biletu, sprzedałem dowód osobisty i telefon łysemu, znerwicowanemu chłopakowi, który wyszedł przed blok w klapkach, trzymając sukę amstaffa na krótkiej smyczy. Potem pojechałem na Powiśle, na bloki niedaleko stadionu Legii. Kopnąłem w jakiś śmietnik, wytarzałem się w śmieciach, trawniku. Ukradłem w Biedronce bułkę i mleko. Był już wieczór. Ktoś nazwałby to szczęściem szaleńca. Ale ja po prostu byłem jeszcze naćpany.

– Pamiętasz kino? – pyta Kaśka.

Zatrzymujemy się przed budynkiem, w którym teraz jest kiosk Ruchu. Wyłączony neon wciąż jest przytwierdzony do szarosraczkowatej elewacji. Kino SATURN.

– Byłem tu wiele razy – odpowiadam.

– Z moją siostrą? – pyta.

– Też. Z twoją siostrą byłem na *Komecie nad Doliną Muminków* – odpowiadam.

– No co ty. – Śmieje się.

– To świetny film – odpowiadam.

– Ja przychodziłam tylko wtedy, gdy byłam mała. Daria wzięła mnie parę razy. Raz na *Requiem dla snu* – mówi.

– Pamiętam. Byliśmy razem. Wkurwiłem się wtedy, że Daria cię wzięła, bo chciałem... – zaczynam, a ona mi przerywa, parskając śmiechem.

– Wiadomo, co chciałeś – mówi.

– Podobał ci się?

– Co? Film?

Kiwam głową.

– Nie rozumiałam go. Pamiętam tylko, jak typowi zgniła ręka – odpowiada.

Przez chwilę nie wiemy, co powiedzieć. Cisza jest ciężka jak ołów.

– Masz takie same włosy jak wtedy. Obciąłbyś się – mówi w końcu ze śmiechem.

Przejeżdżam palcami po głowie. Są już tak długie, że

od tygodnia mieszczą się w rachityczny kucyk. Palec trafia na rosnące zakola. „Jakbym specjalnie zaczął je zapuszczać na przyjazd tutaj" – przechodzi mi przez myśl. Przecież przez lata po śmierci Darii miałem krótkie włosy. Na ślub z Justyną zgoliłem się prawie na zero.

– Teraz mam ich mniej – mówię jej.

– Tym bardziej byś się obciął – odpowiada.

Otwiera dwie puszki piwa, podaje mi jedną. Wciąż wpatruje się w kontury dawno martwego neonu. Stoimy tak przez chwilę, a potem idziemy ciasnym przejściem między bokiem budynku, w którym było kiedyś wyjście awaryjne z sali kinowej, a siatką, na tylne podwórko, zagracone i zarośnięte chwastami, zupełnie ciemne.

Nie widzę jej. Podwórko otaczają budynki, ich czarne kształty połykają światło latarni. Stoimy w pustce, pod nogami mamy śmieci.

Przez chwilę nic nie mówi. Słyszę sam odgłos, gdy delikatnie naciska dłonią ściankę puszki.

– Wiem, o co chcesz zapytać – mówi po chwili. – Ale się boisz, bo ci głupio. Tak, myślę o tym cały czas. Myślę o tym codziennie.

– To zabrało nam życie. Po prostu – odpowiadam odruchowo i czuję, że te słowa zawisają w powietrzu, czarne, tłuste plamy w ciemności.

– Nie, tobie to nie zabrało życia. Masz żonę. Książkę, którą napisałeś. Coś masz – mówi.

W ogóle nie wiem, co odpowiedzieć. Jej słowa też zawisają w powietrzu razem z moimi; jej słowa i moje słowa gapią się na siebie; oczy tych słów są jak ślepia martwych myszy wydziobane przez ptaki.

– Myślę, że to nie powinno się nigdy wydarzyć i że takie rzeczy są jak bomby atomowe, wszystko w promieniu ich wybuchu jest zniszczone, skażone na wiele lat – mówię po chwili.

– Najgorsze jest to, że on się sam zabił. Sam się ukarał. Nikt nie może już się na nim zemścić – mówi to tonem przysięgłego, który ogłasza wyrok.

– Nie wiem, czy to jest najgorsze. Też tak kiedyś myślałem, ale teraz już nie wiem – odpowiadam. Nawet nie pamiętam tego chłopaka. Prawie nie pamiętam jego rysów. Pamiętam jedynie, że zawsze miał lekko obłąkany wyraz twarzy, jakby przed chwilą wpadł pod samochód. I że miał bardzo wystającą grdykę. I że zawsze wszyscy mieli go za ćpuna, jakby urodził się ćpunem. Szukam w kieszeni papierosów. Zdejmuję z paczki folię, rzucam przed siebie. Wyjmuję jednego i przez chwilę ważę go w palcach, bawię się nim, nakłuwam nim ciemność.

– To miasto ją zabiło. Twoją siostrę. Ta dziura, kurwa, nie miasto, miasto to jest Szczecin albo Poznań. Zawsze tak czułem. Nigdy go nie obwiniałem, tego Gizma czy jak mu tam. On był po prostu chory. Nie wiem, nie chcę powiedzieć nic głupiego, ale...

– Mówisz coś głupiego – przerywa mi. – Jakie miasto? Co ty pieprzysz? To zrobili żywi ludzie.

– Żywy człowiek – poprawiam ją. – Jeden żywy człowiek.

Przez chwilę nic nie mówi, jakby nie umiała przyznać się nawet do tak prostego błędu, jak przejęzyczenie.

– To ja tu mieszkam. Ty możesz w każdej chwili stąd pojechać, wrócić tam, skąd przyjechałeś – podnosi głos.

– Nie chcę się kłócić – proszę ją. – To nie ma sensu.

Znowu milczy i znowu słyszę, jak delikatnie zgniata puszkę. Zastanawiam się, czy nie powiedziałem czegoś nie tak. Ale z drugiej strony to nasza wspólna strata. Ja straciłem tyle samo, co ona.

– Stchórzyłeś – mówi po chwili.

– Słucham?

– Nie byłeś nawet na pogrzebie. Przecież pamiętam – mówi. – Napisałeś potem tę książkę. Nakłamałeś tam na jej temat. Napisałeś same, kurwa, bzdury. Że Darię molestował ksiądz. I jeszcze chyba wujek. I jeszcze ktoś. Więcej typów ją molestowało w tej książce niż kurwę na wojnie. Co to było? Tak jak nienawidzę mojej matki, to nikogo nie było mi tak szkoda, jak jej wtedy. A potem nigdy tu nie przyjechałeś. Nigdy. Chociaż aby zapytać się, co słychać. Cokolwiek. Przeprosić. A zarobiłeś na książce tyle hajsu. Tyle hajsu na historyjkach, które wyciągnąłeś sobie z dupy. Stchórzyłeś, Głowacki. Zachowałeś się jak tchórz. Chciałam ci to powiedzieć już wtedy pod knajpą, wiesz?

Gdy kończy mówić, słyszę, jakby coś pękało, wielki, zawieszony w powietrzu wrzód.

– Przepraszam. Teraz cię przepraszam – mówię.

– Teraz to trochę za późno – odpowiada.

– Ja chyba już pójdę – odzywam się. Ma rację we wszystkim, co mówi. I dlatego to jest takie ciężkie. Równie dobrze mogłaby rzucać we mnie kamieniami.

– Nie, poczekaj. Poczekaj. Po prostu trochę na to za późno. I tyle – mówi.

Gdzieś daleko jakby cichy śpiew, kawałek głosu, jakby wiatr wyrwał komuś z gardła trochę płaczu i przywiał go tutaj. Mógłbym zapytać się jej, czy to słyszała, ale nie o tym rozmawiamy. Zresztą to normalne. Tutaj powietrze jest wysycone takimi strzępami. Śladami duchów.

– Nie gniewam się na ciebie. Po prostu stwierdzam fakt. A może ci zazdroszczę. Zazdroszczę, że uciekłeś – mówi.

– To co miałem zrobić? – Krztuszę się tym, co właśnie wyrosło mi w gardle. Orientuję się, że ten kawałek głosu, przywiany przez wiatr, to mój własny płacz. Mam nadzieję, że Kaśka go nie słyszy.

– Co miałem zrobić, Kaśka?

– Nie wiem. Ty wiesz, co mogłeś zrobić, czy możesz coś zrobić – odpowiada głosem jak kwas.

Ocieram twarz.

– Przepraszam – mówi po chwili.

– Nie ma za co. Nie ma sprawy – odpowiadam, starając się wypuścić to wszystko wraz z powietrzem.

– W sumie co to da, to przepraszanie się nawzajem. Przepraszam i przepraszam. Same słowa. Nic z tego nie wynika, z samych słów. – Widzę w ciemności, jak wzrusza ramionami.

– To jedyne co mam, słowa – tłumaczę jej.

Znowu milczymy przez chwilę. „Chyba powinniśmy gdzieś iść – myślę – ale przecież zupełnie nie mamy gdzie".

– Wiesz co, za każdym razem, kiedy wpierdalam się w jakieś kłopoty, myślę: „Ona by mnie z tego wyciągnęła. Ona powiedziałaby mi, co robić". I jestem zła, i nawet w myślach mówię: „Kurwa, czemu dałaś się zabić? Po chuj tam polazłaś? Powiedz mi, mówię do niej, do powietrza, do jej grobu, powiedz mi". To jest moja strata – mówi szybko, lecz zaraz przestaje.

Znowu dźwięk, tym razem gdzieś szczeka pies.

– Nie musimy już o tym w ogóle rozmawiać – dodaje po chwili.

– A o czym mamy rozmawiać?

– Nie wiem, może o czymś innym, co nam się przydarzyło?

Biorę głęboki oddech. Dawno nie płakałem z tego powodu. Na pewno dziś to się nie stanie.

– Tylko to nam się przydarzyło – mówię po pewnym czasie.

Gdy sprzedałem sygnet po dziadku kolegi, naprawdę nie miałem już gdzie spać. Gdybym miał samochód, spałbym w samochodzie. Ale samochód miałem jedynie przez chwilę, był tani i bity, i przerdzewiały, sprzedałem go na złom jakoś zaraz po wyprowadzce z „Mordoru". Noclegownie dla bezdomnych nie są miejscami, do których można wejść tak po prostu i się przespać. Stałem tylko w progu, wiem, że pachną gównem i tanim detergentem. W znajomym pustostanie wszystkie okna i drzwi zabito płytami wiórowymi. To było zaledwie kilka dni, ale to były złe dni. Długo szukałem klatki schodowej, która wydałaby mi się odpowiednia. Znalazłem jedną na Tarchominie, wszedłem na sam szczyt, strych był otwarty. Zawinąłem się w starą zasłonę. Nie miałem już telefonu, więc nie miałem też do kogo zadzwonić. Nikt nawet nie mógł zgłosić mojego zaginięcia, bo nikt już dawno się mną nie przejmował. Wszyscy wiedzieli, że ćpam i kradnę, pewnie wiedziała o tym już cała Polska; może ktoś zrobił mi zdjęcie, gdy wynosiłem serek topiony z Żabki, który potem jadłem palcem?

To trwało tylko kilka dni. Bardzo niedobre kilka dni. Oczywiście z heroiną wszystko było piękne. Ale się skończyła. Ostatni raz zajarałem gdzieś na ławce o świcie, w parku Bródnowskim. Pamiętam, że pomyślałem, że już nie powinno mi się chcieć pić i jeść. Pocić zacząłem się po południu. Wieczorem bolały mięśnie, jakby ktoś wstrzyknął w nie kwas z akumulatora. Przez noc gryzłem się po całym ciele, aby jakoś to znieść, zbić ból innym bólem.

To trwało zaledwie parę dni, więc jak miałem nauczyć się to wszystko robić? W południe wiedziałem, że muszę ukraść komuś portfel, wyrwać torebkę, zrobić cokolwiek, aby móc zadzwonić do Ksawerego. Brak telefonu nie był w sumie aż tak dużą przeszkodą. Jego numer, jako jedyny ze wszystkich pozostałych, znałem na pamięć.

Gdy to trwa, nie zwraca się uwagi. Zwraca się uwagę na to, że boli, śmierdzi, gryzie. Człowiek staje się psem. Takim psem do uśpienia.

Ta dziewczyna miała – chyba – drogie ubrania, z torebki wyciągnęła telefon, który wydawał mi się najnowszym modelem, bo był duży i płaski, a do tego wychodziła z banku. Wszystko działo się przy placu Zbawiciela, naprzeciwko sklepu spożywczego. To była szybka decyzja. Stała na ulicy, rozmawiała, torebkę trzymała w ręku.

Stałem obok. Byłem brudny. Nie zwracała na mnie żadnej uwagi.

Ani mój ojciec, ani Grzesiek nigdy się o tym nie dowiedzieli.

Ledwo trzymałem się na nogach, miałem w głowie jeden obraz, to była winda zjeżdżająca błyskawicznie w dół nieskończenie długim szybem. Za każdym razem, gdy myślałem, że osiągnę dno, ostatnie piętro, winda zjeżdżała coraz niżej.

Podbiegłem i chwyciłem za jej torebkę. To było proste. Mało kto tak bardzo nie ufa rzeczywistości, aby przyciskać do siebie cały czas mocno to, co posiada, tak jak matki przyciskają do siebie dzieci na filmach o drugiej wojnie światowej.

Wyrwałem jej torebkę i zacząłem biec w stronę Łazienek, a ludzie na ulicy zaczęli krzyczeć. Mój mózg składał się z prostych impulsów. Zacząłem biec, ale nie pobiegłem daleko. Coś pchnęło mną w powietrze, wylądowałem na ziemi. Poczułem uderzenia. Nie bolały zanadto. Mogły boleć bardziej. Gdyby bolało bardziej, to wtedy może by pomogło.

– Ty złodzieju, ty skurwysynu pierdolony! – Chłopak był łysy, potężnie umięśniony, ale nie nabity, kopał mnie z lekkością, z jaką kopie się piłkę dla dzieci. A potem mnie podniósł, aby jeszcze raz uderzyć, już z główki, piekielnie mocno. Osunąłem się na ziemię, ktoś wyłączył prąd, ostatnie, co poczułem, to zapach skoszonej trawy i benzyny.

Pewnie oddał torebkę tej dziewczynie. Może ktoś zadzwonił po pogotowie albo po straż miejską, ale wszyscy mieli to w dupie.

– Wstawaj. – Stała nade mną, stała jak anioł. Pamiętam, że miała na sobie sukienkę w zabawny wzór w jakieś owoce, chyba w arbuzy. Byłem psem, nie mogła podobać mi się kobieta, człowiek to inny gatunek. Ale gdy byłem człowiekiem, kochałem kobiety. Pamiętałem ją. Wiedziałem, kim jest.

– Wstawaj – powtórzyła.

Poszedłem za nią. Zabrała mnie na pogotowie. Chyba płakałem i się trząsłem. Potem poszedłem za nią gdzie indziej. I tam zostałem. Ona przychodziła. Raz na parę dni, gdy minęło najgorsze. Na najgorsze specjalnie nie mam słów. Musiałem być przywiązany. Z mojego ciała wychodziły tanie diabły, takie jak z okładek metalowych płyt. Stawały naprzeciwko, z pysków wypadał im żrący proszek, ropa, przerzucały mnie w tym, podpalały. Z mojego ciała wyszła Daria z Gizmem, trzymali się za ręce, mieli trupioblade twarze. Moja matka włożyła sobie całą dłoń do ust, na dłoni było coś pulsującego, poprosiła, abym to zjadł. Chciała mnie nakarmić. Ojciec miał nóż, chyba, ledwo pamiętam. Po czasie myślę, że wynikało to z tego, że składam się z tandety jak większość ludzi. Mózg w obliczu ekstremalnej traumy zaczyna wariować, w głowie tworzy się karambol, setki samochodów zderzają się ze sobą, jakby w każdym za kierownicą siedział pijak. Komiksy, horrory, heavy metal z kaset. Wszystko kupowane w zyborskich kioskach za pieniądze sprzed denominacji, nic więcej, nic mniej. Z tego się składam. To moja krew.

I kobieta, która trzymała głowę w dłoni. Ta, którą widział Gizmo.

– Jeszcze ciebie tu, kurwa, brakowało – powiedziałem i zacząłem śmiać się tak głośno, że musiał przybiec pielęgniarz i dać mi zastrzyk. Po zastrzyku przestałem się śmiać. Ona wciąż tam stała. Była brzydsza niż śmierć.

Dopiero po paru dniach zrozumiałem, gdzie przebywam i z kim. Zrozumiałem, że w tej samej sali co ja odpoczywa sobie śmieszny, stary facet w dresie, który nie miał zębów i chyba zabił swoją żonę garnkiem, dziewczyna, która wyglądała na studentkę marketingu i ciągle mówiła, że włamano się jej na konta i zabrano wszystkie pieniądze. I smutny, chudy facet, kiedyś chyba dziennikarz radiowy, który odkręcił gaz we własnym mieszkaniu, ale poszło iskrzenie od instalacji i zamiast się zagazować, poparzył sobie całe ciało, łącznie z twarzą. I lekarz, który kazał mi brać tabletki i wysłał mnie potem na terapię zamkniętą.

Justyna powiedziała mi swoje imię dopiero za trzecim razem. Zapytałem, dlaczego w ogóle tu przychodzi. Wspomniała coś o moich oczach, dla żartów, że niby są ładne. Potem przez długi czas jej nie widywałem, bo wyszedłem ze szpitala i poszedłem do Monaru. Nie ma specjalnego sensu mówić o tym, jak tam było. Nauczyłem się precyzyjnie pielić ogródek oraz robić zaprawę murarską. Także piłować i heblować. Ojciec nigdy by mnie tego nie nauczył. Zawsze, gdy miał mi coś wytłumaczyć, od razu zaczynał się drzeć.

To nie było tak, że Justyna na mnie czekała, gdy w końcu skończył się Monar. Przecież w ogóle mnie nie znała, nie wiedziała, kim jestem. To znaczy wiedziała, że jestem chłopakiem, który napisał głośną książkę, a następnie się stoczył. Czytała nawet tę książkę. Kiedyś. Ale wiedziała tylko tyle, czyli nic, bo książkę napisał ktoś sprzed ośmiu lat, ktoś, kto był skrzywdzony i młody, i głodny, i głupi, i porywczy. Ktoś, kto nie istniał.

To ja chciałem ją poznać. W końcu uratowała mi życie. Chciałem się dowiedzieć, co ją do tego skłoniło. Odwiedziłem ją pierwszego dnia po wyjściu. Nie miałem nikogo innego, kogo mógłbym odwiedzić. Nie miałem żadnych pieniędzy, aby zaprosić ją na kolację, do kina, gdziekolwiek. W nocy włamałem się do ogródków działkowych, nazrywałem jej kwiatów. Pamiętam, że nie działała winda i musiałem iść do niej na dziewiąte piętro. Na początku była skrępowana, trochę nie wiedziała, co zrobić, pewnie miała nadzieję, że po prostu jej podziękuję i sobie pójdę. Byłem pewien, że kogoś ma. W ogóle nie brałem pod uwagę tego, że coś mogłoby się między nami stać. Ja byłem psem, zaleczonym, ale psem. Pachniałem jak pies. Miałem pustą głowę, ręce jak robol, zgrabiałe, z odciskami, połamanymi paznokciami. Kwiaty ją rozbawiły. Wsadziła je do słoika po oliwkach. Powiedziała, że zrobi mi kawę. To była najlepsza kawa, jaką piłem w życiu. Zagadaliśmy się. Te same książki, te same filmy, wiadomo, to zwykłe, ale wtedy czułem się, jakbym połykał złote monety. Moje żarty ją śmieszyły. Naprawdę ją śmieszyły. Chciałem szybko wyjść. Nie chciałem jej przeszkadzać. Dla niej to był zwykły wieczór, a ja przypominałem sobie, jak to jest być człowiekiem. Udawałem człowieka, chociaż miałem co chwila ochotę szczeknąć. Naprawdę chciałem wracać do Zyborka. Może dlatego powiedziała, abym został, bo opowiedziałem jej o moim ojcu i o tym, co się tam wydarzyło.

I tak się zaczęło. Ludzie, których znaliśmy, którzy ślepo wierzyli w filmy i w literaturę, twierdzili, że taka miłość to najtrwalszy stop, przetrwa wszystko, nawet śmierć. Mnie nawet nie chciało się z tego śmiać. Za to czasami przez to wszystko płakałem; gdy zobaczyłem ją pierwszy raz nago, popłakałem się jak pułkownik Kwiatkowski. Popłakałem się też na naszym ślubie, gdy tańczyliśmy do kawałków The Cure. Ktoś, kto wartościuje chwile na lepsze i gorsze, powiedziałby, że to są te, dla których warto żyć. A potem w końcu staliśmy się jakby normalni. To był ogromny wysiłek, aby to wszystko podtrzymać. Aby to trwało, aby nie pękło. Na początku codziennie bałem się, że pęknie; gdy ostatecznie kupiliśmy mieszkanie, regularnie śniły mi się wojny, katastrofy, głos mówiący przez megafon, że mamy zabrać ze środka najpotrzebniejsze rzeczy i uciekać.

Pewnego dnia powiedziała do mnie:

– Może napisz o tym książkę, Mikołaj. O Monarze, o tym, co się z tobą stało. Może powinieneś.

A ja odpowiedziałem jej, że nie mogę, że to bez sensu, bo znowu zarobię na niej mnóstwo pieniędzy i znowu wszystko wydarzy się tak samo. Ale teraz – zapewne – nie będę miał tyle szczęścia. Nie spotkam jej drugi raz.

A ona odparła wtedy, że mnie rozumie.

A ja pomyślałem, że naprawdę ją kocham i nie mogę jej nigdy stracić. Naprawdę robiłem wszystko, abyśmy żyli normalnie. Przez ostatnie trzy lata. Wszystko, wszystko, wszystko.

W końcu wypadło mi to z rąk.

Noż kurwa, jak miało nie wypaść.

Jak mogła nie przestać mnie rozumieć.

– Słuchaj, idź już do żony. Idź do tej żony i jedźcie stąd jak najszybciej. I opiekuj się nią – mówi Kaśka.

Wciąż dziewięć małych bloków, rozsypanych jak stare klocki. Wciąż zbutwiały płot i trzepak. Wciąż ściana lasu. Nocą zawsze ta okolica wygląda lepiej – z prostego powodu, jest zasłonięta – ale też nocą bardziej boli, bo nocą bywałem tu częściej. Gdy patrzę w to okno, widzę zapalone światło. Przez moment mam pewność, że Daria jest w środku.

Kasia drapie paznokciem o lepki, przyklejony do słupa, nieczytelny kawałek papieru.

– Chciałbym, aby było ci lepiej w życiu – mówię. – Chciałbym, abyś była szczęśliwa.

– Ciebie naprawdę to obchodzi? – pyta.

– Teraz tak – odpowiadam bardzo szczerze.

Patrzę na nią, patrzę jej w oczy i coś ze mnie nagle wypada, chrząkam, łapię się za usta, chcąc schwycić to w ostatniej chwili, zanim rozbije się o ziemię. Ale jest już za późno, niestety.

– To niesprawiedliwe, że moja mama nie żyje, a twoja żyje. Ale kiedyś umrze, zobaczysz – mówię.

Ona otwiera szeroko oczy, na krótki moment, Daria robiła to samo, jakby ktoś wbił palcami w jej oczodoły dwie wielkie, ciemne monety.

– Ja już naprawdę muszę iść. Przepraszam – mówię.

A ona zaczyna się śmiać. Łapie się za brzuch. Ma bardzo ładny uśmiech. Identyczny jak siostra.

Podchodzi do mnie i zanim zdążę zareagować, całuje mnie w usta, szybko i mocno.

– Nikt nigdy mi tego nie powiedział. Naprawdę – mówi. – Dzięki – dodaje.

Tak, uciekłem stąd i jednak coś jeszcze mi się przydarzyło, miałem życie, dobre i złe, śmieszne i straszne, cały odcień, całe pasmo, ale coś przeżyłem, byłem w świecie, przegrywałem go i wygrywałem, i znów przegrywałem. A ona była cały czas tutaj. Stoi przede mną, a jednocześnie wyobrażam ją sobie, jak patrzy przez to okno na górze w kierunku lasu obok, w jego czarną i brudną ścianę, i wyobraża sobie, jak to jest biec przez ten las, bardzo długo biec i się nie zatrzymywać, aż dobiegnie się na drugą stronę, do wolności jako czegoś banalnie prostego, wolności rozumianej jako przystanek, skrzyżowanie, drogowskaz, sto złotych w kieszeni na bilet.

– Nie przejmuj się. Dobrze, że porozmawialiśmy. Żebyś słyszał, o czym rozmawiam z ludźmi tutaj. Kto ostatnio kogo walnął w łeb na dyskotece, kto przyszedł najebany do sklepu i wziął na kreskę, komu kto umarł – mówi i wzrusza ramionami.

– Wszędzie ludzie rozmawiają o takich rzeczach – odpowiadam.

– Ja nie wiem, jak jest wszędzie. Wiem, jak jest tutaj. Wiem, że ludzie tu nie mówią: „czuję" albo „wydaje mi się", albo „rozumiem", albo „nie rozumiem". Tu mówią tylko „słyszałeś, że" albo „spierdalaj". Więc dobrze, że porozmawialiśmy. Uwierz mi – mówi.

– Muszę ci oddać pieniądze za piwo i papierosy – odpowiadam.

– Idź do żony – powtarza.

Kiwam głową.

– Masz jakiś numer telefonu? – pytam.

– O co ci chodzi? Chcesz mnie przelecieć czy jak?

Kręcę głową. Patrzy na mnie przez chwilę jak na ostatnią ofiarę.

– Więc nie wiem, o co ci chodzi. Jak będziesz chciał, to mnie znajdziesz. – Macha ręką i znika w bloku.

Będę szedł jakieś czterdzieści minut, zanim dojdę na Wapienną. To długo, ale przecież mam papierosy. W końcu zapalam jednego. Najpierw jest okropny, jakby przystawić usta do wylotu rury wydechowej, ale potem, gdy metaliczny smak rozlewa się po całym ciele, przemienia się małe zbawienie.

I wtedy dopiero sprawdzam telefon. Wiadomość wysłana z nieznanego numeru.

„Dziewczyna bedzie zyc, Agata. Gdzie ty jestes?".

„Szedłem sobie znikąd donikąd, tak naprawdę nie mając nikogo" – zobaczyłem to zdanie zapisane ołówkiem w notatniku kulfoniastymi literami i znowu zacząłem się śmiać.

Justyna

– I co, wciąż nienawidzisz jezior? – pyta.

Kładę dłoń na jego głowie, trochę roztrzepuję mu włosy. Obciął się, wygląda teraz dużo lepiej. Tylko zaczął z powrotem palić, nawet nie zwróciłam uwagi na to kiedy. Nie mogę mu niczego zabronić, zabraniałam mu już tylu rzeczy, całe nasze małżeństwo to było jedno wielkie zabranianie.

Jezioro ma kolor brudnego szmaragdu. Wchodzący w wodę, zbity z desek pomost jest nowy, mocny, ale tatarak wpełza pod niego, otacza z każdej strony, chce go podstępnie rozszczelnić, rozsadzić.

– Nie, przyzwyczaiłam się – mówię.

– Wtedy, gdy pojechałaś na cały dzień do lasu? – pyta.

– Tak, wtedy – kłamię.

– Tutaj często robiliśmy ogniska, na tym brzegu, w ogólniaku – mówi, robi parę kroków i stawia but na ziemi w konkretnym miejscu.

– Dlatego tu przyszliśmy? – pytam, ziewając.

– Pewnie tak – odpowiada.

– Jak nazywa się to jezioro?

– Zimne.

– Zimne?

– Tak, Zimne, po prostu Zimne.

– Powinniśmy mieć psa, wtedy spacerowanie miałoby więcej sensu – mówię po chwili. „Nigdy nic nie mieliśmy" – myślę. „Dziecka, kota, psa. Może gdybyśmy coś mieli, wtedy to wszystko zaczęłoby działać z powrotem". Wiem, że nie można tak myśleć, wszyscy, którzy tak zrobili, spróbowali łatać coś z pomocą osoby trzeciej, mówili, że to najprostszy sposób na największą z katastrof.

Tak naprawdę zawsze bałam się mieć dziecko z Mikołajem, bo zawsze się bałam, że będę wtedy samotną matką z dwójką dzieci.

Ale patrzę teraz na Mikołaja i myślę, że może powinniśmy to zrobić. Może dlatego cały czas trafiamy w ślepe uliczki, dlatego każdy nasz ruch kończy się odwrotem w połowie drogi, odjazdem na lawecie.

– Jak już palisz, to daj fajkę – mówię do niego.

– Proszę. – Podaje.

Pokazuje mi, abyśmy poszli ścieżką dalej, wzdłuż brzegu. Mijamy przycumowane do brzegu, zniszczone łódki, małe, rozpadające się pomosty. Podchodzi do mnie, pozwalam mu wziąć się za rękę. Ścieżka jest trochę za wąska dla dwóch osób. Przyciska mnie do siebie mocno, gdy chce, potrafi być silny.

– Jesteśmy mistrzami złych decyzji – mówię. – Zastanawiam się, dlaczego na przykład, gdy któreś z nas prowadzi samochód, to nie jedzie pod prąd? Dlaczego my w ogóle jeszcze żyjemy?

– Przestań – odpowiada.

– Po prostu się nie zastanawiamy.

Gdy idziemy, las zaczyna się robić dzikszy, mroczniejszy. Z mchu i ziemi wystają pojedyncze plamy śmieci. Jeszcze raz patrzę na niego. Dobrze że obciął włosy, że się ogolił. Naprawdę wygląda dużo lepiej.

– Jakbyśmy się zastanawiali, tobyś nie wzięła ze mną ślubu. – Śmieje się.

– Na pewno bym cię nie zdradziła – mówię.

Nie zatrzymuje się, nie odwraca w moją stronę, przez jego twarz przebiega drobny tik, ale zaraz znika bez śladu. Wychodzimy przy kolejnym dojściu do jeziora, całkiem rozległym, porośniętym szarą, zadeptaną trawą, z czarnym kołem ogniska w środku. Po deszczu mokry popiół zamienił się w błoto, okrąg przypomina studnię. Pomost jest rozbity, ma powyłamywane deski, woda jest jeszcze ciemniejsza i jeszcze zieleńsza, zarośnięta. Mikołaj podchodzi do wody, kuca, nabiera trochę w dłonie, wciera. Odwraca się w moją stronę.

– Dlaczego w ogóle wtedy podniosłaś mnie z ziemi? – pyta.

– A kiedy przestaniesz zadawać to pytanie?

– Aż odpowiesz. – Znowu się śmieje, podnosi kamyk, puszcza kaczkę, kamyk podskakuje kilka razy.

Podchodzę do niego. Kładę mu rękę na ramieniu. Czy wszystko, co czujesz do tego chłopaka, Justynko, czy wszystko, co czujesz, to pragnienie, aby ci wybaczył? Abyś przestała chodzić z kamieniem w żołądku, który czujesz nawet przez sen? Głupia babo. Najpierw chciałaś go uratować, a teraz chcesz, aby cię rozgrzeszył.

A może dlatego w ogóle go zdradziłaś, aby mieć do niego jeszcze jakiekolwiek uczucie, gdy już okazało się, że jest czysty, cały i zdrowy, że misja została wypełniona? Jakiekolwiek uczucie, nawet poczucie winy?

– Bo chciałaś być dobra? – pyta i dodaje: – Mogłaś po prostu rzucić dychę jakiemuś żebrakowi.

– Przestań. To użalanie się. To wstrętne. Przestań. – Macham dłonią.

– Bo może to po prostu było to – mówi. Odwraca się ode mnie. Wpatruje się intensywnie w coś na drugim brzegu jeziora. Pokazuje coś palcem, ale zaraz bez słowa opuszcza rękę.

Jakby przez krótką chwilę zrobiło się ciemno, jakby ktoś przemazał powietrze przeciwieństwem fleszu.

– Naprawdę się boję, że już jest pozamiatane. – Odwraca się do mnie.

– Ja też – mówię. Coś rośnie mi w gardle.

Znowu podchodzi do mnie, wkłada ręce do kieszeni mojej kurtki.

– Może to wszystko było skreślone od początku, bo gdy się poznaliśmy, ja leżałem na ziemi, a ty stałaś – mówi cicho i szybko.

– To nie ma teraz znaczenia. Znaczenie ma, abyśmy coś zrobili, Mikołaj. – Dotykam jego twarzy.

Odwraca się, przez chwilę blado się uśmiecha. Puszcza kolejną kaczkę.

– To, że coś przez chwilę nie ma sensu, to nie znaczy, że nigdy go nie miało – mówię.

– Paulo Coelho – odpowiada, parskając śmiechem.

– Nawet on, skurwysyn, czasami ma rację – stwierdzam.

To cudowny chłopak, trzeba go tylko odpowiednio oświetlić. Wciąż są sekundy w ciągu dnia, w których wiem, że go kocham. Sekundy to niewiele, ale zawsze coś.

– Poszukam jakiejś pracy w Warszawie. Normalnej pracy. Mogę robić coś, czego nienawidzę. Mogę pracować na infolinii. Mogę pracować w McDonaldzie. Oddam pieniądze agentowi – recytuje, odwrócony do mnie plecami. Słyszałam to już parę razy, próbuję sobie wmówić, że nigdy nie wypowiadał się tak stanowczym głosem.

– Ja muszę skończyć, co zaczęłam – mówię.

– Zawsze musisz skończyć to, co zaczęłaś. A ja nigdy nie umiem – odpowiada i ma rację jak nigdy.

Przytulam się do niego. Śmierdzi papierosami, aż ja to czuję, Boże, ile zaczął teraz palić! Pali tyle, że ja będę musiała rzucić.

– Widzisz? Tam, po drugiej stronie jeziora. Wystarczy pójść jakiś kilometr przez las, tam jest rzeka i tam jest Papiernia. – Znowu wskazuje palcem to samo miejsce przy brzegu jeziora.

– Papiernia? – pytam.

– Gizmo, ten chłopak, który zabił Darię. Chodził tam z kumplem. Potem opowiadał, że widział tam zjawę. Zjawę, która kazała mu to zrobić – odpowiada po chwili.

– Przyznał się do winy?

– Można tak powiedzieć. Nie poszedłem na rozprawę, ale ojciec poszedł. Twierdził, że Gizmo powiedział, że to jego wina. Był w ciężkim szoku. No ale się przyznał, psychiatra skierował go do szpitala, tam czekał na wyrok i tam się zabił – odpowiada.

Wpatruje się przez chwilę w tamten punkt po drugiej stronie jeziora, jakby sam chciał dostrzec tam jakąś zjawę.

– To w ogóle jest dziwne miejsce, tamta część lasu. Niedaleko Papierni jest dom Wiedźmina. – Wyciera ręce w spodnie. Zapala jeszcze jednego. Cholera, jeśli ma aż tyle palić, to zaraz rzucę.

– Tego świra, który mieszka w lesie w domu bez prądu? – pytam, przypominam sobie, co mówiła Agata.

– Może z nim pogadaj. Może on coś wie – mówi Mikołaj.

– Nikt nie chce ze mną rozmawiać – przypominam.

Zapukałam już chyba do wszystkich drzwi w Zyborku. Nigdzie mnie nie wpuszczono. Niech się pani nie interesuje. A co pani tak drąży. To wszystko bujda, tu się nic nie dzieje. Mnie to nie obchodzi, droga pani. Zapyta pani kogoś innego. Bo jeszcze pani sobie biedy napyta. To nie tak, ale nie powiem pani jak. Ja nie wiem jak, ale tamten chyba wie. Wie pani, ja pani powiem, najlepiej to po prostu robić swoje, wie pani, przyjść po pracy, telewizję pooglądać, obiad z rodziną zjeść. Ale ja właśnie robię swoje, proszę pana, odpowiadam. No to niech pani zmieni zawód.

Mikołaj nagle rozgląda się, podnosi głowę do góry, jakby coś usłyszał.

– Co jest? – pytam.

– Nie, to chyba ptak, gdzieś daleko. – Kręci głową.

Na jedną sekundę, gdy go kocham, przypada dziesięć, kiedy chciałabym, aby zniknął, albo stał się kimś zupełnie innym.

Podniosłam go z ziemi, bo tak mnie nauczono. Że podnosi się ludzi z ziemi. Wyciąga do nich rękę. Zresztą wyglądał na człowieka, któremu przydarzyła się wyjątkowo zła przygoda, i to niedawno, nie na kogoś, kto jest na dnie od wielu, wielu lat.

Ale podniosłam go też dlatego, bo go rozpoznałam. Wiedziałam, kim jest. Znanym, młodym pisarskim celebrytą, który sturlał się na samo dno, ćpa, pije, nie ma kontaktu z rzeczywistością i okrada ludzi.

Podniosłam go, bo chciałam napisać o nim reportaż. Taka jest prawda. Najszczersza. Mikołaj nigdy się tego nie dowie. Nigdy mu o tym nie powiem.

Przychodziłam do niego potem na oddział w szpitalu psychiatrycznym z prostego powodu – wciąż pisałam ten tekst. Nosiłam go w sobie całymi dniami. Najlepsze, nienarodzone teksty są jak ciepłe kamienie, które nosi się w brzuchu. Chciałam wiedzieć wszystko: dlaczego tak się stało, dlaczego leżał tam na ziemi, w klombie, w biały dzień, skatowany, dlaczego przed chwilą próbował ukraść komuś torebkę.

A potem, przez kilka miesięcy, nie mogłam skończyć tego tekstu, zostawał mi ostatni akapit. Chociaż wszyscy w redakcji wiedzieli, że mam go wysłać. Codziennie pytali, kiedy w końcu to zrobię.

A chłopak, który przyszedł do mnie kilka miesięcy później, był już kimś zupełnie innym. Był uśmiechnięty i skromny. Miał czyste ubrania, mówił wyraźnie, całymi zdaniami, z których jedno wynikało z drugiego. Jak się okazało, był naprawdę inteligentny. Śmieszny. Opowiadał świetne dowcipy i nie śmiał się z nich sam, pierwszy. Porównywał wszystko do wszystkiego. Za wszystko przepraszał, za wszystko dziękował. Mówił cicho, miał schyloną głowę, wielką pokorę, często taką pokorę mają w sobie ludzie, którzy wychodzą cało z potencjalnie śmiertelnych wypadków.

Spał na kanapie, a ja zrozumiałam rano, że jednak zakochałam się w chłopaku, a nie w tekście. I powiedziałam zostań. I poszłam z nim do łóżka. I dopiero wtedy skasowałam tekst.

Miał się nazywać *Wciąż zimna woda*. Teraz myślę, że to idiotyczny tytuł.

– Chodź do domu – mówi.

Bierze mnie jeszcze za rękę.

– Chciałbym być od tego wszystkiego, kurwa, wolny – mówi cicho do siebie, mam wrażenie, że w ogóle nie zdaje sobie sprawy z tego, że powiedział to na głos. Że to wypadło z niego przypadkiem. Że jest trochę zepsuty. Że już zawsze będzie.

Zmierzcha. Fioletowa ściana połowicznie zachmurzonego nieba. Grzesiek pali coś w metalowej beczce na swojej części podwórka. Twierdzi, że to liście, stare papiery, suche gałęzie, wióry. Dym idzie prosto do góry równym, gryzącym słupem. „Liście by tak nie śmierdziały" – myślę. Stara, ogromna kurtka wisi mu prawie do kolan. Rozciera ręce, chucha w nie. Nie patrzy na Mikołaja, który stoi gdzieś obok, pali kolejnego papierosa, rozgarnia coś butem, a w końcu chowa się w środku domu.

Pytam go o tę dziewczynę.

– Ma dzisiaj iść do komendy. Złożyć zeznania, odwołać to, co powiedziała. Poświadczyć, że nigdy nic jej nie robiłem. – Spluwa na ziemię.

W tej wielkiej kurtce wygląda jak przedwcześnie postarzały chłopiec. Dopiero gdy jego ciało pochyla się bliżej ognia, widać, jak jest splątane i spięte.

– Agata rozmawiała z jej rodzicami. I w końcu ci rodzice, jak już się obudziła, postraszyli ją chyba bardziej niż Wariat i reszta – odpowiada.

– Ile w końcu ona ma lat? – pytam.

– Czternaście.

– I sypia z kolesiami za kasę? – Patrzę na niego.

– To normalne – odpowiada. – A za co ona pójdzie i sobie iPhone'a kupi?

W oknach sąsiadów na chwilę zapala się, a potem gaśnie światło.

– Żeby to jeszcze dobre pieniądze były – dodaje po chwili.

Tuż po naszym przyjeździe z Mikołajem sąsiedzi co chwila przychodzili do domu Głowackich. Porozmawiać, wypić herbatę albo po prostu zapytać, co się dzieje. Albo czasami wkładali głowy do środka, wąchając powietrze, próbując znaleźć coś innego niż u siebie. „To chyba normalne w tak małym mieście" – pomyślałam wtedy. Teraz nie robili tego w ogóle. Teraz, od czasu pożaru, nawet nie podchodzili pod furtkę.

– To chyba dobrze – mówię.

– Że się kurwi? – pyta.

– Że będzie zeznawać.

– Ma też napisać do Kamili – odpowiada. – Nie wiem, czy to zrobi. Lekarz powiedział, że nie wzięła aż tyle tabletek, żeby się zabić. I to tak długo nie trwało.

– Wiedziała, że ktoś prędzej czy później otworzy drzwi – dodaję.

Grzesiek patrzy przez chwilę w stronę domu. Widzi, jak w naszym pokoju zapala się światło.

– Jak chcecie, to możemy się zamienić. Ja pójdę do tego pokoju, a wy możecie mieszkać u mnie na chacie. Przecież tam można pierdolca dostać – mówi.

Światło po chwili gaśnie. Mikołaj nie lubi tam siedzieć. Nie chce. Zajęłam ten pokój sama dla siebie.

– Ty jesteś bardzo w porządku. Naprawdę – odzywa się nagle, nie mam pojęcia, dlaczego teraz to mówi, ale dopiero teraz patrzy mi w oczy. Ledwo widzę jego spojrzenie przez ten dym.

– To miłe, że tak twierdzisz – odpowiadam.

– Nie. Ty się przejmujesz. Ty wiesz, że to jedyne wyjście: zapomnieć o sobie samym i rozejrzeć się dookoła – mówi.

– A ty to robisz? – pytam, nie mogąc się powstrzymać.

Ale Grzesiek jedynie wzrusza ramionami. Chucha w dłonie, przystawia je do ognia.

– Podobno nikt nie chce z tobą gadać, co? – pyta.

– To nie jest tak, że wszyscy mnie wyganiają – odpowiadam zgodnie z prawdą. – Robią mi nawet kawę i częstują ciastem. Ale nic nie mówią. Dają do zrozumienia czasami, że to musiało się tak skończyć.

– To wszystko kurwy jebane. – Grzesiek kiwa głową.

– A ten cały Wiedźmin? – pytam.

– Wiedźmin. Wiedźmin, no tak, to jest najciekawszy przypadek – zaczyna mówić z delikatnym uśmiechem, ale nagle przerywa.

Wapienną jedzie samochód, powoli – jak każde auto, które jedzie Wapienną, jest tak poryta dziurami, że można zerwać zawieszenie – toczy się dziesięć na godzinę, by w końcu zatrzymać się przed domem Głowackich. To policja. Przez chwilę nikt nie wysiada z samochodu, najpierw na ułamek sekundy włącza się kogut, twarz Grześka, ściana domu na chwilę stają się czerwononiebieskie.

Grzesiek patrzy w kierunku policjantów, którzy w końcu wysiedli i teraz się zbliżają. Najpierw są po prostu figurami wchodzącymi na podwórko swobodnie jak do siebie, dopiero gdy są już blisko nas, widzę, że to ten sam młody policjant, który był wtedy w leśniczówce i pokazywał Grześkowi jego własny nóż. Wchodzi na podwórko w asyście kolegi.

– Co? – pyta ich Grzesiek.

– Śmierdzi strasznie. – Policjant pokazuje na beczkę.

– I dlatego tu jesteś? Bo śmierdzi? Pali się, kurwa, to śmierdzi – mówi niższym, bardziej charkliwym głosem Grzesiek. Broni terenu jak pies.

– Już dwa czy trzy razy się widzieliśmy, a ja się nie przedstawiłem. Starszy sierżant Winnicki – mówi, wyciągając do mnie dłoń na powitanie. Ściskam ją. To młody chłopak. Wyobrażam sobie, jak lata temu biegają z Grześkiem po tym samym podwórku, jak Grzesiek, parę lat starszy, kopie go w tyłek, bo ten nie chce oddać mu piłki albo pożyczyć roweru.

Teraz on ma mundur, ale Grzesiek wciąż mógłby zabrać mu piłkę, gdyby tylko chciał.

„Może dlatego w mniejszych miastach nie działa sprawiedliwość – myślę przez chwilę – bo sprawiedliwość mogą wyegzekwować tylko obcy ludzie, a tutaj nikt nie jest dla nikogo obcy. Tutaj nikt nikogo nie szanuje, bo jak ludzie mają się wzajemnie szanować, skoro wszyscy już zdążyli zobaczyć się nawzajem w chorobie, bankructwie, pijaństwie? Może dlatego ojciec Mikołaja i Grześka jest takim człowiekiem, jakim jest, chodzącym kamieniem?".

– Mam dobre wieści – mówi, rozglądając się po podwórku.

– Słucham – odpowiada Grzesiek.

– Na górze zasądzili. Zawieszamy śledztwo w sprawie Bernata – stwierdza policjant, patrząc na zapalone światło w oknie kuchni.

Grzesiek po chwili parska śmiechem. Pociera ręce.

– Idź to powiedz mojemu ojcu – mówi do gliniarza. – No idź.

Starszy sierżant patrzy lękliwie w stronę drzwi. Potem z powrotem na Grześka.

– Myślałem, że się ucieszysz. Nie przybiją ci tego noża. Nie będą dalej tego drążyć – odpowiada.

– Kafelski rzeczywiście przyznał się, że to jego scyzoryk. – Głos jego kolegi prawie jest niesłyszalny. Ciemność go połyka.

– Przyznał się na papierze? – pyta Grzesiek.

– Po prostu z nim rozmawialiśmy – odpowiada jeszcze ciszej ten drugi.

– A ta dziewczyna przyszła dziś do komendy? – docieka Grzesiek.

– Która dziewczyna?

– Wiesz która. Dobrze wiesz która. Miała dzisiaj przyjść do was i zeznawać. – Grzesiek zapina kurtkę. Widać, że jest mu zimno, że drży.

– Nie, nikogo nie było. – Winnicki wzrusza ramionami.

Grzesiek kręci głową, po chwili odwraca się od nich i wchodzi po schodach, otwiera drzwi, krzyczy:

– Tato!

– Czytałem pani artykuł. – Winnicki odwraca się w moją stronę, mam wrażenie, że się mnie boi, ale może tak naprawdę boi się wszystkiego. – Bardzo ciekawy, gratuluję.

– Nie ma czego. Chciałam z panem porozmawiać, ale jakoś nigdy nie było pana w pracy. Tak przynajmniej twierdził oficer dyżurny.

Nawet teraz, nocą, za chwilę już całkiem ciemną, widzę, że blednie i robi mu się głupio.

– Ja wiedziałam, jak pan się nazywa, sierżancie – dodaję, aby było mu jeszcze bardziej głupio. Kątem oka widzę, że ogień w beczce już prawie zupełnie zgasł, cokolwiek w niej jest, już tylko się tli, wypuszczając w noc cienką smugę dymu.

– No? – Tomasz schodzi po schodach.

Pomimo temperatury ma na sobie jedynie koszulkę. Ale nie jest mu zimno.

– Mówiłem Grześkowi. Przyszły rozkazy. Zawieszamy Bernata – mówi.

– Sprawę o morderstwo zawieszacie? – pyta Tomasz tak głośno, że słychać go w Szczytnie.

– Idź, poczekaj w aucie – mówi do kolegi Winnicki.

Grzesiek staje z powrotem na schodach. W ręku ma kubek z herbatą. Dym z beczki wieje teraz prosto na niego, ale nie reaguje.

– No odczepią się od Grześka... – Winnicki znowu chce zacząć swoją piosenkę, ale nagle przerywa, cofa się o krok, chociaż ojciec Grześka nic nie robi: stoi przed nim w ciemności i głęboko oddycha. Mam wrażenie, że ten chłopak przewróciłby się na ziemię, gdyby Tomasz na niego po prostu chuchnął.

– Myślałem, że ty z nami jesteś, Jurek – mówi ojciec Grześka. – To dlatego już do nas nie przychodzisz. A ja cię zawsze zapraszam.

– Gdyby to zależało ode mnie, Tomek, naprawdę, gdyby to zależało ode mnie. Ale oni stwierdzili, że nie ma nawet jak udowodnić, że to jest zabójstwo. Zakwalifikowali to w końcu jako nieumyślne spowodowanie śmierci – mówi chłopak, machając rękoma, a jednocześnie wycofując się tak gwałtownie, że w końcu zatrzymuje się plecami na furtce.

– Nieumyślne, kurwa, spowodowanie śmierci? Nieumyślne spowodowanie śmierci?! – drze się Tomasz, krzyczy tak, jakby chciał pobić słowami powietrze. Drugi policjant wysiada z samochodu. Patrzy na to wszystko bez słowa. U sąsiadów znowu zapalają się światła w oknach. W oknach pojawiają się czarne sylwetki. Kolejne przedstawienie u Głowackich.

– Wszystko w porządku – mówi do niego Winnicki. – Tomek, zrozum. Tu o statystyki chodzi. Wykrywalność. To trudna sprawa, prawie niemożliwa. Zaniża słupki. To nie moja wina. Ja o tym nie decyduję, przecież wiesz. Być może aż do Kaliningradu to idzie. Oni nie chcą się z tym babrać – tłumaczy.

– Trzy inne osoby zaginęły, kurwa jego mać. W tym ksiądz, do cholery jasnej. – Tomasz dyszy, jakby przebiegł kilkanaście kilometrów.

– No i te sprawy wciąż trwają, ale to są wciąż zaginięcia, nie ma ciał – odpowiada policjant.

Chyba nawet przez chwilę mu współczuję. Temu policjantowi. Grzesiek idzie po schodach w ich stronę. Kładzie ojcu rękę na ramieniu, ten dopiero po chwili odruchowo wysuwa się spod tego dotyku. Pierwszy raz widzę, żeby jeden dotknął drugiego w inny sposób, niż go uderzył. Na schodach z powrotem pojawia się Mikołaj. Rozciera ręce, chucha w nie. Przypatruje się im przez chwilę, a następnie podchodzi do mnie, staje obok.

– Czyli umorzyliście Bernata, a Maciusia wciąż szukacie? – Grzesiek parska śmiechem.

– Bernat się przecież znalazł. I to żywy. Rozumiecie? Praktycznie rzecz biorąc, nikt go nie zabił. On umarł w szpitalu. I to im dało podstawy, oni nie chcą do tego zaglądać, boją się, dymisje mogą być od takich spraw, i to na szczeblu wojewódzkim – odpowiada Winnicki. Nie sprawia wrażenia, jakby wierzył w to, co mówi.

Przez powietrze przez chwilę przebiega smród zwierząt, odór mleka zmieszanego z sierścią i gównem, pewnie od sąsiadów, ale przez chwilę zdaje mi się, jakby to słowa tego młodego gliniarza tak śmierdziały.

– Zaraz. Zaraz – wtrącam. – Ale przecież ten chłopak, brat Maciusia, zeznał, że dzwonił do niego ksiądz. Że ksiądz mówił mu, że mają go ci sami ludzie. Że zdążył zadzwonić, zanim zabrano mu telefon.

– To żaden trop, proszę pani – przerywa mi policjant.

– To żaden trop – powtarza po nim Tomasz, papuguje go.

– To żaden trop, bo wyście chłopakowi wmówili, że to połączone sprawy. On już raz bzdury opowiadał, że Maciuś zaginął dwa razy, raz na niby, a raz naprawdę. – Policjant wzrusza ramionami.

– A co z księdzem Bernatem? – pyta Tomasz.

– Ja pierdolę. – Grzesiek kręci głową.

– Nie wiem, co z księdzem Bernatem. My go nie szukamy, Olsztyn go szuka. – Winnicki jest zmęczony i zniecierpliwiony, jakby gdzieś się śpieszył, na mecz z kolegami albo odcinek serialu.

– I uważasz, że brat Maciusia kłamie – mówi Tomasz.

– Nie jest wiarygodny. A jak chcieliśmy zabrać mu telefon, żeby sprawdzić billingi, to już zaczął się wypierać. Ja nie muszę ci tego wszystkiego mówić, Tomek. – Winnicki wzdycha.

– Wypierdalaj stąd – mówi spokojnie Tomasz.

– Ej, trochę kultury – odzywa się z ciemności kolega Winnickiego.

– Wszystko jest w porządku! – krzyczy do niego Winnicki.

Winnicki nic już nie mówi. Z lasu coś dobiega, cichy dźwięk, jakby klekotanie, jakby coś biegło w stronę Wapiennej. Mikołaj obejmuje mnie, przyciąga lekko do siebie. Jednak jest mi lżej, gdy tak robi. Winnicki otwiera furtkę, idzie do swojego kolegi.

Nikt nic nie mówi. Patrzę pod nogi. Pod butem, na betonowej wylewce prowadzącej od furtki do schodów, wciąż widać ślady sadzy. Rozcieram ją butem, ale jest nieustępliwa, wżarta.

Dopiero po chwili wyjmuję z kieszeni kurtki włączony dyktafon i pokazuję im go w ciemności.

– Dobrze, Justynka, dobrze – mówi Tomasz, ale widząc to wszystko, macha ręką.

– Co robisz? – pyta Grzesiek.

– Idę spać – odpowiada.

Gdy Tomasz wchodzi po schodach, sprawia wrażenie, jakby był starszy o pięć lat od człowieka, który z nich schodził. Gdzieś w głębi domu coś przemyka, może to Agata, może dzieciaki.

– Więc co, chcesz pogadać z tym Wiedźminem? – pyta Grzesiek.

– Wszyscy inni mi odmówili. Został tylko on. – Wzruszam ramionami.

Grzesiek szuka czegoś w kieszeni, a po chwili wyjmuje kluczyki do samochodu.

– To jedźmy teraz – mówi i dodaje po chwili: – Tylko się na nic nie nastawiaj. Ludzie, którzy gadają z sensem, raczej nie mieszkają sami w środku lasu.

– Jadę z wami – mówi Mikołaj, wciąż nie zdejmując ręki z mojego pasa.

– Więc tu jesteś. – Grzesiek patrzy na niego, kiwając głową.

– Nie rozumiem – odpowiada Mikołaj.

– Nieważne – mówi Grzesiek i otwiera drzwi naszego samochodu.

– Dalej się zakopiemy, tu takie auto jak ojciec ma, byłoby potrzebne – mówi i zamyka drzwi samochodu.

– Miał – poprawia go Mikołaj.

Nic nie widzę, ale słyszę las i wodę. Mnóstwo lasu i pełno wody, stojącej, płynącej, ciurkającej, przelewającej się. Grzesiek otwiera bagażnik, szuka czegoś, po chwili wyjmuje latarkę. Snop światła przecina ciemność, zaczyna w niej tańczyć. W końcu trafia na tablicę.

– Stara Papiernia – czytam.

– Stąd to chyba ze dwa kilometry na piechotę, co? – pyta Mikołaj.

– To tutaj ten chłopak miał to widzenie, tak, Mikołaj? – pytam, podchodząc do podniszczonej tablicy informacyjnej, która opisuje historię Papierni. Według zapisanego na niej tekstu historia budynku sięga czasów dawniejszych niż chrzest Polski. Ale napisy na tablicach tego rodzaju zawsze tak twierdzą.

Grzesiek przesuwa światło latarki obok. Z ciemności

wyłania się nurt wąskiej, przepływającej pod mostem rzeki. Powierzchnia wody lśni w świetle latarki, przypominając ogromną płachtę czarnej folii.

– Tak, to tutaj – odpowiada Mikołaj. Stoi niedaleko, słyszę jego oddech, wiem, że wpatruje się w wodę.

– Co dokładnie widział? Nigdy mi nie mówiłeś. Trupa tej dziewczyny, tak? – pytam go, ale zamiast odpowiedzieć, rozgląda się dookoła, jakby się rozmyślił, szukał wyjścia.

– Mógł widzieć cokolwiek, zjedli po pięć kwasów – odpowiada Grzesiek. – To były żywe trupy, ten chłopak i jego kumpel.

– Twierdził, że widział jakąś wiedźmę, potwora. Coś takiego. Z uciętą głową Darii w ręku. – Mikołaj chrząka. – A potem w sądzie twierdził, że to ona zrobiła.

– Czyli w sumie się nie przyznał – mówię.

– Jemu stwierdzili każde możliwe pojebanie, Justyna – odpowiada Grzesiek. – Ojciec go potwornie dręczył, chyba. Czy matka. Czy coś.

– Nikt go nie dręczył – mówi Mikołaj.

I nagle słychać czyjś głos, głos kogoś zupełnie innego, i nie wiem tak naprawdę, co dzieje się najpierw, czy słyszę ten głos, czy czuję, jak zimna, wielka pięść wali mnie prosto w serce.

Mikołaj i Grzesiek sztywnieją. Grzesiek kieruje światło latarki między drzewa.

– Przestań – mówi dochodzący z daleka głos, odległość i drzewa sprawiają, że następne słowa i zdania zlepiają się w jeden dźwięk, przypominając zawodzenie ducha. Trudno nawet powiedzieć, czy to dziewczyna, czy chłopak, ale głos jest młody. Wokół niego narastają kolejne dźwięki, klaśnięcia, pęknięcia i chrupnięcia, z chwili na chwilę coraz głośniejsze. Głosy i dźwięki zmierzają w naszym kierunku.

I nagle ktoś krzyczy, głośno, trudno powiedzieć, czy

z radości, czy z bólu, ale ten krzyk w gęstej, leśnej nocy sprawia, że robi się jeszcze zimniej.

– Chodźmy – mówi Grzesiek i wyruszamy im naprzeciw.

Idziemy ścieżką przez kilka minut. W życiu nie zrobiłabym tego sama. Obecność Mikołaja i Grześka niespecjalnie poprawia sytuację. Ostatni raz szłam nocą przez las na obozie młodzieżowym w ogólniaku, z chłopakiem za rękę, zbyt podekscytowana i opita tanimi winami, aby bać się czegokolwiek. Im jestem starsza, tym boję się bardziej. Chyba każdy boi się coraz bardziej z każdym przeżytym miesiącem, z każdym swoim oddechem.

Latarka rzuca blady, mały krąg światła, w którym widać głównie powierzchnię drogi, rzadką trawę, przymarznięte błoto, korzenie, grudy ziemi. To, co jest na obrzeżach tego kręgu, staje się wszystkim: dłońmi, postaciami, konturami, twarzami, ruchem.

To nieprawda, że dzieci mają największą wyobraźnię. Ona rośnie z wiekiem. Mikołaj myśli, że ja nie lubię lasu, że on mnie z jakiegoś powodu odrzuca, brzydzi. To nieprawda. Las mnie nie brzydzi. Las mnie przeraża. Przeraża mnie to, że za każdym razem, gdy do niego wchodzę, drzewa wydają na mnie zgodny wyrok w nieznanej mi sprawie; że w pewnym momencie jedno z nich, specjalnie do tego wyznaczone, się na mnie przewróci. Boję się tego, że wszystko, czego się w życiu bałam, czeka na mnie za drzewami, tuż za granicą ciemności. Boję się tego, że nigdy stąd nie wyjdę, bo droga zmienia się z każdym moim krokiem, prowadząc mnie w kółko. Boję się tego, że las jest jednym świadomym bytem, który chce mnie uwięzić, połknąć. Boję się tego, że wszystkie lasy na świecie są jednym lasem. Stojąc w lesie, czuję się jak w zatrzaśniętej windzie. Idąc przez niego, czuję się jak w ciemnej piwnicy opuszczonego domu. Piekło to dla mnie wieczne chodzenie po lesie. Może to fobia. Może efekt tego, że w liceum wzięłyśmy kiedyś z koleżanką grzyby i poszłyśmy do kina na *Blair Witch*. Może to po prostu wychowanie na blokowisku, na którym drzew było tak niewiele, że każde miało swoją własną ksywę.

– Kim właściwie jest ten Wiedźmin? – pytam ich. Po to, aby skupić się na czymś innym.

– Przecież wiesz. Wariatem, który mieszka w lesie – odpowiada Grzesiek.

– Ile ma lat? Co właściwie robi? Czemu mieszka w środku lasu? – pytam dalej.

– Nie wiem, ile ma lat, nikt nie wie – mówi po chwili Grzesiek. – A co robi, każdy ma na to trochę inną teorię, co on właściwie robi.

Myślę o dźwiękach i głosach, że gdzieś zniknęły, utopiły się w lesie, że ktokolwiek te odgłosy wydawał, las zdążył już go połknąć.

– Mówiłem, nie nastawiaj się, że on ci w czymkolwiek pomoże. Na pewno bardzo dobrze zna ten las. Ale ja nie wiem, czy on umie powiedzieć, co w nim widzi. – Grzesiek przerywa, bo krzyczę; najpierw krzyczę, a dopiero potem dociera do mnie przyczyna krzyku, czyli dwie pary nóg w pobrudzonych dżinsach w kręgu światła, a potem dwie twarze, które przez chwilę, zanim zasłonią się dłońmi, wydają się zgniecione, dziwne, martwe.

– Nie po oczach – mówi jedna twarz. Oddycham z ulgą. To ten młody głos.

Grzesiek opuszcza latarkę. To tylko nastolatki, chłopak i dziewczyna. Mają najwyżej po dwadzieścia lat. Dziewczyna ma długie, ufarbowane na kruczą czerń włosy, krótką kurtkę, wysokie buty. We włosach ma trawę, resztki liści. Jest przestraszona.

– To wy tak darliście mordę? – pyta Grzesiek.

– Zepsuło nam się auto. Akumulator siadł. Odpaliłbyś na kabel? – pyta chłopak. Czarne, krótkie włosy. Tuż przy ich linii blizna nad czołem, w kształcie półksiężyca. Wygląda na naturalnie szczupłego, ale chodzi na siłownię, podkreśla to obcisłymi ciuchami, ma rozdęte, napuchnięte łapy, wygląda śmiesznie, jakby ktoś napompował go powietrzem.

– Co tu w ogóle robicie? – pyta go Grzesiek.

– Masz? To auto ojca. Zabije mnie, że zostawiłem w lesie – odpowiada chłopak.

– Szukaliśmy tej wiedźmy – mówi dziewczyna. Jest pijana. To ona wydawała te krzyki. Chłopak musiał ją straszyć.

– Jakiej wiedźmy? – pyta Mikołaj.

– Wiadomo. Tej, którą widział ten chłopak, co zabił... kurwa, sorry, najebałam się. – Dziewczyna traci równowagę, łapie się kurtki chłopaka w ostatniej chwili.

– Idziemy dalej – decyduje Grzesiek.

– Tu jej nie ma – stwierdza Mikołaj.

– Pomóż mi, morda. Ojciec mnie zabije. – Chłopak patrzy na Grześka. Ma wielkie, przestraszone oczy wielkości pięciozłotówek.

– Wszystko w porządku? – pytam dziewczyny.

Powoli kiwa głową, a chłopak odpowiada za nią:

– Nic, wkręciła sobie fazę.

– Naprawdę to słyszałam – mówi dziewczyna. – Naprawdę ktoś wołał, ja pierdolę. Nie chcesz mi wierzyć, to nie.

– Kto wołał? – pytam.

– Gdzieś w lesie. Ktoś wołał. Jakby spod ziemi. Niedaleko – mówi dziewczyna.

– Nie ćpajcie tyle. – Grzesiek zirytowany rusza do przodu jeszcze szybciej, zostawiając dziewczynę i chłopaka w ciemności za nami; słyszę jeszcze, jak chłopak coś do nas krzyczy, ale nie wiem co, las połyka poszczególne słowa. Na pewno nas wyzywa.

– Więc to jest teraz taka miejska legenda, Grzesiek?

Gizmo? Daria? Ta wiedźma? – pyta Mikołaj. Jest zdenerwowany. Grzesiek nie reaguje, jakby go nie słuchał; zdejmuje światło z drogi, zaczyna omiatać nim pobocza, ewidentnie szuka skrętu w las.

– To tutaj – mówi po chwili, lekko zbaczając z drogi, podchodząc do jednego z drzew; z ciemności wyłania się przybity do drzewa kształt, mały krzyż; światło spływa w dół, pod drzewem widać samotny, plastikowy, wypalony znicz. Grzesiek wchodzi w las. Idziemy za nim. Powoli. Wyciągam z kieszeni telefon, zaczynam sama świecić nim sobie pod nogi.

– Słuchaj, już wtedy ludzie pierdolili. I dalej pierdolą. Gadania nie powstrzymasz. Jest jak rzeka. Możesz delikatnie unormować jej bieg, jakieś tamy postawić. I tyle. Ale będzie płynąć. – Światło Grześka jest już użyteczne jedynie o tyle, że nadaje kierunek poruszania się, nic więcej. Nie widzę przed sobą prawie nic, najwyżej jakieś fragmenty drzew.

Wydaje mi się, że ciemność jest wiecznie głodna. Ciemność jest entropią, a entropia zawsze dąży do maksimum. W lesie boję się tego, że jest nieskończony i wszystkożerny, że jeśli z niego nie ucieknę, to wszystko, co istnieje, błyskawicznie stanie się lasem.

– Szukają wiedźmy, wierzą, że Gizmo wciąż żyje, że uciekł z psychiatryka i krąży po lasach, i zaraz znowu kogoś zabije. Ktoś mówił podobno w sklepie, Agata wczoraj opowiadała, jak wróciła z zakupów, że Maciusia i księdza to Gizmo zabił. Gizmo albo wiedźma. – Grzesiek się zatrzymuje, obraca wokół własnej osi wraz ze światłem, ale wszędzie wokół jest tylko las.

– Ludzie są pojebanymi debilami – mówi Mikołaj.

– Ano są, nie tylko tutaj – odpowiada Grzesiek.

Milczy jeszcze przez chwilę, wciąż się kręci, przy okazji oślepiając nas, niby dla żartów. I nagle się zatrzymuje.

– Chyba jesteśmy – mówi.

Ruszamy dalej. Kora i gałęzie chrupią nam pod nogami, jakbyśmy rozdeptywali olbrzymią skorupę jajka.

Między drzewami widzę jakby rozciągniętą za nimi niewyraźną, szarą płachtę. Dopiero po paru krokach rozumiem, że dochodzimy do domu. Ciemne, puste okna są dziurami w nierównej ceglanej ścianie. W miarę jak podchodzimy, widać już kolor, cegła staje się rdzawa, brudnoczerwona. Jest zupełnie cicho.

Parę metrów przed domem Grzesiek daje znać ręką, abyśmy się zatrzymali. Jest cicho. Słyszę szum, nie wiem, czy to drzewa, czy moja krew, na pewno słyszę własne serce. Jesteśmy na tyle blisko, że widzę: okna są rzeczywiście dziurami w murze, nie ma szyb, resztki połamanych framug przypominają stare, połamane kości.

– Uważajcie, bo on ma psy – mówi Grzesiek.

Rzeczywiście z drugiej strony domu słychać warczenie, następnie gardłowe szczekanie. „To stary i wielki pies" – myślę, Grzesiek robi parę kroków do tyłu, Mikołaj nerwowo rozgląda się po ziemi, nagle chwyta pierwszy lepszy kij.

– Wiedźmin! Wyłaź! – krzyczy Grzesiek.

Pies stoi już w świetle. Warczy. Jest chudy, brudny, ale jego zęby lśnią w ciemności.

– Wiedźmin, schowaj tego kundla, kurwa! – krzyczy Grzesiek.

– Może chodźmy. – Mikołaj ściska mocniej kij w ręku.

– Ja go znam. Jak się ruszysz, odgryzie ci jajca – odpowiada Grzesiek.

Grzesiek świeci latarką obok psa, nie chce go bardziej drażnić. Pies jest jedynym śladem życia w tym miejscu. Nie wyobrażam sobie, aby ktokolwiek tam mieszkał, aby w ogóle ktokolwiek chciał zajrzeć w czarne oczy tego domu.

Justyna, uspokój się. Głupia panikaro. To wszystko, ten paniczny lęk, te wszystkie fazy to tak naprawdę tęsknota za tabletkami. Twój własny mózg oszukuje cię, abyś je wzięła. Mądra, spokojna terapeutka z krótkimi blond włosami nazwałaby to żalem po stracie. Teraz nie stać cię na terapeutkę, nie masz jak do niej pojechać, ale możesz ją sobie wyobrazić. Niech twarz pani terapeutki wypełni całą tę ciemność, niech pojawi się w każdym oknie domu. To tylko las. Byłaś w gorszych miejscach. Przypomnij sobie. Widziałaś gorsze miejsca. Dużo gorsze. Widziałaś prawdziwe piekła. Widziałaś ładny dom na Saskiej Kępie, widziałaś go w słoneczny, jesienny dzień, widziałaś go, bo pokazał ci go Cyryl. Bardzo ładny dom ze świeżo zrobioną, białą elewacją, balkonami i kolumienkami, dwupiętrowy, otoczony pięknym ogrodem. Naprawdę piękny dom. Tamten dom był dużo gorszym miejscem niż ten, przed którym stoisz teraz. Tamten dom był piekłem. Ten jest po prostu ruderą w środku lasu.

Nic się nie stanie. Najwyżej pogryzie cię pies.

– Co im odpowiadasz, gdy mówią, że Gizmo wciąż żyje? – pyta Mikołaj.

– Że Hitler też wciąż żyje? – odpowiada zdziwiony Grzesiek.

– Nie, na poważnie. Co o tym myślisz? – pyta jeszcze raz Mikołaj.

– Co ty pierdolisz, kurwa? – Grzesiek odwraca się do niego, wyciąga szyję, aby dostrzec cokolwiek w czarnych oczach domu, i krzyczy jeszcze raz: – Wiedźmin!

– Bo gdyby żył, powinienem go zabić, co nie? Jak myślisz? – mówi Mikołaj i przy ostatnich paru wyrazach głos mu się zmienia, wyczuwam to, jest zimniejszy, jakby jego struny głosowe nasyciły się stalą.

Pies przestaje warczeć i nagle znika.

Mężczyzna ma ciemne buty, podarte spodnie, wyciągnięty sweter, bardzo długą brodę. Wygląda jak bezdomny. Oczy, latarka wyławia z ciemności jego oczy. Są głęboko wepchnięte w czaszkę, ostro zarysowane, ostrzejsze niż wszystko.

– Co? – pyta.

– Co? Co? A „witajcie drodzy goście" to pies wpierdolił? – Grzesiek się śmieje.

– Kto to? – Pokazuje palcem na mnie i Mikołaja. Światło latarki wyławia detale jego postaci. Wygląda jak bezdomny, ale ma czyste, mocno spiłowane paznokcie.

– Mój brat, nie widać? Podobny – mówi Grzesiek.

– Podobny. – Wiedźmin kiwa głową.

– I jego żona. – Pokazuje w moją stronę Grzesiek. Na mnie już nie reaguje, ale odwraca się i znika w ciemności. Idziemy za nim. Pod nogami wciąż wszystko się rozpada, chrupie, pęka.

Pies wbiegł do budy. Są jeszcze inne psy, w ciemności widać ich oczy. Jakby szczęk plastiku, chlupot, śmierdzi benzyną. Skrzypią otwierane drzwi. I wtedy zapala się blade światło, i dom zamienia się w ciepłą wyspę, w jeden rozgrzany kamień w zgaszonym ognisku.

Dom jest zniszczony, ale od tej strony ma naprawiony dach, wstawione nowe okna, jeszcze oklejone przy framugach fabryczną taśmą. W obejściu jest pełno rzeczy, nawet zupełnych śmieci, ale wszystkie zostały pedantycznie poukładane w równe sterty, rzędy, konstrukcje. Pod ścianą grabie, łopaty, motyki, siekiery ułożone w równy szereg, od największego przedmiotu do najmniejszego. W centrum obejścia samochód, duży i terenowy, ale tak zniszczony, jakby miał po mocniejszym stuknięciu w maskę zamienić się w chmurę rdzawego pyłu. Wiedźmin na moment zamienia się w stojącą w progu czarną plamę, a następnie znika w środku.

Wewnątrz jest czysto. Jeszcze mocniej śmierdzi benzyną, ale rozumiem, że to generator. Stara, węglowa kuchnia zajmuje większość pomieszczenia. Na ścianach malowane na drewnie obrazki, w dziesiątkach, splątane konstrukcje z drewna i kory, nieczynne zegary z kukułką, obrazy Matki Boskiej, nadpalone monidła, kalendarz Coca-Coli z 1998 roku. Śmieci. Czyste śmieci. Spod benzyny przebija zapach detergentu. Elektryczne światło dochodzi z zawieszonej na suficie, pojedynczej żarówki, ale wszędzie widać pełno porozstawianych zgaszonych świec.

Przy stole siedzi ktoś jeszcze.

– Z Kolą jestem. – Pokazuje na brudnego faceta z rozczochranymi włosami, przyciskającego dłonie do blaszanego kubka z herbatą. Obok rozłożona skromna kolacja, chleb, konserwa z darów, dżem, masło. Wiedźmin jest wysoki, chudy i pałąkowaty, ale bije od niego siła, gdy podciąga rękawy swetra, na wielkich dłoniach widać splątane supły żył. Zasłania sobą drewniane drzwi, zza których też dobiega światło, zza których coś słychać, szemranie jakby rozstrojonego radia.

– On się zaraz umyje. – Znowu pokazuje na Kolę. – Zaraz się umyje, nie może brudny siedzieć. Nie ma mowy.

– Pobili cię. Widziałem, jak cię pobili – odzywa się do Grześka Kola. Ma przytłumiony głos, przeciąga samogłoski, brzmi i wygląda jak osoba po nieodwracalnym, psychicznym urazie.

Przytulam się do ściany. W tym małym pokoju, w tym dziwnym domu jest mnóstwo dziwnych, niezrozumiałych reguł, a ja nie chcę złamać żadnej.

– Co jeszcze widziałeś? – pyta od razu Grzesiek. – Kola nie odpowiada. Bierze do rąk kromkę chleba z talerzyka i rozrywa ją na małe kawałki. – Co jeszcze widziałeś? Nie bój się – powtarza Grzesiek.

– Nie mów tak głośno. – Wiedźmin podnosi palec.

Oczy tego człowieka są niezmiernie jasne, intensywnie niebieskie, małe i ostre, przypominają wycięte nożem w papierze łzy przewrócone. Jest w nich coś, co trudno nazwać. Patrząc mu w oczy, wiem, że wybrał wszystko, co go otacza: generator, śmieci, świece i tego drugiego biedaka przy stole. Długa, skręcona, twarda jak metalowy zmywak broda sprawia, że z daleka musi wyglądać jak wariat albo bezdomny. Ludzie muszą się go bać, widząc go samego, z oddali, chodzącego po lesie między drzewami. Tak samo jak wymyślonej wiedźmy.

– Moje dzieci tam siedzą. Oglądają bajkę. Mają jedną bajkę dziennie. Więcej psuje mózg – mówi Wiedźmin.

Grzesiek się uspokaja, wypuszcza nadmiar powietrza z płuc. Już nie patrzy na Kolę. Spogląda z powrotem na Wiedźmina.

– Małolaty jakieś chodzą po lesie. Auto im się zepsuło przy rzece – mówi.

– I co? – pyta Wiedźmin.

– Masz linkę holowniczą? Może im trzeba pomóc? – pyta Grzesiek.

– Nie mam – mówi Wiedźmin. – Zgubiłem.

– Jak to zgubiłeś? – pyta jeszcze raz Grzesiek, widać, że znów się denerwuje.

– Jakbym wiedział, jak zgubiłem, to już nie byłoby zgubienie.

Wiedźmin otwiera drzwi do drugiego pomieszczenia, wchodzi do środka. Pokój jest pomalowany na wyblakły jasny róż. Widzę tam dwójkę małych dzieci, które odwracają się w naszym kierunku, są w grubych swetrach, siedzą przed małym kolorowym telewizorem z podłączonym do niego tanim DVD. Widzę krzesła, brzegi ustawionych w równej odległości od siebie tapczanów, jak w pokoju w akademiku. Na ścianie nadpalony obraz Matki Boskiej.

– One mieszkają z panem na stałe? – pytam. Nie chciałam zadawać tego pytania, ale to było odruchowe. Zaciskam powieki, dom na Saskiej Kępie znowu się pojawia na chwilę. Cyryl, który wyciąga palec, pokazując mi jedno z okien. To tam, mówi, jak się przyjrzysz, to zobaczysz, że tam ładny obraz wisi na ścianie, zaraz naprzeciwko okna. Kopia *Tańca w Bougival* Renoira, dowiem się później.

On milczy, wwierca się we mnie przez chwilę wzrokiem, a potem pyta:

– O dzieciach przyszłaś rozmawiać?

– Nie, przyszłam rozmawiać o zaginionych ludziach – odpowiadam.

– Więc to ty przyszłaś ze mną rozmawiać. Nie oni – mówi.

– Tak, to ja.

– Tak myślałem. Ty miałaś największe pytanie na twarzy – odpowiada.

Widzę, że Kola rozkruszył już chleb i teraz okruchy pokrywają cały stół.

– Idź się umyć, Kola. Idź do łazienki. – Podnosi faceta za łokieć i wyprowadza go z pomieszczenia.

– O co, kurwa, chodzi z tymi dziećmi? – pyta cicho Grześka Mikołaj.

– Chowa, boby mu je dawno zabrali. Też powinienem tak zrobić – odpowiada Grzesiek, wzruszając ramionami. Podchodzi do kuchni, zdejmuje pokrywkę z żeliwnego garnka, wącha zawartość.

– Więc nie jest takim wariatem – mówię cicho.

– Może nie jest – odpowiada Grzesiek.

Jest tu jeszcze jakiś zapach poza benzyną i mydłem. Jakiś inny. Również chemiczny. Unosi się delikatnie nad podłogą jak rosa, przez chwilę wydaje mi się, że go widać, jak biały pył.

Zastanawiam się, skąd ma pieniądze. Skąd ma na benzynę? Skąd ma jedzenie? Jego dzieci są drobne i przestraszone, ale czyste. Ktoś musi mu pomagać. Albo pomaga sobie sam w sobie tylko znany sposób.

– One pewnie nie chodzą nawet do szkoły – mówię. Dopiero teraz widzę: na parapecie, między robiącymi za świeczniki zakrętkami od słoików i doniczkami, leży długie, zardzewiałe ostrze, coś pomiędzy nożem a maczetą, jeszcze świeże od brudnej ziemi.

– On nic nie widział. – Człowiek zwany Wiedźminem wraca do pokoju i staje w drzwiach, rozstawia stopy w obu rogach, splata ramiona na klatce piersiowej, jakby chciał zatarasować nam wyjście.

– Jak pan ma na imię, przepraszam? Ja jestem Justyna. Justyna Głowacka – mówię, bo przecież nie mam nawet zielonego pojęcia, jak się nazywa. Nie wygląda, jakby miał imię. Wyobrażam sobie, że je zgubił, pozbył się go, było mu niepotrzebne. – W tym lesie, niedaleko stąd, znaleziono pana Bernata, wygłodzonego i być może torturowanego. Są inne zaginięcia, już trzy osoby. Chcę porozmawiać z panem, czy pan coś widział, czy coś pan o tym wie? – pytam.

Ale nie zwraca na to uwagi, zamiast tego patrzy na Mikołaja, przez moment tak intensywnie, że Mikołaj, aby łatwiej uciekać od tego spojrzenia, w końcu odwraca od niego wzrok, wycofuje się i siada na zwolnionym przez Kolę krześle.

– Żeby pomagać, trzeba nic nie mieć – mówi Wiedźmin. Otwiera szufladę w stole, coś z niej wyciąga, małą książeczkę, Nowy Testament. Ślini palce, uważnie go kartkuje, ogląda, jakby szukał czegoś, co chce powiedzieć. Przez chwilę widzę jego otwartą dłoń. Na jej środku ma brzydką ranę, coś jak ropień, guz.

– Nie, bez takich, kurwa, Wiedźmin – mówi Grzesiek. – Bez takich. Potem sobie poksiędzujesz. Już czterech ludzi zaginęło. Stary Bernat, ten, co zakład miał, co dachówki robili. Jego syn. Maciuś. Ksiądz. Stary Bernat uciekł, w tym lesie go znaleźli. Musiałeś coś widzieć. Gadaj, kurwa.

– Żeby pomagać, trzeba nic nie mieć. A ty coś masz. – Podnosi wzrok. Bierze w garść trochę rozsypanych okruchów i rzuca je z powrotem na stół. Światło żarówki zaczyna migotać przez chwilę, by w końcu wrócić do normy. – Wiesz, jak naprawdę nazywa się ta rzeka? – pyta po chwili.

– Kurwa – odzywa się Grzesiek, odwraca się do mnie i mówi: – Może zostawimy cię tu na trzy dni. On ci nic nie zrobi. Ale trzy dni poczyta ci Biblię, coś popierdoli i dopiero wtedy ci coś powie.

– Czarny Potok – mówi mężczyzna. – Ta rzeka nazywa się Czarny Potok. Chodzą po niej. Tam i z powrotem. Wszystkie dusze.

Mikołaj nie odpowiada. Odruchowo przysuwa krzesło do ściany.

– Ona też – mówi Wiedźmin, a Mikołaj wtedy wstaje i robi się momentalnie czerwony, jakby dostał gorączki.

– Ej! – krzyczy Grzesiek, głośno.

Słyszę, że jedno z dzieci za ścianą zaczyna płakać. Wiedźmin odwraca się w tamtą stronę, podchodzi do drzwi i je otwiera. Dopiero teraz dokładnie widzę jego buty. To zupełnie nowe, czarne adidasy; wyglądają, jakby włożył je dziś po raz pierwszy.

– Już spokojnie. Nie ma powodu – mówi grobowym, płaskim głosem i zamyka drzwi z powrotem. Słyszę, jak dziecko wciąż cicho chlipie, ale stara się nie wydawać dźwięku. Wiedźmin odwraca się do mnie.

– Wszyscy tu chodzą – mówi podniesionym głosem, ostro, twardo. – Wszyscy tu chodzą, wystarczy się wsłuchać. Kroki, chodzą w butach albo i boso. A wy przychodzicie i się pytacie. Ludzie bez uszu i oczu.

Mikołaj wstaje, odsuwa krzesło z powrotem. Wymija Wiedźmina, który stoi teraz na środku pokoju.

Kręcę głową. To niebezpieczny człowiek. Nie jest żadnym wariatem. Widać to w jego postawie. W tym, jak zwisają mu nad podłogą ręce, podobne do długich, przeciętych kabli.

– Chodźmy – mówię.

Wymijam go, wychodzę przez korytarz na zewnątrz. Ten człowiek nie pomoże mi w niczym, ten człowiek nie mówi, a jedynie siedzi w lesie i ostrzy swój zardzewiały nóż. Może wie wszystko. Może wie cokolwiek. Na pewno jego nóż wie dużo.

Na zewnątrz, bez światła latarki, ciemność jest wszystkim. Grzesiek i Mikołaj wychodzą za mną.

– On czasami coś powie, czasami jest z nim lepiej – stwierdza Grzesiek.

– Poczekaj. – Wiedźmin wychodzi za nami. Staje w progu, potem robi krok do przodu.

– Do kogo mówisz? – pyta go Grzesiek.

– Do niego. – Wiedźmin pokazuje palcem Mikołaja, który podskakuje jak porażony prądem. Wiedźmin podchodzi do niego, kładzie mu rękę na ramieniu. Mikołaj się wyrywa, cofa o krok.

– Ona naprawdę tam jest. Wszyscy tam są. W czarnej rzece. Brodzą, płytko, jest po kolana – mówi Wiedźmin.

– Wypierdalaj. – Głos Mikołaja jest inny, zimny, twardy.

– Nie może wypierdalać, jest u siebie, chodź. – Grzesiek ciągnie go za rękę.

– Jest tam, ona była ci przeznaczona, i to wszystko cię złamało, ty już życia nie masz, to nie jest żadne życie – mówi spokojnie Wiedźmin. Rozkłada szeroko ręce, jakby miał być ukrzyżowany. Gdy stoi tuż przed Mikołajem, widać, że jest potężny, wyższy od niego o głowę. – Ty wiesz, że ty jesteś tchórz – dodaje Wiedźmin.

– Co? – pyta Mikołaj.

– Wiesz, że mogłeś za nią iść, wtedy na zamku, jak odbiegła od ciebie – mówi spokojnie Wiedźmin.

– Co, kurwa? – powtarza Mikołaj. Ma ton rozdrażnionego dresa.

– Mogłeś iść za nią. Albo za tymi, którzy to zrobili. Mogłeś to powstrzymać. I mogłeś też naprawić. A nic nie zrobiłeś. Ani najpierw, ani potem, ani teraz. Wiesz, gdzie idą ci, co nic nie robią. Płacz i zgrzytanie zębów, tak jak jest napisane w księdze. – Głos Wiedźmina jest szorstki i głęboki jak zaschnięty torf.

– Zamknij się, Wiedźmin, noż kurwa! – Grzesiek też zaczyna się denerwować. Obaj stoją zwróceni do niego, prawie trzymając gardę, napięci. I tylko Wiedźmin jest spokojny, wyprostowany. Jego ręce zwisają wzdłuż ciała jak luźne, grube liny.

– Nie, poczekaj – mówi Mikołaj i pyta Wiedźmina: – Co ty bredzisz?

– Możesz to naprawić. Możesz jeszcze. Możesz iść ze mną nad potok. Po prostu przestań się bać. Nie ma się czego bać. Przecież Bóg widzi wszystko – mówi.

Wtedy nagle Mikołaj z całej siły uderza go w twarz. Słychać chrupnięcie. Mężczyzna się zatacza i zanim Grzesiek krzyknie, aby Mikołaj przestał, ten uderza go jeszcze raz, i jeszcze raz, bez słowa. Pierwszy raz widzę, aby Mikołaj kogoś bił. Po kolejnym uderzeniu mężczyzna znowu się zatacza, upada na kolana i wtedy Mikołaj kopie go kolanem w twarz, mocno, aż ten, w ogóle się nie broniąc, przewraca się na ziemię. I znowu go kopie, teraz w brzuch, i wskakuje na niego, przygważdżając do ziemi, i znowu zaczyna bić go po twarzy, biorąc solidne zamachy; ciało mokro chrupie w ciemności, a mężczyzna, którego nazywają tu Wiedźminem, w ogóle się nie broni, nie wydaje żadnego dźwięku, nawet się nie zasłania, ale ponownie rozchyla ręce, jakby był ukrzyżowany, i dopiero wtedy krzyczę:

– Przestań, Mikołaj, idioto!

Ale Mikołaj nie reaguje i dopiero Grzesiek, jakby wytrącony z letargu, podbiega do niego, chwyta za ubranie i zrzuca z Wiedźmina.

– Durniu jeden, co ty robisz, tu są jego dzieci, jego dom. – Grzesiek trzyma go za rękę, pomaga mu wstać. Mikołaj ciężko dyszy. Spluwa. Wiedźmin również wstaje, powoli, trzyma się za twarz. Widzę, że jest zalana krwią.

– Wiedźmin, spokojnie. – Grzesiek łapie go za ramię. Wiedźmin bez ruchu patrzy na Mikołaja.

– Przewidziałem to – mówi. – Wiedziałem, że to się stanie.

– Matko Boska – mówię i podbiegam do Mikołaja. Drży jak rażony prądem, przez mięśnie idą mu dziesiątki impulsów.

Jest oblany potem, jakby ktoś wylał na niego wiadro wody.

– Przestań, ty normalny jesteś? – Grzesiek próbuje odciągnąć Mikołaja parę kroków w tył, ale ten stoi nieporuszony, zabetonowany, całe ciało ma teraz tak napięte, że pod jego skórą jest lity kamień, gdziekolwiek go dotknąć. Wiedźmin jest cały pokrwawiony. Znajduję w kieszeni chusteczkę, podaję mu, chwyta ją, ale nie przykłada do twarzy, pozwala krwi spływać, po szyi, na ubranie.

– Przepraszam cię za niego, Wiedźmin – mówi Grzesiek. – Przepraszam.

– Ja i tak bym nic nie zrobił – odpowiada. – Mateusz pięć, trzydzieści dziewięć.

I unosi palec, jakby chciał w ten sposób postawić kropkę.

Ktoś wychodzi z mieszkania. To ten drugi. Stoi owinięty grubym, brudnym ręcznikiem.

– Umyłem się – mówi. – Umyłem się, popatrz.

– Schowaj się w domu – rzuca w jego stronę Wiedźmin, nie odwracając się. – Będziesz spał na podłodze. – Potem, patrząc na Grześka, mówi: – Bernata nie widziałem, byłem tam, gdzie go znaleźli. Ale nic nie znalazłem. Jak dla mnie, to nie tutaj go trzymali. To daleko stąd. Ja bym wiedział gdzie. Może go specjalnie wypuścili, przywieźli gdzieś samochodem. Specjalnie, żeby go znaleźć. Żeby nastraszyć.

– Nastraszyć? Kogo nastraszyć? – pytam.

Kola, opatulony w ręcznik, wciąż stoi w drzwiach.

– Umyłem się, co mam teraz robić?

– Policz do nieskończoności – mówi Grzesiek.

Kola kiwa głową, znika w drzwiach budynku.

– Maciuś tu był – odzywa się po chwili Wiedźmin, gdy widzi, że Kola schował się już w środku, i dopiero teraz przykłada chusteczkę do rozciętego łuku brwiowego.

– Jak to Maciuś tu był? – pyta Grzesiek.

– Schować się chciał – mówi.

W domu gaśnie światło. Stoimy przez moment w kompletnej czerni. I robi się bardzo cicho, i dopiero teraz rozumiem, że przez cały ten czas w powietrzu wisiał dźwięk, niski terkot, którego w ogóle nie usłyszeliśmy; najprawdopodobniej pracujący generator.

– Prosił, błagał, schowaj mnie u siebie w piwnicy. Tam, gdzie Kola teraz mieszka – mówi. – Ale ja mu powiedziałem, nie mogę.

– Schowaj? U ciebie? – pyta Grzesiek.

Wiedźmin wzdycha.

– Powiedziałem mu, stań naprzeciwko grzechu swojego, jak ja stanąłem przed swoim, i pozwól dziać się sprawom tak, jak się dzieją. Tak mu powiedziałem. Bronią mi groził. Płakał. Krzyczał. Nie wpuściłem go – mówi, patrząc Grześkowi w oczy tak intensywnie, jak przed chwilą patrzył na Mikołaja.

– Oni pomagali panu, prawda? Ci złodzieje samochodów, ci bandyci z Zyborka? Kalt? – pytam. Zaczynam coś rozumieć. Coś pojawia się w ciemności, jakiś kontur, nitka, fragment rysunku. Generator. Nowe buty. Konserwy. Środki czystości. Mąka, ryż i kasza w wielkim koszu, stojącym w rogu kuchni. DVD i telewizor, na którego ekranie dzieci oglądały bajkę.

– Za co? Co pan dla nich robił? – pytam jeszcze raz.

Wiedźmin wciąż patrzy na Grześka i na jego twarzy pojawia się coś, czego przedtem nie było, nawet gdy Mikołaj wymierzał mu ciosy.

Cierpienie.

– Wiedziałem, gdzie samochody są pochowane. Prowadziłem ich tam, gdzie mogli je chować, wyprowadzałem z powrotem. Przyjeżdżali kupcy, prowadziłem kupców. Pilnowałem, by nie rdzewiało. Latami. Pieniądze, pieniędzy nie chciałem. – Gdy mówi „pieniądze", odwraca się i spluwa. – Pieniędzy nie chciałem. Dawali jedzenie. Zrobili remont. Dali generator. Jak Jadwiga żyła, dawali leki. Do szpitala zawieźli, jak się zrobiło źle. Ale to był grzech, więc przestałem. I on też miał grzech.

– Jaki grzech? – pytam.

– Ty wiesz jaki. – Odwraca się do Mikołaja.

– Ale czemu to robili? – pytam.

– Przecież mówi ci czemu – odpowiada Grzesiek.

– Nie o to mi chodzi. On wie, o co mi chodzi – mówię.

Wiedźmin wzdycha. Na chwilę chowa twarz w dłoniach. Z domu dochodzi płacz dziecka, ale nie reaguje. Mikołaj jakby dopiero teraz rozumie, co zrobił, napięcie odpuszcza, widzę, jak garbi się, mięknie. Podchodzę, aby go przytrzymać, pomóc mu. Kładzie mi dłoń na plecach.

– A teraz? Kto panu pomaga teraz? – pytam. Wyjmuję jeszcze jedną chusteczkę, podchodzę do niego, ocieram mu czoło. – Kto panu pomaga teraz? Skoro już nie oni? Przecież dalej pan ma benzynę, jedzenie – powtarzam.

Nie odpowiada, tylko przez chwilę bezgłośnie porusza ustami.

– Chodźmy stąd. Chodźmy – mówi Grzesiek. Odwraca nas, popycha z powrotem w stronę drogi. – Chodźmy – powtarza.

Zaczynamy iść i wtedy Wiedźmin woła za nami, jego głos dźwięczy po lesie, jest czysty i głośny jak dzwon. Ten człowiek naprawdę mógłby być księdzem.

– Wiem, że Bernat był głodny. Wiem, że jadł. Bolało go wszystko, ale jadł. Ja wiem. Wiem, jak to jest – słyszymy.

– Co? – Odwracam się w jego kierunku.

Ale Wiedźmin idzie już w stronę domu.

– Nie przychodźcie więcej – mówi jeszcze, nie oglądając się za siebie, i wchodzi do środka.

– Skurwysyn – mówi Mikołaj.

Biorę go za rękę. Drży. Idziemy w ciemność. Latarka znowu rzuca krąg światła, mniejszy, wielkości małego zajączka albo sporej monety. Baterie się kończą, musimy się śpieszyć, jeśli nie chcemy szukać auta po omacku w ciemności.

Wszystko pachnie benzyną, oddycham głęboko, aby pozbyć się tego zapachu.

– To jest jakiś cyrk. To jest sen – powtarza Mikołaj. Ściskam jego dłoń.

Wiem, o co mu chodzi.

Mikołaj / 2000 / Wszystko tak zimne jak życie

– Rozmawiałam z twoim ojcem – powiedziała i pocałowała mnie w ucho. Ilekroć to robiła, lekko mnie gryzła.

– O czym? Kiedy? – pytam.

– Wczoraj. Gdy ty poszedłeś oglądać telewizję z Grześkiem i zostawiłeś mnie w kuchni. Zrobił mi kanapki. No i wtedy z nim rozmawiałam – odpowiedziała. Zaraz potem wcisnęła głowę w mój bark, ale ciepło poczułem gdzie indziej, na plecach, tak gwałtownie, że aż podskoczyłem. To Trupol podsycił ogień, po prostu chlustając benzyną na żarzące się drewno.

„Ale Trupol mógł rozpalić tysiące ognisk, a i tak Jezioro Zimne dalej byłoby zimne" – pomyślałem.

Koniec czerwca był chłodny, wietrzny, szary, wszyscy chorowali, nikt nie chciał wychodzić z domu, podczas gdy normalnie każdy jak najszybciej chciał z niego uciec. Koniec świata nie zdarzył się w ostatniego sylwestra, ale w taką pogodę można było pomyśleć, że po prostu spóźnił się o rok.

– Chcecie kiełbasę? – zapytał Trupol.

– Ja chcę – odpowiedział Bylu.

– Ja dziękuję – odparła Daria.

– Co powiedział ci mój ojciec? – zapytałem.

Spojrzała w moją stronę i się zaśmiała.

– Zabronił jej się z tobą spotykać. Na bank. – Słowa Byla były niewyraźne, zmieszane z gorącą kiełbasą, którą miał w ustach.

– Zapytał, czy nie trzeba mi jakoś pomóc w związku z moją matką, i w ogóle – odpowiedziała Daria. – No i że jak trzeba, to zawsze mogę u was zanocować.

– Jaja sobie robisz – powiedziałem, wstając i idąc po swoją porcję kiełbasy.

Trupol profesjonalnie je opiekał na skomplikowanej konstrukcji z zaostrzonych gałęzi, polewając co chwila tanim piwem z puszki. Twierdził, że to dla aromatu.

– Oczywiście nie w jednym łóżku z tobą. Ale powiedział, że mnie podziwia, że opiekuję się siostrami, i w ogóle – dodała, a wtedy odruchowo położyłem dłoń na jej czole, żeby sprawdzić, czy nie ma śmiertelnej gorączki.

– Nie dym tak, będę musiał iść do chaty się przebrać – powiedział Bylu.

– O kurwa, nieźle, a kiedy ostatni raz się przebierałeś? Z rok już będzie, nie? – Trupol zsunął jedną kiełbasę na kromkę chleba, dodał musztardy i podał mi do rąk. Jeszcze raz zapytałem Darię, czy trochę nie chce, ale jeszcze raz pokręciła głową.

Było coraz więcej momentów, kiedy zwyczajnie mnie irytowała. Nie chciałem tych momentów. Było mi wtedy głupio. Ale było ich coraz więcej i więcej. Pleniły się jak chwasty. Czasami, gdy leżałem obok niej w łóżku (najczęściej w mieszkaniu Trupola – jego mamy nigdy nie było), czułem, jak wątpliwości wypełniają mi brzuch; wątpliwości od razu budziły wyrzuty sumienia, wyrzuty sumienia sprawiały, że zaczynałem się pocić i wiercić; ona już spała, a ja wpatrywałem się w sufit i myślałem, że to jednak będzie straszne, jeśli mam być z Darią już do końca życia, jeśli ma być jedyną dziewczyną, z którą będzie dane mi się przespać.

I byłem wtedy pewien, że jeśli się tak o kimś myśli, to znaczy, że tak naprawdę się go nie kocha. Dławiłem się tym wszystkim. Wszystko, co miało nadejść, wydawało mi się czarne i złe.

Patrzyłem na jezioro i czułem, że idzie koniec świata. Że spóźnił się tylko o rok.

Nie miałem racji. Miał przyjść jeszcze szybciej.

– Ja i tak będę musiała iść się przebrać, nie pójdę na koncert w gumiakach – powiedziała, wskazując palcem na szaro-różowe kalosze, i oderwała się ode mnie; pamiętam, że momentalnie zrobiło mi się zimniej; wstała i zapaliła papierosa.

– I coś jeszcze ci powiedział? – zapytałem.

– Ty zawsze będziesz synalkiem starego, Blady, jak będziesz tak sobie wkręcał, co on gada i do kogo. – Bylu przełknął kiełbasę i wytarł ręce o brudną bluzę.

– Powiedział, że mam cię pilnować. – Odwróciła się i stojąc nade mną z papierosem w ustach, znów popatrzyła na mnie w ten dziwny sposób. To spojrzenie chyba drażniło mnie najbardziej. Jakby była sobą za dwadzieścia lat, która nie patrzy na mnie, ale na moje stare zdjęcie, i próbuje sobie przypomnieć, kim ja w ogóle, kurwa, byłem.

– Ty też musisz się przebrać – powiedziała, patrząc na moje zaplamione, pokryte pyłem z ogniska ciuchy.

Po ognisku mieliśmy wrócić na zamek. W Bramie o dwudziestej drugiej miała się odbyć ostatnia impreza, czyli pożegnalny koncert 17 Sekund. Wieści o zamknięciu Bramy krążyły już od miesięcy. Coraz częściej na imprezy przychodziła policja w asyście nauczycieli z ogólniaka, wyłapując uczniów, którzy przebywali tam po dwudziestej drugiej. Parę razy przy kilku osobach znaleziono trawę albo spida. Nauczyciele przedstawiali władzom miasta obraz Bramy jako burdelu z piekła rodem, którym zarządza Szatan we własnej osobie. Władze słuchały, a w dodatku, jak okazało się później, od dawna planowały otworzyć tam hotel. Wariatowi za miesiąc kończyła się koncesja na sprzedaż alkoholu. Był pewien, że mu jej nie przedłużą. Stwierdził, że nie ma co czekać. Chciał odejść zarówno z pierdolnięciem, jak i z godnością.

17 Sekund miało rozpaść się wraz z Bramą. Zespół, jak opowiadał wszystkim Wariat, nie miał prawa bytu poza swoim macierzystym lokalem. Może dlatego, że w niewielu innych miejscach udawało mu się cokolwiek zagrać. Ale chodziło też o coś innego – Jarecki, od kiedy zostawiła go Karolina, podobno w ogóle stracił serce do bycia zyborską gwiazdą rocka. Brak serca stał się jeszcze bardziej dotkliwy, gdy, jak twierdziła Daria, pewnego dnia wręczono mu wezwanie do wojska. Ale Jarecki uśmierzał wszystkie problemy wciąganiem hurtowych ilości amfy. A ta była wtedy wszechobecna, tania jak barszcz i podobno najlepsza w Europie. W Zyborku łatwiej było kupić spida niż dobrą kiełbasę.

Teraz, gdy to sobie przypominam, to było oficjalne zakończenie naszej młodości. Impreza pożegnalna. Studniówka miała się odbyć dopiero dużo, dużo później, ale nikt o niej wtedy nie myślał, wszyscy myśleli o Bramie.

Zresztą i tak nie poszedłem na studniówkę.

– Daria – powiedział do niej nagle Trupol zupełnie innym tonem, poważnym (jego poważny głos był zupełnie inny od głosu, który żartował, tak jakby miał dwa gardła), gdy stała odwrócona do niego tyłem, bezkształtna i ciemna w trzech bluzach z kapturem, z opadającą na plecy falą czarnych włosów, puszczająca kaczki na wodzie. Zawsze, gdy mi się śni, to właśnie tak wygląda.

Odwrócona tyłem, stojąca twarzą do jeziora. Nieruchoma i milcząca.

– Nie schizujesz się tą akcją z Gizmem? – zapytał.

No tak. Akcja z Gizmem. Z perspektywy czasu to

wszystko potoczyło się tak szybko, że nawet nie zdążyło mnie przestraszyć.

Byliśmy w Bramie, gdy tam wpadł. To było kilka dni wcześniej. Chyba. Często tam wpadał. Oczywiście całe miasto wiedziało, że to wariat. Dopóki pił w spokoju swoje piwo i siedział cicho, wszystko było w porządku. Ludzie tolerowali go jak lekki deszcz. Daria twierdziła, że kiedyś rozmawiała z nim dłużej i że ta rozmowa nawet miała jakiś sens. Uważała, że wcale nie jest tak głupi, jak wszyscy myślą, że jest po prostu nieszczęśliwy. Mówiła, że to dragi posklejały mu zwoje w mózgu; że chciał uciec gdziekolwiek i, biegnąc na oślep, trafić do labiryntu, z którego nie ma wyjścia. Gizmo, gdy wypił o jeden lub dwa browary za dużo, zaczynał bełkotliwie krzyczeć, wymachując długimi, kościstymi rękoma, jakby próbował złapać nimi niewidzialnego, fruwającego dookoła ptaka. Ale wystarczyło jeszcze jedno piwo, aby znowu się uspokoił i wypowiadał swoje pretensje bezgłośnie, kiwając się na piętach z półprzymkniętymi oczyma. Tak więc wtedy, gdy znowu przybiegł do Bramy, z szeroko otwartymi oczami, które z daleka wyglądały jak wielkie dziury w jego ptasiej czaszce, nikt się nie zdziwił. Po prostu wszyscy przepuścili go do baru, aby mógł wykrzyczeć swoje, napić się i uspokoić. Najpierw to był po prostu krzyk, nieskładne wyrazy. Ale potem zacząłem je rozumieć, mimo że siedziałem na drugim końcu sali razem z Darią i Aśką, i kimś jeszcze i bełtałem słomką w rozwodnionym piwie w plastikowym kubku. Wiedźma, zjawa, krzyczał, urwana głowa, trzymała w ręce, krzyczał, aż w końcu ktoś, kto stał za barem, nie pamiętam kto, nachylił się do niego i powiedział, aby zamknął mordę, bo zaraz stąd wyleci.

I wtedy zauważył Darię po drugiej stronie sali. Na jej widok włożył sobie palce do ust, na chwilę, jakby chciał zatamować wylot własnych słów. Podbiegł i stanął przy nas, najpierw blisko, potem się odsunął, patrzył na nią i drżał. Potwornie się telepał, jakby schwytał tego niewidzialnego ptaka i go połknął, i ten ptak dalej żył w jego żołądku. Aśka go zapytała, czego właściwie chce. Wtedy popatrzył na Darię i powiedział, że Daria już nie żyje i on o tym wie. Że Daria jest już martwa. I pamiętam, że połknąłem wtedy wraz z piwem ostrą, wielką, niewidzialną bryłę lodu.

Barman podszedł do niego z jakimś innym gościem i kazał mu wypierdalać. To naprawdę nieprzyjemne, powiedziała Daria, wolałabym, abyś nie mówił mi więcej takich rzeczy. To może kogoś bardzo przestraszyć, dodała. Potem, gdy myślałem o niej, a myślałem o niej cały czas przez wiele lat, zdałem sobie sprawę, że nigdy nie wyglądała, jakby coś ją specjalnie zdenerwowało, że jej codzienność zakuwała ją w pancerz; że każdego dnia dochodziła kolejna, cienka warstwa tego pancerza.

Ty już jesteś martwa, bardzo cię przepraszam, powiedział Gizmo, właśnie to: „bardzo cię przepraszam" – i usłyszeli to wszyscy, bo jego słowa wymiotły z Bramy każdy inny dźwięk. A potem Gizmo się rozpłakał, bardzo głośno i brzydko, tak brzydko, jak tylko może rozpłakać się dwumetrowy gość, który ma osiemnaście lat. Zupełnie nie wiedziałem, co robić. Pamiętam, że Daria próbowała go dotknąć, ale może to już moja fantazja, może to doszło w moich wspomnieniach.

A potem Wariat wraz z barmanem wyciągnęli go na zewnątrz i chyba go pobili, przynajmniej tak powiedział Trupol, który widział później, jak Gizmo włóczył się po ulicach, gadając do siebie, zalany krwią z rozbitego łuku brwiowego.

– Czemu miałabym się tym schizować? – zapytała, wciąż zwrócona w stronę jeziora. Teraz chciałbym mieć to wszystko nagrane, móc obejrzeć to dzisiaj w domu, móc na nią popatrzeć, stwierdzić, czy rzeczywiście była przestraszona, czy nie.

– No nie wiem, kurwa, nie codziennie ktoś podchodzi do ciebie, jak siedzisz w knajpie, i mówi ci, że umrzesz – odpowiedział Bylu.

– Po prostu mnie zapamiętał, bo byłam dla niego miła – powiedziała i puściła jeszcze jedną kaczkę.

– Trzeba to wszystko zeżreć. – Trupol gestem pokazał zawieszone na patykach kiełbasy.

– I dlatego, że byłaś miła, gość podszedł do ciebie i powiedział, że nie żyjesz? Wiesz co, Daria, nie kumam tego. On po prostu ci groził. – Bylu wstał i jeszcze raz wytarł dłonie w bluzę. Ręce zostawiły kolejne czarne plamy. Zapalił papierosa. Zawsze palił łapczywie, potrafił połknąć połowę szluga za jednym zaciągnięciem.

– Mikołaj. Podejdź do mnie – powiedziała.

Na horyzoncie, nad lasem, majaczyła gruba kreska czarnych chmur, maźnięcie ogromnego, ubabranego w sadzy palca.

Nie wiedziałem do końca, o co jej chodzi. Nie lubiła publicznie się całować, dotykać, nawet chodzić razem za ręce. Drażniły ją pary, które na imprezach robiły wszystkim przyśpieszony kurs obśliniania sobie nawzajem twarzy. Mówiła, że to niesmaczne.

– Przytul mnie – powiedziała.

Objąłem ją, najpierw nieporadnie, potem przycisnąłem ją do siebie, mocno, poczułem jej ciepło spod kilku bluz, ciepło spod pancerza, to ciepło było w niej najfajniejsze. To ciepło nigdy mnie nie irytowało.

Patrzyliśmy, jak ciemna kreska nad lasem delikatnie się poszerza.

– Musimy iść – powiedziała po chwili.

Bylu zadeptał ognisko, nie pamiętam, albo wszyscy się na nie wyszczaliśmy. Szliśmy powoli przez las, w ciemności.

– Pamiętacie, jak raz w nocy zrobiliśmy sobie podchody i Trupol się zgubił? – zapytał Bylu.

Nikt mu nie odpowiedział, ale to nie znaczyło, że nikt tego nie pamiętał. To było chyba następnego dnia po tej imprezie w domku w Jarzębowie, gdy ja i Daria po raz pierwszy się kochaliśmy. Napiliśmy się tej potwornej makumby i poszliśmy w nocy do lasu. Trupol przepadł, więc zaczęliśmy chodzić po lesie i krzyczeć: trup, trup, trup! I z jakiegoś domku wypadła przebudzona, przerażona kobieta, która zaczęła wrzeszczeć w naszą stronę, gdzie jest jakiś trup, bo ona zaraz zadzwoni na policję.

Nie pamiętam, gdzie w końcu znalazł się Trupol. Był tak naćpany, że chyba zasnął w łódce, przyczepionej do pomostu na jeziorze.

Wtedy to było śmieszne, ale teraz już nie. Dlatego nic nie odpowiedzieliśmy. Daria trochę przyśpieszyła kroku. Zrozumiałem, że chce przez chwilę być ze mną sama.

– Jak myślisz, co będzie dalej? – zapytała, gdy już oddaliliśmy się na bezpieczną odległość.

– Znaczy kiedy? – odparłem. Wiedziałem, o co jej chodzi. Nie wiedziałem natomiast, co jej powiedzieć.

– O Jezus, wiesz kiedy. Za parę miesięcy. Gdy przyjdzie sylwester, gdy zdamy matury. Gdy będziemy zdawać na studia. Co wtedy? Co się stanie? – odpowiedziała.

– Nie wiem co. – Pokręciłem głową.

– Nie wiesz co. A przecież coś się stanie. Na pewno. To łatwe gadać, że będzie jakiś koniec świata, tak jak gada w kółko Trupol. To łatwe – powiedziała.

– Nie wiem. Pewnie pójdę na jakieś studia. – Wzruszyłem ramionami.

– A chcesz? – zapytała.

– Co to znaczy, czy ja chcę? – odparłem.

– No, czy ty chcesz, przecież to normalne pytanie. To nie ma znaczenia, czy twoi rodzice chcą. Ty możesz nie chcieć. Ty przecież nie musisz – powiedziała.

– Chcę się stąd ruszyć. Cokolwiek zrobić, byle się ruszyć. Studia są spoko, bo wtedy starzy będą dawać mi jakąkolwiek kasę – odparłem po chwili.

– I co, pójdziemy na studia do tego samego miasta? Do Olsztyna? Może do Gdańska? – zapytała.

– Nie rozumiem – kłamałem, mimo że wszystko świetnie rozumiałem. Po prostu się bałem.

– Jak to nie rozumiesz? Pójdziemy na studia do tego samego miasta? Zamieszkamy w jednym, nie wiem, akademiku? Co? Ja niczego od ciebie nie chcę, naprawdę. Ja po prostu pytam, czy ty sobie to w ogóle wyobrażasz – powiedziała.

– Wyobrażam – skłamałem.

– Tak? Bo nigdy o tym nie gadamy – powiedziała, pamiętam, że bez cienia pretensji, lecz cicho i smutno.

– To jeszcze dużo czasu – odrzekłem po chwili. Byłem wtedy tchórzem i czułem się jak tchórz. Wiedziałem, że kłamstwo od razu po mnie widać. Że ściema zmienia mi rysy twarzy. Cieszyłem się, że mnie ledwo widzi, że w lesie jest coraz ciemniej.

– Nie, to jest mało czasu, Mikołaj, w ogóle życie to jest mało czasu. – Przyśpieszyła tak bardzo, że musiałem zacząć za nią nadążać. – Po prostu ja cię kocham, a ty mnie nie – powiedziała po kolejnej chwili milczenia.

Zatrzymałem się.

– Co ty mówisz? – zapytałem.

– Właśnie to. Po prostu już się wybawiłeś. – Wzruszyła ramionami. – Pokazałeś sobie, że możesz mieć taką dziewczynę jak ja i tak dalej.

Pamiętam, że nie płakała, nie rozpaczała, jak wtedy w domku, gdy zagroziłem jej, że wracam; teraz była cicha i zimna. Stała przede mną, patrzyła na mnie, jakby jej już nie było. Ale może to sobie dopowiadam. Może wymyśliłem sobie wszystkie jej spojrzenia. Może patrzyła na mnie zwyczajnie, jak smutna dziewczyna, mądrzejsza od chłopaka w swoim wieku, w którym się zakochała.

– Ty chcesz pojechać na studia, poznać dziewczyny, poznać ludzi, zostać Mikołajem Głowackim, wiesz, o co mi chodzi, Mikołajem przez duże M – powiedziała.

Trupol i Bylu już się do nas zbliżali. Słyszałem, jak jeden z nich śmieje się w oddali, głośno, rechocze jak łaskotana żaba. Ruszyłem do przodu. Poszła za mną. Ale szła wolno, miała to gdzieś, czy nas dogonią, czy nie.

– Jakim prawdziwym Mikołajem Głowackim?

– Ja wiem, że ty piszesz – wypaliła nagle. To było uczucie, jakby ktoś z całej siły uderzył mnie łokciem w czubek głowy. Straciłem na chwilę równowagę.

(Oczywiście, że pisałem. Oczywiście, że miałem zeszyt i wklejałem do niego kartki zapisane na zdezelowanej maszynie do pisania, którą kiedyś przyniósł skądś mój ojciec, kiedy podczas jednego z ostrzejszych odlotów wymyślił sobie, że będzie miał w domu biuro, faks, ceglaną, wielką komórkę i generalnie będzie biznesmenem.

Skończyło się na maszynie do pisania).

– Nie rozumiem. – Najpierw udałem, że nie rozumiem.

– Znalazłam zeszyt u ciebie w pokoju. Przeczytałam tylko trochę – powiedziała.

Było jej głupio, a ja zaczynałem robić się wściekły.

– Nie gniewaj się – dodała, a wtedy wkurwiłem się po całości.

(W zeszycie było kilkanaście opowiadań, głównie nieskończonych, bez wyjątku złych. Rozstrzał tematyczny był potwornie szeroki. Martwe prostytutki, przepici detektywi, zdeprawowani robotnicy uwięzieni w górskich bazach przeładunkowych, seryjni mordercy szyjący z ciał ofiar ubrania dla lalek, skorumpowani policjanci, ocaleni z postatomowej zawieruchy, zmutowani kanibale. Później, gdy nastąpił ten śmieszny moment, gdy wszyscy chcieli moją drugą książkę i byli gotowi dać mi za nią absurdalne pieniądze – wtedy chciałem znaleźć ten zeszyt i wysłać go do wydawnictw. Wiedziałem, że gdy to zobaczą, zrozumieją, że nie ma o co się bić, że to wszystko pomyłka, nieudany żart. Mogli być również głupi do tego stopnia, że zaakceptowaliby te niedokończone, młodzieńcze smrody jako drugą sensacyjną powieść Mikołaja Głowackiego. Tak czy siak, w końcu być może daliby mi święty spokój).

Przyśpieszyłem bez słowa, ona również, coraz bardziej poirytowana. Wychodziliśmy już z lasu, byliśmy nieopodal Zyborka, tuż obok zakładu Bernata. Otoczona wysokim ogrodzeniem, biała bryła lśniła w ciemności odbitym światłem latarni. Czasami, gdy zapaliliśmy jointy, wyobrażaliśmy sobie, że to nie jest zwykła fabryka mebli, że przeznaczenie budynku jest zupełnie inne, że jest to na przykład tajna baza wojskowa amerykańskiego albo rosyjskiego rządu, w której starzy goście w białych kitlach robią eksperymenty na więźniach politycznych. Ta ukryta baza pojawiała się chyba nawet w jednym z moich okropnych opowiadań.

(Ojciec, po śmierci mamy i odstawieniu wódy, wyczyścił dom z jakichś siedemdziesięciu procent przedmiotów. W tym również mój pokój. Zeszyt i jego gówniana zawartość najprawdopodobniej dokonały żywota w metalowej beczce do palenia liści. Muszę przyznać, że jest to jedna z niewielu rzeczy, za którą jestem mu wdzięczny).

Ale nie, to była zwykła fabryka mebli. Czasami, wieczorem, przez zaparowane szyby można było zobaczyć robotników niosących fragmenty mebli, foteli i kanap. Otoczeni bladą poświatą, przypominali duchy z bajki, wytwarzające czyjeś sny.

Wtedy jednak zakład Bernata był nieczynny i martwy. Za wielkimi oknami panowała kompletna ciemność. Nasze sylwetki odbijały się w szkle, otoczone złotymi aureolami latarń. Z wściekłości zaczynał boleć mnie żołądek, jakbym napił się wrzątku.

– Ej! Idziecie? – Trupol i Bylu stali przy wyjściu z lasu. Nie miałem pojęcia, czy słyszeli naszą rozmowę.

– Idźcie, spotkamy się na miejscu – rzuciłem w ich kierunku.

Kiwnęli głowami. Odeszli w stronę Zyborka. Zostaliśmy sami pod fabryką.

– Po prostu uważam... – zaczęła.

– Co uważasz?! – krzyknąłem. Miałem ochotę coś jej zrobić, tej – przede wszystkim – głupiej krowie, która nie może się powstrzymać, aby nie wsadzać łap tam, gdzie nie powinna, do cudzych domów, gdzie i tak może nocować, gdzie dostaje kolacje, gdzie nie ma rzucających w nią ciągle talerzami jebniętych matek. Że powinna być za to wszystko wdzięczna i przestać się do mnie o wszystko przypierdalać.

– Po prostu uważam, że powinieneś się tym zajmować. Że skoro ktoś zajmuje się czymś w tak młodym wieku, to znaczy, że powinien to robić – odpowiedziała. – Ja nie mam niczego takiego – dodała po chwili.

– Jeśli ci tego nie pokazałem, to znaczy, że nie chciałem, prawda?! – wrzasnąłem na nią.

– Przepraszam – powiedziała cicho. Drżał jej głos. Gula płaczu rosła jej w gardle, by zaraz pęknąć.

– To, że mój ojciec bierze cię na jakieś tajne narady, to nie znaczy, że możesz grzebać w moim pokoju, prawda?! – krzyknąłem jeszcze raz.

(Oczywiście, gdy ja byłem u niej w mieszkaniu i czekałem, aż się wykąpie, przeglądałem jej pamiętnik; znalazłem go pod łóżkiem; próbowałem go przewertować w poszukiwaniu odpowiedzi na to jedno, najważniejsze, najbardziej palące pytanie – kim był ten trzymetrowy, czarny kontur czający się za nią za każdym razem, gdy rozbierała się przede mną. Jednak nie dotarłem do wyjaśnienia – usłyszałem, jak wychodzi z łazienki i gwałtownie wrzuciłem oprawiony w plakat Linkin Park zeszyt pod łóżko).

– To było naprawdę ciekawe, co przeczytałam. To o końcu świata i ludziach, którzy wychodzą z jaskini. Naprawdę powinieneś się tym zająć – powiedziała jeszcze ciszej. Wiedziała, że się pogrąża. Odwróciłem się i nabrałem mnóstwo powietrza, aby na nią nie krzyknąć.

– Słuchaj – powiedziałem trochę spokojniej, chociaż wciąż podniesionym głosem – chciałbym mieć w tym wszystkim coś dla siebie, prawda? I ty też, nie? Ty też chciałabyś mieć coś tylko dla siebie?

– Dobra, nie było tematu. – Zrobiła krok w tył, opuściła bezwładnie ręce. Poddawała się. Ale ja nie.

– Ty też byś chciała, nie? – powtórzyłem.

– Co na przykład? Co na przykład tak bardzo chcę mieć dla siebie? Co tak chowam? – zapytała i gdybym przeprowadzał tę rozmowę dzisiaj, pewnie zauważyłbym, że była znużona, że powiedziałaby wszystko, aby się nie kłócić. Ale wtedy byłem jeszcze słaby w obserwowaniu ludzi. Zwłaszcza w obserwowaniu Darii.

– Powiedz, z kim dymałaś się przede mną? – wydusiłem po chwili.

Popatrzyła na mnie jak na duże i głupie dziecko, które próbując się napić, właśnie odgryzło kawałek szklanki.

– To ważne? – zapytała.

Oczywiście, że to było ważne. To było prawie najważniejsze. To była kolejna myśl, która nie dawała mi spokoju w nocy, która kłuła mnie w splot słoneczny jeszcze mocniej niż rozważania, czy tak naprawdę ją kocham, czy nie, czy kocham ją trochę i czy tak w ogóle można kochać trochę – myśl, że mógłby to być...

– Jarecki – powiedziała, wzruszając ramionami.

„Jednak nie młody Bernat" – pomyślałem z ulgą. Ale ulga potrwała ledwie kilka sekund. W głowie zapalił mi się neon. Biały i jaskrawy. Neon był napisem: A WIĘC TO TAK. Trzymetrowa postać skurczyła się, nabrała kształtów, obrosła skórą. Pojawił się przed nią sprzęgający mikrofon. Na nogach miała wypastowane, jedenastodziurkowe martensy.

– Jarecki. Przecież on był z Karoliną – przypomniałem jej.

– Upiłam się i tak wyszło. – Jeszcze raz wzruszyła ramionami.

Może jej matka miała rację. Może. Może po prostu jest zdzirą.

– Zrobiłaś to, bo się zakochałaś? – zapytałem.

– Nie, po prostu wypiłam całe wino – odparła. Była już mocno wkurzona. Powinienem ją od razu przeprosić i przestać. A zresztą to nie miało naprawdę żadnego znaczenia.

To zawsze jest straszne. Nieważne, czy masz osiemnaście, czy pięćdziesiąt osiem lat. Wyobrażać sobie byłych swojej dziewczyny. Wyobrażać sobie, jak ściągają z niej ubrania i zaczynają robić to, co robisz z nią ty, tylko lepiej. To było i jest, jakby ktoś na żywca wyciągał mi z ciała po kolei wszystkie organy i wkładał je do piekarnika, tyle że te usunięte organy były wciąż jakimś cudem połączone z moim systemem nerwowym. Jarecki. Jim Morrison z Zyborka. „Samochód wszedł w zakręt, pomimo wyłączonych świateł”. Pamiętam, jak tańczyła w Bramie do tej piosenki, razem ze wszystkimi innymi dziewczynami, podskakując rytmicznie w miejscu z zamkniętymi oczyma. To musiało być łatwe. Jak zerwanie jabłka. Mógł podejść do niej i powiedzieć: „Hej, mała, jak się bawisz?”. Albo: „Sama tu przyszłaś?”. Nachylił się do niej, a ona pewnie lekko się wzdrygnęła i zachichotała, i zrobiło jej się ciepło. I po prostu dała się wziąć za rękę. Tak było. Na pewno. To nigdy inaczej nie wygląda.

– W każdym razie teraz już wiesz – powiedziała. – Możemy iść?

– Ile razy? – zapytałem.

– Raz. Możemy iść? Chodź – powtórzyła.

Wyciągnęła do mnie rękę, ale nie mogłem i nie chciałem jej złapać. Nie dość, że grzebała w moich rzeczach (a może już opowiedziała o tym wszystkim swoim koleżankom idiotkom), to jeszcze dała dupy Jareckiemu tylko dlatego, że Jarecki tego chciał, tylko dlatego, że Jarecki mógł i tylko dlatego, że Jarecki był Jareckim (i na pewno powiedziała o tym najwspanialszym wieczorze w swoim życiu wszystkim swoim koleżankom idiotkom, ze wszystkimi szczegółami).

– Możemy iść – powiedziałem w końcu. Ruszyliśmy w stronę Bronksu.

Gdzieś za nami szedł Jarecki, celując palcem w moje plecy i bardzo głośno się śmiejąc.

– Znaczysz dla mnie bardzo dużo – powiedziała po chwili, a ja nie miałem siły już się kłócić, więc odrzekłem jej coś w rodzaju, że ona też znaczy dla mnie bardzo dużo, ale pamiętam, że w ogóle w to nie wierzyłem.

Nie pamiętam, co wydarzyło się pomiędzy. Często jest tak, że ludzie pamiętają dni swoich traum sekunda po sekundzie, mogą powiedzieć, co zjedli tego dnia na śniadanie, co więcej, jaka była kolejność czynności podczas jego przyrządzania, czy najpierw zaparzyli sobie kawę, czy pokroili chleb. Ja nie pamiętam zbyt wiele. To, co było pomiędzy tym spacerem a początkiem imprezy w Bramie, to czarna dziura. Może byłem w domu. Może byłem u Darii w domu. Może coś jadłem, słuchałem muzyki. Nie mam zielonego pojęcia.

Tak naprawdę ta noc poskładała mi się w całość dopiero na odwyku, po paru miesiącach trzeźwienia. Gdy zacząłem normalnie myśleć i śnić, i gdy znałem już Justynę. Darię znalazła Olka, dziewczyna Kafla. Wychodziła z pokoju przesłuchań, gdy ja do niego wchodziłem. Nawet nie spojrzeliśmy na siebie, pamiętam. Nie wiem, co o mnie myślała. Pewnie nie myślała nic. Co można myśleć, gdy znajdzie się zgwałconą, pociętą nożem, martwą dziewczynę, której ktoś spuścił na twarz płytę chodnikową? Co można pomyśleć w takiej sytuacji, niezależnie od tego, o czym myśli się na co dzień?

Ale zanim Olka znalazła Darię, Trupol tłumaczył mi na dziedzińcu zamku, że zachowałem się jak ostatni flet. I to była prawda, bo jeszcze tego wieczoru zdążyłem zostać ostatnim fletem.

Ale zanim to wszystko się stało, zanim Olka znalazła Darię, był jeszcze koncert.

Pod Bramą byli wszyscy. To znaczy, zawsze pod Bramą byli wszyscy, lecz wtedy zjawili się naprawdę wszyscy, nawet kumple i koleżanki Wariata ze studiów w Gdańsku, dziwni ludzie, do których od razu czuliśmy delikatny mores, starsi i lepiej ubrani, wycięci z innego obrazka i przyklejeni na Zybork jak kolorowa nalepka na słup, ale tak jak wszyscy już za chwilę kompletnie pijani i upaleni. Na schodach siedziało też całe nasze liceum. Wszyscy, nawet ci, którzy nigdy nie chodzili do Bramy, bo w każdy weekend bawili się na dyskotece na Bronksie albo nigdzie nie wychodzili, bo nie pozwalali im rodzice.

Siedzieliśmy naszą stałą ekipą. Udawałem, że wszystko jest fajnie jak zwykle, ale miałem jej dość. Wisiała na mnie. Bolała mnie od tego szyja. Chciałem być sam. Wiedziałem, że jeśli tego wieczoru ostatecznie z nią zerwę, od czego dzieliło nas tak naprawdę kilka kroków i słów, to poczuję ulgę. Ale wiedziałem też, że zwyczajnie nie mam jaj, aby to zrobić. Wiedziałem, że zrobię jej jakąś krzywdę. Że ma naprawdę niefajne życie i że nie powinienem jej krzywdzić. A przede wszystkim bałem się tego, że wcale nie będzie mi lżej. Że szybko zacznę za nią tęsknić, że jednak będę chciał, abyśmy zeszli się z powrotem, a ona już nie będzie tego chciała, a w konsekwencji na stałe zamienię się już w smutnego, chudego chujka, który całe studia będzie chodził w jednej, sztruksowej kurtce, bijąc konia do kilku wspólnych zdjęć z wakacji. Pomimo swoich lęków jak wszyscy piłem piwo, paliłem jointy, głośno żartowałem i gapiłem się na rozpościerający się przede mną widok. Staliśmy na tyle wysoko na zamkowych schodach, aby widzieć cały oświetlony rynek miasta, pozłocone światłem bloki, plac i sygnalizację. Niebo było wyjątkowo jasne i wyjątkowo kolorowe, to była łuna od zakładów, od niedalekiej elektrociepłowni, ale o innym niż zwykle odcieniu, bardziej lśniąca. Łuna falowała, co chwila zmieniała kształt, pewnie pod wpływem wiatru, i ktoś powiedział, że wygląda jak zorza polarna. „Jaki kraj, taka zorza" – rzucił ktoś, a ktoś inny powiedział temu komuś, aby skończył pierdolić. Ktoś jeszcze inny zapytał, kiedy w końcu zagra 17 Sekund, i po chwili mówili o tym wszyscy, chociaż dobiegające z Bramy piski i sprzężenia kazały przypuszczać, że zespół jest już w środku.

„To ostatni wieczór żywych ludzi w Zyborku" – pomyślałem, patrząc na wbity w bok zamkowego wzgórza ohydny pomnik Ulricha von Jungingena, któremu ktoś właśnie usiłował wejść na głowę.

Gdy wypiliśmy i spaliliśmy to, co mieliśmy wypić i wypalić, powolnym krokiem wróciliśmy na dziedziniec. Był zalany ciepłą łuną, która zdawała się iść spod ziemi, przesączać przez kocie łby, spływać po ludzkich twarzach i czerwonych cegłach. Ludzie tłoczyli się przy wejściu do knajpy tak gwałtownie, że aby wejść do środka, trzeba było się rozpychać łokciami. Twarze niektórych iskrzyły się, jakby pomazano je gwiezdną farbą. Niebo, na dziedzińcu jeszcze jaśniejsze od świateł na wieżyczkach zamku, miało kolor krwi wymieszanej z mlekiem.

Przez chwilę chciałem o wszystkim zapomnieć. Przez

chwilę chciałem, aby było tak jak wtedy, gdy się poznaliśmy, gdy mówiliśmy do siebie w kółko „chodź", stojąc na zewnątrz, śmiejąc się jak głupki. Chciałem położyć się obok niej i opowiedzieć o swoim śnie, porozmawiać z nią w nieistniejącym języku albo zrobić wstrętny obiad z makaronu, jajek i maggi, bo jedynie to było w lodówce, iść w nocy kąpać się nago w jeziorze, pojechać jeszcze do jakiegoś domku albo łapać stopa i jechać gdziekolwiek, daleko przed siebie, do innego kraju, do kraju, którego nie ma. „Przecież nie jest za późno" – pomyślałem.

Złapałem ją za rękę, a ona jej nie puściła. Wszyscy byli pomazani gwiezdną pastą, z ich ust wypadały kolorowe chmury. „A może to ona była moją wielką miłością" – myślę teraz. „Może po prostu byłem za głupi, aby to zrozumieć".

– Ej! – krzyknął ktoś. To był młody Bernat. Szedł w naszym kierunku w wielkiej, hiphopowej kurtce. Czerwony i spocony jak świnia. Nawet nie tyle szedł, ile biegł i machał. Machał w stronę Darii. – Ej, Daria, przepraszam cię. Sorry, kurwa, naprawdę – wysapał. Oprócz niej nie zwracał na nikogo uwagi. Nawet na Byla.

– Za co? – zapytała.

– Za wtedy w domku. To było zjebane. Sorry – powiedział i wyszczerzył się szeroko, jakby był z siebie bardzo dumny. Położył jej dłoń na ramieniu.

– Jego przeproś – odparła, pokazując mnie palcem. Ale Bernat wciąż na mnie nie patrzył.

– To wciąż twój chłopak? Wciąż masz chłopaka? – zapytał.

– Siemasz, Bernat. – Bylu wyciągnął do niego rękę. Ten na chwilę ją uścisnął, ale nie spuszczał z Darii oka. Daria nic nie mówiła. Nie chciałem, nie mogłem się ruszyć. Dobrze pamiętam ten moment. Farby i łuny, i poświaty nagle wyparowały, dziedziniec był po prostu dziedzińcem, na którym tańczyły rechoty i odgłosy rozbitego szkła. Jakby postać Bernata momentalnie połknęła wszystko, co magiczne.

– Chodź, pogadamy – powiedział i złapał ją za rękę. Wtedy odruchowo go pchnąłem. Nawet nie zareagował.

– Chodź, pogadamy, Daria, no – powtórzył.

– Ej, Blady właśnie cię pchnął, kurwa. – Trupol stał za nim na schodach, trochę wyżej; gdyby chciał, mógłby rozbić mu butelkę na głowie i Bernat po prostu by zemdlał.

– Później – powiedziała. Wciąż trzymał ją za rękę.

– Spierdalaj. Spierdalaj stąd, świnio jebana – powiedziałem do niego. Najbardziej wkurwiało mnie to, że Bernat po prostu zjadł te gwiazdy, zabił je samą swoją obecnością. Że znowu wszystko było zwykłe i brzydkie. Nie zareagował. Chciałem pierdolnąć mu w ryj, ale się bałem. Zwłaszcza tego, że znowu nie zareaguje.

– Mam ci coś ważnego do powiedzenia, no chodźże, kurwa – powiedział do Darii, następnie pociągnął ją w swoją stronę, a ona dopiero wtedy kopnęła go w kostkę. Puścił ją. Ja wciąż powtarzałem bezgłośnie to, co do niego powiedziałem: „Won stąd, ty świnio jebana". Pewnie zrobiłem wrażenie sam na sobie, ale na nikim innym.

– Uważaj – powiedział, patrząc na mnie, i to była pierwsza rzecz, jaką tego wieczoru od niego usłyszałem. I chyba ostatnia w życiu.

– Ej! Młody! Cho no na bajerę! – zawołał ktoś z tłumu, a Bernat momentalnie odwrócił się w jego stronę. Maciuś stał pod drewnianym filarem po drugiej stronie dziedzińca, nosił skórzaną kurtkę i srebrny, gruby łańcuch założony na sweter. Był pierwszą osobą, którą zobaczyłem tego wieczoru na zamku i której obecność mnie zdziwiła. Maciuś nigdy nie przychodził do Bramy. Jego królestwo było na Bronksie. Swoim kumplom mówił podobno, że Brama to zarażony HIV-em chlew. Machał ręką na młodego Bernata, a wtedy wokół jego dłoni tańczyło coś lśniącego, srebrny refleks. Wyglądało to, jakby trzymał w dłoni lusterko, ale to chyba był sygnet.

– No to później pogadamy – rzucił do Darii Bernat i w końcu odszedł, oddalił się w stronę Maciusia i razem wyszli z dziedzińca.

– Nie przejmuj się nim – powiedziała.

– Co od ciebie chciał? – zapytałem.

Pokręciła głową. Dotknęła mojej dłoni. Jej była zimna i spocona.

– Motyla noga, strasznie mocne te jointy – odezwał się po chwili Bylu.

– Może zostańmy tutaj, stąd też słychać – powiedział Trupol.

– W ogóle to nie jest wcale taki zajebisty zespół – dodała Aśka.

– Ale jedyny, jaki mamy. – Daria popatrzyła w stronę stłoczonego w drzwiach tłumu.

W jej oczach była dziwna czerwień nieznanego pożaru, podpalonej łąki. „To od tego nieba" – pomyślałem wtedy. Pamiętam, że bez słowa poszła w stronę tłumu, a ja po prostu poszedłem za nią.

– Witajcie! – krzyknął Wariat, gdy już wcisnęliśmy się do środka. Siedział za zestawem perkusyjnym, odwróconym bokiem do ludzi, podsłuchałem kiedyś, jak opowiadał swoim kumplom, że podpatrzył to ustawienie na koncercie Nomeansno.

Pacan, basista, i Żaba, chłopak, który grał na gitarze (nie mam zielonego pojęcia, kim i gdzie są teraz zarówno jeden, jak i drugi), stali zgarbieni, w rozkroku, ze wzrokiem wbitym w podłogę, po dwóch stronach sceny. Miejsce przy mikrofonie było puste.

– No co jest, kurwa?! – krzyknął Wariat, walnął pałkami w werbel i wszyscy podnieśli swoje piwa, i głośno wrzasnęli, i drobinki śliny zatańczyły w powietrzu, w ruchomym obłoku.

– Co jest? Kończymy tę zabawę! – wrzasnął jeszcze raz. – Kończymy i chciałem zadedykować ten koncert naszemu największemu dobroczyńcy, burmistrzowi Kudniewskiemu, największemu przyjacielowi młodzieży, muzyki i rock and rolla w całym, kurwa jego mać, Zyborku.

Wszyscy głośno wrzasnęli, jeszcze raz, i jeszcze raz, i jeszcze kilka razy. Reflektory rodziły w szklankach tęczowe refleksy. „To jest prawdziwe" – pomyślałem wtedy i znowu, przez krótką chwilę, stanie tam było naprawdę niezłym uczuciem. Jakbym upijał się sam sobą. Jakbym miał w gardle wielki kwiat. Owszem, to było małe, ułomne, niczyje, zawieszone w próżni i tak dalece nieistniejące, i co więcej, dziejące się wszędzie, w tylu miejscach naraz. Bo przecież były tysiące Zyborków. I tysiące właśnie zamykanych Bram. I tysiące Mikołajów, i tysiące Darii. Owszem, to było takie, ale to było nasze.

Ale czułem to tylko do momentu, w którym znowu przypomniało mi się, że to Jarecki spał z nią pierwszy. Że to jego twarz jest przyklejona do czarnego, trzymetrowego, stojącego za nią cienia. Wypalona trawa zalała cały mój mózg ogromną, wyszczerzoną twarzą Jareckiego, i właśnie wtedy ludzie zaczęli skandować jego nazwisko, jakby był piłkarzem, który właśnie wchodzi na murawę stadionu. Jarecki, który ściągał Darii majtki pod plakatem (skąd ja wziąłem ten plakat?), Jarecki, który miał kurtkę bundeswerkę i beret, i torbę pocztówkę, i tomik wierszy Jima Morrisona wystający mu z kieszeni tej kurtki. Dziś powiedziałbym o takim typku, że to pretensjonalny wieśniak. Ale wtedy był większy ode mnie. Miał trzy metry. Nie miałem szans, aby z nim wygrać.

Daria odsunęła się ode mnie, ktoś wepchał się pomiędzy nas, aby lepiej widzieć.

Jarecki wszedł na scenę. Nosił podartą koszulkę, wyglądał bladziej i chudziej niż zwykle. Zataczał się, każdy jego gest bił się z powietrzem, był już kompletnie strzaskany. Zgubił gdzieś swój słynny kaszkiet, ogolona kompletnie na zero głowa błyszczała w świetle pojedynczego, zawieszonego nad sceną reflektora, przypominając wielkie, nawoskowane jabłko. Musiał ją golić w tym samym stanie, w jakim był teraz, skóra na czaszce była pokryta mnóstwem drobnych blizn, jakby ktoś rzucił w niego wściekłym kotem. Stracił równowagę, ale w ostatniej chwili chwycił się mikrofonu. Wariat trzasnął w werbel. Ktoś krzyknął.

– Jebać Zybork. Jebać was – wybełkotał Jarecki.

Plastikowy kubek po piwie przeleciał tuż obok jego głowy.

Nigdy nie zamieniłem z Jareckim ani słowa. Nie miałem tak naprawdę po co. Był arogancki i małomówny, niemiły nawet dla własnych kumpli. Wszystkie dziewczyny z Zyborka, przynajmniej te, które nie mieszkały w dyskotekach i nie oglądały telenowel, wpatrywały się w niego, jakby był obrazem Matki Boskiej, która nagle zaczęła płakać krwią. Był tym najfajniejszym gościem, najpiękniejszym w całej wsi. W końcu śpiewał w zespole rockowym. Jedynym w okolicy.

Daria mówiła mi, że mnie kocha, ale jakie to miało tak naprawdę znaczenie? Nawet jeśli, to była ze mną wyłącznie dlatego, że nie mogła być z Jareckim.

(To wszystko jedynie emocje i myśli, a potem to i tak wszystko paruje, blednie, by w końcu zniknąć na zawsze).

„Samochód wszedł w zakręt, pomimo wyłączonych świateł" – śpiewał Jarecki, a właściwie wrzeszczał, jego głos tonął w chrzęście muzyki i łomotaniu perkusji, śpiewając, kiwał się na boki. „Żaden pasażer nie przeżyje zderzenia" – wrzeszczał dalej, a ludzie wpadli w szał, zaczęli rzucać się na siebie i rzucać sobą nawzajem, butelki i kubki zaczęły fruwać w powietrzu, a ja nagle miałem dosyć tej piosenki, tego chujowego jak barszcz zespołu, który w ogóle nie umiał grać, ludzi, którzy nie umieli żyć, i miasta, które nie umiało nawet istnieć. I dziewczyny, która była gdzieś w tłumie, przez którą gotował mi się mózg, o którą bez przerwy biłem się sam ze sobą; dziewczyny, o której nawet nie wiedziałem, czy mam dosyć jej, czy mam dosyć moich własnych, durnych rozterek na jej temat.

Chciałem, aby to wszystko dało mi święty spokój. Cieszyłem się, że to wszystko już się kończy.

Wyszedłem na zewnątrz. Zanim dopchałem się do wyjścia na dziedziniec, zagrali dwie następne piosenki, jedna była chyba coverem Nirvany. Tak naprawdę wszystkie piosenki 17 Sekund brzmiały jak ten sam, źle zagrany cover Nirvany. Na dziedzińcu nie było już tylu ludzi, wszyscy tłoczyli się w środku. Usiadłem na ławce. Chciało mi się pić. Chciało mi się iść do domu i nigdy z niego nie wychodzić.

– On nawet nie umie śpiewać, nie? – Karolina stała sama. W cieniu. Piła piwo. Bez słowa podała mi butelkę. Wypiłem łyk. Naprawdę chciało mi się pić.

– To chuj pierdolony w dupę jebany cwel – wypowiedziała wszystkie przekleństwa na jednym oddechu. Wzięła butelkę i za jednym razem wypiła połowę tego, co było w środku.

Nie mogłem powiedzieć, czy jest smutna, czy wesoła, czy czymkolwiek przejęta. (Dziś powiedziałbym pewnie, że była zdesperowana i naćpana tramalem). Nosiła czarną kurtkę, bardzo krótką sukienkę, miała gładko upięte, świeżo ufarbowane, prawie białe blond włosy. Nogi, najbardziej niesamowite nogi, jakie widziałem w całym dotychczasowym życiu, były w czarnych, podartych rajstopach. Wyglądała pięknie. Dobrze o tym wiedziała. Żadna inna dziewczyna w Zyborku nie mogła nawet obok niej stanąć. Nawet pijana i zaryczana miała w sobie coś, co wydawało mi się dostojnością. Przynajmniej wtedy.

– Nie wiem. – Pokręciłem głową. Nie chciałem jej przytakiwać. Czułem, że jednak to nie w porządku.

– Gdzie twoja dziewczyna? – zapytała.

Gdyby rok temu ktoś powiedział mi, że Karolina sama mnie zaczepi, i do tego zapyta, gdzie jest moja dziewczyna, kazałbym mu przestać robić sobie ze mnie jaja.

– W środku – powiedziałem.

Nie wiedziałem zupełnie, co jej odpowiedzieć. Starałem się na nią nie patrzeć, bo wiedziałem, że złapie mój wzrok i już go nie wypuści, zamieni mnie w kukłę, wpatrzoną w nią z debilną miną kogoś, kto zasnął w pociągu.

– Nie chcesz ze mną gadać czy jak? – zapytała. – Mogę sobie iść.

– Nie, nie idź. – Wstałem.

– Może jednak czekasz na twoją dziewczynę czy jak? – Splunęła piwem. Syczała przy spluwaniu jak chłopak.

– Nie, nie czekam – powiedziałem.

– Ma chujowy gust, ta twoja dziewczyna. Pójdziemy gdzieś? – zapytała.

Nie wiem, czy pomyślałem o tym wtedy, czy dopiero później – jakie to śmieszne, jak łatwo wygonić z siebie myśl, że robi się coś złego. Najłatwiej ze wszystkiego jest pozbyć się wyrzutów sumienia. W obliczu zwycięstw pstryka się nimi jak kiepem. Owszem, w głowie pojawia się jakiś głos, piskliwy i śmieszny głos, który mówi: „Będziesz tego kiedyś żałował, Mikołaj". Odpowiada się mu: „No to kiedyś, kurwa, kiedyś będzie kiedyś". Ten głos milknie od razu.

Moja dziewczyna była w środku, a ja na zewnątrz z inną dziewczyną, o której myślałem od dwóch lat. Myślałem – to zaledwie część prawdy. Mając nieprzerwanie w głowie jej obraz, waliłem konia jak opętany, jakbym trenował do mistrzostw świata w masturbacji. A teraz szedłem obok niej. Przecięliśmy zewnętrzny dziedziniec i zeszliśmy na dół, w stronę parku. Ludzie dookoła nie zwracali na nas żadnej uwagi – chociaż teraz, gdy przypominam sobie tamten moment, myślę, że tak naprawdę wszyscy zwracali na nas uwagę. Koncert było słychać w całym mieście. Nie mówiliśmy zbyt wiele. Zapytała, czy mam fajkę. Miałem. Dałem jej. Z głównej ścieżki skręciliśmy w prawo i zatrzymaliśmy się na ławce, niedaleko Psychozy.

Zauważyłem Gizma, jak idzie szybkim i gwałtownym krokiem w kierunku zamku. Karolina też go zauważyła.

– To przejebana historia. – Pokazała czubkiem żarzącego się papierosa miejsce, gdzie był jeszcze przed chwilą.

– Jaka? – zapytałem jak idiota.

– Jezus, jaka, taka, że podszedł do tej twojej laski i powiedział, że ją zabije – powiedziała. – Ja chyba bym wstała i rozbiła butelkę na jego głupim łbie albo coś.

– To po prostu ćpun – powiedziałem.

– Dobrze, że ja jej wtedy nie zabiłam. – Wzruszyła ramionami.

Popatrzyłem na nią. Wydawało mi się wtedy, że nie miała prawa stąd pochodzić, że spadła na to miasto jak kosmitka, że żadne podłe, wybrakowane zyborskie geny nie ułożyłyby się w tak olśniewającą kombinację oczu, nosa, ust, nóg, dupy i cycków.

– Wiem o tym. Dymał nie ją jedną. Wszystkie się w nim zakochiwały. A on zawsze wracał do mnie z podkuloną kitą, wyobrażasz sobie? – zapytała i poszukała czegoś w torebce. – Trzeba się szanować.

– Pewnie tak – powiedziałem. W gardle było mi znowu potwornie sucho. Odwróciła się do mnie i dotknęła mojej głowy. Jej dłonie były zimne. W życiu nie czułem tak zimnych dłoni.

– A gdy próbowałam z nim o tym porozmawiać, zmieniał temat. I ćpa. Kurwa, non stop ćpa, ten ćpun jebany.

Po chuj ci ktoś, kto non stop ćpa amfę? Albo nawet pije? Taki ktoś to wywłoka.

– Mój ojciec pije – przyznałem.

– Napierdala cię? – zapytała.

– Nie – powiedziałem.

– Tyle dobrze – odpowiedziała po chwili.

– Tak, tyle dobrze – odparłem, tak naprawdę nie wiedząc do końca, co mam jej powiedzieć. Bałem się ojca, ale powoli uczyłem się o nim nie myśleć. Był w tym momencie bardzo daleko. Najpewniej na kanapie przed telewizorem, wydając dźwięki jak zepsuty młot pneumatyczny.

Przestałem już słyszeć koncert. Może dlatego, że zanadto słuchałem swojego oddechu. Tam, w środku, Daria podskakiwała w spoconym tłumie. „Podskakuj" – pomyślałem. „Może on zabierze cię na jakieś wspólne studia. Studia z wierszy Jima Morrisona".

– Ładny z ciebie chłopak – powiedziała. – Mikołaj, tak?

– Tak, Mikołaj – odparłem, a Karolina przejechała dłonią po moich włosach, miałem wrażenie, że jej dłoń to szron. Podała mi jeszcze łyk piwa, było już wygazowane i ciepłe. „Zawsze o tym marzyłem" – pomyślałem. W głowie pojawiła się mała plamka, iskra. Zdusiłem ją w dwóch palcach. Karolina pocałowała mnie, wepchnęła mi język do ust, był zimny i szorstki jak sznur, smakował piwem i fajkami, i czymś jeszcze, czego nie potrafiłem określić. „To właśnie tak wygląda, to tak jest" – przemknęło mi przez głowę. Daria zupełnie zniknęła. Była tylko myśl, że może jednak nie jestem aż takim śmieciem, skoro Karolina Kudelska wpycha mi język do ust.

Olka, dziewczyna Kafla, znalazła Darię parę godzin później.

Najdziwniejsze było to, że nikt nie usłyszał, jak krzyczy. Nikt nie usłyszał wołania o pomoc. Zanim to się stało, na zamek przychodziło coraz więcej i więcej ludzi, widziałbym ich wtedy, wchodzących po kolei na górę, gdybym z zamkniętymi oczyma nie badał wnętrza jamy ustnej Karoliny. Jak opowiadał mi potem Trupol, Wariat w końcu przerwał koncert, wystawił kolumny na zewnątrz knajpy i 17 Sekund zagrało jeszcze jeden koncert, który trwał uporczywie długo; głośny, płaczliwy i rzężący roznosił się po całym mieście jak wieczna burza. Na zamek kilkakrotnie przyjeżdżała policja, próbowali przerwać imprezę, ale nikt ich nie wpuścił. Nie wiedziałem o tym. Wszystkiego dowiedziałem się później. Od kiedy całowałem się w krzakach z Karoliną Kudelską, nie wszedłem na dziedziniec zamku w Zyborku przez następne piętnaście lat. Dopiero te dwa, trzy tygodnie temu, gdy poszliśmy na kawę z ojcem i Grześkiem.

– Może zrobić ci loda? – zapytała.

– Jaja se robisz? – Zakrztusiłem się.

– Nie żartuję – powiedziała. – Nikt nigdy nie robił ci laski, nie? – dodała po chwili. Była zimna i zła jak upiór, ale była najlepszą dupą stąd do wieczności.

– Robił – skłamałem, bo Daria się tego brzydziła.

– Kłamiesz. – Wyczuła.

Czułem się, jakby do uszu i karku ktoś przystawiał mi rozżarzony metal.

– No to najwyższy czas zacząć. Tylko chodźmy gdzieś, gdzie nikogo nie ma – powiedziała.

Pocałowała mnie jeszcze raz. Była wciąż zimna jak trup. Nic nie zdołało jej ogrzać. Wzięła moją dłoń i położyła na swoich piersiach. Czułem je bardzo dobrze przez cienki i szorstki materiał. Były mniejsze i jędrniejsze niż piersi Darii. Co nie znaczy, że były małe. Potwornie mi stał, tak że aż mnie bolało.

– Ej! – Usłyszałem. – Oderwałem się od niej tak gwałtownie, że aż zapiekły mnie usta. – Ej! – krzyknęła jeszcze raz Aśka. Stała na drodze, ręce trzymała na biodrach. Nie widziałem dokładnie jej wyrazu twarzy, widziałem tylko jej smutną, kwadratową sylwetkę w brzydkim golfie, który wydawał się przyklejony do jej ciała na stałe. Wraz z jej gorzkim, niskim „ej" wracała mi powoli świadomość. – Naprawdę jesteś aż takim chujem, Blady? Naprawdę? – zapytała.

Wstałem z ławki.

– A kim ty, w ogóle, kurwa, jesteś? – zapytała Karolina. – Spierdalaj do domu, gówniaro, bo rodzice cię pewnie już po mieście szukają.

Ale Aśka nie ruszała się z miejsca. Stała jak wryta. Chciałem podejść w jej stronę, kiedy Karolina złapała mnie za rękę i pociągnęła w dół.

– To nie tak – powiedziałem. Jak ostatni kretyn.

– Ty wiesz, co ja zaraz zrobię – oznajmiła. Wiedziałem.

– Poczekaj, my po prostu gadamy. – Pokazałem ręką Karolinę, jakbym chciał ją jej przedstawić.

– Zrób mu tę laskę, dziwko. No zrób! – krzyknęła Aśka.

– Wypierdalaj stąd, ty gruba kurwo! – Karolina wstała z ławki i rzuciła w jej stronę butelką po piwie. Butelka rozbiła się tuż obok Aśki; ta podskoczyła ze strachu, ale nie uciekła, wciąż stała w tej samej pozycji.

– Wypierdalaj, bo cię zajebię! – krzyknęła jeszcze raz Karolina.

– Wypierdalam – odpowiedziała dopiero po chwili. – Ty i tak nie masz już czym we mnie rzucić.

– Za to mogę ci wpierdolić. – Karolina ruszyła w jej stronę. Ale zaraz się zatrzymała.

– Idę do Darii – poinformowała Aśka.

– Idź i pozdrów ją za dymanie mojego chłopaka – powiedziała Karolina.

Aśka już nic nie powiedziała, lecz zawróciła w stronę zamkowego dziedzińca.

(Mam wrażenie, że Aśka do dzisiaj mnie nienawidzi. Chyba jest teraz w Szkocji i pracuje tam jako pielęgniarka, i ma dziecko z rudym facetem o niewymawialnym nazwisku, który wygląda jak Hulk. I jestem pewien, że gdy leży wieczorem w łóżku, gdy Hulk i dzieci już śpią, wraca myślami w przeszłość, a wtedy nienawidzi mnie tak bardzo, że aż wszystko w jej życiu nabiera sensu).

Chciałem wstać z ławki, ale nie mogłem. Kręciło mi się w głowie. Wszystko zaczynało mnie boleć, w ustach rozlewał mi się nieprzyjemny, metaliczny smak. Chyba zrozumiałem, co robię. Zawracałem na ziemię. Równocześnie hamowałem tak, że wydawało mi się, że całe moje ciało piszczy.

– Gdzieś idziesz? – Karolina podeszła do mnie. Była wyższa ode mnie, niewiele, ale jednak wyższa o dobrych kilka centymetrów. Może to było przez buty. Ale choćbym się mocno skupił, nie potrafię sobie przypomnieć, jakie wtedy miała buty.

– I tak już jest pozamiatane. Niech idą się dzisiaj poruchać, twoja dziewczyna i mój były, kurwa, chłopak – powiedziała.

Pocałowała mnie w szyję. „Zaraz wypije moją krew" – pomyślałem wtedy, pamiętam. Odepchnąłem ją. To był odruch. Tak naprawdę chyba nie chciałem tego zrobić.

– Co? – zapytała. Była naprawdę zdziwiona.

– Muszę tam wrócić. – Pokazałem jej kierunek. „Muszę tam wrócić, i to wszystko wytłumaczyć" – pomyślałem. „Muszę tam wrócić, bo muszę przeprosić Darię. Daria jest dobra. Daria jest mądra. Daria chce dobrze. Bo nie zasługuję na nią, bo jestem głupi. Bo muszę znać swoje miejsce". Przez krótką chwilę Daria stała się wyraźna, nagła i jasna jak pożar.

– Ty zdrowy jesteś? – zapytała Karolina. – Do kogo? Do tego balerona w golfie?

Nie wiedziałem, co jej odpowiedzieć, po prostu jeszcze raz pokazałem jej kierunek.

– Przecież ta twoja dziwka już obciąga Jareckiemu. Liże mu właśnie lachę. Tobie nigdy tego nie zrobiła, a jemu to robi w kiblu, gwarantuję ci to. Łyka mu chuja aż po same jaja! – krzyczała, brzmiała wysoko i brudno, jak przejeżdżanie gwoździem po szkle. – Robi mu pałę, a ty miałeś okazję, miałeś zajebistą okazję, ale widocznie jesteś pedał, i tyle. – Im więcej mówiła, tym wyraźniej przejaśniało mi się w głowie, tym lepiej rozumiałem, kim naprawdę jest, chociaż wtedy jeszcze nie rozumiałem do końca, kim rzeczywiście są ludzie.

– Słuchaj, Karolina... – zacząłem jedynie po to, aby urwać, bo oczywiście nie wiedziałem zupełnie, co jej powiedzieć po „słuchaj, Karolina".

– Wynoś się – odparła i zaczęła płakać.

Było mi jej szkoda.

(Pomimo tego wszystkiego, co było później, wciąż czasami mi się to przypomina, w nocy, kłuje mnie w sam środek klatki piersiowej tak, że czasami muszę usiąść i myślę o tym, że przecież już niedługo czeka mnie czarna wieczność, że w tej krótkiej przerwie na reklamy, którą szumnie nazywa się życiem, nic nie ma za specjalnie sensu, a ja mogłem kiedyś przelecieć Karolinę Kudelską, mogłem, ale tego nie zrobiłem i nigdy tak naprawdę nie poczuję żadnej siły tej odmowy).

– Wypierdalaj, pedale! Ty końska mordo! Wypierdalaj! – darła się.

Biegłem chyba najszybciej w życiu.

Na dziedzińcu było mnóstwo ludzi, wszyscy kompletnie pijani. Wyglądali, jakby z góry ktoś rzucał na nich snop z wielkiego reflektora. Instrumenty leżały na ziemi, pod wejściem do pubu Brama. Na środku dziedzińca leżał strzaskany statyw do mikrofonu, jak złamana gałąź, otoczony nierównym pierścieniem petów i rozbitego szkła. Miałem wrażenie, że zaraz ktoś weźmie ten statyw, sklei go taśmą i zrobi z niego szafot.

Na początku nie mogłem jej znaleźć. Ktoś coś do mnie powiedział. Ktoś klepnął w plecy. W górnej części zamku ludzie stali oparci o poręcz, stłoczeni obok siebie oglądali zapewne drugą część koncertu, tę na zewnątrz, a teraz nie chciało im się ruszyć, liczyli być może na jakieś dalsze wydarzenia. Zauważyłem Kafla. Stał obok swojej dziewczyny, jeszcze chudszej i bledszej, i bez przerwy pluł w dół, jakby chciał śliną wydrążyć dziurę w bruku.

Zobaczyłem ją dopiero po minucie. Siedziała na schodach, obok poręczy, w tym samym miejscu, w którym wtedy siedziała Aśka, teatralnie wypuszczając z ust dym i przyjmując do wiadomości, że nic z tego, w sensie ze mnie i jej razem, nie będzie.

Teraz Aśka też tam była. Obok Darii. I jeszcze trzy inne dziewczyny.

– Idź stąd – powiedziała Aśka, trzymając dłoń na jej ramieniu. Daria musiała niedawno płakać. Długo, bo jej oczy były całe zapuchnięte i zaczerwienione, jakby wszystko ją uczulało.

– Możemy pogadać? – zapytałem. Spojrzałem Darii w oczy i zobaczyłem ból, i jakby za karę zaraz go poczułem. Było to wbicie gwoździa w sam środek ciała, w ten punkt dokładnie pomiędzy sercem a żołądkiem. Zrozumiałem, że to jedyne, do czego się nadaję, jedyne, co mi wychodzi – nabazgrać sobie w głowie krzywy i dziurawy świat, zupełnie odwrócony w stosunku do rzeczywistości. Gdy moja głupia, uszkodzona głowa zdawała sobie na krótką chwilę sprawę z tego, jak naprawdę wygląda to, co mnie otacza, wtedy przeżywałem iluminację. I tak jest do dzisiaj. Olśniewa mnie to, że chodzę na dwóch nogach, że inni ludzie to też żywe istoty, że czują to samo co ja. Jestem nienaprawialnym egzemplarzem. Chuj mi w dupę. I kawałek szkła.

– Możemy pogadać? Proszę – powtórzyłem.

Wstała i zaczęła iść w moją stronę. Schodziła ze schodów, a ja przed nią tyłem, jakbyśmy oboje grali w horrorze. Trochę tak jak wtedy, gdy zaczęliśmy ze sobą chodzić. Tak samo jak wtedy, wszyscy na nas patrzyli.

Zeszliśmy prawie na dół, zatrzymała się na pierwszym stopniu schodów, zapewne po to, aby wciąż być w polu widzenia swoich koleżanek.

– Co chcesz powiedzieć? – zapytała.

– Że to prawda, ale przepraszam – wysapałem po chwili.

– Że co jest prawdą?

– Że całowałem się z Karoliną – powiedziałem. – Ale to było głupie, to nie ma znaczenia, ja cię kocham, Daria.

I tym razem wierzyłem w to, co mówię, jak we własne imię i nazwisko. Czułem całym sobą, że miałem coś niezmiernie kruchego i drobnego, wartego milion dolarów, i właśnie rzuciłem tym dla żartu o ścianę. To nie było najlepsze uczucie. Chciałem podnieść kamień z ziemi, wybić sobie nim jedynki, zmiażdżyć nos.

Nie zwracałem uwagi na to, ile osób na nas patrzy, ale bez wątpienia była to spora część tłumu na dziedzińcu.

– To nie ma znaczenia. To głupia dziwka – powiedziałem po chwili głośno, jakby do całej tej publiczności. Spróbowałem dotknąć Darii. Wyrwała się.

– Nie obrażaj jej. Pamiętaj na przyszłość. Faceci idą do łóżka z kobietami, bo im się podobały, a potem je obrażają. To niedobre, to świństwo. Nie bądź taki – powiedziała.

– Ale ja tylko się z nią całowałem. Nie poszedłem z nią do łóżka – odparłem.

– Kiedyś zrozumiesz, że to bez znaczenia. – Wzruszyła ramionami. Miałem wrażenie, że jest starsza ode mnie jakieś piętnaście lat. Może rzeczywiście tak było.

– Daria, ja chcę z tobą stąd wyjechać. Nie chcę, aby to się rozpadło, rozumiesz? Ja czuję to tylko przy tobie, naprawdę. – Chciałem brzmieć przekonująco, ale brzmiałem jak głupi, zasmarkany dupek.

W jej oczach był tylko smutek, nic więcej, czarny i gładki. Wiedziałem, że okazałem się zupełnie kimś innym, niż jej się wydawało. To był dla niej potworny zawód.

Być może, gdyby wciąż żyła, wspominałaby to jak zapalenie płuc, jak pobyt w szpitalu. Na mój obraz wzruszałaby ramionami, może opowiadałaby jakiejś koleżance na placu zabaw, patrząc na swojego dzieciaka bawiącego się w piaskownicy, że jej pierwszy chłopak okazał się fiutem, ale to nie ma znaczenia, bo prawie zawsze pierwszy chłopak okazuje się fiutem. Może znalazłaby mnie na Facebooku, zobaczyła moje zdjęcia, na których zdążyłem już sflaczeć, zarosnąć i zdziadzieć, i pewnie zaśmiałaby się sama do siebie, jak w ogóle ten facet mógł się jej wydawać w jakikolwiek sposób sensowny. Na tyle, aby iść z nim do łóżka i być jego dziewczyną.

Może, ale Daria miała żyć nie przez następne kilkanaście lat, lecz jeszcze jakieś półtorej godziny. I nic nie zwiastowało tej śmierci, poza wszystkim dookoła.

Jak by mnie nie drażniła, jakich nie miałbym wątpliwości, lubiłem jej ciepło. Potrzebowałem go jak jedzenia albo fajek. Gdy przypominam sobie, jak było mi przy niej ciepło, zdaję sobie sprawę, że całe życie było mi mniej lub bardziej zimno. Jakbym na zewnątrz w samej koszulce przebiegł zimą kilkadziesiąt kilometrów i już nigdy nie mógł się rozgrzać.

– Idę do domu – powiedziała.

– Odprowadzę cię – zaproponowałem.

Pokręciła głową.

– Odprowadzę cię – powtórzyłem.

Jeszcze raz pokręciła głową.

Do dziś nie wiem, o co mi tak naprawdę chodziło tamtego wieczoru. Nigdy się nie dowiem. Wszystko zniknęło. Coś wybrałem, sam nie wiedząc do końca, co wybieram. I tylko to zostało. Wszystko inne zniknęło. Chyba mimo wszystko bardziej elegancko jest się obwiniać, niż czuć się skrzywdzonym.

– Nie. I nie przychodź, i nie dzwoń. Zobaczymy się w szkole – powiedziała.

Pomyślałem, jak zobaczę ją w szkole, jak nawet nie powie mi cześć, jak cicho przejdzie ze swoimi koleżankami na drugi koniec korytarza. „To będzie potworne" – pomyślałem. „Najgorsze na świecie".

– Daria – powtórzyłem.

– Bądź dobry – odpowiedziała.

– Daria, poczekaj. To nie tak. – Poczułem, że chce mi się płakać. Płakać nad tym, jakim jestem potwornym idiotą.

– To tak. – Pokiwała głową.

– Nie, proszę cię. Ja cię bardzo proszę – powtórzyłem cicho i poczułem, że robię się cały czerwony, jakbym napił się spirytusu.

– Nie będę cię wyzywać, krzyczeć ani nic z tych rzeczy – dodała.

(Po paru latach zdołałem sobie wmówić, że Daria wiedziała, a przynajmniej czuła, co się stanie. Że żegnała się nie tylko ze mną, ale ze wszystkimi, na zawsze. Później w Warszawie opowiadałem o tamtym wieczorze wszystkim dookoła, z reguły pijany; jakby był horrorem w telewizji. Używałem tych wszystkich zdań w rodzaju: „I popatrzyła na mnie tak, przysięgam, popatrzyła tak, jak nigdy wcześniej". „Czułem, że już pogodziła się z tym wszystkim". I tak dalej. Oczywiście to była potworna bzdura. Niczego nie czuła i nic nie wiedziała. Gdyby wiedziała i gdyby czuła, nic by się nie stało. Zostałaby na zamku. Wróciła z kimś do domu samochodem. Cokolwiek).

Chciałem powiedzieć coś jeszcze, ale Daria już odwróciła się i ruszyła korytarzem w stronę zewnętrznego dziedzińca; obserwowałem, skamieniały, jak Aśka zbiega po schodach, idzie w jej kierunku, też pewnie chcąc ją odprowadzić, ale Daria pokazuje jej spokojnym i stanowczym ruchem ręki, aby tu została.

Myślałem o nadchodzącym poniedziałku, o tym, że chyba poproszę matkę, aby wypisała mi zwolnienie na tydzień. Widziałem ją po raz ostatni w życiu, a ona była zwykła, była drobna, coraz mniejsza. Pod wielką wojskową kurtką i dwoma bluzami w ogóle nie widziałem jej ciała, a jedynie długie, czarne, spływające po plecach włosy. Znikała bez pośpiechu w czerni i w miodowym świetle. Nie było w tym nic szczególnego. Po prostu Zybork staczał się, powoli jak kula, w wielką ciemność. Po prostu Daria była pierwsza.

Potem zrozumiałem, że przecież muszę za nią pobiec.

– Daria! – krzyknąłem, aż wszyscy, którzy stali na dziedzińcu, odwrócili się w moją stronę. Parę osób nawet parsknęło śmiechem. – Daria! Poczekaj! – krzyknąłem jeszcze raz i zerwałem się, aby za nią pobiec, i nagle poczułem, że ktoś z całej siły chwyta mnie za bluzę, a gdy próbuję się wyszarpać, coś mocno uderza mnie w tył głowy, czyjaś dłoń. Bylu odwrócił mnie w swoją stronę jak kukłę i przyciągnął do siebie. Zapalony fajek zwisał mu z ust. Miał oczy otwarte tak szeroko, jakby właśnie zjadł łyżką worek amfetaminy.

– Nie drzyj tej głupiej mordy. I nie idź za nią. Daj jej iść – powiedział.

To musiało stać się jakąś godzinę później. Policja mówiła, że Gizmo kręcił się dookoła zamku. Widziało go mnóstwo ludzi. Ja też przecież go widziałem.

– Czyli wszyscy wiedzą. Cały Zybork wie. To zajebiście – powiedziałem.

Dopiero wtedy puścił mnie i otarł ręce. Rozejrzał się, rzucił papierosa na ziemię, przydeptał, od razu zapalił następnego. Trupol wyrósł za nim, stanął w tle z piwem w ręku, ziewnął, patrząc w miejsce, gdzie przed chwilą zniknęła Daria.

– Chcecie jeszcze? Chcecie, abyśmy jeszcze coś zagrali!? – wrzasnął Wariat, który wytoczył się ze środka Bramy tym razem bez koszulki, ze spodniami zalanymi piwem, wielką, namalowaną szminką pacyfą na samym środku klatki piersiowej. Dziedziniec powitał go wrzaskiem oraz dwiema butelkami, które rozbiły się gdzieś o ścianę, obok jego głowy, i których nawet nie zauważył.

– No dobra, kurwa, tylko Jaras chyba nie ma mikrofonu. Jaras! – Gwizdnął na palcach, dźwięk rozniósł się po całym dziedzińcu jak alarm.

To musiało trwać krótko, mówiła później policja. Nikt nie słyszał krzyków. Piętnaście minut. Obdukcja wykazała, że zgwałcił ją dwa razy. Za drugim razem była już umierająca, ponieważ po pierwszym gwałcie uderzył ją kamieniem w głowę. Mogła już tego nie czuć. On nie zwracał uwagi.

Zybork spływał w ciemność, ściekał w nią jak czarny klej, ciągnąca się guma z wrzuconej do ogniska opony.

Nikt tego nie czuł, a jednocześnie wszyscy to czuli.

– No to nabroiłeś – powiedział Trupol. Równocześnie kilka razy cmoknął, jakby chciał zawołać psa.

– Spierdalaj – odpowiedziałem.

– Przejdzie jej – odparł.

– Nie przejdzie. – Bylu pokręcił głową.

– Jestem ostatnim kretynem – powiedziałem i modliłem się, aby chociaż na chwilę znikli, bo płacz rozsadzał mi oczy, a przecież nie mogłem poryczeć się w ich obecności.

Wariat siadł znowu za niedbale rozłożoną na zewnątrz perkusją, po chwili dołączyła do niego kompletnie pijana reszta zespołu. Jarecki prawie czołgał się po dziedzińcu, na jego koszulce widniała nieokreślona, ogromna brązowa plama. Patrzyłem na niego i to było jedyne, co we wszystkim chociaż trochę mnie bawiło: fakt, że nie miał zielonego pojęcia o tym, że jego była, tudzież obecna (nie miało to żadnego znaczenia) dziewczyna chciała mi zrobić laskę na Psychozie.

– Ej, kurwa, gramy *Kocham cię jak Irlandię* i wszyscy, ale to wszyscy śpiewają! – wrzasnął Wariat, gdy Jarecki próbował podnieść leżący na ziemi mikrofon.

– Nie pierwszy raz i nie ostatni. – Trupol wzruszył ramionami.

– Co za syf. – Bylu rozejrzał się dookoła i nie wiedziałem, o czym mówi, o moim zachowaniu czy o wszystkim, co go otaczało.

– Wiesz co, jakbym ja miał taką dziewczynę, tobym jej pilnował – powiedział po chwili Trupol. – Naprawdę w życiu nie odwaliłbym takiej akcji. Bym dbał o nią każdego dnia.

– Po prostu chciał poruchać, ja pierdolę. Co to w ogóle za rozkmina. Przecież my mamy po osiemnaście lat, do chuja. – Bylu splunął. – Chodźmy stąd, kurwa, nienawidzę tej piosenki.

– Podobno każdy ją teges, tę Karolinę – zauważył Trupol.

– No na pewno nie ty – odpowiedział mu Bylu.

– Chodźmy – poprosiłem ich.

I poszliśmy, aby już tam nigdy nie wrócić. Reszta zespołu próbowała wyjątkowo nieudolnie zagrać Kobranockę, ale Jarecki, nie wiedzieć czemu, gdy już byliśmy na zewnętrznym dziedzińcu, zupełnie nie słysząc tego, co grał jego zespół, zawył, że „samochód wszedł w zakręt pomimo wyłączonych świateł".

Mikołaj / Czarne światło

Jest popołudnie, prawie zmierzch. Wszystko ciemnieje z sekundy na sekundę. Stoimy na rynku naprzeciwko ratusza. Przede wszystkim naprzeciwko ratusza stoi ojciec. Można powiedzieć, że cały jest staniem. Nogi ma w lekkim rozkroku, ręce splecione na klatce piersiowej, przygotowany na wszystko, co chciałoby spróbować go przewrócić. Z ust leci mu para, mnóstwo, jakby palił cygaro. Wpatrując się w okna budynku, prawie nie mruga oczyma. Do jego nogi przyciska się przestraszony, mały pies, skundlony, popielaty owczarek. Olczak przyniósł mu go dzisiaj rano, nawet nie mówił skąd, po prostu postawił psa w kuchni, ojciec popatrzył na niego i kiwnął głową. Pies momentalnie się zsikał.

– Jak go nazwiesz? – zapytałem.

– Mówiłem już, że Rocky – odpowiedział zupełnie beznamiętnie.

Teraz Rocky rozgląda się dookoła, przerażony otoczeniem. Cieniutka, czerwona smycz ginie w dłoni ojca.

– Naprawdę nie chcesz? – dziwi się Justyna.

Ojciec zaciska pięści.

– Nie – odpowiada po chwili.

– To dlaczego to robisz? – pyta, zapalając papierosa. Przyciskam się do niej. Noc jest wyjątkowo chłodna, chłód wpełza pod ubrania, mrozi skórę. Podskakuję w miejscu, aby go wygnać.

– Ja nie chcę rządzić, Justynka. Nigdy w życiu – odpowiada ojciec.

– Jak chcecie odwołać burmistrza, musicie mieć kandydata na nowego. – Justyna też wpatruje się w budynek, zahipnotyzowana jego elewacją koloru spalonego piernika. Ludzie na ulicach odwracają się w naszą stronę, machają dłońmi, pozdrawiają nas. Na każdym słupie, na płocie wiszą plakaty, jednolite, białe, na nich tłusty czerwony napis: ZYBORK, REFERENDUM. Poniżej postać kowboja, taka sama, jak ze starego plakatu Solidarności. Ten kowboj powinien mieć twarz mojego ojca, a nie Gary'ego Coopera.

– Pewnie tak. Może Agata wystartuje – odpowiada. – Ona byłaby niezła. Walinowska byłaby niezła. Tak, ona byłaby naprawdę w porządku. Ale obie się boją.

Przypomniały mi się plakaty Bulińskiej, które przykrywały cały rynek, gdy tu wjeżdżaliśmy; jej zwielokrotniona, naciągnięta w komputerze twarz.

– A ty czemu nie chcesz? – pyta. Wiem, że zbiera wypowiedzi do dużego artykułu do „Krajowej". Już prawie go skończyła. – I dlaczego w ogóle to robisz? – pyta dalej.

Ojciec odwraca się w jej stronę, na krótką chwilę podskakuje mu kącik ust.

– Dlaczego to robię? – Zastanawia się chwilę, międląc słowa w ustach. Po pewnym czasie przysuwa się do niej. Wskazuje palcem wieżę zrujnowanego ewangelickiego kościoła, stojącego we wschodniej części rynku, za parkiem. – Widzisz? – pyta.

Justyna kiwa głową.

Ojciec rozciera ręce, schyla się, głaszcze psa. Wyciąga termos z samochodu, nalewa trochę herbaty do nakrętki, wypija łyk, następnie podaje mi ją do ręki.

– To ewangelicki kościół. Pamiętam, jak jeszcze były w nim msze. W latach sześćdziesiątych. Po niemiecku. Z dziesięć osób na nie przychodziło, może piętnaście. Tylu Mazurów zostało po wojnie, no ale i oni w końcu wyjechali. Za Gomułki, jak złagodzili przepisy. Ludzie mieli już tak dosyć, że zostawili domy. Zyborszczaki rzucili się na te domy jak psy na mięso. W niektórych jeszcze przetwory w piwnicy stały. Tak ludzie mieli dosyć. I ja wtedy zadałem sobie pytanie, zwykłe, logiczne, a pamiętam, że gówniarz byłem, miałem z jedenaście lat może – przecież to ich ojczyzna, bardziej niż moja, bo dziadek Mikołaja przyjechał tu z poznańskiego. A skoro to ich ojczyzna, to dlaczego tak uciekają? Nie ma wojny, wszystko jest niby dobrze, a oni uciekają?

– Byli prześladowani? – pyta Justyna.

– W szkole dzieciaki głównie się biły. Z dorosłymi mało kto rozmawiał. Nie było jak. Nie rozumieli się.

– Po prostu to już był inny świat, inny kraj – odpowiedziała Justyna.

– Nie, to nie tak. Oczywiście, że to był inny kraj, niby. Ale Polska była tuż zaraz. Dwadzieścia kilometrów stąd była granica. I tu zawsze byli Polacy i Mazurzy, i Niemcy. Wszystko się mieliło, kotłowało. Rosło spod ziemi. Zło i dobro. Jak kwiaty i chwasty, Justyna. Wszystko się pętliło – mówiąc to, wykonuje dziwny gest wykręconymi dłońmi.

Ktoś zatrzymuje się przy jednym z plakatów, jakaś starsza pani, widzę, jak mruży oczy, próbując zrozumieć, o co chodzi. Po chwili odchodzi, kręcąc głową. Ale zaraz wraca.

– Ja sobie wtedy pomyślałem: może ja będę musiał stąd kiedyś uciec? Może to jest takie przeklęte miejsce? Może ktoś mnie zmusi, abym ja stąd uciekał tak szybko, że zostawię ogórki w piwnicy i garnek z zupą na kuchence? – Ojciec przestaje na moment, połyka trochę powietrza. – I pomyślałem wtedy, że nigdy – mówi po chwili. – Nikt mnie nie zmusi, abym stąd uciekł.

Ktoś idzie w naszym kierunku, szybko. To Braciak. Jest zaaferowany, o mało co nie wpada na jadące szybko auto. Samochód hamuje z piskiem tuż przed nim; z auta wygląda ostrzyżony na zero młody chłopak, pyta Braciaka, jak on, kurwa, lezie.

– Chcesz pogadać? – pyta Braciak, wali otwartą dłonią w maskę auta. – Chcesz pogadać?

Auto odjeżdża. Braciak podchodzi, rozciera ręce. Jest wkurzony. Ojciec podaje mu termos.

– Słyszałeś? – pyta.

– Co słyszałem? – odpowiada ojciec.

– Cyrk jest, bez dwóch zdań, wszyscy gadają, nie słyszałeś? Do Cyganów pojechali, wpadli do Tobka do domu, przeszukania zrobili, samochody porekwirowali. Dwóch synów Tobka zatrzymali w sprawie wyjaśnień. Afera jest, Tomek, jak cholera. Podobno jakąś kobietę od nich odepchnęli, starszą, ciotkę Tobka ponoć, przewróciła się, skręciła nogę w kostce. Te chłopaki cygańskie po całej gminie teraz jeżdżą, złe jak diabły.

– Szukają Maciusia – mówię.

– No tak. O Maciusia chodzi. Że Tobek niby podejrzany o jego zabójstwo – mówi ojciec. – Jeszcze tego brakowało. Aby tamtych wkurwić.

– To wszystko bandyci, siebie warci, Cyganie czy nie Cyganie – mówi Braciak. – Ale taką głupotę robić, to ja nie wiem. Dziewięćdziesiąty drugi chcą, żeby znowu tu był. Jak w Mławie. Żeby w okna Cyganom cegłami rzucali. Po co to?

Ojciec w końcu odwraca się od ratusza. Zdejmuje czapkę, drapie się po gładko wygolonej głowie. Patrzy na Braciaka.

– Jakie zabójstwo? – pyta. – Jakie, kurwa, zabójstwo, z Bernatem nie ma zabójstwa, a z Maciusiem to niby zabójstwo. Z Maciusiem, co pewnie do Niemiec dał dyla albo leży gdzieś w lesie za Kaliningradem.

– Może leży tutaj w lesie – przerywa mu Justyna. Zapala kolejnego papierosa. Ojciec odwraca się w jej kierunku. – Ten facet w lesie, ten cały Wiedźmin, wie coś, czego nie chce powiedzieć. I ktoś mu pomaga, ktoś go wciąż utrzymuje. Podobno umie schować w lesie wszystko, chował tam samochody – mówi Justyna. – Ciało jest mniejsze od samochodu – dodaje po chwili.

– Czyli co ty myślisz, że ci Cyganie mu teraz pomagają? – pyta Braciak.

– Najłatwiej zwalić to na nich. Chodzi mi o to, że to całkiem sprytne, dokonać kilku morderstw i o każde obwiniać kogoś innego, kto mógłby to zrobić – odpowiada.

– To kogo obwinią o śmierć Bernata? Księdza? – pyta ojciec, ale pytanie pozostaje bez odpowiedzi.

Ojciec rozgląda się dookoła, marszczy czoło. Najpierw myśli. Potem schyla się, podnosi drżącego psa, bierze go na ręce.

– Żeby ci nie obsikał kurtki – mówię.

– Już sikał – odpowiada.

– Przecież sika cały czas – przypominam.

Ojciec schyla się, całuje psa w głowę.

– Tak czy siak, dzisiaj działamy. Weź wszystkich, kogo się da. Rodzinę, wszystkich. Policji się nie bójcie. Nie ma czego. Oni nic nie potrafią zrobić. W żadnej sprawie – mówi ojciec.

– Dwudziesta trzecia pod Podzamczem – mówi Braciak.

– Pod Podzamczem – potwierdza ojciec.

– Od ciebie wszyscy będą?

– Agata piecze tort. W końcu to urodziny.

Braciak rozgląda się po rynku, zapadającym w zmierzch, nierównym, brudnym, oklejonym białymi plakatami. Także się rozglądam. Ludzie wychodzą ze sklepów, wsiadają do aut, w oknach palą się światła. Ojcu wydaje się, że jest sumieniem tych ludzi, tych świateł i że ich uratuje.

Może jest już za późno. A może w ogóle nie ma to sensu.

– No to do zobaczyska – mówi Braciak i oddala się w stronę, z której przyszedł. Teraz jest spokojniejszy, rozgląda się uważnie, zanim przejdzie przez jezdnię.

– Ty naprawdę myślisz, że przemówisz ludziom do rozumu? – pytam.

– Jakiego rozumu? – prycha ojciec.

– Może i pójdą na to referendum. Ale jeśli następny burmistrz nie zorganizuje Dody na rynku z okazji Święta Ziemniaka czy co tam macie w Zyborku, jeśli nie zrobi ludziom lodowiska albo boiska do gry w piłkę, jeśli zamknie zakład albo nie postawi nowego, to poleci tak samo jak ta cała Bulińska – odzywam się po chwili.

– Najłatwiej to powiedzieć sobie, że wszystko jest bez sensu, i na dupie siedzieć – mówi ojciec.

– Po prostu ja nie oddałbym życia za to wszystko tak jak Bernat. To jest bez sensu – odpowiadam.

Wieczorem rynek jest jeszcze mniejszy niż w dzień, mocniej ściśnięty, jak pięść dziecka.

Ojciec otwiera drzwi auta i pokazuje, abyśmy wsiedli do środka.

– Jakby wszyscy myśleli tak jak ty – mówi do mnie – to już byłoby po tym świecie.

– Nie, świat byłby taki jak teraz – tłumaczę. – To tylko jedno małe światło, to o czym mówisz. Jedno zapalone okno. Nawet nie zauważyłbyś, że zgasło.

– Widzisz, ty twierdzisz, że ja nic nie widzę – mówi, zamyka drzwi od strony kierowcy.

Wsiadamy do środka. Widzę, jak dwóch policjantów zaczyna zrywać zawieszone na murze plakaty. Po chwili otacza ich paru gapiów. Widać, jak wywiązuje się kłótnia. Ktoś gestykuluje, ktoś przeklina, ktoś zaczyna coś tłumaczyć. Ojciec nie reaguje, patrzy tylko w tamtym kierunku.

– Tylko nie gadaj teraz o tym, że ja tu niby nie mieszkam od dwunastu lat – mówię.

– Teraz mieszkasz – odpowiada.

– Mieszkam, więc mam obowiązki? – pytam.

– Wobec mnie nie masz żadnych. – Widzę, jak patrzy na Justynę we wstecznym lusterku, szuka jej spojrzenia.

Ojciec odpala auto, potem wyciąga z kieszeni telefon. Wybiera czyjś numer. Justyna siedzi obok, wpatruje się w to, co dzieje się za szybą.

– Coś się stanie – mówi po chwili.

– Tylko autobus załatw, pamiętaj – tłumaczy komuś ojciec przez telefon. – Tak, pojedź po nich. Ile jest, dwadzieścia miejsc? No dobra. Pojedź po nich.

– Co się stanie? – pytam jej.

– To tak nie działa. To tak nie działa, aby nic się nie stało – rzuca.

– Nie bój się – mówi mój ojciec, zerkając znowu w lusterko, aby uchwycić jej wzrok.

Skręcamy, wjeżdżamy w Kamienną. Ktoś idzie bokiem drogi, pojedyncza osoba. Na stojącym na rogu, małym transformatorze również wisi plakat. Kowbojowi już ktoś zdążył dorysować czarnym markerem sążnistego kutasa tuż przy samych ustach.

– Ty wciąż myślisz o tej dziewczynie. To był twój koniec świata i dziwisz się, że stało się coś takiego, a domy wciąż stoją, ludzie wciąż żyją. – Justyna spogląda na mnie.

– No ale co ma nie myśleć – wtrąca się mój ojciec.

– Pan ją znał? – pyta Justyna.

Skręcamy w Cementową. W domach w ogóle nie palą się światła.

– No oczywiście, że ją znałem. Bardzo w porządku dziewczyna. – Ojciec odwraca się do Justyny, a ja widzę, że już niedaleko, w zasięgu reflektorów, na środku drogi stoją ludzie.

– Zatrzymaj się, kurwa! – krzyczę.

Ojciec wciska hamulec, samochód wydaje potworny pisk. „Miałem wymienić klocki już z pół roku temu" – myślę, schowany w bagażniku piesek wydaje ciche jęknięcie. Na pewno znowu się zsikał. Na przecięciu Cementowej i Wapiennej w świetle reflektorów stoi kilka postaci. Wyłaniają się z ciemności, jakby podświetlone od środka. Stoją, rozglądając się dookoła albo obracając wokół własnej osi; przez chwilę mam wrażenie, że ci ludzie dostali pierdolca, nagłego wymazania pamięci, że stoją na drodze, zdezorientowani, kręcąc się w kółko, próbując domyślić się, gdzie są ich domy, chociaż mają je przed oczyma. To sąsiedzi – stary Fałatowicz. Gumerscy. Niska. Uciekają wzrokiem gdzieś w powietrze. Nikt nawet nie zareagował na pisk hamulców. Ojciec wysiada z auta, ja też.

– Co? Czekacie na mnie? – pyta. – Skąd żeście wiedzieli, że będę tędy jechał?

– Zawsze tędy jedziesz, Tomek – mówi cicho stary Fałatowicz.

– Wiesz, Mikołaj, mówiłeś o rozumie. Chodź, posłuchaj sobie tego rozumu. – Ojciec do mnie mruga.

Fałatowicz zdejmuje czapkę i drapie się po głowie. Twarz ma porośniętą trzydniowym zarostem.

– No co? – pyta mój ojciec. – Jak nie macie nic do powiedzenia, to wynocha do domów. Drogę tarasujecie.

Fałatowicz, patrząc na mojego ojca, wciąż międli w dłoniach czapkę, jakby chciał, aby wypadła z niej kartka, na której będzie napisane to, co ma dalej mówić.

Coś stało się Grześkowi. To pierwsze, co przychodzi mi do głowy. Ale wtedy w jego domu jak na zawołanie zapala się światło w oknie. W końcu odzywa się Gumerska, niska, krępa kobieta o urodzie skarlałego boksera i wiecznej trwałej, na której można byłoby ścierać marchew.

– Słuchaj, Tomek, ty nam powiedz, bo my myślimy. Ktoś tego księdza zabił, prawda? – pyta.

Jej głos w ogóle się nie zmienił. Przypomina mi się, jak z Grześkiem wtargnęliśmy do nich na podwórko, aby nakraść gruszek. Pamiętam, jak ładowaliśmy je do plecaka Grześka, i głos Gumerskiej, który obwieszczał całej ulicy, żebym poczekał, bo zaraz leci mi wpierdolić.

– Powiedz, Tomek. Bo kuria już nowego proboszcza wysłała. Od wczoraj. Myśmy zaginięcie zgłosili w Olsztynie. Ale nikt nic nie wie. Nikt nic nie robi. Gosposia jego nic nie wie – wybąkuje Fałatowicz.

– Ona mówi, że tego nowego księdza to nie wpuści – dodaje Gumerska.

– No nie wpuści, mówi, że już przedtem księdzu grozili, swastyki malowali. – Fałatowicz wchodzi z Gumerską w dwugłos, razem brzmią śmiesznie, przypominają ubłoconą, rdzawą blachę, która jakimś cudem, uderzona kijem w dwóch różnych punktach, wydaje dwa różne tony.

Ojciec milczy. Nawet nie gasi silnika, auto jest wciąż na chodzie, oni wciąż stoją w świetle reflektorów, tak samo zakłopotani i pogubieni jak jeszcze przed chwilą.

– Wiecie państwo, jeśli można, jutro będzie artykuł w „Gazecie Olsztyńskiej" – mówi Justyna. Opiera się o samochód, zapala papierosa. Gumerska nawet na nią nie patrzy. Wpatruje się w mojego ojca, jakby był Jezusem Zbawicielem.

– Artykuł będzie o księdzu Bernacie. I o jego bracie – próbuje mówić dalej Justyna, ale Gumerski, niewiele większy od żony, nabity, siwy facet, mający największe ze wszystkich zebranych problemy z utrzymaniem równowagi, przerywa jej, i połykając spółgłoski, cicho mówi:

– Artykuły to sobie można pisać. Człowieka trzeba znaleźć. Księdza trzeba znaleźć. Artykuły to niech sobie pani wsadzi, kochana, już dosyć tych artykułów było.

– Co powiedziałeś do mojej żony? – pytam go, dłonie odruchowo zaciskają mi się w pięści, rozkwita w nich małe swędzenie. Wydaje mi się, że bicie ludzi bardzo łatwo przechodzi w nawyk, jak walenie konia albo papierosy.

– Żeby w dupsko sobie wsadziła artykuły, dziennikareczka – rozkręca się Gumerski, i wtedy ruszam w jego stronę, połykam pyszne i zimne powietrze, ale ojciec kładzie mi rękę na ramieniu, swoim dotknięciem lekko wgniata mnie w ziemię, czuję, jak zapadają się w nią podeszwy butów.

– Zamknij mordę, Gumerski, i mykaj do domu, bo jak ci wypierdolę, to ci się karpiem z Wigilii odbije – mój ojciec wypowiada wszystkie słowa w wielkiej ciszy i skupieniu. A potem odwraca się z powrotem do Fałatowicza i poprawia mu niewidocznie zagniecenie w starym swetrze. W jego geście jest żart, chyba ojciec pokazuje nam w ten sposób, że ma dziś dobry humor. – Tacy jesteście zaangażowani. No to dobrze. Dziś o dwudziestej trzeciej pod Podzamcze macie przyjść. Wszyscy. Tak jak mówiłem. Przyjść i stać – mówi.

– Ale, Tomek, po co ja będę w nocy pod restauracją stała? No Boże ty mój. Jakbym chciała jakichś z bankietu resztek. – Gumerska załamuje ręce, przeciąga głoski. Ojciec patrzy na nią, kręci głową z widocznym rozbawieniem.

– Od kiedy ty masz tyle honoru, Gumerska? Normalnie order jakiś zaraz dostaniesz. Virtuti Millitari.

– Już nie gadaj, Tomek, ale powiedz serio – mówi.

Ojciec przekręca kluczyk. Reflektor gaśnie, ludzie na chwilę znikają, widać same cienie.

– Jak ich przyciśniemy, to wam powiedzą. Powiedzą, gdzie jest ksiądz. Gdzie młody Bernat jest. Wszystko powiedzą, bo to tchórze. Wiecie, gdzie być dzisiaj. Wiecie, jak głosować – mówi. I wsiada do auta. Sąsiedzi stoją jeszcze chwilę, zdezorientowani. Znowu oślepia ich reflektor. Teraz niektórzy zasłaniają oczy. Widzę Gumerskiego, jak człapie do domu, jak znika za metalową, zespawaną furtką. Żona szybko truchta za nim jak jamnik.

Wykreślam dwa poprzednie zdania i piszę następne: „Pięść czuje, że ciało jest twarde. A miękkie ciało jest lepsze. Z miękkim ciałem można nawiązać lepszą współpracę. Miękkie znaczy posłuszne".

A potem wykreślam wszystkie te zdania i rysuję szybki portret kogoś, kto wygląda trochę jak Gumerski, a trochę jak Charles Bronson w *Życzeniu śmierci*.

A potem piszę jeszcze jedno zdanie: „Kiedyś przez okno sąsiada widziałem, jak stoi tyłem do okna, a przodem w stronę telewizora, śmiesznie podrygując w miejscu, wpatrzony w film włączony z magnetowidu, obraz był niewyraźny, zaśnieżony, widziałem ruch, nagiego faceta i wijącą się na nim facetkę i słyszałem śmieszną, cichą muzykę, podobną do tej, którą potem słyszałem w słuchawkach, oczekując na połączenie z bankiem".

– Chcesz piwo? – pyta Grzesiek.

– Daj – odpowiadam.

– To idź i sobie weź. – Szczerzy się.

To nie jest krótkie zdanie, a z moim charakterem pisma zajmuje pół kartki. Oczywiście nie wiem, co dalej. Musiałbym wypisywać, co jeszcze widziałem, to znaczy, co jeszcze widział ten bohater. Gdybym sięgnął do czasu teraźniejszego, mógłbym opisać, co dzieje się dalej. Retrospekcje to zawsze pułapki. Są ciasne. Nie dają wiele miejsca, bo większość zajmuje fatum. Fatum to gruba i stara kobieta, która musi siedzieć na czterech krzesłach naraz.

Do pokoju wchodzi Jasiek. Siada obok mnie. Zaczyna wpatrywać się w mecz bokserski, beznamiętnie wyjadając chipsy z foliowej torebki.

– Pomożesz mi z lekcjami? – pyta.

– Nie mam czasu, Jasiek – odpowiadam, udając sam przed sobą niebywale zajętego.

– Muszę napisać wypracowanie. O ogniu – tłumaczy.

Odzwyczajone od długopisu palce, gdy mają napisać coś dłuższego niż równoważnik zdania, dostają zajoba. Zamiast linijek pisma w zeszycie pojawia się coś w rodzaju wykresu EKG. Zastanawiam się, czy umiem po sobie rozczytać, czy po prostu jeszcze pamiętam, co napisałem.

W telewizji lecą powtórki jakiejś gali bokserskiej. Dwóch niskich, chudych, żylastych, pokrytych brzydkimi dziarami chłopaków naparza się jakby w przyśpieszonym tempie, wzajemnie częstują się karabinowymi seriami ciosów, odbijając się od lin i wystrzeliwując z nich jak z procy na siebie nawzajem.

– O ogniu? To z fizyki czy jak? – pytam Jaśka.

– Nie, z historii. O „Ogniu". O żołnierzu wyklętym – „Ogniu" – tłumaczy.

Po chwili kapitulacji zakładam, że warto pisać po prostu wszystko, co przyjdzie mi do głowy.

„Ludzie skupiają się przy sobie, bo myślą, że będą w ten sposób się bronić, dbać o swoje interesy. Ale i tak w krytycznych momentach będą się rozszarpywać, zabijać, spychać nawzajem w przepaść".

Butelka piwa stuka przede mną o stolik. Grzesiek siada z powrotem na kanapie.

– Ja nic nie wiem o historii – mówię.

– To tak jak ja. – Jasiek wzrusza ramionami.

– Ojciec dużo wie, Jasiek, oglądaj na razie boks. – Pokazuję palcem telewizor.

– Ja już mam jedną pałę, jak jej nie poprawię, to mama odetnie mi konto na Lola. – Jasiek przeczesuje włosy dłonią podobnym gestem, którym ojciec czasami pociera swoją łysą czaszkę.

– Lola? – pytam.

– *League of Legends*. – Jasiek patrzy na mnie, jakbym nie wiedział, czym jest samochód albo telefon.

– To jak mama jest taka mądra, to niech napisze to wypracowanie. Daj oglądać – mówię po chwili.

Jasiek się zamyka i wciska w fotel.

„Ludzie w stadach chcą jeszcze się podpatrywać. Być dla siebie nawzajem rozrywką. Tak naprawdę nie mają innej".

Obraz z telewizora prześlizguje się po jego spojrzeniu niczym po namydlonym szkle. Widzę, jak chce złapać chipsa palcami, ale trafia w próżnię. Zgniata paczkę w kulkę i chowa do kieszeni.

– Za pięć dni mam rozprawę – mówi Grzesiek.

– Kamila przyjeżdża? – pytam.

– Oczywiście, że przyjeżdża. Ten jej hitlerowski cwel też przyjeżdża. I adwokatka przyjeżdża. Wszyscy przyjeżdżają, zobaczysz. Będzie popis jak w chuj – odpowiada.

Próbuję skupić wzrok na zeszycie.

„Ludzie rozumieją tak naprawdę tylko siebie. Nie rozumieją przyrody ani świata, tego, co za nim stoi. Nie rozumieją nawet zwierząt, wydaje im się, że je rozumieją, gdy zauważą w nich pierwiastki cech ludzkich".

Cokolwiek to, kurwa, znaczy.

– A ta dziewczyna? Magda, tak? – pytam.

Grzesiek wzrusza ramionami.

„Podglądam sąsiada, gdy kończy to, co zaczął, wysuwa kasetę z magnetowidu i chowa ją pod stosik swetrów w szafie, stoi jeszcze przez chwilę przed wyłączonym telewizorem, a potem wychodzi umyć ręce...".

– Mogę zeznawać, że to wszystko nieprawda – zapewniam.

– A skąd wiesz, że to nieprawda? – pyta.

– Że co? – Otwieram piwo zapalniczką.

Drzwi się otwierają, do pokoju wchodzi ojciec. Przez

chwilę patrzy na boks w telewizji, marszczy czoło, masuje sobie głowę palcami.

– Słuchaj, Blady, dzięki, że tak mówisz, naprawdę, no ale... – urywa nagle Grzesiek i klaszcze na widok jakiegoś popisowego nokautu. Sędzia zaczyna odliczanie: jeden... dwa.

– Nie wstanie – mówi do ojca Jasiek.

– Jeszcze wstanie, zobaczysz – odpowiada ojciec.

Trzy... cztery.

– Nie wstanie – powtarza Jasiek.

Pięć... sześć.

– O dwudziestej pierwszej zbiórka – wtrąca ojciec.

Siedem... osiem.

– Ja chyba zostanę w domu – mówię.

Przypominam sobie, jak ojciec rano budził mnie i Grześka, abyśmy poszli z nim do kościoła. Dzień przedtem, w sobotę wieczorem, zawsze informował nas, zanim poszedł spać: „O siódmej rano zbiórka". Następnego dnia nie było przebacz. Musieliśmy wstać i iść, cokolwiek by się działo. Gdy zaspaliśmy, szliśmy do kościoła bez śniadania. Pamiętam, że już gdy przyszło do przekazania sobie znaku pokoju, zaczynało kręcić mi się w głowie. Nie wiem nawet, czy teraz chodzi do kościoła. W niedzielę o tej porze jeszcze śpimy.

– Znam twoje podejście – mówi ojciec. – Tak czy siak, Justyna idzie na pewno.

Dziewięć...

Po prostu chcę być sam. Chociaż przez chwilę. Porobić swoje. Nawet to.

Z wielkim trudem, ale jednak ten znokautowany wstaje, przez ułamek sekundy traci równowagę i o mało co nie wywraca się znowu, ale stoi.

Ojciec kładzie sobie dłoń na mostku i przez chwilę się krzywi, by zaraz naciągnąć maskę z powrotem. Jestem na niego zły, więc udaję, że tego nie widziałem.

– Jakie podejście? – pytam go.

– Nie zaczynaj znowu, Mikołaj, kurwa, wiesz jakie – wtrąca Grzesiek. – Dobra, zostań i rób, co tam robisz, pisz sobie w zeszycie.

– Że nic się nie da zmienić – mówi ojciec, wciąż patrząc na boks. – Olczak z Odysem tak myślą. Dlatego do końca życia będą nosić skrzynki.

– Ja też nosiłem skrzynki – przypomina Jasiek.

– Chyba puste. – Grzesiek się śmieje.

– Puste, ale nosiłem – odpowiada Jasiek. – Musisz cały czas tak się czepiać?

Ojciec bierze trochę głębszy wdech niż zwykle. Odkładam zeszyt. Znokautowany odbija się od liny i rusza na drugiego, przebija się przez jego gardę, sierpowy ląduje na jego głowie, ta odskakuje w bok jak piłka do siatkówki.

– A może go nie bierzmy, bo on jest bardzo wyrywny. – Grzesiek pokazuje mnie palcem. Zaczynam obracać w palcach długopis.

– Jak wyrywny? – dziwi się mój ojciec.

– No jakbyś zobaczył, jak Wiedźminowi palnął w turban. – Grzesiek parska śmiechem.

– Po co? – pyta ojciec. Znowu trzyma się za klatkę piersiową. Drugi sierpowy ląduje na głowie niedoszłego zwycięzcy. Chłopak osuwa się na ziemię jak marionetka, której ktoś przeciął drut. Znowu otwieram zeszyt.

– Słyszałeś, co powiedział? – pytam brata.

– Bredził jak zwykle. – Grzesiek pokręcił głową. – Ale on zawsze tak bredzi, nie trzeba go było od razu lać, ty Bruce Lee.

Chłopak, niedoszły zwycięzca, leży na deskach. Teraz on jest liczony. Jeden... dwa. Drugi stoi nad nim z rękami w górze, jakby już świętował wygraną albo się poddawał.

Trzy... cztery.

– Wiedźmin, ten z gry? – pyta Jasiek.

– Czego wy właściwie chcecie? – Irytują mnie.

– Żebyś się szykował – odpowiada ojciec.

Pięć... sześć.

Siedem... osiem.

– Słuchaj, czy ty chcesz mieć znowu spalony dom? Chcesz, żeby tym razem twoje dzieci nie przeżyły? Tego chcesz? – Wstaję i podnoszę głos, chociaż chyba tego tak naprawdę nie chciałem, ale coś we mnie pęka.

Dziewięć... dziesięć.

– Nie przy nim, Mikołaj, człowieku. – Grzesiek patrzy na Jaśka, który spogląda na ojca i płacze.

Ojciec przewraca się na podłogę. Jego twarz robi się czerwona.

Bokser na ekranie wciąż trzyma ręce w górze.

Uderzenie jest głośne, jakby przewrócił się segment.

– Mamo! – krzyczy Jasiek.

Grzesiek dobiega do ojca pierwszy. Ja jestem drugi. Ojciec żyje, nadal ma czerwoną twarz, przymrużone oczy, jest sztywny, napięty, wylądował na swoim łokciu, teraz opiera się na nim, próbujemy go podnieść, ale jego ciało zamroziło na stałe w tej pozie Adama ze *Stworzenia świata*. Próbuje coś powiedzieć, ale nie potrafi, charczy, na jego ustach pojawiają się plamki piany.

Sędzia podchodzi do chłopaka i łapie za jedną z jego wyciągniętych do góry rąk. Drugi bokser wciąż nie wstaje z ringu.

Drzwi walą o framugę, aż drży w nich szkło, do pokoju wpada Agata, za nią Justyna. Musiały być obok w kuchni, nie słyszałem zbiegania po schodach.

– Tomek – mówi Agata.

Kuca nad ojcem. Jasiek wciąż siedzi na kanapie, z zaciśniętymi aż do białości pięściami. Ma załzawione oczy.

– Uciekaj stąd, Jasiek. Uciekaj! – krzyczy Agata.

– Tato. – Jasiek podchodzi do ojca. Powoli, jakby zbliżał się do kogoś obcego. Ojciec próbuje sam się podnieść, ale nie potrafi, jakby do podłogi dociskała go ogromna, niewidzialna ręka.

– Idź stąd, Jasiek – mówi Grzesiek. – Wszystko będzie dobrze.

– Dzwonię po pogotowie – stwierdza Justyna.

– Nie – mówi ojciec, w końcu coś w nim odpuszcza, podnosi rękę, której łokciem opierał się o ziemię, chwyta się z powrotem za serce, przewraca na plecy.

– Halo, Wapienna pięć, proszę pogotowie – mówi do telefonu Justyna.

– Ty kurwo – przeklina mój ojciec.

– Do kogo ty mówisz? – pytam.

– Do mojej kurwy tętnicy – syczy przez zaciśnięte zęby ojciec.

– Nie, pogotowie nie przyjedzie, Justyna, pogotowie nie przyjedzie – wtrąca Agata. – Dzwoń do Dobocińskiej. Do Dobocińskiej na prywatny.

Boli go. To widać. Kucamy przy nim, jakby od tego kucania miało go mniej boleć. Ojciec jest cały mokry, jakby ktoś wylał mu na głowę wiadro wody. Justyna wychodzi zadzwonić i zaraz wraca.

– Tato, oddychaj głęboko – mówi. – Oddychaj głęboko.

– Jasiek, idź do siostry! – nakazuję. Jasiek w końcu wstaje, powoli, przerażony, nie odrywając wzroku od ojca, wychodzi sztywno jak robot.

Byłem przy jednej śmierci. Nie pamiętam o niej na co dzień, ale teraz mi się przypomina, wyraźnie, jakbym oglądał nakręcony w HD film. Widziałem niewiele, bo babcia od razu zamknęła mnie w pokoju. Ale byłem tam, byłem przy tym. Miałem wtedy cztery lata.

Dziadek Aleksander stał przed lustrem i czesał się przed wyjściem do kościoła. Do końca życia miał włosy, nie wiem, dlaczego akurat ojciec jest łysy. Czesał się i padł. To trwało chwilę, błyskawicznie. W tym samym momencie, gdy uderzył o podłogę, babcia wepchnęła mnie z przedpokoju do salonu.

Pamiętam jeszcze czerwoną, metalową ciężarówkę, którą jeździłem w kółko po podłodze. Wydawała irytujący, terkoczący dźwięk. Pamiętam, że krzyczałem, aby dać mu coś do zjedzenia, na przykład ciasto, które babcia upiekła poprzedniego dnia, to na pewno zrobi mu się lepiej, a babcia krzyczała imię dziadka, a potem ktoś, chyba wujek, wpadł do pokoju i wyrwał mi ciężarówkę z rąk, bo nie mógł już wytrzymać tego terkotania.

– Idźcie... – wydusza z trudem ojciec. Zaciska zęby. Tak mocno, że zaraz mu pękną. Wiem, że to nie dlatego, że go boli; to dlatego, że całym sobą chce zmusić ból, aby zniknął.

– Cicho, nie mów nic – prosi Grzesiek. – Nie mów nic.

– Idźcie... tam, dzisiaj – nakazuje, wraz z tymi słowami wylatuje z niego mnóstwo powietrza, wydaje głośne i długie syknięcie, jak zachodzący na lewo autobus.

Byłem przekonany, że gdy dziadek zje ciasto, to przeżyje. Pamiętam tamtą pewność. Tamto niezrozumienie, dlaczego nikt nie chce kucnąć nad dziadkiem i wepchnąć mu leczniczego ciasta do ust.

Oczywiście dziadek by nie przeżył, bo krew zalała mu mózg w ułamku sekundy.

– Kurwa mać, nie wiem, gdzie pójdę, ale nie na twój grób, to na pewno – mówi Grzesiek i wtedy w ojcu coś puszcza, mięśnie stają się luźniejsze, siada na podłodze, wciąż trzymając się za klatkę piersiową. Wydycha jeszcze więcej powietrza. Ociera czoło dłonią. Chce wstać, lecz Agata go powstrzymuje:

– Siedź.

Gdy Dobocińska wpada do naszego domu, wciąż siedzi, dziwnie posłuszny, ale już zniecierpliwiony. Wciąż go boli, widać to po jego twarzy. Na jej widok się podnosi, Justyna od razu podsuwa mu krzesło, siada. Dobocińska nie wita się, jest zasapana i mokra, pochyla się nad nim, patrzy mu w oczy, naciąga powieki, dotyka go po ciele, pytając, czy boli. Ojciec kręci lub kiwa głową, w zależności od tego, gdzie go dotknie. Mierzy mu ciśnienie. Gdy aparat pokazuje wynik, cmoka i kręci głową.

– Jedziesz do szpitala, Tomek – mówi.

Stoimy w okręgu dookoła ojca i Dobocińskiej, jakbyśmy odprawiali jakiś rytuał. Opieram się o kominek, zapalam papierosa. Podobnie jak ojciec, jestem cały mokry.

– Nie. – Ojciec kręci głową.

– Tomasz, do cholery jasnej! – krzyczy Agata. Jest w kurtce, włożyła ją odruchowo, gdy Dobocińska podjeżdżała pod dom. Teraz widzę, jak mimowolnie wkłada dłoń do kieszeni, ale zaraz ją wyciąga.

– Nie, jedziemy pod Podzamcze – mówi ojciec, a potem zanosi się kaszlem.

– Tomasz, to jest ciężki stan przedzawałowy. Może nawet zawał. Jedziesz do szpitala, i to natychmiast. – Dobocińska kładzie mu dłoń na czole jak dziecku. Ojciec wypuszcza jeszcze trochę powietrza.

– To zrób mi zastrzyk – odpowiada ojciec i wstaje z krzesła. Lekko się chybocze. Dobocińska cofa się o krok.

I wszyscy, jakby na zawołanie, chcemy coś powiedzieć, wypowiadamy równocześnie po sylabie, ale ojciec ucina to ręką. Odwraca się w kierunku telewizora. Bokser, który wygrał mecz, spocony tak samo jak ojciec, chudy chłopak z ostrą, ptasią twarzą, duka coś w odpowiedzi na pytania reportera.

– Mówiłem, że wstanie – stwierdza ojciec.

Dobocińska siada. Otwiera torebkę. Wyciąga z niej szeleszczącą, białą siatkę.

– Zrób coś – prosi ją Agata. Ojcu dzwoni telefon. Odbiera, znowu łapiąc się za klatkę piersiową.

– Halo – mówi. – Tak – potwierdza po chwili. – Weź termosy jakieś, bułki z piekarni, coś – rzuca po następnej chwili. – Nie, mówię normalnie, nic mi nie jest, nara – dodaje na koniec, rozłącza się, kładzie telefon na stole.

Przypomina mi się, jak rzeczywiście podglądałem tego sąsiada. To był Gumerski, oczywiście. Przypominam sobie, że mnie zauważył, że nasze spojrzenia się spotkały. Przypomniałem sobie, że potem z Grześkiem pożyczyliśmy jego synowi na cały dzień nowy górski rower, byle dał nam pooglądać tę kasetę, gdy jego rodziców nie było w domu.

Wszystko, co kiedykolwiek napiszesz, już masz w głowie.

Jasiek i Joasia stają w drzwiach. Jasiek wciąż jest poważny, blady, Joasia podchodzi w stronę ojca. Ojciec na ich widok od razu zdejmuje dłoń z klatki piersiowej i z trudem chowa ją do kieszeni.

– Już się dobrze czujesz? Już jesteś zdrowy, tato? – pyta Joasia.

– Już jest dobrze – odpowiada ojciec. – Wiecie, że nigdzie nie jadę. Nie jadę do żadnego szpitala – dodaje.

– No i co ja mogę zrobić? – denerwuje się Dobocińska.

– Zrób coś, ja cię bardzo proszę – mówi Agata.

Ojciec zdejmuje sweter. Powoli, metodycznie go składa, wiesza na krześle. Ma na sobie białą, obcisłą, spraną koszulkę z logo Zyborka. Dopiero teraz widać jego wielkie łapy, mięśnie i żyły splątane pod skórą w twarde, sztywne węzły. Dopiero teraz widać, że na szyi nosi srebrny łańcuszek, grubszy niż standardowy, na pół palca. Na końcu łańcuszka jest krzyż. Wyjmuje go spod koszulki, całuje.

Siada z powrotem na krześle. Odwraca się do Agaty.

– Joasia, zrób napis na torcie – mówi ojciec.

– Do diabła z tym idiotą! – Agata wybiega z pokoju. Ojciec nawet na nią nie patrzy. Patrzy na Dobocińską. Ta wzdycha, wyjmuje z kieszeni blister tabletek, strzykawkę, igłę, ampułkę.

– Zrobię ci zastrzyk przeciwbólowy. I dam trochę nitrogliceryny pod język. I dam ci leki na rozrzedzenie krwi, i weźmiesz je teraz, potem za sześć godzin i znowu za sześć godzin – mówi. – I jutro o ósmej rano widzę cię u siebie na oddziale. Z kapciami i szczoteczką.

– My pojedziemy tam sami – odzywa się dopiero teraz Grzesiek. Podchodzi do ojca. Nachyla się nad nim, kładzie mu dłonie na barkach.

– Do dupy sami pojedziecie – odpowiada ojciec.

– Wyjdźcie – mówi Dobocińska – do zastrzyku nie potrzeba publiczności.

Agata stoi na zewnątrz, przy ogrodzeniu. Pali papierosa. To nie jest pierwszy papieros od momentu, gdy wyszła z domu. Trzy kroki od niej leży pusta setka po kolorowej gorzkiej. Wpatruje się w ciemność, w tej ciemności schowane są tory na końcu Wapiennej, wpatruje się w tę ciemność tak, jakby liczyła, że ktoś z niej wyjdzie, ktoś, kto zwiąże ojca sznurem lub kablem i otępionego zawiezie do szpitala, gdzie spędzi następne pół roku.

– Właśnie tak umrze. Dokładnie tak – mówi Agata. – Na upartość.

Justyna bierze od niej papierosa, zapala. Ciemność nie jest po prostu ciemna, jest przesycona, jest ujemnym światłem, ktoś wstrzyknął w nią smołę, ropę. „Jesteśmy w okopie" – myślę. To jest ciemność wojny. Ta ciemność jest pełna sylwetek, pełna ludzi. Czekają, skurwysyny. Ale to ojciec ich zawołał, ojciec ich tutaj ściągnął.

Ciemność kończy się dopiero parę metrów nad ziemią, ponad dachami domów, tam, gdzie niebo jest delikatnie maźnięte złotem ulicznych lamp, różową łuną znad zakładów.

– Bardzo ci współczuję. Naprawdę, Agata – mówi Justyna i głaszcze ją po ramieniu jak dziecko.

– Już nie chcę tego słuchać. Nie chcę słuchać tego wszystkiego. – Agata klepie się po kieszeniach, odruchowo szuka jeszcze jednej butelki.

– To co ty, nie wiedziałaś, jaki on jest? Przecież to widać od razu – mówię. – On jest jak ta największa litera na planszy u okulisty.

– Mikołaj, miej dla niej litość. Wystarczy, że twój ojciec... – zaczyna Justyna, ale nie kończy, bo w drzwiach staje Joasia, czarna sylwetka w świetle korytarza wygląda jak mały kosmita.

– Zrobiłam napis na torcie! – krzyczy.

– Już, zaraz, kotek – mówi Agata. – Już do ciebie idę.

– Taki jak kazałaś! – woła Joasia i znika w drzwiach, zostawiając je otwarte.

– Mówię ci. Już niedługo. Od tego zaciśnięcia, skurczu, on cały czas łazi w skurczu. – Agata wdeptuje kiepa w ziemię.

Przez chwilę wpatruję się we wciąż osmalone okno pokoju Joasi i Jaśka. Myślę, że ciemność próbuje zjeść ten dom. Nadżarła go od frontu, chwilowo zrezygnowała, bo nadłamała sobie kilka zębów, ale jeszcze wróci. To pewne.

Drzwi znowu się otwierają. Dobocińska wychodzi szybciej, niż przyszła, kręcąc głową. Zauważa nas dopiero wtedy, gdy staje obok.

– Jedziecie tam? – pyta.

– A ty nie jedziesz? – odpowiada pytaniem na pytanie Agata.

Dobocińska kładzie jej rękę na ramieniu i mocno je ściska, jakby Agata miała się zaraz przewrócić. Justyna w końcu patrzy na nie obie, a one na nią. W tej nocy wyglądają jak trzy siostry, trzy wiedźmy, podpisujące ze sobą milczący pakt.

– Nie myślicie tak czasami? – pytam je. – Że to wszystko to po prostu jego zabawa?

– Jaka zabawa? – reagują prawie jednocześnie Agata i Justyna.

– Zabawa w tym sensie, że to nie jest ważne, do czego to doprowadzi. Że liczy się, że ludzie robią to, co on chce, żeby robili. Oczywiście on nie jest głupi. On wie, że ludzie są jak zamki, a do różnych zamków pasują różne klucze. Niektórych trzeba zwyzywać, jak sąsiadów. Innych trzeba postraszyć, jak was. Dla jeszcze innych trzeba być miłym. Ale do każdego jest klucz – mówię, pokazując palcem drzwi do domu, które, wciąż uchylone, lśnią światłem z korytarza, tworzą świetlną kreskę w czarnej smole. To jedyne światło, o którym mu mówiłem, światło bez znaczenia.

– Mikołaj, twój ojciec miał zawał serca – podkreśla Dobocińska.

– O który sam się prosił – odpowiadam.

– Jestem lekarzem. Nikt o to nie prosi – mówi. Może ma rację. – Oczywiście, że tam będę. – Dobocińska odwraca się do Agaty. – Przecież ktoś musi go pilnować. Zrobić pierwszą pomoc, jak coś.

Ale Agata nic nie odpowiada. Bębni palcami po kieszeni kurtki, jakby chciała, aby coś w magiczny sposób się w niej zmaterializowało.

– Mikołaj, wszyscy wiedzą, że myślisz tylko o własnej dupie i o tym, czy akurat cię boli, czy akurat swędzi – mówi po chwili Agata. – Ojciec powiedział ci, jak cię swędzi, to się podrap i daj nam robić swoje.

Rozglądam się. Te zwierzęta, obce i złe, siedzą w ciemności, czekają na nas, ale to ojciec je zwabił, porozkładał surowe mięso dookoła swojego domu.

Zresztą wszyscy żyjemy w domu mojego ojca. Justyna, ja, oni. Cały świat jest domem mojego ojca.

– Po prostu próbuję pokazać ci, jaka to jest komedia. Przestań się obruszać. Jeszcze dziesięć minut temu błagałaś ją – pokazuję na Dobocińską – aby zawiozła go do szpitala.

– Tak, i pojechałabym tam wtedy sama, i sama poszła, i napluła Bulińskiej w mordę. – Agata odwraca się i widzi małego Rocky'ego, stojącego na szczycie schodów. Piesek szybko oddycha, strzyże uszami, próbuje cokolwiek dostrzec. Dobocińska uśmiecha się do psa. Zaczyna cmokać.

– Oby nie wyrósł na takiego debila jak mój – mówi.

– Nie ma i nie będzie takiego drugiego debila jak twój – odpowiada Agata. Obie się uśmiechają.

Z domu wychodzi ojciec. Podnosi Rocky'ego ze schodów, bierze go na ręce.

– Postaw go. Nic nie podnoś, do cholery – mówi Dobocińska.

– Dziecko podpisało tort – informuje.

– To dobrze – odpowiada Agata.

– Może byś zobaczyła? – pyta ojciec.

Dobocińska bez słowa macha nam ręką i wsiada do swojego auta. Justyna podchodzi do mnie, bierze mnie za rękę. Mocno ściska.

– Chodźcie – odzywa się ojciec i znika w domu. Z bólu człapie jak starzec, stracił sprężystość, postarzał się o kolejne pięć lat; z tej perspektywy, sprzed domu, widać, że zostanie mu to już na stałe.

Na torcie jest napisane: „Drogiej Burmistrzowej – my, obywatele Zyborka". Litery są duże, koślawe, na zmianę białe i różowe. Miało być jeszcze: „w podziękowaniu za lata rządzenia", ale się nie zmieściło.

Tort jest na plastikowej tacce, trzymam go na kolanach.

Już rozumiem, co czuję, poza dziwnym pieczeniem w żołądku. Nienawidzę wspólnych spraw, jakichkolwiek. Wspólne sprawy to fantomy. Solidarność to farmazon. Ludzie lubią pochodzić sobie na masowe spacery, słuchając czyjegoś krzyku. To ich uspokaja, na krótki moment nastraja ich życia na jakiś wyższy ton. Mógłbym to zapisać, ale zeszyt został na stoliku w salonie.

Gdy wyjeżdżamy z Cementowej, widzimy, że rusza za nami parę innych samochodów. Sąsiedzi stali przy swoich bramach, jakby czekali na sygnał.

Justyna z kolei tego potrzebuje. A przynajmniej za tym tęskni. W Warszawie chodziła na wszystkie protesty. Udostępniała na Facebooku każdą możliwą informację o demonstracjach, wszystkie zawołania do boju. Lubiła chwalić się, że jej ojciec działał w Komitecie Obrony Robotników. Zmarł, gdy miała dziesięć lat.

Reakcja i kontrreakcja. Reformacja i kontrreformacja. Władza i sprzeciw. To nie ma żadnego sensu. Jedno potrzebuje drugiego, jak wdech i wydech. Dwa psy, splecione wzajemnym gryzieniem się w dupę.

Ojciec powiedział dzisiaj, stojąc przed ratuszem, że robi to wszystko dlatego, że nikt nie ma prawa go zmuszać, aby stąd wyjechał. Ale przecież gdyby tego nie robił, nikt nie zasugerowałby mu, że ma wyjechać. Nikt nie zabiłby Bernata. Nie porwałby tych, którzy zostali porwani.

Ojciec, nawet jeśli to rozumie, to i tak nie przyjmuje tego do wiadomości.

– Tyson, daj to ciasto, może będziesz musiał mieć wolne łapy. – Grzesiek się śmieje.

Ból brzucha się wzmaga, gdy dojeżdżamy do Podzamcza. Przed budynkiem jest pełno ludzi.

Tłum otacza zaparkowane samochody, grupuje się przy dostawczym aucie z piekarni, przy którym Olczak i Odys rozdają wszystkim herbatę w plastikowych kubkach i zawinięte w papier słodkie bułki. Widzę Braciaka, widzę naszych sąsiadów, widzę ludzi z popegeerowskiego bloku, tę grubą dziewczynę, która stała z dzieckiem na ręku i teraz też stoi z dzieckiem na ręku, tyle że dziecko znika w ogromnej, starej, puchowej kurtce. Widzę ludzi, którzy byli na pogrzebie Bernata. Widzę samą Bernatową. Widzę Kaśkę, siostrę Darii, z paroma koleżankami.

Nie mamy gdzie zatrzymać auta, więc Grzesiek po prostu wjeżdża na trawnik.

Pamiętam ciężkie, drewniane drzwi tej restauracji, z metalowymi okuciami. Teraz tego wejścia pilnuje dwójka łysych drabów, którzy z daleka przypominają czarne bryły węgla. Pod ich marynarkami widnieją zwykłe podkoszulki. Poznaję ich po krótkiej chwili. Stoją nieruchomo jak skały, jedynie Kafel co chwilę spluwa na ziemię, za to Porczyk nawet nie mruga, sprawia wrażenie zamrożonego.

Ojciec wchodzi pomiędzy ludzi. Zbiegają się do niego, gęstnieją wokół. Jedną dłoń trzyma w kieszeni, drugą bez przerwy trzyma wyciągniętą przed siebie, ściskaną przez kolejne osoby. Zastanawiam się, czy ludzie widzą, że jest inny, słabszy.

– Panie Głowacki! – krzyczy Kafel.

Mój ojciec patrzy w jego kierunku.

– Dobry wieczór – mówi.

– Zaraz tu przyjedzie policja, panie Głowacki. – Kafel pokazuje palcem na zakręt, za którym jest zamkowe wzgórze i komisariat policji.

– Niech przyjeżdżają. Może starczy herbaty! – odkrzykuje mój ojciec.

I wtedy wszyscy zaczynają bić mu brawo, po raz pierwszy. Justyna wyciąga telefon, zaczyna wszystko kręcić. Ludzie stoją, sztywno, bezwzględnie, chociaż jest przymrozek, chociaż para z tylu ust momentami przypomina mgłę, chociaż asfalt pokrywa cienki naskórek lodu.

Tuż przed ojcem, zanim dojdzie do schodów, wyrasta Kaśka, siostra Darii. Słyszę, co mówi, chwytając go za dłoń:

– Jest pan bardzo dobrym człowiekiem. Tylko to chciałam panu powiedzieć. – Słyszę to wyraźnie.

A potem patrzy przez sekundę na Justynę, przez pół sekundy na mnie i chowa się w tłumie. Jest tak przejęta, że emocje zmieniają jej rysy twarzy, wygląda jak inna osoba.

– Nie wpuszczę pana, panie Głowacki – mówi Kafel, gdy jesteśmy już na szczycie schodów. Wychodzi naprzeciwko ojca, robi dwa kroki, zauważa Grześka.

– Zobaczymy – odpowiada mój ojciec i staje parę kroków przed nim.

W środku pali się światło. Zniekształcona przez ściany, wyciekająca przez nieszczelności w oknach melodia discopolowej piosenki tańczy w powietrzu, głucha i złamana jak swój własny duch.

– Niech pan im powie, aby poszli do domów i się nie wygłupiali. To jest prywatna impreza. – Kafel kręci głową.

– Długo to z kartki ryłeś, pajacu? – pyta Grzesiek.

Kafel chce coś odpowiedzieć, ale ojciec go ubiega, pokazuje dłonią.

Kafel i Porczyk powinni się bać, tu jest ze dwieście osób, dwa razy więcej, niż planował ojciec; dopiero gdy wychodzę przed nich, na pierwszą linię, i odwracam się, stojąc na pierwszym stopniu schodów – wtedy widzę ich wszystkich, zalewających cały parking, zmęczone twarze w ciemności, wyławiane przez uliczną latarnię, złe i szare.

W tłumie widzę transparent – STOP TYRANII – trzyma go Walinowska z mężem, eleganckie, równe litery, idealnie czarne na pomalowanym na biało, pokrytym folią płacie kartonu.

A może wszyscy musimy być w opozycji? Wszyscy w Polsce? Może wszędzie, w każdym Zyborku, w każdym Radomiu, w każdej Warszawie ludzie muszą się z czymś bić, bo już inaczej nie potrafią? Bo to bicie się jest jak krew? Bo świadomość tego, że jest się wolnym, wyparowała już z puli genów? Akcja i reakcja. Atak i obrona. Mądrość i głupota. Dwa psy.

Ta potrzeba trzymania w rękach sztandaru, który prostuje ciało do zdrowej i krzepkiej pozycji na baczność. To śmieszne, ale to tkwi w ludziach głębiej niż dusza. Ci, którzy tego nie mają, tak jak ja, są skazani na błąkanie się z boku, po obrzeżach, na mówienie na głos do siebie samego.

Justyna odwraca się i kręci ich wszystkich telefonem, stara się zrobić szeroki kadr.

– Cofnij się pan – mówi Kafel.

– Na razie sobie tu postoję – odpowiada ojciec.

– Kurwa, ich jest tylko dwóch – ekscytuje się Grzesiek. Pali się, swędzą go ręce. I widzę, że paru innych mężczyzn w tłumie też się pali. Że Maciejak podniósł otłuszczoną piąchę, którą ostatnio pakował sobie do ust ciasto; na razie nieśmiało, jakby na próbę.

Pamiętam, jak ojciec – był wtedy w moim wieku – kiedyś przy stole, pijany, pewnie po to, by zdenerwować dziadka, powiedział:

(może to był ten sam obiad, kiedy zawinął się w obrus)

– Kwaśniewskiego wybrali w dziewięćdziesiątym piątym tylko po to, bo bez komuchów nie mogli sobie poradzić. Nie rozumieli bez nich świata. Co my teraz mamy robić? Sami? Z tym całym gównem kolorowym, z bazarem rosnącym? To jak bez matki, to jak bez ojca. – Mój ojciec się śmiał, teraz to pamiętam, śmiał się, naprawdę zanosił się śmiechem tak, że wcześniej jego ojciec, dziadek, ten dziadek, który padł na podłogę przed lustrem i którego chciałem leczyć ciastem, powiedziałby mu:

– Tomek, zrób coś ze sobą, bo ja cię tak głupiego nie zrobiłem.

Może nie mam racji. W tym zimnym powietrzu, w tej ciemności, coś przechodzi przez zebranych tu ludzi, prąd, który każe zaciskać pięści, a mojemu żołądkowi się kurczyć.

Może to jednak coś więcej niż krótka, świetlna pręga

w ciemności, otwarte przez chwilę drzwi na słabo oświetlony korytarz.

– Joasia, chodź! – woła w tłum ojciec.

Joasia idzie z ciastem, ostrożnie, z wielkim skupieniem na twarzy, z tortem w rękach, przeciska się przez ludzi, wchodzi po schodach, w końcu staje obok ojca. Ojciec bierze ciasto, pokazuje Kaflowi. Podstawia mu tort prosto pod twarz, jakby wiedział, że Kafel nigdy nie był zbyt dobry w czytaniu, że potrzebuje czasu, aby zrozumieć lukrowane litery.

– My chcemy dać prezent pani burmistrz. – Pokazuje ludzi. – Prezent na urodziny.

Kafel nie odpowiada. Ojciec odwraca się do ludzi.

– Jesteśmy przecież wdzięczni, prawda? Jesteśmy wdzięczni za te wszystkie wspaniałe rzeczy, które robi dla nas pani burmistrz – podnosi głos, a gdy to robi, jego twarz znowu się delikatnie wykrzywia, widzę, że chciałby znowu złapać się za mostek, ale zamiast tego przyciska do siebie mocniej Joasię, która próbuje schować się w jego skórzanej kurtce. – Jesteśmy wdzięczni za to, jak pani burmistrz oddała wszystkie zakłady pracy, ziemię, zamek w ręce gangsterów. Dziękujemy jej, prawda? – pyta ojciec i odstawia tort.

Ktoś gwiżdże, ktoś klaszcze, w czteropiętrowym bloku za plecami ludzi, po drugiej stronie ulicy, rozświetla się kilkanaście świateł.

– Jesteśmy wdzięczni, że wszystko, co dzieje się w Zyborku, jest ponad naszymi głowami. – Ojciec pokazuje palcem do góry. Delikatnie popycha Joasię w stronę stojącej u dołu schodów Agaty. Robię krok w tył. Justyna wciąż kręci wszystko telefonem. Jest mi coraz cieplej. Ból brzucha zamienia się w pieczenie w przełyku, suchość ust i dziąseł, i szybkie tętno, jakbym nawciągał się złej amfetaminy.

– Jesteśmy wdzięczni pani burmistrz, że ludzie, biedni ludzie spod Zyborka, ludzie, którzy są słabi, którymi trzeba się opiekować, że ludzie będą wywiezieni ze swoich domów do blaszanych puszek, do koszy na śmieci, a być może jeszcze gdzieś dalej, może po prostu wywiozą ich do gazu, do utylizacji, przecież cholera wie, co pani burmistrz zrobi, skoro doradzają jej bandyci – mówi ojciec.

Zza rogu wyjeżdża policyjny samochód, pierwszy tego wieczoru, zatrzymuje się za tłumem ludzi; na chwilę włącza sygnał na znak, że przyjechał. Na razie nikt z niego nie wysiada.

– Jesteśmy wdzięczni, że pani Bulińska tak naprawdę nie rządzi miastem. Że tak naprawdę rządzi bandzior, który zabija ludzi! – krzyczy ojciec.

W końcu z policyjnego wozu wysiada Winnicki wraz z drugim, roślejszym od niego i wyższym rangą policjantem, który od razu zaczyna intensywnie się rozglądać, szukając kogoś wzrokiem w tłumie. W końcu znajduje przepychającą się do pierwszego rzędu Dobocińską i chce iść w jej kierunku, ale Winnicki powstrzymuje go ruchem ręki.

– To jej mąż – mówi mi na ucho Justyna.

– I za to jej podziękujmy, za sprawiedliwe rządy, za umorzone śledztwa, za to, że najuczciwszy człowiek w całym mieście umarł zagłodzony i torturowany w szpitalu, a policja powiedziała, że zrobił to sobie sam. Sam, ludzie, sam! – krzyczy głośno ojciec, w połowie jego krzyków rozlegają się brawa. Dobocińska też klaszcze. Agata również.

– No i fajnie, ale, Tomek, idźcie już do domu – wysoki głos Winnickiego ślizga się po powietrzu, przypomina cichy pisk nagłego hamowania.

– To najpierw pojedź sprawdzić, czy go znowu nie spalili! – odkrzykuje Grzesiek.

Ludzie zaczynają się śmiać i nawet ojciec się uśmiecha.

– Widzicie, jest tu ze mną mój syn, mój syn i jego

żona. – Ojciec pokazuje mnie, wyciąga do mnie rękę, przywołuje, bym stanął obok. Staję obok niego. Ojciec kładzie mi rękę na ramieniu. Teraz wszyscy wpatrują się we mnie, a ja próbuję uciec od spojrzeń, popatrzeć sobie pod nogi.

W bloku po drugiej stronie ulicy palą się już prawie wszystkie światła. Ojciec znowu zaczyna mówić, nie zdejmując dłoni z mojego barku. Dłoń jest zimna i twarda, nie pierwszy raz mam wrażenie, że odlano ją z metalu.

– Słuchajcie, mój syn napisał kiedyś książkę o Zyborku. Może ją pamiętacie – mówi ojciec. – Może ją pamiętacie. W tej książce były złe rzeczy o naszym mieście. Złe rzeczy, które rozeszły się na całą Polskę. Sam pamiętam jedno zdanie z tej książki. Pamiętam je do dzisiaj. O złu, schowanym pod chodnikami, pod ulicami, pod ziemią. O złu, które siedzi tam i czeka, i co jakiś czas wychyla się na powierzchnię, by zrobić swoje.

Jestem tak zdziwiony, że ojciec zapamiętał chociaż jedno zdanie z mojej książki, że na moment zapominam o wszystkim innym.

– I byłem na niego zły, powiem wam – mówi teraz z werwą prawdziwego polityka, jego własne słowa go roznoszą, nie mieszczą mu się w krtani, w klatce piersiowej. – Byłem bardzo zły. Jak tak mógł opluć moje miasto? Nasze miasto, w którym wciąż żyjemy, wciąż jesteśmy, nieważne, ile osób stąd wyjechało.

Widzę, że lśni, setki kropel błyszczącego potu pojawiają się na jego wygolonej czaszce.

– Ale teraz wydaje mi się, że Mikołaj miał rację – mówi ojciec. – Tu jest zło. Tutaj wśród nas. Jest i chce nas zarazić. Zamienić w stado chorych krów. Tego chce to zło. Abyśmy w milczeniu łazili w gnoju, zgadzali się na wszystko. Abyśmy byli tak samo źli jak to zło, ale głupsi. Sterowalni.

Ludzie biją brawo jeszcze goręcej. Puste kubki spadają na ziemię jeden po drugim.

Widzę, jak Winnicki rozmawia przez krótkofalówkę,

i widzę, jak w naszym kierunku jedzie jeszcze jeden samochód. Dopiero gdy podjeżdża bliżej, dostrzegam, że to duży, nowy, granatowy range rover, auto warte mniej więcej tyle, co zamek w Zyborku.

– Tyle że to zło nie jest pod ziemią. Jest za tymi drzwiami. – Ojciec pokazuje wejście do restauracji.

Winnicki, zdenerwowany, patrzy w stronę, z której przyjechał, jakby oczekiwał posiłków. Z range rovera wysiada kilku mężczyzn. Niektórzy odwracają się w ich kierunku. Mężczyźni z daleka wyglądają jak przebierańcy, mają długie płaszcze, kapelusze, jeden trzyma w ręku laskę. Przez chwilę zupełnie nic nie robią.

– Ale my nie jesteśmy źli. I dzisiaj też nie będziemy źli. Nie chcemy przemocy. Pani burmistrz nie musi się nas tak bać. Niech lepiej boi się siebie i swoich bandytów! – wykrzykuje ojciec.

Czuję, że jego dłoń zaciska się na moim barku jak wielkie szczypce, tak mocno, że zaraz chrupnie mi kość, i widzę, jak uginają się pod nim kolana i jak znowu kładzie dłoń na klatce piersiowej, i jak Dobocińska robi krok w jego stronę. Ale po chwili puszcza, prostuje się i znowu stoi, sztywno, twardo, na szerzej postawionych nogach, tak aby nic nie mogło go przewrócić.

Drugi samochód policji wjeżdża na ulicę. Później trzeci. Plac, parking, powietrze i drzewa tańczą w niemych, niebiesko-czerwonych kolorach.

– Proszę cię, Tomek! – woła Winnicki. – Ja cię bardzo proszę!

– Spierdalać stąd! – krzyczy Kafel – Spierdalać stąd! Wynocha!

Zdaję sobie sprawę, że cały czas słyszę tę discopolową piosenkę. Że zapętliła się w powietrzu, że tańczy pomiędzy nami jak wiatr.

– A co, Kafelski? Dom mi znowu podpalisz? – pyta ojciec.

I wtedy Kafelski łapie ojca za kurtkę, szarpie nim, ojciec przez chwilę się zapiera, jest silniejszy, Grzesiek wymija mnie, rzuca się na Kafla z pięściami, Porczyk łapie go w locie, ludzie krzyczą, widzę kątem oka, jak Maciejak, cały czerwony, przepycha się przez tłum, i widzę, jak Kafel popycha ojca w stronę schodów, jak ojciec już ma się przewrócić, już widzę, jak prawie uderza głową o kant jednego ze schodów, widzę, jak Agata zasłania Joasi oczy, słyszę krzyki, widzę ojca, ale ojciec w końcu nie uderza głową o schody, bo w ostatniej chwili łapię go za rękę, najmocniej jak potrafię, i wtedy słychać strzał, i wszystko się zatrzymuje, pewnie jak zawsze, gdy słychać strzał, ale tego do końca nie wiem, bo słyszę go pierwszy raz w życiu.

Ludzie panikują, zaczynają się przepychać, biec w stronę swoich samochodów, ale mężczyzna krzyczy:

– *Hojt!*

Policjanci, ja, Grzesiek, ojciec, wszyscy wyglądamy jak zatrzymane kukły, stojące naprzeciwko siebie w pół ruchu. Mężczyzna to Cygan. Jest gruby, po sześćdziesiątce, w płaszczu wygląda jak nowojorski mafioso ze złego filmu o nowojorskich mafiosach, być może o to właśnie mu chodziło.

– Rzuć broń! – krzyczy Winnicki.

– *Wybujede!* – wrzeszczy facet w jego kierunku i pluje.

Mężczyzna przechodzi przez tłum tak łatwo, jakby ludzie na parkingu byli powietrzem. Wchodzi po schodach, stawiając długie kroki; gdy idzie, lekko się kiwa. Na jego widok Kafel i Porczyk cofają się o krok.

– Tobek jestem. – Wyciąga rękę w kierunku ojca.

– Wiem, kim jesteś – odpowiada ojciec.

Mężczyzna, który przedstawił się jako Tobek, przystawia Kaflowi broń do głowy. To srebrny pistolet z wygrawerowanym wzorem wzdłuż lufy, nie potrafię go rozpoznać, chociaż wpatruję się w niego z całych sił. Facet ma pod płaszczem rozpiętą koszulę, a pod nią srebrny łańcuch. Oba te przedmioty, łańcuch i pistolet, wyglądają, jakby mężczyzna kupił je w komplecie.

Przez tłum przetacza się cichy jęk, ale wtedy ojciec podnosi rękę, na widok jego ręki jęk ucicha.

– Otwieraj drzwi i dawaj mi tu tego skurwysyna Kalta, *małało* – mówi Tobek, jego polski jest lekko sepleniący, ale wyraźny, wyraźny tak jak pogarda i gniew w małych, czarnych oczach.

Dopiero teraz przyglądam się drzwiom. Ciężkie, brudne, wyglądają jak wrota do Mordoru. Wcale nie sprawiają wrażenia, jakby wraz z ich otwarciem miały eksplodować smród tłuszczu i smażeliny, ściana zapachu potu i perfum, keyboardowa, discopolowa bitka o tym, że wolność i swoboda, bo miała matka syna, a Bronek pierdolnął złoty pierścionek, gdy papużki robiły tu-tu, tu-tu.

– Bądź po mojej stronie, Tobek. Po naszej – mówi ojciec.

– Od kiedy ja mam być po twojej stronie? Mnie syna z domu wywlekli. Matka jego i siostry płakały. O te kurwy tam, co stoją, go wywlekli! – Tobek pokazuje drugim palcem Winnickiego, który z przerażenia zamienił się w rażoną prądem galaretę.

– My też mamy broń, panie Tobek. I zaraz będzie niefajnie! – krzyczy w jego stronę ten drugi facet, mąż Dobocińskiej.

Ojciec podchodzi do Tobka i kładzie dłoń na jego przedramieniu, właśnie tym przedramieniu, które kończy się grawerowanym, srebrnym pistoletem, i mówi jeszcze raz, twardo i stanowczo:

– Ty musisz być po naszej stronie, Tobek.

– Polaku, ty Polaku. – Tobek kręci głową, trochę nie wierzy.

Odwracam się w stronę ludzi. Są wściekli, zmarznięci i posłuszni ojcu. Ale są też zaciekawieni. Oglądają nas jak wieczorny film na Polsacie. To najlepsza rozrywka, jaką mieli w Zyborku od czasu snajperów na dachach.

– A teraz otwieraj drzwi, tępaku – mówi ojciec do Kafla, a ten widzi w jego oczach coś, co jest jeszcze gorsze od pistoletu, i otwiera drzwi do Mordoru.

Ze środka bucha głośna, skrzecząca i żywa piosenka, tekst jest chyba o tym, że dziewczyna tańczy i ma kształty pomarańczy. Drzwi wychodzą na wyłożony grubym dywanem, obity drewnianą boazerią korytarz; na ścianach widać głowy dzików i jelenie czaszki; na końcu korytarza są kolejne drzwi, tym razem zwykłe i przeszklone. Za drzwiami widać stoły, zespół, światło, drewniane stropy, kolumny, widać faceta smażącego kawałki mięsa na wielkim, ustawionym w centrum pomieszczenia grillu. Widać dziesiątki ludzi w wieczorowych strojach, którzy żrą, piją, siedzą lub podrygują w rytm discopolowej melodii. Jeszcze nie mają najmniejszego pojęcia, że weszliśmy do środka, ani o tym, co dzieje się na zewnątrz.

Ojciec podnosi tort ze schodów.

– Chodźcie, Mikołaj, Grzesiek, chodźcie. Będziecie świadkami. Justyna, ty też. Ty też chodź. – Wyciąga rękę do Justyny, jakby pomagał jej przeskoczyć kałużę przy wysiadaniu z samochodu.

– Tylko wyjdźcie! – krzyczy Olczak, słyszę go aż tutaj, krzyczy z całych sił. – Tylko wyjdźcie!

I jeszcze raz tłum zaczyna bić brawo, tym razem najgłośniej. Styks został sforsowany.

– Olczak, chodź! – krzyczy ojciec. – Agata, chodź! Weź Joasię, chodź!

Kątem oka, zanim wejdziemy, widzę resztę Cyganów, zapewne synów albo kuzynów Tobka, którzy odgradzają od nas Porczyka i Kafla.

Ludzie w środku zauważają nas dopiero po chwili. Gdy na nas patrzą, przechylają głowy jak zdziwione psy; mężczyźni mają czerwoną skórę, są zziajani, ich koszule mają mokre plamy, przez ostatnie parę godzin byli w zaawansowanych romansach z własnymi miażdżycami, wypacając do discopolowej muzyczki to tłuste mięso, którego zapachem wszystko tutaj jest przesiąknięte. Twarze ich kobiet pokrywa cielisty tynk, w sukniach, szalach, koafiurach, kokach i balejażach wyglądają jak sklonowane. Patrzą na nas, a potem na siebie nawzajem, jakby nagle zdziwiło je własne podobieństwo. Stoły uginają się od talerzy, dzbanów, misek, wódki, zup, kawałów mięsa, świń, kiełbas, ciast, które już powoli zaczynają spływać nawzajem w swoim kierunku, by za parę godzin stworzyć jedną miazmatyczną breję z tłuszczu, ciasta i cukru.

Na scenie stoi wyżelowany chłopak w przykrótkiej marynarce, założonej na biały podkoszulek z ogromnym wycięciem, pokazującym spory płat marchewkowej, wygolonej klaty. Na nasz widok nie przestaje śpiewać, ale atmosfera zdezorientowania zaczyna mu się udzielać, gubi obroty i tekst, połyka słowa, traci równowagę.

– Dzień dobry i dobry wieczór! – krzyczy mój ojciec. Agata podchodzi do niego, kładzie mu dłoń na mostku.

Grzesiek zbliża się do stołu, do jednej z kobiet, która usilnie udaje wpatrzoną w swój talerz. Uśmiecha się. Bierze w dwa palce kotlet z jej talerza, nietknięty, otwiera usta i zaczyna jeść.

Wszystko robi się trochę czerwieńsze, jakby w powietrze wsączyło się trochę krwi. Chłopak na scenie i jego akompaniujący mu na keyboardzie klon przerywają piosenkę o dziewczynie jednym przyciskiem guzika.

– Słuchamy państwa – mówi palant ze sceny, bo nikt inny nie ma odwagi się odezwać.

– Wy, Marek i Wacek, nie przeszkadzajcie sobie – mówi mój ojciec i rusza do przodu.

Idzie w kierunku najdalej schowanego w głębi sali stołu. Nikt go nie zatrzymuje. Wymija ludzi tak, jakby byli niewidzialni. Jest lekko przechylony na bok, w prawej połowie jego ciała jest mała sztywność, ale wyłącznie ja to widzę, ja i Grzesiek. Idzie prosto i sztywno jak kapral.

– Dobry wieczór, pani burmistrz – mówi mój ojciec do kobiety, która jest tak samo naciągnięta i płaska jak na swoim plakacie wyborczym, i jeszcze mocniej zakłopotana niż na pogrzebie Bernata. Obok niej siedzi łysiejący facet o kształcie ogromnej piłki, z siwym wąsem, doczepionym nad tłustymi, przypominającymi dwa robaki ustami. Facet pakuje sobie widelcem do tych właśnie ust kawał kaszanki i nawet nie patrzy na mojego ojca.

– Słucham – odpowiada.

Jest zła i zniecierpliwiona. Zaczyna rozumieć.

– Wszystkiego najlepszego – mówi mój ojciec i stawia tort na stole, tuż przed jej nosem, pomiędzy nią a kimś, kto siedzi naprzeciwko, i dopiero gdy ten ktoś podnosi głowę, i gdy jej srebrny kolor objawia się przez chwilę w czerwonym powietrzu jak łuna złego księżyca, widzę, kto to jest.

– Zapraszamy na zewnątrz – powtarza mój ojciec. – Mieszkańcy Zyborka chcą, aby podziękowała im pani za prezent.

– Wynoś się! – krzyczy Kalt, wstaje i wrzeszczy: – *Verpiss dich!* Wynoś się stąd, zasrańcu! To prywatna impreza. Tu się ludzie bawią, porządni ludzie. Wynoś mi się, kurwa, stąd!

Ojciec nie zwraca na niego, przynajmniej na razie, żadnej uwagi. Patrzy burmistrzowej w oczy, ta próbuje uciec gdzieś wzrokiem, ale ojciec przybija ją swoim spojrzeniem do siedzenia jak gwoździem.

– Wynoś mi się, stąd! – powtarza Kalt, rzuca widelcem o stół. Gdy jest wściekły, traci chłód, a wtedy przestaje być groźny, zaczyna przypominać starego, wyliniałego psa, który szczeka na króliki.

– Ja i moi wyborcy się mamy dobrze, panie Głowacki –

odpowiada Bulińska, patrząc na tort. Równocześnie nerwowo, kompulsywnie wyciera tłuszcz z ust.

– Zapomniałem. To moja rodzina. Syn Mikołaj, Justyna, jego żona, Grzesiek. – Ojciec pokazuje wszystkich ze sztuczną dumą, jakby rzeczywiście przedstawiał nas jakiemuś najgrubszemu z notabli. Mruga oczyma. Nagle rozumiem, że to mruganie jest u niego objawem ekscytacji; mrugał tak samo, gdy oglądał boks.

Wszyscy goście patrzą w naszą stronę. I nagle ten prawdopodobny mąż Bulińskiej, ten z robakami zamiast ust, pokazuje palcem na Tobka, który wciąż stoi obok, bez ruchu, jak czarna rzeźba, i pyta:

– To też pana rodzina, panie Głowacki?

– Schowaj tego palucha śmierdzącego, niemytego – odpowiada mu Tobek.

– *Raus!* – wrzeszczy jeszcze raz Kalt. – *Raus!*

– Niemcu, jebana kurwo, psie – mówi Tobek i znowu wyciąga pistolet, i mierzy do Kalta, i wtedy wszyscy w sali zaczynają wrzeszczeć. Wszyscy oprócz Kalta, bo ten na widok broni dziwnie się uspokaja, twarz mu się rozluźnia, łagodnieją rysy, dłonie się rozluźniają.

– Ty kazałeś – mówi Tobek. – Ty kazałeś.

– Prosiłem cię. Prosiłem cię – upomina Tobka ojciec, jakby ten był jego wyrośniętym wnuczkiem, ale Tobek już na niego nie patrzy. Ojciec znowu traci równowagę na moment i łapie się stołu, ale ludzie tego nie widzą, bo wszyscy wpatrują się w broń w ręku Tobka, jak w tablicę z dziesięcioma przykazaniami. Kalt bierze głęboki wdech i zupełnie się rozluźnia.

– *I habe eine auch* – mówi, patrząc na broń.

– Ej! – Grzesiek kładzie Tobkowi dłoń na ramieniu, ale Cygan tego nie zauważa.

I odwraca się w stronę burmistrzowej, która zdążyła zamienić się w słup, w obciągnięty gumą pieniek, łącznie z resztą swoich gości, może oprócz szansonisty z marchewkową klatą, który zdążył kucnąć na scenie i złapać się za głowę, jakby ćwiczył coś, co przypomniało mu się z lekcji przysposobienia obronnego.

I Justyna wyrywa się z tego momentu zastygnięcia, chce schwycić Tobka za ramię, wytrącić mu pistolet z ręki, bo Tobek rzeczywiście wygląda, jakby chciał strzelić, zwłaszcza z profilu. Ale wiem, że jeśli Justyna to zrobi, to wtedy Tobek strzeli. Więc to ja staję przed Kaltem. Zasłaniam go. Odgarniam włosy z czoła. Patrzę w oczy Tobka. Są ciemne i wściekłe, ale przyjazne, lecz chuj mi z tej przyjaźni, skoro pierwszy raz w życiu stoję przed człowiekiem celującym we mnie z broni, ponieważ zasłonięcie Kalta przeze mnie wcale nie sprawiło, że Tobek opuścił pistolet. W pewnym sensie nawet sprawiło, że trzyma go pewniej.

Jesteś Punisherem. Patrz mu w oczy. Nie patrz na broń. Jesteś Punisherem.

– Mój ojciec pana o coś poprosił. Nie wygłupiajmy się. – Staram się patrzeć Tobkowi w oczy, a nie na jego broń.

Słychać tylko oddechy, skwierczenie tłuszczu, ciche pochlipywanie którejś z kobiet.

– Już się wygłupiliście. Już macie koniec. Posprzątane – głos Kalta, gdy nie widać jego samego, brzmi jak skrzep.

– Mój ojciec pana o coś prosił – powtarzam.

Jakby coś włączyło ich jednocześnie – Jezus Maria, niech ktoś zadzwoni po policję, ludzie, ratunku, zabiją go, stop, pomocy, skandal, człowieku, przestań. To zlewa się w jedną, dźwiękową masę, która co chwila zapala się i gaśnie, jakbym był w zmieniającym co chwila wysokość samolocie.

Tobek opuszcza broń. Kręci głową.

– Wy Polaki głupie. Przecież go trzeba zastrzelić. To *beng*, to *kar*. Jak się go nie zabije, to on was pozabija, wszystkich, co do jednego – mówi.

– Syna ci to z więzienia nie wypuści – odpowiada ojciec. – Tam na zewnątrz jest dwieście osób. Mogą tu zaraz wejść. Jego bracia tam są. Tylko ja im wzbroniłem – mówi do Kalta ojciec i pokazuje na Tobka. Kalt opiera się o krzesło. Teraz jest taki sam jak wtedy, na piętrze dyskoteki. Udający nieobecnego, co chwila spoglądający na swoje lśniące buty.

– Charakterny jesteś – mówi po chwili. – Charakterny ty, Głowacki, jesteś. Charakterny i ja cię szanować szanowałem, ale teraz to przegiąłeś.

– Dla niektórych sprawiedliwość to przegięcie – odpowiada ojciec i robi krok w jego kierunku, a Kalt cofa się o krok, traci równowagę i ciężko opada na krzesło. Mam wrażenie, że stopniowo się kurczy do rozmiarów niewielkiego psa.

– Zapraszam – mówi ojciec do burmistrzowej. Wyciąga do niej dłoń, jakby zapraszał ją do tańca. Trzyma tę dłoń przez chwilę w powietrzu, w końcu Kalt kiwa głową i Bulińska wstaje.

Ojciec prowadzi burmistrzową za rękę delikatnie, jakby mieli właśnie zatańczyć poloneza na studniówce. Kątem oka widzę, jak discopolowcy na scenie wstali już ze swojego przykucu. Przerażeni, ściskają mikrofony w dłoniach, jakby się bali, że gdy je puszczą, to spadną w przepaść, która nagle otworzy im się pod nogami.

Witają nas brawa, głośne jak sylwestrowe fajerwerki. Z jednej strony niczego nie chcę tak bardzo, jak znaleźć się z powrotem w domu, z piwem, przed telewizorem, z drugiej strony, to uczucie jest coraz silniejsze, przypomina tę starą, zyborską amfę, to podskakiwanie żołądka, terkotanie serca, pieczenie w dziąsłach, sparaliżowanych, jakby porażonych prądem. To jak niespodziewanie wygrać pojedynek na pięści. To poczucie bycia we właściwym miejscu. Gdy sobie uświadamiam, że to jednak trochę głupie i trochę straszne, że wcale nie jestem na właściwym miejscu, serce terkocze mi jeszcze mocniej.

Mój ojciec wciąż trzyma Bulińską za rękę, tak jak sędzia trzyma w dole rękę boksera, który przegrał pojedynek. Podnosi wolną, lewą rękę. Ludzie na parkingu wpadają w szał, jakby nagle zobaczyli Roberta Lewandowskiego z głową Wojtyły.

Słyszę cichy głos Justyny.

– To szaleństwo – mówi mi na ucho.

– Zaśpiewajmy wszyscy teraz *hepi bersdej* naszej drogiej pani burmistrz, po angielsku, chyba każdy zna melodię, nie trzeba angielskiego znać, pani burmistrz na pewno się to spodoba, w końcu jest kosmopolitką! – krzyczy mój ojciec. W oczach ma dwa małe zapalone lonty.

– W życiu czegoś takiego nie widziałam. – To znów Justyna.

– Ja mogę zaśpiewać pierwszy, jak ktoś nie umie! – krzyczy mój ojciec.

I zaczyna śpiewać jak pijany na weselu, koślawo i wstrętnie, ale ludzie po chwili do niego dołączają. To zupełnie bez sensu. Powinni już iść do domu. Pokaleczona, koślawa, głośna piosenka rozlewa się po ulicach, po rynku, po całej gminie, po jej pustych jezdniach, polach i wyrąbanych w lesie polanach. Hepi bersdej tu ju, hepi bersdej tu ju, hepi bersdej dir (tutaj nic, ewentualnie zdezorientowane chrząknięcia), hepi bersdej tu ju.

Ojciec rządzi tymi ludźmi. Gdyby chciał, mógłby rządzić wszystkimi. Nie dlatego, że budzi zaufanie albo jest sympatyczny. Robi to dlatego, że jest Punisherem. Tak jak Punisher, mógłby powiedzieć o sobie, że to w nim, i tylko w nim, jest sprawiedliwość i kara.

Skoro jestem jego synem, więc to jest, musi być gdzieś we mnie, chociaż tak naprawdę nie wiem gdzie. Odruchowo się obszukuję, łapię się na tym dopiero po chwili, z daleka to wyglądało, jakbym szukał portfela.

Nie mogę tego znaleźć. Ale to gdzieś jest. Gdzieś w moim ciele. Schowane, wszczepione pod skórę. Miałem to, gdy uderzyłem Wiedźmina. Miałem to, gdy stanąłem naprzeciwko pistoletu, który Tobek wycelował w Kalta.

Teraz Cygan podaje broń jednemu ze swoich ludzi, dyskretnie, tworząc ze swojego i jego płaszcza zasłaniający ich przez chwilę parawan.

Bulińska stoi sztywno jak na apelu, jej usta są zaciśnięte w bezkrwawą kreskę.

– Widzi pani? – Ojciec odwraca się do burmistrzowej.

Z jej ust wypada ciche i potłuczone „dobry wieczór", które turla się po schodach i rozbija u stóp ludzi jak szklana kulka. Wszyscy wybuchają śmiechem. Naprawdę jest im bardzo wesoło.

– Wszyscy są pani wdzięczni. Pani Dobocińska jest pani wdzięczna za artykuły w prasie, za próbę wyrzucenia z pracy. Pani Walinowska za szkalowanie, donosy do kuratorium, za personalne tępienie. Pan Maciejak za niekończące się inspekcje. Ale co tam, my sobie poradzimy. Pani Głuszak, z kolonii, która ma być wyburzona, w której nie ma sanitariatów, pani Głuszak, która ma nowotwór, ale nawet do opieki społecznej, według pani ludzi, się nie kwalifikuje, też pani dziękuje bardzo – mówi mój ojciec i w poufałym geście kładzie burmistrzowej rękę na ramieniu.

Kafel próbuje zrobić krok w jego stronę jak rasowy ochroniarz, ale drogę znowu zastępuje mu Tobek.

Dopiero teraz widzę, że za ludźmi są już cztery policyjne samochody, czyli prawdopodobnie całe siły policyjne Zyborka. Ta zdezorientowana husaria na razie pali papierosy i trzyma ręce w kieszeniach albo na kaburach pistoletów, z których do tej pory mierzyli co najwyżej po pijaku do swoich żon.

– I pan Majak z Kolonii. Pan Chlabak wywalony ze sklepu spożywczego, który był jego jedynym źródłem utrzymania, bo po co, skoro nieopodal jest teraz Tesco, a w lokalu pani kuzynka może otworzyć sobie salon kosmetyczny, do którego nikt nie przychodzi, ale salon jest, i fajnie. I pani Burdzińska, której syn, pamięta pani jej młodego, jako jedyny wstał na radzie miasta i zaprotestował przeciwko samowolce gangsterów, a potem pobili go nieznani sprawcy. I pani Bernat, oj pani Bernat jest pani ogromnie wdzięczna.

Twarz Bulińskiej nie jest już naciągnięta, ale zgnieciona, przypomina ściśnięte w dłoni stare jabłko. Coś mówi, otwiera usta, cicho, ale nie wiem co, krzyczenie ojca zupełnie ją zagłusza.

– I moje dzieci, które się o mało co żywcem nie spaliły. Moje własne dzieci. One też są pani wdzięczne, myślę. – Przyciska Bulińską mocno do siebie, by w końcu ją puścić.

Ludzie zamiasta klaskać, krzyczą. Do pierdla z nią! Zamknąć ją! Morderczyni! Ojciec nakręcił ich jak stare budziki. Gdyby nie policja, na którą co chwila się oglądają, pewnie zaraz rozerwaliby ją na strzępy. Bulińska cały czas próbuje coś powiedzieć, ale nie umie wydać z siebie głosu.

– On jest straszny – stwierdza Justyna.

– To w końcu to jest straszne czy wspaniałe? – pytam jej.

– Mówi pani, pani burmistrz, że to mój syn szkalował Zybork. A pani co z nim robi? – grzmi ojciec.

– I takie, i takie, chyba, nie wiem – szepcze Justyna.

– To nieprawda – odzywa się w końcu Bulińska. Jej głos brzmi tak krucho, tak piskliwie, tak przeciągle, że nawet mnie w końcu zaczyna być jej szkoda.

– Co pani z nim robi? – powtarza pytanie mój ojciec.

– Nie jestem morderczynią. I to jest wstrętne, niegodne, że tak mnie nazywacie, bo ja nic nikomu nie zrobiłam. – Gdy mówi, jakby wszystko na niej fruwało, włosy, makijaż, skóra, jakby miała się rozpaść na kupę gumy i szmatek.

– Czy mamy coś robić? Pani burmistrz? – pyta Winnicki.

– Tak, postrzelać najlepiej. Postrzelaj, kurwa, dawaj! – krzyczy ktoś w jego kierunku, chyba Olczak.

– Nie wybraliście morderczyni – powtarza Bulińska. – To niegodne tak mówić. To niedobre. To złe.

Ojciec się uśmiecha, na twarzy ma grymasy żrące jak kwas.

– Podziękujmy pani burmistrz! – woła do ludzi ojciec.

Bulińska robi krok do tyłu, i jeszcze jeden, i jeszcze jeden, ojciec łapie ją za ramiona, aby nie straciła równowagi. Ale ona wyślizguje się z jego objęcia i krótkimi, szybkimi krokami zepsutego robota wbiega do środka.

– Weźcie waszych bliskich. Weźcie rodziny. Potrzebujemy tysiąc głosów. Tysiąc jest potrzebne, aby wydarzyła się sprawiedliwość! – krzyczy ojciec.

Azbestowe pudełko stojącego za nimi bloku teraz jest już rozświetlone w całości; w kilku otwartych oknach widać kogoś, kto bije ojcu brawo. Zresztą brawo biją wszyscy. Niektórzy wykrzykują jego nazwisko.

Ojciec podnosi jeszcze raz obie ręce, a potem je opuszcza. Jakby chciał w ten sposób wyciągnąć z ludzi resztkę emocji. Uspokajają się. Powoli. Grzesiek stoi za nim, wciska się w jego cień. Ma zaciśniętą szczękę, jakby chciał zrobić komuś krzywdę, ale gdy łapie moje spojrzenie, odwraca się i puszcza do mnie oko; widzę, że ciągle coś je, tym razem chyba skradziony z czyjegoś stołu w środku kawałek ciasta.

– Możecie zamknąć drzwi. – Ojciec odwraca się do Kafla i Porczyka. Obaj, po chwili wytężonego wysiłku umysłowego, wykonują jego polecenie.

Jakby w tym samym momencie pojawia się w powietrzu duch discopolowej piosenki. Ojciec odwraca się z powrotem w stronę ludzi. Na jego głowie lśni mnóstwo potu.

– Tysiąc – powtarza tę liczbę, ludzie biją brawo, krzyczą za nim „tysiąc", a on łapie się znowu za mostek.

– Tysiąc – jakby nie miał już siły mówić nic więcej. Grzesiek podchodzi do niego i widzę, jak Walinowska biegnie przez tłum w jego kierunku.

– Tysiąc! – krzyczą ludzie – tysiąc!

Biją brawo, głośniej, jakby chcieli tym hałasem wysadzić to miasto, wszystko wymazać.

– Tysiąc. Pamiętajcie – mówi mój ojciec i osuwa się na ziemię.

Podbiegamy do niego razem z Grześkiem i łapiemy go w ostatniej chwili.

Justyna / Sprawiedliwość

– Jak wyglądam? – pyta.

No cóż, nie wygląda dobrze.

– Nie jest źle – odpowiadam.

Wyciąga ręce przed siebie. Marynarka jest za krótka. Rękawy spływają mu po przedramionach, jakby chciały same się podwinąć. Wygląda źle również dlatego, że nie lubi stać przed lustrem; uwierają go nie tyle ubrania, co samo spoglądanie na siebie.

– Mów szczerze. Nie mam innej. – Grzesiek dotyka swojej twarzy. Może wygląda niedobrze dlatego, że ogolił się maszynką i przez to przypomina brzydkiego, przepitego nastolatka.

– Wygląda jak z komunii, nie? – pyta.

– Wygląda jak ze studniówki – odpowiadam.

– I tak nie mam wyjścia – stwierdza, przykładając dłonie do klap marynarki.

– No nie masz – przytakuję.

Jestem pierwszy raz w tym pokoju. To sypialnia Agaty i Tomasza. Przyszliśmy tutaj, bo jedynie tu jest duże lustro, wmontowane w przesuwane drzwi szafy, w którym można zobaczyć w całości własną sylwetkę. To ciasne pomieszczenie: wolne resztki przestrzeni, szerokie może na metr, biegną wokół wielkiego małżeńskiego łóżka, pokrytego jednolitą, beżową pościelą.

Po obu stronach łóżka, na nocnych stolikach, wznoszą się spore pryzmy książek. Skupiam się na tytułach, aby nie patrzeć na samo łóżko. Po stronie Agaty kryminały, romanse, Stieg Larsson, krzyżówki, książki o odchudzaniu, jakaś pozycja o szukaniu spokoju ducha z widniejącym na okładce pastelowym rysunkiem lisa wpatrzonego w liść. Po stronie Tomasza książki historyczne, spiski i szpiedzy, pamiętniki z Westerplatte. I książka Mikołaja. Czytana. Z wsadzoną gdzieś w połowie zakładką.

Nigdy nie doczytałam jej do końca. To zła książka. Mikołaj mógł napisać dobrą, ale się bał.

Ale wydaje mi się też, że Mikołaj ostatnio przestał się bać.

Kochaliśmy się wczoraj w nocy. Być może po raz pierwszy od momentu, gdy trzasnęłam go w łeb. Było fajnie. Byliśmy rozprężeni i powolni. Dotykał mnie wszędzie, był mnie ciekaw jak dziecko, które chce wszędzie zajrzeć, jakbyśmy robili to po raz pierwszy, i to mi się podobało, to, że jest mną tak bardzo zainteresowany. Wpychał mi nos w pępek, do tyłka, między nogi, pod pachę. Ssał moje palce u stóp jak cukierki. Przez krótką chwilę rozchylał mi nogi i składał z powrotem, jakbym była harmonijką. Robił to jednak na tyle krótko, że nie zdążyło stać się idiotyczne. Całował mnie w łydki i uda, jakby chciał je zjeść. Długo mnie lizał. Kiedyś umiał to dobrze robić, a teraz przypomniało mu się z powrotem. Poza tym miałam wrażenie, że urósł. Że jest go trochę więcej. Gdy dotykałam jego skóry, ramion, pod spodem było więcej twardości, mniej waty, mniej ciasta. Może nie nabrał muskulatury, ale jakby bardziej się uformował.

To było długie i fajne, i lekkie, i ciężkie jednocześnie. Spuścił mi się na tyłek, a gdy to zrobił, śmiał się jeszcze przez pięć minut, jakbym opowiedziała mu dowcip z podstawówki. Fajnie było napić się wody, wytrzeć się jednym ręcznikiem i zapalić papierosa na spółkę, chuchając w okno.

– Jesteśmy cali, nie? – zapytał.

– Chyba jesteśmy – odpowiedziałam.

– Wszystko jest okej, dopóki jesteśmy cali – powiedział i pocałował mnie w plecy.

– Pewnie tak – przytaknęłam.

Przez okno nic nie było widać, czarny kontur domu sterczał za płotem. Mikołaj obejmował mnie, delikatnie skubał moje plecy, i to było całkiem miłe, a przynajmniej mi nie przeszkadzało.

– I nic się nam nie stanie. Wszystko będzie dobrze. To wszystko zaraz się skończy – powiedział cicho.

– Wiesz co – zaczęłam – ja czasami takie mam wrażenie, że gdy mówisz o tym, że masz ich dosyć... to...

– To co?

– Takie, że tak naprawdę masz dosyć mnie – odpowiedziałam.

– Nic oprócz ciebie nie mam – zapewnił tak oczywistym tonem, jakby się witał, przedstawiał, a ja musiałam się skupić, aby się nie rozryczeć, bo szafka, w której trzymałam to wszystko, miała poluzowane zawiasy, otwierała się sama bez żadnego wysiłku przy najlżejszym kopnięciu.

Wcisnęłam palec w jego brzuch, a potem w ramię. Nawet po seksie wszystkie mięśnie pod skórą miał napięte i sztywne.

Odwróciłam się do niego. W ciemności był inny, gdy trzymał twarz pod odpowiednim kątem, mogłabym powiedzieć, że jest przystojny. Włosy na ciele spływały mu w jednym kierunku, to wyglądało śmiesznie, jakby ktoś pomalował go mazakiem. Miał ładnego, prostego, niezbyt długiego, ale grubego kutasa. Wciąż trochę mu stał. Wciąż trochę go lubiłam. Przejechałam dłonią najpierw po nim, a potem po jego policzku, był szorstki jak tarka.

Wsadziłam mu palec w usta. Ugryzł mnie. Pachniał papierosami, mydłem, drewnem.

– Ja chyba nigdy cię tak naprawdę za to nie przeprosiłam – powiedziałam.

– A ja cię bardzo przepraszam, bo to było łatwe. Iść za jakimś impulsem jak pies.

I właśnie wtedy, jakby ktoś włączył guzik, pod drzwiami rozległy się cichy pisk i drapanie; otworzyłam drzwi i wpuściłam Rocky'ego do środka.

– On się zsika – stwierdził.

– Może kiedyś wysika się raz a dobrze – odparłam.

Rocky położył się pod ścianą. Był zmęczony. Po prostu nie chciał być sam.

– Ja po prostu muszę wiedzieć, że mnie kochasz, muszę wiedzieć, że to był błąd, i on się więcej nie powtórzy – powiedział.

– To był błąd – przytaknęłam. Włożyłam majtki i koszulkę, jakbym wstydziła się przy psie, chociaż Mikołaj próbował mnie powstrzymać. Zamieniliśmy się miejscami. Tym razem on, wciąż nagi, oparł się o parapet, i zapalił papierosa.

– Więc dlaczego naprawdę przyjechałaś ze mną tutaj? – zapytał.

Pies wgapiał się w jego gołą dupę.

Usiadłam na tapczanie. Zaskrzypiał jak piłowany kamień. Gdy się pieprzyliśmy, musiał brzmieć jak piłowanie marmuru.

– On wciąż chce, abym do niego wróciła, mieszkała z nim – odparłam.

– Wiem – przyznał.

Pies znowu zaczął piszczeć.

– Ale już nigdy z nim nie porozmawiasz – powiedział.

– Już nigdy z nim nie porozmawiam – powtórzyłam.

– Obiecujesz? – zapytał.

– Obiecuję – odpowiedziałam.

– Dlaczego tu przyjechałaś? Powiedz w końcu – zapytał jeszcze raz.

– Bo jeszcze może wydarzyć się nam coś dobrego – odezwałam się po chwili.

– Ale najpierw musi stać się coś złego? – zapytał.

– Pewnie tak. Chyba tak. – Pokiwałam głową.

Usiadł obok mnie. Pocałował mnie w ucho. Złapałam go za włosy i wcisnęłam jego twarz w swoją szyję, jakbym chciała się nią wytrzeć.

– To myślenie magiczne. Tak myślą ćpuny – wymruczał. – Patrz, on jednak sika.

Zamiast mu odpowiedzieć, patrzyłam w oczy Rocky'ego, dwie monety świecące własnym dziwnym światłem, zawieszone w ciemności.

Okładka pierwszego wydania książki Mikołaja jest okropna, w dodrukach zrobili ładniejsze. Odkładam ją z powrotem. Grzesiek nareszcie kończy obracać się przed lustrem; robił to z gwałtownością osoby, która jest pewna, że ktoś przylepił jej do pleców kartkę z wyzwiskiem.

– Dobra, chodźmy, buta nie zjemy – rzuca Grzesiek.

– Nie jest źle – mówię mu, bo rzeczywiście nie jest aż tak źle.

W jego samochodzie strasznie śmierdzi fajkami i czuję to, chociaż sama palę, opuszczam szybę, ale to nie pomaga, i w końcu dochodzę do wniosku, że aby przestać czuć, sama muszę zapalić.

Nic nie jedliśmy, a ja nienawidzę palić na czczo.

– Kurwa, od studniówki nie miałem go na sobie – syczy Grzesiek, źle mu się trzyma kierownicę, za krótkie rękawy denerwują go i drapią.

Wyjeżdżamy z Wapiennej. Rozgląda się dookoła. Przeciera oczy. Coś powie, bo nie ma takiej możliwości, aby nic nie powiedzieć, gdy patrzy się na coś, co się tak dobrze zna. Skręcamy w główną, Grzesiek nawet się nie ogląda, czy ktoś jedzie z lewej.

– Czasami myślę – mówi, zatrzymując się przed torami – czasami myślę, że, wiesz, tu codziennie trzeba się lać. Wstać, umyć zęby i iść się bić. Ojciec mówił, że to jest we mnie. Że ja taki jestem. To nieprawda. Tu po prostu tak trzeba.

Nic nie mówię, niech opowiada dalej. Papieros na czczo zatruwa żołądek. To czuć, jak kurczy się trzustka, jak się dusi. Gaszę go w połowie w zapełnionej popielniczce. Wcale nie przestałam czuć smrodu, po prostu teraz jest go więcej.

– Wiem, jak jest gdzie indziej. Wiem, jak jest w Toruniu, wiem, jak jest w Olsztynie, wiem, jak jest w Anglii. Są miejsca, gdzie tak nie musiałem. Gdzie po prostu było normalnie. Wstawało się i żyło. Raz gorzej, raz lepiej, ale nawet jak były jakieś sytuacje, wiesz, niespecjalne, to nie były tak ostre, kanciaste, rozumiesz, o czym mówię? – pyta.

– Rozumiem. – Kiwam głową. – Ale sam mówiłeś wiele razy, że bierzesz wszędzie swoje gówno ze sobą.

– Słyszałaś, żebym tak mówił? – pyta, śmiejąc się nerwowo. Wpatrujemy się w przejeżdżający pociąg towarowy, przed oczyma migają nam szeregi identycznych, wiozących gaz cystern.

– Tak twierdzi Mikołaj – odpowiadam.

– No i co, nie można sobie zaprzeczyć? – Grzesiek już się napina, najeża, widać, jak żyły rysują mu się wyraźniej na przedramionach.

– Ty sobie nie zaprzeczasz – mówię, gdy szlaban się podnosi i w końcu ruszamy. – Poglądy człowieka zależą od tego, którą nogą wstał z łóżka.

– I od tego, gdzie ma jechać – mówi Grzesiek i chyba pierwszy raz w życiu uśmiechamy się oboje jednocześnie. – Tak czy siak, codziennie trzeba się tu bić. – Wypuszcza obficie powietrze, bębni palcami o kierownicę.

– Wiesz co, to chyba zdanie z książki Mikołaja – mówię.

– Naprawdę? – pyta. Cmoka, robi sztucznie zdziwione oczy, udaje, że nie wie.

– Nie, na niby. Jedno z pierwszych. W Zyborku trzeba się codziennie bić. – Pokazuję mu szarą ścianę za oknem.

– Mikołaj nigdy się nie bił. – Grzesiek kręci głową. – Przynajmniej do niedawna. – Uśmiecha się i puszcza do mnie oko.

Zawsze będą się gnoić. Nie umieją inaczej. To ich idea rodziny. Nie wiem do końca, jak to jest, nie mam żadnego rodzeństwa, nie mam zbytnio z kim się szarpać o miejsce.

– On jest teraz u ojca? – pyta Grzesiek.

Kiwam głową.

– Sam? – pyta.

– Przecież sobie poradzi! – wybucham. – Czy wy naprawdę, i ty, i wasz ojciec, czy wy musicie go traktować jak kalekę? To mój mąż. Ja wyszłam za niego za mąż. Nie był kaleką, gdy to zrobiłam. Do dzisiaj nie jest.

– Nie o to chodzi, Justyna. – Macha ręką na znak, abyśmy na chwilę zawiesili rozmowę, że dzisiaj jego brat nie jest dla niego najważniejszą sprawą. Skręcamy w boczną uliczkę, jedziemy w stronę położonego na jej końcu kościoła.

– Tędy będzie szybciej, objedziemy cmentarz i śmigniemy na Szczytno – mówi Grzesiek.

Długi płot, biegnący wzdłuż budynku parafii, w całości jest zaklejony zdjęciami księdza Bernata, ogłoszeniami o zaginięciu. Tworzą mozaikę, jednolitą ścianę, jak plakaty referendalne na rynku. Na początku nie zauważam tej kobiety, która wygląda jak wtopiona w tę mozaikę: mała, okrągła, płacząca staruszka w starym, rozciągniętym swetrze. Na widok naszego samochodu rusza do przodu, macha do nas, zaczyna coś krzyczeć.

– Mamy jeszcze kwadrans. Zatrzymaj się – mówię nagle.

– Nie mamy kwadransa – zaczyna się kłócić.

– Mamy, Grzesiek, zdążymy – odpowiadam.

Chciałabym uspokoić tę kobietę, ale płacz rozszarpuje ją od środka, jakby ktoś wszył jej w brzuch wściekłego kota. Chcę jej dotknąć, ale dłonie zatrzymują mi się na centymetr przed jej ramieniem, to w końcu obca osoba. Po paru sekundach przestaje się trząść, ale wciąż zawodzi cichym wyciem małego, zmęczonego już płaczem dziecka. W końcu odrywa dłonie od twarzy.

– Proszę pani – mówię do niej, ale nawet na mnie nie patrzy. Patrzy na Grześka, który również wysiadł z samochodu i oparty o drzwi, zdążył już nawet zapalić papierosa.

– Głowacki? Grzesiek? – Patrzy przeze mnie na Grześka, ten kiwa głową.

– Co się stało? – pytam. – Co się stało?

Kobieta wyciąga chusteczkę z kieszeni spódnicy, usiłuje wytrzeć do sucha twarz, opuchniętą i pomarszczoną jak stare jabłko.

– Długo pani tak stoi? – pyta Grzesiek, bo chyba nie wie, o co zapytać, podchodzi do niej, kobieta chwyta go za rękę, mocno ściska.

– Ja do twojego ojca miałam przyjść. Miałam do niego przyjść – mówi cicho. – No ale już nie przyjdę, no nie przyjdę.

– Ojciec czuje się dobrze. Jutro ze szpitala wychodzi. Zdrowy jest jak koń. Może pani przyjść. Co się stało – mówi Grzesiek, ostatnie zdanie, które wypowiada, zasadniczo rzecz biorąc, jest pytaniem, ale wymawia je dziwnie płasko, bez znaku zapytania. Wieje wiatr.

– Nikt mi nie pomoże – zaczyna cicho skamleć. – No nikt. Nikt nie pomoże.

– Co się dzieje? Niechże pani mówi, co się dzieje? – mówi Grzesiek. W końcu udaje mu się wyciągnąć dłoń z jej dłoni, chudej i pomarszczonej, ale silnej jak szczypce. – Ja mam sąd w Szczytnie za godzinę – przypomina.

Pokazuje ręką, abyśmy weszli na podwórko. Jest czyste, jedynie na ziemi widać pełno białych kropek, rozbryzgi po świeżo malowanej elewacji, których nikt jeszcze nie posprzątał. Przy wejściu na plebanię stoi pusta buda z pustą miską. Kobieta zawija się mocniej w rozpinany, sprany sweter w drobne wzorki. Patrzy na mnie, to znowu na Grześka.

– Chodzi o księdza Bernata, tak? – pytam.

– Nic nie robią. Nic nie szukają – skamle kobieta, pociąga nosem. Pokazuje świeżo wymalowaną ścianę. – Jakby człowiek wiedział, toby nie malował. Tam dowód w sprawie jest. Hitlerowski krzyż na ścianie namalowali, łobuzy. Jak Kulka zabili.

– To ja wiem, pani Jadziu. To ja wszystko wiem – mówi Grzesiek. – To Justyna jest. Żona Mikołaja. My ich dorwiemy, ale musimy jechać.

– Chodźcie – nalega kobieta. – Chodźcie.

– Dziesięć minut – mówię do Grześka.

Nie pamiętam, kiedy ostatnio byłam na plebanii. Ta pachnie drewnem, starymi ubraniami, miodem, środkami czystości, jest bardzo schludna, skromnie urządzona, po lewej widzę otwarte drzwi do gabinetu, wielki krzyż, wielki, czarno-biały portret Jezusa w ciężkiej, rzeźbionej ramie, mnóstwo książek, mahoniowe biurko, papiery. To wszystko jest ledwo widoczne, bo w środku jest ciemno, okna są zakryte ciężkimi zasłonami; nie wiem, jak ta kobieta cokolwiek tu widzi.

– Nikt nie chce nic mówić – mówi staruszka. – Nikt nie wie. Ta policja go wciąż szuka i co? I nic nie znaleźli, a ja mówiłam, on wszystko w domu zostawił. On portfela nie wziął, nie wziął płaszcza, nic, on do bratowej pojechał, ja wiedziałam, bo tak mówił. Jego musieli sprzed domu bratowej zgarnąć.

Przez chwilę przychodzi mi do głowy, że ona być może

stoi i płacze przed wejściem całymi dniami, licząc na to, że ktoś wejdzie do środka i tego posłucha.

Co robi teraz żona Bernata? Gdzie teraz jest, skoro wszyscy ludzie po kolei odpadają od niej jak odrąbywane siekierą płaty drewna. Co za nieszczęśliwa kobieta. Ona musi być teraz jednym, wielkim nieszczęściem, myślę. Składać się z niego w całości.

To są ofiary Zyborka. Biedne kobiety, zostawione na poboczach przed domami, płaczące w próżnię, wypatrujące jakiejkolwiek pomocy, same niemające siły iść.

– Kamila dzwoni. – Grzesiek wyciąga telefon z kieszeni.

– Nic nie znaleźli, mówią, że uciekł do jakiejś kochanki, z Bernatem też tak mówili, jak uciekł, gadają tutaj, policja gada, że dziecko jakiejś zrobił babie i uciekł, jakiej babie, jakie dziecko, jak on, święty człowiek, jak on wszystko w domu zostawił, Jezus Maria – mówi kobieta, lekko sepleniąc, wciąż płacząc, tyle że bezgłośnie, obracając w palcach rąbki swetra.

– Kamila dzwoni – powtarza Grzesiek.

– To odbierz – odpowiadam.

– Halo – mówi Grzesiek.

– I ja coś mam. Ona mi coś dała. Ja pokażę – mówi kobieta. Człapie do kuchni. Widzę, jak chowa coś do kieszeni. To coś, co obracała w palcach, to był różaniec.

– Jestem, będę, czemu mam nie być – warczy do telefonu Grzesiek. Przyciska go do klatki piersiowej. Słychać, że Kamila mówi podniesionym głosem.

– Jedziemy, do cholery, Justyna – oznajmia. Robi się czerwony, drżą mu ręce. Kiwam głową, ale się nie ruszam. Odgłos kroków kobiety cichnie. Powietrze w przedpokoju robi się bardziej zastałe i ciężkie. Pachnie kadzidłem, ale także tanimi perfumami, gotowanymi ziemniakami, starą psią sierścią. Patrzę na ukrzyżowanego Jezusa w gabinecie, to podobizna narysowana samym ołówkiem, całość obrazu wypełnia twarz, oczy są skierowane do góry, usta półotwarte, po twarzy ściekają grube i czarne krople krwi. Gdyby nie ta krew, Jezus na rysunku wyglądałby trochę jak pijany.

Po chwili powolne kroki słychać z powrotem.

– Chcesz mi je zabrać, to mi je zabierzesz, kurwa, i tyle, po chuj całe to pierdolenie, powiedz mi! Będę za minutę! – warczy Grzesiek.

– Nie krzycz na mnie. – Z telefonu dobiega głos, skrzekliwy, zniekształcony, ale wyraźny.

– To mam. – Kobieta podsuwa mi to pod nos, zaciska na tym pięść. Dopiero po chwili orientuję się, co to naprawdę jest. Najpierw wydaje mi się, że to zwój kabla, przedłużacza, ale gdy biorę to w ręce, rozumiem, że to linka holownicza, brudna od smaru, zakończona hakiem. Spod czerni smaru wystaje jej pierwotny kolor, prawdopodobnie niebieski.

– Skąd? – pytam, wciąż nie rozumiejąc.

– Na razie. – Grzesiek chowa do kieszeni telefon. Podchodzi do mnie, kładzie mi rękę na ramieniu. – Musimy jechać, Justyna. Pani Jadziu, ja zajadę do pani, przyjdzie pani do nas jutro. Mnie dzieci chce była żona zabrać. Ja muszę do sądu jechać – powtarza.

– Ona to przed domem znalazła. Bernatowa. Jak od niej wyszedł. Ksiądz. Następnego dnia. Przy ulicy leżało. Na policji ją wyśmiali. Powiedzieli, że co to ma do rzeczy. Wyśmiali ją – powtarza kobieta, niesprawiedliwość, zło tego, o czym mówi, zmienia jej rysy, zgniata twarz.

Pokazuję to Grześkowi. I wtedy sobie przypominam. Jakby ktoś pokazał mi w głowie zdjęcie.

– W lesie. Wtedy. Gdy szliśmy do Wiedźmina. Te dzieciaki. Pytałeś go. Czy ma linkę holowniczą – mówię.

– Jezus Maria – wyrzuca z siebie kobieta i krztusi się płaczem.

– Powiedział, że zgubił – mówię mu.

– Pani Jadziu. Wszystko będzie dobrze. Wszystko będzie dobrze. – Grzesiek bierze twarz kobiety w obie dłonie, przyciska do swojej, całuje ją w policzek. Kobieta znowu łapie go za nadgarstek, mocno ściska, ale Grzesiek wyrywa się i biegnie w stronę auta. Idę za nim ze zwojem brudnej liny w ręku. Wiem, że moja dłoń od środka jest już cała czarna od smaru.

– Zróbcie coś, ludzie, zróbcie coś! – woła za nami, stojąc w progu. Odwracam się w jej kierunku, ale nie wiem, co zrobić, jaki wykonać gest, aby chociaż trochę ją uspokoić.

– Kurwa mać, Justyna – mówi Grzesiek, gdy już gnamy osiemdziesiąt na godzinę po wąskich uliczkach Zyborka, nie zatrzymując się na przejściach; pokazuje gestem, abym zapaliła mu papierosa. Zwój liny leży na tylnym siedzeniu. Co chwilę odwracam się w jego stronę. Wygląda jak wąż.

– Ta lina. Jak byliśmy u Wiedźmina, wspominał, że zgubił linę od samochodu. Te dzieciaki, chciałeś im pomóc. Tej dwójce, co szukała wiedźmy, Grzesiek, czy ty słyszysz, kurwa, co ja do ciebie mówię?

– To nie jest istotne w tym momencie – mówi Grzesiek.

– Mówiłeś, że Maciuś i reszta już mu nie pomagają. Więc kto mu pomaga? – przypominam mu.

– Justyna, moje dzieci. Moje dzieci są ważne. – Przyśpiesza do stu czterdziestu. Gdy opona trafia w dziurę w asfalcie, oboje podskakujemy. Mimo to nie zwalnia. Jeśli zrobi to jeszcze raz, urwie zawieszenie.

– Nie wiem, może zbiera złom, może z wykrywaczem metalu chodzi. Chuj go wie. Nie wiem – mówi i w ostatniej chwili umyka przed wyjeżdżającym zza zakrętu passatem, a ja dławię się własnym sercem.

Grzesiek omija kolejny samochód, dostawczego, białego minivana oklejonego reklamami firmy wykonującej okna, podobnego do auta, którym jeździł jego ojciec.

Dociera do mnie, że on być może wcale nie chce tam dojechać, że chce to wszystko skończyć. W tym czarnym, gołym lesie z kikutami drzew upstrzonymi pojedynczymi, martwymi liśćmi.

(Lesie, po którym będziemy już chodzić całą wieczność, który połknie cały świat i nigdy się nie skończy).

– Czy myślisz, że w całym Zyborku tylko jeden Wiedźmin ma w domu linkę holowniczą? – pyta po chwili.

Jego telefon znowu dzwoni. Ten dzwonek, głośny, skrzeczący początek jakiejś piosenki Metalliki, zaraz doprowadzi mnie do szału.

– Musimy jechać do Olsztyna. Po rozprawie. Wziąć Mikołaja, Agatę, tego leśniczego, wziąć wszystkich. Grzesiek, ja mogę napisać jeszcze ileś artykułów, ale to nic nie da.

Ta lina pobrudziła mu siedzenie, brudzi wszystko, czego dotyka.

Nie odpowiada.

– Dopóki ojciec nie wyjdzie ze szpitala, nigdzie nie pojedziemy, Justyna, to tylko linka, zwykła linka, skup się na tym, co jest teraz! – krzyczy i odbiera telefon, i znowu krzyczy: – Już jadę, do kurwy nędzy, Kamila, ja pierdolę, daj mi żyć, do chuja jebanego! – Odwraca się do mnie. Przypomina maratończyka na mecie, jego nozdrza są tak rozszerzone, pracują tak szybko, jakby chciały wciągnąć całe powietrze dookoła. – Przestań myśleć, że to się rozwiąże teraz – gdy mówi, jego szczęka drży.

Przestań się go bać, Justyna. Grzesiek jeszcze przyśpiesza i wyprzedza na zakręcie ciężarówkę, której z przyczepy zwisają ciężkie, długie, drewniane bale, przewiązane na końcu czerwonymi szmatkami.

– Ty byś chciała, aby to się skończyło dla ciebie. Żebyś załatwiła tę sprawę. Żeby dali ci z powrotem pracę. Żebyś mogła stąd wyjechać – mówi.

– A czemu miałabym nie chcieć stąd wyjechać, Grzesiek? – pytam.

Nie odpowiada.

– Bo powiesz mi, tak jak Mikołajowi, że tu jest nasz dom? – pytam znowu.

Ponownie nie odpowiada. Zapala papierosa. GPS pokazuje, że do Szczytna mamy jeszcze dwadzieścia minut. Rozprawa zaczyna się za piętnaście.

– Dlaczego miałabym nie chcieć załatwić tej sprawy? Dlaczego miałabym nie pomagać sobie, gdy pomagam wam? To jest jakiś grzech? – pytam.

W dalszym ciągu nie odpowiada. Ma czerwoną twarz i białe dłonie od ściskania kierownicy.

Kamila znowu do niego dzwoni.

– Wszystkie jesteście, zarazy, identyczne – mówi i odrzuca połączenie, i przez chwilę patrzy na telefon, jakby chciał wyrzucić go przez okno.

I wtedy samochód nagle wpada w poślizg, ja krzyczę, głośno, nie wiem do końca co, zaczynamy tańczyć na drodze jak pijany, puszczony luzem bąk, Grzesiek próbuje wyhamować, odzyskać równowagę, kontroluje kierownicę, naciska hamulec, który piszczy jak maltretowany kot, ale pomimo tego piszczenia nie zdaje się robić tego, co przede wszystkim do niego należy, czyli hamować, to trwa bardzo krótko i bardzo długo, bardzo krótko i bardzo długo,

(bardzo krótko, i bardzo długo),

i nawet nie mam czasu pomyśleć o tym, jakie to głupie: mieć rację, przepowiedzieć przyszłość (którą tak naprawdę wcale nie było trudno przewidzieć), gdy okazuje się, że jednak żyjemy i tkwimy w rowie, że wylądowaliśmy w nim pod kątem czterdziestu pięciu stopni, że zajmując siedzenie pasażera, jestem o dwie głowy niższa od Grześka. Niedopałki wysypały się z otwartej popielniczki. Pokrywają całą przekładnię biegów, podłogę, moje buty są przykryte kołdrą petów. Grzesiek nawet nie odczuwa szoku. Jest wciąż wściekły. Przekręca kluczyk w stacyjce. Samochód nie odpala. Grzesiek nie próbuje drugi raz.

Otwiera drzwi, uchylają się ledwie odrobinę, więc kopie w nie z całych sił, wychodzi, następnie trzaska drzwiami, wybiega na jezdnię. Podnosi ręce. Zaczyna machać w kierunku auta, którego jeszcze nie widzę, ale najwidoczniej on je widzi. Próbuję złapać oddech. Jest mi ciężko. Tym ciężej, im bardziej próbuję. Krztuszę się czymś, czego nie potrafię połknąć. W końcu mi się udaje. Oglądam się. Jestem cała. Przynajmniej całe są dłonie. Czarne, ale całe. Całe, ale czarne. Od smaru. Przynajmniej tak wyglądają.

Kamila cały czas dzwoni. Biorę telefon do ręki, odbieram.

– Kamila, mieliśmy wypadek.

– Kto mówi? – pyta.

Grzesiek zatrzymał to auto, które wyminął na trzeciego. Białego, oklejonego minivana. Coś krzyczy, macha rękoma. Z samochodu wysiada wąsaty, gruby facet, tak samo wściekły jak Grzesiek, który ewidentnie chce go bić. Grzesiek pokazuje mu auto i mnie w środku palcem, jakby mnie wytykał, jakby pokazywał, że to ja jestem temu wszystkiemu winna.

– Justyna, żona Mikołaja – mówię do telefonu.

– A po cholerę ty z nim tu przyjeżdżasz? – Słyszę.

– Bo mnie poprosił – odpowiadam.

– Będziesz zeznawać? – pyta.

– Nic o tym nie wiem – mówię zgodnie z prawdą.

– Jesteś jego kochanką? – pyta.

Nie wiem, co powiedzieć, zatyka mnie. Grzesiek dalej kłóci się z facetem i w końcu wydaje z siebie bezładny wrzask, jakby zwymiotował piorunami, słyszę ten dźwięk aż w samochodzie, nie słyszę, co wywrzeszczał, ale tak naprawdę chyba nie wywrzeszczał niczego konkretnego. Po prostu dźwięk. Facet zastyga w pół gestu, z szeroko otwartymi oczyma.

– Kamila, mieliśmy wypadek, ale zaraz powinniśmy być na miejscu – mówię.

– On już nigdy nie zobaczy dzieci. Nie stawił się. Idę powiedzieć sędziemu, że się nie stawił, i tyle – odpowiada.

– Mieliśmy wypadek, Kamila – powtarzam.

Widzę, jak wąsaty, skamieniały facet wykonuje jakiś ruch, w końcu macha ręką. Schodzi do rowu, by obejrzeć tył samochodu. Grzesiek otwiera drzwi, wsuwa głowę do środka.

– Z kim rozmawiasz? – pyta.

– Z Kamilą – odpowiadam.

Zabiera mi telefon z ręki. Pokazuje tylne siedzenie.

– Daj tę linkę – mówi. – Przynajmniej na coś się przyda.

Naprawdę starał się być spokojny. Wszyscy staraliśmy się być spokojni.

Ale spokój nie jest czymś, co można zawołać jak psa. Spokój to cecha wrodzona, niezmiernie rzadka i cenna. Jeśli ktoś nie urodził się ze spokojem, nie dorastał w spokoju, może się tylko o niego modlić.

Grzesiek naprawdę się starał. Teraz już się nie stara. Rękawy marynarki ma zawinięte do połowy przedramion. Przynajmniej nie widać, że są za krótkie. Dopiero teraz dociera do mnie jaka jest pogoda – stalowe niebo, przeszywający wiatr, zimno prześlizgujące się przez każde możliwe ubranie.

Chciałam gdzieś go zabrać, ale Szczytno o tej godzinie nigdzie nie zapraszało. Więc pijemy kawę ze stacji benzynowej, kwaśną i słabą, stojąc na leśnym parkingu, pustym placku trawy otoczonym drewnianym, zbitym z pali ogrodzeniem. Grzesiek wygląda, jakby wszystko umarło, i wyłącznie on jeden, nie wiadomo po co, musiał dalej istnieć. Patrzy na porysowane drzwi samochodu. Jakimś cudem zapalił, gdy wsiedliśmy do niego, wychodząc z sądu; może dlatego, że zdążyliśmy zapomnieć o tym, że wylądowaliśmy w rowie i przyholował nas tutaj wąsaty monter okien.

– Jedźmy do ojca, do szpitala – mówi, wdeptując kolejnego peta w szarą trawę, i to pierwsze słowa, jakie wypowiada od momentu, gdy wyszedł z sali sądowej.

Ta dziewczyna wychodziła od razu za nim. Blada, chuda i brzydka nastolatka z ufarbowanymi na krwisty rudy, natapirowanymi włosami. Szła z matką za rękę. Nie spojrzała na Grześka. Spojrzała na mnie, ale zaraz opuściła głowę i już do końca wpatrywała się w swoje buty.

Zeznawała długo, bo mówiła powoli i kulawo, potykając się o własne wyrazy, jak wtórny analfabeta próbujący przeczytać na głos artykuł z gazety. Przez bitwę z językiem polskim, własnym gardłem i pamięcią sprawiała wrażenie prawdomównej i autentycznie przejętej. Wszyscy patrzyli na nią z wielką uwagą.

Zeznała, że Grzesiek wielokrotnie ją nagabywał, próbował gwałcić, molestował, że wrzucił jej pigułkę do drinka i że z tego właśnie powodu podjęła nieudaną próbę samobójczą. Nie myliła się w wymyślonych datach i godzinach. Musiała wkuć je na pamięć, jak daty na klasówkę z historii. W sali nie było nikogo, kto mógłby potwierdzić, że Grzesiek przebywał wtedy gdzie indziej.

Gość, który zeznawał po niej, wyglądał jak przećpany szczurek. Chude ręce gubiły mu się w rękawach zbyt dużej dżinsowej kurtki. Miał tyle zaschłego żelu we włosach, że gdyby przejechać po jego głowie dłonią, zaczęłyby się iskrzyć. Grzesiek powiedział mi, że facet miał ksywę Bylu i był kolegą Mikołaja z ogólniaka. Że nakryli go z tą dziewczyną w łóżku, gdy razem z Agatą i Mikołajem próbowali porozmawiać z nią o zmianie zeznań. Wtedy gdy najadła się tabletek w łazience. Bylu zeznał, że Grzesiek zadręczał Magdę wulgarnymi wiadomościami, wydzwaniał do niej w środku nocy, mówił rzeczy wskazujące na „ciężkie zaburzenia seksualne". Że Magda była i jest jego koleżanką, i od dawna była działaniami Grześka „mocno zaniepokojona". Nie patrzył Grześkowi w oczy, błądził rozbieganymi oczami po suficie, jakby śledził ruch niewidzialnej muchy.

Za to Wariat, właściciel pubu Underground, patrzył Grześkowi w oczy. Gdy to robił, uśmiechał się. Mówił najdłużej. Nie mówił nic o dziewczynie. Nie musiał. Mówił o pieniądzach, całych pensjach, swoich i cudzych, które Grzesiek wrzucał w stojące w Undergroundzie maszyny. O całonocnym, a czasami całodziennym piciu. O tym, jak często on i ochrona wynosili go na zewnątrz, bezwładnego jak worek, i wkładali do zaparkowanego przed klubem, otwartego auta. Mówił w końcu o tym, jak Grzesiek włamał się do klubu i go zdemolował, wyrządzając szkody na kilkadziesiąt tysięcy złotych, co nie zostało zgłoszone na policję wyłącznie dzięki jego, Wariata, dobrej woli i sympatii dla ludzkich potknięć.

Cała ta trójka używała wszystkich wyuczonych, sztucznych zwrotów typu „mocno zaniepokojone" czy „ciężkie zaburzenia", które w ich ustach brzmiały, jakby przeżuwali brudne kawałki plastiku. Ich wzorce zachowania się na sali sądowej były ewidentnie zaczerpnięte z serialu *Sędzia Anna Maria Wesołowska*. Ale Wariat jako jedyny z tej trójki mówił płynnie, może dlatego, że był najinteligentniejszy, może dlatego, że mówił prawdę, a może dlatego, że patrząc na Grześka, z sekundy na sekundę miał coraz lepszy humor. Cały czas używał zwrotu „Proszę Wysokiego Sądu".

Patrzyłam na Kamilę, która z kolei spoglądała na Wariata i delikatnie się uśmiechała, uwierzyła w to wszystko tak głęboko, bo może rzeczywiście miała go dość. „Można mieć dość takiego człowieka" – pomyślałam. „To nie jest złe, niemądre czy nieludzkie. Można mieć dość Głowackich, tych twardych, żylastych, męczących ludzi. Można ich znienawidzić. A gdy kogoś się nienawidzi, rewelacje o jego złych uczynkach przyjmuje się z ulgą, nieważne, czy są prawdą, czy nie".

Kamila patrzyła na Wariata i czuła się rozgrzeszona, i rozumiałam ją, bo to najlepsze uczucie z możliwych.

– Będę się odwoływał – mówi Grzesiek i chce przyśpieszyć. Łapię go za rękę.

– Nie przyśpieszaj, teraz jak przyśpieszysz, to nas zabijesz – mówię.

– Nie chcę cię zabić – odpowiada. Brzmi to całkiem szczerze.

W swoim symulowaniu spokoju posunął się do trupiej kostyczności, powłóczenia nogami. Sprawiał wrażenie źle zmartwychwstałego. Wiedziałam, że udaje. Odciągnęłam go od Kamili, gdy szła do wyjścia, eskortowana przez swojego męża. Zasłoniłam ją sobą, ale on i tak nawet by na nią nie popatrzył. Jak wszyscy, patrzył na własne buty.

Nie przewidziałam Wariata, który zaszedł mu drogę zaraz przy wyjściu z budynku.

– To nie koniec – powiedział. Jego uśmiech był szczery jak kwas siarkowy.

Grzesiek milczał. Podniósł głowę.

– Chyba że przestaniecie odpierdalać, ty i twój stary – powiedział.

– To jest groźba, proszę pana, a ja jestem dziennikarką – powiedziałam mu, nie myśląc, że może brzmi to całkiem śmiesznie.

– Idź lepiej mężusia przypilnuj, czy nie wali w kanał – odparł Wariat i odszedł, a odwracając się, jeszcze raz w naszą stronę i szczerząc zęby, splunął gumą do żucia.

– Nigdy jej nie dotknąłem. W sensie nie uderzyłem. – Grzesiek cały czas pilnuje się, aby nie przyśpieszyć. – Ale dzisiaj chciałem jej palnąć. Wstać i najebać jej pięściami.

Patrzę na podłogę auta. Jest wciąż pokryta kołdrą popiołu i niezliczoną ilością petów.

– Oczywiście, że bym tego nie zrobił – mówi dalej. – No jasne, żebym tego nie zrobił. Ale może coś by ją ruszyło. Po prostu zareagowałaby. Zrobiłaby cokolwiek. Może się popłakała. Może coś. Bo gdybym się po prostu zabił, zajebał, to mówię ci, że jej w ogóle by to nie obeszło. Oni na tamtego już mówią ojciec. Albo papi, albo jak tam się, kurwa, mówi. Ona uwierzyła w to wszystko, kurwa, jak w Koran.

Jedziemy z powrotem. Wjeżdżamy od innej strony, nie przez boczne uliczki obok kościoła, ale główną drogą, po której obu stronach las zaczyna ustępować zakładom i pokrytym stosami drewna placom.

– To zakład Bernata – mówi Grzesiek, pokazując jedną z hal, biały, brudnawy prostopadłościan, z blaszaną płytą nad wejściem, z prostym, czarnym napisem BERPOL na żółtym tle.

– Kiedyś było między wami okej, prawda? To chyba najgorsze: w takiej sytuacji przypomnieć sobie, że między dwojgiem ludzi coś kiedyś było, coś dobrego? – pytam.

Zakłady ustępują domom jednorodzinnym, położonym w coraz bardziej regularnych odstępach.

– Było, i co z tego? – odpowiada.

Zatrzymujemy się przed opuszczonym szlabanem kolejowym.

– A jak ją poznałeś? – pytam.

– Zawsze ją znałem – odpowiada Grzesiek.

– Ona też jest z Zyborka?

W sądzie wyglądała na osobę zabetonowaną od środka. Zastanawiałam się, czy taka nienawiść nie trafia rykoszetem w dzieci. Czy można tak dalece nie trawić mężczyzny, a jednocześnie kochać jego dzieci? Ale być może tylko kobieta bez dzieci może zadawać sobie tego typu głupie pytania.

Na tory wjeżdża długi towarowy pociąg, rdzawy wąż identycznych cystern, ostemplowanych identycznym znaczkiem płomienia w kółku.

– Tak, mieszkała niedaleko stąd – mówi Grzesiek.

– Więc jak się poznaliście? – pytam jeszcze raz.

– W Toruniu. Chyba próbowałem znowu studiować. A może już nie studiowałem, ale wciąż wkręcałem ojcu, że studiuję. Znasz tę historię. I naszą też znasz, bo one wszystkie są podobne. Ona była młodsza. Dopiero przyjechała na studia. Była w klubie i ja byłem w klubie. Zgadaliśmy się, że jesteśmy oboje z Zyborka, i poszło – mówi.

– I co, wpadliście? – pytam, bo wydaje mi się, że coś takiego powiedział mi Mikołaj.

Pociąg znika. Szlaban się podnosi, powoli, z ostrożnością chorej ręki. Ruszamy.

– Nie. – Grzesiek kręci głową, a potem po raz pierwszy, odkąd ruszyliśmy, spogląda na mnie. – Nie wpadliśmy. My się kochaliśmy. My chcieliśmy mieć dzieci.

– I tak po prostu wszystko się spieprzyło? – pytam.

Nie odpowiada, tylko się rozgląda. Jakby coś wyczuwał, wywąchiwał, zauważył coś, czego ja nie widzę, coś ukrytego w powietrzu, schowanego na pustych ulicach pod stalowym niebem. Mijamy rzędy spożywczych supermarketów, przychodnię, dojeżdżamy do głównego ronda w mieście, zupełnie sami.

– Tak po prostu? – pytam jeszcze raz, gdy skręca w stronę szpitala.

Wtedy na schodach Tomasz jednak dostał zawału serca. W trybie natychmiastowym przewieziono go do Olsztyna, gdzie zrobiono mu scyntygrafię. Następnego dnia wrócił do Zyborka, Dobocińska chciała mieć go na oddziale.

– To nie psuje się samo. Wiesz o tym – mówi, gdy w końcu zatrzymujemy się przed szpitalem.

– I kto to zrobił? – Patrzę na niego, ale on spogląda przed siebie, skupiony, trzyma wciąż dłonie na kierownicy, jakby ciągle prowadził.

– Ja, a potem ona, a potem znowu ja, a potem znowu ona – odpowiada cicho. I dodaje, jakby do siebie: – Co tu się, kurwa, dzieje?

I zanim zdążę go zapytać, co zauważył, bo parking pod szpitalem jest zwykłym, wybetonowanym parkingiem z kilkoma pojedynczymi samochodami i osamotnioną, pustą karetką, Grzesiek wybiega z auta, w ogóle na mnie nie patrząc.

Biegnę za nim.

Oni wyrastają mi przed oczyma nagle, już w środku. Przesuwające się plansze, które ktoś podtyka mi pod nos. Agata. Mikołaj. Wszyscy nagle, w ostatnim momencie przed zderzeniem, wyłaniają się z powietrza. Stoją, ale stoją tak, jakby biegli. To zawsze widać po twarzach, że coś się stało. Zanim zrozumiem, co przebiega mi przez myśl, że to gra o sumie ujemnej, że wszyscy zdążaliśmy właśnie do tego momentu, powoli, bardzo wąską ścieżką, bez żadnych skrzyżowań i odgałęzień.

Wąską jak ten pusty, śmierdzący lizolem korytarz.

Agata jest biała jak papier. Tylko stoi. Przez kilka potwornie długich sekund jestem pewna, że Tomasz nie żyje. W ciągu tych paru sekund zaczynam myśleć, co to dla mnie oznacza. Zaczynam wybierać, co mam poczuć. Ale po krótkiej chwili rozumiem, że nie muszę wybierać. Czuję niesprawiedliwość. Tak, niesprawiedliwość to emocja. To niezmiernie konkretne uczucie. Zaczyna się w gardle bólem przypominającym połknięcie gwoździa.

To niesprawiedliwość, jeśli nagle i przedwcześnie umierają ludzie o charakterze taranów, bo przecież rolą taranu jest wyburzać do końca, a nie rozpadać się w trakcie tego wyburzania na kawałki.

Wciąż stoimy w kompletnie pustym szpitalu. Agata

trzyma mnie za rękę tak mocno, że zaraz z tej ręki odpłynie mi cała krew.

– On umarł? – pytam, tak po prostu, przez zaciśnięte gardło.

– Nie – odpowiada Agata – nie umarł.

– No to chodźmy do niego – mówię.

– Nie możemy do niego iść – odpowiada Mikołaj.

Mikołaj patrzy na Grześka, a Grzesiek na Mikołaja, i w tym spojrzeniu podobnych do siebie oczu jest próba telepatii, być może całkiem udana, bo Grzesiek nadal stoi, wciąż nie zadaje żadnych pytań.

– Nie ma go tutaj – odpowiada Mikołaj.

Agata osuwa się po ścianie i siada na podłodze. Robi to dlatego, bo nie ma już siły stać. Mikołaj bierze ją za rękę i z trudem podnosi. Agacie drżą ręce. Z kieszeni kurtki wyjmuje małą butelkę.

– Ja wiem, że nie mogę tego robić – mówi przepraszająco.

– Możesz, chuj w to – mówi Grzesiek.

Agata pije. To milczenie trwa jeszcze parę sekund. Te sekundy mają kształt cięciw.

– Za co? – pyta w końcu Grzesiek.

– Za zabójstwo Bernata – mówi Mikołaj.

– Jak? – pyta Grzesiek.

– Przyszli i go zabrali – odpowiada Mikołaj.

– Kiedy? – pyta Grzesiek.

– Kilka minut temu. Nie wiem. – Mikołaj kręci głową na znak, że rzeczywiście nie wie.

– A Dobocińska? – pyta Grzesiek. Każde pytanie zadaje coraz ciszej.

– Dobocińska pojechała za nim – mówi Agata.

– Gdzie? – pyta.

– Chyba do Olsztyna. Skuli go, kazali się ubrać. Dobocińska wrzeszczała, jakby to ją zabierali. Mówiła, że go nie puści. Że on jest po operacji i musi brać leki, i ma komplikacje – mówi tonem automatycznej sekretarki Mikołaj. Stara się być rzeczowy. Ma czerwone oczy, wszyscy mają, białka pokryte siatką popękanych naczynek, jakby pozarażali się nawzajem tą samą chorobą.

– To w końcu Zybork go zgarnął czy Olsztyn? – pyta Grzesiek. Mówi inaczej. Spokojniej. Ciszej. Jakby zamieniał się w Tomasza, przejmował jego funkcję.

– Razem. Byli tacy, co ich nigdy nie widziałam, więc pewnie Olsztyn. Winnicki odczytywał formułki. I kajdanki mu zapiął – szepcze Agata.

– Jak oni mu to przybiją? – pyta Grzesiek.

– Tak jak tobie zabrali dzieci – odpowiadam. – Po prostu znajdą kogoś, kto powie swoje. – Nie chciałam tego mówić, ale to powiedziałam. Bo powinnam to powiedzieć. I tak samo nie chciałam pytać, co teraz. Ale to właśnie ja powinnam zapytać, co teraz. Bo chyba taka jest moja rola w tym wszystkim. Na wąskiej ścieżce, idącej w jednym kierunku. – I co teraz? – pytam.

– Mówiłaś, że tak będzie – odpowiada Mikołaj. – Mówiłaś. W samochodzie. Tego wieczoru, gdy byliśmy pod Podzamczem. Tylko wcześniej.

Mówiłam, że tak będzie, to prawda, więc teraz nie mówię już nic.

– Powiedział, żeby jechać do Braciaka. Krzyknął do mnie, jedźcie do Braciaka. Dokładnie to krzyknął. – Teraz Mikołaj siada na podłodze. To wszystko mogło równie dobrze stać się dobre dwie godziny temu, przez które oni czekali tutaj na korytarzu bez żadnego poczucia czasu.

– Jedźcie do Braciaka i pilnujcie referendum. Tak powiedział. To krzyknął – mówi Mikołaj i chyba się uśmiecha, patrząc w czarną plamę na końcu korytarza, który zdaje się w ogóle nie kończyć.

CZĘŚĆ CZWARTA

Styczeń, luty / Od wojny uchowaj nas Panie

Zagubiony / 1930

Po nocy jest dzień. Po dniu jest noc. Po nocy dzień, po dniu noc, po nocy dzień, znowu, w kółko, po dniu noc, po nocy dzień. Po deszczu słońce, po słońcu deszcz, po zimie lato, po lecie zima, po nocy jest dzień, po dniu noc. Śnieg chrzęści pod stopami. Sięga do kolan. Powtarzaj to sobie jak różaniec, w kółko, wiedząc, że masz przy sobie broń. Powtarzaj, powtarzaj: po nocy dzień, po dniu noc, po nocy dzień, po dniu noc, za każdym krokiem. Nie jadłeś od czterech dni. Wkładasz sobie do ust śnieg, który ściąga twarz, sprawia, że mięśnie nie mają siły się ruszać. Kim jesteś? Gdzie jesteś? Po dniu jest noc, po nocy jest dzień, po dniu noc, po nocy jest dzień.

Pistolet, langenhan, stary, wadliwy, nie wiadomo, czy w ogóle wystrzeli. Przynajmniej jest. Widać go z daleka. Z daleka widać, że człowiek ma broń i wcale nie musi być widać samej broni. Widać tylko posturę, widać, że jedno ramię jest cięższe od drugiego, że dłoń się na czymś zaciska.

Nogi idą do przodu, wbrew wszystkiemu. Trzymają się najlepiej. Myślisz o rzeczach, które są obce ludziom śpiącym w łóżkach. Te rzeczy, te sprawy, trudno opisać je językiem, który ciąży w ustach, niepotrzebny, jeszcze bardziej schładzając ciało. Wiele z tych spraw to gorączka.

Gdy dotykasz dłonią głowy, to tak jakbyś dotykał gorącego garnka. Ciepło ucieka z ciebie błyskawicznie. Ale nogi wciąż idą. To dziwne. To dobrze.

Plecak jest ciężki, masz dobrego kupca. Szedłeś z Chorzeli. W Chorzelach było dobrze. Już nie pamiętasz, ciało nie pamięta, ale było dobrze. Karty, gorzała. Siano, złoto. Kręci się w głowie, ktoś pada na ziemię. Pod pierzyną ciepło kurwy. Ruszyłeś bez zastanowienia, bo tak trzeba, zastanawianie się to śmierć. Wiedziałeś, jak przejść i gdzie. Zrobiłeś podkop pod drutem kolczastym, jak zwykle. Plecak poszedł pierwszy. Jak przy wyskakiwaniu z jadącego pociągu. Człowiek zawsze pójdzie za plecakiem.

I wszystko byłoby dobrze, ale na chwilę przestało być, i teraz za to płacisz. Miałeś słoninę, wódkę, nóż. Teraz nie masz słoniny, wódki, noża. Masz pistolet, który może cię sam zastrzelić, bo zamek i strzemień trzyma jedna śruba. Ta śruba urywa się przy strzale. Może trafić w oko. Pistolet, który prędzej zabije ciebie niż tego, w którego mierzysz.

Miałeś plecak, wciąż masz plecak, bo plecak to pieniądze, ale coraz mniej wierzysz w te pieniądze, z każdym kolejnym krokiem, z każdym kolejnym zapadnięciem się nogi w śnieg czujesz, że być może ten ciężar nie ma sensu ani wartości. Że targasz go z nim przez śnieg jak głupiec. Nie wierzysz w to, że je zobaczysz. One nie mają sensu, bo nawet gdybyś je teraz dostał, wszystkie co do marki, i tak oddałbyś je za kubek wrzątku i kawałek chleba.

Usłyszałeś strzały w ostatniej chwili. W ostatniej chwili to nie znaczy za późno. Za późno oznaczałoby, że już nie żyjesz. Po prostu w ostatniej chwili. Może za tobą szła jakaś inna grupa, większa. A może zauważyli tylko ciebie, samego. Kule świstały przy twojej głowie, jakby tańczyły dookoła ciebie dzieci, dmuchające w drewniane gwizdki. Nie zostawiłeś plecaka. Biegłeś z nim, chociaż plecak to jakieś trzydzieści kilogramów. Jeszcze potrafiłeś wyobrazić sobie pieniądze. Jeszcze umiałeś liczyć. Człowiek szybko przestaje umieć liczyć. Wystarczy zimno, wystarczy głód, wystarczy gorączka.

Jest głos, który dźwięczy ci w głowie, śpiewa, mówi: zostaw go, zostaw to. Głos cię prosi: zostaw. Jeśli nie zostawisz, umrzesz. Zostaw. Gdzieś jest Iława. W Iławie przeżyjesz, bo w Iławie jest szynk, łóżko, zawołają doktora, doktor da lekarstwo.

Nie wiedziałeś, czy to polska straż graniczna, czy niemiecka. To nie miało znaczenia. Pewnie niemiecka. Polska nie strzela tak szybko. Starałeś się nie biegać po omacku, nie tracić sił. Starałeś się znaleźć coś, co pozostawił dla ciebie jakiś twój poprzednik. A może ty sam kiedyś, już nie pamiętasz. Było zadaszenie z drzew i z mchu, przyczepione do drzewa jak wielka huba. Wypatrzyłeś je o zmierzchu. Jeszcze nie było tak zimno. Rozpaliłeś ogień. Najpierw siedziałeś po ciemku, parę godzin. Potem rozpaliłeś ogień. Na jak najkrócej, aby grzały cię rozżarzone węgle. Miałeś flaszkę wódki i kawałek słoniny wielkości pięści. Jadłeś słoninę i sączyłeś wódkę, i trzymałeś dłonie i stopy przy gorących węglach. Czekałeś chyba cztery dni. Chyba, bo dni w lesie, przy ziemi, w śniegu zlewają się w magmę. Szarą i zimną jak czyściec. To dlatego sobie powtarzasz, po nocy dzień, po dniu noc, po nocy dzień, po dniu noc, aby pamiętać.

Cztery dni, bo przez cztery dni będą chodzić i szukać, a potem się uspokajają, męczą, nudzi im się, wracają do siebie, rozumieją, że cię zgubili. Po czterech dniach wstałeś i poszedłeś dalej.

Byłeś głodny, przemarznięty i chory. Ale teraz myślisz, że w sumie to byłeś wtedy jeszcze syty, ogrzany i zdrowy. Miasto jest gdzieś niedaleko. Musi być. Passenheim, Ortelsburg. Musi być. Blade, gazowe światło miasteczka może być równie dobrze resztką dnia, który zatrzymał się pod twoimi powiekami i teraz się z ciebie śmieje, z twojej choroby, twojego zimna.

Zostaw plecak, mówi głos, bo następnych kilometrów nie przeżyjesz. Nie zabije cię kula strażnika ani wilk, sam się zabijesz. Zostaw plecak.

Nie chodzi już o pieniądze. Wszystkie pieniądze zamieniłbyś na wrzątek, lekarstwo, szklankę wódki. Nie chodzi o pieniądze. Nic nie są warte te pieniądze. Warte są coś, jak się tańczy w karczmie, zrzuca wszystko kopniakami ze stołu. Teraz nic nie są warte.

Chodzi o to, że obiecałeś.

Oczywiście, że obiecałeś. Ludzi zabija właśnie to. Dotrzymywanie obietnic.

To na pewno Pasym. Wystarczy tam dojść. Odpocząć. A potem w drogę, do Iławy, do kupca.

Zostaw. To cię zabije. Z każdym krokiem ktoś dorzuca ci do plecaka jeden mały kamień. Idzie za tobą, mały diabeł, śmieje się i robi właśnie to. Zostaw. Światło na horyzoncie jest tylko w twoim oku.

Zmówiłbyś Zdrowaś Maryjo, ale zapomniałeś słów. Zapomniałeś, co jest po „łaski pełna". Zapomniałeś, nie ma już tego w twojej głowie, zamiast modlitwy w głowie wyrósł ci piec, och, gdybyś tak mógł wyjąć ten piec z głowy i położyć się na nim jak kot.

I jeszcze jeden głos się pojawia, jeszcze gorszy niż ten, który mówił, byś zostawił plecak. To diabeł, który idzie za tobą, dorzuca ci teraz do plecaka po dwa kamienie. I to on mówi.

– Usiądź – radzi ten diabeł.

Smród, jakby było lato i jakby gdzieś niedaleko zdechło i zgniło całe stado krów.

Odwracasz się. Widzisz go albo ją, bo to chyba kobieta. Uśmiecha się, w jej uśmiechu nie ma zębów ani dziąseł. Skóra odłazi jej z czaszki. Pod płatami skóry wiją się dzikuny. Gorączka rozsadza ci głowę. Czarny welon na łysej czaszce wiedźmy.

– Nie – odpowiadasz – nie usiądę.

– Usiądź – mówi diabeł. – Idziesz jak głupi. Po co ci to? Po co to komu?

I siadasz. To nie ty decydujesz. To nogi decydują. Uznały, że można inaczej. Siadasz na śniegu. Wiesz, że będzie to twoja śmierć. Mokre zimno wślizguje się pod kożuch, do butów, pod onuce, pod kapotę i koszulę. Skóra i wełna, które cię otulały, miały cię chronić, zaraz zamienią się w wilgotną, ciężką śmierć.

Siadasz i już nie wstaniesz. Wiesz o tym.

– Teraz zaśniesz – mówi diabeł. Przybliża do ciebie głowę. Zdejmuje z niej chustę. Widać na niej strupy, liszaje i wrzody. Smród, jakby coś spłonęło, a następnie zgniło.

– Muszę do miasta – powtarzasz tak cicho, że nie można byłoby tego usłyszeć, nawet gdyby przyłożyć ucho do twoich ust.

Jest już zupełnie ciemno. Jedyne, co jest ciemniejsze od nieba, to kreska lasu odcinająca się od pokrytej śniegiem ziemi. I łopoczący w ciemności czarny welon. „Zostaw plecak i się czołgaj" – myślisz. Nogi już się poddały, ale może zmusisz do ruchu ręce, plecy. Próbujesz podnieść rękę i wiesz, że to było na odwrót, że nogi poddały się ostatnie.

– Tu nie ma miasta – mówi diabeł.

– Jak to nie ma? – pytasz.

– Nie ma, nic nie ma tu, gdzie jesteś – odpowiada.

Żeby chociaż ruszyć palcem. Językiem. Okiem. Żeby chociaż rozbolał ząb. Ale śmierć zatrzymuje wszystko.

– Wróciłeś do domu – mówi diabeł.

„Trzymaj oczy otwarte – powtarzasz sobie – trzymaj oczy otwarte". Nic już nie czujesz. Nie ma bólu. Nie ma zimna. Poszły sobie. Nie ma smrodu. Nie ma śniegu, zlewa się z czernią, czerń przesącza się przez wszystko, jakby ktoś zalewał ci tuszem oczy. „Więc to tak" – myślisz i wiesz, że już zaraz nic nie pomyślisz.

– Połóż się – mówi diabeł. – Będzie jeszcze wygodniej i wszystko się skończy.

I wszystko jest czarne i nieobecne, i wszystko stało się swoim własnym brakiem, i tyle, i twoje ciało już zaczyna przechylać się w stronę ziemi, i już masz pocałować śnieg zmartwiałymi ustami, i wiesz, że ten pocałunek będzie ostatnią rzeczą ze wszystkich, gdy nagle coś się zapala w ciemności, mały, jasny, słaby punkt. Gwiazda. Ale to nie gwiazda. Jest za nisko.

Jesteś znowu sam. Coś czujesz. Jeszcze nie wiesz co. Powoli rozumiesz. To potworne zimno, ból rąk, ból nóg i ból pleców, jakby ktoś obił cię metalową rurą. Żyjesz. Podnosisz rękę. Protestuje, nie chce, ale jednak się podnosi. Nie czujesz tego, tylko to widzisz. Po nocy dzień, po dniu noc.

Ta gwiazdka, to światło przywraca kształt i kontur. Wraca śnieg, wraca las, wraca niebo, wraca księżyc. Ta gwiazdka to światło w oknie za drzewami.

Wstajesz na nogi. Ból jest taki, jakby rozrywały cię dwie ogromne ręce.

Diabła nie ma, ale ty jesteś. Co więcej, stoisz na nogach. Obcy światu, zagubiony; drobna moneta, która wpadła do studni. Kamień utopiony w jeziorze. Ostatni człowiek na tym nie-Bożym świecie.

Depczesz po śniegu, wbijasz buty w zaspy jak uderzeniem młota. Boisz się, że światło, do którego idziesz, zniknie. Z każdą sekundą boisz się coraz bardziej. „Już za długo" – myślisz. Ale światło nie znika. Plecak, pełen diablich kamieni, zamienia plecy i barki w jeden wielki ból. Ciało chwieje się, jakby ktoś tobą trząsł. Stawiasz kolejny krok, i jeszcze jeden, i jeszcze jeden. To będzie bardzo długa droga. Najdłuższa w życiu. Ale nogi znowu działają. To najważniejsze.

„Pan z Tobą, błogosławionaś Ty między niewiastami". Jak byłeś w kościele, to tylko na ślubach. Czasami rzucałeś marki i ruble do kapliczek, pijany, żeby to przyniosło szczęście.

Ostatnią część drogi pokonujesz na kolanach. Jest tylko śnieg i tylko czarne niebo, a światło, gwiazda przed tobą, staje się oknem.

Czerwona cegła, zbutwiałe drewno. Przez matowe szyby widać jedynie światło. Szczekanie psa, ujadanie, gdy czołgasz się, wciąż z plecakiem, pod drzwi. Pies jest niedaleko, nie widzisz go, pewnie boi się podejść.

Walisz w drzwi. Ręką, która jest jak kij. Nie czujesz uderzeń. Jedynie o nich wiesz. Nie czujesz znów nic, ale wiesz, że nie umrzesz. To już nie jest takie proste, żebyś umarł. Sam diabeł nie zdołał ci w tym pomóc.

Te pieniądze za to, co w plecaku, rozrzucisz je po mijanych kapliczkach. Wszystkie co do feniga.

Drzwi się otwierają, a ciało traci równowagę, oszołomione bijącym ze środka ciepłem, i wali o podłogę izby. Nie ma siły się podnieść. Pachnie mlekiem, cukrem, gnojem, drewnem. Czyjeś nogi. Ktoś na ciebie patrzy.

– W jedną stronę czy w drugą, ty się zdecyduj, bo muszę drzwi zamknąć – mówi głos.

Wczołgujesz się do środka. Kobieta zamyka drzwi. Jest ciepło, czujesz to, w środku jest tak ciepło, że zaraz zaczniesz płakać.

– Podnieś się – mówi kobieta.

Podnosisz się. Najpierw kucasz. Potem wstajesz. Zrzucasz plecak. Uderza o podłogę głucho jak wielki worek mąki. Poruszasz ustami, chcąc powiedzieć, że musisz usiąść. Kobieta pokazuje ci ławę.

Izba jest niewielka. Oświetla ją naftowa lampa. Pali się w piecu, pod kuchnią, ciepło buzuje na całe pomieszczenie. Izba obita drewnem, czysta, nad drzwiami krzyż, obok okna obrazek z Matką Boską. Chcesz ściągnąć kożuch. Ręce się poddają, uderzają o drewniany stół.

– Musisz mi pomóc – mówisz do kobiety, nie wiesz, czy słyszy, ale rozumie.

Trudno określić jej wiek. Nie jest stara, nie jest młoda. Opatulona chustami, w fartuchu, pomaga ci zdjąć kożuch. Następnie pokazuje, abyś zdjął resztę.

– Dam ci sto marek – mówisz jej.

Kiwa głową nie dlatego, że się zgadza, kiwałaby głową na wszystko, co powiesz. Padasz z powrotem na ławę. Jest tak gorąco, że tracisz przytomność. Nie wiesz, ile mija czasu. Szturcha cię ręką. Gdy otwierasz oczy, jest wciąż ciepło i ciemno. Stawia na stole, przed tobą, miskę, w niej ziemniaki ze słoniną i solą. Daje ci łyżkę. W blaszanym kubku gorąca zbożowa kawa. Pierwsze kęsy cię parzą, odpluwasz. Pokazuje ci, abyś jadł powoli. Wypijasz małe łyki, bierzesz małe kęsy. Masz żołądek jak piąstka niemowlaka, gardło jak igła, gdy połykasz, to tak jakby ktoś wciskał ci węgle w dupę.

Ale z każdym połknięciem wchodzi w ciebie życie. Z każdym połknięciem wszystko jest jaśniejsze. Jakbyś jadł słońce.

– Gdzie ja jestem? – pytasz.

– Pod Zyborkiem – odpowiada.

– Dam ci sto marek – mówisz.

– Nic ty mi nie dasz. Ty się musisz leczyć – mówi kobieta.

– Gdzie ja jestem? – powtarzasz.

– Pod Zyborkiem – powtarza kobieta. – To kawałek od Szczytna.

– Kawałek od Szczytna – powtarzasz, międlisz to w ustach.

– Jak się nazywasz? – pyta kobieta.

Musisz się skupić, ale w końcu jej odpowiadasz.

– Bernat. Władek Bernat. Przez granicę chodzę – mówisz. Wypijasz jeszcze łyk kawy, i jeszcze jeden, i jeszcze jeden, i jeszcze jeden.

– Wody ci w balii nagotuję. Potem do łóżka pójdziesz. Pójdziesz spać – mówi kobieta.

– Samej tu siedzicie? – pytasz.

Milczy. Masz żołądek pełen ognia, który rozlewa się na całe ciało. Wkładasz palce do kieszeni. Szukasz małego woreczka, masz nadzieję, że nie przemókł. Nie, nie przemókł zbytnio. Wyjmujesz grudki tytoniu, zmięte bibułki. Skręcasz papierosa zgrubiałymi palcami. Na początku nie wychodzi. Palców nic się nie trzyma, wszystko od nich odpada, nie potrafią nic schwycić. Ale powoli, powoli wpływa w nie cieplejsza krew. Powoli zaczynają się ruszać.

– Wszyscy poszli – odpowiada dopiero po chwili.

– Wrócą? – pytasz.

– Pan Jezus obiecał, że kiedyś wrócą – mówi, stojąc przy kuchni. Odwraca się. Na nóż wbity ma gorący kartofel, obgryza go z każdej strony.

– Nie byłem tu nigdy. W Zyborku – mówisz.

– Kłamiesz. Kolegów masz tu całe mnóstwo. I pewnie niektórych to byś nie chciał spotkać – odpowiada. Ma rację, bo kłamiesz. W końcu udaje ci się zlepić jednego papierosa; przykładasz go do ust, zapalasz, zaciągasz się.

– Może i kłamię. A może i nie. – Wyciągasz nogi. Umarłeś, a jednak żyjesz i czujesz, że prawda i kłamstwo są teraz czymś zupełnie innym, niż były przedtem.

– Kłamiesz. – Diabeł szczerzy się, stojąc przy kuchni. Ten sam, po raz drugi. Po twarzy pełzną mu robaki. Idzie do ciebie, omiata kuchnię swoją suknią, cuchnącą, czarną szmatą. Nachyla się przez stół. Tam, gdzie kładzie dłonie, zostaje czarny ślad. Papieros wypada ci z rąk.

– Wszyscy od ciebie to kłamcy. Dziad twój to kłamca.

Ojciec twój to kłamca. Twój syn i wnuk, i prawnuk to kłamcy – mówi potwór i podchodzi do ciebie.

Jeszcze jedno machnięcie szmatą odrzuca cię w tył, spadasz z krzesła. Nachyla się nad tobą. Jezusie, jak ona cuchnie.

– Zostaniesz tu! – wrzeszczy, a jego głos to nawet nie jest dźwięk, to tak, jakby wsadzić rękę głęboko w ziemię, wyrwać z niej garść piekła i rzucić ci nią w twarz. – Zostaniesz tu i przeprosisz się. Odpowiesz za synów i wnuków. – Już nawet go nie widzisz, bo znowu nie widać nic, bo stół nie jest stołem, kuchnia już nie jest kuchnią, dom nie jest domem, bo świat już nie jest światem i zimno już nie jest zimnem, i wszystko z powrotem zwinęło się i skurczyło do rozmiarów małej dziury w śniegu.

– Co zrobiłem? – pytasz, ale znowu cię nie słychać, słowa jak kamienie wpadają w śnieg.

Po dniu noc, po nocy też noc, i tylko noc, i nic innego.

– Co zrobiłem? – pytasz, bo nie wiesz, bo nie masz pojęcia, czy byłeś tutaj, czy nie, bo nawet to imię i nazwisko, Władek Bernat, może być nazwiskiem kogoś zupełnie innego, może wszystko wypadło ci z głowy, a może po prostu dopiero wtedy się urodziłeś, w lesie, w tej czarnej jamie, przykrytej drewnem, obsypanej śniegiem.

Szamoczesz się, jej ręce są na szyi, twarda skorupa kożucha, ciężki smród szmat, i wszystko wokół zlepia się w czarny i cuchnący całun, który owija cię szczelnie i już, wydaje się, na zawsze.

– Już nie krzycz. Nie krzycz tak. – Ciepła woda opada ci na twarz. Cały jesteś w ciepłej wodzie. Spływa ci po twarzy jak łzy. Przez parę niewiele widać. Podnosisz się. Czujesz, że powietrze jest wygięte od wrzasku jak łuk.

Musiałeś wrzeszczeć, miała rację. Gardło masz suche. Wyciera ci czoło lnianą szmatką.

– Ja nic nie zrobiłem – mówisz resztką głosu, który został w gardle.

– Byli, pytali – odpowiada. – Nie widziałam.

– Nie widziałaś – powtarzasz, goły leżysz w tej balii, w gorącej wodzie, ale ona nie zwraca uwagi. Kręci głową.

– I lekarz był – mówi. – Zastrzyk ci dał. Nic nie pamiętasz. Tylko żeś krzyczał. Do tej balii pomógł cię włożyć.

– Ile? Ile już tu jestem? – pytasz. Wszystko zlało się w jedno, a teraz znowu rozdziela się na części, na dół i górę, na północ i południe, i zastanawiasz się, ile razy jeszcze tak się stanie.

– Druga noc się kończy – odpowiada kobieta. – Położysz się, poleżysz dwa dni. I pójdziesz sobie.

Chcesz wstać, ale pokazuje ci, abyś jeszcze leżał w wodzie. Patrzy na ciebie. Kiwa głową. Zauważasz przedmioty, dopiero teraz. Zauważasz, że tak naprawdę jesteś w innym pomieszczeniu, w małej przybudówce pokrytej słomą. Zauważasz plecak pod ścianą, wciąż zamknięty, wielki, skamieniały bochen obciągnięty płótnem i jutą.

– Ja cię pamiętam. Ty byłeś w Zyborku wiele razy. Ja cię tam widziałam – mówi.

Nie odpowiadasz od razu, bo wciąż nie pamiętasz. Jesteś jak biały papier i ona może pisać po tobie wszystkim, co powie.

– I co robiłem? – pytasz po chwili.

– Chłopaka zabiłeś. O pieniądze. O grę karcianą. W nocy uciekałeś – mówi.

– Skąd wiesz, że to ja? – pytasz.

– Bo już tu byłeś. Jak uciekałeś. Gdy cię gonili – odpowiada.

– Byłem tu.

– Tak, byłeś. – Kiwa głową. – Byłeś i obiecałeś, że wrócisz.

– To już nie jest sen? To mi się nie śni? – pytasz dla pewności. Chociaż być może zostały już wyłącznie sny. I teraz będziesz już tylko skakać między jednym a drugim, a trzecim, a czwartym, w nieskończoność. Może to jest właśnie piekło, o którym bredzi ksiądz w kościele.

– Ja tam nie wiem, co ty gadasz do mnie, chłopie jeden, wyłaź z tej balii, wycieraj się i właźże pod pierzyny. – Wychodzi z izby, znika.

Odchylasz głowę. Zamykasz oczy.

Otwierasz oczy, jeszcze na chwilę.

– Dam ci sto marek, kobieto! – krzyczysz.

– Już dałeś – odpowiada cicho. – Już dałeś, jak byłeś pierwszy raz. Ze mną nie musisz się przepraszać. Z innymi się przeproś – dodaje po chwili.

Zamykasz oczy, jeszcze na moment.

Po nocy dzień, po dniu noc. I tak w kółko. I tak w kółko.

Patrzeć

Myśli o cieście. Nie wyszło jej wtedy to ciasto. Tamten wieczór był ciepły i sierpniowy. Ładny taki. Świerszcze grały. Pamięta. Nie wyszło jej to ciasto. Drożdżowe, cytrynowe miało być. Takie, jakie najbardziej lubili: i Filip lubił, i Marek z Leszkiem też lubili. Za dużo mąki, zresztą nie wiadomo, trudno powiedzieć. Zrobił się zakalec. Naprawdę chciała, żeby było dobrze. Ale nie wyszło. No co ona może, może płakać. Nic z płakania nigdy nikomu nie przyszło. Zawsze chciała, i to bardzo, żeby było dobrze.

Siedzieli we trzech przy stole w salonie. Filip, Maciuś, i Leszek, pamięta, że bez koloratki nawet przyszedł.

Wszyscy jedli, ale tylko ten bydlak, skurwysyn Maciuś siedział i mówił, że dobre. Pakował sobie całe kawałki do gęby, która robiła się dwa razy większa. Złym ludziom wszystko smakuje, pomyślała.

Później, miesiące później, mówiła do syna, krzyczała, błagała, synku, syneczku, nie przyjeżdżaj tu więcej. Tyle razy to mówiła. Na kolana padała. Serce pękało tak, że myślała, że umiera. Nie przyjeżdżaj tu więcej, syneczku. Broń cię Panie Boże. Broń cię Panie Boże wszechmogący.

Pod ciasto pili wtedy wódkę, dużo. Mówiła, może ja jeszcze coś do tej wódki na ciepło wam podam. Nie, nie trzeba, powiedział Leszek. No ale co tak, ciasto do wódki. Idź już, powiedział Filip. Idź. Potem odwrócił się do nich i jak zwykle gadał o głupotach, gadał i gadał, od tego gadania głos robił mu się coraz bardziej skrzekliwy, jak krakanie gawrona. Nigdy nie szło mu przerwać. Marka tak wychował, aby mu nie przerywał. Ją tak ustawił.

Stała tak i patrzyła na nich, i wiedziała, że stało się coś bardzo złego. W gardle to czuła, w mięśniach, w biodrach. Dlatego nie wyszło jej ciasto. Wszystko robiło się ciemniejsze, co chwila znikało. Przestraszyła się, że ślepnie. Musiała usiąść.

Noż kurwa mać, babo, wyjdziesz i dasz nam pogadać czy nie, wrzasnął Filip. Jak popił, robił się cham. Posłuchała. Jak wyjdę i zobaczę, że podsłuchujesz, to niech cię ręka boska broni. Więc schowała się u siebie. Włączyła telewizor. Zjadła tabletki. Jedną, drugą, trzecią. Młodsza była wtedy o dziesięć lat, ale jadła już wtedy te tabletki na potęgę. Wiedziała, że stało się coś złego. Jakby coś cały dom zabarwiło na czarno.

W końcu zasnęła, bo umiała nie myśleć.

Śnił jej się potok pełen czarnej wody w lesie.

Najważniejsze, żeby oni byli cali i zdrowi, Filip i Marek. Zawsze tak myślała. Jak widziała, że siedzą we dwóch na tarasie i są zadowoleni, a przynajmniej tak wyglądają, na zadowolonych, to i jej się robiło jakoś ciepło.

Ale od tamtego wieczoru jakby coś miała w ciele. Najpierw myślała, że coś zaszyli jej podczas operacji. Kiedy wycinali jej tego guza, może coś tam wsadzili, igłę, coś metalowego, ciało obce. Ale to nie było to. Nic jej nie zaszyli. Coś w niej urosło.

Ze dwa tygodnie temu obudziła się w środku nocy i już wiedziała.

Wiedziała, co zrobili.

Nikt nie musiał jej mówić.

Synku, syneczku.

Ten bandyta cię namówił. Ten okrutnik, zbój. To wszystko jego wina. To on ci mózg odebrał. Na tę krótką chwilę. Na tę straszną chwilę.

Mówią, że człowiek pewnych rzeczy do siebie nie dopuszcza. A przecież to nieprawda. Człowiek wszystko do siebie dopuści, wszystkie warianty, wszystkie prawdopodobieństwa, tylko te najstraszniejsze zostaną zjedzone przez te pośrednie. Bo ludzki mózg jest zrobiony tak, aby człowiek nie zwariował.

Synku, cóżeś ty zrobił, syneczku?

(może powinien iść do więzienia, może powinien, może już by wyszedł, zaczął nowe życie).

W nocy nie dawało jej to spać. Kiedy ona ostatnio osiem godzin przespała? A nawet sześć? Jak była młodą dziewczyną? Jak chodziła do szkoły, do technikum ekonomicznego? W internacie?

(może to najbardziej jej wina, bo to zwłaszcza ona chciała go bronić, ale przecież tak długo nie wiedziała i nie dowiedziałaby się nigdy, gdyby)

Jak była dzieckiem? Kiedy ona w ogóle była dzieckiem? Zawsze była taka jak teraz. Zawsze była stara.

(gdy pewnego dnia była sama w domu, telewizję oglądała, Filipa nie było, teraz wie, że był u tej kurwy)

Oprócz płakania krzyczała. Wiedziała, że krzyczy. Czego mordę drzesz? – pytał Filip. Co ty tak tę mordę drzesz? A ona krzyczała, żeby się obronić. Jak kogut, który się stroszy, żeby do niego nie podchodzić, tak ona krzyczała. I ustawiała ludzi przeciwko sobie, wiedziała, że to robi, spowiadała się z tego. Nie u szwagra, u innego księdza. Ustawiała ludzi przeciwko sobie, żeby byli bardziej zajęci sobą, a nie nią.

(lata z tym chodziła, z tym czymś, co w niej urosło, i nagle, pewnej nocy, o trzeciej nad ranem, pukanie do drzwi, aż podskoczyła, Jezus, pomyślała, Filip w wypadku zginął albo coś takiego)

Wszystko po to, aby się bronić. Zła się zrobiła. Wiedziała o tym. Ale złego zło nie bierze.

(zbiegła na dół, otworzyła drzwi, Marek wszedł do domu, nie mówił nawet, że z Anglii przyjedzie)

Lubiła, jak ją chwalili. Najbardziej chwalili ją zawsze za gotowanie. Wszyscy. Nawet Tomek Głowacki. A ten to nikogo nigdy nie pochwalił, ten to był harpagan, dzieci szóstki ze szkoły przynosiły, to on pytał, czemu nie szóstki plus.

(przeraziła się, pijany był i płakał, też płakał)

Do tego jednego miała dryg. Całe życie. Filip mówił, że ożenił się z nią właśnie dlatego, że umie gotować. Wszystko dobrze robiła, zupy, pieczenie, mięsa, ryby, ciasta, wszystko, i na myśl o tym, że wszystko dobrze robi, zawsze robiło się jej wesoło. Tak prawie wesoło.

(to już parę lat minęło od czasu, jak Maciuś przyszedł i jadł to ciasto, a ona do dziś pamiętała)

(mamusiu, ja już nie wytrzymam, ja tego nie wytrzymam, powiedział, dzieciaczek kochany, a ona przez moment wmawiała sobie, że o rozwód z Patrycją chodzi)

Wszystko skończone. Została sama. Siada w kuchni. Zapala papierosa. Rozgląda się dookoła.

(ona myślała, że to o Patrycję chodzi, pijany był, chodził i wył, nie było Filipa, u tej kurwy był, on chodził i wył, syneczek jej kochany, mamusiu kochana, ja tego nie wytrzymam, a ona wiedziała)

Widzi, że wszystko jest puste. Widzi, że nikogo nie ma. Nie ma Filipa. Nie ma Marka. Jest ona tylko. Straszne. Najgorsze.

(mamusiu kochana, Mareczek płakał, ja nie mogę, ja nie mogę, mamusiu, ja już nie mogę, usiądź, kochanie, usiądź, skarbie, no co, no co, ja już nie mogę, mamusiu, ja muszę komuś powiedzieć, co ja zrobiłem, co ojciec zrobił, ja muszę powiedzieć)

Wszystkie naczynia. Wszystkie garnki. Wszystkie patelnie. Sztućce. Nikt ich już nigdy nie użyje.

(ojciec to wszystko pod dywan zamiótł)

(ojciec żyje, jakby to się nigdy nie wydarzyło)

(jakbym ja nigdy tego nie zrobił, mamusiu, mamuleńku, kochana mamulu)

Boże jedyny, przecież nawet na wojnie kobiety nie przeżywały tego, co ona ma tutaj.

(ja próbuję coś powiedzieć, a on przestaje mówić, a ja już nie mogę wytrzymać)

Spalić to wszystko najlepiej.

(ja ci to muszę powiedzieć, to jest złe, to straszne jest, matuleńku)

Całe to miasto puścić z dymem, przy okazji. Od jej domu zapaliłyby się wszystkie inne.

(mamusiu, mamulu, matulu)

(co myśmy zrobili najlepszego)

(zrobiliśmy)

(zrobiłem)

Wczoraj śnił jej się znowu czarny potok. A potem ogień. Łuna ognia.

(zrobiłem) (zrobiliśmy) (zrobiłem) (już dobrze, Mareczku)

Ogień, w którym wszystko się pali. Cały Zybork.

(już dobrze, syneczku kochany)

I tylko ona żywa zostaje. I nikt inny.

(co ja mam zrobić, mamusiu)

Żeby mogła patrzeć. Żeby musiała patrzeć.

(modlić się, syneczku, do Pana Boga)

Tak jak teraz, w tej kuchni, została sama, na zawsze. Za karę.

(modlić się)

Żeby musiała patrzeć.

Żeby patrzeć.

Mikołaj / Wzgórze Psów

– Wygraliśmy – mówię. – Wygrałeś – poprawiam się po chwili.

– Wygraliśmy – wzdycha ojciec.

Ojciec wygląda jak w zwykłe niedzielne popołudnie, jakby właśnie wstał sprzed telewizora podczas przerwy w meczu, aby zrobić sobie herbatę albo kanapki. Ma na sobie bawełniany dres, klapki, czyste białe skarpety frotté – przynieśliśmy mu komplet takich na ostatnim widzeniu. Znów widzę spraną koszulkę z godłem Zyborka, która opina jego wielkie, żylaste ramiona jak folia spożywcza.

Wszyscy siedzimy na plastikowych, biurowych krzesłach. Wierci się, jest mu niewygodnie. Facet przy stoliku obok, wychudły, łysy mężczyzna o ostrych rysach i szczątkowym uzębieniu mówi coś cicho do otyłej kobiety ze sztywną trwałą na głowie, tak cicho, że ta musi czytać z jego ruchu ust. Wygląda trochę jak Pyzdra z *Janosika*. Gdy mówi, delikatnie i miękko porusza w powietrzu palcami, jakby grał na niewidzialnym instrumencie.

– Jak Rocky? – pyta.

– Rocky dobrze, przynajmniej przestał wszędzie sikać – odpowiadam.

– Ale teraz na wszystko szczeka. W domu też. Zgłupieć można – mówi Agata.

– Dajesz sobie radę? – pyta ojciec.

– Olczak nie słyszy czasami, co do niego mówię. – Agata blado się uśmiecha, ojciec ściska jej dłoń. Wygląda, jakby posmarowała sobie powieki węglem; od czasu, gdy zajmuje się piekarnią, praktycznie nie śpi.

– To mów głośniej. – Ojciec całuje jej dłoń i jeszcze mocniej ją ściska.

Przez chwilę patrzą na siebie, najpierw jakby oglądają swoje twarze, lustrują zmarszczki, a dopiero potem patrzą sobie w oczy i wtedy mam wrażenie, że coś sobie mówią bez słów, że samymi mrugnięciami oczu, ruchami źrenic puszczają sobie jakiś greps.

W końcu wyrywają się z tego, jakby dalej już im nie wypadało, jakby się zapomnieli; ojciec puszcza dłoń Agaty, kieruje wzrok z powrotem na stół.

– Ile osób zagłosowało? – pyta ojciec.

– Ponad dwa tysiące – odpowiadam.

– Kolejka była od wejścia do szkoły aż do sklepu. – Trudno powiedzieć, czy Agata jest z tego dumna. Po prostu relacjonuje mu fakty.

– Na pewno już protesty wnieśli do sądu, o ważność referendum. – Ojciec drapie się po głowie, rozgląda po sali, wyłapuje kilka spojrzeń ludzi, którzy siedzą przy innych stolikach. – Wniosą protesty, sąd będzie dwa miesiące rozpatrywał, nawet jak nie uzna, to zanim wszystko oddali, dużo się wydarzy – mówi ojciec.

Z tej sali zabiorą go do celi. Tam siedzi z ośmioma innymi facetami. Kilku grypsuje. Ojciec się z tego śmieje. Śmiał się, gdy opowiadał mi o różnych słowach, których używają. Twierdzi, że przestępcy to debile, nawet ci najcięższi (jeden facet z jego celi zakopał żywcem żonę i jej kochanka). Nie ma dla nich najmniejszego szacunku. Wie, że jest od nich wszystkich silniejszy. Powiedział im, że nie jest żadnym bandytą, ale jeśli do niego podejdą, to pozabija ich gołymi rękami. Opowiadał nam o tym bez cienia uśmiechu, wpatrzony w ścianę, jakby to, co mówi, czytał z promptera.

Nie chciał być w więziennym szpitalu. Wykasował z głowy to, że miał zawał i operację. Na każde pytanie o zdrowie odpowiadał, że czuje się wspaniale, i jakby na dowód napinał wszystkie mięśnie, aby pokazać, że jego ciało pracuje bez zarzutu jak dobrze naoliwiona maszyna.

Pierwszą rozprawę będzie miał za trzy miesiące. Na początku dostał adwokata z urzędu, ale Justyna ubłagała naszego znajomego z Warszawy, Marka, aby wziął sprawę pro bono. Nigdy go nie polubiłem i ojciec też nie polubił tego przemądrzałego geja z maślanym głosem i dowcipem na każdy temat; ojciec mówił o nim z wyrazem twarzy, jakby wypił duszkiem pół butelki octu. Fakt, dzięki Markowi na wolności przebywali ludzie, którzy rzeczywiście kazali kogoś zabić albo wyprowadzić bokiem kilkadziesiąt milionów złotych. I cieszyli się dobrym zdrowiem. Więc ojciec nie zrezygnował, chociaż powtarzał, że Marek to papuga bogatych bandytów, a on nie jest ani bogatym człowiekiem, ani bandytą.

– Wyciągniemy cię stąd, tato – powtarzam to, co powiedziała mu Justyna, gdy pierwszy raz przyszła tu na widzenie.

– Albo wyjdę zaraz, albo nigdy – odpowiada ojciec.

Facet obok kończy rozmowę. Wyprostowuje dwa palce i przykłada sobie pod nos, jakby udawał Hitlera. Wiem, że to coś znaczy. Gdy tak robi, kobieta z trwałą kiwa głową.

– Chcesz, żeby dzieci przyszły, Tomek? Następnym razem? – pyta Agata. Patrzy na niego z troską, jak na chorego chłopca.

Ojciec przez chwilę nie odpowiada. Rozkłada dłonie płasko na stole. Przypominają dwie wielkie kałuże rozlanego płynu. Zaczyna szeptać.

– Posłuchaj. Posłuchajcie. Agata, posłuchaj mnie uważnie. Musisz być gotowa. Ja tu mogę spędzić dużo czasu. Cholera wie, co znajdą. Nie wiesz tego. Już mnie tu mają, to najważniejsze, i teraz mogą dołożyć sobie do tego cokolwiek. – Głos ojca jest zimny i obły, jakby zamiast języka miał plaster mrożonego mięsa. – Wymyślili sobie, którego dnia porwano Bernata, i teraz twierdzą, że nie mam alibi. I wszystko mogą dołożyć. Ja się z nim znałem całe życie przecież. Wystarczy, że siekierę znajdą, na przykład u nas w garażu, którą mu kiedyś pożyczyłem, a na tej siekierze odciski palców. Albo śrubokręt... To długa walka będzie. Bardzo długa! – mówi dalej, próbuje szeptem, nie umie szeptać, szept w jego ustach brzmi jak syk.

– To wywalę wszystkie siekiery – mówi Agata. – I śrubokręty, i nowe kupię.

Ojciec znów się do niej uśmiecha.

– Po prostu bądź czujna, dzielna bądź – odpowiada.

– Grzesiek próbuje zobaczyć własne dzieci – mówi Agata.

– I zobaczy. Pewnie prędzej niż mnie zobaczy. Powiedz mu, że za tydzień ma do mnie przyjść – mówiąc to, wyprostowuje palec wskazujący prawej ręki i wciska go w stół na znak, że to najważniejsza rzecz, jaką powiedział.

Profil na Facebooku UWOLNIĆ NIESŁUSZNIE OSKARŻONEGO TOMASZA GŁOWACKIEGO ma już prawie dziesięć tysięcy polubień więcej niż oficjalny profil Zyborka. Braciak na leśniczówce, Walinowska na swoim domu, ludzie z Kolonii na swoich odrapanych blokach – wszyscy wywiesili transparenty z żądaniem uwolnienia ojca. Justyna puściła już trzy duże artykuły w ogólnopolskim wydaniu „Krajowej", w tym ostatni ze zdjęciem i tytułem – WIĘZIEŃ POLITYCZNY ROKU.

Mógłbym mu to wszystko powiedzieć, ale teraz, w więzieniu, przestał nawet reagować na mój głos. Gdy coś mówię, wprawdzie słyszy, ale nie słucha, nawet na mnie

nie patrzy. Niech powie mu to Agata albo Grzesiek. Niech oni mu powiedzą, że wszyscy chcą, aby został nowym burmistrzem.

– Kończymy. – Strażnik powoli do nas podchodzi, daje ojcu znać ręką, aby wstał. Ojciec wstaje. Pierwszy raz w życiu widzę, że jest komukolwiek posłuszny. Nie patrzy na mnie ani na Agatę. Nie patrzy na nikogo.

– Powiedźcie Walinowskiej i Grześkowi, aby do mnie przyszli. Osobno, nie razem – mówi.

– Dadzą ci potem paczkę – mówi Agata. – Czekoladę masz tam, kawę, książki.

Kiwa głową. Nachyla się do niej, przykłada twarz do jej policzka. Agata dotyka jego twarzy. Drapie go, a on się uśmiecha, jakby właśnie tam go swędziało.

Ta czułość mnie krępuje. Zawsze myślałem, że ojciec potrzebuje czułości jak chuja pod pachą. Że tak naprawdę dobrze czuje się w więzieniu, bo wie, że tu przynajmniej nie zmięknie, nie straci swojego kształtu.

– Idziemy, panie Głowacki – mówi strażnik.

Ojciec jest niezniszczalny jak Terminator. On nigdy nie umrze. Po prostu pewnego dnia stanie w miejscu i trzeba go będzie wyburzyć tak, jak wyburza się pomniki.

– Idziemy – powtarza strażnik.

Agata puszcza jego dłoń, strażnik bierze go pod rękę, jakby odprowadzał własną babcię od stołu na fotel, i widzimy, jak idzie korytarzem, powoli, człapie, w klapkach i skarpetach frotté, jak drapie się po głowie i jak odwraca się jeszcze na chwilę do Agaty i macha jej w śmieszny sposób, po prostu wyciągając przed siebie wyprostowaną dłoń. Agata robi to samo i jestem pewien, że to jakiś greps, którego nie rozumiem. Jak wszystko tutaj. Jak wszystko dookoła.

Jesteśmy chyba gotowi na wszystko. Jesteśmy przede wszystkim spauzowani jak film na wideo. Niby coś się rusza, ale to tylko drżenie zatrzymanego obrazu. Czujemy to wszyscy. Nie musimy nawet o tym rozmawiać. Istnieje tylko teraźniejszość. Nawet pogoda sprawia wrażenie, jakby nie zmieniała się od miesięcy, jakby wciąż był piętnasty listopada. Gdy ktoś z nas włącza telewizję, lecą w niej w kółko te same wiadomości. I my również robimy w kółko to samo: codziennie rano schodzimy do kuchni, rozcieramy ręce, wkładamy swetry (piec zdążył przez noc zgasnąć, a zanim nagrzeje kaloryfery z powrotem, minie parę godzin), robimy dzbanki kawy i herbaty, przelewamy je do kubków, kubki bierzemy w dłonie, aby się nimi rozgrzać, i każdego dnia łapiemy się na tym, że wszyscy patrzymy w okno, w ten sam punkt, ja, Grzesiek, Justyna, Agata, wypatrujemy czegoś, nie wiemy czego, ale na coś czekamy, na jakikolwiek znak. Może każde z nas ma inną wizję tego znaku, ale w tej sprawie nie mam do końca pewności. Po prostu patrzymy w okno, każde z osobna, jedynie stoimy razem. Czasami do kuchni schodzi Janek albo Joasia i pytają nas, czy już wiemy, kiedy tata wróci do domu.

Janek mówi, że tata obiecał mu, że naprawią razem jakąś nieokreśloną motorynkę. Nie wiem jaką, bo nie widziałem w garażu ani obok domu żadnej motorynki. Joasia przypomina, że ojciec obiecał zrobić jej toaletkę.

– Nie wiemy, kotki, naprawdę, jak się dowiemy, to wy też od razu się dowiecie – powtarza Agata.

– Nic nie wiecie – rzuca z pretensją jedno albo drugie. Agata zaś zawsze kiwa głową. Podchodzi do dzieci i przyciska je do siebie bardzo mocno. Jasiek zawsze się jej wyrywa, Joasia nigdy.

To była moja pierwsza Wigilia w domu od wielu lat. Czasami ją sobie wyobrażałem. Czasami, bo nie lubiłem myśleć o Wigiliach ani ich sobie przypominać. Gdy mama żyła, były męczące i przykre; ojciec zawsze dukał sklecone na kacu przemówienia, z trudem pluł wyrazami jak kawałkami ości. Zawsze nam życzył siły. Nie sukcesów, nie szczęścia, nie zdrowia. Siły. Sile, co prawda, nie sprzyjały stół pełen rozgotowanych dań ani rozwlekłe, anemiczne kolędy w syntezatorowej aranżacji, lecące wciąż z tej samej, kupionej na stacji benzynowej płyty, ani skarpety i tanie perfumy pod choinką. Nie sprzyjały jej wizyty u dziadków, u których było jeszcze więcej rozgotowanego jedzenia. Ani pierwszy dzień świąt, kiedy ojciec zawsze organizował u nas wystawny obiad, podczas którego zachlewał się do spodu, położonego z każdym rokiem coraz niżej.

Nie byłem na żadnej Wigilii w Zyborku od czasu, gdy się stąd wyprowadziłem. Zawsze miałem jakiś powód. Byłem chory. Nie mogłem. Ćpałem. Byłem na odwyku. Nie miałem czasu. Tak naprawdę od śmierci mamy nie było sensu.

Gdy jechaliśmy tu z Justyną, nawet nie wyobrażałem sobie tego, że zostaniemy tu aż do Wigilii. Byłem pewien, że pod koniec grudnia już dawno nas tu nie będzie. Że będziemy mieli, nie wiedzieć skąd, kupę forsy na koncie, że odzyskamy nasze mieszkanie z rąk Portugalczyków – najemców, że będziemy odbijać sobie wszystkie nasze porażki gdzieś na plaży w Tajlandii. Byłem tego tak pewien, że nawet się nad tym nie zastanawiałem. Największe przeoczenie to wziąć coś za oczywistość. Spłaszczyć to i zmniejszyć do rozmiarów znaczka.

– To dzisiaj – powiedziała w Wigilię Agata, patrząc rano w kalendarz.

– Co dzisiaj? – zapytała Justyna.

– Wigilia – westchnęła.

– Po prostu zjedzmy jakiś barszcz, i tyle – powiedziała Justyna. Dla niej nigdy święta nie miały większego znaczenia.

– Jaki barszcz? Kobieto! – prychnęła i wzięła ją za rękę. – Chodź, nauczę cię gotować – powiedziała.

Spędziły tam dobre dziesięć godzin i w efekcie na stole rzeczywiście zjawiło się mnóstwo jedzenia. Agata gotowała lepiej niż moja matka, należało oddać jej sprawiedliwość. Wszystko było odpowiednio tłuste, mięsiste, świeże, dymiące od smaku, to była Wigilia, która zdobyłaby złoty medal pisma „Przyślij Przepis". Agata zaprosiła wszystkich, którzy zaangażowali się w referendum. Podczas kolacji Walinowscy, Maciejakowie i Grzesiek przerzucali między sobą wszystkie możliwe scenariusze przyszłości, które z każdą minutą coraz bardziej przypominały zaginiony film Barei. W połowie Wigilii Maciejak zaczął głośno myśleć, jak byłoby najlepiej odbić ojca z więzienia, czy po prostu zrobić to zbrojnie czy lepiej jakimś sprytnym patentem, na przykład podkopem. Wszyscy przekazywali sobie numer ostatniej „Krajowej" z reportażem Justyny, komentując jego długość, tytuł oraz to, czy ojciec wygląda dobrze na dołączonym do niego zdjęciu i czy przy okazji następnego artykułu ojciec nie powinien w ogóle znaleźć się na okładce pisma. Maciejak zaryzykował stwierdzenie, że już niedługo film o ojcu nakręci Andrzej Wajda. Maciejakowa przypomniała mężowi, że Wajda już nie żyje, ale Maciejak nie chciał przyjąć tego do wiadomości. To ten od *Krzyżaków* umarł, Ford, mówił, wpatrując się w dołączone zdjęcie, na którym ojciec wyglądał trochę jak polski aktor, wyspecjalizowany w rolach bezwzględnych policjantów. Na początku jedliśmy niewiele, ale w pewnym momencie rzuciliśmy się na żarcie, wpychając go w siebie coraz więcej i więcej, grubymi kęsami, jakby pierogi, ryby i kutie miały dać nam mityczną siłę, której na pewno życzyłby nam ojciec. To był w pewnym sensie całkiem wesoły wieczór. Może nie dla Agaty, która była nieobecna z wyczerpania; siedziała na krześle, dłubiąc widelcem w jedzeniu, obdarzając ludzi szklanym uśmiechem i nawet nie słuchając tego, co mówią; głaskała tylko co chwila odruchowo po głowie siedzącą obok Joasię. Szanowałem ją. Z pomocą Justyny przygotowała jedenaście potraw i przystroiła choinkę wyłącznie po to, aby chociaż przez chwilę w domu było normalnie. „Normalność nigdy nie zrobi się sama; trzeba o nią walczyć, wydrapać ją z betonu" – pomyślałem.

Zorientowałem się, że wszyscy co chwila zerkają na mnie i na Grześka, że oczekują jakiegoś gestu z naszej strony. Pokazania im w jakiś sposób, że zastępujemy ojca. Obwieszczenia im czegoś. Wygonienia ich do domów. Czegokolwiek. Staraliśmy się pić umiarkowanie, co udało nam się średnio. Jeszcze gorzej udały nam się prezenty, o których nikt nie pamiętał. W ostatniej chwili pojechaliśmy z Grześkiem do miasta kupić coś dla dzieciaków, historyczną grę planszową i samochód na baterie, na które zareagowały, jak łatwo się domyślić, z chłodnym rozczarowaniem.

– W następnym roku będzie lepiej – powiedziała przepraszającym tonem Agata.

– Nie, to może być całkiem ciekawa gra – odparła Joasia, wpatrując się ze smutkiem w zafoliowane pudełko z pokracznymi, barczystymi rycerzami, z których jeden z lekkim zezem wpatrywał się w osobę trzymającą pudełko.

Po dwóch godzinach przy stole siedzieliśmy już tylko we troje, z Justyną i Grześkiem. Agata nie miała siły sprzątać ze stołu, zasnęła na kanapie. Justyna przykryła ją kocem. Spała tak cicho, że przez chwilę myślałem, że nie żyje.

– Trzeba to wszystko posprzątać. Ja już nie robię za kurę domową. – Pokazała stół zastawiony brudnymi tacami, miskami, salaterkami i naczyniami.

– Trzeba – powiedział Grzesiek i dodał: – Jutro się posprząta.

– No nie wiem – powiedziała Justyna i z powrotem

usiadła przy stole. Sama nalała sobie kieliszek wódki, ale zamiast go wypić, wpatrywała się w alkohol przez kilkanaście długich sekund.

– Jak się czujesz? – zapytała Grześka.

– Świetnie – odparł. – Jak na Hawajach.

Urwał i przez chwilę wpatrywał się w leżącą na kanapie Agatę, jakby sprawdzał, czy w ogóle jeszcze żyje.

– Nawet nie odebrała telefonu – powiedział po chwili. – Dzieciaki pewnie mają jakieś telefony, swoje, ale nie dała mi nawet numeru. Nie mam jak życzeń im złożyć. Kurwa jebana – dorzucił.

– Ja wiem, że to niełatwe, ale... – Justyna przerwała. Było jej trudno na niego patrzeć, tak samo jak mnie. Jego oczy wyglądały, jakby ktoś wyciągnął mu przez nie duszę z ciała i wyrzucił ją do śmieci. Wypił jeszcze kieliszek, bez entuzjazmu, jak za karę. Wiedział, że w niczym mu nie pomoże ani ten, ani następne.

– Ale jeśli będziesz jej nienawidził, to się nigdy nie zmieni, ona nigdy cię do nich nie dopuści – powiedziała.

– To nic nie zmieni, że jej będę dupę lizał. – Otarł usta, westchnął, poprawił się na krześle. Naprawdę nie miałem siły się w niego wpatrywać. Patrzyłem w telewizor z wyłączonym dźwiękiem, który pokazywał Kevina: właśnie został sam w domu i bezgłośnie wrzeszczał, gapiąc się w lustro. Wstałem, wziąłem pilota, zmieniłem kanał. Otulona złotym celofanem kobieta, siedząca w kartonowo-drewnianej dekoracji, prawdopodobnie coś śpiewała, wpatrując się w kamerę rozmodlonym, lekomańskim spojrzeniem.

Chciałem wyłączyć, ale Grzesiek powstrzymał mnie, mówiąc:

– Zostaw.

Być może chodziło o to, aby w pokoju był obecny jeszcze ktokolwiek poza nami.

– Musisz mieć nadzieję – powiedziała Justyna.

– Justyna, jak chcesz, żebym nie zrobił tu demolki, to nie mów mi o żadnej nadziei – odparł.

Słychać wyłącznie tykanie zegara i ciche trzaski, na granicy słyszalności, przebicia drobnych ładunków elektrycznych, idące w powietrze od telewizora. I oddechy. Do pokoju wbiega Rocky, podchodzi do mnie, zaczyna obwąchiwać mi skarpety. Drapię go za uchem.

Szczeka i w tej ciszy to szczeknięcie jest jak uderzenie pięścią w ucho.

Przypomina mi się jeszcze jedna rzecz z Wigilii, które były, gdy żyła mama – to nieodparte poczucie niesprawiedliwości, które obejmowało nas mniej więcej na godzinę przed pasterką, gdy już zachlany ojciec wywrzeszczał wszystko, co miał tego dnia do powiedzenia, i poszedł spać; to wrażenie, że przecież w innych domach musi być inaczej, w innych domach ludzie w Wigilię przytulają się i mówią sobie nawzajem, że się kochają, autentycznie cieszą się na widok prezentów, nieważne, jak przestrzelonych, i cokolwiek robią, robią to szczerze, bo przypominają sobie, że tak naprawdę nie mają nikogo oprócz siebie.

– Nie przełamaliśmy się opłatkiem – mówię po chwili.

– Co? – pyta Grzesiek.

– Nie przełamaliśmy się opłatkiem – powtarzam. – Wszyscy tak się podniecili gadaniem o ojcu, że nie przełamaliśmy się opłatkiem.

– Rzeczywiście – mówi Justyna.

Grzesiek patrzy na mnie, uśmiecha się, kręci głową. Wstaje, bierze wafelek ze stolika. Ogląda go przez chwilę z uśmiechem, chucha na niego jak na los na loterii.

– No to się podzielmy – mówi. Pies znowu szczeka, przytakuje nam. Justyna wstaje, podchodzi do talerzyka, odłamuje kawałek wafelka.

– Tylko nie życz mi, abym nie zapominał o rodzinie – mówię do Grześka.

– Myśl nad swoimi życzeniami, a nie nad moimi –

odpowiada. Przerzuca opłatek między palcami jak kartę do gry.

– Ja ci życzę szczęścia, Grzesiek – mówi Justyna, wysuwając wafelek w jego kierunku.

– Czyli nie wiesz, czego mi życzyć. – Śmieje się.

– Trochę wiem – odpowiada po chwili. Wsadzają swoje kawałki wafli do ust i niezbyt wiedzą, co zrobić, nachylają się do siebie, by zaraz się odsunąć, by z powrotem się do siebie przybliżyć i pocałować nawzajem powietrze obok swoich policzków.

– Żeby się wszystko poukładało – mówię. Grzesiek zasługuje na to, aby żyć gdzieś daleko stąd, w innym miejscu, które nie będzie go rozpychać, garbić i zaczerwieniać na twarzy, zasługuje na ładną pogodę, kogoś, uśmiechniętą twarz obok. To dobry chłopak. Jak tafla stali.

– To są jakieś gotowce – odpowiada. Jeszcze raz parska śmiechem.

Przez chwilę drapie się po głowie, schyla się, drapie też psa. Rozgląda się jeszcze raz po ścianach salonu, po setkach cieni, które zaczynają tańczyć na ścianach przy każdym naszym geście. Ma wzrok człowieka, który przebywa w celi, ale jest mu tam wygodnie. Wie, że już nigdy nie wyjdzie na wolność.

– Ja wam życzę, nieważne, co się stanie, czy tu będziecie, czy nie, chociaż wolałbym, żebyście byli, bo jednak jest z wami łatwiej... – Milknie na chwilę. Wciąż lekko się uśmiecha. Patrzy na mnie, na Justynę. Bada nasze reakcje. Ojciec często robił to samo, ale z kamienną twarzą.

– No? – ponaglam go.

Bierze głęboki wdech i wydech. Zaciska dłoń na oparciu krzesła, jeszcze raz drapie psa, przez chwilę patrzy na pusty kieliszek, zastanawiając się, czy nie wypić kolejnego. W końcu mówi:

– Życzę wam, żeby nie wszystko było chujowe. Może

tak. Może w ten sposób. Żeby było coś niechujowego. Niechujowego, a nawet fajnego. Żeby nie wszystko było jak to błoto po roztopach, którego nie da się potem w ogóle, kurwa, sprać.

– Są też dobre rzeczy. Naprawdę, Grzesiek. – Justyna patrzy na niego ze zdziwieniem.

Grzesiek ma wilgotne oczy, ale uśmiecha się, choć kwaśno, jak ktoś, kto zdaje sobie sprawę, że udał mu się wredny dowcip.

– Kocham was – mówi po chwili.

– No na pewno – rzucam. Tak, on znowu nas wkręca. Za chwilę parsknie śmiechem i powie, że żartował i że tak naprawdę najchętniej by nas uśpił, wyciął nam nerki, sprzedał je, a za uzyskany szmal kupił kolejnego golfa, tym razem jakąś limitowaną, polakierowaną na złoto edycję. To jest jego poczucie humoru. Więcej, to jego życie wewnętrzne.

– No kocham was, kurwa, co się tak gapicie – powtarza, teraz jego głos jest zgnieciony i skruszony, coś uciska mu gardło. Równocześnie kręci się w miejscu, nie wiedząc, w którą dokładnie stronę się od nas odwrócić.

Justyna się uśmiecha. Głaszcze go po twarzy, ale szybko zabiera rękę.

– No, ja ciebie też kocham, brachu. – Przyciskamy się do siebie, strzelamy misia, nieporadnego, gwałtownego i mocnego, z boku przypominającego zapewne dziwną figurę rodem z brazylijskiego jiu-jitsu.

– No dobra, tyle tego cukru, że zaraz się porzygamy. – Grzesiek siada z powrotem na krześle. Jest skrępowany. Dopiero teraz częściowo chce wszystkim wmówić, że jednak żartował. Nalewa kieliszek, wypija. Gdy to robi, drży mu ręka.

– Chodźmy gdzieś. Chodźmy na pasterkę – mówi Justyna.

– Ja zostanę w domu. Chcę popisać – kłamię, bo oczywiście nie chcę popisać. Od czasu ostatniej próby w zeszycie pojawiło się raptem kilka pentagramów, próba portretu Jerzego Urbana oraz nazwisko Głowacki zapisane czcionką z logo Metalliki.

Po prostu nie chcę wychodzić w noc. Chcę popatrzeć na choinkę. Wmawiać sobie, że jest normalnie. Już dosyć szukania guza w ciemności, wywoływania tego, co jest w niej schowane. To przecież jedyne, co robimy, odkąd tu przyjechaliśmy.

– Chodź – mówi Grzesiek. – Będzie ubaw. Pamiętasz, jak chodziliśmy na pasterki za małolata?

Oczywiście, że pamiętam. Pamiętam pitą wódkę i trawę paloną pod kościołem, obok muru, pamiętam, jak schodzili się tam wszyscy, również ci starsi, którzy wyjechali z Zyborka wcześniej, przede mną i moimi przyjaciółmi, pamiętam, jak wszyscy wznosili okrzyki, że w końcu narodził się Jezus, rzucali dowcipy, obściskiwali się, udając, że są tutaj od zawsze i na zawsze. Pamiętam wszystko. To mój największy problem. Pamiętam wszystko, chociaż wszystko, co zrobiłem w życiu, było po to, aby zapomnieć.

– Po takich wyznaniach? Chcesz zostać w domu? – pyta Justyna i sama nalewa sobie kieliszek. Gdy to robi, trąca lampki choinkowe i powietrze przeszywa tandetna, plastikowa melodyjka.

– To typowy zyborski szantaż emocjonalny – odpowiadam tonem, jakbym mówił dowcip. Bo w sumie to jest dowcip.

– My tu nic innego nie robimy, tylko cię szantażujemy. – Grzesiek się śmieje. – Normalnie nic innego nie robimy. Blady, ty cymbale – mówi, podchodzi i całuje mnie w głowę. Dopiero teraz czuję, że śmierdzi wódką tak, jakby właśnie się w niej wykąpał.

*

Nie wiem, czy dożyjemy jeszcze kiedykolwiek naprawdę zimnych zim, ale ta, chociaż anemiczna i cienka, w sumie nie jest zła; cienka warstwa śniegu i lodu skrzypi nam pod stopami, mróz lekko szczypie w policzki. To otrzeźwia, kotwiczy w świecie. Dochodzimy do końca Wapiennej i dalej idziemy skrótem, wzdłuż torów nad rzeką, w stronę nieużywanego już kolejowego mostu, majaczącej przed nami niekształtnej rzeźby z zamrożonej, przerdzewiałej stali.

Nic nie słychać oprócz szczekania psów, które dają ogłuszający koncert, jeden przez drugiego, jakby chciały ostrzec narodzonego Jezusa przed miejscem, w którym właśnie się pojawił.

To dziwne miejsce: w Zyborku, ale jednak obok Zyborka, podczas drogi całe miasteczko ma się po lewej ręce, wyspę zawieszonych w ciemności świateł, po prawej, za granicą Szmat, rozciąga się poprzecinany nieużytkami las. Znika w nim wątła żyła rzeki. Gdyby iść wzdłuż niej, a po dwóch kilometrach lekko skręcić w las, trafi się na Wzgórze Psów.

Przez chwilę chcę tam iść. Zaproponować im to. Właśnie mam otworzyć usta, gdy dzwoni mi telefon. To mój agent. „Trzeba być naprawdę dziwnym człowiekiem, aby w Wigilię dzwonić do swojego najgorszego podopiecznego" – myślę.

– No odbierz – mówi Justyna.

– Halo – odzywam się do telefonu.

– Alleluja! – krzyczy.

Jest na jakiejś imprezie. Jego głos tonie w hałasie i desperacko próbuje wydostać się na powierzchnię. Aby to osiągnąć, drze się do telefonu, jednocześnie go całując.

– Mazeł tow – odpowiadam.

– Słuchaj, dzwonię teraz, sorry, ale ty masz ciągle wyłączony! – krzyczy.

– Możesz przejść gdzieś, gdzie jest ciszej? – pytam.

Wchodzimy na most. Buty dźwięczą o metal jak dzwony. Rzeka nie jest zamarznięta, po wodzie dryfują tafle lodu. W tej ciemności woda jest czarniejsza niż wszystko inne.

Patrzę w stronę Wzgórza Psów.

– Słuchaj, ja wiem, co u ciebie się dzieje – mówi po chwili. Chyba mnie posłuchał, bo hałasu w słuchawce jest o połowę mniej.

– Skoro wiesz, to po co dzwonisz? – pytam.

– Wiem, że próbujesz zacząć. Wiem, że ci nie idzie. To normalne po tylu latach. Jesteś przerażony, a to gorsze, niż uczyć się znowu jeździć na rowerze – mówi szybko, bo jest kompletnie nawalony i nie chce potykać się o własne słowa.

Idziemy dalej, przecinamy most, zbliżamy się do zabudowań, Justyna i Grzesiek cicho o czymś rozmawiają, w ogóle nie słyszę o czym, bo mój agent drze się do aparatu jak opętany.

– Słuchaj, ja wiem o twoim ojcu. Wiem, że jest w więzieniu, wiem o tej całej sprawie, o referendum, o buncie w mieście. Kurwa, jak to zobaczyłem w gazecie, od razu pomyślałem, że muszę do ciebie zadzwonić. Ale ty oduczyłeś się odbierać telefon! – wrzeszczy.

– No i? – pytam.

– Napisz o tym. Proszę cię. Nie, ja cię błagam. Umawialiśmy się, żebyś nie dał dupy. Przyrzekłeś, że nie dasz dupy. Błagam cię, błagam i jeszcze raz błagam. Zrób to samo, co dziesięć lat temu, tyle że, kurwa, dziesięć lat później. Dalsza część *Zimnej wody*. Powrót na stare śmieci, w których jest teraz kompletny gnój. Zaufaj mojej intuicji. Ja przewiduję wszystko. Nie ma czegoś, czego bym nie przewidział. – Ewidentnie nie nadąża za własnymi słowami.

– Moja żona się tym zajmuje. Ja już napisałem swoje na ten temat – mówię w końcu.

– Słuchaj, mam nadzieję, że jej tam nie ma, no ona jest dobrą dziennikarką, ale jaki to ma potencjał, no kurwa, Blady, jak ona zrobi z tego książkę, to będzie sprawa, jakich wiele, historia, jakich wiele. Ile książek teraz piszą dziennikarki i dziennikarze? Jebać dziennikarki i dziennikarzy, z całym szacunkiem dla niej, bo to przecież twoja żona. A ludzie pamiętają twoją książkę, do czego zmierzam, nawet jak nie pamiętają, od razu im się to przypomni – bredzi, sam nie wiedząc, co chce powiedzieć.

– Ja już napisałem swoje – powtarzam. Światła są coraz bliżej i w końcu wychodzimy na jezdnię, na Wojska Polskiego, asfalt błyszczy od cienkiej warstwy lodu, jest tak ślisko, że najlepiej nie odrywać butów od podłoża, ale bez przerwy szurać podeszwami, jakby się poruszało na biegówkach.

– Możesz wierzyć albo nie, bo jesteś tam, ale ja jestem tu i uwierz, że ludzie mówią. W Warszawie, w Poznaniu, w Krakowie. O niej jest coraz głośniej. Widzisz, daje im to nadzieję. Nadzieję, że jednak można coś zmienić, zebrać się do kupy, obalić tych chujów z Wiejskiej. Że człowiek może rozpierdolić władzę, którą wybrali mu nieżyczliwi, rozumiesz, sąsiedzi i tępe, stare rury. I kto ma o tym napisać, jak nie ty? To może dać ludziom nadzieję. To jest naprawdę, naprawdę duża sprawa – wyrzuca z siebie. Przerywa, czeka, aż coś odpowiem, ale ja zupełnie nie wiem, co mu powiedzieć. Więc mówi dalej: – Słuchaj, pies gonił tę zaliczkę, co ją dostałeś. Pies te miedziaki srał. Mam wydawnictwo, wiesz które, tych politycznych, oni mają kasę, chcą cię nią zalać, tylko musiałbyś dać im połowę tekstu. – Mam wrażenie, że zaraz dostanie zawału, tyle wysiłku kosztuje go wypowiedzenie wszystkich słów.

– Długo jeszcze będziesz gadał? Kto to? – pyta Justyna.

– Zaraz kończę, kochanie – mówię, gdy odrywam telefon od ucha, o mało co się nie przewracam.

– Halo? – pyta. – Halo???

Jesteśmy sami na ulicy, ale gdy odkleję telefon od spoconego ucha, z daleka słychać czyjś śpiew i krzyk.

– Ja już napisałem wszystko na ten temat, Paweł – powtarzam po raz trzeci i ostatni.

– Blady. Zaufaj mi. Ty nie masz innego tematu – mówi.

– Spierdalaj – odpowiadam.

– Jak chcesz ich przeprosić, to jedyne wyjście. Zrób z nich, kurwa, bohaterów. Batmanów – mówi z uporem.

– Punisherów – rzucam mimochodem.

– Ja się nie znam na książkach dla dzieci – mówi mój agent.

– Mikołaj! – krzyczy Justyna. Mój agent próbuje jeszcze coś powiedzieć, ale rozłączam się, wyciszam telefon i chowam go do kieszeni.

Dotarliśmy już w pobliże kościoła, bo mimo śliskiej nawierzchni idziemy szybko. Tędy jeszcze nie szedłem od czasu, gdy wróciliśmy, to ulica, przy której mieszkali moi dziadkowie. Gdy mijamy ich dom, patrzę w okna; są czarne, nikogo nie ma w środku.

Nie mam innego tematu. To mój jeden jedyny temat. Może, skurwysyn, ma rację. Ta jego zapocona intuicja, przykryta nieporadnie zapachem Toma Forda, kartoflana twarz kolesia, który zdejmował SIM-locki w akademiku, a teraz dla rozrywki gra na giełdzie – taka sama, nieważne, do ilu poszedłby barberów, na ile zabiegów oczyszczających cerę by się wybrał. Nawąchany koką wieśniak, który często ma rację.

Pies go srał. Ja jestem tutaj, a nie on. Ja widzę światła w oknach, ciemność pomiędzy domami. Niebo czarnoszare jak ocean popiołu. Słyszę psy, które szczekają bez przerwy w tle, głośniej, ciszej. Wzgórza pełne psów. Fakt, to był, jest i będzie jedyny temat, jaki mam.

Na kolejnych domach wiszą świąteczne dekoracje, sznury kolorowych lampek, mikołaje, renifery, dzwonki oraz niekształtne płatki śniegu, brzydkie, fluorescencyjne rysunki w ciemności. Światełko wyłania to, co się zmieniło.

Na przecięciu z placykiem Kościuszki, przy którym kiedyś mieścił się bar Saturn, jedyne miejsce, gdzie można było zjeść frytki w Zyborku (do dziś pamiętam ich strasznie tłusty smak, przypominały opanierowane kostki smalcu), teraz jest wielki, blaszany barak kolejnego sklepu spożywczego, należącego do taniej sieci supermarketów. Tam, gdzie znajdował się fryzjer, który, gdy byłem mały, zawsze obcinał mnie na garnek, jest teraz punkt sprzedaży anten satelitarnych. Tam, gdzie kiedyś była księgarnia, teraz jest Polski Kebab, cokolwiek to znaczy, lokal z powyginanym szyldem, teraz zamknięty, z wielkim, naklejonym na szybę, gdzieniegdzie odrapanym pomidorem. Ale wszystko jest mniejsze. Wszystko się skurczyło, ulice zrobiły się węższe, domy zmniejszyły się i przytuliły do chodników, ktoś wkopał latarnie mocniej w ziemię. Nie dlatego, że ja urosłem. Ja również się skurczyłem.

Od czasu, gdy umarła Daria, nie urosłem nawet o centymetr.

Pod kościołem jest dużo ludzi. Nie słychać śmiechu, tak jak kiedyś, żartów, dowcipów i wrzasków, że Bóg się rodzi razem z Jezusem, by chociaż na chwilę ocalić Zybork.

Biorę Justynę za rękę. W ciemności kościół wygląda jak zamek, strzelisty pałac wbity w ciemność, z otwartych drzwi bije jasne, szpitalne światło, które zbiera się w kulę, pulsującą w ciemności skarlałą gwiazdę.

– Chyba żarówki zmienili na energooszczędne – mówi Grzesiek.

W powietrzu rozlega się głos księdza, zawodzący i przeciągły, jakby z klinującej się w magnetofonie taśmy.

Podchodzimy pod kościół. Na początku nie potrafię nikogo rozpoznać. Stojący na zewnątrz ludzie, odwróceni w stronę światła, wydają się identyczni w ciężkich, szarych płaszczach, beretach i czapkach na głowach.

„Boże, prorocy zapowiadali wzejście nowego światła dla ludów żyjących w mroku" – mówi ksiądz.

– Głowacki – słychać gdzieś z boku. Ludzie odwracają się w naszym kierunku. Najpierw nie słychać kto to. Widać dopiero po chwili. Wariat w ciasnym, czarnym flyersie, berecie w kratę, z papierosem w ustach, człapie powoli w naszą stronę, szurając butami po asfalcie, aby się nie wywrócić.

„Boże, twoje odwieczne słowo zamieszkało między nami" – mówi ksiądz.

– Daj się pomodlić – odpowiada Grzesiek. Widzę, jak z całej siły zaciska zęby. Jak się napina, jakby właśnie miał podrzucić sztangę w martwym ciągu.

– Porobiło się, co? – pyta Wariat i spluwa na ziemię, wyciąga rękę do Grześka, patrzy na rękę, potem na niego. Grzesiek zamiast podać mu dłoń, chowa ją do kieszeni.

– Czego chcesz? – pytam.

Wariat się uśmiecha, spluwa jeszcze raz na ziemię.

– To który z was burmistrzem teraz będzie, co? – pyta.

Ktoś jeszcze idzie w naszym kierunku. Jakieś postaci, trudno określić, kto to jest, zasłaniające światło kształty kurtek, kapturów, butów. Justyna ściska mocniej moją rękę.

Pamiętam, że kilkanaście lat temu, gdy byliśmy w liceum, ludzie składali sobie pod kościołem życzenia tak głośno, że aż ksiądz prosił przez mikrofon o spokój wiernych, którzy stoją na zewnątrz.

Teraz nikt nic nie mówi. Nikt sobie nic nie życzy. Nikt się nie śmieje.

– Pytam, bo chcę wiedzieć, z kim mam się dogadywać. – Wariat się śmieje.

– Ty się z każdym dogadasz przecież – odpowiadam.

– No z wami jakoś, kurwa, nie mogę – mówi.

„Ojcze, niech narodzenie Jezusa rozproszy ciemności grzechu i udzieli nam światła Twojej Prawdy" – zawodzi ksiądz. Jego głos sprężynuje, zawisa na chwilę w powietrzu, by zaraz się odbić, poszybować w drugą stronę jak nagle zerwany sznur.

Wszystko się zmieniło, gdy zginęła Daria. To było właśnie to, najpierw świst, a potem cios siekiery, która rozbiła wszystko na pół. Być może rozbiła na pół każdego stojącego tu człowieka, po kolei. Każdego poza mną. Może akurat mnie rozbiła na jeszcze więcej kawałków. Rozbiła na drzazgi.

Wiem, że od tamtej pory nikt w Zyborku już głośno się nie śmiał.

Nawet gdy Bulińska wygrała dziewięćdziesięcioma procentami głosów, obiecując wielką zmianę, to, że Zybork znowu stanie się wielki i szanowany i nikt nie będzie już pisał szkalujących go książek.

Ktoś odwraca się w naszą stronę. Poznaję go od razu. „Jeszcze jego tu brakowało" – myślę, zanim odruchowo puszczę dłoń Justyny i na moment zatrzyma mi się serce.

– Przykro mi z powodu waszego starego. Ja nie wierzę, żeby on cokolwiek zmalował takiego, to bez sensu. – Wariat przebiera nogami.

– A kto w końcu maluje? – pyta Justyna.

– Słuchajcie, ja przychodzę do was w pokojowych zamiarach. Naprawdę. Wierzcie mi albo nie. Pokój i miłość, kurwa, ol ju nid is low. – Rozkłada ręce.

To Jarecki. Patrzy na mnie, potem na Wariata, a potem znowu na mnie, potem na Justynę, obok niego stoi kobieta, nie widzę jej i pewnie nie poznaję, ale Jarecki na pewno, nieodwołalnie, bez dwóch zdań, jest Jareckim. Utył jeszcze bardziej niż Wariat, ale może tak mi się wydaje, dlatego że wtedy był od niego szczuplejszy. Ma sztruksową kurtkę, potworną bródkę w kształcie łyżki małej łopaty; oprócz bródki na twarzy ma płaską nieobecność kogoś, kto zdążył zapomnieć, że kiedyś cokolwiek wydawało mu się na temat świata i ludzi.

– W pokojowych – powtarza Grzesiek.

– No kurwa, a jakich, przepraszam za przekleństwo, w końcu święty dzień – mówi.

„Przez Chrystusa Pana naszego. Amen" – słychać z wnętrza kościoła.

– Moje dzieci – odzywa się Grzesiek.

– Wariat! – woła Jarecki.

– Moje dzieci, cwelu. Nie ma ich tutaj i nie będzie. Przez ciebie. – Grzesiek robi krok w stronę Wariata, a ten się cofa.

W powietrzu wybucha kolęda. „Cicha noc, święta noc". W przeciwieństwie do księdza chór śpiewa czysto, na powierzchni śpiewu unosi się chrzęst starych głośników, ale i tak dźwięk jak srebrna wata wypełnia powietrze w całości.

– Ej, Głowacki, powiedz, czy ja mówiłem tam w sądzie nieprawdę? – Wariat jest zaczepny, ale znowu cofa się o krok, bo widzi oczy Grześka i to, co w nich jest.

Grzesiek robi krok do przodu, a ja łapię go za rękę; wiem, że jeśli go nie złapię, to jeszcze dzisiaj będzie w więzieniu, tak jak ojciec.

– Wariat, kurwa! – krzyczy Jarecki. Dalej ma gardło wokalisty. Przekrzykuje kolędę bez najmniejszego kłopotu.

I odwraca się jego żona, kobieta z krótko ściętymi, ufarbowanymi na bordowo włosami, którą widzę pierwszy raz w życiu.

Postacie w kapturach zniknęły. Widzę za to Byla, stojącego w oddali, pod latarnią, widzę go dokładnie: jego smutne, mleczne spojrzenie przygłupiego i starego psa, widzę, jak gwałtownie pali fajkę i boi się tu podejść. Dobrze, że się boi.

Grzesiek w końcu się odwraca w stronę, z której dochodzi krzyk, i Wariat również się odwraca, i Jarecki do nich podchodzi. Wariat go nie poznaje, widzę to po nim, to dziwne, że go nie poznaje, skoro znał go dużo lepiej ode mnie.

Wykorzystuję moment, podchodzę do Grześka.

– Później – mówię. – Później, stary. Proszę.

– Wariat – powtarza Jarecki.

– No przybieżeli normalnie do Betlejem – wybucha Wariat i rzuca się Jareckiemu na szyję.

– Chodźmy stąd – mówi do Grześka Justyna. – Ja może posprzątam dzisiaj. Żeby było z głowy.

– Poczekajcie – mówi Grzesiek. Teraz wpatruje się w Jareckiego. Ale to jest inny wzrok niż ten, który miał przed chwilą. To jest ciekawość. Z jakiegoś powodu Jarecki interesuje go jeszcze bardziej.

– Brachu, na ile przyjechałeś? – pyta Wariat. – Na gorzałę jakąś musimy iść.

Podaje rękę żonie Jareckiego, widać, że jej nie zna. Ani on, ani Grzesiek nie zwracają już na siebie żadnej uwagi.

– Chodźmy – powtarza Justyna.

– Poczekaj – odpowiada Grzesiek.

– Na dwa tygodnie – mówi Jarecki. – Potem wracam. Akurat wolne dostałem. U mojej matki siedzimy.

– Gdzie wracasz? – pyta Wariat.

– Glasgow – odpowiada Jarecki.

Grzesiek nie chce odejść, więc stoimy tak blisko, tak ewidentnie przysłuchujemy się tej rozmowie, że żona Jareckiego z zakłopotaniem się z nami wita. Jarecki tego nie robi.

Zresztą po co miałby to zrobić? Na pewno mnie nie rozpoznaje. Nigdy ze mną nie rozmawiał.

Wygląda smutniej, niż kiedykolwiek mu tego życzyłem. Grzesiek kiwa głową. Odwraca się na znak, abyśmy poszli, ale w powietrzu słychać trzy uderzenia w dzwonek i wszyscy klękają. Jarecki i Wariat również, wszyscy oprócz nas, więc ostatecznie również klękamy tuż za nimi.

– Nie no, flakon jakiś trzeba otworzyć – mówi Wariat. – Dzisiaj nawet.

– Może jutro bardziej – odpowiada Jarecki. – Dzieciaka mamy chorego.

– Wariat – mówi Grzesiek.

Wariat się do niego odwraca. Grzesiek się uśmiecha.

Słychać kolejne uderzenia w dzwonek.

– Co? – pyta go Wariat.

Wszyscy wstają, robią znak krzyża.

– Zabiję cię – mówi Grzesiek.

Jarecki spogląda na Grześka, jakby ten w ogóle go nie zrozumiał, a Wariat otwiera usta, jakby chciał coś powiedzieć, i wtedy w powietrzu słychać jeszcze jeden dzwonek i ksiądz mówi:

„Przekażcie sobie znak pokoju" –

Grzesiek podaje rękę Wariatowi, który jest zupełnie zdezorientowany, i powtarza jeszcze raz, nachylając się do niego:

– Zabiję cię.

I zanim Wariat coś mu odpowie, wstaje i odchodzi, a my ruszamy za nim, odprowadzani przez kulę światła, wciąż wiszącą przed drzwiami, i przez śpiew, który znowu się zrywa jak wiatr, tym razem to chyba *Wśród nocnej ciszy*.

Biorę z powrotem Justynę za rękę. Jest zimna, ściskam ją, aby się rozgrzała.

I wtedy okazuje się, że nie miałem racji. Że wcale nie jesteśmy ostatni. Postaci w kapturach wyrastają przed nami i dopiero teraz je rozpoznaję: najpierw rozpoznaję Łukasza, brata Maciusia, potem rozpoznaję Rymka, u którego byliśmy w domu od razu po moim przyjeździe, tego nażelowanego tłuściocha; wraz z nimi jest ten chudy ćpun z podskakującą nogą, który był w Undergroundzie na górze razem z Kaltem. Wyrastają przed nami jak gang kreskówkowych postaci.

– Czego? – pyta ich Grzesiek.

– Wesołych – odpowiada mu Rymek.

– Byłem u Tobka, u Cyganów – mówi Łukasz. – Byłem u nich. I gadać chcą z tobą.

– Ze mną? – pyta Grzesiek.

– Nie, z tobą – mówi i pokazuje na Justynę.

– O czym? – pyta Justyna.

– Dowiesz się. Z dziennikarką chcą gadać. Tak powiedzieli. Pojutrze – mówi, mija nas i odchodzi w stronę kościoła. Chudy i Rymek idą za nim.

– A, i jeszcze jedno. – Łukasz się odwraca. – Grzesiek, słuchaj mnie. Ja jeszcze mam, jak coś. Ale niewiele. Zaraz zwietrzeje.

– O czym ty do mnie rozmawiasz? – pyta Grzesiek.

Łukasz, zdenerwowany, rozkłada ręce. Widać, że musiałby użyć szyfru, aby mu to wytłumaczyć, ale nie wie jakiego.

– Zapytaj się ojca, czy potrzebujecie jeszcze. Ale szybko – powtarza Łukasz.

– Ty mów po polsku, małolat – mówi Grzesiek.

– To chuj z tym, jak nie wiesz. – Wzrusza ramionami.

– Ogarnij się, narkusie – odpowiada mu cicho Grzesiek, ale tak, aby usłyszał.

Chudy się odwraca, chce coś powiedzieć, pewnie „wesołych świąt", lecz zapomina i znika w ciemności.

Jak wszystko. Śpiew się urywa. Zostajemy sami.

– Chodźmy – mówi Justyna.

– Nie bójcie się – mówi Grzesiek, zupełnie znienacka.

Znowu szczekają psy. Szczekają na Szmatach. Słychać je aż tutaj.

Jesteśmy ostatnimi ludźmi na Ziemi.

Mikołaj / 2000 / Korytarz

Przypomina mi się dopiero teraz – miałem być o dwudziestej trzeciej w domu.

Dwudziesta trzecia to maks, wyczerpanie limitu. Chociaż z reguły była to dwudziesta druga.

Czasami brałem od Byla kartę telefoniczną, przerobioną dwudziestkę piątkę, i dzwoniłem z aparatu zainstalowanego na ścianie w korytarzu Bramy, oczywiście zawsze dookoła było pełno pijanych i drących mordę ludzi, przekrzykując się z nimi, próbowałem wytłumaczyć mojej matce, że jednak wrócę o dwudziestej trzeciej.

Czasami mi się udawało, czasem nie. Ale zawsze dzwoniłem.

Zawsze, aż do dzisiaj. Był ranek. Dochodziła szósta.

– Miałem być w domu o dwudziestej trzeciej – powiedziałem do policjanta, który siedział po drugiej stronie biurka.

– Może jeszcze da się to naprawić. Ale musiałbyś się postarać – powiedział Trupol parę godzin wcześniej. Gdy to powiedział, nie patrzyłem na zegarek.

– Trupol, kurwa, czy ty chcesz księdzem zostać? – zapytał Bylu.

– Nie nadaję się, nie lubię ruchać dzieci – odparł Trupol.

Nie pamiętałem, że mam być na jedenastą w domu.

Być może nie chciałem pamiętać. Być może nawet Bylu, którego rodzice byli jednak bardziej wyluzowani od moich, albo Trupol, który zasadniczo mieszkał sam, powiedział coś w rodzaju: „Czy ty przypadkiem nie miałeś już być na chacie, Blady?”.

Może tak powiedzieli, a ja to olałem.

– Twój ojciec wie, że tu jesteś – odezwał się policjant.

– I co powiedział? – pytam.

Lepiej myśleć o tym, co powiedział mój ojciec, niż o tym, co się stało.

Lepiej nie myśleć, że wszystko pękło. Na pół albo na więcej kawałków, albo od razu rozpadło się w pył.

Gdy podjechał radiowóz, myśleliśmy, że to z powodu tej męczonej przez nas butelki jabola, której nawet nie chciało mi się schować pod ławkę.

– Powiedział, że czeka na ciebie w domu – poinformował policjant.

Pamiętam, że siedząc naprzeciwko tego policjanta, pomyślałem: „A gdyby go tak grzecznie poprosić, może by posłuchał, gdyby go tak po prostu poprosić, po przyjacielsku, proszę pana, ja mam ogromną prośbę do pana, niech pan da mi na chwilę ten pistolet, obiecuję, że nic z nim nie zrobię, po prostu palnę sobie w łeb. Ja tylko palnę sobie w łeb, naprawdę. Rach-ciach, i już mnie tu nie będzie. Pokaże mi pan tylko, jak to się robi”.

Ten jabol nazywał się komandos, pamiętam do dzisiaj. Na tle innych był nawet niezły. Nie chciało się po nim aż tak rzygać. Kosztował pięć dziewięćdziesiąt za butelkę 0,7 litra.

Pamiętam, że Trupol powiedział do jednego z policjantów:

– Przepraszamy, panie władzo. Już idziemy.

I nawet gdy powiedzieli nam, że mamy się ładować do auta, to i tak byliśmy przekonani, że to z powodu tego wina.

Trupol był naprawdę przestraszony.

– Nic nie słyszałeś? – zapytał po raz piąty policjant po drugiej stronie biurka. Liczyłem jego pytania. Pamiętam go do dzisiaj, w każdym szczególe. Wąskie oczy, lekko skośne, i wąsy, czarne, z brązowymi plamami od kawy i szlugów w miejscach, gdzie opadały na kąciki ust. Nigdy potem nie widziałem tego człowieka.

Nic nie słyszałem. Gdybym cokolwiek usłyszał, tobym tam pobiegł. Gdybym tam pobiegł, to może wtedy byłoby inaczej. Może wystarczyłoby właśnie walnąć go w tył głowy tą butelką.

Ale nie siedzieliśmy na Psychozie, lecz nad jeziorkiem.

Nie chciałem siedzieć tam, gdzie całowałem się z Karoliną. Jak idiota. Trzeba było iść.

Wtedy usłyszelibyśmy.

Wystarczyłoby naprawdę mocno uderzyć go butelką w tył głowy.

Chociaż gdyby Daria krzyczała, to czy rozpoznałbym jej głos?

Czy miałbym odwagę tam podejść, nie wiedząc, co to za dziewczyna?

Gdybym miał obstawiać?

– Znałeś denatkę? – zapytał policjant.

– Kogo?

– Zabitą – zapytał jeszcze raz.

Gdybym miał obstawiać, to nie istnieje żaden wariant sytuacji, w której bym tego nie spierdolił.

Ktoś w tym pokoju odwrócił się do tego policjanta i moim głosem powiedział:

– To była moja dziewczyna, bardzo ją kochałem.

A policjant otworzył szeroko oczy. I powiedział: „Zostań tu". I wyszedł z pokoju, i zamknął drzwi.

I do dziś to pamiętam, że zamknął drzwi dopiero po chwili, że tak go to zelektryzowało, że musiał się cofnąć, aby to zrobić, i przez tę krótką przerwę popatrzyłem na korytarz, a korytarz popatrzył na mnie. Na korytarzu byli wszyscy.

Pamiętam ich. Pamiętam, że wstałem z krzesła.

Jeszcze w radiowozie nie wiedzieliśmy, o co chodzi. Trupol uparcie prosił, aby go nie zamykać w celi. Nikt nie chciał powiedzieć, co się stało.

A po chwili zrozumiałem, że jedziemy obok Psychozy, bardzo powoli.

Pamiętam to jak dziś, ale oczywiście nie po kolei.

Gdybym pamiętał to linearnie, od punktu A do punktu B, do punktu Z, jak pamięta się pacierz, to prędzej czy później wylądowałbym w psychiatryku.

Pamiętam, że jeden z policjantów wychylił się przez okno i powiedział do gliniarza stojącego na zewnątrz:

– My tu mamy jeszcze trzech.

I nie widziałem policjanta stojącego na zewnątrz, ale widziałem pierścień ze światła i taśmy, widziałem folię na ziemi w środku tego pierścienia, i widziałem pełno ludzi dookoła, na wzgórzu i przy tej taśmie.

– Do rana będziemy się z tym pieprzyć – powiedział ten w ciemności.

– Straszna rzecz – powiedział ten w samochodzie.

– Straszna rzecz – powtórzył ten w ciemności.

Straszna rzecz.

To nic nie znaczy powiedzieć: straszna rzecz.

– Ta ją znalazła. – Policjant pokazał na drobną postać stojącą nieruchomo na granicy światła. Gdy samochód ruszył, w tej postaci rozpoznałem Olkę, dziewczynę Kafla.

– Kogo? – zapytał Trupol, ale nikt mu nie odpowiedział.

Każdy człowiek, który czyta książki ze zrozumieniem, dochodzi do takiego etapu, z reguły około dwudziestego roku życia, w którym zaczyna się zastanawiać, czym właściwie jest język.

Intuicyjnie zaczyna podejrzewać, że jest wszystkim, czyli tak naprawdę niczym.

Jest tylko wycinanką zawieszoną nad światem, układanką, która w rzeczywistości nie ma żadnego znaczenia, a może ma znaczenie o tyle, że jest zupełną nieprawdą, a człowiek, mieszkając w języku, mieszka w kłamstwie.

Niektórzy przestają o tym myśleć. Być może wstydzą się tego typu rozważań. Utożsamiają dorosłość z myśleniem o tym, co jest dookoła i co jest namacalne, o tym, co potocznie nazywa się rzeczywistością. Inni buntują się przeciwko własnej myśli i będą wierzyć w język do samej śmierci, aż do końca życia, będą wierzyć w niego jak wierzy się w Boga (w końcu źródłem najgorętszej wiary jest wyparcie pewnych faktów). Inni z kolei zostają językoznawcami i zaczynają całą sprawę niepotrzebnie roztrząsać. Traktują tę myśl jako punkt wyjścia do snucia dalszych abstrakcji. Ale ta intelektualizacja jest zupełnie niepotrzebna, bo przecież aby miała jakiś wewnętrzny sens, jej podłożem także musi być wiara w język.

Tak czy inaczej, każdego, kto w życiu przeczytał książkę nieco bardziej skomplikowaną od Harlequina, dopadło w życiu to uczucie.

Bo to nie jest intelektualna refleksja, ale UCZUCIE.

Język nie ma najmniejszego znaczenia.

Język jest tchórzem. Omija wszystko, co ostateczne. Potrafi tylko się o to ocierać. Latać wokół tego jak mucha wokół krowy.

Owszem, język jest dobry w nazywaniu rzeczy. Atomów, jezior, jabłek. Aut, narządów, liści. Ale to koniec jego możliwości. Język nie ma tak naprawdę słowa na rodzica, który stracił dziecko, nie ma słowa na uczucie, które połyka człowieka, gdy ten wie, że za chwilę umrze, nie ma odpowiedniego słowa na uczucie, którego doznaje się w wieku osiemnastu lat, gdy dowiaduje się, że twoją (zasadniczo rzecz biorąc, już nie twoją) dziewczynę ktoś zgwałcił, a następnie rozbił jej –

– Płytą chodnikową? – zapytał ten z samochodu.

– Tak – odpowiedział ktoś na zewnątrz.

– Lepiej nie oglądaj – dodał ktoś jeszcze.

– Dajcie spokój – westchnął ten z samochodu.

Jechaliśmy do tego komisariatu połowę mojego życia.

Miałem wrażenie, że całowałem się z Karoliną dwadzieścia pięć lat temu. Ognisko nad jeziorem – to było sto lat temu albo jeszcze wcześniej, w poprzednim życiu.

Policjant wrócił i zamknął drzwi na korytarz. Potem były pytania. Mnóstwo pytań.

Kiedy ją ostatnio widziałem? Dlaczego z nią zerwałem? Od kiedy ją znam? Ktoś o moim głosie, nie ja, ktoś inny, siedzący obok, odpowiadał na te wszystkie pytania.

I w końcu powiedzieli mi: dobra, jedź do domu.

Nie pojechałem do domu. Nie miałem nigdy domu. Zamiast tego pojechałem do miasta i wybiłem szybę w sklepie, płytą chodnikową, taką samą. I przywieźli mnie tu z powrotem. I od razu mnie puścili.

Miałem być w domu o jedenastej, ale zrozumiałem wtedy, że mój dom jest w brzuchach robaków.

Na korytarzu wciąż byli wszyscy. Każda twarz była ściągnięta w dół. Ściekała na podłogę. Wszyscy postarzeli się o kilkanaście lat. Ten korytarz zaludniało prawie całe moje dotychczasowe życie. Oprócz Darii. Trupol. Bylu. Jarecki. Kaśka. Kafel. Olka, która była tak biała, że miałem wrażenie, że również nie żyje. Oparci o ścianę. Kilkanaście innych osób jeszcze. Każda z tych osób była na zamku.

Darię zabito i zgwałcono na wzgórzu, powiedział mi policjant.

Najpierw zgwałcono, potem zabito, nie odwrotnie, podkreślił.

Czy to ma jakieś znaczenie, powiedziałem mu, pamiętam do dzisiaj, czy to ma jakieś znaczenie, co zrobiono najpierw, a co potem, a on nic nie odpowiedział, lecz popatrzył na mnie, jakby się przestraszył.

Najpierw zgwałcono, a potem ktoś upuścił jej na głowę płytę chodnikową i pękła jej czaszka, i umarła właściwie natychmiast.

To wydarzyło się jakieś pół godziny po tym, gdy ją zawołałem, a ona już się nie odwróciła. Może czterdzieści pięć minut. Tyle, co lekcja w szkole.

Wiele lat później pomyślałem, że gdy umierała, musiałem być dla niej wciąż najgorszą osobą na świecie, i to jest straszne, ale potem pomyślałem, że owszem, jestem najgorszą osobą na świecie, bo myślę wyłącznie o sobie i nigdy o nikim, kurwa, innym. Ten, kto ją gwałcił, a potem zabijał (to nie ma znaczenia), musiał być przecież tym gorszym.

– Idź do domu – powiedział policjant.

Trupol płakał. To pamiętam. Trupol płakał bardzo głośno, mazał się, a nikt na to nie reagował.

Nigdy potem nie rozmawialiśmy, a byliśmy najlepszymi kumplami. Nawet gdy napisał do mnie na Facebooku, w sumie niedawno. Nie odpisałem. To musiało skończyć się wtedy.

I wtedy wszyscy wstali, to pamiętam, to było ostatnie, co się wydarzyło, to znaczy, potem wybiłem szybę, ale tak naprawdę (w mojej głowie) szyba była wcześniej, wszystko było wcześniej, a to było na końcu. To zawsze będzie na końcu.

Prowadzili go korytarzem. Nosił bluzę, spraną i wyciągniętą, podrabianą bluzę Adidasa i spodnie lenary, i podrabiane buty Vansa i pamiętam, że na szyi miał wciąż słuchawki od walkmana.

I dopiero wtedy, gdy go zobaczyłem, przypomniało mi się jedno z pytań, które zadał policjant. Czy to prawda, że Grzegorz Masłowski, znany również jako Gizmo, parę dni temu krzyczał w lokalu Brama na głos, że widział obciętą głowę pańskiej dziewczyny?

Tak, to chyba prawda, powiedział ktoś moim głosem, ktoś, kto siedział obok.

Trząsł się, ale nie wyrywał. Trząsł się, było mu bardzo zimno.

Ta bluza, sprana i wyciągnięta, była cała we krwi. I spodnie też. Był skuty i gwałtownie go prowadzili. I patrzyłem na niego, próbowałem popatrzeć mu w oczy, ale w jego oczach nie było nic. Nic. Widzieliście kiedyś nic? Widzieliście?

Nic nic nic nic nic nic nic nic nic nic?

Ja widziałem. Wtedy na korytarzu.

I gdy go wprowadzili, wszyscy wstali. Wszyscy chcieli na niego popatrzeć. Na to nic nic nic. Wszyscy chcieli go zabić. Rozerwać go na kawałki. Zrobiliby to. Byłem pewien.

Zrobiliby to, ale policjant powiedział:

– Kurwa, wszyscy siedzą na swoich miejscach. NIKT SIĘ, KURWA, NIE RUSZA.

I nikt się nie ruszył. I on przeszedł korytarzem. Na butach też miał krew, kilka kropel. To pamiętam.

Wszyscy kochali Darię. Wszyscy oprócz mnie. I dlatego umarła, właśnie dlatego, bo jej nie kochałem.

Wszyscy zaczęli płakać. Ja przestałem.

– Idź do domu – powiedział policjant.

Tej nocy śnił mi się Punisher. To pamiętam. Przyszedł do mnie i nic nie mówił.

Wystarczyło nie iść nad jeziorko. Wtedy bym usłyszał.

Mój dom jest w brzuchach robaków.

Justyna / Za zasłoną 1

Wszystko było drogą do końca. Właśnie to odtwarzam teraz w myślach. Drogę do końca.

Opowiadam to wszystko z tylnego siedzenia samochodu, który jedzie do Warszawy siódemką. Na razie opowiadam to wszystko sama sobie w myślach. Na razie nie ma nikogo, komu mogłabym powiedzieć to na głos. Nie mam pojęcia, gdzie jesteśmy, na jakim etapie drogi. Może gdzieś obok tego zajazdu, w którym się ostatnio spotkaliśmy. Ale nie wiem tego, nie patrzę przez szybę, tylko opieram o nią stopy zgiętych nóg. Leżę na tylnym siedzeniu. Na boku. Nie mogę zmienić pozycji, mam złamaną rękę, wsadzoną w gips. Patrzę na tapicerkę. To wszystko było drogą do końca. Koniec prawdopodobnie zaczyna się teraz.

Nie ma dorosłości. Jest śmierć. Takie są fakty. Ale można, nie zaszkodzi, wypadałoby przestać zwracać się do siebie samej w myślach (albo na głos, gdy nikt nie słyszy) w drugiej osobie.

Człowiek, który prowadzi samochód, ma w oczach brzytwy.

– Jesteś głodna? – pyta.

– Nie – odpowiadam.

Nie jestem głodna, mam brzuch pełen wstrętu, strachu i tajemnicy.

Zostawiłam ich w lesie. Zaczęłam biec, gdy rozległ się wrzask. Biegłam bardzo długo, plując płucami. Zadzwoniłam do niego, nie wiedząc zupełnie, gdzie jestem. Czułam wielki ból i wielki strach. Strach i ból stały się tożsame. Myślę, tak musi czuć się człowiek, który znalazł się obok wybuchu, ataku terrorystycznego. To było gorsze niż wybuch. Zrozumienie tego, co tam się stało, zajmie mi jeszcze wiele czasu. Być może całe życie.

Mikołaj, wciąż tak uważam, nigdy nie zasługiwał na to wszystko.

Zwłaszcza na to wszystko, co się zaraz stanie.

Teraz przewińmy taśmę długo, długo, długo, zresztą nie, wcale nie tak długo, bez przesady, to wcale tyle nie potrwa.

To zaledwie kilka dni. Do poprzedniego życia.

Jednak zanim się cofnę, przepraszam, muszę o tym powiedzieć, bo to chyba coś znaczy; świt w tylnej szybie eksploduje, jakby ktoś wysadził bombę, w której była megatona krwi z mlekiem, teraz rozlewające się po niebie w ekspresowym tempie, i to jest naprawdę piękne.

Z reguły jak skądś wyjeżdżałam, zaczynało padać. Ale teraz, po raz pierwszy, odkąd pamiętam, jest ładna pogoda. Jakby świat się cieszył, że uciekam z Zyborka.

Najpierw chciałam cofnąć się do momentu, w którym w środku nocy, w lesie, ze złamaną ręką zadzwoniłam do mężczyzny prowadzącego samochód. Zadzwoniłam do niego i głośno krzyczałam.

Ale nie, muszę cofnąć się jeszcze dalej.

W ich domu, w jego domu było dużo mniej złota, niż myślałam. Stereotypy to jednak stereotypy. Zamiast złota było drewno i srebro. Kredensy, szafki, etażerki, stół jadalny – wszystkie były piękne, miały mnóstwo drobnych wykończeń. Na sto procent robione na zamówienie, przypominały dekoracje do *Potopu* albo *Rodziny Połanieckich*. Swoją drogą, wszystko w tym domu oślepiało czystością. Patrząc na podłogę lub na blat stołu, można byłoby się przejrzeć. Aby utrzymać taki porządek, trzeba chyba wszystko szorować, nabłyszczać i pastować bez przerwy, dwadzieścia cztery godziny na dobę.

– Męża nie chciałaś ze sobą zabrać – powiedział Tobek. – Chociaż on dzielny człowiek jest. A może głupi. A może to to samo. Jak mi wszedł przed broń, to pomyślałem, skoro on taki, to ty też musisz być wariatka.

– Mógł pan powiedzieć, że chce się z nim widzieć. Mogę po niego pojechać – powiedziałam. A on westchnął.

– Nie, to ty dziennikarka jesteś. A to w cztery oczy trzeba.

Tym razem nie nosił się elegancko, jak wtedy pod restauracją. Był ubrany w dres, koszulkę polo, z której wylewał mu się wielki, pękaty brzuch, jakby był w ciąży; spod kołnierzyka tej koszulki wystawał gruby srebrny łańcuch. Na nogach miał klapki. Na ręku nosił sześć złotych bransolet, liczyłam je od kilku minut, jedna, druga, trzecia, czwarta, piąta, szósta, identyczne, grzechotały o siebie jak instrument. Gdy zobaczył, że patrzę, powiedział:

– Po jednej na każdego syna.

– A córki pan ma? – zapytałam.

– Oczywiście. – Skwasił się, jakbym zapytała, czy ma głowę albo dom.

Pił herbatę z brązowej, półprzezroczystej szklanki arcoroc, głośno siorbiąc; w ręku trzymał kiełbasę zawiniętą w kawałek chleba. Na wielkim półmisku leżało mnóstwo mięsa, boczku, szynki i kiełbasy, ale wyłącznie on dotykał tego jedzenia, chociaż w pomieszczeniu było jeszcze sześć innych osób, sami mężczyźni. Siedzieli pod ścianą na równym rzędzie krzeseł, nic nie mówili, wszyscy nerwowo palili papierosy. On też palił. Pił, jadł i palił jednocześnie. W leżącej obok półmiska ciężkiej kamiennej popielniczce była góra niedopałków.

– Jak mam do pana mówić? Panie Tobku? – zapytałam.

– Jak ci pasuje – odpowiedział.

– Dlaczego ze mną? Nie z Grześkiem, nie z Mikołajem? – zapytałam i gdy wskazał mi kierunek, w końcu usiadłam przy stole na jednym z rzeźbionych krzeseł.

– Bo tu się coś nie zgadza – powiedział, odstawił szklankę i pokazał wszystkim mężczyznom (swoim synom, jak się domyślałam), aby wyszli.

– No tak. Dużo się nie zgadza. Tak naprawdę nic się nie zgadza – odpowiedziałam.

Przysunął mi popielniczkę, nie pytając, czy palę. Wskazał palcem na półmisek pełen mięsa. Pokręcił głową.

– Rozmawiam z tobą, bo ty prawdy szukasz. Jesteś z tych, co nie okłamują. – Popatrzył mi prosto w oczy. Jego były wielkie i brązowe, przypominały szklane guziki, oczy pluszowego misia.

– Nie do końca. – Nie umiałam temu zbytnio przytaknąć.

Nagle w salonie pojawiła się jakaś kobieta. Młoda dziewczyna, lekko otyła, ubrana w kwiecistą suknię i żakiet jak dla starszej kobiety. Długie, czarne włosy miała zaplecione w dwa piękne warkocze. Niosła w rękach tackę, którą postawiła przede mną. Na tacce była filiżanka kawy.

– Ja to widzę po tobie. Nie udawaj. Ty nie kłamiesz – powiedział.

Pokazał mnie palcem kobiecie i zapytał jej o coś po cygańsku, a kobieta popatrzyła na mnie i pokiwała głową, po czym znikła w drugim pomieszczeniu tak bezszelestnie, jak się pojawiła.

– Wy nigdy nie okłamujecie swoich – powiedziałam.

– Swoich nigdy. – Pokiwał głową.

– Co się nie zgadza? – zapytałam.

– Coś jest zakopane i mnie by to nie denerwowało, bo to nie mój interes. Bym nie przyszedł z tą bronią tam, nie wygłupiłbym się, bo ich sprawy to nie moje sprawy. Ale nagle zaczynają mówić, że ja zrobiłem coś, czego nie zrobiłem. Że mój syn, Malek, zrobił coś, czego nie zrobił. Policja tu przychodzi. Kurwy jebane. Plują mi na dom, psują tu, srają, jak psy, tyle błota było, tyle gówna naniesli. I to już jest mój interes – mówił dalej, cicho i miękko, jego głos był jak przelewający się słodki syrop, gdy mówił, głaskał palcami złote bransoletki na swoim przedramieniu.

– To dlaczego nie pójdzie pan na policję? – zapytałam.

– My nie rozmawiamy z policją – odpowiedział.

– Bronić go pan nie pójdzie? – dziwiłam się.

– My nie rozmawiamy z policją – powtórzył.

Westchnął. Rozejrzał się po wielkim salonie, po oknach, po ogromnym, zawieszonym na ścianie telewizorze, po ogromnym olejnym obrazie w złotej ramie, przedstawiającym tabor jadący gdzieś w zimną noc. Obraz był brzydki i wielki jak świat. Tobek albo pan Tobek rozglądał się, jakby na którejkolwiek z tych rzeczy była przyczepiona kartka z instrukcją, co dalej ma mówić.

– To wszystko przez Kalta, skurwysyna, diabła – powiedział po chwili.

– Po to tu jestem? Mam być jakimś pośrednikiem? – zapytałam.

– My nie rozmawiamy z policją – powtórzył jeszcze raz. Zgasił papierosa i od razu zapalił następnego.

– Ale z kimś musicie porozmawiać – powiedziałam.

Odpowiedział mi samym spojrzeniem.

Po chwili zrozumiałam, że muszę odpowiadać na jego pytania tak, jak uważam. To był człowiek, do którego nie było najmniejszego sensu się przymilać. Albo chciał być dobry, albo nie chciał. Chciał mówić albo chciał milczeć.

To człowiek, dla którego wszyscy pracują. Gdy ten chłopak podszedł i chciał ze mną porozmawiać pod kościołem, zamierzałam zapytać, jak mnie znajdzie, jak mam się z nim spotkać.

Ale po dwóch dniach Tobek stał pod naszym domem, oparty o ogromnego, czarnego range rovera. Stał, palił i karmił psa z ręki. Rocky merdał ogonem i sikał mu obok butów. Gdy Tobek mnie zobaczył, zdjął kapelusz i otworzył drzwi do auta.

Po drodze zupełnie nic nie mówił, tupał nogą w rytm lecącej głośno z radia cygańskiej piosenki. Samochód nie był, jego zdaniem, miejscem do rozmowy.

Odezwał się dopiero, gdy otworzył drzwi do swojego domu. Poprosił, żebym zdjęła buty, i dał mi klapki.

Nie chciał być miły, po prostu nienawidził brudu.

Wstał. Przeciągnął się. Poklepał po wystającym brzuchu. Zdałam sobie sprawę, dopiero teraz, że w powietrzu wciąż wisiały dźwięki, i to on je wydawał, cmokał i mlaskał, siorbał i pociągał nosem, gwizdał i nucił. Wszystko to było na granicy słyszalności, ale jego ciało bez przerwy musiało wydawać jakiś dźwięk.

– Podobno myślą, że to dwie różne sprawy. – Już na mnie nie patrzył, odwrócił się i klasnął w dłonie, jakby zaraz miał zacząć tańczyć.

– Musimy rozmawiać precyzyjniej. Mówić, o kogo chodzi – powiedziałam mu.

Wyszczerzył się.

– Bernat, brat Bernata, syn i Maciuś – mówiąc to, narysował dwa kółka w powietrzu. – To, że zabili tamtych i że zabili Maciusia, to dwie różne rzeczy. Bo co ktoś miałby i dobrego człowieka zabijać, i bandziora, ta sama osoba.

– Jeszcze nie wiadomo, czy ktoś zginął oprócz Bernata – odpowiedziałam.

– Jak kogoś nie można znaleźć, to znaczy, że on nie żyje. Że on *mulo.*

Znowu zapatrzył się w obraz.

– Tak. – Pokiwałam głową.

– Kto tak myśli? – zapytał.

– Policja, i nie tylko – odpowiedziałam po chwili. Zaczynałam się czuć, jakby mnie odpytywał.

– Ty też tak myślisz – powiedział.

– Tomasz tak myśli – odpowiedziałam.

– I jego synowie. Mąż twój – odparł.

– Tak – przytaknęłam, ale nie miałam pojęcia, do czego zmierza.

– Ty też tak myślisz – powtórzył.

– Nie wiem. Ja nie wiem do końca, kim jest ten Maciuś. To znaczy wiem, czym się zajmował. Ale nie wiem, kim on jest. – Zapaliłam jeszcze jednego papierosa. Dookoła nas unosiły się białe, gęste obłoki dymu. On palił jak najęty długie czerwone marlboro setki; musiał palić ze trzy paczki dziennie. Paliłam razem z nim i już po kilkunastu minutach miałam gardło jak wiór. On za jednym zaciągnięciem zjadał jedną czwartą papierosa, szeroko otwierając usta, wypuszczał dywan dymu, który od razu wciągał ponownie nosem.

– To był bandyta, z tego, co wszyscy mówią, a bandytom przydarzają się bandyckie rzeczy – powiedziałam.

Nic nie odpowiedział.

– Niech pan pomyśli, jaki oni mieliby powód, żeby zabijać Maciusia? Skoro sami oskarżyli o to pańskiego syna? Skoro napuścili tu policjantów? Zrobili rewizję? Maciuś nie działał przeciwko nim. Nie przeszkadzał im w interesach. Czy nie? Czy było inaczej? – zapytałam.

Narysował jeszcze jeden okrąg w powietrzu.

– Ja ci zaraz coś opowiem – powiedział, sapnął, znowu zanucił kawałek piosenki.

Kawa była mocna jak piekło i gorzka, jakby parzyli ją razem z piołunem.

– Maciuś nie był całkiem głupi. Wiedział, że bandycka ballada to krótka piosenka i szybka. I się tańczy do niej gibko, z refleksem, albo człowiek sobie nogi łamie. Wiedział to, ale potem Kalt go zaczarował. Jak wąż. Nasze kobiety nie czarują tak, jak on czaruje. – Wydmuchał kolejny dywan dymu.

– Kalt zabił Maciusia, a teraz chce zatrzeć ślady? – Dalej nie wiedziałam, co Tobek chce mi powiedzieć.

– Z Maciusiem jedna rzecz była. On się nie bał. To dobre w nim było, jak trzeba było ostro – powiedział.

– Pan ma syna niesłusznie osadzonego w więzieniu, a ja mam teścia – podniosłam chyba trochę głos, ale on tylko zmrużył oczy, jakby ktoś poświecił w nie latarką.

– I posiedzą obaj. Procesy poszlakowe będą. Jakie dowody mają na Tomasza, co? Powiedz. Gówno mają, nie dowody. Ale ty się nie bój. Ty i twój mąż, nie bójcie się. Tomasz jest *warijat*. On wszystko przeżyje. Taki człowiek, on to wszystko przeżyje. Pod tą restauracją to jakby koncert sam grał. Jakby wesele zrobił. – Uśmiechnął się, jakby przypomniał sobie smak ulubionego jedzenia.

– Pan próbuje powiedzieć, że ten człowiek, Kalt, zabił ich wszystkich ze znanych sobie powodów, a teraz wymusza na policji aresztowania, używa sfabrykowanych dowodów po to, aby za każdy mord z osobna skazano kogoś innego, Tomasza za Bernata, pańskiego syna za Maciusia? – Nie wiedziałam, o co chodzi temu człowiekowi. „Może jest taki typ ludzki – pomyślałam – który jest rzeczowy i konkretny tylko w przemocy. Gdy staje się miękki, przyjacielski, zaczyna się rozpadać, traci całe swoje spoiwo".

– Ja jeszcze nic nie próbuję powiedzieć. Ty mówisz, co ty naprawdę myślisz, w końcu. – Odchylił się na krześle i przeciągnął. – Widzisz, Maciuś to jest bardzo ważny dla tego wszystkiego. Myślisz, że on nieważny, a on ważny. Może i najważniejszy, nie wiem tego. On był jeszcze parę lat temu w Zyborku król życia. Panicz. Gdy kradli te samochody, jeszcze zanim pojawił się Kalt, to wszystkie chłopaki patrzyli w niego jak w obraz święty. Syn Bernata na przykład – powiedział.

– Syn Bernata był w tej złodziejskiej bandzie... Ile lat temu to było?

– Kilkanaście. Nie wiem. Wpatrzony w niego jak w obraz święty. Dobry złodziej z niego nie był. Ale wszystko robił, co Maciuś kazał – powiedział.

– Czyli na przykład co?

– Stary Bernat tyle dobrze zrobił, że z tych narkotyków ich wyczyścił. Oni tyle tego do nosa wciągali. A to przecież niedobre. To najgorsze zło. Wariowali od tego.

– O czym pan mówi? – Straciłam już cierpliwość, całe ciało aż mnie piekło, tak pragnęło wstać i wyjść, nie wiedziałam, jak na to zareaguje, bo ewidentnie był człowiekiem, którego słuchało się do końca, cokolwiek mówi. Nie miałam siły na rebusy. Musiałam mieć siłę na coś innego. Po południu miałam umówione kolejne spotkanie z adwokatem. Mieliśmy przygotować linię obrony. Potem, razem z Agatą, byłam umówiona na zebranie komitetu, który dzień przed referendum w końcu nazwano – ZMIANA ROKU.

Wracając do samochodu. Wracając do teraz. Do końca. Wciskam nogi w szybę, mocno, przez chwilę boję się, że pęknie, boli mnie bok, skurcz idzie mi przez całą prawą połowę ciała, do tego robi się jasno i gorąco, samochód napełnia się słońcem, ale nie mogę, nie mam siły podnieść się. Mam rękę w gipsie tuż pod nosem. Gips śmierdzi. Samochód jedzie szybko, czuję to całym ciałem.

– Wszystko dobrze? – On pyta po raz trzydziesty od czasu, gdy wyruszyliśmy. Przeklinam go w myślach, ale zaraz go za to przepraszam. Tak naprawdę to z przyzwyczajenia.

Cofając się. Raz jeszcze. Do domu Tobka.

Po zebraniu komitetu miałam pojechać z Agatą do piekarni, wziąć chleb i ciasta, które zostały po świętach, i zawieźć je ludziom z Kolonii. A potem miałyśmy przygotować kolejną paczkę dla Tomasza i pojechać z dziećmi na zakupy, i zrobić obiad na jutro.

– O czym pan mówi? Ja naprawdę pana nie rozumiem – powiedziałam.

– O klątwie – odparł.

– O klątwie – powtórzyłam.

Nawijał mnie na palec, jakbym była nitką. Czekał, aż pęknę. W dodatku nie mogłam się ruszyć, bo przybijał mnie do krzesła samym spojrzeniem. Gdyby nie te oczy, pomyślałabym, co za obleśny, stary gad. Ale w jego oczach mieszkało coś innego, coś niezwykłego, coś, co nie pozwalało tak myśleć.

– Maciuś był u mnie. Ostatni go widziałem. No, prawie ostatni, jeszcze ci, co go dorwali, go widzieli – powiedział po chwili.

Kiwnęłam głową na znak, że słucham, a on się tylko roześmiał, bo przecież wiedział, że słucham.

– Był u mnie. Blady ze strachu. Biały jak ta ściana. Mówiłem, że się nie bał, ale teraz się bał. Oj, i to jak. Bał się, jakby miał umrzeć cztery razy. Niedogolony, brudny, śmierdzący, chował się jak pies, po motelach, po bramach. Już nie był król życia. Jak żebrak był, tylko pieniądze miał po kieszeniach pochowane. Błagał mnie, na kolanach, normalnie klękał i mnie za spodnie łapał, i jęczał, i mówił Tobek, ja tylko ciebie mam, nikogo innego. Szczał w te pory brudne, tak cały był tym błaganiem.

– Czyli jego brat miał rację. Że to pierwsze zniknięcie było upozorowane.

– Tak, bo jak Bernat zginął, to on zrozumiał, że też musi zniknąć. To było na niby najpierw, i tylko brat wiedział. – Pokiwał głową.

– Czego się bał? – zapytałam.

– Bał się sprawiedliwości, jak każdy – odparł. – Sprawiedliwość to jakbyś weszła na dach i cegłę zrzuciła na dół, na ulicę, nie patrząc, gdzie leci. Takie coś, o. To właśnie jest sprawiedliwość. Straszna rzecz.

– Sprawiedliwość za co? – zapytałam.

W jego oczach nagle coś się zwęziło, pękło, białka jakby delikatnie zmieniły kolor. Bałam się, że to zmiana decyzji.

– Za coś, co lata temu zrobili. On, młody Bernat i jeszcze jeden – odpowiedział.

– Jaki jeszcze jeden? – zapytałam. Tobek pokręcił głową, ale przez to jedno pokręcenie głową nauczyłam się go czytać. Zrozumiałam, kiedy coś przemilcza, kiedy kłamie, a kiedy mówi prawdę. W tym jednym ruchu było coś, co łamało cały szyfr. Uśmiechnęłam się, on też uśmiechnął się do mnie, bo pomyślał, że to tylko uśmiech.

– Nie wiem. Nie wiem, jaki jeszcze jeden. Ale zapytałem go, co zrobili takiego. On nie chciał długo powiedzieć. Mówił tylko – pomóż mi, pomóż, skamlał jak pies, kopnąłem go nawet, mówię, nie zachowuj się jak pies, bo psy się kopie. Mówię, mów albo wynoś się. I powiedział. Powiedział, co zrobili, a ja mu wtedy powiedziałem, idź do diabła. Ja go wygoniłem. Ja go nie mogłem więcej oglądać. Powiedziałem, idź do tego Kalta, idź do niego, co mnie te sprawy, ja już z tobą żadnych spraw nie mam, i ty nie miej ze mną.

– A on co powiedział?

– Że Kalt go zabije, jak do niego pójdzie, że tak samo się nimi zajmie, że od Kalta żadna pomoc, tylko zguba, bo Kalt diabeł – mówiąc to, wzruszył ramionami, jakby powiedział coś dla siebie oczywistego.

– Jakimi nimi? Co powiedział? – Po chwili zdałam sobie sprawę, że wstałam z krzesła i podniosłam głos, ale on nie zareagował, dopiero po dłuższym czasie podniósł dłoń i powoli ją opuścił na znak, abym usiadła.

– Niedobrą bardzo rzecz zrobili. Bardzo niedobrą.

Młoda dziewczyna była. Młoda dziewczyna była, a oni ją zbrukali, zbrudzili, zabili ją na końcu. Pijani byli i naćpani. Naćpani tym gównem, co wdychali je do nosa. Kontrolę stracili, tak mówił Maciuś. – Nachylił się do mnie i zajrzał mi w oczy z ciekawością psa. – I teraz idzie po nich sprawiedliwość – powiedział.

– Syn Bernata, Maciuś i...

– I trzeci jakiś.

– Kiedy? Jaką dziewczynę?

– Taką, co miała być twojego męża żoną. – Przysunął się jeszcze bliżej, nie mogłam się wyswobodzić od tego spojrzenia, oczu z kilku warstw szkła, kawałków brudnego bursztynu pod spodem, oczu jak stare, złe monety.

– Przecież ją zabił jakiś chory chłopak – powiedziałam cicho.

– On mi dopiero powiedział. Ja zupełnie nic nie wiedziałem. Dobrze to trzymali w tajemnicy. – Odsunął się i wzruszył ramionami, jakby nic nie powiedział, jakby nic się nie wydarzyło, otrząsnął się, wstał i poklepał po brzuchu, i popatrzył na mnie, jakbym przyszła tutaj sprawdzić liczniki gazu.

– A ojciec Bernata? Co on ma do tego? Czemu zginął?

– Syna chronił. Ja to rozumiem. Ja też synów chronię. Ale ja nie mówię ci, że oni zginęli dlatego. Mówię, co wiem, co sobie myślę, to inna sprawa. Mówię tylko to, co wiem – powiedział, a ja wiedziałam, że kłamie.

– Gdzie jest ten Maciuś? Gdzie on poszedł? – zapytałam.

Popatrzył na mnie i pokazał mi palcem drzwi. Nie wiedziałam, czy odpowiada w ten sposób na moje pytanie, czy po prostu każe mi wyjść.

– Tam gdzieś polazł. Stamtąd był i tam zniknął. Już tu nie przyjdzie. Tyle ci mogę powiedzieć. Chyba dużo ci powiedziałem. Jak jesteś mądra, a jesteś, to dużo z tym zrobisz.

Popatrzyłam na drzwi, jakby miał zaraz się w nich objawić.

Wziął dwa plastry szynki z półmiska, wepchnął sobie do ust. Jeszcze raz wzruszył ramionami na znak, że powiedział już wszystko, co chciał mi powiedzieć.

– Mówił o tym wariacie, co w lesie mieszka. Że do niego jeszcze pójdzie. Że u niego się schowa w takim razie. I nikt go tam nie znajdzie.

– I poszedł tam?

– Co ty za pytania zadajesz. No Boże no. Ja myślałem, że ty mądra jesteś. Ja nie chciałem go już nigdy więcej oglądać.

Skończył jeść. Oblizał palce. Zawołał coś po cygańsku. Od razu, jakby na zawołanie, mężczyźni zaczęli wchodzić do środka i z powrotem siadać pod ścianą. Nie miałam pojęcia, co mieli robić dalej, może po prostu siedzieli tak całymi dniami i patrzyli na drzwi, czekając na kogoś, nie wiadomo na kogo, wroga albo przyjaciela.

– Idź do lasu najpierw – powiedział. – Idź do lasu.

Mikołaj / Dobry w niepatrzeniu

– Wesołych – mówię do jej pleców.
– Wesołych – odpowiada, nie odwracając się.
– Wiesz, z kim rozmawiasz? – pytam.

Przekładam koszyk do drugiej ręki, jest ciężki, pełen czekolad, herbat, kawy, witamin i gum do żucia. Co on z tym wszystkim będzie robił, hodował cukrzycę czy częstował kolegów z celi?

Teraz się odwraca. Uśmiecha się do mnie. W każdym jej uśmiechu jest coś kwaśnego, jakby miała na stałe posmarowane usta cytryną.

– Teraz już wiem – mówi.
– Ale czy przedtem wiedziałaś? – pytam.

Parska śmiechem.

– Jesteś głupi – oświadcza.

Trudno mi z tym polemizować.

Jak na dwa dni po świętach, sklep jest pełen ludzi. Pokończyły im się cola, wódka i papierosy. Stoją przed nami i za nami, formując długą, zaczerwienioną, dyszącą i zmęczoną kolejkę. Półki obok nas uginają się od niesprzedanych przed świętami produktów, najtańszych chipsów, cukierków, płynu do mycia naczyń. W pewnym sensie nas otaczają. Facet za mną wpatruje się w baterię alkoholi, wypełniającą ścianę za kasą, wilgotnym wzrokiem głodnego dziecka. Mam ochotę go przytulić, powiedzieć mu, że wszystko będzie w porządku, wysłać mu pięć złotych przez stronę Się Pomaga.

– Jedziecie do ojca? – pyta Kaśka.

– Grzesiek jedzie – odpowiadam.

Kaśka kiwa głową.

Kolejka porusza się do przodu, zgodnie, o jeden krok. Odruchowo zaglądam do jej koszyka. Jest tam niewiele, brzydka bombonierka z mikołajem, dwulitrowa fanta, kilka opakowań żelatyny, cukier.

– Będę piec ciasto – mówi.

– Błagam, szefowo – jęczy ktoś głośno na początku kolejki.

– Dla siebie i siostry – dodaje. – Bo już zjadłyśmy poprzednie. To od Agaty.

– Od Agaty? – pytam.

– Przywiozła nam jedzenie dzień przed Wigilią – mówi, gdy znowu ruszamy się o krok do przodu, a facet, który błagał, okutany w brudną ortalionową kurtkę, wymyka się ze sklepu z siatką pełną butelek w ręku.

– Nie wiedziałem – odparłem.

– Robi to od paru lat. A ja jej dziękuję. Sprzątam za darmo w piekarni – albo coś.

To nie pierwszy raz, gdy na nią wpadam. Od czasu naszego nocnego spaceru widziałem ją już parę razy przez szybę samochodu, po drugiej stronie ulicy, na ławce w parku. Ale przeważnie byłem wtedy z Justyną, a przy Justynie nie mogłem, nie chciałem podejść i powiedzieć jej nawet „cześć", coś było w tym mocno nie w porządku. I ona o tym wiedziała. I ja wiedziałem, że ona wie.

– Ty pewnie tam nigdy nie byłeś – mówi.

– Gdzie? – pytam.

– W piekarni twojego ojca – odpowiada.

Jest jej kolej, więc zamiast mówić dalej, podchodzi do lady i wykłada na nią wszystkie rzeczy, które chce kupić, wyciąga z kieszeni dżinsów garść monet i podtyka je ekspedientce pod nos. Ta zaś – smutna, chuda dziewczyna z włosami, które wyglądają, jakby ufarbowała je atramentem, i orlim nosem – mechanicznym ruchem wybiera jej pieniądze z dłoni.

– Za mało – mówi, gdy wybrała już wszystkie. – Jeszcze dwa złote.

I ona, i ja zaczynamy grzebać po wszystkich kieszeniach, wyciągam dwójkę, daję jej. Patrzy na monetę w mojej dłoni i mówi do sprzedawczyni:

– To ja jutro przyniosę.

– Nie wygłupiaj się – mówię.

– Ja jutro przyniosę – powtarza.

Chcę to szybko skończyć, za nami stoi pięćdziesiąt żądnych klina i krwi osób, czuję na karku spirytusowy oddech pierwszej z nich, więc rzucam pieniądze na blat i przepycham się obok niej. Zanim zdąży cokolwiek powiedzieć, sprzedawczyni chowa dwójkę do kasy. Wyciągam wszystko, czekolady, kawy, witaminy, proszę jeszcze o dwa kartony marlboro („przecież on nie pali" – myślę), płacę pieniędzmi, które dała mi Agata.

Kaśka jest na mnie wściekła, tak wściekła, że nie chce albo nie może się ruszyć, więc delikatnie ją popycham, żebyśmy wyszli na zewnątrz.

– O co ci chodzi? – pytam.

– Zrobiłeś ze mnie nędzarę. Przy całym sklepie – mówi, jest czerwona, wysławia się z trudem, wściekłość cofa jej wyrazy z powrotem do gardła. Nie zauważa, że na zewnątrz rozpadał się śnieg, który grubymi płatami opada jej na głowę, włosy i kaptur kurtki.

– Po prostu brakowało, to ci dałem, to normalne. – Nie wiem zupełnie, co jej powiedzieć.

– Nie, ja bym jutro przyniosła, po prostu nie wzięłam z domu. Czego ty w ogóle chcesz, zaczepiasz mnie, a potem robisz ze mnie nędzarę – powtarza.

Stawiam siatkę z zakupami na ziemi. Chcę jej dotknąć, ale odsuwa się o krok.

– Myślisz, że co, że jak Agata nam czasami pomaga, to trzeba za mnie płacić?

– Nie chciałem cię urazić – bąkam.

Pociąga nosem, więc wyjmuję z kieszeni chusteczkę. Bierze ją po dłuższej chwili, wydmuchuje nos, zgniata papier, chowa go do kieszeni, patrzy w niebo i dopiero teraz nakłada kaptur.

– Masz fajkę? – pyta.

Ten, który stał za nami, wychodzi ze sklepu – wąsaty facet w kaszkiecie – przez siatkę pełną piw w puszce ze zgiętą do dołu lewą połową ciała. Podaję jej papierosa, sam też zapalam. Już dawno przestały mi smakować. Ale teraz oczywiście nie mogę przestać.

Mózg jest głupi, zastanawia się cały czas, co by było, gdyby. Wystarczy mu niewiele. Wystarczy na kogoś spojrzeć i głowa od razu zaczyna kręcić hipotetyczne warianty różnych sytuacji i karmi się nimi jak pornosami.

Na przykład: co by było, gdyby Daria żyła, gdybym dalej z nią był, gdybym zrozumiał, że jest dziewczyną mojego życia, że nigdy nie znajdę lepszej, bardziej wyrozumiałej, mądrzejszej, ładniejszej, chociaż po całowaniu się z Karoliną dolnej połowie mojego ciała trudno byłoby w to uwierzyć, no ale załóżmy. I co by było, gdybym został z nią w Zyborku aż do dzisiaj albo, tak jak chciała, wyjechał razem z nią na studia, pewnie do Olsztyna, i tam zamieszkał z nią w akademiku, a następnie wynajął z nią stancję, a potem znalazł pracę, a potem zrobił jej dziecko i wziął z nią ślub, i mogę się założyć, że na pewno piłbym coraz więcej, może też bym ćpał, ale najpewniej po prostu bym pił, może nawet skończyłbym studia i pewnie pracowałbym na infolinii albo był managerem sprzedaży w salonie z komórkami, albo pracowałbym na stacji benzynowej, pewnie koniec końców wylądowalibyśmy w Olsztynie, a może po prostu wyjechalibyśmy na Wyspy, jak wszyscy inni; ja pracowałbym w fabryce, a ona byłaby kelnerką i wynajmowalibyśmy tam jakieś paskudne, zapleśniałe mieszkanie z pluskwami w kiblu i instalacją elektryczną na wierzchu, i pewnie też zrobilibyśmy tam sobie dziecko, ale nie bylibyśmy tak załamani tym jak w Polsce, bo jednak tam dają za to socjal i jakieś dodatki, więc mogłaby siedzieć w tym zapleśniałym mieszkaniu i patrzeć, jak rośnie jej brzuch, a ja dalej zapierdalałbym w fabryce mięsa i jadł bułki z chipsami w przerwie, i z nikim nie rozmawiał, i wszystkich nienawidził, i może po czasie nawet nienawidziłbym jej, i miałbym jednego kumpla, jednego jedynego, który chciał być wielkim muzykiem i całkiem nieźle grał na gitarze, i miałby długie włosy, i byłby z Radomia, i pewnie miałby na imię Bartek, ale tutaj też zapierdalałby w fabryce, a na drugą zmianę roznosił ulotki, i pewnie raz w tygodniu kupowalibyśmy po dziesięć piw newcastle brown w Tesco i upijalibyśmy się na parkingu w zaparkowanym przed sklepem samochodzie. I pewnie raz w roku jeździlibyśmy do Polski albo raz na pół roku, jakoś obok świąt, bo w święta bilety najdroższe, i odwiedzalibyśmy mojego ojca, który cały czas mówiłby nam, że po co my się tam tak męczymy, że czemu nie wrócimy do Zyborka, skoro tu jest nasze miejsce i tu będzie nam dobrze, po co my tam tak wegetujemy, skoro Daria zaraz rodzi. I pewnie odwiedzalibyśmy jej rodzinę, i tam siedziałaby Kaśka, i do czego ja właściwie zmierzam, już mówię, kim ona byłaby dla mnie wtedy, czy jej życie byłoby inne, gdyby Daria żyła, czy dalej musiałaby siedzieć przy swojej jebniętej matce i czy patrzyłaby na mnie wtedy tak, jak patrzy teraz, stojąc w kuchni, mieszając bigos i zazdroszcząc mi, i nienawidząc mnie ze wszystkich sił, bo ona wolałaby wszystko, wszystko, kurwa, wszystko, wolałaby sto razy bardziej zapleśniałe mieszkanie z instalacją elektryczną na wierzchu i fabrykę, i bułki z chipsami, i malaryczną pogodę, która zamienia płuca w szlam szybciej, niż robią to papierosy, które jarasz, ciekawe, czy patrzyłaby na mnie wtedy tak samo, i ciekawe, czy mój mózg wariowałby wtedy tak samo, jak wariuje teraz; czy potrafiłbym sobie wyobrazić to, że przecież Daria mogła wtedy umrzeć pod zamkiem, przeciąć wszystkie nasze życia na krwawiące połowy i ciekawe, czy mógłbym do niej wtedy powiedzieć:

– Mogło być dużo gorzej.

– Co? – pyta, w ogóle nie rozumiejąc, o co mi chodzi.

– Nic, przepraszam – odpowiadam.

Mam ochotę uderzyć się w głowę, ukarać ją za to, że jest jak stary, przećpany komputer.

– Gdzie idziesz? – pyta.

– Czekam na Grześka. Dam mu to i mogę cię odprowadzić, jak chcesz – proponuję.

Myślę o tym, czy ją lubię; jeśli tak, to za co, a jeśli nie, to dlaczego za każdym razem tak pragnę powiedzieć jej „cześć" i zawsze muszę to połknąć, i poczuć to aż w żołądku.

Grzesiek podjeżdża pod sklep, jedzie szybko, jak zwykle, wjeżdżając na plac przed sklepem, na moment traci kontrolę nad kierownicą i hamuje z piskiem. Podchodzę do auta, otwieram drzwi, wrzucam siatkę do środka.

– Masz talon i tę listę? To trzeba dopisać, tak powiedziała Agata – mówię mu, pokazując na zakupy.

– Wsiadaj – odpowiada, nie patrząc na mnie.

– Miałeś jechać sam – przypominam.

– Ale nie jadę sam – warczy. – Jadę z tobą, wsiadaj.

– To ja lecę – mówi Kaśka.

– Zawieźmy ją do domu. – Pokazuję Kaśkę Grześkowi.

– Kurwa, to nie po drodze – jęczy.

– Pada śnieg – mówię do niego i pokazuję jej głową, aby wsiadła do samochodu.

Grzesiek nawet na nią nie patrzy, wjeżdża z powrotem na jezdnię. Jest napięty, tak, że wszystko musi go boleć, sztywny jakbyśmy mieli zaraz się z czymś zderzyć. Zgrzyta zębami, jakby nawciągał się fety. Odwracam się do tyłu i chcę coś powiedzieć do Kaśki, ale ona ma nas gdzieś, patrzy na pokrytą zamarzniętym brudem szybę i chucha na nią dymem z papierosa.

– Byłaś na pasterce? – pyta ją Grzesiek.

Widzę, jak w lusterku wstecznym spotykają się ich spojrzenia. Kaśka kiwa głową.

– A ty? – pyta go i podaje mi wypalonego papierosa, bez słowa. – Z tyłu nie otwierają się szyby – tłumaczy.

– Byłem. – Grzesiek kiwa głową.

– Nie widziałam was – mówi.

– Staliśmy z tyłu – odpowiada, odwraca się do niej na chwilę i mam wrażenie, że puszcza do niej oko, a ona kiwa głową, ale może to jedynie wrażenie, że wszyscy dookoła mnie przekazują sobie tajne, niedostępne dla mnie informacje, szyfry i grepsy, że robią to, mrugając oczyma i prawie niezauważalnie poruszając wargami, i przechylając głowę w odpowiedni sposób. Wrażenie, które mija, gdy zdaję sobie sprawę, że papieros, którego mi podała, parzy mnie w palce.

Zatrzymujemy się nieopodal cmentarza. Blok, w którym mieszka Kaśka, majaczy za drzewami. Otwiera drzwi.

– Pozdrówcie waszego tatę – mówi.

Grzesiek kiwa głową, nie odpowiada, a ja chcę jeszcze złapać jej spojrzenie, ale zamyka drzwi i znika za autem.

Odwraca się do mnie. Pociera brodę. Widzę za szybą sylwetkę Kaśki, coraz mniejszą, znikającą w szarości osiedla.

– Wiem, że zaraz powiesz mi, że znowu coś cię omija, że czegoś nie wiesz. Ale spokojnie. Jest okej – mówi.

*

Na bramce orientuję się, że w kieszeni trzymam notatnik z Batmanem. Nie mam co z nim zrobić, więc kładę go do plastikowej wanienki, takiej samej jak na lotnisku, razem z kluczami i telefonem, i wyjmuję po drugiej stronie bramki. Otwieram go już, gdy siedzimy na korytarzu, na rzędzie krzeseł pod ścianą, i czekamy na adwokata. Po korytarzu przechadzają się policjanci w czarnych kombinezonach, leniwi i ziewający, wszyscy z tym samym nawykiem klepania się dłonią albo teleskopową pałką po udzie. Jeden z nich, grubas z wyrazem twarzy wskazującym na wieczny refluks, przy wejściu oglądał na rentgenie paczkę dla ojca i odbierał od nas talon. Teraz stoi oparty o ścianę, dokładnie naprzeciwko, lustrując nas spojrzeniem nieprzeniknionym niczym prastary aztecki szyfr.

Kawa ze stojącej w rogu maszyny ma wstrętny posmak zupy pieczarkowej w proszku, ale przynajmniej jest ciepła.

Oglądam zeszyt. „Coś bulgocze" – napisane na górze strony wczoraj, w kiblu, ołówkiem, dużymi, koślawymi literami.

I niżej:

„Wychowano mnie tak, abym zanadto nie pytał. Gdy zauważałem coś, co wystaje ze świata, coś ciemniejszego niż reszta, kazano mi się odwracać. Zasłoń oczy, mówiono mi, jakbym oglądał film z momentami. Wmontowane w głowę zakazy z wiekiem zamieniają się w umiejętności, w których jest się coraz lepszym, z roku na rok. Dzisiaj jestem naprawdę dobry w niepatrzeniu".

– Dzień dobry. – Marek ma na sobie sweter pod grafitową marynarką, wygląda jak model z katalogu Wólczanki. Pachnie, jakby wypił butelkę perfum za tysiąc złotych. Jego gruby i srebrny zegarek puszcza zajączki po odrapanych ścianach. Zajmuje krzesło obok Grześka, ale wcześniej strzepuje dłonią z siedziska niewidzialny brud.

Pamiętam go z imprez, na które zabierała mnie Justyna; ze szczególnego rodzaju imprez, na których bywali sami jej znajomi z pracy i na które nieszczególnie chciało mi się chodzić; brodaci i zmiętoleni życiem dziennikarze i publicyści upijali się do spodu wraz ze zneurotyzowanymi dramaturgami, rozgorączkowanymi lewicowcami, działaczkami społecznymi, kuratorami sztuki. Całe to towarzystwo było nieszczególnie świadome istnienia jakiegoś świata poza nimi samymi i śmiertelnie przerażone wszystkim, co przeczytało w tygodnikach opinii i na Facebooku. Wszyscy chodzili do tych samych liceów, typu Batory, ba, nawet ich rodzice chodzili do tych samych liceów, działali w tej samej opozycji, a po osiemdziesiątym dziewiątym rozbili bank na różnych sprytnych, niewidocznych w powszechnym chaosie operacjach, na przykład na uwłaszczeniach opozycyjnych tytułów prasowych. Większość z nich wiedziała, kim jestem, ale ja już dawno nie byłem tą osobą. Niewiele z nimi rozmawiałem, a obserwowanie ich szczerze mnie nudziło. Jeśli na imprezę przychodziły jakieś dzieci, których nie było z kim zostawić, przez większość imprezy grałem z nimi na PlayStation.

Czasami na tego typu imprezach, odbywających się rotacyjnie w którymś z trzech mieszkań na Żoliborzu, pojawiali się, przez swoje licealne koneksje, goście z zarządów spółek skarbu państwa albo dyrektorzy finansowi dużych telewizji, albo właśnie renomowani prawnicy, i Marek był jednym z nich, dowcipnym, ostrym i śliskim gejem, który punktował każdy swój świński kawał głaskaniem po ramieniu tej osoby, na której rozbawieniu najbardziej mu zależało. Wtedy nawet go polubiłem. Przynajmniej był złośliwy, czyli jakiś, i umiał powiedzieć coś śmiesznego.

Teraz nie zachowuje się jednak, jakbyśmy poznali się na jakiejkolwiek imprezie. Gdy patrzy na mnie, widzę, że w ogóle mnie nie rozpoznaje.

– No dobrze. W końcu przekopałem się przez ten cały bałagan. Współczuję panom, bo to jest sytuacja, można powiedzieć, kafkowska. Główny dowód przeciwko waszemu ojcu to tak naprawdę brak alibi – mówi rzeczowo, kwaśno, co chwila patrzy na zegarek, w ręku ma plik papierów, którymi manipuluje tak, abyśmy nie zdążyli przeczytać, co jest na nich napisane; zapewne dotyczą zupełnie innej sprawy. Po prostu ma pokazywać, że się stara. Równie dobrze to mogą być jego rachunki za telefon. Przy jego lewej nodze stoi czarna skórzana teczka, na którą raz po raz rzuca okiem.

– Brak alibi – powtarza Grzesiek.

– Tak, zaginięcie pana Bernata, po rozmowach z jego konkubiną, ustalono na szóstego września rano. Bernat wyszedł z samego rana z domu i już nie wrócił. Pańskiego ojca też nie było wtedy w domu, od wczesnego świtu po późne południe. Sam tak zeznał. Nikt nie może potwierdzić, że z nim był – mówi.

– Ojciec był wtedy na rybach. A potem w kościele – odpowiada Grzesiek.

– No ale pan z nim nie poszedł – oświadcza Marek.

– Pan jesteś adwokat czy prokurator? – pyta Grzesiek.

– Kto może to potwierdzić? Że pański ojciec był w kościele?

– Ksiądz. Ksiądz Bernat – odpowiada Grzesiek.

– A gdzie jest ksiądz Bernat? – pyta adwokat.

Grzesiek milczy.

– Cała reszta jest życzeniowa. Prokurator utrzymuje, że był jakiś powód. Ten powód opiera się na anonimowych zeznaniach. – Marek drapie się po głowie.

– Jaki powód? Jakie zeznania? – Grzesiek zaraz się na niego rzuci. Nie mogę pić dalej tej kawy. Wyrzucam ją do kosza na śmieci. Brązowy płyn rozlewa się po dnie foliowego worka, tworząc małe, brudne bajorko.

– Nie wiem, czyje zeznania, ale ktoś powiedział, że

ojciec tak naprawdę rywalizował z panem Bernatem o wpływy w... jak by to nazwać... – gubi słowo.

– Stowarzyszeniu referendalnym. – Przychodzę mu z pomocą.

– Jakie wpływy, no kurwa? Kilkanaście osób, którym się coś wydawało? Kumple, którzy wpadali do nas na obiad? On miał walczyć z tymi kumplami o wpływy? – Noga Grześka łomocze w podłogę z prędkością metalowego perkusisty.

– Odwołaliście państwo władze miasta za pomocą referendum, więc to już nie jest tak, że coś się państwu wydaje podczas obiadu, chciałem nieśmiało przypomnieć. – Marek nagle pociąga nosem, równocześnie odrzucając głowę do tyłu. – Stanowicie państwo poważną, lokalną siłę polityczną – powtarza po chwili.

– Pan jesteś adwokat czy prokurator? – pyta jeszcze raz Grzesiek.

Marek kręci głową. Ten gest oznacza zapewne, że nie po raz pierwszy w tym tygodniu ktoś zadał mu to pytanie.

– Więc pan myśli tak jak my, że to polityka, tak? – pytam.

– Proszę pana, ja nie jestem od rozwiązywania tej sprawy. Pana ojciec jest, przynajmniej na razie, oskarżony o jedno morderstwo, a moim obowiązkiem jest go wybronić i przypomnieć wszystkim o zasadzie domniemania niewinności – odpowiada.

– Więc jak pan go będzie bronił? – pyta Grzesiek.

– Na razie podstawowa linia obrony to brak jakichkolwiek twardych dowodów. Tyle że przed nami długa droga. Gdyby udało się znaleźć kogoś, kto da mu alibi... – Wstaje, bierze swoje papiery pod pachę, drapie się po głowie. Rozgląda się po korytarzu, jakby szukał łazienki.

– Przecież ojciec mógł powiedzieć cokolwiek – mówię trochę do nich, a trochę do siebie samego. – Mógł powiedzieć, że był gdziekolwiek, i każdy by za nim poświadczył.

– Właśnie dlatego zakładam, że panów ojciec jest niewinny – mówi, nie patrząc na nas i jeszcze raz pociąga nosem. – Bo jest uczciwym człowiekiem.

Widzę, że patrzy w stronę automatu z kawą.

– Nie warto. – Kręcę głową. – Smakuje jak grzybowa z proszku.

Nie wiem, czy usłyszał, co do niego powiedziałem, ale przez krótki moment jego ciało podryguje, jakby kopnął go prąd płynący pod podłogą. Coś zupełnie go rozkojarzyło, zjazd po koksie, fatamorgana albo złe wspomnienie. Albo wszystko naraz.

– Ja mam nadzieję, że pan jesteś tak dobry, jak mówią, wciąż mam nadzieję – mówi Grzesiek i wyciąga do niego rękę. Marek ją ściska.

– Muszę lecieć. Niech panowie idą do ojca – mówi trochę ciszej. – Będziemy walczyć – dodaje po chwili, puszcza dłoń Grześka, odwraca się i odchodzi. Widzę go jeszcze, jak zatrzymuje się przed bramką i wkłada teczkę do plastikowej wanienki.

Stojący przed nami, oparty o ścianę gruby policjant kiwa na nas głową, pokazuje dłonią, abyśmy poszli dalej korytarzem.

Justyna / Za zasłoną 2

Czasami w głowie pojawiają się zdania, które przychodzą znikąd. Nie wykluwają się z jakiegoś ciągu myślowego. Po prostu są. Pionowe, podczas gdy reszta jest pozioma. Wbijają się w mózg jak noże w stół. Tną wszystkie inne myśli na małe kawałki.

Na przykład zdanie: to się nigdy nie skończy.

Albo: tak będzie aż do końca.

Zdania łączą się z kolejnymi, obrastają w tłuszcz skojarzeń. Ten tłuszcz zatyka mózg kitem, zalepia go, twardnieje, żeby go zedrzeć, trzeba się upić, przespać albo przebiec kilkanaście kilometrów. Tak będzie aż do końca. To nigdy się nie skończy. Można robić tylko to, czego oni chcą. Żyć tylko ich sprawami. Rozwiązywać problemy, które nigdy się nie rozwiążą. Głowaccy. Potworni ludzie, potworni mężczyźni. Są jedynymi podmiotami tego świata, który jest mały, ale im wystarczy. Ważne, że mają nad nim prawdziwą władzę, wyznaczają gestami jego granice.

Więcej, tworzą go. Bez nich ten świat nie istnieje. Bez nich świat to tylko drzewa, pola, niewyasfaltowane drogi, gówna na chodnikach.

Wchodzisz do domu, do kuchni, szybko. Agata czyści podłogę na kolanach, myślisz, po jaką cholerę to robi, skoro podłoga jest czysta. Gdy wchodzisz, przerywa, wstaje. Bez słowa wyciąga paczkę papierosów, jakby czytała ci w myślach.

Agata cię lubi. W końcu to widzisz. Być może rozpoznała w tobie dawną siebie. Ona przyswoiła tę wiedzę dawno temu, zrozumiała, że można wokół tego wyłącznie tańczyć, jak oni każą, dwaj Głowaccy (dwaj czy trzej?), albo zwariować, bo przecież nie można uciec z Zyborka, bo za Zyborkiem jest następny Zybork, i następny, i jeszcze następny, i tak w kółko, tak na wieczność.

– Siadaj, bo serce połkniesz – mówi i dopiero wtedy zauważasz, że dyszysz jak staruszka, która weszła z zakupami na piąte piętro.

– To zupełnie inaczej, może, byłam u tego Tobka, u króla Cyganów – zaczynam.

– Ja tam nie wiem, czy on jest jakiś król, u nich każdy mówi o sobie, że jest król – odpowiada Agata. Odsuwa nogą wiadro w kąt kuchni. Rozgląda się za popielniczką, w końcu nalewa trochę wody do szklanki i stawia na stole.

– Twierdzi, że Maciuś był u niego – opowiadam.

– I co z tego? – pyta.

– Maciuś był przekonany, że ktoś go ściga. Bał się. To samo mówił przecież Wiedźmin. Że Maciuś szukał schronienia i wszyscy mu odmówili. Tylko Tobek powiedział coś jeszcze, powiedział, że oni wszyscy byli umoczeni w morderstwo tej dziewczyny, lata temu, tej, z którą chodził Mikołaj. – Gdy jej to opowiadasz, dociera do ciebie, że to jest niedorzeczne. Że może on po prostu cię zaczarował, jak ich kobiety czarują ludzi na ulicy, wróżąc im z dłoni. Nawinął cię sobie na palec i śmiał się z ciebie długo po tym, jak wyszłaś.

– Co? – pyta.

Patrzy na mnie, jakbym nagle zaczęła mówić do niej po węgiersku. Na krótką chwilę siada przy stole, naprzeciwko, ale zaraz znowu wstaje, podchodzi do lodówki. Wyciąga z niej wódkę. Przez chwilę zastyga z butelką w ręku.

– Wiem, że nie powinnam – mówi zupełnie znienacka, patrząc na ciebie. – Zaczyna już być mi głupio. Dzieci mówią mi, że śmierdzę.

Dopiero po chwili rozumiem, że chodzi o butelkę, którą trzyma w dłoni. Ta nagła zmiana tematu kompletnie wybija mnie z rytmu. Łapię się na tym, że zastygam na moment z otwartymi ustami.

– Nie wiem, co ci powiedzieć, Agata – mówię po chwili. – Nie znamy się na tyle, abym zwracała ci uwagę.

– Rozumiem, że się łapię. Kwalifikuję w sensie. Do zwrócenia uwagi. – Uśmiecha się. Ma zaczerwienione, podrażnione dłonie, pewnie od detergentów. Odstawia butelkę na blat kuchni, splata je na brzuchu, tak aby znieruchomiały.

– Nie wiem. Chyba tak – odpowiadam. – Nie wiem, Agata.

– Chcesz? – pyta.

Kręcę głową. Ona patrzy przez chwilę na butelkę, napełnioną do połowy, jak na coś, co nagle spleśniało, a z czego planowała zrobić obiad. Podchodzi do zlewu, zdejmuje nakrętkę, wylewa całą zawartość, następnie wyrzuca szkło do kosza na śmieci. Odwraca się do mnie z powrotem, trochę nie wiedząc, co ma ze sobą zrobić.

– Nie wiesz. Ja też nie wiem – mówi głucho.

– Usiądź – proszę ją, wstaję i zaczynam robić nam kawę.

Agata siada przy stoliku. Zapala kolejnego papierosa. Znajduję papierowe filtry, wkładam do ekspresu, zasypuję sporą ilością kawy. Wlewam wodę, wyjmuję kubki. Wiem, że nie powinna pić, ale chcę, aby skupiła się teraz zupełnie na czymś innym.

– Tak twierdzi Tobek – mówię. – Że to, co się dzieje,

to coś w rodzaju kary. Za tę dziewczynę. Że Maciuś się tego bał.

– Jak człowiek tyle ćpa, co Maciuś, to generalnie się boi – odpowiada po chwili.

– Ale to jest jakiś powód – mówię.

Przelewowy ekspres kończy wypluwać kawę do szklanego dzbanka. Nalewasz ją do kubków, stawiasz je przed nią. Agata przez chwilę patrzy na kosz, do którego wyrzuciła butelkę, a potem na kubek z kawą, jakby nie wiedziała, co to właściwie jest.

– Ten Maciuś wie, kto to robi i dlaczego – mówisz jej.

– Maciuś pewnie już nie żyje. Jakby żył, toby tu był i robił dalej swoje. – Agata upija łyk kawy.

– Powiedział mi, gdzie on może być.

– Powiedział ci, gdzie on może być – powtarza, chyba bezwiednie. Wstaje, wygląda przez okno, jakby kogoś wypatrywała. Odwraca się do mnie. – Pamiętam pewną sytuację, jedną z wielu, bo tu są same takie „sytuacje" – mówi po chwili. – Ale pamiętam pewną sytuację, że Maciuś miał dziewczynę, czternaście lat. Naprawdę młodą. Oni wszyscy lubili dziewczyny, które miały po piętnaście, szesnaście, siedemnaście. Jeszcze niezepsute, mówili, nieużywane, no i ta miała czternaście, naprawdę mało, cały Zybork gadał. W tym mieszkaniu, w którym byliśmy z Grześkiem i Mikołajem. Gdy chcieliśmy tę dziewczynę przekonać. W tym mieszkaniu mieli taką metę, zabierali tam te dziewczyny. Ja ci mówiłam, że to piekło kobiet. Wiek jest nieważny, Justyna. Czy siedemnaście, czy sześćdziesiąt siedem.

– I?

– I pamiętam, biały dzień to był, Maciuś od fryzjera wychodził. A ja wchodziłam do pralni obok. Przy rynku, w takich pawilonach. Zadowolony był, przez komórkę rozmawiał z kimś, pamiętam, taki telefon duży miał. I wtedy podjechał Kalt swoim autem. Maciuś rozmawiał przez telefon, wesoły, coś im tam się właśnie udało, im cały czas coś się udawało, a Kalt podszedł i wytrącił Maciusiowi z ręki ten duży telefon, i trzasnął go w gębę, i dopiero wtedy zauważyłam, że on ma na ręku kastet.

– Kalt?

– Tak, Kalt. Srebrny kastet. Maciuś potem przez kilka tygodni z domu nie wychodził. Koledzy się z niego śmiali, że już taki piękny to on nigdy nie będzie. Szczerze to w sumie piękny nigdy nie był. No ale ważne, za co go bił. Na pół ulicy się darł. Pedofilii w Zyborku nie będzie, krzyczał. Majciarzy w Zyborku nie będzie. Młoda dziewczyna to świętość, darł się.

– Dlaczego? – pytam.

Kręci głową. Pokazuje mi butelkę. Też kręcę głową.

– Nie wiem dlaczego, różne rzeczy ludzie gadali, w każdym razie on tego nienawidził i niejeden w łeb za to od niego oberwał. Tomasz twierdził, że Kalt to człowiek z najstarszej bandyckiej szkoły.

– I w imię zasad by ich teraz mordował? Za coś, co zrobili siedemnaście lat temu?

– Może. Ale on też nam dom podpalił, Justyna, pokój moich dzieci. Zło nie potrzebuje powodu.

– Muszę znaleźć Maciusia. – Wstaję, jakbym zaraz miała iść go szukać.

Kładzie dłonie na stole, rozsuwa szeroko palce. Coś przez nie ogląda. Wzdycha, patrzy na stojące w rogu plastikowe wiadro spienionej wody.

– Nie chce mi się, w dupie to mam. – Wzrusza ramionami.

Nie do końca rozumiem, o czym naprawdę mówi.

– Mnie chodzi o Tomka przede wszystkim, Agata – dodaję.

– Co ci trup powie? – pyta.

– On miał mięso w zębach, Bernat, prawda? Ludzkie mięso? – pytam.

– Cyganie zawsze mają powód, żeby mącić wodę. A najlepiej zamącić wodę, to wybrać osobę, która się najbardziej interesuje, pisze o tym, i nakłaść jej bzdur do głowy – mówi Agata.

– To akurat prawda, ale zrozum, on przeżył tam miesiąc. Miesiąc. Mam na myśli starszego Bernata. Więc może Maciuś tak samo... rozumiesz? Ja nie mogę tego nie sprawdzić.

– I gdzie chcesz to sprawdzić? – pyta Agata.

– Gdy byliśmy z Grześkiem u tego faceta w lesie, Wiedźmina, on narzekał, że zgubił linkę holowniczą. A Bernatowa znalazła linkę w miejscu, gdzie go porwano. Pod domem Bernatów.

– Co ty opowiadasz, Justyna, ja cię nie rozumiem. Ty chyba sama za bardzo chcesz, żeby wszystko do siebie pasowało, i wierzysz sprytniejszym od siebie. – W jej spojrzeniu znowu jest zagubienie, jakby zasnęła i gwałtownie się obudziła.

– Mamo – głos Joasi dobiega z połowy schodów. Gdy jedno z nich się odzywa, zawsze wtedy podskakuję w fotelu. Bez przerwy siedzą w swoim pokoju, wymieniając się przy wspólnym komputerze, nie odzywając się, nie wychodząc nawet na obiad, bo Agata pozwala im jeść u siebie. Przez to, gdy któreś z nich cokolwiek powie, brzmią wtedy jak duchy, tak jak teraz.

– Co, kochanie? Co tam chcesz? Chcesz coś zjeść? – pyta Agata, wstaje i otwiera lodówkę.

– Mamo, ja już naprawdę nie mogę. Ja chcę iść do szkoły – odpowiada, opierając się o ścianę. Ma woskową, bladożółtą jak papier do pieczenia twarz, skrzywioną minę, wygląda, jakby była chora.

– To chodzi o to, żebyś była bezpieczna, kotek. – Agata pokazuje jej ręką, aby do niej podeszła.

Dziewczynka podchodzi, a właściwie przepływa przez powietrze. Agata kładzie jedną dłoń na jej czole, drugą na swoim. Po chwili cmoka i kręci głową na znak dezaprobaty.

– To powinnam chyba siedzieć wszędzie, a nie w pokoju, bo to do mojego pokoju wrzucili tę butelkę – odpowiada Joasia.

To oczywiście prawda. Jeden z najczęstszych i najgłupszych błędów ludzi to zakładanie, że dokładnie takie samo zło nie ma prawa wydarzyć się dwa razy. A przecież może.

– Ty chora jesteś – mówi do Joasi, jeszcze raz przykładając jej dłoń do czoła.

– A jak wyzdrowieję, to pójdę w końcu do szkoły? – pyta Joasia.

– Pójdziesz, kotek. Pójdziesz. Ale teraz trzeba cię wyleczyć. Daj mi... – Chce mnie o coś poprosić, ale sama wstaje, otwiera jedną z szafek, wyjmuje koszyk z lekami. Szuka czegoś, wyciąga tabletkę, wstawia wodę na herbatę.

– Siadaj. – Popycha delikatnie Joasię w stronę krzesła.

Łapię się na tym, że wciąż czekam, aż Agata pęknie, rozpłacze się, zacznie wrzeszczeć. Zacznie rozbijać naczynia o ścianę. Czasami, patrząc na nią, mam wrażenie, że ten moment nadejdzie już za chwilę, że to przesilenie jest kwestią kilku następnych sekund. Ale nie, to zawsze mija, jakimś wewnętrznym mechanizmem udaje jej się uspokoić, wycofać, wygładzić. Może pęka tylko wtedy, gdy jest sama. Może robi to, a potem dokładnie po sobie sprząta, przecież w tym domu nikt nie liczy kubków i talerzy. Może lubię ją właśnie za to. Jest zupełnie inna niż ludzie, których znam. Ludzie, którzy mówią każdemu o wszystkim, bardzo głośno. Którzy nie potrafią przeżyć jednego dnia bez publicznego załamania nerwowego.

– Rozumiesz, o co mi chodzi? – pytam Agatę.

– Rozumiem, Justyna, ale ja mam teraz ważniejsze sprawy, przepraszam – odpowiada, pokazując na Joasię.

– Dziwnie pachniesz, mamo – mówi Joasia.

– Wydaje ci się. To cif. To środek do podłogi – odpowiada, krojąc cytrynę.

– Przecież podłoga jest czysta. – Joasia pokazuje ją palcem.

Coś słychać, jakiś dźwięk wlatuje do kuchni, wślizguje się gdzieś w drobną szczelinę. Jakby płacz, przywiany przez wiatr. Z lasu, którego kreska majaczy między domami. Ale może mi się wydaje.

– Jadę tam – mówię jej, jakbym pytała ją o pozwolenie.

– Słuchaj, poczekaj na chłopaków. To nie jest bezpieczne. Zjemy obiad. Ochłoń chwilę, Justyna. Proszę cię – odpowiada.

– Nie, muszę teraz – mówię.

Dźwięk się nasila, jakby nie dobiegał z zewnątrz, ale ze środka mojej głowy, tuż obok błony bębenkowej.

– Słuchaj, mówię ci, to naprawdę nie jest bezpieczne – powtarza, zalewając wrzątkiem wyciśnięty do szklanki sok z cytryny.

– Co nie jest bezpieczne, mamo? – pyta Joasia.

– Wychodzenie z domu, jak jest się chorym – mówi Agata.

– Ciocia Justyna jest chora?

– Nie, ty jesteś.

Dźwięk jest coraz głośniejszy. Trochę wołanie, a trochę śpiew. On dobiega z lasu, nagle jestem tego pewna, lasu, który wyrósł mi w głowie i oplótł wszystko korzeniami i liśćmi, który cicho szumi tuż przy moich błonach bębenkowych.

– Ja jestem chora właśnie od siedzenia w domu, mamo. – Słyszę jeszcze, jak mówi Joasia, ale nagle ten dziwny śpiew z lasu wypełnia wszystko, odgradza mnie od wszystkich innych dźwięków. Sprawdzam w kieszeni, czy mam kluczyki.

– Powiedz im, gdzie jestem – mówię.

Coś mnie woła, ale zagłusza to śpiew. Wciąż go słyszę, gdy biegnę w stronę samochodu. Jest coraz głośniejszy, a im wyraźniej go słyszę, tym bardziej fałszuje, skrzeczy i szumi.

– Zamknij się już – mówię, gdy przekręcam kluczyk w stacyjce.

Nie reaguje.

Mikołaj / Dobry w niepatrzeniu 2

– Teraz? – szepcze Grzesiek.
– Później – odpowiada szeptem ojciec.
– Pytał mnie, czy jeszcze potrzebujemy.
– Kto?
– Małolat. Tylko mówiłem ci, jak za długo leży w lodówce, to potem nie działa.
– Ja się na tym nie znam.
– Ja też nie.
– Nie potrzebujemy – mówi po chwili ojciec.
– Na pewno? – pyta Grzesiek.
– Na pewno. – Ojciec kręci głową.

Oczywiście nie mam zielonego pojęcia, o co im chodzi. Jak zwykle rozmawiają, jakby mnie tu nie było. Uczę się nie zwracać uwagi. Siedzimy we trzech przy tym samym stoliku, co podczas ostatniej wizyty. I generalnie wszystko jest tak samo jak podczas ostatniej wizyty: ci sami ludzie przy sąsiednich stolikach rozmawiają z tymi samymi gośćmi, to samo światło za tym samym oknem, ten sam strażnik obok tych samych drzwi. Tylko ojciec jest inny. Jest wściekły. Nie ukrywa tego. Delikatnie drży mu noga. Wkłada kciuk do ust, jakby chciał obgryźć sobie paznokieć.

Zwiesza głowę, wbija oczy w rozłożone na stoliku dłonie.

– Dostałeś paczkę? – pytam go, aby zapytać go o cokolwiek.

Wybija się jak ze złego snu.

– Czy dali ci paczkę? – powtarzam.

Patrzy na mnie, jakbym był zupełnie kimś innym.

– Połowę zabrali – odpowiada po chwili, otumaniony, jakby ktoś go uderzył.

– Dlatego tyle włożyliśmy, bo tak Agata czuła – mówi Grzesiek.

– Nawet prezentów na świetlicę nie zanieśliśmy, jak zwykle – mówi ojciec.

– Jutro do nich pojadę. Nie można mieć wszystkiego. Spokojnie. Ważne, żebyś się trzymał – odpowiada Grzesiek.

– Ja się trzymam. Czekolada dobra. Ale ja nie mogę tyle. Cukier mi zbadali tutaj i jest niedobrze. – Ojciec rusza się coraz bardziej, ten ruch postępuje arytmetycznie, przez chwilę boję się, że za parę minut dostanie ataku epilepsji.

– Więc widzisz, wszyscy są. Wszyscy są na miejscu. – Grzesiek z kolei się odpręża, jakby jego stres przeszedł na ojca, przeciąga się, zakłada ręce za głowę.

– Oprócz mnie – mówi ojciec.

– Oprócz ciebie – odpowiada Grzesiek.

– Ja też nie jestem na miejscu – zaznaczam.

– Co? – pyta ojciec.

– Ja nie jestem na miejscu. Justyna nie jest na miejscu – mówię mu. Przynajmniej zareagował, odwrócił się w moją stronę, gdy coś powiedziałem.

– Ty tylko pieprzysz, jak zwykle. – Ojciec odwraca się do mnie tak gwałtownie, że aż podskakuje stół, jego metalowe nogi, uderzając o linoleum na podłodze, wydają głuchy huk, strażnik odwraca się w naszą stronę.

– Po prostu mówię, że my nie jesteśmy u siebie. Tylko tyle. – Kręcę głową.

Ojciec się powiększa, rośnie razem ze swoim gniewem, od jego podskakującej nogi drży odrapany blat stołu, gniew przypomina rtęć w przyłożonym do pieca termometrze.

– Ty robisz cokolwiek? W domu? W ogóle? Coś, o czym mógłbyś teraz mi opowiedzieć? Robisz coś? Pracujesz? A dzisiaj coś robiłeś? Czy wstałeś dzisiaj, coś zrobiłeś poza tym swoim pierdoleniem?

Jakby ugryzł mnie w twarz, skurwysyn.

– Uważaj – warczę.

Ktoś się odwraca, strażnik robi kolejny krok w naszą stronę.

– Co uważaj? Ty, kurwa, uważaj. Każdy coś robi. Twoja żona, moja żona. Twój brat, mój syn. Każdy coś robi oprócz ciebie – mówi coraz głośniej, chociaż stara się mówić cicho. Jego głos przestaje być matowy. Drży, jakby podczas mówienia klaskał palcami o krtań.

– Dajcie już spokój – prosi Grzesiek, ale ojciec go nie słyszy, tylko dalej warczy.

– On nigdy, kurwa, nic nie robi. Jak coś zrobił, to tylko coś złego. Tylko psuje. To jedyne, co on robi. Jedyne, czego się nauczył.

– Bo ty mnie niczego nie nauczyłeś – odpowiadam mu. – Ty mnie nauczyłeś tylko psuć.

Ojciec wyciąga palec w moim kierunku, na chwilę się zatrzymuje, twarz nabiega mu krwią.

– Gówno z ciebie wart gnój – syczy cicho. – Gówno wart z ciebie gnój.

– Gówno z ciebie wart ojciec – odpowiadam.

Strażnik staje na środku pomieszczenia. Nie przestaje na nas patrzeć. Grzesiek przechyla się do przodu, opiera ręce o stół. Próbuje zmusić nas wzrokiem, najpierw mnie, potem ojca, abyśmy przestali. Ale już nie przestaniemy. Jest za późno. Czuję, jakbym się naćpał, wszystko mi drętwieje, serce terkocze mi jak silnik na najwyższym biegu.

– Mam jeszcze trójkę dzieci, trudno. Mam jeszcze trójkę dzieci, jedno może iść na przetracenie. Ja już dawno temu tak sobie powiedziałem – mówi, jakby już bełkotał do siebie pod nosem.

Nie boję się go. To uczucie, brak strachu, jest silniejsze niż jakikolwiek strach.

Tylko czekam.

Niech coś powie. Cokolwiek.

– Nic nie zrobiłem? – pytam go.

– Nie, nic nie zrobiłeś – odpowiada.

– Może jeszcze powiesz mi, że stchórzyłem? – pytam.

– Nigdy nie byłem z ciebie dumny – mówi.

– Ani ja z ciebie – odpowiadam. Palec ojca chowa się w dłoni, a ta zaciska się w pięść.

Nie boję się tej pięści. Niech sobie włoży ją sam w dupę, niech koledzy z celi mu pomogą. Niech sobie zaciska pięści i się gapi, w swoim dresie i klapkach, ze swoim zarośniętym łbem. Nie zmusi mnie, abym usiadł, abym się cofnął.

– Ej tam, wszystko dobrze? – pyta strażnik.

– Wszystko dobrze! – odkrzykuje Grzesiek.

To nie jest tak, że nienawidzę ojca. Ja go nie cierpię. Nie cierpię go zwyczajnie i po ludzku, nie cierpię go tak, jak nie cierpi się zupy mlecznej albo radia w taksówkach, albo zapachu starych ludzi, którzy myją się raz na tydzień. Po prostu nie cierpię tego tępego, fanatycznego, łysego, twardego jak betonowa wylewka, milczącego skurwysyna, który w swojej wyobraźni jest rotmistrzem Pileckim skrzyżowanym z Chuckiem Norrisem, a tak naprawdę jest kukłą, blaszanym pudłem, golemem z blachy, bryłą betonu z mordą namazaną węglem. Ma twarz jak swój własny dom.

– Opuść rękę – mówi Grzesiek. – Schowaj już tę rękę, tato.

– I tak stchórzyłeś, bo ty jesteś tchórz, ty się zawsze

chowasz, pewnie nawet jak masz swoją żonę wydymać, to się chowasz – mówi, a ja odpycham stół na bok i zanim ojciec zdąży zareagować, doskakuję do niego, przyciskam do ściany, wciskam mu łokieć w krtań z całej siły, jaką mam, on próbuje mnie odepchnąć, ale naciskam na jego gardło całą swoją wagą, nie widzę, ale słyszę, jak wszyscy zrywają się z krzeseł, słyszę, jak strażnik podbiega w naszym kierunku, słyszę, jak szarpią mnie za ubranie dwie pary rąk, ale nie mogą mnie ruszyć. Przybiłem go sobą do ściany. Moja siła połknęła jego siłę. Czuję, jak jego ciało tężeje, zamienia się w drewno. Widzę, jak czerwienieje. Słyszę, jak dyszy. Wiem, że traci oddech.

Może jednak go nienawidzę.

Nienawidzę go przede wszystkim za to, co o mnie myśli. Za kogo mnie ma.

– Puść! – krzyczy ktoś, chyba strażnik.

– Mikołaj, kurwa! – krzyczy Grzesiek.

Źrenice ojca rozszerzają się do rozmiarów pięciozłotówek.

– Puść go, kurwa mać! – powtarza Grzesiek.

– Ani słowa o mojej żonie, chuju, ani słowa – mówię cicho, zbliżam się do niego tak blisko, jakbym miał go pocałować.

Ojciec zaczyna charczeć, moje ciało odmawia posłuszeństwa, kończy mi się siła i dopiero wtedy ojciec mnie odpycha, zataczam się prosto na stojącego za mną Grześka i słyszę krzyk strażnika:

– Co tu się dzieje, kurwa mać! Już żadnych wizyt więcej nie będzie!

Siadam na krześle. Nie mogę złapać oddechu. Ojciec podnosi ręce, by zaraz je opuścić. Strażnik, zupełnie nie wiedząc, co zrobić, poprawia stół.

– Głowacki na celę, raz – mówi.

– Chwila, chwila, panie władzo. Chwila. Trzy minuty. To emocje rodzinne. Tak bywa – mówi Grzesiek.

Ojciec ma wzrok dzikiego zwierzęcia. Wciąż trzyma się za szyję. Odwraca się do reszty ludzi w sali widzeń. Pod jego spojrzeniem wszyscy robią się odrobinę mniejsi.

– I na co się, barany, gapicie? Co to, Kabaret Otto występuje czy jak? – pyta cicho, charcząc.

– Nie, na celę – mówi strażnik.

– Trzy minuty. Panie władzo. Trzy minuty – mówi Grzesiek.

Strażnik i ojciec patrzą na siebie, w ich oczach nie ma żadnej ludzkiej myśli, po prostu okrążają się jak psy. Ojciec znowu podnosi ręce, ale jeśli strażnik myśli, że w ten sposób się poddaje, to jest w błędzie. Ojciec tylko się w ten sposób rozciąga. Normuje oddech.

– Trzy minuty, ale ktokolwiek się ruszy, dostaje pałą w łeb – mówi strażnik i wraca pod ścianę.

– Już? Może być? Może być spokojnie? Ty jesteś zdrowy, kurwa? Zabić go chciałeś? – pyta mnie szeptem Grzesiek.

Ojciec nic nie mówi. Stara się unormować oddech. Czerwień powoli znika z jego twarzy, przez chwilę wyglądał, jakby eksplodowały w niej wszystkie naczynia krwionośne. Przez krótki moment się trzęsie, a następnie jakby odpręża, robi głęboki wydech, powietrze, które wypuszcza z siebie, śmierdzi starym filcem, jakby w celi zjadł z nerwów własny koc.

– Już nic nie wiem – mówi ojciec.

– Wszystko już wiesz – odpowiada Grzesiek.

Mówią tak cicho, że muszę czytać z ruchu ust.

– Pamiętasz teraz, co ci mówiłem? On nie jest tchórzem. On stał przed bronią przy mnie dwa razy. On nie jest tchórz. Tak go nie nazywaj. Popatrz się na niego. – Grzesiek wskazuje na mnie.

Ojciec nic nie mówi. Znów patrzy na swoje dłonie, rozłożone na blacie stołu. Moja nienawiść zmienia się w coś innego.

– I to też jego sprawa. To zwłaszcza jego sprawa. On się zmienił. – Grzesiek pokazuje mnie palcem, jakby w ogóle mnie tutaj nie było.

– Nie, nie będziecie mówić o mnie w trzeciej osobie. – Wstaję z krzesła.

To nie nienawiść, to uczucie, jakby coś płynęło przeze mnie, przez całe ciało, od palców u stóp, do czubka głowy. Jakby ktoś poprzebijał mnie cienkimi, ciepłymi drutami.

– Poczekaj. Poczekaj, bardzo cię proszę. Poczekaj. Mikołaj, do kurwy nędzy, usiądź na dupie, jeszcze na minutę. – Grzesiek łapie mnie za ramię i mocno ściska, i ciągnie z powrotem w dół.

– Tak, pewnie tak. Ważne, żeby to się skończyło. – Ojciec kiwa głową.

– To się zaraz posypie. Musimy spróbować tak to zrobić. Mówiłem ci. Ja sam nie dam rady. – Grzesiek przechyla się do ojca.

– Jesteś pewien, że da radę? – pyta ojciec, patrzę na niego, ale unika mojego spojrzenia.

– Nie ma innego wyjścia. Trzeba szybko. Najlepiej dzisiaj – mówi Grzesiek.

– To ryzyko jest – odpowiada ojciec. – Spore ryzyko. Wszystko się może zdiablić.

Znów unika mojego spojrzenia. Wygrałem. Przydusiłem go do ściany. Przestraszył się mnie.

– Jak będziemy czekać, to bankowo się zdiabli – mówi Grzesiek.

Ojciec w końcu na mnie patrzy, w jego oczach coś błyszczy, może to umierająca życzliwość, a może po prostu, gdy go zaatakowałem, w jego ciele coś pękło i dostał udaru, z którego jego organizm dopiero zaczyna zdawać sobie sprawę, i to są właśnie efekty uboczne.

– Będzie, co ma być – mówi ojciec, uderza o blat obiema otwartymi dłońmi. Wstaje.

– Czyli tak. Mam zrobić tak, jak mówię – upewnia się Grzesiek.

– Agaty pilnuj – odpowiada ojciec.

– Nie roztroję się. Ona sama się świetnie pilnuje. – Grzesiek podnosi głowę.

– Dasz radę – mówi ojciec. Kładzie mu rękę na ramieniu. Mocno zaciska. – Dasz radę, synek – powtarza.

Wygląda, jakby miał się zaraz rozpłakać. Wystarczy. Wygrałem. Wstaję i wychodzę.

– Poczekaj! – woła za mną Grzesiek.

– Na co? – pytam.

– Poczekaj – powtarza.

– Trzy minuty minęły, Głowacki. – Strażnik puka palcem w zegarek.

Ojciec wciąga jeszcze trochę powietrza, przykłada dłonie do twarzy, a gdy zabiera je z powrotem, wygląda zwyczajnie, jakby po prostu był w domu, jadł obiad i oglądał boks w telewizji.

– Zróbcie to dzisiaj – mówi.

– Niech będzie – odpowiada Grzesiek.

– Tylko go pilnuj. Ty po ostatnim chlałeś tak, że w łazience dwa dni leżałeś. To co on zrobi? Ćpać znowu zacznie? – Pokazuje mnie.

Podchodzę do nich. Przechylam się przez stół. Mówię cicho, tak aby usłyszał tylko on i Grzesiek.

– Ostatnia rzecz. Posłuchaj – mówię. Ojciec patrzy na mnie. – Nie mów o mnie w trzeciej osobie, gdy mnie widzisz – mówię. Ojciec patrzy na mnie. – I nie mów nic o mojej żonie. Nigdy więcej – informuję.

– Dobrze, Mikołaj, nie będę – odpowiada bez śladu emocji, jakbym poprosił go przy obiedzie, żeby podał mi chleb, po czym odwraca się, podchodzi do strażnika i powoli jeszcze raz podnosi ręce.

Justyna / Las

Kto wie? Ilu z nich wie, o co chodzi? Za wszystkimi zamkniętymi drzwiami komend i urzędów, domów, mieszkań w blokach. Ilu z nich się boi? Ilu uważa, że szatan istnieje i w każdej chwili może przyjść, i uciąć im głowy, i zjeść ich dzieci?

Kalt to szatan, może mają rację, ale czy to on jest prawdziwym złem?

Czy diabły mogą zabijać inne diabły? Czy właśnie to nie byłaby idealna sytuacja, pozwolić wszystkim diabłom pozabijać się nawzajem?

Nie wiem, jak tam trafić. Pamiętam kierunek, mniej więcej. Jest gdzieś wpół do czwartej, niebo jest ciemnoszare i szybko przeciera się w czerń, ale jeszcze widzę potok i ruiny cegielni po jego drugiej stronie. Idę wzdłuż potoku, zerkając na drugą stronę. To tam ten chłopak, Gizmo, zobaczył zjawę.

Las jest zimny i chrzęści pod stopami, i sprawia wrażenie, jakby ktoś zrobił go ze starego papieru, i gdy dotykasz ręką drzewa, masz wrażenie, jakbyś dotykała pustej w środku beli kartonu.

Szliście wtedy na północ, a potem odbiliście w las. Jak masz znaleźć ten dom, idiotko, myślisz, skoro jest ukryty nawet przed ludźmi, którzy tu mieszkają? Prędzej ten dom znajdzie ciebie.

Ta dziewczyna. Czy naprawdę chodzi o nią? Mikołaj nigdy nie mówił o niej ani o innych dziewczynach. Na początku byłaś mu za to wdzięczna, naprawdę. Są ludzie, którzy uwielbiają roztrząsać przeszłość swoich partnerów, a potem nie mogą zasnąć, pocą się, przewracają się z boku na bok z kołataniem serca, bo wciąż sobie ją wyobrażają, wyraźniej i pełniej niż swoją własną.

Mówił coś w rodzaju, czasami: była taka jedna Daria, straciłem z nią dziewictwo, była moją pierwszą dziewczyną. No to fajnie, odpowiadałaś, ja straciłam z takim Bartkiem, który uprawiał windsurfing, a teraz nawet nie mam pojęcia, czy żyje. To nigdy nie ma żadnego znaczenia. Odpowiadał od niechcenia, że masz rację.

A potem powiedział ci, że ona nie żyje. Po prostu przy kolacji w domu. Powiedziałaś, że ci przykro; on nie powiedział zupełnie nic i nie odpowiadał na żadne twoje pytania, więc przez ponad tydzień żyłaś w przekonaniu, że Daria umarła jakoś teraz, że Mikołaj dowiedział się o tym dosłownie przed chwilą, od jakichś starych znajomych. I dopiero po tym tygodniu, gdy nieśmiało zapytałaś, czy będzie jechał na pogrzeb, zdziwiony odparł, że nie, że ona nie żyje już od dawna.

I dużo później, ze dwa miesiące przed wyjazdem do Zyborka, byliście na spacerze nad morzem. Szliście po pustej plaży, pod wiatr, świeżo po deszczu, w stronę zachodzącego słońca, które przypominało ślad po wybuchu wielkiej bomby pełnej farby barwiącej każdą z rozrzuconych po niebie, porwanych chmur. Wszyscy siedzieli na polu namiotowym w Dębkach. A wy mieliście dosyć wszystkich, więc wsiedliście do auta i pojechaliście kilkanaście kilometrów dalej wzdłuż wybrzeża. Już wtedy go zdradzałaś. I myślałaś sobie, kurwa, jak można kogoś zdradzić, a potem iść z nim brzegiem morza pod wiatr. A on ściskał twoją rękę i myślałaś też, że najmocniej ściska się dłonie tych, którzy nas oszukują. I wtedy powiedział: ta dziewczyna z Zyborka. Jakby coś przeczuł. Ta dziewczyna, ona umarła, gdy ja z nią byłem. To znaczy, tego wieczoru, gdy umarła, to ja się z nią rozstałem.

Pomyślałaś przez chwilę (każdy by pomyślał, ale ty oczywiście o mało co nie zapytałaś), czy ona umarła, bo tak przeżyła to rozstanie.

Puścił twoją rękę i podniósł coś z ziemi, kamyk, muszelkę, nie pamiętasz. Zabił ją i zgwałcił pewien chłopak, powiedział. On też już nie żyje.

Dlaczego mi o tym wcześniej nie powiedziałeś, zapytałaś. Głupia. Jakby o wszystkich rzeczach tego typu trzeba mówić w pierwszym miesiącu znajomości.

Tak naprawdę, powiedział, tak naprawdę nie mówiłem ci nigdy o tym, co było przed tobą, bo nie było o czym. Ja od czasu tej Darii nie byłem z nikim dłużej niż miesiąc, dwa. Czyli z nikim nie byłeś, zauważyłaś. Tak, z nikim nie byłem, powiedział.

To jesteś w tym całkiem niezły, odparłaś. Trochę, żeby zrobiło mu się milej. Trochę, aby wygonić z tego momentu tę zabitą, biedną dziewczynę.

Pomyślałaś wtedy – może byłby tu teraz z nią. A może byłby tutaj z kimś zupełnie innym. Ale to, co mu się przytrafiło – to był błąd. Ty również. W tej właściwej wersji rzeczywistości ciebie nigdy nie było. To była zbyt wielka katastrofa.

Tracisz równowagę, na moment, w ostatniej chwili chwytasz się drzewa. Jest już ciemno, noc jest szybka, biegnie do ciebie. Masz tylko latarkę w telefonie. Poszłaś zgubić się w lesie i nie wzięłaś nic do picia, nic do jedzenia.

Dopiero gdy stoisz oparta o drzewo, przypomina ci się, że przecież ono zaraz się na ciebie przewróci. Łącznie z wszystkimi innymi. Że musisz iść jeszcze szybciej.

Wraz z ciemnością w lesie budzi się dźwięk. Chrzęst, świst, stukot. Wołanie. A przede wszystkim szum. Szum spomiędzy drzew. Musisz powtarzać sobie, że nie możesz co chwila przystawać i nasłuchiwać. Że musisz iść. Nawet jeśli będziesz chodzić po tym lesie przez całą wieczność.

Ktoś idzie w twoją stronę, chyba. Na granicy światła rzucanego przez latarkę, na końcu widzianej drogi, jakby ślad ruchu. Chwilę później dźwięk, coś spada w wielką kupę szeleszczących liści. Dźwięk jest oderwany od swojego źródła, kłamie na swój temat, zapowiada coś, czego nie ma.

Jego głos niesie się, odbija się od drzew i ziemi i zwielokrotnia w powietrzu, niedaleko musi być jezioro, myślisz, i dlatego dźwięk tak rozlegle się niesie; tu wszędzie są jeziora; jeziora są tylko śladami po czymś większym i zabójczym.

Czy ty w ogóle możesz założyć, co się stanie, gdy tam dojdziesz?

Czy masz przy sobie cokolwiek, co można byłoby uznać za broń? Nie, masz tylko chusteczki higieniczne, telefon i zapalniczkę.

Czy to w tym momencie należało skręcić w las? Czy może dwieście metrów dalej?

Gdy widzisz na końcu drogi zawieszone w powietrzu światło, myślisz, że zaraz wybuchnie ci serce. W powietrzu wisi cyfra. To oznaczenie fluorescencyjną farbą. Bele drewna, ułożone w piramidę przy drodze, czy były tutaj, gdy szliście tu ostatnio? Naprawdę nie mogłaś poczekać na Grześka?

Tyle dobrze, że wciąż masz sygnał w telefonie. Jedną kreskę.

Człowiek zawsze jest pewien, że zło dzieje się w ciemności. To pamięć genetyczna, wgrana na samo dno mózgu. To niemożliwe, by zupełnie jej się pozbyć, zwłaszcza dla kogoś, kto wychował się pół kilometra od elektrociepłowni Siekierki. Nie umiesz się tego pozbyć, chociaż wiesz, że prawdziwe zło nie musi się chować. Nie ma potrzeby.

Oni robili to w biały dzień, zawsze o trzynastej, powiedział Cyryl. I chociaż mężczyzna, który wpuścił cię na kilka minut do tej willi na Saskiej Kępie, zrobił to późną nocą, nie było trudno wyobrazić sobie tego wszystkiego w świetle dnia. Cyryl miał rację, na piętrze, naprzeciwko okna, wisiała kopia *Tańca w Bougival* Renoira. Ale zło nie było tylko w pokoju z obrazem, zło było wszędzie, na wszystkich piętrach.

– Ja zupełnie nie wiem, co tu się dzieje – powiedział mężczyzna, który otworzył wtedy drzwi, siwy i kruchy jak stary ptak, w za dużej, czarnej kurtce z wielkim logo firmy ochroniarskiej – to było śmieszne i trochę smutne, bo nie wyglądał, jakby mógł obronić kogokolwiek przed czymkolwiek.

Teraz w lesie pod stopami chrzęści szron. Twój oddech tak paruje, że zasłania ci widoczność, unosząc się w świetle. Liczysz na pamięć, ale strach ci ją odbiera. Rzeczywiście coś tam było, ale co?

Wtedy na Saskiej Kępie, w siedzibie czegoś, co Cyryl nazywał Klubem Puchatka, czułaś zło na parterze, w pustej kuchni z zabudową z IKEA, z paczką herbaty i kawy na blacie ze sklejki i samotnym, wypełnionym kamieniem dzbankiem elektrycznym. Szafki były prawie puste, kilka pojedynczych talerzy i widelców, jakiś słoik z białym proszkiem. Powąchałaś, wzięłaś na palec, sól.

– Pani mówi, że to jakaś kryminalna sprawa? – Dziadek stał za tobą, trzymał w ręku latarkę pomimo włączonego światła i czułaś, że udaje głupiego, przytulając mocno do piersi tysiąc złotych, który dostał za otworzenie drzwi.

W kuchni nic nie było. Poza lodówką. W lodówce znajdowało się kilka butelek szampana Moet & Chandon. I czekoladki, belgijskie.

– To drogi szampan – powiedziałaś, właściwie do siebie, a dziadek odparł:

– Pani, ja tam się nie znam.

Teraz w lesie pamięć mówi ci – patrz na drzewa. Coś było przyczepione do jednego z drzew. Coś, co pokazywało, gdzie masz skręcić.

Próbujesz obliczyć w pamięci, ile szliście. Ale nie pamiętasz. Wtedy nie myślałaś o liczeniu kroków.

Wtedy na Saskiej Kępie zło było w łazience, gdzie na plastikowej półce koło zlewu leżało pełno nieotwartych, małych szamponów i mydeł w płynie; tak samo obok wanny, wyposażonej w hydromasaż, udekorowanej brązową linią kamienia i brudu w dwóch trzecich wysokości i w szufladach pod zlewem, w których piętrzyły się stosy białych ręczników i szlafroków frotté. Z reguły nagrywali i robili to wszystko na górze, mówił Cyryl. Dwójka, trójka facetów i tyle samo chłopców, rzadko dziewczynki, wiek od ośmiu do trzynastu, nie młodsi, nie starsi. Ale czasami zabawa przenosiła się też do łazienki, do wanny, solo, gdy któryś mówił, że chce, aby jego aniołek go umył. Zło mieszkało w łazience. To była całkiem ładna łazienka. Białe kafelki, wylana żywicą podłoga. Mogłabyś mieć taką u siebie w mieszkaniu.

Teraz w lesie zastanawiasz się, po co w ogóle o tym myślisz. Po co próbujesz przekonać to zło, które jest przed tobą, żeby do ciebie nie podskakiwało, bo widziałaś jeszcze gorsze. Zło jest jedno. Zło to zło. Jest w wielu miejscach jednocześnie. Przybiera wiele kształtów. Zło to trochę Duch Święty.

Szczeknięcie psa sprawia, że odruchowo podskakujesz i o mało co nie potykasz się o wystający z ziemi konar.

Szczeknięcie, na razie pojedyncze, przypomina ci: patrz na drzewa. Patrzysz. Niedługo, po paru krokach, jest. Jak mogłaś zapomnieć. Mały krzyż na drzewie, zbity z dwóch desek. Pod drzewem wypalony znicz. Teraz już wiesz. Wchodzisz głębiej w las. Pies szczeka jeszcze raz. I jeszcze raz.

Wtedy na Saskiej Kępie zło było na piętrze. Puste, nieumeblowane pokoje. Jakbyś oglądała dom pod wynajem. Dużo drewnianych drzwiczek, skrytek w ścianie. Otwierałaś te skrytki, chociaż stojący za twoimi plecami dziadek sapał i fukał, że ci nie wolno. Za drzwiczkami była pustka, kurz, raz bezpieczniki od instalacji elektrycznej. Żeby dojść do zła, trzeba przejść przez wiele pustych pokoi, pomyślałaś wtedy.

Obraz wisiał na piętrze, naprzeciwko okna.

– Czemu to panią najbardziej interesuje? – zaciekawił się dziadek.

– Kto jest właścicielem domu? – zapytałaś.

– Jakaś firma, proszę pani, no co, tu prawie każdy dom ma jakaś firma, a kto jest pod firmą, to po co mi to wiedzieć – odparł. Wciąż trzymał dłoń na kieszeni, w której schował pieniądze.

Łóżko, wielkie jak hotelowe, zajmowało większość pokoju. Pokryte twardym, równym, białym materacem. Bez kołdry, bez pościeli. Odruchowo szukałaś plam. Szukałaś czegokolwiek. Patrzyłaś przez okno na ulicę. Patrzyłaś do pustych szafek nocnych. Patrzyłaś na białą sukienkę i czerwony czepek, i na rude włosy kobiety na obrazie, i na jasnożółty kapelusz mężczyzny, który z nią tańczy.

A potem zajrzałaś pod łóżko.

Teraz w lesie wiesz, dokąd idziesz. Pies ujada jak wściekły. Widzisz, coraz wyraźniej, ścianę domu, jamy okien. Zatrzymujesz się na chwilę. Gasisz latarkę. Czekasz na psa, aż podbiegnie po prostu szarpać i gryźć. Kucasz, macasz rękami po ziemi, podnosisz z niej coś, co wygląda jak gruby kij. Czujesz jego zimno przez rękawiczkę.

Jeszcze parę kroków do przodu. Przypominasz sobie wnętrze domu tego człowieka. Obrazki Matki Boskiej, świece, motyki, łopaty, grabie. Przypominasz sobie dzieci. Czy on robiłby to wszystko przy dzieciach?

Wtedy na Saskiej Kępie pod łóżkiem był kurz w grubych strąkach, nikomu nigdy nie chce się sięgać tak głęboko odkurzaczem.

– Co pani robi? – zapytał dziadek. – No kochana, niech się pani nie wygłupia.

– Spokojnie – powiedziałaś do niego, a wtedy na chwilę się uspokoił.

Włożyłaś całą rękę pod łóżko, żeby to wyjąć, delikatnie złapać w dwa palce, przysunąć do siebie, a gdy to zobaczyłaś, zamarłaś, usiadłaś, przysunęłaś się pod ścianę.

– Co się stało? – zapytał dziadek.

Pokręciłaś głową. Czułaś, że zrobiłaś się bielsza od śniegu.

Oni mieli zawsze dużo zabawek, kajdanek, rzeczy z sex shopu, ale nie tylko z sex shopu, mieli też małe gwoździe, pęsety, haczyki rybackie, mieli różne rzeczy, ale teraz tego na pewno tam nie ma, mówił Cyryl. Na pewno nic tam nie ma. Nic nie znajdziesz, mówił. Nie ma szans. Oni wiedzą, co robią, i to jest najgorsze.

Wtedy byłaś przygotowana. Wtedy miałaś ze sobą w kieszeni foliową torebkę na suwak, przynajmniej to.

– Co to jest? – zapytał dziadek.

– Jeszcze jedno pytanie, a będzie mi pan oddawał pieniądze! – wrzasnęłaś, a on się skurczył i złapał za kieszeń.

Zło czasami chowa się w zwykłych przedmiotach. Mieszka w nich i czeka. Jest pistoletem w ręku, siekierą pod ścianą. Kijem w ręku.

Wciśniętymi pod łóżko dziecięcymi majtkami z Kaczorem Donaldem i małą brązową plamą, trudno już powiedzieć po czym.

Teraz w ciemności pies szczeka i chcesz wierzyć, że trzymasz go na odległość kija, że nie podejdzie bliżej. Idziesz wzdłuż ceglanej ściany. Wąchasz powietrze. Nie czujesz benzyny i detergentów, tak jak ostatnio. Czujesz jedynie śnieg. I sadzę. I zgniłe liście. I coś jeszcze. Każdy twój krok jest jak strzaskanie butem małej szyby.

Chcesz krzyknąć, ale pies przestaje szczekać, a ty słyszysz za sobą dwa słowa, wypowiada je mężczyzna:

– Mam broń.

Podnosisz ręce do góry i mówisz:

– Nazywam się Justyna Głowacka. Byłam już tutaj.

– Klękaj – odpowiada głos. – Klękaj i się módl.

Klękasz, tak jak każe, wciąż trzymasz telefon w dłoni, ale po krótkiej chwili mężczyzna wyjmuje ci go z dłoni i chyba chowa do kieszeni, nie słyszysz, aby cokolwiek świsnęło w powietrzu, upadło w śnieg.

– Módl się – mówi głos.

– Nazywam się Justyna Głowacka – odpowiadasz.

Coś zimnego i metalowego, koniec czegoś długiego wciska się w twój kark, a ty zastanawiasz się, czy ciało rozpoznałoby ten kształt, gdybyś nie znała pojęcia broni.

Strach zjawia się później.

– Módl się – mówi.

– A potem pójdziemy? Gdzie? – pytasz cicho.

Czerń jest tak żarłoczna.

– Nad Czarny Potok – mówi głos. – Nie bój się. Tam jest płytko, tylko po szyję.

Mikołaj / Punisher

– Gdzie jest Justyna? – zastanawiam się, widząc, że jej samochód nie stoi pod domem.

– To twoja żona, a nie moja. Chodź, najpierw musimy zjeść – mówi i otwiera drzwi.

– Najpierw? – pytam.

Nie odpowiada, idzie w stronę garażu, otwiera go kluczem zawieszonym na wystającej z kieszeni smyczy, grubym i przerdzewiałym, tym samym, którego używaliśmy do otwierania garażu dwadzieścia lat temu. Wszystkie psy szczekają jak szalone, muszą widzieć coś wielkiego i groźnego, zawieszonego w powietrzu, wszystkie, oprócz Rocky'ego, który cicho popiskuje, schowany pod schodami. Chcę zobaczyć to, co one, ale widzę tylko niebo, szarobladogranatowe. Widzę ptaki, zataczające po tym niebie bezładne koła. Może tak naprawdę piszą coś do mnie, coś, co powinienem przeczytać. A może to wcale nie ptaki, ale uszkodzenia w moim oku.

– Najpierw? – pytam znowu, idąc w stronę garażu.

Garaż pachnie smarem, drewnem, miałem węglowym i śrutą dla świń, pod ścianą stoją związane plastikowymi linkami jutowe worki. Idę po przykrytym deskami kanale w stronę drewnianego stołu, na którym leżą brudne narzędzia. Grzesiek jest w głębi piwnicy, gwiżdże. Przestawia przedmioty, szuka czegoś.

– Najpierw? – pytam po raz trzeci.

– Spokojnie – odpowiada. Stoi pochylony, z dłońmi zanurzonymi w foliowym worku pełnym jakichś rzeczy. – Pojedziesz ze mną gdzieś – mówi.

– Nigdzie nie jadę. Chcę poczekać na Justynę – odpowiadam.

Grzesiek się prostuje. Coś strzela mu w plecach. Syczy z bólu. Ktoś otwiera drzwi do piwnicy.

– Kto tam? – pyta Jasiek.

– To ja! – odkrzykuje Grzesiek. – Nie bój się – dopowiada.

Dopiero teraz widzę, co Grzesiek trzyma w ręku. Linkę holowniczą, brudną od smaru, zwiniętą w kółko. Wychodzimy z powrotem na zewnątrz, Grzesiek chowa linkę do bagażnika. Potem znowu wraca do garażu, idę za nim, kuca, szuka czegoś w stosie skrzynek i pudełek pod drewnianym blatem.

– Ojciec to ciężki facet. Może i dobrze, żeś go trochę ustawił. My też kiedyś poszliśmy na pięści. Nie było cię wtedy. Z Agatą dopiero zaczął się bujać – mówi.

Wstaje. To mała skrzynka na narzędzia. Nie wiem, dlaczego wybrał akurat tę. Ani po co jest mu potrzebna.

– Ale teraz miał też trochę racji – mówi, zdejmując czapkę i ocierając nią czoło.

– Z czym? Z tym, że nic nie zrobiłem? Oddałem ci pieniądze, za które mieliśmy wrócić do Warszawy. Uratowałem ci dupę. – Podchodzę do niego o krok.

– Nie, Mikołaj, nie o to chodzi – mówi.

Zatyka go, widocznie ma za wąskie gardło na to, co chce powiedzieć. O co mu chodzi. Psy szczekają jeszcze głośniej. Niebo jest jak stal. Podnosi głowę, by na nie popatrzeć, jakby była na nim podpowiedź.

– Pamiętasz te komiksy? Z Punisherem? Czytałeś je, jak byłeś mały – mówi.

– Co? – pytam.

– Mam je do dzisiaj. W domu. W piwnicy. Te grubsze wydania. Mega Marvel. Pamiętasz je, nie? – mówi i jeszcze raz otwiera bagażnik.

Odwracam się w stronę domu, patrzę na niego, jakbym patrzył w obrazek z ukrytą treścią. *Magiczne oko*. Patrzył, ale nie umiał skalibrować wzroku.

– Punisher się mścił – mówię.

– Nie tylko – odpowiada Grzesiek i zapala papierosa.

Agata wychodzi przed dom, staje w drzwiach.

– Pojechała do Wiedźmina! – krzyczy do Grześka.

– Justyna? – pytam.

– Po kiego diabła?! – krzyczy Grzesiek.

Szybko wbiegam do środka, nie zdejmuję butów. W korytarzu jest ciemno, jedyne źródło światła dobiega z kuchni. Przełącznik nie reaguje.

– Ubzdurała sobie, że on coś jeszcze wie. – Agata kładzie talerze na stole, wykłada na nie ziemniaki, kurczaka w sosie. Grzesiek siada, zaczyna jeść, nawet nie zdejmując kurtki.

– Że niby jej wszystkiego nie powiedział, jak była u niego ostatnio? Ona to uparta jest jednak. – Grzesiek się śmieje, kręci głową. – Ty to umrzesz bez niej, naprawdę. – Odwraca się do mnie z ustami pełnymi żarcia i pokazuje mi palcem taboret.

– Jedźmy po nią – mówię.

– Spokojnie – odpowiada Grzesiek.

– U tego Cygana była. Tego, co przyjechał na Podzamcze. I on jej powiedział, że Maciuś u niego był. – Agata nie je, zamiast tego wypija łyk kawy. Grzesiek wraca do jedzenia.

– On jej nic nie zrobi, po prostu popierdoli te swoje

androny. – Nie wiem, czy Grzesiek mówi do mnie, czy do swojego talerza.

– Sam po nią pojadę. – Idę do drzwi, Grzesiek zatrzymuje mnie na progu, chwyta za kurtkę, ciągnie w stronę ściany obok drzwi do piwnicy, łapie za ramiona, przyciska.

– Puść mnie – mówię.

– Nic się jej nie stanie. Mamy robotę. Musimy coś zrobić. Uspokój się – odpowiada.

– Nie, w ogóle nic się nie stanie. Widziałeś go. Słyszałeś, co mówił – odzywam się, a Grzesiek ściska mnie coraz mocniej.

– Zaufaj mi – mówi.

I właśnie wtedy odwracam się, i walę go w ryj.

Najsłabiej zapanować nad świeżo nabytymi odruchami.

Zawsze, gdy o tym myślę, mam wrażenie, że moja ręka jest bardzo lekka. Że jej kości są puste jak u ptaka. Że gdybym miał kogoś uderzyć, palce pogruchotałyby się o jego głowę.

Moja ręka nie jest jednak tak lekka i pusta i wie o tym lepiej od mojej głowy. Grzesiek mocno odskakuje do tyłu, łapie się za nos, między jego palcami widać trochę krwi. Agata stoi za mną. Grzesiek przyciska dłoń do twarzy.

– Rozkręcasz się, Blady – mówi.

– Nie mów mi, kurwa, co mam robić – odpowiadam.

– To dzisiaj? – pyta Agata.

– Dzisiaj – odpowiada Grzesiek. Puszcza dłoń, krew wsiąka mu w zarost, spływa na górną wargę.

Wraca do kuchni, bierze ścierkę do naczyń, wyciera nią krew, Agata z obrzydzeniem wyrywa mu ją z ręki.

– Ty głupi jesteś – mówi do niego.

„Mogłeś to powstrzymać". Nie wiem czemu, ale przypominam sobie głos tego faceta z lasu. Wiedźmina czy jak go nazywają. „Mogłeś to naprawić". Wtedy, zanim go uderzyłem, coś ruszało się w jego ustach, coś czarnego, coś, czego nie widziałem, a właśnie to coś wypowiadało tamte słowa. Gdy na niego wskoczyłem, chciałem przede wszystkim ubić to coś, zgnieść, zmiażdżyć to razem z jego zębami.

Wiedziałem, że to coś było czarne i ruchliwe jak robak. Wyciągam telefon. Dzwonię do Justyny.

– Tajson, kurde, ty się musisz kontrolować, chłopie. – Grzesiek siada z powrotem przy stole.

Sygnał, drugi, trzeci.

Gdy ma się wyobraźnię, trudno jest oddzielić przeczucie od lęku. Dlatego wróżbitami i prorokami zostają idioci. Wyobraźnia nie zakłóca im transmisji. Jeśli widzą w głowie coś, o czym nie myśleli, znaczy, że to się zdarzy prędzej czy później.

Czwarty, piąty, szósty.

– Jedz. – Agata pokazuje talerz z wciąż parującym jedzeniem. Nie jestem głodny, nie umiem wyobrazić sobie tego, że kiedykolwiek będę.

„Abonent czasowo niedostępny".

– Jadę po nią – stwierdzam.

Grzesiek nie wstaje.

– Posłuchaj – mówi. – Posłuchaj, jest okej. Usiądź. Pojedziemy po nią potem.

– Potem?

– Za godzinę, dwie. Usiądź, zjedz, kurwa, jadłeś coś dzisiaj? – pyta.

Jedzenie jest wciąż gorące. Biorę trochę do ust, a potem wypluwam je w dłoń. Wstaję, myję dłoń w zlewie.

– Ty świnio – mówi z pełnymi ustami Grzesiek.

Nagle rozumiem, że po nią nie pojadę. Nie mam czym. Justyna wzięła nasze auto, zostało wyłącznie jego. I to on ma kluczyki w kieszeni.

– Za godzinę, dwie. Tylko coś zrobimy. Posłuchaj. Pamiętasz, że Justyna pytała, skąd on ma benzynę, ubrania, jedzenie. W lesie tego przecież nie znalazł. Pamiętasz? – pyta.

– Co z tego?

– A tyle, że to my mu dajemy. My mu to wszystko ogarniamy. Ja i ojciec. On jej nic nie zrobi. Ja wiem, że jest dziwny. Ale nikt jej nic nie zrobi. Siadaj, kurwa, nie chcesz jeść, to nie jedz, ale przynajmniej nie stój nade mną! – krzyczy.

– Czemu to robicie? – pytam Agaty.

– A co, dzieci miały z głodu umrzeć? – odpowiada pytaniem.

– Czemu nie powiedzieliście Justynie? – dodaję, ale nikt nie odpowiada.

Grzesiek bierze kawałek chleba, czyści talerz z resztek sosu z kurczaka, kończy posiłek, wstaje. Wyciera usta z jedzenia i zakrzepłej krwi. Agata podchodzi i łapie go za ręce. Przyciska je sobie do klatki piersiowej. To bardzo dziwny gest. Patrzą na siebie przez chwilę jak kochankowie w telenoweli. Agata sprawia wrażenie, jakby miała coś powiedzieć, ale milczy. W końcu odrywa ręce, wyciera je o koszulę.

– Za godzinę, dwie, pojedziemy po nią. Jeśli nie wróci w międzyczasie. Obiecuję, jeśli nie wróci, to po nią pojedziemy. Obiecuję ci na wszystko, przysięgam na grób mamy. Nic się jej nie stanie. Chodź – mówi.

Na zewnątrz jest dużo zimniej niż jeszcze pół godziny temu. Zrywa się wiatr, lodowaty i złośliwy. Przelatuje teraz przez Zybork, łamiąc gołe gałęzie drzew, wyrywając śmieci spod sypkiego śniegu i porywając je ze sobą. Jest bardzo głośny. Psy przez chwilę próbują go przekrzyczeć, ale nie dają rady. Zanim otworzę drzwi do auta, przestają, być może przestraszone, że wiatr również je porwie.

– O co chodzi? – pytam, gdy już jestem w środku.

– Chcesz wszystko naprawić? – pyta Grzesiek.

– To niemożliwe – mówię.

– Możliwe. Stałeś przed bronią. Wszedłeś przed wycelowany pistolet. I mówisz, że to jest niemożliwe. Człowieku. – Grzesiek podnosi głos.

– O co chodzi? – pytam jeszcze raz.

Nie odpowiada, tylko zapala auto.

Justyna / Czarny Potok

Czy jest jeszcze szansa na coś zupełnie nowego, myślisz, nie wiadomo dlaczego, może dlatego, że trzeba pomyśleć o jakiejś przyszłości, gdy ktoś prowadzi cię nocą przez las i wpycha ci broń w plecy.

Świat chrupie pod stopami. Tylko biały śnieg i czarna, zimna woda. Nigdy nie byłaś prowadzona z lufą między łopatkami. Takie rzeczy dzieją się w starych polskich filmach o wojnie, myślałaś, albo w trochę mniej starych filmach o ruskiej mafii.

No ale, Justynko, myśl o przyszłości, jeśli to wszystko się dobrze skończy, to jest szansa na nowe otwarcie. Co to znaczy nowe otwarcie, Justynko? To znaczy zostawić to wszystko i iść w stronę normalności, życia, w którym nie trzeba być odważnym. To jest fantazja każdej odważnej osoby w takich momentach jak ten, w których trzeba używać odwagi cały czas, schładzać nią mózg. Cholera, Justynko, myśli biegają ci po głowie jak pijani po płonącej knajpie.

– Gdzie są pańskie dzieci? – pytasz, bo być może, gdy zapytasz go o dzieci, opuści broń. A gdy to zrobi, będziesz miała kilka sekund, aby rzucić się w bok, w las. Niemniej on najprawdopodobniej cię złapie, i to szybko, bo w przeciwieństwie do ciebie wie, gdzie jest. – Zostały w domu? – pytasz.

– Moje dzieci są dobre. Są pełne światła. Dziecko nie zawsze jest dobre. Ale moje są dobre. Ich matka chciała inaczej – mówi.

Gdzieś w ciemności chlupocze woda.

– Gdzie jest ich matka? – pytasz i czujesz znowu kształt, który idzie przez ciało, zimny i długi, pod czwartym żebrem. Podskakujesz.

– W piekle – odpowiada.

Znowu przez chwilę jest wyłącznie ciemność, miarowe chrupanie pod stopami, chlupot wody, od jakiegoś czasu tak samo głośny, czyli idziecie wzdłuż potoku, ale nie zbliżacie się do niego.

– Chcę rozmawiać z Kaltem – mówisz nagle.

– Nie wiem, o kim ty mówisz, kobieto – odpowiada.

– Oczywiście, że wiesz. Chcę rozmawiać z Kaltem. On wie, że robi głupio. Że ludzie będą mnie szukać. Ludzie z Warszawy. Policja – mówisz.

– Każdy ma diabła w brzuchu. Ja też. Mój już milczy, twój zaraz się uciszy – odpowiada.

Zybork to specyficzne miasto, powiedziała Agata. To pamiętasz. Pod szpitalem, który jest teraz daleko stąd, daleko jak Patagonia albo księżyce Jowisza. Co miała na myśli? Kolor nieba czy zapach wiatru, a może to, że psie gówna na chodnikach schną szybciej niż gdzie indziej? Nie, Zybork wcale nie jest specyficznym miastem. Ani trochę. To po prostu specyfika tajemnicy.

– A gdzie idziemy? – pytasz.

– Mówiłem ci. Nad potok. Będziemy się modlić – odpowiada.

Zło to tajemnica podobna do cebuli. Ma wiele warstw, zedrzesz jedną, pod spodem jest kolejna. I w końcu zostajesz tylko z małym, często nadgniłym rdzeniem.

To jest właśnie ten rdzeń. Trzeba iść do niego przez las.

A potem, to jest twoje właściwe zadanie, trzeba opisać proces zdejmowania wszystkich warstw, opisać to w formie przestrogi, opisać po to, aby już nigdy więcej to się nie wydarzyło, nigdzie.

Oczywiście to bezsensowny trud. Zło jest również jak pleśń. Rośnie tam, gdzie może. Może rosnąć wszędzie. To niemożliwe, by stworzyć warunki, w których nie chciałoby zamieszkać. To znaczy możliwe, ale w takich warunkach nie chciałoby mieszkać żadne życie.

Ludzi zawsze trzeba traktować dosłownie. Nawet tych, nie, zwłaszcza tych, którzy mówią zagadkami. To, co on mówi, brzmi jak przenośnia, bo facet ma zepsutą składnię, nie pisał, nie czytał, nie rozumie niektórych słów. Ale to nie jest żadna przenośnia. To prawda.

Jeśli każe ci wejść do wody po szyję, w tej temperaturze śmierć z wyziębienia to kwestia minut.

Rzucasz się w prawo, nurkujesz w czerń i dzięki Bogu, on jest zdziwiony, to zdziwienie kupuje ci kilkanaście sekund. Biegniesz szybciej od myśli. On musiał się odwrócić, zajęło mu to chwilę, więc biegniesz z całych sił w przeciwną stronę, do drogi, tak myślisz, oczywiście on cofnie się po swoje auto i będzie jechał drogą, i cię dogoni, ale ty się schowasz albo będziesz czekać do rana, aż on się zmęczy, a może po prostu zawróci, da ci spokój, bo jeszcze nic tak naprawdę nie zrobiłaś, nic się nie stało. Nie, nie strzeli, bo spudłuje w tej ciemności. Biegniesz, biegniesz, biegniesz, zmuszasz się, by biec szybciej niż kiedykolwiek w życiu, powietrze, które połykasz w biegu, parzy ci żołądek.

Czy topił tam każdego z nich? Kazał im wchodzić do wody, celując do nich ze strzelby? Bernata, jego syna, jego brata księdza? Maciusia?

Czy zanim utopił Bernata, gdzieś go trzymał? Osobno czy razem z synem? Czy kazał mu zjeść kawałki ciała syna, gdy tamten umarł? Czy Bernat uciekł i chował się przed nim po lesie, w zaroślach, całymi dniami, tygodniami, a on go szukał?

Czy Kalt go za to ukarał? Nie dawał jeść jego dzieciom, nie przywoził mu benzyny? Powiedział, że musi się poprawić, bo inaczej będzie musiał chodzić do Zyborka i kraść, a Kalt już dopilnuje, aby za byle konserwę Wiedźmin dostał pięć lat.

Nogi odrywają się od ziemi, a potem pieką, dotkliwie, w jednym miejscu, w połowie goleni, a potem błyskawicznie pojawia się ziemia, ziemia jest twarda i zimna i prawie całuje cię w twarz, ale w ostatniej chwili blokujesz ten pocałunek dłonią. Ręka boli, a on jest zaraz przy tobie.

– Teraz wszędzie są linki – mówi, gdy kuca nad tobą.

Ręka boli coraz bardziej. Ból jest jak ogień.

– Topiłeś ich w tym potoku? – pytasz.

Łapie cię za kołnierz, podrywa do góry. Justynko, gdzieś ty polazła. Dokładnie to powiedziałaby twoja mama, Justynko, gdzieś ty polazła.

Mierzy do ciebie, przekrzywiając głowę jak pies, który próbuje zrozumieć swojego pana, gadającego do niego coś po ludzku.

– Przez tę dziewczynę? Darię? Tę, którą zabito wiele lat temu? Przez nią to wszystko? – pytasz. Chyba złamałaś rękę. A na pewno skręciłaś.

Opuszcza strzelbę wzdłuż ciała. To stara myśliwska broń. Zbliża do twojej twarzy brudną dłoń o wyprostowanych palcach. Na środku jest blizna.

– Wszystko w dłoni Boga – mówi.

– Kalt kazał ci to robić? – pytasz.

– Nikt nie może mi nic kazać – odpowiada.

Macha bronią w stronę lasu.

– Idziesz ze mną – mówi. – Idziesz dalej.

Zło jest niepoliczalne. Jest jak ocean czarnej, zimnej i gęstej wody. Można włożyć w nią rękę i za każdym razem wyciągnie się inny śmieć, inny kształt. Zło nigdy nie mówi prawdy o sobie, bo jej nie posiada.

– Kto podpalił dom? – Nie ruszasz się, choć pokazuje ci, abyś to zrobiła.

Ostatecznie idziesz do przodu. Z każdym krokiem ręka coraz bardziej boli. Musisz ją podtrzymywać, nie może zwisać swobodnie, bo wtedy ból jest nie do wytrzymania. Uwielbiasz przegrane sprawy. To twoja największa pasja. Można tylko mówić, ale mówią wszyscy i nikt nikogo nie słyszy. Na pogrzebie Cyryla nie było prawie nikogo. Mówił, że nie zna swojego ojca, a matka szczuła go MOPS-em, chciała wcisnąć mu swojego nowego bękarta. Ludzie z MOPS-u wycofali się, gdy zrozumieli, że Cyryl sam jest niepełnoletni.

On odmierza tempo, w jakim się poruszacie, pomimo że idziesz z przodu. Za każdym razem, gdy idziesz za szybko lub za wolno, szturcha cię bronią w plecy. Szybko łapiecie wspólny rytm. Ta podróż wydaje się nie mieć końca. Coś ścieka po twojej twarzy, to łzy. Wiesz, że to ciało reaguje na ból ręki.

Przegrane sprawy, Mikołaj to kolejna przegrana sprawa. Wciąż masz na dysku ten tekst. Wszystkim bardzo się podobał, wszyscy się dopytywali, kiedy go skończysz. To jest temat na okładkę dodatku, mówił Jacek. Pamiętasz nawet tytuł: *Anioł, który zaspał*. Zawsze uznawałaś się za osobę, która potrafi wczuć się w cudze cierpienie. Podać komuś rękę, nie bojąc się, że ją sobie pobrudzi. Jaka to głupota tak myśleć. Że w cudze cierpienie można się wczuć.

– Ile jeszcze? – pytasz.

– Wszystko w dłoni Boga – odpowiada i zaczyna gwizdać. Nie poznajesz tej melodii.

Zakochałam się w nim, nie mogę, powiedziałaś do Jacka przez telefon. Zakochałaś się, zaśmiał się Jacek. No tak, kurwa, co ja mogę na to poradzić. Czy ty na pewno się zakochałaś, powiedział, czy zakochałaś się w tej historii; nie, w nim, Jacek, w nim się zakochałam, w człowieku; no dobrze, nie mogę pytać o prywatne sprawy, więc może przekażesz materiały i tekst komuś innemu, a ja ci pod stołem wypłacę połowę honorarium. Mikołaj leżał na łóżku w pokoju obok, czytał książkę, starałaś się mówić cicho. Nie, nie zrobię tak, bo gdy tekst się ukaże, nawet jeśli ktoś inny będzie pod nim podpisany, on znowu zacznie ćpać. On nie może się przez to wściec, nie może zostać zraniony. To wszystko jest jeszcze bardzo kruche, pierwszy rok abstynencji to jest nic. Słuchaj, ja nie mam prawa dawać ci takich rad, bo to niekulturalne, ale jak kobieta tak zaczyna chuchać na mężczyznę jak na noworodka, to się źle kończy, zawsze. Tym mężczyznom w najlepszym przypadku przestaje im się cokolwiek chcieć. Kto ci dał taką dobrą radę, Jacku, babcia? – zapytałaś. Rób, jak chcesz, Justyna. Wszystko w dłoni Boga.

– To tu? – pytasz, bo się zatrzymuje.

W ciemności dostrzegasz potok. Węższy niż tam, przy Papierni. Wsiąkający w ziemię. Pokryty płatami lodu. Najczarniejszy z czarnych. Wydaje ci się, że jest dużo głębszy, niż on mówił, że jest głębszy od oceanu.

„Oboje mówicie głośno" – myślisz. Musi was być słychać z bardzo daleka. Echo roznosi dźwięk po lesie, a on odbija się od drzew, od ziemi, wyginając się jak cienki i giętki arkusz blachy.

Nie wejdziesz do tej wody. Już wolisz, aby cię zastrzelił. Nie wejdziesz. Coś zrobisz. Rzucisz się na niego i wydrapiesz mu oczy, na przykład.

– Nakarmiłem go – mówi.

– Co? – pytasz, bo początkowo nie rozumiesz.

– Tak zrobiłem. Pokazałem mu Boga, a potem go nakarmiłem – mówi.

– Pokazałeś mu Boga – powtarzasz.

– Tak – mówi. – Mieliśmy takie papierki, które pokazują Boga. Wkładaliśmy je do wody. Święte papierki. On wypił wodę i go zobaczył. A wtedy powiedziałem mu, żeby zjadł ciało swojego syna. Gdy wypił wodę, zrozumiał. Wyciąłem nożem, z nogi. Niewiele. Trochę więcej jak hostia.

– Mieliśmy? – pytasz z trudem, głowa trzęsie ci się od płaczu.

Coś długiego, metalowego i zimnego dotyka twojej głowy. Potok jeszcze bardziej przyśpiesza, jeszcze bardziej ciemnieje.

– To największa miłość, jaka istnieje. Zjeść ciało syna. Być jak Abraham – mówi.

Zamykam oczy.

– Bóg pyta cię, czego chcesz. Nie kłam. – Słyszysz.

– Prawdy – odpowiadasz.

Mikołaj / Punisher

Nie proszę o wiele. Chciałbym po prostu cofnąć czas.

Chciałbym cofnąć czas o trzy lata, do momentu gdy poznałem Justynę. Tylko tyle. Spróbować jeszcze raz. Zrobić coś wtedy, nie trwać w bezruchu i pozwalać się jedynie karmić i leczyć. Bić pięściami w rzeczywistość, aż rozpadłyby mi się ręce. Być obecnym. Trwać w obecności. Nie stracić tego, co miałem. Przysięgam, że gdybym cofnął czas, robiłbym wszystko, czego nienawidzę, z takim zapałem, jakbym to kochał. Pracowałbym w najgorszej korporacji świata i wymyślał hasła reklamowe dla ekstremalnie trującego, rakotwórczego i uzależniającego słodzika dodawanego do jedzenia dla niemowląt, i mówiłbym wszystkim, że to kocham, że to najwspanialsza rzecz na świecie. Zrobiłbym to, aby utrzymać moje życie. Utrzymać je w każdym sensie tego słowa. Nie dałbym dupy. Przysięgam.

Popatrzmy na to realistycznie – to nie są jakieś wielkie wymagania. Niektórzy, gdyby dostali taką możliwość, prosiliby pewnie o dużo więcej. „Cofnijcie mnie o osiemdziesiąt lat, abym mógł pojechać do Niemiec i zabić Hitlera. Albo chociaż Bono z U2". Ja? Halo, jestem tutaj, w kolejce. Tak, ja. Proszę państwa, dajcie mi szansę. Ja nie chcę ratować świata. Co mnie to wszystko obchodzi.

Wystarczą mi trzy lata do tyłu. Żeby uratować swoje życie. Żeby nie dać dupy.

Tylko jest jedno ale. Nie można wrócić do jakiegoś momentu w swoim życiu częściowo. To zero-jedynkowe sprawy. Spotyka się kolegę z liceum, niewidzianego od tamtej pory, od razu zaczynacie rozmawiać, jakbyście byli z powrotem w liceum. Nie ma innej możliwości. Inaczej nie umiecie. Tak samo gdy człowiek wraca po latach do miejsca, w którym był dzieckiem, od razu staje się nim z powrotem. Gdy wraca do miejsca, w którym był bezwolny – staje się z powrotem bezwolny. Ciasto wlane do blaszanej foremki w kształcie gwiazdy przybiera kształt gwiazdy. Nie ma czego roztrząsać. To najprostsze rzeczy na świecie.

Tak samo gdybym cofnął się o trzy lata, wciąż byłbym sobą. Popełniłbym te same błędy. W krytycznych momentach, kiedy trzeba byłoby coś zrobić, ja robiłbym to, co zwykle. Bałbym się. Wypuszczał wszystko z rąk. Z otwartymi ustami jak debil obserwowałbym, jak rozbija się na podłodze.

– Powiedz mi, o czym ty myślisz, gdy jesteś tak nieprzytomny? – pyta Grzesiek.

Podaje mi puszkę energetyka. Na puszce napoju nadrukowane są diabeł, liść konopi i goła baba. Sam napój smakuje jak płyn do spryskiwaczy zmieszany z oranżadą w proszku. Stoimy niedaleko jeziorka, przy jednym z bloków, silnik jest wyłączony, światła również. Nie wiem, czy gdzieś wychodzimy, czy na kogoś czekamy, nie mam zielonego pojęcia. Nie ma sensu pytać o to Grześka.

– Myślałem o mojej żonie – odpowiadam.

– To dobrze. Ja staram się nie myśleć o mojej – mówi Grzesiek.

– Zazdrościsz mi – mówię, a wtedy odwraca się i przez chwilę patrzy na mnie, jakbym zesrał się w spodnie.

Ścisza radio, w którym leci kawałek Acid Drinkers.

– Ja ci nigdy nie zazdrościłem. Miałeś raczej kulawo. Robiłeś głupoty. Nie chciałeś dać sobie pomóc. My chcieliśmy ci pomóc. Zawsze. Wystarczyło zadzwonić – mówi Grzesiek.

– Z tą pomocą to nawet nie zaczynaj – mówię.

Nie ma sensu, abyśmy rozmawiali, zwłaszcza szczerze, zwłaszcza o rodzinie, o sobie, bo do niczego to nie doprowadzi. Możemy co najwyżej się znowu pobić. Jak już mówiłem, jestem dobry w zdawaniu sobie sprawy z beznadziejnych przypadków.

– Może zazdroszczę ci trochę tej Justyny, bo to fajna kobieta, ładna, mocna – mówi. – Ale nie mogę patrzeć na to, jak to wszystko rozpierdalasz. Jak bachor. Siedzisz i najebujesz w to młotkiem. Bez sensu. Ja robiłem to samo, może dlatego.

– Ja też nie mogę na to patrzeć – odpowiadam.

Parska śmiechem i krztusi się dymem. Nachyla się głową do kierownicy, sam próbuje klepnąć się w plecy.

– Jesteś chujowy jak kabarety – mówi cicho przez ściśnięte gardło, próbując pozbyć się dymu.

– Punisher. Powiedziałeś, że nie tylko się mścił? – pytam.

– No właśnie – odpowiada Grzesiek, wpatrując się w ciemność pomiędzy blokami. Momentalnie robi się zdenerwowany. Zaciska dłoń na kierownicy.

– On naprawiał rzeczy. I zawsze mi się to podobało. To podejście. Że można coś naprawić – mówi.

Ktoś wychodzi zza bloku. Idzie powoli, nie widać jego twarzy, zasłoniętej zupełnie przez kaptur i szalik. Rozgląda się dookoła, jakby był śledzony, a może wszyscy w Zyborku tak się rozglądają, gdy wychodzą wieczorem z domu. Najpierw go nie rozpoznaję, widzę jedynie, że to mężczyzna w moim wieku albo trochę starszy, w zimowej, puchowej kurtce z kapturem, dżinsach i zimowych butach. Grzesiek przekręca kluczyk w stacyjce i wjeżdża na podwórko bloku, aby zawrócić. Wpatruje się w tego faceta, który, co parę kroków lekko kuśtykając, ostatecznie znika w ciemności na końcu ulicy. Grzesiek znowu odpala auto. Ruszamy w stronę, w którą poszedł.

– Powiesz mi wreszcie, co robimy? – pytam.

– Znasz to uczucie, gdy coś jest niesprawiedliwe, najbardziej niesprawiedliwe, jak tylko może, kurwa, być, i nic nie możesz zrobić? To uczucie tak mocne, że wykręca ci żołądek? Że rzygać ci się chce, a nawet nie masz czym? Że chcesz coś zniszczyć, a nawet nie wiesz co? Bo nie możesz nic zrobić? Zupełnie nic?

Kiwam głową. Próbuję jeszcze raz zadzwonić do Justyny. Ale telefon jest ciągle wyłączony. „Rozładował się" – powtarzam sobie w myślach. „Zostawiła wyłączony w aucie. Na pewno nic się nie stało".

– Jasne, że znam – mówię, że je znam i od razu je czuję. Od razu boli mnie brzuch.

Podjeżdżamy pod Underground. Grzesiek parkuje auto, jak zwykle, pod blokiem po drugiej stronie ulicy. Bez słowa zapala kolejnego papierosa i otwiera kolejnego energetyka. Jego palce wybijają na kierownicy rytm piosenek, które mkną jak rozpędzone resoraki.

Na ścianie budynku, tuż obok wejścia, widać kilka naderwanych, odrapanych plakatów z referendum z kowbojem i napisem: ZYBORK REFERENDUM. Obok widnieje przyklejony świeży, jeszcze niezerwany plakat bez żadnej grafiki, z dwoma prostymi, czarnymi wyrazami na białym tle: WYGRALIŚMY, DZIĘKUJEMY.

– O czym tak naprawdę myślałeś? Gdy myślałeś o Justynie? – pyta.

– O tym, że chciałbym się cofnąć w czasie. O trzy lata – odpowiadam.

Kaseta się kończy, Grzesiek wyjmuje ją z magnetofonu. Jednak w ciszy czuje się nieswojo, cisza go uwiera, więc wkłada kasetę z powrotem, na drugą stronę. Piosenki znowu pędzą, ale dźwięk jest przytłumiony i ciepły jak woda z jeziora w upalny dzień. Tak właśnie brzmiało nasze życie. Tylko tak możemy się cofnąć.

– Dlaczego akurat trzy? – pyta.

– Bo wiem, co spierdoliłem w tym małżeństwie. Wiem, kiedy powinienem zachować się inaczej. Kiedy powinienem coś zrobić. Coś naprawić. Być facetem – mówię.

– A nie siedemnaście? – pyta Grzesiek.

– Co? – dziwię się.

Ten facet sprzed bloku, na którego widok Grzesiek znowu nieświadomie podskakuje, aż żar z papierosa spada mu na spodnie, podchodzi pod Underground. Rozgląda się przez chwilę, zdejmuje kaptur i wchodzi do środka.

– Pytam, czy nie powinieneś raczej cofnąć się o siedemnaście lat, a nie o trzy – mówi mi Grzesiek.

Gasi papierosa, wyciąga kluczyki, przeciąga się, jego ciało strzela serią kapiszonów.

Jakbym znowu patrzył w ten obrazek, w *Magiczne oko*.

– Mówisz o tym naprawianiu? – pytam.

– Tak. O sprawiedliwości – odpowiada. Czeka chwilę, widzi, że go nie rozumiem. Zapala jeszcze jednego i mówi dalej: – Ojciec naprawdę za surowo cię, kurwa, oceniał. Mówiłem mu, zobaczysz, gdy przyjedzie, gdy wróci, to wyjdzie z niego. Mówiłem, ojciec, popatrz, on jest taki sam jak my. Mikołaj to ta sama krew. Mój brat. Twój syn. Jak on mógłby być inny – gdy to mówi, śmieje się, ale wciąż ściska kierownicę tak mocno, że bieleje mu pięść.

– Nie, Grzesiek. To ty zawsze byłeś ten twardy. Gryzłeś ludzi po nogach, dosłownie. Ja byłem ten słaby. To proste jak drut.

– Chodziło o to, aby nie dać się usunąć ze świata. Co wszyscy chcą zrobić? Wszyscy chcą cię zmazać, jak źle zrobione zadanie na tablicy – mówi po chwili.

I zanim zapytam go po raz kolejny, o czym właściwie mówi, wysiada z auta. Wchodzimy do środka, schody tym razem są puste, nikt na nich nie stoi, co więcej, są nawet czyste, chociaż ściany już na stałe przenika zapach wyszczanego piwa i wchodząc, trzeba zatkać nos, aby odruchowo się nie porzygać. W środku jest jasno, wszystko skąpane jest w żółtym świetle zwisających z sufitu żarówek. Kilkanaście osób siedzi przy stołach, paląc i pijąc, następne kilkanaście oblega bar, wydobywające się z małego głośnika Radio Eska zalewa klub trzeszczącą zupą płaskich dźwięków, tnących powietrze jak zardzewiały nóż. Młody, nastoletni chłopak w koszuli, której nie zdjął pewnie od Wigilii, wrzuca pięciozłotówki do maszyny owocówki postawionej pod ścianą.

Grzesiek rozgląda się. Widzi.

Facet, którego obserwował Grzesiek, zdejmuje kurtkę, chowa ją pod pachę i mówi coś do Kaśki, która stoi za barem, ale jeszcze nas nie widzi.

Ten facet to Jarecki.

– Chodź – mówi Grzesiek.

Podchodzimy do baru. Grzesiek pokazuje Kaśce dwa palce, ta kiwa głową, przez moment zajmuje się kimś innym, ale po chwili odwraca się z powrotem do mnie i Grześka i gdy patrzy na mnie, widzę, że w jej twarzy jest coś dziwnego, coś, czego nie umiem przeczytać, coś, co wygląda na gniew i zmęczenie, ale nie jest wyłącznie gniewem i zmęczeniem; Grzesiek to czyta i uśmiecha się do tego. Kaśka stawia na blacie dwie cole i jedną wódkę.

– Cześć, Mikołaj – mówi, prawie nie otwierając ust, jej twarz jest zupełnie nieruchoma, przypomina maskę.

Grzesiek podsuwa wódkę w moją stronę, wypija łyk coli.

– Ja prowadzę, ale ty pij – mówi.

– Nie, nie mam ochoty. – Odsuwam kieliszek.

– Pij, Mikołaj – mówi Kaśka.

Nie rozumiem, ale zanim cokolwiek jej odpowiem, znika, nachyla się do kogo innego, więc piję. „Niewiele potrzeba mi do tego, abym się napił" – myślę. „Wódka nawet nie jest zła, jest w miarę zimna i w miarę dobra". Przepijam colą. Na twarzy Grześka pojawia się na chwilę niewyraźny uśmiech. Odwraca się w stronę baru i krzyczy:

– Jarecki!

I dopiero teraz widzę, że w sali Undergroundu są poutykane znajome twarze, te same co zwykle, twarze, które starają się nie zwracać na nas żadnej uwagi – Bylu, nawet Kafel, który stoi oparty o stół z piłkarzykami, przypominając smutną skałę.

Jest też Wariat. Jarecki właśnie z nim rozmawia. Gdy Grzesiek wykrzykuje jeszcze raz jego nazwisko, ten odwraca się w naszą stronę. Grzesiek macha do niego ręką.

– Chodź no na bajera, chodź – mówi i wtedy widzę, że Grzesiek gra, udaje trochę pijanego, że nałożył sobie specjalnie ten głupawy uśmiech na gębę.

– Daj mu jeszcze jedną. – Pokazuje Kaśce.

Kaśka podaje mi kieliszek, patrząc na Jareckiego.

– No chodźże, chodź – mówi Grzesiek.

Jarecki i Wariat patrzą na nas bez słowa. Ten pierwszy po chwili do nas podchodzi. Człapie, lekko kuśtyka, coś musi go boleć.

– Ty też chodź. Chodź, Wariat, chodź. – Grzesiek macha zapraszająco ręką, na chwilę traci równowagę, lekko zsuwa się z barowego taboretu, chcę go złapać, ale sam odzyskuje równowagę.

– Co tam? – pyta Jareckiego. Dopiero teraz w jaśniejszym świetle widzę, jak czas nadpsuł Jareckiego. Kompletnie zgubił swoją dawną żylastość i smukłość, jest rozlanym i brzydkim facetem z dużym brzuchem i ciałem jak stary twaróg. Jego oczy zrobiły się smutne, spłynęły bokami do dołu, nawet nie tyle przez jego osobisty smutek, ile przez grawitację, kanapki z chipsami, piwo, odgrzewaną pizzę z Tesco.

– Co u ciebie, małolat? – pyta Grześka. Mówi cicho, jest zakłopotany. Wyciąga do mnie rękę. Ściskam ją, jest miękka i mokra.

– Pamiętasz mnie? – pytam.

– Pamiętam – wymrukuje.

– Będziecie znowu porutę robić? – pyta Wariat. Też jest zdenerwowany.

– Masz z kim gadać? – pyta Jareckiego Grzesiek.

– Nie rozumiem – odpowiada.

– Pytam, czy masz z kim gadać? Bo ja nie mam z kim, mówię ci. Nie mam do kogo gęby otworzyć, bez kitu. – Grzesiek się uśmiecha, patrzy na Jareckiego, obraca się dookoła na krześle.

– Byliński! – Wstaje i podnosi rękę.

Bylu, który siedzi sam w kącie sali nad jakąś kolorową gazetą, podryguje na ten okrzyk, ale nawet nie podnosi głowy.

– Widzisz, jak się nie ma z kim gadać, to się gada z prostytutkami – mówi Grzesiek.

– U nas też jest ciężko – mówi Jarecki. Trochę nie wie, co powiedzieć. Patrzymy na siebie nawzajem, ale nie mamy sobie zupełnie nic do powiedzenia.

– Fabryka? – pyta Grzesiek.

– Budowlanka bardziej, takie roboty różne – odpowiada po chwili Jarecki, mówienie o sobie ewidentnie go męczy.

– Chodź już. – Wariat łapie Jareckiego za kurtkę, ale ten nie reaguje, stoi nieruchomo. Jakby była między nami jakaś niesłyszalna, inna rozmowa, która jeszcze się nie skończyła. Wypijam kolejną wódkę, proszę o jeszcze jedną.

– Myślałem, że się pogodziliśmy. – Grzesiek zatrzymuje Wariata, chwytając go za ramię.

– A pogodziliśmy się? – pyta Wariat.

– Tak, przeprosiłeś mnie za wszystko i powiedziałeś, że już więcej nie będziesz. – Grzesiek rechocze, jego własne słowa bawią go tak, że lekko się zapluwa.

Wariat patrzy na niego jak na gówno, które wybiło z kibla.

– Przyjdź zaraz, brachu – mówi do Jareckiego i odchodzi na drugi koniec baru. Bez przerwy na nas patrzy.

Coś wisi w powietrzu, coś, czego wcześniej nie było, coś, czego wcześniej nie czułem, jakby mnóstwo opiłków waty szklanej, które wchodzą do uszu i oczu, i pod ubranie; powodują kłucie i swędzenie, gwałtowną reakcję alergiczną. Odruchowo zaczynam się drapać.

I znowu to uczucie. Jeszcze mocniejsze. Druty w ciele, przewodzące prąd. Jakby ktoś się nimi bawił, odruchowo staję na palcach, wyginam kręgosłup. Jakby ogromna dłoń wzięła mnie w dwa palce za skórę na karku jak kociaka i delikatnie podniosła.

– Wszystko u ciebie dobrze? – pytam się Kaśki, gdy podsuwa mi kolejny kieliszek.

– Dobrze, a co? – rzuca, jakby była obrażona.

– Przepraszam jeszcze raz za tamto w sklepie – mówię.

– Nic się nie stało, no co ty, nie masz za co przepraszać – odpowiada jeszcze zimniejszym tonem i nagle rozumiem, że nie chce ze mną gadać dlatego, że się obraziła. Te tiki, te wszystkie grepsy. Tajne sygnały. Tak, ona doskonale wie, co tu się dzieje. Nie odzywa się, bo nie chce stanąć na drodze temu, co ma się wydarzyć.

– Budowlanka, mówisz. To dobrze. Z żoną przyjechałeś? – pyta Grzesiek, a Jarecki powoli nabiera się na jego serdeczność, coś w jego ciele odpuszcza, kładzie rękę na blacie między mną a Grześkiem.

– Z żoną i dzieciakiem. – Jarecki kiwa głową.

– Dzieciakiem. Też mam dzieciaki. Albo inaczej, miałem. Kurwy przyszły nocą i je wykradły – mówiąc ostatnie wyrazy, Grzesiek podnosi głos.

– Słuchaj, raz źle, raz dobrze, co zrobić? – mówi Jarecki. Kaśka podaje mu piwo. Wypija łyk, przyciska kufel do ciała.

Wszystko mnie swędzi, mam wrażenie, że moje ciało zwiększa swoją objętość specjalnie po to, aby wszystko swędziało mnie jeszcze mocniej; najchętniej starłbym z siebie całą skórę pumeksem, gąbką z drutu. Do tego w środku robi się gorąco, jakby ktoś gwałtownie ustawił kaloryfery na pełen regulator.

Kręgosłup wygina mi się w łuk, odruchowo opieram się o bar.

– „Samochód wszedł w zakręt..." – zaczyna nucić Grzesiek, najpierw kulawo i cicho. Jarecki udaje, że nie słyszy. Grzesiek, ciągle nucąc to zdanie w kółko, opiera się o bar, wyjmuje mu piwo z ręki, wypija połowę, oddaje mu z powrotem. Jarecki nie reaguje. Wychyla się tak, aby mieć oko na Wariata stojącego po drugiej stronie baru.

– „Samochód wszedł w zakręt pomimo wyłączonych świateł!" – śpiewa, teraz dużo głośniej, śpiew unosi się w powietrzu, przewala przez klub, wszyscy odwracają się w jego kierunku poza Kaśką, która patrzy w ścianę, odwrócona do mnie tyłem, nieporuszona, nalewa komuś piwo.

– No tak, pamiętam – mówi Jarecki chyba po to, aby powiedzieć cokolwiek.

– Trochę kiepściuchno, panowie szlachta, wam to wszystko wyszło! – krzyczy Grzesiek.

Wariat robi krok w naszym kierunku.

– Ty nie pamiętasz, Grzesiek, ty gnój jebany byłeś! – odkrzykuje Wariat.

Jarecki nachyla się do niego. Na jego twarzy jest czysta nieobecność. Życie wyszło z tego faceta i gdzieś sobie polazło, nawet się na niego nie oglądając.

– To było bardzo dawno temu i nieprawda, bracie – mówi Jarecki.

– No tak, dawno temu, a co jest teraz? – pyta Grzesiek.

– I to nic nie znaczy, to jest jakaś tam, wiesz, kurczę, młodość, no – mówi cicho Jarecki, skrzecząc, jakby zapalił papierosa tuż po przebiegnięciu maratonu.

– A co jest teraz?! – krzyczy Grzesiek i odpowiada sam na zadane przez siebie pytanie: – Teraz jest tak, Jareczku, że robisz na budowie, na której nawet odszkodowania za wypadek nie dostałeś, i że masz bachora, który cały czas drze mordę, drze tak, że byś go zajebał, i żonę, która wygląda jak twoja własna matka, bracie, kurwa, a kiedyś byliśmy piękni i młodzi, a teraz co? No powiedz, co jest teraz?

Jarecki milczy. Za to Wariat na dobre rusza wzdłuż baru i krzyczy do Grześka:

– Won stąd, chuju głupi!

– Nie mów tak do niego – odzywam się do Wariata. Dopiero wtedy Kaśka odwraca się w moim kierunku.

– Ile razy trzeba ciebie stąd wyrzucać? No ile, kurwa? – Wariat podbiega, łapie Grześka za kurtkę, zaczyna nim potrząsać. Ten zaczyna się śmiać.

Grzesiek patrzy na Jareckiego. Uśmiecha się. Jarecki stoi w dziwnym napięciu, z zaciśniętymi ustami, jakby zabolały go naraz wszystkie kości. Grzesiek chce klepnąć go w ramię, ale Wariat podbija jego rękę, wygląda to bardziej głupio niż agresywnie, jakby grali w łapki. Grzesiek macha ręką.

– Pamiętasz, co ci powiedziałem pod kościołem? – pyta Wariata. – Pamiętasz?

– To zrób to teraz – mówi Wariat. – No zrób.

– Ciebie to Kalt zajebie – odpowiada Grzesiek, odwraca się i wychodzi. Do wyjścia idzie powoli i nierówno, co chwila tracąc równowagę, jak zupełnie pijany.

– Pilnuj go, jak już tu rządzisz! – woła Wariat. To chyba do mnie. Odwracam się. Wariat stoi na środku sali w rozkroku, celując we mnie wyciągniętymi palcami, jak z niewidzialnego rewolweru. W jego postawie jest coś tak głupiego, że zaczynam się śmiać.

– Nie odwracaj się, nie odpowiadaj! – woła Grzesiek i zaczyna schodzić po schodach. Idę za nim. Po schodach schodzi już normalnie, szybko, wręcz biegnie do samochodu.

Tłucze dłońmi o kierownicę, jakby się nawciągał. Patrzy w okno Undergroundu.

Po chwili bez słowa odpala samochód.

– I to było to naprawianie? Co to było? – pytam.

Nie odzywa się, gdy prowadzi. Dłubie w nosie, międli w palcach to, co wydłubał, pstryka tym na podłogę. Znowu włącza kasetę. Muzyka jest cicha i jazgotliwa. Wszystko swędzi mnie tak samo jak w środku, tylko wpadłem z gorąca w zimno, czuję, jak ściąga mi się skóra, pieką mnie oczy, zaraz zacznę dzwonić zębami.

Stara się jechać powoli, ale gwałtownie wrzuca biegi, jakby stawiały opór. Trzęsie mu się dolna szczęka.

Dopiero gdy zatrzymuje auto, zauważam, że wróciliśmy w to samo miejsce, z którego wyjechaliśmy, pod ten sam blok niedaleko jeziorka. Ulica jest kompletnie pusta.

Grzesiek odwraca się i sięga na tylne siedzenie. Po chwili szarpaniny wyciąga coś z zalegających tam gratów. To apteczka samochodowa. Kładzie ją sobie na kolanach. Robi głęboki wydech. Na moment zamyka oczy, jakby zasnął, a następnie podrywa głowę, jakby coś go obudziło, dźwięk, którego nie słyszę. Odwraca się do mnie.

– Ty jesteś martwy, Mikołaj – mówi. – I to właśnie musimy naprawić.

W jego oczach coś tańczy, głupi upiór, który wcześniej spał.

– Nie jestem martwy, co ty pierdolisz? – odpowiadam.

– Jesteś. To cię zabiło. Siedemnaście lat temu. Przyznaj. Wciąż tam leżysz. Pod zamkiem – mówi.

– Może. – Czuję, że zaraz wybuchnie mi serce.

– Jesteś martwy, Mikołaj, to cię zabiło, ale to nie ty ją zabiłeś – mówi.

Druty w moim ciele nagrzewają się do czerwoności. Wyciskają mi łzy z oczu.

– Przestań – mówię.

– To by się stało i tak. Ale to, to właśnie jest coś do naprawienia – odpowiada.

– Jak? – mówię i zaciskam zęby, i zaraz o mało co wszystko w moim ciele nie pęknie. To potworny ból. Trwa chwilę, ale przypomina krojenie ciała od wewnątrz. Bez znieczulenia.

Odwraca się. Patrzy na ulicę, w czerń. Ktoś z niej przychodzi.

– Szybciej się uwinęli – mówi.

Jarecki idzie powoli chodnikiem, w kurtce z kapturem, i teraz dokładnie widać, że idzie krzywo, że każdy krok jest dla niego małym bólem, szczególnie teraz, gdy stara się nie przewrócić na oblodzonym chodniku. Grzesiek otwiera apteczkę. Studiuje jej zawartość, jakby analizował sytuację, po czym zamyka z powrotem.

– Potrzymaj – mówi i daje mi ją do ręki. To zwykła apteczka samochodowa, niebieska, brudna, z odłażącą nalepką.

Zanim zdążę go zapytać, co on, kurwa, robi, Jarecki zrównuje się z naszym autem, Grzesiek opuszcza szybę.

– Ej! – krzyczy.

Jarecki się zatrzymuje. O mało się nie przewraca.

– Przepraszam cię – mówi Grzesiek i wychodzi z samochodu.

– Nie ma sprawy – odpowiada Jarecki, ale cofa się o krok.

– Naprawdę cię przepraszam, stary, nie powinienem – mówi trzeźwo, jego słowa są ciężkie, w powietrzu zderzają się z mrozem, wywołują iskry. Jarecki znowu się cofa.

– Nie powinienem mówić tak o twojej żonie – mówi głośno Grzesiek.

Oprócz naszej trójki na ulicy nie ma nikogo.

Zapalam papierosa.

– Muszę iść do domu – mówi Jarecki. – Naprawdę.

Znowu to gorąco. Spada na mnie. Zalewa mnie całego. Ktoś wylał na mnie wiadro mojego własnego potu.

– Słyszałeś o młodym Bernacie? – pyta Grzesiek.

– Co? – Jarecki jest zdziwiony.

– O Mareczku czy coś słyszałeś. Albo o Maciusiu? – powtarza Grzesiek.

– Że co? – pyta znowu Jarecki. – Sorry, stary, ja muszę iść do rodziny – dodaje.

Otwieram apteczkę i wtedy mówię głośno „o kurwa!", i wtedy słyszę głuchy huk, jakby ktoś rzucił z drugiego piętra przez okno płytę chodnikową, i dopiero wtedy patrzę na ulicę.

Justyna / Wszystko w dłoni Boga

Moja mama. Moja mama jest chora przez to wszystko, co jej zrobiłam. Przez te wszystkie nerwy, na które ją skazałam. Moja mama to stare pianino, które ktoś otworzył, a następnie trzasnął z całych sił młotem w struny. Kiedy ostatnio do niej dzwoniłam? Dobre pytanie. Gdy dzwoniłam, musiała zapytać, czy fajnie wam na Mazurach. Powiedzieć, że sama chciałaby popływać łódką po jeziorze. Mamie trzeba po prostu pozwolić mówić i broń Boże nie próbować z nią rozmawiać. Nie potrafi tego. Ja też nie potrafię. Nigdy nie dałam mojej mamie niczego, co mogłaby polubić. Nie pomagałam jej. Ostatnio nawet nie miałam pieniędzy. Pieniądze niewiele by zmieniły, ale może byłoby jej wygodniej. Mama razem z ciotką zajmuje małe mieszkanie na Grochowie. W dwie ostatnie Wigilie odwiedziliśmy je z Mikołajem. Mama nie polubiła Mikołaja, bo wstał i bez pytania otworzył lodówkę, aby coś do niej schować. Niewychowany, powiedziała. Do dzisiaj tak myśli. Że Mikołaj jest niewychowany.

Mama nie zasługuje na to, co się wydarzy.

Mama przez następne kilka lat będzie musiała jeździć i identyfikować po kolei dobre kilkadziesiąt ciał. Za każdym razem powie – nie, to nie moja córka. To ktoś inny. Zawsze będzie wiedzieć, nawet gdy pokażą jej gołe kości, wygrzebane z bagna albo wyłowione z rzeki. Nigdy nie powie, że to coś, co leży przed nią, to ja, po prostu nie zrobi tego dla świętego spokoju. Moja mama przeżyje to wszystko i dożyje do momentu, w którym znajdą moje resztki, prawdziwe resztki Justyny Głowackiej, z domu Kryszewicz, w tym lesie, wywleczone z ziemi przez jakieś zwierzę. Ludzie z chorymi duszami, ludzie z zepsutymi głowami, którzy nie chcą żyć – właśnie oni żyją najdłużej.

Mamo, przepraszam. To, co mi powtarzasz od tylu lat. Co zawsze powtarzasz ciotce, sąsiadkom i komukolwiek, kto jeszcze ma siłę z tobą rozmawiać. Przypomnij sobie. Justynka to jest jak ojciec, mówisz. Justynka się nie zatrzymuje, lecz biegnie, dopóki nie walnie głową w ścianę. Robi wyłącznie to, co jest niebezpieczne. Bóg mnie ukarał taką córką. Bóg cię ukarał taką córką, mamo.

Kazał mi rozgarniać ziemię i liście, i śnieg, więc to robię w miejscu, które wskazał światłem latarki, między drzewami, obok niewielkiego wzgórza, skąd widać było czerwony punkt, chyba na jakimś kominie. Kazał mi robić to na kolanach. Robię to prawą ręką, lewa zwisa bezwładnie wzdłuż ciała, pulsując bólem.

On nic nie mówił, tylko stał obok, mamrocząc coś pod nosem, jednostajne zdania, których nie potrafiłam rozszyfrować.

Nie wiem, ile tak naprawdę to trwało, nie wiem, ile czasu tu byłam, i nawet nie wiem, czy to już się wydarzyło, czy dopiero się dzieje. Nie, chyba dzieje się teraz, to chyba jednak teraźniejszość.

– To jest prawda – mówi.

I dopiero teraz rozumiem, gdy podnoszę wzrok i widzę, że niedaleko przede mną z ziemi wyrastają trzy krótkie, fragmenty nieukończonych ścian. To miejsce to zarośnięte fundamenty domu.

Odpycha mnie ręką na bok. Wyciąga coś z kieszeni.

Spod ziemi i śniegu przeziera ciężka, metalowa klapa. Na klapie jest kłódka. Mężczyzna, na którego w Zyborku wołają Wiedźmin, wyciąga z kieszeni klucz.

– Otwieraj. – Świeci mi latarką.

Kłódka stawia opór, zwłaszcza gdy próbuje się otworzyć ją jedną ręką, a rękawiczki przetarły się na palcach. Pokazuję mu, że nie mogę, ale wtedy wciska mocniej lufę strzelby w moje plecy.

– Chcesz prawdy, to otwieraj – mówi.

W końcu kuca, wyjmuje z kieszeni zapalniczkę, przystawia płomień do dziurki od klucza. Trzyma ją w gołych palcach. W małym ogniu widać jego twarz. Jest pokryta siatką blizn i bruzd jak stara mapa. Mogłabym teraz zabrać mu broń, uderzyć go w bok albo w głowę. Ale czuje to i widzi, i nie pozwoli mi tego zrobić.

Zamek trzaska, puszcza, dźwięk roznosi się w powietrzu jak strzał.

– Tu jest prawda – mówi i unosi właz. Trwa to chwilę. Pod włazem jest dziura, z której bucha smród, który sprawia, że robię krok w tył, ale on łapie mnie mocno za plecy. Smród i dźwięk. Może mi się tylko wydaje. Boże, aby mi się tylko wydawało.

Ta dziura, jak jama wielkich ust, czarne dno wszelkiej możliwości.

Gdzieś z daleka dobiega zajadłe szczekanie psa.

Mózg rejestruje jedynie, że wszystko, co było pod podeszwami butów, zostaje nagle wycięte. Potem rejestruje smród, który wykręca żołądek na drugą stronę. A dopiero na końcu mózg domyśla się, że ciało leciało w dół, gdy już całe boli, bo zderzyło się z ziemią.

Zaczynasz rzygać.

Smród wchodzi do ciała i wypełnia je w całości, nie pozostawiając miejsca na nic innego. Smród kilogramów rozłażącej się, miękkiej tkanki. Smród gazów, nieporównywalny z niczym. Rzygasz jeszcze raz. Nic nie ma, poza smrodem i ciemnością, i twardą ziemią, i gardłem, i lewą ręką, która jest wypełniona bólem aż po brzegi, być może złamana w dwóch miejscach.

A wtedy słyszysz głośne uderzenie nad sobą, jak uderzenie dzwonu, i coraz lepiej rozumiesz. „Synowie królestwa zostaną wyrzuceni na zewnątrz – w ciemność". Coś w tobie rośnie, dopiero po chwili zdajesz sobie sprawę z tego, że to krzyk.

Wypada z ciebie ogromny wrzask. Nie przestaje wypadać nawet wtedy, gdy gardło zaczyna się buntować i nie przestaje nawet wtedy, gdy żołądek znowu podskakuje ci aż do gardła.

Nawet nie słychać odgłosów kroków na śniegu.

Strach jest jak oszalałe zwierzę, próbujące wydostać się z brzucha.

Mama nie zasługuje na to wszystko. Będzie to robić aż do samego końca. Będzie mówić, że sama to sobie zrobiłaś.

Mikołaj nie zasługuje na to wszystko. Zerwie się wszystko, co trzymało go przy życiu, te wszystkie cienkie nitki. Mikołaj, który składa się z cienia, po którego brzuchu ciągle chodzi. Biedny Mikołaj. Pewne rzeczy nie mogą zdarzyć się dwukrotnie, a jednak się zdarzają. Są ludzie, którzy urodzili się po to, aby zginąć pod lawiną kamieni, zupełnie bez sensu. Biedny, biedny Mikołaj.

Wiesz już, że tego pomieszczenia nie stworzono po to, aby z niego wypuszczać.

Cieszyłaś się przez parę lat, bo myślałaś, że jego skóra grubieje. Że odrasta na nim pancerz, który jest na prawie każdym innym człowieku. Cieszyłaś się, gdy chodził po zakupy i przystrajał choinkę, i nieporadnie mył podłogę, nigdy nie umiał jej porządnie umyć, cieszyłaś się, gdy chodził na pocztę, bo przyszło awizo i gdy próbował gotować, nawet gdy nie dawało się potem tego zjeść, tych brei, martwiłaś się za każdym razem, gdy pił alkohol albo palił trawę, bo oczywiście nie powinien, a on mówił, abstynencja dla mnie to niebranie heroiny, i zgadzałaś się, że zużył przy tym tyle siły, że teraz ma prawo czasami jej nie mieć, i cieszyłaś się, gdy mówił ci, że cię kocha, bo to oznaczało, że jeszcze potrafi kogoś kochać, i gdy nagle zaczął pilnować tego, żeby używać dezodorantu i mieć czyste ubrania, bo przez jakiś czas po wyjściu z ośrodka trochę o tym zapominał. Ludzie mówią o miłości, ale nie potrafią jej dobrze umiejscowić, przypisać jej przedmiotom i prostym czynnościom, myślą o niej jako o osobnym bycie, zawieszonym gdzieś na niebie i nad głowami, a przecież ona jest w prostych słowach i ruchach, w tym i tylko w tym, w nożach do smarowania masła i bombkach choinkowych, i testach ciążowych, i naderwanych kopertach, i przyklejonych do lodówki kartkach, i w zagiętych stronach książek, i pustych tubkach po paście do zębów, i małych przeskokach elektryczności, gdy znienacka zetkną się dwa palce, które dawno niczego nie dotykały, w tym mieszka miłość, i ty też czułaś miłość, nie oszukuj się, to była twoja miłość, która się zepsuła, bo zaczęła więcej wymagać, bo przestały ci wystarczać proste przedmioty, proste czynności, bo nie wystarczało ci codziennie patrzeć, jak odrasta mu skóra i pancerz, chciałaś, aby zupełnie się zmienił w kogoś całkiem innego.

Zaczęłaś wymagać, po cichu, nie ma nic gorszego niż wymaganie po cichu, aby wstał, aby zaczął być w świecie, aby był w nim razem z tobą, bo byłaś już zmęczona, byłaś już zmęczona pilnowaniem opłat, pieniędzy, zawartości lodówki, benzyny w baku, byłaś zmęczona nieustannym opiekowaniem się kimś, kto bez przerwy o czymś zapominał, czegoś nie chciał, zamykał się w sobie, bez powodu płakał, bez powodu na wiele godzin albo i dni przestawał mówić, kto bez powodu czasami krzywił się z bólu, bo chciałaś, aby życie było prostsze, bo powtarzałaś sobie od jakiegoś czasu, skończyły się wakacje, teraz masz być mężem i facetem, i mężczyzną tak jak każdy inny facet i mąż, i mężczyzna, bo już nim powinieneś być.

Mikołaj na to wszystko nie zasługuje.

Wrzeszczysz i wrzeszczysz, i wrzeszczysz, i masz wrażenie, że twoje wrzaski nie milkną, ale zawisają w smrodzie i w tej ciemności i nakładają się na siebie nawzajem.

– To nie ma sensu – mówi głos.

– To nie ma sensu – powtarza cichy głos, chrapliwy, wydobywający się z gardła zatkanego całym cierpieniem świata.

Mikołaj / Prawda / Królestwo

– Podejdź tu! – krzyczy Grzesiek.

Czasami nie chcieć czegoś, to też czegoś chcieć.

– Co ty, kurwa, zrobiłeś? – pytam cicho, ale chyba nie słyszy.

– Podejdź tu, kurwa! – krzyczy Grzesiek.

Samochód. Wystarczy się przesiąść, przekręcić kluczyk w stacyjce. Nic więcej. Wystarczy odjechać.

– Weź apteczkę. Szybko! – krzyczy jeszcze raz.

Wychodzę z auta. Patrzę w lewo. Potem patrzę w prawo i jeszcze raz w lewo, jak dziecko przechodzące przez ulicę podczas drogi do szkoły.

Jarecki jest pod nim, Grzesiek zakrywa mu dłonią twarz, zatyka usta, przyciska jego ręce do ziemi kolanami.

– Co ty, kurwa, zrobiłeś? – pytam po raz drugi, głośniej.

– Dawaj – mówi.

Wyszarpuje mi ją z rąk. Otwiera. Wyciąga ampułkę, igłę, strzykawkę.

– Trzymaj go za mordę. Nic nie mów – rzuca.

– Co ty, kurwa, zrobiłeś? – pytam po raz trzeci, znowu głośno.

Na początku przychodzi mi do głowy, że to jest to, czego od zawsze się bałem.

– To nie ty ją zabiłeś, Mikołaj. – Grzesiek wciska głębiej kolano w ciało Jareckiego.

Boimy się o niektórych ludzi, że w końcu się zabiją. Ja od zawsze bałem się, że Grzesiek w końcu zabije kogoś innego. Chyba od czasu, gdy ugryzł Maciusia w nogę.

– To nie ty ani nie Gizmo – mówi.

Wszystko pali jak ogień. Przez chwilę ktoś stoi za nimi na ulicy i kiwa głową, i zaraz znika.

– Kurwa. Nie. Ja idę stąd, Grzesiek. To nie moja sprawa. Ja stąd idę – mówię szybko i cicho.

– Skup się, Mikołaj. Potrzebuję teraz, kurwa, abyś się skupił – odpowiada Grzesiek.

Kręcę głową jeszcze raz, drut w kręgosłupie, biały ogień. „Tak boli, gdy się umiera" – myślę.

– Nie – mówię. – Nie, to się nie dzieje.

– Skup się. Zaraz wszystko ci powiem. Skup się, Mikołaj. – Grzesiek patrzy mi w oczy.

Zaraz wybuchną mi plecy. Zaraz wybuchnie wszystko. Niebo, ziemia, bloki, jeziorko, Zybork. I chyba wybucha, i chyba mnie tu nie ma, chyba jest świt, chyba stoję obok samochodu, na siódemce, przy martwej sarnie.

– Nie możesz teraz stchórzyć, braciszku. Nie jesteś tchórzem. Nie bądź tchórzem – mówi Grzesiek.

Jakaś siła sprawia, że kucam. Jarecki rzuca głową, próbuje gryźć, jego zęby trafiają w próżnię. Łapię go za twarz.

– Nie gryź, kurwa – warczy Grzesiek, wbija mocniej kolana w jego ręce. Usta Jareckiego plują i krzyczą do wnętrza mojej dłoni.

Mam nadzieję, że ktoś nas zobaczy.

Nie mogę się ruszyć. Dwa wielkie palce mocno ściskają mnie za ramiona.

Grzesiek robi mu zastrzyk w szyję.

Jarecki mięknie, nieruchomieje.

Grzesiek wstaje.

– Dobrze. Dobrze. Jest tak, jak myślałem – mówi.

Grzesiek stoi.

Jarecki leży.

– Ładujemy go do auta. – Grzesiek otwiera tylne drzwi.

– Nie, chyba nie – mówię i czuję, że wszystko znowu się rozpada, ale to nie jest wybuch, to jest rozmycie, wszystko, co istnieje, ścieka do pojedynczej kratki ściekowej i ja też i –

Grzesiek uderza mnie w twarz otwartą dłonią. Uderzenie szczypie. Potem podrywa Jareckiego z ziemi i mówi:

– Złap go za nogi. Nic się nie stanie. Skup się. Zaufaj mi.

Łapię Jareckiego za nogi. Grzesiek wpycha go do środka. Jarecki jest bezwładny, upychamy go z tyłu jak worek, Grzesiek zamyka drzwi.

– Jedziemy. – Popycha mnie w stronę auta.

– Co? – pytam.

– Wsiadaj – mówi.

– Nie. – Odsuwam się.

– Już nie ma odwrotu. Wsiadaj. Jedyne wyjście, aby nic ci się nie stało, aby nic się nie stało Justynie, to jeśli wsiądziesz do tego samochodu teraz, kurwa, w tym momencie – mówi.

– Justynie? – pytam.

– Zaufaj mi. Nie masz nikogo innego – mówi Grzesiek.

W końcu wsiadam, popychany przez te dwa wielkie palce jak zabawka, jak ludzik Lego, Grzesiek zamyka drzwi po stronie kierowcy, przechyla się przeze mnie, zamyka drzwi po mojej stronie. Kaszle. Zapala silnik. Ruszamy. Przejeżdżamy przez rynek. Na rynku jest świąteczna dekoracja. Gwiazdki i spirale. Patrzę na te drugie. Wybieram sobie jedną. Jest na zmianę biała i żółta. Spoglądam w jej środek. Przez moment, przez krótką chwilę, przez jej środek widać wieżę ewangelickiego kościoła.

Grzesiek znów włącza muzykę. Teraz ta muzyka

brzmi śmiesznie. Zaczynam się śmiać. Ten śmiech nie jest mój, ktoś go we mnie włożył razem z tym ciepłem, razem z bólem, a teraz ze mnie wychodzi i tańczy przede mną w powietrzu.

– Musimy wyjechać z Zyborka – mówi Grzesiek, ale jedzie zbyt wolno jak na kogoś, kto chce wyjechać z Zyborka.

Miga kontrolka. Kończy się paliwo. Odwracam się za siebie. Jarecki wciąż jest na tylnym siedzeniu. Ma podkulone nogi, głowę wspartą na odrzuconej w bok ręce. Wygląda, jakby spał, ale gdyby człowiek spał w takiej pozycji, po paru minutach obudziłby go ból. Wciąż się śmieję, z każdą chwilą coraz głośniej, gdy dojeżdżamy pod Orlen na końcu Kościuszki, śmiech staje się wrzaskiem.

– Ja pierdolę – mówię, gdy w końcu rechot zabiera mi oddech.

Grzesiek podjeżdża pod dystrybutor. Wychodzi z auta. Wsadza końcówkę pistoletu do baku. Wyciąga, gdy na liczniku jest równe pięćdziesiąt złotych, co do grosza. Znowu zaczynam, to silniejsze ode mnie. Niech ktoś zatrzyma karuzelę śmiechu.

– Idź zapłać – mówi.

– On. – Pokazuję na Jareckiego.

– Jest pijany, śpi – odpowiada Grzesiek. To, co tańczyło w jego oczach, teraz tańczy w całym jego ciele, chce się wydostać, zaraz rozerwie mu ręce i nogi.

– Nie, nie jest pijany, nie śpi. Co chcesz z nim zrobić? Co ty, kurwa, zrobiłeś? – pytam. Z ust Jareckiego zwisa długi i gęsty sopel śliny, który zaraz skapnie na siedzenie.

Wkłada głowę do środka auta. Śmierdzi benzyną, potem i czymś gorzkim, jak chory na antybiotyku.

– Idź zapłać – powtarza i wciska mi w dłoń sto złotych.

Gdy staję przed drzwiami stacji, mówi mi jeszcze:

– Kup mi kawę i hot-doga i sobie kup hot-doga i pół litra wódki, i colę.

– Pół litra wódki – powtarzam.

– Aby dać radę – mówi.

– Aby dać radę? – pytam.

– Zaraz wszystko ci powiem. Idź. Idź, kurwa! – krzyczy.

Wnętrze stacji wygląda jak czyste, ale śmierdzi, jakby pracownicy codziennie rano rytualnie szczali po kątach. Mocz i detergenty. W środku naprzeciw sprzedawcy stoi otyły facet w koszuli i berecie, ma około sześćdziesiątki i jak na moje oko lada dzień jego szeroko pojęta kardiologia podziękuje mu za współpracę. Ten beret, ta czerwień twarzy i ciężki oddech mają w sobie coś tak pociesznego, że znów nie mogę się powstrzymać.

– Co cię tak bawi? – pyta.

– Nic, przepraszam – odpowiadam, wciąż krztusząc się śmiechem.

– No co się rżysz, narkomanie jeden? – pyta znowu.

Aby nie patrzeć mu w oczy, wyglądam przez drzwi na zewnątrz. Obok dystrybutora, z którego tankowaliśmy, nie ma żadnego samochodu.

– Panowie, spokojnie. – Sprzedawca bierze od faceta pieniądze i wydaje mu resztę, a facet trąca mnie ramieniem, ten śmiech nigdy się nie skończy, reprodukuje się w moim ciele jak drożdże albo rak.

Może zdecydował się odjechać, skoro coś nalał do prawie pustego baku. Może wysadził mnie tutaj, żebym jednak nie miał związku z tym, co się dzieje.

– Żebyś się tak na śmierć, chuju, zaśmiał – rzuca w moją stronę facet, zanim wyjdzie.

– Co dla pana? – pyta sprzedawca.

– Co? – odpowiadam.

– Co dla pana? – ponawia pytanie.

To człowiek po trzydziestce z przerzedzonymi, tłustymi od żelu włosami, z wystającym spod pracowniczej koszuli i jakby doklejonym do chudego ciała brzuchem.

Mówię mu, czego chcę. Pyta, z jakim sosem hot-dogi. Nie wiem, z jakim sosem hot-dogi. Z jakimkolwiek sosem. Numer stanowiska. Nie pamiętam. To najbliżej okna. Gdzie nikt teraz nie stoi. Nie wiem, kurwa, jaka benzyna. Chyba zwykła. Bezołowiowa. Nie pamiętam.

Chowam resztę do kieszeni. Gdy wychodzę na zewnątrz, łapię wzrokiem okładkę filmu na obrotowym stojaku, wycenionego na dziewięć dziewięćdziesiąt dziewięć. *Punisher*, nie wiem nawet, która część, na okładce widać stojącego napakowanego faceta, trochę podobnego do tego z komiksu, z czaszką na opiętej czarnym lateksem klacie.

– Zaufaj mu – mówi do mnie. Ma śmieszny głos, trochę jakby syntezator Iwona wypił duszkiem setkę denaturatu.

– Ostatnio, gdy gadaliśmy, chciałeś dać mi swój pistolet – przypominam mu.

– I co byś z nim wtedy zrobił? – pyta.

– Nie wiem. Nie mam pojęcia – przyznaję.

– No właśnie. A teraz wiesz?

– Spierdalaj – odpowiadam.

– Co? – pyta mężczyzna za ladą.

– Zaufaj mu. To trzeba zrobić. Zobaczysz. Zaufaj mu – mówi Punisher i wraca do bycia nieruchomą okładką.

Na zewnątrz nie ma Grześka i nie ma auta, i nie ma Jareckiego. Idę przed siebie, trochę nie wiedząc, w którą stronę i po co.

Grzesiek zajeżdża mi drogę z piskiem opon. Otwiera drzwi.

Jarecki jest nadal na tylnym siedzeniu. Nie wiem nawet, czy oddycha.

– Trochę pokręcimy się bez celu, zanim pojedziemy tam, gdzie pojedziemy, mamy czas – mówi, gdy mijamy zieloną tablicę ze skreśloną nazwą miasta.

– Pij. – Pokazuje mi butelkę wódki. – Wypij jak najwięcej. Bylebyś się nie zrzygał. Dziś się wszystko skończy. Zaraz wszystkiego się dowiesz. – Grzesiek zerka cały czas we wsteczne lusterko, ale za nami jest tylko czerń i pojedyncze reflektory. – Pij – powtarza.

Otwieram butelkę. Ciepła wódka okropnie śmierdzi.

Piję, a potem piję jeszcze colę, ale mogę od tego tylko wytrzeźwieć. Wielka dłoń trzyma mnie w dwóch palcach jak martwą muchę. W każdej chwili może rzucić mną gdziekolwiek, ale tego nie robi. Zamiast tego wyciąga ze mnie wszystkie kości, jedną po drugiej.

– Czy to cokolwiek zmieni, że się wszystkiego dowiem? – pytam.

– To wszystko zmieni. – Grzesiek wpatruje się w szosę, nawet nie mrugając oczami.

Zły pomysł / 2000

Jebać ją, mówi Bernat. Jebać ją, stary. Jebać Karolinę. Pies z nią. Pies ją gonił. Pies ją jebał, nie wiem już kto to mówi, ja czy on. Daj, mówię mu. No daj. Jebać ją. No weź. Posyp. Zrób kreskę. No co, masz mało, nie masz wcale mało. Daj. Jebać je wszystkie. Jebać zwłaszcza ją, prostytutkę. Myśli o sobie, że jest królową świata. Gównem skisłym jest śmierdzącym, nie królową. Daj. O Jezu, jak wszystko mi drży, wszystkie mięśnie, trochę mnie oddala od siebie. Nie rozumiesz? Jakbym był ja i obok był drugi ja, i ten drugi ja potrząsa pierwszym mną, o Jezu słodki. Gdzie jest Wariat. Widziałeś Wariata? Jebać ją. Dobrze gadasz. Dawaj tego. Nie, nie, że bombę mi wrzuć do piwa, nie, tak to nie rób. Dawaj normalnie kreskę. Normalnie, kurwa. O Jezus, ale mnie zaraz zmiecie, o słodki Jezu, ja pierdolę.

Bernat mówi, żebym uważał, bo rozrywa po tym kutasa. Lament na śmierć mojego kutasa. Morrison napisał taki wiersz. Wiesz o tym, Bernat? Słyszałeś?

Bernat ma mordę jak bułka, co się ciągle śmieje, bo nie wie, że ktoś ją zaraz zeżre. Bernat chuja rozumie. To nieprawdopodobne, jak mało. Ale Bernat stoi tu w kanciapie i ma spida, i mówi, że zaraz będzie miał lepszego. Bernat, czy jechałeś kiedyś na grzebiecie króla jaszczura pod światłem wielkiej monety księżyca, kurwa twoja mać?

Trzeba iść ostro. Wiem to od zawsze. Trzeba iść ostro. Nie można się zatrzymywać przed ścianą, ale trzeba zajebać w nią bardzo mocno łbem, tak z całej siły, to wtedy ściana się rozwali. Mówię ci. Mówię ci.

Bernat odwraca się, bo przyszedł jego kolega złodziej. O kurwa. Mówiłem ci, że będę miał lepszą fukę, mówi Bernat. Jeszcze tego brakowało. Kolega złodziej, złodziej skurwysyn, diablo bandito, też szczerzy się jak głupi, szerzej od Bernata. Ostatnio, jak przyszedł do Bramy, to rzucał stołami i kuflami tak sobie, po prostu na fazę.

Siema, szarpidruty, mówi.

No siema.

Dobra ta wasza muzyczka.

Dzięki.

Jaru, wy się znacie z Maciusiem.

Każdy wie, który to Maciuś. Każdy wie, który ty jesteś, kurwa.

No pewnie. Każdy wie. Każdy wie, kto to Maciuś. Król Zyborka diablo bandito.

Mała teraz ta kanciapa, jak jest nas trzech. Duszę się. Kegi z piwem stoją, szmaty, jakieś szklanki. Duszę się. Jak moje życie jest ta kanciapa. Duszę się bez przerwy. Ale rozpierdol jest na zamku. Policja zaraz przyjedzie. Bernat ma rację. Rozrywa po tym kutasa. Umarłbym za muzę. Umarłbym za to, naprawdę. Czego on chce? Umarłbym za muzę, ale teraz muszę trochę wyluzować. Jak stoję na scenie, to wtedy też wychodzę z ciała, stary. Jak Morrison. Wylatuję przez swoje ucho, o tutaj. Co patrzysz na mnie, Bernat. Gdzie jest Karolina? Gdzie ona jest, do kurwy nędzy? Jebać ją, masz rację, pies ją jebał.

Która to Karolina, pyta Maciuś.

Jego dupa, odpowiada Bernat.

Dobra ta wasza piosenka o samochodzie, mówi Maciuś. I ta twoja dupa jest dobra.

Nie, stary, pierdolę, musimy iść dalej, co z tego, że to piosenka roku według publiczności Festiwalu Węgorzewo, jebie mnie to, trzeba iść dalej, moja poezja, stary, zawsze ci to mówię, nie wpierdalaj się w moją poezję. To nie jest ostatni raz, bo za dziesięć lat wynajmę, kurwa, boisko, specjalnie to pod szkołą czwórką, rozpierdolą tę szkołę, żeby postawić tam scenę, żebym ja mógł zagrać, człowieku, przyjdzie sto tysięcy ludzi, a ja wyjdę i powiem: Zybork, wróciliśmy, by was wysadzić.

Jaruś, lepsze jutro było wczoraj.

Tak, co ty nie powiesz. Co ty, kurwa, nie powiesz.

Dużo gadasz, mówi Maciuś. Do mnie. Że dużo gadam.

Ty, Bernat, ile on już wyćpał, pyta Maciuś.

Nie wiem, brachu, od zajebania.

A ja mam coś lepszego dla niego. Coś lepszego dla muzykanta. Dopiero go wyrwie. I ciebie też wyrwie.

Matko, jak łomocze mi serce, to koniec, jak wyleci mi zaraz z ust przez gardło i się rozpaćka o podłogę, to je podniosę i zjem.

Ale chodźmy stąd. Chodźmy na powietrze.

Mówisz, Maciuś.

Oj kurwa, mam takie coś, że ci urwie ryja, weź tego kolegę szarpidruta. Weź go.

Bernat jest czerwony jak świnia, różowa, jebana, świńskie twarze ludzie mają, świńskie twarze brudne i brzydkie ryje, którymi jedzą gówno z ziemi, zawsze to mówię (wydech), jebać konsumpcję i komercyjne kłamstwo plastikowe, tylko prawda (wydech, Jezus, jak napierdala mi serce), jechać na grzbiecie króla jaszczura pod srebrnym księżycem.

Pobojowisko ludzi leżących i stojących na dziedzińcu, wciąż pełno ludzi, gra muza, to jest to, to jest to, o co chodzi (gdzie jest Karolina?), pełno ludzi na dziedzińcu, jebać to, widzę tych ludzi i wszystkich ich znam, i to napełnia mnie taką mocą, falą, która we mnie wchodzi rozgrzana, niepowstrzymana, że nie mogę już się zatrzymać, tylko podnoszę ręce do góry i jestem w samej koszulce, zaraz ją z siebie zerwę, podnoszę ręce do góry i krzyczę: AAAAAAAAAAAAAAAAAAAAAAAAAAA AAAAAAAAAAAAAAAAAAAAAAAAAAAAAAA AAAAAAAAAAAA

Co się śmiejecie. Co wam tak, kurwa, wesoło.

Chodź, chodź, mówi Bernat. Chodź.

Co chodź, gdzie chodź, ja nie chodzę, człowieku, ja latam, ja jeżdżę na grzbiecie jaszczura.

Chodź, Jaru, chodź. Przejdziemy się.

Ten Maciuś, jego kolega, idzie pierwszy, buja się na boki jak cygański Aladyn. Przechodzimy na dziedziniec, a potem przechodzimy przez bramę i idziemy na wzgórze zamkowe, kurwa, we trzech, Bernat, ja i ten diablo bandito, nie wiem, po chuj, gdzie jest Karolina, kurwa, dzisiaj ją wyrucham albo zabiję, albo zabiję, albo wyrucham.

Tak, tak, Jaru, tak, chodź, chodź, jak Maciuś częstuje, to się idzie, to się nie odmawia.

Gdzie jest Karolina? Karolina, Bernat. Widziałeś ją? Widziałeś tę dziwkę? Widziałeś? Marek?

Nie, nie widziałem, odpuść.

Ja widziałem, mówi ten diablo bandito, to naprawdę dobra dupa ta twoja dupa, że walisz takie świnie, szarpidrut, szanuję to.

Świeże powietrze i nawet trochę zimno, i biorę wydech, i to dobrze, bo myślałem, że rozkurwi mi to mózg, za bardzo mnie to zagotowało.

Dawajcie, mówi Maciuś. Dawajcie.

Co to.

Dobre, kurwa, nie pierdolcie, dobre, z Holandii przywiezione.

Dawaj, bo mnie rozkurwi.

Ale cię wiezie, szarpidrut, dopiero cię zawiezie. Ciebie też zawiezie, Bernat.

O KURWAAA, JESTEEEM KRÓLEM JASZCZUREEEM!

Jesteś, jesteś. Dawaj.

Ten spid, nie wiem skąd ten cały Maciuś go ma, ale jest żółty i lepki jak smarki i nie da się go normalnie wciągnąć do nosa, tylko trzeba wetrzeć w dziąsło, tak śmierdzi, ale tak kopie, o matko, czuję, jak smakują moje własne zęby, jakbym włożył sobie do gęby śrubę, taką kurwę dziesiątkę, i ssał ją jak cukierka.

Już czuć, jak to wyrywa, kurwa, czuć to w smaku. Czuć to w smaku.

Idziemy na Psychozę, mówi Bernat, chodź, przejdziemy się. Jebać Psychozę, mówi Maciuś. Chodźcie się przespacerujemy. Ja też sobie trochę tego zajebię, mówi Bernat. A zajeb sobie, mówi Maciuś. A zajebię sobie, mówi Bernat, nie mam nic tylko na zapicie, a nie, browar mam, zobacz, browara mam w kieszeni. To dawaj, to mi też daj jeszcze trochę, mówię do niego.

Daj jeszcze trochę, no.

Nie no, Jaru, ty już swoje przyjąłeś. Kitę odwalisz zaraz.

Dawaj trochę. Daj, no. Ty świniaku. Świnio ty.

No dobra, poczekaj.

Nie czekaj, nie czekaj, tylko dawaj, to dla króla jaszczura. Daj to.

(gorzkie, pyszne takie, palec do ust, na dziąsło).

Zaraz wypierdoli ci gały, Jaru.

Tobie też wypierdoli.

Nie, tobie bardziej wypierdoli. O kurwa, ale jestem w szpicy. Nic nie widzę. Normalnie ciebie nie widzę. Chyba oczy mi pękły. Rzeczywiście.

Chodź, pójdziemy jeszcze po browary, Jaru. Pochodzimy sobie.

Gdzie Karolina jest, kurwa, znajdę ją, to wybiję jej zęby. Gdzie my właściwie jesteśmy.

Gdzieś pod zamkiem.

Wiem, że gdzieś pod zamkiem. Kutasa mi wypierdala, Bernat.

Jaru, no to znajdziemy Karolinę. Znajdziemy. Zaraz.

O, no to dobrze, chłopaki. Dobrze, że wam wypierdala. Ja po tym rucham pół burdelu. Kurwy płaczą od mojego chuja.

O Jezu, zaraz urwie mi głowę. Urwie mi głowę.

Ty artysta jesteś, szarpidrut. Który ty już dzień furasz? Powiedz. Bo jak na moje oko to trzydziesty.

Urwie mi mordę, aaaaaa.

Trzydziesty dzień, kurwa.

W paszczy szaleństwa, w poszukiwaniu nieznanego Kadath. Malowany ptak. To jest faza. Mały, czarny, ptak. Białe, lepkie babie lato. Książki, które czytam, nie mogę się na nich skupić, ale jak się skupię, to są jak czarne słońce.

Co ty gadasz, szarpidrut?

On jest artysta, Maciuś.

Daj jeszcze grzdyla. Daj tego browara, co masz go tam. Daj. Rozkurwia mi łeb. Nie wiem, czy ty rozumiesz, Bernat. Rozkurwia mi łeb. Nie, nie ta fuka, człowieku. Świat rozkurwia mi łeb. Ludzie rozkurwiają mi łeb. Nikomu o tym jeszcze nie mówiłem. Idę po ulicy rano i ci ludzie, co idą do roboty i po zakupy, i chodzą z tymi siatkami, noż kurwa, ci ludzie chodzą i idą, i chodzą, i idą, i są ślepi, Beru, popatrz na nich czasami, oni są ślepi, nic nie widzą, oni nie żyją, wali od nich tą śmiercią. Coś ci zaśpiewam, Beru. Zaśpiewam ci, to zrozumiesz.

Nie. Nie, stary, nie będziesz śpiewał.

Coś ci zaśpiewam.

Niech śpiewa, kurwa, dobry jest, Bernat, co go hamujesz, do chuja. Niech śpiewa, przecież to śpiewak. Szarpidrut.

Jebać Zybork. JEBAĆ ZYBORK!

Nie drzyj się tak. Chodź, idziemy.

Idziemy, dobra, idziemy. Idziemy. Coś ci zaśpiewam. Morderca obudził się przed świtem. Posłuchaj mnie, Beru. Posłuchaj. Założył buty i poszedł przez prastare rzymskie, kurwa, wejście.

O, siemasz!

Do kogo ty krzyczysz, Beru.

Siemasz, siemasz.

Do kogo ty krzyczysz, Beru, zabiera cię.

Tam Daria jest.

Gdzie.

No tam, zobacz. Tam Daria jest. Sama. Siedzi.

Daria.

No Daria, popatrz. Siemasz, Daria. A co ty tak płaczesz. Co tak płaczesz.

Jaka Daria.

No Daria, siemasz Daria, cześć Daria. Co ci jest. Co ci jest, Daria.

(ten głos był jak zła muzyka z zupełnie innego świata).

– Cześć, Jarecki.

Czekaj. Czekaj, gdzie ja jestem. Drzewa. Mur. Zamek. Noc. Koncert. Brama. Po koncercie. Teraz. Tutaj. Noc. Daria.

Czy to prawda, że w sylwestra mają wypierdolić wszystkie komputery?

Daria.

– Co wy, jesteście naćpani?

Lepiej być naćpanym niż smutnym.

– Bernat, co ode mnie chciałeś?

Nic. Popatrzeć się na ciebie.

Nie wiem do końca, gdzie on stoi. Jest raz w jednym miejscu, raz w drugim.

Dobry wieczór pani.

– Dobry wieczór.

Znasz Maciusia, Daria?

– Wiem, kim jesteś.

A ja nie wiem, kim jesteś, laleczko, ale już się tak nie smarkaj.

A ta dziewczyna jest niezła. Niezła dziewczyna. Pamiętam ją. Teraz pamiętam, cicha woda, cicha, ale brzegi rwie, zimna woda, Karolina mnie kiedyś wkurwiła i po imprezie u mnie w pokoju zrobiłem to z nią, nie pamiętam, dlaczego tam była i skąd przyszła, i skąd jest, ale pokazałem jej, kto jest prawdziwym królem jaszczurem, czy chcesz, żebym zabrał cię na przejażdżkę w świetle księżyca, i mówię, chodź, chodź do mnie, nie bój się, jest niezła, nawet bystra, fajna, w Zyborku jest parę fajnych, nie robiłam tego nigdy, powiedziała, a ja powiedziałem, to teraz zrobisz, odleciała, naprawdę odleciała, zajebiście wysoko, wywracało jej oczy do góry, jak się dymaliśmy, Boże, odlecieliśmy razem, najpierw zapaliliśmy hasz od Byla, a potem nie dotykaliśmy ziemi, kurwa, to jest straszne, jakie Karolina pierdoli głupoty. Słyszę te wszystkie głupoty, które Karolina gada w mojej głowie. Skrzeczy, jakby ciąć kota nożem. Nie mogę jej wyłączyć. Musiałbym wyjść przez swoje ucho na zewnątrz, ale teraz nie mogę.

Karolina, przestań, zaraz wysadzi mi łeb. Zaraz wyjebie mi łeb. Łeb, łeb, łeb, łeb.

Lepiej być naćpanym, co tu robisz, Daria, czemu płaczesz. Już nie płacz. Chcesz fety? Idziemy po browary?

Co tu robisz, sama na ławce. Sama na ławce pod zamkiem. Gdy tam jest tylu ludzi, gdy tam jest tak fajnie. Co ty tu robisz, sama na ławce. Zobacz, Jarecki, zobacz, ona nie może tak płakać. Przez tego fleta płaczesz, Głowackiego. Zobacz.

Jakiego Głowackiego.

Twojego chłopaka, nie?

– Nie, Bernat, nie przez niego, to nie twój interes.

Piękna ta laleczka, naprawdę, piękna, to mówi ten złodziej.

Piękna ta laleczka, noż kurwa.

Piękna jesteś.

– Nie, dziękuję.

Naprawdę jesteś najpiękniejsza.

– Fajna jest Daria, nie Maciuś?

Fajna. Najfajniejsza.

Teraz ten głos, znowu. To głos Karoliny. Głos jakiejś baby. O Boże. Ten głos, coraz głośniej. Głos krzyczy mi w głowie, bardzo wyraźnie, jesteś tragiczny, Jarecki, jesteś beznadziejny, jesteś zerem, myślisz, że jesteś szamanem rocka, ale jesteś tylko chujkiem z Zyborka, który udaje, że studiuje polonistykę i siedzi w Olsztynie w akademiku, i jest tam pięćdziesięciu takich złamasów jak ty z kasetami Doorsów i w beretach, i przetartych sztruksach, i myślicie, że jesteście szamanami, ale tak naprawdę siedzicie w tych sztruksach i pijecie ciepłą wódkę, i jecie chleb z dżemem, i myślicie, że jak zapalicie skuna, to notatki na kolokwium same wgrają się do waszej pamięci, ty nędzny, kurwa, patafianie, będziesz zapierdalał za trzy lata na stacji benzynowej, i tyle będzie twojego szamaństwa, ćpunie.

KURWA, ZAMKNIESZ TĘ MORDĘ CZY NIE.

Uspokój się, uspokój. Ty. Co mordę drzesz. A ty się nie bój, Daria, mówi Bernat.

– Ja się nie boję.

Nie bój się, laleczko.

Zaraz rozkurwi mi kutasa. O Boże. Karolina, wszyscy mówią, że ona jest taka seksowna, superdupa, bogini seksu, żeby tylko wiedzieli, że ona nic nie potrafi, nic jej się nie chce, potrafi tylko się przypierdalać, rzucać się z pazurami i nic nie kuma, nie wie, nic jej się nie da przetłumaczyć i tylko gada, i gada, i pieprzy w kółko te bzdury, pierdoli je i pierdoli, i teraz znowu zaczyna.

– Ale może już pójdę, Bernat. Pogadamy jutro, jak wam zejdzie.

Nie, no zostań. Zostań, naćpaj się z nami.

– Muszę iść.

Zostań, ja chcę być miły.

Laleczko, nie idź nigdzie.

– Jak chcesz być miły, to mnie puść.

Wszyscy są mili.

Ty śmieciu, nawet nie umiesz śpiewać, nie umiesz pisać tekstów, nie umiesz nic robić, masz małego kutasa, najmniejszego chujka, jakiego widziałam, a widziałam ich pół Zyborka, nic nie umiesz, zerem jesteś, ta twoja kapela to najgorsze szarpidruty w województwie i ani jeden porządny wokalista albo gitarzysta basista nawet by na was nie spojrzał, nie wysrałby się na was, ty wsiowa flegmo.

ZAMKNIJ SIĘ I WYPIERDALAJ Z MOJEJ GŁOWY.

Gdzie jest Karolina, gdzie jest ta szmata, Karolina.

Zostań, Daria, no co ty, zostań z nami, on się zaraz uspokoi i będzie fajnie. Uspokój się, Jaru.

– Po co mam z wami zostać?

No zobacz, może być fajnie.

– Ej! Bernat. Nie dotykaj mnie.

Laleczko, a ja cię nie dotykam, zostaniesz ze mną? Ja jestem starszy i mądrzejszy od tych tu chłopaków.

– Nie wątpię.

Chodź, moim autem się gdzieś przejedziemy, chodź. Tylko ja i ty. Zostawimy tu tych dwóch.

– Nie, dziękuję.

Zostań. Zostań, laleczko. Chyba cię kocham, wiesz?

– Ja ciebie nie.

W kółko to samo codziennie, zrób coś ze sobą, zrób coś, kurwa, zrób, ogarnij się i zejdź na ziemię, i zajmij się czymś sensownym, wszyscy, Karolina, babcia, matka, wszyscy codziennie, babcia, wypierdalać z mojej głowy, to mówi jakaś jedna baba z trzema głowami, jedna baba z dziesięcioma głowami, tato, ja cię zabiję, mamo, ja cię wyrucham, tak powiedział morderca, który obudził się przed świtem.

ZAMKNIJ SIĘ. STOP.

– A Karolina pewnie jest z moim byłym chłopakiem. Gdzieś.

Co?

Ej, dobra, chuj z tą Karoliną, może być fajnie. Może być naprawdę fajnie, Daria. Daria, zobacz. Zobacz, jak jest fajnie.

– Ej, Bernat, nie dotykaj mnie, powiedziałam.

No Daria, weź się wyluzuj. Odpręż się, dziewczyno. Nie ma sensu płakać. Nie ma sensu płakać na ławce pod zamkiem.

Tak, odpręż się laleczko.

Jarecki, ty ją już kiedyś tego, nie? Zobacz, Jarecki jest fajny, już wiesz o tym. I my jesteśmy fajni, i zaraz się dowiesz.

Nie płacz.

Wyluzuj się.

Jesteśmy fajni.

Co ty, kurwa, powiedziałaś, pytam ją.

– Nic nie powiedziałam. Dajcie mi spokój. Idę do domu.

Że gdzie jest Karolina? Gdzie, do chuja? Co ty powiedziałaś?

– Ej, puść mnie. Puść. Puszczaj.

Z twoim byłym chłopakiem? Kim on jest. Gdzie on jest. Kim on jest, gdzie on jest.

Jaru, luz. Luz. Luz.

– Puść mnie, powiedziałam.

Ej, kolego, dziewczynki trzeba pieścić. Pokażę ci jak. Puść ją.

O tak. O tak.

Łapie ją i przechwytuje ten bandyta złodziej, łapie tę

dziewczynę, z którą ja kiedyś, za ramiona, i przyciska plecami do siebie, i robi się w powietrzu tak wszystko ostro, tak ostro, że muszę się temu poddać, muszę napić się browara, nie ma innej możliwości.

Głowacki. Głowacki to jej były chłopak.

Który to.

Ten taki chujek chudy, no, jego brat małolat, co się ze wszystkimi napierdala.

Tego brata kojarzę. O Jezu. Boli mnie wszystko, Bernat. Boli mnie i pali. Jak ogień. Jak żywy ogień.

Szarpidrut, laleczka ci pomoże. Oj, laleczko nie szarp się. Nie szarp się. Fajnie, chłopaki, nie?

– Puść mnie.

Jaru, spoko. Spoko.

– Puść mnie.

O kurwa, już wybuchnie, to zaraz wybuchnie, to jest taki ból, jakby usiąść na gorących węglach wyciągniętych z pieca, całym wiadrze rozsypanym po podłodze, wszystko pali, kurwa, ta baba z dziesięcioma głowami, Karolina, matka, wszystkie razem w głowie szczekają jak psy.

Masz, napij się browara. Na zbicie. Zapalmy na zbicie skuna. Maciuś, ja mam skuna.

Ja nie chcę skuna, młody. Ta laleczka jest piękna. Jaka zajebista.

I co ona z nim robi. Co ona z nim robi, z tym twoim chłopakiem.

– Nic z nim nie robi. Nie wiem. Puść mnie.

– Przestań. Puść mnie. Puść mnie, to boli. Puść mnie, debilu. Puść mnie.

Pokażę ci, szmaciaro, już raz ci pokazałem. Pokazałem ci jaszczura. Jak ona jest z tym twoim łapsem gdzieś, to ja tu jestem z tobą. Zobacz.

– No za wiele nie widziałam, a ty puść mnie, kurwa, mówię ci po dobroci.

Co ty, dziwko, powiedziałaś. Co ty, dziwko, powiedziałaś.

Zobacz go jeszcze raz. Oczy wtedy wywracałaś.

Ej, laleczko, ej, mała, kurwa, ty dziwko! Ty dziwko mała. Nigdzie nie biegniesz. Nigdzie nie biegniesz, kurwa.

Oczy mi pękną. Oczy mi pękły. Trzeba iść ostro. Kurwa.

– Pomocy! Pomocyy Poomm...

Oczy wtedy wywracałaś, szmato, tak ci jaszczur smakował.

O matko, jakby stać w ogniu po pas i wszystko pali ten jebany ogień.

Ej, co ty robisz, Maciuś, ej, Maciuś.

Trzymaj jej gębę, kurwa, Bernat. Trzymaj ją za mordę.

Dźwięk, dźwięk nieskoordynowany dźwięk, koniec nocy, nie dotykać ziemi, nie dotykać słońca, przebić się na drugą stronę.

Samochód wszedł w zakręt pomimo wyłączonych świateł.

Samochód wszedł w zakręt pomimo wyłączonych świateł.

Zamknąć te mordy pierdolone, jedna z drugą, co chcesz ode mnie, co chcesz, zamknąć te trzy głowy, dziesięć, kurwa, głów.

Odlecisz, już raz odleciałaś. Odlecisz. Odlecimy razem.

Maciuś, co ty robisz.

Przecież chcesz, Bernat. Tobie też kutasa wypierdala. Popatrz. Ty, szarpidrut, ta twoja dziwka wali się z innym. Dawaj. Teraz se dotknij, Bernat. Tylko ją przytrzymaj. Dotknij sobie. No weź. O kurwa, jak zajebiście. Jak zajebiście. Nie broń się. Nie broń się, kurwa. Ty, szarpidrut, też sobie dotknij.

Odlecimy razem.

Tak, szarpidrut, odlecicie razem.

Odlecimy razem, tak.

Zobacz. Zobacz, szarpidrut. A ty ją trzymaj.

Ona gryzie, Maciuś.
Wiem, że ona gryzie, już nie będzie gryźć
O kurwa jak zajebiście
Zajebiście, nie szarpidrut, zajebiście zobacz
Grzeczna dziewczynka, tak, grzeczna dziewczynka
Dziwka gryzie kurwa mać co mnie gryziesz dziwko
Nie dotykać ziemi
Koniec ojciec zabiję cię ojciec ojcze zabiję cię morderca
Księżycowa droga
O kurwa ty dziwko
Ej gryzie
To jej wypierdol zęby jak gryzie
Co ty
Wypierdol jej zęby
Co ty mówisz
Co ty mówisz
Weź to i wypierdol jej zęby szarpidrut kurwa
Ałaaa ałaaa aaa
Wyjeb jej te zęby kurwa
Król jaszczur
Co
Co teraz
Co ty zrobiłeś
Co ty zrobiłeś do chuja debilu
Powiedziałeś powiedziałeś mi żebym to zrobił
Dobra spierdalamy
Co ty zrobiłeś
Nie co to zrobiłeś
Ja
Tak ty
O kurwa
Król jaszczur to ja rozkazuję ci idź stąd wyjdź z mojej głowy
Zamknij się i spierdalamy
Spierdalamy Chodź

Co ty zrobiłeś
To był zły pomysł
To był zły pomysł
samochód wszedł w zakręt
pomimo świateł
To był zły pomysł
To był zły zły pomysł
To był zły pomysł

Justyna / Piętnaście kroków

– Obaj już nie żyją. Ten dalej, co leży, to Marek. Tak mi się wydaje – mówi głos.

Musisz się przysunąć, żeby lepiej go słyszeć, bo jego słowa są cichsze niż twój własny oddech.

– Możesz wstać? – pytasz głosu.

– Nogi. Połamali nogi – odpowiada po chwili chrapliwie.

Przysuwasz się, czołgając, myślisz, że tak jest bezpieczniej, nie wiedzieć czemu boisz się wstać.

– Czasami daje mi wodę – mówi głos. – Spuszcza ją z góry. W wiadrze. Czołgam się do niej. – Miał rację, w wodzie coś jest, co odbiera mózg, jakieś narkotyki – dodaje po chwili. – I może ciebie wcale tu nie ma, kimkolwiek jesteś, może to coś jednak działa.

– Niestety – mówisz.

– Ile mi zostało? – pyta.

– Nie mam pojęcia – mówisz. Bo przecież nie wiesz. Może kilka minut. Może kilka godzin.

– Maciuś umarł wczoraj, leży niedaleko, tak mi się wydaje, że wczoraj, bo tylko raz była woda. Chyba sam sobie to zrobił – mówi głos.

Jesteś blisko. Wyciągasz rękę. Wyczuwasz pod palcami materiał, a następnie ciało pod materiałem, miękkie i ledwo ciepłe. Przesuwasz rękę w dół, znajdujesz dłoń. Jego dłoń chwyta twoją. Zaciska najmocniej, jak umie. Czyli słabo.

– Jechaliśmy razem samochodem. Ty i ja. Ja i twój głos – mówi.

– Ksiądz Bernat. To pan – odpowiadasz.

On zaciska odrobinę mocniej palce na twojej dłoni, w ten sposób chyba odpowiada twierdząco na twoje pytanie.

– Wyspowiadałem go przed śmiercią – mówi.

– Maciusia?

– Tak. – Traci siłę z każdym słowem, które wypowiada.

– I Marka, syna Bernata – dodajesz.

– Jakbym powiedział ludziom, powiedział policji, to nie byłoby mnie tutaj – mówi.

– Komu powiedział? Co? – pytasz.

– Jakbym powiedział, co oni zrobili – mówi tak cicho, że musisz przysunąć ucho do samych jego ust, to chrapliwe wypuszczenie powietrza, które ledwo układa się w słowa.

– Kaltowi? – pytasz.

Odpowiada coś niewyraźnie. Podkładasz mu zdrową rękę pod głowę. Może wtedy będzie miał więcej siły, aby mówić. Może będzie lepiej go słychać.

– Kalt nigdy u mnie nie był – mówi.

– U pana, czyli gdzie? W kościele? – pytasz.

– Raz przyszedł na plebanię. Żebym burmistrzowej nie przeszkadzał. Bo kłopot będzie. A potem zabili mi psa. Zabili psa i pomazali elewację. Chamy, bydlaki jedne.

– Wiem. Straszyli – mówisz.

– Ja się mogę wyspowiadać z tego, że nikomu nie powiedziałem, ale z niczego innego – charczy.

– Czego pan nie powiedział? – pytasz.

– O dziewczynie – mówi.

Potem mówi coś jeszcze, chyba powtarza to, co powiedziałaś, ale nie masz pewności. Dotykasz jego czoła, jest gorące, gorętsze od każdej innej części jego ciała.

On zaciska znowu swoją dłoń na twojej. Próbujesz ją wyswobodzić.

– Ja nie wiem wszystkiego – mówi. – Naprawdę nie wiem. Wiadomo, kto wie wszystko. Ale jego tu chyba nie ma.

Podnosisz głowę, ale w ciemności nie zmienia się nic poza pozycją twojego karku.

– Chyba tak. Chyba nie ma – zgadzasz się z nim.

I jego gardło wydaje dźwięk, ciche puknięcie, jakby coś się w nim przestawiło, i rozumiesz, że ten dźwięk oznacza, że na razie nic więcej nie powie.

Nasłuchujesz przez chwilę, bo może ktoś przyjdzie, może ktoś otworzy klapę i spuści wodę, o której on mówił, i będzie można uczepić się liny, pociągnąć go, a przynajmniej wrzasnąć, zobaczyć przez chwilę niebo.

Bo nie wiesz, jak długo właściwie tu jesteś, być może od pięciu minut, a być może od pięciu godzin.

Lewa ręka boli tak, jak nie bolało cię przedtem nic, ale jest jednak ręką, ręka to trochę peryferium ciała, w sześćdziesięciu sekundach jest być może pięć, w których można o niej nie myśleć.

Oprzyj się o ścianę. Przecież to było do przewidzenia, że będziesz następna. Trzeba było uciekać. Trzeba było go słuchać. Trzeba było zacisnąć zęby i do niego iść. Pamiętasz, co powiedział ci Tomasz w kuchni. To najtrudniejsze, chyba najtrudniejsze, zabrać sobie poczucie obowiązku.

Ono zawsze wtrąca do zamkniętych od zewnątrz, ciemnych piwnic. Zawsze wtrąca do piekła.

– Posłuchaj – mówi, słyszysz go tak niewyraźnie, jest tak cichy, jakby był wielkości paznokcia i schował się w fałdach twojego ubrania.

Przybliżasz się do niego znowu.

– Oni we trzech... oni we trzech to zrobili – szepcze.

– Zgwałcili tę dziewczynę? Zabili ją? – pytasz.

– Byli po narkotykach – szepcze ciszej.

– Czyli kto? Maciuś, syn Bernata i kto? I Bernat? – pytasz.

– Mieli umowę – mówi prawie na granicy słyszalności.

– Jaką umowę? Kto? – pytasz.

Nie, nie dasz mu odpocząć, nie poczekasz. To silniejsze od ciebie. Nawet jeśli nic z tym nie zrobisz, nawet jeśli nigdy cię stąd nie wypuszczą. Będziesz potrząsać ludźmi, dopóki nie wypadnie z nich wszystko, co mieli w środku.

On podnosi głowę, jakby się budził.

– Szkoda – mówi. – Wielka szkoda, że właśnie tak.

– Jaką umowę? – drążysz.

– Mój brat i Maciuś – mówi.

– I Kalt – dopowiadasz za niego.

– Kalt. Kalt o niczym nie wiedział. Nie wiem, czy teraz wie. Nigdy do mnie nie przyszedł. Mogłem powiedzieć. Ale Bernat powiedział: nie będziemy mojemu chłopakowi niszczyć życia za to. Ja sobie syna zabrać nie pozwolę. Bóg was osądzi na tamtym świecie, a teraz macie cicho wszyscy być, a ja wam to wynagrodzę.

– Wynagrodzę?

– Remont kościoła opłacił. Maciuś to nie wiem. Umawiali się – charczy.

Ściskam jego dłoń.

– Chłopak sam chciał się przyznać. Ale ojciec nie pozwolił – mówi jeszcze.

Ściskam ją mocniej, aby zatrzymać w niej życie.

– Szkoda. Szkoda, że właśnie tak – mówi cicho i chyba umiera. W każdym razie jego głowa bezwładnie opada na podłogę i nie słyszysz już żadnego dźwięku ani oddechu.

Zło zamienia litery w alfabecie. Zło wszystko odwraca. Zło nienawidzi porządku. Zło samo w sobie nie istnieje, nie jest autonomicznym bytem. Zło to grzyb, który potrzebuje żywiciela, choroba, nowotwór. Rośnie na tym, co jest zdrowe. Wżera się w jego tkankę. Zanim ją zabije, sprawia, że puchnie, śmierdzi. Zamienia ją w jej własną karykaturę.

Powoli, podpierając się na zdrowej ręce, podnosisz się do pozycji klęczącej, a następnie wstajesz. Piwnica jest wysoka. Podnosisz rękę, ale w pięść łapiesz powietrze, nic więcej.

Bernat przecież jakoś się stąd wydostał.

Musieli trzymać go tutaj najdłużej. Nie połamali mu nóg.

Idziesz powoli przed siebie. Stopa wyczuwa ciało człowieka, który przed chwilą do ciebie mówił. Okrążasz go. Docierasz do ściany. Jest zimna i lekko wilgotna. Przyciskasz do niej dłoń.

Przecież Bernat jakoś stąd wyszedł, i to resztkami sił.

Dlatego zaczęli łamać im nogi.

Idziesz w drugą stronę. Powoli. Smród obezwładnia jak gaz paraliżujący, ale wyczuwasz w nim lekkie zmiany natężenia, raz jest go trochę więcej, a raz trochę mniej.

Dochodzisz do kolejnej ściany. Jest tak samo zimna i lekko wilgotna. Ale już coś wiesz. Wiesz, że pomieszczenie ma długość piętnastu kroków.

Więc ruszasz wzdłuż ściany. Nie możesz podnieść chorej ręki, aby przyłożyć ją sobie do nosa i ust i złagodzić smród. Drugą wodzisz wzdłuż ściany. Ale jakoś wytrzymasz.

Bernat jakoś stąd wyszedł. Resztkami sił.

Mikołaj / Wszystko

Budzi się. Przynajmniej tak wygląda – jakby się budził albo umierał. Trzęsie się, podryguje na ziemi. W kącikach ust ma drobne ślady białej piany.

– Budzi się – mówię do Grześka.

– I dobrze, że się budzi, skurwysyn – odpowiada Grzesiek.

Z całej siły kopie go w chore biodro.

A potem podchodzi i kopie go w twarz; z ust Jareckiego bucha krew, a ja muszę odwrócić głowę.

Widziałem tylko jedną śmierć, śmierć dziadka. Jak przewrócił się na podłogę. Niewiele zresztą widziałem tej śmierci – pierwsze, co zrobiła babcia, to zamknęła mnie w pokoju.

Ale może było tak, że widziałem jej niewiele, bo niewiele jej było. Tu już jest jej dużo, chociaż jeszcze nie przyszła.

To zdanie, które zapisałem w zeszycie, że ludzie trzymają się przy sobie tylko dlatego, aby w kluczowych momentach się pozabijać. To nieprawda, ludzie nigdy nie są razem ze sobą. Są obok siebie lub naprzeciwko.

– Nie kop go – mówię cicho.

Grzesiek patrzy na mnie. Ma oczy jak bryłki suchego błota.

– Jeszcze to do ciebie nie dotarło – stwierdza.

– Jeszcze nie – przytakuję, chociaż nie wiem, co ma na myśli, mówiąc „to".

– Chyba że powiesz, że wiedziałeś o tym od samego początku – mówi.

– Nie, nie wiedziałem – odpowiadam.

Ciało Jareckiego podryguje, a potem wydaje dźwięk, jakby rodziło dziecko, lecz starało się być cicho.

Nie wiem, gdzie jesteśmy. Nie pamiętam. Nie wiem, czy tu byłem. Jesteśmy wśród drzew, tyle wiem. Wśród drzew, na zimnej i cienkiej tafli lodu i zbitego śniegu. Jesteśmy w białym okręgu wydobytym z ciemności przez reflektory auta. Stoimy na innej, zimnej planecie. Wszystko, co ją otacza, zgasło, robiąc nam miejsce. We mnie również coś zgasło. A teraz jakby się zapala. Powoli.

Gdybym tylko ją wtedy zawołał. Gdybym za nią pobiegł.

Gdybym miał taką dziewczynę, dbałbym o nią, powiedział Trupol.

Miał bluzę całą we krwi, tam na korytarzu.

Wszyscy chcieli go zabić.

Zróbcie to dzisiaj, powiedział ojciec.

Zróbcie to dzisiaj, powiedział.

– Wstawaj, skurwysynu – mówi Grzesiek.

Jarecki nie wstaje, ale za to ja się podnoszę.

Z papierosem w ustach podchodzi do auta. Otwiera drzwi. Wyciąga z niego zwój liny holowniczej.

Powinienem go zatrzymać.

Może nawet umiałbym go zatrzymać. Ale nie chcę.

Spuścili jej płytę chodnikową na głowę.

Spuścili tę płytę na cały świat. Zabili ją i zepsuli tylu ludzi, jak zabawki.

To oni sprawili, że leżałem wtedy na placu Zbawiciela, w klombie, i jeszcze do końca się nie podniosłem.

Gdy Grzesiek, jeszcze w samochodzie, skończył mi to wszystko opowiadać, w ostatniej chwili zdążyłem opuścić szybę, aby zwymiotować.

– Wierzysz mi? – zapytał.

Pokiwałem głową.

– Jeszcze nie do końca. Jeszcze zwątpisz. Ale spokojnie – powiedział. – Kuca przy Jareckim, wbijając mu kolano w plecy.

– Ej! – krzyczy ktoś poza kręgiem światła, z głębi lasu.

Grzesiek nie podnosi głowy. Obserwuje Jareckiego, który wciąż leży na ziemi, jego ciało próbuje coś zrobić, jeszcze samo nie wie chyba co, pewnie przekręcić się na bok.

Czuję, że wstaję. Że Justyna ani nikt inny nie musi podawać mi ręki.

Czy ty coś zrobiłeś? – zapytał ojciec.

– Ej! – woła ktoś znowu, tym razem bliżej.

– Ktoś woła – mówię.

– Wiem. Słyszę – odpowiada Grzesiek.

Nie wiem, tato.

Jeszcze nie wiem.

Jarecki otwiera usta bezgłośnie jak ryba. Jeszcze nie wie, gdzie jest, po co. Jego oczy miotają się, próbując uchwycić jakikolwiek punkt w ciemności.

– Idź się napić – mówi Grzesiek.

Kiwam głową, ale nie wiem, czy tego potrzebuję.

To rośnie w ciele szybciej niż myśl.

Zróbmy coś, mówiła Justyna.

Stchórzyłeś, powiedziała Kaśka, gdy staliśmy na podwórku za kinem.

Tchórzysz, mówił ojciec. Zawsze tchórzysz.

Z lasu wychodzi Olczak. Ma na sobie brudną, umazaną smarem kurtkę moro. Trzyma ręce w kieszeniach.

– Jestem od godziny tu już – mówi, jakby się tłumaczył.

– Pomóż mi – mówi Grzesiek.

Czuję swoje ręce. Były i są kruche, puste w środku, jak rurki z wafla, paluszki.

To oni mi wszystko zabrali. To on, ten leżący na ziemi człowiek mi wszystko zabrał.

Daria, oparta o framugę drzwi, a za nią trzymetrowa postać.

Przeczytałem to w jakiejś książce, nie pamiętam już w jakiej, że serce daje wyrok najszybciej, w sekundę. Na podstawie ruchu, spojrzenia, myśli.

Olczak kuca, wbija dłońmi Jareckiego w ziemię. Ten zaczyna się miotać, wyrywać, Olczak musi się zaprzeć, Jarecki w końcu nie jest najsłabszy, sam mówił, że pracuje na budowie.

To takie głupie, swoją drogą, pisać książki.

Ale w końcu nieruchomieje, a mój brat mu wiąże ręce linką holowniczą. Przedtem go uśpił. Potem specjalnie kopał po chorym biodrze. Po głowie. A teraz go wiąże. Linką holowniczą. Jak zdychające zwierzę, potrącone przez samochód.

Z oddali słychać głos jakiegoś ptaka. Brzmi, jakby siedział w środku długiej blaszanej rury.

Jarecki jest związany, koniec linki tkwi w dłoni Grześka. Grzesiek kopie go jeszcze raz. Przy kolejnym kopnięciu Jarecki skamle. Jak pies.

– Rozumiesz, chuju, co się do ciebie mówi? – pyta Grzesiek.

Mógłbym im powiedzieć, że nie muszą go kopać i wiązać. Ale nie chcę.

Nic nie zrobić – to często znaczy: zrobić wszystko.

Może nie bylibyśmy teraz razem. Może i tak jakimś cudem byłbym z Justyną. Może jedyne, co by się stało, to kilka wiadomości po latach na Facebooku.

Ale cokolwiek by się stało, gdyby nie oni, gdyby nie on, oboje byśmy żyli.

Jarecki nie odpowiada, tylko wyje. Odwracam się, bo nagle wszystko, co miałem jeszcze w żołądku, wódka, cola i kilka kęsów obiadu, strzela na zewnątrz, prosto w śnieg, tak gwałtownie, że prawie odrywa mnie od ziemi. Odwracam się i słyszę, jak Grzesiek pyta:

– Rozumiesz, wrzodzie?

Olczak go podnosi, przytrzymuje, aby się nie wywrócił. Jarecki stoi sam, na własnych nogach, ale widać, że sprawia mu to ból, słania się. Olczak znowu go łapie i odwraca twarzą w stronę lasu. Lina, którą ma związane dłonie, ciągnie się teraz po ziemi. Grzesiek znowu ją podnosi, chwyta w dłoń. Teraz, próbując iść, lekko pochylony do przodu Jarecki wygląda, jakby był psem, któremu ktoś odciął przednie łapy.

– Ruszaj się – mówi Grzesiek.

Wycieram usta. Odpluwam resztę tego, co w nich miałem. Otwieram auto, wyciągam butelkę coli, płuczę usta. Zapalam szluga. Efekt zapalenia papierosa zaraz po torsjach przypomina połknięcie dymu prosto z rury wydechowej.

– Jesteś tu? Jesteś tu, Mikołaj? Nie odjeżdżasz? – pyta mnie Grzesiek.

– Nie, nie odjeżdżam, jestem. – Kiwam głową.

Grzesiek patrzy na Olczaka, później odwraca się w stronę lasu i popycha Jareckiego do przodu. Ten robi jeden krok, potem następny. Cokolwiek wstrzyknął mu Grzesiek, jeszcze działa – sprawia, że jest bezwładny, że każdy krok to dla niego walka z własnym ciałem.

Wracam do auta. Pod fotelem pasażera znajduję butelkę wódki. Wsadzam ją do kieszeni kurtki. Otwieram schowek. Przeszukuję tylne siedzenie. W świetle reflektorów widać, jak Grzesiek i Olczak w końcu przekraczają granicę światła i znikają w ciemności.

Jakaś część mnie wie, że to ich własne szaleństwo. Nie wiem, czy szaleństwo to dobre słowo. Ich własna czerń.

Od dawna siedzą we dwóch, gapią się w telewizor. Grzesiek pije piwo, ojciec herbatę. Wszyscy powoli od nich odchodzą. Czują ten zapach, czują zagrożenie. Kamila. Dzieci Grześka. Agata być może też pewnego dnia ich zostawi. Aby mogli być we dwóch, ze swoimi sprawami, swoim milczeniem. Zawołali to coś i to coś przylazło, otworzyło sobie drzwi i siadło obok na kanapie.

A potem weszło do nich do środka, przez usta, przez nos, przez oczy.

Jakaś część mnie o tym wie.

Ale inna część czuje, że właśnie stoi prosto. Nie wiem, czy Grzesiek użył dobrego słowa, naprawić. Może lepszym słowem byłoby: obudzić.

Stoję prosto, trzymany przez dwa wielkie palce.

W samochodzie jest jeszcze nóż, motylkowy, z wygrawerowanym K na rękojeści. Leży pod siedzeniem kierowcy. Obok gaśnicy. Nie wiem jeszcze czemu, ale chowam go do kieszeni. Zamykam drzwi auta, dobiegam do nich, starając się nie przewrócić.

Zrównuję się z nimi i dopiero wtedy tracę oddech. Widzę go, jak idzie korytarzem. Gizmo. Prowadzą go policjanci. W jego oczach nikt nie mieszka. Widzę go tak wyraźnie, jakby szedł teraz w moją stronę. Wszyscy wstali. Jarecki, on tam był i też wtedy wstał, i Bernat. Chłopak był cały we krwi. Widzę go. Widzę ich. Wszyscy wstali. Jarecki też.

Idziemy dalej przez las, ale ja nie jestem w lesie, ja jestem w Bramie z Darią i Aśką. I on podchodzi, już wtedy wiatr wywiewa z niego wszystko, co spójne. Przypomina sól rozsypaną na podłodze. Mówi o uciętej głowie i o kobiecie, która trzymała ją w ręku i którą widział po kwasie.

I wtedy wszystko znika, i nagle się garbię, i te ogromne palce, które mnie trzymają, nagle wypuszczają mnie w powietrze, i jakbym się gwałtownie obudził ze złego snu, podbiegam do Grześka, dopadam go, chwytam za rękę.

Jarecki upada, ląduje twarzą w płytkiej warstwie śniegu.

– Nie, to jakieś szaleństwo. Poszaleliście. Poszaleliśmy.

Olczak się zatrzymuje, odwraca, chwyta mnie za ramię, mocno, ale wiem, że to nie jest cała jego siła, że ma jej jeszcze dużo więcej.

– Ja muszę wiedzieć, że to prawda. Ja muszę to wiedzieć – proszę go. – Ja muszę wiedzieć, że to nie jest obłęd, Grzesiek.

– Tu już dawno wszystkim odpięło korki, Mikołaj, nie płacz, nie ma co – mówi Grzesiek.

– Ten Masłowski cały, to on ją znalazł – mówi Olczak. – Maciuś potem w psychiatryku strażnika przekupił, żyletkę mu dał.

Podrywają Jareckiego z ziemi. Jest bezwładny jak kukła. Muszą go trzymać, bo znowu się przewróci. Z ust wypada mu głośny, bezkształtny wyraz, jakiś sprzeciw.

– Zaraz mu to znieczulenie zejdzie z gęby. Zaraz będzie mówił pięknie jak Czubówna – odzywa się Grzesiek.

– A potem Bernat Maciusiowi forsę przeprał, jeszcze dziewczyna nie ostygła. I robili interesy, dopóki Kalt nie przyjechał i Maciuś do niego nie poszedł – mówi Olczak.

– Nie – mówi Jarecki. I chyba płacze, bo to nie jest przeciągłe wycie. I chyba już wiem, dlaczego tak bezkształtnie mówi.

– Ja muszę wiedzieć, że my mamy rację. Ja muszę wiedzieć, jeśli mam iść dalej, błagam, kurwa – proszę Grześka. Zaraz zacznę go błagać. Zrobię wszystko, żeby to uczucie wróciło. Uczucie stania prosto. Podniesienia się z ziemi.

Ale ono się skończyło szybko, jak szok po drobnym porażeniu prądem. Został tylko lęk.

Teraz po prostu zabijamy człowieka. Teraz po prostu ja, mój brat i ten facet z piekarni zabijamy innego faceta.

– Mikołaj, pomyśl o tym, nie wiem, jak o czymś, z czego będziesz dumny. – Grzesiek kładzie mi dłoń na twarzy.

– Trochę taka duma szambiarza, kurwa mać. – Olczak spluwa na ziemię.

– Nawet jeśli, to wciąż duma. – W oczach Grześka jest pożar. Nagle uwolniony Jarecki zaczyna iść szybciej, sztywnymi krokami, chore biodro przechyla go na lewo, ledwo udaje mu się utrzymać równowagę, przypomina nakręcaną kaczkę; Grzesiek patrzy na niego przez chwilę, śmiejąc się, po czym podbiega do niego i z całych sił kopie go w nerki. Cieszy się, jakby kopnął piłkę i strzelił gola.

Jarecki pada po raz kolejny.

– To nie jest najłatwiejsza sprawa. To nie jest dziecku piłkę zabrać. Ale pamiętaj, że cię kocham – mówi do mnie, stojąc tyłem.

Znowu podnosi Jareckiego z ziemi. Idziemy dalej. Jego tempem, powoli, wbijając stopy w śnieg, ubijając ziemię.

– To się odchorowuje. To jest ciężkie, kurwa, jak własne dziecko oddać. Jakby ci kamień do klatki piersiowej wszyli. Wtedy co znaleźliście mnie w łazience. Ja nie piłem przez Kamilę. Piłem, bo żeśmy księdza pojechali zawinąć. Ja nie chciałem go zawijać. Ale ojciec powiedział, jak wszystkich, to wszystkich – mówi Grzesiek.

Jarecki odwraca się w moją stronę. Patrzę mu w oczy. Są spuchnięte od lęku, zaraz od niego wybuchną. Olczak, zupełnie znienacka, zaczyna kontynuować swoją opowieść, może po to, aby w powietrzu były jakiekolwiek słowa.

– Kalt posadził swoją burmistrzową na stołek i dopiero wtedy się wkurwił, bo już nie rozdawał kart. I przyszedł do waszego ojca. A wasz ojciec był przeciwko niej już od początku.

– Dobra, Olczak, już się zamknij, bo te twoje wykłady

to są ciekawe jak węgierski – mówi Grzesiek i nagle się zatrzymuje. – Wiesz, gdzie jesteśmy? – pyta mnie.

– Nie wiem. – Kręcę głową.

– Nie poznajesz? – Wpatruje mi się głęboko w oczy.

Oczywiście, że poznaję.

Gdzieś między drzewami miga pojedynczy punkt, małe, czerwone światło. Wychodzimy spomiędzy drzew, wychodzimy na pokrytą szronem polanę z białym garbem wzgórza pośrodku. Jest jaśniej. Czerwone oko to lampka na kominie zakładu Bernata.

– Wzgórze Psów – mówię. – Jesteśmy na Wzgórzu Psów.

– Wiesz dlaczego? – pyta Grzesiek.

– Grzebać psy? – pytam.

– Nie, pogrzebać chuja, który zabił dziewczynę – odpowiada Grzesiek. – Mam nadzieję tylko, że psy się nie wkurwią.

– Psy to wyrozumiałe stworzenia. – Olczak znów spluwa na ziemię.

Podchodzimy pod sam pagórek, pod Wzgórze Psów. Widzę drzewo na szczycie, które wygląda teraz jak martwa ręka, zakończona rozczapierzoną dłonią. Widzę kamień u podnóża. Garb potwora, zakopanego w ziemi. Grzbiet śpiącego smoka.

– Gdy będziesz miał dosyć, a będziesz miał, i to zaraz, mówiłem ci, że zwątpisz, gdy będziesz na policję biec, pomyśl, że wszyscy na nas czekają. Wszyscy na to liczą – mówi Grzesiek.

– Jacy wszyscy? – pytam i wyciągam nóż z kieszeni.

Grzesiek dostrzega go, zatrzymuje się.

Czuję, jakby tak naprawdę wiał nie jeden, ale wiele wiatrów. Czuję, jak tańczą w powietrzu, próbują wzajemnie się wyminąć, a może próbują czegoś odwrotnego, rozpędzić się i wpaść na siebie z całej siły. Przebiegają obok nas, między nami, głupie duchy.

Czuję, jak tańczą we mnie. Czuję, jak podrywają do góry wszystko, co we mnie jest, i rozwiewają dookoła, mieszają ze sobą jak popiół z ogniska. Kaszlę, krztuszę się resztkami tego, o czym myślałem, że jest mną.

Nikt przez to nie wstanie z martwych, nie podniesie się sam z klombu przy placu Zbawiciela.

Nie warto. To szaleństwo.

– Tak jak teraz – stwierdza Grzesiek, patrząc na nóż. – Teraz masz dosyć.

– Puść go – mówię.

Grzesiek kręci głową. Przyciąga do siebie Jareckiego.

Nóż, który trzymam w dłoni, zaczyna mnie parzyć.

– Mikołaj, spokojnie, my robimy dobrą rzecz. – Grzesiek jest spokojny. Jak nauczyciel. Chwyta Jareckiego za gardło. – Powiedz mu – nakazuje.

– To po prostu nie ma sensu – mówię.

– Może ojciec twój miał rację, żeby go nie brać. – Olczak kiwa głową w moim kierunku.

– Jarecki, powiedz mu – powtarza Grzesiek.

Jarecki ciężko dyszy, a po policzkach spływają mu łzy.

Jestem na ognisku nad jeziorem.

– My po prostu zabijamy człowieka, Grzesiek – mówię, jakbym próbował przekrzyczeć wirujący we mnie popiół.

Siedemnaście lat temu. Jeszcze było jasno. Trupol i Bylu szli za nami. My szliśmy przodem. Człowiek nigdy nie wie, czy ma przed sobą jakąś przyszłość, czy nie. Wiedziała, że to koniec. Nie szliśmy wtedy za rękę, już wiem dlaczego – nie chciała zabierać mnie ze sobą tam, gdzie miała iść.

Po prostu wszystko jest skończone. Nasze domy są w brzuchach robaków.

Niech te palce podniosą mnie jeszcze raz, proszę, błagam na wszystko.

– Powiedz mu. – Grzesiek uderza go pięścią w twarz. Jarecki się przewraca.

Podchodzę do niego. Nóż pali mnie w rękę, nie wiem, czy od gorąca, czy od zimna.

– Powiedz mu. – Grzesiek kopie go w głowę.

– Przestań, kurwa mać, Grzesiek, jesteśmy ludźmi, do kurwy nędznej, ludźmi, to jednak nie może tak być! – krzyczę i choć tak naprawdę nie wiem, co mam zrobić, podnoszę rękę ściskającą ten zamknięty przecież nóż i biorę zamach, a wtedy Grzesiek kuca na ziemi, chwyta leżącego Jareckiego za włosy, podrywa jego głowę, zmuszając, aby klęknął.

I Jarecki klęka, i zaczyna mówić, a ja opuszczam rękę.

– Ja... ja dostałem wtedy wezwanie do wojska – mówi, jakby był porażony umysłowo, połyka końcówki wyrazów, przeciąga samogłoski. Część jego ust musi być wciąż sparaliżowana. Grzesiek go podnosi, ściskając mocno za ramię, bo inaczej by się przewrócił.

– Myśmy dużo ćpali wtedy – wyjękuje.

– Kurwa, powiedz mu, nie bój się, no powiedz mu. To była jego dziewczyna. Powiedz mu! – wykrzykuje Grzesiek, każdy następny wyraz jest coraz głośniejszy, na końcu wrzeszczy, a Jarecki zaczyna płakać.

– Myśmy dużo ćpali wtedy, nosiło nas, przesadzaliśmy bez przerwy i Maciuś, to Maciuś nas nakręcił na to. To po prostu wyszło. Ja cię bardzo przepraszam. Ja wszystkich bardzo przepraszam, wszystkich – wyje Jarecki.

Siedemnaście lat temu, stoimy naprzeciwko fabryki Bernata, pamiętam. Jest zamknięta. Daria mówi mi, że powinienem pisać. Że opowiadanie, które przeczytała w zeszycie, o ludziach mieszkających w jaskini, było całkiem niezłe. Chce mnie z czymś zostawić. Chce, abym nie szedł dalej zupełnie sam, bez niczego.

Już wiem. Nie ma sensu myśleć, co by było gdyby.

Jest jedna droga. Nie ma alternatywnych światów. Innych wersji wydarzeń.

Dzieje się tylko to, co miało się stać, i to jest właśnie sprawiedliwość.

Mój mózg zawsze kręcił alternatywne scenariusze. Gdyby żyła. Gdybyśmy byli razem. Gdybyśmy nie byli razem. Gdyby Justyna nie przechodziła wtedy placem Zbawiciela. Gdyby coś jej nie tknęło.

– Ja przepraszam. Ja się zabić chciałem po tym. Wiele razy się chciałem zabić. Ja się chciałem przyznać. Sam nawet. Niedawno. Nie obciążać ich. Ale Maciuś mi w to nie uwierzył. Maciuś powiedział, że mnie zabije. – Jarecki jest zalany własnymi łzami i smarkami. Płacze tak dojmująco, że zaraz udusi się własnym płaczem, że zaraz wybuchnie mu gardło.

Dzieje się właśnie to, co ma się dziać, i to jest właśnie sprawiedliwość. Daria chciała, abym nie szedł sam. Daria to wiedziała. Ona wiedziała, że jest tylko jedna droga, po której porusza się wszystko.

Już wiem, już rozumiem, i wtedy znowu dwa palce podnoszą mnie do góry, i znowu jestem pełen ognia.

– Widzisz? – pyta mój brat. – Słyszysz? Ty myślisz, że co? Że nawet jak pójdzie na policję i o tym, kurwa, opowie, to ktoś mu uwierzy?

Grzesiek puszcza Jareckiego, który upada na ziemię, a potem znów klęka. Mój brat odruchowo wyciera rękę o spodnie.

Jarecki, klęcząc, kiwa się w przód i w tył.

Nie jest tym chłopakiem, który siedemnaście lat temu wychodził na scenę i śpiewał złe piosenki, mające udawać The Doors. Jest kimś zupełnie innym. Nawet nie jest do siebie podobny. Gdybym zobaczył go na ulicy, w sklepie, po prostu nawet bym go nie poznał.

Ale stał się tym, kim miał się stać. Tak miało być.

– Ja wiedziałem. Ja wiedziałem, że tak się stanie. Ja wszystko wiedziałem. Ja czułem i ja wiedziałem. Ja bardzo przepraszam – wyje tak głośno, że zaraz wszystkie zagrzebane tu psy przebudzą się i zaczną śpiewać razem z nim w przekonaniu, że jego płacz to wezwanie do ostatniego wspólnego koncertu.

Oczywiście, że wiedział.

Ja też klękam. Kolana momentalnie robią mi się zimne i mokre.

Chcę widzieć jego twarz. Chcę mieć ją na linii wzroku.

– Ja ją... Bernat ją trzymał. A ja... Najpierw ja, a potem Maciuś. – Nie przerywa wycia ani na moment, tylko taktuje je oddechem, wycie co jakiś czas zmienia się w wyrazy, ale nie gaśnie. Jest coraz głośniejsze.

– Powiedz mu, co było dalej – nakazuje mu Grzesiek.

– Bernat trzymał... potem Maciuś i ona ugryzła Bernata w rękę, do krwi... i Maciuś powiedział, wybić jej zęby... Bernat nie wiedział... nie wiedział, co się dzieje, ja wszystko pamiętam, wszyściutko, sekunda po sekundzie... Boże jedyny. O Boże jedyny. O Matko przenajświętsza, o Boże jedyny – skomli jak pies.

Nic nie jest błędem. Wszystkie pożyczki zostaną spłacone. Wszystkie życia dotrą do końca. Tylko w jeden, przypisany sobie sposób.

– Bernat wstał i wziął... tam leżała taka kostka brukowa, taka płyta i wziął... o Boże jedyny! – wybucha. Chowa twarz w dłoniach. – Poszliśmy stamtąd. Nikt się nie śmiał. Nic nie mówił. Poszliśmy stamtąd. – Jarecki już nie może wytrzymać, dławi się własnymi słowami.

Nie żyłem, a teraz znowu żyję, bo tak miało być.

– Ten chłopak tam stał – jęczy Jarecki.

– Gizmo – mówię.

– Tak, on. Stał, jakby na nas czekał. I stał tak, a ja wiedziałem od razu, minutę byłem przerażony, cała ta amfa, po prostu byłem przerażony, jakby ścigał mnie wilk, a potem, jak go zobaczyłem, to mówię: kurwa, Boże jedyny, kurwa, ja tak powiedziałem, pamiętam, mówię do nich, bo pamiętałem, co on gadał po mieście, bo pamiętałem, bo cały Zybork o tym mówił, o tej głowie odciętej, mówię do nich, jesteśmy uratowani, kurwa. A on tam tylko czekał. Czekał na nas. To jest tak czasami, że coś nawiedza. Jakby on tam miał stać, właśnie tam.

Oczywiście, że miał tam stać, ty żałosny chuju.

– Zaprowadziliśmy go do niej, bo tam leżała bez ruchu, zaprowadziliśmy go tam i powiedzieliśmy, zobacz, zobacz, co zrobiłeś. O Boże jedyny, o Matko. O Boże jedyny.

Te wszystkie chwile musiały nadejść.

Gdy podpisywaliśmy z Justyną akt notarialny. I gdy ubierałem choinki. I gdy ćpaliśmy MDMA na plaży w Dębkach. I gdy piliśmy we dwójkę szampana w wannie w któregoś sylwestra, słuchając Radia Złote Przeboje z telefonu. I wcześniej, gdy leżałem w „Mordorze" i oglądałem telewizję, a obok spała jakaś dziewczyna, o której nie miałem zielonego pojęcia, a która równie dobrze mogłaby spać na wycieraczce, w ogóle jej by to nie przeszkadzało. I kiedy dawaliśmy z Justyną Portugalczykom klucze.

I gdy próbowałem wyrwać tej kobiecie torebkę na placu Zbawiciela.

I gdy Justyna powiedziała mi, że mnie zdradziła z tym człowiekiem.

To wszystko musiało się wydarzyć.

Wydarzenia układają się w niekończącą się girlandę.

Ona ma swój z góry ustalony kształt. Nie można jej przeciąć, przerwać.

Ona jest.

Zawsze, zawsze, zawsze.

– Zostawiliśmy go tam. Maciuś wziął go za ręce i wsadził jego ręce w krew, i zostawiliśmy go tam. I pobiegliśmy do samochodu, samochodu Maciusia – skomli.

– I tyle – mówię.

– I tyle. I tyle, o Jezu, i tyle. – Schyla się do ziemi, wciąż na klęczkach, jak modlący się muzułmanin.

Każdy ma w sercu cały świat. Wyryty nożem. Na zawsze. Istnieje tylko to, co ma istnieć. Wyszedłem z domu, a teraz do niego wracam.

– I tyle, o Jezu – powtarza Jarecki.

Nie żyłem, a teraz żyję. Stoję. To nie jest błąd. Nic nie jest błędem.

– Twoje ręce nie są sparaliżowane. Nie są puste w środku, Mikołaj – mówi Grzesiek.

– No raczej – zgadzam się.

Justyna / Koniec

Piętnaście na dwadzieścia kroków. Nie wiesz, ile to metrów kwadratowych. Aby nie czuć smrodu, zatykasz sprawną dłonią nos, o ścianę ocierasz się chorą ręką. Idziesz powoli. Modlisz się, aby czubek buta albo jego podeszwa nie wyczuły nagle czegoś innego niż ziemia. To ciało musi być już miękkie. Nie chcesz poczuć, jak czubek buta zagłębia się w nie jak w błoto.

Obchodzisz całe pomieszczenie dookoła. Wymiotujesz, a potem obchodzisz jeszcze raz. Masz wrażenie, że trwa to całe godziny. Twoja skóra, usta i nos robią się suche. Być może gdzieś na wysokości twojego ciała jest jakiś otwór, dziura, jama, prowadząca w tunel, w kanał, do wyjścia. Wyjścia, którym wyczołgał się Bernat. Ale aby wyjść, musiałabyś kucnąć. Obejść całe pomieszczenie na czworakach albo na klęczkach. Piętnaście na dwadzieścia kroków zamieni się w pół godziny albo godzinę czołgania. Będziesz wtedy na poziomie tych ciał. Smród może sprawić, że odwodnisz się od rzygania.

Kalt nic o tym nie wie, przypominasz sobie słowa księdza. Jak to, Kalt nic o tym nie wie? To niemożliwe. Dowiesz się wszystkiego, gdy wyjdziesz. Musisz spróbować. Na razie mniej więcej wyobrażasz sobie mapę tego pomieszczenia. Nie ma w nim nic oprócz ciał. Ceglane ściany, ziemista, twarda, zmarznięta na kość posadzka. Najbardziej rozkładające się, cuchnące ciało w jednym z końców. To najprawdopodobniej zwłoki Marka Bernata. W drugim końcu pozostałe dwa – księdza Bernata, który umarł przed chwilą, i drugie, należące do byłego gangstera znanego jako Maciuś. Tyle.

Próbujesz zrobić to inaczej, zdjąć z siebie kurtkę i jedną ręką zawiązać ją dookoła twarzy, chociaż jest strasznie zimno, kurtka dwa razy spada na podłogę, ale podnosisz ją i próbujesz jeszcze raz. I kucasz, i odwracasz się do ściany zdrową ręką, i zaczynasz poruszać się na kolanach, ludzie dochodzą na kolanach do miejsc świętych, pokonując setki kilometrów. Wodzisz dłonią wzdłuż zimnej ściany. Jakby to był rodzaj modlitwy.

Ściana jest jednolita, porowata, zimna i brudna. To pomieszczenie jest piwnicą, myślisz, piwnicą nigdy niewybudowanego domu. Spod smrodu czuć zapach starego drewna, mokrego, przemarzniętego cementu. Idziesz dalej. Już po chwili bolą cię kolana, ale nie na tyle, abyś zapomniała o bólu ręki.

Ściana jest jednolita, jednolita, jednolita. Skręcasz. Jesteś blisko ciała Maciusia. Te ciała są jak wyspy mięsa. Może ta dziura jest jeszcze niżej. Nie na poziomie twoich kolan, ale jeszcze niżej, na poziomie kostek. Może Bernat sam ją wydrapał. Może przekopał się jak kret aż do powierzchni.

Myślisz o tym, że ludzie, którzy byli młodzi w latach siedemdziesiątych, mówią do ludzi, którzy byli młodzi w latach dziewięćdziesiątych – już was mają, chodzicie na ich pasku, jesteście niewolnikami, potraficie się jedynie gapić w telefony i telewizory i się bać, bać, bać, bać o jutro, bać się, że zabiorą wam pensje i nie będzie was stać na kredyty, idioci, przed wami wciąż jest jakieś jutro, my go nie mieliśmy, my musieliśmy przebijać się przez beton, rozbijać o niego pięści i kolana, i stopy, i palce, codziennie. Jutro – nigdy go nie mieliśmy, w pewnym momencie przyszło samo, a my oddaliśmy wam je w prezencie. A wy co z nim teraz robicie? Zobaczcie sami.

Ściana boli. Jest nieprzenikniona. Są w niej tylko delikatne wgłębienia, wielkości czubka palca, paznokcia, kamyka. Starasz się być jak najdokładniejsza. Oklepujesz ścianę otwartą dłonią, jakbyś badała ciało.

Jęk, głośny, przebijający się przez zaciśnięte gardło sprawia, że podskakujesz.

To ksiądz. Jakimś cudem jeszcze żyje. Zostawiasz ścianę, podnosisz się, podchodzisz do niego, wiesz, gdzie jest, delikatnie wyczuwasz jego ciało stopą. Kucasz.

Przykładasz ucho do jego klatki piersiowej. Oddycha jeszcze, ale nierówno, walczy ze sobą, aby wypuścić powietrze.

– Co to oznacza, że Kalt nic nie wie? – pytasz. – Co to oznacza?

– Pomóż mi – mówi ksiądz i zaciska twoją rękę. – Pomóż mi.

Jego ciało jest rozpalone. Ma potworną gorączkę.

– Pomódl się ze mną – prosi.

Nie pamiętasz żadnych modlitw. Ale on zaczyna. Ciężko już wyłowić z tego jakieś słowa, topią się w charkocie, ale wiesz, kojarzysz, że ten bulgot, który wychodzi z jego krtani, to *Ojcze nasz*, poznajesz to po tempie, po rytmie, w którym porusza się całe jego ciało.

Czekasz, aż skończy. Może to już definitywna śmierć, a może będzie tak męczył się parę dni. Dotykasz jego czoła. Masz zmarzniętą rękę, więc dosłownie cię parzy. Przypomina rozżarzoną stal.

– Kto to robi, proszę księdza? Kto nas tu zamknął? – pytasz.

Coś mówi. Przysuwasz ucho do jego ust. Bije z nich smród chorego gardła, infekcji, anginy. Słowo, które z nich wypada prosto do twojego ucha, brzmi jak „ojciec".

– Ojciec? – pytasz.

Klapa otwiera się nagle. Z jej zgrzytem do środka wpada chłód, ból, zimno i na tyle nocnej poświaty, aby zobaczyć twarz, podobną do czegoś, co najpierw zgniło, a potem wyschło. Dopiero po chwili wstajesz i patrzysz w górę. Zakładasz połowę kurtki na chorą rękę, krzywisz się z bólu.

– Podejdź tu – słyszysz.

– Kim jesteś? – pytasz po chwili. Twój głos też się zmienił. Też charczysz. Jak wyczerpany pies.

– Podejdź – powtarza głos. To nie jest głos Wiedźmina, mężczyzny z lasu, to nie jest głos nikogo, kogo znasz. To głos młodej dziewczyny. Nie widzisz jej. Widzisz zaledwie sam kontur ciała, ciemną plamę na tle granatowego nieba.

I dopiero teraz zauważasz, jak głęboka jest ta piwnica, dół, piekło, jak zwał, tak zwał. Jest dwa razy wyższa niż ty stojąca na palcach ze swoją zdrową, wyciągniętą ręką. Ma jakieś cztery metry wysokości. Dlatego tak cię bolało, gdy spadałaś. To ciekawe, widzisz, że spadanie przez krótki moment jest jak latanie.

– Spuszczę ci sznur – mówi. – Poczekaj.

– Mam złamaną rękę! – krzyczysz.

– To idę po drabinę, poczekaj – odpowiada.

– Kim jesteś? – pytasz.

– Poczekaj! – krzyczy i znika. Zostawia cię z otwartą klapą i granatowym kwadratem nieba. Do piwnicy wpada odrobina świeżego, zimnego powietrza. Stoisz przez chwilę z zamkniętymi oczyma i wdychasz zapachy spadające z góry i przedzierające się przez ścianę smrodu, wilgotną ziemię i śnieg, i liście, i coś jak sierść zwierząt, gdzieś daleko. Wracasz do księdza. Kucasz przy nim. Jest wciąż rozpalony, jego pierś wciąż podnosi się i opada. Wciąż żyje. To dobrze.

Nie wiesz, ile spędziłaś tutaj czasu. Najpewniej parę

godzin. Te parę godzin było jak kilka dni. Dopiero to do ciebie dociera, że ktoś otworzył klapę. Że będziesz żyć. Że twoja matka nie będzie musiała szukać cię po całej Polsce, po wysuwanych ze ściany metalowych szufladach. Jeszcze nie. Jeszcze nie teraz.

Nie wiesz też, ile czasu mija, zanim w końcu wraca, czarny kontur dziewczyny.

– Ta drabina jest za krótka. Nie sięga ziemi. Muszę ją przytrzymać z góry! – woła. Nie widzisz jej, ale ją słyszysz.

– Jeden z nich żyje! – odkrzykujesz. – Ksiądz.

– Aha – odpowiada.

Widzisz, jak drabina powoli wsuwa się przez otwór do środka. Granatowe niebo zostaje zasłonięte przez jej kształt.

– Trzeba jak najszybciej zawieźć go do szpitala! – krzyczysz.

– Tylko on? – pyta.

Spoglądasz w ciemność, w to miejsce, z którego dobiega cichy i chrapliwy oddech.

– Chyba tak – odpowiadasz. – Musimy go jakoś stąd wyciągnąć.

Drewniana drabina zawisa jakieś pół metra nad ziemią.

– Opuść ją – mówisz do dziewczyny.

– Spróbuję przytrzymać! – odkrzykuje.

– Nie, opuść ją – odpowiadasz. – Spróbujemy inaczej.

– Przytrzymam – mówi.

– Nie radź mi! – odkrzykujesz. – Spadniesz. Ściągnę cię w dół.

Po chwili wahania w powietrzu drabina stuka o podłogę. Łapiesz ją, przysuwasz do ściany, opierasz. Postarasz się wejść na taką wysokość, aby zdrową ręką chwycić krawędź otworu. Może wtedy ona pomoże ci się wciągnąć do góry. Jeśli drabina się nie przewróci, przez chwilę będziesz musiała zawisnąć na zdrowej ręce. Jeśli spadniesz jeszcze raz, najwyżej znowu sobie coś złamiesz. Nie umrzesz. Tylko sobie coś złamiesz. Ale wciągniesz się. Dasz radę.

– Jak coś, to ja już nie mam jak cię wyciągnąć! – krzyczy dziewczyna.

– Dam radę – odpowiadasz.

Drabina jest stara, drewno miękkie, szczeble poluzowane. Dociskasz ją do ściany i próbujesz wejść na pierwszy szczebel. Drewno ugina się pod twoim ciężarem. Robisz pierwszy krok i odruchowo się cofasz, schodzisz z powrotem na podłogę. Oddech, i jeszcze raz. Nikt nie będzie cię szukał po kostnicach. On. Matka. Rodzina. Nikt. Uratujesz to, co da się uratować. Robisz krok i zdrową ręką chwytasz się drabiny. I robisz następny. Naciskasz stopą na trzeci lub czwarty szczebel, drewno niebezpiecznie chrzęści. Ale kwadrat jest coraz bliżej. I kontur dziewczyny, spięte włosy, kaptur, czy ona tak wygląda, czy tylko sobie to wyobrażasz? Czy jej nie ma i zaraz się obudzisz? Piąty szczebel, szósty. Siódmy szczebel, ósmy. Ręka zwisa bezwładnie wzdłuż ciała. Czujesz, że jest dwa razy cięższa od zdrowej. Wyobrażasz sobie, jak wygląda. Jak spuchnięty, napompowany kawał mięsa wpuszczony do jelita, do gumy. Wyjdziesz z tego. Wystarczy żyć. Dziewiąty szczebel, dziesiąty. Drewno się wygina. Drabina obsuwa się trochę w dół po cementowej ścianie, z głośnym chrobotem. Ale jeszcze nie. Jeszcze dwa szczeble i spróbujesz się chwycić. Gdy zlecisz, najwyżej coś sobie znowu złamiesz. Może ona, kimkolwiek jest, ma jeszcze jakiś pomysł. Może. Proszę.

Wyciągasz rękę. Tracisz równowagę, odzyskujesz i znowu tracisz, i znowu odzyskujesz, i trwa to może sekundę, góra dwie, ten cykl.

– Łap się – mówi dziewczyna. Widzisz jej twarz. Gdzieś ją widziałaś. Ale nie myśl teraz, kurwa, gdzie. Skup się. – Łap się. – To trwa sekundę, dwie, powiedzieć „łap się".

Wyciągasz rękę do góry i bierzesz zamach, i wykorzystujesz całą swoją równowagę, aby stanąć prosto na szczeblu drabiny, i chwytasz się brzegu otworu, czujesz pod palcami zdrowej ręki beton, szron i ziemię, ale to niewiele, tyle co nic, i robisz to gwałtownie, drabina uderza o podłogę z głośnym hukiem i w tej potwornie, potwornie długiej sekundzie twoje palce zaraz pękną, przynajmniej tak czujesz, że już po nich, a ona, ta dziewczyna, widzisz teraz jej twarz wyraźnie, łapie cię obiema dłońmi za rękę w nadgarstku i kładzie się na ziemi, i z całej siły ciągnie do góry, i prędzej wyrwie ci tę rękę ze stawu, niż cię wciągnie, więc ty musisz się teraz skupić i wziąć zamach chorą ręką, która jest najpewniej złamana w nadgarstku, wziąć zamach i położyć ją na zewnątrz, próbujesz, ale ci się nie udaje, dziewczyna traci wszystkie siły, jakie ma, chociaż ma ich bardzo dużo, więc mówisz:

– Łap mnie za drugą rękę.

I podnosisz ją z całych sił, a ona łapie cię za drugą, spuchniętą rękę w nadgarstku i ciągnie do góry, i wrzeszczysz z bólu, o kurwa, bo ból jest taki, jakby zaraz wszystko miało eksplodować i zemdleć razem z tobą, ale podciągasz się do góry na tyle, aby podeprzeć się o ziemię i szron, i betonową wylewkę łokciami, z całych sił, aż wyobrażasz sobie, że robią się w nich dziury, i wtedy podciągasz się cała, wtedy możesz użyć reszty ciała, wciąż wyjąc z bólu, przechylasz się do przodu, dziewczyna, ciężko sapiąc, łapie cię pod pachami i ciągnie do siebie, a ty podciągasz do góry lewe kolano i zapierasz się nim o ziemię.

I po chwili leżysz na ziemi, i wyjesz, i płaczesz, skulona jak małe dziecko, a ból jest nieporównywalny do niczego, jest po prostu jakby białym światłem, które co chwila robi się czerwonoróżowe.

– Ksiądz żyje – mówisz.

Przypatrujesz się jej. Była pod restauracją, gdy Tomasz wyciągnął burmistrzową na zewnątrz. Ma czarne włosy, spięte w kucyk. Czarną bluzę z kapturem i czarną kurtkę. Ciężko dyszy.

Wyciąga z kieszeni papierosy, podsuwa paczkę w twoją stronę. Zastanawiasz się, czy bardziej ci się chce pić, palić, czy rzygać.

Próbujesz się podnieść. Ona ci pomaga. Łzy zamarzają ci na policzku. Opuszczasz bezwładnie rękę, znowu. Ręka jest bólem. Bolałoby mniej, gdyby ci ją odcięto.

– Musimy go jakoś wydostać – mówisz.

– Nie. – Kręci głową.

– Nie rozumiem.

Dziewczyna podchodzi do klapy, stawia na niej stopę. Jest od ciebie niższa. Spluwa na metal.

– Jesteś żoną Mikołaja, tak? – pyta.

– A tym kim jesteś? Nie rozumiem – odpowiadasz pytaniem na pytanie.

Dziewczyna odwraca się w stronę, z której parę godzin temu przyszłaś razem z Wiedźminem.

– Zaraz zrozumiesz – odpowiada.

Mikołaj / Nic

– Gdzie on jest, gdzie on jest? – Grzesiek wyciąga telefon i wybiera numer. Wciąż to powtarza: „gdzie on jest, gdzie on jest?”. Słyszę cichy sygnał, ktoś odbiera.

– Jestem w domu. – Słyszę głos z drugiej strony.

– Wyłaź – nakazuje Grzesiek.

– Modliłem się – mówi głos.

– Weź wszystko, co masz, wiesz co – mówi trochę ciszej Grzesiek. – Ruszaj się! – krzyczy do Jareckiego.

Jarecki płacze, chlipie i cicho skomli, ale wciąż idzie do przodu.

To właśnie próbowali przede mną ukryć. To właśnie było w ich rozmowach, grepsach, sygnałach. O tym właśnie przestawali mówić, gdy wchodziłem do pokoju. Może nie chcieli mnie tym zakazić. Teraz to nie ma żadnego znaczenia.

Nie ma sensu zastanawiać się, czy chciałem tu być, czy nie.

W sytuacjach bez wyjścia najbardziej bezsensowne są pretensje.

Wszystko jest tak, jak ma być. I od początku wszyscy to rozumieli, wszyscy oprócz mnie. Okrąg światła wyłania coś z ciemności, metalowy kwadrat, wyglądający jak tablica, wkopany zbyt głęboko w ziemię, przerdzewiały znak drogowy; jeszcze nie wiem, co to jest, zasłania to Jarecki, podbiegam do przodu i go wymijam. To otwarta metalowa klapa o wymiarach mniej więcej metr na metr. Taka jak do szamba.

Czarny, kwadratowy otwór, w wystającym spod liści i ziemi wylanym betonie. Podchodzę do niego, Grzesiek zatrzymuje mnie ręką. Ze środka bucha potworny smród, jakby w środku składowano zepsute mięso.

– Co to jest? – pytam Grześka.

– Ojciec dla was ten dom stawiał – mówi Olczak.

– Dla nas? – pytam.

– Dla ciebie i dla tej dziewczyny. – Pokazuje wystający z ziemi kawałek muru i dalej podnosi latarkę, celuje światłem w las. – Jak tam się dalej przypatrzysz, to jeszcze paliki są od ogrodzenia – mówi.

– Olczak, kurwa, przestań bajać kto to otworzył? – Grzesiek pokazuje klapę. Kopie Jareckiego w bok, jeszcze raz. – Zamknij się – mówi do niego. – Zamknij ryj.

Wyrywa Olczakowi latarkę z ręki, sam kuca przy krawędzi dziury. Celuje światłem w środek. Światło wyławia z ciemności dwa kształty, przypominające stosy ubrań. I leżącą na podłodze drabinę.

– Co tu się, kurwa, dzieje? – pyta Grzesiek.

– On ją tam zamknął, ten kretyn – głos odzywa się w ciemności. Odwracam głowę. Kaśka stoi prawie nade mną i pokazuje ręką Justynę, opartą o drzewo.

– Gdzie ją zamknął? Tu? W piwnicy? – Grzesiek podrywa się z kolan.

– Justyna – mówię. Podchodzę do niej.

Justyna śmierdzi. Jej kurtka jest cała ubrudzona i czarna. Chcę ją przytulić, czuję, że powinienem, ale Kaśka chwyta mnie za ramię, każe mi się cofnąć.

Wódka źle chlupocze mi w żołądku. Wiem, że tego nie przetrwamy. Wiem, że ona musi iść dalej.

– Ma złamaną rękę – mówi. – Musisz uważać.

– Jeden żyje, tam w środku. Musimy go wyciągnąć.

Ksiądz Bernat, on żyje – mówi cicho, chociaż widać, że zmusza się, aby mówić głośniej, że drży z wysiłku.

– Kochanie – mówię do mojej żony. Cała moja miłość. Całe moje przeprosiny. Rosną w powietrzu, narysowane kolorowymi długopisami. Chcę jej powiedzieć, że wiem, że mogłem być inny, ale też wiem, że tak naprawdę nie mogłem być inny. Że mogę być inny dopiero od teraz. Ale ona nawet na mnie nie patrzy.

– Musimy go wyciągnąć – powtarza głośniej.

– Musimy jechać z nią do szpitala. – Pokazuję na moją żonę.

Jarecki znowu wydaje dźwięk, bezkształtne słowo, dźwięk jak odgłos pękającej bańki bólu. Dźwięk znika. Justyna dopiero teraz go zauważa, skulonego na ziemi tuż obok jamy.

Światło latarki tańczy w powietrzu, zupełnie pijane, jak zerwana z orbity planeta.

– Miało jej tu, kurwa, nie być, do kurwy nędzy, miała być u niego w domu, u niego w piwnicy. – Grzesiek kopie w otwartą klapę, w powietrzu rozbrzmiewa tępe metalowe echo.

Grzesiek odsuwa mnie od mojej żony, podchodzi do niej. Pozwalam mu na to. Stoję z boku. On wytłumaczy jej to lepiej. Wszystko jest w nim uformowane, skupione w wyraźny kształt. Ma w sobie biało-czarną girlandę.

Widzę, jak oczy Justyny się rozszerzają w ciemności, rosną prawie że dwukrotnie.

– Justyna, teraz tak... – zaczyna Grzesiek. – Są dwa wyjścia.

– Jakie wyjścia? Co wy robicie? – Jej głos jest znowu cichszy i drżący.

– Ich ojciec to dobry człowiek. – Kaśka podchodzi do Jareckiego, który, leżąc na boku, ściska swoje ciało jak pięść, próbuje przysunąć sobie kolana do twarzy.

– Budował, ale sama piwnica została – mówi Olczak.

– Zamknijcie mordy! – krzyczy Grzesiek, a potem odwraca się do Justyny i mówi: – Są dwa wyjścia. Ale w obu wyjściach zobaczysz to wszystko i zapomnisz. Bo tu nie ma nic do pamiętania.

– Co wy robicie, do cholery, tam jest żywy człowiek, jego trzeba stamtąd wyciągnąć! – woła Justyna.

– Kochanie – mówię do niej. Odwraca się do mnie, widzę w ciemności jej twarz, jest brudna i piękna.

– Wiem, że tam jest żywy człowiek, wiem, bo go tam sam wsadziłem – mówi Grzesiek.

– Co ty właśnie powiedziałeś? – pyta Justyna.

– I wsadzę tam jeszcze jednego. I zaraz powiem ci czemu. – Grzesiek pokazuje palcem Jareckiego leżącego na ziemi.

– Kochanie – mówię do niej.

Piosenka strzela w powietrze. The Doors, *Riders On The Storm*. Płaska, sprasowana i śmieszna. Przez chwilę nikt nie wie, skąd dobiega, Olczak szuka źródła, oświetlając nas latarką. Dopiero po chwili słychać, że dźwięk dobiega z dołu, że jest przy samej ziemi.

Olczak kuca, wyciąga dzwoniący telefon z kieszeni Jareckiego, podaje Grześkowi.

– Na kiego mi to? – pyta Grzesiek.

– Puśćcie go – mówi Justyna. – Co on zrobił, ten człowiek, kim on jest? Puśćcie go. Puśćcie go natychmiast – dodaje trochę głośniej.

Grzesiek bierze zamach, ciska telefonem o dno piwnicy. Piosenka urywa się cichym, szklanym chrupnięciem.

– Są dwa wyjścia, Justyna, w takiej sytuacji. Wyjeżdżacie oboje albo zostajecie oboje – mówi Grzesiek.

Justyna, jakby nagle wydostała się z paraliżu, zrywa się do przodu, podchodzę do niej, próbuję ją dotknąć, ale odpycha mnie, zbliża się do Jareckiego, kuca, przykłada rękę do jego dłoni, wciąż skrępowanych brudną linką holowniczą. Gdy dotyka linki, zaczyna płakać. Płacze cicho, samym ciałem, które trzęsie się, jakby wyszło z lodowatej wody.

Zrozumie to zaraz. Albo i nie. Zrozumie to za dziesięć lat.

Zrozumie to wtedy, kiedy będzie miała zrozumieć.

Gwiazdy. Spirale. Drzewa.

Kościoły.

– W obu przypadkach zapomnisz to wszystko – mówi Grzesiek.

– Co tu się stało? – pyta przez łzy Justyna, drży, jakby płacz próbował podrzucić ją w powietrze.

– Sprawiedliwość – mówi Grzesiek.

– I nie ma innej sprawiedliwości. – Kaśka robi krok w stronę dziury i spluwa w jej kwadratową czerń.

Gdzieś nieopodal zaczyna szczekać pies. Po chwili dołącza do niego jeszcze jeden, jakby stojący na wzgórzu. I jeszcze jeden, i jeszcze jeden.

– Wy to robiliście. Robiliście to od początku – mówi Justyna. – Od zawsze.

Otacza nas cała armia psów, cały pierścień, korowód. Nie widać ich, ale słychać je tak, że prawie wchodzą mi do głowy. Jakby każde szczeknięcie rodziło kolejnego szczekającego psa i tak w kółko. Schowane w lesie, niewidoczne, ukryte w ciemności, wyją w powietrze.

– Wy wrzuciliście tu Bernata. Ale wam uciekł. – Dłonie Justyny krążą nad Jareckim, niepewne, co mają zrobić.

– Nie uciekł. Jak ty byś chciała stąd uciec, powiedz mi. – Grzesiek odwraca się w stronę wzgórza. Psy z każdą chwilą szczekają coraz głośniej. Za chwilę szczekanie wypełni wszystko.

– Ojciec chciał, żeby go znaleźli. – Grzesiek stoi nad nimi, z boku wygląda, jakby ich pilnował. Kładzie Justynie rękę na ramieniu. Ona ją strąca.

– Aby zrzucić winę na niewinnych ludzi – mówi Justyna.

– Taki chuj, a nie niewinnych! – krzyczy Olczak. – Przecież dom wam spalili! Grozili wam!

– I wygrać wybory – mówi Justyna.

– Ojciec nie chciał żadnych wyborów – mówi Grzesiek. – Chciał sprawiedliwości.

– Zrobił to referendum, aby odwrócić uwagę, zrobić z siebie ofiarę. – Justyna przestała płakać. Mówi wyraźnie i dźwięcznie. Jej słowa są ostre, świszczą w locie, tną powietrze. Tylko jej głos jest w stanie zagłuszyć szczekanie psów.

Justyna nie rozumie. Bardzo chciałbym jej to wytłumaczyć, ale nie umiem, a poza tym chyba nie muszę.

Są ludzie wyznaczeni to wykonania tego, co nieuchronne. Mają swój honor szambiarzy.

– Oni zabili tę dziewczynę i ją zgwałcili, Justyna. Tak po prostu. Dla jaj – mówię.

– Pójdziecie do więzienia – mówi głośniej Justyna.

– Ojciec już jest w więzieniu. – Grzesiek wzrusza ramionami.

– Aby udawać niewinnego. Jest w więzieniu, aby wszyscy myśleli, że jest niewinny – odpowiada Justyna.

– Ojca nie obchodzi, co ktokolwiek myśli. – Nie wiem, czy mówię to ja, czy Grzesiek.

Mój brat pomaga jej wstać, a ona bezwładnie mu się poddaje. Grzesiek zdejmuje kurtkę, zdejmuje bluzę. Stoi w samej koszulce, starej, spranej koszulce Metalliki, w końcu ją też ściąga.

Rozrywa koszulkę na pół. Drży z zimna, podaję mu butelkę wódki, wypija łyk. Delikatnie odwraca Justynę, podnosi jej rękę, ona wrzeszczy z bólu, z podartej koszulki zawiązuje jej na barku prowizoryczny temblak. Bierze ode mnie butelkę, podaje Justynie.

– Pij – mówi.

– Grzesiek, przecież ty masz dzieci. Twój ojciec ma dzieci – mówi Justyna i odtrąca podsuniętą jej butelkę.

Jesteśmy w Jarzębowie. Ja i Daria. Stoimy nago w jeziorze, po pas. Cały świat jest zielony i pachnie błotem i skórą.

– Skąd ta pewność? Skąd wiecie? – Justyna trzyma się zdrową dłonią za głowę. Jej oczy wyglądają w ciemności jak dwa czarne koła.

– Młody Bernat – odpowiada Kaśka. – On mi wszystko powiedział. Trzy lata temu.

Justyna odwraca się w jej stronę.

– To jej siostra – mówię.

Jeśli jest dobro i jeśli jest zło, splecione nawzajem, od zawsze poruszają się do przodu. Tworzą prostą. Nie mają końca ani początku. Nie ma na nich żadnych punktów.

Nie można powstrzymać nieuchronnego. To tchórzliwe i bez sensu.

Ja już nie stchórzę.

Gwiazdy. Spirale. Kościoły.

– Młody Bernat przyszedł do baru, do Undergroundu. Z żoną się wtedy rozstawał, usunęła dziecko. Został ze mną sam w barze, to był chyba wtorek wieczór. Zaczął pić i płakać, to czasami się zdarza, że jak siedzą sami, to piją i płaczą – mówi zupełnie beznamiętnym głosem Kaśka, jakby odczytywała sklepowej listę zakupów.

– Przyznał się. – Justyna stara się mówić spokojnie, ale ma drżący głos, jakby ktoś potrząsał jej głową.

– Nie mógł wytrzymać – odpowiada Kaśka i trąca Jareckiego nogą. – Chciał składać zeznania, chciał się przyznawać, ale ojciec pierwszy pojechał na policję i powiedział, że syn ma załamanie, że to jego koleżanka, że różne głupoty może gadać. Że wyspowiadał się, bo liczył, że ksiądz coś zrobi. Że pójdzie na policję. Że go wyda. Ale ksiądz, jak wiadomo, to brat jego ojca. Dał mu do zrozumienia, że o wszystkim wie. Powiedział, że młody Bernat porozmawia o tym z Bogiem na sądzie ostatecznym. I że do końca ma czynić dobro. Tak mu powiedział.

– Ale ty nie poszłaś na policję? – pytam.

– Oczywiście, że poszłam – odpowiada Kaśka. – Dali mi pączka, bo to tłusty czwartek był akurat.

– Mikołaj. – Justyna odwraca się do mnie. Robi to zbyt gwałtownie. Syczy z bólu.

– Przepraszam cię, żeśmy cię okłamali, Justyna. No ale sama wiesz, co byś zrobiła, jakbyś się dowiedziała – mówi Grzesiek, jakby do samego siebie.

– O Jezus Maria, pomocy! – skomli Jarecki. – Ludzie, litości, pomocy!

Kwadratowe bloki na osiedlu Darii, rozsypane dłonią pijanego olbrzyma, małe kwadratowe bloki, a tam matka Darii w pokoju, jęczy.

Gizmo po prostu chodził niedaleko. Chodził i wył. Prosił coś, co go dręczyło, aby dało mu spokój. Przedtem zanurzył ręce we krwi. Maciuś zanurzył mu ręce we krwi, sączącej się na chodnik.

– Ich ojciec zapytał mnie, jak do niego przyszłam: „Kasia, jak ja mam ci uwierzyć, bo ja nie mogę na słowo?". – Kaśka zapala papierosa.

Podchodzi i podaje mi jednego, a potem daje kolejnego Justynie.

Psy na chwilę przestają szczekać. Cisza jest potężna i czysta.

– A ja powiedziałam: „Panie Tomku, pan nie musi mi na słowo". Ja go nagrałam na telefon – mówi głośno Kaśka.

– Tutaj! – krzyczy w ciemność Grzesiek. Ktoś z niej wychodzi. W końcu pojawia się postać w świetle latarki. To Wiedźmin. Idzie powoli, coś ciągnie go do ziemi. Trzyma dwa wielkie, białe, plastikowe kanistry.

– A ich ojciec odpowiedział: „Nie, no to musimy się tym zająć, Kasia". Tak jak zawsze mówił. Każdemu, kto do niego przychodził. Z każdą możliwą prośbą. Tak mówił, że musimy się tym zająć.

– Mikołaj – wymawia jeszcze raz moje imię Justyna – Mikołaj, zrób coś. Zrób coś, to przecież nie może się dziać. Coś takiego nie może się dziać.

– Nie mogę nic zrobić, kochanie – mówię jej.

– Mikołaj – powtarza moje imię.

– Ja tego bardzo chciałem – mówię.

Tak miało być od samego początku. Wtedy na placu Zbawiciela ja leżałem, a ona stała. Na tym polegało nasze małżeństwo. Taka była jego treść. Teraz wstałem.

Wiedźmin stawia baniaki z benzyną na ziemi, a Grzesiek popycha go do przodu tak mocno, że Wiedźmin prawie się przewraca.

– Noż do chuja pana jedynego, to moja bratowa, ty pajacu! – krzyczy Grzesiek i znowu popycha Wiedźmina, ale ten nie odpowiada, nie przewraca się, patrzy na niego. – Pytam się ciebie, rękę jej złamałeś i żadnego Boga w to nie mieszaj! – krzyczy dalej.

Wiedźmin milczy, w końcu po kolejnym pchnięciu upada na ziemię.

– Chciała zobaczyć prawdę – odpowiada cicho, leżąc. – A ja nie mogę kłamać.

– Już zostaw – mówi Kaśka.

– Nie mogę kłamać – powtarza spokojnie Wiedźmin, wstając z ziemi.

– Dzwonię na policję. – Justyna rusza do przodu. – Ja dzwonię na policję. Powiedz mu, żeby oddał mój telefon.

Grzesiek kiwa głową do Wiedźmina.

Ten wyciąga telefon z kieszeni, podaje Grześkowi. Grzesiek wręcza go Justynie.

– Wiesz, że tak trzeba. – Grzesiek stoi, zatrzymany w pół ruchu. Zdrowa dłoń Justyny drży tak, że nie może odblokować telefonu. Wszyscy ją obserwują, jak próbuje to zrobić, jak w końcu jej się udaje, jak przystawia telefon do ucha.

– Halo? Halo? Czy dodzwoniłam się... – zaczyna.

Po drugiej stronie słychać skrzek.

– Halo? – powtarza. – Chciałam zgłosić... Halo...

Krzyczy głośno. Nikt z nas nic nie mówi. Nikt z nas jej nie przeszkadza.

– Czy pani mnie słyszy? – powtarza. – Czy pani... Kurwa.

Odsuwa telefon od ucha. Potem próbuje jeszcze raz się dodzwonić. Bez skutku. Tym razem nawet nikt nie odbiera. W końcu rezygnuje, chowa telefon do kieszeni.

Zastawiam jej drogę. Łapię ją za zdrową rękę.

– Co ty robisz? Puść mnie. Idziesz ze mną! – krzyczy.

Ściskam ją mocniej.

Jeszcze nie wiem, czy powinna tu być, czy odejść.

– Puść mnie, Mikołaj! – krzyczy i uderza mnie w twarz. Nie reaguję. Uderzenie to po prostu szczypiące ciepło na twarzy, które zaraz znika.

– Pomyśl o tych ludziach, o których pisałaś. O tym chłopaku, Cyrylu.

– Puść mnie. Idziesz ze mną.

Chyba się uśmiecham, gdy to mówi.

– Pomyśl o nich. Czy ktoś ich skazał? Ktoś ich aresztował? Nie, Justyna, nikt nawet nie może podać publicznie ich nazwisk. Ze względu na ochronę danych osobowych.

– Twój ojciec i brat to mordercy, Mikołaj.

Przyciągam Justynę do siebie, lekko, mimo to krzyczy z bólu i odpycha mnie zdrową ręką.

Jest piękna. Nigdy na nią nie zasługiwałem. Gdy pierwszy raz się przede mną rozebrała, rozpłakałem się, również z uczucia odzyskanej godności.

Jej miejsce jest zupełnie gdzieś indziej.

Nie można tchórzyć, uciekać przed załatwianiem spraw.

Bardzo mi pomogła. Bardzo ją kocham. Będzie mi jej bardzo brak. Będę potwornie tęsknił. Ale to już koniec. Już siebie nie potrzebujemy. Właśnie wstałem.

Gdy wtedy w areszcie przycisnąłem ojca do ściany, w jego oczach coś błysnęło. To był podziw.

– Jeśli ze mną nie pójdziesz, to pójdę sama.

– Oni mają rację z tą sprawiedliwością. Że trzeba samemu.

Połykam powietrze. Smakuje spełnionym marzeniem.

– Justyna, możesz sobie iść, możesz zostawić swojego męża, ale nie pójdziesz na żadną policję – mówi Grzesiek.

– Proszę was, kończmy – dodaje Kaśka.

– Pomyśl o tych skurwysynach. Pomyśl o tym, że to jest to samo. Że jeśli ktoś pewnego dnia nie zamknie ich w jakiejś piwnicy, będą to robić, będą krzywdzić dzieci, dopóki nie zdechną. Pomyśl o tym.

Wtedy pod kinem Kaśka miała rację.

– Co tu się najlepszego stało? Co się dzieje? – Jej krzyk zamienia się w ciche łkanie.

– Przede wszystkim nie można tchórzyć – odpowiadam.

– Już! – Krzyk Grześka to pięść, która rozbija wszystkie inne dźwięki. Milkniemy my. Milkną psy.

– Chodź – mówi do Wiedźmina. Ten do niego podchodzi. – To będzie proste. – Grzesiek patrzy na Jareckiego jak na cegłę, worek żwiru, pryzmę ziemi.

– Nie chcesz zapytać go czemu? – Spogląda nagle w moją stronę.

– Nie. – Kręcę głową. – To nie ma znaczenia.

– Na pewno? Każdy mówi coś ciekawego. Co powiedział młody Bernat, Olczak? Co on mówił? – Grzesiek i Wiedźmin podnoszą Jareckiego do pionu. Jarecki zaczyna się wyrywać, Grzesiek mocno go przytrzymuje, a Wiedźmin łapie za drugą rękę.

– Że mógł wszystko. Że tak się czuł, jakby mógł wszystko. Czy coś – mówi Olczak.

– Mikołaj, chodź ze mną. Chodź! – krzyczy Justyna.

– Nie mam gdzie iść – odpowiadam jej zgodnie z prawdą.

Wystarczy jedno lekkie pchnięcie i Jarecki spada z czterech metrów na ziemię. Słychać chrupnięcie. I wrzask. Chyba spadł na chore biodro.

– Ty wiesz, że dobrze robimy, Justyna – mówi Grzesiek.

– „Błyskawicą zbrojne ma ręce..." – zaczyna Wiedźmin, ale Kaśka mu przerywa:

– Już się zamknij. Już dość.

– Jedziesz – mówi Grzesiek.

Wiedźmin otwiera jeden z kanistrów i wlewa część zawartości do dziury. Po chwili przestaje, klęka nad nią, kładzie się na ziemi.

– Przytrzymaj mnie – mówi do Grześka, który siada mu na nogach. Olczak podaje mu kanister. Wiedźmin, w jednej trzeciej zwisając z dziury, leje resztę benzyny w ciemność.

Podchodzę bliżej. Staję nad krawędzią jamy. Widzę, jak benzyna oblewa płaczącego Jareckiego, jak oblewa inne, leżące w ciemności kształty. Jej krople błyszczą w ciemności jak kryształy.

– Może warto coś tu jeszcze wrzucić, na przykład drewno – mówię do Grześka, ale kręci głową.

– Wystarczy – mówi.

– Daj drugi kanister – odzywa się Wiedźmin.

W ciemność spada kolejne trzydzieści litrów benzyny. Trochę to trwa. Jarecki na dole parska. Trochę benzyny musiało wpaść mu do nosa.

Te wielkie palce znowu mnie puszczają, ale teraz stoję prosto, już bez ich asysty. Czuję, jak wszystko we mnie się rozsuwa, robiąc miejsce czemuś, czego jeszcze nie znam.

Gdy odtruwałem się od heroiny, z mojego ciała wychodziły tandetne diabły z okładek metalowych płyt. Pamiętam to. Gdy wyszły, nie zostało w nim nic. Teraz coś wchodzi do niego z powrotem. Zapraszam to coś do siebie, serdecznie.

To coś, co usiadło przy moim ojcu i moim bracie na kanapie w salonie, przy telewizorze. Zawołali to coś i przyszło. I to coś przychodzi do mnie teraz.

To coś wchodzi we mnie, wchodzi do środka przez usta, nos, uszy i oczy.

Przypomina dym, tworzy kształty, gwiazdy, spirale.

Naprzeciwko mnie, zawieszony w powietrzu, smutny i stary Punisher, kiwający głową do jakiejś nieistniejącej melodii. Wydaje mi się, że się uśmiecha, ale nie jestem pewien.

To już jest we mnie, całe.

Wiedźmin się podnosi. Wrzuca oba kanistry do dziury. Wrzuca do środka rękawice, które nosił. Tak samo Grzesiek. Tak samo Olczak.

– Mikołaj, chodź. – Justyna płacze.

– Chcesz papierosa? – pyta Kaśka.

Kiwam głową. Podaje mi jednego. Zaczynam się obszukiwać. Tak jak pod Podzamczem, gdy ojciec dostał zawału przed tymi wszystkimi ludźmi. Szukałem tego czegoś, schowanego w moim ciele. Już wtedy wiedziałem, że to mam. Że jestem taki sam jak oni. Że wystarczy to zrozumieć.

Teraz w końcu znajduję to w kieszeni. To coś, co mnie podniosło, co trzymało mnie w dwóch palcach, co przeciągnęło mi druty przez kręgosłup. W końcu to mam. Jest moje. Ma kształt zapalniczki.

Papieros jest pyszny. Wypijam jeszcze łyk wódki. Kaśka spluwa w dół, do jamy.

Z ciemności dobiega nieustanne, nieprzerwane, ciche „nie".

– Mikołaj, kochanie, chodź stąd, chodź, proszę! – krzyczy i płacze Justyna, jeszcze, ale ze słowa na słowo coraz ciszej.

Zawsze myślałem, że to błąd. To, że chcę, żeby wszystko było w porządku. Że zawsze wykonuję gwałtowne i desperackie ruchy, aby to naprawić. Ale to nie jest błąd. To jestem ja. Błąd nie polegał na chęci naprawiania. Błąd polegał na tchórzeniu, panice, pozorowaniu działań.

– Kończmy to – oświadcza Grzesiek. – Przyjedziesz ze mną jutro i zalejemy to cementem, jak się wypali – mówi, nie wiem do kogo.

– Jego piłka. – Olczak pokazuje na mnie palcem.

– Mówiłem ojcu. Mówiłem, że jesteś taki sam – odzywa się Grzesiek.

Zamykam oczy. Papieros jest pyszny, pewnie, ale teraz nadeszła moja kolej.

– Tylko się odsuń – mówi Grzesiek.

Odsuwam się, wszyscy odsuwają się o parę kroków.

Ktoś jeszcze stoi w ciemności. Wygląda jak kobieta. Ma białą, gładką czaszkę i czarny strój, ale zaraz odwraca się i znika. Szybko, ale zdążyłem się powitać i pożegnać.

– To nie ty – mówi Justyna.

– To ja – odpowiadam.

Pstrykam papierosem. Piekło wybucha w sekundę. Wszystko wypełnia się wrzaskiem. Robi się cichszy, gdy Grzesiek trzaska klapą o ziemię i zamyka kłódkę.

Psy znowu szczekają. Miliony psów.

Stoją tu wszystkie psy świata.

Spod włazu, oprócz wrzasku, bije ciepło jak od pieca.

Oddałbym wszystko za jednego macha heroiny. Pół macha. Zefira.

Gdy w końcu odwracam się za siebie, Justyny już nie ma.

Mikołaj / Miesiąc później / Święto wszystkich świąt

– Obudź się.

Ile spałem? Dobre pytanie.

Za oknem jest ciemno. W wyciszonej telewizji pokazują boks. Musiałem zasnąć jakoś nad ranem, wpatrując się w telewizor. Przez chwilę mam uczucie paraliżu, ale spokojnie, wystarczy się podnieść. To wcale nie jest trudne – trafić stopami w podłogę.

Na stoliku telefon, zeszyt i papierosy. Pierwsze: zapalić. Dym spływa w dół, wzbudza ból brzucha. Napić się wody. Otworzyć zeszyt. W zeszycie mnóstwo zdań. „Tylko nie pisz o tym" – powiedział parę dni temu Grzesiek. „Przecież nie jestem idiotą" – odpowiedziałem. „Nie, nie jesteś – pokiwał głową – ale uważaj". „Dam ci wszystko do przeczytania" – powiedziałem. „Ja się na tym nie znam" – rzucił. „Przecież ja też nie" – odparłem.

Pewnie zmienię wszystko, przepisując tekst na dysk. Ale do przepisywania jest jeszcze sporo czasu. Te mnóstwo zdań to raptem dwadzieścia kilka stron.

– Chyba coś mam – powiedziałem do mojego agenta, gdy zadzwoniłem do niego tydzień temu. Tak naprawdę chciałem sprawdzić, czy Justyna się do niego nie odzywała. Ale nie, nie zrobiła tego. Sprawdziłem wszystkich, nie odzywała się do nikogo.

– O tym, co tam się dzieje? – zapytał.

– Bo pęknie ci serce – rzuciłem.

– Wciąż nie znaleźli tych ludzi, co nie? – zapytał.

– Nie. – Pokręciłem głową.

– Nieprawdopodobne, kurwa, gdzie można wsadzić czwórkę ludzi tak, aby nikt ich nie znalazł? – rzucił. – I jak, piszesz o tym?

– Trochę o tym, bardziej o sobie. Nie wiem, kiedy skończę, spokojnie – odpowiedziałem.

– Żebyś ty nie zniknął – powiedział.

– Już zniknąłem. – Zaśmiałem się.

– Brzmisz inaczej – zauważył.

– Ty brzmisz wciąż tak samo. Pomyśl o terapii. To ratuje życie – powiedziałem.

– To dla takich ćpunów jak ty, Blady. – Zaśmiał się.

– To będzie krótkie – dodałem na koniec.

– Cieszę się, to ma być krótkie – powiedział. – Zarobimy...

Rozłączyłem się. Niech zarabia. To całkiem śmieszne, wciąż wierzyć w to, że można zarobić pieniądze na jakiejś niepotrzebnej nikomu książce.

Ale zdania są. I teraz je oglądam. Przepijam drugiego papierosa wystudzoną herbatą ze stojącej obok szklanki. Umiem w końcu po sobie odczytać.

„Gdyby nastała trzecia wojna światowa, nie miałoby to żadnego znaczenia. Jesteśmy tutaj i zawsze tu będziemy. Trzymając się za ręce, miażdżąc sobie nawzajem dłonie, jesteśmy tutaj. Nikt nam nie pomoże oprócz nas samych. Stoimy w śniegu po kolana, patrząc, jak wszystko ciemnieje, i wiemy, jesteśmy pewni, że nikt nam nie pomoże oprócz nas samych. Nad Zyborkiem górują wieże dwóch kościołów. W żadnym z nich nie ma zbawienia. Nie ma zbawienia na chodnikach i w parkach. Nie ma zbawienia w zapalonych światłach, w oknach domów. Nie ma zbawienia na skwerach i skrzyżowaniach. W knajpach, w kłębach dymów, pod chrzęszczącymi kolumnami, obok stołów bilardowych. Czekają na nie stojący ludzie ze smutnymi oczyma, odwracający co dzień głowy od znaków wyjazdowych z miasta. Czekają, ale go nie ma. Nie ma zbawienia. Nie ma zbawienia, jest tylko pomoc. Wąskie i bliskie grona. Ściskanie rąk. Nie ma zbawienia, jest mur. Dobrze jest budować mur. Dobrze jest zrobić pod nim miejsce dla tych, którzy chcą nas zepchnąć jeszcze głębiej w czerń. Dobrze jest stać obok niego, obok muru.

Zabrani nie wracają. Zabrani zostają w ciemności. Dobrze jest pilnować, aby już nikt nie został zabrany. Robić miejsca pod murem. Eliminować zarażonych. Dobrze jest stać obok muru. Tylko w nim, w murze naszych rąk, jest zbawienie".

Tak naprawdę jestem ciągle zdziwiony tym, że istnieje coś takiego jak litery. Dzięki literom czuję się lżejszy, chociaż dużo jem, codziennie po kilka posiłków. Od jedzenia urósł mi brzuch i robię się ciężkim, okrągłym dziadem szybciej, niż myślałem, że to jest możliwe.

Chyba czuję się spokojny.

I tylko jedno nie daje mi spać, jedno sprawia, że w nocy muszę oglądać do późna telewizję z wyłączonym dźwiękiem, wpatrywać się w obrazy, aż uśnie mi mózg.

Wciąż czekam, aż ktoś zapuka do drzwi. Część mnie wciąż bardzo tego chce. Nagle, w nocy, pytając o mnie. Justyna. Sama albo nawet z całym kordonem policji. To nie ma znaczenia. Strasznie za nią tęsknię, najbardziej brakuje mi jej w łóżku, jej oddechu obok; to jedyne, czego nie umiem wygnać ani połknąć.

Chciałbym, aby tu była i aby zrozumiała.

Że i ja, i ona jesteśmy tylko narzędziami w rękach wydarzeń.

Że słowa nigdy nic nie zmieniają.

„Człowiek nie chce być sam na sam ze śmiercią. Ani swoją, ani cudzą. Człowiek chyba w ogóle nie chce być sam na sam. Nie chodzi o to, aby być w tłumie. Nie chodzi o to, aby przeżywać swoje życie jak na festiwalu muzycznym. Chodzi o to, aby w półmroku trzymać za ręce osoby, które tak jak ty, są strażnikami. Chodzi o to, aby być gotowym".

Tak, te słowa nic nie zmieniają i nic nie zmienią. Może dlatego pisało mi się je tak lekko. Śmiejąc się głośno z samego siebie z każdą postawioną kropką.

– Chodź. – Grzesiek zjawia się w pokoju.

Ogolił włosy na krótko. Zrobił to sam, maszynką, pozacinał się praktycznie wszędzie, na całej powierzchni głowy, więc teraz ma na niej pełno małych blizn. Wygląda jak alkoholik spod sklepu, któremu na siłę ogolili łeb w przytułku, aby zlikwidować wszy.

– Gdzie? – pytam.

– Chodź. Dziś jest święto. – Uśmiecha się. Macha ręką, abym poszedł za nim.

Joasia i Janek, w kurtkach, czapkach i szalikach, stoją na zewnątrz. Para leci im z ust. Zima trzyma mocno, trwa już za długo, powinna odpuścić, ale być może po tym wszystkim musi nas jeszcze wymrozić. Zabić w nas zarazki.

Dopiero po chwili zauważam, że oboje są oparci o samochód, którego wcześniej nie widziałem. Granatowe, terenowe auto, jeep z napędem cztery na cztery niezbyt nowe, ale czyste koła, z przyciemnianymi szybami.

– Dla kogo? – pytam.

– Udało się. – Grzesiek się cieszy. Podchodzi do dzieciaków, głaszcze je po głowach, następnie przechyla się do auta, całuje je w szybę, jakby miało tam usta. – Ucieszy się – mówi. – Ucieszy się jak skurwysyn.

– Nie mów brzydkich słów – odzywa się Joasia.

Rocky wybiega drobnymi krokami ze swojej budy. Podbiega do auta, sika na oponę. Grzesiek tupie nogą. Pies obrażony odbiega.

– Skąd? – pytam. – Nie mów, że z tej zbiórki.

– Trochę zostało, no to co, będzie miał. Będzie sobie miał i będzie sobie jeździł – mówi Grzesiek i klepie w maskę otwartą dłonią.

– Bardzo fajny – mówi Janek.

– Prawie jak ten, co go spalili – mówi Grzesiek. – Prawie. Identycznego nie było za takie pieniądze.

Prokuratura zawiesiła śledztwo w sprawie ojca z powodu braku dowodów. Ustalono kaucję w wysokości stu tysięcy złotych. Pieniądze, przez profil na Facebooku, który założyłem razem z Jankiem, zebrano w czterdzieści osiem godzin. Dzięki artykułom Justyny pieniądze na wypuszczenie ojca wpłacali ludzie z całej Polski.

Widzę, jak Gumerski wychodzi w kapciach przed ogrodzenie swojego domu. Przygarbiony, splata ręce na klatce piersiowej, patrzy się tępo na nas i na auto, kiwając się na piętach.

– Wahasz się, Gumerski? Jak baca w kawale?! – woła do niego Grzesiek.

Gumerski nie odpowiada, spłoszony znika pośpiesznie w obejściu.

Zajmuję siedzenie pasażera, ale Grzesiek pokazuje, abym wysiadł.

– Poprowadź – mówi.

– Nie, chyba nie. – Kręcę głową. Boję się. Dawno nie prowadziłem.

– Poprowadź – powtarza. – Dawaj.

Przekręcam kluczyk w stacyjce. Biegi chodzą ciężko. Boję się wykręcić, nie umiem prowadzić dużych aut, nie umiem narysować sobie w głowie ich kształtu. Ale jakoś zawracam, wjeżdżając w drogę prowadzącą do rzeki, obok domu Niskich, i w końcu wyjeżdżam na Cementową. Auto prowadzi się dobrze. Sunie powoli, rozsuwa świat na boki, jakby był niekończącym się korytarzem kotar.

Grzesiek się śmieje. Nawet ja się uśmiecham.

Dwa tygodnie temu siedzieliśmy u Grześka w domu. Wszedł tam po raz pierwszy od czasu, gdy znaleźliśmy go z ojcem nieprzytomnego na piętrze. Zaczęliśmy sprzątać, ale szybko nam przeszło. Usmażyliśmy kaszankę, wyjęliśmy piwo z lodówki. Bez słowa zaczęliśmy oglądać jakiś film, który leciał w telewizji, coś z Liamem Neesonem, który próbował odzyskać uprowadzoną córkę. Liam Neeson nigdy nie wydawał mi się twardy, zawsze kojarzył mi się z poczciwym polonistą. Nie potrafiłem uwierzyć w to, że grozi ludziom śmiercią.

– Justyna spotkała kiedyś Liama Neesona w samolocie, akurat oglądała ten film. Przerwała, aby pójść do toalety, a on siedział w klasie biznes – powiedziałem.

– I co? – zapytał Grzesiek. – Gadała z nim czy jak?

– Nie, stała i gapiła się w niego przez pół minuty, aż zapytał, w czym jej pomóc czy coś takiego. Powiedziała mu „przepraszam" i uciekła – odparłem, gdy Liam Neeson z pomocą polskiego lektora dyszał do słuchawki, że kogoś zabije.

– Po polsku powiedziała? – zapytał Grzesiek.

– Tak, po polsku – odpowiedziałem.

Wybuchnął śmiechem. Naprawdę go to rozbawiło.

– Ona wróci – powiedział po chwili. – Wróci tu. I nikomu nic nie powie.

– Nie sądzę – odpowiedziałem.

– Zaraz zobaczy, że po prostu chodzi w kółko po ciemku i nic nie może. A my możemy – powiedział po chwili i napił się piwa.

Nie chciałem o niej rozmawiać. Znowu wyobraziłem sobie, że stoi za drzwiami domu Grześka, celując palcem w dzwonek, bojąc się zadzwonić.

– Wydaje mi się, że po prostu zajmie się czymś zupełnie innym, i tyle – powiedziałem.

Wyciągnąłem papierosa, włożyłem do ust i zacząłem obmacywać kieszenie w poszukiwaniu zapalniczki. Dopiero teraz zauważyłem, że w jego salonie było potwornie czysto. Podłoga była nabłyszczona tak, że prawie rzucała refleksy jak lustro; sprawiała wrażenie, jakby Grzesiek wyszorował ją na kolanach szczoteczką do zębów. Okna zostały świeżo umyte. Wszystkie przedmioty, które przedtem leżały na podłodze jak po wybuchu – książki, bibeloty, reszta zabawek dzieci – były teraz ułożone w idealnym porządku.

– Agata ci tak posprzątała? – zapytałem.

– Nie, ja sam, a co? Myślisz, że nie umiem podłogi umyć? – odparł. – Jeśli chcesz palić, to na zewnątrz. – Pokazał palcem na okno.

– Od kiedy? – zapytałem.

– Jak się w domu nie pali, to trzeba o tym pomyśleć, aby zapalić – odparł i wstał. Dałem mu papierosa i wyszliśmy z domu.

W innych domach paliły się światła, złote placki w szaroburej prawie ciemności. Wiał wiatr, gałązki drzewa stukały o okno domu Niskich, klekotały jak klawisze jakiegoś instrumentu.

– Powinien je w końcu ściąć. – Próba kontrolowania palenia sprawiła, że Grzesiek połykał teraz jedną trzecią papierosa za jednym zaciągnięciem.

– Ona myśli, że zrobiliśmy coś bardzo złego – powiedziałem.

– Nie dziwię się. – Wzruszył ramionami.

– Czemu ksiądz? – powiedziałem po chwili, a Grzesiek położył palec na ustach i zmarszczył brwi na znak, abym nie kłapał tak głośno jęzorem, stojąc między domami sąsiadów. Podszedł do metalowej beczki do palenia liści i wrzucił do niej niedopałek.

– To dla nich nic nie znaczyło. I gdyby coś takiego zdarzyło się jeszcze raz, również by ich to nie obeszło. Tylko oni sami byli dla siebie ważni. – Wskazał jakiś nieokreślony punkt w ciemności.

Psy albo na coś czekały, albo w końcu się uspokoiły.

– Gdybyś ty zrobił coś takiego. Albo ja. Gdybyś zrobił to jakiejś młodej dziewczynie. Ojciec pierwszy by nas zabrał na policję. Pierwszy, mówię ci. Wyrzekłby się nas. Nie wymawiałby już naszych imion do końca życia. Zapomniałby o nas. Możesz być, kurwa, pewien – wyszeptał i splunął dla podkreślenia wagi własnych słów. Weszliśmy z powrotem do środka.

Oparłem się o ścianę. Zakręciło mi się w głowie. Liam Neeson biegł i krzyczał w wyciszonym telewizorze.

– A jest różnica? Między Jareckim a Darią? – zapytałem.

– Starasz się myśleć tak, jak Justyna myśli, jak wszyscy myślą – powiedział, wypijając jeszcze łyk piwa. Stał prosto, mrużył oczy. Był i jest człowiekiem, który nigdy się nie garbi, nigdy nie klęka.

– Tak – przytaknąłem.

– Oczywiście, kurwa, że jest różnica – powiedział.

– Myślisz, że mama też by tak uważała? Że zrobiliśmy dobrze? – pytam.

– Idź na cmentarz i się jej zapytaj – odparł.

Usiadł przed telewizorem i machnął ręką na znak, abym do niego dołączył. Zwiększył głośność w telewizorze, ale niewiele, wciąż nie słyszałem, co mówią Liam Neeson i jego przeciwnicy.

Ciemność napierała na szyby, przez chwilę wydawało mi się, że zapalone w salonie światło wykonuje ogromną pracę, aby ją powstrzymać.

Na ekranie Liam Neeson przyduszał do podłogi faceta o wyglądzie meksykańskiego gangstera. Facet charczał coś niezrozumiałego. Przez to duszenie znowu zachciało mi się palić, wyciągnąłem jeszcze jednego papierosa, ale schowałem go zaraz z powrotem do paczki.

– Gdyby to był dobry świat, to może zrobilibyśmy coś złego. Ale to nie jest dobry świat. – Grzesiek pokręcił głową.

Ciemność trochę odpuściła. To dobrze, bo w pewnym momencie wydawało mi się, że pękną od niej szyby.

– A jeśli ktoś się dowie? – zapytałem. Musiałem zadać to pytanie.

– Zalaliśmy to betonem. I od środka, i od góry. A potem przysypaliśmy ziemią – odparł.

– A jeśli i tak ktoś się dowie? – powtórzyłem pytanie.

– No to się dowie. To będzie wiedział. I będzie z tym żył. I jeśli nie będzie się bał, to pójdzie na policję. A my pójdziemy grzać puszkę, wszyscy. Ja, ojciec, ty. Ale tak nie będzie. – Pokręcił głową.

– Bo?

– Bo ma być inaczej. – Odwrócił się do mnie i wyszczerzył zęby.

Teraz w nowym aucie ojca też szczerzy zęby.

Grzesiek powiedział mi, abym zatrzymał się przed skrzyżowaniem, za którym jest rynek, po drugiej stronie od Undergroundu. Spojrzałem na zegarek. Dwudziesta trzecia.

– Nie wiecie, co robimy? – Grzesiek rozciera ręce, odwraca się do Joasi i Janka.

Kręcą głowami.

– Robimy Wigilię – mówi Grzesiek.

– Ale przecież Wigilia już była – odpowiada Janek.

– No była, ale bez taty. – Grzesiek kiwa głową. I zanim dzieci cokolwiek mu odpowiedzą, wychodzi z auta i trzaska drzwiami. Stojąc już na zewnątrz, przez moment gładzi dłonią drzwi auta, jakby je przepraszał, że zrobił to za mocno.

– A mama? – pyta Janek.

– Mama pojechała po tatę. Zaraz będą. Zaraz będą i wszystko będzie dobrze – mówi Grzesiek.

Jest noc, ale Zybork jest jasny. Wygląda jak wnętrze wielkiej zabawki, szklanej kuli. Ornament do kukiełkowego filmu. Złote światło lamp, migotanie resztek jeszcze niepozdejmowanych świątecznych ozdób składają się w zawieszoną powietrzu iluminację, sztuczną zorzę. Nawet wieża ewangelickiego kościoła wydaje się świecić od środka, jakby została zrobiona z delikatnie podgrzanego metalu. Tak widziałem Zybork, gdy miałem osiem, dziewięć lat. Gdy szliśmy z mamą i Grześkiem wieczorem do miasta po zakupy, gdy po drodze zachodziliśmy na lody lub krem sułtański do restauracji Barbara na rynku (teraz jest tam sklep bieliźniarski), gdy mama zgadzała się jeszcze, abyśmy wzięli sobie jakiś horror z wypożyczalni wideo, i specjalnie prosiła pracującą tam panią, aby przepakowała go w pudełko po filmie dla dzieci, by ojciec się nie wściekał, że oglądamy nieodpowiednie filmy. Właśnie tak wtedy wyglądał Zybork.

Ale wtedy był jeszcze jaśniejszy, chociaż teraz wisi więcej świateł.

– Nie myślałem, że to dzisiaj – mówię do Grześka.

Grzesiek nie odpowiada.

– Dobrze się czujecie? – pyta dzieci i bierze je za ręce.

Dochodzimy do budynku ratusza. Przez chwilę wpatrujemy się w witryny zamkniętego sklepu. Idziemy bokiem, wzdłuż ściany, do której poprzyklejane są plakaty z napisem: WYGRALIŚMY.

Gdy wychodzimy z drugiej strony ratusza, przez moment wszystko we mnie zamiera, bo nie widziałem czegoś takiego nigdy w życiu.

Na środku ronda ustawione jest półkole ze stołów. Przy półkolu, w kurtkach i czapkach, siedzi kilkadziesiąt osób. Naprzeciwko, na samym środku ronda, ustawiono wielką, metalową beczkę, taką samą jak przed naszym domem. Bucha z niej ogień niczym z koksownika. Na stole stoi alkohol, termosy, jedzenie. Oprócz ludzi przy stole, oprócz beczki, przy której stoi Braciak, robiący coś, czego jeszcze nie potrafię zidentyfikować, manipulujący przy ogniu; oprócz wszystkich ludzi, nad którymi unosi się jeszcze więcej złotawej łuny, nie ma tu nikogo.

Przez stoły i beczkę rondo jest zupełnie zablokowane, każde auto, które chciałoby tutaj wjechać, musiałoby się wycofać, zawrócić w 3 Maja i starać się objechać rynek którąś z równoległych ulic.

– Jeszcze czekamy! – woła Braciak.

Podchodzimy do stołu. Rozpoznaję ich wszystkich. Dobocińska z mężem. Walinowska, również z mężem. Maciejakowie. Kobieta, która – jak mi się wydaje – jest żoną Braciaka. Widzę też tego policjanta, Winnickiego, w samym rogu stołu, również z żoną, chyba, w każdym razie z jakąś kobietą, blondwłosą, o szerokiej, zdziwionej twarzy, siorbiącą gorącą herbatę z kubka.

– Grzecznie i cierpliwie – dodaje Braciak, ściska Grześkowi rękę, a następnie przyciąga go do siebie i mocno obejmuje.

– Witam panią burmistrz. – Grzesiek podchodzi do Walinowskiej i całuje ją w rękę.

– No Grzesiek, co ty bredzisz, raz byś powiedział coś sensownego – mówi Walinowska, wstaje, również całuje go w policzek. – Wybory trzeba wygrać.

– No i w ogóle muszą nas uznać, jeszcze nie uznali, to się wszystko spowolniło przez ten areszt – rzuca jej mąż, wbity w zbyt ciasną kurtkę przypomina wielkie, barczyste, przerośnięte dziecko.

– Wszystko będzie gitara, ludzie. Przestańcie tak jęczeć. Jęczenie nic tutaj nie da. Nic tutaj nie pomoże. – Grzesiek szeroko wyszczerza zęby. Jest naprawdę zadowolony.

Wszyscy kulą się z zimna i wszyscy czekają. Zastanawiam się, ilu z nich wie. Czy ktokolwiek wie. Gdzieś szczeka pies, a może mnie się tylko wydaje.

– Chcecie pić? Chcecie jeść? Daj tym dzieciom coś! – woła do Braciaka Grzesiek i dopiero teraz widzę, że na beczce rozłożony jest metalowy ruszt, na którym Braciak smaży kiełbasę i wielkie płaty karkówki.

Pachnie węglem i tłuszczem. I wódką. I zimnym betonem. Rozcieram ręce. Maciejak wstaje. Z uśmiechem podaje mi plastikowy kubek, nalewa do niego wódki, w drugim kubku podaje mi gorącą herbatę. Wypijam jedno, siorbię drugie. Ta ciepła i miękka, zawieszona w powietrzu miodowozłota poświata delikatnie opada, spływa wszystkim po twarzach i ubraniach, zamienia ich w woskowe golemy.

I dopiero teraz, na koniec, zauważam Kaśkę, siedzącą obok Maciejaka, a ona zauważa mnie, uśmiecham się do niej, ale jedynie wpatruje się we mnie z zaciśniętymi ustami. Podchodzę do niej, podaję jej rękę.

– Cześć – mówię.

– Cześć – odpowiada.

– Wszystko w porządku? – pytam.

Kiwa głową, rozciera ręce, chucha w nie. Jest ubrana tak samo jak wtedy, w nocy, na Wzgórzu Psów. Jakby nie miała innych ubrań. A może nie chce ich zdjąć, może chce wszystkim coś pokazać, nic jednocześnie nie mówiąc.

– Patrzcie – mówi Janek i wyciąga palec przed siebie.

Dwa światła nadjeżdżającego samochodu suną w stronę ronda, aby powoli na nie wjechać.

– To oni, moje auto wzięli – mówi Grzesiek.

– Jadą – rzuca Dobocińska i wstaje.

Po chwili wstają wszyscy.

– Są – mówi Walinowska.

– Są – powtarza Grzesiek.

Auto wjeżdża na rondo i zatrzymuje się jakieś dwa metry przed beczką. To rzeczywiście samochód Grześka. Światła przez krótką chwilę oślepiają wszystkich siedzących przy stole. Po chwili gasną. Otwierają się drzwi. Agata i ojciec wysiadają ze środka.

Wszyscy wstają i zaczynają bić brawo. Ten aplauz przetacza się po Zyborku, przypomina nagły zryw stada ptaków. Tymczasem w żadnym z bloków nie zapalają się okna. Jakby wszyscy wyjechali, akurat teraz.

Mój ojciec wychodzi z auta. Wciąż jest olbrzymem.

Nosi swoją skórzaną kurtkę, która jakby się zmniejszyła od czasu, gdy poszedł do aresztu, a właściwie to on odrobinę się zwiększył. To dobrze. Wygląda zdrowiej. Podnosi dłoń, uśmiecha się. Agata staje obok niego, nie widać jej wyrazu twarzy, bo czapka i szalik zlewają się w jedną polarową burkę zielonego koloru, z której błyszczą tylko jej oczy.

– Cześć – mówi mój ojciec.

Janek i Joasia podchodzą do niego, powoli i nieśmiało, ojciec głaszcze dzieci po głowach, przyciąga do siebie. Następny podchodzi Grzesiek. Ojciec obejmuje go mocno i długo, gdy puszcza, widać, że ma wilgotne oczy. Całuje Agatę w policzek. Ja stoję z boku, jak zwykle. Nie mam już do nikogo pretensji. Po prostu chcę patrzeć. Ojciec wygląda jak maszyna, humanoid, posmarowany złotem robot. Z ust wypada mu pełno pary. To dobrze, to znaczy, że ojciec żyje, że działa.

– Pani burmistrz! – Macha ręką do Walinowskiej.

– Oj, przestańcie już, Głowaccy, was to naprawdę bawi gadanie głupot – przekomarza się Walinowska.

Ojciec staje naprzeciwko ratusza, rozstawia nogi. Splata ramiona na piersi. Patrzy na ratusz. Oddycha głęboko. Cały jest staniem. Zamyka oczy.

To trwa tylko chwilę, tyle co policzenie do trzech, ale

przez ten krótki czas ojciec staje się wyższy i wyższy, szerszy i szerszy, aż w końcu wypełnia wszystko, całe niebo, całe powietrze.

Gdy otwiera oczy, patrzy na mnie.

Ludzie się kręcą, wstają, biorą papierowe talerze, witają się z ojcem, podchodzą do Braciaka, który kładzie im na talerzach to, co usmażył na ruszcie beczki, a ojciec patrzy na mnie.

– No chodź tu – mówi.

Podchodzę do niego i wtedy przyciska mnie do siebie, kładzie mi rękę na włosach, wciska mnie w siebie tak mocno, jakby chciał wgnieść w siebie.

– Wszystko będzie dobrze, synek – mówi.

– Co dokładnie? – pytam, ale nie wiem, czy mnie słyszy, słowa grzęzną w jego kurtce, połyka je skóra, pachnąca mrozem i smarem.

– Jesteś dzielny. Wiedziałem, że będziesz dzielny – mówi cicho ojciec, wyłącznie ja go słyszę. Jego słowa lekko zgrzytają, jak żwir sypany na ostrze noża.

Patrzę mu w oczy. Są jak małe, zamarznięte jeziora. Jest uśmiechnięty, a gdy jest uśmiechnięty, może wyglądać jak zupełnie inny człowiek, to trochę przerażające; jakby w areszcie nastąpiła pomyłka. Gładko ogolona głowa wygląda w świetle jak pozłacany kamień.

– Kocham cię, Mikołaj – mówi. Nic nie odpowiadam. Nie wiem, co mam powiedzieć. – Teraz już wszystko będzie dobrze. Teraz już wszystko zrobiliśmy – mówi.

– Wszystko – potwierdzam.

– No prawie wszystko. Jesteś gość. Jesteś facet – dodaje.

Coś we mnie pęka. Wiotczeją mi ręce i nogi. Ojciec to czuje, ściska mocniej. Pilnuję się, aby nic nie spłynęło mi po twarzy, najmniejsza łza. Może spływa i od razu zamarza. W każdym razie nie czuję tego.

Tyle wystarczy, aby przeżyć, i to przeżyć na stojąco,

z wyprostowanym kręgosłupem. Poczuć ulgę, która rozkwita w ciele jak nagle ożywiona roślina i oplata każdy flak. Wypuszczam zbędne i stare powietrze z napiętych do granic możliwości płuc.

– Szkoda, że Justyny nie ma, to miało być inaczej – stwierdza ojciec. – Ale ona wróci. Zobaczysz.

– Dobrze cię widzieć – mówię.

– Zostaniesz z nami i wszystko będzie dobrze – odpowiada ojciec. – Wszystko naprawimy. Zobaczysz, synek, zobaczysz.

– Koniec tego ściskania! – woła Grzesiek. – Chodź, zjedz coś!

– Ja nie mogę takiego jeść – odpowiada ojciec, odwracając się w stronę beczki. – Pikawę mi do reszty zatka i tyle z tego będzie. Nie mogę, Grzesiu.

– Oj tam, raz możesz – odpowiada Braciak i podsuwa mu talerz. – To z odyńca. Sam go strzeliłem.

– A ty chcesz? – pyta mnie Grzesiek.

– Chcę jeszcze się napić – mówię, a mój głos jest pełny i cichy jednocześnie.

– Oj, nie pij tyle, synek. Nie pij tyle. Nie trzeba – mówi mój ojciec. Podchodzi do mnie jeszcze raz, całuje w policzek. Gdy to robi, podskakuję w miejscu. Zrobił to raz, wiele lat temu, byłem dzieckiem, a on był kompletnie pijany. Wtedy cuchnął spirytusem. Teraz pachnie dymem, mrozem, smarem.

– Daj mu się napić, że ty nie pijesz, nie znaczy, że inni nie mogą. – Grzesiek podaje mi kubek. Wypijam wszystko jednym haustem, robi mi się tak miękko w nogach, że muszę usiąść.

Dopiero gdy już siadam, zauważam, że zająłem miejsce obok Kaśki. Odwraca się do mnie uśmiechnięta. Kładzie dłoń na mojej twarzy i obraca ją delikatnie w swoją stronę. Poddaję się temu, bo nie mam siły już się ruszać, sterować żadną częścią mojego ciała.

– Wszystko w porządku – mówi i zabiera dłoń z mojej twarzy. Jej palce zostawiają ciepły ślad na moim policzku.

Ojciec wypija łyk herbaty, odgryza kawałek kiełbasy, podaje resztę Braciakowi. Chucha w dłonie, rozciera je. Rozgląda się po wszystkich – i tych, którzy zostali przy stole, i po tych, którzy stoją dookoła niego, otaczając go ściśle.

Do grupki podchodzą zmarznięci, ubrani w robocze kurtki Olczak i Odys. Grzesiek macha ręką, aby podeszli. Witają się z ojcem, onieśmieleni nie wiedzą, jak się zachować. Braciak wciska im w dłonie talerzyki z kiełbasą.

– Powiedz coś – prosi ojca Grzesiek.

– Nie, ja już tam się nagadałem – mówi ojciec. Teraz, z wciąż przyklejonym do twarzy półuśmieszkiem, wzrokiem wycelowanym we własne buty, ciałem nie do końca zdecydowanym, w którą stronę ma się odwrócić, wygląda, jakby chciał opowiedzieć dowcip, ale zupełnie nie wierzył we własne poczucie humoru.

– Powiedz, powiedz. – Agata klepie go w plecy i w jej klepnięciu jest jakaś miłość, trudna, dziwna i szorstka jak pumeks.

– Boisz się? – Słyszę i odwracam się do Kaśki. – Przestań w końcu się bać, Blady. – Ściska moją dłoń.

– Kochani. – Ojciec się prostuje. Nawet stąd słyszę, że coś strzela mu w plecach. – Dziękuję wam bardzo. Czuję się, jakby było dzisiaj święto wszystkich świąt.

Wszyscy biją mu brawo. Ojciec kiwa głową.

– Chciałem tylko powiedzieć, że nikt nas stąd nie wygoni. Nikt nie ma prawa nas stąd wygonić. To jest nasze miejsce. Mogą wsadzać do aresztu, podpalać domy. Mogą oszukiwać, kraść, porywać i zabijać. Ale to jest nasze miejsce.

Mówiąc to wszystko, kieruje palec wskazujący w dół, wskazując ziemię.

– Gdy siedziałem w areszcie, miałem dużo czasu. Bardzo dużo czasu, kochani. I przyszło mi do głowy takie zdanie. Może nie jestem jakimś pisarzem ani filozofem, pisarzem jest bardziej mój obecny tutaj syn, ale czasami takie rzeczy przychodzą mi do głowy. Zło jest po to, aby je pokonać. Taka jest funkcja zła. Bycie pokonanym. To jest jego rola do spełnienia. Rolą dobra jest zwycięstwo, a rolą zła jest przegrana. Pewne rzeczy po prostu muszą się dziać. Zło myśli, że to jego dom. To nieprawda, kochani, to nasz dom.

Ojciec kręci głową. Wszyscy biją brawo. Ja również. Ojciec przyciąga do siebie Agatę.

– I przyszło mi też do głowy tam, w areszcie, że mam szczęście. Mam szczęście, że jestem tu z wami. Że mi pomagacie. Przed nami mnóstwo pracy, ale naprawdę wierzę, że najgorsze za nami. To nasze miejsce. To nasz kawałek podłogi.

Coś zimnego spada mi na usta. To śnieg. Nie zapowiadano go dzisiaj. Podnoszę wzrok. Śnieg, drobny i nierówny, jakby zrzucony w dół wielką dłonią, trzymającą tę wielką kulę, w której środku siedzimy.

– Za dobre czasy i dobrych ludzi! – krzyczy Maciejak, podnosząc kieliszek.

– I za sprawiedliwość! – woła Grzesiek.

– I za Zybork! – dodaje mój ojciec.

– Za Zybork! – dodają wszyscy głośno.

Patrzę na szczyt wieży ewangelickiego kościoła. Jakby ktoś tam był przez krótką chwilę i zaraz zniknął, wtopił się w czerń.

Zostaliśmy ostatnimi ludźmi w Zyborku. Budynki wróciły na swoje miejsca. Latarnie uliczne mają z powrotem swój właściwy kolor.

Nikt już o mnie nie pamięta. Nikt nie pamięta o książce. Po prostu tutaj jestem. Po prostu siedzę. To prawdziwa ulga. Trudno ją opisać. To trochę tak, jak stracić ciało.

– Podobno piszesz książkę? – mówi Kaśka.

Kiwam głową.

– O czym będzie? – pyta.

– O powrocie – odpowiadam szybciej, niż o tym pomyślę.

Mikołaj / Dwa miesiące później / U nas wszystko w porządku

Ściana jest biała. Tak naprawdę to cały budynek jest biały. Szukam śladów tego napisu, PARTUCHOWO KURWY, ale nie mogę go znaleźć, zniknął pod białą warstwą wapna i farby. Są nowe, jeszcze oklejone taśmą z fabrycznym nadrukiem okna, posprzątane podwórko, zapach świeżości, tej prawdziwej i tej chemicznej, zapach rosnących niedaleko roślin i rozlewanych wielokrotnie w każdym kącie budynku detergentów.

Gdzieniegdzie z brązowej, zbitej ziemi nieśmiało kiełkuje trawa, rzadka jak włosy na głowie niemowlaka.

– Czego tak pan szukasz? Ściana to ściana. – Odwracam się, mówi to facet z wąsami, w koszuli w kratę, stoi lekko przechylony w bok, opierając ręce na biodrach. Być może był tu ostatnio. Być może nie.

– Ojciec kazał przyjechać i sprawdzić, czy u was wszystko dobrze. Czy nic nie potrzebujecie – mówię do niego.

– Na ścianie kazał ci sprawdzać? – Śmieje się.

Zerkam na drzwi wejściowe na klatkę, gdy tu byłem ostatni raz, ze środka budynku wyszli wszyscy mieszkańcy. Ale teraz nikt stamtąd nie wychodzi. Cała podłoga klatki jest pokryta białym pyłem, płatami zdrapanego tynku.

– Ale nikogo nie ma teraz, prawie wszyscy w robocie. – Facet wzrusza ramionami. – U Bernata w zakładzie.

– To już nie Bernata zakład, ale Maciejaka – mówię.

– A co mnie to? – odpowiada. – Ważne, że robota jest. Dla ludzi. Ja nie mogę, ja mam trzecią grupę inwalidzką.

Odwracam się w stronę ściany lasu, zielonej, lekko falującej w ciepłym powietrzu. Facet mówi coś jeszcze, ale przez krótki moment przestaję go słuchać.

– Nic na pewno nie potrzebujecie? – odzywa się Kaśka.

Odwracam się w jej stronę.

– Jezus, ludzie, już wystarczy tej pomocy. Już wystarczy, ile można? – Facet się śmieje.

Pokazuję palcem na jedno z nowych okien.

– A ta pani? Ta ciężko chora? – pytam, przypominając sobie cień kobiety, jeszcze żywy szkielet przykryty warstwą kołder.

– Malczewska. Miesiąc temu żeśmy ją pochowali – odpowiada facet. – Ale się nie męczyła już pod koniec. Spała sobie po prostu. Papierosa chcesz?

– Nie palę – odpowiadam.

– Stara się nie palić – dodaje Kaśka.

– Weź. Przynajmniej ja tobie coś dam – mówi facet.

To ukraińskie podróbki cameli. Wyciągam je ze zmiętoszonej, miękkiej paczki. Przynajmniej jest po prostu żółta, nie ma na niej zdjęć zrakowaciałych organów czy dziur w krtaniach. Zapalam, dym gryzie, zatyka nos, ale nawet przez niego czuć wiosnę, nieznośny, swędzący zapach życia.

– Jedźcie, naprawdę nic nie trzeba. – Facet macha nam ręką. Wszystkie palce przy dłoni to kikuty, ucięte w połowie. Widzę to dopiero teraz.

– Macie nie chlać. Tak ojciec kazał – mówię, odruchowo szukając w kieszeni kluczyków.

– Wasz ojciec to król. Król złoty. – Facet otwiera szeroko usta, pokazując kilka samotnych zębów.

– Król północy – mówię, sam nie wiem dlaczego. Facet wybucha śmiechem, zanosi się nim przez dobre kilka sekund.

Jeszcze raz patrzę na kwadratowy, biały blok, który w słońcu przypomina ogromny lampion. Dwa pozostałe budynki też zaczynają być białe, co prawda na razie zaledwie do połowy, białe płaty styropianu wyglądają, jakby wpełzały na dach, ale jak dotąd zatrzymały się w okolicy parteru. Przed jednym z budynków stoi samotna betoniarka, przykryty siatką stos desek, pojedyncza pryzma kostki bauma.

Z bloku wychodzi dziecko. Ma jakieś cztery lata, to chyba chłopczyk w rajstopach i małej bluzie z kapturem. Zapalczywie ssie kciuk, jakby się skaleczył.

– Dzień dobly – mówi.

– Dzień dobry, kochanie – odpowiada Kaśka, klęka przed nim i wyciąga z kieszeni bluzy lizaka. Zdejmuje z niego folię, dzieciak otwiera usta, ładuje sobie słodycz do buzi razem z kciukiem.

– Nie przestaniesz, co? Nie przestaniesz? – pyta, głaszcząc go po głowie.

Znad swetra wystaje jej zaczerwieniony kark. Obie, i ona, i Daria, mają taką białą cerę, która momentalnie pali się w słońcu.

Macham ręką do tego człowieka, przypominającego zasuszone, martwe drzewo, które nie przeżyło zimy, zwłaszcza teraz, gdy stoi nieruchomo z ręką wyciągniętą do góry na pożegnanie, a ssące lizaka, blondwłose dziecko człapie dookoła niego, jakby próbowało go zaczarować.

Stoi tak jeszcze, gdy wsiadamy do samochodu i gdy ruszamy w stronę Zyborka, i stoi, gdy jedziemy wciąż niewyasfaltowaną drogą pod szpalerem z zazielenionych drzew, i dopiero gdy skręcamy w drogę na Popielowy Sad, znika zupełnie.

Zmieniam bieg. Przyśpieszam, wchodzę w zakręt.

– Uważaj – mówi Kaśka.

– Nikogo nie ma – odpowiadam.

– Oni lubią nagle się pojawiać, wyjeżdżać z lasu – mówi.

– Zdążę się zatrzymać – odpowiadam. – Zobaczysz.

I przyśpieszam jeszcze bardziej, jakby jej na złość.

Kaśka kładzie mi rękę na ramieniu. Jej ręka powoli przestaje mi dokuczać, gdy pojawia się na mnie tak znienacka. Staje się po prostu przyjemna. Ciepła.

– Rozmawiałem z nią parę dni temu – mówię. Strzelam tym zdaniem, wyrzucam je, tak jak otwierana butelka wyrzuca korek.

– Nie musisz z nią mówić – odpowiada Kaśka. – Przecież wszystko rozumiem.

Kręcę głową. Ktoś wyjeżdża z lasu na rowerze. Zwalniam. To jakaś starsza pani w kreszowej, odblaskowej kurtce. Wymijam ją i znowu przyśpieszam, zwalniam dopiero przed Zyborkiem.

– Nie możesz przyzwyczaić się do tego, że ktoś cię rozumie. – Zabiera rękę. Opuszcza szybę. Zapach lasu wpada do środka.

– Rozmawiałem z Justyną – mówię. Może ma rację, może wmawiam sobie, że Kaśka nie chce słyszeć imienia mojej żony, a tak naprawdę po prostu nie chcę go wymawiać.

– I co? – pyta.

Zatrzymuję auto na poboczu. Włączam awaryjne. Wychodzę z samochodu, opieram się o drzwi. Przydałby mi się jeszcze jeden papieros. Może Grzesiek jakieś schował. Otwieram drzwi, przechylam się przez Kaśkę, grzebię w śmieciach zapełniających skrytkę. Wywalam wszystko na jej kolana, ale nie reaguje. W końcu. Paczka. Pusta. Kurwa mać.

– Wyluzuj – mówi.

Opieram się z powrotem o auto, patrzę w las. Kaśka zrzuca rzeczy ze skrytki na podłogę, staje obok. Tak jak pod blokiem w Kolonii wszystko jest pokryte raczkującą zielenią.

– To był pierwszy raz. Przedtem nie odbierała.

Nie odbierała telefonu przez kilka miesięcy. Dzwoniłem do niej po kilka razy dziennie. Pisałem mejle. Po jakimś czasie te mejle były już pozbawione treści – po prostu wpisywałem znak zapytania, jeden albo kilka, w temat i wysyłałem jej puste wiadomości. Próbowałem dodzwonić się do niej na Skypie. Na Facebooku zablokowała mnie i usunęła ze znajomych. Próbowałem dodzwonić się do jej matki, do jej kuzynek. Do koleżanek, dwóch, których numery miałem w telefonie. Nikt nie odpisywał. Nikt nie odbierał i nie odpowiadał.

Po tamtej nocy na Wzgórzu Psów nawet nie zaszła do domu. Musiała po kogoś zadzwonić, ktoś musiał po nią przyjechać. W pokoju na górze wciąż były jej rzeczy. Popakowane w kartony papiery, ubrania, książki, komputer. Nie zaglądałem do nich, nawet nie wchodziłem do tego pokoju, spałem na dole, na kanapie przed telewizorem.

– Zadzwoniła sama. Z innego numeru – dodałem.

Nic nie odpowiedziała. Czekała, co powiem dalej.

– Zadzwoniła sama z innego numeru i powiedziała, że za jakiś czas prześle mi papiery rozwodowe. Że prosi mnie, abyśmy załatwili sprawę bez orzekania o winie. Że może oddać mi mieszkanie, że kredyt będzie spłacał się sam, jeśli się je wynajmie, że ona go nie chce. Że wszystko u niej w porządku i żebym się z nią więcej nie kontaktował.

– Przecież nic jej nie zrobiłeś – mówi Kaśka.

– Nie wiem, czy nic jej nie zrobiłem. – Patrzę na nią.

– Przecież jej nie ma tu od kilku miesięcy. Nie jesteście

razem. Nie jesteście razem pewnie od momentu, gdy tu przyjechaliście – mówi cicho.

Opowiadanie o tym jest przykre, wstydliwe i cierpkie, jak skwaśniałe ciasto. To przyznawanie się do porażki. Ja wiem, że Kaśka chce to usłyszeć, że to dla niej dobre wiadomości, widzę to po niej, chociaż usilnie stara się to ukryć, udając przejętą. Kaśka może chce to wszystko usłyszeć, ale ja nie chcę tego wszystkiego mówić.

– Powiedziała, że pragnie o tym wszystkim zapomnieć. Że koniecznie chce zapomnieć o mnie i o Zyborku. Że nikomu nie powie o tym, co widziała, pod warunkiem że dam jej, czego chce.

– Rozwód bez orzekania o winie – mówi Kaśka. – Nie możesz się dać szantażować.

– To odpowiedzialność. Czuję się odpowiedzialny – stwierdzam.

– Jeśli tak głęboko wierzyłaby, że to, co zrobiliśmy, jest złe, już dawno poszłaby na policję – zauważa Kaśka.

– Może wciąż chce mnie chronić – odpowiadam.

– Gówno. Po prostu z kimś jest i nie chce problemów. Jest z tym typem, z którym cię zdradzała – mówi, wpatrując się w las, jakby czekała na kogoś, kto ma wyjść spomiędzy drzew.

– Tylko nie opowiadaj mi tego, co ojciec i Grzesiek. Że wszystko będzie w porządku – proszę.

– Wszystko będzie w porządku – odpowiada. – Bo przecież to wcale nie zależy od niej.

Uśmiechnąłem się do Kaśki. Przynajmniej przestała udawać, że się tym przejmuje.

To było u niej w domu. W mieszkaniu Darii. W tym samym mieszkaniu.

Teraz mieszkała tam sama, starsza siostra przyjeżdżała do niej z uczelni co drugi tydzień. Mój ojciec pomógł wsadzić jej matkę do szpitala psychiatrycznego. Kaśka mogła wyjechać, ale jeszcze tego nie zrobiła. Prawie każdej nocy przychodziłem po nią do pracy do Undergroundu. Czekałem przed wejściem, a potem odprowadzałem ją do domu. To stało się pewnym rytuałem, potrzebnym chyba i jej, i mnie, ja mogłem wyjść z domu, przewietrzyć się i rozciągnąć, porozmawiać z kimś innym niż Grzesiek, Agata i ojciec. Czasami, w weekendy, Kaśka wpadała do nas na obiad. Ojciec koniecznie chciał zatrudnić ją w piekarni, ale wciąż mu odmawiała. Mówiła, że lubi to, co robi. On nie naciskał. Jakby wiedział, że i tak, jak zwykle, stanie na jego.

Pewnego wieczoru zapytała, czy nie chcę wejść na górę. Przeraziłem się. Popatrzyłem w zgaszone okna i już chciałem bez słowa odejść, ale Kaśka po prostu schwyciła moją dłoń i wciągnęła mnie do mieszkania.

Wszystko było tak samo. Wszystko. Ta sama boazeria. Meble. Ten sam zapach starych ubrań i uniwersalnego mydła do mycia podłóg. Te same wykładziny. W pokoju Darii wciąż wisiały te same plakaty na ścianach – *Imperium kontratakuje*, Korn – wypłowiałe, jakby wyprane w pralce. Zmienił się wyłącznie telewizor w sypialni, z kineskopowego na płaski. I było mniej przedmiotów. Gdybym mocniej się skupił, powiedziałbym nawet, czego brakowało. Czułem, że nie pozbywała się ich stopniowo, ani ona, ani jej matka, że musiały zostać eksmitowane gwałtownie i masowo, w jednym odruchu, wystawione przed dom, a może nawet wyrzucone przez balkon.

Nachylałem się nad wszystkim. Dotykałem wszystkiego palcami. Te wszystkie powierzchnie, sklejka, karton, drewno, tynk delikatnie raziły mnie prądem w palce; jakby pokazywały mi, że cieszą się na mój widok.

Robiłem to wszystko, nie patrząc na Kaśkę. Odwróciłem się w jej stronę dopiero wtedy, gdy usłyszałem szum zsuwających się na podłogę ubrań. Była trochę szczuplejsza od Darii, trochę zgrabniejsza, ale uderzająco podobna. Zbyt podobna. Milczała, jakby to rozumiejąc, wiedząc, że ma też podobny głos. Po prostu się rozebrała, a ja zapytałem, co mam teraz zrobić. Wtedy odparła, że w moim wieku to chyba wiem, co mam robić.

I zanim zdążyłem powiedzieć coś więcej, powiedziała, że mam myśleć tylko o niej. Więc spróbowałem. I gdy spróbowałem, poczułem, że to, co mamy zaraz zrobić, ja i ta dużo młodsza ode mnie dziewczyna, jest wciąż potwornie nieprzyzwoite.

Byłem chyba zbyt samotny, aby być przyzwoitym.

Trwało to dłużej, niż myślałem. Na tyle długo, że pod koniec nie myślałem o niczym, zdawało mi się, że to mogło się dziać gdziekolwiek, a ona mogła być kimkolwiek.

Ale gdy skończyliśmy i wróciłem myślami na ziemię, poczułem, że to wszystko – całe to mieszkanie, meble, półki, boazeria, karnisz nad oknem i brzydki, pozłacany żyrandol – spadnie mi zaraz na głowę. Powiedziała, żebym został na noc, i zostałem. Przecież nigdy tu nie spałem. Byłem zbyt zmęczony, by wstać, zresztą nie miałem tak naprawdę nic do stracenia.

Od tych dwóch miesięcy czuję się dobrze. Ale coraz częściej mam problemy z błędnikiem. Jak teraz. Jakby całe moje ciało było zdezorientowane. Kaśka łapie mnie za rękę, jakby to wyczuwała.

– Coś jeszcze jej powiedziałeś? – pyta.

– Nic. To głupie – mówię. – To naprawdę głupie.

– Powiedz – prosi.

– Powiedziałem jej, że skończyłem książkę, i zapytałem, czy mogę użyć jej komputera, aby ją przepisać. Powiedziałem, że gdy skończę, mogę odesłać jej...

– Skończyłeś książkę? – pyta, jakby pełna podziwu.

Kiwam głową. Oczywiście, że skończyłem.

I oczywiście książka jest kupą gówna. Dobra, kupą to może za dużo powiedziane. Taką sowitą, stołową łyżką gówna. Jest chyba gorsza niż moja pierwsza książka.

Miała być o powrocie, a w sumie jest chyba o niczym. Historia jest szczątkowa. Człowiek, czyli ja, chodzi po mieście, w którym kiedyś mieszkał. Zagląda w kolejne okna. Szuka śladów życia. Spotyka duchy. Próbuje z nimi rozmawiać. Tak naprawdę nawet nie ma sensu tego opowiadać. To po prostu zdania. Zajęły w sumie półtora zeszytu. To zasadniczo niewiele, ale mam nadzieję, że wystarczy. Musi wystarczyć, bo więcej nie będzie. Więcej nie da rady. Muszę przepisać ją na komputerze, aby wysłać plik mojemu agentowi. To będzie jeszcze gorsze niż pisanie, ale gdy to zrobię, on wyśle mi zaliczkę, którą wytargował z jakimś kolejnym wydawnictwem. Kupę forsy. Z pięćdziesiąt tysięcy złotych. Nie mam pojęcia, jak on to zrobił, i nie mam zielonego pojęcia, co ja z tym zrobię. W każdym razie kazałem mu przysiąc, że nie będzie żadnych wywiadów. Żadnych zdjęć. Żadnego przyjeżdżania tutaj. Żadnego zawracania głowy ani mnie, ani nikomu innemu. Po prostu: tekst, pieniądze, cześć. Poinformowałem go, że może wysłać mi jeden egzemplarz.

Grzesiek powiedział, że jest niezła, chyba lepsza od tamtej, chociaż zupełnie nie rozumie, o co w niej chodzi.

– Jak będzie się nazywać? – pyta Kaśka.

– To ważne? – odpowiadam.

– Ważne – mówi. – To zajebiście ważne.

– Wzgórze Psów – odpowiadam po dłuższej chwili.

– Niezły, poetycki taki – mówi głos za mną, głos mężczyzny, głos jak mróz, głos, który gdyby tylko chciał, mógłby zmrozić całą tę kiełkującą trawę.

Odwracam się. Nie słyszałem, jak podjechał. Kalt stoi oparty o auto, tak samo jak ja. Auto to czarne bmw ze lśniącymi, srebrnymi felgami, czystymi aż do połysku. Już gdzieś je widziałem. Buty Kalta lśnią identycznie jak felgi. Ma na sobie niedorzeczny płaszcz, czerwony, prawie damski, z ciężkiej wełny. Przypomina starą kobietę, która wyszła w zimowy dzień do kościoła.

W jego aucie na tylnym siedzeniu jest ktoś jeszcze.

– Zauważyłem was, więc się zatrzymałem. – Rozkłada ręce w przepraszającym geście.

Kaśka patrzy na niego. Widać, że się boi. Otwieram drzwi, gestem pokazuję jej, aby wsiadła do środka.

– Chcę tylko porozmawiać – mówi Kalt.

– Ze mną? – pytam.

– Ty już tyle tu jesteś, ty się dziwisz, że ludzie się zatrzymują, tak po prostu, żeby ze sobą pogadać, to przecież małe miasto jest, co słychać u siebie, nawzajem się dowiedzieć – klekocze, słowa wyskakują mu z ust, podobne do zużytych, starych sprężyn.

Przechodzę przez jezdnię. Kalt otwiera ramiona, jakby chciał mnie objąć, ale po chwili opuszcza je wzdłuż ciała.

– Czego chcesz? – pytam.

– Po pierwsze, chcę cię przeprosić – mówi. Wyciąga papierosa ze srebrnej papierośnicy z wygrawerowanym K, zapala. Papieros śmierdzi goździkami. Zapach miesza się z odorem z jego ust, jakby miał zepsute wszystkie zęby, i ostrym zapachem detergentów ze środka auta. Zaglądam za jego ramię. Na tylnym siedzeniu siedzi Łukasz, brat Maciusia. Chłopak ma kaptur na głowie, wpatruje się tępo w podłogę.

– Mnie? Za co? Przepraszaj mojego ojca i brata – odpowiadam.

– To też twój dom przecież jest. – Uśmiecha się.

– Mój dom – powtarzam.

– Ja zajadę tam do was i pieniądze na remont twojemu ojcu dam. My nie powinniśmy tego robić. Ci chałupy podpalać. Parafii też nie powinniśmy mazać, psa zabijać. To złe było. Przegrywa się, jak się źle robi. Tego właśnie się nauczyłem. Nigdy na naukę za późno nie jest – mówiąc to, wciąż się uśmiecha. Słońce pada na jego włosy i rozświetla je sztucznym srebrem; wygląda, jakby miał na głowie perukę z ozdoby choinkowej.

– Co on tam robi? – Pokazuję na Łukasza.

– A co on ma robić? Samiutki jak palec jest.

Z lasu dobiega drżące ćwierkanie ptaka, jednostajny, terkoczący w powietrzu sygnał. Brzmi trochę jak zacinający się kompakt. Kalt patrzy w jego kierunku.

– To modraszka. *Blaumeise*. – Wskazuje palcem las.

– Coś jeszcze? – pytam. – Mam coś przekazać ojcu?

– Czemu ojcu? To ty teraz jesteś książę. Pan i władca północy. Nie twój brat. Ty. – Wbija palec w mój splot słoneczny, momentalnie chwytam go za rękę.

– Coś jeszcze? – pytam. Zerkam na Kaśkę, łapię jej spojrzenie przez opuszczoną szybę. Jego dłoń jest zimna, jakby trzymał ją kilka minut w zamrażarce. Puszczam, Kalt delikatnie traci równowagę, opiera się o maskę samochodu. Siedzący w środku chłopak podnosi głowę.

– Wy sprytni jesteście – mówi. Lekko mlaszcze. Czekam, co powie dalej.

– Sprytni jesteście. Twój ojciec sprytny jest. Ładnie się z Bulińską dogadał. Ta się w wynik referendum nie będzie wpierdalać, nie będzie ważności podważać, władzę normalnie odda Walinowskiej, a artykułów już, że morderczyni, nie będzie w gazetach, nie będzie zeznawał w prokuraturze nikt, że Bernata zabiła. – Szczerzy się.

– Nic o tym nie wiem – odpowiadam zgodnie z prawdą, bo nic o tym nie wiem.

– Ty też sprytny jesteś, bo głupka teraz udajesz – mówi.

– Nie udaję – odpowiadam.

– Żeście atmosferę zrobili. Żonka twoja na całą Polskę aferę zrobiła. Wszyscy już myślą, że w Zyborku władza ludzi zabija. Dowody łatwo znaleźć. Chłopaków posadzić. Można to zrobić. Wystarczy chcieć. Bulińska przerażona w domu siedzi. Płacze i w ścianę patrzy. Trzydzieści kilo schudła, tak się boi. Kobieta to biedna. Głupiś, boś biedny. Biednyś, boś głupi. A kto Bernata zabił? I brata jego zabił? I syna kto zabił? Kto tych ludzi zabił? Ja ich zabiłem? Nie. Ja ich nie zabiłem. – Uśmiecha się.

– Nie wiem – mówię i łamie mi się głos, a Kalt wybucha śmiechem.

– Ja ci muszę powiedzieć, ja powiem tobie, że ja nigdy nikogo nie zabiłem. – Śmieje się. – Różne rzeczy robiłem, ale nikogo nie zabiłem. Nigdy. Ojca się zapytaj. Tak go weź, że w oczy mu popatrz. Spytaj się, czy Kalt kogoś kiedyś zabił. Mówią, że dziennikarza kazałem zabić. Dziesięć lat temu. W Zyborku. Na dyskotece. Taa, ja kazałem... Teraz mówią, że Bernatów wykończyłem. No *vervluchte,* kurwa mać jebane. No sam powiedz. Powiedz sam. Sam powiedz.

Mówiąc bardziej do siebie niż do mnie, otwiera drzwi auta. Podaje chłopakowi rękę, jakby ten był niedołężny. Łukasz wychodzi z samochodu, staje naprzeciwko, wciąż na mnie nie patrząc. Wbija wzrok w asfalt. Kalt przyciąga go lekko do siebie, bo z naprzeciwka zbliża się samochód, który powoli przejeżdża pomiędzy naszymi autami. Kierowca, starszy facet, obrzuca Kalta przestraszonym spojrzeniem.

– Co się, kurwiszonie, gapisz?! – krzyczy Kalt i spluwa mu na auto.

– Muszę jechać – mówię.

– Nigdzie jechać nie musisz – odpowiada Kalt.

Ściąga Łukaszowi kaptur z głowy. Podnosi jego twarz, tak aby chłopak na mnie popatrzył. Ma przekrwione, opuchnięte oczy i tak zaciśniętą szczękę, że aby ją otworzyć, potrzebne byłoby jakieś narzędzie.

– Łukasz, co gorsze jest? – pyta Kalt.

Chłopak kręci głową. Kalt kładzie mu dłoń z tyłu głowy.

– Zostaw go. Ja muszę jechać – powtarzam.

– Co gorsze jest? Że brat twój nie żyje, że leży gdzieś w lesie, że robaki go jedzą czy że lata temu dziewczynę pod zamkiem, dziewczynę młodą zgwałcił? Co jest gorsze, Łukaszku? – pyta.

– Nieprawda – wyraz wypada Łukaszowi z ust i spada na asfalt. Jakby wypluł wybity ząb.

– Zostaw go – powtarzam.

– A kto mu pomoże? – Kalt się śmieje.

Chłopak wyrywa się z uścisku. Mógłby wbiec w las, uciec mu, pobiec gdziekolwiek, ale po prostu otwiera drzwi i wsiada z powrotem do auta, znowu spuszczając głowę tak jak poprzednio.

– A powiedz, kto od ciebie kupował narkotyki? – pyta Łukasza. – Te, jak to się mówi...

– LSD. Grzesiek Głowacki i jego ojciec kupowali od nas LSD. Musieliśmy z Olsztyna zamawiać. Bo to nie jest już tutaj w Zyborku chodliwe – mówi Łukasz, patrząc na swoje buty.

– I jak myślisz, po co? – pyta. Chłopak milczy. – Może żeby twojemu bratu podać, żeby się jeszcze bardziej przestraszył, w ciemności, w dziurze, co go trzymali? Żeby go bardziej torturować? – Kalt ujmuje podbródek chłopaka w dwa palce. Ten jednak na niego nie patrzy. Gdy Kalt zabiera dłoń, jego głowa znowu bezwładnie opada.

Kalt zapala jeszcze jednego papierosa. Wyciąga paczkę w moim kierunku. Potwornie chce mi się palić, ale nie biorę.

– Wiesz, Mikołaj. Ja dyskretny jestem. Ale z twoim ojcem chcę szybko porozmawiać. Ty mu powiesz, że ja chcę porozmawiać – mówi, otrzepując się z niewidocznego brudu. Otwiera drzwi. Przez chwilę patrzy na las, chce usłyszeć ptaka, który przestał śpiewać już jakiś czas temu.

– Po co? – pytam.

– Ja muszę z rządzącymi przecież rozmawiać. My się musimy dogadać. Inaczej świat nie będzie w ogóle działał, jak my się nie dogadamy.

Gdy kończy, gasi papierosa o wnętrze własnej otwartej dłoni. Robiąc to, nawet nie mruga oczyma. Słychać cichy syk palonej skóry. Kalt rzuca peta na ziemię, zaciska i rozprostowuje dłoń.

– Bredzisz. Pierdolisz głupoty – mówię i zastanawiam się, czy tylko ja sam słyszę, że mój głos lekko drży.

– Świat rzeźbić trzeba. Bo cię przygniecie. Dłutem rzeźbić trzeba. Dobre dłuto niż nóż ostrzejsze jest. Bóg bryły tworzy, człowiek to Bóg – mówi.

Wsiada do auta, ale jeszcze nie zamyka drzwi. Znowu słychać tego pieprzonego ptaka. Brzmi jak alarmowy gwizdek.

– Jakbym o tej dziewczynie prawdę znał, to samo co wy bym zrobił – rzuca jeszcze przez okno.

Odjeżdża. Łukasz nawet nie patrzy w moim kierunku. Gdy odwracam się w stronę auta Grześka, jestem zdziwiony, że wciąż tam jest. Że Kaśka wciąż siedzi w środku.

Otwieram drzwi. Przekręcam kluczyk w stacyjce. Ruszam i jadę powoli dalej, na dwójce, trzydziestką, turlam się, jakby w lesie czaił się cały zastęp gotowych do wybiegnięcia na jezdnię wariatów. Zerkam we wsteczne lusterko, ale nikogo za nami nie ma. Ani Kalta, ani nikogo innego.

– Czego on chciał? – pyta Kaśka.

– Rozmawiać z moim ojcem – odpowiadam.

– Trudno, żeby nie wiedział.

– Nie rozumiem.

– Masz papierosa – mówi i nieoczekiwanie wyciąga paczkę z kieszeni spodni.

Zapalam. Gdy to robię, wszystko – niebo, drzewa, asfalt, pobocze, mijany znak drogowy – wszystko robi się wyraźniejsze, ostrzejsze, lśniące. Opuszczam szybę, aby dym wylatywał na zewnątrz.

– Czemu trudno, żeby nie wiedział? O co ci chodzi? – pytam.

– Nie martw się. Wszystko będzie dobrze. Niedługo zrozumiesz.

– Kto jeszcze wie? Kto jeszcze o tym wie, Kaśka?

– Nie martw się. Mówię ci, nie martw się, Mikołaj. Wszystko jest ustalone. Musisz w nas wierzyć, Mikołaj. Nic ci się nie stanie. Nic się nikomu nie stanie.

Chcę na nią krzyknąć, ale kładzie mi chłodną dłoń na uchu, potem na całym boku głowy, i to coś, co miało wybuchnąć, po prostu ze mnie wypada razem z dymem i powietrzem przez okno.

– Jesteś panem i władcą północy. Nie martw się. Królem Wzgórza Psów.

Mówi to jakiś głos. Nie wiem czyj.

– I co, musisz jej odesłać ten komputer? – pyta po chwili.

– Co?

– Justynie, czy musisz oddać jej ten komputer? Na którym przepisujesz książkę? – pyta.

Wychodzę z głowy, wracam do auta. Wyrzucam papierosa przez okno. Wszystko znowu jest zwykłe, matowe, jasne zwykłą jasnością, zielone zwykłą zielenią.

– Nie, nie muszę. Powiedziała, że mam go zatrzymać, a resztę spalić – odpowiadam, nie wiedząc w ogóle, czemu to robię.

Ojciec stoi przed furtką, gdy podjeżdżamy pod dom. Śmieje się, oparty o płot, coś go cieszy. Za dużo rzeczy ostatnio go cieszy. Czasami myślę, że coś zaczyna go zjadać, wierci mu tunel w mózgu jak włosień. Rocky pałęta mu się pod nogami, kąsając nogawki spodni.

– Myśli, że mam spodnie z szynki. – Schyla się i drapie go między uszami.

Stoi w samej koszuli, chociaż wcale nie jest jeszcze tak ciepło, i pije herbatę z kubka.

– Muszę z tobą porozmawiać – mówię do niego od razu, gdy wysiadam z auta.

– Dobrze, dobrze – odpowiada.

Gdy Kaśka wychodzi z auta, robi krok w jej stronę i przyciska ją do siebie, mocno. Jej wcale to nie przeszkadza. Rzuca mu się na szyję jak dziadkowi.

– Dobrze, że jesteście – mówi ojciec. – To dobrze, jest już cała rodzina. Dobrze was widzieć.

– A ty się dobrze czujesz? – pytam.

– Ja się czuję wybornie. – Łapie mnie za ramiona, jakby chciał mnie zgnieść.

– Widziałem się z Kaltem – mówię. – Zaczepił mnie po drodze.

Ojciec nie zwraca na to uwagi.

Zerkam w stronę domu Grześka. Dopiero teraz widzę samochód na niemieckich blachach, zaparkowany pod ogrodzeniem. Ojciec macha ręką. Idzie powoli w stronę domu Grześka.

– Chodźcie, chodźcie. Jest cała rodzina. Jest dobrze. Jak dobrze.

Jest autentycznie szczęśliwy, przez co wygląda trochę głupio. Raz po raz ogląda się przez ramię, jakby sprawdzał, czy na pewno idziemy za nim, ja i Kaśka.

Za drzwiami domu Grześka wybucha hałas. Na początku trudno mi go określić. Jedyny hałas, jaki do tej pory stąd dobiegał, to włączone na pełen regulator koncerty na DVD. Ale teraz hałas jest inny, ludzki, ogłuszający, złożony z wysokich tonów i dopiero po chwili orientuję się, że ten hałas generują dzieci.

Grzesiek siedzi na kanapie. Włożył koszulę od garnituru, chyba pierwszy raz od momentu, gdy jechał na rozprawę. Na twarzy ma matowy półuśmiech kogoś, kto właśnie zjadł garść relanium. Patrzy na dwa małe, rozpędzone obiekty, odbijające się od ścian domu jak kulka od band flippera. Te obiekty, oba blondwłose, to dwóch chłopców, jego dzieci. Dopiero po chwili rozumiem, co się dzieje. Jeden goni drugiego z plastikowym mieczem świetlnym w ręku i wrzeszczy. Drugi wrzeszczy jeszcze głośniej, uciekając.

Obaj wyglądają jak zmniejszone i turbodoładowane wersje Grześka.

– Wracamy do domu? Agata robi obiad – pyta ojciec.

– Zaraz – mówi Grzesiek, patrząc, jak jeden z jego synów, ten z mieczem świetlnym, przewraca się na podłogę, ale zaraz wstaje.

– Już dość, Borys, już dość. – Podnosi chłopca, który ma jakieś cztery lata, i bierze go na ręce.

– Tato, jestem lycezem – mówi Borys.

– Kajtek, chodź tu. Chodź tu. – Grzesiek łapie drugiego chłopca za rękę. Usadza ich przy sobie, na kanapie. Bierze bardzo, bardzo głęboki wdech.

Chłopcy dopiero teraz widzą, że weszliśmy do środka. A ja dopiero teraz widzę, że w rogu mieszkania stoi Kamila, jak cichy cień, z delikatnym i łagodnym półuśmiechem narysowanym na twarzy, z kubkiem herbaty w ręku, z którego powoli upija kolejne łyki.

– Cześć – witam się.

– Cześć – odpowiada, wyciągając dłoń i robiąc krok do przodu; gdy chwyta kubek jedną dłonią, na podłogę wylewa się trochę herbaty.

Ojciec klaszcze w dłonie.

– Cała rodzina jest. Cała rodzina jest – powtarza to zdanie jak zaklęcie.

Kamila staje obok niego zakłopotana. Z dziwnym smutkiem patrzy na dzieci, które przyciskają się z całych sił do Grześka. Nie mogę wyjść z podziwu – obaj są naprawdę klonami Grześka.

– Muszę jechać. Przyjadę po nie za tydzień – mówi cicho.

– I co szkodzi ci godzinę poczekać? No co ty? Nie szkodzi ci. Na głodnego będziesz jechać? – pyta ojciec.

Kamila wzdycha. Ojciec kładzie jej rękę na plecach,

widzę, że chciałaby się odsunąć, ale coś każe jej stać w miejscu. Może to światło.

– Gęś. Agata upiekła gęś. Pamiętasz, jakie dobre piekła te gęsi? Pamiętasz, Kamila, jak się zajadałaś? – Śmieje się.

– Ja jestem Mikołaj, pamiętacie mnie? – mówię do synów Grześka.

Kręcą głowami.

– To jest wasz wujek. To jest wasz wujek, bąble. Królowie moi, królowie moi najlepsi – mówi Grzesiek i całuje Borysa, starszego, mocno w głowę.

– Ała, dlapiesz tatuś – odpowiada chłopczyk.

– Bardzo się cieszę, że panu się udało wyplątać z tego wszystkiego. Strasznie się nacierpieliście – mówi Kamila.

– Co było, to było. – Grzesiek macha ręką. Wstaje, otrzepuje spodnie. Patrzy na Kamilę ze spokojnym półuśmiechem.

– Pocaluj mamusie. – Młodszy chłopak przyczepia mu się do nóg.

Może wyłącznie ja widzę, jak powietrze między nimi zwija się w spiralę, w cichą burzę, i tylko ja widzę, jak Kamili drżą oczy.

– Dzięki jeszcze raz – mówi Grzesiek.

– Przepraszam jeszcze raz – odpowiada mu cicho Kamila. – Jest pan bohaterem. – Odwraca się do ojca.

– Nie jestem, Kamilka, co ty, jakim bohaterem? – odpowiada ojciec.

Podnosi obu chłopaków z podłogi i bierze ich na ręce. Głowy dzieci wystają zza jego ciężkich barków.

– Czekamy na was w domu – mówi i wychodzi przez drzwi, powoli, człapiąc, wytacza się jak ciężki czołg.

Zostajemy we czwórkę. Kamila spogląda na Kaśkę z ciekawością, jakby próbując ją rozpoznać, w końcu wyciąga do niej rękę. Grzesiek wciąż na nią patrzy.

Na jego twarzy widać rodzaj tej dziwnej dumy, którą ma zły uczeń, kiedy zdoła odebrać świadectwo na koniec roku.

Powietrze w salonie gęstnieje. Promienie światła tańczą, przypominając kulki w wirującym płynie.

To kraina nadziei i brudu, w której z wielkim trudem, łamiąc sobie kości i nadwyrężając mięśnie, postawiono domy, gdzie ludzie mogą się do siebie uśmiechać.

– Może was na chwilę zostawimy? – mówię do Grześka.

– Nie, nie, spokojnie – odpowiada.

– Ja naprawdę muszę jechać – mówi cicho Kamila. – Będę w domu w nocy.

– Możesz spać. Na górze – mówi Grzesiek.

– Wiesz, że nie mogę – odpowiada.

– Może możesz. Sama wiesz, co możesz, a co nie – mówi Grzesiek.

Miłość jest bardzo prosta do zauważenia. Rozmywa rysy twarzy.

– Nie, zostawimy was, naprawdę – zaczynam ich o to prosić.

To dziwna kraina, gdzie rzeką płyną gówno i śmieci, w której, gdy pójdzie się w dół biegu rzeki, martwe zwierzęta leżą w trzcinach, nieruchome i wzdęte od gazów; słońce przychodzi tam rzadko, jakby za każdym razem musiało się do tego zmuszać, ale gdy w końcu przyjdzie, wtedy rozlewa się nad tą krainą z całą swoją siłą, wypalając śmieci i gówno, i utwardzając ziemię, i rozgrzewając głowy i dłonie.

– Poczekaj. Poczekaj – mówi do mnie Grzesiek.

To kraina, w której wszystkie psy idą pod koniec życia na Wzgórze Psów, aby tam umrzeć, a potem, po śmierci, chodzić dookoła wzgórza, pilnując go. Aby nikt nie wykopał i nie ukradł sprawiedliwości.

– Co? – pytam, bo to, co mówi, usłyszałem dopiero za drugim razem.

– Co ty, kurwa, ćpałeś dziś? – pyta i podchodzi do półki obok telewizora. Bierze z niej coś, podaje mi do ręki. Przez chwilę nie wiem, co to jest, ważę to w dłoni, wpatrując się w to coś jak głupi. Mózg potrzebuje kilku sekund. Zeszyt w kratkę, nie wiedzieć czemu zawinięty w stary plakat U2 z „Popcornu". Nie wiem, kto to zrobił. Może Grzesiek, a może ja. A może ojciec. Odkąd pamiętam, nie cierpiałem U2. Chociaż wiem, że wszyscy się przy nich wzruszają. Zwłaszcza przy tej piosence, co niby jest o Wałęsie.

– Ojciec to znalazł i kazał ci dać – mówi Grzesiek.

Jest gruby, jakby napęczniały od wody, ale gdy go otwieram, rozumiem; to powklejane w niego, przepisane na maszynie kartki. Tak, to ten zeszyt, ten sam, który czytała Daria. Z moimi pierwszymi opowiadaniami.

– Nie spalił tego? Byłem pewien, że to zrobił – mówię. Przebiegam palcem nawet nie po literach, ale po plamach, smugach, naderwaniach, śladach kleju. Jest pognieciony, zużyty, śmierdzi wilgotną piwnicą, ale trzyma się, nie rozlatuje.

– A czemu miałby to spalić? – pyta Grzesiek.

– Byłem pewien – powtarzam.

– Co to? – pyta Kaśka.

– Moje opowiadania – odpowiadam. – Podobały się Darii.

– Dasz mi przeczytać? – pyta.

– Nigdy w życiu. – Kręcę głową.

W końcu zaczynam czytać i od razu parskam śmiechem.

„Obudził się w pokoju hotelowym, nie wiedział, gdzie jest. Wiedział tylko, że dziewczyna była martwa. Odwrócił jej ciało na drugi bok i zobaczył jej twarz, pustą, bez wyrazu, jak twarz porcelanowej lalki".

Niebywałe, że dwa lata później napisałem *Czarną, zimną wodę*. Ktoś musiał mi ją podyktować, bo w porównaniu do tego to całkiem przyzwoita książka.

– Ojciec lubi to poczytać od czasu do czasu – mówi Grzesiek.

– Które mu się najbardziej podoba? – pytam.

– Nie wiem, zapytaj się go – odpowiada.

Trzymam zeszyt w ręce. Otwieram Kaśce drzwi i ruszam w stronę domu. Zatrzymuję się jeszcze na moment, odwracam i widzę ich przez okno, Grześka i Kamilę – dwie nieruchome, wpatrzone w siebie, niewyraźne figury. Wystarczyłoby stanąć dwa kroki dalej ode mnie, aby wziąć ich po prostu za plamy na szybie.

– Chodźcie, no! – krzyczy przez uchylone okno w kuchni Agata.

Justyna / Jesteś cenny tak jak ja. Jesteś piękna tak jak ja. Jestem dzielna tak jak wy*

To nie ma większego znaczenia. Jak wyglądamy. Kim jesteśmy. Co myślimy. Wszystko zatacza koła. Tylko to jest ważne. Koła, koła, i tak w kółko. Ściskam w ręku kauczukową kulkę wielkości piłeczki tenisowej. Mocniej. Słabiej. Mocniej. To rehabilitacja. Ściskam tę jebaną piłkę od rana aż do wieczora. Potem rzucę nią o ścianę, a ona znowu wróci do mojej ręki. Trochę zaboli mnie mięsień, zrastająca się kość.

Ściskaj, Justyna. Pracuj, dziewczyno.

Zaciskaj dłoń w pięść, a potem rozluźniaj, a potem znowu.

– Wszystko w porządku? – pyta.

Jestem dzielna tak jak wy.

– Wszystko w porządku? – pyta jeszcze raz.

Nie widzisz go, bo jest za tobą, ale wiesz, że siedzi na fotelu i czyta gazetę. Z założoną nogą na nogę. Brakuje mu tylko cygara. Nie może palić, bo ma wszczepione by-passy. Nosi okulary w złotych oprawkach. Jest straszny.

Wczoraj w nocy powiedziałam mu, że wygląda jak wszystko, co doprowadziło ten kraj do ruiny.

---

* Hey, *Do rycerzy, do szlachty, do mieszczan*, tekst K. Nosowska, muzyka P. Krawczyk, K. Nosowska, M. Zabrocki (2012).

– Ten kraj właśnie wstał z kolan. – Zaśmiał się.

– Powiedz mi, skoro tak bardzo najadasz się sobą, dlaczego wciąż jest ciebie tyle samo? – zapytałam.

– Dobrze trawię sam siebie – odpowiedział.

Nie wiem, czemu wciąż o to pyta, przecież wie, że wszystko jest w porządku. Przecież sam mi to powiedział. Gdy przyjechał pod Zybork tamtej nocy. Gdy wrzucił tego chłopaka do dołu. Brat Mikołaja. Gdy złamałam rękę. Tamtej nocy znalazł mnie na poboczu, poświecił światłami, dając mi znać, że to On, a może upewniając się, że to ja. Gdy wysiadł z auta, podszedł i obejrzał mnie od stóp do głów.

– Wszystko już w porządku – powiedział wtedy.

– Mam złamaną rękę – odparłam.

– Jedziemy do szpitala – powiedział. – Chodź.

Zawsze będę myśleć o nim „On". Do teraz nie wiem, jak do niego mówić. Nie mam na niego żadnego przezwiska. Zwrotu. Nie podoba mi się jego imię. Marek. Nie pasuje do niego. Co prawda, nie mam pojęcia, jakie by pasowało. Wczoraj w nocy pomyślałam, że może powinnam mówić do niego proszę pana. Spróbowałam, potwornie się wściekł.

– Rozmawiałaś z nim? – pyta.

Odwracam się. Nie, nie czyta gazety. Gra w coś na telefonie. Próbuje zrozumieć, w co gra jego jedenastoletni syn. Widzimy się z nim pojutrze.

Kciuki tańczą mu niezdarnie w powietrzu, wystawia na zewnątrz koniuszek języka, sam wygląda jak jedenastolatek.

– Tak – potwierdzam.

Rzucam piłką o ścianę, tuż obok obrazu Dwurnika, którego nienawidzę, a On podskakuje w fotelu.

Piłka odbija się od ściany, od podłogi i wraca do mojej dłoni.

– Uważaj – mówi z pretensją.

– Tak, rozmawiałam z nim – powtarzam.

– I co? – zapytał.

– Nie będzie stawiał oporu.

– To nie jest człowiek, który stawia opór. On zawsze leżał, a ty nad nim stałaś. Bez przerwy. – Uśmiecha się.

– Mówiłam ci. – Celuję w niego palcem. Mówiłam mu. Ani słowa o Mikołaju. Ani jednego krytycznego słowa o Mikołaju. Mówiłam mu to więcej razy, niż on zapytał mnie od tamtej pory, czy wszystko w porządku.

– Dostanę rozwód – mówię mu.

Siadam na podłodze. Gdy to robię, przez rękę przechodzi mi bolesny impuls, jakby ktoś nagle wbił w nią cienki, długi drut.

– I co potem? – pyta.

Wstaje i w końcu odkłada tę swoją w dupę jebaną grę. Podchodzi do mnie. Nawet teraz, w domu, ma na sobie koszulę i spodnie od garnituru. Siada obok. Po turecku, śmiesznie.

– I co potem? – powtarza.

– Nie wiem, co potem – odpowiadam.

– Dlaczego tu jesteś? – pyta.

Jestem tu, bo On jest moim bezpieczeństwem, bo nie mam innego wyjścia, bo nie mam gdzie pójść.

– Bo ty tego chcesz – mówię mu.

– Nie, na pewno nie – odpowiada.

Jego głos jest tak niski, że gdy mówi cokolwiek, zawsze brzmi, jakby się wygłupiał, jakby parodiował kogoś innego.

– Tak naprawdę to on stawiał opór – mówię.

Nic nie mówi, czeka, co powiem dalej.

Rozglądam się po jego mieszkaniu. Lubię je, ale wyłącznie wtedy, gdy stoję, bo gdy siedzę lub leżę, to czuję, że wszystko, co w nim jest, góruje nade mną. Ciężkie, drewniane meble. Regały z książkami. Kuchnia. Wielkie okna z widokiem na całą Saską Kępę. Czuję wtedy, że wszystko, co jest w tym mieszkaniu, zawiązało spisek i zaraz się na mnie przewróci.

Jak drzewa w lesie.

– Musiałam go zaszantażować – mówię.

– Kochasz go? – pyta.

– Nigdy nikogo nie kochałam, Marek – odpowiadam, sama nie wiem czemu.

Przesuwa się. Siada naprzeciwko mnie. Wyglądamy teraz jak na jakiejś głupiej formie terapii. Nie wiem właściwie, czemu myślę o tym, jak wyglądamy.

Tak naprawdę przykrywam jednymi myślami drugie i średnio mi się to udaje.

Myślę o dole wykopanym w ziemi i związanym człowieku. Myślę o chorych i nieszczęśliwych ludziach.

Myślę o tym codziennie. O tym, że gdy wyjdę z domu i skręcę nie w tę ulicę, co trzeba, nagle zobaczę Zybork.

Czasami chce mi się rzygać, czasami nie.

Gdy chce mi się rzygać, biegnę do kibla i wkładam do gardła dwa palce.

Gdy rzygam, myślę o tym, że rzygam, bo nie rozumiem.

Kto kogo tak naprawdę zabił? Kto jest tak naprawdę mordercą? Pytania, na które można znaleźć odpowiedź, to nie są prawdziwe pytania.

Między zabiciem kogoś a wydaniem kogoś na świat jest tyle miejsca, co między skórą a paznokciem.

Mikołaj. Nie można ratować straconych. Człowiek pali sobie w ten sposób całe lata życia. Pali siebie.

Biedny człowiek. Sam nieruchomy, tylko popychany do przodu.

Przez długi czas czułam, że nie mogę o tym nikomu powiedzieć. Nie tylko ze względu na Mikołaja. Ze względu na tych ludzi. Ze względu na to, że wciąż jest mi ich żal. Nie bałam się ich. Wiedziałam i wciąż wiem, że nigdy nie skrzywdzą niewinnego człowieka. Być może już skończyli. Być może nie skrzywdzą już nikogo.

Co więcej, były chwile, że myślałam, że może oni mają rację. Że ci ludzie, z domu, który jest kilka minut drogi na piechotę stąd, ludzie z Klubu Puchatka też powinni zostać wrzuceni do dołu w ziemi. Oblani benzyną. Podpaleni. Zresztą nie mogłam o tym mówić, gdybym komuś o tym powiedziała, udałabym sama przed sobą, że to rozumiem.

A w ogóle nie rozumiem. Wciąż ani trochę.

Ludzie zamykali przede mną drzwi. Całe życie ludzie zamykali przede mną drzwi. Ale tam zamknięto ich najwięcej.

Kto tak naprawdę wiedział od początku i kto tak naprawdę wie teraz?

Są trzy prawdy, znacie to powiedzenie.

– Jak go zaszantażowałaś? – pyta. – Popatrz na mnie – prosi. Patrzę na niego. – Jak? – pyta.

Nie pytał, dlaczego nie chciałam pisać już o Zyborku. Nie pytał, czemu na stałe wyłączyłam telefon. Czemu nie chciałam pisać ani pracować, tylko leżałam w łóżku albo rehabilitowałam rękę, albo oglądałam ciągiem seriale na Netfliksie na jego komputerze. Jedynie raz zapytał, co tam się stało. Tamtej nocy, gdy o świcie, z zabandażowaną ręką, naćpana ketonalem, wyszłam razem z nim z budynku pogotowia w Szczytnie. Jego też zaszantażowałam. Powiedziałam, nie pytaj o to, a będę z tobą.

Pokiwał głową.

Ale teraz pyta.

– Jak? – powtarza jeszcze raz.

Czułam, że nie mogę nikomu o tym mówić. Ale z dnia na dzień to uczucie jest coraz słabsze.

Tak jakby Tomasz Głowacki mnie zaczarował, ale teraz, powoli, po kilku miesiącach od ucieczki stamtąd, jego czar w końcu prysnął.

Zbrodnia to zbrodnia.

– Chciałbym czasami cię rozpruć, wiesz, rozpruć cię

jak zabawkę pluszową i wyjąć z tej waty to, co naprawdę się tam wydarzyło – mówi.

– Myślisz, że mam w środku watę? – pytam.

Znowu ta pierdolona ręka. Lekarz mówi, że to złamanie było brzydkie i że może pobolewać mnie do końca życia.

– Nie, nie myślę – mówi.

Biorę bardzo, bardzo, bardzo głęboki oddech.

Otwieram oczy.

Może jeszcze kiedyś coś mnie ocali. A może ocalę się sama.

– Powiedziałam mu, że dam mu rozwód i nikomu nie powiem – mówię.

– O czym nikomu nie powiesz? – pyta.

Biorę piłkę do ręki. Zaciskam. Puszczam. Zaciskam.

Nie palę od miesiąca, nawet nie wiem, jak to się stało. Po prostu o tym zapomniałam. Ale teraz pamiętam, o matko, jak intensywnie o tym pamiętam.

Wszystko, co znajduje się w tym mieszkaniu, zawiązało spisek, aby się na mnie przewrócić. Usypać na mnie kurhan.

Nigdy nie wyjdę z tego mieszkania. Ono jest jak las. Nigdy nie znajdę drogi do drzwi.

Wszystko zatacza koła.

Jego oczy to brzytwy. Wielkie więzienia.

– Co tam się stało, do cholery? – pyta mnie.

A ja uśmiecham się do niego, biorę go za rękę i odpowiadam pytaniem na pytanie:

– Naprawdę chcesz wiedzieć?

Warszawa – Pervalka 2015-2017